Mandl / Spada – Wissenspsychologie

Heinz Mandl/Hans Spada (Hrsg.)

Wissenspsychologie

Mit Beiträgen von

Hans Aebli, Gerhard Dirlich, Dietrich Dörner,
Christian Freksa, Angela D. Friederici, Helmut F. Friedrich,
Ulrich Furbach, Theo Herrmann, Siegfried Hoppe-Graff,
Aemilian Hron, Ludwig J. Issing, Friedhart Klix,
Rainer H. Kluwe, Alan Lesgold, Gerd Lüer, Heinz Mandl,
Claus Möbus, Rolf Oerter, Klaus Opwis, Günther Palm,
Wiebke Putz-Osterloh, Wolfgang Schnotz, Hans Spada,
Gerhard Steiner, Sigmar-Olaf Tergan, Michael R. Waldmann,
Franz E. Weinert, Karl F. Wender, Friedrich Wilkening

Psychologie Verlags Union
München – Weinheim 1988

Anschriften der Herausgeber

Professor Dr. Heinz Mandl
Deutsches Institut für Fernstudien
Hauptbereich Forschung
Bei der Fruchtschranne 6
7400 Tübingen

Professor Dr. Hans Spada
Lehrstuhl für Allgemeine Psychologie
Psychologisches Institut
Niemensstraße 10
7800 Freiburg i. Br.

Anschriften des Wissenschaftlichen Beirates des Psychologie-Programms

Prof. Dr. Dieter Frey, Institut für Psychologie der Universität Kiel, Olshausenstraße 40/60, 2300 Kiel

Prof. Dr. Siegfried Greif, Fachbereich Psychologie der Universität Osnabrück, Knollstr. 15, 4500 Osnabrück

Prof. Dr. Heiner Keupp, Institut für Psychologie, Sozialpsychologische Abteilung, Universität München, Leopoldstraße 13, 8000 München 40

Prof. Dr. Ernst-D. Lantermann, Gesamthochschule Kassel, FB 3, Heinrich-Plett-Straße 40, 3500 Kassel

Prof. Dr. Rainer K. Silbereisen, Fachbereich Psychologie, Justus-Liebig-Universität Gießen, Otto-Behaghel-Straße 10, 6300 Gießen

Prof. Dr. Bernd Weidenmann, Universität der Bundeswehr München, Fachbereich Sozialwissenschaften, Werner-Heisenberg-Weg 39, 8014 Neubiberg

Lektorat:
Dr. H. Jürgen Kagelmann

CIP-Kurztitelaufnahme der Deutschen Bibliothek

Wissenspsychologie / Heinz Mandl ; Hans Spada (Hrsg.). Mit Beitr. von Hans Aebli . . . – München; Weinheim : Psychologie-Verl.-Union, 1988
ISBN 3-621-27016-7
NE: Mandl, Heinz [Hrsg.]; Aebli, Hans [Mitverf.]

Als Titelbild wurde eine am Deutschen Institut für Fernstudien an der Universität Tübingen (DIFF) – Arbeitsbereich Mathematik/Informatik angefertigte Computer-Graphik (Programm ‚Fraktalbild‘ von W. Knapp) verwendet.

Gesamtherstellung: H. Mühlberger, 8900 Augsburg

ISBN 3-621-27016-7

Vorwort

Die Wissenspsychologie ist eine junge Forschungsrichtung. Zwar haben die Fragen, wie der Mensch neue Kenntnisse erwirbt, wie Wissen die Wahrnehmung, das Denken und Handeln bestimmt und wie es diagnostiziert und gezielt gefördert werden kann, schon seit langem Eingang in wissenschaftliche Untersuchungen gefunden. Neu aber sind der methodische Forschungsansatz und die Brisanz des Gegenstandes, die sich aus der Gegenüberstellung von menschlichem und auf dem Computer gespeichertem und verarbeitetem Wissen ergibt. Menschliches Wissen, seine Strukturen und die über ihnen ablaufenden Prozesse der Informationsverarbeitung sind einerseits Vorbild für künstliche kognitive Systeme. Andererseits interagieren menschliches und maschinelles Wissen, wenn der Mensch unter Nutzung des Werkzeugs Computer seine kognitive Leistungsfähigkeit durch den Einsatz künstlicher Intelligenz erweitert. Dabei werden bedeutsame Zukunftsperspektiven ebenso deutlich wie brisante Probleme, deren Bearbeitung sorgfältige und verantwortungsvolle wissenschaftliche Analysen voraussetzt. In vielen Fällen wird interdisziplinär gearbeitet. Psychologie und Informatik, Philosophie und Pädagogik, sowie weitere Fächer ergänzen einander.

Durch die skizzierten Entwicklungen hat die Psychologie auch einen neuen Ansatz zur Formulierung von Theorien gewonnen, der für die wissenspsychologische Forschung kennzeichnend ist, die Modellierung kognitiver Prozesse mit Hilfe von Computerprogrammen. Modelle des Erwerbs und der Nutzung von Wissen beim Menschen werden zunehmend als lauffähige Computerprogramme implementiert.

Mit diesem Buch wird der Versuch gemacht, der gemeinsamen Arbeit am faszinierenden Gegenstand «Wissen» eine Grundlage aus dem Blickwinkel der Psychologie zu geben, wobei durchaus auch andere Perspektiven, so die der Informatik und der Neurowissenschaften, Berücksichtigung finden. Die von verschiedenen Autorinnen und Autoren verfaßten Kapitel führen in wichtige Modellvorstellungen zur Wissensrepräsentation ein, behandeln Theorien des Wissenserwerbs, beleuchten den Zusammenhang von Wissen und Wahrnehmung, Denken, Sprechen und Handeln, zeigen die Abhängigkeit von Wissen vom sozialen und kulturellen Kontext, skizzieren die wichtigsten Forschungsmethoden, die in der Wissenspsychologie zum Einsatz kommen, analysieren Wissen aus der Sicht der Neurowissenschaften und der Informatik und greifen Anwendungsfragen auf, wie die Wissensvermittlung mit Medien und die Gestaltung intelligenten computergestützten Unterrichts.

Unser Dank gilt in erster Linie den Kolleginnen und Kollegen, die auf unsere Anfrage, an einem Buch zur Wissenspsychologie mitzuarbeiten, so positiv reagiert haben, daß in nahezu allen Fällen die Kapitel in der von uns erhofften Form realisiert werden konnten. Dazu hat auch ein sorgfältiger Prüf- und Bearbeitungsprozeß beigetragen, dem alle Textentwürfe unterzogen wurden. Änderungs- und Ergänzungsvorschläge zur Verbesserung der Lesbarkeit des gesamten Textes fanden bereitwillige Berücksichtigung.

In der Detailarbeit bei der Herausgabe dieses Buches haben wir vielfältige

Unterstützung erfahren. Insbesondere möchten wir Herrn Emmanuel Picard, Herrn Martin Wambsganß, Frau Monika Wessler und Frau Kristin Knapp für die Erstellung des Personen- und Sachverzeichnisses danken. Auch der Psychologie Verlags Union, insbesondere Herrn Dr. Jürgen Kagelmann und Herrn Wilfried Wirth sind wir zu Dank verpflichtet. Abschließend möchten wir mit der Herausgabe dieses Buches die Hoffnung verbinden, daß es die wissenspsychologische Forschung im deutschsprachigen Bereich weiter zu stimulieren vermag.

Tübingen und Freiburg, im Februar 1988

Heinz Mandl und *Hans Spada*

Inhalt

Wissen aus der Sicht der künstlichen Intelligenz

Angewandte Wissenspsychologie

1 Wissenspsychologie: Einführung

Hans Spada und Heinz Mandl

Der Gegenstand

In einer zunehmend komplexer werdenden Welt, in der der einzelne einer kaum noch überschaubaren Vielfalt von Informationen ausgesetzt ist, gewinnen Fragen, die im Zentrum wissenspsychologischer Forschung stehen, hohe Aktualität: Wie verarbeitet der Mensch Informationen; wie ordnet er sie in sein bisheriges Wissen ein; wie erschließt er sich aktiv neue Realitätsbereiche? Wie greifen Menschen bei bedeutsamen Entscheidungen, beim Lösen schwieriger Probleme oder auch einfach nur beim Beantworten von Fragen auf ihr Wissen zurück? Was verhindert die zielführende Nutzung von Wissen und unter welchen Bedingungen versagt Expertenwissen?

Allgemeiner gefaßt werden in der Wissenspsychologie Fragen des Erwerbs von Wissen, seiner Repräsentation im menschlichen Gedächtnis, seines Abrufs, seiner Anwendung beim Entscheiden, im Denken und Handeln und seiner damit einhergehenden Veränderung behandelt. Dabei bezeichnet Wissenspsychologie nicht nur einen Forschungsinhalt, sondern auch eine Forschungsperspektive. Letztere reflektiert die besondere Rolle, die der Analyse von Wissensprozessen in verschiedenen Teilbereichen der Psychologie zukommt, wie z. B. in der Wahrnehmungs-, Denk- und Sprachpsychologie, aber auch der kognitiven Entwicklungspsychologie.

Die Wissenspsychologie kann als eines der bedeutendsten Gebiete der Kognitionspsychologie gelten. Und doch ist der Begriff „Wissenspsychologie" erst wenige Jahre alt, geprägt während eines gemeinsamen Gesprächs mit Blick über den Neckar. Er wurde bekannt durch die Einrichtung eines Schwerpunktprogramms unter diesem Namen durch die Deutsche Forschungsgemeinschaft (Mandl & Spada, 1984). Natürlich kann man sich fragen, ob hier nicht längst bekannte Themen mit einem neuen Etikett versehen worden sind. Sicherlich ist diese Gefahr nicht von der Hand zu weisen. Von unserer Konzeption her ist aber Wissenspsychologie wesentlich mehr als die Zusammenfassung bestimmter Forschungsinhalte. Es geht um den Versuch, Forschungsfragen durch Nutzung neuer Forschungsmethoden so zu behandeln, daß über den dadurch in diesem Bereich psychologischer Forschung potentiell erreichbaren Grad an Präzision und Detailliertheit eine neue Qualität des Fragens, Antwortens und Anwendens erzielt wird. Der Schlüssel dazu ist die computerisierte Modellierung mit den Werkzeugen, die aus der Arbeit von Informatikern und Psychologen unter dem gemeinsamen Dach der Kognitionswissenschaft („Cognitive Science") entstehen. Mit eines der vielversprechendsten Kennzeichen der Wissenspsychologie ist somit die enge Kooperation und Interaktion mit Informatik, speziell mit der Forschung zur Künstlichen Intelligenz (KI).

Seit mehr als einem Jahrzehnt ist sowohl in der Psychologie als auch in der KI ein eindeutiger Trend zu verzeichnen. Die Analyse des Wissens, das dem intelligenten Verhalten einer Person zugrunde liegt bzw. ein künstliches System „intelligent" macht, tritt immer stärker in den Vordergrund. „Wissensbasiert" wurde zu einem Modewort in der KI. Ein kleines Indiz mag dasselbe Phänomen in der Psychologie verdeutlichen. 1982 enthielt noch keiner der veröffentlichten Beiträge des 33. Kongresses der Deutschen Gesellschaft für Psychologie (Lüer, 1983) das Wort „Wissen" im Titel. Vier Jahre später tauchte dieser Begriff bei gleicher Gelegenheit schon fünfundzwanzigmal auf (Amelang, 1986). Wichtiger aber ist, daß die Entdekkung der Rolle des Wissens in verschiedenen Forschungsbereichen – oder sollte man besser von einer Wiederentdeckung sprechen – mit zu einem Denk- und Forschungsansatz beigetragen hat, der es gestattet, menschliche kognitive Leistungen und analoge Leistungen künstlicher intelligenter Systeme zu untersuchen, miteinander in Beziehung zu setzen und zu fördern bzw. weiterzuentwickeln.

Trotz aller Gemeinsamkeiten kommt der Wissenspsychologie aber eine durchaus eigenständige Rolle zu. In ihren Forschungen ist, im Gegensatz zur KI, der Mensch das eigentliche Objekt der Theorienbildung; und das zentrale Prüfkriterium für die Brauchbarkeit einer Theorie oder eines Interventionsansatzes ist die Empirie (die empirische Gültigkeit bzw. Effektivität). Eine weiterführende Analyse der Gemeinsamkeiten und Unterschiede von wissenspsychologischen Arbeiten und Forschungen zur KI findet sich bei Spada und Opwis (1987).

Die Wissenspsychologie ist somit nicht nur durch einen Forschungsinhalt und bestimmte Forschungsmethoden gekennzeichnet, sondern auch durch ihre Interaktion mit anderen Fächern, insbesondere der KI. Einige nähere Ausführungen zum Forschungsinhalt und den Forschungsmethoden sollen diesen Abschnitt beschließen.

Es stellt sich die Frage, was unter Repräsentation, Erwerb, Anwendung und Veränderung von Wissen im Detail zu verstehen ist.

Beginnen wir mit der „Wissensrepräsentation". Die Grundfrage in diesem Bereich lautet: Wie ist Wissen über Sachverhalte („Wissen, daß . . ."), Handlungswissen („Wissen, wie . . .") und Wissen über die Planung sowie Steuerung von Handlungen („Metawissen") im Gedächtnis organisiert und repräsentiert? Diese Fragestellung verdeutlicht, daß unter dem Begriff „Wissen" keineswegs nur relativ statisches Faktenwissen im Sinne von Begriffs-Merkmalsstrukturen subsumiert wird, sondern auch Wissen um Ursachen und Wirkungen, algorithmische Fertigkeiten, heuristisches Wissen usw. Im Rahmen der Forschungen zum Themenkomplex der Wissensrepräsentation finden vor allem propositionale/deklarative, prozedurale und analoge Abbildungsformen Verwendung. Auch assoziative Modelle mit Parallelverarbeitung werden diskutiert. Zur formalen Umsetzung der propositionalen und prozeduralen Konzepte wurden in den letzten Jahren bevorzugt Netzwerkstrukturen und „Produktionssysteme" eingesetzt.

Dem Teilbereich ,,Wissenserwerb" liegt natürlich die Frage zugrunde, wie sich der einzelne neues Wissen aneignet. Dazu zählen Themen wie: der konstruktive Prozeß der Informationssuche, -aufnahme und -verarbeitung; der Einfluß des Umfangs und der Art des Vorwissens auf diesen Prozeß und sein Ergebnis; auch die Rolle emotionaler und motivationaler Faktoren sowie Effekte der Aufgabenorientierung und des Kontextes; die Auswirkung der Art des Lernens, wie Lernen durch Beobachtung und Exploration oder verbale Interaktion, auf die Struktur des Wissens.

Der dritte Teilbereich ,,Wissensanwendung" betrifft den Fragenkomplex, wie im menschlichen Gedächtnis gespeichertes Wissen aktiviert und abgerufen und zur Ableitung neuen Wissens eingesetzt wird, und wie es sich in der Wahrnehmung, im Denken, beim Entscheiden und bei der Handlungsplanung auswirkt. Daraus ergeben sich Forschungsthemen wie: der Wissenstransfer von einem Gegenstandsbereich zu einem anderen; die induktive Generierung von Hypothesen auf der Basis von Einzelerfahrungen; Wissen als Hemmschuh für neue Lösungsmöglichkeiten bei komplexen Problemen; Art des Wissensabrufs bei Anfängern und Experten; emotionale und motivationale Aspekte einer erfolgreichen (und erfolglosen) Wissensanwendung.

Die Forschung zum vierten Teilbereich ,,Wissensveränderung" geht von der Erkenntnis aus, daß die Reproduzierbarkeit und Nutzungsmöglichkeit von Altwissen des öfteren beim Erwerb neuen Wissens einem Wandel unterliegen und daß die Nutzung von Wissen eine Veränderung der Form und Schnelligkeit nachfolgender Wissensanwendungen bewirkt. Von großer theoretischer und praktischer Bedeutung ist in diesem Zusammenhang die Umwandlung von Faktenwissen in Handlungswissen, d. h. die Prozeduralisierung von deklarativem Wissen, wie sie beim Erwerb geistiger Fertigkeiten postuliert wird. Natürlich geht es in diesem Teilbereich auch um langfristige Veränderungen, beispielsweise um überdauernde Effekte von Wissenserwerb sowie um das Phänomen des ,,Vergessens" als Problem des erschwerten Zugangs zu altem Wissen.

Viele konkrete Forschungsthemen beziehen sich auf mehr als einen der vier genannten Teilbereiche, da beispielsweise bei der Untersuchung der Lernprozesse zu einem bestimmten Gegenstand Fragen des Wissenserwerbs und der Wissensrepräsentation berührt werden, vielleicht aber auch des Umgangs mit diesem Wissen, also Fragen seiner Anwendung und damit einhergehenden Veränderungen.

Ein wesentliches Charakteristikum der Wissenspsychologie sind die spezifischen Forschungsmethoden, die Art, wie Theorien formuliert und wie Daten zur Theorienentwicklung und -überprüfung erhoben und ausgewertet werden. Theorien werden als Computermodelle entwickelt, zumeist unter Nutzung von symbolverarbeitenden Programmiersprachen wie LISP und PROLOG und darauf beruhenden Modellierungswerkzeugen oder sie werden sprachlich in einer Weise formuliert, die an einer derartigen Umsetzung orientiert ist. In Einzelfällen ergänzen mathematisch-algorithmische Modelle diese Ansätze.

Im Rahmen der Datenerhebung wird eine qualitative Prozeßdiagnostik angestrebt. Im Unterschied zur traditionellen, an der quantitativen Ausprägung von

Dispositionen oder Kompetenzen orientierten Diagnostik verfolgt die qualitative Wissensdiagnostik das Ziel, den Wissensstand eines Individuums bezogen auf den interessierenden Gegenstandsbereich im Detail aufzudecken. Das Wissen einer Person soll in allen seinen systematischen Komponenten erfaßt werden, ob es sich nun um korrekte oder falsche Wissensteile (fehlerhafte Annahmen, unvollständige Algorithmen usw.) handelt.

Prozeßdiagnostik bedeutet in diesem Kontext zweierlei. Als Erweiterung der früher auch im Wissens- und Kenntnisbereich gebräuchlichen Statusdiagnostik ist die Erfassung der Wissensveränderung über die Zeit mit Hilfe einer sequentiellen Datenerhebung angesprochen.

Die Zielsetzung, die gesamte Genese einer Wissenskomponente zu modellieren, und zwar sowohl im Falle korrekten wie auch fehlerhaften Wissens, geht darüber noch hinaus. Dies ist auch angezeigt, um die Menge potentiell möglicher individueller Wissensstrukturen aufgrund von Annahmen zur Wissensgenese auf jenes Maß zu beschränken, das die diagnostische Unterscheidung von systematischen Wissenskomponenten und dadurch bedingtem Verhalten einerseits und erratischen, diagnostisch unergiebigen Reaktionen andererseits ermöglicht.

Durch die weitgehend computerisierte Durchführung der Mehrzahl wissenspsychologischer Experimente wirft die technische Seite einer experimentellen Versuchskontrolle und Datenerhebung kaum noch Probleme auf.

Die Kooperation und Interaktion von Wissenspsychologie und Informatik/KI spiegelt sich auch in konkreten Anwendungsperspektiven wider. So können Befunde aus Teilbereichen der Wissenspsychologie Ausgangspunkt für weiterführende technologische Forschung in der KI sein. Immer wenn der Mensch Vorbild für die Gestaltung einer künstlich intelligenten Leistung sein soll, sind wissenspsychologische Erkenntnisse gefragt. Gleiches gilt für alle Fälle computerisierter Benutzermodellierung, wie sie z. B. in vielen dialogorientierten Beratungs- und Auskunftssystemen angestrebt wird. Die Akzeptanz eines derartigen Systems hängt wesentlich davon ab, wie gut die Modellierung des Wissens und der Ziele der Menschen gelingt, die das System nutzen. Die Wissenspsychologie kann auch einen Beitrag zur Beantwortung softwareergonomischer Fragestellungen und generell zur Gestaltung der Interaktion Mensch und Computer leisten. Nicht vergessen werden sollte die Unterstützung, die die Wissenspsychologie beim Entwurf und bei der Evaluation von Informations- und Kommunikationssystemen zu bieten vermag. Bei Fragen der Aus-, Fort- und Weiterbildung ergänzen sich Wissenspsychologie, KI und Pädagogik in der Gestaltung von Unterricht mittels „Neuer Medien", selbstverständlich in Zusammenarbeit mit den vom jeweiligen Gegenstandsbereich her betroffenen Disziplinen. Eines der wichtigsten Ziele ist hier die Entwicklung qualitativ hochwertiger Intelligenter Tutorieller Systeme. Ein weiterer Forschungsbereich ist die Arbeit an Wissensbasen zur Entscheidungsunterstützung.

Noch liegen insbesondere im deutschsprachigen Bereich nur wenige Arbeiten vor, die die genannten inhaltlichen *und* methodischen Merkmale wissenspsychologischer Forschung erfüllen. Eine Bestandsaufnahme des Geleisteten und damit eine empirische Evaluation der wissenschaftlichen Ergiebigkeit dieser Forschungsrichtung sind daher noch nicht möglich. Mit dem vorliegenden Buch wird deshalb eine andere Zielsetzung verfolgt. Es soll wissenspsychologische Forschung sowohl im Bereich der Grundlagen wie der Anwendung fördern. Es führt daher in diesen Forschungsbereich ein, beschreibt den Forschungsinhalt, informiert über die wichtigsten Forschungsmethoden und läßt auch Vertreter anderer, mit der Wissenspsychologie kooperierender Disziplinen, wie der Informatik, zu Wort kommen.

Da der historische Rahmen, aus dem die Wissenspsychologie als Teilbereich der Kognitionspsychologie erwachsen ist, in den einzelnen Beiträgen des Buches nicht systematisch behandelt wird, geben wir im folgenden Abschnitt eine kurze Einführung zu diesem Thema. Die aktuellen Forschungsentwicklungen werden in den Beiträgen selbst und zwar in ihrem jeweiligen inhaltlichen und methodischen Kontext angesprochen.

Der historische Rahmen

Die Frage, in welcher Weise der Mensch Wissen aufbaut, neue Erfahrungen mit bestehendem Wissen integriert, wie Wissen im Gedächtnis organisiert ist und wie es angesichts von Problemen wieder aktiviert und angewendet wird, hat schon in der klassischen deutschsprachigen Gedächtnis-, Denk- und Problemlösepsychologie eine wichtige Rolle gespielt. Bis zur schwerwiegenden Zäsur durch den Nationalsozialismus und den Zweiten Weltkrieg hat die Analyse der Gedächtnistätigkeit, der Phänomene des Behaltens und Vergessens, der sprachlichen Repräsentation von Denkinhalten, der Gesetze des geordneten Denkverlaufs und der Komponenten des produktiven Denkens wichtige Ergebnisse erbracht, die durch die Namen Ebbinghaus (1885), Selz (1913), Köhler (1929), Bühler (1934), Duncker (1935) und Wertheimer (1945) illustriert werden können. Die klassische deutsche Gedächtnis- und Denkpsychologie hat bis dahin nicht nur die Umrisse möglicher Theorien abgesteckt, sondern darüber hinaus einen umfassenden experimentellen Methodenkanon entwickelt.

Im angelsächsischen Raum dominierten lange Zeit der klassische empiristische Assoziationismus und behavioristisch orientierte Richtungen. Vertreter des Assoziationismus gingen davon aus, daß ein passiv-rezeptiver Organismus im wesentlichen Kopien von Außenweltreizen herstellt und speichert. Dadurch wurde die Eigenaktivität des Organismus, der eine interne Repräsentation der Wirklichkeit konstruiert, völlig vernachlässigt. Behavioristische Ansätze führten mit ihrem Ausschluß mentaler Prozesse und von Verfahren ihrer Erschließung, wie z. B. der Introspektion und des „Lauten Denkens", dazu, daß die Denk- und Gedächtnispsychologie keinen eigenständigen Raum für mögliche Weiterentwicklungen fand. „Mentalistische" Konzeptionen wie Tolmans „Kognitive Landkarte" oder Bartletts „Schema" blieben Ausnahmen.

Die Krise des behavioristischen Paradigmas, nur sehr unbefriedigende Erklärungen für viele psychische Prozesse geben zu können, führte Anfang der 50er Jahre dazu, auf mehreren Wegen nach neuen Konzeptionen zu suchen. Es geriet mehr und mehr in Zweifel, daß Gelerntes lediglich eine Kopie von Dargebotenem sei, vielmehr wurde dem entgegengehalten, daß Reize gezielt selegiert (Underwood, 1963) und Gedächtnisinhalte aktiv organisiert werden (Bousfield, 1953; Postman, 1972).

Eine Entwicklung außerhalb der Psychologie gab dann den entscheidenden Impuls zum Paradigmenwechsel. Die Entwicklung und Verbreitung des Computers als Forschungsinstrument ab dem Ende der 50er Jahre, zunächst vor allem im angloamerikanischen Raum, erschloß die Möglichkeit, Prozesse der Informationsverarbeitung in Form von Programmen nachzubilden und gezielt zu manipulieren. Diese Entwicklung führte im Bereich der Informatik zu Forschungsarbeiten und Anwendungen der Künstlichen Intelligenz, und in der Psychologie zum Versuch der Modellierung des wissenden und denkenden Menschen als ein Informationsverarbeitungssystem. Die Rezeption von Entwicklungen der Informatik und KI-Forschung durch die Psychologie hat in ihren Anfängen wie in ihren Fortentwicklungen dem kognitionspsychologischen Denken weitreichende Anstöße gegeben und damit auch die Konzepte über menschliches Wissen und seine Anwendung im Denken erheblich geprägt. In diesem Rahmen entstanden u. a. das wegweisende Buch „Plans and the Structure of Behavior" von Miller, Galanter und Pribram (1960), Broadbents „Perception and Communication" (1958) und die frühen Arbeiten zur Modellierung menschlicher Informationsverarbeitung und intelligenten Verhaltens von Newell, Shaw und Simon (1958, 1965) und Minsky (1965, 1968).

Die offensive Überwindung von unhaltbaren Positionen des Assoziationismus und Behaviorismus wird auch in der Geschichte der Psycholinguistik deutlich. Die Kontroverse zwischen Chomsky und Skinner (Chomsky, 1957; Skinner, 1957) ist dafür ein gutes Beispiel. Letztlich wurde auch die amerikanische Rezeption der Arbeiten von Piaget (1947), u. a. durch Flavell (1963), durch diesen Paradigmenwechsel erleichtert. Amerikanische Autoren wie Bruner (1960), Ausubel (1963) oder Gagné (1965), die sich unter didaktischer Zielsetzung mit Modellen des Wissens und Denkens beschäftigten, haben ebenfalls zu dieser Entwicklung beigetragen. Die Kognitionspsychologie konnte sich nun – „befreit von der Mühsal durch Kontiguität und Verstärkung verknüpfter Reiz-Reaktionsketten" – den Strukturen und Prozessen menschlichen intelligenten Verhaltens in seiner vielfältigen konstruktiven Aktivität und Adaptivität zuwenden. Nicht selten trat und tritt allerdings an die Stelle präziser computerisierter Modellierungen und ihrer strengen experimentellen Prüfung die bloße Nachahmung des Sprachgebrauchs, das gefährliche Aufplustern mit kognitivistischen Worthülsen – hierauf hat nicht zuletzt Herrmann (1982) hingewiesen.

Als Ergebnis des historischen Ablaufs vor 1970 ist festzuhalten, daß eine klare Richtungsbestimmung für die weitere Forschung erfolgte. Wenn kognitive Strukturen und Prozesse neben emotionalen und motivationalen Faktoren darüber entscheiden, wie und welche Informationen gesucht und aufgenommen und vor allem wie sie interpretiert und verarbeitet werden und wie der Mensch kompetent sein Verhalten reguliert, dann kommt ihrer Untersuchung entscheidende Bedeutung zu.

Die psychologische Erforschung des Wissens und Denkens hat seit Beginn der 70er Jahre weltweit einen großen Aufschwung genommen. Motor der Entwicklung waren Zentren der Kognitionspsychologie bzw. Kognitionswissenschaft in den USA. Beispielhaft sei in diesem Zusammenhang auf die Arbeiten von Anderson (1976, 1983), Kintsch (1974, 1977), Newell und Simon (1972) und Norman und Rumelhart (1975) verwiesen. Im deutschen Sprachraum haben unter anderem Klix (1971) und Dörner (1976) richtungsweisende Arbeiten vorgelegt.

Verschiedene Trends charakterisieren die Veränderung der Forschungsintentionen in diesem Zeitraum.

(a) Schon frühzeitig hat sich die Erkenntnis durchgesetzt, daß die Untersuchung von isolierten Begriffen und sinnfreiem Material ohne Zusammenhang mit dem Vorwissen nur zu begrenzten und wenig repräsentativen Erkenntnissen über das menschliche Gedächtnis und die Verarbeitung von Informationen führt. Deshalb arbeiten heute viele Forscher mit komplexerem Material und untersuchen vielfältig vernetztes bereichsspezifisches Wissen. Dies zwingt den Wissenspsychologen, zum Experten der von ihm untersuchten Wissensinhalte zu werden.

b) Auch beim Problemlösen ist teilweise an die Stelle der Beschäftigung mit Denksportaufgaben und ähnlichen Problemstellungen die Analyse realitätsorientierter Probleme getreten, die ein umfassendes und spezifisches Wissen erfordern. Die Analyse der Bearbeitung von Physikproblemen durch Personen mit unterschiedlichen fachspezifischen Kenntnissen ist nur ein Beispiel für das Ergebnis dieser Umorientierung. Interessant ist, daß die Beschäftigung mit Problemen, wie dem Turm von Hanoi, insbesondere für Autoren, die der KI nahestehen, keineswegs an Attraktivität verloren zu haben scheint. Dies dürfte darauf zurückzuführen sein, daß immer deutlicher wird, wieviel Wissen schon eine relativ einfache Denksportaufgabe erfordert.

(c) Während über viele Jahre ein Schulenstreit zur Frage bestand, welche Form der Wissensrepräsentation psychologisch die richtige und unter KI- Perspektive die produktivste sei, wird nun zunehmend mit Konzepten gearbeitet, die eine integrierte Verwendung verschiedener Repräsentationsformen ermöglichen. Dies erhöht die Flexibilität in der Theorienformulierung wesentlich.

(d) Sowohl in der Wissenspsychologie als auch in der KI wendet sich das Interesse verstärkt der *Genese* von Wissenskomponenten zu. Theoriebezogen wird gefragt, wie sich ein bestimmtes Wissen entwickelt hat, und zwar sowohl für korrekte als auch für fehlerhafte Wissensbestandteile. Technologisch motiviert ist die Frage, wie sich ein gewünschtes Wissen entwickeln läßt (wissenspsychologische Perspektive) bzw. generiert werden kann (KI-Perspektive). Die Arbeiten zum maschinellen Lernen (vgl. Michalski, Carbonell & Mitchell, 1986) können – auch wenn es sich in diesem Fall um Studien aus der KI handelt – zur Illustration der eingangs formulierten These herangezogen werden, daß über die computerisierte Modellierung kognitiver Prozesse eine neue Stufe an Präzision und Detailliertheit im wissenschaftlichen Fragen und Antworten ins Blickfeld kommt. In der KI ist die zunehmende Befassung mit Fragen des maschinellen Lernens eine Folge der Einsicht, wie beschränkt ein wissensbasiertes System ohne Lernkomponente ist. Nach einer langen Periode der Beschäftigung mit allgemeinen Heurismen *(power based systems)* folgte der Übergang zu wissensbasierten Ansätzen *(knowledge based systems)*, während heute im Rahmen der letztgenannten Konzeption lernende Systeme im Zentrum der Forschung stehen. Dabei sind selbstverständlich auch induktive und deduktive Inferenzkomponenten zu berücksichtigen, ohne die ein anspruchsvoller Lernprozeß nicht modelliert werden kann.

(e) Diese Erweiterung der Perspektive hat in der Wissenspsychologie in vielen Fällen dazu geführt, Untersuchungen über längere Zeiträume auszudehnen und Querschnittserhebungen durch Längsschnittstudien zu ergänzen. Es werden zunehmend Paradigmen der Erhebung und Analyse von Prozeßdaten entwickelt, die einen tieferen Einblick in den konstruktiven Charakter menschlicher Informationsverarbeitung und seiner Phasen, der Informationssuche bzw. -selektion, Wissensrepräsentation und -nutzung gestatten.

(f) Schließlich tritt zunehmend an die Stelle einer ausschließlich auf kognitive Fragen beschränkten Forschung die zusätzliche Befassung mit emotionalen und motivationalen Prozessen, die dem Denken seine Richtung geben, aus vergeblichen Problemlösungen resultieren, usw.

Forschung heute: Der Aufbau des Buches

Das vorliegende Buch enthält neben dieser Einführung 22 Kapitel. Von den ersten sechs sind drei Modellen der Wissensrepräsentation gewidmet (Wender; Opwis; Steiner), zwei behandeln Fragen des Wissenserwerbs (Mandl, Friedrich & Hron; Weinert & Waldmann) und eines gibt einen Einblick in die bedeutendste deutschsprachige Forschungsrichtung zum Thema ,,Gedächtnis und Wissen" (Klix). Die nachfolgenden sieben Kapitel behandeln Fragen der Anwendung und der damit einhergehenden Veränderung von Wissen, und zwar im Rahmen der Wahrnehmung (Wilkening), des Denkens und Handelns (Aebli; Putz-Osterloh; Dörner), des Sprechens und Sprachverstehens (Herrmann & Hoppe-Graff; Schnotz) und im sozialen und kulturellen Kontext (Oerter). Man könnte bezüglich dieser sieben Kapitel auch davon sprechen, daß verschiedene Teilbereiche der Kognitionspsychologie aus wissenspsychologischer Perspektive neu strukturiert und dargestellt werden. In Forschungsmethoden, die in der Wissenspsychologie eine wichtige Rolle spielen, führen die Kapitel 15 bis 18 ein (Kluwe; Lüer; Tergan; Möbus). Wissen aus der Sicht der Neurowissenschaften wird in den beiden folgenden Kapiteln behandelt (Friederici; Palm), Wissen unter dem Blickwinkel der Künstlichen Intelligenz im Kapitel 21 (Furbach, Freksa & Dirlich). Zwei Teilbereiche angewandter Wissenspsychologie kommen in den abschließenden Kapiteln (Issing; Lesgold) zur Sprache.

Klix behandelt in seinem Beitrag ,,Gedächtnis und Wissen" in umfassender Weise Mikro- und Makroaspekte der Repräsentation und des Erwerbs von Wissen. Er geht davon aus, daß Begriffe und die Beziehungen zwischen ihnen als lokale Organisationsprinzipien der menschlichen Wissensrepräsentation aufzufassen sind. Zentrale Bedeutung mißt er dabei den begrifflichen Erkennungsprozessen bei, insbesondere jenen, die der Aktivierung von Begriffsstrukturen mitsamt ihren Relationen zugrunde liegen. Ein Modell der Begriffsrepräsentation verdeutlicht diese Prozesse. Auch die Einbettung von Aufbau, Korrektur und Nutzung von menschlichem Wissen in den allgemeinen Informationsaustausch zwischen Organismus und Umgebung kommt zur Sprache.

In den folgenden Kapiteln werden jene drei Formen der Wissensrepräsentation unter methodischen Gesichtspunkten detailliert behandelt, die in den letzten Jahren in der diesbezüglichen Literatur eine herausragende Rolle gespielt haben. Es handelt sich um semantische Netzwerke (Wender), Produktionssysteme (Opwis) und analoge Formen der Wissensrepräsentation (Steiner).

Wender befaßt sich in seinem Beitrag mit der Modellvorstellung der semantischen Netzwerke. Sie stellen eine sprachlich-abstrakte, mentale Repräsentation von Wissen dar und haben die Form eines gerichteten, bezeichneten Graphens, wobei die Knoten für Konzepte, die Kanten für Relationen zwischen ihnen stehen. Nach einführenden Hinweisen auf grundlegende Eigenschaften einer internen Repräsentation folgen Ausführungen zum Prädikatenkalkül, da semantische Netze auf diesem Kalkül aufbauen. Ausführlich wird dann auf die semantische Netze selbst und Inferenzen in ihnen sowie die Skript-Konzeption von Schank und Abelson eingegangen. Eine kritische Stellungnahme zu semantischen Netzen als Bestandteil gedächtnispsychologischer Theorien schließt den Beitrag ab.

Opwis vertritt überzeugt und mit vielfältigen Argumenten die Modellvorstellung der Produktionssysteme. Diese eignen sich insbesondere zur Darstellung von prozeduralem Wissen, bzw. allgemein von Wissenskomponenten, die sich in eine ,,Wenn . . ., dann . . ."-Form bringen lassen. Der Autor informiert über die grundlegenden Bestandteile (Daten- und Produktionenspeicher, Interpreter) eines Produktionssystems und illustriert seine Erläuterungen an einem einfachen Beispiel. Ausführlich wird der Interpreter behandelt, der das Kontrollwissen eines Produktionssystems beinhaltet. Die Darstellung von Lernmechanismen, die mit Hilfe dieses Ansatzes modellierbar sind, macht zugleich deutlich, welche engen Grenzen der Modellierung derzeit in diesem Bereich noch gesetzt sind.

Das Thema von Steiner sind analoge Repräsentationen. In seinem Beitrag erläutert der Autor differenziert diese Form der Wissensrepräsentation und führt überzeugende empirische Befunde für sie an. Steiner gibt Antworten auf drei Grundfragen: (a) In welchem Verhältnis stehen Abbildung und Abgebildetes? (b) Welche experimentellen Verfahren sind für die Analyse des Prozesses der Abbildung heranzuziehen? (c) In welchen Situationen werden analoge Repräsentationen aufgebaut und zur Verhaltenssteuerung genutzt? Zwei Themenbereiche, kognitive Landkarten und mentale Modelle, werden herausgehoben diskutiert. Trotz einer Behandlung auch der Grenzen dieser Form der Wissensrepräsentation kommt Steiner zur Schlußfolgerung, daß Menschen in vielen Fällen spontan mit analogen Repräsentationen arbeiten.

Die folgenden beiden Kapitel stehen unter dem Thema ,,Erwerb von Wissen". Mandl, Friedrich und Hron heben in ihrem Beitrag die Bedeutung von drei theoretischen Ansätzen zum Wissenserwerb hervor, den Schematheorien, den Produktionssystemen und den mentalen Modellen. Im Gegensatz zu den vorangehenden, methodisch orientierten Kapiteln stehen inhaltliche Fragen im Vordergrund und der Aspekt der Veränderung von Wissen durch Lernen nimmt breiten Raum ein. Zu jedem Ansatz wird dargestellt, welche Merkmale ihn kennzeichnen und welche Lernprozesse mit seiner Hilfe beschrieben werden können. Das Kapitel informiert dabei gleichzeitig über die Arbeit einer Reihe der bekanntesten amerikanischen Autoren der Wissenspsychologie bzw. Kognitionswissenschaft, wie Abelson, Norman und Rumelhart (Schematheorien), Anderson (Produktionssysteme) und Brown, Forbus, Gentner, de Kleer und Johnson-Laird (mentale Modelle).

Weinert und Waldmann betrachten die Frage des Wissenserwerbs unter entwicklungspsychologischem Aspekt. An einigen ausgewählten Beispielen werden wichtige Merkmale der Wissensentwicklung beschrieben. Im Zentrum stehen verschiedene Formen der Begriffsbildung. Neben Fragen des Aufbaus fundamentaler Konzepte, wie der Kausalität, wird die Entwicklung komplexer Wissensstrukturen (Taxonomien, Skripts, intuitive Objekttheorien) behandelt. Die Bedeutung von Metawissen für das Gedächtnis und seine Entwicklung wird diskutiert. Es wird aber auch gezeigt, welchen strukturellen Beschränkungen der Konzepterwerb im Verlaufe der Entwicklung unterliegt.

Es folgen die sieben Kapitel, in denen aus wissenspsychologischer Perspektive die menschliche Wahrnehmung, das Denken und die Sprache untersucht werden, bzw. Wissen im sozialen und kulturellen Kontext zum Thema gemacht wird.

Wilkening beschäftigt sich mit der Frage, ob und wie die Wahrnehmung unserer Umwelt durch Wissen beeinflußt wird. Im ersten Teil wird anhand von Beispielen aus der visuellen Wahrnehmung gezeigt, daß es Argumente, aber jeweils auch Gegenargumente für zwei konträre Sichtweisen gibt: (1) Wahrnehmung ist ,,direkt" und (2) Wahrnehmung ist ,,indirekt". Bei der letzteren Alternative wird angenommen, daß Wissen, Erfahrungen, aber auch Inferenzen die Wahrnehmung steuern und über eine Reinterpretation der Reizgegebenheiten das Ergebnis bestimmen. Die Wahrnehmung von Sprache, die im zweiten Teil behandelt wird, ist ein Bereich, in dem die indirekten, kognitiven Wahrnehmungstheorien einen besonders hohen Erklärungswert haben. Im letzten Teil werden die beiden Grundpositionen systematisch einander gegenübergestellt; zugleich wird aber deutlich, daß sich die Konfrontation im Lichte neuer und sehr differenzierter Überlegungen zur Computerwahrnehmung aufklärt, was zu weiteren, aber nun wesentlich präziseren Fragen Anlaß gibt.

Aebli untersucht in seinem Beitrag das begriffliche Denken. Denken bedeutet für ihn allgemein das Stiften von Beziehungen zwischen Elementen, die anschaulich oder sprachlich repräsentiert sein können. Auch das Ergebnis dieses Inbeziehungsetzens kann in einer dieser beiden Formen gedächtnismäßig gespeichert werden. Begriffliches Denken ist durch verbale Objektivierungen gekennzeichnet. Die Rolle des Begriffs im konstruktiven, weiterführenden Denken stellt einen der Schwerpunkte der Abhandlung dar. Kritisch werden die amerikanischen Studien zu kumulativen Objektbegriffen (Rosch; Smith) diskutiert: es handle sich um keine echten Denkprozesse; die untersuchten Begriffe seien uninteressant, der verwendete Repräsentationsbegriff unklar.

Putz-Osterloh analysiert die Beziehung von Wissen und Problemlösen. Zu Beginn ihres Beitrags klassifiziert sie sowohl Probleme wie auch Problemlösewissen. Ausführlich wird die Abhängigkeit der Problemlöseleistung vom jeweiligen Wissen dargestellt. Dabei gibt es überraschende Wechselwirkungen – so kann Wissen beispielsweise durchaus negative Effekte auf das Problemlösen haben. Das Lösen von Problemen ist eine Quelle des Wissenserwerbs, ebenso wie das Training des Problemlösens als eine bestimmte Form der Wissensveränderung aufgefaßt werden kann. Auch die besondere Rolle des Wissens beim Lösen intransparenter, komplexer Probleme wird behandelt.

Dörner greift in seinem Beitrag ein sehr komplexes und umfassendes Thema auf, den Gebrauch von Wissen bei der Verhaltensregulation. Daß Wissen bei der Handlungsplanung und -ausführung eine zentrale Rolle spielt, ist völlig unstrittig, um so mehr muß es verwundern, wie wenig im einzelnen aus der kognitionswissenschaftlichen Literatur über die Bildung von Intentionen und ihre Umsetzung in Verhalten bekannt ist. Der von Dörner vorgelegte Ansatz verbindet in sehr interessanter Weise zwei zumeist getrennt behandelte Bereiche, und zwar die Wissenspsychologie als Teilgebiet der Kognitionspsychologie und die Motivationspsychologie. Dörner stellt ein allgemeines Schema der Verhaltensregulation auf und postuliert dabei mehrere parallel arbeitende Informationssysteme. Im Zentrum der Betrachtung steht die Absichtsregulation, über die in diesem Beitrag ein differenziertes Bild entworfen wird. Aber auch die Rolle von Emotionen und einer allgemeinen Selbstkontrolle werden reflektiert.

„Wissen und Sprache“ ist das Thema der beiden folgenden Kapitel, von denen das eine die Textproduktion, das andere dazu komplementäre das Textverstehen behandelt.

Herrmann und Hoppe-Graff gehen in ihrem Beitrag von einem Rahmenmodell für die mündliche und schriftliche Produktion von Texten aus, bei dem der Aspekt der Ziel- und Partnerbezogenheit besondere Bedeutung findet. Auf der Basis einer bestimmten Zielsetzung geht der Sprecher/Schreiber in äußerst flexibler und die Merkmale und den Verlauf der Kommunikationssituation berücksichtigender Weise in der Textproduktion vor. Ein bestimmter Fokus wird ausgewählt; er muß aber nicht zwingend auf eine bestimmte Art und Weise behandelt werden. Der Textproduzent kann Informationen unterschiedlich selegieren und linearisieren und er kann einen bestimmten Sachverhalt unterschiedlich verbal enkodieren. Die Autoren zeichnen ein differenziertes Bild dieser drei Stufen der Textproduktion (Fokussierung, Selektion/Linearisierung und Enkodierung) und machen dabei zugleich deutlich, in wie vielfältiger Weise das Wissen des Sprechers/Schreibers die Textproduktion auf den verschiedenen Stufen prägt.

„Textverstehen ist Aufbau mentaler Modelle", das ist der Leitgedanke des Beitrags von Schnotz. Viele der in den letzten 15 Jahren entwickelten Ansätze haben das Verstehen eines Textes als ein Aneinanderfügen von relativ elementaren Sinneinheiten aufgefaßt. Demgegenüber geht eine neuere Gruppe von theoretischen Ansätzen davon aus, daß beim Lesen letztlich eine eher ganzheitliche mentale Repräsentation gebildet wird. Dieser – auch vom Autor vertretenen – Auffassung zufolge dient der Text als Datenbasis für die Konstruktion eines Situationsmodells bzw. eines mentalen Modells. Textverstehen basiert auf einer verbalen Repräsentation der Oberflächenstruktur, einer propositionalen Abbildung der Tiefenstruktur und einem mentalen Modell.

Der Beitrag von Oerter eröffnet eine weitere Dimension der Betrachtung, da in ihm auf die Abhängigkeit individuellen Wissens vom kulturellen Kontext hingewiesen wird. Oerter betrachtet die Beziehung zwischen Wissen und Handeln sowie Wissen und Denken vor dem Hintergrund unterschiedlicher Kulturen. Ethnologische und kulturpsychologische Studien liefern sehr eindrückliche Belege für die Feststellungen (a) daß dieselben kognitiven Leistungen auf der Basis sehr unterschiedlicher Wissensbestände zustande kommen und daß (b) dieselben Handlungen auf sehr verschiedenartigem Begründungswissen fußen können. Die kulturelle Bedingtheit bestimmter Wissensinhalte wird theoretisch diskutiert und an verschiedenen Beispielen illustriert. Auch der Zusammenhang zwischen Wissen und Denken stellt sich in verschiedenen Kulturen recht unterschiedlich dar. Dem Einfluß der Schule (Betonung des dekontextualisierten Wissens und formalen Denkens) ist ein eigener Abschnitt gewidmet.

Forschungsmethoden zur Datenerhebung bei wissenspsychologischen Untersuchungen und zur Modellierung kognitiver Strukturen und Prozesse sind das Thema der vier folgenden Kapitel.

Kluwe beschreibt Methoden zur Gewinnung von Daten über menschliches Wissen. Ausführlich behandelt werden die Methode des lauten Denkens, Formen des Befragens (u. a. Zustands-Eingriffs-Diagramme, strukturiertes Interview, tutorieller Dialog), Methoden des Kategorisierens (Gruppierung von Reizmaterial wie Begriffe, Probleme) und die freie Reproduktion. In jedem Fall wird das jeweilige Vorgehen erläutert, es werden die Vor- und Nachteile der einzelnen Verfahrensgruppen differenziert diskutiert und es werden illustrative Beispiele aus Anwendungen in der Forschung geschildert. Der Beitrag liefert wichtige Informationen zum Rückschluß von verschiedenen Datentypen auf das zugrundeliegende Wissen, und zwar sowohl hinsichtlich seiner Struktur als auch seines Inhalts.

Lüer plädiert in seinem Beitrag für die Einbeziehung von Augenbewegungsanalysen in Untersuchungen des Erwerbs und der Nutzung von Wissen. Er zeigt einleitend am Beispiel eines Modells für menschliche Informationsverarbeitung beim Lösen von Raumvorstellungsaufgaben, welche enge Korrespondenz zwischen Augenbewegungsdaten und einzelnen Modellannahmen herstellbar ist und macht zugleich deutlich, wie Augenbewegungsmessungen zur empirischen Modellprüfung herangezogen werden können. Nach einem kurzen Abriß der physiologischen Grundlagen der Augenbewegungen und einer Einführung in das Vorgehen bei ihrer Erfassung und Auswertung, wird ausführlich auf Befunde zum Zusammenhang von Augenbewegungen und kognitiven Prozessen eingegangen. Die Schlußfolgerung ist, daß menschliches Blickverhalten von vorhandenem Wissen offensichtlich stark beeinflußt wird und daß es am Aufbau neuen Wissens über Erkennungsprozesse wesentlich beteiligt ist.

Tergan behandelt in seinem Beitrag zentrale Fragen der Entwicklung einer Methodologie qualitativer Wissensdiagnose. Der Schwerpunkt seines Beitrags besteht in einer Darstellung und Erörterung der theoretischen Grundlagen sowie grundlegender methodologischer Prinzipien eines an theoretischen Modellen der Wissensrepräsentation orientierten diagnostischen Ansatzes (Repräsentationsansatz qualitativer Wissensdiagnose). In diesem Zusammenhang werden vier eng aufeinander bezogene Phasen des diagnostischen Prozesses unterschieden: Kognitive Aufgabenanalyse mit dem Ziel der Entwicklung eines hypothetischen Modells der individuellen Wissensrepräsentation, Auswahl und Einsatz eines geeigneten Diagnoseverfahrens, Rekonstruktion der individuellen Wissensrepräsentation, Bewertung der individuellen Wissensrepräsentation in Begriffen des hypothetischen Modells. Zur Veranschaulichung des vorgestellten Ansatzes qualitativer Wissensdiagnose wird ein Beispiel zum Konzepterwerb beim Lernen mit Texten herangezogen.

Der Beitrag von Möbus zur Modellierung kognitiver Strukturen und Prozesse am Beispiel von deklarativem und prozeduralem Wissen behandelt ein Kernthema der Wissenspsychologie. Er weist daher enge Bezüge zu mehreren der anderen Buchkapitel auf, so zu den Beiträgen von Wender über semantische Netzwerke, von Opwis über Produktionssysteme und zu dem thematisch weitergefaßten Aufsatz von Klix. Möbus demonstriert anhand von relativ einfach gehaltenen Beispielen und dazu entwickelten kleinen, lauffähigen Programmen wie im Detail Wissen und seine Anwendung modelliert werden können. Die Repräsentation von Kontrollwissen in einem vorwärtsverkettenden Produktionssystem wird am Problem des Turms von Hanoi illustriert. Fragen, die Klix bei der Diskussion semantischer Netzwerke behandelt (u. a. Formalisierung von Ereignisbeschreibungen, Begriffsbeziehungen in Abstraktionshierarchien), werden als deduktive Informationsverarbeitung mit zielorientierten, rückwärtsverkettenden Regelsystemen modelliert. Dabei wird immer wieder auf die Möglichkeit einer empirischen Prüfung einzelner Annahmen verwiesen.

Die Beiträge von Friederici und Palm behandeln Wissen aus der Sicht der Neurowissenschaften. Der Dialog von Kognitiver Psychologie und Neurowissenschaften stellt neben der Kooperation mit Forschern der Künstlichen Intelligenz das zweite faszinierende Beispiel weiterführenden interdisziplinären Arbeitens unter Beteiligung der Wissenspsychologie dar, auch wenn, wie Friederici schreibt, die Exploration der neuronalen Prozesse, die dem Wissenserwerb und der Wissensnutzung zugrunde liegen, gerade erst begonnen hat.

Friederici stellt die neuronalen Strukturen und Prozesse dar, die Voraussetzung für mentale Aktivität sind. Ihr Beitrag informiert über die zerebrale Mikro- und Makrostruktur und über die ontogenetische Entwicklung des Gehirns, soweit dies für die Frage des Zusammenhangs von neuronaler Basis und kognitiver Funktion wesentlich ist. Die Abhängigkeit geistiger Leistungen von neuroanatomischen und neurophysiologischen Strukturen und Prozessen wird anhand von drei Bereichen menschlicher Informationsverarbeitung untersucht: der visuellen Wahrnehmung, der Sprache und dem Gedächtnis. Dabei wird deutlich, daß sich räumlich-visuelle, teilweise aber auch sprachliche Fähigkeiten weitaus verbindlicher neuroarchitektonisch zuordnen lassen als der Wissenserwerb und die Wissensanwendung, also die Speicherung und der Abruf von hochintegrierter Information.

Palm versucht in seinem Beitrag eine Brücke von der Wissensdarstellung in semantischen Netzwerken zu den Nervennetzwerkmodellen zu schlagen, die in der theoretischen Neurobiologie und in der KI diskutiert werden. Der Gedankengang führt von semantischen Netzwerken zu assoziativen Datenspeichern und von diesen zu neuronalen Netzwerken und ihren neuroanatomischen und elektrophysiologischen Voraussetzungen. Bei dem in dieser Arbeit berichteten Forschungsansatz werden allerdings erst relativ elementare Voraussetzungen der Wissensspeicherung und des Wissensabrufs behandelt.

Furbach, Freksa und Dirlich diskutieren aus der Sicht der KI Wissensrepräsentation als konstruktiven kognitiven Prozeß der symbolischen Darstellung von Wissen in künstlichen Systemen. Ihr Beitrag ist didaktisch geschickt aufgebaut und führt in verschiedene Möglichkeiten der formalen Wissensrepräsentation und der automatischen Wissensverarbeitung ein. Die Autoren stellen ein kleines wissensbasiertes System vor, das der KI-Literatur zur Robotik entnommen ist, untersuchen an einem einfachen Beispiel der Büroautomatisierung zur Terminplanung einige weitere Probleme, die bei der Wissensrepräsentation zu beachten sind und entwickeln Überlegungen zu einer allgemeinen Theorie. Am Schluß ihres Beitrags geben sie einen Überblick über einige zusätzliche Aspekte der formalen Darstellung von Wissen, die derzeit in der KI-Forschung eine Rolle spielen.

Die letzten beiden Kapitel des Buches stellen Beiträge zur angewandten Wissenspsychologie dar. Aus der Vielfalt möglicher Themen wird die Frage der Wissensvermittlung mit Medien durch Issing, der dynamische Forschungsbereich der sogenannten Intelligenten Tutoriellen Systeme von Lesgold behandelt.

Issing erörtert in seinem Beitrag die Bedeutung der Wissenspsychologie für die Behandlung von Fragen der Unterrichtstechnologie und Mediendidaktik. Ausgehend von einer Kritik an den traditionellen Untersuchungen zur Lerneffektivität von Medien verweist er auf die Notwendigkeit einer Umorientierung und besseren theoretischen Fundierung der Medienforschung. Jüngste Ansätze im Bereich der Bildverarbeitung und Bildrepräsentation sowie des Wissenserwerbs mit intelligenten Lernsystemen werden als besonders relevant für die Mediendidaktik herausgestellt.

Lesgold zeigt in seinem Beitrag, daß für die Entwicklung Intelligenter Tutorieller Systeme wissenspsychologische Theorien und Diagnoseinstrumente ebenso relevant sind wie Ansätze der KI zur Wissensrepräsentation und -verarbeitung.

Intelligente Tutorielle Systeme eröffnen neuartige Möglichkeiten des computerunterstützten Lehrens durch eine angemessene und differenzierte Berücksichtigung und Förderung des individuellen Lernfortschritts des Schülers. Die neue Generation von Lehrsystemen ist durch sehr flexible Kontrollstrukturen und elaborierte Techniken der Wissensrepräsentation gekennzeichnet. Im einzelnen beschreibt der Beitrag die verschiedenen Komponenten, die sich aus dem funktionalen Aufbau eines derartigen Systems ergeben: die Lernumgebung, das Expertenmodell, das Lernermodell und tutorielle Komponenten zur Bestimmung und Gestaltung des jeweiligen Lehrangebots.

Als zentrale Forschungsaufgaben im Zusammenhang mit der Entwicklung von Intelligenten Lehrsystemen betrachtet Lesgold die Analyse mentaler Modelle, die Diagnose von Defiziten im deklarativen und prozeduralen Wissen sowie die Untersuchung von metakognitiven Fertigkeiten.

Die Zusammenfassung des letzten Kapitels führt zurück zum zentralen Thema des Buches, der Diagnose, der theoretisch fundierten Beschreibung und der gezielten Förderung von menschlichem Wissen.

Literatur

Amelang, M. (Hg.) (1986). *Bericht über den 35. Kongreß der Deutschen Gesellschaft für Psychologie* (Bd. 1). Göttingen: Hogrefe.

Anderson, J. R. (1976). *Language, memory and thought.* Hillsdale, N. J.: Erlbaum.

Anderson, J. R. (1983). *The architecture of cognition.* Cambridge, Mass.: Harvard University Press.

Ausubel, D. P. (1963). *Educational psychology: A cognitive view.* New York: Holt, Rinehart & Winston.

Bousfield, W. A. (1953). The occurence of clustering in the recall of randomly arranged associates. *Journal of General Psychology, 49*, 229–240.

Broadbent, D. E. (1958). *Perception and communication.* New York: Pergamon Press.

Bruner, J. S. (1960). *The process of education.* Cambridge, Mass.: Harvard University Press.

Bühler, K. (1934). *Sprachtheorie. Die Darstellungsfunktion der Sprache.* Jena: Fischer.

Chomsky, N. (1957). *Syntactic structures.* The Hague: Mouton.

Dörner, D. (1976). *Problemlösen als Informationsverarbeitung.* Stuttgart: Kohlhammer.

Duncker, K. (1935). *Zur Psychologie des produktiven Denkens.* Berlin: Springer.

Ebbinghaus, H. (1885). *Über das Gedächtnis.* Leipzig: Duncker & Humboldt.

Flavell, J. H. (1963). *The developmental psychology of Jean Piaget.* Princeton, N. J.: Van Nostrand.

Gagné, R. M. (1965). *The conditions of learning.* New York: Holt, Rinehart & Winston.

Herrmann, Th. (1982). Über begriffliche Schwächen kognitivistischer Kognitionstheorien: Begriffsinflation und Akteur-System-Kontamination. *Zeitschrift für Sprache und Kognition, 1*, 3–14.

Kintsch, W. (1974). *The representation of meaning in memory.* Hillsdale, N. J.: Erlbaum.

Kintsch, W. (1977). *Memory and cognition.* New York: Wiley.

Klix, F. (1971). *Information und Verhalten.* Bern: Huber.

Köhler, W. (1929). *Gestalt psychology.* New York: Liveright.

Lüer, G. (Hg.) (1983). *Bericht über den 33. Kongreß der Deutschen Gesellschaft für Psychologie*. Göttingen: Hogrefe.

Mandl, H., & Spada, H. (1984). *Antrag auf Einrichtung eines Schwerpunktprogramms „Wissenspsychologie" bei der Deutschen Forschungsgemeinschaft*. Tübingen und Freiburg: Hektographiertes Manuskript.

Michalski, R. S., Carbonell, J. G., & Mitchell, T. M. (Eds.) (1986). *Machine learning* (Vol. II). Los Altos: Morgan Kaufmann.

Miller, G. A., Galanter, E., & Pribram, K. H. (1960). *Plans and the structure of behavior*. New York: Holt, Rinehart & Winston, 1960.

Minsky, M. (1965). Steps towards artificial intelligence. In R. D. Luce, R. R. Bush, & E. Galanter (Eds.), *Readings in mathematical psychology* (Vol. II) (pp. 18–40). New York: Wiley.

Minsky, M. (Ed.) (1968). *Semantic information processing*. Cambridge, Mass.: MIT-Press.

Newell, A., & Simon, H. A. (1972). *Human problem solving*. Englewood Cliffs, N. J.: Prentice Hall.

Newell, A., Shaw, J. C., & Simon, H. A. (1958). Elements of a theory of human problem solving. *Psychological Review 65*, 151–166.

Newell, A., Shaw, J. C. & Simon, H. A. (1965). Report on a general problem solving program. In R. D. Luce, R. Bush & E. Galanter (Eds.), *Readings in mathematical psychology* (Vol. II) (pp. 41–57). New York: Wiley.

Norman, D. A., & Rumelhart, D. E. (1975). *Explorations in cognition*. San Francisco: Freeman.

Piaget, J. (1947). *Psychologie der Intelligenz*. Zürich: Rascher.

Postman, L. (1972). A pragmatic view of organization theory. In E. Tulving & W. Donaldson (Eds.), *Organization of memory*. New York: Academic Press.

Selz, O. (1913). *Über die Gesetze des geordneten Datenverlaufs*. Stuttgart: Spemann.

Skinner, B. F. (1957). *Verbal behavior*. New York: Random.

Spada, H., & Opwis, K. (1987). Wissenspsychologie: Erwerb, Repräsentation und Nutzung von Wissen. In M. Amelang (Hg.), *Bericht über den 35. Kongreß der Deutschen Gesellschaft für Psychologie* (Bd. 2). Göttingen: Hogrefe.

Underwood, B. J. (1963). Stimulus selection in verbal learning. In C. N. Cofer & B. S. Musgrave (Eds.), *Verbal behavior and learning: Problems and processes*. New York: McGraw-Hill.

Wertheimer, M. (1945). *Productive thinking*. New York: Harper.

Modelle der Wissensrepräsentation

2 Gedächtnis und Wissen

Friedhart Klix

Annäherung an den Gegenstandsbereich

Es gehört zu den Alltäglichkeiten bei der Selbstbeobachtung psychischer Vorgänge, daß Gesehenes wiedererkannt, Erfahrenes erinnert, dem Vergessen Anheimgefallenes gesucht und gelegentlich auch wieder gefunden werden kann. Auch daß Widersprüche zwischen Wissensinhalten entdeckt werden können, gehört in diese Beispielsreihe.

Leistungen dieser Art sind an die Fähigkeit des menschlichen Nervensystems gebunden, Sinneseindrücke nicht nur aufzunehmen, sondern durch sie bewirkte strukturelle Änderungen innerhalb von Nervenzellen sowie als Verbindungen zwischen ihnen zu bewahren und unter bestimmten Bedingungen auch zu reaktivieren. An der Analyse dieser Bedingungen wird von zwei Seiten gearbeitet: von der Neurophysiologie wie von der Psychologie aus.

Wie alles, so haben auch die genannten Leistungen ihre Entstehungsgründe: So wie die Sinnes- und Greiforgane der Lebewesen nach Darwinschen Gesetzen der zu erwartenden Umgebung angepaßt sind (also der Augenhintergrund energetischen Eigenschaften des Lichts, die Kralle des Greifvogels der Gestalt der Beutetiere, die des Maulwurfs den Eigenschaften des Erdreichs), ebenso sind in den Nervensystemen schon der niederen Lebewesen Erkennungssysteme eingebaut, die als Artgedächtnis über die nach der Geburt zu erwartenden Umgebungseigenschaften vorinformieren. Wie die Flosse des Fisches Formeigenschaften hat, die den Dichte- und Strömungseigenschaften des Wassers vorangepaßt sind, so sind die Erkennungssysteme des Artgedächtnisses auf die zu erwartenden Informationen über Umgebungseigenschaften hin ausgelegt. Aber natürlich nicht über die aktuellen Details aller möglichen Umgebungssituationen. Dies würde die verfügbaren Speichermöglichkeiten bei weitem überfordern. Vielmehr ist in den angeborenen Erkennungssystemen eine Art Durchschnittsbild über höchstwahrscheinlich zu erwartende Umgebungseigenschaften angelegt; insbesondere über die bedeutsamen, die lebenswichtigen. Die in der vergleichenden Verhaltensforschung so benannten angeborenen auslösenden Mechanismen (AAM, Lorenz, 1965; Tinbergen, 1952) sind solche generalisierten Formen bedeutsamer Umgebungsbilder: Wenn das eben geschlüpfte Silbermöwenküken auf etwas Gelblich-Längliches mit rotem Punkt im unteren Drittel mit Picken reagiert, so beruht das auf einer Instruktion seines Artgedächtnisses: Es ist über die wichtigsten Form- und Farbeigenschaften des Schnabels seiner Eltern vorinformiert und kann sie daher auch erkennen. Das immer Wiederkehrende, das Invariante ist es, auf das das Erkennungssystem anspricht. Wir nennen solche invarianten Objekteigenschaften in ihrer subjektiven Repräsentation Merkmale. Da invariante Merkmalssätze stets einer bestimmten Klasse von Objekten oder Individuen (wie den Silbermöwen) eigen sind, sprechen wir von klassifizierendem Erkennen: „Das ist eine Feindeigenschaft", „ein Elter", „ein laichbereites Weibchen", sind solche klassifizierenden Erkennungsvorgänge, die wir in einfachsten Formen schon bei Wirbellosen vorfinden (Aronson et al., 1972)[1]. Bis dahin muß man evolutionsgeschichtlich zurückdenken, um die Ursprünge des Zusammenhangs von Erkennen und zugehöriger Verhaltenseinstellung, d. h. kurz: von Bedeutungserkennung durch (Vor-) Wissen aufzufinden. Wir halten fest, daß die Auswahl oder die Selektion von Eigenschaften der Wahrnehmungsdinge eine Leistung ist, die in der Arbeitsweise des Nervensystems begründet liegt und die für tierische wie menschliche Verhaltensorientierungen bedeutsam ist. Gleichwohl: Die Bedeutsamkeit angeborener klassifizierender Erkennungssysteme nimmt mit der Höherentwicklung der Lebewesen zu den Primaten hin ab. Statt dessen werden Erkennungsleistungen zunehmend individuell ausgebildet. Den zugrunde liegenden Vorgang nennt man Lernen. Schimpansen erwerben durch Eignung im Gebrauch (oder durch „Versuch und Irrtum") die Merkmale von Zweigen, die zum Angeln von Termiten geeignet sind (vgl. Lawick-Goodall, 1971; Kurth & Eibl-Eibesfeldt, 1975); sie lernen im Gebrauch, welche Art von „Hammer" zum Öffnen von weichen oder harten Palmenfrüchten taugt und welche nicht (Kummer, 1975; Boesch & Boesch, 1984).

Auch die durch Lernen erworbenen Erkennungssysteme gestatten es, Objekte nach ihrer Zugehörigkeit zu einem Typ oder einer Klasse zu bestimmen. Diese klassifizierungsrelevanten Merkmale bilden die Datenbasis für die Begriffe oder besser: für die Primärbegriffe, deren Merkmale anschaulich sind, da sie unmittelbar der Wahrnehmung entstammen. Obwohl erlernte Erkennungssysteme dasselbe leisten wie jene, die dem Artgedächtnis entstammen, so haben sie doch zwei wesentliche Vorteile: Sie können korrigiert, und sie können vergessen werden. Korrekturen erlauben es, die Erkennungsleistungen an die realen Umweltgegebenheiten anzupassen. (So erlernen Silbermöwenküken alsbald die Spezifik des fütternden Elternschnabels von denen aller anderen Silbermöwenschnäbel zu unterscheiden, etwa anhand ganz spezifischer Farb- oder Formeigenschaften.)

Vergessen hinwiederum erlaubt es, jene Erkennungsleistungen zu löschen, die nicht mehr bedeutsam sind (etwa, wenn der Lebensraum gewechselt wird).

Die Vielfalt menschlicher Lebensbezüge hat die biologischen Einbettungen nur als Teil umfassenderer Inhalte. Sie finden vor allem in den sozial oder kulturell bestimmten, durch Erziehung und Bildung vermittelten Klassifizierungen ihren Niederschlag. Aus den vielen Gründen, die an der Entstehung spezifisch menschlicher Begriffssysteme mitgewirkt haben, sei hier nur einer erwähnt: Je vielseitiger

---

[1] Und wahrscheinlich sind sie überhaupt nur an die Existenz von Nervenzellen gebunden. Womöglich sind Strukturen postsynaptischer Rezeptoren für solche Erkennungsvorgänge verantwortlich (Kandel, 1981).

die Lebensbezüge werden, je häufiger die einen Eigenschaften eines Objektes in dieser, andere in jeweils anderen Situationen relevant sind, um so flexibler müssen die Klassifizierungen funktionieren. Eine Blume mit ihrer Blüte ist für eine Biene immer diese Blume. Die Vielseitigkeit menschlichen Klassifizierens zeigt sich hier auch darin, daß die gleiche Blume als Geschenk geeignet, als Zierpflanze versendbar sein oder als Heilpflanze gelten kann. Sie kann symbolische Bedeutung haben für Liebeserklärung wie Totenehrung. Es ist ein multiples Klassifizieren, wobei neben den allgemeinen immer wieder andere spezifische Merkmale klassifizierungsrelevant sind. Multiples Klassifizieren, durch das eine Objektmenge vielen verschiedenen Begriffen zugeordnet werden kann, wird erst durch verschiedene Benennungen zu vielseitigem wie festem Wissensbesitz. Die Bindung allgemeiner wie je eigener spezifischer Objekteigenschaften durch Wortmarken erlaubt es, jene Merkmale zu akzentuieren, auf deren situationsbezogene Bedeutung es neben der allgemeinen ankommt. Die Bindung begrifflicher Merkmalssätze durch Worte ermöglicht es also, die Vielfalt realer Objekteigenschaften bedarfsgerecht im Gedächtnis zu fixieren; bedarfsgerecht, indem die situationsrelevanten Merkmale akzentuiert, andere inhibiert werden: Jagdhund und Schoßhund haben Gemeinsames wie spezifisch Verschiedenes, das von den Worten her aktiviert wird, d. h. durch sie gebunden ist.

Nach dem Gesagten kann man die durch Lernen gebildeten, begrifflichen Merkmalssätze eines Menschen als sein Basiswissen[2] betrachten und die zugehörigen Wortmarken als seinen Wortschatz. Diese beiden Komponenten des mentalen Lexikons: Merkmalssätze und ihnen zugehörige Worte ermöglichen sprachliches wie bildliches Erkennen oder Wiedererkennen. Realisiert wird Erkennen durch einen Prozeß, bei dem die Daten der Wahrnehmung mit denen des Gedächtnisses in Vergleich gesetzt werden. Solche Erkennungsprozesse haben ein Motiv (eine Anforderung, eine Frage, eine Intention), und sie haben Entscheidungskriterien. Basiswissen und Erkennungsprozesse sind danach wohl zu unterscheiden: Wissen ermöglicht Erkennen, die Entscheidungsprozesse realisieren es. Wissensbestand und Erkennungsprozesse bedingen sich gegenseitig. Zunächst setzt Erkennen Wissen voraus, dann aber können Erkennungsprozesse Wissen korrigieren. Auf einer bestimmten Stufe der Ausbildung hinwiederum kann Wissen Erkennung steuern, etwa durch Bildung und Prüfung von Hypothesen. Es ist diese Dialektik von Wissen und Erkennen, die es zu fassen gilt, wenn man Struktur und Arbeitsweise des Gedächtnisses in ihrem natürlichen Funktionszusammenhang begreifen will.

Vom Methodischen her hat es in der Geschichte der Gedächtnispsychologie nicht an Versuchen gefehlt, diesen Zusammenhang zu erschließen (vgl. Höffding, 1908; Hovland, 1951; Gleitman, 1981).

Erlernen von Silbenlisten, um Wiedererkennung zu prüfen, oder Erlernen von Wortlisten zur Analyse von Positionsvorzügen (Neuheits- und Randeffekte) wur-

---

[2] Zu diesem Basiswissen gehören natürlich auch die Handlungsmuster und Verhaltensprogramme als Antworten auf Erkennungsvorgänge. Wir beschränken uns hier auf die durch Wissen vermittelten Erkenntnisfähigkeiten des Menschen.

den vom methodologischen Vorgehen her auf vielfältige Weise variiert. Doch die Aussagefähigkeit dieser Experimente über wissensgesteuerte Erkennungsprozesse ist begrenzt. Bei einfachen seriellen Lern- und Wissensprüfexperimenten bleibt weitgehend außer acht, daß die natürliche Wissensbasis eines Menschen eine innere Architektur hat, daß die Begriffe des bestehenden Vorwissens miteinander vernetzt sind, daß es verschiedene Beziehungen zwischen ihnen gibt, die Erkennung begünstigen, behindern oder gar verhindern. Es zeigt sich, daß im menschlichen Gedächtnis voneinander abgeschlossene Wissenskörper existieren, wo gleiche Worte wesentlich Verschiedenes bezeichnen können, was nur in der Isolierung die richtige Bedeutungserfassung stört, nie aber in ihrer Einbettung: So bedeuten Körper in der Physik, in der Anatomie, der Geometrie oder in der Weinhandlung völlig Verschiedenes und doch leidet unsere Bedeutungserkennung nicht, weil sie im Kontext dieser Orientierungsbereiche eindeutig bleibt. In einem ähnlichen Sinne lehrt auch die Wissenschaftsgeschichte, daß das Begreifen eines Phänomens, insonderheit eines so komplexen, wie es das menschliche Gedächtnis ist, auch vom Rahmen mitbestimmt wird, den man als Grundvorstellung den Beschreibungen oder methodischen Analysen vorgibt, die zur Erforschung dieses Phänomens hinführen. Um neuere Entwicklungen der Gedächtnispsychologie in diesem Zusammenhange zu verstehen, werfen wir einen Blick auf solche Rahmenvorstellungen, die die Erforschung des menschlichen Gedächtnisses beeinflussen oder beeinflußt haben.

Über Rahmenvorstellungen bei der psychologischen Analyse des Gedächtnisses und seiner Funktionen

Beginn, Aufschwung und Entwicklung der experimentellen Erforschung des Gedächtnisses sind mit Namen wie Ebbinghaus (1895), Müller (1911–1917), Pilzekker und Müller (1900), Smirnov (1966), Sintschenko (1970), Granowskaja (1974), Hovland (1951) u. v. a. verbunden. Das klassische Paradigma dieser Periode war dem galileisch-newtonschen Denken verpflichtet, das die Erforschung der Naturgesetze vom Experiment her begründet und das die exakten Naturwissenschaften zu so außerordentlichen Erfolgen geführt hat. Die Vorbildwirkung auf die Psychologie war groß; ihre früheste Periode hieß Psychophysik, und sie war dem klassischen naturwissenschaftlichen Paradigma verpflichtet: Bestimmung des zu messenden Parameters (bei der Übertragung auf das Gedächtnis, z. B. den Behaltensumfang), Bestimmung der wirksamen Bedingungen (z. B. Silben- oder Wortlistenlernen), Variation dieser Bedingungen (z. B. Listenlänge oder Umfang der Wiederholungen) und Darstellungen des Zusammenhangs zwischen variierten Bedingungen und Meßwerten (also Anzahl der Wiederholungen in ihrem Einfluß auf den Umfang des Gedächtnisbesitzes). Von diesem Bilde war die frühe Periode der experimentellen Gedächtnisforschung geleitet. Doch ebenso, wie es in der

Physik wahr wurde, daß die klassische Mechanik nur Grenzfälle realer Kraftwirkungen von Körpern erfaßt, so ähnlich war es auch mit der Psychophysik von Lern- und Gedächtnisleistungen. Die Grenzen dieses klassischen Paradigmas zeigten sich vor allem in den Möglichkeiten, Eigenschaften des natürlich-sprachlichen Wissens aufzuklären. Dadurch war auch zahlreichen Versuchen, Regeln für schulisches Lernen abzuleiten, Texte für das Lesenlernen, Unterrichten oder überhaupt nach Regeln des Textverstehens zu gestalten, kaum Erfolg beschieden. Ganz anders als in der Physik waren die Ergebnisse für das Verständnis der Alltagsphänomene psychischer Vorgänge oder gar für die Lösung praktischer Anforderungen von vergleichsweise geringer Bedeutung.

Seit etwa 2 Jahrzehnten sind tiefgreifende Veränderungen eingetreten. Rein äußerlich zeigt sich das in der Hinwendung zur Analyse von Eigenschaften und von Beziehungen zwischen natürlich-sprachlich gebundenen Begriffen: Bedingungen für das Verstehen von Sätzen, von Texten (vgl. Mandl et al., 1980; Mandler, 1979, 1981; Ballstaedt, Mandl, Schnotz & Tergan, 1981; Rost, 1980; Kintsch, 1977; d'Ydewalle, 1978; Glowalla, 1981; Kluwe & Spada, 1981), für das Lösen natürlich-sprachlich formulierter Probleme (Dörner & Reither, 1978; Dörner, 1981), für Handlungswissen (Engelkamp & Zimmer, 1983; Herrmann, 1979), ja sogar für die Erzeugung von Texten (Kempen, 1977a, 1977b; Schank, 1975; Herrmann, 1982) wurden nach teilweise neuen Gesichtspunkten untersucht.

Die neueren Analysen zugrunde liegenden Rahmenvorstellungen sind von der kybernetischen Denkweise stimuliert worden. Sie unterscheidet sich von der galileisch-newtonschen Denkweise in dreierlei Hinsicht:

(1) Nicht die einlinig in der Zeit verlaufenden Ursache-Wirkungsketten sind charakteristisch für die ablaufenden Vorgänge, sondern die Wechselwirkung von Aktion und Rückmeldung; nicht der einmal angestoßene, nur nach vorn gesteuerte Vorgang ist es, sondern der von Rückmeldung abhängige, geregelte Zustand ermöglicht es, komplexe Strukturen stabil zu halten oder kontrolliert zu verändern.

(2) Die damit analysierbaren Gesetzmäßigkeiten komplexer Zusammenhänge finden nicht in Zeitgleichungen (wie z. B. den Differentialgleichungen der Physik) ihren adäquaten Ausdruck, sondern in Folgen von Entscheidungsschritten, die am ehesten als algorithmusähnliche Prozeduren zu begreifen sind.

(3) Die entscheidungsrelevante Größe ist nicht mehr die den physikalischen Prozeß wesentlich bestimmende Energie, sondern die Information. Ihre wichtigsten Eigenschaften bestehen darin, daß sie übertragbar ist, umkodiert werden kann, und daß sie speicherbar ist. Übertragbarkeit und Umkodierbarkeit von Information ermöglichen die Erkennung physikalischer Vorgänge durch biologische Strukturen; die Speicherbarkeit ermöglicht die Fixierung dieser Erkenntnisse, die Übertragbarkeit die Kommunikation über sie.

Eigenschaften dieser Art sind den Gegenständen biologisch fundierter Wissenschaften auf den Leib geschnitten: Vernetzte Regelkreise, die in diskreten Prozeßschritten arbeiten und in denen Information zirkuliert und steuert, bilden die Rahmenvorstellung der Kybernetik.

Eine Konsequenz dieses Denkmodells, stark durch die logische Durcharbeitung von Entscheidungsprozeduren geprägt, ist der Computer. Er ist gewissermaßen der Prototyp des kybernetischen Paradigmas. Bar aller Inhalte, nur befähigt zum Aufbau von komplexen Strukturen und Prozessen in ihnen, ist der Computer zugleich Darstellungsmittel der Ergebnisse wie Instrument der Forschung. Er ermöglicht es, nahezu beliebig komplexe Strukturen zu erzeugen und miteinander in Wechselwirkung zu bringen. Damit werden Vorgänge nachbildbar, deren gedankliche Durchdringung die Aufnahme- und Verarbeitungskapazität des menschlichen Nervensystems übersteigt. Die Simulation, d. h. die analoge Nachbildung kognitiver Strukturen und Prozesse wird zu einer heuristischen Forschungstechnik, d. h. zu einer Methodik der analogen Hypothesenbildung und -prüfung. Sie erlangt in der psychologischen Forschung ähnliche Bedeutung wie die Synthesemethodik in der Chemie; nur daß es hier um die konstruktive Nachbildung vernetzter kognitiver Strukturen und Funktionen geht. Die nachfolgenden Ausführungen sind von diesen methodologischen Prinzipien mit geprägt. Zum Schluß werden sie am Beispiel demonstriert.

Aber was die Detailforschung an solchen vernetzten Strukturen anlangt, so ist natürlich auch hier die lokale Gesetzmäßigkeit von Belang. Es kann sogar die Möglichkeit geprüft werden, von der Erfassung lokaler Struktureigenschaften zu konstruktiven Prinzipien für die Architektur der menschlichen Wissensorganisation im ganzen zu gelangen.

Lokale Organisationsprinzipien der menschlichen Wissensrepräsentation: Begriffe und Beziehungen zwischen ihnen

Vom mathematischen Standpunkt aus ist beweisbar, daß eine beliebige komplizierte Graphenstruktur (ein ,,Netz" aus Knoten (den Begriffen) und Kanten (den Verbindungen zwischen ihnen)) durch die Menge der eindeutig definierten, paarweisen ,,Assoziationen" zwischen Knoten und Kanten vollständig bestimmt ist. Die Komplexität (hier auch: Kompliziertheit) hängt sowohl von der Verschiedenartigkeit der Knoten als auch von der Verschiedenheit der Kanten ab. Das ist hier erwähnt, weil wir uns in diesem Abschnitt vor allem mit Begriffspaaren und verschiedenen Relationen zwischen ihnen befassen wollen. Der Versuch, von lokalen Strukturbildungen aus den Blick auf das Ganze zu gewinnen, wurde begründet und wird unternommen.

Abb. 2.1. vermittelt einen Eindruck von der schon in lokalen Begriffsbeziehungen kenntlichen Verschiedenartigkeit semantischer Relationen. Die Worte stehen für die klassifizierungsrelevanten Merkmalssätze, die Bindestriche für Beziehungen zwischen ihnen, die als semantisch sinnvoll erkannt werden. Zwischen der linken und der rechten Seite gibt es offensichtliche Unterschiede: Links haben wir

Merkmalbestimmte Begriffsbeziehungen			Ereignisgebundene Begriffsbeziehungen	
	Typ	Diff. Abstr.-Niveau		
EIBE - BAUM	Unter-		KÄUFER - KAUFEN	Actor 1
ADLER - VOGEL	Oberbegr.	1	VERKÄUFER - VERKAUFEN	Actor 1
EIBE - PFLANZE	Unter-		LEHRER - SCHÜLER	Actor 2
ADLER - TIER	Oberbegr.	2	SCHNEIDEN - BROT	Objekt
LINDE - BIRKE			LESEN - GESCHICHTE	Objekt
TAAUBE - SPERLING		1	SCHNEIDEN - MESSER	Instrument
LINDE - ROSE	Neben-		SCHIESSEN - FLINTE	Instrument
TAUBE - KARPFEN	ordnung	2		
			LEHREN - SCHULE	Lokation
EICHE - FORELLE			ANGLER - FLUSS	Lokation
ADLER - PILZ		3		
			BEHANDELN - HEILEN	Finalität
			KALB - BRATEN	Finalität
TRESEN - THEKE	Synonym	0	HOCHZEIT - VERMÄHLUNG	gleiches Ereignis
ANFANG - BEGINN		0	GESTATTEN - ERLAUBEN	(Synonym)
VOLL - LEER	Antonym	0	VERMÄHLUNG - SCHEIDUNG	gegensätzliches
SPITZ - STUMPF		0	SCHLIESSEN - ÖFFNEN	Ereignis (Antonym)
	SÜSS - LICHT			
	MEER - HEFE			

Abb. 2.1.: Begriffe, die paarweise in je unterschiedlicher Beziehung zueinander stehen. Linke Seite: Paare, zwischen denen unterschiedliche Grade von Ähnlichkeit bestehen. Sie stehen mit gemeinsamen Merkmalsanteilen der Begriffe in Zusammenhang. Dabei lassen sich verschiedene Abstraktionsebenen unterscheiden.
Rechte Seite: Begriffe, die durch unterschiedliche Funktionen im Rahmen verschiedener Ereignisabbildungen im Gedächtnis miteinander verbunden sind. Die Relationen sind (rechts) in Anlehnung an die psycholinguistische Literatur bezeichnet (vgl. Fillmore, 1968).

Ähnlichkeiten, zwar nicht bei den Worten, wohl aber zwischen den klassifizierungsrelevanten Merkmalen der Begriffe, die sie bezeichnen. Auf der rechten Seite gibt es diese Art Ähnlichkeiten nicht. Dort rühren die ebenfalls als sinnvoll einstufbaren Begriffsbeziehungen aus der Zugehörigkeit zu bestimmten Klassen von Ereignissen her, die wir Geschehenstypen nennen.

Betrachten wir die linke Seite, so wird deutlich, daß es dort auch Unterschiede im Grade der Ähnlichkeit der paarweise angeordneten Begriffe gibt. Sie hängen von der Art der semantischen Relation ab: Bei den Unter-Oberbegriffen sind Stufen zu unterscheiden, die zwischen den Begriffen liegen. Bei EIBE–BAUM ist es die nächstliegende, bei EIBE–PFLANZE wenigstens eine Stufe mehr[3] (vgl. die Zah-

---

[3] Wir setzen hier eine Gedächtnisstruktur mit laienhaftem Alltagswissen voraus. Ein Botaniker wird – in diesem Beispiel gedacht – wesentlich mehr Zwischenstufen bilden können. Unsere Prinzipbetrachtung bleibt davon unberührt, denn die hierarchische Ordnung selbst ist unabhängig von der Anzahl der Zwischenstufen. Differenziertes Expertenwissen verfeinert zwar die Stufung zwischen Unter-Oberbegriffen, die Erkennungsprozesse jedoch, die zwischen ihnen vermitteln, bleiben invariant.

len auf der rechten Seite). In umgekehrter Richtung sind die Ober-Unterbegriffsbeziehungen bestimmt.

Darunter finden wir Begriffspaare, die – so betrachtet – auf der gleichen Abstraktionsstufe angesiedelt sind. Sie unterscheiden sich im Abstand, der sie vom nächstliegenden, gemeinsamen Oberbegriff trennt: LINDE–BIRKE sind einander näher als LINDE–ROSE oder gar als LINDE–KARPFEN. Die abnehmenden Ähnlichkeiten könnten durch die verminderte Anzahl gemeinsamer Merkmale, bezogen auf den Anteil der jeweils verschiedenen, bestimmt sein. (Tatsächlich nehmen die Ähnlichkeitseinstufungen befragter Personen entsprechend dieser Rangreihe ab.) Darunter sind zwei Begriffspaare, die (weitgehend oder vollständig) gleiche Merkmale haben, die aber durch verschiedene Worte benannt sind (Synonyme). Die letzten beiden haben neben gemeinsamen wenigstens ein gegensätzlich ausgeprägtes Merkmal. Es sind Antonyme, Begriffe gegensätzlicher Bedeutung, die in der Regel durch ein Merkmal in gegensätzlicher Ausprägung bestimmt sind (vgl. dazu Herrmann et al., 1978; Preuß, 1985).

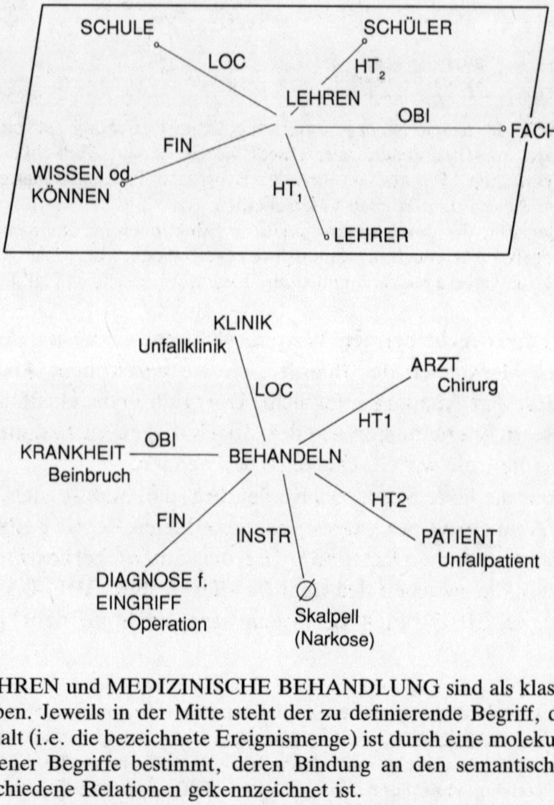

Abb. 2.2.: LEHREN und MEDIZINISCHE BEHANDLUNG sind als klassifizierte Ereignisse beschrieben. Jeweils in der Mitte steht der zu definierende Begriff, der semantische Kern. Sein Inhalt (i.e. die bezeichnete Ereignismenge) ist durch eine molekulare Konfiguration verschiedener Begriffe bestimmt, deren Bindung an den semantischen Kern durch qualitativ verschiedene Relationen gekennzeichnet ist.
Darunter: Der gleiche Sachverhalt an einem anderen Beispiel. Es weist auf die relative Unabhängigkeit solcher Strukturformen vom jeweiligen Ereignistyp hin.

Anders die internen Unterschiede auf der rechten Seite. Die Begriffspaare sind Ausschnitte aus mehr oder weniger vollständig beschriebenen Ereignissen, die für das Verständnis ihres Zusammenhangs noch zusätzliche begrifflich bestimmbare Situationselemente erfordern (einen LESER z. B. oder einen JÄGER in Zeile 5 oder 7). Die Unterschiede in den Begriffsbeziehungen liegen hier nicht in mehr oder weniger gemeinsamen Merkmalen, sondern in der Rolle, die die begrifflich beschriebenen Situationskomponenten im jeweiligen Geschehenstyp spielen (vgl. Fillmore, 1968). Eine akzeptable semantisch gesättigte Ereignisbeschreibung auf begrifflicher Ebene gibt Abb. 2.2. wieder. Es ist eine Art molekularer Struktur, in der verschiedene Begriffe wie Atome gebunden sind, wobei die semantischen Relationen eine unterschiedliche Bindungsstärke vermuten lassen. Zurück zu Abb. 2.1.: Während danach auf der linken Seite die Begriffspaare eine vertikale Ordnung erkennen lassen, verweisen die auf der rechten Seite (im Vergleich dazu) auf eine horizontale Vernetzung. Vergleichbares zeigt sich noch einmal in den Beispielen für Synonyme und für Antonyme: links Gemeinsamkeiten bzw. Gegensätzlichkeiten in den Merkmalen, rechts Gemeinsamkeiten in der begrifflichen Konfiguration bzw. Gegensätzlichkeit bei genau einer Relation, nämlich der Finalität. Die unteren beiden Paare zeigen im Beispiel, daß keineswegs alles miteinander in Beziehung steht. (Daß auch entlegene Begriffe über die Brücken eines Textes in Verbindung gebracht werden können, ist ein anderes Problem, das wir gesondert erörtern.)

Wir haben damit eine größere Zahl elementarer Relationen zwischen Begriffen aufgeführt[4]. Nach den einleitenden Betrachtungen bleibt nunmehr die Frage zu prüfen, ob sich etwas über jene begrifflichen Erkennungsprozesse aussagen läßt, die der Aktivierung solcher Begriffsstrukturen mitsamt den natürlich gewachsenen Relationen zwischen ihnen zugrunde liegen. Es geht dabei um Erkennungsprozesse, die innerhalb einer Gedächtnisstruktur ablaufen und deren Indikatoren etwas über die innere Architektur dieses komplexen Gebildes anzeigen sollten. In der neueren Literatur gibt es dazu drei hypothetische Erklärungssätze, die wir nur von ihrer Grundidee her betrachten wollen. Es wird sich zeigen, daß sie jeweils bestimmte Aspekte der Gedächtnistätigkeit erfassen, andere nicht. Wir werden versuchen, sie mit einem vierten, allgemeineren Ansatz zu umfassen.

[4] Mit Gewißheit nicht alle. Aber welcher Typ einer semantischen Beziehung in Gedächtnisfunktionen real nachweisbar ist, muß empirisch geprüft werden. Auch aus diesem Grunde können wir uns die Relationenliste von Schank (1975) oder Norman und Lindsay (1973) nicht zu eigen machen.

Über die Arbeitsweise des Gedächtnisses in Erkennungsprozessen (Vier Modellannahmen, was sie erklären können und was nicht)

Begriffe als Merkmalssätze und das Erkennen von Begriffsbeziehungen durch Merkmalsvergleichsprozesse. (Der Modellansatz von Smith, Shoben und Rips, 1974)

Nach der Systematik von Abb. 2.1. untersuchen die genannten Autoren die Erkennung von Unter-Oberbegriffsbeziehungen (vgl. die oberen sechs Begriffspaare) durch Fragen vom Schema: ,,ein S ist ein P“ bzw. ,,alle S sind P“ (op. cit. S. 221). Sie gehen davon aus, daß jeder Begriff durch definierende (Klassen-) Merkmale und charakteristische (die Teilklasse oder das Individuum spezifizierende) Merkmale bestimmt ist. (Die Autoren sprechen hier von *features*, vgl. Abb. 2.3.)

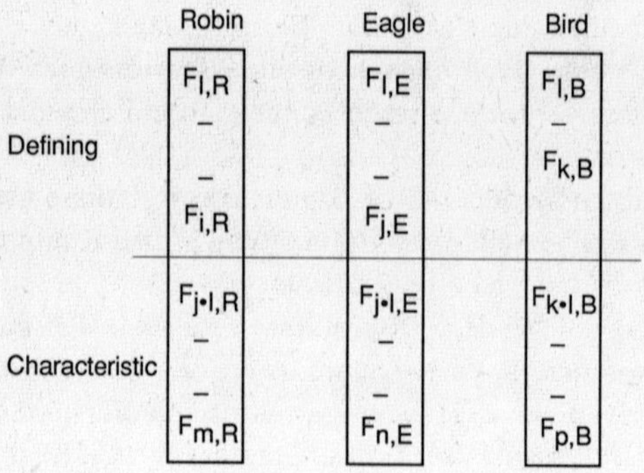

Abb. 2.3.: Vorstellung für eine Merkmalsanordnung, wie sie von Smith, Shoben und Rips zur Erklärung von Unter-Oberbegriffsbeziehungen angenommen wird. Es werden definierende $(F_{i,}.)$ von charakteristischen $(F_{i+1,}.)$ Merkmalen unterschieden. Beide zusammen bilden den Ähnlichkeitswert eines Begriffspaares. Die definierenden ermöglichen die detaillierte Kriteriumsprüfung für die Zugehörigkeit eines Unterbegriffs zu einem Oberbegriff.
Das Modell versagt bei der Synonymerkennung.

Wenn nun die Entscheidungsfrage für ihre Versuchspersonen (Vpn) z. B. lautet: ,,Ein Adler ist ein Vogel“, dann läuft der zur (bejahenden) Entscheidungsfindung führende Erkennungsprozeß in einer bzw. in zwei Phasen ab:

(1) Zunächst werden die Merkmalslisten der beiden Begriffe aktiviert. Im Vergleich zwischen ihnen wird ein allgemeiner Ähnlichkeitswert bestimmt. Ist das Schwellenkriterium für hinreichende Ähnlichkeit erfüllt, so folgt rasche Bejahung, ist es unterschritten, rasche Verneinung.

(2) Liegt jedoch der Ähnlichkeitswert zwischen beiden Schwellen, erfolgt ein schrittweiser Merkmalsvergleich über den definierenden Merkmalen. Diese

zweite Prozeßstufe dauert länger, und sie hat eine geringere Fehlerquote als die erste.

Bei Ähnlichkeitsschätzungen, Erkennungszeit- und Fehlerbestimmungen ergeben sich gute Übereinstimmungen zwischen Prädiktionen und Daten. Das gilt für Unter-Oberbegriffserkennungen zwischen den Abstraktionsebenen ½ und ⅓ im Sinne von Abb. 2.1. Aussagen über die Erkennung von Nebenordnungen werden nicht gemacht. Auch bleiben Synonyme wie Antonyme außer Betracht. Für die Synonymerkennung ist der Modellgedanke nicht anwendbar. Begriffsbeziehungen, wie sie in Abb. 2.1. rechts zusammengestellt sind, werden jedoch vom Modell grundsätzlich nicht erfaßt: Zwischen BROT und MESSER oder zwischen JÄGER und GEWEHR gibt es keine Merkmalsähnlichkeit, wohl aber existieren „sinnvolle" Beziehungen zwischen diesen Begriffen in unserem Gedächtnis. Sie sind eben ereignis- und nicht merkmalsbezogen. Ein Modell, das diese Beziehungen zu betrachten gestattet, wurde von Collins und Quillian (1969) entwickelt.

Das type- und token-Modell von A. M. Collins und M. R. Quillian (1969, 1972)

Die Grundidee besteht darin, daß Begriffe allein durch eingetragene Beziehungen untereinander bestimmt sind: „,. . . a word's full concept is defined in the memory model to be all the nodes that can be reached by an exhaustive tracing process, originating at its initial, patriarchical type node, together with the total sum of relationships among these nodes specified by within-plane, token-to-token links". Quillian (1968) räumt ein, daß danach eine Begriffsdefinition nicht nur Tage, sondern Wochen, ja Monate währen kann (S. 227).

Charakteristisch für dieses Modell ist, daß alle Begriffe durch fest eingetragene Verbindungen bestimmt und verbunden sind: die einen verzweigen zu anderen Begriffen *(types)*, die anderen spezifizieren einen Begriff durch *feature*-Begriffe, die *tokens*. Dieses Modell gestattet es sehr gut auszudrücken, daß z. B. CHIRURG und SKALPELL einander näher sind als SKALPELL und TASCHENMESSER, wobei letztere doch sichtlich mehr Merkmale gemeinsam haben. Auch folgt aus ihm der wesentliche Befund, daß KANAR und VOGEL einander näher verbunden sind als KANAR und TIER (welch letztere Erkennung aufwendiger ist als die erstere). Es büßt seinen Erklärungswert jedoch gerade dort ein, wo die Stärke des Smith, Shoben und Rips-Modells liegt: z. B. warum STEIN rascher als Oberbegriff zu DIAMANT erkannt wird als JUWEL; oder warum TIER rascher als Oberbegriff zu MAUS akzeptiert wird als NAGER, wobei Diamant und Nager jeweils geringeren Abstand zu ihrem Unterbegriff haben müßten. Collins' und Quillians Modell sagt bei diesen Beispielen gerade das Gegenteil voraus[5]. Diese Ausnahmen weisen darauf hin, daß

[5] Die versuchten ad hoc-Korrekturen, nach denen die Verbindungen „verschieden stark" sein könnten (vgl. Collins & Loftus, 1975) verbessern diese Situation substantiell in keiner Weise.

die Merkmalsspezifizierung von Begriffen ein flexibler, auch von Anforderungen abhängiger Vorgang sein kann. Die Annahme ein für allemal fixierter Verbindungen als Basis für die Beziehungserkennung würde den Befunden nicht gerecht.

Die Möglichkeit beliebiger Merkmalszusammenstellungen für Begriffsbeschreibungen steht bei Modellen anderer Art im Mittelpunkt, bei den sog. Assoziativspeichermodellen. Wir betrachten ein Beispiel dafür.

Assoziativstrukturen als Basis einer möglichen Wissensrepräsentation im menschlichen Gedächtnis (nach einer Idee von Hinton und Anderson, 1983)

Die Vorstellungen über verteilte und superponierte Netzstrukturen für das menschliche Gedächtnis entstammen Entwurfskonzepten für Assoziativspeicher in Rechnerstrukturen. Dieser Hintergrund mag hier nicht interessieren. Wir betrachten ohnehin nur die Grundidee und inwieweit sie geeignet scheint, die erörterten Formen natürlicher Wissensrepräsentation zu erfassen.

Danach sind alle möglichen Objekteigenschaften (Formmerkmale, Farbnamen, Komplexmerkmale wie HAUT, FELL etc.) unabhängig voneinander im Gedächtnis fixiert. Aber sie können wechselseitig durch beliebig viele Zwischenverbindungen aktiviert werden. Eine Begriffsrepräsentation ist danach ein Wort, von dem Verbindungen zu all jenen Merkmalen ausgehen, die diesen Begriff beschreiben. Beim Erlernen werden mit den „Belehrungsbeispielen“ diese Merkmale[6] mit dem Wort verbunden eingegeben und danach von eben diesem Wort aus bevorzugt aktiviert. Man sieht, daß nach diesem Speicherprinzip jedes einzelne Merkmal beliebig vielen Begriffen assoziiert sein kann. Das gilt naturgemäß bei Farbnamen wie grau für MAUS, ELEFANT, RATTE, WAND usf. wie für viele andere Merkmale und Begriffe. Die hier interessierenden begrifflichen Erkennungsprozesse bestehen danach in der Reaktivierung von Merkmalen durch ein Wort. Ein konkretes Tier z. B. wird danach gemäß seiner Übereinstimmung beispielsweise mit den für HUND oder DACKEL gespeicherten Merkmalen dadurch klassifiziert, daß sie (fast) alle zu diesem Begriffsnamen hin verzweigt sind. Der Erkennungsvorgang verläuft symmetrisch zwischen Wort und Bild, und er ist nach dem Prinzip der größten Ähnlichkeit geregelt. Dies entspricht der maximalen Merkmalsübereinstimmung.

Uns sind keine Experimente bekannt, die diese Modellvorstellungen gegenüber anderen Erklärungsansätzen favorisieren würden. Was die Zuständigkeit des Modells für das Ganze anbelangt, so kann man folgendes sagen: Es ist gewiß, daß bei begrifflichen Erkennungsvorgängen Merkmalsübereinstimmungen (d. h. Ähnlichkeiten) zwischen dem Erscheinungsbild eines Objekts und den für seine Klasse gespeicherten Merkmalen bedeutsam sind. Ebenso sicher ist aber auch, daß zahlreiche Alltagsphänomene unserer Gedächtnistätigkeit dadurch nicht erklärt werden

[6] Genau betrachtet, handelt es sich auch hier nur um Benennungen, also um Wortmarken.

können. Wie schon erwähnt: Zwischen JAGDGEWEHR und TOTER ENTE gibt es rasch sinnvolle Assoziationen. Sie könnten (den Modellgedanken freundlich erweitert) durch „Ereignisbegriffe“ entstehen, zu denen die aktivierten Begriffsknoten hinführend gedacht werden müßten. Nun verlaufen solche charakteristischen Zusammenhangserkennungen in der Regel aber schneller als die Begriffszuordnungen (Klix, Kukla & Klein, 1976). Die aber müßten nach dem Modell stets vorher, also rascher stattfinden. Sodann sind Experimente über Wort-Bild-Zuordnungen anzuführen (vgl. dazu Hoffmann, 1982; Klimesch, 1979; Denis 1984). Auch hier stehen die Modellüberlegungen mit den Daten nicht im Einklang. Daraus ergibt sich, daß diese Modellidee als ausbaufähiger Grundgedanke zum *universellen* Verständnis begrifflicher Erkennungsprozesse nicht hinreicht[7].

Fassen wir zusammen:

Ohne Zweifel spielen Ähnlichkeiten in begrifflichen Erkennungsprozessen eine wesentliche Rolle. Das müßte spezifiziert und begründet werden können bezüglich der in Abb. 2.1. linksseitig angeordneten Begriffsbeispiele.

Ebenso ist plausibel, daß Ereignisbindungen von Objektklassen als memorierbare Zusammenhänge zwischen Begriffen anzutreffen sind, aus denen auf langzeitige Begriffsverbindungen im Gedächtnis geschlossen werden kann. Das müßte an den rechtsseitig dargestellten Begriffspaaren geprüft werden können. Auch sollten längere Verkettungen von Begriffsbeziehungen ableitbar sein.

Bevor man jedoch jene Prozesse verstehen kann, die die Aktivierung von Begriffen sowie die Erkennung von Beziehungen zwischen ihnen ermöglichen, ist es notwendig, eine Vorstellung über die nach vorliegenden Erkenntnissen wahrscheinlichste Form einer Begriffsrepräsentation im menschlichen Gedächtnis zu entwickeln.

Die interne Struktur eines Begriffsknotens im Netz der semantischen Wissensrepräsentation des Menschen

In Abb. 2.4. ist dargestellt, was man einen sensorischen (Hoffmann et al., 1981, 1984) bzw. was man einen Primärbegriff (Klix, 1976) nennen kann; ein Begriff also, der durch wahrnehmbare Merkmalseigenschaften beschreibbar ist: eine Wortmarke (WM) mit einem potentiell offenen, im allgemeinen nicht abschließbaren Merkmalssatz. In ihm sind einfache (FARBE, WEICHHEIT) von komplexen Merkmalen (durch Kettchen für KOPF, FELL etc. dargestellt) zu unterscheiden. Diese Substrings können, müssen aber nicht, selbst wieder zu Wortmarken ver-

[7] Das gilt übrigens mehr noch für das auf die reine Wortebene beschränkte, sog. „aktive Netzwerk“ von Norman und Rumelhart (1975, 1984), weshalb wir hier nicht weiter darauf eingehen.

zweigen. Dies sind die objektbeschreibenden (definierenden wie charakteristischen) Merkmale nach Smith et. al. (ob. zit. 1974). Wichtig ist weiter die Annahme, daß von einigen Substrings Verzweigungen zu anderen Begriffen verlaufen. Dadurch wird die Einbettung eines Begriffs in verschiedene Ereignisklassen darstellbar. (Auch vom Erlebnismäßigen her sind es jeweils andere Merkmale, die einen HUND bevorzugt tauglich machen für die JAGD, fürs HÜTEN, für ein RENNEN, für einen SCHOSSHUND etc.) Während die objektbeschreibenden Merkmale im linguistischen Sinne eher auf die denotative Beschreibung eines Begriffs verweisen, so diese letzteren auf seine konnotativen Bezüge (vgl. dazu auch Le Ny, 1982; Denis, 1979; sowie Kluwe & Spada, 1981).

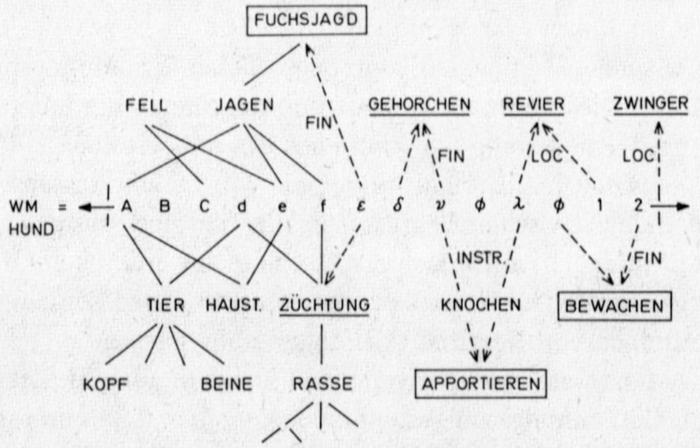

Abb. 2.4.: Hypothetische Binnenstruktur eines Begriffsknotens, der als Element eines ‚semantischen Netzes' dieses Netz durch Außenverbindungen mit aufspannt. Es sind zunächst die eine Objektklasse beschreibenden Merkmale angeführt. Sie sind nach beiden Richtungen hin erweiterbar. Substrings von diesen Merkmalen können selbst wieder benannte Begriffe bilden (wie z. B. TIER, KOPF, FELL, HAUSTIER usf.). Charakteristische Teilketten wie auch einzelne Merkmale können zu anderen Begriffen verzweigen, darunter auch zu semantischen Kernen. In dieser Funktion beschreiben sie zusammen mit anderen Begriffen Ereignisse oder bilden Ereignisverkettungen.

Es ist nun zu zeigen, wie sich von diesem heuristischen Bild der Repräsentation einer Begriffsstruktur im Gedächtnis aus die in Abb. 2.1. dargestellten Begriffsbeziehungen hypothetisch begründen und durch geeignete Experimente prüfen lassen.

Zur übersichtlichen Ableitung einiger wesentlicher Konsequenzen ist Abb. 2.5. eingefügt. Oben ist der Merkmalssatz M_1 eines ersten Begriffes A entsprechend der Abb. 2.4. dargestellt. (Der Zweck dieser formaleren Schreibweise liegt in der Absicht begründet, die daraus ableitbaren Prädiktionen vermittels eines Computers zu simulieren. Daher sind auch die Verzweigungen zu anderen Begriffen in griechischen Buchstaben neben die denotativen Merkmale gesetzt, was lediglich kodierungstechnisch und nicht inhaltlich begründet ist.) Was nun die Prädiktionen nach dieser Modellvorstellung anbelangt, so geht es darum, im Ansatz zu zeigen, daß die bisher betrachteten Modellansätze und ihre Konsequenzen als Spezialfälle dieser allgemeineren Betrachtung angesehen werden können.

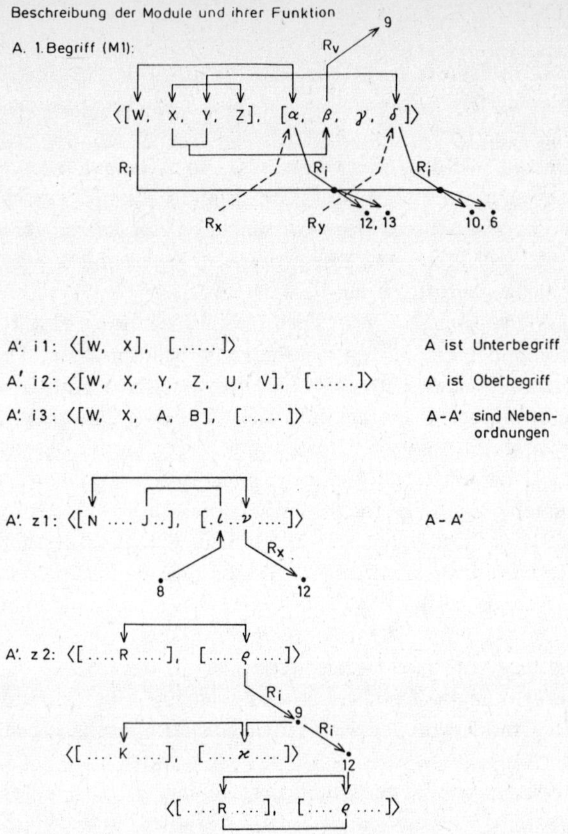

Abb. 2.5.: Formalisierte Darstellung einer Begriffsstruktur. Oben (A) eine Begriffsbeschreibung gemäß Abb.2.4.: M: objektbeschreibende Merkmale (W...Z) oder Substrings und ‚Ausgänge' zu anderen Begriffen (als (Wα), (Yδ) zu lesen). Begriffe zu denen hin verzweigt wird, sind mit (Adress-) Zahlen benannt.
A'i1: Diejenigen inneren Komponenten eines zweiten Begriffs, die für eine positive Entscheidung der Frage „Ist A Unterbegriff von A'?" zur Prüfung letztlich herangezogen werden müssen.
A'i2: In symbolischer Darstellung diejenigen Merkmale eines zweiten Begriffs, die hinreichend sind zur Bejahung der Frage, ob A Oberbegriff zu A' ist.
A'i3: Hinreichende Merkmalscharakteristik zur Erkennung einer Nebenordnungsrelation zwischen A und A'. Der Anteil der gemeinsamen Merkmale entscheidet über die Distanz zum nächsten Oberbegriff.
A'z1: Eintreffende und zu anderen Begriffen verzweigende Merkmalseigenschaften. Sie ermöglichen, ereignisbezogene Bindungen zwischen Begriffen zu bilden (vgl. dazu Abb. 2.10.).
A'z2: Assoziativitäten zwischen Begriffen, durch die (u. a.) Suchprozesse möglich sind, deren „Weichenstellung" über charakteristische (z. B. übereinstimmende) Relationen erfolgt. (Zum Beispiel also, wenn eine Relationsbindung R_i zweier Begriffe in verschiedenen Ereignissen gleich ist. Das wäre z. B. der Fall, wenn ein Handlungsträger in einem Ereignis Handlungsträger auch in einem zweiten ist).

Was ist nun unter anderem prädiktierbar?

Zunächst die Unter-Oberbegriffserkennung im Vergleich zur umgekehrten Bestimmung des Unterbegriffs vom Oberbegriff her. Ein Begriffspaar A und A' (i1) sei von einem gelesenen Wortpaar her aktiviert. Die Merkmalssätze werden danach geprüft, ob eine Unter-Oberbegriffsbeziehung vorliegt oder nicht. Was jetzt plausibel erscheint, wurde schrittweise aus Daten hergeleitet: Zuerst (O-ter Schritt) wird geprüft, ob es überhaupt gemeinsame Merkmale zwischen A und A' gibt. Das trifft mit (symbolisch) W und (bzw. oder) X zu. Danach wird geprüft, ob A gegenüber A' spezifische Merkmale besitzt. Das ist mit Y und Z der Fall; sodann und 2. wird geprüft, ob ein Restmerkmalssatz von A mit dem gesamten Merkmalssatz A' identisch ist (WX). Diese drei Prüfschritte werden (neben parallelen Prozeßkomponenten) $3 \cdot (\triangle_i)t$ Zeitintervalle beanspruchen. Sie sind hinreichend zur Erkennung einer Unter-Oberbegriffsbeziehung. Wir gehen nun davon aus, daß eine homologe Prüfschrittfolge bei der Ober-Unterbegriffserkennung stattfindet. Allgemeine Merkmale haben beide gemeinsam. Danach wird die Frage nach den spezifischen Merkmalen gestellt. Dies ist nun aufwendiger, da die Verneinung[8] eine vollständige Suche im Merkmalssatz von A erfordert. Es ist danach $\triangle_2$ t (OB/UNT) > $\triangle_2$ t (UNT/OBB). Schließlich wird geprüft, ob es einen (benannten) Teilmerkmalssatz in A' (i2) gibt, der identisch ist mit A. Auch dieser dritte Prozeßschritt ist aufwendiger[9] als bei UNT/OB. Daraus folgt ferner $\triangle_3$ t (OB/UNT) > $\triangle_3$ t (UNT/OBB) und weiter: $\triangle_3$ t (3/1) > $\triangle_3$ t (3/2), wobei 3/2/1 die Ober-Unterbegriffsdistanz bezeichnen. Klar ist danach (1), daß die Ober-Unterbegriffserkennung aufwendiger ist als die umgekehrte Prüfrichtung und daß beide weiterhin (stark?) von der Distanz der Abstraktionsebenen abhängen müssen.

Wir betrachten nun die Nebenordnungsbeziehung. In Abb. 2.1. ist sie in drei Stufen angegeben: NO(1) mit dem nächsten Oberbegriff in der folgenden Hierarchiestufe, NO(2) mit einem höheren und NO(3) mit einem noch entfernteren nächsten gemeinsamen Oberbegriff. Wenden wir nun die beschriebenen Prüfschritte auf die Erkennung dieser Begriffsbeziehungen an, so ergibt sich:

(O): ja, gemeinsame Merkmale vorhanden;

(1): ja, spezifische Merkmale in A gegenüber A';

(2): kein Teilmerkmalssatz von A ist mit A' identisch;

(3): A' hat spezifische Merkmale gegenüber A.

Diese Erkennungsprozedur ist danach aufwendiger als die beiden anderen, denn (2) entspricht dem Aufwand von OBB/UBB-Erkennung, und (3) kommt hinzu. Diese Aufwandsspezifizierung läßt sich weiter differenzieren. Schon für einfachste Erkennungsprozesse gilt: Die Feststellung von Identität ist immer ein-

---

[8] Wenn geprüft werden soll, ob alle Merkmale eines Satzes im anderen enthalten sind, so muß das vollständig geprüft werden. Dies gilt nicht bei der Frage, ob ein Merkmal spezifisch ist.

[9] Er setzt u. a. einen Beachtungswechsel vom ersten zum zweiten Begriff voraus, der jetzt als Relatum dient (nachgewiesen von Preuß, 1985).

facher (schneller) als die Erkennung von Verschiedenheit, zumal die noch vom Typ der Verschiedenheit abhängt. Wenn nun (wie sich nachweisen läßt) sequentielle Prüfprozesse zwischen den Merkmalen und Substrings der beiden Begriffe stattfinden, so folgt, daß auf Grund zunehmender Unterschiedlichkeit t (NO1) > t (NO2) > t (NO3) gelten muß. Die Erkennung gemeinsamer Merkmale ist bei zunehmender Verschiedenheit der Merkmalssätze erschwert.

Das sind 5 in sich kohärente Prädiktionen. Die Abb. 2.5. zeigt einige der erzielten Erkennungszeiten, die bei Wortpaaren gewonnen wurden, wie sie als Beispiele in Abb. 2.1. (links) angegeben sind. Auch die Daten der Synonym- und Antonymerkennung fügen sich diesen Prädiktionen, wenngleich dies erst an anderer Stelle begründet werden kann.

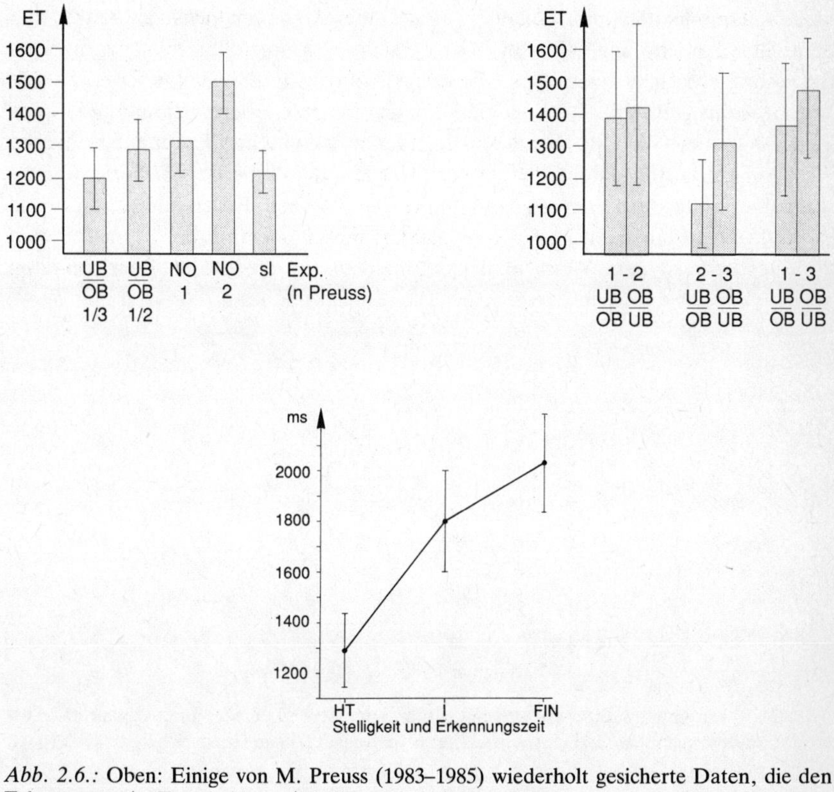

Abb. 2.6.: Oben: Einige von M. Preuss (1983–1985) wiederholt gesicherte Daten, die den Erkennungs- (= Entscheidungs-) Aufwand bei einigen Relationen zeigen, die links in Abb. 2.1. angeführt sind. Diese Daten stimmen gut mit den aus Abb. 2.4. und Abb. 2.5. ableitbaren Erkennungsschritten überein: t (UB/OB < t (OB/UB); t (OB/UB) < t (NO), t (NO1) < t (NO2). Auch die Einflüsse der Hierarchieebenen lassen sich (bis auf eine Ausnahme) sehr gut in die Konsequenzen aus der Modellvorstellung einordnen.
Unten: Drei verschiedene Grade der Nebenordnungsrelation sind getrennt betrachtet. Auch hier folgt der Erkennungsaufwand den Modellkonsequenzen (nach Preuß, 1985).

Damit sind die Modellannahmen natürlich nicht bewiesen. Aber es ist wahrscheinlich, daß sie Bedingungen für Vergleichsprozesse zwischen den Begriffen ausdrücken, die wesentlich am Erkennungsprozeß beteiligt sind (vgl. dazu Wolf, 1984).

Von anderer Art sind Begriffsbeziehungen, wie sie aus Ereigniseinbettungen von Objektklassen herrühren. Wir müssen dabei unterscheiden zwischen Begriffen, die verschiedenen Ereignistypen angehören. Was die Ereigniseinbettungen anbelangt, so bestehen nach Abb. 2.2. qualitativ verschiedene, fest eingetragene Relationen, die die Spezifik der Begriffsbeziehungen bestimmen. Wie Abb. 2.8. (unten) zeigt, schließen die Relationen unterschiedlich komplexe Substrukturen ein. Vogel: Nest ist eindeutig semantisch ‚gesättigt', MESSER : SCHNEIDEN jedoch nicht, denn dazu gehört auch ein Objekt. TADELN : STRAFEN ist noch komplexer, denn es gehören ein Handlungsträger und ein Rezipient dazu. Man kann diese angenommenen Komplexitätsunterschiede prüfen, indem man erwachsene Nutzer der deutschen Sprache angeben läßt, was sie sich noch vorstellen müssen, um eine Beziehung zwischen einem Begriffspaar als sinnvoll *und eindeutig* zu erkennen. Das Ergebnis gibt Abb. 2.7. wieder. Sie zeigt eine gute Übereinstimmung mit den angenommenen Werten. Wenn nun im tachystoskopischen Erkennungsvorgang diese Substrukturen (latent) mitaktiviert werden, damit die Begriffsbeziehung als sinnvoll erkannt werden kann, dann müßte dies zu einem Erkennungszeitaufwand führen, der proportional ist der Komplexität dieser Substrukturen[10] im Rahmen von Geschehenstypen. Wenn man Erkennungszeiten an solchen Begriffspaaren

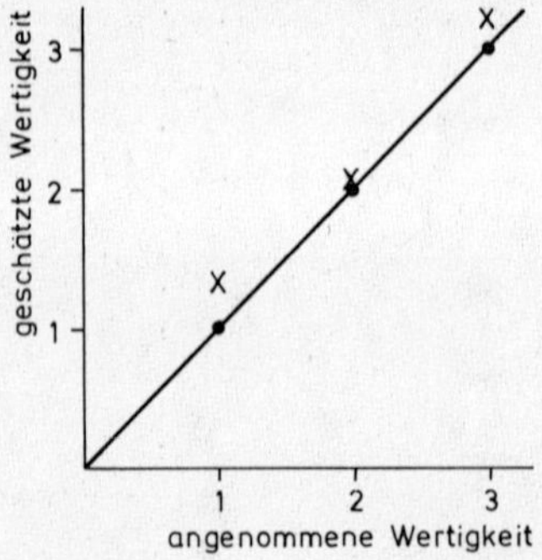

Abb. 2.7.: Zusammenhang zwischen angenommener Stelligkeit von Begriffspaaren (Abszisse) und der Anzahl zusätzlich vorgestellter Situationsdetails in einem Schätzversuch (nach Puffe, 1980).

[10] Bekanntlich verwendet man im linguistischen Sprachgebrauch den Begriff der Verbalvalenz. Wir vermeiden ihn, weil er fürs Begriffliche unzutreffend ist: Hochzeit z. B. ist kein Verb, aber der Begriff bezeichnet einen Geschehenstyp; Laufen oder Gehen sind Verben, aber keine Geschehenstypen im bezeichneten Sinne.

(Abb. 2.1., rechte Seite als Beispiele) mißt, erhält man Aufwandsverhältnisse, wie sie in Abb. 2.8. wiedergegeben sind (nach Preuß, 1985). Sie entsprechen den Konsequenzen aus den Annahmen. Natürlich ist auch das kein Beweis für deren Richtigkeit. Wir haben an anderer Stelle jedoch auch gezeigt (Klix et al., 1984), daß physiologische Parameter wie evozierte Potentiale oder die sympathicotonische Dilatationstendenz der Pupille als Indikatoren informationsverarbeitender Prozesse des Nervensystems genau diesen Prädiktionen folgen.

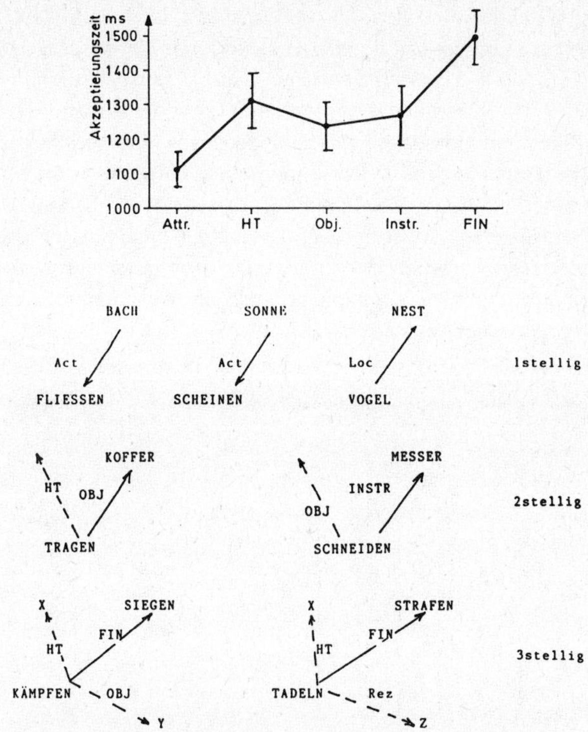

Stelligkeit semantischer Relationen
——: expliziter Wortpaarvergleich
- - - -: implizite Verknüpfungen in semantischen Kernen

Abb. 2.8.: Unterschiedlicher Erkennungsaufwand bei verschiedenen Arten ereignisbezogener Begriffsbeziehungen. Sie sind nach der Stelligkeit geordnet (Attribut (= charakteristisches Merkmal) z. B. HAHN : KRÄHEN ist einstellig). HT, OBJ und INSTR (vgl. Abb. 2.1.) sind zweistellig, und FIN ist dreistellig. Es gibt 3 Gruppen signifikant verschiedener Zeiten, die jeweils dem Grad der veranschlagten Stelligkeit entsprechen. Zur Illustration entsprechender weiterer Beispiele für unterschiedliche Stelligkeiten s. Abb. 2.8. unten. Wichtig ist, daß die Vpn nur zu prüfen hatten, ob eine sinnvolle Beziehung zwischen einem Begriffspaar gegeben war oder nicht. Sie hatten keine Information über etwaig verschiedene Arten von Begriffsbeziehungen.

Wie ist das nun mit Begriffspaaren, die nicht im gleichen, wohl aber in verbindbaren Geschehenstypen eingebettet liegen? Also z. B. VORLESUNG–EXAMEN oder VORLESUNG–BERUF oder KLETTERN–ARMBRUCH vs. KLETTERN–BRUCH–OPERATION. Erlebnismäßig ist leicht nachvollziehbar, daß entferntere Geschehenstypen über Zwischenereignisse miteinander verbindbar sind, so daß sich eine sinnvolle Beziehung zwischen den Geschehenstypen ergibt. Es ist zu fragen, ob solchen Unterschieden in ‚semantischen Distanzen' eine psychologische Relevanz nicht nur in den Schätzwerten, sondern auch im Erkennungszeitaufwand entspricht. Dies würde dann auf eine Art Suchaufwand zwischen den Gedächtniseintragungen schließen lassen. Diese Frage hat Luchmann (1983) in einem Erkundungsexperiment geprüft und dabei die in Abb. 2.9. wiedergegebenen Zeitverhältnisse festgestellt. Man sieht (zwischen 2 und 3), daß der Erkennungsaufwand mit dem Abstand des Geschehenstyps zunimmt, dem die Begriffe angehören. Die zeitlichen Differenzen sind verläßlich, und sie zeigen an, daß das Überspringen einer Geschehenstypbegrenzung zusätzlichen kognitiven Aufwand erfordert. Interessant erscheint ein zweiter Befund. Wie kommt es, daß der Suchaufwand bei als sinnlos bestimmten Begriffsbeziehungen geringer ist als bei nicht identischen, aber sinnvoll verbindbaren Geschehenstypen? Wo kommt die Information her, die den Abbruch der Suche veranlaßt bzw. die erkennen läßt, daß der Weg über den aktivierten Geschehenstyp hinaus nicht zum Zielbegriff führt?

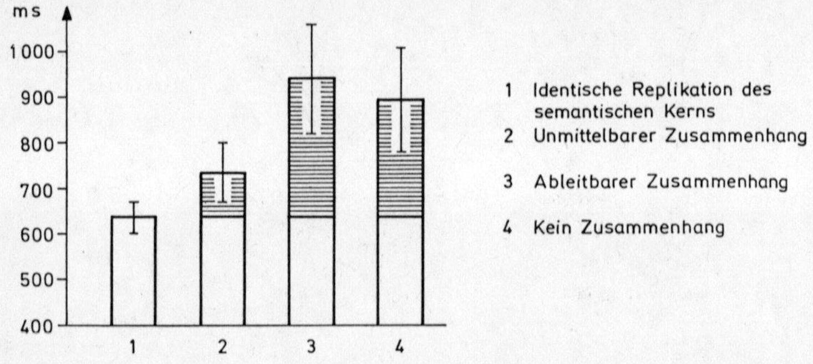

Abb. 2.9.: Beziehungen zwischen Erkennungszeiten und geschätzter Distanz der Ereignisse, denen die Begriffe angehören. Interessant ist, daß die Erkennung des Fehlens einer semantischen Beziehung zwischen zwei Begriffen (der Tendenz nach) leichter (rascher) möglich zu sein scheint als die Erkennung einer zwar relativ entfernten, aber doch vorhandenen Beziehung (nach Luchmann, 1983).

Da der Beantwortung dieser Frage Bedeutung zukommt für das Verständnis kognitiver Vorgänge beim Erzeugen von Texten oder beim Fortsetzen von Geschichten, wollen wir sie in Form einer begründeten Vermutung beantworten. Die Überschreitung eines Geschehenstyps bei Such- oder semantischen Konstruktionsprozessen in oder zwischen Gedächtnisinhalten erfolgt nicht im Sinne einer wasserwellenähnlichen Erregungsausbreitung (vgl. dazu Collins & Loftus, 1975), sondern sie erfolgt gewissermaßen auf Gleisen, deren Weichenstellung durch Regeln vorgeschrieben ist. Wenn diese Verknüpfungsvorschriften nicht anwendbar sind, erfolgt Abbruch des Suchprozesses. Die Verbindung VORLESUNG–EXAMEN z. B. wird als sinnvoll akzeptiert, VORLESUNG–SPAREN jedoch nicht. Dieser Verneinungsgrund muß in der lokalen Akzeptierbarkeit von Begriffsverbindungen liegen. Das sei an zwei Beispielen erläutert. In Abb. 2.10. ist die Verbindbarkeit zweier Geschehenstypen (KAUFEN und SCHENKEN) dargestellt. Die lokale Regel läßt sich wie folgt formulieren: Abb. 2.11.

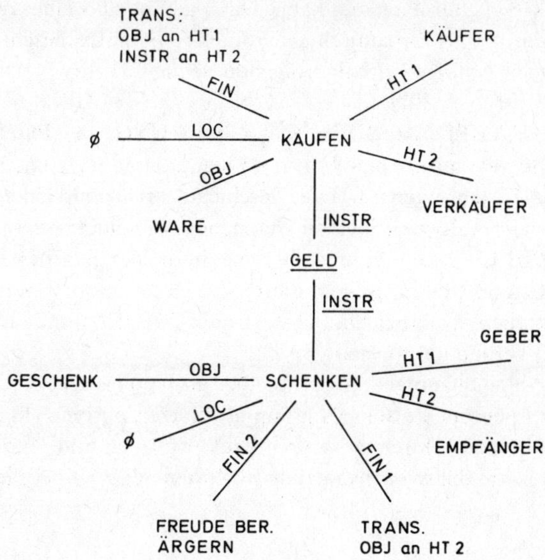

Abb. 2.10.: Verknüpfung zweier Geschehenstypen über eine semantische Relation, die jeweils den gleichen Begriff bildet: Etwas KAUFEN (um) ES zu verschenken. Die Verallgemeinerbarkeit dieses Beispiels ist mit Abb. 2.11. gegeben (3a).

1. $E_i \in E \; ; \; R_i \in C_j \times C_R$

2. $C_K \underset{\text{def.}}{=} \text{semant. Kern} : C_K \rightarrow E_i$

3 a. Wenn $[(R_i \in E_m) \wedge (R_i \in E_n) \wedge (R_i \rightarrow C_x)] \Longrightarrow$

$\exists E\emptyset : E_m \cup E_n$

3 b. Wenn $[(R_i \in E_j) \wedge (R_i \rightarrow C_K) \wedge (C_K \rightarrow E_K)] \Longrightarrow$

$\exists E\emptyset : E_j \rightarrow E_k$

Abb. 2.11.: Zwei Regeln für die Verknüpfung zweier Geschehenstypen (i.e. ereignisbezogener Begriffe). E_i: Ereignisse, C_i, C_j: Begriffe, R_i: semantische Relationen zwischen ihnen. $E\emptyset$: komplexes oder verbundenes Ereignis. Regeln dieser Art könnten geeignet sein, semantisch kohärente Texte herzuleiten (vgl. dazu die Erläuterung im Text).

Wenn immer zwei Ereignisse E_m und E_n die gleiche semantische Relation R_i enthalten und R_i in beiden Ereignissen (wenigstens) einmal den gleichen Begriff bindet, dann gibt es ein zusammengesetztes Ereignis E∅, das aus der Vereinigung der Ereignisse E_m und E_n besteht. Dieses Ereignis hat zuweilen keinen eigenen Namen mehr, sondern muß in Form einer Textfügung ausgedrückt werden (etwas KAUFEN, um ES zu (VER-)SCHENKEN).

Eine zweite Regel für die Verknüpfung von Geschehenstypen (3b in Abb. 2.11.) ist weiträumiger:

Es seien E_j die begriffliche Repräsentation eines Geschehenstyps, R_i eine Relation in ihr und C_k ein an R_i gebundener Begriff, der zugleich semantischer Kern eines anderen Geschehenstyps sein kann. Dann gibt es stets eine Verbindung E∅ zwischen beiden, die als semantisch sinnvolle Ereignisfolge beschrieben werden kann. Eine solche Abfolge zeigt die folgende Sequenz:

$$\text{WETTKAMPF} \xrightarrow{\text{FIN}} \text{SIEGEN} \xrightarrow{\text{FIN}} \text{EHRUNG} \xrightarrow{\text{LOC}} \text{PODEST.}$$

Durch diese Regel entsteht eine Form von Kontinuität in Geschehenstypen, wie sie kohärenten Texten eigen ist. Die Geschichte bricht mit einem durch LOC gebundenen Begriff ab, *weil* er keinen Geschehenstyp bildet. Auch die Objektbeziehung MEDAILLE würde zum Abbruch führen, der Begriff UMARMUNG jedoch nicht. Es gibt weitere Regeln dieser Art, z. B. eine Brückenbildung über einen gemeinsamen Oberbegriff, etwa wenn BADEN und LESEN durch SEEURLAUB verbunden werden.

Damit sind einige phänomenologische, aber auch einige meßbare Befunde von Hypothesen aus begründet. Sie sollen nun als Stützen für eine allgemeinere Modellvorstellung dienen. Durch sie sollen Strukturformen und Prozesse der Wissensorganisation wie der Wissensnutzung in Zusammenhang gebracht werden.

Über stationäre und operative Komponenten der menschlichen Gedächtnistätigkeit

Abb. 2.12. verdeutlicht, daß Aufbau, Korrektur und Nutzung von menschlichem Gedächtnisbesitz eingebettet gesehen werden müssen in die Informationszirkulation zwischen Organismus und Umgebung. In dem Prozeßgeschehen, das perzeptive Informationsaufnahme und Aktivierung gespeicherter Information einschließt, gibt es Wechselwirkungen zwischen Wahrnehmungs- und Gedächtnisinhalten.

Sonst wäre z. B. Wiedererkennung nicht möglich. Diese funktionelle Instanz nennen wir operatives Kompartment. Operativ deshalb, weil es nicht nur um die Aktivierung von Wissensbesitz geht, sondern Gedächtnisbesitz auch partiell aktiviert (teilweise auch inhibiert) werden kann. Gedächtnisinhalte können auf Gleichheit oder Ähnlichkeit hin verglichen oder sie können, wie bei Suchprozes-

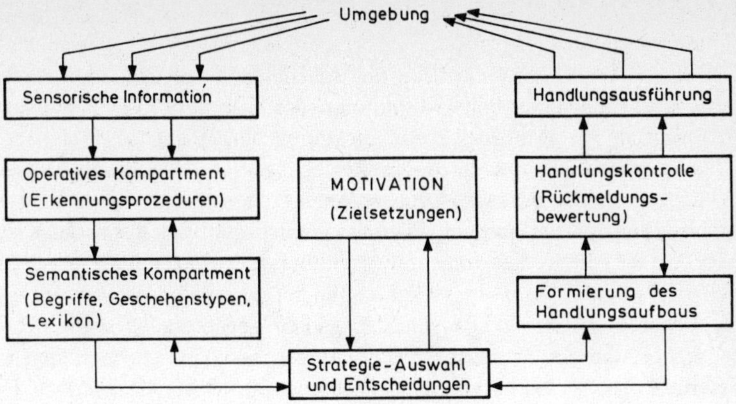

Abb. 2.12.: Heuristisches Schema, das die Gedächtnisfunktionen eingebettet in die Informationszirkulation zwischen Organismus und Umgebung im Überblick darstellt. Der Begriff ‚Kompartment' ist gewählt, um in Anlehnung an den biologischen Sprachgebrauch die zeitweilige funktionelle Abhebbarkeit zu betonen und nicht stationäre Einheiten damit zu unterstellen.

sen, verknüpft werden. Auch Abbildungen einer Gedächtnisstruktur auf eine andere sind möglich, wie z. B. Metaphern oder analoge Schlußprozesse erkennen lassen. Für die Anwendung solcher Prozeduren sind kürzerfristige, für die Operationsausführung notwendige Behaltensleistungen erforderlich, deren Spanne von der Art der Anforderung abhängt. Diese Leistung wird in der Literatur oft ‚Kurzzeitgedächtnis' (Klatzky, 1975; Wickelgren, 1970) benannt. Wir wollen mit unserer Betrachtung betonen, daß es sich hier um etwas vom semantisch-begrifflichen Gedächtnis qualitativ Verschiedenes handelt, das von der Anforderungsrealisierung und nicht vom Behaltenseffekt her begriffen werden muß. Dies zeigt sich auch darin, daß sich trotz vieler Bestimmungsversuche keine charakteristische Behaltensspanne hat finden lassen (vgl. Murdock, 1975). Zur Verdeutlichung der hier wesentlichen Zusammenhänge sind in Abb. 2.13. die langzeitig fixierten Wissenskomponenten in ‚stationäre' Dateneintragungen (Begriffe als Merkmalssätze, die Worte des ‚mentalen Lexikons', Geschehenstypen und die episodischen, singulären oder persönlichen Erinnerungstatbestände eines Menschen[11], vgl. Tulving, 1972) zusammengefaßt. Davon abgesetzt sind jene Anteile langzeitigen Wissensbesitzes, deren Aktivierung informationsverarbeitende Prozesse ins Spiel bringt. Das können verbalisierte Prozeduren sein (wie z. B. arithmetische Operationen an oder mit Zahlen), aber auch nichtbenannte Prozesse, wie z. B. die hier erörterten

[11] Ob daneben Bildspeicherung als gesonderte Informationseintragung existiert oder ob es sich um die visuellen Anteile von begrifflichen Merkmalseintragungen handelt, lassen wir hier als nicht entscheidbare Alternative außer acht.

Erkennungsprozesse bei der Feststellung der Unter-Oberbegriffs- oder der Nebenordnungsbeziehung. Die mit Abb. 2.5. beschriebenen Module definieren Prozeduren dieser Art. Die Arbeitsweise des operativen Kompartments[12] verbindet also perzeptive Eingangsgrößen und stationäre wie prozedurale Gedächtnisinhalte zur Realisierung von Anforderungen, die durch eine gegebene Motivlage bestimmt sind. Dazu gehören auch die Zerlegungs- und Syntheseprozesse des Sprachverstehens. Die Auswahl propositionaler Aussagen in einem Text, ihre Hierarchisierung und Verknüpfung (wenn sie ähnlich stattfinden, wie das Kintsch-van Dijk-Modell (1978) dies vorschreibt) müßten hier stattfinden. Spracherkennung erfordert beide Arten von Wissensanteilen: begriffliches Wissen mit seinen Merkmalscharakteristiken und ereignisbezogenen Vernetzungen sowie prozedurale Vorgänge, die Zerlegungen, Verknüpfungen oder Transformationen (z. B. Flexionen) bewirken. Stärker von ihnen gesteuert (womit wir Motivlage und Zielstellung meinen) sind die Prozesse der Textproduktion. Hier gibt es (wie angedeutet, vgl. Abb. 2.11.) Regeln für begriffliche Verkettungsoperationen, die noch weitgehend unbekannt sind (vgl. dazu auch Kempen, 1977a). Vorschriften dieser Art dürften unserer Befähigung zugrunde liegen, Geschichten zu produzieren, die als semantisch sinnvoll, historisch möglich oder nicht möglich, realistisch oder phantastisch, anschaulich oder abstrakt erkannt bzw. akzeptiert werden können.

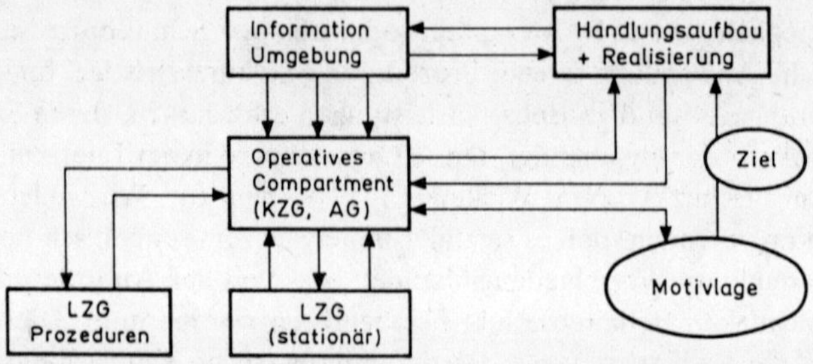

Abb. 2.13.: Funktionelle Teilstrukturen, die die Wechselwirkung zwischen perzeptivem Informationszugang, stationärem Gedächtnis (unterteilt in inferentielle und stationäre Strukturen), gegebener Motivation und kognitiv wie motivational gesteuertem Handlungsaufbau verdeutlichen sollen.

Man sieht mit diesem Blick auf das ‚aktive Gedächtnis' (Hoffmann, 1982), wie kognitive Leistungen als Resultat von Wechselwirkungen zwischen statischer und prozeduraler Informationsrepräsentation gesehen werden müssen.

[12] Wir vermeiden den Begriff Arbeitsgedächtnis und betonen das Aktive dieser dynamischen Strukturbildungen, für die nicht das Behaltene (i.e. Gedächtnis), sondern die Be- oder Verarbeitung des Aufgenommenen in Verbindung mit dem Behaltenen das Wesentliche ist.

Abstraktion, Relationsübertragung und die horizontale Verknüpfung von Wissen

Die bisherigen Betrachtungen ‚vertikaler Begriffsbeziehungen' im Sinne von Abb. 2.1. links haben immer nur von einer hierarchischen Ordnung gehandelt. Unter-Oberbegriffsbeziehungen beispielsweise sind aber nicht einlinig. Zu jedem hinreichend ‚tiefen' (d. h. konkreten) Unterbegriff gibt es mehrere Oberbegriffe. Und jede Entscheidung für einen legt eine spezifische Richtung für weitere Oberbegriffsbildungen fest. Von ENTE zu VOGEL oder SCHWIMMVOGEL oder zu FEDERTIER, HAUSTIER, GEFLÜGEL, MASTTIER werden jeweils verschiedene Objektmengen klassifiziert, von denen aus wiederum neue und jeweils andere Oberbegriffe gefunden werden können – bis diese Hierarchisierungen in einem allgemeinsten Begriff (z. B. LEBEWESEN oder ORGANISMUS) ihren Abschluß finden. Auch führt jede Hierarchiestufe zu anderen spezifizierenden Unterbegriffen. Unsere Daten belegen, daß diese Hierarchisierungen von Begriffen durch Akzentuierung spezifischer Substrings und Vernachlässigung anderer erzeugt werden. Vom beschreibenden Standpunkt aus wird dieser Vorgang *Abstraktion* genannt. Als Beleg dafür, daß die mit Abb. 2.5. beschriebenen und von Daten abgeleiteten Prozeßmodule diese Leistung erzeugen können, ist Abb. 2.1. (Anhang) angefügt. Es ist ein Computerausdruck. Das Programm macht nur von den hier beschriebenen Repräsentationsformen und Prüfprozessen Gebrauch.

Ebenso wie die Abstraktionsprozesse an den Merkmalsbeschreibungen der Begriffe angreifen, können sie dies auch in Geschehenstypen, und zwar nach den gleichen Regeln. Trotz der betrachteten Verschiedenartigkeiten haben Objektbegriffe und begrifflich repräsentierte Geschehenstypen Gemeinsamkeiten, z. B. die, daß sie eine bevorzugte Abstraktionsebene besitzen (vgl. Rosch, 1975; Hoffmann, 1982; Hoffmann, Zießler & Grosser, 1984). So ist STUHL eine bevorzugte Klassifizierungsebene und nicht KÜCHENSTUHL oder SITZMÖBEL; ENTENBRATEN für ein Gericht und nicht VOGEL- oder ERPELBRATEN usf. Die gleiche Bevorzugung in der Benutzung wohlbestimmter Abstraktionsstufen läßt sich bei den Geschehenstypen nachweisen. Für LEHREN ist das mit Abb. 2.2. gezeigt. ARZTBEHANDLUNG, VERKAUFEN, SCHENKEN usf. belegen die nämlichen Bevorzugungen. Von dieser Ebene aus gibt es Hierarchisierungen wie bei den Objektbegriffen. Abb. 2.14. zeigt dies an dem uns schon bekannten Beispiel LEHREN. Irgendeiner der fünf zur Definition gehörenden Begriffe kann konkretisiert werden (d. h. nach den Regeln der Unterbegriffsbildung). Dann gibt es für alle Begriffe dieser Struktur genau eine Abstraktionsebene, in der eine semantisch kohärente Ereignisrepräsentation entsteht. Die gleiche Prozedur, die zur Unterbegriffsfindung führt, ist auf den ganzen Geschehenstyp anwendbar. So führt MUSIKUNTERRICHT zu anderen Präzisierungen als KLAVIER- oder ORGELUNTERRICHT. Das ist der Weg ‚nach unten' (im hierarchischen Bilde). Und so, wie es eine höchste Allgemeinheitsstufe für Objektbegriffe gibt, so gibt es sie auch für Geschehenstypen. Wir haben sie hier ‚semantische Hülle' genannt. Als

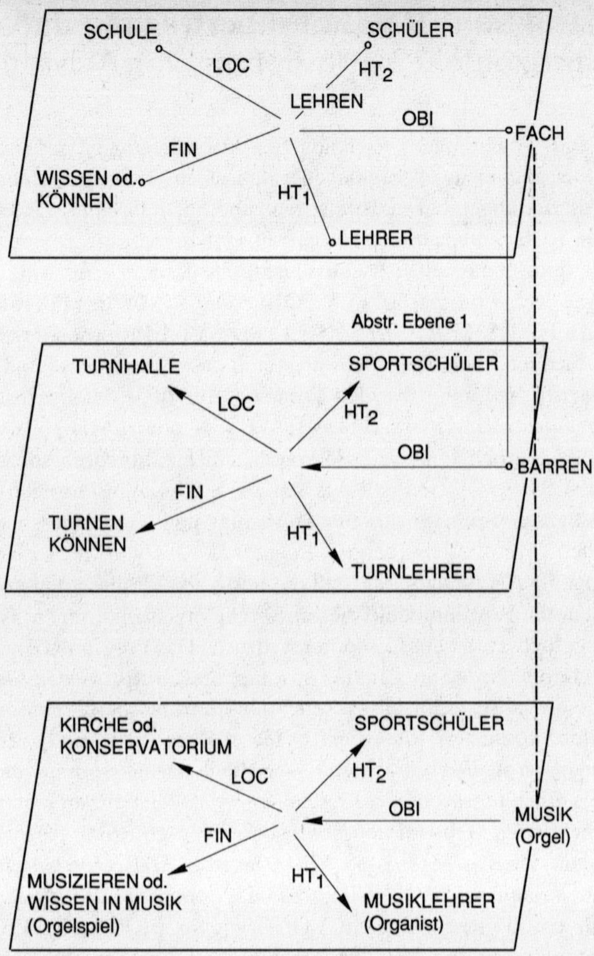

Abb. 2.14.: Hierarchieebenen bei Geschehenstypen. Oben: bevorzugte Abstraktionsebene (sie entspricht Abb. 2.2.). Darunter: Präzisierungen des jeweiligen Geschehenstyps von dem Begriff aus, der (hier) die Objekt- und/oder Instrumentrelation ausfüllt. Das untere Beispiel zeigt noch einmal eine Unterbegriffsbildung zur nächsten Unterbegriffsebene, die wiederum nach den gleichen Regeln erfolgt. In diesem Beispiel handelt es sich um eine Computersimulation nach Erkennungsvorschriften und Regeln (vgl. dazu auch Abb. 2.2. unten).

Beispiele für solche Hüllen kann man Begriffe wie SPIEL, VERSAGEN, SPRECHEN anführen. Bei SPIEL, um ein Beispiel auszuwählen, liegen in der bevorzugten Abstraktionsebene Begriffe wie FUSSBALLSPIEL, SKATSPIEL, SCHACHSPIEL, COMPUTERSPIEL u. ä. Aber nicht etwa RASENSPIEL, BRETTSPIEL, 3-PERSONENSPIEL usf. Je nach der individuellen Gedächtnisstruktur wird es dann noch verschieden dichte Zwischenstufen geben, durch die sich (vor allem) Expertenwissen vom Laienwissen unterscheidet. Schmiescheck (1985) hat gefunden, daß die mit Abb. 2.14. beschriebenen semantischen Relationen in der relativen Häufigkeit ihrer Nennungen bei der Beschreibung von Ereignissen relativ unabhängig sind vom gewählten Geschehenstyp, daß hingegen die Gewichtigkeit dieser Relationen (die Häufigkeit ihrer Nennung oder Anwendung) von der Abstraktionsebene abhängt. So sind die Lokationsrelation und Handlungsträgerrelation für niedere Abstraktionsstufen wesentlich (d. h. häufig in der Nennung). Handlungsträger, Objekt und Instrument sowie Finalität sind in der bevorzugten Abstraktionsstufe häufig vertreten. In der semantischen Hülle ist regelhaft die Finalitätsrelation vertreten, während die Bedeutsamkeit der anderen semantischen Relationen stark von der ursprünglichen Ereignisklasse abhängt, tendenziell aber zurückgeht.

Diese Wählbarkeit der Abstraktionsstufen im Rahmen von Geschehenstypen verweist auf die Wechselwirkung zwischen prozeduraler und stationärer Informationsrepräsentation. Das gilt nicht nur für isolierte Ereignisbegriffe, sondern ebenso für horizontale Geschehenstypverkettungen. Es sind dies Beschreibungen von Ereignisfolgen. Hier hat die Wahl spezifischer Abstraktionsebenen mit dem Objekt wie mit dem Darstellungsmotiv zu tun. Darin unterscheiden sich dichterisch gestaltete von wissenschaftlichen Texten. Die Novelle oder der Roman wird immer in raum-zeitlichen Bezügen von Personen, Sachen, Mitteln und Motiven gestaltet. Ihr künstlerischer Wert besteht u. a. darin, daß beim Wechsel zur höheren, allgemeineren Abstraktionsstufe kenntlich wird, daß Ereignisse beschrieben sind, deren Aussagefähigkeit von den konkreten räumlich-zeitlichen Bezügen gelöst werden kann. Das trifft z. B. für alle dramatischen Konflikttypen zu. Umgekehrt sind mathematische oder theoretisch-physikalische Ereignisbeschreibungen nahe der jeweiligen semantischen Hülle angelegt. Ähnlich wie beim Begriff SPIEL sind dabei ganz verschiedene Geschehenstypen von spezifischen Merkmalen gereinigt, so daß stark verallgemeinerbare Zusammenhänge sichtbar werden. Man denke an Begriffe wie Sinusschwingung, Integral, die Beschreibung eines frei fallenden Körpers u. ä. Hier ist der Begriff „fallender Körper" z. B. aller Merkmale und Relationen entkleidet bis auf zwei: Fall zur Erdmitte hin – bedingt durch das Körpermerkmal Schwere – und ein Volumen. Die allgemein menschliche Befähigung zum Wechsel der Abstraktionsebenen bei begrifflichen Darstellungen verweist auf Zusammenhänge zwischen allgemeiner geistiger Leistungsfähigkeit und Gedächtnistätigkeit. Dazu eine abschließende Anmerkung.

Über Gedächtnistätigkeit und Intelligenz

Als wir mit der Erörterung der Arbeitsweise des operativen Kompartments den Blick auf Wechselwirkungen zwischen operativen und stationären Strukturen lenkten, wurde kenntlich, daß hier die Grenzen zwischen Gedächtnisaktivität und

Denktätigkeit verschwinden. Und naturgemäß haben Denkvorgänge etwas mit Intelligenz zu tun. Wir haben an anderer Stelle begründet, daß sich Intelligenz vor allem in der Effizienz, in einer Art kognitivem Aufwands-Leistungsverhältnis in Denkprozessen zeigt. Hier wollen wir uns auf ein Beispiel für eine spezifische Intelligenzleistung beschränken und zeigen, daß ihre Entstehungsbedingungen aus dem bislang Beschriebenen begründbar sind: die Entdeckung oder – kritischer noch: die Erzeugung analoger Begriffsbeziehungen.

Von vielen großen Entdeckungen in der Wissenschaftsgeschichte, von Thales über Archimedes, Galilei, Kepler[13] bis zu Newton und Einstein konnten wir zeigen (Klix, 1982), daß ihnen die Bildung von Analogien zugrunde gelegen hat.

Analogien bestehen im Strukturellen wie im Semantischen in der Übertragung von Relationen zwischen Strukturen aus einem, dem Urbildbereich, in die Strukturen eines zweiten, dem Bildbereich (vgl. van der Meer, 1978, 1984). Dabei macht die (gegebenenfalls partielle) Identität von Relationen gerade die Analogie aus. Abb. 2.15. zeigt das in einem kleinen Schema. Es besagt: Eine Analogie ist gefunden, wenn eine Relation zwischen zwei Begriffen A und A' auch zwischen zwei Begriffen B und B' entdeckt worden ist; oder, strenger: daß nach A – A' und gegebenem B ein Begriff B' zu finden ist, der in der gleichen Relation zu B steht, wie A zu A'. Wenn dies streng gilt, dann müßte sich mit Hilfe der in Abb. 2.5. dargestellten Module eine Analogieerzeugung rechentechnisch realisieren lassen.

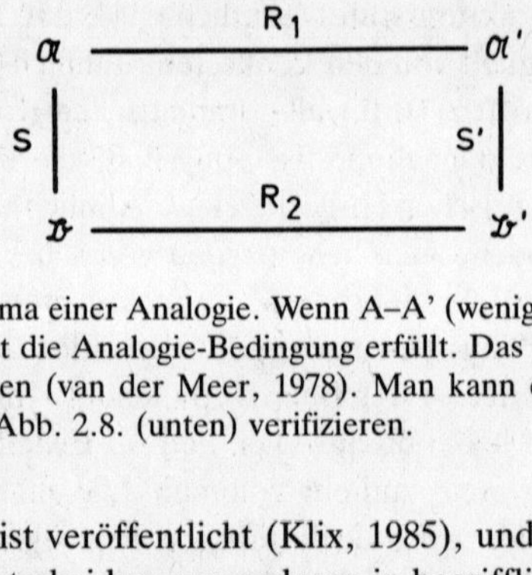

Abb. 2.15.: Strukturschema einer Analogie. Wenn A–A' (wenigstens) eine gleiche Relation bindet wie B–B', dann ist die Analogie-Bedingung erfüllt. Das gilt für rein strukturelle wie für semantische Analogien (van der Meer, 1978). Man kann dies übrigens schon an den Relationsbeispielen der Abb. 2.8. (unten) verifizieren.

Das Programm dafür ist veröffentlicht (Klix, 1985), und es macht in der Tat nur von den genannten Entscheidungsprozeduren in begrifflichen Erkennungsprozessen Gebrauch. Zwei Worte werden eingegeben, die Merkmalssätze im Langzeitspeicher aufgerufen und verglichen. Gibt es gemeinsame Merkmale, dann laufen Prüfprozeduren (nach Abb. 2.5.) ab, die Relationen erkennen, wie sie auf der linken Seite von Abb. 2.1. dargestellt sind. Ansonsten werden ereignisbezogene Suchprozesse aktiviert, durch die Relationen erkannt werden, wie sie in Abb. 2.1. rechts dargestellt sind. Dann verlangt das Programm einen dritten Namen. Wiederum wird der Merkmalssatz aufgerufen. Von ihm aus wird nun ein Merkmalssatz

[13] „Und ich schätze über alles die Analogien, meine vertrautesten Lehrmeister." (Kepler)

(B) (oder mehrere) produziert, der (die) die Relationsbedingung A–A' erfüll-t(en). Der diesem Merkmalssatz zugeordnete Name ist das Wort für diesen Begriff. Leistungen dieser Prozedur sind in Abb. 2.2. (Anhang) dargestellt. Wüßte man nicht, daß die Erkennung von einem Rechner realisiert ist, man würde sie in einem Intelligenztest als menschliche Intelligenz akzeptieren. Dabei gibt es (von der Simulation her begründbare) Spezifika: Je weiter z. B. die Geschehenstypen zwischen A und B auseinanderliegen, um so origineller, ja kreativer erscheint die Analogiebildung. LEHRER : SCHÜLER mit ARZT : PATIENT verbinden wirkt ‚einfallslos' gegenüber (z. B.) KALB : BRATEN wie BIRNE : KOMPOTT oder gar PRÄSIDENT : REDEN wie HAHN : KRÄHEN oder PAPAGEI : FOLIERE wie GRAF : SCHLOSS. Diese ‚originellen' Analogiefindungen regen nicht selten auch den Programmierer selbst zum Schmunzeln an. Warum eigentlich? Dies freilich führt zu neuen, emotionalen Aspekten der menschlichen Gedächtnistätigkeit, auf die hier nicht eingegangen werden konnte. Deutlicher werden sollte in diesem Abschnitt, wie Wahrnehmungsleistungen und Gedächtnisfunktionen sich im Aufbau von Denkprozessen verbinden.

Aber wozu ein Computermodell am Ende? Wird etwa behauptet, daß der Vorgang im Nervensystem so stattfindet? Keineswegs. Um die Nutzung des Computers als methodisches Mittel bei der Prüfung von Hypothesen, darum geht es. Die Hypothesen haben funktionelle Gebilde hoher Komplexität zum Inhalt, deren Herstellung dem menschlichen Denken selber kaum möglich ist. Schrittweise wird so die Kenntnis des Menschen von der strukturellen wie der dynamischen Seite seines geistigen Lebens vertieft. Erst die Anfänge dieser Vorgänge sind erfaßt. Der beschrittene Weg jedoch führt hin zum Ganzen: zum Begreifen der individuellen Persönlichkeit. Denn Gedächtnis, das ist das Insgesamt der nachwirkenden Lebensgeschichte eines Menschen in all seinen individuellen wie kollektiven Bezügen, seiner biologischen wie sozialen Geschichte. Und natürlich gehört dazu auch das ‚Wissen' um Handlungsmöglichkeiten und Handlungsformen.

Anhang 1: Beispiele für die Erkennung von Unter-Oberbegriffsbeziehungen durch ein Rechnerprogramm, das nur von den hier entwickelten Modellvorstellungen Gebrauch macht, insbesondere von der mit Abb. 2.1. im Prinzip erläuterten Begriffsrepräsentation sowie von der Aktivierung der Module, wie sie in Abb. 2.5. beschrieben wurden. Die Möglichkeit der Bildung komplementärer Begriffe beruht ebenfalls nur auf Merkmalsvergleichen im beschriebenen Sinne. Es ist deutlich, daß Fragen wie ‚akzeptiert'? ‚verallgemeinern'? vom Programm ausgehen, während die Antworten jeweils eingegeben werden und damit den nächsten Prozeßabschnitt einleiten. (Man beachte: Alle Entscheidungsschritte werden nur über den Merkmalssätzen der Begriffe ausgeführt. Die Wortmarken spielen nur am Anfang und am Ende der Prozeßschritte eine Rolle.)

```
>
NAME 1= HENNE
allg. MERKMAL?BE2
Begriff erkannt
praevalierende Merkmale!
PRUEFEN der Spezifik?NEIN
VERALLGEMEINERN?JA
WEITER?JA
WEITER?JA
WEITER?JA
VOGEL
AKZEPTIERT?JA
TIER
AKZEPTIERT?JA
LEBEWESEN
AKZEPTIERT?JA
WEITER?JA
ENDE DER OBERBEGRIFFE
ZUR UNTERBEGRIFFSFIXIERUNG?JA
LEBEWESEN
AKZEPTIERT?JA
MENSCH
AKZEPTIERT?NEIN
TIER
AKZEPTIERT?JA
SAEUGER
AKZEPTIERT?NEIN
INSEKT
AKZEPTIERT?NEIN
VOGEL
AKZEPTIERT?JA
GREIFVOGEL
AKZEPTIERT?NEIN
TAUBE
AKZEPTIERT?NEIN
ENTE
AKZEPTIERT?JA
SCHLUSS
PRUEFEN der Spezifik?JA
spezifizierte Oberbegriffssuche
beginnt!
zu dieser Merkmalsspezifik gehoe
ren
FRAU
STUTE
HUENDIN
HENNE
KEINE BEISPIELE MEHR
ENDE
```

```
>
NAME 1= FOHLEN
allg. MERKMAL?BE2
Begriff erkannt
praevalierende Merkmale!
PRUEFEN der Spezifik?NEIN
VERALLGEMEINERN?JA
PFERD
AKZEPTIERT?JA
WEITER?JA
PFERD
AKZEPTIERT?JA
SAEUGER
AKZEPTIERT?JA
TIER
AKZEPTIERT?JA
LEBEWESEN
AKZEPTIERT?JA
WEITER?JA
ENDE DER OBERBEGRIFFE
ZUR UNTERBEGRIFFSFIXIERUNG?JA
LEBEWESEN
AKZEPTIERT?JA
MENSCH
AKZEPTIERT?NEIN
TIER
AKZEPTIERT?JA
SAEUGER
AKZEPTIERT?JA
PFERD
AKZEPTIERT?JA
SCHLUSS
PRUEFEN der Spezifik?JA
spezifizierte Oberbegriffssuche
beginnt!
zu dieser Merkmalsspezifik gehoe
ren
FOHLEN
WELPE
KUECKEN
KEINE BEISPIELE MEHR
ENDE
MERKMALSANALYSE?JA
SPEZIFIK IST GESCHLECHT
SPEZIFIK IST kindlich
ALLGEMEINE MERKMALSBESCHREIBUNG
?NEIN
ENDE
```

```
>
NAME 1= OBSTTORTE
allg. MERKMAL?IO2
Begriff erkannt
VERALLGEMEINERN?JA
TORTE
AKZEPTIERT?JA
BACKWARE
AKZEPTIERT?JA
NAHRUNG
AKZEPTIERT?JA
WEITER?JA
ENDE DER OBERBEGRIFFE
ZUR UNTERBEGRIFFSFIXIERUNG?JA
FACH
AKZEPTIERT?NEIN
KRANKHEIT
AKZEPTIERT?NEIN
KUECHE
AKZEPTIERT?NEIN
NAHRUNG
AKZEPTIERT?JA
OBST
AKZEPTIERT?NEIN
GEMUESE
AKZEPTIERT?NEIN
FLEISCH
AKZEPTIERT?NEIN
BACKWARE
AKZEPTIERT?JA
KUCHEN
AKZEPTIERT?NEIN
TORTE
AKZEPTIERT?JA
OBSTTORTE
AKZEPTIERT?JA
SCHLUSS
PRUEFEN der Spezifik?JA
KEINE SPEZIFIK VORHANDEN
```

```
?JA
NEUER BEGRIFF IST?BERUF
ERKANNT
MERKMALSANALYSE BEGINNT
ALLGEMEINSTES MERKMAL IST
ERWACHSENER
LEHRER
DOZENT
BIOLOGIELEHRER
SPORTLEHRER
MUSIKLEHRER
ORGANIST
PIANIST
OBER
ARZT
PSYCHIATER
PAEDIATER
INTERNIST
keine Beispiele mehr
komplementaerer Begriff zum glei
chen Oberbegriff? JA
ERWACHSENER
STUDENT
MANN
FRAU
MOERDER
DIEB
PSYCHOTIKER
ENDE
```

Anhang 2: Simulation einer wohlbekannten Intelligenzleistung durch den Computer. Die Erkennungsleistungen beruhen wiederum auf der Wechselwirkung der mit Abb. 2.5. beschriebenen Entscheidungs- bzw. Erkennungsprozeduren. Man beachte in den Beispielen (z. B. a–d), daß der gleiche Begriff (hier ROSE) zu immer neuen Analogiefindungen führt, je nachdem, welche Relation durch den zweiten Begriff des ersten Paares spezifiziert wird.

a.
```
>
NAME1 u.allg.Merkmal? BIRKE,BEL
NAME 2?=BAUM
Ja IBR!
IBR BEGINNT
UNTER-OBERBEGRIFF
OBERBEGRIFF IST BAUM
WEITER ZUR ANALOGIEBILDUNG?JA
NAME 3= ROSE,BEL
ANALOGIE ERFUELLT DURCH:BLUME
```

b.
```
>
NAME1 u.allg.Merkmal? BIRKE,BEL
NAME 2?=LAUBBAUM
Ja IBR!
IBR BEGINNT
UNTER-OBERBEGRIFF
OBERBEGRIFF IST LAUBBAUM
WEITER ZUR ANALOGIEBILDUNG?JA
NAME 3= ROSE,BEL
ANALOGIE ERFUELLT DURCH:SOMMERBLUME
```

c.
```
>
NAME1 u.allg.Merkmal? EIBE,BEL
NAME 2?=TANNE
Ja IBR!
IBR BEGINNT
NEBENORGDNUNG/ OBERBEGRIFF IST NADELBAUM
WEITER ZUR ANALOGIEBILDUNG?JA
NAME 3= ROSE,BEL
analog ist LILIE
```

d
```
>
NAME1 u.allg.Merkmal? KIRSCHBAUM,BEL
NAME 2?=TANNE
Ja IBR!
IBR BEGINNT
NEBENORGDNUNG/ OBERBEGRIFF IST BAUM
WEITER ZUR ANALOGIEBILDUNG?JA
NAME 3= ROSE,BEL
analog ist KROKUS
```

e
```
>
NAME1 u.allg.Merkmal? GREIFVOGEL,BEL
NAME 2?=ADLER
Ja IBR!
IBR BEGINNT
OBER-UNTERBEGRIFF/OBERBEGRIFF IST GREIFVOGEL
WEITER ZUR ANALOGIEBILDUNG?JA
NAME 3= SAEUGER,BEL
ANALOGIE ERFUELLT DURCH PFERD
```

g.
```
>RESTORE IO
>
NAME1 u.allg.Merkmal? VOGEL,BEL
NAME 2?=ADLER
Ja IBR!
IBR BEGINNT
OBER-UNTERBEGRIFF/OBERBEGRIFF IST VO
WEITER ZUR ANALOGIEBILDUNG?JA
NAME 3= SAEUGER,BEL
ANALOGIE ERFUELLT DURCH FOHLEN
```

h.
```
>
NAME1 u.allg.Merkmal? MANN,BEL
NAME 2?=FRAU
Ja IBR!
IBR BEGINNT
MERKMALSDOMINANZ!
 ES IST MANN          maennlich
ES IST FRAU           weiblich
RELATION maennlich/weiblich=Gegentei
WEITER ZUR ANALOGIEBILDUNG?JA
NAME 3= OCHSE,BEL
 analog ist z.B.:KUH
```

i.
```
>
NAME1 u.allg.Merkmal? FLEISCH,IOB
NAME 2?=WURST
Ja IBR!
IBR BEGINNT
MERKMALSDOMINANZ!
 ES IST FLEISCH       essbar
ES IST WURST          essbar
RELATION essbar/essbar=NAHRUNG
WEITER ZUR ANALOGIEBILDUNG?JA
NAME 3= KUCHEN,IOB
 analog ist z.B.:TORTE
```

j.
```
>
NAME1 u.allg.Merkmal? FLEISCH,IOB
NAME 2?=WURST
Ja IBR!
IBR BEGINNT
MERKMALSDOMINANZ!
 ES IST FLEISCH       essbar
ES IST WURST          essbar
RELATION essbar/essbar=NAHRUNG
WEITER ZUR ANALOGIEBILDUNG?JA
NAME 3= GEMUESE,IOB
 analog ist z.B.:SALAT
```

k.
```
>
NAME1 u.allg.Merkmal? BUECHER,IOB
NAME 2?=PORZELLAN
Ja IBR!
IBR BEGINNT
MERKMALSDOMINANZ!
 ES IST BUECHER       schenkbar
ES IST PORZELLAN      schenkbar
RELATION schenkbar/schenkbar=GESCHENK
WEITER ZUR ANALOGIEBILDUNG?JA
NAME 3= SCHALLPLATTEN,IOB
 analog ist z.B.:BILDER
```

l.
```
>
NAME1 u.allg.Merkmal? LEHRER,BEL
NAME 2?=SCHULE
KEINE IBR
ZBR-PRUEFUNG BEGINNT
LOC IST SCHULE
RELATION LEHRER
 ZU SCHULE
 IST ORT
GESCHTYP IST LEHREN
NAME 3=?OBER
GESCHTYP IST SPEISEN
ANALOG SIND LEHRER ZU SCHULE
WIE OBER ZU :RESTAURANT!
```

m.
```
>
NAME1 u.allg.Merkmal? LEHRER,GTYP
NAME 2? FACH
ZBR-PRUEFUNG BEGINNT
OBJ/INSTR. IST FACH
RELATION LEHRER
 ZU FACH
 IST IOB
GESCHTYP IST LEHREN
NAME 3=?OBER
GESCHTYP IST SPEISEN
ANALOG SIND LEHRER ZU FACH
WIE OBER ZU :MENUE!
```

n.
```
>
NAME1 u.allg.Merkmal? LEHREN,GTYP
NAME 2? SCHULE
ZBR-PRUEFUNG BEGINNT
LOC IST SCHULE
RELATION LEHREN
 ZU SCHULE
 IST ORT
GESCHTYP IST LEHREN
NAME 3=?SPEISEN
GESCHTYP IST SPEISEN
ANALOG SIND LEHREN ZU SCHULE
WIE SPEISEN ZU :RESTAURANT!
```

```
>
NAME1 u.allg.Merkmal? VORLESUNG,GTYP
NAME 2? GTYP
ZBR-PRUEFUNG BEGINNT
keine DIREKTE  Getyp-Bindung!
WARNING line 1580: no value
ERROR line 1590: missing ASSIGN#
```

o.
```
>
NAME1 u.allg.Merkmal? VORLESUNG,GTYP
NAME 2? HOERSAAL
ZBR-PRUEFUNG BEGINNT
LOC IST HOERSAAL
RELATION VORLESUNG
 ZU HOERSAAL
 IST ORT
GESCHTYP IST VORLESUNG
NAME 3=?KAUFEN
GESCHTYP IST KAUFEN
ANALOG SIND VORLESUNG ZU HOERSAAL
WIE KAUFEN ZU :GESCHAEFT!
```

p.
```
>
NAME1 u.allg.Merkmal? BEHANDLUNG,GTYP
NAME 2? HEILEN
ZBR-PRUEFUNG BEGINNT
FINAL IST HEILEN
RELATION BEHANDLUNG
 ZU HEILEN
 IST FIN
GESCHTYP IST BEHANDLUNG
NAME 3=?KAUFEN
GESCHTYP IST KAUFEN
ANALOG SIND BEHANDLUNG ZU HEILEN
WIE KAUFEN ZU :TRANS GELD IN WARE!
```

p.
```
>
NAME1 u.allg.Merkmal? KAUFEN,GTYP
NAME 2? KUNDE
ZBR-PRUEFUNG BEGINNT
keine DIREKTE  Getyp-Bindung!
WARNING line 1580: no value
ERROR line 1590: missing ASSIGN#
```

Literatur

Aronson, C. R., Tobach, E., Rosenblatt, J. S., & Lehrmann, D. S. (Eds.) (1972). *Selected writings of T. C. Schneirla*. San Francisco: Freeman.

Ballstaedt, St.-P., Mandl, H., Schnotz, W., & Tergan, S.-O. (1981). *Texte verstehen, Texte gestalten*. München: Urban & Schwarzenberg.

Boesch, Ch., & Boesch, H. (1984). Mental map in wild chimpanzees: An analysis of hammer transports for nut cracking. *Primates, 25*.

Collins, A. M., & Loftus, E. F. (1975). A spreading activation theory of semantic processing. *Psychological Review, 82*, 407–428.

Collins, A. M., & Quillian, M. R. (1969). Retrieval time from semantic memory. *Journal of Verbal Learning and Verbal Behavior, 8*, 240–277.

Collins, A. M., & Quillian, M. R. (1972). Experiments on semantic memory and language comprehension. In L. W. Gregg (Ed.), *Cognition in learning and memory* (pp. 117–138). New York: Wiley.

Denis, M. (1984). On figurative components of mental representations. In F. Klix, J. Hoffmann & E. van der Meer (Eds.), *Cognitive research in psychology* (pp. 65–71). Berlin: Deutscher Verlag der Wissenschaften.

Denis, M. (1979). *Les images mentales*. Paris: Presses Universitaires de France.

Dörner, D., & Reither, F. (1981). Sprache und Denken. *Nova acta Leopoldina, 245*, 627–636.

Dörner, D., & Reither, F. (1978). Über das Problemlösen in sehr komplexen Realitätsbereichen. *Zeitschrift für experimentelle und angewandte Psychologie, 25*, 527–551.

d'Ydewalle, G., & Roselle, H. (1978). Test expectations in text learning. In M. M. Gruneberg, P. E. Morris & R. N. Sykes (Eds.), *Practical aspects of memory* (pp. 617–619). London: Academic Press.

Ebbinghaus, H. (1885). *Über das Gedächtnis*. Leipzig: Duncker & Humboldt.

Engelkamp, J., & Zimmer, H. D. (1983). Zum Einfluß von Wahrnehmen und Tun auf das Behalten von Verb-Objekt-Phrasen. *Sprache und Kognition, 2*, 117–127.

Fillmore, G. J. (1968). The case for the case. In E. Bach & R. T. Harms (Eds.), *Universals in linguistic theory* (pp. 1–88). New York: Holt, Rinehart & Winston.

Gleitman, H. (1981). *Psychology*. New York: Norton.

Glowalla, U. (1981). *Der rote Faden. Ein handlungstheoretisches Modell zur Textverarbeitung*. Diss. Braunschweig.

Granowskaja, P. M. (1974). *Wahrnehmung und Modelle des Gedächtnisses* (russ.). Moskau: Izd. Nauka.

Herrmann, D. J., Pappermann, T. J., & Armstrong, A. D. (1978). Synonym comprehension and the generality of categorization models. *Memory & Cognition, 6*, 150–155.

Herrmann, Th. (1982). *Sprechen und Situation*. Berlin: Springer.

Herrmann, Th. (1982). *Sprachpsychologie als allgemeine Psychologie*. Arbeiten der Forschungsgruppe Sprache und Kognition, Bericht Nr. 25, Universität Mannheim.

Herrmann, Th. (1979). *Die Situationsabhängigkeit des Sprechens und das Pars-Pro-Toto-Prinzip*. Arbeiten der Forschungsgruppe Sprache und Kognition, Bericht Nr. 10.

Hinton, G. E., & Anderson, B. A. (Eds.) (1983). *Parallel models of associative memory*. New York: Wiley.

Hoffmann, J. (1982). *Das aktive Gedächtnis*. Berlin: Deutscher Verlag der Wissenschaften.

Hoffmann, J., Zießler, M., & Grosser, U. (1984). Psychologische Gesetzlichkeiten der begrifflichen Klassifikation von Objekten. In F. Klix (Hg.), *Gedächtnis, Wissen, Wissensnutzung* (S. 74–107). Berlin: Deutscher Verlag der Wissenschaften.

Hoffmann, J., & Zießler, M. (1981). Components of perceptual classification. *Zeitschrift für Psychologie, 189*, 14–24.

Höffding, H. (1908). *Psychologie*. Leipzig: Reisland.
Hovland, C. J. (1951). Human learning and retention. In S. S. Stevens (Ed.), *Handbook of Experimental Psychology* (pp. 613–689). New York: Wiley.
Kempen, G. (1977a). *Conceptualizing and formulating in sentence production*. Mskr. Nijmegen.
Kempen, G. et al. (1977b). *The time course of conceptualizing and formulating processes during the production of simple sentences*. Mskr. Nijmegen.
Kintsch, W., & van Dijk, T. A. (1978). Toward a model of text comprehension and production. *Psychological Review, 5*, 363–394.
Kintsch, W. (1977). *Memory and cognition*. New York: Wiley.
Klatzky, R. L. (1975). *Human memory*. San Francisco: Freeman.
Klimesch, W. (1979). *Verbal processes in visual short term memory*. Vortrag, gehalten auf einem Kolloquium an der Humboldt-Universität zu Berlin.
Klix, F. (Hg.) (1976). *Psychologische Beiträge zur Analyse kognitiver Prozesse*. Berlin: Deutscher Verlag der Wissenschaften.
Klix, F. (1982). *Erwachendes Denken*. Berlin: Deutscher Verlag der Wissenschaften.
Klix, F. (Hg.) (1984). *Gedächtnis, Wissen, Wissensnutzung*. Berlin: Deutscher Verlag der Wissenschaften.
Klix, F. (1985). Über die Nachbildung von Denkanforderungen, die Wahrnehmungseigenschaften, Gedächtnisstruktur und Entscheidungsoperationen einschließen. *Zeitschrift für Psychologie, 193*, 175–211.
Klix, F., Kukla, F., & Klein, R. (1976). Über die Unterscheidbarkeit von Klassen semantischer Relationen im menschlichen Gedächtnis. In F. Klix (Hg.), *Psychologische Beiträge zur Analyse kognitiver Prozesse* (S. 302–314). Berlin: Deutscher Verlag der Wissenschaften.
Klix, F., & van der Meer, E. (1978). Analogical reasoning – an approach to cognitive microprocesses as well as to intelligence performance. *Zeitschrift für Psychologie, 186*, 39–47.
Kluwe, R. H., & Spada, H. (1981). *Studien zur Denkentwicklung*. Bern: Huber.
Kummer, H. (1975). *Sozialverhalten der Primaten*. Berlin: Springer.
Kurth, G., & Eibl-Eibesfeldt, I. (Eds.) (1975). *Dominisation und Verhalten*. Stuttgart: Fischer.
Lawick-Goodall, J. (1971). *Wilde Schimpansen*. Hamburg: Rowohlt.
Le Ny, J. F. (1982). Knowledge, meaning, representation, some current problems. In F. Klix, J. Hoffmann & E. van der Meer (Eds.). Cognitive research in psychology (pp. 22–32). Berlin: Deutscher Verlag der Wissenschaften.
Lorenz, K. (1965). *Über tierisches und menschliches Verhalten*. München: Piper.
Luchmann, D. (1983). *Differenzierung von Prozessen und Strukturen des menschlichen Langzeitgedächtnisses*. Diplomarbeit, Humboldt-Universität zu Berlin.
Mandl. H., Ballstaedt, St.-P., & Schnotz, W. (1980). Lernen mit Texten. *Zeitschrift für Entwicklungspsychologie und Pädagogische Psychologie, 12*, 44–74.
Mandler, G. (1981). *The recognition of previous encounters*. Manuskript.
Mandler, G. (1979). *Denken und Fühlen*. Paderborn: Junfermann.
Müller. G. E. (1911–1917). *Zur Analyse der Gedächtnistätigkeit und des Vorstellungsverlaufs*. Drei Bände. Leipzig: Johann Ambrosius Barth.
Murdock, B. B. Jr. (1975). *Human memory: Theory and data*. New York: Wiley.
Norman, D. A., & Lindsay, P. H. (1973). *Human information processing. An introduction to psychology*. New York: Academic Press.
Norman, D. A., & Rumelhart, D. E. (1975). *Explorations in cognition*. San Francisco: Freeman.
Norman, D. A., & Rumelhart, D. E. (1984). *Representation in memory*. Manuskript.
Pilzecker, A., & Müller, G. E. (1900). *Experimentelle Beiträge zur Lehre vom Gedächtnis*. Leipzig: Johann Ambrosius Barth.

Preuß, M. (1985). *Experimente über Relationserkennung im menschlichen Gedächtnis*. Diss. Humboldt-Universität zu Berlin (unveröffentlicht).

Puffe, H. (1980). *Untersuchungen zur Unterscheidbarkeit semantischer Relationen im menschlichen Langzeitgedächtnis*. Diplomarbeit. Humboldt-Universität zu Berlin (unveröffentlicht).

Quillian, M. R. (1968). Semantic memory. In M. Minsky (Ed.), *Semantic information processing* (pp. 216–270). Cambridge: MIT Press.

Rosch, E. (1975). Cognitive representations of semantic categories. *Journal of Experimental Psychology, 104*, 192–233.

Rost, J. (1980). *Gedächtnispsychologische Grundlagen naturwissenschaftlichen Wissens*. Basel: Beltz.

Schank, R. C. (1975). *Conceptual information processing*. Amsterdam: Elsevier-North-Holland.

Schmiescheck, M. (1984). *Zur Strukturbeschreibung von Geschehenstypen*. Experimente zum psychologischen Praktikum. Humboldt-Universität zu Berlin (unveröffentlicht).

Sintschenko, P. I. (1970). *Gedächtnis* (russ.). Charkov.

Smirnov, A. A. (1966). *Problem der Psychologie des Gedächtnisses* (russ.). Moskau: Izd. Prosvečenie.

Smith, E. E., Shoben, E. J., & Rips, L. J. (1974). Structure and process in semantic memory. A featural model for semantic decisions. *Psychological Review, 81*, 214–241.

Tinbergen, N. (1952). *Instinktlehre*. Hamburg: Parey.

Tulving, E. (1972). Episodic and semantic memory. In E. Tulving & W. Donaldson (Eds.), *Organization of memory* (pp. 382–403). New York: Academic Press.

van der Meer, E. (1984). Die Verfügbarkeit semantischer Relationen als differentialdiagnostisches Kriterium. In F. Klix (Hg.), *Gedächtnis, Wissen, Wissensnutzung* (S. 207–230). Berlin: Deutscher Verlag der Wissenschaften.

Wickelgren, W. A. (1970). Multitrace strength theory. In D. A. Norman (Ed.), *Models of human memory* (pp. 67–102). New York: Academic Press.

Wolf, M. (1984). *Prozedurale Erkennungsmechanismen von Begriffsbeziehungen*. Diplomarbeit, Humboldt-Universität zu Berlin (unveröffentlicht).

3 Semantische Netze als Bestandteil gedächtnispsychologischer Theorien

Karl Friedrich Wender

Gedächtnispsychologische Untersuchungen haben sich insbesondere auch der Frage zugewandt, in welcher Form Gedächtnisinhalte gespeichert werden. Diese Form der Gedächtnisinhalte bezeichnet man als ihre mentale Repräsentation. Verschiedene Möglichkeiten sind hierfür diskutiert worden. Zwar besteht noch keine endgültige Einigkeit über manche Einzelheiten der mentalen Repräsentation, der allgemeine Rahmen in derzeit populären Theorien zeigt jedoch recht große Übereinstimmung.

Eine Möglichkeit für mentale Repräsentation sind semantische Netze, wie sie von verschiedenen Autoren vorgeschlagen wurden. Semantische Netze sind eine sprachlich-abstrakte Form der Repräsentation. Demgegenüber wurde und wird immer wieder diskutiert, inwiefern Gedächtnisinhalte auch eine bildhaft-analoge Form besitzen. Dies wird auf S. 70 ff. näher dargestellt (vgl. a. Steiner, in diesem Band). Semantische Netzwerke in der einen oder anderen Form sind Bestandteil eigentlich aller zeitgenössischen Theorien über Struktur und Prozesse des menschlichen Gedächtnisses. Strittig ist die Frage, inwieweit andere, z. B. bildhaft-analoge Formen, zusätzlich angenommen werden müssen.

Der Platz der internen Repräsentation läßt sich in einer Übersicht wie in Abb. 3.1. veranschaulichen. Diese Abbildung erhebt selbstverständlich keinen Anspruch auf Vollständigkeit. Die interne Repräsentation ist ein nicht beobachtbares, hypothetisches Konstrukt, welches das Bindeglied zwischen Eingabe und Ausgabe darstellt.

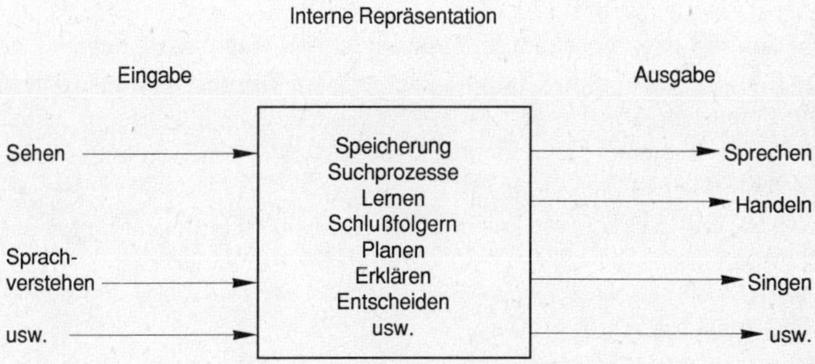

Abb. 3.1.: Die interne Repräsentation als hypothetisches Konstrukt zwischen Eingabe und Ausgabe

Für den experimentell arbeitenden Psychologen stellt sich die Frage, wie man Experimente so durchführen kann, daß man Aufschluß über Eigenschaften der internen Repräsentation erhält.

Als ein erstes, oft bestätigtes Ergebnis ist festzuhalten, daß sich die Form der internen Repräsentation von derjenigen unterscheidet, in der die Information extern vorliegt. Beim Lesen geschriebener Sprache beispielsweise sind es nicht die Buchstabenketten oder die Wortfolgen, wie sie auf dem Papier stehen, welche unmittelbar gespeichert werden. Belege hierfür finden sich z. B. bei Sachs (1967).

Daraus folgt, daß es einen Prozeß geben muß, der Information aus der extern gegebenen Form in die interne Repräsentation überführt. Das sind z. B. Wahrnehmungsprozesse oder Prozesse des Sprachverstehens. Ebenso muß es einen Transformationsprozeß geben, welcher die Ausgabe z. B. in Form von Sprache oder Handeln besorgt. Offen ist die Frage, ob es für alle Sinnesmodalitäten eine gemeinsame Repräsentation gibt, oder ob modalitätsspezifische Repräsentationen existieren. Für die visuelle Wahrnehmung wurde diese Frage unter dem Stichwort *imagery-Kontroverse* diskutiert. Dies wird in dem Beitrag von Steiner in diesem Band näher dargestellt.

Aber selbst, wenn es modalitätsspezifische Repräsentationen geben sollte, so müssen doch gegenseitige oder gemeinsame Zugriffsmöglichkeiten vorhanden sein; denn Informationen aus verschiedenen Modalitäten interagieren und haben gemeinsame Konsequenzen.

Schließlich ist die interne Repräsentation nicht statisch und unveränderbar, sondern es gibt Prozesse, die z. B. als Lernen, schlußfolgerndes Denken, Planung usw. klassifiziert werden und die fortlaufend Änderungen hervorrufen.

Grundlegende Eigenschaften der internen Repräsentation

Für die interne Repräsentation kann man zunächst einige Eigenschaften angeben, die offensichtlich gewährleistet sind. Die erste ist:

1. Die interne Repräsentation erlaubt eindeutige Referenzbildung.

Wenn man die Sätze hört: „Lendl nahm an dem Turnier in Antwerpen teil. Er siegte im Finale gegen McEnroe", so weiß man, daß „Lendl" und „er" sich auf die gleiche Person beziehen. D. h. vom Hörer wird hier eine eindeutige Referenz gebildet. Die zweite Eigenschaft ist:

2. Aussagen über Ereignisse haben in der internen Repräsentation keine Mehrdeutigkeiten.

Betrachtet man die Sätze
„Ivan Lendl schlägt den Ball" und
„Ivan Lendl schlägt Boris Becker",
so erkennt man, daß im ersten Fall Schlagen-eines-Objektes als eine physikalische Handlung gemeint ist, wohingegen es sich beim zweiten Satz um das Gewinnen

eines sportlichen Wettkampfs handelt. Natürlich können Personen sich vergegenwärtigen, daß z. B. ,,schlagen" verschiedene Bedeutungen haben kann. Die Eigenschaft (2.) drückt aus, daß Personen sich im allgemeinen auf eine Interpretation festlegen und daß die resultierende Repräsentation dann eindeutig ist. Als dritte Eigenschaft findet man:

3. In der internen Repräsentation sind Rollen und Funktionen eindeutig zugeordnet.

Dies sei wieder an einem Beispiel erläutert: In den Sätzen
,,Lendl schlägt den Ball mit dem Schläger",
,,Lendl schlägt den Ball mit der Vorhand"
ist Lendl der Akteur und der Ball ist das Objekt, mit dem etwas geschieht. Diese Rollenzuweisung bleibt in der internen Repräsentation erhalten. Dies auch dann, wenn der Satz nicht im Aktiv, sondern im Passiv formuliert gewesen wäre. Ferner ist in den beiden Sätzen die Interpretation der präpositionalen Ergänzung unterschiedlich. Der Teil ,,mit dem Schläger" wird als *Instrument* der Handlung verstanden und gespeichert werden. Hingegen ,,mit der Vorhand" bezeichnet die *Art und Weise*, in welcher der Schlag ausgeführt wird. Auch diese Rollenzuweisung bleibt in der internen Repräsentation eindeutig erhalten.

Der Prädikatenkalkül als Modell der internen Repräsentation

Modelle für die interne Repräsentation müssen zunächst von diesen Eigenschaften ausgehen. Dies gilt sowohl für psychologische Modelle wie auch für Programme der Künstlichen Intelligenz. Ein Rahmen für ein solches Modell ist der Prädikatenkalkül, wie er in der Logik entwickelt wurde. Da er in einer Anzahl von Modellen zugrunde gelegt wurde (z. B. im General Problem Solver von Newell & Simon, 1972), und weil er den später zu behandelnden semantischen Netzen nahe verwandt ist, soll er kurz vorgestellt werden.

Ein *Prädikat* im Prädikatenkalkül ist eine Relation zwischen Argumenten. Argumente können konstante Terme (wie z. B. Eigennamen) oder Variablen sein. Zum Beispiel enthält der Satz
,,Feldmarschall von Blücher hat ein Buch"
die Argumente ,,Feldmarschall von Blücher" und ,,Buch" sowie die Relation ,,haben". Ein Prädikat, in welches Konstanten oder Variablen eingesetzt sind, nennt man auch eine *Proposition*.

Um die erste der oben besprochenen Eigenschaften zu berücksichtigen, muß genau angegeben werden, um welchen von Blücher es sich handelt, falls es mehrere gibt. Dasselbe gilt für das Buch, falls ein spezielles gemeint ist. Schematisch kann man das einfach durch Anfügen einer Numerierung tun. Folgende Schreibweise soll hier verwendet werden:
(haben von-Blücher-1 Buch-3).

Die Proposition wird in Klammern geschrieben, die Relation wird vorangestellt und die Argumente folgen. Dabei ist angedeutet, daß es sich um von ,,Blücher Nr. 1" und ,,Buch Nr. 3" handelt.

Propositionen haben jeweils einen von zwei möglichen Wahrheitswerten, d. h. eine Proposition ist entweder wahr oder falsch, die Proposition gilt oder sie gilt nicht.

Im Prädikatenkalkül können Propositionen zu neuen Aussagen zusammengefaßt werden. Das geschieht durch die Verknüpfungen *und, oder* und *impliziert.* Der Wahrheitswert einer durch Verknüpfung entstandenen Aussage hängt von den Wahrheitswerten der Teilaussagen ab. Dies ist in sogenannten Wahrheitstafeln festgelegt, die in Tab. 3.1. wiedergegeben sind. Neben den drei Konjunktionen gibt es die Verneinung *nicht.* Diese verändert den Wahrheitswert einer Aussage.

Tab. 3.1.: Wahrheitstafeln für drei Konjunktionen und die Verneinung

p	q	und (und p q)	oder (oder p q)	impliziert (impliziert p q)	nicht (nicht p)
w	w	w	w	w	f
w	f	f	w	f	f
f	w	f	w	w	w
f	f	f	f	w	w

Anmerkung: w steht für wahr, f steht für falsch

Aus Tab. 3.1. kann man die in diesem Kapitel für die Konjunktionen verwendete Darstellung entnehmen. Sie entspricht nicht der in der Logik sonst üblichen Schreibweise, sondern ist hier an die Programmiersprache LISP angelehnt. Dies geschah deshalb, weil die Schreibweise für Propositionen in Zusammenhang mit semantischen Netzwerken ebenfalls an LISP angelehnt ist.

Zu den Wahrheitstafeln sind einige Bemerkungen angebracht. Durch die Verneinung wird aus einer wahren Aussage eine falsche und umgekehrt. Eine durch die Verknüpfung *und* entstandene Aussage ist genau dann wahr, wenn beide Teilaussagen wahr sind. Das *oder* ist das sogenannte einschließende ,,oder", d. h. die Aussage (oder p q) ist dann wahr, wenn entweder p oder q wahr ist, aber auch, wenn beide wahr sind.

Die Implikation entspricht nicht der alltäglichen Verwendung von Wenn-dann-Aussagen. Nur die beiden ersten Fälle in der Wahrheitstafel, bei denen die erste Teilaussage, die Prämisse, wahr ist, entsprechen dem alltäglichen Gebrauch. Die Fälle 3 und 4, bei denen die Prämisse falsch ist, kommen üblicherweise in der Alltagssprache nicht vor, d. h. man verwendet keine Wenn-dann-Aussage, deren Prämisse falsch ist, von Täuschungen einmal abgesehen. In der Logik muß jedoch eine Verknüpfung für alle möglichen Fälle gelten. Es liegt nahe, die Implikation mit der Aussage (nicht p oder q) zu identifizieren. An Beispielen kann man sich diese Übereinstimmung plausibel machen. Nehmen wir z. B. den Satz ,,Wenn es regnet, dann wird die Straße naß", so ergibt sich etwa für Fall 3: p ist falsch, somit ist (nicht p) wahr, d. h. es regnet. Man erhält also: „Es regnet oder die Straße wird naß". Da es sich um das inklusive „oder" handelt, ist diese Aussage wahr. Dies entspricht der Wahrheitstafel für die Implikation. Ähnlich ist die Situation bei Fall 4.

Um einem realistischeren Modell näher zu kommen, muß der Prädikatenkalkül erweitert werden. Eine erforderliche Erweiterung sind die sogenannten Quantoren „*für alle*" und es „*existiert* ein".

Durch die Quantoren können All- und Existenzaussagen formuliert werden. Eine Allaussage stellt fest, daß ein bestimmtes Prädikat für alle Elemente einer gegebenen Menge gilt. Die Aussage „Für alle x gilt das Prädikat p" schreiben wir: (Für-alle x p).

Um darzustellen „Alle Kanarienvögel sind gelb", verwendet man eine Variable x und drückt zunächst aus, daß x ein Element aus der Menge der Kanarienvögel ist. Das geschieht durch:
(Inst x Kanarienvögel).

Die Bezeichnung Inst kommt vom englischen *instance* und bedeutet, daß x ein Exemplar der Menge der Kanarienvögel ist. Die Aussage „Alle Kanarienvögel sind gelb" wird dann so umformuliert: Für alle x gilt: „Wenn x ein Kanarienvogel ist, dann folgt, daß die Farbe von x gelb ist". In der hier verwendeten Schreibweise:
(Für-alle x (impliziert) (Inst x Kanarienvögel) (Farbe x gelb))

Neben dem Allquantor gibt es den Existenzquantor *exist*. Durch ihn werden Aussagen folgender Art möglich: „Es existiert mindestens ein Objekt mit der Eigenschaft p".

Der Kalkül wird weiterhin durch Funktionen ergänzt. Eine Funktion wird auf ein Element (eine Konstante oder eine Variable) angewendet und liefert als Ergebnis wiederum ein Element. Beispiele für Funktionen sind etwa „Vater von" oder „Vorsitzender von". Funktionen werden z. B. dann eingesetzt, wenn das Ergebnis der Funktion in einem Satz die Rolle des Subjektes innehat. Z. B. „Der Präsident der USA fährt nach Genf":
(Fahren-nach (Präsident-von USA) Genf).

Regeln für Schlußfolgerungen

Der große Vorteil des Prädikatenkalküls liegt nun darin, daß es mit ihm möglich ist, Schlußfolgerungen und Ableitungen zu machen. Hierzu gibt es eine Reihe von Regeln, deren wichtigsten erwähnt werden sollen. Die Möglichkeit, Inferenzen zu ziehen, ist für die interne Repräsentation absolut notwendig, wenn sie als Basis für Prozesse des Verstehens oder etwa der Beantwortung von Fragen dienen soll.

Grundlegend ist eine Inferenzregel, die als *modus ponens* bezeichnet wird:
Gegeben (impliziert p q) und p ist wahr,
dann kann man schließen, daß auch q wahr ist.

Der modus ponens ermöglicht somit logisch korrekte Ableitungen. Dasselbe gilt auch für den *modus tollens*:
Gegeben (impliziert p q) und (nicht q), dann folgt (nicht p).

Eine wichtige Regel ist ferner der Schluß vom Allgemeinen auf das Spezielle: Wenn ein Prädikat für eine Menge von Dingen gilt und wenn a ein Element aus der Menge ist, dann gilt das Prädikat auch für a.

Zwei weitere Regeln sind ebenfalls wichtig, obwohl sie streng genommen nicht zulässig sind. Die erste ist:
Aus (impliziert p q) und q wird geschlossen, daß auch p gilt.

Rein logisch ist das nicht zulässig. Es ist jedoch der Versuch einer Erklärung, wie er im Alltag häufig ist. Man beobachtet ein bestimmtes Ereignis q und sucht nach einem vorangegangenen, eventuell verursachenden Ereignis p. Dies Muster liegt z. B. einer Diagnosefindung oder auch jeder Fehlersuche zugrunde.

Die zweite Regel ist die Induktion. Beobachtet man an mehreren Elementen x, y, z, . . . einer Menge, daß für sie alle ein bestimmtes Prädikat p gilt, so ist man geneigt zu schließen, daß p für alle Elemente aus der Menge gilt. Beide Regeln sind, so wie sie formuliert wurden, logisch nicht zulässig. Beides sind aber Schlußweisen, die im Alltäglichen vorkommen. Daher ist es naheliegend, sie in ein Modell aufzunehmen.

Die Schreibweise des Prädikatenkalküls ist eine Aneinanderreihung von Aussagen. Die Darstellung in der Form eines semantischen Netzes ist übersichtlicher. Auf sie soll jetzt näher eingegangen werden. Danach werden die beiden Formen miteinander verglichen.

Semantische Netze

Semantische Netze haben die Form eines gerichteten, bezeichneten Graphen. Der Graph besteht aus Knoten und aus Kanten, welche die Knoten untereinander verbinden. Die Knoten stehen für die im Gedächtnis repräsentierten Konzepte wie z. B. Personen, Objekte, Ereignisse usw. Die Kanten zwischen den Knoten stehen für Relationen, die zwischen den repräsentierten Konzepten bestehen. Die Aussage ,,Garfield ist ein Kater" würde dementsprechend durch je einen Knoten für ,,Garfield" und ,,Kater" sowie durch die sie verbindende und mit ,,Inst" bezeichnete Kante repräsentiert sein.

Die Kanten im Netz sind gerichtet, d. h. die Relationen weisen in eine Richtung. Ferner sind die Kanten bezeichnet. Das bedeutet zugleich, daß es unterschiedliche Arten von Kanten gibt. Dies ist ein Unterschied gegenüber den älteren Lerntheorien, die aus dem Behaviorismus hervorgegangen sind und in denen nicht zwischen verschiedenen Arten von Assoziationen unterschieden wurde. Dieser zunächst als vielleicht unerheblich anmutende Unterschied hat jedoch weitreichende Konsequenzen. Durch die Verwendung bezeichneter Kanten wird es möglich, Gedächtnismodelle vielfältig und unterschiedlich zu strukturieren.

Eine der ersten Theorien, in denen die Konzeption semantischer Netze Verwendung fand, war die Theorie von Quillian (1968) (vgl. auch Collins & Quillian, 1972 sowie Collins & Loftus, 1975). Diese Theorie nutzte insbesondere eine wichtige Eigenschaft semantischer Netze, nämlich die Möglichkeit, hierarchische Strukturen aufzubauen.

In dem Modell werden zwei Arten von Knoten unterschieden. Dies sind einerseits Knoten für konkrete Konzepte. Die zweite Art der Knoten steht für bestimmte Eigenschaften, die Tiere haben können. In Abb. 3.2. ist als Beispiel ein hypothetischer Ausschnitt aus einem solchen semantischen Netz dargestellt.

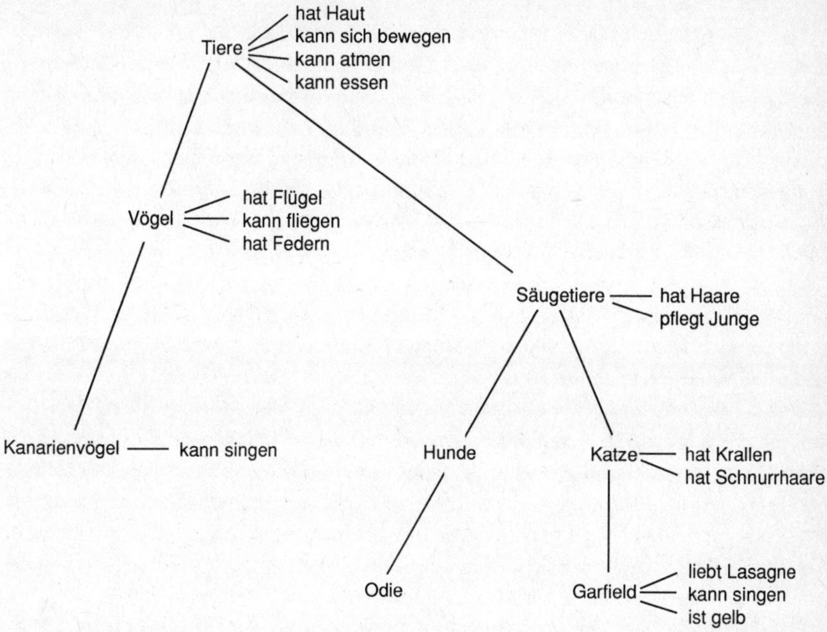

Abb. 3.2.: Ein semantisches Netz in Anlehnung an die Theorie von Collins & Quillian

Es gibt in dem Netz zwei Arten von gerichteten Kanten. Die Konzepte sind untereinander durch Kanten verbunden, durch welche Klassenzugehörigkeit angegeben wird. Collins und Quillian nennen sie *type relation*, wobei noch zwischen der Teilmengen- und der ,,Inst"-Relation unterschieden werden kann. Die zweite Art der Kanten verbindet Objekte mit den ihnen zugeordneten Eigenschaften.

In Abb. 3.2. ist zunächst einmal eine hierarchische Struktur erkennbar. Zu den Tieren gehören etwa Säugetiere, Vögel, Fische, zu den Säugetieren z. B. Hunde, Katzen usw. Hierdurch erhält das Gedächtnis eine Struktur, die – zumindest teilweise – die Ähnlichkeit zwischen den beteiligten Konzepten wiedergibt.

Als zweites ist zu beachten, daß die Eigenschaften jeweils an den Knoten der Oberkategorie geknüpft sind, wenn sie für alle darunter fallenden Klassen oder

Exemplare gelten. So hat etwa der Knoten „Tier" die Eigenschaft „ist lebendig", und das gilt dann für alle darunter aufgeführten Klassen und Exemplare. Dies wird die *Vererbungseigenschaft* semantischer Netze genannt. Ein Inferenzprozeß kann in einem semantischen Netz sehr leicht von der Eigenschaft eines übergeordneten Knotens schließen, daß auch der untergeordnete Knoten diese Eigenschaft besitzen muß. Hierdurch lassen sich Eigenschaften sehr ökonomisch speichern, denn sie müssen jeweils nur an den hierarchisch höchsten der Knoten, für die sie gelten, geknüpft werden. Dabei können allerdings Widersprüche auftreten, da z.B. Strauße nicht fliegen können bzw. Kiwis keine Flügel haben. Solche Widersprüche müssen im semantischen Netz durch Eintragungen bei den speziell betroffenen Exemplaren korrigiert werden.

Die geschilderte Theorie über das semantische Gedächtnis hat zu einer größeren Zahl von Untersuchungen geführt. Teilweise ergaben sich Bestätigungen der Theorie, teilweise mußten aber auch Revisionen vorgenommen werden. Diese Zusammenhänge werden in dem Kapitel von Klix näher betrachtet.

Als eine Weiterentwicklung können die Merkmalstheorien des semantischen Gedächtnisses angesehen werden. Grundannahme dieser Theorien ist, daß Konzepte in einem Teil des semantischen Gedächtnisses, zuweilen als *mentales Lexikon* bezeichnet, durch eine Liste von Merkmalen (englisch: *features*) repräsentiert sind. Die Theorien unterscheiden sich u. a. darin, eine wie große Zahl von Merkmalen aufgenommen wird und ob die Merkmale noch nach bestimmten Gesichtspunkten unterteilt oder gewichtet werden. Ferner gibt es Unterschiede bezüglich der angenommenen Suchprozesse.

Smith, Shoben und Rips (1974) unterscheiden bei der Merkmalsliste eines jeden Konzeptes zwischen definierenden und charakteristischen Merkmalen. Definierende Merkmale sind notwendig, damit ein gegebenes Objekt zu einer Klasse gerechnet wird. „Hat Federn" ist ein Beispiel für ein definierendes Merkmal für das Konzept „Vogel". Charakteristische Merkmale sind solche, die zwar häufig anzutreffen, aber nicht notwendig mit dem Konzept verbunden sind. „Kann fliegen" ist charakteristisch für Vögel, es gibt aber auch Gegenbeispiele.

Für die Suche auf dem semantischen Netz nehmen Smith, Shoben und Rips einen zweistufigen Prozeß an. Bei einer typischen Verifikationsaufgabe etwa des Satzes „Ein Spatz ist ein Vogel" erfolgt zunächst eine schnelle, relativ grobe Prüfung, die sowohl definierende wie auch charakteristische Merkmale erfaßt. Wird hierbei eindeutig positive oder negative Evidenz gefunden, folgt die Entscheidung „ja" oder „nein". Ist das Ergebnis der schnellen Überprüfung unsicher, d. h. liegt die Evidenz im mittleren Bereich, so wird ein zweiter Prozeß nachgeschaltet. Dieser zweite Prozeß prüft sorgfältig die definierenden Merkmale und läuft dementsprechend langsamer ab.

Weitere Modifikationen der Modelle stammen von McCloskey und Glucksberg (1979) sowie von Smith und Medin (1981). Letztere Autoren erweitern beispielsweise das Modell so, daß jedes Merkmal ein numerisches Gewicht erhält, das angibt, wie wichtig das Merkmal für das jeweilige Konzept ist.

Die erwähnten Theorien beziehen sich auf das semantische Gedächtnis im Gegensatz zum *episodischen Gedächtnis*. Diese begriffliche Unterscheidung wurde von Tulving (1972) eingeführt. Danach enthält das semantische Gedächtnis regelhaftes, abstraktes Wissen, wohingegen im episodischen Gedächtnis individuelle Erlebnisse behalten werden. Teil des semantischen Gedächtnisses wäre das Wissen, daß Kater Tiere sind und ein Fell haben. Zum episodischen Gedächtnis würde z. B. gehören, daß Garfield ein gestreiftes Fell und eine besondere Vorliebe für Lasagne hat. Sollte Garfield jedoch noch berühmter werden, ist denkbar, daß dieses Wissen ins semantische Gedächtnis übergeht.

Zu Beginn der siebziger Jahre erfuhr die Gedächtnispsychologie einen starken Impuls durch umfassendere Theorien, die intensiven Gebrauch von semantischen Netzen machten. Hierzu gehörten die Theorien von Rumelhart, Lindsay und Norman (1972), Anderson und Bower (1973), Kintsch (1974), Norman, Rumelhart und LNR (1975) sowie Anderson (1976). Diese Theorien waren eine Erweiterung insofern, als sie sich nicht nur auf das semantische, sondern auch auf das episodische Gedächtnis bezogen. Als Erweiterung ist insbesondere anzusehen, daß sie nicht nur die Struktur des Gedächtnisses, sondern auch die zugehörigen Prozesse betrachten. Dies sind z. B. Prozesse des Verstehens, des Spracherwerbs, allgemeine Lernprozesse und Denkvorgänge. Die bislang wohl umfassendste theoretische Konzeption dieser Art stammt von Anderson (1983). Speziellere Theorien, die teils auch in Form von Simulationsprogrammen realisiert sind, werden in dem Kapitel von Opwis behandelt.

Alle genannten Theorien sind bezüglich des untersuchten Gegenstandsbereiches stark sprachlich orientiert. Hierdurch könnte fälschlicherweise der Eindruck entstehen, daß alle Gedächtnisinhalte in sprachlicher Form kodiert werden. Das wird in der Gedächtnispsychologie keineswegs angenommen und auch von den genannten Autoren nicht behauptet. Es sind eher methodologische Einflüsse aus den Nachbargebieten *Linguistik* und *Künstliche Intelligenz*, die zur Wahl semantischer Netzwerke als Repräsentationsform führten.

Semantische Netze gehören zur Klasse der propositionalen Repräsentation. In ihnen wird Wissen in propositionaler Form dargestellt. Eine Proposition ist eine Aussage, der ein Wahrheitswert zugeordnet werden kann, d. h. von der sich sagen läßt, ob sie unter gegebenen Umständen wahr oder falsch ist, z. B. ,,Vögel legen Eier" oder ,,Heute regnet es". Mit dem Begriff Proposition meint man dabei nicht den Satz in seiner wörtlichen Formulierung, sondern die darin enthaltene Aussage, die sich meist auch in verschiedene Worte fassen läßt.

Eine Proposition gibt an, daß gewisse Dinge in einer bestimmten Relation zueinander stehen. Relationen werden durch Prädikate angegeben, z. B. das Prädikat (essen x y) bedeutet, daß irgendein x zu irgendeinem y in der Relation ,,essen" steht. Setzt man in die Variablen eines Prädikates Konstanten ein, so erhält man eine Proposition; z. B. die Proposition (essen Heinz Pommes frites) ist die durch den Satz ,,Heinz ißt Pommes frites" ausgedrückte Proposition.

Die genannten Theorien sollen jetzt nicht im einzelnen dargestellt werden, zumal sie inzwischen mehrfach modifiziert worden sind. Statt dessen sollen an einem einfachen, konkreten Beispiel die grundsätzlichen Fragen beim Aufbau eines semantischen Netzes beschrieben werden. Dabei orientieren wir uns an Regeln, wie sie Anderson (1980) angibt.

Betrachten wir den Satz:

(1) ,,Frieda kaufte sich in dem kleinen Tante-Emma-Laden eine Tüte Milch und zwei Brötchen, weil sie hungrig war.“

Zunächst gilt es, die zugrundeliegenden Propositionen zu finden. Hierfür gibt es zwar einige Kriterien, die Intuition des Auswerters ist aber auch beteiligt. Man formuliert als erstes den Inhalt des Satzes so, daß einzelne Sätze entstehen, die jeweils einige der Konzepte und die zwischen diesen bestehende Relation enthalten.

(2) Frieda kaufte Milch und Brötchen in dem Tante-Emma-Laden
(3) Die Menge der Brötchen war zwei
(4) Der Tante-Emma-Laden war klein
(5) Frieda war hungrig
(6) Satz (5) enthält den Grund für Satz (2)

Diese Sätze entsprechen den Satz (1) zugrundeliegenden Propositionen. Man kann keinen der Sätze in seiner Aussage verändern, ohne einen Sinn zu erzeugen, der dem Sinn von Satz (1) widerspricht.

In propositionaler Schreibweise ergibt sich:

(7) (kaufen Frieda Milch-&-Brötchen Tante-Emma-Laden Vergangenheit)
(8) (Menge Brötchen zwei)
(9) (Größe Tante-Emma-Laden klein)
(10) (Zustand Frieda hungrig)
(11) (Ursache (10) (7))

Die in den Klammern einer jeden Proposition aufgeführten Argumente unterliegen einer festen Reihenfolge, die ihrer Rolle im Satz entspricht. Frieda ist das Subjekt des Satzes und damit die Handelnde des beschriebenen Ereignisses. Milchtüte & Brötchen sind Objekt. Tante-Emma-Laden ist die Lokation und Vergangenheit ist die Zeit. Diese Schreibweise entstammt der von Fillmore (1968) vorgeschlagenen Kasus-Grammatik, in der zu jeder Relation, d. h. hier zu jedem Verb, die möglichen Argumente in fester Reihenfolge aufgeführt sind. Zu der Relation ,,kaufen“ etwa gehören als Variablen der Handelnde (im Englischen Agens), ein Objekt, eine Lokation und eine Zeit. Einige der Argumente sind obligatorisch, d. h. sie müssen bei der Verwendung des Verbs genannt werden. Beim Verb ,,kaufen“ gehört dazu der Handelnde. Andere Argumente sind optional, wie bei ,,kaufen“ etwa ein Verkäufer, den es bei dem beschriebenen Ereignis zwar geben muß, der im Satz aber nicht unbedingt genannt zu werden braucht. In Proposition (11) ist die im Satz (1) enthaltene Konjunktion ,,weil“ dargestellt. Proposition (11) drückt aus, daß Proposition (10) die Ursache von Proposition (7) ist.

Aus Gründen der Übersichtlichkeit ist es üblich, die Liste der Propositionen in die graphische Form des semantischen Netzes zu überführen. Dies ist in Abb. 3.3. für die Propositionen (7) bis (11) geschehen.

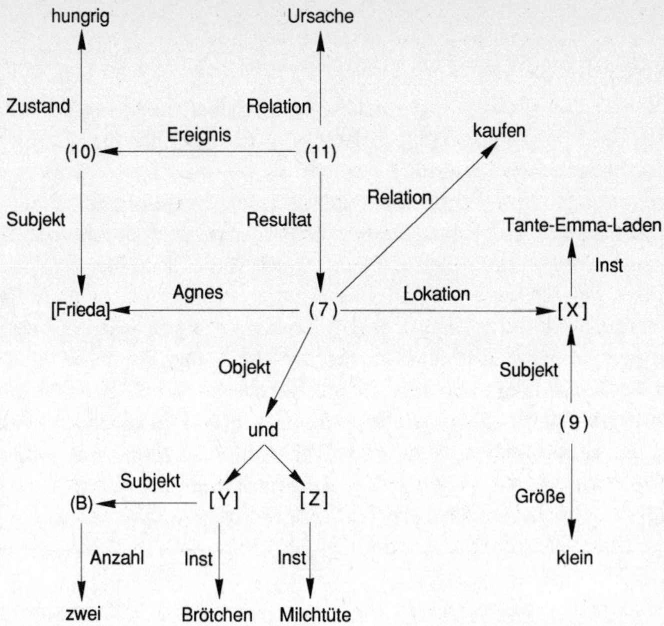

Abb. 3.3.: Darstellung des Satzes (1) in Form eines semantischen Netzwerkes

Jede Proposition ist durch einen Knoten repräsentiert, in den die Nummer der Proposition eingetragen ist. Mit diesen Knoten sind dann die Knoten der Argumente der Proposition durch entsprechende Kanten verbunden. Dabei wird zwischen Primär- und Sekundärknoten unterschieden. Sekundärknoten stehen für spezielle Exemplare eines Konzeptes in einem konkreten Kontext. Primärknoten repräsentieren das allgemeine Konzept. In Abb. 3.3. gibt es z. B. einen Sekundärknoten, der die spezielle Milchtüte bezeichnet und daneben einen Knoten für das Konzept der Milchtüte allgemein. Diese Unterscheidung in Primär- und Sekundärknoten ist notwendig, damit voneinander verschiedene Exemplare im semantischen Netz nicht miteinander verwechselt werden.

Einer der Vorteile semantischer Netze wird in Abb. 3.3. sichtbar. Durch die Verwendung n-stelliger Prädikate und die dabei entstehende Vernetzung werden die Beziehungen zwischen den Konzepten sehr deutlich und in der graphischen Darstellung sehr anschaulich.

Vergleicht man den Prädikatenkalkül mit semantischen Netzwerken, so findet man einen Unterschied in der Übersichtlichkeit. Der Prädikatenkalkül liefert lange Listen von Propositionen, wohingegen in semantischen Netzen zusammengehörige Informationen an benachbarte Knoten geknüpft sind. Dieser Unterschied verschwindet jedoch im Prinzip, wenn man den Prädikatenkalkül um ein System von Verknüpfungen (sog. Zeiger) erweitert, durch welche die gleichen Verbindungen entstehen wie in einem semantischen Netz. Dann bleibt noch der

Unterschied zwischen der Liste von Propositionen und der graphischen Darstellung. Mit zunehmender Größe verliert die graphische Darstellung jedoch auch an Übersichtlichkeit.

Ein weiterer Unterschied liegt zunächst in der Möglichkeit für Schlußfolgerungen, wie sie im Prädikatenkalkül gegeben ist. Aber auch hierfür können semantische Netze entsprechend erweitert werden.

Die Bedeutung eines Konzeptes wird in einem semantischen Netz dadurch repräsentiert, daß an den Primärknoten die das Konzept definierenden Konzepte und Eigenschaften geknüpft sind. Dadurch werden jedoch Begriffe immer nur durch andere Begriffe definiert. Dies nennt man auch die *intensionale Bedeutung* eines Begriffes. Gibt es zu einem Begriff ein konkretes Objekt oder eine Menge von Objekten, so nennt man dies Objekt oder die Menge die *extensionale Bedeutung* des Begriffes. Um auch die Beziehung zu den durch Begriffe gemeinten Objekten herzustellen, ist es naheliegend, eine Interaktion zwischen der Repräsentation im semantischen Netz und Wahrnehmungsvorgängen anzunehmen. Diese Möglichkeit wird auch von vielen Autoren erwähnt. Genauer ausgearbeitet sind bisher aber hauptsächlich Theorien, die gesprochene oder geschriebene Sprache in semantische Netze überführen, d. h. die intensionale Bedeutung berücksichtigen.

Experimentelle Untersuchungen zur Überprüfung der psychologischen Realität der dargestellten semantischen Netze sind vergleichsweise schwierig. Man kann Personen nicht direkt nach Kanten und Knoten fragen, sondern muß nach indirekten experimentellen Möglichkeiten suchen. Dabei muß man beachten, daß empirische Ergebnisse in bezug auf die Struktur des Gedächtnisses nur interpretiert werden können, wenn man zugleich Annahmen über die auf der Struktur ablaufenden Prozesse macht. Schwierigkeiten entstehen, wenn die Ergebnisse der Interpretation für die Struktur von den speziellen Prozeßannahmen abhängen.

In einigen Untersuchungen wurde die experimentelle Technik des *cued recall* angewendet. Personen lernten zunächst eine Liste von Sätzen. Danach wurde ihnen ein Wort aus einem der Sätze gegeben und sie wurden gebeten, den zugehörigen Satz zu vervollständigen. In einer speziellen Anordnung verwendeten Anderson und Bower (1973) Sätze, die aus Subjekt, Verb und Objekt bestanden, und die so zusammengestellt waren, daß je zwei Sätze ein gemeinsames Objekt besaßen. In der Reproduktionsphase bekamen in diesem Experiment die Versuchspersonen jeweils ein Subjekt und ein Verb als doppelten Cue, und sie mußten das zugehörige Objekt nennen. Variiert wurde nun, ob Subjekt und Verb aus dem gleichen Satz stammten oder ob sie aus zwei verschiedenen Sätzen mit gleichem Objekt kamen. Anderson und Bower fanden eine höhere Reproduktionswahrscheinlichkeit, wenn Subjekt und Verb aus verschiedenen Sätzen stammten. Dies betrachten sie als einen Beleg für den assoziativen Charakter des semantischen Gedächtnisses und damit als Stützung der Netzwerktheorien.

Eine andere experimentelle Anordnung besteht darin, daß Personen nach dem Lernen einer Satzliste jeweils zwei Wörter geboten werden, mit der Aufgabe zu entscheiden, ob diese beiden Wörter aus demselben Satz stammen oder nicht.

Gemessen wird die Antwortzeit für diese Entscheidung. Aus Unterschieden in den Antwortzeiten versucht man, auf die Struktur des Gedächtnisses zu schließen. Hierzu ist es jedoch erforderlich, genauere Angaben über die beteiligten Suchprozesse zu machen, was vergleichsweise schwierig ist. Vorschläge dazu finden sich bei Thorndyke und Bower (1974) sowie King und Anderson (1976). Die Diskussion ist aber noch nicht abgeschlossen.

Ein Effekt, der sich in mehreren Untersuchungen eingestellt hat, ist der sog. *Fan-Effekt*. Wenn mehrere Kanten von einem bestimmten Knoten im semantischen Netz ausgehen, d. h. wenn ein Konzept mit vielen anderen Konzepten verbunden ist, verlängert das die Reaktionszeit, wenn dieses Wort als *cue* geboten wird (vgl. King & Anderson, 1976). Dies Ergebnis wird in der gedächtnispsychologischen Literatur auch als *Interferenz-Effekt* bezeichnet.

Inferenzen in semantischen Netzen

Neben der oben, im Zusammenhang mit dem Modell von Quillian erwähnten Vererbungseigenschaft, bieten semantische Netze weitere Möglichkeiten, Inferenzen in die Repräsentation einzubeziehen. Große Beachtung fand hierfür die von Schank und Abelson (1977) vorgelegte Theorie. Zwei Bestandteile dieser Theorie sind die *begriffliche Abhängigkeit (conceptual dependency)* und der *Skript*begriff. Beide sollen kurz erläutert werden.

Unter der Bezeichnung begriffliche Abhängigkeit werden Verben nach ihrer Bedeutung analysiert. Ausgangspunkt ist die teilweise Überschneidung in der Bedeutung von Verben. Die Verben werden dabei in elementare Bedeutungseinheiten zerlegt. Schank und Abelson nennen diese Elemente *primitive acts*. Für eine große Klasse von Verben schlagen sie die in Tab. 3.2. enthaltenen elf *primitive acts* vor.

Tab. 3.2.: Primitive Acts nach Schank & Abelson

PTRANS	Physikalischer Transfer eines Objektes von einem Ort zu einem anderen (z. B. holen)
MOVE	Bewegung eines Körperteils
ATRANS	Transfer der Kontrolle über ein Objekt von einer Person zu einer zweiten (z. B. verkaufen)
PROPEL	Ausüben einer physikalischen Kraft auf ein Objekt (z. B. stoßen)
GRASP	Ein Objekt ergreifen
INGEST	Ein Objekt einverleiben (z. B. essen)
EXPEL	Ein Objekt ausscheiden (z. B. schwitzen)
MTRANS	Transfer von Information zwischen physikalischen oder mentalen Orten (z. B. antworten)
MBUILD	Information in die mentale Repräsentation aufnehmen (z. B. erkennen)
SPEAK	Äußern von Tönen, zumeist Phonemfolgen (z. B. sagen)
ATTEND	Die Aufmerksamkeit vermittels der Sinnesorgane auf einen Gegenstand richten (z. B. ansehen)

Die Bedeutung eines Verbs setzt sich aus einer Kombination dieser Elemente zusammen. Möglicherweise wird dadurch nicht die vollständige Bedeutung eines Verbs erfaßt, sondern nur seine Kernbedeutung, die noch durch zusätzliche Nuancen ergänzt werden kann, die nicht durch *primitive acts* dargestellt werden. Formal wird ein Verb dann als ein Teilnetz repräsentiert, in welchem der für das Verb stehende Knoten mit den Knoten der zugehörigen *primitive acts* durch Kanten verbunden ist.

Hieraus ergeben sich zwei Vorteile. Erstens kann die Bedeutung von Verben sehr ökonomisch repräsentiert werden, da die *primitive acts* mit ihrer Definition je nur einmal im Netz vorhanden sein müssen. Zweitens ergibt sich eine Möglichkeit, einfache Inferenzen zu ziehen. Ist zum Beispiel der Satz ,,Heinz ging in die Küche" im Netz eingetragen und wird gefragt: ,,Hat Heinz sich bewegt?", so kann aus dem Netz wegen der teilweisen Überlappung der Komponentenmengen die Antwort ,,Ja" gefunden werden.

Die Zerlegung der Bedeutung von Verben in elementare Bedeutungseinheiten ist nicht unbestritten geblieben. Einige Autoren äußern sich sehr positiv. Zu den oben aufgeführten Argumenten, die sich auf Ökonomie der Speicherung sowie auf einfache Möglichkeiten für Inferenzprozesse bezogen, kommen noch einige allgemeine Gesichtspunkte hinzu. Bierwisch (1981) etwa führt an, daß die natürliche Sprache auch sonst eine hierarchisch gegliederte Struktur aufweist. Bei gesprochener Sprache etwa bilden die distinktiven Merkmale, welche die Sprachlaute unterscheiden, die Elemente, aus deren Kombination gesprochene Sprache entsteht. Ebenso sind es die Buchstaben, die, zu Silben, Wörtern und Sätzen kombiniert, geschriebene Sprache ergeben. Wenn für die Bedeutung auch elementare Komponenten und ein hierarchischer Aufbau gelten sollten, so würde dies eine größere Einheitlichkeit der Sprachtheorie bedeuten.

Ein weiteres Argument ergibt sich aus der Überlegung, daß es einen Zusammenhang zwischen Gedächtnisinhalten und Wahrnehmung geben könnte, der nicht durch die Sprache vermittelt wird. Es ist plausibel anzunehmen, daß es eine Entsprechung zwischen elementaren Komponenten der Wahrnehmung und elementaren Bedeutungseinheiten gibt. Dieses Argument wird auch sehr nachdrücklich von Miller und Johnson-Laird (1976) betont. Kritik an der Zerlegung in elementare Bedeutungseinheiten ist insbesondere von Kintsch (1974, 1980) geäußert worden. Er wendet sich hauptsächlich gegen die scheinbare Beliebigkeit bei der Festlegung der Bedeutungseinheiten. Experimentelle Ergebnisse, die gegen eine Zerlegung in Komponenten sprechen, finden sich bei Fodor, Garret, Walker und Parkes (1980) sowie Wender (1984).

Es scheint sinnvoll, mit Bierwisch (1981) eine *konzeptuelle* und eine *semantische Struktur* zu unterscheiden. Für die semantische Struktur dürften semantische Netze eine angemessene Repräsentation sein. In der konzeptuellen Struktur ist die Repräsentationsform konkreter, anschaulicher, ganzheitlicher.

Schank und Abelson haben auch damit begonnen, ihre Theorie in Form eines Rechnerprogrammes zu implementieren. Eines der von ihnen verfolgten Ziele war dabei, ein Programm zu entwickeln, das Texte automatisch von einer Sprache in eine andere übersetzen kann. Schank und Abelson kamen im Verlauf ihrer Arbeit zu dem Schluß, daß eine solche Übersetzung direkt nicht möglich ist. Vielmehr muß eine ,,interne“ Repräsentation der Bedeutung des Textes dazwischengeschaltet sein. Diese Bedeutungsrepräsentation sollte unabhängig von speziellen Oberflächeneigenschaften der jeweiligen Sprache sein. Schank und Abelson wählen für die zwischengeschaltete Bedeutungsrepräsentation die Bezeichnung *kanonische Repräsentation*. Die von ihnen entwickelte *conceptual dependency* sehen sie als einen Vorschlag für eine solche kanonische Repräsentation an.

Skripte

Die zweite Konzeption von Schank und Abelson, die weite Beachtung gefunden hat, ist das Skriptkonzept. Ein *Skript* ist eine stereotype, gewissermaßen durchschnittliche Beschreibung eines öfter wiederkehrenden Ereignisses. Das immer wieder zitierte Beispiel von Schank und Abelson ist das Restaurantskript. In ihm werden die bei einem typischen Restaurantbesuch auftretenden Vorgänge beschrieben (vgl. Tab. 3.3.). Wird dann in einem Text z. B. der Besuch eines Restaurants erwähnt, dann wird beim Leser sein Restaurantskript aktiviert. Die im Skript enthaltenen Teilvorgänge sind dem Leser dann im Sinne von Erwartungen gegenwärtig. Sie müssen nicht alle im Text genannt sein. Der Autor kann voraussetzen, daß der Leser viele der normalerweise auftretenden Ereignisse ergänzt.

Skripte sind also größere Gedächtniseinheiten, in denen der typische Ablauf eines Ereignisses beschrieben wird. Daher ermöglichen es Skripte, während des Lesens Inferenzen zu ziehen. Selbstverständlichkeiten braucht der Autor nicht zu erwähnen, der Leser kann sie ergänzen. Diese Eigenschaft des automatischen Ergänzens nicht genannter Teile ist auch die Grundlage mehrerer Experimente zum Skriptkonzept gewesen. Wenn ein Leser bestimmte Einzelheiten ergänzt hat, dann ist er nach einer gewissen Zeit nicht mehr in der Lage zu entscheiden, ob die entsprechende Information im ursprünglichen Text genannt worden war oder nicht. In einem Wiedererkennens-Test sollte es also verstärkt zu falschen Alarmen kommen, was auch tatsächlich beobachtet wurde. Untersuchungen hierzu wurden u. a. von Bower, Black und Turner (1979) und Pohl, Colonius und Thüring (1985) durchgeführt.

Tab. 3.3.: Das Restaurant-Skript nach Schank & Abelson

Name:	Restaurant		
Objekte:	Tische	Rollen:	Gast
	Speisekarte		Kellner
	Essen		Koch
	Rechnung		Besitzer
	Geld		Kassierer
	Trinkgeld		
Eingangs-Bedingung:	Gast ist hungrig	Ergebnisse:	Gast hat weniger Geld
	Gast hat Geld		Besitzer hat mehr Geld
			Gast ist nicht hungrig

Szene 1:	Eintritt
	Gast betritt das Restaurant
	Gast sucht einen Tisch
	Gast entscheidet, wo er sitzen will
	Gast geht zum Tisch
	Gast setzt sich
Szene 2:	Bestellen
	Gast nimmt die Karte
	Gast liest die Karte
	Gast entscheidet sich für ein Gericht
	Gast winkt der Bedienung
	Bedienung kommt zum Tisch
	Gast bestellt
	Bedienung geht zur Küche
	Bedienung gibt dem Koch die Bestellung
	Koch bereitet das Essen
Szene 3:	Essen
	Koch gibt der Bedienung das Essen
	Bedienung bringt Essen zum Gast
	Gast ißt
Szene 4:	Verlassen
	Bedienung schreibt Rechnung
	Bedienung gibt Gast die Rechnung
	Gast bezahlt
	Gast verläßt das Restaurant

Kritik und Schlußfolgerungen

Eine grundsätzliche Kritik an der Verwendung semantischer Netze als gedächtnispsychologische Theorien stammt von Johnson-Laird, Herrmann und Chaffin (1984). Eine Theorie über die Repräsentation von Bedeutungen hat nach ihnen vier hauptsächliche Ziele. Als erstes ist die Form der mentalen Repräsentation zu spezifizieren. Dabei muß zwischen Sinn und Bedeutung bzw. zwischen intensionaler und extensionaler Bedeutung unterschieden werden. Als zweites müssen die Beziehungen zwischen Konzepten und Aussagen dargestellt werden. Zum dritten sollte die Theorie den Zusammenhang von Wörtern und den von Menschen wahrgenommenen Dingen zeigen. Viertens sollten Inferenzprozesse erklärt werden. D. h. eine psychologische Theorie der Bedeutung sollte erklären, wie Bedeutung mental repräsentiert ist, wie Bedeutungen intensional zusammenhängen, wie die extensionale Beziehung zur Welt ist und wie Inferenzen gefunden werden.

Eine Schwierigkeit für semantische Netzwerktheorien ergibt sich aus ihrer großen Flexibilität. Diese Flexibilität resultiert daraus, daß es im Ansatz keine Einschränkungen gibt, wieviele verschiedene Arten von Knoten und Kanten eingeführt werden. Noch größere Flexibilität folgt, wenn sowohl Knoten wie Kanten variierende Stärke und variierende Aktivität zugeordnet werden. Läßt man dann noch unterschiedliche Prozesse zu, die auf dem Netzwerk arbeiten, so erhält man eine Theorie, die so flexibel ist, daß sie wohl nicht mehr getestet werden kann.

Johnson-Laird et al. verweisen auf einige Probleme, die von bisherigen Theorien nicht zufriedenstellend gelöst werden. Hierzu gehört die Repräsentation intensionaler Beziehungen, wofür semantische Netze ja eigentlich erdacht wurden. Die Schwierigkeiten liegen darin, daß Personen offensichtlich in der Lage sind, zwischen zwei Konzepten außerordentlich viele Relationen zu finden. Daß z. B. ,,hart“ das Gegenteil von ,,weich“ ist, könnte durchaus als Relation im semantischen Netz enthalten sein. Daß aber Tomaten weicher sind als Kartoffeln, ist eine Relation, die wohl nur wenige direkt gespeichert haben dürften. Und erst recht die Relation, daß tiefgefrorene Tomaten härter als Kartoffelbrei sind, ist sicher bei sehr wenigen unmittelbar im semantischen Netz vorhanden. Trotzdem wird jeder der Tatsache zustimmen. D. h. aber, daß beliebig viele Relationen, die Personen zwischen Konzepten sehen, nicht Inhalt des semantischen Netzes sind. Durch welche Prozesse diese Relationen gefunden werden, darauf bleiben psychologische Theorien bisher die Antwort schuldig.

Problematisch ist auch die Repräsentation von Quantoren, die oftmals einfach wie Adjektive behandelt werden. Probleme ergeben sich, wenn angegeben werden soll, worauf genau sich ein Quantor bezieht.

Schwierigkeiten macht auch die Behandlung von Mehrdeutigkeiten und insbesondere von Anomalien. Hiermit ist der Gebrauch von Wörtern in ungewöhnlicher, von der üblichen Bedeutung abweichender Art und Weise gemeint. Wenn z. B. jemand sagt: ,,Der Blinddarm auf Zimmer 5 hat schon wieder geklingelt“, so weiß jeder, daß nicht der Blinddarm gemeint ist, denn der ist ja nicht mehr da. Das Problem liegt nicht darin, daß diese Bedeutung von ,,Blinddarm“ nicht in das mentale Lexikon aufgenommen werden könnte. Die Schwierigkeit ist, daß der ,,Erfindung“ solch neuartiger, oft witziger Verwendung von Wörtern offensichtlich keine Grenzen gesetzt sind, und daß sie auch verstanden werden, ohne zuvor definiert worden zu sein.

Als hauptsächlicher Mangel der Theorien des semantischen Gedächtnisses ist jedoch wohl anzusehen, daß diese Theorien keinen Bestandteil haben, der die extensionale Bedeutung von Wörtern repräsentiert. Die Theorien haben sozusagen keinen Zugang zur Außenwelt. Die Übersetzung natürlicher Sprache in eine symbolische Darstellung, und dabei handelt es sich ja bei der Überführung in semantische Netze, garantiert noch nicht, daß irgendein Prozeß stattfindet, der dem Verstehensprozeß eines Hörers oder Lesers entspricht. Die formale Repräsentation bleibt bedeutungslos, solange sie nicht zur Außenwelt in Beziehung gesetzt wird (vgl. hierzu Fodor, 1978). Eine Theorie, die auf der *modelltheoretischen Semantik* beruht und in der *mentale Modelle* (Johnson-Laird, 1983) oder eine *konzeptuelle Struktur* (Bierwisch, 1981) eine Rolle spielen, könnte hier einen Fortschritt darstellen.

Literatur

Anderson, J. R. (1976). *Language, memory, and thought*. Hillsdale, NJ: Erlbaum.

Anderson, J. R. (1980). *Cognitive psychology and its implications*. San Francisco, CA: Freeman.

Anderson, J. R. (1983). *The architecture of cognition*. Cambridge, MA: Harvard University Press.

Anderson, J. R., & Bower, G. H. (1973). *Human associative memory*. Hillsdale, NJ: Erlbaum.

Bierwisch, M. (1981). Basic issues in the development of word meaning. In W. Deutsch (Ed.), *The child's construction of language* (pp. 341–387). New York, NY: Academic Press.

Bower, G. H., Black, J. B., & Turner, T. J. (1979). Scripts in memory for text. *Cognitive Psychology, 11*, 177–220.

Collins, A., & Loftus, E. F. (1975). A spreading activation theory of semantic memory. *Psychological Review, 82*, 407–428.

Collins, A. M., & Quillian, M. R. (1972). How to make a language user. In E. Tulving & W. Donaldson (Eds.), *Organization and memory* (pp. 107–351). New York, NY: Academic Press.

Fillmore, C. J. (1968). The case for case. In E. Bach & R. T. Harms (Eds.), *Universals in linguistic theory* (pp. 1–90). New York, NY: Holt, Rinehart, & Winston.

Fodor, J. A. (1978). Tom Swift and his procedural grandmother. *Cognition, 6*, 229–247.

Fodor, J. A., Garret, M. F., Walker, E. C. T., & Parkes, C. H. (1980). Against definitions *Cognition, 8*, 263–367.

Johnson-Laird, P. N. (1983). *Mental models: Towards a cognitive science of language, inference, and conciousness*. Cambridge, England: Cambridge University Press.

Johnson-Laird, P. N., Herrmann, D. J., & Chaffin, R. (1984). Only connections: A critique of semantic networks. *Psychological Review, 96*, 292–315.

King, D., & Anderson, J. R. (1976). Long-term memory retrieval: An intersecting trace activation model. *Journal of Verbal Learning and Verbal Behavior, 15*, 587–605.

Kintsch, W. (1974). *The representation of meaning in memory*. Hillsdale, NJ: Erlbaum.

Kintsch, W. (1980). Semantic memory: A tutorial. In R. S. Nickerson (Ed.), *Attention and performance VIII* (pp. 595–620). Hillsdale, NJ: Erlbaum.

Miller, G. A., & Johnson-Laird, P. N. (1976). *Language and perception*. Cambridge, MA: Belknap Press.

McCloskey, M., & Glucksberg, S. (1979). Decision processes in verifying category membership: Implications for models of semantic memory. *Cognitive Psychology, 11*, 1–37.

Newell, A., & Simon, H. A. (1972). *Human problem solving*. Englewood Cliffs, NJ: Prentice-Hall.

Norman, D. A., Rumelhart, D. E., & LNR (1975). *Explorations in cognition*. San Francisco, CA: Freeman.

Pohl, R., Colonius, H., & Thüring, M. (1985). Recognition of script-based inferences. *Psychological Research, 47*, 59–67.

Quillian, M. R. (1968). Semantic memory. In M. Minsky (Ed.), *Semantic information processing* (pp. 216–270). Cambridge, MA: MIT Press.

Quillian, M. R. (1969). The teachable language comprehender. *Communications of the Association of Computing Machinery, 12*, 459–476.

Rumelhart, D. E., Lindsay, P. H., & Norman, D. A. (1972). A process model for longterm memory. In E. Tulving & W. Donaldson (Eds.), *Organization and memory* (pp. 198–246). New York: Academic Press.

Sachs, J. S. (1967). Recognition memory for syntactic and semantic aspects of connected discourse. *Perception & Psychophysics, 2*, 437–442.

Schank, R. C., & Abelson, R. P. (1977). *Script, plans, goals, and understanding*. Hillsdale, NJ: Erlbaum.

Smith, E. E., & Medin, D. L. (1981). *Categories and concepts*. Cambridge, MA: Harvard University Press.

Smith, E. E., Shoben, E. J., & Rips, L. J. (1974). Structure and process in semantic memory: A feature model for semantic decision. *Psychological Review, 81*, 214–241.

Thorndyke, P. W., & Bower, G. H. (1974). Storage and retrieval processes in semantic memory. *Cognitive Psychology, 5*, 515–543.

Tulving, E. (1972). Episodic and semantic memory. In E. Tulving & W. Donaldson (Eds.), *Organization of memory* (pp. 382–403). New York, NY: Academic Press.

Wender, K. F. (1984). Zur Komponententheorie des semantischen Gedächtnisses für Verben. *Sprache & Kognition, 2*, 147–156.

4 Produktionssysteme[1]

Klaus Opwis

Zur Formulierung und Überprüfung psychologischer Theorien werden in den letzten Jahren zunehmend Verfahren der Computermodellierung mentaler Strukturen und Prozesse herangezogen. Zentrale Besonderheit von Computermodellen, die wie mathematische Modelle formale Modelle darstellen, ist die qualitative, nichtnumerische (symbolische) Art ihrer Formulierung. Grundlage von Computermodellen sind Konzepte und Techniken, wie sie innerhalb der Informatik, insbesondere in der Forschung auf dem Gebiet der Künstlichen Intelligenz (abgek. KI) entwickelt wurden. Allgemeine psychologische Zielsetzung bei der Verwendung derartiger Modelle ist die Modellierung spezifischer kognitiver Aktivitäten. Die in diesem Zusammenhang häufig zugrunde gelegte Modellvorstellung der Produktionssysteme *(production systems)* bildet den Gegenstand dieses Kapitels.

Produktionssysteme können als die elaborierteste Rahmenkonzeption angesehen werden, in der Strukturtheorien des Gedächtnisses mit Annahmen über Prozesse der menschlichen Informationsverarbeitung in integrierter Form miteinander verknüpft sind. Neben ihrer Fruchtbarkeit für die kognitionspsychologische Theorienbildung beruht die Attraktivität von Produktionssystemen nicht zuletzt auf ihrer praktischen Anwendbarkeit. Dies dokumentiert die Vielzahl vorliegender Arbeiten aus unterschiedlichen psychologischen Gegenstandsbereichen:

– arithmetische Fertigkeiten und Piagetsche Waagebalken- und Seriationsaufgaben sind die Inhalte der entwicklungspsychologischen Arbeiten von Klahr (1973), Klahr und Wallace (1976), Young (1976), Klahr (1981) oder Young und O'Shea (1981);

– Problemlöseprozesse werden in Simon (1975), Anzai und Simon (1979), Karat (1982) oder Anzai (1984) rekonstruiert;

– mit der Modellierung komplexer geistiger Fertigkeiten und ihres Erwerbs (Durchführung geometrischer Beweise, Erlernen der Programmiersprache LISP) hat sich insbesondere Anderson beschäftigt (Anderson, Greeno, Kline & Neves, 1981; Neves & Anderson, 1981; Anderson, 1984; Anderson, Farrell & Sauers, 1984; Anderson & Reiser, 1985);

– die Analyse induktiver Schlußfolgerungsprozesse bei der Entdeckung mathematischer und physikalisch-chemischer Gesetzmäßigkeiten ist Gegenstand der Arbeiten von Langley (1979, 1981), Langley, Bradshaw und Simon (1984) und Langley, Zytkow, Simon und Bradshaw (1986).

[1] Bedanken möchte ich mich im besonderen bei Hans Spada für seine vielen wertvollen Anmerkungen zu einer früheren Fassung dieses Beitrags.

Voraussetzung für die praktische Anwendung von Produktionssystemen ist die Verfügbarkeit entsprechender Computerprogramme. Aufbau und Inhalt der nachfolgenden Ausführungen orientieren sich an der Struktur, den Möglichkeiten und Grenzen verwendeter Programmsysteme. Eine Übersicht über vorliegende Systeme findet sich in Brownston, Farrell, Kant und Martin (1985). Für psychologische Anwendungen werden insbesondere die Systeme OPS5 (*O*fficial *P*roduction *S*ystem, Version 5; Forgy, 1981), GRAPES (*G*oal *R*estricted *P*roduction *S*ystem; Sauers & Farrell, 1982) und PRISM (*P*rogram for *R*esearch *I*nto *S*elf-*M*odifying systems; Langley, Neches, 1981; Ohlsson, 1984) eingesetzt. Alle diese Systeme sind in der Programmiersprache LISP implementiert. Beispiele für die LISP-Programmierung eines einfachen Produktionssystems finden sich etwa in Stoyan und Görz (1984, S. 251 ff.), Hasemer (1984, S. 203 ff.) oder Möbus (i. d. B.).

Zusammenfassend werden mit diesem Beitrag die folgenden Zielsetzungen verfolgt:

(1) Einführung der grundlegenden Bestandteile eines Produktionssystems (Datenspeicher, Produktionenspeicher, Interpreter) unter dem Aspekt ihrer allgemeinen kognitionspsychologischen Einbettung.

(2) Illustration der Ausführungen anhand eines einfachen Beispiels (Produktionssystem zur Subtraktion zweier rationaler Zahlen), zunächst in einer informellen Weise.

(3) Kurze Darstellung der historischen Entwicklungsgeschichte von Produktionssystemen.

(4) Detaillierte Erörterung der Modellarchitektur von Produktionssystemen, ausgehend von den verschiedenen in einem Produktionssystem enthaltenen Wissensquellen (deklaratives und prozedurales Wissen, Kontrollwissen). Dabei wird auch eine vergleichende Gegenüberstellung der bekanntesten Programmsysteme (OPS5, GRAPES, PRISM) vorgenommen.

(5) Demonstration eines konkreten Programmlaufs, wozu das zuvor informell eingeführte Produktionssystem zunächst in eine präzise Notation transformiert wird.

(6) Behandlung verschiedener Lernmechanismen (Differenzierung, Generalisierung, Prozeduralizierung), die mit Hilfe von Produktionssystemen modellierbar sind.

Produktionssysteme als kognitionspsychologische Konzeption

Grundlegend für die kognitive Psychologie, soweit sie in der Tradition der Arbeiten von A. Newell und H. Simon angesiedelt werden kann (etwa Newell & Simon, 1972), ist die theoretische Betrachtungsweise des Menschen als einem informationsverarbeitenden System. Ihr Gegenstandsbereich ist die Analyse der mentalen

Strukturen und Prozesse, mit deren Hilfe ein Mensch Informationen verarbeitet. Mit den Worten Herrmanns geht es darum,

„... Annahmen über mentale Strukturen und Prozesse zu wagen, die ‚subjektive', ‚interne' (oder dgl.) Abbildung bzw. Repräsentation der Außenwelt zu erforschen und Vorgänge der Informationsverarbeitung zu untersuchen" (Herrmann, 1982, S. 3).

Daraus ergeben sich unmittelbar theoretische Grundfragen der folgenden Art (vgl. Newell, 1980; Anderson, 1983; Pylyshyn, 1985):

– Welches sind die grundlegenden mentalen Strukturen des Menschen? Kann für verschiedene kognitive Aktivitäten (wie Sprachverstehen, Denken und Problemlösen, Handlungsplanung) eine invariante Systemarchitektur angenommen werden *(Architekturproblem)*?

– Wie ist der Informationsgehalt externer Nachrichten/Reize mental abgelegt *(Repräsentationsproblem)*?

– Gibt es eine endliche Menge elementarer Prozesse zur Informationsverarbeitung und welche Kontrollmechanismen liegen ihnen zugrunde *(Prozeßproblem)*?

Eine ausführliche Erörterung dieser Fragen kann allerdings im Rahmen dieses Beitrags nicht geleistet werden. Hierzu sei auf die angegebene Literatur verwiesen.

Den Ausgangspunkt der weiteren Ausführungen bilden die unterschiedlichen Formen der computergerechten Kodierung von Wissensinhalten, wie sie im Kontext des Repräsentationsproblems in die kognitive Psychologie eingeführt wurden. Folgende Arten der Darstellung von Wissen werden unterschieden (vgl. Winograd, 1975; Laubsch, 1985):

– *Deklarative Wissensrepräsentationen:* (symbolische) Beschreibungen von Begriffen, Objekten, Fakten oder Situationen, die keine Angaben über Wissensprozesse (des Erwerbs, der Veränderung oder der Anwendung) enthalten.

Hierunter fallen Darstellungsformen wie Frame- und Schemakonzeptionen (Minsky, 1975; Bobrow & Winograd, 1977), semantische Netze (Brachman, 1979; Rost, 1981; s. a. Wender i. d. B.) oder Logikkalküle.

– *Prozedurale Wissensrepräsentationen:* Sie beschreiben Verfahren/Prozeduren zur Konstruktion, Verknüpfung und Anwendung von Wissen.

Beispiele sind etwa die verschiedenen Techniken, mit deren Hilfe Suchprozesse in Graphen/Netzwerken durchgeführt werden (Nilsson, 1980; Winston, 1984).

– *Kontrollwissen:* Verfahren zur Steuerung und Kontrolle des Einsatzes von deklarativen und/oder prozeduralen Wissensquellen.

Für viele Anwendungsfälle ist eine integrative Behandlung unterschiedlicher Wissensquellen erforderlich. Dabei zeigte sich, daß die Darstellung von prozeduralem Wissen etwa in semantischen Netzwerken zwar prinzipiell möglich, aber überaus umständlich ist. Um im Rahmen von Netzwerkmodellen oder von schematheoretischen Ansätzen Prozesse der Informationsaufnahme, -speicherung und -rückgabe abbilden zu können, müssen die Annahmen über die Darstellungsform durch weitere Annahmen über Prozesse der En- und Dekodierung von Informationen sowie ihrer Transformation ergänzt werden. Demgegenüber erlauben Produktionssysteme im Sinne eines hybriden Systems eine flexible Handhabung von deklarativem, prozeduralem und Kontrollwissen. Viele der in den letzten Jahren entwickelten Computermodelle menschlicher Informationsverarbeitung beruhen auf ihnen.

Konstitutiv für die Modellarchitektur eines Produktionssystems sind drei Systemkomponenten (vgl. Ueckert, 1983):

(1) Ein *Datenspeicher (working memory)*, der das dem System bekannte deklarative Wissen in Form einer Menge von Datenelementen enthält.

(2) Ein *Produktionenspeicher (production memory)*, der das prozedurale Wissen des Systems in Form einer Menge von Produktionsregeln oder Produktionen enthält. Eine einzelne Produktion kann vereinfacht als ,,Wenn-Dann“-Formel (Implikation) angesehen werden. Der Bedingungsteil oder die linke Seite (LS) einer Produktion spezifiziert Testbedingungen, die mit dem Inhalt des Datenspeichers verglichen werden und die erfüllt (‚wahr‘) sein müssen, damit die auf der rechten Seite (RS) der Produktion angegebenen Aktionen ausgeführt werden können.

(3) Ein *Interpreter*, der das Kontrollwissen des Systems beinhaltet und den Ablauf der Informationsverarbeitung steuert. Seine Grundaufgaben sind:

– *Auswertung* der auf der linken Seite einer Produktion definierten Bedingungen unter Berücksichtigung des Datenspeicherinhalts. Ergebnis dieses Auswertungs- oder Vergleichsprozesses ist im allgemeinen Fall eine Menge anwendbarer Produktionen.

– *Auswahl* bzw. Entscheidung für die Ausführung einer (oder mehrerer) Produktion(en) aus der Menge anwendbarer Produktionen.

– *Ausführung* der in der (den) ausgewählten Produktion(en) angegebenen Aktionen.

In der Literatur wird die Arbeitsweise des Interpreters traditionell als *recognize-act cycle* bezeichnet, während in diesem Beitrag nachfolgend die präzisere Umschreibung ,,*Auswertungs-Auswahl-Ausführungs*“-Zyklus verwendet wird (abgek. AAA-Zyklus).

Eine graphische Veranschaulichung der Modellarchitektur eines Produktionssystems enthält Abbildung 4.1.

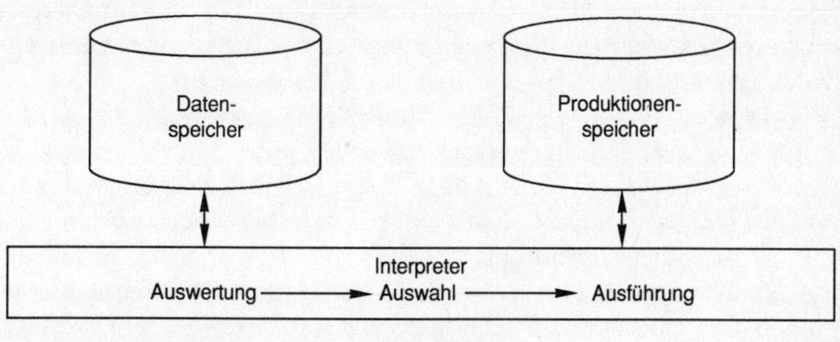

Abb. 4.1.: Modellarchitektur eines Produktionssystems

Beispiel: Ein Produktionssystem zur Subtraktion zweier rationaler Zahlen (Teil 1)

Zur Illustration der bisherigen Ausführungen sei das zur Durchführung der Subtraktion zweier rationaler Zahlen (p1/q1 − p2/q2; p1,p2εZ, q1,q2εZ\{O}) erforderliche Wissen prozedural, also als Menge von Produktionsregeln formuliert. Von der Struktur möglicher Aufgabenstellungen sind zwei Fälle zu unterscheiden:
Fall 1: q1 = q2 (gleiche Nenner)
Fall 2: q1 ≠ q2 (ungleiche Nenner)

Im ersten Fall können die beiden Zähler unmittelbar voneinander subtrahiert werden. Anschließend muß geprüft werden, ob das resultierende Ergebnis gekürzt werden kann. Dieser Fall kann mit Hilfe von drei Regeln behandelt werden:

R1: WENN man zwei rationale Zahlen x und y voneinander subtrahieren möchte
und beide Zahlen denselben Nenner haben,
DANN subtrahiere ihre beiden Zähler voneinander
und notiere das Ergebnis.

R2: WENN man zwei rationale Zahlen x und y voneinander subtrahieren möchte
und man hat ein Ergebnis gefunden
und das Ergebnis kann gekürzt werden,
DANN kürze das Ergebnis.

R3: WENN man zwei rationale Zahlen x und y voneinander subtrahieren möchte
und man hat ein Ergebnis gefunden,
DANN gebe das Ergebnis aus.

Beispielsweise würde eine Aufgabe der Art

7/8 − 5/8 = ?

durch die hintereinander ausgeführte Anwendung der Regeln R1, R2 und R3 gelöst werden. Dabei wird allerdings die aus psychologischer Sicht eher unplausible Annahme zugrunde gelegt, daß die auftretenden arithmetischen Operationen (Subtraktion, Division) stets fehlerfrei durchgeführt werden.

Der zweite Fall läßt sich auf den ersten Fall zurückführen, wenn in einem ersten Schritt beide Zahlen entsprechend ‚erweitert' werden. Dies erfordert, daß zunächst das kleinste gemeinsame Vielfache (allgemein: ein gemeinsames Vielfaches) ihrer Nenner zu finden ist. Anschließend können die jeweiligen Erweiterungsfaktoren bestimmt und die Erweiterung durchgeführt werden. Diese Operationen können mit Hilfe von vier Regeln beschrieben werden:

R4: WENN man zwei rationale Zahlen x und y voneinander subtrahieren möchte
und ihre Nenner sind unterschiedlich,
DANN erweitere die beiden Zahlen derart, daß ihre Nenner gleich werden.

R5: WENN man zwei rationale Zahlen x und y derart erweitern möchte, daß ihre Nenner gleich werden,
DANN bestimme das kleinste gemeinsame Vielfache ihrer Nenner.

R6: WENN man eine rationale Zahl x erweitern möchte und der Erweiterungsfaktor ist bekannt,

DANN erweitere die Zahl x.

R7: WENN man eine rationale Zahl x erweitern möchte und das kleinste gemeinsame Vielfache ist bekannt,
DANN bestimme den Erweiterungsfaktor ihres Zählers.

Insgesamt besteht das Produktionssystem zur Durchführung der Subtraktion zweier rationaler Zahlen also aus sieben Regeln. An späterer Stelle findet sich auf der Grundlage der Aufgabe 7/13 – 5/15 ein ausführlich dokumentiertes Beispiel für seine Arbeitsweise.

Zur Entwicklungsgeschichte von Produktionssystemen

Die Anfänge der Beschäftigung mit regelbasierten Systemen liegen im Bereich der Berechenbarkeitstheorie als einem Teilgebiet der mathematischen Logik. Anfang der 40er Jahre entwickelte E. Post ein Modell für die Darstellung von Algorithmen, das heute unter der Bezeichnung *Postsche Produktionssysteme* bekannt ist. Seine Grundidee beruhte darauf, Ausdrücke eines logischen Systems als Zeichenketten über einem endlichen Alphabet aufzufassen. Die aus den Symbolen des Alphabets zusammensetzbaren Zeichenketten heißen Worte. Sein Modell beruht nun darauf, daß man nach Auszeichnung bestimmter Worte als Axiome aus ihnen mit Hilfe von Regeln, die Post (1943) als Produktionen *(productions)* bezeichnete, andere Wörter, sog. Theoreme, ableiten kann. Eine Produktion im Postschen Modell ist dabei eine Regel, die angibt, wie eine Zeichenkette zu zerlegen ist und ihre Teile neu anzuordnen sind, eventuell bei gleichzeitiger Löschung alter und Hinzufügung neuer Teile. Eine ausführliche Darstellung des Postschen Kalküls, der in der Folge insbesondere von Markov weiterentwickelt wurde, enthält Minsky (1967), wo sich auch eine Reihe von Beispielen findet.

Außerhalb der mathematischen Logik fanden regelbasierte Systeme durch die Arbeiten von N. Chomsky in den 50er Jahren auch in der Linguistik erste Anwendungen (Chomsky, 1957). Bekannteste Beispiele sind die von Chomsky im Rahmen seiner Bestrebungen, formale Modelle für natürliche Sprachen zu gewinnen, eingeführten Arten von Grammatiken (reguläre, kontextfreie, kontextsensitive und allgemeine Grammatiken) und der durch sie erzeugten Sprachen (vgl. Hopcraft & Ullman, 1979).

Innerhalb der Psychologie wurden Produktionssysteme zu Beginn der 70er Jahre durch die Arbeiten von A. Newell bekannt. Newell führte Produktionssysteme 1973 als *theory of the control structure of human information processing* (1973, S. 464) ein. Das von ihm implementierte System ist auch unter der Bezeichnung *general purpose production system* (abgek. PSG) bekannt. Eine der ersten Anwendungen war eine Reanalyse der gedächtnispsychologischen Wiedererkennungsexperimente Sternbergs (vgl. a. Wender, Colonius & Schulze, 1980).

Neben diese, gelegentlich als „neoklassisch“ bezeichnete Konzeption trat Mitte der 70er Jahre eine zweite, wesentlich elaboriertere psychologische Rahmenkonzeption. Sie geht nahezu ausschließlich auf J. R. Anderson und seine ACT-Theorie (*A*daptive *C*ontrol of *T*hought) zurück (vgl. Anderson, 1976, 1983). Einige der für das ACT-Modell zentralen Konzepte (zielorientierte Informationsverarbeitung, Mechanismen prozeduralen Lernens) werden im weiteren Verlauf dieses Beitrags aufgegriffen, weitere (netzwerkartige Repräsentation deklarativen Wissens, Aktivationsausbreitungsmechanismen) werden an anderer Stelle dieses Buches (etwa im Beitrag von Wender) genauer behandelt.

Auch in der Informatik spielen regelbasierte Systeme an verschiedenen Stellen eine wichtige Rolle, etwa im Compilerbau und den hierbei relevanten Fragen der formalen Spezifikation von Programmiersprachen. Darüber hinaus werden Produktionssysteme in jüngster Zeit im Kontext von Expertensystemen häufig als grundlegende Technik der Wissensverarbeitung *(knowledge engineering)* verwendet (Hayes-Roth, Waterman & Lenat, 1983; Brownston et al., 1985). Bekannte Beispiele sind etwa die Systeme MYCIN zur Diagnose und Behandlung bakteriogener Infektionskrankheiten (Shortliffe, 1976; Raulefs, 1982) oder R1 zur Konfigurierung von VAX-Computersystemen (McDermott, 1982).

Die Repräsentation von Wissen in Produktionssystemen

Die grundlegende Architektur eines Produktionssystems wurde bereits eingeführt (vgl. Abb. 4.1.). In Anlehnung an vorliegende Programmsysteme (OPS5, GRAPES, PRISM) werden nun die einzelnen strukturellen Komponenten (Datenspeicher, Produktionenspeicher, Interpreter) von und der Ablauf elementarer Informationsverarbeitungsprozesse in Produktionssystemen im Detail analysiert.

Deklaratives Wissen

Der Datenspeicher *(working memory)* eines Produktionssystems enthält das dem System bekannte deklarative Wissen. Im konkreten Anwendungsfall ist in diesem Zusammenhang eine Auseinandersetzung mit dem *Repräsentationsproblem* unumgänglich (vgl. Amarel, 1983). Es beinhaltet die Entwicklung einer formalisierten, computergerechten Form der Darstellung für einen gegebenen Wissensinhalt oder ein zu lösendes Problem. Die hierbei auftretenden Fragen werden in der psychologischen Literatur üblicherweise unter den Stichworten „Enkodierung“ oder „interne Repräsentation“ von Aufgabensituationen diskutiert.

So könnte beispielsweise die Ausgangssituation des bekannten Turm-von-Hanoi-Problems (vgl. Möbus i. d. B.)

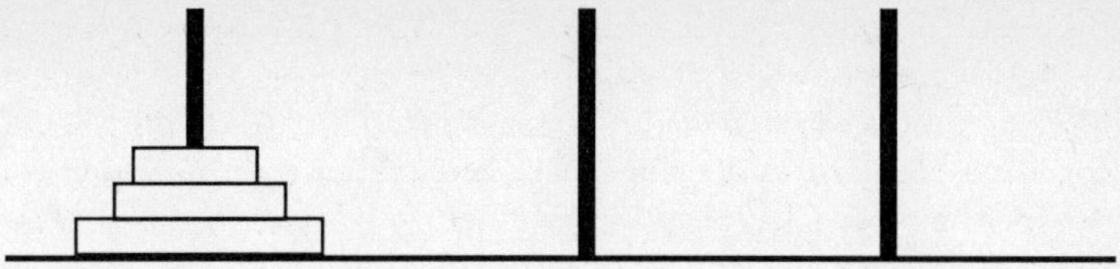

unter Verwendung einer LISP-Listennotation in der folgenden Weise repräsentiert werden:

((STAB-A (SCHEIBE-1 SCHEIBE-2 SCHEIBE-3))
(Stab-B ()) (Stab-C ())

oder aber in der folgenden Form:

((GRÖSSER-ALS SCHEIBE-2 SCHEIBE-1)
(GRÖSSER-ALS SCHEIBE-3 SCHEIBE-1)
(GRÖSSER-ALS SCHEIBE-3 SCHEIBE-2)
(LIEGT-AUF SCHEIBE-1 STAB-A)
(LIEGT-AUF SCHEIBE-2 STAB-A)
(LIEGT-AUF SCHEIBE-3 STAB-A))

Offensichtlich dürfte sein, daß die gewählte Darstellung weitreichende Auswirkungen auf die Form möglicher Verarbeitungsprozesse besitzt. Eindrucksvolle empirische Belege für die Bedeutung einer angemessenen Problemenkodierung finden sich insbesondere im Bereich der Experten-Novizen-Forschung (etwa Chi, Glaser & Rees, 1982; Larkin, 1983).

Die weiteren Ausführungen dieses Abschnitts konzentrieren sich auf die strukturellen Eigenschaften des Datenspeichers und ihre gedächtnispsychologischen Implikationen.

Ausgangspunkt ist in der Regel die Enkodierung eines gegebenen Wissensinhalts oder einer speziellen Aufgabe durch eine Menge elementarer Aussagen bzw. Informationseinheiten (s. o.). Jede einzelne Informationseinheit entspricht einem Datenelement, so daß eine *mengentheoretische Konzeption* des Datenspeichers vorliegt.

Newell (1973) ging in seiner PSG-Konzeption von einer nach ihrer Verweildauer geordneten Menge von Elementen im Datenspeicher aus. Er betrachtete den Datenspeicher als Analogon zum menschlichen Kurzzeitgedächtnis und bezeichnete ihn entsprechend *(short-term memory)*. In Anlehnung an gedächtnispsychologische Befunde nahm er darüber hinaus eine begrenzte Speicherkapazität von bis zu maximal sieben Informationseinheiten an. Dadurch ist der Datenspeicher bei ihm im Sinne eines Schieberegisters konzipiert. Neue Datenelemente werden ‚vorne' eingeordnet und bei einer Kapazitätsüberschreitung gehen die ältesten, also ‚hinteren' Elemente als erste verloren. Formal betrachtet erfordert die Definition der Aktualität eines Datenelements die Einführung quantitativer Attribute. Durch eine Verallgemeinerung dieser Idee lassen sich eine Reihe gedächtnispsychologischer Vorstellungen modellieren. Mit Hilfe eines Maßes für die *Aktualität* eines Datenelements im Sinne seiner Verweildauer im Datenspeicher können etwa zeitbedingte Zerfallsprozesse als Form des Vergessens (s. o.) oder Prozesse der Aufmerksamkeitsfokussierung abgebildet werden. Die Definition eines Maßes für die *Komplexität* eines Datenelements ermöglicht die Behandlung des *chunk*-Konzepts. Die Festlegung einer oberen Grenze der *Kapazität* des Datenspeichers ist zur Modellierung (Speicher-) raumbedingter Zerfallsprozesse erforderlich. Die psychologischen Implikationen derartiger Konzepte werden insbesondere von Anderson (1983) diskutiert. Während allerdings Aktualitätsparameter in allen erwähnten Programmsystemen realisiert sind, ist eine Spezifikation weiterer quantitativer Parameter als Option lediglich im PRISM-System möglich.

Neben einer mengentheoretischen Betrachtungsweise werden zur Darstellung deklarativen Wissens häufig auch *graphentheoretische Konzeptionen* in Form hierarchischer Baumstrukturen oder von Netzwerkmodellen verwendet. Beispielsweise hat Anderson (1983) im Zusammenhang mit der Unterscheidung datengesteuerte *(data-driven)* vs. zielorientierte *(goal-driven)* Informationsverarbeitung Zielstrukturen als hierarchische Und/Oder-Bäume konzipiert (Nilsson, 1980). Explizit implementiert ist die Vorstellung einer hierarchischen Zielstruktur innerhalb des GRAPES-Systems durch Einführung eines zusätzlichen Datenspeichers *(goal memory)*. Durch die Auszeichnung eines Knotens des Zielbaums als aktuelles Ziel *(current goal)* wird eine zielorientierte Informationsverarbeitung sichergestellt. Es können nur Produktionen zur Ausführung kommen, die auf das aktive Ziel Bezug nehmen. Die Generierung bzw. Abarbeitung eines Zielbaums erfolgt dabei im Sinne einer Tiefensuche *(depth-first)*.

Für Netzwerkmodelle, die insbesondere als Formalismus zur Kodierung sprachlicher Informationen verwendet werden, sei an dieser Stelle auf den Beitrag von Wender (i. d. B.) verwiesen. Es ist allerdings festzuhalten, daß von den verschiedenen Programmsystemen lediglich das PRISM-System Möglichkeiten der Definition von Netzwerkstrukturen beinhaltet (vgl. Langley, 1983; Ohlsson, 1984).

Prozedurales Wissen

Das prozedurale Wissen eines Produktionssystems ist im Produktionenspeicher in Form einer Menge von einzelnen Produktionsregeln oder Produktionen abgelegt. Dabei spezifiziert die linke Seite einer Produktion Bedingungen, die mit dem Inhalt des Datenspeichers verglichen werden. Die Bedingungen können als abstrakte Datenbeschreibungen, sog. *Muster (patterns)* aufgefaßt werden. Wenn es möglich ist, die in der Produktion spezifizierten Muster mit den aktuellen Datenelementen in Übereinstimmung zu bringen, können die auf der rechten Seite der Produktion angegebenen Aktionen ausgeführt werden.

Zur Präzisierung der Ausführungen sei folgende Notation vereinbart:

⟨Produktionsregel⟩:= (⟨Name⟩ ⟨Bedingung⟩ – –⟩ ⟨Aktion⟩)
⟨Name⟩:= ⟨symbol⟩
⟨Bedingung⟩:= (⟨Muster–1⟩ ⟨Muster–2⟩ . . .)
⟨Aktion⟩:= (⟨Operation–1⟩ ⟨Operation–2⟩ . . .)

Ein Muster, dargestellt als LISP-Ausdruck, ist ebenso wie eine Operation eine LISP-Liste. Es kann neben konstanten Symbolen auch Variablen enthalten, die stellvertretend für beliebige Datenelemente stehen können. Der einfachste Fall einer Mustervariablen ist:

=⟨var⟩: Kontrollelement eines Musters, das für einen beliebigen (einzelnen) Ausdruck stehen kann. Dabei wird zunächst geprüft, ob das Symbol ⟨var⟩ bereits einen Wert besitzt, d. h. an einen Ausdruck gebunden ist. Ist dies nicht der Fall, wird eine entsprechende Wertzuweisung vorgenommen. Ist es der Fall, wird geprüft, ob der Wert des Symbols ⟨var⟩ mit dem aktuellen Datenausdruck übereinstimmt oder nicht.

Von den möglichen Operationen seien an dieser Stelle nur vier der wichtigsten eingeführt:

ADD: Hinzufügung/Speicherung eines Datenelements im Datenspeicher
DELETE: Entfernung/Löschung eines Datenelements aus dem Datenspeicher
WRITE: Druck- bzw. Bildschirmausgabe
STOP: Verarbeitungsende

Zur Illustration sei eine der zuvor verbal formulierten Produktionsregeln (R2) in einer präzisen computergerechten Schreibweise kodiert. Aus Gründen der besseren Lesbarkeit sind dabei konstante Symbole durch Großbuchstaben, Mustervariablen durch Kleinbuchstaben, auszuführende Operationen durch ein vorangestelltes ‚$'-Zeichen und sonstige (vom Benutzer zu definierende) Funktionen bzw. Prädikate durch Kleinbuchstaben und ein vorangestelltes ‚&'-Zeichen bzw. nachgestelltes ‚-?' gekennzeichnet. Man erhält:

```
(KÜRZE  ( (ZIEL (MINUS =x =y))
          (ERGEBNIS =z =n)
          (&kürzbar-? =z =n))
       --⟩
        ( ($DELETE (ERGEBNIS =z =n))
          ($ADD (ERGEBNIS (&kürze =z =n))) ))
```

Die genaue Semantik der gewählten Schreibweise hängt dabei von ihrer Interpretation durch den Interpreter ab. Seine grundlegende Arbeitsweise wird im folgenden Abschnitt behandelt. Die vollständige Kodierung aller Regeln findet sich zusammen mit einem Beispiel für einen Programmlauf an späterer Stelle.

Neben den bisher eingeführten Möglichkeiten der Formulierung von Produktionsregeln erlaubt das PRISM-System, einzelne Produktionen, ebenso wie die Elemente des Datenspeichers, mit quantitativen Attributen zu versehen. Auf diese Weise können Konzepte wie die *Stärke (strength)* einer Produktion, von Anderson (1983) als Funktion ihrer erfolgreichen Anwendungen definiert, oder die *Komplexität* einer Produktion, etwa im Sinne der zu testenden Musteranzahl eingeführt werden. Diese Attribute lassen sich in vielfältiger Weise bei der Formulierung einer Auswahlstrategie nutzen.

Abschließend sei noch auf eine Eigenschaft von Produktionssystemen hingewiesen, die als *Modularität* bezeichnet wird. Hierunter versteht man, daß alle

Produktionen auf denselben Datenspeicher Bezug nehmen und alle Produktionen in dem Sinne unabhängig voneinander sind, daß keine Produktion als Element im Bedingungs- oder Aktionsteil einer anderen Produktion vorkommt. Dies erleichtert einerseits die Formulierung und Modifikation eines speziellen Regelsystems, andererseits wird dadurch die Vorhersagbarkeit des Verhaltens eines Regelsystems jedoch erschwert.

Kontrollwissen

Das Kontrollwissen eines Produktionssystems, üblicherweise unter dem Begriff „Interpreter" subsumiert, steuert den Ablauf der Informationsverarbeitung, also das Zusammenspiel von deklarativem und prozeduralem Wissen. Seine grundlegende Arbeitsweise ist die eines „Auswertungs-Auswahl-Ausführungs"-Zyklus.

Auswertung (pattern matching)

Funktion des Auswertungsprozesses ist der Vergleich der im Bedingungsteil einer Produktion spezifizierten Muster mit den im Datenspeicher vorhandenen Daten. Daher rührt auch die Bezeichnung Mustervergleich *(pattern matching)*. Der einfachste Fall eines Mustervergleichs liegt vor, wenn das Muster keine Variablen, sondern ausschließlich konstante Symbole enthält. Dies entspricht einem Test zweier Ausdrücke auf Gleichheit:

```
(REGEL–1  ( (KLEINER PETER MAX)
            (KLEINER MAX GEORG) )
       -->
          ( ($ADD (KLEINER PETER GEORG)) ) )
```

Die Voraussetzungen zur Anwendung dieser Regel sind erfüllt, wenn die beiden Ausdrücke ‚(KLEINER PETER MAX)' und ‚(KLEINER MAX GEORG)' als Elemente im Datenspeicher vorhanden sind. Derartige, sich auf sehr spezielle Daten beziehende Produktionsregeln sind aus naheliegenden Gründen nur von sehr geringer Nützlichkeit. Mit Hilfe der bereits eingeführten Mustervariablen kann die der Regel zugrundeliegende Transitivität der Kleiner-Relation in abstrakter Form ausgedrückt werden:

```
(REGEL–2  ( (KLEINER =x =y)
            (KLEINER =y =z) )
       -->
          ( ($ADD (KLEINER =x =z)) ) )
```

Ein erfolgreicher Test für die Anwendbarkeit dieser Regel würde etwa bei einem Datenspeicher mit dem Inhalt

(.. (KLEINER PETER MAX) .. (KLEINER MAX GEORG) ..)

resultieren, wobei die Mustervariable x an ‚PETER', y an ‚MAX' und z an ‚GEORG' gebunden würde. Man sagt auch, daß ‚PETER' der Variablen x als Wert zugewiesen wird usw. Da Mustervariablen innerhalb einer Regel beliebig oft auftreten können, tritt das Problem der richtigen Wertübergabe auf. Dies kann dadurch gelöst werden, daß die durchgeführten Wertzuweisungen in einer speziellen Bindungsliste protokolliert und mitgeführt werden, etwa in der Form:

((x PETER) (y MAX (z GEORG))

Darüber hinaus ist es möglich, daß das Ergebnis des Vergleichs der im Bedingungsteil einer Produktion spezifizierten Muster mit den Elementen des Datenspeichers nicht eindeutig ist, also eine Regel durch unterschiedliche Variablenbindungen erfüllt werden kann. So kommen bei einem Datenspeicherinhalt der Form

(.. (KLEINER PETER MAX) (KLEINER MAX GEORG)
(KLEINER MAX PAUL) (KLEINER GEORG PAUL) ..)

für eine Anwendung von REGEL–2 drei unterschiedliche Variablenbindungen in Frage:

((x PETER) (y MAX) (z GEORG))
oder ((x PETER) (y MAX) (z PAUL))
oder ((x MAX) (y GEORG) (z PAUL))

Mit anderen Worten beinhaltet die erfolgreiche Prüfung einer Produktion auf ihre Anwendbarkeit nicht nur die Produktion an sich, sondern auch die während der Auswertung ihrer Bedingungen durchgeführten Variablenbindungen:

(⟨Produktionsregel⟩ ⟨Bindungsliste⟩)

Ein solches Paar wird als eine *Instantiierung (instantiation)* bezeichnet. Ergebnis des Auswertungsprozesses ist die Menge aller Instantiierungen, die auch als *Konfliktmenge (conflict set)* bezeichnet wird.

Den bisherigen Ausführungen zum Auswertungsprozeß lag eine Prüfung auf vollständige Übereinstimmung zugrunde. Der erfolgreiche Vergleich aller im Bedingungsteil einer Produktion enthaltenen Muster mit dem Inhalt des Datenspeichers wurde als eine notwendige, wenn auch nicht hinreichende Bedingung für die Ausführung der Produktion angesehen. Im Rahmen seiner ACT-Theorie hat Anderson (1983) darauf hingewiesen, daß diese Konzeption einer Vielzahl psychologischer Befunde, etwa aus den Bereichen Wahrnehmung (Worterkennung), Analogiebildung oder induktivem Denken nicht gerecht wird. Daher hat er versucht, einen unvollständigen Übereinstimmungsbegriff in sein Modell zu integrieren (vgl. Anderson, 1983, S. 132ff.).

Grundsätzlich impliziert die Zulassung einer unvollständigen Übereinstimmung die Aufnahme von Instantiierungen in die Konfliktmenge, die entweder nicht alle Muster des Bedingungsteils einer Produktion erfüllen oder deren Variablen nicht in konsistenter Weise gebunden werden können. Die dadurch aufgeworfenen Probleme sind noch weitgehend ungelöst.

„The problem here is twofold. First, it is not clear just which partial matches should be allowed into the conflict set, or what should be done with them, should they be selected for firing (for example, the action side may then be incompletely determined). Second, if the computation of all complete matches is difficult, the computation of all partial matches is much more difficult" (Langley, 1983, S. 291).

Erste Vorschläge zur Handhabung dieser Probleme finden sich bei Hayes-Roth (1978) in seinem Konzept der ‚besten' unvollständigen Übereinstimmung *(best partial match)* und bei Anderson (1983), der einen aktivationsbasierten Mustervergleich *(activation-based pattern matching)* beschreibt. Allerdings ist festzuhalten, daß in den genannten Programmsystemen dem Auswertungsprozeß eine Prüfung auf vollständige Übereinstimmung zugrunde liegt.

Auswahl (conflict resolution)

Ausgangspunkt des Auswahlprozesses ist die Konfliktmenge. Seine Funktion ist die Entscheidung darüber, welche der Instantiierungen zur Ausführung kommen soll. Daher rührt auch die für den Auswahlprozeß häufig verwendete Bezeichnung *Konfliktlösung (conflict resolution)*. In den Systemen OPS5 und GRAPES kann dabei innerhalb jedes AAA-Zyklus nur jeweils eine Instantiierung ausgeführt werden, während im PRISM-System eine (quasi-)parallele Ausführung mehrerer Instantiierungen innerhalb eines Zyklus möglich ist.

Die ursprünglich von Newell (1973) vorgeschlagene Konfliktlösungsstrategie beruhte auf der Einführung einer Ordnung innerhalb der Menge aller Produktionen auf der Grundlage der ‚Reihenfolge' ihrer Definition. Die Produktionen wurden sequentiell auf ihre Anwendbarkeit überprüft (zunächst Regel–1, dann Regel–2, dann . . .) und die erste gefundene Instantiierung wurde ausgeführt (Prinzip der ,,Reihenfolge-Dominanz"). Allerdings führt die Vorgabe einer starren Anordnung der Produktionen zu wenig flexiblem Verhalten, und das Problem der Anordnung selbst ist bei umfangreichen Regelmengen äußerst schwierig zu lösen. Wegen dieser Nachteile hat man sich bereits sehr frühzeitig bemüht, effizientere und flexiblere Auswahlstrategien zu formulieren (siehe etwa die vergleichende Gegenüberstellung der vorgeschlagenen Möglichkeiten bei McDermott & Forgy, 1978). In modernen Programmsystemen beruht der Auswahlprozeß auf komplizierten sequentiellen Entscheidungsalgorithmen, die insbesondere folgenden Gesichtspunkten Rechnung zu tragen versuchen:

(1) Vermeidung von Wiederholungen:
Bereits verwendete Informationen sollten nicht noch einmal in derselben Weise verwendet werden (Vermeidung von Endlosschleifen).

(2) Berücksichtigung von Aktualitätskriterien:
Aktuelle Informationen sollten stärker berücksichtigt werden als ältere Informationen.

(3) Beachtung von Spezifitätsaspekten:
Spezifische Informationen sollten gegenüber allgemeineren Informationen bevorzugt werden.

Beispielhaft kann dies an der im OPS5-System realisierten Konfliktlösungsstrategie namens LEX illustriert werden. Sie beruht auf insgesamt vier Prinzipien (vgl. Forgy, 1981, S. 38), die sequentiell angewandt werden, bis eine eindeutige Auswahl erfolgt ist. Das erste, als Erholung *(refraction principle)* bezeichnete Prinzip gewährleistet, daß dieselbe Instantiierung nicht mehrmals ausgeführt wird. Anschließend kommt, falls erforderlich, ein Aktualitätsprinzip *(recency principle)* zur Anwendung. Dabei wird jeweils das aktuellste/neueste Datenelement einer Instantiierung zur Definition einer Dominanzrelation innerhalb der Menge aller betrachteten Instantiierungen herangezogen. Andere Formen, etwa im Sinne einer Mittelwertbildung über die Aktualitätsparameter aller Datenelemente einer Instantiierung, sind ebenfalls denkbar (vgl. die zweite in OPS5 implementierte Konfliktlösungsstrategie namens MEA). Aus psychologischer Sicht können dadurch unterschiedliche Formen der Aufmerksamkeitsfokussierung modelliert werden. Führt auch die Anwendung dieses Prinzips nicht zu einer eindeutigen Auswahl, werden im nächsten Schritt zusätzlich Spezifitätsaspekte berücksichtigt. Von je zwei gleich ‚aktuellen' Produktionen wird diejenige bevorzugt, deren Bedingungsteil spezifischere Anforderungen an die Daten im Sinne einer höheren Anzahl durchzuführender Tests beinhaltet *(specificity principle)*. Dominiert auch dann immer noch keine Instantiierung eindeutig, wird aus den miteinander konkurrierenden eine zufällige Wahl getroffen *(randomness principle)*.

Die dem GRAPES-System zugrundeliegende Konfliktlösungsstrategie entspricht weitgehend der des OPS5-Systems, allerdings mit einem wesentlichen Unterschied: Durch die zusätzliche Verwaltung eines hierarchischen Zielbaums und der Auszeichnung eines Knotens des Zielbaums als aktuelles Ziel wird ein zielorientierter Auswahlprozeß möglich. Im ersten Schritt werden zunächst alle Instantiierungen aus der Konfliktmenge eliminiert, die nicht auf den gegenwärtig aktivierten Zielknoten Bezug nehmen. Anschließend kommt der zuvor beschriebene Entscheidungsalgorithmus zur Anwendung.

Demgegenüber unterscheidet sich der im PRISM-System realisierte Auswahlprozeß in zwei wesentlichen Aspekten:

– Es ist eine (quasi-) parallele Ausführung mehrerer Instantiierungen möglich. Im Extremfall können alle Elemente der Konfliktmenge ausgeführt werden, so daß keine Auswahl vorgenommen wird und

– es ist keine a priori festgelegte starre Form einer speziellen Konfliktlösungsstrategie vorgegeben. Stattdessen hat der Benutzer vielfältige Möglichkeiten, die ihm angemessen erscheinende Strategie selbst zu formulieren. Die oben beschriebenen Prinzipien stellen dabei Spezialfälle dar.

In diesem Zusammenhang erlaubt die Berücksichtigung zusätzlicher quantitativer Parameter, die im PRISM sowohl mit den Elementen des Datenspeichers (z. B. Aktivierungsgrad) als auch mit den einzelnen Produktionsregeln (z. B. Komplexität) assoziiert werden können, die Einbeziehung weiterer Gesichtspunkte in den Auswahlprozeß. Auf diese Weise können neben oder anstelle der Beachtung der Aktualität der Datenelemente etwa ihr Aktivierungsgrad im Auswahlprozeß herangezogen werden oder es können die Spezifitätskriterien der Produktionsregeln ergänzt/ersetzt werden durch ihre Stärkeparameter. Dadurch können einige der von Anderson (1983) vorgeschlagenen Prinzipien der Konfliktlösung realisiert werden.

Ausführung (execution)

Ergebnis des Auswahlprozesses ist eine in der Regel lediglich aus einem Element bestehende Menge von Instantiierungen. Der Ausführungsprozeß *(execution* oder *act process)* beinhaltet die Ausführung der auf der rechten Seite der ausgewählten Produktion angegebenen Aktionen. Gelegentlich sagt man hierfür auch: Die Produktion „feuert“. Die möglichen Aktionen lassen sich in vier Kategorien zusammenfassen:

– Aktionen, die Veränderungen des deklarativen Wissens, also des Datenspeicherinhalts bewirken, wie etwa die Aktionen ADD und DELETE.

Im Rahmen der im PRISM-System vorhandenen Möglichkeit der Verwendung eines Netzwerkformalismus fallen hierunter auch Prozesse der Speicherung neuer Elemente (Knoten) und Verbindungen (Kanten) in das Netzwerk sowie der Löschung und des Abrufs alter Elemente aus dem Netzwerk, aber auch der Aktivationsausbreitung.

– Aktionen, die Veränderungen des prozeduralen Wissens, also des Produktionenspeicherinhalts bewirken. Hierunter fallen insbesondere die mit Hilfe von Produktionssystemen modellierbaren Formen prozeduralen Lernens. Wegen ihrer großen Bedeutung wird auf diese Lernmechanismen weiter unten ausführlich eingegangen.

– Aktionen wie READ oder WRITE, die Ein- und Ausgabeoperationen bewirken.

– Aktionen, die den Programmablauf steuern (RUN, STOP)

Beispiel: Ein Produktionssystem zur Subtraktion zweier rationaler Zahlen (Teil 2)[1]

In diesem Abschnitt wird das Ablaufprotokoll *(program trace)* des Produktionssystems zur Subtraktion zweier rationaler Zahlen im Detail illustriert. Ziel ist die Demonstration der Arbeitsweise eines kleinen Produktionssystems, das eine bestimmte Leistung vollbringen kann (Ausschnitt eines „Bruchrechnen-Experten“). Eine kognitive Modellierung im engeren Sinne wird hiermit nicht angestrebt.

Die Aufgabenstruktur (p1/q1 – p2/q2 = ?) kann als dreielementige LISP-Liste repräsentiert werden:

((BR-1 p1 q1) (BR-2 p2 q2) (ZIEL (MINUS BR-1 BR-2)))

Als Produktionsregeln werden die eingeführten sieben Regeln zugrunde gelegt. Ihre formalisierte Schreibweise ist nachfolgend wiedergegeben.

[1] Programmlisting und Ablaufprotokoll der folgenden Beispiele können beim Autor angefordert werden. Die Implementierung wurde unter Verwendung des PRISM-Systems auf einer LISP-Maschine vom Typ Xerox-1108 realisiert.

```
(LOESUNG      ((ZIEL (MINUS =x =y))
               (=x =z1 =n)
               (=y =z2 =n))
          -->
              (($ADD (ERGEBNIS (&sub =z1 =z2) =n))
               ($DELETE (=x =z1 =n))
               ($DELETE (=y =z2 =n))) )

(KÜRZE        ((ZIEL (MINUS =x =y))
               (ERGEBNIS =z =n)
               (&kürzbar-? =z =n))
          -->
              (($DELETE (ERGEBNIS =z =n))
               ($ADD (ERGEBNIS (&kürze =z =n)))) )
(HALT         ((ZIEL (MINUS =x =y))
               (ERGEBNIS =z =n))
          -->
              (($WRITE "Die Antwort ist: " =z "/" =n " .")
               ($STOP)) )

(UNGLEICHE-NENNER ((ZIEL (MINUS =x =y))
               (=x =z1 =n1)
               (=y =z2 =n2)
               (&nicht-? (&gleich-? =n1 =n2))
               (&nicht-? (KGV =kgv)))
          -->
              (($ADD (ZIEL (ERWEITERE =x)))
               ($ADD (ZIEL (ERWEITERE =y)))) )

(BESTIMME-KGV ((ZIEL (ERWEITERE =x))
               (ZIEL (ERWEITERE =y))
               (=x =z1 =n1)
               (=y =z2 =n2)
               (&nicht-? (KGV =kgv)))
          -->
              (($ADD (KGV (&finde-kgv =n1 =n2)))) )

(ERWEITERE-1  ((ZIEL (ERWEITERE =x))
               (=x =z =n)
               (BRUCH =x E-FAKTOR =faktor)
               (KGV =kgv))
          -->
              (($DELETE (=x =z =n))
               ($DELETE (BRUCH =x E-FAKTOR =faktor))
               ($DELETE (ZIEL (ERWEITERE =x)))
               ($ADD (=x (&mul =faktor =z) =kgv))) )

(ERWEITERE-2  ((ZIEL (ERWEITERE =x))
               (=x =z =n)
               (KGV =kgv))
          -->
              (($ADD (BRUCH =x E-FAKTOR (&div =kgv =n)))) )
```

Auf eine Definition der vorkommenden anwendungsspezifischen Funktionen und Prädikate (kürzbar-?, kürze, ..) sei an dieser Stelle verzichtet, da sich ihre Semantik unmittelbar aus ihren Bezeichnungen ableiten läßt.

Der Auswahlprozeß beruhe auf einer dreistufigen Strategie. Zunächst wird das Erholungs- oder Refraktionsprinzip angewandt, d. h. alle zu einem früheren Zeitpunkt bereits ausgeführten Instantiierungen werden aus der Konfliktmenge eliminiert. Falls erforderlich, wird anschließend eine Auswahl entsprechend der Anordnung der Regeln (Reihenfolge-Dominanz) vorgenommen. Führt auch die Anwendung dieses Prinzips zu keiner eindeutigen Entscheidung, wird eine zufällige Wahl getroffen. Auf diese Weise resultiert für die Aufgabe

$$7/13 - 5/15 = ?$$

der nachfolgend wiedergegebene Programmablauf:

```
*********************** Zyklus-1 ****************************
Datenspeicher:
((BR-1 7 13) (BR-2 5 15) (ZIEL (MINUS BR-1 BR-2)) )
--------------
Konfliktmenge:
((UNGLEICHE-NENNER ((x BR-1) (y BR-2) (z1 7) (n1 13)
 (z2 5) (n2 15))))
*********************** Zyklus-2 ****************************
Datenspeicher:
((ZIEL (ERWEITERE BR-2)) (ZIEL (ERWEITERE BR-1))
 (BR-1 7 13) (BR-2 5 15) (ZIEL (MINUS BR-1 BR-2)))
--------------
Konfliktmenge:
((BESTIMME-KGV ((x BR-1) (y BR-2) (z1 7) (n1 13) (z2 5)
 (n2 15))) (BESTIMME-KGV ((x BR-2) (y BR-1) (z1 5) (n1 13)
 (z2 7) (n2 13))))
*********************** Zyklus-3 ****************************
Datenspeicher:
((KGV 195) (ZIEL (ERWEITERE BR-2)) (ZIEL (ERWEITERE BR-1))
 (BR-1 7 13) (BR-2 5 15) (ZIEL (MINUS BR-1 BR-2)))
--------------
Konfliktmenge:
((ERWEITERE-2 ((x BR-2) (z 5) (n 15) (kgv 195)))
 (ERWEITERE-2 ((x BR-1) (z 7) (n 13) (kgv 195))))
*********************** Zyklus-4 ****************************
Datenspeicher:
((BRUCH BR-2 E-FAKTOR 13) (KGV 195) (ZIEL (ERWEITERE BR-2))
 (ZIEL (ERWEITERE BR-1)) (BR-1 7 13) (BR-2 5 15)
 (ZIEL (MINUS BR-1 BR-2)))
--------------
Konfliktmenge:
((ERWEITERE-1 ((x BR-2) (z 5) (n 15) (faktor 13) (kgv 195)))
 (ERWEITERE-2 ((x BR-1) (z 7) (n 13) (kgv 195))))
*********************** Zyklus-5 ****************************
Datenspeicher:
((BR-2 65 195) (KGV 195) (ZIEL (ERWEITERE BR-1)) (BR-1 7 13)
 (ZIEL (MINUS BR-1 BR-2)))
--------------
Konfliktmenge:
((ERWEITERE-2 ((x BR-1) (z 7) (n 13) (kgv 195))))
*********************** Zyklus-6 ****************************
```

```
Datenspeicher:
((BRUCH BR-1 E-FAKTOR 15) (BR-2 65 195) (KGV 195) (ZIEL
 (ERWEITERE BR-1)) (BR-1 7 13) (ZIEL (MINUS BR-1 BR-2)))
--------------
Konfliktmenge:
((ERWEITERE-1 ((x BR-1) (z 7) (n 13) (faktor 15) (kgv 195)))
********************** Zyklus-7 *****************************
Datenspeicher:
((BR-1 105 195) (BR-2 65 195) (KGV 195)
 (ZIEL (MINUS BR-1 BR-2)))
--------------
Konfliktmenge:
((LÖSUNG ((x BR-1) (y BR-2) (z1 105) (n 195) (z2 65))))
********************** Zyklus-8 *****************************
Datenspeicher:
((ERGEBNIS 40 195) (KGV 195) (ZIEL (MINUS BR-1 BR-2)))
--------------
Konfliktmenge:
((KÜRZE ((x BR-1) (y BR-2) (z 40) (n 195)))
 (HALT ((x BR-1) (y BR-2) (z 40) (n 195))))
********************** Zyklus-9 *****************************
Datenspeicher:
((ERGEBNIS 8 39) (KGV 195) (ZIEL (MINUS BR-1 BR-2)))
--------------
Konfliktmenge:
((HALT ((x BR-1) (y BR-2) (z 8) (n 39))))
*************************************************************

    ===> als Ausgabe: Die Antwort ist 8 / 39 .
```

Insgesamt durchläuft das Programm neun AAA-Zyklen. Innerhalb jedes Zyklus ist der aktuelle Inhalt des Datenspeichers und die jeweilige Konfliktmenge (nach Anwendung des Refraktionsprinzips) angegeben. Das erste Element der Konfliktmenge kommt zur Ausführung.

Im ersten AAA-Zyklus beinhaltet die Konfliktmenge lediglich die Produktion UNGLEICHE-NENNER mit den angegebenen Variablenbindungen. Um die Subtraktion durchführen zu können, müssen beide Brüche zunächst erweitert werden. Zur Bewältigung dieser neuen Aufgabe wird im zweiten AAA-Zyklus das kleinste gemeinsame Vielfache der beiden Nenner bestimmt (= 195). Durch zweimalige Auswahl und Anwendung der Produktionen ERWEITERE-2 und ERWEITERE-1 in den Zyklen 3–6 werden dann beide Brüche erweitert. Anschließend kann nun die Subtraktion der erweiterten Zähler durchgeführt (Zyklus 7), das resultierende Ergebnis (= 40/195) gekürzt und das korrekte Ergebnis (= 8/39) ausgegeben werden.

Erwerb und Veränderung prozeduralen Wissens

Betrachtet man den Menschen als ein informationsverarbeitendes System, so sind Lernfähigkeit und Adaptivität zweifellos zentrale Eigenschaften dieses Systems. Von einer Konzeption, die den Anspruch erhebt, eine adäquate Rahmenvorstellung zur Modellierung kognitiver Strukturen und Prozesse zu sein, ist zu fordern, daß sie nicht nur Performanzaspekte abzubilden in der Lage ist, sondern auch Möglichkeiten der Integration grundlegender Lernmechanismen beinhaltet (vgl. Langley & Simon, 1981).

Im Kontext von Produktionssystemen sind damit insbesondere Fragen des Erwerbs und der Veränderung prozeduralen Wissens, also Mechanismen der Selbstmodifikation von Regelsystemen angesprochen. Theoretischer Ausgangspunkt aller bisherigen Vorschläge ist ein Lernbegriff, der den Aspekt des ,,Lernens durch Handeln" *(learning by doing*; Anzai & Simon, 1979) fokussiert:

,,Learning denotes changes in the system that are adaptive in the sense that they enable the system to do the same task or tasks drawn from the same population more efficiently and more effectively the next time." (Simon, 1984, S. 28)

Die Modellierung von Lernvorgängen, die auf Erfahrung durch (wiederholtes) Handeln beruhen, erfordert die Erweiterung des Interpreters eines Produktionssystems durch die Einführung einer Protokollierungskomponente (eines ‚Gedächtnisses') und spezieller Operationen zur Modifikation vorhandener und zur Erzeugung, Speicherung und Löschung neuer bzw. alter Produktionen. Funktion der Protokollierungskomponente ist es, die ablaufenden Informationsverarbeitungsprozesse zu registrieren. Ein einfaches Beispiel ist die explizite Speicherung des Ergebnisses durchgeführter Produktionen, wobei die ursprünglich in einer Produktion vorkommenden variablen Größen durch die bei der Ausführung an sie gebundenen konstanten Größen ersetzt werden. Diese Informationen können dann zur Bildung neuer Produktionen verwendet werden (vgl. etwa Ueckert, 1983, S. 580 ff.).

Da dieser Lernmechanismus, der auf Arbeiten von Waterman (1974) zurückgeht, in allen Programmsystemen vorhanden ist, soll er anschließend an einem Beispiel demonstriert werden. Dazu wird das Produktionssystem des vorherigen Abschnitts zu einem ‚lernfähigen' Produktionssystem ausgebaut.

Um das Ergebnis einer durchgeführten Subtraktion zweier rationaler Zahlen langfristig in einer mit Hilfe der BUILD-Operation erzeugten speziellen Produktionsregel abzuspeichern, ist die bisherige Formulierung einiger Regeln zu modifizieren. So muß für den Fall ungleicher Nenner sichergestellt werden, daß die beiden voneinander zu subtrahierenden Zahlen im Datenspeicher aufbewahrt werden und nicht verloren gehen. Dies kann durch eine einfache Änderung der ersten zur Anwendung kommenden Produktion (UNGLEICHE-NENNER) erreicht werden, etwa in der folgenden Weise:

```
(UNGLEICHE-NENNER ((ZIEL (MINUS =x =y))
                   (=x =z1 =n1)
                   (=y =z2 =n2)
                   (&nicht-? (&gleich-? =n1 =n2))
                   (&nicht-? (KGV =kgv)))
               -->
                  (($ADD (ZIEL (ERWEITERE =x)))
                   ($ADD (ZIEL (ERWEITERE =y)))
                   ($ADD (ALT =x =z1 =n1))
                   ($ADD (ALT =y =z2 =n2))) )
```

Der Fall gleicher Nenner kann durch Einführung einer entsprechend modifizierten LÖSUNGS-Produktion in analoger Weise behandelt werden.

Darüber hinaus muß insbesondere auch die letzte zur Anwendung kommende Produktion, also die HALT-Regel, durch Einbeziehung der gewünschten BUILD-Operation erweitert werden:

```
(HALT ((ZIEL (MINUS =x =y))
       (ALT =x =z1 =n1)
       (ALT =y =z2 =n2)
       (ERGEBNIS =z =n))
   -->
      (($WRITE "Die Antwort ist: " =z "/" =n " .")
       ($BUILD (($REGELNAME)
                ((ZIEL (MINUS =x =y))
                 (=x =z1 =n1)
                 (=y =z2 =n2))
             -->
                (($WRITE "Die Antwort ist: " =z "/" =n " .")
                 ($HALT))))
       ($HALT)) )
```

Diese Änderungen bewirken, daß im letzten Zyklus eines Programmlaufs jeweils eine neue Produktionsregel mit einem von der Funktion ‚Regelname‘ generierten Namen erzeugt wird (etwa: REGEL–1), in der das Ergebnis der durchgeführten Addition explizit kodiert ist. Für das Beispiel des vorherigen Abschnitts würde diese Regel folgende Gestalt annehmen:

```
(REGEL-1 ((ZIEL (MINUS BR-1 BR-2))
          (BR-1 7 13)
          (BR-2 5 15))
      -->
         (($WRITE "Die Antwort ist: " 8 "/" 39 " .")
          ($HALT)) )
```

Eine erneute Vorgabe derselben Aufgabe (7/13 – 5/15) würde – eine entsprechende Auswahlstrategie vorausgesetzt – dazu führen, daß diese neu erzeugte

Regel als erste zur Anwendung kommen und unmittelbar das korrekte Ergebnis ausgeben würde.

Eindrucksvolle Beispiele für die Leistungsfähigkeit dieser einfachen Grundidee sind die beiden innerhalb der KI entwickelten Systeme „AM" (Davis & Lenat, 1982) und „BACON" (Langley, 1981; Langley et al., 1984, 1986). Beide Systeme sind in der Lage, Gesetzmäßigkeiten und Konzepte aus den Bereichen Mathematik und Physik bzw. Chemie ‚neu' zu entdecken. Als zusätzliches Wissen beinhalten beide Systeme darüber hinaus sowohl Heuristiken zur Ableitung neuen Wissens als auch Heuristiken zur Ableitung neuer Heuristiken (vgl. Lenat, 1983).

Unter Berücksichtigung psychologischer Erkenntnisse ist die der BUILD-Operation zugrundeliegende Form der Adaptivität allerdings unangemessen, wie Anderson (1983, S. 16f.) ausführt. Er kritisiert, daß sie das Resultat einer expliziten Vorgabe *(designation process)* durch den Modellkonstrukteur darstellt. Prozedurales Lernen im Sinne eines *learning by doing* sollte demgegenüber weitgehend automatisch und vom System selbst gesteuert, also unter Kontrolle des (Produktionssystem-) Interpreters ablaufen.

Die bisher am weitesten ausgearbeitete psychologisch fundierte und ausreichend formalisierte Theorie der Veränderung prozeduralen Wissens *(procedural learning)* liegt zur Frage des Erwerbs geistiger Fertigkeiten *(cognitive skill acquisition)* vor. Sie wurde von Anderson im Rahmen der Weiterentwicklung seiner ACT-Theorie formuliert (vgl. Anderson, Kline & Beasley, 1979; Anderson et al., 1981; Neves & Anderson, 1981; Anderson, 1982, 1983, 1984, 1986).

Neben der Erzeugung neuer Produktionsregeln mit Hilfe der BUILD-Operation können im Rahmen von Produktionssystemen weitere Lernmechanismen modelliert werden (Neches, Langley & Klahr, 1987). Eine naheliegende Methode beruht auf der Modifikation der Bedingungskomponente existierender Produktionsregeln bzw. auf der Erzeugung von Varianten existierender Produktionsregeln mit geringfügig geänderten Bedingungskomponenten. Dies kann auf zweierlei Weise geschehen: Es können (a) einzelne Bedingungen neu hinzugefügt bzw. entfernt werden oder (b) vorkommende (Muster-) Variablen durch konstante Symbole ersetzt werden bzw. umgekehrt. Dadurch kann der Anwendungsbereich einer Produktion eingeschränkt oder erweitert werden. Im ersten Fall handelt es sich um einen Prozeß der *Differenzierung (discrimination)* und im zweiten Fall um einen inversen Prozeß der *Generalisierung (generalization)*. Weiter sind Mechanismen denkbar, die zur Erzeugung von Varianten existierender Produktionsregeln mit veränderter Bedingungs- und Aktionskomponente führen. Beispiele sind die von Anderson eingeführten Prozesse der *Zusammensetzung (composition)*, in denen eine Sequenz von zwei hintereinander zur Ausführung kommende Produktionen in einer einzigen Regel zusammengefaßt werden und der *Prozeduralisierung (proceduralization)*. Dabei geht allgemeines deklaratives in bereichsspezifisches prozedurales Wissen über. Die im obigen Beispiel neu erzeugte Produktionsregel kann als eine Anwendung dieses Prinzips angesehen werden. Als letzter Mechanismus sei noch der Prozeß der *Heraushebung (strengthening)* erwähnt, bei dem der mit einer Produktionsregel assoziierte Stärkeparameter im Falle ihrer erfolgreichen

Anwendung erhöht wird. Eine entsprechende Auswahlstrategie vorausgesetzt, erhöht dies die Wahrscheinlichkeit der Auswahl dieser Produktion in der Folge. Eine Anwendung einiger dieser Mechanismen auf das Problem des Lernens effizienter Suchverfahren findet sich bei Langley (1985).

Die Umsetzung derartiger Lernmechanismen in vorliegende Programmsysteme steckt derzeit allerdings noch in den Anfängen. So sind in das OPS5-System keine der genannten Prozesse integriert. Im GRAPES-System, das von Anderson in neueren Modellierungsarbeiten verwendet wird (etwa Anderson et al., 1984), werden lediglich Prozesse der Prozeduralisierung und der Zusammensetzung unterstützt (Sauers & Farrell, 1982, S. 47 ff.). Im PRISM-System sind darüber hinaus erste Formen der Differenzierung, Generalisierung und Heraushebung von Produktionen verfügbar (vgl. Langley, 1983).

Zusammenfassung und Diskussion

Der vorliegende Beitrag beschäftigt sich mit der Konzeption der Produktionssysteme. Produktionssysteme sind qualitativ/nicht-numerisch formulierte Computermodelle. Ziel ihrer Verwendung ist die Modellierung mentaler Strukturen und Prozesse in einer Weise, daß die zugrundeliegenden Verhaltensphänomene nicht nur beschrieben und erklärt, sondern auch reproduziert werden können. Ausgehend von der Unterscheidung zwischen deklarativem und prozeduralem Wissen sowie Kontrollwissen werden die für die Modellarchitektur eines Produktionssystems konstitutiven Systemkomponenten (Datenspeicher, Produktionenspeicher, Interpreter) eingeführt und die ihrem Zusammenspiel zugrundeliegenden Prozesse der Informationsverarbeitung erörtert. Illustriert werden die Ausführungen anhand der schrittweisen Entwicklung eines Produktionssystems zur Subtraktion zweier rationaler Zahlen. Im letzten Abschnitt werden Fragen des Erwerbs und der Veränderung prozeduralen Wissens diskutiert, wobei zunächst das zuvor formulierte Produktionssystem zu einem ‚lernenden' System ausgebaut wird. Abschließend werden verschiedene Lernmechanismen (Generalisierung, Differenzierung, Formen der Prozeduralizierung), die mit Hilfe von Produktionssystemen modellierbar sind, behandelt.

Obwohl Produktionssysteme die elaborierteste Rahmenkonzeption zur Modellierung spezifischer kognitiver Aktivitäten darstellen, wirft ihre Verwendung als Instrument der psychologischen Theorienformulierung und -prüfung eine Reihe schwieriger, derzeit weitgehend ungeklärter Probleme auf. Von besonderer Bedeutung sind die im Zusammenhang mit der Frage nach der psychologischen Validität eines speziellen Produktionssystems auftretenden Probleme hinsichtlich (a) seiner theoriegeleiteten Formulierung und (b) seiner empirischen Überprüfbarkeit. Beispielsweise ist aus der Diskussion des Identifikationsproblems und des Problems des gewählten Auflösungsgrads der Regelformulierung *(grain size pro-*

blem) bekannt, daß ein identisches Input/Output-Verhalten durch eine Vielzahl unterschiedlicher Produktionssysteme rekonstruiert werden kann. Um eine theoriegeleitete und empirisch fundierte Formulierung von Produktionssystemen zu ermöglichen, sind neben angemessenen theoretischen Vorstellungen hoher Präzision und Detailliertheit insbesondere auch geeignete Methoden der Datenerhebung und -auswertung erforderlich. Damit korrespondiert die Notwendigkeit der Verwendung bzw. Weiterentwicklung von Ansätzen einer theorieadäquaten individuellen Wissensdiagnostik und einer nicht ausschließlich performanz-, sondern stärker prozeßorientierten empirischen Datengewinnung, in der sich der konstruktive Prozeß menschlicher Informationssuche und -verarbeitung in seiner vielfältigen Aktivität und Adaptivität manifestieren kann.

Literatur

Amarel, S. (1983). Problems of representation in heuristic problem solving: Related issues in the development of expert systems. In R. Groner, M. Groner & W. F. Bischof (Eds.), *Methods of heuristics* (pp. 245–350). Hillsdale, N. J.: Erlbaum.

Anderson, J. R. (1976). *Language, memory and thought*. Hillsdale, N. J.: Erlbaum.

Anderson, J. R. (1982). Acquisition of cognitive skill. *Psychological Review, 89*, 369–406.

Anderson, J. R. (1983). *The architecture of cognition*. Cambridge, Mass.: Harvard University Press.

Anderson, J. R. (1984). Acquisition of proof-skills in geometry. In R. S. Michalski, J. R. Carbonell & T. M. Mitchell (Eds.), *Machine learning* (pp. 191–220). Berlin: Springer.

Anderson, J. R. (1986). Knowledge compilation: The general learning mechanism. In R. S. Michalski, J. G. Carbonell & T. M. Mitchell (Eds.), *Machine learning. Vol. II* (pp. 289–310). Los Altos, Cal.: Kaufmann.

Anderson, J. R., Farrell, R., & Sauers, R. (1984). Learning to program in LISP. *Cognitive Science, 8*, 87–129.

Anderson, J. R., Greeno, J. G., Kline, P. J., & Neves, D. M. (1981). Acquisition of problem-solving skill. In J. R. Anderson (Ed.), *Cognitive skills and their acquisition* (pp. 191–230). Hillsdale, N. J.: Erlbaum.

Anderson, J. R., Kline, P. J., & Beasley, C. M. (1979). A general learning theory and its application to schema abstraction. In G. H. Bower (Ed.), *The psychology of learning and motivation*. Vol. 13 (pp. 277–318). New York: Academic Press.

Anderson, J. R., & Reiser, B. J. (1985). The LISP tutor. *Byte, 10* (4), 159–175.

Anzai, Y. (1984). Cognitive control of real-time event-driven systems. *Cognitive Science, 8*, 221–254.

Anzai, Y., & Simon, H. A. (1979). The theory of learning by doing. *Psychological Review, 86*, 124–140.

Bobrow, D. G., & Winograd, T. (1977). An overview of KRL, a knowledge representation language. *Cognitive Science, 1*, 3–46.

Brachman, R. J. (1979). On the epistemological status of semantic networks. In N. V. Findler (Ed.), *Associative networks* (pp. 3–50). New York: Academic Press.

Brownston, L., Farrell, R., Kant, E., & Martin, N. (1985). *Programming expert systems in OPS5: An introduction to rule-based programming*. Reading, Mass.: Addison-Wesley.

Chi, M. T. H., Glaser, R., & Rees, E. (1982). Expertise in physical problem solving. In R. Sternberg (Ed.), *Advances in the psychology of human intelligence. Vol. 1* (pp. 7–75). Hillsdale, N. J.: Erlbaum.

Chomsky, N. (1957). *Syntactic structures*. The Hague: Mouton.

Davis, R., & Lenat, D. B. (1982). *Knowledge-based systems in artificial intelligence*. New York: McGraw-Hill.

Forgy, C. L. (1981). *OPS5 user's manual*. Pittsburgh, PA: Department of Computer Science, Carnegie-Mellon University.

Hasemer, T. (1984). *A beginner's guide to LISP*. Reading, Mass.: Addison-Wesley.

Hayes-Roth, F. (1978). The role of partial and best matches in knowledge systems. In D. A. Waterman & F. Hayes-Roth (Eds.). *Pattern-directed inference systems* (pp. 557–576). New York: Academic Press.

Hayes-Roth, F., Waterman, D. A., & Lenat, D. B. (Eds.) (1983). *Building expert systems*. Reading, Mass.: Addison-Wesley.

Herrmann, T. (1982). Über begriffliche Schwächen kognitivistischer Kognitionstheorien: Begriffsinflation und Akteur-System-Kontamination. *Zeitschrift für Sprache & Kognition, 1*, 3–14.

Hopcraft, J. E., & Ullman, J. D. (1979). *Introduction to automata theory, languages and computation*. Reading, Mass.: Addison-Wesley.

Karat, J. (1982). A model of problem solving with incomplete constraint knowledge. *Cognitive Psychology, 14*, 538–559.

Klahr, D. (1973). A production system for counting, subtizing, and adding. In W. G. Chase (Ed.), *Visual information processing* (pp. 527–546). New York: Academic Press.

Klahr, D. (1981). Informationsverarbeitungsmodelle der Denkentwicklung. In R. H. Kluwe & H. Spada (Hg.). *Studien zur Denkentwicklung* (S. 231–289). Bern: Huber.

Klahr, D., & Wallace, J. D. (1976). *Cognitive development: An information processing view*. Hillsdale, N. J.: Erlbaum.

Langley, P. (1979). A production system model for the induction of mathematical functions. *Behavioral Science, 24*, 121–139.

Langley, P. (1981). Data-driven discovery of physical laws. *Cognitive Science, 5*, 31–54.

Langley, P. (1983). Exploring the space of cognitive architectures. *Behavior Research Methods & Instrumentation, 15*, 289–299.

Langley, P. (1985). Learning to search: From weak methods to domain-specific heuristics, *Cognitive Science, 9*, 217–260.

Langley, P., Bradshaw, G. L., & Simon, H. A. (1984). Rediscovering chemistry with the BACON system. In R. S. Michalski, J. G. Carbonell & T. M. Mitchell (Eds.), *Machine learning* (pp. 307–330). Berlin: Springer.

Langley, P., & Neches, R. (1981). *PRISM user's manual*. Pittsburgh, PA: Department of Computer Science, Carnegie-Mellon University.

Langley, P., & Simon, H. A. (1981). The central role of learning in cognition. In J. R. Anderson (Ed.), *Cognitive skills and their acquisition* (pp. 361–380). Hillsdale, N. J.: Erlbaum.

Langley, P., Zytkow, J. M., Simon, H. A., & Bradshaw. G. L. (1986). The search for regularity: Four aspects of scientific discovery. In R. S. Michalski, J. G. Carbonell & T. M. Mitchell (Eds.). *Machine learning. Vol. II* (pp. 425–470). Los Altos, Cal.: Kaufmann.

Larkin, J. H. (1983). The role of problem representation in physics. In D. Gentner & A. L. Stevens (Eds.), *Mental models* (pp. 75–98). Hillsdale, N. J.: Erlbaum.

Laubsch, J. (1985). Techniken der Wissensdarstellung. In C. Habel (Hg.), *Künstliche Intelligenz. Frühjahrsschule Dassel (Solling), März 1984* (S. 48–93). Berlin: Springer.

Lenat, D. B. (1983). Toward a theory of heuristics. In R. Groner, M. Groner & W. F. Bischof (Eds.), *Methods of heuristics* (pp. 351–404). Hillsdale, N. J.: Erlbaum.

McDermott, J. (1982). R1: A rule-based configurer of computer systems. *Artificial Intelligence, 19*, 39–88.

McDermott, J., & Forgy, C. L. (1978). Production system conflict resolution strategies. In D. A. Waterman & F. Hayes-Roth (Eds.), *Pattern-directed inference systems* (pp. 177–199). New York: Academic Press.

Minsky, M. (1967). *Computation: Finite and infinite machines*. Englewood Cliffs, N. J.: Prentice-Hall.

Minsky, M. (1975). A framework for representing knowledge. In P. H. Winston (Ed.), *The psychology of computer vision* (pp. 211–277). New York: McGraw-Hill.

Neches, R., Langley, P., & Klahr, D. (1987). Learning, development, and production systems. In D. Klahr, P. Langley & R. Neches (Eds.), *Production system models of learning and development* (pp. 1–53). Cambridge, Mass.: MIT Press.

Neves, D. M., & Anderson, J. R. (1981). Knowledge compilation: Mechanisms for the automatization of cognitive skills. In J. R. Anderson (Ed.), *Cognitive skills and their acquisition* (pp. 57–84). Hillsdale, N. J.: Erlbaum.

Newell, A. (1973). Production systems: Models of control structure. In W. G. Chase (Ed.), *Visual information processing* (pp. 463–526). New York: Academic Press.

Newell, A. (1980). Physical symbol systems. *Cognitive Science, 4*, 135–183.

Newell, A., & Simon, H. A. (1972). *Human problem solving*. Englewood Cliffs, N. J.: Prentice-Hall.

Nilsson, N. J. (1980), *Principles of artificial intelligence*. Palo Alto, Cal.: Tioga.

Ohlsson, S. (1984). *PRISM: Tutorial, manual and documentation*. Pittsburgh, PA: Carnegie-Mellon University.

Post, E. L. (1943). Formal reductions of the general combinatorial decision problem. *American Journal of Mathematics, 65*, 197–215.

Pylyshyn, Z. W. (1985). *Computation and cognition*. Cambridge, Mass.: Bradford.

Raulefs, P. (1982). Expertensysteme. In W. Bibel & J. H. Siekmann (Hg.), *Künstliche Intelligenz. Frühjahrsschule Teisendorf, März 1982* (S. 61–98). Berlin: Springer.

Rost, J. (1981). *Gedächtnispsychologische Grundlagen naturwissenschaftlichen Wissens*. Weinheim: Beltz.

Sauers, R., & Farrell, R. (1982). *GRAPES user's manual*. Pittsburgh, PA: Department of Psychology, Carnegie-Mellon University.

Shortliffe, E. H. (1976). *Computer-based medical consultations: MYCIN*. New York: Elsevier.

Simon, H. A. (1975). The functional equivalence of problem solving skills. *Cognitive Psychology, 7*, 268–288.

Simon, H. A. (1984). Why should machines learn? In R. S. Michalski, J. G. Carbonell & T. M. Mitchell (Eds.), *Machine learning* (pp. 25–37). Berlin: Springer.

Stoyan, H., & Görz, G. (1984). *LISP. Eine Einführung in die Programmierung*. Berlin: Springer.

Ueckert, H. (1983). Computer-Simulation. In J. Bredenkamp & H. Feger (Hg.), *Enzyklopädie der Psychologie. Serie I: Forschungsmethoden. Band 5: Hypothesenprüfung* (S. 530–616). Göttingen: Hogrefe.

Waterman, D. A. (1974). *Adaptive production systems*, Pittsburgh, PA: Department of Psychology, Carnegie-Mellon University.

Wender, K. F., Colonius, H., & Schulze, H. H. (1980). *Modelle des menschlichen Gedächtnisses*. Stuttgart: Kohlhammer.

Winograd, T. (1975). Frame representation and the declarative/procedural controversy. In D. G. Bobrow & A. Collins (Eds.), *Representation and understanding: Studies in Cognitive Science* (pp. 185–210). New York: Academic Press.

Winston, P. H. (1984). *Artificial intelligence*. Reading, Mass.: Addison-Wesley.

Young, R. M. (1976). *Seriation by children: An artificial intelligence analysis of a piagetian task*. Basel: Birkhäuser.

Young, R. M., & O'Shea, T. (1981). Errors in children's subtraction. *Cognitive Science, 5*, 153–177.

5 Analoge Repräsentationen

Gerhard Steiner

In diesem Kapitel wird versucht, auf folgende Fragen eine Antwort zu geben:

1. Repräsentationen stehen für etwas, bilden etwas ab. Welches Verhältnis besteht zwischen den Abbildungen und dem Abgebildeten? Insbesondere: welche Ähnlichkeiten oder Entsprechungen, mit andern Worten, welche Arten von Relationen gehen in die Analogien zwischen Repräsentation und Repräsentiertem ein?

2. Der Zugang zu inneren Repräsentationen ist nicht eben einfach. Der Introspektion als Methode begegnen viele Forscher mit Mißtrauen oder Ablehnung. Welche *experimentellen* Verfahren können Aufschluß über den Prozeß des Repräsentierens insbesondere des analogen Repräsentierens wie auch über dessen Ergebnis, die Repräsentation, geben?

3. In welchen Situationen bauen Individuen analoge Repräsentationen auf und setzen sie zur Steuerung ihres Verhaltens ein? Wie können diese Repräsentationen beschrieben werden, und welches sind die Rahmenbedingungen für ihr Entstehen?

Analoge Repräsentationen – Annäherung an den Begriff

Der Begriff der analogen Repräsentation soll vorläufig folgendermaßen gefaßt werden: Analoge Repräsentationen sind Abbildungen, die die Eigenschaften (oder zumindest einige von ihnen) eines abzubildenden Objekts oder Umweltereignisses beibehalten, Abbildungen also, die in einer bestimmten Weise den äußeren Gegebenheiten ähnlich sind. Wir dürfen annehmen, daß dies ganz offensichtlich etwa bei der Repräsentation von Geräuschen so ist: beim Zerknüllen eines Blattes Papier, beim Zersplittern eines Trinkglases auf dem harten Küchenboden oder beim Unterscheiden des Klangs von Oboe und Klarinette; denn wie anders wollte man diese Geräusche oder Klänge wiedererkennen oder gar nachahmen? Im allgemeinen denkt man allerdings eher an räumliche, räumlich-visuelle oder figurale Entsprechungen, wenn von analogen Repräsentationen die Rede ist: etwa an die *Vorstellung* von der Anordnung von Straßen und Plätzen eines Quartiers oder an die Vorstellung von der Körperhaltung und der Bewegungsabfolge, die uns ein Skilehrer vorgezeigt hat, aber auch an das „Bild“, das wir uns aufbauen, wenn uns jemand das Funktionieren einer Maschine erklärt, oder schließlich an ein gedruckt oder gezeichnet vor uns liegendes Flußdiagramm, das die Bauphasen eines neuen Gebäudes in ihrer zeitlich-organisatorischen Abfolge darstellt.

Im Zusammenhang mit der Psychologie des Wissens oder des Wissenserwerbs tritt angesichts der Frage nach analogen Repräsentationen sogleich auch das psychologisch-didaktische Problem der Anschauung, Anschaulichkeit und Veranschaulichung ins Blickfeld (vgl. Walcher, 1975; Aebli, 1983, Kap. IV).

Mit den oben genannten Beispielen haben wir dreierlei vorweggenommen: (1) Analoge Repräsentationen sind nicht auf die visuelle Sinnesmodalität beschränkt; sie sind in diesem Bereich aber zweifellos am besten erforscht worden, weil der Entwicklungsstand der Untersuchungsmethoden in diesem Feld wesentlich höher ist als in dem anderer Sinnesmodalitäten. (2) Unter dem Begriff ,,Repräsentation" kann man verschiedenes verstehen: eine *äußere* Repräsentation, die für etwas steht, wie zum Beispiel ein gezeichnetes Flußdiagramm, ein Stadtplan oder ein Schema eines Apparates; der Begriff bezieht sich aber auch auf *innere* Repräsentationen und dabei sowohl auf den *Prozeß* des Repräsentierens (wir bauen eine Repräsentation auf, während wir einem Erklärer zuhören) als auch auf das *Resultat* (die Vorstellung, die man von einem Quartier ,,hat" und die die Wegsuche leitet). (3) Des weiteren haben die Beispiele bereits angekündigt, daß wir bei analogen Repräsentationen mit unterschiedlichen ,,Analogien", d.h. Entsprechungen, rechnen müssen: Zunächst erwartet man Abbildungen mit *räumlichen* Ähnlichkeiten; die angeführten Beispiele lassen aber auch die Annahme zu, daß primär nicht-räumliche Relationen in analogen Repräsentationen dargestellt werden können, beispielsweise *zeitliche* Relationen, wie sie in einem Flußdiagramm zum Ausdruck kommen (,,zuerst . . ., dann") oder *kausale* Relationen (,,wenn . . ., dann"), wie sie beim Erklären oder Verstehen des Funktionierens einer Maschine oder eines ökonomischen Ablaufs gegeben sind. Auch logische Relationen wie z.B. ,,ist Teil von . . ." oder asymmetrische Relationen wie ,,ist teurer als . . ." können in analogen Repräsentationen über eine Transformation auf einer räumlichen Dimension abgebildet werden. Und wer kennt heute nicht die Venn-Diagramme, mit denen mengentheoretische Operationen, wie das Bilden von Schnittmengen, dargestellt werden können?

In einem vorwissenschaftlichen Angehen dieser Beispiele und gestützt auf unsere Alltagserfahrungen zweifeln wir im allgemeinen weder an der Existenz noch an der Wirksamkeit von analogen Repräsentationen; insbesondere scheint den meisten Menschen das Bilden von visuellen Vorstellungen und deren Gebrauch beim Lernen und Erinnern etwas vom Alltäglichsten zu sein.

Der Begriff ,,analog" im Hinblick auf die Wissensrepräsentation

Wir haben oben gesagt, ,,Repräsentation" könne sowohl eine externale Darstellung (einen Plan) wie auch eine internale Abbildung bestimmter Aspekte der Umwelt bezeichnen. Ein Lernender kann auch von einer externalen Darstellung zu einer entsprechenden inneren analogen Repräsentation gelangen. Der Begriff ,,entsprechend" führt uns in die für das vorliegende Kapitel zentrale Diskussion: Inwiefern *entspricht* nämlich die Repräsentation des Wissens, der *Bedeutung von etwas* oder der Erfahrung von den *realen Gegebenheiten*? Mit andern Worten, welches ist das Verhältnis zwischen der äußeren, wahrnehmbaren und der inneren, eben der repräsentierten Welt, und zwar sowohl was jeweils die Ganzheit als auch deren Teile sowie die entsprechenden Beziehungen zwischen diesen betrifft?

In vielen Fällen von Repräsentationen besteht keine oder nur eine sehr indirekte Entsprechung zwischen den betreffenden externalen Gegebenheiten und der internalen Repräsentation. Ein komplexer Sachverhalt, wie etwa derjenige der *Inflation*, findet keinerlei direkte Entsprechung im semantischen Netz ,,Inflation" unseres Langzeitgedächtnisses oder gar im Wort ,,Inflation" und seinem Klang. Anders ist es dort, wo Wahrnehmungsaktivitäten repräsentiert werden: eine räumliche Konfiguration von Bestandteilen einer Maschine, die Lage von Straßen und Plätzen in einem Wohnquartier oder die beobachteten Bewegungen eines Sportlers. Dabei stellt sich die Frage nach der *Ähnlichkeit* der wahrgenommenen Gegebenheiten und deren Repräsentation. Wenn die Repräsentation Eigenschaften der äußeren Gegebenheiten *beibehalten* kann, so ist offensichtlich die Ähnlichkeit groß. Dann spricht man – in relativ vager Weise – von *analogen* Repräsentationen.

Wenn also beispielsweise die innere Repräsentation, die jemand von der Anordnung der Straßen seines Wohnquartiers hat, die räumlichen Verhältnisse abbildet, so hat er eine analoge Repräsentation von seinem Wohnquartier, eine *kognitive Landkarte* (was diese bei genauer Betrachtung auch immer sein mag; der Begriff geht auf Tolman, 1948, zurück). Welche räumlichen Relationen zwischen den Elementen abgebildet werden, ist damit noch nicht bestimmt. Es kommen topologische, projektive und euklidische Relationen in Frage (vgl. Piaget, Inhelder & Szeminska, 1948, dt. 1974), d. h. solche, die bloß elementare Relationen wie das Benachbartsein, das Eingeschlossensein, oder aber solche, die auch räumliche Projektionen und Affinitäten, Proportionen oder präzise Winkel und Distanzen (z. B. im Straßennetz) abbilden.

Überall dort, wo es um eine Repräsentation von figuralen Gegebenheiten geht, oder dort, wo nicht-figurale Gegebenheiten in figurale transformiert werden können, ist die Wahrscheinlichkeit groß, daß typische Merkmale der in den Wissensbeständen eines Menschen darzustellenden äußeren Gegebenheiten in *analoger* Weise repräsentiert werden. Typische Merkmale sind die *räumliche Ausdehnung, figurale Anordnungen, Kombinationen oder Orientierungen von Elementen*, dann aber auch *Farbe, Kontrast* und *Textur*. Das Problem der *analogen Repräsentation* läßt uns auf die Frage fokussieren, inwieweit Wahrnehmungen mit den inneren Repräsentationen übereinstimmen, und von ganz besonderem Interesse sind die Übereinstimmungen zwischen visuellem *Wahrnehmen* und visuellem *Vorstellen*.

In bezug auf die Frage, was eigentlich ,,analog" sei zwischen Gegebenheit und Repräsentation, taucht dieselbe Zweiteilung wieder auf, die wir oben schon gemacht haben: ,,Analog" kann die *Struktur* der äußeren Gegebenheit und deren Abbild in der Repräsentation (das Ergebnis also) betreffen; ,,analog" kann sich aber auch auf die Mechanismen beziehen, die zu den Ergebnissen führen, d. h. im Falle von visuellen Wahrnehmungsaktivitäten und visuellen Vorstellungen auf die *kognitiven Mechanismen* des Wahrnehmens und Vorstellens (Denis, 1979; Kosslyn, 1980; Steiner, 1980; dazu aber auch Kolers & Smythe, 1979).

In der kognitionspsychologischen Forschung werden die analogen Repräsentationen, insbesondere die visuellen Vorstellungen, anders beurteilt als in unserem Alltagsverständnis. Zwar hat niemand ernsthaft an der Existenz des Phänomens der visuellen Vorstellungen und am subjektiven Erleben von solchen gezweifelt, aber der Erklärungswert von Vorstellungen als einer spezifischen Repräsentationsart ist in Zweifel gezogen worden (vgl. die sog. *imagery debate*; Pylyshyn, 1973; Kosslyn, Pinker, Smith & Shwartz, 1979; dazu auch Rumelhart & Norman, 1983). Im folgenden soll zunächst gezeigt werden, daß Vorstellungen als analoge Repräsentationen empirisch nachweisbar sind und als solche auch spezifische Effekte haben, die nicht anders als mittels ihres analogen Charakters erklärt werden können (Kosslyn, 1976). Anschließend daran soll vom *Gebrauch* und von der *Funktion* analoger Repräsentationen (kognitiven Landkarten, mentalen Modellen und ikonischen Repräsentationen) die Rede sein.

Empirische Befunde für ein Postulat analoger Repräsentationen

Die Fülle von experimentellen Arbeiten über das Verhältnis zwischen visuellem Wahrnehmen und Vorstellen kann man in drei nicht ganz überlappungsfreie Gruppen aufteilen (Finke, 1985), von denen eine die Arbeiten umfaßt, die auf die *strukturellen* Aspekte des Wahrnehmens und Vorstellens fokussieren, eine zweite auf die eher *funktionalen* Aspekte, während sich die Arbeiten der dritten Gruppe auf die *Interferenzen* zwischen den Prozessen des Wahrnehmens und Vorstellens konzentrieren.

Über strukturelle Ähnlichkeiten

Die bekanntesten Experimente über die strukturellen Ähnlichkeiten zwischen visuellem Wahrnehmen und Vorstellen sind diejenigen zur *mentalen Rotation* von Shepard und seinen Mitarbeitern (Cooper & Shepard, 1973; Metzler & Shepard, 1974; Cooper, 1976 und Shepard & Cooper, 1982). In einer sehr großen Zahl von Experimentaldurchgängen wurden den Versuchspersonen Buchstaben oder Ziffern (Abb. 5.1) auf einem Projektionsschirm in unterschiedlichen Orientierungen präsentiert.

Es war jedesmal so rasch als möglich herauszufinden, ob es sich um einen „normalen" oder einen „spiegelverkehrten" Buchstaben handle. Das Interessante an den Ergebnissen war, daß die Reaktionszeiten beinahe linear mit der Größe des Rotationswinkels, unter dem das jeweilige Zeichen präsentiert wurde, bis zu 180° zu- und nachher wieder abnahmen.

Aufgrund der Resultate auch aus ähnlichen Experimenten, selbst mit komplexerem Material (Metzler & Shepard, 1974), haben die Autoren geschlossen, daß *mentales Rotieren* eines Zeichens oder auch eines gezeichneten Objekts den Gebrauch eines *mentalen Analogons* zu einer physikalischen Rotation impliziert. Solche analoge Prozesse entsprechen ihres Erachtens denjenigen inneren Prozessen, die ablaufen würden, wenn jemand in der Realität wahrnehmungsmäßig ver-

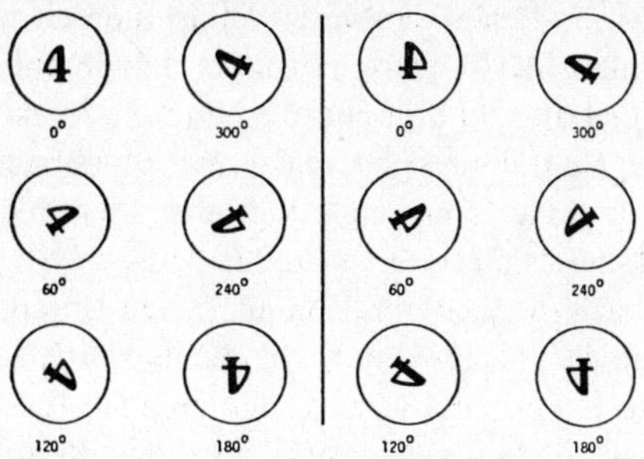

Abb. 5.1.: Satz von möglichen Teststimuli. Jeweils einer wurde präsentiert; alle gleich oft in randomisierter Reihenfolge.

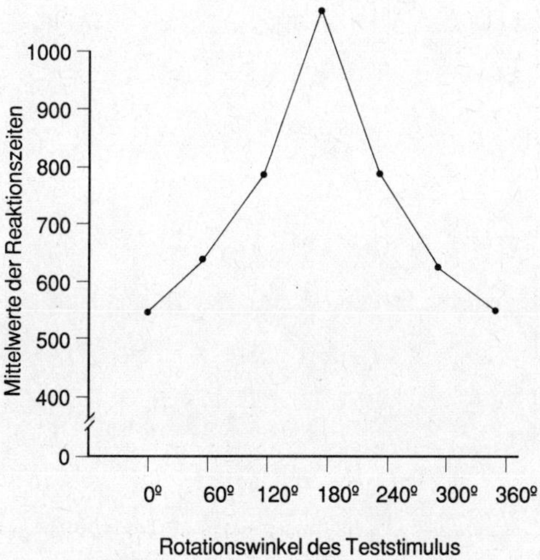

Abb. 5.2.: Mittelwerte der Reaktionszeiten als Funktion des Rotationswinkels. Rund 500 msec wurden benötigt, um darüber zu entscheiden, ob das präsentierte Zeichen „richtig" oder spiegelverkehrt war.

folgen würde, wie ein Zeichen oder ein Objekt mit einem andern durch Rotation zur Deckung gebracht wird.

Die Frage, ob mentale Rotationen tatsächlich den entsprechenden Raum kontinuierlich durchschreiten, war lange Zeit umstritten (Just & Carpenter, 1976, haben vor allem mit *nicht-kontinuierlichen* Augenbewegungen argumentiert), ist aber von Cooper (1976) in einer Variante des ursprünglichen Experiments sehr klar gezeigt worden. Ihre Vpn haben aufgrund eines Vortrainings die Fähigkeit erworben, die Vorstellung eines vereinbarten Zeichens (z. B. 4) nach einem bestimmten zeitlichen Fahrplan zu rotieren. Dabei wußte die Experimentatorin stets, welche Vorstellung die Vp nun gerade hatte. Zu bestimmten Zeitpunkten dieser Vorstellungstätigkeit präsentierte sie wie im ursprünglichen Experiment einen entsprechenden Stimulus. Zwischen diesem Stimulus und dem vorgestellten bestand nun ein Differenzwinkel, der 0°, 60°, 120° oder 180° betragen konnte, entsprechend der zeitlichen Planung der Stimuluspräsentation. Es zeigte sich sehr deutlich (Abb. 5.3.), daß die Reaktionszeiten linear mit zunehmendem Winkel größer wurden, ausgehend von einer konstanten mittleren Identifikationszeit von individueller Größe (bei 0° zwischen rund 300 und 650 msec). Nicht nur die Identifikationszeiten sondern auch die Zeiten für die mentalen Rotationen weisen, wie die *Kurven*steigung deutlich macht, interindividuelle Unterschiede auf. Cooper (1976) hat mit diesem Experiment gezeigt, daß mentale Rotationen in dem Sinne den potentiellen physikalischen *analog* sind, als sie durch die verschiedenen Winkelbereiche hindurchführen.

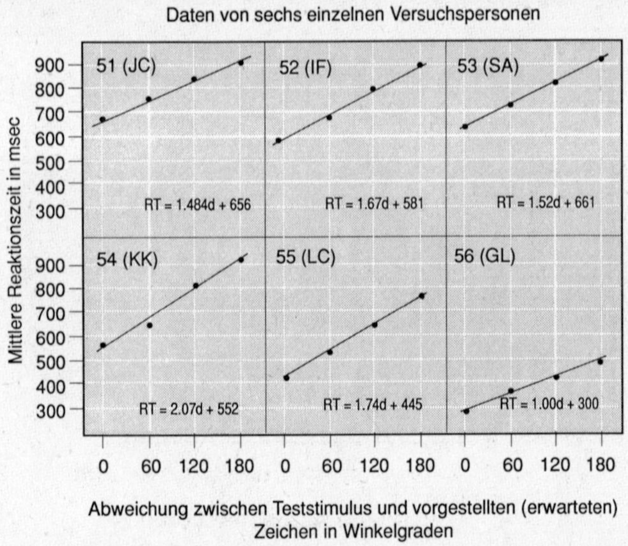

Abb. 5.3.: Mittelwerte der Reaktionszeiten für mehrere Vpn in Abhängigkeit vom Differenzwinkel zwischen vorgestelltem und präsentiertem Zeichen. Die Ergebnisse zeigen deutliche interindividuelle Unterschiede.

Shepard, der Erfinder dieser mentalen Rotationsexperimente, sagt über die analogen Prozesse: ,,Unter einem analogen Prozeß verstehe ich einen Prozeß, bei dem die intermediären inneren Zustände eine natürliche Eins-zu-eins-Korrespondenz mit den entsprechenden intermediären Zuständen in der externalen Welt aufweisen" (Shepard, 1978, S. 135) oder mit einer etwas anderen Akzentuierung: ,,... mentale Rotationen stimmen mit physikalischen Rotationen in dem Sinne überein, als die Prozesse (was auch immer sie im einzelnen sein mögen), die im Gehirn der betreffenden Person während einer mentalen Rotation ablaufen, vieles gemeinsam haben mit denjenigen Prozessen, die im Gehirn derselben Person ablaufen, wenn sie das betreffende Objekt in Wirklichkeit rotieren sieht" (Shepard & Podgorny, 1978, S. 223). Die Analogie betrifft aber nicht nur den Prozeß, sondern auch die *Repräsentation als Produkt*: ,,Die Repräsentation hat eine internale Struktur, die selber zu einem gewissen Grad in analoger Weise mit der Struktur des entsprechenden externalen Objekts verbunden ist" (Cooper & Shepard, 1973, S. 172; dasselbe auch bei Cooper & Podgorny, 1976; kritische Bemerkungen dazu bei Kolers & Smythe, 1979). Auch wenn die Lebendigkeit und Vollständigkeit der Vorstellungen kaum den jeweiligen Wahrnehmungen entspricht, so weisen sie bei aller Schemenhaftigkeit im Vergleich mit den präsentierten Wahrnehmungsbildern doch eine genügend hohe Treue für den entsprechenden Vergleich mit dem Teststimulus auf.

Ähnliche strukturelle Analogien zwischen Wahrnehmen und Vorstellen haben Kosslyn, Ball und Reiser (1978; auch Kosslyn, 1980) nachgewiesen. Ihre Vpn mußten in einer ersten Phase das Kartenbild einer Insel mit sieben Merkpunkten (z. B. ein Haus, ein Fischteich, ein Brunnen) auswendig zeichnen lernen. Dann mußten sie sich die Insel vorstellen, wobei sie sich auf einen der sieben Merkpunkte konzentrieren sollten. Der Versuchsleiter nannte dann einen Namen, der entweder einen der andern Merkpunkte auf der Insel oder aber ein zwar mögliches, im vorliegenden Fall aber auf der Insel nicht vorhandenes Objekt bezeichnete. Die Vpn mußten so rasch als möglich entscheiden, ob sich das dem genannten Namen entsprechende Objekt tatsächlich auf der Insel befand oder nicht. Die Ergebnisse dieser Untersuchung (Abb. 5.4.) machen deutlich, daß die Zeiten für das Absuchen der Inselkarte in der visuellen Vorstellung den Distanzen zwischen den einzelnen Merkpunkten entsprachen.

Dies traf zu, obwohl die Vpn diese Distanzen aufgrund der Instruktion durch den Versuchsleiter immer wieder von anderen Startpunkten aus und damit auch in anderen Richtungen durchliefen. Auf diese Weise konnten sämtliche Strecken, die es zwischen allen möglichen Merkpunktpaaren gibt, abgeschritten werden. Mentales Abschreiten (oder Absuchen) hängt also von den mentalen Distanzen ab, die je nach Aufgabe zurückzulegen sind, und ist als Prozeß dem Absuchen beim visuellen Wahrnehmen analog.

Ein anderes Phänomen, der sogenannte *symbolische Distanzeffekt*, weist ebenfalls auf eine Analogie zwischen visuellem Wahrnehmen und Vorstellen hin, auch wenn die ihm zugrundeliegenden Prozesse experimentell nicht so leicht zugänglich sind wie diejenigen bei mentalen Rotationen oder beim inneren Abschreiten von

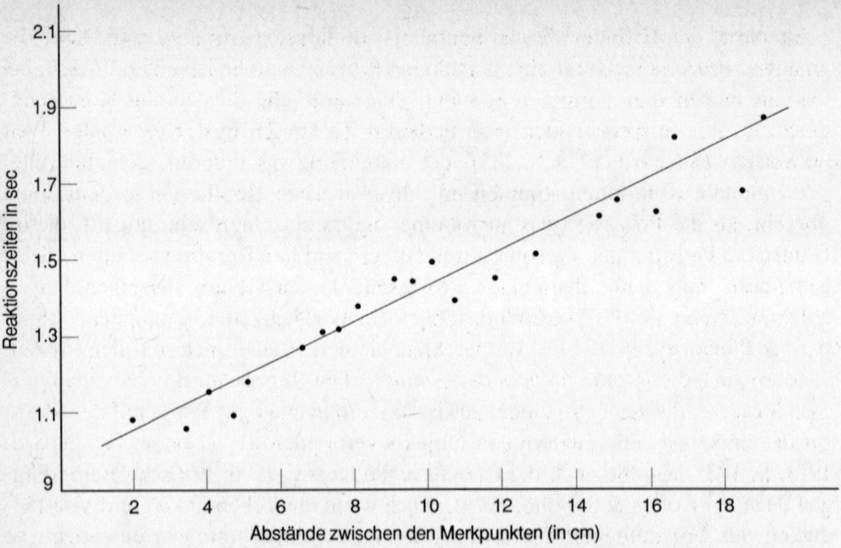

Abb. 5.4.: Durchschnittliche Absuchzeiten zwischen allen möglichen Paaren von Merkpunkten auf der auswendig gelernten Insel.

räumlich-visuellen Vorstellungen. Moyer (1973) und Paivio (1975) ließen visuell vorgestellte Objekte (z. B. eine Katze und ein Hirsch, eine Tasse und ein Buch) von den Vpn hinsichtlich ihrer Größe unterscheiden und stellten dabei fest, daß sich die Reaktionszeiten für die Größenvergleiche umgekehrt proportional zum Logarithmus der Größendifferenzen verhielten. Dieses Faktum wurde als ,,symbolischer Distanzeffekt" bezeichnet (Moyer & Bayer, 1976) und als ein ,,internales psychophysisches Urteil" (Moyer, 1973, S. 183) interpretiert (eine Alternativinterpretation findet sich bei Friedman, 1978). Dieses Ergebnis erhält in unserem Zusammenhang seine Bedeutung dadurch, daß es in voller Übereinstimmung mit früheren Arbeiten über Größenvergleiche in der *Wahrnehmung* (Johnson, 1939) steht.

Stärker als alle bisher referierten Autoren wandten sich Finke und Kosslyn (1980) den der visuellen Wahrnehmung und Vorstellung zugrundeliegenden Prozessen zu. Ihre Vpn mußten zwei dunkle Punkte, die unterschiedlich weit voneinander entfernt waren (6, 12 oder 18 mm), fixieren. Dann mußten sie ihren Fixationspunkt von den beiden Punkten nach der Seite oder nach oben oder unten verschieben und zwar so lange, bis die nun im peripheren Wahrnehmungsfeld liegenden Punkte in der Wahrnehmung zusammenfielen. Mit Hilfe von apparativen Mitteln konnte der Winkel zwischen den Punkten und der späteren Fixation, wo die beiden Punkte in der Wahrnehmung nicht mehr differenziert werden konnten, gemessen werden. Derselbe Versuch ließ sich auch in der visuellen Vorstellung durchführen, indem das ganze Verfahren in gleicher Weise durchgeführt wurde, mit dem einen Unterschied, daß die beiden Punkte, die anfänglich fixiert wurden, vom Versuchsleiter entfernt wurden und nur noch in der Vorstellung weiter existierten. Die Winkelgrade, bei denen die Auflösung im peripheren Feld so schwach war, daß die Punkte nicht mehr diskriminiert werden konnten, stimmten beim Wahrnehmen und Vorstellen (vor allem bei den *guten* Vorstellern, die man mit Hilfe des Vividness of Visual Imagery Questionnaires von Marks, 1973, eruiert hatte) völlig überein. Es scheint demnach eine *Analogie auf neuraler Basis* vorzuliegen. ,,Da die Reduktion der Genauigkeit beim peripheren Sehen eine neurale Grundlage in der Größe der rezeptiven Felder des visuellen Kortex hat (Hubel & Wiesel, 1977), argumentieren wir dahingehend, daß unsere Ergebnisse einen Beleg für entsprechende neurale Beschränkungen liefern, die die Genauigkeit im peripheren Vorstellen limitieren“ (Finke & Kosslyn, 1980, S. 138).

Über funktionale Ähnlichkeiten

Nun gibt es auch Untersuchungen, die weniger die strukturelle als vielmehr die funktionale Übereinstimmung zwischen Wahrnehmen und Vorstellen belegen, wie die folgende von Podgorny und Shepard (1978; für weitere Experimente sei auf die zur Zeit vollständigste Zusammenstellung von Finke, 1985, verwiesen).

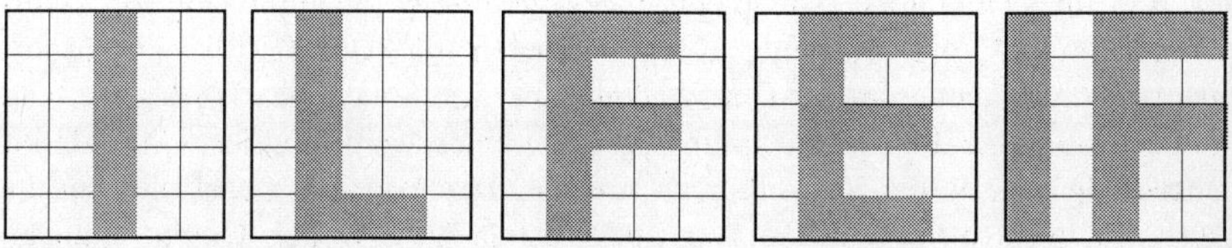

Abb. 5.5.: Muster in der 5 x 5-Matrix, die entweder visuell präsentiert oder nur visuell vorgestellt wurden. Die Zahl der ,,eingefärbten“ Quadrate nimmt zu von 5 bis 14 (nach Podgorny & Shepard, 1978, S. 25).

Ausgangspunkt waren 5 x 5-Matrizen, in die hinein wahrnehmbar oder bloß vorstellungsmäßig spezifische Muster (Abb. 5.5.) projiziert wurden. Die Aufgabe der Vp bestand des weiteren darin, zu sagen, ob ein kurzzeitig auf das soeben noch wahrgenommene oder in der Vorstellung vorhandene Matrixmuster projizierter blauer Punkt das Muster (d. h. den Buchstaben) traf oder nicht. Es zeigte sich, daß hinsichtlich des Entdeckens dieses Stimulus ebenso wie hinsichtlich der Geschwindigkeit für die Entscheidung, ob der Stimulus ein Treffer war oder nicht, Wahrnehmung und Vorstellung gleichermaßen wirkten, also dieselbe Funktion ausübten. Die Reaktionszeiten nahmen mit der Ausdehnung der Buchstaben zu, die Treffer wurden am schnellsten erkannt, wenn sie auf Überschneidungspunkte von Buchstabenbalken fielen; die Nichttreffer, wenn sie möglichst weit ab von den Buchstaben lagen.

Die Tatsache, daß die Reaktionszeiten für die Buchstaben I, L, F, E und IL regelmäßig zunahmen, haben die Autoren damit erklärt, daß die für den Teststimulus im Auge zu behaltende Anzahl von ,,eingefärbten“ Quadraten immer größer wurde (5, 7, 9, 11 und 14). In einer jüngeren Nachuntersuchung haben dieselben Autoren erkannt, daß *nicht die Anzahl* der Quadrate, die einen Buchstaben oder eine andere Konfiguration ausmachen, entscheidend ist, sondern die *räumliche Kompaktheit* (d. h. die Fläche in Beziehung zu ihrem Umfang; Podgorny & Shepard, 1983). Die Vpn können schneller entscheiden (in der Wahrnehmung wie in der Vorstellung), ob ein Teststimulus *auf* oder *neben* einer Figur liegt, wenn die figuralen Elemente eine gewisse Nähe zueinander aufweisen. Auch wenn die Autoren vor allem eine funktionale Äquivalenz zwischen Wahrnehmen und Vorstellen nachweisen wollten, deuten ihre jüngsten Ergebnisse (1983) eben doch auch auf *strukturelle Analogien* hin, und des weiteren liegt die Annahme nahe, daß es beim visuellen Vorstellen durchaus so etwas wie unterschiedliche Farbschattierungen oder zumindest Kontraste gibt, die es gestatten, die betreffenden Figuren (I, L, F etc.) vom Hintergrund abzuheben. Damit ist eine Eigenschaft dieser Repräsentationen hervorgehoben, die wohl sehr spezifisch ist für die *visuelle Modalität* (vgl. dazu auch Steiner, 1983).

Interferenzen zwischen Wahrnehmen und Vorstellen

Zu den frühesten Untersuchungen über die gegenseitige Beeinflussung von Wahrnehmungen und Vorstellungen gehören diejenigen von Perky (1910), einer Mitarbeiterin von Titchener an der Cornell University (im Staate New York). Sie fand heraus, daß unter der Wahrnehmungsschwelle einer Vp präsentierte Stimuli mit gleichzeitig generierten Vorstellungen verschmelzen konnten. Segal und Fusella (1969, 1970; auch Segal & Gordon, 1969) haben diese frühen Untersuchungen wieder aufgegriffen und herausgefunden, welchen Einfluß das Generieren von Vorstellungen auf das Entdecken von nahe an der Wahrnehmungsschwelle liegenden Stimuli (Signalen) hat.

Sie ließen (1970) ihre Vpn sowohl visuelle als auch auditive Signale entdecken und gleichzeitig visuelle bzw. auditive Vorstellungen bilden (z. B. von einem Baum oder einem klingelnden Telefon). Das Resultat war eindrucksvoll: Zwar wurde die Sensitivität für das Entdecken von Signalen durch beide Arten von Vorstellungen etwas reduziert, aber die Reduktion war rund doppelt so stark, wenn die Vorstellungsgenerierung und das Entdecken des Signals in *derselben Sinnesmodalität* erfolgte. Mit andern Worten, das Generieren einer *visuellen* Vorstellung beeinträchtigte das Entdecken visueller Signale weit stärker, als die auditiven Vorstellungen dies vermochten, und umgekehrt. Man hat aus solchen *selektiven Interferenzeffekten* auf gemeinsame Informationsverarbeitungsmechanismen beim Wahrnehmen und Vorstellen geschlossen (siehe auch Steiner, 1980, 1982; Steiner, Bischof & Fröschl, 1984).

Grenzen der analogen Repräsentierbarkeit

Der Aufbau analoger Repräsentationen braucht *Zeit*. Sowohl Shepards als auch Kosslyns Experimente (Cooper & Shepard, 1973; Kosslyn, 1976; Kosslyn, Ball & Reiser, 1978) haben gezeigt, daß sich Vpn bei zu kurz bemessener Aufbauzeit so verhalten, als stünden ihnen überhaupt keine analogen Repräsentationen zur Verfügung. Etwas genauere Angaben über den Zeitbedarf beim Generieren von Vorstellungen machen Kosslyn et al. (1983). Was für das *Generieren* von Vorstellungen gilt, findet sich auch beim *Aufrechterhalten* von Vorstellungen, was wohl mit Hilfe von verbalen Rehearsalprozessen verbunden ist. Über ein visuelles Rehearsal ist nur wenig bekannt (vgl. Paivio, 1971; Kroll et al., 1975; Haith, 1971; Tversky & Sherman, 1975).

Neben Zeitlimiten für das Aufbauen von Vorstellungen gibt es auch *Speicher- oder Ressourcenlimiten*. Wird eine visuell vorgestellte Buchstabenreihe zu lang, so gerät sie unweigerlich unter *verbale* Kontrolle (vgl. Weber, Kelley & Little, 1972; Weber & Harnish, 1974). Etwas Ähnliches haben Podgorny und Shepard (1978) im oben referierten Experiment gefunden: Je größer die Anzahl der Quadrate für eine bestimmte Konfiguration in der Matrix, um so weniger reaktionsfähig wirkt das einzelne Quadrat. Diese Interpretation stimmt mit dem Modell von Bobrow (1975) überein, das von einem limitierten Grundstock an kognitiven Ressourcen ausgeht, wobei die Verarbeitungsressourcen zwar begrenzt, ihre *Verteilung* aber in Art und Wirksamkeit noch weitgehend frei ist. Das bedeutet für visuelle Vorstellungen, daß nicht beliebig viele Elemente in einer Vorstellung enthalten sein können, daß die Anzahl aber *bei günstiger Verteilung* durchaus größer werden kann, weil die verfügbaren Ressourcen nicht überschritten werden. Eine Bestätigung dafür bringen wiederum Kosslyn et al. (1983): Die Leichtigkeit, mit der Vorstellungen generiert werden können, hängt wesentlich davon ab, wieviel Detailmaterial eine Bildeinheit enthält und wie sich die Einheit in die Gesamtheit der schon vorhandenen Vorstellungselemente eingliedern läßt. Mit entsprechenden Limitationen muß auch beim Aufbau der sogenannten kognitiven Landkarten gerechnet werden: Die Zahl der Informationsitems ist begrenzt, und je mehr Details eine Teilstruktur enthält, desto weniger solche Teilstrukturen können auf einmal repräsentiert werden.

Vor allem scheinen Vorstellungen *strukturellen* Limiten zu unterliegen. Was nicht in geeigneter Art, d. h. mit Hilfe einer angemessenen strukturellen Beschreibung kodiert worden ist, wird später nicht als entsprechende Vorstellung generiert werden können. So ist es durchaus möglich, daß (Abb. 5.6.) über einige der unter (b) bis (d) dargestellten Konfigurationen sehr leicht entschieden werden kann, ob sie Teil einer früher präsentierten Konfiguration (a) waren oder nicht (Reed, 1974).

Nachdem wir nun eine Reihe von Befunden dargestellt haben, die die Analogie zwischen Wahrnehmen und Vorstellen und damit zwischen äußerer und innerer Welt aufgezeigt haben, und nachdem wir auch auf ernst zu nehmende Grenzen der analogen Repräsentierbarkeit hingewiesen haben, wollen wir uns der Frage zu-

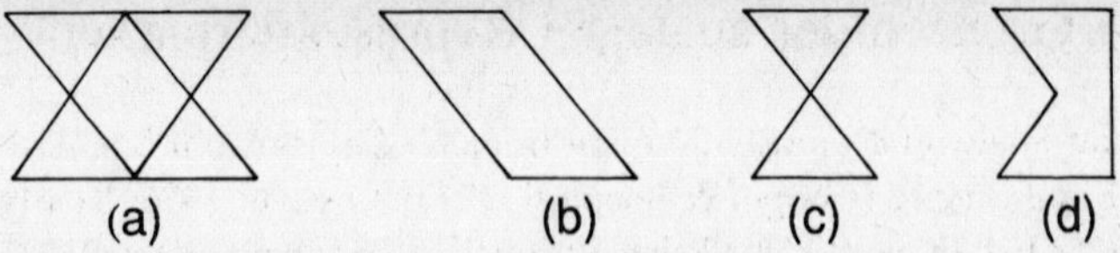

Abb. 5.6.: Zuerst wurde eine komplexe Figur (a) gezeigt. Dann eine der einfacheren (b bis d), von denen möglichst rasch entschieden werden mußte, ob sie Teil von (a) waren oder nicht.

wenden, in welchen Realsituationen sich Individuen analoger Repräsentationen bedienen, um ihr Verhalten zu steuern, möglicherweise zu lernen oder Probleme zu lösen.

Vom Aufbau und Gebrauch analoger Repräsentationen

Es ist sehr schwer abzuschätzen, wieviel Wissen eines erwachsenen Menschen in Form von analogen Repräsentationen zugänglich ist. Da wir uns aber täglich im Raum zurechtfinden müssen, ist anzunehmen, daß bedeutende Anteile als analoge Repräsentationen verfügbar sind, unter anderem in kognitiven Landkarten.

Kognitive Landkarten als analoge Repräsentationen

Das Thema der kognitiven Landkarten soll hier nicht historisch zurückverfolgt (Tolman, 1948; vgl. auch Downs & Stea, 1977), sondern in einen wissenspsychologischen Zusammenhang gestellt werden. Gaerling, Böök und Lindberg (1984, 1985) und vor ihnen schon andere Forscher (z. B. Lynch, 1960; Downs & Stea, 1973; Siegel & White, 1975) haben den Aufbau von kognitiven Landkarten bei Erwachsenen und zum Teil auch bei Kindern (vgl. dazu auch Cohen, 1985) untersucht. Dabei zeigt sich, daß sich das Externalisieren der kognitiven Landkarte, d. h. das Zeichnen eines Plans, als die beliebteste Untersuchungsmethode durchgesetzt hat und häufiger verwendet wird als etwa das Vergleichen von Distanzen zwischen verschiedenen Punkten, von denen man annimmt, sie seien in der kognitiven Karte enthalten.

Als allgemeines Ergebnis aus verschiedenen Untersuchungen darf gelten, daß die kognitive Landkarte, die jemand von seinem Wohnquartier oder seinem Arbeitsplatz „hat", keine Repräsentation ist, aus der alle Information wie aus einem vollständigen Bild oder einem gedruckten Plan abgelesen werden kann. Vielmehr scheint es sich um fragmentierte Repräsentationen zu handeln, die teilweise auch individuellen Verformungen unterliegen. Man kann vermuten, daß diese Repräsentationen nicht unbedingt statisch sind, sondern eher dynamischen Charakter haben, daß sie nie vollständig sind und daher in verschiedenen Externalisierungen zu unterschiedlichen Ergebnissen führen. Man muß sich auch im klaren darüber sein, daß in der experimentellen Situation, in der die kognitiven Landkarten untersucht werden, Faktoren wie zeitliche Limiten einen spezifischen Einfluß auf das Ergebnis haben. In diesem Zusammenhang ist die Frage wohl gestattet, ob das Zeichnen eines Plans unter experimentellen Bedingungen tatsächlich ein angemessener Beleg für eine bestimmte Repräsentation der Umwelt eines Individuums sei. Der Sinn einer kognitiven Landkarte ist doch sicher der, den Weg zu finden, sich nicht zu verirren, auch nachts nicht, oder gegebenenfalls abzuschätzen, welcher von mehreren möglichen Wegen der kürzeste, der sicherste oder sauberste ist, oder schließlich unter Umständen auf einem Umweg ans Ziel zu gelangen; kurz: zu überleben – und nicht Pläne zu zeichnen. Für den Kognitionspsychologen freilich sind einige Details von Interesse, vor allem was den Aufbau der kognitiven Karten betrifft. Man weiß, daß (1) *Merkpunkte* und (2) *Routen* (Wegstrecken) gelernt werden und daß sich (3) aus dem *Routenwissen* unter bestimmten Bedingungen ein *Übersichtswissen* aufbaut.

Zunächst konzentriert sich das Interesse auf die in irgendeiner Weise auffallenden Merkpunkte, sei es, daß sie visuell hervorstechen, sei es, daß sie funktional von großer Bedeutung oder emotional geladen sind. Es wird damit ein *Merkpunktwissen* aufgebaut. Die Merkpunkte führen zu Entscheidungen: zum Beibehalten oder zum bewußten Ändern der Fortbewegungsrichtung (Siegel & White, 1975). Wenn nun nahe beieinander gelegene Merkpunkte abgeschritten oder abgefahren werden, findet eine räumliche Verknüpfung statt: Sie werden als Anfangs- und Endpunkte von Routen erlebt und repräsentiert. Die Abfolge der Merkpunkte in der Repräsentation entspricht derjenigen in der Umwelt; es wird demnach eine analoge Repräsentation der Routen aufgebaut. So entwickelt sich das *Routenwissen*. Im Grunde genommen geht es um das Erlernen von Abfolgen von *mehreren* Merkpunkten und damit von Entscheidungen über das Beibehalten oder Ändern der Richtung. Routenlernen kann auch als ein Organisieren von Merkpunktwissen um Entscheidungsknoten herum verstanden werden. Man „hat" eine Repräsentation von einer Route, wenn man einen Merkpunkt nach dem andern richtig antizipieren kann. Man darf wohl nicht sagen, Merkpunktlernen sei primär visuell, und Routenlernen sei primär motorisch (oder enaktiv), weil letzteres ja aufgrund von Fortbewegung zustande käme. Gerade wenn wir die Routen als Abfolge von Antizipationen (oder Hypothesen) und deren Überprüfung betrachten, wird deutlich, daß auch beim Routenlernen die visuelle (oder ikonische) Charakteristik dominiert. Dies trifft freilich noch deutlicher zu, wenn man an ein inneres Abschreiten von Routen denkt (vgl. Kosslyns Experiment mit der Insel; 1980). Wenn nun Routenwissen, ausgehend von gemeinsamen Merkpunkten, die verschiedenen Routen zugehören, koordiniert wird, entstehen umfassendere räumliche Konfigurationen in der Repräsentation, mit andern Worten, Teile von kognitiven Karten: Das Routenwissen wird also mehr oder weniger umfassend in ganzheitliche, wohl netzwerkartige Repräsentationen integriert, die analoge Charakteristika aufweisen (durchaus im Sinne von Kosslyn, Pinker, Smith

& Shwartz, 1979; Rumelhart & Norman, 1983). Diese Repräsentationen bewahren sowohl topologische als auch projektive und euklidische räumliche Relationen (vgl. oben; siehe auch Piaget & Inhelder, 1948, dt. 1971), wobei es nicht sicher ist, daß alle Erwachsenen jemals über die Repräsentation von topologischen Relationen hinaus zur Repräsentation euklidischer Relationen mit präzisen Maßangaben von Winkeln und Strecken gelangen (vgl. Appleyard, 1970). Wie der Übergang vom Routenwissen zum Übersichtswissen und damit zur kognitiven Landkarte erfolgt, weiß man im Detail nicht genau. Es ist aber anzunehmen, daß eine sehr *dichte* Routeninformation, die ihrerseits auf deutlichen Merkpunkten beruht, und ein mehrmaliges genügend flexibles Durchschreiten der betreffenden Umwelt zu entsprechenden Überschneidungen von Routen und zu gegenseitigen Teilintegrationen von partiellen räumlichen Bereichen führt. Es ist klar, daß die gesamte Landkarte nur dann richtig entstehen kann, wenn ihre Teile aufgrund eines umfassenden Organisationsprozesses zusammengebracht werden, mit andern Worten, wenn ein umfassendes *Referenzsystem* eine hierarchische Integration der räumlichen Teilstrukturen erlaubt. Es ist denkbar, daß der Kern eines solchen Referenzsystems ganz wenige, aber außerordentlich klar definierte räumliche Elemente sind, deren gegenseitige Lage sich leicht (sozusagen als Grundgerüst) repräsentieren läßt: beispielsweise eine Hauptachse mit wenigen Merkpunkten oder ein Fluß mit dominanter Form („Bern sieht wie ein Walfisch aus!") und einigen für ein Individuum wichtigen Punkten. Kognitive Landkarten im Sinne von Übersichtsplänen haben Ganzheitscharakter; sie sind bedeutungsvolle Ganzheiten, wobei wesentlich mehr Bedeutung darin enthalten ist als nur räumliche (s. auch Steiner, 1988). Wieviel von einer derartigen Übersichtskarte zu einem bestimmten Zeitpunkt mental repräsentiert werden kann, hängt von der Kapazität des Arbeitsspeichers ab (u. a. Baddeley & Lieberman, 1980; Kosslyn, 1980; vgl. auch den Abschnitt über die Grenzen analoger Repräsentierbarkeit). Kognitive Landkarten bewahren räumliche Relationen. In diesem Sinne sind sie *analoge* Repräsentationen. Als solche sind sie aber in hohem Maße *stilisiert*, auch *reduziert* auf Wesentliches. Freilich können Ausschnitte, wenn nötig und wenn die Situation es erlaubt, als visuelle Vorstellungen elaboriert werden. Meist genügt aber die reduzierte Form zur Steuerung eines Verhaltens bzw. zum Lösen eines räumlichen Problems. Kognitive Landkarten enthalten aber eine Fülle weiterer Information, die den analog und figural abgebildeten Elementen überlagert ist. In diesem Sinne müssen wir die Rede von den kognitiven Landkarten *metaphorisch* verstehen (dazu auch Downs 1981; Liben et al., 1981).

Mentale Modelle und der Prozeß der Veranschaulichung

Mit dem Begriff der mentalen Modelle (u. a. Johnson-Laird, 1983; Gentner & Stevens, 1983) erweitern wir den Rahmen der analogen Repräsentationen, fokussieren aber auf einen Prozeß, der innerhalb dieses erweiterten Rahmens von wesentlicher Bedeutung ist: auf den Prozeß der *Veranschaulichung*. Darunter versteht man das Bestreben, verschiedenartige Zusammenhänge (z. B. kausal-mechanischer, aber etwa auch ökonomisch-organisatorischer Art) klar zu machen, indem die wesentlichen Elemente und die Relationen zwischen ihnen schaubar und schließlich einsichtig gemacht werden. In diesem Zusammenhang sind die Arbeiten von de Kleer und Brown (1983, 1984) und deren Begriff des *envisioning* von besonderem Interesse. Als Übersetzung für den Begriff *envisioning* liegt derjenige der ,,Veranschaulichung" nahe. Da es sich jedoch um einen im heutigen pädagogisch-didaktischen Sprachgebrauch wenig präzisen Begriff handelt, soll versucht werden, ihm an einem Beispiel von de Kleer und Brown (1983) schärfere Konturen zu verleihen.

Soll das Funktionieren einer Hausglocke oder deren modernerer Version, eines Summers, veranschaulicht werden, so geht es darum, eine *qualitative Simulation* dieses Gerätes vorzunehmen, die alle Ereignisse, die für ihr *Funktionieren* wesentlich sind, herausstellt. Diese Funktionen zu veranschaulichen bedeutet, ein *mentales Modell* davon aufzubauen. (Der Leser mag sich hier überlegen, was dabei allenfalls analog repräsentierbar sei.)

Ausgangspunkt des Veranschaulichungsprozesses kann eine Zeichnung wie die folgende sein (nach de Kleer & Brown, 1983, S. 157) (Abb. 5.7.).

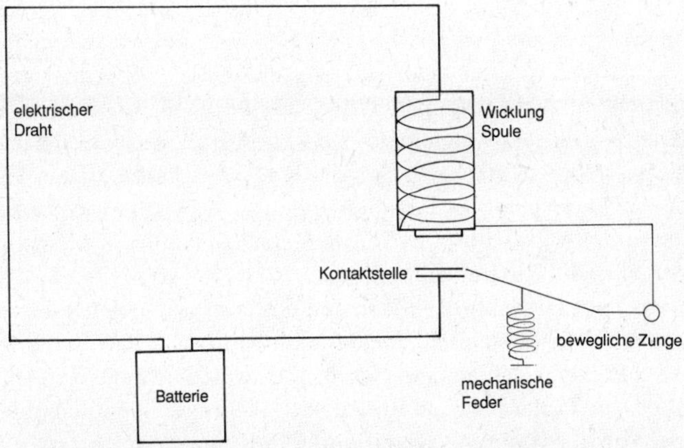

Abb. 5.7.: Schematische Darstellung eines Summers (nach de Kleer & Brown, 1983).

Bei dieser Zeichnung handelt es sich um eine *externale Repräsentation*, die die *Topologie* des Gerätes abbildet, die elementaren räumlichen Relationen zwischen den Elementen analog darstellt. Sie sagt uns, daß diese und keine andern Teile des Apparates benachbart sind, mit andern Worten, sie gibt die Konfiguration der Elemente mit ihren räumlichen Relationen zwischen ihnen wieder. Freilich handelt es sich um eine starke Stilisierung, auch um eine Reduktion auf ein Minimum an Merkmalen. So sieht der Summer in Wirklichkeit nicht aus, auch die Spule und die bewegliche Zunge sehen anders aus. Die Zeichnung ist also bestenfalls ein Skelett dessen, was sie darstellt. Damit ist aber noch gar nichts über das *Funktio-*

nieren des Gerätes gesagt. Die *Apparatetopologie (device topology)* liefert lediglich die *Struktur* des Gerätes und noch nicht auch schon dessen Funktionieren. Der Veranschaulichungsprozeß muß denjenigen, der ein Wissen über den Summer erwerben will, von der Struktur zur Funktion führen. Veranschaulichung ist in diesem Zusammenhang also ein Problemlöseprozeß oder ein Prozeß des Folgerns *(inferences)*, der von der Struktur zur Funktion führt, und die in Abb. 5.7. dargestellten Gegebenheiten sind gerade erst der Input dazu. Was dringend benötigt wird, sind die *kausalen* Verknüpfungen zwischen den einzelnen (analog repräsentierten) Elementen oder Komponenten des Summers.

Der Vorteil einer externen Repräsentation (in Form von Abb. 5.7.) ist der, daß der Lernende den Komponenten entlang (vielleicht auch vorwärts und rückwärts) schreiten kann. Dies trägt zunächst zur Verminderung der Belastung des Kurzzeitspeichers oder des Arbeitsgedächtnisses bei und bringt überdies die Möglichkeit eines geordneten (den Komponenten folgenden) Denkverlaufs.

Um das Funktionieren des Summers zu verstehen, d. h. um die kausalen Zusammenhänge zu erfassen, braucht es mehr *Komponentenwissen*. Dieses ist in den Elementen und Relationen der bisherigen analogen Repräsentationen nicht gegeben; auch hilft eine Elaboration der Darstellung etwa durch das Bilden von genaueren Vorstellungen von den Elementen nicht weiter. Der Veranschaulichungsprozeß hängt also ganz entscheidend vom Vorhandensein bzw. vom aktuellen Aufbau von Komponentenwissen ab. Dieses Wissen umfaßt Tatsachen wie die, daß ein Gleichstrom durch den elektrischen Draht fließt, sobald der Kreislauf (bei der Kontaktstelle in Abb. 5.7.) geschlossen ist; ferner daß der durch die Spule fließende Gleichstrom ein Magnetfeld erzeugt; daß dieses Feld die bewegliche Zunge anzieht, sofern es stärker ist als die Kraft der mechanischen Feder usw. Hinsichtlich des Verstehens des Funktionierens dieses Summers wird die analoge Repräsentation um so bedeutungsvoller, je mehr Komponentenwissen und damit Wissen über kausale Zusammenhänge der Repräsentation überlagert werden kann. Dies wird vor allem an der Stelle deutlich, wo das Spulenende, die Zunge und die Kontaktstelle topologisch eine Serie bilden: Das Wissen um das Magnetfeld in der Spule läßt verstehen, warum die bewegliche Zunge angezogen wird. Das Wissen um die Bedeutung der Kontaktstelle läßt erkennen, daß im Moment, wo die Zunge von der Spule angezogen wird, der Kontakt unterbrochen wird, was zur Folge hat, daß kein Strom mehr durch den Draht und auch nicht durch die Spule fließt und damit kein Magnetfeld mehr vorhanden ist, was seinerseits zur Folge hat, daß die Zunge von der mechanischen Feder zurückgezogen wird. Damit schließt sich aber die Kontaktstelle wieder, der Strom beginnt von neuem zu fließen, was bekanntlich das Hin und Her der Zunge im ganzen bewirkt und, damit verbunden, auch den typischen Summton des Gerätes. Mit diesem Wissen, das sich aus der Gesamtheit des Komponentenwissens ergibt, wird der Struktur ein funktionales Wissen überlagert. Die topologischen Relationen erhalten eine zusätzliche kausale Bedeutung. Diese kausalen Relationen sind in der analogen Repräsentation nun ebenso „geortet“ wie die räumlich-topologischen Relationen. Veranschaulichen ist demnach wesentlich mehr als ein Verräumlichen, d. h. es werden eben auch andere als bloß räumliche Relationen, nämlich kausale oder zeitliche abgebildet. Ähnlich wie beim Aufbau von kognitiven Landkarten gibt es auch beim Veranschaulichen von Geräten oder Maschinen einen Augenblick, wo die Einsicht in die Ganzheit erreicht wird, in unserem Fall das Verstehen, warum das Gerät überhaupt summt. Der *Summton* als akustisches Ereignis ist das Total aller zusammenspielenden Ursachen und Folgen, wissenspsychologisch ist er die Integration aller relevanten Relationen zur verstandenen Ganzheit, die mehr als die Summe aller addierten topologischen und kausalen Relationen ist! Damit ist ein mentales Modell, d. h. eine interne Repräsentation des Funktionierens dieses Gerätes aufgebaut, die mehr ist als die anfängliche analoge Repräsentation.

Einfachere mentale Modelle sind aus der älteren psychologischen Literatur bestens bekannt, etwa wenn solche für das Lösen linearer Syllogismen aufgebaut werden: ,,Hans ist größer als Max; Max ist kleiner als Peter. Wer ist der größte von den dreien?“ Wenn wir eine Größendimension annehmen, was die meisten Menschen tun, die man mit einer solchen Aufgabe konfrontiert, lassen sich die drei Bezeichneten so aufreihen, daß man erkennen kann, daß der lineare Syllogismus unterdeterminiert ist und die Testfrage nicht beantwortet werden kann. Die asymmetrischen Größenrelationen sind auf der Größendimension analog abgebildet worden. Die Relationen waren topologischer Natur; mit genauen Maßen oder schon mit etwas präziseren Größenangaben wäre eine eindeutige Situation herstellbar gewesen: ,,Hans ist wesentlich größer als Max; Max ist ein ganz klein wenig kleiner als Peter!“ (vgl. Steiner, 1980, 1982, 1983).

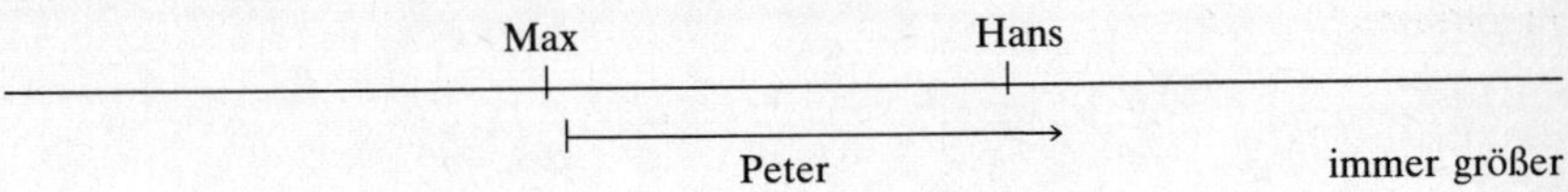

Stärkeren mentalen Modellcharakter nehmen derartige Repräsentationen an, wenn nicht-räumliche Relationen in räumliche *transformiert* werden und z. B. ein linearer Syllogismus auf diesem Weg gelöst werden kann: ,,Problem A ist wichtiger als Problem P; Problem R ist wichtiger als Problem A. Welches ist am wichtigsten?“ Die Wichtigkeitsrelation wird im Modell auf die räumliche Dimension übertragen (Dimension von ,,unwichtig“ nach ,,wichtig“ verlaufend). Derartige Modelle mental aufzubauen, beansprucht erhebliche Kurzzeitspeicher- und Arbeitsgedächtniskapazitäten. Nicht umsonst greifen Versuchspersonen, denen man solche Aufgaben stellt, rasch zu Bleistift und Papier, um die Relationen external analog darzustellen.

Bruners ikonisches Repräsentationsmedium

Bruner hat schon sehr früh erkannt (1964, 1966), daß strukturell identische Gegebenheiten in verschiedenen Repräsentationsmedien dargestellt werden können: handlungsmäßig *(enactive representation)*, bildhaft *(iconic representation)* und symbolisch (in natürlicher oder in einer Kunstsprache; *symbolic representation*). Einerseits sind für ihn diese Repräsentationsmedien oder -modi entwicklungspsychologisch relevant, insofern als das Kind seine Erkenntnis enaktiv, später ikonisch und schließlich auch symbolisch repräsentieren kann, d. h. es verfügt im Laufe seiner Entwicklung über immer mehr Repräsentationsmöglichkeiten. Andererseits haben diese Modi auch für den aktuellen Wissenserwerb, für Prozesse des Verstehens wie auch des Problemlösens eine besondere Bedeutung. Bruner (1966; s. auch Steiner, 1973) gibt ein Beispiel: Gegeben sind folgende Flugverbindungen

Boston – Concord
Danbury – Concord
Albany – Boston
Concord – Elmira
Albany – Elmira
Concord – Danbury
Boston – Albany
Concord – Albany

Auf die Frage ,,Welches ist der kürzeste Weg für eine Rundreise von Albany nach Danbury und zurück?" müßte dann eine *sequentielle* Suchstrategie nach Anschlüssen entwickelt werden. Das wäre durchaus möglich, aber mühsam. Auch eine alphabetische Aufreihung der Verbindungen würde nicht viel bringen. Die symbolische, d. h. hier listenartige, sprachliche Repräsentation bietet keine günstigen Problemlösemöglichkeiten an. Eine Transformation der symbolischen in eine ikonische Repräsentation formt die Information in eine externale analoge Repräsentation um:

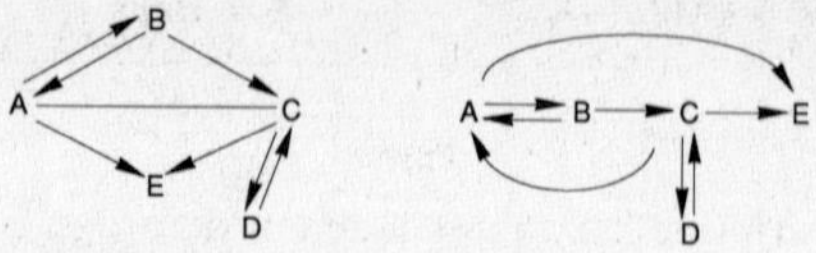

Abb. 5.8.: Zwei Varianten von ikonischen Repräsentationen der Flugverbindungen zwischen den 5 Städten im Nordosten der USA.

Analog sind die räumliche Anordnung der Städte wie auch die Flugrichtungen, die durch einen Pfeil dargestellt werden. Dabei wird der Zugriff zur Information einfacher: Bei jeder Destination ist sofort zu erkennen, welche Verbindungen, An- oder Abflüge es gibt. Diese Information ist nahezu simultan greifbar und macht ein sequentielles Durchmustern der Listen unnötig. Wenn wir uns an die Kapazitätslimiten für analoge Repräsentationen erinnern, wird uns klar, daß ein Problem wie das vorliegende mit einer großen Informationsfülle nicht rein mental gelöst werden kann, daß wiederum Bleistift und Papier als Hilfsmittel zur externalen analogen Repräsentation notwendig sind.

Es kommt relativ oft vor, daß wir Probleme lösen oder Inhalte lernen und dabei analoge Repräsentationen verwenden, obwohl wir primär in keiner Weise nach irgendwelchen räumlichen Relationen und entsprechenden Darstellungen gesucht haben (vgl. West et al., 1985). Es besteht kaum ein Zweifel daran, daß wir dies spontan deshalb tun, weil es unseren Denkprozeß oder den Prozeß des Wissenserwerbs erleichtert.

Literatur

Aebli, H. (1983). *Zwölf Grundformen des Lehrens*. Stuttgart: Klett-Cotta.
Appleyard, D. (1970). Styles and methods of structuring a city. *Environment and Behavior, 2*, 100–118.
Baddeley, A. D., & Lieberman, K. (1980). Spatial working memory. In R. S. Nickerman (Ed.), *Attention and performance (Vol. VIII)* (pp. 521–540). Hillsdale, N. J.: Erlbaum.
Bobrow, D. G. (1975). Dimension of representation. In D. G. Bobrow & A. M. Collins (Eds.), *Representation and understanding: Studies in cognitive science* (pp. 1–34). New York: Academic Press.
Bruner, J. S. (1964). The course of cognitive growth. *American Psychologist, 19*, 1–15.
Bruner, J. S. (1966). *Toward a theory of instruction*. Cambridge, Mass.: Harvard Univ. Press.
Cohen, P. R. (Ed.) (1985). *The development of spatial cognition*. Hillsdale, N. J.: Erlbaum.
Cooper, L. A. (1976). Demonstration of a mental analog of an external rotation. *Perception & Psychophysics, 19*, 298–302.
Cooper, L. A., & Podgorny, P. (1976). Mental transformations and visual comparison processes. *Journal of Experimental Psychology: Human Perception and Performance, 2*, 503–514.
Cooper, L. A., & Shepard, R. N. (1973). Chronometric studies of the rotation of mental images. In W. G. Chase (Ed.), *Visual information processing* (pp. 75–175). New York: Academic Press.
de Kleer, J., & Brown, J. S. (1983). Assumptions and ambiguities in mechanistic mental models. In D. Gentner & A. L. Stevens (Eds.), *Mental models* (pp. 155–190). Hillsdale, N. J.: Erlbaum.
de Kleer, J., & Brown, J. S. (1984). A qualitative physics based on confluences. *Artificial Intelligence, 24*, 7–83.
Denis, M. (1979). *Les images mentales*. Paris: Presses Universitaires de France.
Downs, R. M. (1981). Maps and mapping as metaphors for spatial representations. In L. S. Liben, A. H. Patterson & N. Newcombe (Eds.), *Spatial representation and behavior across the life span* (pp. 143–166). New York: Academic Press.
Downs, R. M., & Stea, D. (1973). Cognitive maps and spatial behavior: Process and products. In R. M. Downs & D. Stea (Eds.), *Image and environment* (pp. 8–26). Chicago: Aldine.
Downs, R. M., & Stea, D. (1977). *Maps in minds*. New York: Harper & Row.
Finke, R. A. (1985). Theories relating mental imagery to perception. *Psychological Bulletin, 98*, 236–259.
Finke, R. A., & Kosslyn, S. M. (1980). Mental imagery acuity in the peripheral visual field. *Journal of Experimental Psychology: Human Perception and Performance, 6*, 126–139.
Friedman, A. (1978). Memorial comparisons without the „mind's eye". *Journal of Verbal Learning and Verbal Behavior, 17*, 427–444.
Gaerling, T., Böök, A., & Lindberg, E. (1984). Cognitive mapping of large-scale environments. *Environment and Behavior, 16*, 3–34.
Gaerling, T., Böök, A., & Lindberg, E. (1985). Adults' memory representation of the spatial properties of their everyday physical environment. In R. Cohen (Ed.), *The development of spatial cognition* (pp. 141–184). Hillsdale, N. J.: Erlbaum.
Gentner, D., & Stevens, A. L. (Eds.) (1983). *Mental models*. Hillsdale, N. J.: Erlbaum.
Haith, M. M. (1971). Developmental changes in visual information processing and short-term visual memory. *Human Development, 14*, 249–261.
Hubel, D. H., & Wiesel, T. N. (1977). Functional architecture of macaque monkey visual cortex. *Proceedings of the Royal Society of London, 198*, 1–59.
Johnson, D. M. (1939). Confidence and speed in the two-category judgment. *Archives of Psychology, 241*, 1–52.

Johnson-Laird, P. N. (1983). *Mental models*. Towards a cognitive science of language, inference and consciousness. Cambridge: Cambridge University Press.

Just, M. A., & Carpenter, P. A. (1976). Eye fixations and cognitive processes. *Cognitive Psychology, 8*, 441–480.

Kolers, P., & Smythe, W. E. (1979). Images, symbols, and skills. *Canadian Journal of Psychology, 33*, 158–184.

Kosslyn, S. M. (1976). Can imagery be distinguished from other forms of internal representations? Evidence from studies of information retrieval times. *Memory and Cognition, 4*, 291–297.

Kosslyn, S. M. (1980). *Image and mind*. Cambridge, Mass.: Harvard University Press.

Kosslyn, S. M., Ball, T. M., & Reiser, B. J. (1978). Visual images preserve metric spatial information: Evidence from studies of imagery scanning. *Journal of Experimental Psychology: Human Perception and Performance, 4*, 47–60.

Kosslyn, S. M., Pinker, S., Smith, G., & Shwartz, S. P. (1979). On the demystification of mental imagery. *The Behavioral and Brain Sciences, 2*, 535–581.

Kosslyn, S. M., Reiser, B. J., Farah, M. J., & Fliegel, S. L. (1983). Generating visual images: Units and relations. *Journal of Experimental Psychology: General, 112*, 278–303.

Kroll, N. E., Kellicut, M. H., & Parks, T. E. (1975). Rehearsal of visual and auditory stimuli while shadowing. *Journal of Experimental Psychology: Human Learning and Memory, 104*, 215–222.

Liben, L. S., Patterson, A. H., & Newcombe, N. (Eds.) (1981). *Spatial representation and behavior across the life span*. New York: Academic Press.

Lynch, K. (1960). *The image of the city*. Cambridge, Mass.: MIT Press.

Marks, D. F. (1973). Visual imagery differences in the recall of pictures. *British Journal of Psychology, 64*, 17–24.

Metzler, J., & Shepard, R. N. (1974). Transformational studies of the internal representation of three-dimensional objects. In R. L. Solso (Ed.), *Theories in cognitive psychology: The Loyola Symposium* (pp. 147–201). Hillsdale, N. J.: Erlbaum.

Moyer, R. S. (1973). Comparing objects in memory: Evidence suggesting an internal psychophysics. *Perception & Psychophysics, 13*, 180–184.

Moyer, R. S., & Bayer, R. H. (1976). Mental comparisons and the symbolic distance effect. *Cognitive Psychology, 8*, 228–246.

Paivio, A. (1971). *Imagery and verbal processes*. New York: Holt, Rinehart & Winston.

Paivio, A. (1975). Perceptual comparisons through the mind's eye. *Memory & Cognition, 3*, 635–647.

Perky, C. W. (1910). An experimental study of imagination. *American Journal of Psychology, 21*, 422–452.

Piaget, J., & Inhelder, B. (1948). *La représentation de l'espace chez l'enfant*. Paris: Presses Universitaires de France. (Dt. Die Entwicklung des räumlichen Denkens beim Kinde. Stuttgart: Klett 1971.)

Piaget, J., Inhelder, B., & Szeminska, A. (1948). *La géométrie spontanée de l'enfant*. Paris: Presses Universitaires de France. (Dt. Die natürliche Geometrie des Kindes. Stuttgart: Klett 1974.)

Podgorny, P., & Shepard, R. N. (1978). Functional representations common to visual perception and imaginations. *Journal of Experimental Psychology: Human Perception and Performance, 4*, 21–35.

Podgorny, A., & Shepard, R. N. (1983). Distribution of visual attention over space. *Journal of Experimental Psychology: Human Perception and Performance, 9*, 380–393.

Pylyshyn, Z. W. (1973). What tells the mind's eye the mind's brain: A critique of mental imagery. *Psychological Bulletin, 80*, 1–24.

Reed, S. K. (1974). Structural descriptions and the limitations of visual images. *Memory & Cognition, 2*, 329–336.

Rumelhart, D. E., & Norman, D. A. (1983). *Representation in memory*. Institute for Cogni-

tive Science, University of California at San Diego, La Jolla, CA 92093, CHIP 116 (June 1983).
Segal, S. J., & Fusella, V. (1969). Effects of imaging on signal-to-noise ratio with varying signal conditions. *British Journal of Psychology, 60*, 459–464.
Segal, S. J., & Fusella, V. (1970). Influence of imaged pictures and sounds on detection of auditory and visual signals. *Journal of Experimental Psychology, 83*, 458–464.
Segal, S. J., & Gordon, P. (1969). The Perky effect revisited: Blocking of visual signals by imagery. *Perceptual and Motor Skills, 28*, 791–797.
Shepard, R. N. (1978). The mental image. *American Psychologist, 33*, 125–137.
Shepard, R. N., & Cooper, L. A. (1982). *Mental images and their transformations*. Cambridge, Mass.: MIT Press.
Shepard, R. N., & Podgorny, P. (1978). Cognitive processes resemble perceptual processes. In W. K. Estes (Ed.), *Handbook of learning and cognitive processes* (pp. 189–237). Hillsdale, N. J.: Erlbaum.
Siegel, A. W., & White, S. H. (1975). The development of spatial representations of large-scale environments. In H. W. Reese (Ed.), *Advances in child development and behavior* (Vol. 10) (pp. 10–55). New York: Academic Press.
Steiner, G. (1973). *Mathematik als Denkerziehung*. Stuttgart: Klett.
Steiner, G. (1980). *Visuelle Vorstellungen beim Lösen von elementaren Problemen*. Stuttgart: Klett-Cotta.
Steiner, G. (1982). *Imagery research: New foundations for the selective interference paradigm*. Paper presented to the 23rd Annual Meeting of the Psychonomic Society. Minneapolis, November 11, 1982.
Steiner, G. (1983). L'image mentale: Nouveaux aspects. *Archives de Psychologie, 51*, 355–368.
Steiner, G. (1987). Spatial reasoning in small size and large size environments or: In search of early prefigurations of spatial cognitions in small size environments. In B. Inhelder, D. de Caprona, & A. Cornu–Wells (Eds.), Piaget today. East Sussex: Erlbaum.
Steiner, G. (1988) Lernen. Bern: Huber.
Steiner, G., Bischof, K., & Fröschl, T. (1984). *Do good imagers differ from bad ones in central vs. peripheral imagery processes*. Paper presented to the 25th Annual Meeting of the Psychonomic Society. San Antonio, Tx, November 9, 1984.
Tolman, E. C. (1948). Cognitive maps in rats and men. *Psychological Review, 55*, 189–208.
Tversky, B., & Sherman, T. (1975). Picture memory improves with longer on time and off time. *Journal of Experimental Psychology: Human Learning and Memory, 104*, 114–118.
Walcher, K. P. (1975). *Eine psychologische Untersuchung der Begriffe Anschauung, Anschaulichkeit und Veranschaulichung*. Psychologia Universalis, Band 34. Meisenheim: Anton Hain.
Weber, R. J., & Harnish, R. (1974). Visual imagery for words: The Hebb test. *Journal of Experimental Psychology, 102*, 409–414.
Weber, R. J., Kelley, J., & Little, S. (1972). Is visual imagery sequencing under verbal control? *Journal of Experimental Psychology, 96*, 354–362.
West, R. L., Morris, C. W., & Nicholl, G. T. (1985). Spatial cognition on nonspatial tasks: Finding spatial knowledge when you are not looking for it. In R. Cohen (Ed.), *The development of spatial cognition* (pp. 13–40). Hillsdale, N. J.: Erlbaum.

Erwerb von Wissen

6 Theoretische Ansätze zum Wissenserwerb

Heinz Mandl, Helmut Felix Friedrich und Aemilian Hron

Einleitung

Die Orientierung traditioneller Lerntheorien an der Untersuchung offen beobachtbaren Verhaltens führte zu einer Vernachlässigung mentalistischer Fragestellungen wie z. B. denen nach Aufbau und Funktion des Gedächtnisses und Prozessen des Denkens. Die Wissenspsychologie knüpft an diese Fragen an. Der Begriff des Wissenserwerbs signalisiert das Forschungsinteresse an den mentalen Aspekten des Lernens. Bei der Verwendung dieses Begriffs wird in erster Linie an den Erwerb und die Modifikation symbolischer Wissensstrukturen und mentaler Modelle gedacht. Dabei handelt es sich um semantisch reichhaltiges Wissen, das Konzepte, deren Bedeutung und Beziehung untereinander sowie zur Außenwelt umfaßt. Menschen erwerben dieses Wissen in einer Vielzahl von Repräsentationen, von einfachen intuitiven mentalen Modellen, Beispielen und Vorstellungen in Form naiver Theorien bis hin zum wissenschaftlichen Wissen, z. B. mathematischen Gleichungen und physikalischen Gesetzen. Wissenserwerb in diesem Sinne ist definiert als Erlernen neuer symbolischer Information, gekoppelt mit der Fähigkeit, diese Information in effektiver Weise anzuwenden.

Als Wissenserwerb in einem erweiterten Sinne kann auch die graduelle Verbesserung kognitiver Fertigkeiten wie z. B. Rechenfertigkeit oder Sprachfertigkeit durch Übung angesehen werden. Der Erwerb semantischen Wissens darüber, wie diese Fertigkeiten auszuführen sind, stellt nur die Anfangsphase in der Ausbildung solcher Fertigkeiten dar. Der Hauptteil des Lernprozesses besteht aus der Glättung und Verfeinerung der Fertigkeit durch wiederholte Übung sowie der Korrektur von Abweichungen. Das Wissen, das bei dieser Form des Lernens erworben wird, ist dem Lerner nicht ohne weiteres bewußt verfügbar; er kann z. B. nicht angeben, wie er beim Sprechen die Laute formt. Auch in diesem Fall soll von Wissenserwerb gesprochen und die erhöhte Performanz als Ausdruck der Verbesserung des Wissensstands angesehen werden.

Im folgenden werden drei für die Wissenspsychologie relevante theoretische Ansätze dargestellt, in denen diese beiden Formen des Wissenserwerbs in unterschiedlicher Weise berücksichtigt werden. Der *schematheoretische Ansatz* richtet sich vorwiegend auf Wissen konzeptueller Art. Er stellt ein breites und vielschichtiges theoretisches Spektrum dar, das auf die Schemakonzeption zurückgeht. Schemata sind Wissensstrukturen, in denen vorwiegend generisches Wissen repräsentiert ist. Es wird der Erwerb von Schemata sowie deren Funktion für den Wissenserwerbsprozeß beschrieben. Der *Ansatz der Produktionssysteme* (vgl. Opwis, in diesem Band) richtet sich auf den Erwerb von Fertigkeiten. Ein Produktionssystem ist ein Formalismus, mit dem sich kognitive Prozesse detailliert beschreiben und simulieren lassen. Es wird die von Anderson (1983) im Rahmen des ACT-Modells entwickelte Theorie des Erwerbs kognitiver Fertigkeiten dargestellt, die verschiedene Lernmechanismen differenziert beschreibt. Für den *Ansatz mentaler Modelle* ist die Annahme zentral, daß Menschen interne Modelle der äußeren und inneren Realität aufbauen (vgl. Steiner, in diesem Band). Diese Modelle sind durch ein dynamisches Zusammenwirken von kognitiven Prozessen und Strukturen gekennzeichnet. Zum Wissenserwerb sind einige interessante Überlegungen entwickelt worden, die sich auf den Aufbau mentaler Modelle beziehen, insgesamt aber noch sehr heterogen und wenig ausgearbeitet sind. In der vorliegenden Arbeit wird der Wissenserwerb unter der Perspektive jedes dieser drei Ansätze diskutiert, ohne daß auf spezifische Formen des Wissenserwerbs, wie Lernen durch Beispiele (z. B. Mandl, Schnotz & Tergan, 1983) oder Wissenserwerb durch Hypothesenbildung (z. B. Spada & Reimann, 1986) eingegangen wird.

Wissenserwerb im schematheoretischen Ansatz

Kennzeichnung

Eine einheitliche Schematheorie gibt es derzeit nicht. Es handelt sich vielmehr um eine Gruppe von Theorien, deren Gemeinsamkeit darin besteht, daß sie das Schemakonstrukt verwenden, aber je nach konkretem Gegenstand durchaus unterschiedlich sein können (Brewer & Nakamura, 1984). Schemata sind Wissensstrukturen, in denen aufgrund von Erfahrungen typische Zusammenhänge eines Realitätsbereichs repräsentiert sind (Ballstaedt, Mandl, Schnotz & Tergan, 1981). In den Schemata sehen viele Kognitionspsychologen jene Bausteine des Denkens, der Sprache, des Gedächtnisses und der Wahrnehmung (Minsky, 1975), die sich für die Beschreibung und Erklärung komplexer Phänomene der menschlichen Informationsverarbeitung eignen.

Im Zusammenhang mit Wissenserwerb kann man Schemata unter zweifachem Aspekt sehen: als *Ergebnis* und als *Voraussetzung* des Wissenserwerbs. Der erste Aspekt – Schemata als Ergebnis des Wissenserwerbs – wurde in der schematheoretischen Forschung bislang selten aufgegriffen (Brewer & Nakamura, 1984). Konzeptionelle Überlegungen hierzu haben Rumelhart und Norman (1978) und Abelson (1976) vorgelegt. Zum zweiten Aspekt – Schemata als Voraussetzung des Wissenserwerbs – liegen ungleich mehr Arbeiten vor. Schemata werden als gegeben vorausgesetzt und es werden ihre Auswirkungen auf Verarbeitungsprozesse untersucht.

Beide Fragen – Erwerb von Schemata und Wissenserwerb mit Hilfe von Schemata – gehören eng zusammen. Beide erfordern theoretische Konzepte, die Aufbau, Erwerb und Veränderung von Schemata erklären. Bevor wir uns mit diesen Konzepten befassen, wird jedoch das Schemakonstrukt in seinen Grundzügen dargestellt.

Die Kennzeichen dieses Kontrukts lassen sich wie folgt zusammenfassen (vgl. Graesser, 1981; Rumelhart & Norman, 1983; Anderson & Pearson, 1984; Brewer & Nakamura, 1984; Thorndyke, 1984):

(1) Schemata sind kognitive Strukturen, in denen allgemeines Wissen im Gedächtnis repräsentiert ist. Das Wissen über typische Zusammenhänge in einem Realitätsbereich ist in Schemata organisiert. Zum Beispiel verfügen die meisten Menschen über Vorstellungen darüber, wie typischerweise ein Auto auszusehen hat. Auch das Wissen über häufig wiederkehrende Handlungs- bzw. Ereignisfolgen, z. B. das morgendliche Aufstehen, ist in Schemata repräsentiert. Schemata dieser Art werden auch als Scripts bezeichnet (Schank & Abelson, 1977).

(2) Schemata weisen Leerstellen auf: Im AUTO-Schema sind bestimmte Merkmale, z. B. ART DES MOTORS (Benzin-, Diesel-, Elektro-, Gasmotor) variabel, sie bilden Leerstellen *(slots)*, die unterschiedliche Werte annehmen können. Sofern keine spezifische Information aus der Umwelt vorliegt, können diese Leerstellen auch mit Standardwerten *(default values)* belegt werden: Ist nichts anderes gesagt, denkt man bei einem Auto zumeist an ein Fahrzeug mit vier Rädern. Die Variablen eines Schemas weisen einen durch Erfahrung festgelegten Wertebereich auf.

(3) Schemata können ineinander eingebettet sein: Elementare Schemata können in hierarchiehöhere Schemata eingebettet sein. So ist das AUTO-Schema seinerseits Bestandteil eines allgemeineren Verkehrs-Schemas. Das AUTO-Schema setzt sich jedoch auch aus elementareren Schemata, zum Beispiel einem ARMATURENBRETT-, einem STEUERRAD-Schema u. a. zusammen.

(4) Schemata enthalten sowohl generisches als auch episodisches Wissen: Während Bartlett (1932) in seiner Schematheorie noch davon ausging, daß in Schemata nur generisches Wissen repräsentiert ist, nehmen die neueren Schematheorien (z. B. Anderson & Pearson, 1984; Brewer & Nakamura, 1984) an, daß Schemata darüber hinaus auch episodisches Wissen enthalten können. Rumelhart und Ortony (1977) haben das Konzept der *Schemainstantiierung* eingeführt, um das Zusammenwirken generischen und episodischen Wissens bei der Informationsverarbeitung darzustellen: Wird einer Variablen eines Schemas ein bestimmter Wert zugewiesen, z. B. durch Information aus der Umgebung, dann gilt das betreffende Schema als instantiiert. In Anlehnung an die Theorie der semantischen Netzwerke kann man den Prozeß der Schemainstantiierung auch als Überführung von *types* in *tokens* beschreiben (Thorndyke, 1984). Die episodische Information wird als Bestandteil des instantiierten Schemas gespeichert. Voraussetzung für die Schemainstantiierung ist, daß die episodische Information mit einem der gespeicherten Schemata mehr oder minder überlappt, daß sie prototypisch für das Schema ist (Anderson & Pearson, 1984). Bei der Schemainstantiierung, insbesondere bei der Zuweisung von Standardwerten zu Leerstellen, spielen inferentielle Prozesse eine wesentliche Rolle.

(5) Schemata haben nicht nur eine Struktur-, sondern auch eine ausgeprägte

Prozeßkomponente: Schemata entfalten eine ganze Reihe von exekutiven Kontrollprozessen: Sie bewerten ihre Passung bzw. Kongruenz mit einlaufender Information, sie rufen ggf. andere Schemata auf usw. (Rumelhart & Norman, 1983). Dies schlägt sich im Zusammenspiel zwischen *datengeleiteten (bottom up)* und *schemageleiteten (top down)* Verarbeitungsprozessen nieder: Einlaufende Information aktiviert bestimmte Schemata *(bottom up)*. Die aktivierten Schemata führen ihrerseits zu bestimmten Hypothesen bezüglich der zu erwartenden Information *(top down)*. Bei der Entscheidung darüber, welches Schema für die Interpretation der aktuellen Information angemessen ist, kommen ebenfalls inferentielle Prozesse ins Spiel.

(6) Schemata repräsentieren Wissen unterschiedlichster Inhaltsbereiche: Alle Bereiche menschlichen Denkens und menschlicher Erfahrung „... von Ideologien und kulturellen Wahrheiten ... bis zum Wissen über die Bedeutung eines bestimmten Wortes" (Rumelhart & Norman, 1983, S. 43 f.) können in Schemata organisiert sein.

Theorien, die sich an diesen Grundannahmen orientieren, wurden seit Mitte der 70er Jahre in verschiedenen Bereichen entwickelt: Im Bereich des Textverstehens das Konzept der *story schemata* bzw. der *story grammar* (Rumelhart, 1975; Mandler, 1978). Schmidt (1975) nutzte das Schemakonzept zur Analyse motorischer Fertigkeiten. Fillmore (1975) wandte es in der Linguistik an; er sah in ihm eine Alternative zu den *checklist*-Theorien der Bedeutung. Schank und Abelson (1977) und Bower, Black und Turner (1979) verwandten es, um die Repräsentation von Wissen über typische Ereignisabfolgen *(scripts)* darzustellen. Minsky (1975) entwickelte das Konzept des Rahmens *(frame)*, um Wissen über visuelle Wahrnehmungsinhalte darstellen zu können. In weiterführenden Arbeiten (z. B. Bobrow & Winograd, 1977) wurde daraus das Wissensrepräsentationssystem KRL *(Knowledge Representation Language)* entwickelt. Innovatorisch an diesem System war die Berücksichtigung der Perspektivität von Wissen und die der Verbindung deklarativen Wissens mit kognitiven Prozessen im Konzept der prozeduralen Bindung. Diese innovatorischen Merkmale sind heute Bestandteile vieler Wissensrepräsentationssysteme der KI (Rumelhart & Norman, 1983). Im Bereich der KI flossen schematheoretische Überlegungen auch in die Entwicklung von Expertensystemen ein (Thorndyke, 1984).

Erwerb und Modifikation von Schemata

Mit dem Erwerb und der Modifikation von Schemata befassen sich Ansätze von Rumelhart und Norman (1978) und von Abelson (1976). Beide Ansätze tun dies mit unterschiedlichem Akzent: Rumelhart und Norman beschreiben *Prozesse* – Wissenszuwachs *(accretion)*, Feinabstimmung *(tuning)* und Umstrukturierung *(restructuring)* – von denen sie annehmen, daß sie beim Wissenserwerb mit Hilfe von Schemata bzw. beim Aufbau und der Modifikation von Schemata eine wesentliche Rolle spielen. Bei Abelson liegt das Schwergewicht auf den Anfangs-, Zwischen- und End*produkten* des Prozesses der Schemabildung.

Drei Modi des Wissenserwerbs: Wissenszuwachs, Feinabstimmung, Umstrukturierung

Rumelhart und Norman (1978) nehmen drei schematheoretisch begründete Modi des Lernens an: Wissenszuwachs, Feinabstimmung und Umstrukturierung.

Wissenszuwachs ist ein assimilativer Prozess, bei dem das Schema, unter das neue Information subsumiert wird, selbst nicht verändert wird. Diese Art des Lernens liegt z. B. vor, wenn ein Tourist, der sich für ein bestimmtes Land interessiert, durch die Lektüre eines Reiseführers in seinem allgemeinen Schema REISELAND bestimmte Leerstellen, wie KLIMA, WÄHRUNG, ÖFFENTLICHE VERKEHRSMITTEL u. a., ausfüllt. Als Ergebnis dieser Art Lernen werden Instantiierungen bereits vorhandener Schemata gespeichert. Umstrukturierung und Feinabstimmung sind akkomodative Prozesse, die dazu führen, daß ein Schema, das für die Verarbeitung neuer Information genutzt wird, selbst eine Veränderung erfährt.

Die Umstrukturierung von Schemata kann auf folgende Arten geschehen: (1) durch den Prozeß der Schemainduktion und (2) durch den des Mustervergleichs *(patterned generation of schemata)*. *Schemainduktion* ist eine Form des Lernens durch Kontiguität. Die Wahrnehmung von Sachverhalten bzw. Ereignisfolgen, die häufig zusammen auftreten, führt zur Umstrukturierung bestehender bzw. zum Aufbau neuer Schemata. Schemainduktion wurde bisher vorwiegend in natürlichen, eher inzidentellen Lernsituationen untersucht, z. B. beim Erwerb des Wissens von Kindern über häufig wiederkehrende Ereignisfolgen im Verlauf ihrer Entwicklung (z. B. Nelson, 1978; Adams & Worden, 1986). Für intentionale Lernprozesse, z. B. Erlernen komplexer schulischer Lehrstoffe, messen Rumelhart und Norman der Schemainduktion weniger Bedeutung bei, da häufig nicht davon ausgegangen werden kann, daß Lernende die in Sachverhalten bzw. Ereignisfolgen obwaltenden Regelmäßigkeiten selbst entdecken. In diesen Situationen spielt die Schema-Umstrukturierung durch *Mustervergleich* eine wesentliche Rolle: Dabei wird neue Information auf ein bereits bestehendes Schema abgebildet. In den übereinstimmenden Teilen wird das alte Schema beibehalten, in den nicht übereinstimmenden wird es modifiziert. Zum Beispiel kann bei Lernenden, die bereits über stabile Schemata für RECHTECK, PARALLELOGRAMM und QUADRAT verfügen, das Zielschema RHOMBUS dadurch erzeugt werden, daß man ihnen sagt, das Verhältnis von Rhombus zu Quadrat sei dasselbe, wie das von Parallelogramm zu Rechteck. In diesem Beispiel führt der Prozeß des Mustervergleichs zur Generalisierung eines bereits vorhandenen Schemas. Schema-Umstrukturierung durch Mustervergleich kann jedoch auch durch Differenzierung eines bereits vorhandenen Schemas erfolgen. Beispielsweise, wenn dem Hund-Schema eine Leerstelle hinzugefügt, die durch das Merkmal SUCHT IM SCHNEE VERSCHÜTTETE ausgefüllt wird, so daß daraus das Sub-Schema LAWINENHUND entsteht.

Umstrukturierung führt zu grundlegenden Veränderungen bzw. zum Neuaufbau von Schemata. Rumelhart und Norman sehen dies als einen zumeist langfristigen und seltenen Prozeß. Die Ergebnisse zweier Untersuchungen von Ballstaedt und Mandl weisen darauf hin, daß ein grundlegender Umbau bestehender Schemata durch Wissensvermittlung nur schwer zu erzielen ist: Es wurden Wissensstrukturen mittels einer Strukturlegetechnik vor und nach dem Lesen expositorischer Texte über Vulkanismustheorien (Mandl & Ballstaedt, 1986) und über Traum- bzw. Schlaftheorien (Ballstaedt & Mandl, 1987) ermittelt. Die Versuchspersonen zeigten wenig Neigung, ihre Schemata grundlegend umzustrukturieren, auch dann, wenn die in den Texten vermittelten Informationen in deutlichem Gegensatz zu ihren Alltagstheorien über die betreffenden Gegenstände standen. Rumelhart und Norman (1978) betonen die Nähe des Umstrukturierungskonzepts zu gestaltpsychologischen Theorien des Problemlösens, z. B. Lernen durch Einsicht, zum entdeckenden Lernen und zu Phänomenen des kreativen Denkens.

Feinabstimmung ist jene Lernform, bei der ein Schema kleinere Änderungen erfährt, um seine Anwendbarkeit zu optimieren. Dabei werden Leerstellen in dem betreffenden Schema feste Werte zugewiesen. Auch Feinabstimmung kann zur Generalisierung oder zur Differenzierung eines bestehenden Schemas führen, indem die Wertebereiche von Variablen dieses Schemas erweitert oder eingeschränkt werden. Metaphorische Erweiterung von Schemata (Gentner, 1978) und Lernen durch Analogiebildung sind nach Rumelhart und Norman Formen der Feinabstimmung, bei denen bestehende Schemata auf neue Sachverhalte generalisiert werden. Feinabstimmung durch Differenzierung findet dann statt, wenn der Wertebereich einer Variablen eingeschränkt wird. Werden im Hund-Schema bestimmten Leerstellen, z. B. KÖRPERHÖHE, LÄNGE DER HAARE, GRÖSSE DER OHREN u. a., feste Werte zugewiesen, so kann daraus ein Sub-Schema für COCKERSPANIEL entstehen. An den beiden letzten Beispielen läßt sich nochmals der (graduelle) Unterschied zwischen Umstrukturierung und Feinabstimmung deutlich machen: Bei der Umstrukturierung des HUND-Schemas zum LAWINENHUND-Schema wurde das Ausgangsschema Hund um eine Leerstelle – SUCHT IM SCHNEE NACH VERSCHÜTTETEN – erweitert. Bei der Feinabstimmung des HUND-Schemas zum Schema für COCKERSPANIEL wurde dagegen dem HUND-Schema keine grundsätzlich neue Leerstelle hinzugefügt; es wurden lediglich einigen bereits vorhandenen Leerstellen (GRÖSSE DER OHREN, LÄNGE DER HAARE usw.) feste Werte zugewiesen.

Stufen des Schemaerwerbs

Anlaß für den Prozeß der Schemainduktion ist in vielen Fällen die Wahrnehmung von Regularität und Ordnung in der Umwelt (Rumelhart & Norman, 1978; Mandler, 1983; Anderson & Pearson, 1984). Abelson (1976) unterscheidet in diesem Prozeß die folgenden drei Stufen einer zunehmend abstrakteren Repräsentation von Scriptwissen (von ihm dargestellt am Beispiel des Erwerbs des Scripts BESTRAFT WERDEN FÜR VERBOTENE HANDLUNGEN):

(1) Die Stufe der *episodischen* Repräsentation: Wird eine bestimmte Ereignisfolge zum ersten Mal erlebt, so ist sie als Episode repräsentiert. Zum Beispiel wird ein Kind, das zum ersten Mal dafür getadelt wird, weil es verbotenerweise Pralinen genascht hat, diesen Vorfall als Einzelereignis abspeichern.

(2) Die Stufe der *kategorischen* Repräsentation: Die wiederholte Erfahrung mit ähnlichen Episoden führt zu einer zunehmenden Verallgemeinerung, bei der die episodischen Konzepte, z. B. Pralinen naschen, Mutter schimpft, bereits durch allgemeine, kategorische Konzepte, z. B. ETWAS VERBOTENES TUN, BESTRAFT WERDEN, ersetzt werden.

(3) Die Stufe der *hypothetischen* Repräsentation: Auf dieser Stufe ist Scriptwissen als eine komplexe kausale Struktur mit vielen hypothetischen Wenn/Dann-Beziehungen repräsentiert, wie in dem folgenden Beispiel: ,,Wenn ich etwas Verbotenes tue, dann kann das dazu führen, sofern ich mich erwischen lasse, daß ich bestraft werde. Aber wenn mein Vergehen nicht so schlimm ist und/oder meine Eltern gut aufgelegt sind oder wenn vielleicht meine Mutter meinen Vater milde stimmt, dann könnte ich Glück haben."

Eine der wenigen Arbeiten, in denen der Aufbau von Scriptwissen in einer kürzerfristigen Lernsituation experimentell induziert wurde, stammt von Martin, Harrod und Siehl (1980). Aus den von Abelson postulierten Stufen der Scriptentwicklung leiteten sie die Hypothese ab, daß mit der Lektüre einer zunehmenden Anzahl *ähnlicher* Geschichten der Abstraktionsgrad (ermittelt durch Ratings und eine Vielzahl sprachlicher Indikatoren) der Wiedergabeprotokolle zunimmt. Es wurde der Aufbau von Wissen über Ereignisfolgen bei Erwachsenen in Abhängigkeit von (a) der Anzahl (1, 2, 3, 4) und (b) der Ähnlichkeit (ähnlich/unähnlich) gelesener Geschichten untersucht. Die ähnlichen Geschichten handelten alle von einem Angestellten in der Personalabteilung eines Betriebes, der von anderen Angestellten gebeten wird, bestimmte, für sie ungünstige Informationen nicht weiterzugeben. Die unähnlichen Geschichten handelten zwar auch von Personen in einem Betrieb, jedoch waren die Personen, die Handlungsinhalte und die Abfolge der Ereignisse jeweils verschieden. Insgesamt gesehen bestätigen die Ergebnisse die Annahmen von Abelson: Die Wiedergabeprotokolle von Personen, die nur eine Geschichte gelesen hatten, zeigten nur wenige Formulierungen, die auf eine kategorische oder gar hypothetische Repräsentation des Wissens hinwiesen. Personen, die zwei oder drei ähnliche Geschichten gelesen hatten, zeigten bereits deutliche Anzeichen einer kategorischen und hypothetischen Repräsentation ihres Scriptwissens, die dann bei den Vpn, die vier ähnliche Geschichten gelesen hatten, sehr ausgeprägt war.

Allerdings weisen die Ergebnisse dieser Untersuchung auch darauf hin, daß der Aufbau von Scripts keineswegs geradlinig im Sinne der Annahmen von Abelson verläuft: Zum einen wurde festgestellt, daß nur wenige Vpn die postulierte 3. Stufe (hypothetische Scripts) erreichten, die sich durch die Verwendung hochabstrakter Substantive und die Verwendung entsprechender grammatikalischer Formen (Konditional usw.) auszeichnet. Dies bestätigt in gewisser Weise die Ansicht Mandlers (1983), daß abstraktes Denken, d. h. Denken, das sich vorwiegend auf formale Relationen bezieht, selten ist und häufig spezifisches Training voraussetzt. Zum andern zeigten sich auch deutliche interindividuelle Unterschiede in der Bereitschaft, angesichts einer inkohärenten und inkonsistenten ,,Datenbasis" zu generalisieren: Einige Versuchspersonen der Kontrollgruppe, die mehrere *unähn-*

liche Geschichten gelesen hatten, formulierten dennoch Wiedergabeprotokolle auf der Stufe der hypothetischen Script-Repräsentation.

Auch entwicklungspsychologische Untersuchungen bestätigen Abelsons These einer zunehmenden Verallgemeinerbarkeit und Komplexität von Scriptwissen: Beispielsweise fand Nelson (1978), daß mit der Dauer des Schulbesuchs die Komplexität und die Anzahl der Verbindungen zwischen den Ereignissen innerhalb eines Scripts zunimmt.

Funktionen von Schemata für den Wissenserwerb

Nachdem im vorherigen Abschnitt Wissenserwerb als Aufbau und Modifikation von Schemata behandelt wurde, wird im folgenden dargestellt, wie vorhandene Schemata den weiteren Wissenserwerb beeinflussen. Schemata beeinflussen den Prozeß des Wissenserwerbs in folgenden Phasen (vgl. Mandler, 1983; Anderson & Pearson, 1984, Brewer & Nakamura, 1984; Thorndyke, 1984): (1) Schemata steuern die *Verteilung der Aufmerksamkeit* auf schemabezogene und nicht-schemabezogene Information. (2) Schemata wirken bei der Enkodierung neuer Information als verständnis- und kohärenzstiftende Rahmen, die die *Integration* neuen Wissens in die bestehende Wissensbasis erleichtern.

Darüber hinaus beeinflussen Schemata auch *Abruf (retrieval)* und Rekonstruktion von Wissen aus dem Gedächtnis und die *Ausgabe (output editing)* dieses Wissens. Da der Schwerpunkt dieses Beitrags auf dem Erwerb von Wissen liegt, wird auf diese Funktionen im folgenden nur am Rande eingegangen (vgl. hierzu Anderson & Pearson, 1984; Brewer & Nakamura, 1984; Topp, Kulhavy & Webb, 1986).

Die aufmerksamkeitssteuernde Funktion von Schemata

Eine Wirkung von Schemata soll darin bestehen, daß sie die Verteilung der Aufmerksamkeit beeinflussen. Die Hypothese der selektiven Aufmerksamkeitszuwendung (Anderson & Pearson, 1984) besagt, daß schemarelevante Information mehr Aufmerksamkeit erfährt als nicht-schemarelevante Information: Einmal aktivierte Schemata lösen Erwartungen aus (*top down*-Prozeß), die dazu führen, daß gezielt nach jenen Informationen gesucht wird, die die eröffneten Leerstellen ausfüllen. Die schemabezogene Information erfährt (1) dadurch mehr Aufmerksamkeit und wird (2) dadurch auch besser behalten.

Es gibt einige Untersuchungen, die beide Teile dieser Hypothese unterstützen. Es handelt sich zumeist um Experimente zum Wissenserwerb aus Texten, in denen der Einfluß von Lernzielen, Fragen und Leseperspektiven auf Lesezeit, Blickbewegungen, Latenzzeiten bei Sekundäraufgaben als Indikatoren für Aufmerksamkeitszuwendung und auf das Behalten untersucht wurde. Britton, Piha, Davis und Wehausen (1978) und Reynolds und Anderson (1978) streuten Fragen in Texte ein. Darüber hinaus stellten sie ihren Versuchspersonen Sekundäraufgaben, z. B.

auf ein akustisches Signal hin einen Knopf zu drücken. Immer dann, wenn die Versuchspersonen fragenrelevante Information lasen, benötigten sie für die Sekundäraufgabe mehr Zeit als wenn sie fragenirrelevante Textabschnitte verarbeiteten. Ähnliche Befunde erbrachten Untersuchungen von Rothkopf und Billington (1979), Cirilo und Foss (1980). Goetz, Schallert, Reynolds und Radin (1983) stellten fest, daß Information mit Schemabezug sowohl länger gelesen als auch besser behalten wurde als Information ohne Schemabezug.

Gegen die Hypothese der selektiven Aufmerksamkeitsverteilung werden folgende Überlegungen vorgetragen (z. B. Anderson & Pearson, 1984): Wenn durch ein Schema Leerstellen eröffnet und diese durch neue Information aufgefüllt werden, so benötigt dies keinen erhöhten Aufwand an Aufmerksamkeit, da ein Vorteil schemageleiteter Informationsverarbeitung gerade darin besteht, daß sie ökonomisch ist und den Verarbeitungsaufwand reduziert. Die Ergebnisse eines Experiments von Britton, Meyer, Simpson, Holdredge und Curry (1979) stützen diese Annahme. Sie fanden, daß schemabezogene Information zwar besser behalten wird, aber nicht mehr Aufmerksamkeit (erfaßt durch Lesezeitmaße und Latenzzeiten bei einer Sekundäraufgabe) erfährt als nicht-schemabezogene Informationen. Brewer und Nakamura (1984) berichten über Untersuchungen, in denen hauptsächlich mit Bildmaterial gearbeitet wurde und in denen Blickbewegungen als Maß für die Aufmerksamkeitsverteilung registriert wurden: In diesen Arbeiten zeigte sich, daß nicht-schemabezogene Information aufmerksamer betrachtet wurde als schemabezogene Information.

Darüber hinaus stellen auch die von Graesser (1981) berichteten Befunde zur Beziehung zwischen Lesezeit (als Indikator der Aufmerksamkeitszuwendung) und Verstehen/Behalten die *uneingeschränkte* Gültigkeit der These der selektiven Aufmerksamkeitsverteilung stark in Frage: Graesser und seine Mitarbeiter fanden in einer Reihe von Untersuchungen mittlere bis hohe *negative* Korrelationen zwischen Lesezeit- und Verstehens-/Behaltensmaßen. Dies spricht gegen die Annahme, daß jene Information, die viel Aufmerksamkeit erfährt, generell auch besser behalten wird. Lediglich bei Texten, die ausgesprochen komplex oder technisch waren, fand Graesser eine positive Beziehung zwischen Lesezeit und Verstehen.

Um die insgesamt widersprüchlichen Befunde zur Hypothese der selektiven Aufmerksamkeitsverteilung zu klären, fordern verschiedene Autoren (z. B. Friedmann, 1979; Anderson & Pearson, 1984; Brewer & Nakamura, 1984), die Beziehung zwischen neuer Information und Schema genauer zu spezifizieren. Die Unterscheidung zwischen Information mit Schemabezug und solcher ohne sei zu summarisch. Auch Informationen, die schemabezogen sind, lassen sich darüber hinaus noch nach ihrer Relevanz gewichten. Ferner sollte zwischen schmema*irrelevanter* und schema*inkonsistenter* Information unterschieden werden (Friedmann, 1979). In einigen Experimenten wurde festgestellt, daß schemainkonsistente Information mehr Aufmerksamkeit erfährt als schemakonsistente Information. Dies wird beispielsweise von Brewer und Nakamura (1984) als Beleg gegen die Hypothese der selektiven Aufmerksamkeitssteuerung gewertet. Unseres Erachtens spricht dieser Befund jedoch nicht unbedingt gegen diese Hypothese: Auch schemainkonsistente Information hat einen, zumeist sogar einen doppelten Schemabezug: (1) Sie widerspricht dem zunächst aktualisierten Schema. (2) Sie spricht statt dessen häufig für ein anderes, konkurrierendes Schema. Die erhöhte Aufmerksamkeitszuwendung signalisiert unter diesen Umständen einen kognitiven Konflikt (Berlyne, 1960) zwischen Schemata, der seinerseits weitere Verarbeitungsprozesse auslösen kann.

Anderson und Pearson (1984) vermuten, daß die aufmerksamkeitssteuernde Wirkung von Schemata möglicherweise situationsspezifisch ist. In expliziten *Lern*situationen, z. B. beim Wissenserwerb aus expositorischen Texten, sei eher mit einer stärkeren Beachtung schemabezogener Informationen zu rechnen als in reinen *Lese*situationen, z. B. beim Lesen narrativer Texte. Diese Autoren betonen auch, daß erhöhte Aufmerksamkeit allenfalls auf kognitive Prozesse, z. B. kohärenzstiftende Inferenzen, hinweist, die es zu untersuchen gelte, um nähere Informationen über die Verteilung der Aufmerksamkeit zu erhalten.

Anderson und Pearson (1984) sehen – trotz einiger inkonsistenter Befunde – die Hypothese der selektiven Aufmerksamkeitssteuerung durch Schemata als weitgehend bestätigt. Dagegen bewerten Brewer und Nakamura (1984) diese Hypothese sowohl von der Theorie als auch von der Befundlage her als eher umstritten und ungeklärt. Dies legt u. E. nahe, in zukünftigen Untersuchungen auf jene Randbedingungen zu achten, die die aufmerksamkeitssteuernde Wirkung von Schemata moderieren.

Die Integrationsfunktion von Schemata

Ein Schema hat bei der *Enkodierung* neuer Information die Funktion eines Rahmens, in den das neu zu erwerbende Wissen *integriert* werden kann. Dadurch wird die neue Information (1) besser verstanden und (2) auch besser behalten.

Die Überlegungen zur Integrationsfunktion eines Schemas sind denen zur Wirkungsweise eines *advance organizers* sehr ähnlich. Ausubel (1978) empfiehlt beispielsweise für den Fall, daß Lernende mit dem Lehrmaterial noch nicht vertraut sind, dem Lehrstoff expositorische *organizer* voranzustellen, unter die der Lernende das neue Wissen subsumieren kann.

Als Bestätigung des Integrationseffekts von Schemata gelten jene Experimente, z. B. Dooling und Lachman (1971), Dooling und Mullett (1973), Bransford und Johnson (1972), in denen einem ambiguen Text sinnstiftende Rahmen in Form von Titeln, Bildern oder Zielvorgaben vorangestellt wurden. Solche Vorgaben führen zu einer Verbesserung der Behaltensleistung. Durch die Vorgabe der Überschrift bzw. des Bildes wird ein Schema aufgerufen. Dessen Leerstellen werden durch den nachfolgenden Text instantiiert. Daß es sich tatsächlich um einen *Enkodier-* und nicht nur um einen *Abruf*effekt handelt, wird ersichtlich, wenn man den sinnstiftenden Rahmen *nach* der neu zu erwerbenden Information darbietet: In diesem Fall – so haben die oben genannten Experimente ergeben – tritt der behaltensfördernde Effekt nicht oder wesentlich schwächer auf.

Auch die Ergebnisse einer Untersuchung von Mayer (1975) sprechen für den Integrationseffekt von Schemata: Studenten wurden mittels vier Textvarianten in die Programmiersprache FORTRAN eingeführt. Eine dieser Varianten enthielt zusätzlich zu den Definitionen und Beschreibungen der zu erlernenden Programmbefehle ein zeichnerisches Modell eines Computers. In diesem Modell wurde die Konfiguration eines Computers in Analogie zu vertrauten Objekten dargestellt, z. B. die Eingabeeinheit als Fahrkartenschalter, die Ausgabeeinheit als Notizblock. Die zu erlernenden Befehle wurden anhand dieses Modells erläutert. In einem Kriterientest hatten die Vpn (1) verschieden komplexe Programme hinsichtlich ihrer Leistungsfähigkeit zu interpretieren und (2) kleinere Programme (einzeilige, mehrzeilige, mit und ohne Programmschleifen) selbst zu schreiben. Die Vpn, die anhand des Modells lernten, waren den Versuchspersonen, die mit Hilfe der anderen Textvarianten lernten, bei den Interpretationsaufgaben und beim Verfassen der komplexeren Programme (mehrzeilig mit Programmschleifen) deutlich überlegen. Die Integrationsfunktion von Schemata kommt auch in Situationen zum Tragen, in denen eine Person bereits über geeignete Schemata zur Verarbeitung der neuen Information verfügt. Dies bestätigen viele Untersuchungen im Kontext des Experten-Novizen-Paradigmas, in denen der verständnis- und behaltensfördernde Einfluß von Vorwissen auf den Erwerb neuer Information nachgewiesen wurde (z. B. Chase & Simons, 1973; Chiesi, Spillich & Voss, 1979).

Allerdings ist gerade bei solchen Untersuchungen nicht immer deutlich zu entscheiden, ob die behaltensfördernde Wirkung von Schemata auf einen Integrationseffekt während der Enkodierung oder eher auf die Nutzung des Schemas als Abrufhilfe zurückzuführen ist. Verschiedene Untersuchungen (Anderson & Pichert, 1978; Brooks & Dansereau, 1981; Anderson, Pichert & Shirey, 1983) haben ergeben, daß Schemata in Wiedergabesituationen auch als Abrufpläne genutzt werden, die die systematische Suche nach schemarelevanter Information im Gedächtnis steuern.

Die Untersuchungen von Graesser (1981) sprechen dafür, die *generelle* Annahme, Schemata wirken bei der Enkodierung neuer Information sowohl verständnis- als auch behaltensfördernd, zumindest für den Behaltensaspekt in zweierlei Hinsicht einzuschränken: (1) Das bessere Behalten schemakonsistenter Information ist zumeist auch mit einer höheren Rate schemabasierter *Intrusionen* verbunden: In der Wiedergabesituation werden schemakonsistente Informationen wiedergegeben, die jedoch in der ursprünglich zu erlernenden Informationsmenge nicht enthalten waren (z. B. Dooling & Mullett, 1973). Korrigiert man die *recall*-Maße um diesen Intrusions-Anteil, so zeigt sich (Graesser, 1981), daß bei kurzen Behaltensintervallen (bis zu 2 Tagen nach dem Lernen) schema-*atypische* Information besser behalten wird als schematypische Information. Mit zunehmender Dauer des Behaltensintervalls jedoch wird schematypische Information besser behalten. (2) Das bessere Behalten schematypischer Information ist nicht nur abhängig von der Dauer des Behaltensintervalls, sondern auch von der Modalität der Behaltensprüfung. Schemakonsistente Information wird bei langen Behaltensintervallen nur dann besser behalten, wenn das Behalten durch *recall*-Maße geprüft wird. Wird es dagegen über *recognition*-Maße erfaßt, so wird selbst bei langen Behaltensintervallen schema-atypische Information besser behalten als schematypische.

Die hier referierten Befunde zur Integrationsfunktion von Schemata beim Wissenserwerb lassen sich folgendermaßen zusammenfassen: Die *verständnisfördernde* Funktion von Schemata auf den Erwerb neuer Information ist durch die vorliegenden Forschungsergebnisse gut belegt. Die Frage nach der *behaltensfördernden* Wirkung von Schemata muß dagegen differenzierter beantwortet werden: Ein kurzfristig behaltensfördernder Effekt von Schemata bei der Enkodierung neuer Information kommt vorwiegend schema-atypischer, nicht jedoch schematypischer Information zugute. Bei langen Behaltensintervallen wirken sich Schemata auch positiv auf die Wiedergabe schematypischer Information aus. Dies spricht dafür, daß bei langen Behaltensintervallen in erster Linie die *rekonstruktive* Funktion von Schemata zum Tragen kommt.

Diskussion

Der Schemaansatz wurde verschiedentlich einer eingehenden Kritik unterzogen. Osswald (1980) und Herrmann (1982) bemängeln seine begriffliche Schwächen und seine Vagheit. Kluwe und Spada (1981) vermissen eine angemessene Repräsentation von Begriffsbedeutungen in Schemata. Anderson (1983) bemängelt die unzureichende Trennung zwischen deklarativem und prozeduralem Wissen. Brewer und Nakamura (1984) nennen weitere Probleme, z. B. Übergang von der unbewußten zur bewußten Informationsverarbeitung mittels Schemata, denen sich die Schematheorie im Zuge ihrer Weiterentwicklung zu stellen hat. Einer der Hauptkritikpunkte an der Schematheorie betrifft die allumfassende und letztendlich schwer falsifizierbare Wirkung von Schemata. In diesem Zusammenhang ist auch die Neigung schematheoretisch orientierter Autoren, z. B. Anderson und Pearson (1984) und Brewer und Nakamura (1984), zu sehen, auch Untersuchungsergebnisse als Beleg für die Schematheorie anzuführen, die unter anderen theoretischen Vorzeichen gewonnen wurden. Brewer und Nakamura (1984) vertreten jedoch die Auffassung, daß der Vagheitsvorwurf zwar auf allgemeine Fassungen der Schematheorie zutrifft, bereichsspezifische Eingrenzungen dagegen einen zumindest mit anderen psychologischen Theorien vergleichbaren Exaktheits- und Detailliertheitsgrad aufweisen.

Im folgenden beschränken wir uns darauf, den Beitrag der Schematheorie zur Erklärung von Phänomenen des Wissenserwerbs kritisch zu würdigen. Prinzipiell handelt es sich um einen Ansatz, der der Strukturiertheit und Organisiertheit menschlichen Wissens, sowohl als Voraussetzung als auch als Folge von Wissenserwerbsprozessen, Rechnung zu tragen versucht. Allerdings – und darin stimmen auch schematheoretisch orientierte Autoren, z. B. Brewer und Nakamura (1984) und Thorndyke (1984), überein – wurde die theoretische und empirische Analyse des Erwerbs und des Aufbaus von Schemata bislang weitgehend ausgeklammert.

Die hierzu in diesem Beitrag vorgestellten Überlegungen von Rumelhart und Norman (1978) und von Abelson (1976) sind bis jetzt allenfalls heuristisch fruchtbare Interpretationen bekannter Lernphänomene, wie Generalisierung und Diskriminierung, mit dem Vokabular der Schematheorie. Es fehlen die empirischen Arbeiten, in denen die Genese von Schemata unter kontrollierten Bedingungen beschrieben wird.

Zu der Frage, wie Schemata als bereits ausgebildete kognitive Strukturen den Wissenserwerb beeinflussen, liegen ungleich mehr Untersuchungen vor. Diese haben ergeben, daß Schemata als Vorwissensstrukturen (1) die Aufmerksamkeit bei der Informationsaufnahme, (2) die Integration neuen Wissens in bestehendes Wissen und (3) den Abruf erworbenen Wissens beeinflussen. Allerdings sind die relevanten Randbedingungen, die diese Wirkung von Schemata moderieren, noch nicht klar genug herausgearbeitet. Dies wird besonders deutlich, wenn man sich die Frage stellt, unter welchen Bedingungen Schemata den Erwerb neuen Wissens positiv und unter welchen sie ihn negativ beeinflussen. Bisher wurden vorwiegend Befunde referiert, die die positiven Auswirkungen von Schemata auf den Wissenserwerb belegen. Dies sollte nicht den Blick dafür verstellen, daß Schemata den Erwerb neuen Wissens auch beeinträchtigen können. Zum Beispiel dann, wenn die Schemata, über die eine Person verfügt, unangemessen oder stark verfestigt sind. Man braucht hier nicht einmal an das weite Feld der *hot cognitions* zu denken, z. B. an soziale Stereotypien oder an Vorurteile. Auch im engeren Bereich des kognitiven Lernens läßt sich zeigen, daß Schemata den Erwerb neuen Wissens beeinträchtigen können (z. B. Ballstaedt & Mandl, 1986). Auch Randbedingungen, unter denen der Einsatz von ansonsten wissenserwerbsfördernden Schemata sich negativ auswirkt, konnten demonstriert werden (Thorndyke & Hayes-Roth, 1979).

Der Anspruch der Wissenspsychologie, Fragen des Erwerbs, der Verarbeitung, der Repräsentation und des Abrufs von semantisch reichhaltigem Wissen zu behandeln, wird eine zunehmende Präzisierung der Schematheorie in dem oben genannten Sinne notwendig machen.

Wissenserwerb im Ansatz der Produktionssysteme

Kennzeichnung

Produktionssysteme als Ansatz der Kognitionspsychologie gehen auf einen in der Automatentheorie zur Darstellung von Prozessen entwickelten Formalismus zurück (Post, 1943), der von der Psychologie aufgegriffen und zur Beschreibung von Verhaltensabläufen und mentalen Operationen angewendet wurde (Newell, 1973). Diese Arbeiten führten zu Computersimulationen von Prozessen menschlicher Informationsverarbeitung mit starken Bezügen zur Künstlichen Intelligenz-forschung. In diesem Rahmen sind auf der Basis von Produktionssystemen theoretische Vorstellungen zu einer Vielzahl psychologischer Phänomene im Bereich von Wahrnehmung, Gedächtnis, Spracherwerb und Problemlösen entwickelt worden, einschließlich der Repräsentation und des Erwerbs von Wissen (insbesondere Anderson, 1983).

Ein *Produktionssystem* besteht im wesentlichen aus drei Komponenten: den Produktionsregeln, dem Arbeitsspeicher (deklaratives Gedächtnis) und dem Interpreter. Eine *Produktionsregel* besitzt eine Bedingungsseite (WENN-Teil) und eine Aktionsseite (DANN-Teil). Die Bedingungsseite enthält die Voraussetzungen, die im *Arbeitsspeicher* vorliegen müssen, damit die Regel angewendet wird. Die Aktionsseite bezeichnet die Operationen, die ausgeführt werden. Diese fügen i. d. R. Daten zum Inhalt des Arbeitsspeichers hinzu oder löschen sie, können aber auch direkt externes Verhalten bewirken. Der *Interpreter* vergleicht die Regeln mit den im Arbeitsspeicher vorliegenden Daten (Auswertung), selegiert zutreffende Regeln bzw. Regel-Instantiierungen (Auswahl) und führt diese aus (Ausführung).

Ein Produktionssystem operiert in solchen *A*uswertung-*A*uswahl-*A*usführung-Zyklen (nach Opwis, in diesem Band). In jedem Zyklus werden die Bedingungen einer jeden Produktionsregel mit dem gegebenen Zustand des Arbeitsspeichers verglichen. Regeln bzw. Regel-Instantiierungen, für die sich eine Übereinstimmung ergibt, werden für die Ausführung ausgewählt. Wenn eine Produktion ausgeführt wird, verändert ihre Aktion den Zustand des Arbeitsspeichers, worauf neue Produktionsregeln zutreffen. Die AAA-Zyklen werden fortgesetzt, bis keine Regeln mehr zutreffen oder ein Stopp-Kommando aufgerufen wird (Langley, 1983). Auf der Grundlage dieses Formalismus werden kognitive Prozesse und ihr Zusammenwirken mit dem Ziel der Entwicklung kognitiver Architekturen modelliert. Dabei kann auf bestehende Produktionssystemsprachen wie OPS5 (Forgy & McDermott, 1977; Forgy, 1981), GRAPES (Sauers & Farrell, 1982) oder PRISM (Langley & Neches, 1981; Ohlsson, 1984) zurückgegriffen werden. Zur weiteren Information sei auf die ausführlichen Erläuterungen von Opwis (in diesem Band) verwiesen.

Ein Aspekt von Produktionssystemen, der ihre besondere Eignung für die Modellierung von Wissenserwerbsprozessen begünstigt, ist die Modularität der Produktionsregeln eines Systems. Diese sind relativ unabhängig voneinander, so daß eine Ergänzung oder Löschung einzelner Regeln im allgemeinen nicht zur Funktionsunfähigkeit des Systems, wohl aber zu einer Veränderung seines Verhaltens führt. Der Prozeß des Wissenserwerbs wird daher durch Einfügen neuer Produktionsregeln oder Löschen und Modifikation bestehender Regeln beschrieben. Da diese Regeln die Verkettung und den Ablauf von mentalen Operationen oder Prozeduren darstellen, wird der Wissenserwerb unter der Perspektive des Erwerbs und der Veränderung von kognitiven Fertigkeiten beschrieben. Die verschiedenen Formen der Veränderung von Produktionsregeln, d. h. die Lernmechanismen in Produktionssystemen, werden im folgenden im Zusammenhang mit der ACT-Theorie (Anderson, 1983) dargestellt.

Die Theorie des Wissenserwerbs von Anderson (1982, 1983)

Überblick

Einer der elaboriertesten Ansätze auf der Basis von Produktionssystemen ist die ACT-Theorie (Anderson, 1976, 1983), in dessen Rahmen differenzierte Aussagen zum Prozeß des Wissenserwerbs gemacht werden. Die Bezeichnung ,,ACT" steht für *Adaptive Control of Thought*. Die Theorie stellt ein Modell der kognitiven Architektur dar, das einer Vielzahl grundlegender Phänomene menschlicher Informationsverarbeitung gerecht werden soll. Sie ist in der Zeit von 1974 bis 1983 in einer Folge von Versionen entstanden (s. Waloszek, 1985). Im Rahmen der letzten Fassung, der ACT*-Version, hat Anderson (1983) u. a. eine Theorie des Wissenserwerbs entwickelt, die auf die von Fitts (1964) unterschiedenen Stufen des Erwerbs von Fertigkeiten zurückgeht.

Theoretischer Ausgangspunkt der Andersonschen Theorie des Wissenserwerbs ist die Unterscheidung zwischen einem prozeduralen und einem deklarativen Wissenszustand. Der Prozeß des Wissenserwerbs durchläuft verschiedene Phasen. Er beginnt mit der Enkodierung von Wissen in deklarativer Form. Dieses Wissen wird durch bereits vorhandene allgemeine Prozeduren interpretativ angewendet. Durch wiederholte Anwendung setzt eine Wissenskompilierung ein, d. h. es werden spezifische Prozeduren gebildet, die die deklarative Information enthalten und die zügiger angewendet werden können. Weitere Übung führt zur Optimierung dieser Prozeduren durch Generalisierung, Diskriminierung und Verstärkung. Im folgenden werden diese Phasen im einzelnen beschrieben.

Die Phase der interpretativen Anwendung deklarativen Wissens

In der ersten Phase des Wissenserwerbs wird eine Information deklarativ enkodiert und in Form eines semantischen Netzwerks oder Schemas im Gedächtnis gehalten. Auf dieses deklarative Wissen werden allgemeine Prozeduren angewendet, über die der Lerner bereits verfügt und die aus dem Produktionengedächtnis abgerufen werden. Dieser Vorgang soll anhand eines Beispiels aus dem Bereich der Geometrie näher erläutert werden (s. Anderson, 1984). Es sei angenommen, daß ein Novize das Seite-Winkel-Seite-(SWS-)Postulat, das ihm noch unvertraut ist, anwenden möchte. Es ist folgendermaßen definiert:

Wenn zwei Seiten und der eingeschlossene Winkel eines Dreiecks kongruent mit den korrespondierenden Teilen eines anderen Dreiecks sind, dann sind die beiden Dreiecke kongruent.

Es sei weiter angenommen, daß der Novize dieses Postulat aufgrund vorhergehenden Unterrichts als ein Schema in deklarativer Form enkodiert und in seinem Arbeitsgedächtnis hält. Das Schema hat folgende Form:

Anwendungsbedingungen
S1 ist eine Seite von Dreieck XYZ
S2 ist eine Seite von Dreieck XYZ

W1 ist ein Winkel von Dreieck XYZ
W1 wird durch S1 und S2 eingeschlossen
S3 ist eine Seite von Dreieck UVW
S4 ist eine Seite von Dreieck UVW
W2 ist ein Winkel von Dreieck UVW
W2 wird durch S3 und S4 eingeschlossen

Hypothesen
S1 ist kongruent zu S3
S2 ist kongruent zu S4
W1 ist kongruent zu W2

Folgerung
Dreieck XYZ ist kongruent zu Dreieck UVW

Kommentar
Dies ist das SWS-Postulat

Das Schema besitzt die Leerstellen ,,Anwendungsbedingungen", ,,Hypothesen", ,,Folgerung" und ,,Kommentar". Es wird im deklarativen Gedächtnis gehalten und kann dann in vielfältiger Weise durch interpretative, bereits verfügbare Prozeduren genutzt werden. In diesem Fall sei angenommen, daß der Novize über die folgenden Prozeduren verfügt und diese auf das Schema anwendet (Anderson, 1984):

P1
WENN Ziel ist, ein geometrisches Postulat zu prüfen,
und es gibt ein Schema, das dieses Postulat als Folgerung besitzt,
DANN setze als Subziele, die Anwendungsbedingungen des Schemas zu prüfen,
und anschließend, die Hypothesen des Schemas zu verifizieren.

Der Novize wird sich nun das Ziel setzen, zuerst die Anwendungsbedingungen zu überprüfen und anschließend die Hypothesen zu verifizieren. Dann wird der Novize, um die Anwendung des Schemas abzuarbeiten, die folgenden Prozeduren einsetzen, von denen angenommen sei, daß er diese bereits verfügbar hat (Anderson, 1984):

P2
WENN Ziel ist, eine Reihe von Anwendungsbedingungen eines Schemas zu prüfen,
DANN setze als Subziel, die erste Anwendungsbedingung aus einer Reihe von Anwendungsbedingungen zu prüfen.

P3
WENN Ziel ist, eine Anwendungsbedingung aus einer Reihe von Anwendungsbedingungen zu prüfen,
und diese Anwendungsbedingung trifft zu,
DANN fahre fort und prüfe die nächste Anwendungsbedingung.

P4
WENN Ziel ist, eine Reihe von Anwendungsbedingungen zu prüfen,
und die letzte Anwendungsbedingung wurde erfolgreich geprüft,
DANN gehe weiter zu dem Ziel, das folgt.

Die Prozeduren P1 bis P4 werden in interpretativer Weise auf das im Arbeitsgedächtnis jeweils vorhandene deklarative Wissen angewendet. Diese Anwendung erfolgt stückweise, sie ist langsam und fehlerbehaftet. Der Lerner muß sich das SWS-Postulat, wenn dieses einen neuen Sachverhalt für ihn darstellt, ständig neu vergegenwärtigen. Dadurch kann die Kapazität des Arbeitsgedächtnisses schnell überlastet sein, so daß die Wahrscheinlichkeit von Fehlern steigt. Die einzelnen Anwendungsschritte sind klein, da mehrere Prozeduren zum Tragen kommen.

Die Interpretation deklarativen Wissens in der ersten Phase des Wissenserwerbs bringt zwar beträchtliche Kosten hinsichtlich Zeit und Platzbedarf im Arbeitsgedächtnis mit sich, hat aber nach Anderson (1983) entscheidende Vorteile für ein lernendes System. Der Einfluß deklarativen Wissens auf das Verhalten ist durch ein interpretatives System gefiltert, so daß neues Wissen, das sich als fehlerhaft erweist, als solches erkannt und ausgeschieden werden kann. Dadurch wird der sehr viel schwierigere Vorgang vermieden, eine fehlerhafte Prozedur zu korrigieren.

Die Phase der Wissenskompilierung

Im weiteren Verlauf des Lernens, d. h. durch vermehrte Anwendung des SWS-Postulats, werden spezielle Prozeduren gebildet, in denen das deklarative Wissen zusammen mit den darauf auszuführenden Operationen enthalten ist. Diese speziellen Prozeduren führen zu einer schnellen und zügigen Wissensanwendung, so daß in Analogie zum Computerprogrammieren von einer Kompilierung gesprochen wird. Im Rahmen der Wissenskompilierung werden zwei Prozesse unterschieden: Kombination und Prozeduralisierung.

Kombination tritt auf, wenn Produktionen in einer festen Sequenz angewendet werden. Daraus wird dann eine neue Produktion erzeugt, die den Effekt der Sequenz in einem einzigen Schritt verkörpert. Es werden nur solche Produktionen zusammengeführt, die durch eine gemeinsame Zielsetzung miteinander verbunden sind (s. Neves & Anderson, 1981).

Es sei angenommen, daß der Novize die Produktionen P1 bis P4 wiederholt ausführt, so daß ein Kombinationsprozeß eintritt. Dann könnte folgende Produktion gebildet werden (Anderson, 1984):

P5
WENN Ziel ist, ein geometrisches Postulat zu prüfen,
und es gibt ein Schema, das dieses Postulat als Folgerung besitzt,
und das Schema besitzt eine Anwendungsbedingung als erste in der Reihe der Anwendungsbedingungen,
und diese Anwendungsbedingung trifft zu,

DANN setze als Subziel, die Anwendungsbedingungen zu prüfen
und innerhalb dessen, die jeweils nächste Anwendungsbedingung zu prüfen,
und setze anschließend das Subziel, die Hypothesen des Schemas zu verifizieren.

Diese zusammengesetzte Produktion umfaßt in ihrem Bedingungsteil alle Bedingungen der einzelnen Produktionen, mit Ausnahme jener, die Ergebnis der Aktion früherer Produktionen in der Sequenz sind. So hat P2 in ihrem Bedingungsteil das Ziel, eine Reihe von Anwendungsbedingungen zu prüfen. Da dieses Ziel bereits durch die in der Sequenz vorausgehende P1 gesetzt worden war, tritt es im Bedingungsteil der zusammengesetzten Produktion P5 nicht auf.

Die Aktionsseite der zusammengesetzten Produktion P5 umfaßt alle Aktionen der einzelnen Produktionen, mit Ausnahme jener, die in der Setzung vorübergehender Ziele involviert sind, welche mit dem Ende der Sequenz abgeschlossen sind. Beispielsweise setzt P2 in ihrem Aktionsteil das Subziel, die erste der Anwendungsbedingungen zu prüfen, und P3 kommt diesem Ziel nach. Daher ist dieses Ziel im Aktionsteil der zusammengesetzten P5 nicht genannt.

Die zusammengesetzte Produktion P5 ist nicht spezifisch für das SWS-Schema. P5 könnte z. B. auch schon früher durch einen Kombinationsprozeß gebildet worden sein, der aus der Anwendung der Produktionen P1 bis P4 auf andere Schemata herrühren würde. In diesem Fall kann die zusammengesetzte Produktion sofort auf das gegebene Schema angewendet werden, so daß ein allgemeiner Übungstransfer aufgrund von Kombination gegeben wäre. Die Größe einer zusammengesetzten Produktion hat Grenzen. Je größer eine solche Produktion ist, desto mehr Information setzt sie bezüglich des Schemas voraus, das aus dem Langzeitgedächtnis abgerufen und im Arbeitsgedächtnis aktiv gehalten werden muß (Anderson, 1984).

Prozeduralisierung ist ein Prozeß im Zuge der Wissenskompilierung, der spezialisierte Versionen von Produktionen erzeugt. Die deklarative Information, die aus dem Langzeitgedächtnis hätte abgerufen werden müssen, wird direkt in Form spezialisierter Versionen von Produktionsregeln enkodiert. Damit wird der Abruf deklarativer Information aus dem Langzeitgedächtnis überflüssig. In unserem Beispiel führt der Prozeduralisierungsprozeß dazu, daß die Information in dem SWS-Schema nicht als deklaratives Wissen im Arbeitsgedächtnis gehalten werden muß, um dann durch allgemeine Prozeduren angewendet zu werden, sondern daß dieser Vorgang durch eine oder mehrere spezielle Produktionsregeln direkt bewerkstelligt wird. Zum Beispiel könnte Prozeduralisierung zu folgender Produktion führen, deren Bildung ebenfalls durch Kombination beeinflußt wurde, und die eine zügige und schnelle Anwendung des SWS-Postulats bewirkt:

P6
WENN Ziel ist zu zeigen, daß Dreieck XYZ kongruent ist mit Dreieck UVW,
und S1 ist eine Seite von Dreieck XYZ,
und S2 ist eine Seite von Dreieck XYZ,
und W1 ist ein Winkel von Dreieck XYZ,
und W1 wird durch S1 und S2 eingeschlossen,
und S3 ist eine Seite von Dreieck UVW,
und S4 ist eine Seite von Dreieck UVW,
und W2 ist ein Winkel von Dreieck UVW,
und W2 wird durch S3 und S4 eingeschlossen,
DANN setze als Subziel zu beweisen:
S1 ist kongruent mit S3,
S2 ist kongruent mit S4,
W1 ist kongruent mit W2.

Anderson und Neves (1981) haben gezeigt, daß der Prozeduralisierungsprozeß relativ langsam fortschreitet. Sein Effekt besteht darin, daß die Anwendung größerer Produktionen möglich wird, weil die prozeduralisierten Produktionen nicht durch das Erfordernis des Abrufs von Information aus dem Arbeitsgedächtnis begrenzt sind. Dieses wiederum erlaubt es, noch größere Produktionen zu bilden.

Im Zuge des Kompilierungsprozesses bestehen aber verschiedene Faktoren, die vor allem wegen der Besonderheiten des Kombinationsprozesses die mögliche Größe von Produktionen begrenzen. Zum einen ist davon auszugehen, daß es zu umfangreiche Produktionen nicht geben kann, weil die Kapazität des Arbeitsgedächtnisses begrenzt ist und zu große Produktionen keine Übereinstimmung mit dem Arbeitsgedächtnis finden. Zum anderen ist eine Kombination größerer Produktionensequenzen weniger wahrscheinlich, da ihre exakte Anwendung bei anderen Problemen weniger häufig sein wird. Anderson (1983) verweist darauf, daß zusammengesetzte Produktionen nicht die Komponenten bzw. Produktionen ersetzen, aus denen sie gebildet sind. Wenn ein Problem auftritt, das eine neuartige Kombination dieser Komponenten erfordert und mit der zusammengesetzten Produktion inkonsistent ist, dann sind die einzelnen Komponenten bzw. Produktionen verfügbar.

Die Phase der Wissensoptimierung

Nachdem das für die Ausführung einer Prozedur erforderliche Wissen in kompilierter Form erworben wurde, kommt es zu einer fortlaufenden Verbesserung der Fertigkeit, wenn der Lernprozeß weitergeführt wird. Die Ausführung der Fertigkeit gelingt immer besser, komplexe Aufgaben werden immer schneller gelöst. Die zu beobachtende Wissensoptimierung kann nicht durch die Mechanismen der Wissenskompilierung erklärt werden. Anderson nimmt in dieser Phase die Prozesse der Generalisation, Diskrimination und Verstärkung an, die zur Optimierung von Produktionsregeln führen.

Generalisation bezeichnet den Prozeß der Erweiterung von Produktionsregeln auf weitere Fälle. Die grundlegende Funktion dieses Prozesses besteht darin, daß neue Produktionsregeln gebildet werden, die das erfassen, was einzelne Produktionen gemeinsam haben. Im folgenden soll ein einfaches Beispiel aus dem Bereich des Spracherwerbs gewählt werden, um diesen Prozeß zu verdeutlichen (s. Anderson, 1982). Eine Generalisation liegt vor, wenn ein Kind beim Erlernen der Sprache die Regel für die Bildung der Besitzanzeige dadurch erwirbt, daß es von Einzelfällen auf weitere Fälle generalisiert. Es sei davon ausgegangen, daß das Kind über die folgenden zwei, durch Kompilation erworbenen Produktionen verfügt:

P1
WENN Ziel ist anzugeben, daß der Mantel mir gehört,
DANN sage „mein Mantel".

P2
WENN Ziel ist anzugeben, daß der Ball mir gehört,
DANN sage „mein Ball".

Aus diesen Produktionsregeln kann die folgende Generalisation gebildet werden:

P3
WENN Ziel ist anzugeben, daß OBJEKT mir gehört,
DANN sage „mein OBJEKT".

In P3 ist OBJEKT eine Variable, die verschiedene Werte annehmen kann. Anderson geht davon aus, daß die allgemeine Produktion P3 nicht die ursprünglichen Produktionen ersetzt und daß diese in ihren speziellen Situationen angewendet werden.

Diskrimination schränkt den Bereich der Anwendung übermäßig allgemeiner Prozeduren ein. Dadurch wird die Anwendung von Produktionen auf die geeigneten Umstände beschränkt. Voraussetzung dazu ist, daß Beispiele für korrekte wie auch für nicht korrekte Anwendungen der Prozedur vorliegen und diese miteinander verglichen werden. Dadurch kann der Lerner Merkmale unterscheiden, die sich für die fehlerhafte Anwendung der Produktion als kritisch erwiesen haben. Diese können in eine neue Produktionsregel eingehen, welche nun für eine spezifische Situation gilt. In bezug auf die obige Produktionsregel P3 soll ein Diskriminationsprozeß exemplarisch verdeutlicht werden.

Die Produktionsregel P3 ist für die Bezeichnung der Besitzanzeige übermäßig allgemein, da das Geschlecht nicht berücksichtigt wird. Die Regel erweist sich z. B. bei weiblichen Objekten als falsch. Durch den Vergleich von Umständen, in denen die Regel korrekt sowie nicht korrekt angewendet wurde, kann festgestellt werden, daß die Variable OBJEKT an unterschiedliche Werte gebunden ist und der Wert bei der korrekten Anwendung sich auf ein männliches Objekt bezog, bei der nicht korrekten Anwendung dagegen auf ein weibliches Objekt. Es kann dann für ein weibliches Objekt eine gesonderte Regel gebildet werden, die zur korrekten Aktion führt (Anderson, 1982):

P4
WENN Ziel ist anzugeben, daß OBJEKT mir gehört,
und OBJEKT ist weiblich,
DANN sage „meine OBJEKT".

Verstärkung von Produktionsregeln ist ein weiterer Lernmechanismus, den Anderson in der Phase der Wissensoptimierung annimmt. Er besteht darin, Produktionsregeln entsprechend der Häufigkeit ihrer erfolgreichen oder nicht erfolgreichen Anwendung mit bestimmten Werten der Stärkung bzw. Schwächung zu versehen. Die Stärke einer Produktionsregel bestimmt den Grad der Aktivierung, die sie im Vergleich zu anderen Produktionen während des Mustererkennungsprozesses erreicht. Dadurch kommen stärkere Produktionen schneller zur Anwendung als schwächere. Ein Vorteil des Verstärkungsmechanismus besteht darin, daß mögliche Übergeneralisierungen oder nutzlose Diskriminationen im Zuge des Lernprozesses ausgeschieden werden können (vgl. Waloszek, 1985).

Modell des Verstehens deklarativer Information (Kieras & Bovair, 1986)

Einen spezifischen Aspekt, der bei Anderson vernachlässigt wird, haben Kieras und Bovair (1986) eingebracht. Er bezieht sich auf die Annahme von Verstehensprozessen im Zuge des Aufbaus der deklarativen Repräsentation. Ausgangspunkt waren Untersuchungen zum Erwerb von Prozeduren für die Bedienung einer einfachen elektronischen Schaltvorrichtung. Die zu lernenden Prozeduren, z. B. die Betätigung bestimmter Schalter als Reaktion auf Signale einer Kontrollampe, waren schriftlich vorgegeben. Erhoben wurden im wesentlichen Lesezeiten und Performanz der Probanden.

Die wichtigste Folgerung aufgrund der Untersuchungsergebnisse besteht darin, daß der anfängliche Erwerb einer Prozedur, d. h. die Enkodierung in deklarativer Form, auf komplexen Verstehensprozessen beruht, noch bevor die von Anderson beschriebenen Prozesse der Wissenskompilierung und Wissensoptimierung einsetzen. Die erhobenen Lesezeiten, die die Probanden für die Prozeduren benötigten, lassen folgern, daß beim Lesen der Instruktion Transferprozesse stattfinden. Prozeduren, die einander ähnlich sind, werden sehr viel schneller aufgefaßt als gänzlich neue Prozeduren. Kieras und Bovair nehmen hier einen Vorgang analog der Generalisation an, welche von Anderson im Rahmen der Wissensoptimierung angenommen wird. Die beobachteten Lesezeiten geben Anlaß zu der Annahme, daß diese Generalisierung ebenso schnell abläuft wie das Wiedererkennen einer Prozedur. Der Vorgang entspricht nach Auffassung der Autoren den Makroprozessen, die beim Verstehen angenommen werden und die im Zuge des Lernprozesses komplexe propositionale Repräsentationen aufbauen, miteinander vergleichen und modifizieren (z. B. Kieras, 1982).

Kieras und Bovair unterscheiden insgesamt drei Verstehensprozesse, die zum Aufbau einer deklarativen Repräsentation führen. Erstens wird ein Prozeß der *Prozedur-Übersetzung (procedur translation)* angenommen, der den semantischen Inhalt einer Instruktion in die deklarative Repräsentation einer Produktionsregel überführt. Dabei werden die Aktionen explizit gespeichert, während die Bedingungen als implizite Information zum Kontext der Ausführung, z. B. Ziel der Prozedur und Spezifizierung der nächsten Schritte, gespeichert werden. Ein zweiter Verstehensprozeß bezieht sich auf den angenommenen *Transferprozeß* im Sinne einer Generalisierung. Dieser Prozeß tritt auf, wenn die neue Regel mit einer alten Regel identisch oder sehr ähnlich ist, so daß letztere modifiziert werden kann. Die neue Regel braucht dann weder im Arbeitsgedächtnis repräsentiert noch in das Langzeitgedächtnis enkodiert werden. Die Modifikationen sind allerdings sehr klein; Kieras und Bovair vermuten eine Veränderung von nur ein oder zwei Propositionen. Ein dritter Verstehensprozeß im Zuge des Aufbaus einer deklarativen Repräsentation bezieht sich auf die *Überwachung des Wissenserwerbs (acquisition monitoring)*. Es wird ein Prozeß angenommen, der den Ausführungserfolg einer jeden Regel in der deklarativen Repräsentation überwacht und bestimmt, welcher Satz noch einmal gelesen werden muß und welcher übersprungen werden kann. Diesen Prozeß folgern Kieras und Bovair aufgrund des erheblichen Abfalls der Lesezeit für einen Satz, wenn eine Prozedur erst einmal erworben ist. Kieras und Bovair sehen ihr Modell als einen ersten Vorschlag zur Ergänzung der Andersonschen Theorie an, der durch weitere Untersuchungen empirisch validiert werden muß.

Diskussion der Andersonschen Theorie des Wissenserwerbs

Die Theorie des Wissenserwerbs von Anderson richtet sich auf den Erwerb kognitiver Fertigkeiten. Ein grundlegendes Problem dieser Lerntheorie bezieht sich auf die Unterscheidung von deklarativem und prozeduralem Wissen sowie die Annahme, inwieweit der postulierte Übergang einer deklarativen in eine prozedurale Repräsentation im Zuge des Lernprozesses tatsächlich psychologische Realität besitzt (vgl. Claxton, 1978). Die von Anderson beschriebenen Prozesse der Entwicklung und Verfeinerung prozeduralen Wissens sind bisher kaum empirisch fundiert und besitzen daher vor allem heuristischen Charakter. Jedoch kann Anderson eine Reihe empirischer Befunde erklären, wie etwa die Tatsache, daß geistige Fertigkeiten im automatisierten Stadium kaum mehr belastend sind, oder den von Luchins (1945) gefundenen Einstellungseffekt, der nach Anderson

(1983) auf einem durch prozedurales Wissen bewirkten unflexiblen und programmhaften Handlungsablauf beruht (vgl. Eberleh, 1986).

Die methodische Überprüfung der Andersonschen Lernmechanismen dürfte schon aus dem Grund Schwierigkeiten bereiten, weil Anderson davon ausgeht, daß das Wissen im Zuge des Lernprozesses zwar in immer geeignetere Formen überführt wird, auf der jeweiligen Stufe jedoch in der ursprünglichen Form erhalten bleibt. Anderson nimmt beispielsweise an, daß auch nach der Prozeduralisierung des Wissens die ursprünglich deklarativen Strukturen im Langzeitgedächtnis gespeichert bleiben, so daß sie weiterhin zur Verfügung stehen und etwaigen Veränderungen unterworfen sein können (Pohl, 1986). Diese Annahme gilt auch für die weiteren Phasen des Wissenserwerbs. So wird beispielsweise angenommen, daß dem Lerner auch nach einer Kombination die Produktionsregeln noch verfügbar sind, aus denen die neue, zusammengesetzte Produktion gebildet wurde. Eine empirische Überprüfung, ob dieser Prozeß tatsächlich eingetreten ist, dürfte daher Schwierigkeiten bereiten (vgl. Bauer & Wender, 1986).

Ein anderes Problem der Andersonschen Theorie des Wissenserwerbs bezieht sich auf den Erwerb deklarativen Wissens, zu dem keine speziellen lerntheoretischen Überlegungen angestellt werden. Anderson behandelt ausführlich die interpretative Phase der Anwendung deklarativen Wissens sowie die Phasen der Wissenskompilierung und Wissensoptimierung, analysiert jedoch nur unzureichend den Aufbau der deklarativen Repräsentation. Im Bereich der Textforschung wurde insbesondere unter schematheoretischer Perspektive auf Verstehensprozesse verwiesen, die in Form der Auswahl, Abstraktion, Interpretation und Integration bereits in der ersten Phase der Informationsaufnahme wirksam sind (s. Abschnitt 2.). Die Überlegungen von Kieras und Bovair (1986) sind als eine interessante Ergänzung der Andersonschen Vorstellungen anzusehen; sie erscheinen jedoch als ein erster Ansatz, der weiterer Überprüfung bedarf.

Grundsätzlich stellt sich zum Ansatz der Produktionssysteme die Frage, inwieweit dieser eine valide Grundlage für die Untersuchung psychologischer Fragen der Wissensrepräsentation sowie des Erwerbs und der Veränderung von Wissen darstellt. Der Ansatz ist sehr stark am Aufbau und der Arbeitsweise von Computern orientiert und schränkt die Behandlung des Wissenserwerbs auf den Aspekt von kognitiven Fertigkeiten ein. Interessante Anwendungen beziehen sich auf die Simulation von Wissenserwerbsprozessen im Bereich des maschinellen Lernens (s. Michalski, Carbonell & Mitchell, 1986), die für die Wissenspsychologie neue Perspektiven und Anregungen darstellen können. Der Ansatz der Produktionssysteme besitzt für die Modellierung mentaler Prozesse eine große Attraktivität, jedoch muß die Gefahr einer unkritischen Übernahme der Computermetapher für die Erklärung kognitiver Strukturen und Prozesse gesehen werden.

Wissenserwerb im Ansatz mentaler Modelle

Kennzeichnung

In jüngster Zeit wurden mehrere theoretische Konzeptionen zum Aufbau und Erwerb mentaler Modelle vorgelegt, die schwerpunktmäßig in der Kognitionspsychologie (z. B. Johnson-Laird, 1980, 1983) oder in der Künstlichen Intelligenzforschung (z. B. de Kleer & Brown, 1983, 1984; Forbus & Gentner, 1986) entwickelt wurden.

Einen umfassenden kognitionspsychologisch orientierten Ansatz über mentale Modelle konzipierte Johnson-Laird (1980, 1983) im Sinne einer Theorie menschlichen Denkens. Die zentrale Annahme dieser Theorie besagt, daß Menschen interne Modelle der äußeren und inneren Realität aufbauen. Ein mentales Modell stimmt in seiner Relationsstruktur mit einem Realitätsausschnitt – je nach Funktion für das Individuum – mehr oder weniger gut überein. Mentale Modelle ermöglichen Individuen, Inferenzen zu ziehen, Vorhersagen zu machen, Phänomene zu verstehen, Entscheidungen über Handlungen zu treffen und ihre Ausführung zu überwachen sowie – als herausragendes Merkmal – Ereignisse stellvertretend zu erfahren. Mittels mentaler Modelle ist es möglich, das Verhalten dynamischer Systeme sowie Handlungsvollzüge im Umgang mit diesen Systemen „vor dem geistigen Auge“ zu simulieren. Schlußfolgerungsprozesse spielen dabei eine zentrale Rolle.

Kennzeichnend für mentale Modelle ist eine starke erfahrungsmäßige Komponente. Diese zeigt sich darin, daß mentale Modelle in der Regel visuelle Vorstellungsbilder über den jeweiligen Gegenstandsbereich implizieren. Derartige Vorstellungsbilder sind bei Nicht-Experten (Novizen) im Sinne „naiver“ Repräsentation relativ eng auf die Oberflächeneigenschaften (z. B. Form, Farbe) des abzubildenden Systems und dessen einzelne Objekte und Relationen bezogen. Bei Experten stehen hingegen strukturelle und funktionale Aspekte wie z. B. Zustandsbeschreibungen und funktionale Beziehungen auf abstraktem Niveau im Vordergrund.

Johnson-Laird (1983) sieht mentale Modelle als Form einer analogen Repräsentation. Die Struktur eines mentalen Modells ist analog der Struktur des korrespondierenden Sachverhalts – so, wie dieser wahrgenommen oder vorgestellt wird. Die analoge Struktur eines mentalen Modells kann jedoch beträchtlich variieren. Modelle, in denen quantifizierte Aussagen vorkommen, können z. B. nur Zeichen enthalten, die einzelne Größen oder deren Bezeichnungen repräsentieren. Sie können aber auch räumliche Relationen umfassen oder zeitliche und kausale Relationen zwischen Ereignissen. Für Johnson-Laird ist eine Repräsentation durch mentale Modelle sowohl in ihrer Struktur als auch in ihrer Funktion grundsätzlich verschieden von einer propositionalen Repräsentation, die aus einer Menge von diskreten Informationseinheiten besteht.

Mentale Modelle von Novizen sind aus wissenschaftlicher Sicht oft fehlerbehaftet oder falsch, aus der Alltagsperspektive jedoch durchaus sinnvoll. So berichtet Kempton (1986) von einer in den USA durchgeführten Untersuchung, in der sich zeigte, daß nahezu 50 % der Befragten nicht wußte, wie eine thermostatgeregelte Heizung tatsächlich funktioniert. Viele Personen glaubten, daß es dasselbe sei, den Thermostat auf eine höhere Temperatur einzustellen wie ein Ventil aufzudrehen. Das besondere dieser Modelle aber ist, daß die objektiv falsche Alltagstheorie unter den Bedingungen des Alltags ihren Benutzern ,,genausoviel nützliche Vorhersagen erlaubt wie die (korrekte) Rückkoppelungstheorie" (S. 87). Dies erklärt die Stabilität naiver mentaler Modelle.

Im folgenden stellen wir zwei Ansätze ausführlicher dar, die sich mit dem Wissenserwerb als Aufbau und Verfeinerung mentaler Modelle im physikalischen Gegenstandsbereich befassen, nämlich die Konzeption von de Kleer und Brown sowie von Forbus und Gentner. Beide wurden schwerpunktmäßig im Bereich der Künstlichen Intelligenzforschung unabhängig vom Ansatz Johnson-Lairds (1980, 1983) entwickelt. Der Ansatz wird im Kapitel über Textverstehen in diesem Band genauer behandelt.

Der Ansatz von de Kleer und Brown (1983)

Die Forschungsarbeiten von de Kleer und Brown (1983) zum Aufbau und Erwerb mentaler Modelle orientieren sich am Ansatz der *qualitativen Physik*. In diesem Ansatz wird die Funktionsweise physikalischer Systeme und Ereignisse in qualitativer Form beschrieben und erklärt. Grundlegend ist die Annahme, daß physikalisches Wissen in Form qualitativer Vorstellungen mental repräsentiert ist. Menschen bedienen sich qualitativer Größen (z. B. hoch – niedrig), wenn sie Schlußfolgerungen über die Funktionsweise eines Systems ziehen. Die qualitative Physik bietet gegenüber der klassischen Physik einen alternativen Weg zur Beschreibung physikalischer Phänomene. Sie will physikalische Sachverhalte auf der Basis kausalen Denkens beschreiben. Ein wichtiges Ziel ist die formale Darstellung qualitativer Denkprozesse für die Entwicklung computerunterstützter Expertensysteme in der Physik.

Mentale Modellbildung

Ziel des Ansatzes von de Kleer und Brown ist die Entwicklung eines theoretischen Rahmens, der den Aufbau mentaler Modelle von technischen Systemen erklären soll. Der Aufbau eines mentalen Modells erfolgt auf der Grundlage komplexer Schlußfolgerungsprozesse, in deren Verlauf aufgrund mentaler Repräsentation der strukturellen Eigenschaften des Systems auf der Grundlage einzelner Komponenten dessen funktionale Eigenschaften erschlossen werden. Dieser Prozeß wird als qualitative Simulation bezeichnet und ist ein zentraler Vorgang des Wissenserwerbs.

Die mentale Modellbildung demonstrieren de Kleer und Brown am Beispiel des elektromechanischen Summers. Grundlage für die mentale Simulation zur Erlangung von Wissen über die Funktionsweise einer solchen physikalischen Vorrichtung ist die *topologische Struktur*. Beim elektromechanischen Summer umfaßt diese Struktur die Komponenten Klappschalter, Spule und Batterie, die über Leitungen miteinander verbunden sind. Für jede einzelne Komponente dieser Vorrichtung läßt sich ein *Komponentenmodell* beschreiben. Es repräsentiert die qualitativen Zustände, in denen sich die betreffende Systemkomponente jeweils befindet. So hat z. B. ein Schalter zwei qualitative Zustände: „ein" und „aus". Ein Zustand wird durch einen Definitionsteil und einen Transitionsteil beschrieben. Ist z. B. der Schalter des Summers geöffnet (Zustand „aus"), gibt der Definitionsteil die zugehörigen Attribute der angrenzenden Verbindungen an („Strom fließt nicht"). Der Transitionsteil beschreibt die Attributwerte, die die angrenzenden Verbindungen aufweisen müssen („Strom fließt"), damit der Schalter geschlossen wird (Zustand „ein").

Die Verhaltensmöglichkeiten der einzelnen Systemkomponenten werden nicht als stetige Größen abgebildet, sondern in qualitativer Form beschrieben. Sie bilden die Grundlage für den Prozeß der *qualitativen Simulation*, die auch als *envisioning* bezeichnet wird. Dieser Prozeß entspricht einem komplexen Schlußfolgerungsprozeß, in dessen Verlauf auf der Grundlage der topologischen Struktur und der Verhaltensmöglichkeiten der Komponentenmodelle die funktionalen Eigenschaften des Gesamtsystems erschlossen werden. Ergebnis einer qualitativen Simulation ist die mentale Repräsentation der Funktionsweise eines Gesamtsystems auf der Grundlage der Beschreibung der Zustände und Zustandsänderungen seiner Systemkomponenten in einem *kausalen mentalen Modell*. Eine qualitative Simulation bezogen auf den elektromechanischen Summer könnte z. B. folgendermaßen lauten: „Der Klappschalter des Summers schließt sich und bewirkt, daß auch in der Spule elektrischer Strom fließt. Dadurch wird ein elektromagnetisches Feld aufgebaut, das den Schaltarm anzieht und so den Schalter öffnet. Dies hat zur Folge, daß der Stromfluß unterbrochen und das elektromagnetische Feld aufgebaut wird. Der Schaltarm fällt wieder in die Ausgangssituation zurück und löst so den Prozeß erneut aus" (de Kleer & Brown, 1983, S. 156).

De Kleer und Brown weisen selbst darauf hin, daß die offensichtliche Einfachheit dieses Beispiels einer qualitativen Simulation in gewisser Weise irreführend ist. In dem Beispiel kann jeder Schritt in der Simulation einzig aufgrund der vorausgehenden Schritte vorhergesagt werden. Daher erscheint es einfach, den kausalen Mechanismus zu konstruieren. Dies ist jedoch nicht der Normalfall. Kausale mentale Modelle von Experten stellen sehr komplexe Gefüge dar. So kann ein Ereignis viele andere verursachen und es ist sehr schwierig zu identifizieren, welche der Verhaltensmöglichkeiten tatsächlich eintreten werden.

Nach de Kleer und Brown soll ein Kausalmodell bestimmten *Kriterien* genügen, d. h. *konsistent, korrespondent* und *robust* sein. Ein *konsistentes* Kausalmodell soll frei sein von internen Widersprüchen. Zwei Komponentenmodelle dürfen nicht unterschiedliche Werte für das gleiche Attribut bei einem bestimmten Komponentenzustand aufweisen. Unter *Korrespondenz* (Abbildungstreue) verstehen de Kleer und Brown, daß das Kausalmodell dem Verhalten der physikalischen Vorrichtung entsprechen muß. Damit ein Kausalmodell dem Kriterium der Korrespondenz genügt, müssen das durch *envisioning* abgeleitete Verhalten und das durch Beobachtung des aktuellen Systems festgestellte Verhalten gleich sein. Das Kriterium der *Robustheit* ist dann erfüllt, wenn das Modell auch in anderen Kontexten bei ähnlichen Systemen mit Erfolg zur Erklärung und Vorhersage verwendet werden kann.

Neben dem Wissenserwerb auf der Grundlage der qualitativen Simulation nennen de Kleer und Brown zwei weitere Teilprozesse, die nachfolgend dargestellt werden.

„Robuster machen" und Speicherung externer Information

(1) Im Fortgang des Lernens wird versucht, die Verbindung zwischen Struktur und Funktion robuster zu machen. Das mentale Modell des Lernenden umfaßt stets viele implizite Annahmen, die richtig oder unrichtig sein können. Wenn der Erwerbsprozeß voranschreitet, identifiziert der Lernende diese Annahmen und macht sie explizit. Der Wissenserwerb schreitet voran, indem der Lernende Verletzungen der Konsistenz, der Korrespondenz und der Robustheit entdeckt. Der Lernende kann diesen Fortschritt in bezug auf Robustheit feststellen, wenn er auf Situationen trifft, in denen sein mentales Modell versagt, das Verhalten des Systems zu erklären, oder indem er die Folgen einer hypothetischen Modifikation überprüft und herausfindet, daß es widersprüchlich ist. Immer wenn solche Verletzungen des Modells auftreten, kann der Lernende eine defizitäre Annahme, die seinem Komponentenmodell zugrunde liegt, identifizieren. Dieses Vorgehen erzeugt jedoch stets neue Ambiguitäten für den Simulationsprozeß, der dann durch den expliziten Gebrauch externer funktionaler Information gelöst werden muß.

(2) Ein fortgeschrittenes Stadium des Lernens ist dann erreicht, wenn die explizit gemachten Annahmen mentaler Modelle bei Bedarf abgerufen werden können. Die Ergebnisse des reflektierten Problemlösens werden gespeichert, indem der Lernende die Aspekte des Komponentenmodells festhält, die er aktuell in dem korrekten Kausalmodell über das physikalische Gerät benutzte. Mit diesem Wissen kann der Lernende neue idiosynkratische Komponentenmodelle herstellen und Ambiguitäten früherer Modelle eliminieren. Der Unterschied zwischen weniger robusten und robusten (idiosynkratischen) Modellen besteht darin, daß der Lerner ihre Annahmen artikulieren kann. De Kleer und Brown verdeutlichen dies am Beispiel des Summers. Wenn der *envisioning*-Prozeß mit dem robusten Komponentenmodell begonnen wird, könnte der Lernende zwei mögliche Kausalmodelle entdecken, eines in dem der Summer oszilliert und ein anderes, das nicht oszilliert, in dem der Schalter immer geschlossen ist.

Im allgemeinen beruht die mentale Repräsentation einer physikalischen Vorrichtung auf einer kleinen Anzahl von Regeln einer Komponente; der Lernende kann diese kleine Anzahl identifizieren (wenn er den richtigen Kausalmechanismus identifiziert hat) und sie in ein einfacheres, aber idiosynkratisches Komponentenmodell umformen.

Zusammenfassend läßt sich feststellen, daß der Erwerb von mentalen Modellen über das Funktionieren technisch-physikalischer Vorrichtungen auf der Basis komplexer Schlußfolgerungsprozesse im Sinne der qualitativen Simulation erfolgt. Gegenüber differenzierten Beschreibungen des strukturellen und funktionalen Aufbaus solcher mentalen Modelle im Sinne einer qualitativen Physik sind die Erwerbsprozesse unter psychologischer Sicht noch nicht sehr elaboriert dargestellt. Differenziertere theoretische Überlegungen über solche Prozesse des Wissenserwerbs, in denen die psychologische Perspektive stärkere Beachtung findet, bietet der Ansatz von Forbus und Gentner (1986).

Der Ansatz von Forbus und Gentner (1986)

Forbus und Gentner (1986) haben ein Stufenmodell des Erwerbs physikalischen Wissens vorgelegt, das sich an der qualitativen Prozeßtheorie (Forbus, 1984) und der Struktur-Abbildungstheorie orientiert. Ihr Ansatz wird dem maschinellen Lernen zugeordnet, der zum Ziel hat, Computerprogramme zu entwickeln, die ebensogut lernen wie Menschen. Dazu ist es notwendig zu verstehen, wie menschlicher Wissenserwerb abläuft. Dies setzt differenzierte Überlegungen zum Wissenserwerb voraus. Bevor das Stufenmodell des Wissenserwerbs dargestellt wird, werden zuerst diese beiden Theorieansätze kurz charakterisiert.

Qualitative Prozeßtheorie

Sie untersucht qualitatives Denken in physikalischen Gegenstandsbereichen und geht auf Arbeiten zur qualitativen Simulation von de Kleer und Brown (1983), zur qualitativen Abbildung physikalischer Größen von Forbus (1981) und zur qualitativen Physik von Hayes (1979) zurück. Sie versucht, Vorstellungen über physikalische Prozesse zu formalisieren. Eine zentrale Annahme besagt, daß beim Denken über physikalische Sachverhalte der Prozeßaspekt im Vordergrund steht. Prozeßvorstellungen ermöglichen es, grundlegende Zusammenhänge eines physikalischen Gegenstandsbereichs zu verstehen. Die qualitative Prozeßtheorie richtet sich darauf, diese Prozesse zu beschreiben und die entsprechende Wissensrepräsentation des Lerners zu untersuchen. Ziel der qualitativen Prozeßtheorie ist die Erfassung von Denkvorgängen in formalisierter Weise, um entsprechende Computerimplementationen von Expertensystemen vornehmen zu können.

Struktur-Abbildungstheorie

Sie betrachtet den Vergleich als zentralen Vorgang des Wissenserwerbs. Die Theorie beschreibt Regeln, wie Strukturen eines Basisbereichs in einen Zielbereich überführt werden können. Die grundlegende Annahme ist, daß die Grundstruktur eines Gegenstandsbereichs (Basisbereich) auf einen anderen Gegenstandsbereich (Zielbereich) übertragen werden kann. Die Struktur-Abbildungstheorie unterscheidet vier Arten, wie ein Vergleich zwischen Basisbereich und Zielbereich hergestellt werden kann:

(1) *Tatsächliche Ähnlichkeit* beruht auf einem Vergleich, bei dem eine große Zahl von Objekteigenschaften und Beziehungen von dem Basisbereich (A) in den Zielbereich (B) übernommen werden kann. Dieses Modell geht davon aus, daß die Ähnlichkeit zwischen A und B mit der Größe der Schnittmenge steigt.

(2) *Analogie* wird als ein Vergleich verstanden, bei dem die Relationen zwischen Objekteigenschaften des Basisbereichs in den Zielbereich übernommen werden, von den Eigenschaften der Objekte selbst aber weitgehend abgesehen wird. Die betreffenden Relationen werden in systematischer Weise erfaßt und übernommen.

(3) Als *bloßer Anschein* wird ein Vergleich bezeichnet, bei dem die Eigenschaften von Objekten des Basis- und Zielbereichs als passend erkannt werden, von der Beziehungsstruktur aber abgesehen wird. Es handelt sich hier also um das Gegenteil einer Analogie. Solche Übereinstimmungen sind leicht zu erreichen, erscheinen im Hinblick auf abstrakte Prinzipien allerdings wenig aussagekräftig.

(4) *Abstrakte Abbildung* oder Abstraktion beruht auf einem Vergleich, bei dem als Basisbereich eine abstrakte Beziehungsstruktur grundlegend ist. Dies kann eine Regel oder ein allgemeines Gesetz sein, das auf eine wahrgenommene Beziehungsstruktur von Objekten übertragen wird. Wie im Fall der Analogie werden auch hier Relationen übertragen. Die abstrakte Abbildung unterscheidet sich von der Analogie allerdings dadurch, daß der Basisbereich kaum noch Objekteigenschaften enthält. Die Anwendung einer Regel auf eine Situation ist ein Beispiel für eine abstrakte Abbildung.

Die Verwendung des Vergleichs beim Wissenserwerb hängt ab von der *Zugänglichkeit*, d. h. der Wahrscheinlichkeit, daß eine Übereinstimmung überhaupt bemerkt wird. Notwendig dafür ist die Vertrautheit mit dem Basisbereich und der Grad der Übereinstimmung zwischen Basis- und Zielbereich. Eine weitere Voraussetzung für die Verwendung des Vergleichs ist der *Nutzen*, der sich aus der Übereinstimmung ziehen läßt. Er ist davon abhängig, ob der Inhalt der Übereinstimmung etwas mit der jeweiligen Aufgabe zu tun hat. Außerdem spielt die *Analysierbarkeit* eine Rolle, d. h. die Leichtigkeit oder Schwierigkeit, mit der eine Übereinstimmung erkannt und ausgedrückt werden kann. In dieser Hinsicht bestehen große Unterschiede zwischen den oben angeführten Arten von Vergleichen. Für den unerfahrenen Lerner ist die tatsächliche Ähnlichkeit der am leichtesten zugängliche Vergleich, während die abstrakte Abbildung am schwierigsten ist. Analogien nehmen eine mittlere Stellung ein (vgl. Brown & Campione, 1984; Gick & Holyoak, 1983). Auch aus der Entwicklungspsychologie gibt es Hinweise darauf, daß Vergleiche, die auf tatsächlicher Ähnlichkeit beruhen, vor Analogie und abstrakter Abbildung im Wissenserwerb verwendet werden. Untersuchungen bei Kindern zeigen eine Entwicklung von reichhaltigen, konkreten Anschauungen zu abstrakten, mehr auf Regeln gestützten Denkinhalten. Die Befunde aus der

Experten-Novizenforschung zeigen, daß Experten bei Vergleichen tiefergehende und abstraktere Kriterien anlegen, während sich Anfänger mehr auf oberflächliche Merkmale beziehen (Larkin, 1983).

Stufenmodell des Wissenserwerbs

Vor dem Hintergrund der qualitativen Prozeßtheorie und der Struktur-Abbildungstheorie beschreiben Forbus und Gentner den Erwerb physikalischer Sachverhalte unter entwicklungspsychologischer Perspektive. Ihr *Stufenmodell des Wissenserwerbs* umfaßt vier aufeinander aufbauende Modelle. Prototypische Erfahrungen, Ursachen-Annahmen, naive physikalische Theorien, Expertenwissen.

(1) *Prototypische Erfahrungen (protohistories)*
Prototypische Erfahrungen werden als einfache mentale Modelle einer physikalischen Domäne angesehen. Die Bildung prototypischer Erfahrungen schließt ein, daß Erfahrungen entsprechend der wahrgenommenen tatsächlichen Ähnlichkeit in Klassen eingeteilt werden, über die jeweils im Sinne einer Zusammenfassung abstrahiert wird. Hinweise auf diesen Vorgang ergeben sich für Forbus und Gentner aus Untersuchungen über die Bildung von Objektprototypen. Sie zeigen, daß Personen in der Lage sind, implizit (d. h. unbewußt) einen Vergleich von Objektmerkmalen vorzunehmen. Dabei ist für einen Prototyp nicht nur die Summe von gemeinsamen Merkmalen, sondern auch die Anordnung der Merkmale wichtig. Ein so gebildeter Prototyp hat großen Einfluß auf die nachfolgende Verarbeitung von Erfahrung. Prototypische Erfahrungen werden unbewußt gebildet, verhalten sich wie zusammengesetzte Konzepte, sind sensitiv für Ereignisse auf dem Gebiet der Wahrnehmung und zeigen die Identifikationskraft sowie andere psychologische Eigenschaften von Prototypen.

(2) *Ursachen-Annahmen* (causal corpus)
Forbus und Gentner gehen davon aus, daß auf der Grundlage von prototypischen Erfahrungen Ursachen-Annahmen gebildet werden. Ursache wird hier als Näherungskonzept betrachtet, als schwache Form einer ontologischen Festlegung. Ursache drückt die Ansicht aus, daß irgendein Mechanismus existiert, der durch eine Theorie erklärt wird. Die meisten Ursachen-Annahmen sind binäre Beziehungen zwischen zwei Variablen, z. B. „Größere Gegenstände sind schwerer" (Carey, 1985) oder „Kleinere Gegenstände klingen höher, wenn man sie anschlägt" (di Sessa, 1983). Die Ursachen-Annahmen sind sehr einfach, die angenommenen Kausalbeziehungen müssen weder explizit noch in sich schlüssig sein. Forbus und Gentner nehmen auch an, daß in diesem Stadium viele Ursachen-Annahmen falsch sind, da Anfänger oft korrelative Beziehungen als Ursachen-Annahmen annehmen.

Die Bildung von Ursachen-Annahmen dient drei Zwecken. Erstens reduziert sie das vorhandene Datenmaterial. Zweitens sorgt sie für heuristische Kriterien, mit denen direkte Schlüsse gezogen werden können. Drittens kann eine Sammlung von Ursachen-Annahmen dazu benutzt werden, nach umfassenden Theorien eines Teilgebiets zu suchen. Ursachen-Annahmen deuten Verbindungen zwischen vielen Aspekten eines Teilgebiets an, die eine umfassende Theorie dann entweder bestätigt oder ausschließt. Zur Ausbildung und Korrektur von Ursachen-Annahmen nennen Forbus und Gentner drei Modi.

Der *erste* Modus besteht darin, Kausalität aus einem gemeinsamen Auftreten zu schließen, z. B.: „Wenn Du immer A vor B siehst, dann nimm an: Ursache (A, B)“ und „Ist A immer dann wahr, wenn B wahr ist, dann nimm an: Ursache (A, B)“.

Der *zweite* Modus des Erwerbs von Ursachen-Annahmen besteht darin, diese auf ihre Widerspruchsfreiheit zu überprüfen. Forbus und Gentner kennzeichnen diese Art des Lernens als Herstellen von Kohärenz. Ein Problem stellt die Aufstellung von Kriterien dar, nach denen die Widerspruchsfreiheit von Ursachen-Annahmen überprüft werden sollen.

Der *dritte* Modus, der auf die Erweiterung der Ursachen-Annahmen abzielt, umfaßt Analogien (Gentner & Gentner, 1983). Die Ursachen-Beziehungen eines Gegenstandsbereichs lassen sich auf einen anderen übertragen, in dem Ursache den Rang einer einschränkenden Beziehung besitzt.

(3) *Naive physikalische Theorien*

Im Rahmen dieses Modelltyps werden Ursachen-Annahmen durch Theorien über Mechanismen von Veränderungen ersetzt. Die Auffassung über einen Sachverhalt wird erweitert durch das Einbeziehen von Prozessen zur Beschreibung beobachteter Veränderungen. Sie umfaßt auch Eigenschaften und Zustände, die nicht direkt sichtbar sind, z. B. Wärme und Wärmefluß, sowie neue Beziehungen, die zu ihrer Beschreibung nötig sind, wie z. B. Flüssigkeits- oder Wärmeleitungen. Ein wichtiger Vorzug dieser Modelle ist es, daß sie erlauben, per exclusionem zu argumentieren. Anders als in vorhergehenden Stufen enthalten selbst falsche Vorhersagen noch Informationen über das Problem. Fließt z. B. Flüssigkeit in einen Behälter und der Spiegel steigt nicht an, ist es sinnvoll anzunehmen, daß die Flüssigkeit auf einem unbekannten Weg entweicht. Die Hauptschwierigkeiten beim Erwerb naiver physikalischer Theorien ist, eine Sprache für die Beschreibung der Prozesse zu finden, die Erfahrungen widerspruchsfrei abbilden. Der Lerner muß unwichtige Aussagen aus dem Bereich prototypischer Erfahrungen und Ursachen-Annahmen ausschließen. Außerdem ist es für den Lernenden manchmal notwendig, die Existenz von Gegenständen, Zuständen oder Eigenschaften anzunehmen, die nicht direkt beobachtbar sind.

(4) *Expertenwissen*

Beschränkungen der bisher dargestellten Modelle liegen in der Natur der qualitativen Repräsentation (de Kleer, 1979; Forbus, 1984) und im Fehlen gegenstandsunabhängiger Generalisierungen. Die Stufe des Expertenwissens soll diese Beschränkungen überwinden.

Der Übergang zum Expertenwissen betrifft verschiedene Aspekte des Wissenserwerbs. Einige liegen wahrscheinlich außerhalb des Erfahrungslernens, z. B. werden mathematische Modelle üblicherweise eher durch Unterricht als durch eigene Erfahrungen erworben. Beim Übergang von naivem physikalischem Wissen zu Expertenwissen wird die bestehende qualitative Repräsentationen in quantitative Aussagen überführt, wobei als Sprache die Mathematik dient. Durch das Übertragen einer physikalischen Theorie in ein mathematisches Modell gewinnt der Lerner die Fähigkeit, präzise Vorhersagen zu treffen und wirksame Verallgemeinerungen leichter zu erkennen. Zum Expertenwissen gehören auch allgemeine Regeln, die nicht nur Wissen umfassen, was möglich ist, sondern auch Wissen darüber, was wahrscheinlich ist. Der Lernende muß herausfinden, welche durch qualitative Betrachtung gefundenen Ergebnisse wahrscheinlich oder unwahrscheinlich sind und welche möglichen Wechselwirkungen ignoriert werden können. Es wird auch angenommen, daß einige generelle Regeln auf der Grundlage prototypischer Erfahrungen gebildet werden.

Zusammenfassend sind für den Ansatz von Forbus und Gentner drei grundlegende Prinzipien maßgebend: Erstens schreitet der Wissenserwerb vom Konkreten zum Abstrakten voran. Wissensstrukturen enthalten am Anfang mehr kontextspezifische Information als später. Zweitens entwickeln Lerner mit ausreichender Erfahrung Modelle, die auf den Vorstellungen über physikalische Prozesse aufbauen, wie sie in der qualitativen Prozeßtheorie beschrieben werden. Drittens spielt der Vorgang des Vergleichens und Übertragens, wie ihn die Struktur-Abbildungstheorie zwischen gespeichertem und neuem Wissen annimmt, eine zentrale Rolle im Erfahrungslernen.

Diskussion

Die in der jüngsten Zeit vorgelegten theoretischen Entwürfe zum Erwerb und Aufbau von mentalen Modellen sind vielversprechend. Allerdings stehen Überprüfung ihrer Modellannahmen durch Computersimulation und die Absicherung durch empirische Untersuchungen noch am Anfang.

Der inhaltliche Schwerpunkt der hier dargestellten mentalen Modelle liegt im physikalischen Gegenstandsbereich. Ein Grund dafür liegt darin, daß physikalische Systeme im Vergleich zu vielen sozialwissenschaftlichen Domänen einen überschaubaren und klar strukturierten Problemraum umfassen und somit das Verstehen und der Erwerb leichter modelliert werden können.

Der Erwerb mentaler Modelle wird im Ansatz von de Kleer und Brown sehr stark unter funktionalen Aspekten des jeweiligen physikalischen technischen Systems betrachtet. Dazu sind differenzierte strukturelle und funktionale Analysen des Gegenstandsbereichs notwendig.

In einer neueren Veröffentlichung erweiterten de Kleer und Brown (1984) ihre physikalische Systembeschreibung, indem sie für die Simulation generischen Verhaltens physikalischer Geräte das Konzept der qualitativen Differentialgleichungen einführten. Dadurch wird eine differenziertere Modellierung der Erwerbsprozesse möglich.

Der Wissenserwerb mentaler Modelle wird unter psychologischer Perspektive als komplexer Schlußfolgerungsprozeß im Sinne der qualitativen Simulation gesehen. Sie ermöglicht dem Lernenden, sich die Funktion des Geräts zu veranschaulichen, ein mentales Modell aufzubauen. Als spezifische Teilprozesse des Wissenserwerbs, die allerdings wenig präzise beschrieben werden, nennen de Kleer und Brown: das Herstellen einer Verbindung zwischen der Struktur des physikalischen Geräts und seiner Funktionsweise, das Robustermachen dieser Verbindung durch Explikation von Annahmen und die Berücksichtigung dieser explizierten Annahmen in neuen Situationen.

Der Ansatz, der von Forbus und Gentner (1986) im Bereich des maschinellen Lernens entwickelt wurde, weist gegenüber dem von de Kleer und Brown (1983) differenziertere psychologische Ausführungen zum Wissenserwerb auf. Neben der qualitativen psychologischen Prozeßtheorie kommt in diesem Ansatz der Struktur-Abbildungstheorie eine besondere Bedeutung zu. Sie beinhaltet als einen zentralen Aspekt unterschiedliche Arten des Vergleichs zwischen einem bestimmten aktuellen Szenarium und bereits vorhandenem Wissen eines Lernenden. Dabei wird insbesondere die Relevanz des Wissenserwerbs durch Analogiebildung herausgestellt. Von besonderem Interesse ist das Stufenmodell zum Wissenserwerb physikalischer Sachverhalte in Form aufeinander aufbauender mentaler Modelle, die eine gute Heuristik für empirische Untersuchungen darstellen. Forbus und Gentner versuchen, ihre Annahmen durch eine Zusammenstellung von Belegen aus verschiedenen Fachgebieten wie Entwicklungspsychologie und Lernpsychologie zu stützen. Insgesamt befindet sich auch dieser Ansatz noch im Anfangsstadium, in dem eher Fragestellungen spezifiziert werden als Antworten gegeben werden können. In vielen Fällen fehlen direkte Beweise für die aufgestellten Behauptungen. Erfolgversprechende Untersuchungen zum Aufbau und Erwerb mentaler Modelle müssen folgende Schritte umfassen (s. Opwis, 1986, S. 33):

(1) Es muß eine präzise Vorstellung davon entwickelt werden, was von einer Person beim Umgang mit einem dynamischen System zu lernen ist. Hiermit korrespondiert die Notwendigkeit einer detaillierten Analyse des dem System zugrundeliegenden Wissensinhalts.

(2) Für das angestrebte Ziel müssen die relevanten Begriffe, Konzepte und Techniken aufgearbeitet werden, wie sie innerhalb der kognitiven Psychologie zur Modellierung psychischer Prozesse und Strukturen entwickelt wurden.

(3) Die unter Punkt 1 und 2 durchgeführten Analysen und Überlegungen müssen in ein Computermodell umgesetzt werden. Dies erfordert eine computergerechte Formalisierung der Annahmen, die das mentale Modell definieren, wie kognitive Strukturen und auf ihnen operierende Prozesse.

(4) Im Anschluß daran soll eine empirische Überprüfung des Computermodells auf der Grundlage detaillierter Analysen geeigneter Daten zum Informationsverarbeitungsprozeß von Individuen erfolgen.

Diese Untersuchungsschritte sind notwendig, um spezifische mentale Modelle zu entwickeln und empirisch zu überprüfen, um auf dieser Grundlage den Ansatz mentaler Modelle weiterzuentwickeln.

Schlußbetrachtung

Die drei diskutierten theoretischen Ansätze vermitteln ein heterogenes Bild vom Stand der Theorieentwicklung zum Wissenserwerb. Jeder dieser Ansätze definiert sich seinen Gegenstandsbereich unter seiner spezifischen Perspektive. Der Ansatz der Schematheorien bezieht sich in erster Linie auf den strukturellen Aspekt beim Erwerb von Wissen. Der Ansatz der Produktionssysteme stellt den prozeduralen Aspekt in den Vordergrund und betrachtet den Wissenserwerb unter dem Aspekt des Erwerbs kognitiver Fertigkeiten. Der Ansatz der mentalen Modelle berücksichtigt sowohl strukturelle als auch prozessuale Aspekte und eröffnet die Möglichkeit einer integrierten Sichtweise, wobei der Wissenserwerb als Aufbau und Verfeinerung mentaler Modelle aufgefaßt wird.

Insgesamt gesehen richten sich die drei Ansätze unter der Perspektive der Wissenspsychologie auf Phänomene des Lernens, wie Verallgemeinerung und Transfer oder Spezialisierung und Festigung von Wissen. In der Schematheorie sind Umstrukturierung und Feinabstimmung die zentralen theoretischen Konstrukte, mit denen Generalisierung und Spezialisierung von Wissen beschrieben wird. Im Ansatz der Produktionssysteme stehen hierfür die Wissenskompilierung und die Verfeinerung durch Generalisation, Diskrimination und Verstärkung von Produktionsregeln, während für den Ansatz der mentalen Modelle der Erwerb und die Verfeinerung im Sinne des ,,Robuster-machens" interner Modelle und ihre Ausdifferenzierung über verschiedene Entwicklungsstadien hervorzuheben wäre. Für eine mögliche Integration dieser Ansätze bietet sich am ehesten der Ansatz mentaler Modelle an.

Die Ansätze sind vorwiegend kognitivistisch orientiert, wobei eine zunehmend stärkere Orientierung an der KI-Forschung und Computersimulation festzustellen ist. Der Gewinn für die Psychologie liegt in einer präziseren Beschreibungsmöglichkeit, die zur Erhöhung der internen Konsistenz von Theorien beitragen kann. Die Gefahr liegt allerdings in der unreflektierten Übernahme von Methoden der KI-Forschung auf den psychologischen Gegenstandsbereich unter Vernachlässigung der empirischen Überprüfung von Modellannahmen. Ein weiteres Problem ist darin zu sehen, daß die theoretischen Ansätze wesentliche Aspekte, die im Zusammenhang mit Wissenserwerb stehen, wie Motivation, Interessen, Bedürfnisse usw., bisher kaum berücksichtigen. Es erscheint erforderlich, diese Aspekte zukünftig in stärkerem Maße einzubeziehen.

Literatur

Abelson, R. P. (1976). Script processing in attitude formation and decision making. In J. S. Carroll & J. W. Payne (Eds.), *Cog. and soc. beh.* (pp. 33–46). Hillsdale, N. J.: Erlbaum.

Adams, L. T., & Worden, P. E. (1986). Script development and memory organization in preschool and elementary school children. *Discourse Processes, 9*, 149–166.

Anderson, J. R. (1976). *Language, memory and thought*. Hillsdale, N. J.: Erlbaum.
Anderson, J. R. (1982). Acquisition of cognitive skills. *Psychological Review, 89*, 369–406.
Anderson, J. R. (1983). *The architecture of cognition*. Cambridge, Mass.: Harvard Univ. Press.
Anderson, J. R. (1984). Acquisition of proof skills in geometry. In R. S. Michalski, J. G. Carbonell & T. M. Mitchell (Eds.), *Machine learning* (Vol. 1) (pp. 191–219). Berlin: Springer.
Anderson, R. C., & Pearson, P. D. (1984). A schema-theoretic view of basic processes in reading comprehension. In P. D. Pearson (Ed.), *Handbook of reading research* (pp. 255–291). New York, London: Longman.
Anderson, R. C., & Pichert, J. W. (1978). Recall of previously unrecallable information following a shift in perspective. *Journal of Verbal Learning and Verbal Behavior, 17*, 1–12.
Anderson, R. C., Pichert, J. W., & Shirey, L. L. (1983). Effects of the readers schema at different points in time. *Journal of Educational Psychology, 75*, 271–279.
Ausubel, D. P. (1978). In defense of advance organizers: A reply to critics. *Review of Educational Research, 48*, 251–257.
Ballstaedt, St.-P., & Mandl, H. (1987). Knowledge modification during reading. In J. P. Rossi & G. Denhière (Eds.), *Texts and text processing (Les textes et leur traitement)*
Ballstaedt, St.-P., Mandl, H., Schnotz, W., & Tergan, S.-O. (1981). *Texte verstehen – Texte gestalten*. München: Urban & Schwarzenberg.
Bartlett, F. C. (1932). *Remembering*. Cambridge: Cambridge University Press.
Bauer, J., & Wender, K.-F. (1986). *Komposition beim Erwerb von Handlungswissen*. Manuskript. Braunschweig: Institut für Psychologie.
Berlyne, D. E. (1960). *Conflict, arousal and curiosity*. New York: McGraw Hill.
Bobrow, D. G., & Winograd, T. (1977). An overview of KRL, a knowledge representation language. *Cognitive Science, 1*, 3–46.
Bower, G. H., Black, J. B., & Turner, T. J. (1979). Scripts in memory for text. *Cognitive Psychology, 11*, 177–220.
Bransford, J. D., & Johnson, M. K. (1972). Contextual prerequisites for understanding: Some investigations of comprehension and recall. *Journal of Verbal Learning and Verbal Behavior, 11*, 717–726.
Brewer, W. F., & Nakamura, G. V. (1984). The nature and functions of schemata. Center for the Study of Reading, Technical Report No. 325, University of Illinois at Urbana-Champaign, September 1984. To appear in R. S. Wyer & T. K. Krull (Eds.), *Handbook of social cognition* (in press). Hillsdale, N. J.: Erlbaum.
Britton, B. K., Piha, A., Davis, J., & Wehausen, E. (1978). Reading and cognitive capacity usage: Adjunct questions effects. *Memory and Cognition, 6*, 266–273.
Britton, B. K., Meyer, B. J. F., Simpson, R., Holdredge, T. S., & Curry, C. (1979). Effects of the organization of texts on memory: Tests of two implications of a selective attention hypothesis. *Journal of Exp. Psychology: Human Learning and Memory, 5*, 496–506.
Brooks, L. W., & Dansereau, D. F. (1981). *Knowledge schema training and descriptive prose processing*. Paper presented at the American Educational Research Association Annual Meeting, Los Angeles, California, April 1981.
Brown, A. L., & Campione, J. C. (1984). Three faces of transfer: Implications for early competence, individual differences, and instruction. In M. E. Lamb, A. L. Brown & B. Rogoff (Eds.), *Advances in developmental psychology* (pp. 143–192).
Carey, S. (1985). Are children fundamentally different kinds of thinkers and learners than adults? In S. Chipman, J. Segal & R. Glaser (Eds.), *Thinking and learning skills* (Vol. 2) (pp. 485–517). Hillsdale, N. J.: Erlbaum.
Chase, W. G., & Simons, H. A. (1973). The mind's eye in chess. In W. G. Chase (Ed.), *Visual information processing* (pp. 215–282). New York: Academic Press.
Chiesi, H. L., Spillich, G. J., & Voss, J. F. (1979). Acquisition of domain-related information in relation to high and low domain knowledge. *Journal of Verbal Learning and Verbal Behavior, 18*, 257–273.

Cirilo, R. K., & Foss, D. J. (1980). Text structure and reading time for sentences. *Journal of Verbal Learning and Verbal Behavior, 19*, 96–109.

Claxton, G. (1978). Special review feature: Memory research. *British Journal of Psychology, 69*, 513–520.

de Kleer, J. (1979). *Causal and teleological reasoning in circuit recognition*. Technical Report No. 529. AI Lab., MIT.

de Kleer, J., & Brown, J. S. (1983). Assumptions and ambiguities in mechanistic mental models. In D. Gentner & A. L. Stevens (Eds.), *Mental models* (pp. 155–190). Hillsdale, N. J.: Erlbaum.

de Kleer, J., & Brown, J. S. (1984). A qualitative physics based on confluences. *Artificial Intelligence, 24*, 7–83.

di Sessa, A. (1983). Phenomenology and the evolution of intuition. In D. Gentner & A. L. Stevens (Eds.), *Mental models* (pp. 15–33). Hillsdale, N. J.: Erlbaum.

Dörr, G., Seel, N. M., & Strittmatter, P. (1986). Mentale Modelle: Alter Wein in neuen Schläuchen? *Unterrichtswissenschaft, 2*, 168–189.

Dooling, D. J., & Lachman, R. (1971). Effects of comprehension on retention of prose. *Journal of Experimental Psychology, 88*, 216–222.

Dooling, D. J., & Mullett, R. L. (1973). Locus of thematic effects in retention of prose. *Journal of Experimental Psychology, 97*, 404–406.

Eberleh, E. (1986). *Änderung der Zugreifbarkeit auf Wissen als Folge von Übung?* Vortrag auf der 28. Tagung exper. arbeitender Psychologen in Saarbrücken, 23.–27. März 1986.

Fillmore, C. J. (1975). An alternative to checklist theories of meaning. In *Proceedings of the first annual meeting of the Berkeley Linguistics Society*, University of California, Berkeley.

Fitts, P. M. (1964). Perceptual-motor skill learning. In A. W. Melton (Ed.), *Categories of human learning* (pp. 243–285). New York: Academic Press.

Forbus, K. D. (1981). *Qualitative reasoning about physical processes*. Proceedings of the Seventh IJCAI (pp. 326–330) Vancouver.

Forbus, K. D. (1984). *Qualitative process theory*. Technical Report No. 789, AI Lab, MIT.

Forbus, K. D., & Gentner, D. (1986). Learning physical domains: Toward a theoretical framework. In R. S. Michalski, J. G. Carbonell & T. M. Mitchell (Eds.), *Machine learning*, An artificial intelligence approach (Vol. 2) (pp. 311–348). Los Altos: Morgan Kaufmann Publishers.

Forgy, C. L. (1981). *OPS5 user's manual*. Pittsbourgh, PA: Carnegie-Mellon University, Department of Computer Science.

Forgy, C. L., & McDermott, J. (1977). OPS, a domain-independent production system language. *Proceedings of the fifth Intern. Joint Conf. on Artificial Intelligence*, 933–939.

Friedman, A. (1979). Framing pictures: The role of knowledge in automatized encoding and memory for gist. *Journal of Experimental Psychology: General, 108*, 316–355.

Gentner, D. (1978). Der experimentelle Nachweis der psychologischen Realität semantischer Komponenten: Die Verben des Besitzes. In D. A. Norman & D. E. Rumelhart (Hg.), *Strukturen des Wissens* (S. 213–247). Stuttgart: Klett-Cotta.

Gentner, D., & Gentner, D. R. (1983). Flowing waters or teeming crowds: Mental models of electricity. In Gentner, D. & Stevens, A. L. (Eds.), *Mental Models* (pp. 99–130). Hillsdale, N. J.: Erlbaum.

Gentner, D., & Stevens, A. L. (Eds.) (1983). *Mental models*. Hillsdale, N. J.: Erlbaum.

Gick, M. L., & Holyoak, K. J. (1983). Schema induction and analogical transfer. *Cognitive Psychology, 15*, 1–38.

Goetz, E. T., Schallert, D. L., Reynolds, R. E., & Radin, D. J. (1983). Reading in perspective: What real cops and pretend burglars look for in a story. *Journal of Educational Psychology, 75*, 500–510.

Graesser, A. C. (1981). *Prose comprehension beyond the word*. New York, Heidelberg, Berlin: Springer.

Hayes, P. J. (1979). The naive manifesto. In D. Michie (Ed.), *Expert systems in the microelectronic age*. Edinburgh: Edinburgh University Press.
Herrmann, Th. (1982). Über begriffliche Schwächen kognitivistischer Kognitionstheorien: Begriffsinflation und Akteur-System-Kontamination. *Zeitschrift für Sprache & Kognition, 1*, 3–14.
Holyoak, K. J. (1984). Mental models in problem solving. In J. R. Anderson & S. M. Kosslyn (Eds.), *Tutorials in learning and memory* (pp. 193–218). San Francisco: Freeman.
Johnson-Laird, P. N. (1980). Mental models in cognitive science, *Cogn. Sci. 4*, 71–115.
Johnson-Laird, P. N. (1983). *Mental models. Towards a cognitive science of language, inference, and consciousness*. Cambridge: Harvard University Press.
Kempton, W. (1986). Two theories of home heat control. *Cognitive Science, 10*, 75–90.
Kieras, D. E. (1982). A model of reader strategy for abstracting main ideas from simple technical prose. *Text, 2*, 47–82.
Kieras, D. E., & Bovair, S. (1986). The acquisition of procedures from text: A production-system analysis of transfer of training. *Journal of Memory and Language, 25*, 507–524.
Kluwe, R. H., & Spada, H. (1981). Wissen und seine Veränderung: Einige psychologische Beschreibungsansätze. In K. Foppa & R. Groner (Hg.), *Kognitive Strukturen und ihre Entwicklung* (S. 284–327). Bern: Huber.
Langley, P. (1983). Exploring the space of cognitive architectures. *Behavior Research Methods & Instrumentation, 15*, 289–299.
Langley, P., & Neches, R. (1981). *PRISM user's manual*. Pittsburgh, PA: Carnegie-Mellon University, Department of Computer Science.
Larkin, J. H. (1983). The role of problem representation in physics. In D. Gentner & A. L. Stevens (Eds.), *Mental models* (pp. 75–98). Hillsdale, N. J.: Erlbaum.
Luchins, A. S. (1945). Mechanization in problem solving. *Psychol. Monographs, 58 (270)*.
Mandl, H., & Ballstaedt, St.-P. (1986). Assessment of conceptbuilding in text comprehension. In F. Klix & H. Hagendorf (Eds.), *Human memory and cognitive capabilities. Mechanisms and performances* (pp. 861–870). Amsterdam: North-Holland.
Mandler, J. M. (1978). A code in the node: The use of a story schema in retrieval. *Discourse Processes, 1*, 14–35.
Mandler, J. M. (1983). Structural invariants in development. In L. S. Liben (Ed.), *Piaget and the foundations of knowledge* (pp. 97–124). Hillsdale, N. J.: Erlbaum.
Martin, J., Harrod, W., & Siehl, C. (1980). *The development of knowledge structures*. Research Paper No. 557. Graduate School of Business, Stanford University.
Mayer, R. E. (1975). Different problem solving competencies established in learning computer programming with and without meaningful models. *Journal of Educational Psychology, 67*, 725–734.
Michalski, R. S., Carbonell, J. G., & Mitchell, T. M. (Eds.) (1984). *Machine learning*. Berlin: Springer.
Minsky, A. (1975). A framework for representing knowledge. In P. H. Winston (Ed.), *The psychology of computer vision* (pp. 211–277). New York: McGraw-Hill.
Nelson, K. (1978). How children represent knowledge of their world in and out of language: A preliminary report. In R. S. Siegler (Ed.), *Children's thinking: What develops?* (pp. 255–273). Hillsdale, N. J.: Erlbaum.
Neves, D., & Anderson, J. R. (1981). Knowledge compilation: Mechanisms for the automatization of cognitive skills. In J. R. Anderson (Ed.), *Cognitive skills and their acquisition* (pp. 57–84). Hillsdale, N. J.: Erlbaum.
Newell, A. (1973). Production systems: Models of control structure. In W. G. Chase (Ed.), Visual information processing. New York: Academic Press, 463–526.
Ohlsson, S. (1984). *PRISM: Tutorial, manual and documentation*. Pittsbourgh, PA: Carnegie-Mellon University.
Opwis, K. (1986). *Mentale Modelle dynamischer Systeme: Analyse und Weiterführung methodischer Grundlagen von psychologischen Experimenten zum Umgang von Personen mit*

Systemen. Forschungsberichte des Psychologischen Instituts der Albert-Ludwig-Universität Freiburg i. Br.

Oswald, M. (1980). *Jenseits der Methodologie des Behaviorismus. Eine Analyse der methodologischen Grundlagen behavioristischer und kognitiver Theorien*. Diss., Mannheim.

Pohl, R. (1986). *Gibt es zwei unabhängige Gedächtnisspeicher für Textinformation und Handlungswissen?* Manuskript. Inst. f. Psychologie der Techn. Univ. Braunschweig.

Post, E. L. (1943). Formal reductions of the general combinatorial decision problem. American Journal of Mathematics, 65, 197–215.

Reynolds, R. E., & Anderson, R. C. (1978). Influence of questions on the allocation of attention during reading. *Journal of Educational Psychology, 74*, 623–632.

Rothkopf, E. Z., & Billington, M. J. (1979). Goal guided learning from text: Inferring a descriptive processing model from inspection times and eye movements. *Journal of Educational Psychology, 71*, 310–327.

Rumelhart, D. E. (1975). Notes on a schema for stories. In D. G. Bobrow & A. Collins (Eds.), *Representation and understanding* (pp. 211–236). New York: Academic Press.

Rumelhart, D. E., & Ortony, A. (1977). The representation of knowledge in memory. In R. C. Anderson, R. J. Spiro & W. E. Montague (Eds.), *Schooling and the acquisition of knowledge* (pp. 99–135). Hillsdale, N. J.: Erlbaum.

Rumelhart, D. E., & Norman, D. A. (1978). Accretion, tuning, and restructuring: Three modes of learning. In J. W. Cotton & R. L. Klatzky (Eds.), *Semantic factors in cognition* (pp. 37–53). Hillsdale, N. J.: Erlbaum.

Rumelhart, D. E., & Norman, D. A. (1983). Representation in memory. Department of Psychology and Institute for Cognitive Science. University of California, San Diego, La Jolla. To appear in R. C. Atkinson, R. J. Herrnstein, G. Lindzey & R. D. Luce (Eds.), *Handbook of experimental psychology* (in preparation). New York: Wiley.

Sauers, R., & Farrell, R. (1982). *Grapes user's manual*. Pittsburgh, PA: Carnegie-Mellon University, Department of Psychology.

Schank, R. C., & Abelson, R. P. (1977). *Scripts, plans, goals and understanding*. Hillsdale, N. J.; Erlbaum.

Schmidt, R. A. (1975). A schema theory of discrete motor skill learning. *Psychological Review, 82,* 225–260.

Seel, N. M. (1986). Wissenserwerb durch Medien und ,,mentale Modelle". *Unterrichtswissenschaft, 4*, 384–401.

Spada, H., & Reimann, P. (1986). Hypothesis formation in knowledge acquisition: Preparing the ground for an Intelligent Tutorial System. In F. Klix & H. Hagendorf (Eds.), Human memory and cognitive capabilities (pp. 951–961). Amsterdam: North-Holland.

Tergan, S.-O. (1986). *Modelle der Wissensrepräsentation als Grundlage qualitativer Wissensdiagnostik*. Opladen: Westdeutscher Verlag.

Thorndyke, P. W. (1984). Applications of schema theory in cognitive research. In J. R. Anderson & St. M. Kosslyn (Eds.), *Tutorials in learning and memory* (pp. 167–191). San Francisco: Freeman.

Thorndyke, P. W., & Hayes-Roth, F. (1979). The use of schemata in the acquisition and transfer of knowledge. *Cognitive Psychology, 11*, 82–106.

Topp, B. W., Kulhavy, R. W., & Webb, K. S. (1986), *Schemata, reading, and remembering: Prior knowledge effects during encoding and retrieval*. Paper presented at the Annual Meeting of the American Educational Research Association, San Francisco, April 1986.

Waloszek, G. (1985). *Einführung in die Simulation mit Produktionssystemen. Vorlesungsskript*. Institut für Psychologie der Technischen Universität Braunschweig.

7 Wissensentwicklung und Wissenserwerb

Franz E. Weinert und Michael R. Waldmann

Die wissenschaftliche Entwicklungspsychologie hat ihre Wurzeln im biologischen und philosophischen Denken des 19. Jahrhunderts. Aus der Biologie entlehnte Konzepte wie „Wachstum", „Reifung" oder „Entfaltung" lenkten die Aufmerksamkeit lange Zeit auf die Entwicklung formal und generell definierter Gedächtnis-, Denk- und Willensfähigkeiten. Im Mittelpunkt des wissenschaftlichen Interesses standen spontan ablaufende alterskorrelierte Veränderungen allgemeiner mentaler Leistungsbereitschaften als notwendige Voraussetzungen für den Erwerb spezieller Fertigkeiten, Kenntnisse und Handlungsformen. Es ist deshalb nicht erstaunlich, daß der Begriff „Wissen" in den klassischen Handbüchern der Entwicklungspsychologie völlig fehlt (Murchison, 1933; Carmichael, 1946; Thomae, 1959). Das änderte sich erst mit der von Mussen herausgegebenen 3. Auflage von „Carmichael's Manual on Child Psychology" (1970), bleibt allerdings auch in diesem umfassenden zweibändigen Werk auf ein Kapitel beschränkt.

Interessanterweise handelt es sich dabei um Jean Piagets Darstellung seiner eigenen Theorie. Nach den Kernannahmen dieses theoretischen Ansatzes versteht man unter kognitiver Entwicklung einen Prozeß der progressiven Konstruktion von Erkenntnismöglichkeiten durch aktive Auseinandersetzungen des Subjekts mit der Objektwelt. Dabei wird zwischen der Entwicklung allgemeiner Denkstrukturen (z. B. generelle Operationsmodi) und dem Erwerb spezifischer Inhalte durch Lernen (z. B. Lesen lernen oder Aneignung biologischer Kenntnisse) unterschieden. Piaget hat häufig betont, „daß Lernen von den Entwicklungsmechanismen abzuhängen und nur stabil zu werden scheint, insoweit es bestimmte Aspekte dieser Mechanismen verwendet" (1970, S. 717). Es ist deshalb theoretisch angemessen, wenn *connaissance* bzw. *knowledge* nicht mit Wissen, sondern mit Erkenntnis ins Deutsche übersetzt wird.

Inhaltsspezifisches Wissen im engeren Sinn, d. h. bildhafte und symbolische mentale Repräsentationen der uns umgebenden Welt wie der eigenen Person, gewinnt als Voraussetzung und Ergebnis kognitiver Entwicklungsvorgänge erst in der kritischen Auseinandersetzung mit den Auffassungen Piagets theoretische Bedeutung (vgl. dazu das neueste Handbuch, herausgegeben von Flavell & Markman, 1983). In Modellen der menschlichen Informationsverarbeitung spielen sowohl das allgemeine Weltwissen als auch bereichsspezifische Spezialkenntnisse als Bedingungen des Lernens, des Erinnerns, des Verstehens und des Problemlösens eine zentrale Rolle. Dieser Begriff des Wissens ist gegenüber dem Alltagsbegriff erweitert. Neben den Wisseninhalten interessiert die Psychologie auch die Art und Weise, wie dieses Wissen repräsentiert wird und die kognitiven Prozesse, die auf die Wissensbasis zugreifen.

Diese theoretische Umorientierung übt einen großen Einfluß auf das gegenwärtige entwicklungspsychologische Denken aus. Siegler und Richards interpretieren diesen Wandel leicht dramatisierend wie folgt: „For the same reasons that fish will be the last to discover water, developmental psychologists until recently devoted almost no attention to changes in children's knowledge of specific content. Such changes are so omnipresent that they seemed uninviting as targets for study. Instead of being investigated, improved content knowledge was implicitly dismissed as a by-product of more basic changes in capacities and strategies . . . Recently, however, researchers have suggested that knowledge of specific content domains is a crucial dimension of development in its own right and that changes in such knowledge may underlie other changes previously attributed to the growth of capacities and strategies" (1982, S. 930).

Diese theoretische Auffassung hat inzwischen in verschiedenen aktuellen entwicklungspsychologischen Forschungsprogrammen ihren Niederschlag gefunden. Über einige der forschungsleitenden Fragestellungen und über wichtige empirische Befunde dazu wird in den folgenden Abschnitten berichtet. Ziel der Darstellung kann es nicht sein, die alterstypische Entwicklung der individuellen Wissensbasis, die ontogenetischen Gesetzmäßigkeiten des Wissenserwerbs und die Rolle des Wissens für Erkennen und Handeln im Verlauf des menschlichen Lebens in allgemeiner und systematischer Weise zu beschreiben. Dafür ist das verfügbare wissenschaftliche Wissen über die Funktionen des alltäglichen Wissens in der kognitiven Entwicklung von Kindern, Jugendlichen und Erwachsenen zur Zeit noch viel zu dürftig und bruchstückhaft. Wir beschränken uns deshalb auf ausgewählte Beispiele, um mit ihrer Hilfe einige wichtige Merkmale der Wissensentwicklung zu beschreiben und zugleich einige damit verbundene neuere theoretische Orientierungen zu skizzieren.

Der erste Abschnitt ist dem Konzepterwerb gewidmet. In der Entwicklungspsychologie verbanden sich mit diesem Thema lange Zeit Fragen des Erwerbs formaler Regeln und die stadientypische Genese des logischen Denkens. Dem inhaltlichen Wissen wurde dabei durchwegs eine untergeordnete Rolle zugeschrieben. Verschiedene neuere Ansätze haben diese Position allgemeinpsychologisch wie entwicklungspsychologisch in Frage gestellt und erlauben es, die Begriffsbildung theoretisch als (variable) Form des Wissenserwerbs zu interpretieren.

Von besonders herausragender Bedeutung für die kognitive Entwicklung ist natürlich der Aufbau fundamentaler Begriffe wie zum Beispiel Raum, Zeit oder Kausalität. Im zweiten Abschnitt wird deshalb am Beispiel des Kausalitätskonzepts gezeigt, wie stark die Entwicklung kausaler Urteile bei Kindern mit der Verfügbarkeit des für die jeweilige Aufgabenklasse notwendigen inhaltsspezifischen Wissens zusammenhängt. Gleichzeitig wird deutlich, daß allgemeine, abstrakte Grundprinzipien des Kausalitätskonzepts früher als bisher angenommen im Wissen von Kindern verankert sind.

Konzepte sind grundlegende Einheiten unseres Wissens. Sie sind jedoch zugleich wichtige Bausteine komplexer Wissensorganisationen. Mit der Entwicklung verschiedener Strukturtypen solcher komplexer Wissensorganisationen beschäftigt sich der dritte Abschnitt. Im einzelnen geht es dabei um taxonomisch organisiertes Wissen, um schematisiertes Wissen über Routineereignisse *(scripts)* und um die Entwicklung intuitiver Theorien über bestimmte Gegenstandsbereiche.

Im Verlauf ihrer Entwicklung erwerben Kinder aber nicht nur (komplexes) Wissen über Objekte, sondern auch subjektives Wissen über dieses Wissen. Man spricht in diesem Fall von Metawissen und versteht darunter das Wissen eines Menschen über das Funktionieren seines eigenen kognitiven Systems und die damit verbundenen praktischen Möglichkeiten, kognitive Operationen zu planen, zu überwachen, zu korrigieren und zu bewerten. Metawissen wurde in den vergangenen Jahren besonders intensiv im Zusammenhang mit der Entwicklung des Gedächtnisses untersucht („Metagedächtnis"). Im vierten Abschnitt werden deshalb an Hand dieses speziellen Beispiels Entwicklung und Funktion des Metawissens dargestellt.

Die Betonung der Wichtigkeit des inhaltlichen Wissens für die kognitive Entwicklung könnte zu dem Mißverständnis führen, daß Kinder ein beliebiges Wissen in beliebiger Weise erwerben können, und damit die Wissensentwicklung vollständig determiniert sei durch die objektiven Wissensangebote. Dem ist aber keineswegs so, weil der Wissenserwerb selbst im Verlauf der Entwicklung des Individuums einer Reihe struktureller und inhaltlicher Einschränkungen *(constraints)* unterworfen ist. Damit beschäftigt sich der fünfte Abschnitt des Beitrags.

Konzepterwerb als Wissenserwerb

Der Erwerb von Konzepten gehört zu den fundamentalen Leistungen des kognitiven Systems. Konzepte erlauben die Reduktion der Erlebnisvielfalt, indem sie unterschiedliche Dinge mit übereinstimmenden Attributen zu einer gemeinsamen Klasse zusammenfassen. Auf diese Weise sind wir nicht gezwungen, jeden einzelnen Gegenstand singulär zu behandeln, sondern können auf ihn als Exemplar eines inhaltlich bestimmten Begriffs (Kategorie) reagieren. Regelhaftigkeiten, die wir für bestimmte Kategorien gefunden haben, können auch auf neue Gegenstände der gleichen Gegenstandsklasse angewandt werden. Diese Funktion ermöglicht es, über die wahrnehmbaren Merkmale, die zu einer Kategorisierung geführt haben, hinauszugehen und auf weitere Eigenschaften zu schließen. Wurde ein Gegenstand z. B. als Apfel kategorisiert, so läßt sich auf nicht-sichtbare Merkmale wie die vermutliche Beschaffenheit seines Kerns schließen, ohne daß dieses Wissen jedesmal neu erworben werden müßte.

Konzepte liefern uns also Wissen über Gegenstände. Sie sind auf der einen Seite die Bausteine, aus denen komplexe Wissenssysteme aufgebaut sind, auf der anderen Seite erhalten sie ihre Bedeutung aber nicht unabhängig von den Strukturen, in die sie eingebettet sind. Die uns selbstverständliche Leistung der Kategorisierung der Welt läßt die Komplexität der zugrundeliegenden kognitiven Strukturen und Prozesse leicht übersehen. Es ist deshalb von großem theoretischen Interesse, wie unser Wissen über natürliche Objekte und Objektklassen (wie Tiere, Möbel, Fahrzeuge etc.) organisiert ist und wie es erworben wird. Lassen sich dabei grundlegende entwicklungstypische Unterschiede finden oder gibt es bei der Konzeptbildung Übereinstimmungen zwischen Kindern und Erwachsenen?

Traditionellerweise wurde in der Psychologie angenommen, daß Konzepte durch eine Menge notwendiger und hinreichender Attribute definiert sind, die die Klasse der zugeordneten Exemplare eindeutig begrenzen (vgl. Smith & Medin, 1981). Den Erwerb von Konzepten erklärte man als einen gezielten Hypothesenbildungsprozeß. Begünstigt wurde diese theoretische Auffassung durch die bevorzugte Verwendung eines experimentellen Untersuchungsparadigmas, bei dem geometrische Figuren mit klar definierten Attributen (z. B. Form, Farbe, Größe) für die Begriffsbildung benutzt wurden.

Auch die meisten entwicklungspsychologischen Arbeiten orientierten sich an dieser traditionellen Sicht. Wygotsky (1977) hat z. B. Untersuchungen mit geometrischem Reizmaterial durchgeführt und gefunden, daß jüngere Kinder dazu tendieren, „Komplexe" zu repräsentieren, d. h. sie ändern die die Klassenzugehörigkeit bestimmenden Merkmale von Exemplar zu Exemplar. Erst Schulkinder erwiesen sich imstande, definierende Merkmale zu finden und ihrer Klassifikation konsistent zugrunde zu legen. Zu ähnlichen entwicklungspsychologischen Schlußfolgerungen kamen auch Inhelder und Piaget (1964) sowie Bruner, Olver und Greenfield (1966) (vgl. dazu die Übersichten in: Carey, 1984; Gelman & Baillargeon, 1983).

Zwei wesentliche Annahmen zeichneten also die traditionelle Konzepterwerbsforschung aus: (1) Erwachsene erwerben und repräsentieren Konzepte, indem sie einen Satz notwendiger und hinreichender Attribute definitorisch verwenden. (2) Auf den Weg dahin lassen sich klar abgrenzbare Entwicklungsstadien unterscheiden, in denen Konzepte in jeweils unterschiedlicher Weise erworben und repräsentiert werden. Beide Annahmen sind gegenwärtig massiver Kritik ausgesetzt.

Eine Reihe von Befunden läßt daran zweifeln, daß Erwachsene Konzepte vorwiegend im Sinne der traditionellen Sicht repräsentieren (vgl. Medin & Smith, 1984). Dies wurde offenkundig, als man neben artifiziellem Reizmaterial auch natürliche Objektkategorien bei der empirischen Untersuchung des Erwerbs und der Repräsentation von Konzepten verwendete (vgl. Mervis & Rosch, 1981). Einige zentrale Befunde machen die Unterschiede deutlich: (1) Natürliche Kategorien haben im Unterschied zu definierten Begriffen häufig verschwommene Grenzen. (Ist beispielsweise ein Teppich noch ein Möbel?) (2) Manche Exemplare sind typischer für eine Kategorie als andere (z. B. für Vögel: Rotkehlchen im Vergleich zu Ente). (3) Die Exemplare von Kategorien sind häufig im Sinne einer „Familienähnlichkeit" geordnet. Wittgenstein (1971) hat diesen Begriff am Beispiel der „Spiele" eingeführt. „Spiele" sind einander ähnlich, ohne daß es eindeutige Kriterien gibt, die alle Spiele gleichzeitig charakterisieren. (4) Viele Konzepte enthalten nicht-notwendige Eigenschaften, also solche, die nur auf einen Teil der Exemplare zutreffen.

Insgesamt zeigen diese Befunde, daß die traditionelle Sichtweise im Falle natürlicher Kategorien unplausibel ist. Auch Erwachsene scheinen unter bestimmten Bedingungen Konzepte als ,,Komplexe" zu repräsentieren (vgl. Fodor, 1972). Damit verändert sich natürlich auch die entwicklungspsychologische Fragestellung. Von Interesse ist nicht mehr, ab wann Kinder die perfekte Konzeptbildungskompetenz von Erwachsenen erreichen und welche Entwicklungsstadien auf diesem Weg durchlaufen werden müssen; im Mittelpunkt neuerer wissenschaftlicher Arbeiten steht vielmehr das Problem, was sich entwickelt und was sich nicht entwickelt, wenn Kinder unterschiedlichen Alters und Erwachsene bei der Lösung von Aufgaben natürliche Kategorien verwenden. Antworten auf die damit zusammenhängenden Fragen lassen sich drei verschiedenen theoretischen Positionen zuordnen.

Probabilistische Konzeptbildung

Konzepte werden in dieser theoretischen Orientierung als Abstraktionen bzw. summarische Repräsentationen von Objekten angesehen. Die dabei berücksichtigten Eigenschaften müssen nur eine bestimmte Minderwahrscheinlichkeit haben, also in gewisser Hinsicht charakteristisch, aber nicht notwendig sein. Kategorisiert werden neue Gegenstände auf der Basis von Ähnlichkeitsurteilen. Dabei wird die Ähnlichkeit zwischen dem Merkmalsbündel des zu kategorisierenden Objekts mit dem der summarischen Repräsentation verglichen. Je mehr gemeinsame charakteristische Eigenschaften ein Objekt hat, bzw. je ähnlicher es in bezug auf die summarische Konzeptrepräsentation erscheint, desto typischer wird es eingeschätzt. Unklare Fälle sind solche, die sich an der Mindestschwelle für eine positive Klassifikation bewegen oder vergleichbar ähnlich zu anderen Konzepten erscheinen. Nicht-notwendige Merkmale sind konstituierender Bestandteil der probabilistischen Konzeption.

Eine Reihe von entwicklungspsychologischen Untersuchungen befaßt sich mit den für diese Konzeption zentralen Typikalitätsunterschieden zwischen Exemplaren (vgl. den Überblick in Bjorklund, 1985). Rosch (1973) fand sowohl bei 9- und 11jährigen Kindern als auch bei Erwachsenen längere Latenzzeiten bei der Beurteilung der Zugehörigkeit zu einer Kategorie für atypische im Vergleich zu typischen Exemplaren. Die Unterschiede zwischen typischen und atypischen Items waren aber bei den Kindern größer als bei den Erwachsenen. Diese Ergebnisse legen nahe, daß typische Eigenschaften von Exemplaren generell vor den atypischen erworben werden. Anglin (1977) legte 3- bis 7jährigen Kindern eine Reihe von unterschiedlichen Bildern vor und forderte sie auf, Exemplare für unterschiedliche Kategorien auszuwählen (,,Tier", ,,Nahrung", ,,Kleidung", ,,Vogel"). Die Kinder wählten vornehmlich typische Exemplare im Sinne von Erwachsenennormen. Atypische Exemplare wurden häufig zurückgewiesen, und zwar unabhängig von ihrer Vertrautheit für das Kind. Bjorklund, Thompson und Ornstein (1983) haben Typikalitätseinschätzungen bei Kindergartenkindern und Schulkindern (3. und 6. Klasse) erhoben und gefunden, daß Altersunterschiede in bezug auf typische Exemplare minimal ausfielen, aber für die atypischen Exemplare deutlicher waren. Dieser Entwicklungstrend zeigt sich auch in einem anderen Befund. Von Erwachsenen als atypisch beurteilte Exemplare wurden von Kindern häufig als nicht zur Kategorie gehörig eingeschätzt. Die Validität dieser Ergebnisse konnte in einer Reihe von Gedächtnisstudien demonstriert werden. Sie belegen, daß typische Items besser erinnert werden als atypische. Dabei ließ sich die Leistung am besten mit den bei Kindern erhobenen Typikalitätsnormen erklären (Bjorklund & Thompson, 1983).

Typikalitätsunterschiede beeinflussen auch das Denken von Kindern. Carey (1985) fand bei Vorschulkindern eine größere Bereitschaft, allgemeine Attribute von Tieren (z. B. Essen, Schlafen, Atmen) eher typischen als atypischen Tierarten zuzuschreiben. Dabei orientierten sie sich am Prototyp des Menschen. Je ähnlicher das Tier zum Menschen war, desto mehr Attribute schrieben sie diesem Tier zu. Wurden von den Kindern neue Eigenschaften anhand von atypischen Tieren erworben, so war die Bereitschaft geringer, diese auf andere Tiere zu generalisieren, als in dem Fall, daß die Eigenschaften am Beispiel eines Menschen eingeführt wurden.

Mervis und Pani (1980) belegen den Effekt der Typikalität auch beim Erwerb von neuen Kategorien. Um Vorwissenseinflüsse auszuschalten, konstruierten sie künstliche Kategorien, die sie mit neuartigen dreidimensionalen Objekten realisierten. Jede der sechs neuen Kategorien bestand aus vier Exemplaren, die unterschiedlich typisch für die konstruierte Kategorie waren. Das beste Exemplar wies eine maximale Ähnlichkeit zu der jeweiligen Kategorie und eine minimale zu anderen Kategorien auf. In zwei Lernexperimenten wurden 5jährigen Kindern und Erwachsenen entweder nur die typischen Exemplare, nur atypische, oder alle Exemplare der Kategorien zusammen mit dem jeweiligen Kategoriennamen vorgelegt. Die Ergebnisse zeigten sowohl bei den Kindern als auch bei den Erwachsenen, daß Generalisierungen auf neue Exemplare leichter fallen, wenn man die Kategorie anhand typischer Fälle erworben hat. Dies ist im Rahmen probabilistischer Konzepttheorien zu erwarten, weil typische Repräsentanten die maximale Information über die charakteristischen Merkmale einer Kategorie vermitteln und deshalb als Basis von Ähnlichkeitsurteilen beim Kategorisieren besser geeignet sind als untypische.

Insgesamt betrachtet machen die Befunde zur Repräsentation probabilistischer Konzepte deutlich, daß keine grundlegenden Unterschiede zwischen Kindern und Erwachsenen in bezug auf die abstrakte Struktur dieser Art von Kategorien gefunden werden. Andererseits kommt es selbstverständlich im Verlauf der Entwicklung zu Erweiterungen des inhaltlichen Wissens, so daß gelegentlich Umgewichtungen relevanter Konzeptmerkmale zu beobachten sind. Sie erfolgen auf Grund von Lernprinzipien, die altersinvariant sind.

Nicht-analytische Konzeptbildung

Eine theoretische Alternative zu den probabilistischen Konzepttheorien bieten die Exemplartheorien, die nicht-analytische Repräsentationen von Konzepten postulieren (vgl. Smith & Medin, 1981). Sie gehen davon aus, daß Konzepte nicht als summarische Abstraktionen repräsentiert werden, sondern als Menge von Erinnerungen an konkrete Exemplare. Neue Objekte werden in der Sicht dieser Modelle kategorisiert, indem man Ähnlichkeitsurteile zu bereits bekannten Exemplaren bildet.

Entwicklungspsychologisch ist diese Sichtweise deshalb interessant, weil sie bei der Konzeptbildung nur ein Minimum an Abstraktionsprozessen unterstellt (vgl. Farah & Kosslyn, 1982). Herkömmliche Theorien fordern vom Lernenden in der Regel die Trennung relevanter von irrelevanter Information, also ein analytisches Vorgehen. Brooks (1978) konnte aber bei Erwachsenen zeigen, daß unter bestimmten Bedingungen auch ein nicht-analytisches Vorgehen wie das einfache Memorieren von Exemplaren zu überzufällig guten Kategorisierungen neuer Exemplare führen kann. Kossan (1981) führte ein analoges Experiment mit 7- und 10jährigen Kindern durch. Die „analytische" Gruppe mußte fiktive Tiere nach dem klassischen Rezeptionsparadigma erwerben, in dem die Versuchspersonen vorgelegte Exemplare zu klassifizieren haben und dabei eine unmittelbare Rückmeldung erhalten. Diese Vorgehensweise legt es nahe, die relevanten Merkmale hypothetisch zu abstrahieren. Die „nicht-analytische" Gruppe lernte die Exemplare in einem Paarassoziationsversuch, wobei sie sich einen bestimmten Vornamen für jedes Tier merken mußten. Diese Aufgabe erfordert das Memorieren der Exemplare, legt aber keine analytische Strategie nahe, da zunächst gar nicht bekannt ist, daß die Exemplare zu unterschiedlichen Kategorien gehören. Erst unmittelbar vor der Kategorisierungsaufgabe, in der neue Exemplare kategorisiert werden sollten, wurde dieser Gruppe mitgeteilt, zu welcher Kategorie jedes vorher gelernte Exemplar gehört. Kossan konnte zeigen, daß jüngere Kinder in der Kategorisierungsaufgabe nach dem Erwerb natürlicher Kategorien (keine definierenden Merkmale) besser in der nicht-analytischen Erwerbsbedingung abschnitten als in der Vergleichsbedingung.

Kemler Nelson (1984) vertieft diese Befunde, indem sie zeigte, daß Erwachsene unter intentionalen (analytischen) Lernbedingungen natürliche Kategorien schlechter lernen konnten als unter inzidentellen (nicht-analytischen) Bedingungen. Konzepte, die im Sinne der traditionellen Auffassung kriterial definiert waren, wurden demgegenüber unter der intentionalen Bedingung leichter erworben. In einer entwicklungspsychologischen Studie zeigt sie allerdings, daß 5jährige unter intentionalen Lernbedingungen mehr Schwierigkeiten beim Erwerb kriterialer Begriffe haben als 10jährige. Bei natürlichen Kategorien war die Leistung der beiden Altersgruppen gleich. Kemler Nelson vermutet, daß jüngere Kinder dazu tendieren, nicht-strategisch zu lernen und dabei in hohem Maße holistische Eigenschaften der Exemplare berücksichtigen.

Insgesamt legen solche Befunde die Annahme nahe, daß nicht-analytisches

Verarbeiten insbesondere unter komplexen Lernbedingungen, in denen die Analyse relevanter Merkmale schwierig ist, besonders nützlich sein könnte (vgl. Jacoby & Brooks, 1984). Da Komplexität bei jungen Kindern, die eine Vielzahl von neuen Konzepten in kurzer Zeit und in häufig unstrukturierten Lernsituationen erwerben müssen, sicher der Regelfall ist, erscheint es nicht unplausibel, auf dieser Altersstufe ein häufiges Auftreten nicht-analytischer Konzeptbildungen zu erwarten.

Duale Konzeptbildung

Miller und Johnson-Laird (1976) haben auf die Möglichkeit hingewiesen, daß Konzepte mental auf unterschiedlichen Ebenen verschieden repräsentiert sein könnten. Diese Auffassung vermittelt in gewissem Sinne zwischen der traditionellen Sicht und ihren Kritikern, indem unterschiedliche Ebenen der Begriffsrepräsentation postuliert werden. Die Kernbedeutung eines Konzepts enthält das kriteriale Wissen im Sinne der traditionellen Theorieansätze, während die heuristische Identifikationsprozedur für einzelne Exemplare möglicherweise in Übereinstimmung mit den probabilistischen oder nicht-analytischen Modellen verläuft. Armstrong, Gleitman und Gleitman (1983) konnten zum Beispiel zeigen, daß ein zweifelsfrei kriteriales Konzept wie ,,ungerade Zahl" auf der Exemplarebene Typikalitätsunterschiede aufweist. Landau (1982) verwendete das Konzept ,,Großmutter" und fand, daß sowohl Erwachsene als auch Kinder vorgelegte Bilder zunächst aufgrund charakteristischer Merkmale kategorisierten. Sollten sie ihre Entscheidungen aber begründen, rekurrierten sie bevorzugt auf die kriterialen Eigenschaften des Konzepts ,,Großmutter". Die Befunde legen ein komplexes Bild der Repräsentation von Konzepten nahe. Neben einer Oberflächenrepräsentation, die der schnellen Kategorisierung neuer Ereignisse dient, existiert eine weitere Ebene der Kernbedeutungen, die unter Reflexionsbedingungen aktiviert wird.

Keil und Batterman (1984) haben versucht, den Erwerb solcher komplexen Repräsentationen entwicklungspsychologisch aufzuklären. Dabei verwendeten sie Material, in dem sie charakteristische und definitorische Merkmale gegeneinander ausspielten (z. B. ein atypisches Museum, das dreckige Hemden von Filmschauspielern zeigte, gegenüber einem großen Stadthaus mit vielen Gemälden, Beschriftungen etc., das sich aber in Privatbesitz befindet). Sie stellten fest, daß ältere im Vergleich zu jüngeren Kindern eher imstande sind, die kriterialen Merkmale zu benutzen, auch wenn die charakteristischen Merkmale gegen die Kategorisierung sprechen. Die jüngeren Kinder klassifizierten dagegen in der Regel auf der Basis der charakteristischen Eigenschaften. Dieser Entwicklungstrend scheint aber weniger Ausdruck veränderter bereichsübergreifender Strategien – wie es die traditionelle Sicht sah –, als Ergebnis zunehmenden Wissens über einen Bereich: der Wechsel von der hauptsächlichen Berücksichtigung charakteristischer Merkmale zur stärkeren Beachtung definitorischer Eigenschaften verlief nicht synchron für alle Konzepte, sondern war abhängig von bereichsspezifischem Wissen, das für verschiedene Konzepte zu unterschiedlichen Zeitpunkten erworben wurde.

Keil (in press) betont allerdings, daß diese Befunde nur für Konzepte gelten, die einen kriterialen Kern haben. Eine Vielzahl von Begriffen besitzt keine eindeutige Definition, da sie unser Wissen über natürliche Gegenstände („natürliche Arten") repräsentieren, das grundsätzlich revidierbar ist (vgl. Putnam, 1975; Kuhl & Waldmann, 1985). So mag es beispielsweise zum Wissen über Tiger gehören, daß ihr Fell gestreift ist, trotzdem wird man etwa im Falle einer Mutation sofort geneigt sein, ein entsprechendes Tier als Tiger zu bezeichnen, auch wenn es keine Streifen besitzt. Allerdings lassen sich auch hier zentrale Kernbedeutungen (z. B. genetische Herkunft) von oberflächlichen Charakteristika (z. B. gestreiftes Fell) unterscheiden. Diese Kernbedeutungen sind zwar prinzipiell revidierbar, dennoch sind sie aufgrund ihrer zentralen Einbettung in eine intuitive Theorie über diese Gegenstandsklasse stärker vor Revision geschützt als periphere Charakteristika.

Sind Kinder imstande, diese verschiedenen Ebenen der Begriffsrepräsentation zu unterscheiden? Keil (im Druck) zeigte 5jährigen und 9jährigen Kindern z. B. ein Bild mit einem Stinktier. Dann wurde ihnen erzählt, daß Ärzte und Wissenschaftler das Tier gemästet, rasiert, mit einem neuen Pelz versehen hätten usw., so daß es aussehe wie ein Waschbär, von dem die Kinder ebenfalls ein Bild zu sehen bekamen. Anschließend wurden sie gefragt, ob es sich beim zweiten Bild um die Abbildung eines Waschbären oder eines Stinktiers handle. Während die jüngeren Kinder davon überzeugt waren, es handle sich um einen Waschbären, konnten die älteren Kinder von den irreführenden Oberflächenmerkmalen absehen. Für sie gehörten Tiere bereits zu den natürlichen Arten, deren Identität von biologischen Merkmalen und nicht vom Aussehen abhängt. Keil konnte allerdings zeigen, daß auch die jüngeren Kinder bestimmte grobe Kernbedeutungen nutzten. So akzeptierten sie keine Transformationen, die die Barriere der ontologischen Kategorie überschritten. Ein Eichhörnchen, das aufgrund von künstlichen Transformationen das Aussehen von Moos erhält, bleibt auch für die jüngeren Kinder ein Eichhörnchen.

Die Darstellung der unterschiedlichen Konzepttheorien macht deutlich, daß Erwerbs- und Repräsentationsmodi nebeneinander angenommen werden müssen, deren Nutzung von den jeweiligen Lernbedingungen, der Art der Konzepte und den individuell verfügbaren Strategien abhängt (vgl. Farah & Kosslyn, 1982). Probabilistische Modelle erfordern ein gewisses Maß an analytischer Verarbeitung, haben aber den Vorzug, zu ökonomischen Repräsentationen einer Vielfalt von Exemplaren zu führen, während nicht-analytische Modelle ein Minimum an Abstraktionsleistungen mit höheren Anforderungen an das Gedächtnis erkaufen. Beide Typen von Konzeptrepräsentationen scheinen bereits im Kindesalter verfügbar zu sein, wobei sich die beobachtbaren Präferenzen primär durch die alterstypischen Erwerbsbedingungen (vor allem Verfügbarkeit von Vorwissen und Strategien) erklären lassen. Schließlich kommen neuerdings intuitive Theorien als Organisationsprinzip von Konzepten immer stärker in den Blick. Murphy und Medin (1985) kritisieren an den probabilistischen und an den nicht-analytischen

Modellen, daß es ihnen nicht gelingt, die relevanten Merkmale der Konzepte theoretisch auf der Basis einer Konzepttheorie zu spezifizieren, und daß der in beiden Ansätzen dominante Ähnlichkeitsbegriff zu vage ist. Sie vermuten, daß Konzepte durch ihre Einbettung in intuitive Theorien ihre Kohärenz erhalten. Die entwicklungspsychologischen Befunde von Carey und Keil legen nahe, die Entwicklung von Konzepten in engem Zusammenhang mit der Entwicklung der intuitiven Theorien zu sehen. Die dualen Begriffstheorien machen allerdings darauf aufmerksam, daß die Suche nach einem einheitlichen Kategorisierungsprinzip möglicherweise verfehlt ist, weil Konzepte auf mehreren Ebenen unterschiedlich repräsentiert sein könnten.

Fundamentale Konzepte, dargestellt am Beispiel der Kausalität

Im Unterschied zu natürlichen Kategorien, die eher punktuelles Wissen über bestimmte Bereiche repräsentieren, liegen fundamentale Konzepte wie Kausalität einer Vielzahl von Wissensbereichen zugrunde (vgl. Carey, 1984). Fast alle Theorien, ob intuitiv oder wissenschaftlich, enthalten kausale Erklärungen, so daß systematische Entwicklungsunterschiede in der Verfügbarkeit von Kausalitätskonzepten weitreichende Konsequenzen für die Art des Wissens haben müßten, das auf der jeweiligen Altersstufe erworben werden kann. Systematische Entwicklungen fundamentaler Konzepte können demzufolge eine Quelle bereichsübergreifender Veränderungen sein.

Piaget (1930) gehört zu den vehementesten Verfechtern der Auffassung, daß sich die Kausalitätskonzepte von Kindern und Erwachsenen grundlegend unterscheiden. Er studierte, wie Kinder natürliche Mechanismen und Phänomene erklären (z. B. Fahrräder, Dampfboote, Mondzyklen, Schatten etc.) und kam zu der Schlußfolgerung, daß das Denken von jüngeren Kindern durchgängig präkausal sei. Sie scheinen gegenüber der temporalen Richtung einer Kausalsequenz und gegenüber den mechanischen Grundlagen des Kausalzusammenhangs indifferent zu sein. Lediglich die Kausalität, die auf ein intentionales Wirken eines belebten Wesens zurückzuführen ist, ist früh verfügbar. Folgerichtig neigen Kinder nach Piaget dazu, viele Ereignisse fälschlicherweise aus nicht-physikalischen Ursachen zu erklären und unbelebte Phänomene wie Sonne, Wind und Wolken als belebt anzusehen (Animismus).

Eine Reihe neuerer Untersuchungen zur Entwicklung des Kausalitätskonzepts widerspricht dieser Präkausalitätshypothese des kindlichen Denkens. Bullock, Gelman und Baillargeon (1982) kritisieren in ihrem Übersichtsreferat an den Untersuchungen Piagets, daß er seine theoretischen Schlußfolgerungen vorwiegend auf explizite verbale Erklärungen der Kinder stützte. Möglicherweise manifestiert sich frühkindliches Wissen über Kausalität aber eher in konkreten Handlungen als in sprachlichen Erklärungen. Außerdem kritisieren sie an der herkömmlichen Kausalitätsforschung die unzureichende Trennung zwischen der Verfügbarkeit von basalen Kausalitätsprinzipien und dem bereichsspezifischen Wissen, das für inhaltsbezogene Schlußfolgerungen erforderlich ist. Fehlt bei Kindern oder bei Erwachsenen dieses Wissen, so kann dies zu irrtümlichen Kausalattributionen im konkreten Fall führen, ohne daß man daraus ohne weiteres auf das prinzipielle Fehlen eines Verständnisses von Kausalität schließen kann.

Bullock et al. (1982) formulieren drei Prinzipien der Kausalität: (1) Determinismus (Ereignisse sind verursacht), (2) Priorität (Ursachen gehen den Wirkungen voraus), (3) Mechanismen (Ursachen wirken über eine Kette vermittelnder Glieder auf die Effekte). Im Gegensatz zu Piagets Präkausalitätshypothese ließ sich der Einfluß aller drei Prinzipien unter bestimmten Bedingungen bereits sehr früh in der Entwicklung von Kindern nachweisen. Bullock und Gelman (1979) konfrontierten ihre Versuchsteilnehmer mit drei zeitlich aufeinanderfolgenden Ereignissen, wobei das erste und das dritte gleich waren. Die Aufgabe bestand darin, die Ursache für das mittlere Ereignis anzugeben. Bereits die jüngste Gruppe der 3jährigen zeigte eine deutliche Präferenz für das zeitlich früher liegende Ereignis (Prioritäts-Prinzip). Um das Mechanismus-Prinzip zu prüfen, präsentierten Baillargeon, Gelman und Meck (1981; zitiert nach Bullock et al., 1982) den Kindern einen Apparat, in dem man mittels eines Stifts eine Holzplatte so umwerfen konnte, daß diese im Sinne einer Kettenreaktion weitere Holzplatten umkippte. Die letzte Platte schließlich fiel auf einen Hebel, der einen Hasen auf ein Bett katapultierte. Nach einer ersten Demonstration des Spiels wurden unterschiedliche Modifikationen vorgenommen und die Kinder jeweils befragt, was wohl nun mit dem Hasen geschehen werde. Dabei unterschied man relevante Veränderungen (eine in der Mitte liegende Platte wurde durch eine zu kurze ersetzt) von irrelevanten (eine Platte wurde mit Tuch verkleidet). Die Befunde zeigten, daß selbst 3jährige in den meisten Fällen die kausale Bedeutung von relevanten Veränderungen erkennen können. Shultz (1982) konnte sogar demonstrieren, daß bereits 2jährige von einer räumlichen Kraftübertragung ausgehen, wenn es um Kausaleinflüsse geht, die über eine Distanz wirken. Er stellte zwei verschiedenfarbige Gebläse vor einer Kerze auf, die auf drei Seiten mit Glas abgeschirmt war. Die Kinder wählten überzufällig häufig als Ursache für das Erlöschen der Kerze dasjenige Gebläse aus, das in Richtung der Kerze nicht abgeschirmt war. Das Determinismus-Prinzip ist bisher am schlechtesten belegt. Das hängt wahrscheinlich damit zusammen, daß seine empirische Überprüfung besondere Schwierigkeiten bereitet. Bullock (1979; zitiert nach Bullock et al., 1982) zeigte den Kindern ein Ereignis, für das es keine offensichtliche Ursache gab. Die meisten Kinder bekundeten, daß sie an eine verborgene Ursache glaubten und manifestierten so zumindest das Wirken eines schwachen Determinismus-Prinzips als Interpretations-Heuristik.

Selbstverständlich besagen diese Untersuchungen nicht, daß Kinder Kausalzusammenhänge in der gleichen Weise erkennen wie Erwachsene. Tatsächlich gibt es eine Reihe von Befunden, die zeigen, daß die Urteile jüngerer Kinder systematisch verzerrt werden durch Faktoren wie perzeptive Ablenkbarkeit, Gedächtnisbegrenzungen, unrealistische Gewichtungen von räumlicher und temporaler Information und oft geringe Vertrautheit mit der Situation (Shultz & Mendelson, 1975; Siegler, 1975). Die Untersuchungen von Gelman und ihren Mitarbeitern belegen jedoch, daß bei Kindern schon sehr früh ein implizites Wissen von Kausalität vorhanden ist, das für sich allerdings nur als Heuristik dienen kann und häufig nicht ausreicht, um zu korrekten Prognosen zu gelangen. Korrekte Prognosen sind zusätzlich abhängig von Bereichswissen, das in Einzelfällen oft sehr spät erworben wird. So zeigt eine Reihe von Untersuchungen an Schülern und auch an Studenten, daß diese nicht selten zu systematisch falschen Prognosen tendieren, weil ihre intuitiven physikalischen Theorien eher dem teleologischen Weltbild der mittelalterlichen Physik (Impetustheorien) entsprechen als dem der Newtonschen Physik (McCloskey, 1983).

Die Nutzung von Kausalprinzipien erfordert zudem nicht, daß über sie auch ein bewußtes, explizites Wissen vorhanden ist. Tatsächlich haben Bullock, Gelman und Baillargeon (1982) in ihren Untersuchungen neben Prognosen auch verbale Erklärungen der Ereigniszusammenhänge verlangt und hier einen deutlichen Rückstand der jüngeren Kinder gefunden, der stark an Piagets Befunde zum präkausalen Entwicklungsstadium erinnert. Erst ab etwa sieben Jahren scheint die implizite Nutzung von Kausalwissen durch explizite Formen des Wissens und Metawissens ergänzt zu werden. Dies bedeutet aber nicht, daß das neuerworbene explizite Wissen das alte implizite Wissen ersetzt. Caramazza, McCloskey und Green (1981) fanden selbst bei Collegestudenten Unterschiede zwischen explizitem Wissen (Newtonsche Physik) und der tatsächlichen Verwendung impliziter (falscher) Theorien. Das implizite Wissen, das automatisch im täglichen Verhalten aktiviert wird, operierte unabhängig neben dem expliziten Wissen, auf das die Studenten unter Reflexionsbedingungen bewußt zugriffen. Damit wird deutlich, daß pädagogische Wissensvermittlung möglicherweise nur einen Teil des relevanten Wissenssystems tangiert.

Insgesamt widersprechen also die neueren entwicklungspsychologischen Befunde einer Sicht, der zufolge die mentale Repräsentation von Kausalzusammenhängen altersmäßig erst spät erworben wird. Kinder scheinen vielmehr schon sehr früh über ein implizites Verständnis von Prinzipien der Kausalität zu verfügen. Freilich hängen konkrete Kausalattributionen auch vom Erwerb des relevanten Bereichswissens ab, wodurch ein Teil der alterstypischen Leistungsunterschiede erklärt werden kann. Eine deutliche Entwicklung zeigt sich in bezug auf die explizite Verfügbarkeit von Kausalwissen. Dieses verbalisierbare explizite Wissen löst allerdings Formen impliziter Wissensnutzung nicht ab, sondern ergänzt sie, was häufig zu wechselseitiger Beeinflussung und Angleichung führt, gelegentlich aber auch bei Erwachsenen ähnlich wie bei Kindern widersprüchliche kausale Urteile provoziert.

Entwicklung komplexer Wissensorganisationen

Die diskutierten Befunde zur mentalen Repräsentation von Konzepten haben deutlich gemacht, daß Konzepte einerseits als Bausteine komplexer Wissensformen angesehen werden können, andererseits aber ihre Bedeutung auch aufgrund ihrer Position im Geflecht des Wissens erhalten, in das sie eingebettet sind. Um diese theoretische Grundannahme noch weiter zu verdeutlichen, werden im folgenden verschiedene Strukturtypen komplexer Wissensorganisationen mit ihren Entwicklungsgesetzmäßigkeiten näher beschrieben.

Taxonomische Wissensorganisation

Jedes Objekt kann auf unterschiedlichen hierarchischen Ebenen beschrieben werden. So kann man einen bestimmten Apfel beispielsweise als Frucht, Apfel, Granny Smith etc. bezeichnen. Man spricht von taxonomischen Ordnungen, wenn sich diese Ebenen untereinander in Form von Klasseninklusionen rekonstruieren lassen.

Basiskategorien

Einige Anthropologen und Psychologen haben vorgeschlagen, jeweils eine bestimmte Kategorisierungsebene als primär auszuzeichnen. Rosch, Mervis, Gray, Johnson und Boyes-Braem (1976) begründen dieses Primat damit, daß auf dieser Ebene ein Maximum an Ähnlichkeit innerhalb der Kategorie im Vergleich zur Ähnlichkeit zu anderen Kategorien besteht. Zur Bestimmung dieser Ebene wurden zunächst Attributaufzählungen verwendet. Dabei stellten Rosch et al. einen charakteristischen Knick in der Anzahl der Nennungen fest. Während auf der übergeordneten Ebene nur wenige gemeinsame Attribute genannt wurden, gab es auf der mittleren Ebene (der Basisebene) eine rapide Zunahme; eine weitere Spezifikation in Form untergeordneter Kategorien brachte nur wenige zusätzliche Attribute. Rosch et al. argumentieren deshalb, daß die Basisebene am meisten Informationsgehalt enthält, weil sie die natürlichen Merkmalskorrelationen am ökonomischsten umfaßt.

Entwicklungspsychologische Untersuchungen legen nahe, daß Basiskategorien im Vergleich zu den Kategorien auf anderen hierarchischen Ebenen früher verfügbar sind (vgl. Gelman & Baillargeon, 1983). Rosch et al. (1976) fanden z. B., daß bereits 4jährige auf der Basisebene Objekte sortieren konnten, während sie auf der übergeordneten Ebene noch Schwierigkeiten hatten. Einige Untersuchungen fanden sogar bei 1½- bis 3jährigen Verhalten, das auf Klassifikationen auf der Basisebene schließen läßt (z. B. Sugarman, 1983). Mervis und Crisafi (1982) verwendeten Hierarchien mit künstlichem Material (sinnfreie Bilder). Auch hierbei konnten Objekte auf der Basisebene am frühesten sortiert werden, dann folgte die übergeordnete Ebene und zuletzt die untergeordnete. Spracherwerbsuntersuchungen belegen, daß viele der im frühesten Entwicklungsstadium erworbenen Wörter Basiskategorien bezeichnen (Clark, 1978). Schließlich zeigte Anglin (1977) in Experimenten über Verständnisleistungen, daß Kinder Fragen, die Basiskategorien benutzen, am genauesten beantworten können.

Trotz einer Fülle von Belegen zum Primat der Basiskategorien lassen sich aber keine bereichsübergreifenden Entwicklungsstufen finden, in denen über- und untergeordnete Kategorien generell verfügbar werden. Eine Reihe von Untersuchungen, die mit indirekten Techniken des Wissensabrufs arbeiteten, zeigt vielmehr, daß schon Kleinkinder in gewissem Sinne auch über übergeordnete Kategorien verfügen (vgl. Mandler, 1983). Mit einem Habituationsparadigma konnten z. B. Faulkender, Wright und Waldron (1974) bei 2jährigen längere Blickzeiten bei der Präsentation eines Exemplars aus einer neuen übergeordneten Kategorie nachweisen. Einige Untersuchungen mit 3jährigen belegen auch einen Anstieg des Kurzzeitgedächtnisses für Material einer neuen taxonomischen Kategorie (Huttenlocher & Lui, 1979).

Insgesamt zeigen die Untersuchungen, wie systematische Abwandlungen der Aufgabenstellung zu unterschiedlichen Ergebnissen führen. Obgleich Detailuntersuchungen über die Genese der unterschiedlichen Hierarchieebenen noch ausstehen, legen die bisher erzielten Befunde folgende Interpretation nahe: Basiskategorien scheinen im Verlauf der Entwicklung zuerst erworben zu werden und verfügbar zu sein. Dies belegen alle Studien, in denen Basiskategorien mit anderen Kategorieebenen direkt verglichen wurden. Vergleicht man allerdings übergeordnete Kategorien mit ungeordnetem Material, dann läßt sich mit Hilfe indirekter Methoden bei sehr jungen Kindern auch Wissen auf dieser Hierarchieebene nachweisen. Dieses Wissen scheint aber auf dieser Altersstufe nur rudimentär ausgebildet und nicht spontan verfügbar zu sein. Mit zunehmendem Alter werden die Wissensstrukturen auf der übergeordneten Ebene stärker in das Gesamtsystem integriert (Bjorklund, 1985), so daß die Zugriffsmöglichkeiten auf dieses Wissen flexibler und effektiver werden.

Klassen und Kollektionen

Die Verfügbarkeit von Kategorien auf unterschiedlichen Abstraktionsniveaus ist nur eine notwendige, aber keine hinreichende Bedingung für taxonomische Wissensorganisationen. Zusätzlich ist erforderlich, daß zwischen den Hierarchieebenen Inklusionsrelationen bestehen. Es ist durchaus denkbar, daß ein Kind verschiedene Konzepte korrekt auf einen Gegenstand anwendet, ohne daß es Wissen über die Klasseninklusion zwischen den Konzepten hat (vgl. Markman, 1984). Es muß zusätzlich geprüft werden, ob das Kind die Asymmetrie dieser Relation versteht (z. B.: Alle Hunde sind Tiere. Nicht alle Tiere sind Hunde) und deren Transitivität berücksichtigt (z. B. Hunde sind Tiere. Pudel sind Hunde. Also sind Pudel auch Tiere).

Für Inhelder und Piaget (1964) ist die Bewältigung von Klasseninklusionsaufgaben eine typische Leistung, die erst im konkret-operatorischen Stadium, also etwa vom 7. bis 8. Lebensjahr an erworben wird. In einer Variante der klassischen Aufgabe wurden den Kindern Bilder mit fünf Rosen und zwei Gänseblümchen gezeigt und man fragte sie, ob die Bilder mehr Rosen oder mehr Blumen enthalten. Inhelder und Piaget gehen davon aus, daß diese Aufgabe nur gelöst werden kann, wenn die Kinder gleichzeitig Mengen subtrahieren (Blumen−Gänseblümchen=Rosen) und addieren (Rosen+Gänseblümchen=Blumen) können. Jüngere Kinder interpretieren die Frage meistens im Sinne eines Vergleichs der beiden Teilklassen und antworten, daß die Bilder mehr Rosen enthalten. Obgleich diese Befunde inzwischen vielfach repliziert wurden (vgl. Winer, 1980), besteht Uneinigkeit darüber, worauf die Schwierigkeiten der jüngeren Kinder zurückzuführen sind, und ob die Operation der Klasseninklusion und damit taxonomisches Wissen grundsätzlich erst ab etwa acht Jahren erworben werden kann.

Markman (1981) hat in einer Reihe von Untersuchungen Klassen und Kollektionen verglichen, um den Schwierigkeiten auf die Spur zu kommen, die Kinder mit Klasseninklusionen haben. Kollektionen sind im Gegensatz zu Klassen Teil-Ganzes-Strukturen (z. B. Wald, Familie, Haufen). So können wir zwar sagen, daß eine Rose eine Blume ist und Teil eines Blumenstraußes sein kann, aber nicht daß sie eine Art Blumenstrauß ist. Die Eigenschaften von Kollektionen lassen sich also nicht ohne weiteres transitiv auf ihre Konstituenten übertragen. Markman vermutete, daß dieser Wechsel von Ist-Relationen zu Teil-Ganzes-Beziehungen die Asymmetrie der hierarchischen Organisation für Kinder auffälliger macht. Eine weitere Lernerleichterung könnte in der größeren strukturellen Kohärenz von Kollektionen liegen. (Eine beliebige Anzahl von Menschen bilden noch keine Familie. Um eine Familie zu sein, müssen zwischen diesen Menschen bestimmte Beziehungen bestehen.) Während Klassenhierarchien Dinge teilweise nur sehr abstrakt zusammenfassen, stellen Kollektionen natürliche Formen ganzheitlicher Strukturen dar.

Dies drückt sich auch in den Leistungen der Kinder aus. Markman und Seibert (1976) haben Piagets Klasseninklusionsaufgabe mit einer nahezu identischen Kollektionsaufgabe verglichen (z. B. „Wer besitzt mehr Spielsachen? Der, dem die blauen Blöcke gehören oder der, dem der Haufen gehört.“ In der als Kontrollbedingung untersuchten Klassenaufgabe wurde statt „Haufen“ „die Blöcke“ gesagt). Die Befunde zeigen, daß Kinder früher imstande sind, die Kollektionsaufgabe zu lösen als die Klassenaufgabe. In einem Lernexperiment konnten Markman, Horton und McLanahan (1980) die Bedeutung von Kollektionen beim Wissenserwerb bestätigen. Sie legten Kindern zwischen 6 und 17 Jahren neue fiktive Objekte vor. In einer Bedingung sortierte der Versuchsleiter die Objekte in zwei Teilklassen, denen er durch Hindeuten Namen gab und nannte außerdem einen Namen, der alle Objekte bezeichnete. Diese Bedingung ist dem natürlichen Lernen von neuen Konzepten vergleichbar. In der zweiten Bedingung erhielten die Kinder zusätzliche verdeutlichende Informationen („A und B sind zwei Arten von C“). Interessanterweise tendieren Kinder bis zu einem Alter von 14 Jahren dazu, in der ersten Bedingung die Gesamtklasse als Kollektion zu betrachten. Mit der zusätzlichen Information versehen waren allerdings selbst die jüngeren Kinder imstande, die Aufgabe richtig zu lösen.

Das Verfügen über taxonomische Organisationen scheint also kein Alles-oder-Nichts-Phänomen zu sein. Erleichterungen der Aufgabensituation lassen zumindest rudimentäre Formen taxonomischer Wissensorganisation bei jüngeren Kindern erkennen. Smith (1979) vermutet auf der Basis eigener Untersuchungen, daß die Fähigkeit bereits sehr früh vorhanden ist, Inklusionshierarchien zu repräsentieren. Jüngere Kinder seien aber weniger gut als ältere imstande, sämtliche Konsequenzen aus ihren Repräsentationen zu ziehen (vgl. auch Carey, 1984). Diese Fähigkeit scheint sich erst allmählich und kontinuierlich auszubilden. Piagets Aufgaben sprechen dabei nur eine bestimmte Phase in diesem Kontinuum an (vgl. Gelman & Baillargeon, 1983). Stärker als bisher müssen die bei der Aufgabenbearbeitung eingesetzten Prozesse untersucht werden, um Aufschlüsse über die Vergleichbarkeit von Aufgaben zu erhalten. So haben Dean, Chabaud und Bridges (1981) etwa in ihrer Kritik an Markmans Studien gezeigt, daß ein Teil der scheinbar frühen Kompetenzbelege von jüngeren Kindern auch damit zu erklären ist, daß sie auf alternative Bearbeitungsstrategien rekurrieren, die auf der Oberfläche zu korrekten Lösungen führen, ohne daß unbedingt die interessierenden Kompetenzen dazu benutzt werden mußten.

„Scripts“ als Beispiel für schematische Wissensorganisationen

Die traditionelle Fokussierung der Forschung auf logisches taxonomisches Wissen hatte lange Zeit eine Vernachlässigung anderer Wissensrelationen zur Folge. Die Arbeiten über Kollektionen haben bereits die Bedeutung von Teil-Ganzes-Hierarchien erkennen lassen. Theorien zur schematischen Organisation von Ereignisrepräsentationen haben ebenfalls Teil-Ganzes-Relationen als konzeptuelle Basis. Entsprechende Modelle spielen in der Kognitionspsychologie gegenwärtig eine sehr bedeutsame Rolle (zum Schemakonzept vgl. Brewer & Nakamura, 1984). Im folgenden beschränken wir uns lediglich auf eine spezielle Variante der schematischen Wissensrepräsentation. Es handelt sich dabei um die Organisation des Wissens über Routineereignisse. Man bezeichnet diese Organisationsform auch als *script*. Scripts haben in der entwicklungspsychologischen Forschung große Aufmerksamkeit erfahren, so daß sie sich als Beispiel für schematheoretische Ansätze anbieten.

Unser Wissen über vertraute Routineereignisse (z. B. Restaurantbesuch; Arztbesuch; Geburtstagsfeier) wird aus schematheoretischer Perspektive als komplexe Struktur repräsentiert, die typische Situationen und Ereignisabfolgen enthält. Schank und Abelson (1977) nennen Wissenskomplexe, die Routineereignisse repräsentieren, Scripts. Solche Scripts haben eine serielle und eine hierarchische Struktur (vgl. Abb. 7.1). Auf der seriellen Ebene repräsentieren sie typische Abfolgen von Ereignissen (z. B., daß man in einem Restaurant bestellt, bevor man ein

Essen bekommt). Hierarchisch lassen sich Scripts in Szenen untergliedern, die sich wiederum aus Teilereignissen zusammensetzen (z. B. die Szene ,,Bestellen eines Essens“). An verschiedenen Stellen enthalten Scripts abstrakte Kategorien *(slots)*, die in variabler Weise belegt werden können, etwa ein *slot* für Hauptgerichte, in dem unterschiedlich typische Alternativen angegeben sind. Außerdem enthalten Scripts Informationen darüber, ob Ereignisse eher zentral sind und mit einer hohen Wahrscheinlichkeit erwartet werden können, oder eher peripher sind. Eine Vielzahl von Untersuchungen mit Erwachsenen zeigt, daß mit Hilfe von Scripts das Verstehen und Erinnern von Texten über Alltagsereignisse theoretisch gut erklärt werden kann (z. B. Bower, Black & Turner, 1979). Aufgrund der Nähe dieser Wissensstrukturen zu Alltagserfahrungen lag es nahe, ihnen auch aus entwicklungspsychologischer Sicht Beachtung zu schenken (vgl. Nelson, Fivush, Hudson & Lucariello, 1983). Dazu einige Beispiele:

In einer frühen Studie hat Nelson (1978) Vorschulkinder nach vertrauten Ereignissen gefragt (z. B. ,,Was passiert, wenn du zu McDonald's gehst?“) und bemerkenswerte Ähnlichkeiten zu den Berichten von Erwachsenen gefunden. Nelson konnte zentrale im Unterschied zu peripheren Konstituenten identifizieren und fand außerdem eine hohe Übereinstimmung in bezug auf die typische temporale Sequenz.

In ähnlicher Weise wie bei Erwachsenen manifestiert sich auch bei Kindern der Einfluß von Scripts indirekt in der Gedächtnisleistung: Zentrale Ereignisse werden besser behalten als periphere (McCartney & Nelson, 1981), untypische Ereignisabfolgen werden tendenziell in die kanonisch-temporale Reihenfolge gebracht (Nelson & Gruendel, 1981), Inkonsistenzen werden im Kontext von Scripts leichter erkannt (Wimmer, 1979), zum Script passende, aber nicht explizit präsentierte Ereignisse werden fälschlicherweise erinnert (Hudson & Nelson, 1983), und schließlich tendieren bereits 4jährige dazu, unterschiedliche Geschichten zum gleichen Script zu verschmelzen und nur noch generalisierte Informationen im Gedächtnis zu bewahren (Slackman & Nelson, 1984).

Nur sehr wenig ist bekannt über die Entstehung und die Entwicklung von schematischem Wissen. O'Connell und Gerard (1985) konnten mit einer nonverbalen Aufgabe scriptartige Repräsentationen bereits bei Kindern im Alter von 24 Monaten nachweisen. Sie fanden, daß die Kinder eine der Routinereihenfolge entsprechende Handlungssequenz eher imitierten als eine davon abweichende Sequenz. Mandler (1984) zitiert Untersuchungen, die schematisches Wissen über Handlungen bei noch jüngeren Kindern indizieren.

Im Hinblick auf die weitere Entwicklung fand Gruendel (1980, zitiert nach Mandler, 1983) eine mit dem Lebensalter zunehmende Komplexität der Scripts, gemessen an der Anzahl und den Verzweigungen der potentiellen Ereignisfolgen. Nelson und Hudson (in press) vermuten auf der Grundlage eigener Untersuchungen, daß jüngere Kinder stärker als ältere auf schematisches Vorwissen angewiesen sind. Ihre Leistung ist dann am besten, wenn sich die zu lernende Information möglichst nah an ihrem Vorwissen orientiert. Sie verändern die Episoden stärker in Richtung kanonischer Ordnung und haben größere Probleme mit unerwarteten

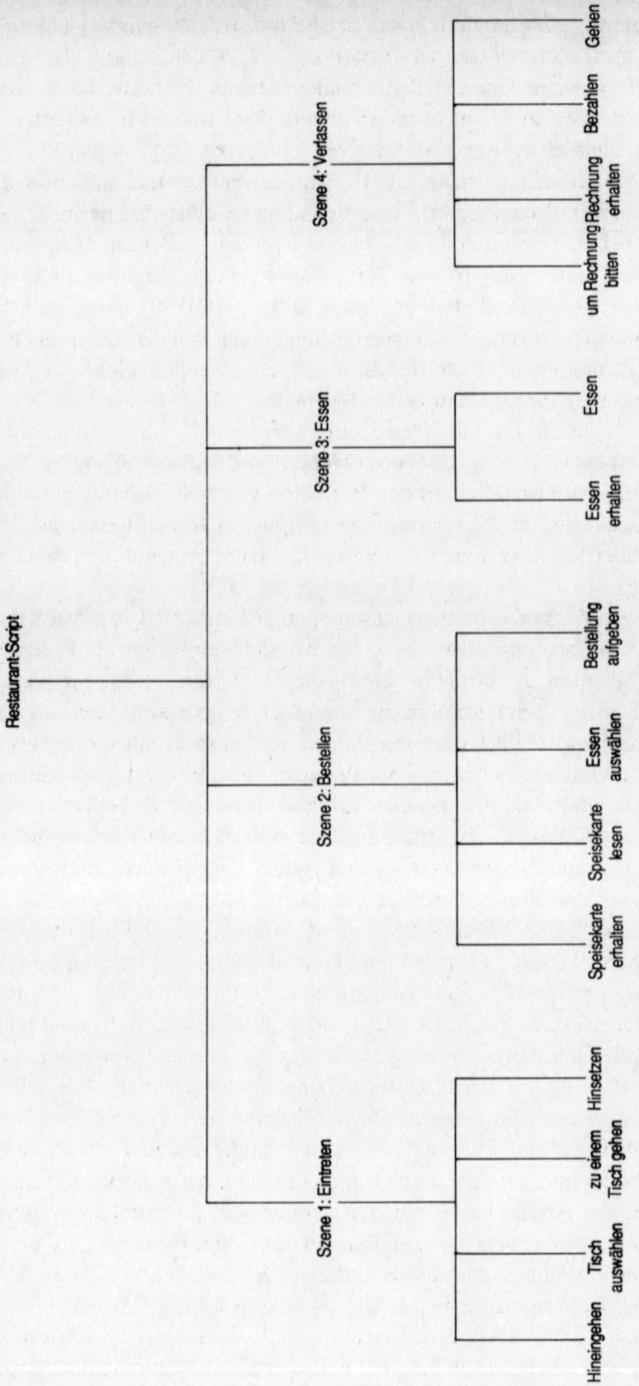

Abb. 7.1.: Beispiel für die hierarchische und serielle Struktur von Scripts. (Nach: Mandler, 1979, S. 267)

Ereignissen. Nelson und Hudson (in press) sowie Mandler (1983) sind deshalb der Meinung, daß die Entwicklung von einer schemabezogenen automatischen und impliziten Nutzung von globalen Wissensstrukturen in Richtung auf eine höhere Flexibilität und einem bewußt-strategischen Umgang mit schematischem Vorwissen verläuft. Fraglich ist allerdings, ob angesichts der Vielzahl von Situationen, die zwar vertraut (d. h. im Vorwissen verankert) sind, die aber nicht die Eigenschaften von Scripts haben, die Flexibilität der Vorwissensrepräsentation von Vorschulkindern nicht unterschätzt wird (vgl. Knopf & Waldmann, 1985).

Uneinigkeit besteht bisher über das Verhältnis zwischen ereignisbezogenem und taxonomischem Wissen. Viele Untersuchungen, die taxonomisch organisierbares Material mit ereignisbezogenem verglichen haben, belegen die Präferenz für ereignisnahe Materialbezüge bis zum Anfang der Schulzeit (vgl. Bjorklund, 1985). Dies wird damit erklärt, daß Kinder primär mit Alltagsereignissen konfrontiert sind, während taxonomische Organisationen erst in der Schulzeit als Mittel der Wissensorganisation bedeutsam werden (vgl. Brown, 1977). Smiley und Brown (1979) konnten allerdings zeigen, daß Kinder zwar ereignisbezogene Relationen präferieren, aber nach kurzem Training auch in der Lage sind, ihr Wissen über die taxonomischen Bezüge zu aktivieren. Die Befunde sprechen also eher für eine parallele Entwicklung, wobei Alltagswissen möglicherweise bei Kindern stärker im Wissen verankert ist, was die gefundenen Präferenzunterschiede erklären könnten (Bjorklund, 1985; Mandler, 1983).

Nelson (1983) hält dagegen am Primat von ereignisbezogenem Wissen fest. Die meist im Rahmen von Wortlistenexperimenten vorgenommene Gegenüberstellung zwischen taxonomischen Zusammenhängen und ereignisbedingten krankt teilweise an einem ungenauen Konzept des Ereigniswissens. Schemata enthalten nicht nur serielle Strukturen, sondern auch kategoriale. Nelson orientiert ihre Sicht der Entstehung von taxonomischem Wissen an dieser komplexeren Konzeption von Schemata. Sie geht davon aus, daß Wissen zunächst in Form von Scripts erworben wird, die an bestimmten Stellen *slots* enthalten. Die funktionalen Alternativen, die so ein *slot* innerhalb des festgelegten Kontexts belegen kann (z. B. verschiedene Sorten von Frühstücksspeisen), bilden die primär erworbenen Kategorien *(slot-filler categories)*. Später werden ähnliche Scripts zusammengeführt, so daß größere taxonomische Systeme über Prozesse der Dekontextualisierung und Fusion entwickelt werden können. Mandler, Fivush und Reznick (in press) weisen allerdings darauf hin, daß *slots* nur eine Komponente des Vorwissens darstellen. Sie vermuten, daß raum-zeitliche Nähe ein mächtiges Organisationsprinzip für den Aufbau frühkindlicher Kategorien („kontextuelle Kategorien") darstellt. Bislang fehlen die Daten, die systematisch zwischen den unterschiedlichen Enstehungshypothesen unterscheiden lassen. Auf jeden Fall sprechen die Befunde gegen die Auffassung einer schlichten Abfolge von schematischem und taxonomischem Wissen. Beide Wissenstypen scheinen zumindest in Vorformen früh vorhanden, ohne daß man schon sehr genau über die Relationen zwischen diesen Wissensformen Bescheid wüßte.

Intuitive Theorien

Taxonomisches Wissen und Wissen über Alltagsroutinen bilden nur einen Teil des Wissens, das Kinder erwerben. Bei der Darstellung der Forschungsergebnisse wurde bereits deutlich, daß die meisten Konzepte ihre Bedeutung teilweise durch den Ort gewinnen, den sie im Rahmen übergreifender intuitiver Theorien (etwa über physikalische oder biologische Zusammenhänge) einnehmen. Intuitive Theorien werden primär im direkten Umgang mit bestimmten Gegenstandsbereichen erworben und erst sekundär durch Belehrungen. Dieses Wissen ist komplex strukturiert. Es enthält analog zu wissenschaftlichen Theorien neben reinem Faktenwissen auch naive Annahmen über funktionale Zusammenhänge und Regularitäten. Dieses Wissen muß weder richtig sein – gemessen am Maßstab wissenschaftlicher Erkenntnisse –, noch muß es explizierbar sein. Ebenso wie die anderen Wissensstrukturen kann es sich als implizites Wissen auch indirekt im Umgang mit dem entsprechenden Gegenstandsbereich manifestieren (vgl. Gentner & Stevens, 1983).

Kognitionspsychologen, die die Unterschiede zwischen Laien und Experten auf einem bestimmten Inhaltsgebiet untersuchen (vgl. Chi, Glaser & Rees, 1982), und Wissenschaftstheoretiker, die den Prozeß der Theorienveränderung rekonstruieren (vgl. Stegmüller, 1986), stimmen neuerdings darin überein, daß intuitive und wissenschaftliche Theorien nicht nur über die schlichte Addition neuer Fakten erworben und verändert werden. Theorien sind vielmehr strukturierte Gebilde, deren Veränderung teilweise Restrukturierungsprozesse nach sich zieht.

So zeigen Chi et al. (1982), daß Experten im Schach im Vergleich zu Laien Konzepte höherer Ordnung aufgebaut haben, mit denen sie komplexe Muster durch ein einziges Konzept repräsentieren können. Chi und Koeske (1983) haben einen 4jährigen Dinosaurier-Experten untersucht und gefunden, daß das Wissen über besser und weniger gut bekannte Dinosaurier sich nicht durch die Anzahl aufzählbarer Eigenschaften, sondern vielmehr durch die Struktur der Wissensrepräsentation unterscheidet. Zwischen den Dinosauriern, die das Kind besonders gut kennt, bestanden viele strukturelle Verknüpfungen in der rekonstruierten Wissensbasis, die ein größeres Maß von Kohärenz erzeugten. Indirekt schlug sich dieser erhöhte Integrationsgrad des Wissens vorteilhaft in der Gedächtnisleistung nieder.

Während die bisher beschriebenen Veränderungen den Ausgangszustand der Wissensbasis weitgehend unangetastet lassen und nur Erweiterungen und Ergänzungen betreffen, sind aus der Wissenschaftsgeschichte auch fundamentalere Formen der Reorganisation von Wissen im Sinne theoretischer Paradigmenwechsel bekannt (Kuhn, 1973). Carey (1985) macht auf die Möglichkeit aufmerksam, auch die ontogenetische Entwicklung des intuitiven Wissens im Sinne von diskontinuierlich auftretenden Reorganisationen zu rekonstruieren. In eigenen Untersuchungen hat sie im Bereich der intuitiven Biologie die Veränderung des Wissens über Lebewesen untersucht. Bei Kindern zwischen vier und sieben Jahren sind biologische Funktionen wie Essen, Atmen, Schlafen und das Verfügen über innere

Organe primär mit Menschen und nur sekundär mit Tieren verknüpft. Dabei werden diese Funktionen im Rahmen einer intuitiven Psychologie erklärt, die mit Kategorien wie Ziele, soziale Konsequenzen, Konventionen usw. operiert. Befragt, warum Menschen essen, antworten 4jährige, weil sie Hunger haben oder weil es Essenszeit ist. Psychologische, am Menschen orientierte Erklärungsschemata dominieren. Tieren werden diese anthropomorphisierten biologischen Funktionen nur zugeschrieben, wenn sie Menschen ähnlich sind. Ab etwa zehn Jahren, möglicherweise aufgrund schulischer Lernerfahrungen, ändert sich das. Fundamentale biologische Funktionen werden nun Menschen und Tieren gleichermaßen zugeschrieben. Gemeinsamkeiten zwischen Tieren und Pflanzen werden aufgrund gemeinsamer biologischer Funktionsprinzipien gesehen. Menschen bilden nun nur noch eine Unterart von Lebewesen. Biologische Funktionen werden auch nicht mehr im Rahmen humanpsychologischer Vorstellungen interpretiert, sondern es besteht ein rudimentäres Wissen über biologische Mechanismen und deren Funktion im Hinblick auf die Erhaltung von Leben. Carey interpretiert ihre Befunde als Beleg für eine grundlegende Reorganisation des Wissens, also analog zu einem wissenschaftlichen Paradigmenwechsel. Während vorher das Wissen über biologische Funktionen in das psychologische Wissen über menschliche Aktivitäten eingebettet war, ist etwa vom 10. Lebensjahr an dieses Wissen auf der Grundlage biologischer Funktionen organisiert. Eine intuitive Biologie löst die umfassende Rolle der intuitiven Psychologie ab.

Ein wichtiger Indikator für die Entwicklung intuitiver Theorien ist auch die Veränderung der Erklärungs- und Prognoseleistungen. Wissensveränderungen gehen dabei nicht notwendigerweise mit verbesserten Leistungen einher. In manchen Bereichen ließen sich als Folge der Wissensentwicklung sogar Leistungsabfälle beobachten, die erst später wieder im Sinne einer U-förmigen Leistungskurve ausgeglichen werden konnten (vgl. Strauss & Stavy, 1982).

Kaiser, McCloskey und Proffitt (1986) fanden beispielsweise einen U-förmigen Entwicklungsverlauf im Bereich der intuitiven Physik. Sie zeigten Studenten und Kindern zwischen 4 und 12 Jahren eine Zeichnung, die eine spiralförmige Bahn abbildete, durch die eine Kugel gerollt werden sollte. Die Frage lautete nun, welchen Weg die Kugel nach Verlassen der Bahn nehmen würde. Überraschenderweise gaben die Vorschulkinder und die Studenten mit gleicher Wahrscheinlichkeit die richtige Antwort, während die Schulkinder dazu neigten, zu sagen, der Ball würde auch nach Verlassen der Bahn einen Kurvenverlauf nehmen. Diese falsche Antwort entspricht den Annahmen einer mittelalterlichen Physik (vgl. Abb. 7.2).

Unterschiedliche Typen von Veränderung der Wissensbasis vermögen solche U-förmige Leistungskurven zu erklären. Kaiser et al. (1986) gehen nicht davon aus, daß die Leistungen der Vorschulkinder auf die gleiche Weise zustande kommen wie die der Studenten. Sie sind der Meinung, daß die Vorschulkinder auf der Basis konkreter analoger Erfahrungen die Frage beantworten und deshalb zu den richtigen Antworten gelangen. In der Schulzeit entwickelt sich dann ein rudimentäres theoretisches Wissen, das noch in vielen Hinsichten falsch ist, das aber das Denken

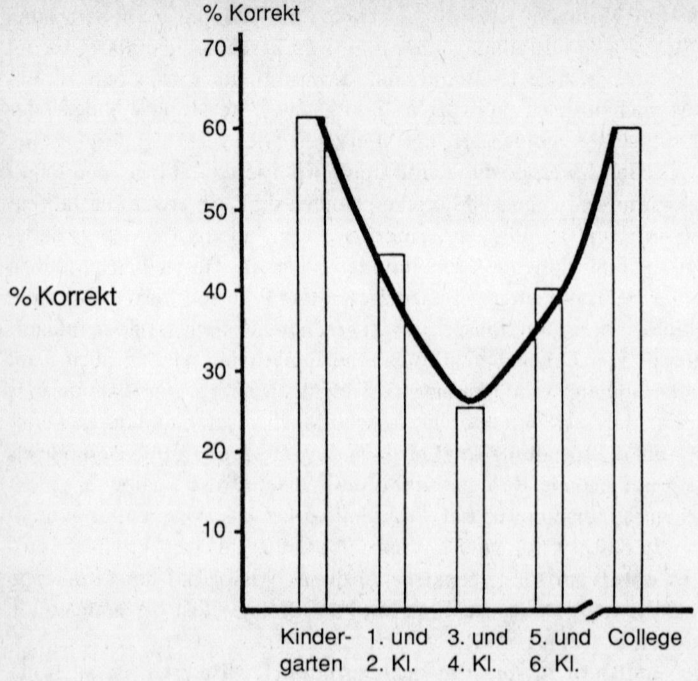

Abb. 7.2.: U-förmiger Entwicklungsverlauf bei den korrekten Antworten in der Spiralenaufgabe (vgl. Kaiser et al., 1986, S. 69)

in konkreten Beispielen teilweise ersetzt. Erst allmählich verbessert sich dann dieses theoretische Wissen. Analog dazu weisen Strauss und Stavy (1982) darauf hin, daß Leistungsabfälle Indikatoren für fundamentale qualitative Reorganisationen der Wissensbasis sein können. Sie haben in einer Reihe von Untersuchungen die Entwicklung der Repräsentation von intensiven physikalischen Quantitäten wie Temperatur, Süße, Härte etc. untersucht. Diese Eigenschaften bleiben unabhängig von der jeweiligen Menge konstant. Stavy, Strauss, Orpaz und Carmi (1982) fanden im Altersbereich zwischen 4 und 13 Jahren eine U-förmige Entwicklungskurve. Auch sie vermuten, daß jüngere Kinder erfahrungsnahe intuitive Urteile abgeben, womit sie häufig richtig liegen. Die Leistungsabfälle erklären sie mit der Ablösung dieses intuitiven Wissenssystems durch ein System, das stärker quantitative Relationen in Betracht zieht. Da sich dieses neue System erst entwikkeln muß, kommt es zu den beobachteten Rückfällen in der Leistung.

Siegler und Richards (1982) zeigen, daß U-förmige Entwicklungsverläufe auch dann auftreten können, wenn sich das Wissen über einen Bereich kontinuierlich erweitert und keine strukturellen Reorganisationen erfährt. Sie gehen davon aus, daß Wissen ein System von Regeln ist, in dem sukzessiv komplexere Regeln einander ablösen. Wird nun eine in einem Teilbereich erfolgreiche einfache Regel von einer verbesserten, aber immer noch nicht optimalem Regel abgelöst, so kann es in diesem Bereich trotz kontinuierlicher Verbesserung des Regelwissens zu Verschlechterungen der Leistung kommen.

Beim Erwerb und der Nutzung von intuitiven Theorien lassen sich auch interindividuelle Unterschiede beobachten. Bransford und seine Mitarbeiter haben guten und schlechten Schülern der fünften Klasse einen Text über zwei unterschiedliche Typen von Robotern vorgelegt (vgl. Bransford, Stein, Vye, Franks, Auble, Mezynski & Perfetto, 1982). Die Texte enthielten am Anfang eine Beschreibung der allgemeinen Funktion der Roboter und dann eine Aufzählung ihrer Eigenschaften. Die guten Schüler rekonstruierten bei der Rezeption des Textes die Funktion der Eigenschaften und waren deshalb imstande, sich mehr Eigenschaften zu merken als die schlechten Schüler. Wurden diese Funktionen aber explizit benannt, dann ergaben sich erwartungsgemäß keine Leistungsverbesserungen bei den guten Schülern, sondern nur bei den schlechten. Diese unterschieden sich von den guten Schülern also weniger in ihrem Wissenspotential, als vielmehr in ihrer Fähigkeit, dieses Wissen spontan zu nutzen und angemessen einzusetzen.

„Metagedächtnis" als Beispiel für die Entwicklung von Metawissen

Kinder erwerben mit zunehmendem Alter nicht nur Wissen über die Außenwelt, sie sind auch immer besser imstande, dieses Wissen und dessen Erwerbsbedingungen selbst zu thematisieren. Der Erwerb dieses Wissens über das eigene Wissen hat in der entwicklungspsychologischen Forschung der vergangenen Jahre große Beachtung gefunden. Besonders viele Studien beschäftigten sich mit der Entwicklung des intuitiven Wissens über das Gedächtnis („Metagedächtnis"), mit den Funktionen dieses Wissens und mit seiner Nutzung bei der Bewältigung von Lern- und Erinnerungsaufgaben. Die Entwicklung des Metagedächtnisses wird deshalb im folgenden als Beispiel für Metawissen im allgemeinen dargestellt. In gewissem Sinne läßt sich dieses Wissen als intuitive Theorie über die Funktionsweise des (eigenen) psychischen Systems (also als intuitive Psychologie) auffassen (vgl. Wellman, 1985).

Die traditionelle Sicht der Entwicklung intuitiver Theorien über die Unterschiede zwischen psychischen Ereignissen und Vorgängen in der Außenwelt setzt die Entstehung von Metawissen erst mit dem Schulalter an. Vorher wird, dieser Auffassung zufolge, die Beschreibung und Erklärung mentaler Vorgänge aufgrund von Eigenschaften der Außenwelt und des direkt beobachtbaren Verhaltens begründet. So fanden Wellman und Johnson (1979) in ihren Untersuchungen zum Verständnis von mentalen Verben („erinnern", „vergessen", „wissen", „raten"), daß Vorschulkinder dazu neigen, jede korrekte Leistung bei einer Gedächtnisaufgabe als Erinnern und jeden Irrtum als Vergessen anzusehen. Sie scheinen also die Verwendung der Begriffe direkt an die Einschätzung der gegenwärtigen Leistung zu koppeln. Johnson und Wellmann (1980) konnten allerdings auch zeigen, daß unter bestimmten, besonders salienten Bedingungen Vorschulkinder durchaus in der Lage sind, zwischen inneren Zuständen und äußeren Prozessen zu unterscheiden. Hier wurden die Kinder mit einem Trick konfrontiert: Vor ihren Augen wurde ein Objekt in einer von zwei Kisten versteckt, und man befragte sie anschließend, wo sich das Objekt befindet. Währenddessen wurde das Objekt unbemerkt in die jeweils andere Kiste transferiert. In dieser Situation, in der die Diskrepanz zwischen der eigenen Erfahrung und der äußeren Realität besonders augenfällig war, konnten die Kinder durchaus sagen, daß sie sich an das andere Versteck *erinnerten*. Auch Shatz, Wellman und Silber (1983) fanden auf der Basis einer Analyse von Sprechprotokollen Hinweise für die Unterscheidung zwischen mentalen Repräsentationen und der wahrgenommenen Außenwelt bereits im dritten Lebensjahr („Vorher dachte ich, es wäre ein Krokodil; jetzt weiß ich, es ist ein Alligator").

Die unterschiedlichen Befunde legen ein komplexes Bild der Entwicklung nahe, das dem in anderen Wissensbereichen ähnelt. Sehr früh scheinen Kinder ein rudimentäres Verständnis der Unterschiede zwischen mentalen Zuständen und objektiven Vorgängen zu besitzen. Die Aktualisierung dieses Wissens gelingt aber nur unter sehr salienten Bedingungen, ansonsten wird die Unterscheidung ignoriert. Das gleiche gilt auch für die gegenseitige Abgrenzung unterschiedlicher mentaler Zustände, die 4jährigen nur partiell gelingt (vgl. Wellman, 1985).

Das Wissen über das eigene Gedächtnis umfaßt nicht nur diese grundlegenden Unterscheidungen, sondern auch Annahmen über unterschiedliche Determinanten der Gedächtnisleistung. Zahlreiche Studien machen deutlich, daß Kinder im Schulalter eine Vielzahl förderlicher und leistungshemmender Determinanten unterscheiden können, wie etwa Lernzeit, Wortlistenlänge, Retentionsintervall etc. (vgl. Kreutzer, Leonard & Flavell, 1975). Wellman (1977) fand zudem, daß auch im Vorschulalter (ab etwa 3 Jahren) zumindest eine Bedingung bekannt ist, nämlich, daß längere Listen schwerer einzuprägen sind als kurze.

In der bisherigen Metagedächtnisforschung ist der strukturelle Aspekt intuitiver Theorien über psychische Vorgänge zugunsten der isolierten Erfassung einzelner Variablen vernachlässigt worden. Wellman (1985) berichtet über eine Reihe eigener Studien, in denen untersucht wurde, ob es während der Entwicklung zu strukturellen Reorganisationen des Wissens über komplexe funktionale Beziehungen zwischen Gedächtnisvariablen kommt. So fanden Wellman, Collins und Glieberman (1981), daß 4jährige zwar imstande waren, Interaktionen zwischen verschiedenen Determinanten von Gedächtnisleistungen anzunehmen, ihr Wissen über diese Bezüge unterschied sich aber von dem älterer Kinder. So tendierten jüngere Kinder dazu, die individuelle Anstrengung stärker zu gewichten als ältere Kinder; außerdem waren sie schlechter imstande, zusätzliche Einflüsse wie etwa den Effekt der Konzentration auf die Gedächtnisleistung in Betracht zu ziehen. Wellman kommt deshalb zu dem Schluß, daß Kinder im Vorschulalter bereits über rudimentäre intuitive Gedächtnistheorien verfügen, die sich im Schulalter stark erweitern und reorganisieren.

Einen besonderen Status erhalten intuitive Theorien über die eigenen kognitiven Leistungen dadurch, daß sie diese nicht nur zum Gegenstand haben, sondern sie potentiell über das strategische Verhalten beeinflussen können (vgl. Brown, 1984). Diese Umsetzung von Metawissen in die Verwendung effektiver Strategien unterliegt allerdings selbst einer Entwicklung. Baker-Ward, Ornstein und Holden (1984) haben das Verhalten 4- bis 6jähriger in einer Lernsituation mit dem in einer Spielsituation verglichen und fanden dabei, daß bereits die jüngeren Kinder sich unterschiedlich unter den zwei Bedingungen verhielten und Vorformen von Gedächtnisstrategien an den Tag legten. Diese Frühformen treten allerdings nur unter besonders deutlichen Instruktions- und Materialbedingungen auf, so daß man eher von automatischer Aktivierung strategischen Verhaltens durch situative Bedingungen als von reflexiver Steuerung sprechen kann. Außerdem sind diese frühen Strategien oft ineffektiv in bezug auf die Gedächtnisleistung. Diese Ineffizienz mag teilweise darauf zurückzuführen sein, daß die Kinder eine unzureichende intuitive Theorie über das Gedächtnis und seine strategische Steuerbarkeit haben, könnte aber auch daran liegen, daß die Kinder ihr Strategiewissen noch nicht effektiv in automatisierte, flexible Routinen überführen können (Ornstein, Baker-Ward & Naus, in press). Guttentag (1984) hat mittels einer Doppelaufgabentechnik gezeigt, daß die Aufmerksamkeitsanforderungen einer Gedächtnisstrategie mit zunehmendem Alter sinken, so daß damit die Nutzungsdefizite jüngerer Kinder erklärbar würden.

Im Zuge der Entwicklung verändert sich das Metawissen in Richtung höherer Explizitheit und besserer spontaner Zugänglichkeit (Dekontextualisierung), gleichzeitig scheinen sich auch die prozeduralen Nutzungsroutinen in Richtung wachsender Effektivität und breiter Anwendbarkeit zu entwickeln. Freilich garantiert das Vorhandensein von Metawissen nicht dessen Einsatz (vgl. Cavanaugh & Perlmutter, 1982). Vielleicht schafft gerade die vermutete Dekontextualisierung von explizitem Wissen das Problem, daß dieses potentiell verfügbare Reflexionswissen nicht immer effektiv genutzt wird, da es unter Umständen mit eingeschliffenen Automatismen konkurriert. Schneider (1985) findet in einer statistischen Metaanalyse von Metagedächtnisuntersuchungen eine mittlere Korrelation von 0.41 zwischen Metagedächtnis-Indikatoren und Gedächtnisleistungen. Dies deutet darauf hin, daß es nötig ist, die situationsabhängigen Randbedingungen und kognitiven Prozesse zu spezifizieren, die zwischen dem prinzipiellen Verfügen über Metawissen und dessen Umsetzung in effektive Handlungen vermitteln (vgl. Weinert, 1984).

Strukturelle Einschränkungen beim Wissenserwerb

Eine typische Lernsituation für Kinder besteht beim Konzepterwerb darin, daß ein Erwachsener auf einen Gegenstand deutet und ein bestimmtes Wort nennt. Woher weiß das Kind, was gemeint ist? Auf den ersten Blick erscheint diese Frage sehr einfach. Die scheinbare Einfachheit verdeckt aber ein grundlegendes Problem, auf das zunächst die Philosophen Quine (1960) und Goodman (1955) hingewiesen haben. Angenommen, wir befinden uns in einem fremden Land, ein Eingeborener deutet auf das, was wir ,,Hase" nennen und ruft ,,gavagai". Woher wissen wir, ob er mit ,,gavagai" Hase meint und nicht ,,unabgetrenntes Hasenteil". Ähnlich fragt Goodman, woher wir nach einer bestimmten Anzahl von Beobachtungen wissen, daß Smaragde grün sind und nicht etwa ,,grue", was soviel bedeuten könnte wie ,,grün bis zum Jahr 2000 und dann blau". Man könnte nun andere Beispiele für ,,gavagai" abwarten oder Smaragde nach dem Jahr 2000 untersuchen; Quine zeigt aber, daß es unabhängig von der Anzahl denkbarer Testsituationen immer eine Vielzahl miteinander unverträglicher Hypothesen gibt, die mit diesen Situationen verträglich sind. Manche mögen uns höchst unnatürlich erscheinen, wie etwa die von Goodman für Smaragde formulierte; aber woher wissen wir eigentlich, welche Hypothesen natürlich sind? Erstaunlicherweise haben Kinder keine allzu großen Schwierigkeiten, jene Aufgaben praktisch zu bewältigen, die auf der theoretischen Ebene so grundlegende Probleme darstellen. Carey (1978) schätzt z. B., daß Kinder zwischen zwei und fünf Jahren jede Stunde etwa ein neues Wort lernen. Um diese Leistung zu erklären, haben einige Psychologen strukturelle Einschränkungen *(constraints)* beim Lernen postuliert.

Chomsky (1965, 1980) definiert *constraints* als formale Restriktionen, die die Klasse logisch möglicher Wissensstrukturen in bestimmten Bereichen einschränken. Aufgrund solcher Einschränkungen, die von Chomsky als angeboren angesehen werden, vermögen wir zwischen natürlichen und unnatürlichen Hypothesen zu unterscheiden. Sie erklären, warum wir auf der Basis von verhältnismäßig wenigen Lernsituationen erstaunlich früh und erstaunlich übereinstimmend die formal komplizierte Grammatik unserer Muttersprache erwerben. Die Wirksamkeit struktureller Einschränkungen schließt nicht den Erwerb von Wissen aus, das mit ihnen unverträglich ist; doch dieser Erwerb ist ungleich schwieriger, da er das Verlassen naheliegender Hypothesen und den Einsatz intelligenter Problemlösungsstrategien erfordert (vgl. Sternberg, 1981). Auch in anderen Wissensbereichen, in denen bemerkenswert früh der Erwerb interindividuell übereinstimmender Kompetenzen und Wissensformen nachgewiesen werden konnte, wurde das *constraint*-Konzept innerhalb der kognitven Entwicklungspsychologie theoretisch interessant (vgl. den Überblick von Keil, 1981). Uneinigkeit besteht allerdings über die Art der strukturellen Einschränkungen.

Strukturelle bereichsspezifische Einschränkungen, dargestellt am Beispiel des ontologischen Wissens

Keil (1981) geht davon aus, daß es unterschiedliche kognitive Bereiche gibt, für die spezifische strukturelle Einschränkungen bestehen (z. B. Sprache, Logik, Zahlbegriff). Er gehört damit zu der Gruppe von Theoretikern, die im kognitiven System eine Vielzahl hochspezialisierter, relativ unabhängiger Subsysteme (,,Module") postuliert, deren Funktionieren nicht durch gemeinsame Funktionsprinzipien zu erklären ist (vgl. Fodor, 1983). Chomsky (1980) spricht hier anschaulich von „mentalen Organen". Keil hat in seinen entwicklungspsychologischen Untersuchungen versucht, strukturelle Einschränkungen auch im Bereich des ontologischen Wissens nachzuweisen. Während das konzeptuelle Wissen Tausende von Konzepten enthält, umfaßt das ontologische Wissen die fundamentalen Unterscheidungen, die diese Konzepte organisieren. Lebewesen, physikalisches Objekt, Artefakte sind beispielsweise solche ontologischen Kategorien. In ihnen manifestieren sich zentrale Organisationsprinzipien des Wissens (vgl. Carey, 1985).

Keil (1979) geht in seinen Untersuchungen zur Entwicklung des Wissens über grundlegende ontologische Kategorien davon aus, daß dieses Wissen Informationen darüber enthält, welche sprachlichen Prädikate intuitiv sinnvoll miteinander verknüpft werden können (vgl. Sommers, 1963). Sinnvoll verknüpfbar heißt nicht, daß der jeweilige Satz wahr sein muß, sondern nur, daß er Sinn macht und entweder wahr oder falsch ist. So ist die Aussage „Der Frosch ist grün" sinnvoll und wahr, die Aussage „Die Milch ist grün" ist ebenfalls sinnvoll, aber falsch; hingegen ist die Aussage „Das Gebet ist grün" sinnlos, man kann hier nicht von wahr oder falsch sprechen. Dieses Beispiel macht deutlich, daß beispielsweise „Gebet" und „grün" in unserem Wissen nicht einer gemeinsamen ontologischen Kategorie angehören. Sommers hat nun behauptet, daß sich die Prädikate (wie „grün") und Terme (wie „Frosch") in Klassen sortieren lassen, deren Organisation am besten als Baum-Struktur („Prädikabilitätsbaum") dargestellt werden kann. Keil (1979) hat einen Ausschnitt aus einer solchen Struktur in seinen Untersuchungen verwendet (Abb. 7.3.).

Die allgemeine Interpretationsregel für einen solchen Baum besagt, daß jedes Prädikat auf jeden Term sinnvoll angewendet werden kann, mit dem es direkt oder indirekt über Linien verknüpft ist. Auf diese Weise repräsentiert jeder Knoten eine homogene (potentiell unendliche) Klasse von Prädikaten und Termen, die einer gemeinsamen ontologischen Kategorie angehören. „Schwer" umfaßt beispielsweise alle physikalischen Objekte.

Sommers hat nun beobachtet, daß in diesen Prädikabilitätsbäumen bestimmte Strukturen nicht zu beobachten sind. So lassen sich – bis auf einige Ausnahmen – keine Strukturen finden, die die Form eines „M" bzw. „W" haben, also in denen zwei Prädikate, die gegenseitig nicht in einem über- bzw. untergeordneten Verhältnis stehen, einen gemeinsamen Term dominieren. Beispiele wie in Abb. 7.4. beruhen nach Sommers auf Zweideutigkeiten oder metaphorischem Gebrauch.

Keil nennt diese Restriktion den „M-Constraint". Er stellt eine erhebliche Restriktion für die potentielle Struktur von ontologischem Wissen dar; die Wahrscheinlichkeit, mittels Zufallsdaten irgendeinen Baum zu generieren, der den „M-Constraint" befolgt, ist äußerst gering.

In einer Reihe von Untersuchungen mit Kindern und Erwachsenen hat Keil (1979) die Struktur der empirisch gewonnenen Prädikabilitätsbäume analysiert. Obgleich sich diese Bäume in bezug auf ihre Elaboriertheit dramatisch über die Altersstufen entwickeln, ergab sich doch eine bemerkenswerte strukturelle Über-

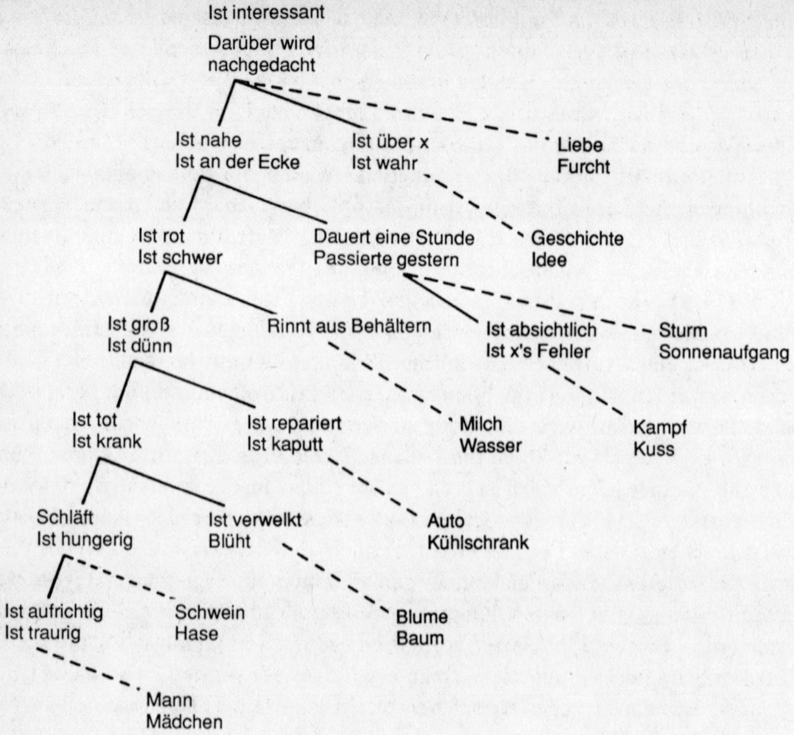

Abb. 7.3.: Prädikabilitätsbaum (nach Keil, 1979, S. 15)

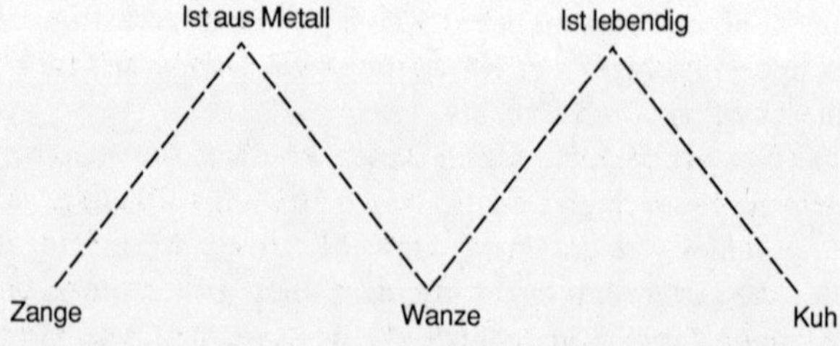

Abb. 7.4.: Beispiel für eine künstliche M-Struktur, die auf der Mehrdeutigkeit von ,,Wanze" beruht (vgl. Keil, 1979, S. 17)

einstimmung: In der überwiegenden Anzahl genügten die Bäume dem ,,M-Constraint" (99,9%). Das Wissen entwickelt sich dabei unter Berücksichtigung dieser strukturellen Einschränkung in Richtung zunehmender Differenzierung ontologischer Kategorien. Während beispielsweise Kinder noch dazu neigen, alle Dinge als physikalische Objekte anzusehen, differenziert sich später aus dieser umfassenden Klasse die Kategorie der Ereignisse aus.

Dieses Beispiel macht deutlich, daß die Beantwortung der Frage, ob Kinder und Erwachsene gleich oder verschieden denken, abhängig ist von der gewählten Abstraktionsebene. Während sich Kinder, die Ereignisse (z. B. „Sturm", „Kampf") und abstrakte Objekte (z. B. „Idee") kategorial auf dieselbe Ebene stellen, in dieser Hinsicht deutlich von Erwachsenen unterscheiden, bestehen auf der anderen Seite strukturelle Übereinstimmungen, weil sowohl Kinder wie Erwachsene den „M-Constraint" befolgen. „M-Constraints" können also als strukturelle, d. h. von Inhalten unabhängige Konstanten der ontologischen Wissensentwicklung angesehen werden.

Ferner postuliert Keil für die *constraints* Bereichsspezifität. Der „M-Constraint" restringiert den Wissensaufbau im Bereich des ontologischen Wissens, andere Bereiche haben andere strukturelle Einschränkungen. Diese Konzeption hat den Vorzug, daß man sehr spezifische Restriktionen für die jeweiligen Bereiche annehmen kann.

Wie kann man sich nun den Einfluß von „M-Constraints" beim Erwerb von Wissen vorstellen? Hört ein Kind etwa den Satz „Der Fug ist hungrig", dann kann es neben der gegebenen Information eine Reihe von Schlußfolgerungen ziehen, sofern der „M-Constraint" wirkt. So kann es den neuen Term „Fug" in die Klasse der Tiere einordnen, die potentiell die Eigenschaften schwer, groß, rot etc. haben kann, aber nicht die, eine Stunde lang zu sein. Keil (1983) vermutet, daß die Plazierung von neuen Begriffen im ontologischen Wissen unabhängig von anderen Tendenzen der Begriffsentwicklung stabile Bedeutungsrestriktionen bewirkt. So ist es beispielsweise sehr unwahrscheinlich, daß Menschen ein Wort wie „plotzkel" erwerben, das die Bedeutung von „Idee oder Prinzessin" haben soll, weil dies den „M-Constraint" verletzen würde (Carey, 1985).

Keil geht nicht soweit auszuschließen, daß wir auch gelegentlich Begriffe erwerben können, die dem „M-Constraint" zuwiderlaufen; er nimmt aber aufgrund seiner Daten an, daß es eine starke – wohl angeborene – kognitive Tendenz in Richtung einer Beachtung dieses *constraints* gibt. Dabei stellt der „M-Constraint" nur eine von mehreren theoretisch postulierten Bedingungen dar, die begründen, warum manche Konzepte natürlicher sind als andere.

Aufgabensensitivität von strukturellen Einschränkungen, dargestellt am Beispiel Konzepterwerb

Alle *constraint*-Ansätze gehen von der Frage aus, wie wir beim Lernen die Vielzahl logisch möglicher Hypothesen reduzieren. Viele dieser möglichen Hypothesen erscheinen uns so unplausibel, daß die Frage nach den strukturellen Einschränkungen zunächst nur schwer in den Blick gerät. Das Problem läßt sich aber in entwicklungspsychologisch brisanter Weise verschärfen, wenn man plausible Hypothesentypen gegeneinander ausspielt. Die Untersuchungen zur Repräsentation von ereignisbezogenem Wissen haben bereits deutlich gemacht, wie attraktiv ereignisbezogene Relationen für Kinder (aber auch für Erwachsene) sind. Wieso legen Kinder dann beim Erwerb von neuen Wörtern kategoriale und nicht ereignisbezogene Relationen zugrunde? Was hält Kinder davon ab, mit dem neuen Wort ,,Hund" nicht den Hund und seinen Knochen oder den Hund neben dem Baum zu meinen, sondern die taxonomische Klasse?

Markman und Hutchinson (1984) gehen bei der Beantwortung dieser Frage davon aus, daß wir über aufgabensensitive bereichsspezifische *constraints* verfügen, die zum Beispiel beim Erwerb von Wörtern attraktive ereignisbezogene Relationen aus dem Bereich plausibler Bedeutungshypothesen ausschließen. Um die Aufgabenabhängigkeit dieser *constraints* zu demonstrieren, haben Markman und Hutchinson in mehreren Untersuchungen den Kindern jeweils drei Objekte vorgelegt: ein bestimmtes Zielobjekt (z. B. Hund) und jeweils ein im Rahmen von Ereigniswissen hoch assoziiertes (Knochen) und ein taxonomisch stark assoziiertes Objekt (Katze). Wurde den Kindern das Zielobjekt zusammen mit der Frage ,,Siehst du dies? Zeig mir noch so eines!" gezeigt, präferierten sie die ereignisbezogene Alternative, wurde ihnen aber die nur leicht abgewandelte Frage mit einem erfundenen Wort gestellt ,,Siehst du dieses Fep? Zeig mir noch ein Fep!", dann wählten sie eher die taxonomische Alternative. Diese Befunde zeigten sich für Basiskategorien bereits bei 2jährigen Kindern und vom vierten Lebensjahr an auch für übergeordnete Kategorien. Die Befunde machen deutlich, wie leichte Abwandlungen der Aufgabenstellung den Hypothesenraum in unterschiedlicher Weise einzuschränken vermögen und selbst sehr junge Kinder dazu bringen können, ansonsten präferierte Relationen außer acht zu lassen. Unklarheit besteht noch über die Genese dieser strukturellen Einschränkungen. Die in dieser Forschungstradition präferierte Hypothese geht davon aus, daß die postulierten strukturellen Einschränkungen angeboren sind. Dafür spricht vor allem, daß die Wirksamkeit der strukturellen Einschränkungen bereits auf sehr frühen Altersstufen nachgewiesen werden konnte. Damit ist allerdings die Gegenhypothese nicht ausgeschlossen, daß die strukturellen Einschränkungen im Verlauf des Lebens erworben werden; wäre dem so, müßte der Erwerb sehr früh – eventuell vor dem Sprachbeginn – vermutet werden. Wie die dafür notwendigen (universellen) Lernbedingungen beschaffen sein könnten, ist bislang völlig unklar.

Vorwissen als inhaltliche Einschränkung des Wissenserwerbs

Das *constraint*-Konzept weist unterschiedliche Eigenschaften auf, die nicht notwendig mit seiner Funktion verknüpft sind. So postuliert Keil, daß *constraints* den Wissenserwerb *strukturell* beeinflussen, daß sie *bereichsspezifisch* sind, und daß sie angeborene *Invarianten* der Entwicklung darstellen. Natürlich ist es auch möglich, einzelne dieser Annahmen fallen zu lassen und trotzdem die wesentliche Funktion von Einschränkungen *(constraints)* zu erhalten, nämlich die Arten von Hypothesen beim Wissenserwerb zu reduzieren (vgl. Flavell, 1984).

Carey (1983) diskutiert eine Reihe von Beispielen, die den ,,M-Constraint" verletzen und kommt zu dem Schluß, daß nicht allgemeine strukturelle Eigenschaften den Erwerb von neuem Wissen beeinflussen, sondern spezielle (intuitive) Theorien, die in bestimmten Bereichen erworben wurden. Levi (1980) demonstriert dies am Beispiel einer hochgeworfenen Münze. Eine plausible Hypothese für den Ausgang dieses Ereignisses dürfte sein, daß sie auf die eine oder andere Seite, vielleicht noch auf die Kante fällt. Warum ziehen wir aber, auch wenn wir noch nie Münzen gesehen haben sollten, nicht die Hypothese gleichermaßen in Betracht, daß die Münze in den Himmel fährt? Offenbar bilden unsere intuitiven Theorien über physikalische Prozesse inhaltliche Einschränkungen für die Art der plausiblen Hypothesen. Sternberg (1982), der seinen studentischen Versuchsteilnehmern einige von Goodman übernommene artifizielle Farbbegriffe wie „grue" vorlegte, begründet die Schwierigkeiten mit dieser Art von neuen Konzepten damit, daß sie weitgehend unverträglich mit dem herkömmlichen Wissen im Bereich der Farbklassifikationen sind.

Im Bereich der Entwicklungspsychologie demonstrieren die Untersuchungen von Rice (1980) und Carey (1978) den Einfluß selbst eines rudimentären Vorwissens beim Erwerb neuen Wissens. Rice (1980) versuchte z. B. Kindern, die noch keine Farbbegriffe kannten, die Bedeutung von „rot" und „grün" beizubringen. Er benötigte dazu mehrere tausend Versuche über einige Wochen. Carey (1978) hingegen brachte Kindern ein neues Wort („Chromium") bei, das die Farbe olivgrün bezeichnete und fand, daß jene Versuchsteilnehmer, die wenigstens eine oder zwei Farben bereits kannten, nach wenigen Beispielen in der Lage waren, zumindest eine approximative Vorstellung von „Chromium" zu entwickeln. Das bereits erworbene Vorwissen diente als Anker für neue Bedeutungshypothesen.

Im Bereich der Entwicklung einer intuitiven Biologie konnte Carey (1985) zeigen, daß Kinder zwar mechanische Affen und Menschen für ähnlicher hielten als Menschen und Würmer. Wurde ihnen aber eine neue Eigenschaft von Menschen beigebracht („hat einen Spleen"), dann wurden Spleens selbst von 6jährigen eher Würmern als mechanischen Affen zugeschrieben. Hier scheint rudimentäres biologisches Wissen über natürliche Arten den Geltungsbereich neu erworbener Begriffe trotz attraktiver Alternativen zu beeinflussen.

Geht man einmal davon aus, daß inhaltliches Wissen als *constraint* für den Erwerb von neuem Wissen fungieren kann, dann stellt sich die Frage, wie der Wissenserwerb in der frühen Kindheit reguliert wird. Die Befunde zu diesem Problem haben eine grundlegende Bedeutung für die Annahmen über die allgemeine Organisation des kognitiven Systems. Anderson (1983) hat im Gegensatz zur Annahme bereichsspezifischer struktureller Einschränkungen die Hypothese eines allgemeinen, bereichsunspezifischen Lernmechanismus vorgeschlagen, der frühe Formen des Wissenserwerbs erklären könnte. Später würde dann das mit Hilfe dieses Mechanismus erworbene Bereichswissen als Lernerleichterung im Sinne inhaltlicher Einschränkungen dienen. Carey (1985) vermutet, daß es bestimmte Formen von *inhaltlichem* Wissen gibt, die angeboren sind, etwa eine intuitive Psychologie und eine intuitive Mechanik. Strukturelle angeborene und vorwissensabhängige Einschränkungen schließen sich nicht notwendigerweise aus.

Keil (1986) geht davon aus, daß das kulturabhängige Wissen, das potentiell in einer Vielzahl von Inhaltsbereichen erworben wird, die strukturellen angeborenen Einschränkungen, die nur für wenige fundamentale Bereiche existieren, überlagert und ergänzt. Qualitative Entwicklungsveränderungen sind seiner Meinung nach vor allem in den kulturabhängigen Wissenssystemen beobachtbar.

Reifungsabhängige strukturelle Einschränkungen des Wissenserwerbs, dargestellt am Beispiel des Arbeitsgedächtnisses

Läßt man das Merkmal der Entwicklungsinvarianz von *constraints* fallen, so gelangt man zu der Möglichkeit reifungsbedingter Veränderungen von strukturellen Einschränkungen beim Wissenserwerb. Dabei genügt es nicht, systematische Unterschiede bei der Lösung bestimmter Aufgaben zu finden, sondern es ist zusätzlich nötig, diese Veränderungen zu entwicklungsabhängigen Restriktionen auf der Ebene kognitiver Strukturen und Prozesse in Beziehung zu setzen.

Als ein zentrales Beispiel für solche altersabhängigen Veränderungen wird derzeit das Arbeitsgedächtnis untersucht (vgl. Case, 1985). Das Arbeitsgedächtnis stellt Kapazität für die kurzfristige Speicherung und Bearbeitung aktuell benötigter Informationen bereit und bildet damit ein „Nadelöhr" bei der Bearbeitung von Problemen in unterschiedlichen Bereichen. Es wird vermutet, daß Veränderungen in der Kapazität des Arbeitsgedächtnisses die Art und Komplexität der Hypothesen beeinflussen, die Kinder bilden können. Case, Kurland und Goldberg (1982), die das Arbeitsgedächtnis hypothetisch in einen Speicherbereich und einen Arbeitsbereich aufteilen, vermuten allerdings, daß die Gesamtkapazität nach dem zweiten Lebensjahr nicht weiter ansteigt. Die zunehmende Vergrößerung des Speicherbereichs führen sie vielmehr auf eine zunehmende Verkleinerung des Arbeitsbereiches zurück, die auf effizientere, schnellere und automatisierte Prozesse der Informationsverarbeitung zurückzuführen ist. Dies legt nahe, daß rapider Kapazitätszuwachs durch Übung erreicht werden kann. Neuere Untersuchungen stellen diese Vermutung allerdings in Frage. So deuten die Ergebnisse von Trainingsstudien darauf hin, daß es altersabhängige Leistungsobergrenzen gibt, die von den Kindern nicht überschritten werden können. Case (1985) führt dies auf biologische Reifungsprozesse zurück. Er nimmt an, daß sich die im Bereich der kognitiven Entwicklung gefundenen Veränderungssequenzen und die dabei beobachteten altersabhängigen Restriktionen beim Wissenserwerb zu einem großen Teil auf die Unterschiede in der Kapazität des Arbeitsgedächtnisses zurückführen lassen.

Eine fundamentale Kritik am Konzept eines einheitlichen Arbeitsgedächtnisses haben Brainerd und Kingma (1985) vorgelegt. So präsentierten sie in einem Experiment Kindern eine modifizierte Klasseninklusionsaufgabe, bei der das Erfassen der Inklusionsbeziehung und das Kurzzeitgedächtnis an derselben Aufgabe erfaßt wurden. Die beiden Maße erwiesen sich als unabhängig. In einem weiteren Experiment verglichen sie eine Klasseninklusionsaufgabe mit einer Kollektionsaufgabe. Die Befunde zeigten erwartungsgemäß bessere Leistungen bei der Kollektionsaufgabe; diese Verbesserung war aber unabhängig von der Leistung des Kurzzeitgedächtnisses. Brainerd und Kingma bezweifeln deshalb die theoretische Annahme, wonach das Kurzzeitgedächtnis und das Arbeitsgedächtnis ein einheitliches System bilden, und die Denkentwicklung vom Kurzzeitgedächtnis abhängig ist.

Im Falle des Arbeitsgedächtnisses wird nicht nur die für *constraint*-Ansätze typische Annahme der Entwicklungsinvarianz fallengelassen, sondern auch die Annahme der Bereichsspezifität. Seine potentielle Bedeutung als strukturelle Einschränkung erhält das Arbeitsgedächtnis vor allem dadurch, daß es sich um eine bereichsunabhängige Prozeßkomponente handelt, die synchrone Veränderungen in unterschiedlichen Bereichen erklären könnte. Diese Anwendungsbreite bedingt allerdings auch eine Schwäche. Die Kapazität des Arbeitsgedächtnisses dürfte nur schwache Einschränkungen in der Generierung unterschiedlicher, logisch möglicher Hypothesen leisten, eher dürften sich dadurch Einschränkungen im Hinblick auf die strukturelle Komplexität von Hypothesen ergeben (vgl. Flavell, 1984). Außerdem ist darauf zu verweisen, daß nicht nur das Arbeitsgedächtnis als Einschränkung für den Wissenserwerb fungiert, sondern daß auch das Wissen, z. B. die Verfügbarkeit von Konzepten höherer Ordnung, alterstypische Restriktionen des Arbeitsspeichers kompensieren kann (vgl. Chi, 1978). Eine klare Beziehung zwischen der Leistung in komplexen Lernsituationen und der Entwicklung des Arbeitsgedächtnisses als basaler Parameter der kognitiven Architektur ist also nicht zu erwarten.

Ausblick

Wissensentwicklung und Wissenserwerb sind zu zentralen Themen der entwicklungspsychologischen Forschung geworden. Unterschiedliche Theorieansätze und vielfältige empirische Untersuchungsstrategien haben dazu beigetragen, verkrustete traditionelle Entwicklungsmodelle aufzubrechen. Annahmen über lineare Wissenszuwächse als Funktion des Lebensalters, Thesen über bereichsübergreifende, allgemeine Stadien der Konzeptentwicklung oder Erwartungen an die prinzipielle Lernbarkeit beliebiger Wissensinhalte zu beliebigen Zeiten werden heute in dieser rigorosen Form kaum mehr vertreten. An ihre Stelle sind Theorien über die Ontogenese verschiedener Klassen von Konzepten, über deren Einbettung in unterschiedliche komplexe Wissensorganisationen, über den Erwerb flexibler und reflexiver Zugriffsmöglichkeiten auf das eigene Wissen und über hypothetisch postulierte Entwicklungsmechanismen getreten, die den Erwerb neuen Wissens zwar strukturell einschränken, ihn dadurch aber auch erleichtern und beschleunigen.

Auf den ersten Blick wirkt das wissenschaftliche Bild, das wir uns zur Zeit von der Wissensentwicklung machen können, vielleicht etwas uneinheitlich, bruchstückhaft und verwirrend. Dieser Eindruck täuscht jedoch, denn viele der theoretischen Ansätze schließen sich wechselseitig nicht aus, sondern ergänzen sich sogar zum Teil im Hinblick auf unterschiedliche Wissensklassen, Repräsentationsformen, Erwerbsmechanismen und Entwicklungsbedingungen. Erste Konturen für ein (natürlich vorläufiges und begrenztes) theoretisches System entwicklungspsychologischer Gesetzmäßigkeiten des Wissenserwerbs werden erkennbar.

Man sollte sich allerdings von den zweifellos beachtlichen wissenschaftlichen Fortschritten der letzten Zeit nicht täuschen lassen. Auf dem Gebiet der Wissensentwicklung gibt es auch gegenwärtig viel mehr Fragen als Antworten. Vor allem aber sind einige ,,klassische" Probleme der Entwicklungspsychologie nicht nur nicht gelöst, sondern zum Teil völlig neu gestellt worden: Sind strukturelle Einschränkungen beim Wissenserwerb angeboren, Folge von Reifungsvorgängen oder doch erlernt? Gibt es neben bereichsspezifischen auch bereichsunspezifische Erwerbsmechanismen? Spielen relativ stabile intra- und interindividuelle Fähigkeitsunterschiede beim Wissenserwerb eine Rolle, und wie beeinflussen sie gegebenenfalls die Repräsentation, die Zugänglichkeit und die Nutzung des Wissens? Zwischen welchen Entwicklungsbedingungen der Wissensbasis gibt es kompensatorische Beziehungen? Wie ist es zu erklären, daß inhaltsspezifisches Wissen oft relativ leicht zu erlernen ist, daß aber Trainingsprogramme zur Förderung von Kompetenzen für den Wissenserwerb häufig sehr unbefriedigende Resultate erzielen?

Solche Fragen lassen sich beliebig vermehren. Sie werden in dieser allgemeinen Form vermutlich auch durch intensivierte Forschungsanstrengungen nicht befriedigend beantwortet werden. Glücklicherweise haben die Arbeitsergebnisse der letzten Jahre gezeigt, daß man bei der Beschreibung und Erklärung der kognitiven Entwicklung bedeutsame wissenschaftliche Fortschritte erzielen kann, ohne vorher die ,,großen" Probleme der Entwicklungspsychologie lösen zu müssen.

Literatur

Anderson, J. R. (1983). *The architecture of cognition*. Cambridge: Harvard University Press.

Anglin, J. M. (1977). *Word, object, and conceptual development*. New York: Norton.

Armstrong, S. L., Gleitman, L. R., & Gleitman, H. (1983). What some concepts might not be. *Cognition, 13*, 263–308.

Baillargeon, R., Gelman, R., & Meck, E. (1981). Are preschoolers truly indifferent to causal mechanism? *Paper presented at the biennial meeting of the Society for Research in Child Development*. Boston.

Baker-Ward, L., Ornstein, P. A., & Holden, D. J. (1984). The expression of memorization in early childhood. *Journal of Experimental Child Psychology, 37*, 555–575.

Bjorklund, D. F. (1985). The role of conceptual knowledge in the development of organization in children's memory. In C. J. Brainerd & M. Pressley (Eds.), *Basic processes in memory development: Progress in cognitive development research* (pp. 103–142). New York: Springer Verlag.

Bjorklund, D. F., & Thompson, B. E. (1983). Category typicality effects in children's memory performance: Qualitative and quantitative differences in the processing of category information. *Journal of Experimental Child Psychology, 35*, 329–344.

Bjorklund, D. F., Thompson, B. E., & Ornstein, P. A. (1983). Developmental trends in children's typicality judgments. *Behavior Research Methods & Instrumentation, 15*, 350–356.

Bower, G. H., Black, J. B., & Turner, T. J. (1979). Scripts in memory for text. *Cognitive Psychology, 11*, 177–220.

Brainerd, C. J., & Kingma, J. (1985). On the independence of short-term memory and working memory in cognitive development. *Cognitive Psychology, 17*, 210–247.

Bransford, J. D., Stein, B. S., Vye, N., Franks, J. J., Auble, P., Mezynski, K., & Perfetto, G. (1982). Differences in approaches to learning: An overview. *Journal of Experimental Psychology: General, 111*, 390–398.

Brewer, W. F., & Nakamura, G. O. (1984). The nature and function of schemas. In R. S. Wyer & T. K. Srull (Eds.), *Handbook of social cognition* (Vol. 1) (pp. 119–160). Hillsdale: Erlbaum.

Brooks, L. (1978). Non-analytic concept formation and memory for instances. In E. Rosch & B. B. Lloyd (Eds.), *Cognition and categorization* (pp. 170–211). Hillsdale: Erlbaum.

Brown, A. L. (1984). Metakognition, Handlungskontrolle, Selbststeuerung und andere, noch geheimnisvollere Mechanismen. In F. E. Weinert & R. H. Kluwe (Hg.), *Metakognition, Motivation und Lernen* (S. 60–109). Stuttgart: Kohlhammer.

Brown, A. L. (1977). Development, schooling and the acquisition of knowledge about knowledge. In R. C. Anderson, R. J. Spiro & W. E. Montague (Eds.), *Schooling and the acquisition of knowledge* (pp. 241–253). Hillsdale: Erlbaum.

Bruner, J. S., Olver, R. S., & Greenfield, P. (1966). *Studies in cognitive growth*. New York.

Bullock, M. (1979). Aspects of the young child's theory of causation. *Unpublished doctoral dissertation, University of Pennsylvania*.

Bullock, M., & Gelman, R. (1979). Children's assumptions about cause and effect: Temporal ordering. *Child Development, 50*, 89–96.

Bullock, M., Gelman, R., & Baillargeon, R. (1982). The development of causal reasoning. In W. J. Friedman (Ed.), *The developmental psychology of time* (pp. 209–254). New York: Academic Press.

Caramazza, A., McCloskey, M., & Green, B. (1981). Naive beliefs in „sophisticated" subjects: Misconceptions about trajectories of objects. *Cognition, 9*, 117–123.

Carey, S. (1978). The child as word learner. In M. Halle, J. Bresnan & G. A. Miller (Eds.), *Linguistic theory and psychological reality* (pp. 264–293). Cambridge, Mass.: MIT Press.

Carey, S. (1983). Constraints on the meaning of natural kind terms. In T. B. Seiler & W. Wannenmacher (Eds.), *Concept development and the development of word meaning* (pp. 126–143). Berlin: Springer.

Carey, S. (1984). Cognitive development. The descriptive problem. In M. S. Gazzaniga (Ed.), *Handbook of cognitive neuroscience* (pp. 37–66). New York: Plenum Press.

Carey, S. (1985). *Conceptual change in childhood*. Cambridge, Mass.: MIT Press.

Carmichael, L. (Ed.) (1946). *Manual of child psychology*. New York: Wiley.

Case, R. (1985). *Intellectual development. Birth to adulthood*. Orlando: Academic Press.

Case, R., Kurland, D. M., & Goldberg, J. (1982). Operational efficiency and the growth of short-term memory span. *Journal of Experimental Child Psychology, 33*, 386–404.

Cavanaugh, J. C., & Perlmutter, M. (1982). Metamemory: A critical examination. *Child Development, 53*, 11–28.

Chi, M. T. H. (1978). Knowledge structures and memory development. In R. S. Siegler (Ed.), *Children's thinking: What develops?* (pp. 73–96). Hillsdale: Erlbaum.

Chi, M. T. H., Glaser, R., & Rees, E. (1982). Expertise in problem solving. In R. J. Sternberg (Ed.), *Advances in the psychology of human intelligence* (Vol. 1) (pp. 7–75). Hillsdale: Erlbaum.

Chi, M. T. H., & Koeske, R. D. (1983). Network representation of a child's dinosaur knowledge. *Developmental Psychology, 19*, 29–39.

Chomsky, N. (1965). *Aspects of the theory of syntax*. Cambridge, Mass.: MIT Press.

Chomsky, N. (1980). *Regeln und Repräsentationen*. Frankfurt/M.: Suhrkamp.

Clark, E. V. (1978). Building a vocabulary: Words for objects, actions and relations. In P. Fletcher & M. A. Garman (Eds.), *Studies in language acquisition* (pp. 149–160). Cambridge: Cambridge University Press.

Dean, A. L., Chabaud, S., & Bridges, E. (1981). Classes, collections, and distinctive features: Alternative strategies for solving inclusion problems. *Cognitive Psychology, 13*, 84–112.

Farah, M. J., & Kosslyn, S. M. (1982). Concept development. *Advances in Child Development, 16*, 125–167.

Faulkender, P. J., Wright, J. C., & Waldron, A. (1974). Generalized habituation of concept stimuli in toddlers. *Child Development, 45*, 1002–1010.

Flavell, J. H. (1984). Discussion. In R. J. Sternberg (Ed.), *Mechanisms of cognitive development* (pp. 187–209). New York: W. H. Freeman and Company.

Flavell, J. H., & Markman, E. M. (1983). Cognitive development. In P. H. Mussen (Ed.), *Handbook of child psychology. Cognitive development* (4th ed.). New York: Wiley.

Fodor, J. A. (1972). Some reflections on L. S. Vygotsky's thought and language. *Cognition, 1*, 83–95.

Fodor, J. A. (1983). *The modularity of mind. An essay on faculty psychology*. Cambridge, Mass.: MIT Press.

Gelman, R., & Baillargeon, R. (1983). A review of some Piagetian concepts. In P. H. Mussen (Ed.), *Handbook of child psychology* (Vol. 3) (4th ed.) (pp. 167–230). New York: Wiley.

Gentner, D., & Stevens, A. L. (1983). *Mental models*. Hillsdale: Erlbaum.

Goodman, N. (1955). *Fact, fiction, and forecast*. Indianapolis: Bobbs-Merrill.

Gruendel, J. (1980). *Scripts and stories: A study of children's event narratives*. Doctoral dissertation. Yale University.

Guttentag, R. E. (1984). The mental effort requirement of cumulative rehearsal: A developmental study. *Journal of Experimental Child Psychology, 37*, 92–106.

Hudson, J., & Nelson, K. (1983). Effects of script structure on children's story recall. *Developmental Psychology, 19*, 625–635.

Huttenlocher, J., & Lui, F. (1979). The semantic organization of some simple nouns and verbs. *Journal of Verbal Learning and Verbal Behavior, 18*, 141–162.

Inhelder, B., & Piaget, J. (1964). *The early growth of logic in the child*. London: Routledge and Kegan Paul.

Jacoby, L. L., & Brooks, L. R. (1984). Nonanalytic cognition: Memory, perception, and concept learning. In G. H. Bower (Ed.), *The psychology of learning and motivation* (Vol. 18) (pp. 1–47). New York: Academic Press.

Johnson, C. N., & Wellman, H. M. (1980). Developing understanding of mental states and mental verbs: „Remember", „know", and „guess". *Child Development, 51*, 1095–1102.

Kaiser, M. K., McCloskey, M., & Proffitt, D. R. (1986). Development of intuitive theories of motion: Curvilinear motion in the absence of external forces. *Developmental Psychology, 22*, 67–71.

Keil, F. C. (1979). *Semantic and conceptual development: An ontological perspective*. Cambridge, Mass.: Harvard University Press.

Keil, F. C. (1981). Constraints on knowledge and cognitive development. *Psychological Review, 88*, 197–227.

Keil, F. C. (1983). Semantic inferences and the acquisition of word meaning. In T. B. Seiler & W. Wannenmacher (Eds.), *Concept development and the development of word meaning* (pp. 103–124). Berlin: Springer.

Keil, F. C. (1986). On the structure dependent nature of stages of cognitive development. In I. Levin (Ed.), *Stage and structure. Reopening the debate* (pp. 144–163). Norwood, NJ: Ablex.

Keil, F. C. (in press). The acquisition of natural kind and artifact terms. In A. Marrar & W. Demopoulos (Eds.), *Conceptual change*. Norwood, NJ: Ablex.

Keil, F. C., & Batterman, N. (1984). A characteristic-to-defining shift in the development of word meaning. *Journal of Verbal Learning and Verbal Behavior, 23*, 221–236.

Kemler Nelson, D. G. (1984). The effect of intention on what concepts are acquired. *Journal of Verbal Learning and Verbal Behavior, 23*, 734–759.

Knopf, M., & Waldmann, M. R. (1985). Repräsentation von Alltagsereignissen und Gedächtnisentwicklung bei 4- und 6jährigen. In L. Montada (Hg.), *Bericht über die 7. Tagung Entwicklungspsychologie* (S. 441–443). Trier: Druckerei der Universität Trier.

Kossan, N. (1981). Developmental differences in concept acquisition strategies. *Child Development, 52*, 290–298.

Kreutzer, M. A., Leonard, C., & Flavell, J. H. (1975). An interview study of children's knowledge about memory. *Monographs of the Society for Research in Child Development, 40*.

Kuhl, J., & Waldmann, M. R. (1985). Handlungspsychologie: Vom Experimentieren mit Perspektiven zu Perspektiven fürs Experimentieren. *Zeitschrift für Sozialpsychologie, 16*, 153–181.

Kuhn, T. S. (1973). *Die Struktur wissenschaftlicher Revolutionen*. Frankfurt/M.: Suhrkamp.

Landau, B. (1982). Will the real grandmother please stand up? The psychological reality of dual meaning representations. *Journal of Psycholinguistic Research, 11*, 47–62.

Levi, I. (1980). *The enterprise of knowledge*. Cambridge: MIT Press.

Mandler, J. M. (1979). Categorial and schematic organization of memory. In C. R. Puff (Ed.), *Memory organization and structure* (pp. 259–299). New York: Academic Press.

Mandler, J. M. (1983). Representation. In P. H. Mussen (Ed.), *Handbook of child psychology* (Vol. 3) (4th ed.) (pp. 420–494). New York: Wiley.

Mandler, J. M. (1984). Representation and recall in infancy. In M. Moscovitch (Ed.), *Advances in the study of communication and affect. Infant memory* (Vol. 9) (pp. 75–101). New York: Plenum Press.

Mandler, J. M., Fivush, R., & Reznick, J. S. (in press). The development of contextual categories. *Child Development*.

Markman, E. M. (1981). Two different principles of conceptual organization. In M. E. Lamb & A. L. Brown (Eds.), *Advances in developmental psychology* (Vol. 1) (pp. 199–236). Hillsdale: Erlbaum.

Markman, E. M. (1984). The acquisition and hierarchical organization of categories by children. In C. Sophian (Ed.), *Origins of cognitive skills* (pp. 371–406). Hillsdale: Erlbaum.

Markman, E. M., Horton, M. S., & McLanahan, A, A. G. (1980). Classes and collections: Principles of organization in the learning of hierarchical relations. *Cognition, 8*, 227–241.

Markman, E. M., & Hutchinson, J. E. (1984). Children's sensitivity to constraints on word meaning: Taxonomic versus thematic relations. *Cognitive Psychology, 16*, 1–27.

Markman, E. M., & Seibert, J. (1976). Classes and collections: Internal organization and resulting holistic properties. *Cognitive Psychology, 8*, 561–577.

McCartney, K. A., & Nelson K. (1981). Children's use of scripts in story recall. *Discourse Processes, 4*, 59–70.

McCloskey, M. (1983). Naive theories of motion. In D. Gentner & A. L. Stevens (Eds.), *Mental models* (pp. 299–324). Hillsdale: Erlbaum.

Medin, D. L., & Smith, E. E. (1984). Concepts and concept formation. *Annual Review of Psychology, 35*, 113–138.

Mervis, C. B., & Crisafi, M. A. (1982). Order of acquisition of subordinate-, basic-, and superordinate-level categories. *Child Development, 53*, 258–266.

Mervis, C. B., & Pani, J. R. (1980). Acquisition of basic object categories. *Cognitive Psychology, 12*, 496–522.

Mervis, C. B., & Rosch, E. (1981). Categorization of natural objects. *Annual Review of Psychology, 32*, 89–115.

Miller, G. A., & Johnson-Laird, P. N. (1976). *Language and perception*. Cambridge, Mass.: Harvard University Press.

Murchison, C. (Ed.) (1933). *A handbook of child psychology*. Worcester: Clark University Press.

Murphy, G. L., & Medin, D. L. (1985). The role of theories in conceptual coherence. *Psychological Review, 92*, 289–316.

Mussen, P. H. (1970). *Carmichael's manual of child psychology*. New York: Wiley.

Nelson, K. (1978). How children represent their world in and out of language. In R. S. Siegler (Ed.), *Children's thinking: What develops?* (pp. 255–273). Hillsdale: Erlbaum.

Nelson, K. (1983). The derivation of concepts and categories from event representations. In E. K. Scholnick (Ed.), *New trends in conceptual representation: Challenges to Piaget's theory?* (pp. 129–149). Hillsdale: Erlbaum.

Nelson, K., Fivush, R., Hudson, J., & Lucariello, J. (1983). Scripts and the development of memory. In M. T. H. Chi (Ed.), *What is memory development the development of?* (pp. 52–70). Basel: Karger.

Nelson, K., & Gruendel, J. (1981). Generalized event representations: Basic building blocks of cognitive development. In M. E. Lamb & A. L. Brown (Eds.), *Advances in developmental psychology* (Vol. 1) (pp. 131–158). Hilldale: Erlbaum.

Nelson, K., & Hudson, J. (in press). Scripts and memory: Functional relationships in development. In F. E. Weinert & M. Perlmutter (Eds.), *Memory development: Universal changes and individual differences*. Hillsdale: Erlbaum.

O'Connell, B. G., & Gerard, A. B. (1985). Scripts and scraps: The development of sequential understanding. *Child Development, 56*, 671–681.

Ornstein, P. A., Baker-Ward, L., & Naus, M. J. (in press). The development of mnemonic skill. In F. E. Weinert & M. Perlmutter (Eds.), *Memory development: Universal changes and individual differences*. Hillsdale: Erlbaum.

Piaget, J. (1930). *The child's conception of physical causality*. London: Routledge & Kegan Paul.

Piaget, J. (1970). Piaget's theory. In P. H. Mussen (Ed.), *Carmichael's manual of child psychology* (Vol. 1) (pp. 703–732) (3rd ed.). New York: Wiley.

Putnam, H. (1975). The meaning of „meaning". In H. Putnam (Ed.), *Mind, language, and reality. Philosophical papers* (Vol. 2) (pp. 215–271). London: Cambridge University Press.

Quine, W. V. O. (1960). *Word and object*. Cambridge, Mass.: MIT Press.

Rice, M. (1980). *Cognition to language: Categories, word meanings, and training*. Baltimore: University Park Press.

Rosch, E. (1973). On the internal structure of perceptual and semantic categories. In T. E. Moore (Ed.), *Cognitive development and the acquisition of language* (pp. 111–144). New York: Academic Press.

Rosch, E., Mervis, C. B., Gray, W. D., Johnson, D. M., & Boyes-Braem, P. (1976). Basic objects in natural categories. *Cognitive Psychology, 8*, 382–439.

Schank, R. C., & Abelson, R. P. (1977). *Scripts, plans, goals and understanding*. Hillsdale, N.J.: L. Erlbaum.

Schneider, W. (1985). Development trends in the metamemory-memory behavior relationship: An integrative review. In Forrest-Pressley, D. L., MacKinnon, G. E., & Waller, T. G. (Ed.), *Metacognition, cognition, and human performance* (pp. 57–109). Orlando: Academic Press.

Shatz, M., Wellman, H. M., & Silber, S. (1983). The acquisition of mental verbs: A systematic investigation of the first reference to mental state. *Cognition, 14*, 301–321.

Shultz, T., & Mendelson, R. (1975). The use of covariation as a principle of causal analysis. *Child Development, 46*, 394–399.

Shultz, T. R. (1982). Rules of causal attribution. *Monographs of the Society for Research in Child Development* (Vol. 47). Chicago: University of Chicago Press.

Siegler, R. S. (1975). Defining the locus of developmental differences in children's causal reasoning. *Journal of Experimental Child Psychology, 20*, 512–525.

Siegler, R., & Richards, D. D. (1982). The development of intelligence. In R. J. Sternberg (Ed.), *Handbook of human intelligence* (pp. 897–971). Cambridge: University Press.

Slackman, E., & Nelson, K. (1984). Acquisition of an unfamiliar script in story form by young children. *Child Development, 55*, 329–340.

Smiley, S. S., & Brown, A. L. (1979). Conceptual preference for thematic or taxonomic relations: A nonmonotonic trend from preschool to old age. *Journal of Experimental Child Psychology, 28*, 249–257.

Smith, C. L. (1979). Children's understanding of natural language hierarchies. *Journal of Experimental Child Psychology, 27*, 437–458.

Smith, E. E., & Medin, D. L. (1981). *Categories and concepts*. Cambridge: Harvard University Press.

Sommers, F. (1963). Types and ontology. *Philosophical Review, 72*, 327–363.

Stavy, R., Strauss, S., Orpaz, N., & Carmi, G. (1982). U-shaped behavioral growth in ratio comparisons. In S. Strauss (Ed.), *U-Shaped behavioral growth* (pp. 11–36). New York: Academic Press.

Stegmüller, W. (1986). *Probleme und Resultate der Wissenschaftstheorie und Analytischen Philosophie. Band II. Theorie und Erfahrung* (2. Aufl.). Berlin: Springer.

Sternberg, R. J. (1981). Intelligence and nonentrenchment. *Journal of Educational Psychology, 73*, 1–16.

Sternberg, R. J. (1982). Natural, unnatural, and supernatural concepts. *Cognitive Psychology, 14*, 451–488.

Strauss, S., & Stavy, R. (1982). U-shaped behavioral growth: Implications for theories of development. In W. W. Hartup (Ed.), *Review of child development research* (Vol. 6) (pp. 547–599). Chicago: University of Chicago Press.

Sugarman, S. (1983). *Children's early thoughts. Developments in classification*. Cambridge: Cambridge University Press.

Thomae, H. (Hg.) (1959). *Entwicklungspsychologie. Handbuch der Psychologie* (Vol. 3). Göttingen: Verlag für Psychologie.

Weinert, F. E. (1984). Metakognition und Motivation als Determinanten der Lerneffektivität: Einführung und Überblick. In F. E. Weinert & R. H. Kluwe (Hg.), *Metakognition, Motivation und Lernen* (S. 9–21). Stuttgart: Kohlhammer.

Wellman, H. M. (1977). Preschoolers' understanding of memory relevant variables. *Child Development, 48*, 1720–1723.

Wellman, H. M. (1985). The child's theory of mind: The development of conceptions of cognition. In S. R. Yussen (Ed.), *The growth of reflection in children* (pp. 169–206). Orlando: Academic Press.

Wellman, H. M., Collins, J., & Glieberman, J. (1981). Understanding the combination of memory variables: Developing conceptions of memory limitations. *Child Development, 52*, 1313–1317.

Wellman, H. M., & Johnson, C. N. (1979). Understanding of mental processes: A developmental study of „remember“ and „forget“. *Child Development, 50*, 79–88.

Wimmer, H. (1979). Processing of script deviations by young children. *Discourse Processes, 2*, 301–310.

Winer, G. A. (1980). Class-inclusion reasoning in children: A review of the empirical literature. *Child Development, 51*, 309–328.

Wittgenstein, L. (1971). *Philosophische Untersuchungen*. Frankfurt/M.: Suhrkamp.

Wygotsky, L. S. (1977). *Denken und Sprechen*. Frankfurt/M.: Fischer.

Wissen und Wahrnehmung

8 Zur Rolle des Wissens in der Wahrnehmung[1]

Friedrich Wilkening

Welche Rolle spielt unser Wissen bei der Wahrnehmung der Welt? Ist das, was wir wahrnehmen, nur eine passive Registrierung der Reizinformation, die von außen auf unsere Sinnesorgane trifft? Oder wird die Art und Weise, in der wir die Dinge sehen, ganz entscheidend von unseren gespeicherten Erfahrungen und von unserem Wissen beeinflußt?

Diese Fragen klingen simpel, und deshalb könnte man vermuten, daß die Wissenschaft bereits eine klare, definitive Antwort gefunden hat. Dem ist aber nicht so. Seit über hundert Jahren, spätestens seitdem Helmholtz (1866) von „unbewußten Schlüssen" in der Wahrnehmung gesprochen hat, wird das Thema kontrovers diskutiert. Noch heute beschäftigt es viele Forscher. In der moderneren Terminologie der Kognitiven Psychologie ausgedrückt, geht es um die Frage, ob (a) die Systeme des Wahrnehmens und des Wissens als jeweils eigenständige, voneinander abgekapselte „Module" aufzufassen sind, die nach qualitativ verschiedenen Gesetzen arbeiten (Fodor, 1983), oder ob (b) unsere Wahrnehmung gesteuert und bestimmt wird durch unser existierendes Wissen und durch kognitive Prozesse wie Inferenzen und rechnerische Operationen. Im ersten Fall (a) wäre Wahrnehmung *direkt*, im zweiten Fall (b) wäre sie *indirekt*. Diese Termini haben sich als Etikette für die beiden unterschiedlichen Standpunkte eingebürgert (vgl. Ullman, 1980).

Das vorliegende Kapitel soll einen Einblick in dieses diffizile Gebiet vermitteln und hinführen zum aktuellen Stand der Diskussion. Im ersten Abschnitt soll anhand von Beispielen und Illustrationen aus der visuellen Wahrnehmung das Problemverständnis geweckt und vertieft werden. Der zweite Teil konzentriert sich auf die Wahrnehmung von (geschriebener und gesprochener) Sprache; dieser Bereich eignet sich besonders gut, um gängige Argumente für „indirekte" Wahrnehmung und wesentliche Konzepte von „kognitiven" Wahrnehmungstheorien zu verdeutlichen. In einem dritten Teil soll schließlich versucht werden, die Argumente für und wider die verschiedenen Positionen gegeneinander abzuwägen und genauer zu bestimmen, wie die Interaktion von Wissen und Wahrnehmen in einzelnen Situationen sein könnte.

---

[1] Für wertvolle Anregungen zu diesem Kapitel danke ich Dominic Massaro.

Visuelle Wahrnehmung

Das klassische Forschungsfeld für das hier zu behandelnde Thema ist die visuelle Wahrnehmung. Verarbeiten wir die optischen Reize *direkt* zum endgültigen Perzept, oder spielt hier unser Wissen eine vermittelnde Rolle? Bereits unser Alltagsverständnis scheint eine Beantwortung der Frage nahezulegen, und zwar zugunsten der zweiten Alternative: Natürlich ,,sieht" ein erfahrener Automechaniker einen Motor anders als ein Laie; und je nach Kenntnisstand über die herrschende Moderichtung kann ein Kleidungsstück einen anderen optischen Eindruck machen. Ein schönes literarisches Beispiel dafür, wie die verfügbare visuelle Information mit dem Vorwissen interagiert, wird in *Robinson Crusoe* beschrieben (vgl. Massaro, 1975):

> Als eines Morgens der Tag anbrach und ganz unerwartet vor ihren Augen ein Schiff stand, war für Crusoe mit einem Blick offenbar, was es war. Aber wie war es mit Freitag? Da er jünger und unverbrauchter war, waren seine Augen vermutlich besser als die seines Meisters. Das heißt, Freitag sah das Schiff in Wirklichkeit am besten von den beiden; und dennoch kann man kaum annehmen, daß er es überhaupt gesehen hat.

Diese vorwissenschaftlichen Beispiele haben eine relativ schwache Beweiskraft. Experimente der psychologischen Forschung können tiefere Einsichten vermitteln. Es folgen zunächst einfache Illustrationen, die allgemein als Argumente für *indirekte* Wahrnehmung angesehen werden.

Wissen bestimmt Wahrnehmung: Einfache Beispiele

Betrachten Sie die Abb. 8.1, zunächst ohne auf den Text in der Legende zu sehen. Es handelt sich um sogenannte ,,degradierte Bilder", die von Leeper (1935) eingeführt und untersucht wurden.

Vermutlich werden Sie zumindest bei einigen Bildern Schwierigkeiten gehabt haben, etwas Sinnvolles zu erkennen. Schauen Sie nun auf den Text in den Zeilen unter der Abbildung. Nachdem Sie die Bezeichnungen gesehen haben, wird es Ihnen relativ leichtfallen, die jeweiligen Objekte zu identifizieren. Mehr noch: Bei manchen, wenn nicht gar bei allen Bildern gelingt es in der Regel nun kaum mehr, diese – wie vorher – als bedeutungslose Schwarz-Weiß-Verteilungen zu sehen und die Objekte nicht wahrzunehmen. Anscheinend ist die optisch gegebene Information mit Informationen aus unserem Wissensbestand so integriert worden, daß eine Trennung kaum mehr möglich ist.

Eine noch einfacher erscheinende Illustration bietet Abb. 8.2. Wohl jeder sieht hier zwei Figuren: ein Quadrat und einen Kreis. Ein Teil des Kreises wird vom darüberliegenden Quadrat verdeckt. Doch dies ist eine Interpretation, die weit

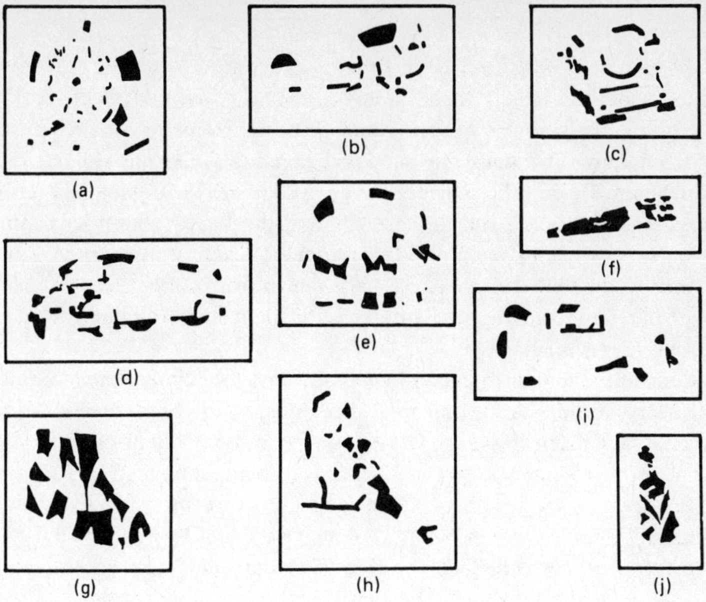

Abb. 8.1.: Die Figuren aus der Untersuchung von Leeper (1935). Sie stellen dar: (a) Uhr, (b) Flugzeug, (c) Schreibmaschine, (d) Bus, (e) Elefant, (f) Säge, (g) Schuh, (h) Junge mit Hund, (i) altes Cabriolet und (j) Violine.

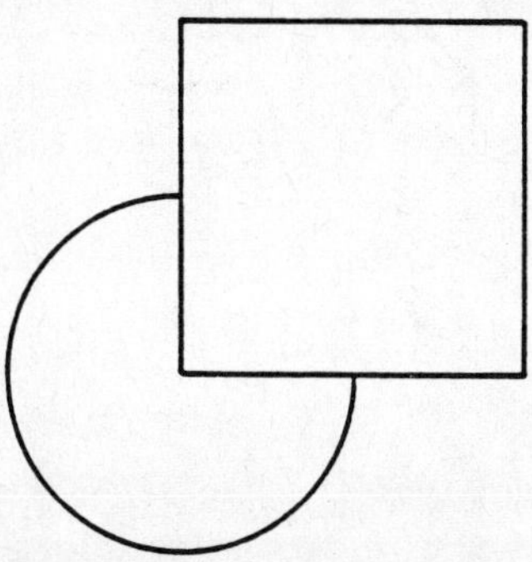

Abb. 8.2.: Ein Quadrat und ein Kreis?

über die gegebene Information hinausgeht. Gegeben ist nur eine zweidimensionale Strichzeichnung. Nach kognitiven Wahrnehmungstheorien sind sowohl die „Verdeckung" als auch der „Kreis" *Schlußfolgerungen*, bei denen die im Gedächtnis gespeicherten Erfahrungen miteinbezogen werden.

Diese Schlüsse sind *unbewußt*. Der Terminus geht auf Helmholtz (1866) zurück, der als der Vater der ,,indirekten" Wahrnehmungstheorien der heutigen Kognitiven Psychologie angesehen werden kann. Seine Überlegungen haben besondere Relevanz im Zusammenhang mit der Frage gehabt, wie es uns gelingt, räumlich wahrzunehmen. Bekanntlich besteht das zu erklärende Phänomen hier darin, daß der entscheidende Reiz, nämlich die Abbildung auf der Netzhaut, zweidimensional ist und wir trotzdem einen dreidimensionalen Raum wahrnehmen – und dies auch dann, wenn (bei einäugigem Sehen) die Informationen der Augenkonvergenz und der Querdisparation (Unterschiedlichkeit der Abbildungen in beiden Augen) ausgeschaltet sind.

Das Gemeinte kann auch anhand von einfachen zweidimensionalen Zeichnungen illustriert werden. Abb. 8.3. zeigt die sogenannten *Kopfermann-Würfel*. Im Prinzip bietet jede Zeichnung die Option, sie (a) als zweidimensionale sechseckige Muster oder (b) als Darstellung eines Würfels wahrzunehmen. Wie Hochberg und McAlister (1953) gezeigt haben, kann das äußerste rechte Muster relativ leicht sowohl zwei- als auch dreidimensional gesehen werden. Das äußerste linke Muster wird dagegen fast ausschließlich (in über 98% der Fälle) dreidimensional interpretiert. Zusätzlich interessant, wenn auch im vorliegenden Zusammenhang von eher untergeordneter Bedeutung, ist das Phänomen, daß der Würfel – bei ein und derselben Reizvorlage – nach einiger Zeit der Betrachtung ,,umkippt".

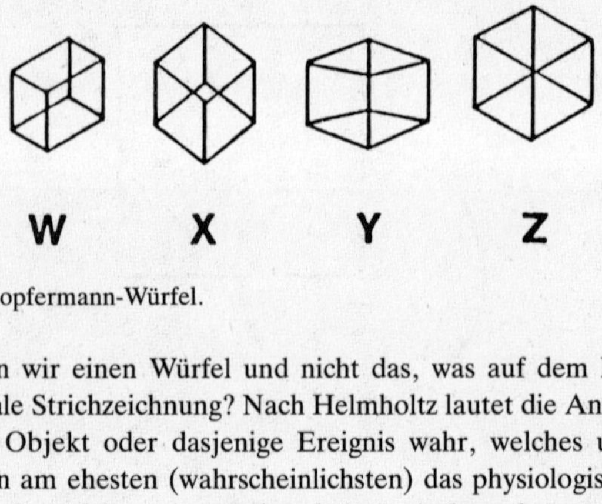

Abb. 8.3.: Die Kopfermann-Würfel.

Warum sehen wir einen Würfel und nicht das, was auf dem Papier ist: eine zweidimensionale Strichzeichnung? Nach Helmholtz lautet die Antwort: Wir nehmen dasjenige Objekt oder dasjenige Ereignis wahr, welches unter normalen Sehbedingungen am ehesten (wahrscheinlichsten) das physiologische Erregungsmuster hervorruft, welches wir gerade erhalten. Aufgrund unserer Erfahrungen bilden wir Hypothesen darüber, welches Erregungsmuster bei einer bestimmten sensumotorischen Exploration zu erwarten ist. Der unbewußte Schluß wird dann vollzogen, wenn der Test, ob das wahrgenommene Objekt oder Ereignis den sensorischen Daten angepaßt werden kann, positiv ausfällt (Hochberg, 1981).

Es soll nicht verschwiegen werden, daß diese ,,kognitive" Theorie der Wahrnehmung nicht unwidersprochen geblieben ist. Kritik kam vor allem aus dem Lager der Gestaltpsychologie. In jüngster Zeit werden im Rahmen der *coding theory* (Buffart, Leeuwenberg & Restle, 1981, 1983) und unter Zugrundelegung des *Minimum-Prinzips* der Wahrnehmungsökonomie (Hatfield & Epstein, 1985) Neuinterpretationen der hier skizzierten Phänomene versucht.

Größen-Gewichts-Täuschung

Ein besonders einfach zu zeigendes, aber eindrucksvolles Beispiel für den Einfluß der Erfahrung und des Wissens bietet die Größen-Gewichts-Täuschung. Diese ist auch deshalb interessant, weil hier die visuelle Stimulation mit einer anderen Sinnesmodalität, der Schwereempfindung, interagiert. Schon aus dem Alltag kennen wir das seltsame Phänomen, daß sich ein Pfund Federn leichter anfühlt als ein Pfund Blei.

Diese Täuschung läßt sich unter kontrollierten Laborbedingungen noch deutlicher nachweisen. Hierbei werden verschiedene Gewichte in optisch neutralen Behältern (Quadern) dargeboten, die sich nur in der Größe voneinander unterscheiden. Die Versuchsperson hat die Aufgabe, die Behälter anzuheben und das wahrgenommene Gewicht auf einer mehrstufigen Ratingskala zu beurteilen. Man findet, daß die Gewichte durchweg um so schwerer beurteilt werden, je kleiner sie sind. Der visuelle Reiz, der objektiv irrelevant ist, beeinflußt also die Schwerewahrnehmung. Anderson (1970) hat gezeigt, daß diese Integration von visuellen und haptischen Reizen (für die Person unbewußt) nach einer subtraktiven Regel erfolgt: Subjektive Schwere = Wahrgenommenes Gewicht – wahrgenommene Größe. Abb. 8.4. zeigt typische Daten aus diesem Experiment.

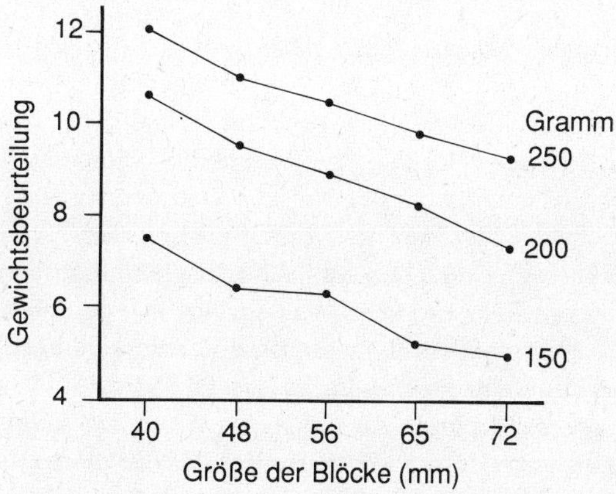

Abb. 8.4.: Größen-Gewichts-Täuschung: Durchschnittliche Schwere-Urteile (auf einer Skala von 0 bis 20) in Abhängigkeit von der Größe der Blöcke (Würfel) und deren objektivem Gewicht.

Die Täuschung könnte nicht funktionieren, wenn wir kein Wissen darüber aufgebaut hätten, daß normalerweise zwischen Größe und Gewicht eines Objekts eine Korrelation besteht: Je größer ein Gegenstand ist, um so schwerer ist er fast immer. Aufgrund dieses Wissens haben wir die *Erwartung*, daß ein großes Objekt eher schwer sein wird. Wenn es dann leichter ist als erwartet, kommt es zu einem Kontrast zwischen dem antizipierten Gewicht und der sensorischen Information. Und dieser Kontrast läßt das Gewicht leichter erscheinen als es ist. Das ist die gängige Erklärung für die Größen-Gewichts-Täuschung (s. auch Anderson, 1981, S. 34f.; Massaro, 1975, S. 201ff.). Danach ist die Täuschung das Produkt einer *kognitiven* Integration von Informationen. Ähnliche Informationsintegrationen, die oft algebraischen Regeln zu folgen scheinen, finden sich bereits bei jungen Kindern in verschiedenen Wahrnehmungs- und Wissensbereichen (Wilkening, 1981; Wilkening & Lange, im Druck).

Gegenbeispiele: Wahrnehmung ist unabhängig von Wissen

Warum kann es angesichts des bisher Gesagten überhaupt noch eine Kontroverse geben? Haben die Beispiele nicht klar gezeigt, daß unser gespeichertes Wissen die Wahrnehmung der Welt beeinflußt – und dies bereits in denkbar einfachen Situationen? Nicht alle Wissenschaftler sind hiervon überzeugt, unter anderem deshalb nicht, weil sich genug Gegenbeispiele finden lassen. Aber auch theoretische Überlegungen werden für die Annahme einer *direkten* Wahrnehmung ins Feld geführt. Hierauf kommen wir im letzten Teil des Kapitels zurück. Zunächst sollen die Beispiele für sich sprechen.

Mondtäuschung

Wenn an einem klaren Sommerabend der Mond hinter den Dächern der Stadt auftaucht, erscheint er oft riesengroß – viel größer als wenn er hoch oben am Himmel steht. Seine objektive Größe verändert er natürlich nicht, und auch die Entfernung vom Beobachter ist dieselbe, egal ob der Mond am Horizont oder im Zenit steht. Deshalb verändert sich bei direkter Betrachtung auch nicht die Abbildungsgröße auf unserer Netzhaut im Verlauf seiner Bahn. Dies zeigt sich zum Beispiel auch dann, wenn man den Mond fotografiert. Auf dem Foto ist er am Horizont meistens enttäuschend klein. Die Kamera ist eben nicht sensitiv für die Mondtäuschung – ein besonders einfacher Beleg dafür, daß unser Wahrnehmungsapparat nach anderen Prinzipien als eine Kamera arbeitet.

Es gibt verschiedene Theorien zur Erklärung dieser Täuschung (z. B. Baird & Wagner, 1982; Kaufman & Rock, 1962; Restle, 1970). Manche gehen davon aus, daß uns das Weltall als eine abgeflachte Kuppel erscheint und die Bahn des Mondes auf der Kuppelfläche verläuft. Die subjektive Entfernung des Monds wäre dann am Horizont am größten. Da aber das Netzhautbild nicht mit der subjektiven Entfernung variiert, werden die Verhältnisse, wie sie bei Größenkonstanz vorliegen müssen, verletzt – und deshalb wird der Mond größer wahrgenommen. Dieser bis vor kurzem dominierende Erklärungsansatz ist unter anderem mit dem Problem konfrontiert, daß die Evidenz für die Theorie der abgeflachten Kuppel genau die scheinbare Größenveränderung des Mondes ist – und somit ein Zirkelschluß vorliegt. Außerdem gibt es das Paradox, daß für die meisten Leute der Mond am Horizont gar nicht weit, sondern eher relativ nah zu sein scheint.

Eine neuere Theorie (Reed, 1984) betont die unterschiedlichen geometrischen Gesetzmäßigkeiten, die bei der Bewegung von Objekten in erdnahen Bahnen *(terrestrial passage)* und erdfernen Bahnen *(celestial passage)* gelten. Wenn sich Objekte (Wolken, Flugzeuge) in erdnahen Bahnen bewegen, verändert sich der von ihnen eingenommene Sehwinkel deutlich, z. B. bei Annäherung an den Beobachter. Dies gilt nicht für die Bewegung von Himmelskörpern in erdfernen Bahnen. Hier sind die Veränderungen des Sehwinkels (und damit der retinalen Abbildung) bei allen Positionen über dem Horizont nicht voneinander diskriminierbar. Die Mondtäuschung entsteht nach dieser Theorie dadurch, daß wir die (geometrischen) Charakteristika der Bewegung in erdnahen Bahnen auf diejenige von Himmelskörpern in erdfernen Bahnen übertragen.

Egal, welche Theorie die richtige ist, für den Zweck dieses Kapitels genügt es, wenn folgendes festgehalten wird: Die Mondtäuschung existiert unabhängig von unserem Wissen und ist von diesem nicht beeinflußbar. Dabei wissen wir alle, daß die Größe des Mondes „natürlich“ im Verlauf seiner Bahn konstant bleibt. Und sogar Ihr vielleicht jetzt neu erworbenes Wissen über Größenkonstanz-Theorien und über die relevanten geometrischen Gesetze wird Ihre Wahrnehmung nicht verändern. Sie werden den Mond auch beim nächsten Mal, wenn er wieder am Horizont steht, als groß erleben.

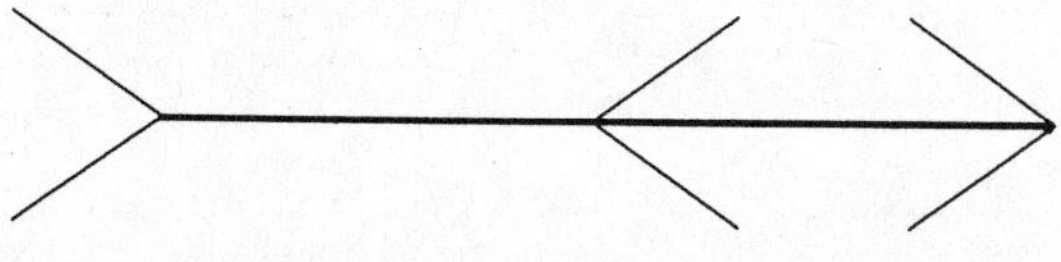

Abb. 8.5.: Eine Variante der Müller-Lyer-Täuschung.

Andere Täuschungen

Die Reizgrundlage für die Mondtäuschung stellt uns die Natur zur Verfügung. Aber auch viele der einfacheren Täuschungen, die im psychologischen Labor untersucht wurden, scheinen ein ähnliches Fazit nahezulegen. Die Müller-Lyer-Täuschung ist ein bekanntes Beispiel (Abb. 8.5.). Unser Wissen hilft hier nicht viel. Man kann die beiden zu vergleichenden Linien zigmal abgemessen haben; die Linie zwischen den nach außen gerichteten Pfeilen wird immer als die längere wahrgenommen. Analoges gilt für fast alle geometrisch-optischen Täuschungsmuster, die in Lehrbüchern der Wahrnehmungspsychologie aufgeführt werden.

Unmögliche Objekte

Eine interessante Illustration bieten auch die sogenannten ,,unmöglichen Objekte" (Penrose & Penrose, 1958). Abb. 8.6. zeigt einige Beispiele. Trotz unseres Wissens, daß solche Gegenstände in einer dreidimensionalen Welt nicht existieren können, nehmen wir sie als Darstellungen dieser Gebilde wahr – und nicht als das, was sie eigentlich sind, nämlich zweidimensionale Muster von Strichen.

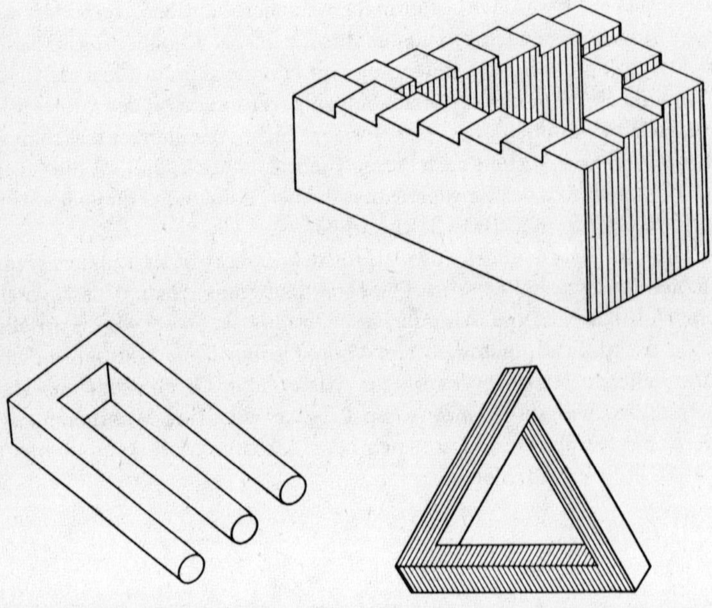

Abb. 8.6.: Unmögliche Objekte.

Amodale Ergänzung

In einem kürzlich erschienenen Aufsatz führt Kanizsa (1985) eine Fülle von Beispielen an, die für ihn gegen ,,kognitive" Wahrnehmungstheorien sprechen. Insbesondere versucht er zu zeigen, daß Wahrnehmen (,,Sehen") und Denken nach grundsätzlich verschiedenen Gesetzen ablaufen. Die Annahme von unbewußten Schlüssen, in Analogie zu den Prinzipien logischen Schließens, sei als Vorstellung für die Funktionsweise der Wahrnehmung unangemessen.

Abb. 8.7. stellt eines der von Kanizsa eingeführten Gegenbeispiele dar und kann das Gemeinte besonders gut veranschaulichen. Das Muster auf der linken Seite besteht aus einer Aneinanderfügung perfekt gerader Striche. Wahrgenommen wird aber oft ein leicht gewelltes Flechtwerk. Der Eindruck der leichten

Wölbung entsteht dadurch, daß hinter den horizontalen Strichen vertikale Linien „amodal ergänzt" werden – und umgekehrt. Dieser Effekt könnte nach Kanizsa von Vertretern der kognitiven Wahrnehmungstheorien mit dem empiristischen Argument „wegerklärt" werden, daß wir schon oft geflochtene Muster dieser Art gesehen haben.

Ein solcher Erklärungsansatz ist aber nicht mehr anwendbar auf den Effekt, den wir in dem Foto auf der rechten Seite von Abb. 8.7. sehen: Der Wald zwischen den drei Teilen des Autos scheint sich in paradoxer Weise nach vorne zu wölben. Nach Kanizsa produziert unsere Wahrnehmung dieses Ergebnis in totalem Widerspruch zu allem, was wir aufgrund unserer bisherigen Erfahrung wissen, und auch gegen jede Logik des *common sense* (1985, S. 32).

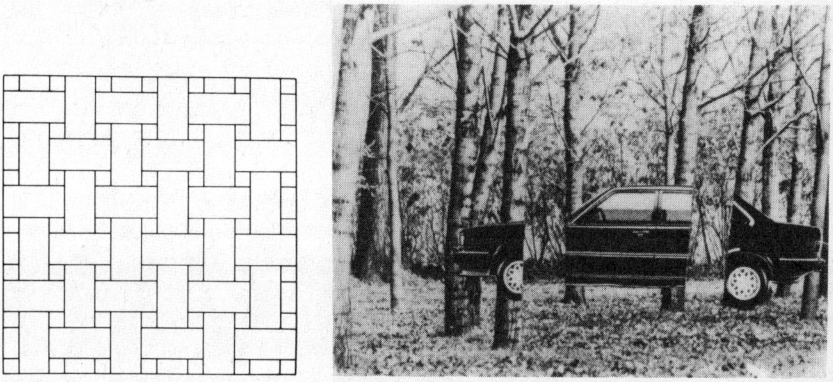

Abb. 8.7.: Phänomenale Wellenbildungen durch amodale Ergänzungen (Kanizsa, 1985).

Spätestens jetzt ist deutlich geworden, daß die Frage, ob Wissen die Wahrnehmung beeinflußt, nicht so einfach zu beantworten ist wie es zunächst schien. Im eben illustrierten Bereich der *visuellen* Wahrnehmung gibt es noch keine allgemein akzeptierte Antwort; hier treffen die unterschiedlichen Sichtweisen („direkte" versus „indirekte" Theorien) besonders hart aufeinander. Im letzten Teil dieses Kapitels werden wir hierauf systematischer zurückkommen. Weniger kontrovers sind die Standpunkte im Bereich der *Sprachwahrnehmung*. Diese ist ohne Vermittlung von gespeichertem Wissen kaum vorstellbar, wie im folgenden gezeigt werden soll.

Sprachwahrnehmung

Wenn eine Sekretärin einen Text korrekt vom Diktiergerät (Tonband) abgetippt hat, nimmt man meistens an, daß sie jedes einzelne Wort verstanden hat. Daß dem nicht so ist, könnte man leicht zeigen. Man bräuchte nur das Tonband zu zerschneiden und dann die Wörter in anderer Reihenfolge abzuspielen. Die Wahrnehmungsleistung würde drastisch sinken. Pollack und Pickett (1964) haben ein ähnliches Experiment unter Laborbedingungen durchgeführt und gefunden, daß der Prozentsatz der richtig wahrgenommenen Wörter von 100 auf 50 abfiel.

Anscheinend wird das Erkennen vieler Wörter durch den *Kontext* ermöglicht, in dem sie stehen. Unser Wissen über syntaktische Regeln unserer Muttersprache, über mögliche und unmögliche Wortkombinationen ist vielleicht nicht nur eine Erleichterung, sondern in vielen Fällen sogar eine Voraussetzung für die Identifikation der akustischen Signale und damit für das Verstehen der Wörter.

Kontext

Die Bedeutung des Kontexts kann nicht nur für die Ebene der Wahrnehmung von Wörtern gezeigt werden. Ähnliches gilt für die Ebene von Lauten. Dies ist für das Verstehen von Sprache im Alltag sogar besonders wichtig. Denn einzelne Laute werden oft verschluckt, überdeckt von Geräuschen, und trotzdem gelingt uns die Wahrnehmung ganzer Wörter.

Eine eindrucksvolle experimentelle Demonstration hierfür ist der *phoneme-restoration effect*, der von Warren (1970) berichtet wurde. Er bot den Versuchspersonen Sätze dar, in denen ein Laut (Phonem), z. B. ein ,,s“ in einem Wort, von einem reinen Ton überlagert wurde. Von 20 Versuchspersonen gab nur eine an, den Ton überhaupt gehört zu haben, und selbst diese konnte sich nicht mehr daran erinnern, in welchem Wort er gelegen hatte. Angesichts dieses Befundes ist es kaum mehr verwunderlich, daß alle Versuchtsteilnehmer den Satz korrekt wiedergeben konnten.

Ein und dasselbe akustische Signal kann als verschiedener Laut wahrgenommen werden. Dies haben Warren und Warren (1970) in einer Erweiterung des eben beschriebenen Experiments gezeigt. Den Versuchspersonen wurde jeweils einer der folgenden Sätze dargeboten:

It was found that the *eel was on the axle (Achse).
It was found that the *eel was on the shoe (Schuh).
It was found that the *eel was on the table (Tisch).
It was found that the *eel was on the orange (Orange).

Das * in jedem Satz bezeichnet einen Bruchteil einer Sekunde, in dem an dieser Stelle anstatt eines sprachlichen Lauts (Phonems) ein Geräusch eingesetzt wurde.

Die vier Sätze unterschieden sich nur in dem letzten Wort. Je nachdem, welche der vier Satzversionen vorgegeben wurde, nahmen die Versuchspersonen **eel* als *wheel* (Rad), *heel* (Absatz), *meal* (Essen) oder *peel* (Schale) wahr. Das besonders Bemerkenswerte hieran ist, daß die Sätze bis zu dem * identisch waren; der kritische Unterschied trat erst vier Wörter später auf. Das zeigt: Wörter werden nicht immer sofort, sondern manchmal erst ,,rückwirkend" identifiziert – nachdem der Kontext bekannt ist.

Der Kontext kann also bewirken, daß wir etwas hören, was gar nicht da war. Er kann aber auch die Wahrnehmung von tatsächlich Dargebotenem erleichtern. Dies haben Experimente von Reicher (1969) und Wheeler (1970) gezeigt. Den Versuchspersonen wurde für sehr kurze Zeiten im Millisekundenbereich entweder nur ein Buchstabe oder ein ganzes Wort gezeigt. Die Zeiten waren so kurz, daß eine völlig sichere Identifikation nicht möglich war. Wenn ein Buchstabe (z. B. *D*) gezeigt worden war, wurde unmittelbar danach ein Paar von Buchstaben als Antwortalternativen (z. B. *D* und *K*) dargeboten und die Versuchsperson gefragt, welchen Buchstaben sie gesehen habe. In der ,,Wort-Bedingung" wurde z. B. *WORD* kurzzeitig dargeboten, und die Versuchsperson mußte anschließend entscheiden, ob sie *WORD* oder *WORK* gesehen hatte.

Man könnte erwarten, daß die Identifikation der Wörter schwerer war als die der einzelnen Buchstaben. Immerhin war bei den Wörtern etwa das Vierfache an Information in kurzer Zeit zu verarbeiten. Die Daten der Experimente zeigten das Gegenteil: In der Wort-Bedingung war die Wahrnehmungsleistung um 10% besser als in der Buchstaben-Bedingung.

Thompson und Massaro (1973) geben eine mögliche Erklärung für diesen kontraintuitiven Effekt. Wenn man annimmt, daß die Versuchspersonen die ersten drei Buchstaben *WOR* und beim vierten Buchstaben nur einen Bogen am unteren Ende erkannt haben, so wären *B, C, D, O* oder *Q* als Alternativen für den vierten Buchstaben möglich. Der ,,orthographische" Kontext der ersten drei Buchstaben grenzt jedoch den Bereich der Möglichkeiten auf das *D* ein; die anderen Buchstaben mit einem Bogen am unteren Ende sind in diesem Kontext im Englischen orthographisch nicht erlaubt. Wenn aber das *D* isoliert dargeboten wird (Buchstaben-Bedingung), reicht die alleinige Wahrnehmung des Bogens zur Identifikation nicht aus. Weitere Merkmale (wie die linke gerade Linie und der obere Bogen) müssen zusätzlich registriert werden. Nach dieser Analyse ist die Wahrnehmung von Buchstaben ein schlußfolgernder Prozeß: Das *D* wird in dem Kontext von *WOR* nicht besser ,,gesehen"; vielmehr ist die Person hier in der Lage, zu schließen, daß der Buchstabe ein *D* sein muß (vgl. Massaro, 1979; Rumelhart & Siple, 1974).

Die Wirkung des Kontexts bei der Wahrnehmung von Sprache war bereits vorher in einem nun schon klassischen Experiment von Tulving, Mandler und Baumal (1964) nachgewiesen worden. Hierbei wurden Kombinationen von Wörtern betrachtet. Sie verwandten Sätze wie den folgenden:

Many ethnic groups were represented at the folk *festival*.

Das kritische letzte Wort (hier: *festival*) wurde jeweils für sehr kurze Zeiten (0 bis 140 Millisekunden) in einem Tachistoskop dargeboten, nachdem zuvor ein mehr oder weniger umfangreicher Kontext gezeigt worden war. In einem 8-Worte-Kontext gingen dem zu erkennenden kritischen Wort, auf das obige Beispiel übertragen, alle Wörter von *many* bis *folk* voraus, in einem 4-Worte-Kontext lediglich die vier Wörter ab *represented*, und in einer Nullbedingung fehlte jeglicher Kontext.

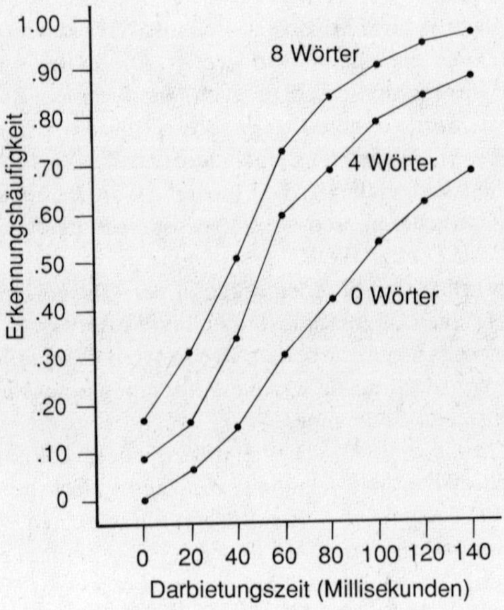

Abb. 8.8.: Relative Häufigkeit der Identifikation von Wörtern als Funktion ihrer Darbietungsdauer und der Anzahl vorausgehender Kontextwörter.

Abb. 8.8. zeigt die über mehrere Personen gemittelten Ergebnisse dieses Experiments. Die Wirkung des Kontexts ist sichtbar in der vertikalen Verschiebung der Kurven. Wie nicht anders zu erwarten, hat auch die Darbietungszeit einen Effekt; dieser ist aus dem Anstieg der Kurven zu erkennen. Interessant ist auch das Einzelergebnis für die Zeitbedingung von 0 Millisekunden: Obwohl hier das kritische Wort überhaupt nicht gezeigt wurde, „sahen" es die Versuchspersonen nach dem Kontext von vier Wörtern in fast 10% und nach dem Kontext von acht Wörtern in 16% der Fälle.

„Bottom-up“ und „top-down“: Zwei Richtungen der Wahrnehmung

Die Beispiele haben gezeigt, daß wir bei der Wahrnehmung (gesprochener oder geschriebener) Sprache nicht jedes einzelne Merkmal erkennen müssen. Unsere Sprache ist in hohem Maße *redundant*. Sie enthält wesentlich mehr Informationen (z. B. Laute, Buchstaben und Wörter) als zum Verstehen nötig wären. Zux Bexspxel xanx icx jexen xrixtex Buxhsxabxn exnex Saxzex duxch xin x erxetxen, xnd xie xönxen xhn xmmxr nxch xesxn – wxnn xs axch xtwxs sxhwxrfxllx. Vielleicht geht es noch besser, wenn wir die ungewohnten Zeichen (bei gleicher Anzahl) etwas anders verteilen: Zxm Bxixpixl kaxn ixh jexdex dxittxn Buxhxtabxn eixes Sxtzxs dxrch eix x xrsxtzxn, uxd Six könxxn ihx ixxer nxch lesxn . . . (Dies ist eine nach Lindsay & Norman, 1977, modifizierte Illustration.)

Die Redundanz unserer Sprache ist für die Kommunikation sehr nützlich. Wir brauchen nicht jedes Detail wahrzunehmen, um die Bedeutung eines Satzes zu verstehen. Für ein paar Momente können wir ruhig weghören oder wegsehen und diese Augenblicke dazu benutzen, um zu entspannen oder einen eigenen Gedanken zu fassen. Auch ein Huster in der Unterhaltung oder ein Druckfehler im Text zerstört nicht gleich das ganze Verständnis. In solchen Situationen können wir den Kontext benutzen, um das Fehlende erschließen – wie in diesem Satz (vgl. Lindsay & Norman, 1977).

Man könnte sich die Wahrnehmung von Sprache auch anders vorstellen: Zunächst identifizieren wir einzelne akustische Signale oder einzelne Merkmale von Buchstaben; diese werden zusammengesetzt zu „höheren“ Einheiten wie Phonemen oder ganzen Buchstaben, diese zu Wörtern, diese zu Sätzen. Und erst nachdem der Satz wahrgenommen wurde, setzen die kognitiven Prozesse zur Bedeutungsanalyse ein. Einen solchen Prozeß, der von kleinsten sensorischen Informationsteilchen zu höheren kognitiven Einheiten von „unten nach oben“ verläuft, bezeichnet man oft mit dem Etikett *bottom-up* (s. z. B. Anderson, 1980; Glass, Holyoak & Santa, 1979). Lindsay und Norman (1977) sprechen in diesem Zusammenhang auch von *data-driven processing*.

Daß die Wahrnehmung von Sprache nach diesem Modell verläuft, ist aufgrund des oben Gesagten höchst unplausibel. Anderson (1980) hat weiterhin versucht, dies anhand einer Rechnung zu veranschaulichen. Wenn man zum Beispiel davon ausgeht, daß ein Buchstabe aus ungefähr fünf definierenden Merkmalen *(features)* besteht, wären beim Lesen von einer Seite Text etwa 15 000 Identifikationen nötig. Für einen geübten Leser würde dies bedeuten, daß er etwa 300 Identifikationen in jeder Sekunde vornehmen müßte – nur um die Buchstaben zu erkennen. Auch unter der Annahme, daß diese Prozesse unbewußt und zumindest teilweise parallel ablaufen, wäre eine solche Leistung unseres Wahrnehmungssystems nur schwer vorstellbar.

Es scheint klar zu sein, daß zumindest bei der Wahrnehmung von Sprache eine andersgerichtete, von „oben nach unten“ verlaufende Verarbeitung eine Rolle spielt. An den obigen Beispielen haben wir gesehen, daß die Interpretation des sensorischen Inputs entscheidend durch den Kontext und durch „höher“ liegendes Wissen geleitet werden kann. In einem solchen Fall spricht man von *top-down processing*. Lindsay und Norman (1977) verwenden den Terminus *conceptually driven processing*. Bei dieser Vorgehensweise bildet das generelle Wissen der Person den Ausgangspunkt der Informationsverarbeitung. Das Wissen wird benutzt, um Hypothesen darüber zu generieren, welche sensorischen Signale bei dem gegebenen Kontext zu erwarten sind; und diese Erwartungen leiten dann den gesamten Wahrnehmungsprozeß.

Wahrnehmung könnte nicht zu vernünftigen Ergebnissen führen, wenn sie ausschließlich nach dem *top-down*-Prinzip arbeitete. Dann wären Halluzinationen die Regel, nicht eine Ausnahmeerscheinung. Wenn wir erwarten würden, daß eine Person etwas Bestimmtes sagen wird, würden wir es hören – egal was sie tatsächlich gesagt hat. Das andere Extrem, eine ausschließliche *bottom-up*-Wahrnehmung, wäre auch nicht effizient. Das Ausmaß der zu verarbeitenden Informationen wäre so groß, daß die Wahrnehmung zu keinem Ergebnis käme – zumindest nicht mit der geforderten Schnelligkeit.

Es besteht heute Einigkeit darüber, daß beide Prozesse, sowohl *bottom-up* als auch *top-down*, bei der Wahrnehmung von Sprache beteiligt sind. Die eigentlich interessante Frage für die Forschung ist, wie die beiden Prozesse in verschiedenen Situationen zusammenspielen. Die vorher beschriebene Untersuchung von Tulving et al. (s. Abb. 8.8.) war einer der ersten wichtigen Versuche in diese Richtung. Dadurch, daß diese Forscher zwei Informationsquellen variierten, sowohl diejenige, die für *bottom-up*-Verarbeitung relevant war (Darbietungszeiten von 0 bis 140 msec) als auch diejenige, die für die *top-down*-Verarbeitung die Grundlage bildete (Anzahl der Kontextwörter), konnten sie Aufschluß über den jeweiligen Anteil der beiden Prozesse erhalten. Aufgrund der in Abb. 8.8. gezeigten Daten läßt sich abschätzen, wie hoch der relative Beitrag der beiden Prozesse war, und auch ersehen, daß sie in diesem Fall interagierten.

Direkte oder indirekte Wahrnehmung? Ein Vergleich der Theorien

Daß *top-down*-Prozesse bei der Wahrnehmung von *Sprache* eine wichtige Rolle spielen, ist relativ unstrittig. Kommt ihnen aber darüber hinaus eine generelle Bedeutung zu? Wird auch unsere visuelle Wahrnehmung (zumindest zu einem wesentlichen Teil) von unserem Wissen gesteuert? Nicht alle Forscher würden diese Frage bejahen. Es gibt äußerst kontroverse theoretische Ansichten – was nach unseren Eingangsbeispielen im ersten Teil des Kapitels kaum mehr überraschen mag. In diesem Schlußteil sollen die Streitpunkte und prinzipiellen Unterschiede der rivalisierenden Theorien kurz dargestellt werden. Ferner soll gezeigt werden, daß es einen Weg gibt, der zur Auflösung der starren Konfrontation führen könnte.

Auf der einen Seite steht die *kognitive Theorie* der Wahrnehmung, auch „indirekte" Theorie genannt. Als Begründer gilt Helmholtz, der diese Gedanken als erster in systematisierter Form beschrieben hat. In der heutigen Psychologie sind Epstein (1977), Gregory (1970, 1974) und Rock (1977, 1983) prominente Vertreter dieser Richtung. Kurz gesagt, gehen die indirekten Theorien davon aus, daß die „Empfindungen", die sensorischen Informationen, nicht ausreichen, um ein Perzept hervorzurufen. Das Perzept, z. B. die Wahrnehmung eines Objekts, entsteht dadurch, daß die sensorischen Daten mit Gedächtnisinhalten (Wissen) in Kontakt gebracht werden und daraufhin entschieden wird, was vorliegt. Dieser Prozeß wird in Analogie zu einem inferentiellen Problemlösen gesehen – im wesentlichen nur mit dem Unterschied, daß die Schlüsse „unbewußt" sind. Wahrnehmung ist ein *konstruktiver* Prozeß; sie ist indirekt, durch Wissen vermittelt.

Auf der anderen Seite steht die *direkte* Theorie der Wahrnehmung. Historische Vorläufer im neunzehnten Jahrhundert waren Hering und Mach. Die Grundgedanken dieser Pioniere wurden in den letzten Jahrzehnten von Gibson (1950, 1966) weiterentwickelt und zu seinem „ökologischen Ansatz zur visuellen Wahrnehmung" ausgebaut (Gibson, 1979). Nach Gibson reagiert unser Wahrnehmungssystem *direkt*, d. h. ohne irgendeine Vermittlung durch kognitive Prozesse höherer Art, auf „Invarianten", die unsere Umwelt zur Verfügung stellt. Invarianten in diesem Sinne sind charakteristische Beziehungen, die in den optischen Reizen trotz deren Veränderung durch Bewegung des Objekts oder des Beobachters erhalten bleiben. Die (physikalischen) Gesetze der *ecological optics* sind uns direkt zugänglich, ohne daß auf „Wissen" zurückgegriffen werden muß. Zum Beispiel sind zur Wahrnehmung von Tiefe (der dritten Dimension im Raum) keinerlei „Schlüsse" (auch keine unbewußten) und keine rechnerischen Operationen nötig.

Die Gegensätze in vier Punkten

Beide Theorien konnten hier nur stark verkürzt dargestellt werden. Hilfreich für das Verstehen der wesentlichen Gegensätze ist ein Aufsatz von Epstein (1980). Er stellt vier Punkte in den Vordergrund, in denen sich die beiden Sichtweisen besonders deutlich voneinander unterscheiden:

1. Information und Stimulation

Für Gibson ist das Reizangebot, der *optische input*, reichhaltig und hinreichend informativ – für die Vertreter der „indirekten" Theorien dagegen nicht. Gibson besteht darauf, daß es für *jeden* spezifischen *optischen input* nur ein Reiz- oder Ereignismuster in der Umwelt gibt und daß jeder *input* nur eine mögliche Wahrnehmungsantwort hervorruft. Zwischen Reizinformation und Wahrnehmung besteht also eine eindeutige Zuordnung. Bei jedem gegebenen *optischen input* kann grundsätzlich keine Ungewißheit darüber bestehen, welchen Umweltgegebenheiten er entspricht. Demgegenüber gehen die indirekten Theorien von der Annahme des *impoverished input* aus. Das Reizangebot enthält – in informationstheoretischer Terminologie – prinzipiell ein Ausmaß an Ungewißheit, das nicht auf Null reduzierbar ist.

2. *Vermittelnde Prozesse (Mediatoren)*

Für die konstruktivistischen, indirekten Theorien muß es Prozesse geben, die zwischen Stimulation und Ergebnis der Wahrnehmung vermitteln. Diese Prozesse setzen an der hereinkommenden Information an und konstruieren daraus neue Information. Für die Anhänger der direkten Theorie Gibsons gibt es dagegen solche vermittelnden Prozesse nicht. Die im optischen Reiz bereits existierende Information braucht lediglich „extrahiert" zu werden. Für diesen direkten *information pick-up* verfügen wir nach Gibson über spezialisierte Wahrnehmungsmechanismen und neuronale Strukturen, die im Verlauf der Evolution ausgebildet worden sind.

3. *Einstufige oder mehrstufige Verarbeitung?*

Nach der Sichtweise konstruktivistischer Theorien bestehen Informationsverarbeitung und Wahrnehmung aus einer Reihe von Operationen, die sequentiell oder parallel ablaufen. Die in diesem Prozeß auftretenden Repräsentationen werden durch verschiedene Operationen mehrfach transformiert, bis schließlich eine kommunizierbare Wahrnehmung entsteht. Die direkte Theorie betrachtet solche Operationen und Repräsentationen als überflüssige theoretische Erfindungen. Wahrnehmung entsteht nach Gibson *direkt*, in einem Schritt aus der Information, die in der optischen Stimulation enthalten ist.

4. *Rekurs auf Gedächtnis, Schemata und Antizipationen*

Da nach der direkten Theorie die Information des optischen Input für die Wahrnehmung hinreichend ist, brauchen keine anderen Erklärungskategorien bemüht zu werden. Wahrnehmung sollte „für sich" erklärbar sein, ohne daß man auf Gedächtnis, kognitive Strukturen oder epistemische Mediatoren rekurieren muß (Turvey, 1977). Demgegenüber spielen in der indirekten Theorie das Langzeitgedächtnis, Schemata und Antizipationen eine entscheidende Rolle im Wahrnehmungsprozeß (Epstein, 1980).

Die Kontroverse im Lichte neuerer Forschung zur „Computer Vision"

Die Auseinandersetzung zwischen den beiden Lagern der Wahrnehmungspsychologie, den Konstruktivisten auf der einen Seite und den Anhängern der direkten Theorie Gibsons auf der anderen Seite, schien sich vor einigen Jahren festgefahren zu haben. Aus verschiedenen Gründen konnte man sich nicht auf ein *experimentum crucis* einigen, das zwischen den beiden kontroversen Sichtweisen hätte entscheiden können. Nicht selten wurde daher die Debatte mit „logischer" Polemik anstelle der eigentlich wünschenswerten empirischen Argumente geführt.

Diese Situation hat sich ab den siebziger Jahren verändert – seitdem sich Forscher im Bereich der Computerwissenschaften und der Künstlichen Intelligenz für Probleme der Wahrnehmungspsychologie zu interessieren begannen. Wenn man einen Computer haben möchte, der „sehen" kann, muß man sich zwangsläufig der Frage stellen, nach welchem Prinzip er funktionieren soll: *bottom-up* oder *top-down* (oder sowohl als auch). Die Arbeiten zur „Computer Vision", wie man diesen Forschungsbereich oft bezeichnet, sind jedoch keineswegs nur für praktische Zwecke von Belang. Sie eröffnen neue Perspektiven für die Theorienbildung – gerade auch zum Streitpunkt der indirekten versus direkten Wahrnehmung. Denn ein großer heuristischer Vorteil des maschinellen Mediums Computer liegt darin, daß es den Forscher zwingt, alle Annahmen explizit zu formulieren. Theoretische Konstrukte wie *perceptual enrichment, perceptual inference* oder auch „Wissen", die früher nur vage beschrieben waren, müssen in der Programmsprache präzise definiert werden.

Abb. 8.9. vermittelt einen Eindruck davon, auf welcher Ebene sich die Forschung auf diesem Gebiet bewegt. Die zweidimensionale Strichzeichnung wird (von Personen) normalerweise als eine Ansammlung mehrerer dreidimensionaler Objekte interpretiert. Kann dies auch ein Computer? Kann er herausfinden, um wie viele Objekte es sich handelt? Die Aufgabe mag auf den ersten Blick trivial erscheinen; auf den zweiten Blick wird deutlich, wie schwierig es ist, einen Computer entsprechend zu programmieren. Es wird klar, daß eine Vielzahl von Regeln einzugeben ist: zum Beispiel darüber, welche Winkelkonfigurationen auf „Zusammengehörigkeit" hinweisen, und wie man entscheiden kann, was Figur und was Grund ist. Guzman (1969) ist es als erstem gelungen, solche Regeln in einem Programm *(SEE)* zu formulieren und dieses erfolgreich zur „Objektfindung" einzusetzen.

Es würde hier zu weit führen, auf die Einzelheiten der Programme einzugehen; eine gute Übersicht für den Einstieg in das Thema findet sich bei McArthur (1982). An dieser Stelle soll uns in erster Linie die mehr globale Frage interessieren, von welcher Art die Regeln sind, die der Computer „kennen" muß. Sind sie beschreibbar als die Gesetze der „ökologischen Optik" im Sinne Gibsons, die unserer Wahrnehmung direkt zugänglich sind? Oder konstituieren die Regeln eine Art „höheren Wissens", welches wir konstruktiv einsetzen, um der eigentlich mehrdeutigen Reizvorlage die plausibelste Interpretation zu geben?

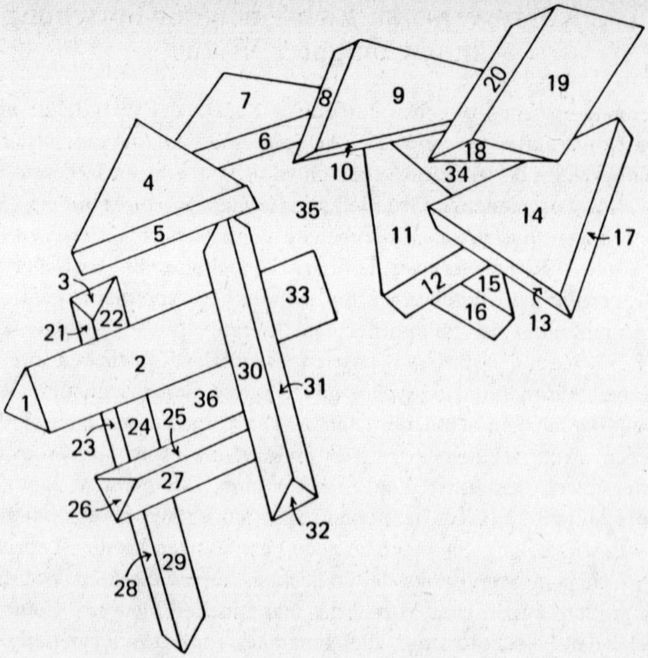

Abb. 8.9.: Ein geometrisches Gebilde. Ein Computerprogramm (SEE) kann hierin elf voneinander zu trennende dreidimensionale Objekte „sehen".

Eine erste Antwort lautet: Alle Programme, die bisher für maschinelles Wahrnehmen entwickelt worden sind, arbeiten mit irgendeiner Form von „epistemischer Vermittlung". Das heißt, sie enthalten einige allgemeine Annahmen über die Natur der wahrzunehmenden Welt. Und dieses „Wissen" ist für den Computer eine wichtige Informationsquelle, die er für inferentielle Prozesse und rechnerische Operationen *(computations)* bei der Verarbeitung der visuellen Muster verwendet. Die Tatsache, daß die Computerprogramme nach diesem Prinzip *(top-down)* arbeiten, war für viele Forscher bereits Grund genug, die theoretische Debatte als zugunsten der konstruktivistischen Theorien entschieden anzusehen.

Doch die Arbeiten zur *Computer Vision* haben auch einen Beitrag zu der „direkten" Theorie Gibsons geliefert und stehen nicht völlig im Widerspruch zu dessen Forschungsprogramm. In Übereinstimmung mit Gibsons Grundidee hat man bei der Beschäftigung mit Problemen des maschinellen Wahrnehmens erkannt, daß es ein vorrangiges Ziel der Forschungsbemühungen sein muß, zunächst einmal die Gesetzmäßigkeiten der außerhalb des Organismus existierenden visuellen Welt zu untersuchen – also das, was Gibson „ökologische Optik" genannt hat. Denn wenn sich Regeln finden ließen, aufgrund derer Objekte bestimmte optische Invarianten liefern, die für die Identifizierung in der Wahrnehmung hinreichend wären, bestünde die naheliegendste Lösung für die Computerprogrammierung darin, diese Regeln einzugeben und den Computer nach dem *bottom-up*-Prinzip arbeiten zu lassen.

Mit genau diesem Ziel sind im Bereich der *Computer Vision* die Untersuchungen zur Wahrnehmung der Bilder dreidimensionaler Objekte gestartet. Im Verlauf der Arbeit an den konkreten Problemen stellte sich aber bald die Erkenntnis ein, daß die Spezifizierung von Regeln der Art, wie sie nach Gibson erforderlich wären, ungemein schwierig ist. Selbst wenn es prinzipiell möglich sein sollte, alle Regeln genau zu definieren (was die Experten zumindest für einfache Aufgaben nicht ausschließen würden), gäbe es zwei weitere Probleme: Erstens wäre die Programmierung ungeheuer aufwendig. Die große Schwierigkeit wäre, daß die Programme keine ,,Erwartungen" haben und in der jeweiligen Situation nicht ,,wissen" können, welche Information wichtig ist und welche nicht. Daher wären die Verarbeitungsprozesse äußerst umfangreich, langwierig und wenig effizient. Ein zweites Problem bestünde darin, daß die Programme für die meisten praktischen Fälle nicht robust genug wären: Jeder Verarbeitungsprozeß bräche sofort zusammen, wenn nur ein kleines notwendiges Informationsteilchen im visuellen Reiz fehlen würde. Denn Ergänzungen (wie sie z. B. bei den *degraded pictures* in Abb. 8.1. vorgenommen werden) wären ja bei reiner *bottom-up*-Verarbeitung nicht möglich. Aus all diesen Gründen hat es sich als sinnvoll und praktisch nützlich erwiesen, *top-down*-Komponenten in die Programme einzubauen.

Die Tatsache, daß sich das *top-down*-Prinzip in Programmen zur *Computer Vision* bewährt hat, kann natürlich nicht als Beweis dafür gelten, daß die Wahrnehmung in lebenden Organismen genauso funktioniert. Dieser Nachweis war von der Forschung zum maschinellen Wahrnehmen auch gar nicht angestrebt. Der bedeutsame Beitrag dieser Arbeiten für die psychologische Theoriebildung liegt darin, daß sie geholfen haben, die Akzente der starren Konfrontation der ,,direkten" und ,,indirekten" Sichtweisen anders zu setzen und die Debatte teilweise aufzulösen. Dies wird besonders deutlich in dem Artikel von McArthur (1982).

McArthur hat darauf hingewiesen, daß sowohl die direkten als auch die indirekten Theorien zwei Ebenen nicht klar voneinander trennen: (a) eine ,,metaphysische" Ebene, die sich darauf bezieht, wie die Welt unabhängig von unserer Erfahrung ist, und (b) eine ,,epistemische" Ebene, auf der zu klären wäre, wie unsere Wahrnehmung funktioniert. Auf der metaphysischen Ebene unterscheiden sich die beiden Theorien in der Frage der Reizdetermination (McArthur, 1982, S. 302): Während Gibson und seine Anhänger behaupten, der optische Reiz in der außerhalb der Person liegenden Welt enthalte genügend Information für eine ,,direkte" Wahrnehmung, gehen die Konstruktivisten davon aus, daß die optische Reizung, die das Auge erreicht, oft ,,unterdeterminiert" ist, d. h. nicht ausreicht, um das Objekt oder Ereignis eindeutig zu bestimmen. Aus diesen gegensätzlichen Annahmen auf der *metaphysischen*, empirisch nicht zugänglichen Ebene leiten beide theoretischen Ansätze eine jeweils unterschiedliche Folgerung für die *epistemische* Ebene ab: Für die Konstruktivisten folgt aus dem Postulat über die Unterdeterminiertheit notwendigerweise, daß Wissen, Erwartungen und unbewußte Schlüsse eine vermittelnde Rolle in der Wahrnehmung spielen müssen. Für Gibson dagegen sind diese Mediatoren ohne Bedeutung; Wahrnehmung erfolgt direkt – ohne die Einschaltung von Wissen und Inferenzen.

Die Trennung der beiden Ebenen eröffnet die Möglichkeit, die Gegenüberstellung der beiden Theorien differenzierter zu sehen: Die konstruktivistische Sichtweise kann für die epistemische Ebene zutreffend sein. Daraus folgt aber nicht, daß Gibsons Aussage für die metaphysische Ebene widerlegt ist. Denn seine Festsetzung, daß der *optische input* genug Information enthält, ist zwar eine notwendige, aber keine hinreichende Bedingung dafür, daß Wahrnehmung direkt ist. Die Information im optischen Reiz kann *prinzipiell* ausreichend sein, und trotzdem können im konkreten Fall epistemische Mediatoren wie Wissen, Erwartungen und Inferenzen in den Wahrnehmungsprozeß eingeschaltet werden. Genau dies ist es, was die bisherigen Arbeiten zur *Computer Vision* nahelegen. Und es bleibt eine interessante Frage, warum man erst in diesem Rahmen zu der klaren Einsicht gekommen ist, daß man die Aussagen der einen Theorie auf einer Ebene verwerfen kann, ohne dadurch gezwungen zu sein, sich der anderen Theorie auf allen Ebenen anzuschließen.

Die Arbeiten zum maschinellen Wahrnehmen haben uns gelehrt, daß eine Debatte zwischen den Extrempositionen der Theorien unfruchtbar bleiben muß, da es starke Evidenz dafür gibt, daß irgendeine Form epistemischer Mediation für die meisten Wahrnehmungsprozesse nötig ist – egal wieviel Information der visuelle Reiz enthält. Wie McArthur (1982, S. 305) ausführt, läßt sich trotzdem eine sinnvolle Debatte über die Rolle des Wissens in der Wahrnehmung führen. Nun wird die Fragestellung jedoch differenzierter: Es geht nicht mehr um eine Alles-oder-nichts-Festlegung zur Rolle des Wissens, sondern um dessen graduellen Anteil in verschiedenen Wahrnehmungsprozessen. Die Extrempositionen zur „direkten“ und „indirekten“ Wahrnehmung können als Endpunkte eines Kontinuums aufgefaßt werden, und es lassen sich Hypothesen über die Rolle des Wissens in der Wahrnehmung formulieren, die als „mehr oder weniger“ konstruktivistisch eingestuft werden können. Ein solches Forschungsprogramm ergibt sich nach McArthur in natürlicher Weise aus den Arbeiten zur *Computer Vision*.

Eine Pauschalantwort auf die Frage nach der Rolle des Wissens in der Wahrnehmung wird es dabei aller Voraussicht nach nicht geben können. Eine wichtige Aufgabe für die zukünftige Forschung wird es sein, unterschiedliche Arten des Wissens zu spezifizieren und differenzierter als bisher zu untersuchen, wie welche Wissensart in welchen Wahrnehmungssituationen genutzt wird (vgl. Reisberg, 1983; Rock, 1985).

Zusammenfassung

Dieses Kapitel beschäftigte sich mit der Frage, ob und wie unsere Wahrnehmung der Welt durch unser Wissen beeinflußt wird. Im ersten Teil wurde anhand von Beispielen aus der visuellen Wahrnehmung aufgezeigt, daß es Argumente und

Gegenargumente für zwei konträre Sichtweisen gibt: (1) Wahrnehmung erfolgt „direkt"; das Reizangebot und die damit verbundene Stimulation ist so eindeutig, daß es keiner Interpretation durch unser Wissen bedarf. (2) Wahrnehmung erfolgt „indirekt"; Erfahrungen, Wissen und Erwartungen re-interpretieren die externe Stimulation. Der zweite Teil des Kapitels konzentrierte sich auf die Wahrnehmung von Sprache – einen Bereich, in dem die indirekten, kognitiven Wahrnehmungstheorien einen besonders hohen Erklärungswert haben. Das inhaltliche Beispiel der Sprachwahrnehmung wurde auch benutzt, um wesentliche Konzepte der konstruktivistischen Theorien zu verdeutlichen. Im dritten Teil wurden die beiden Grundpositionen (direkte versus indirekte Wahrnehmung) systematisch einander gegenübergestellt. Dabei wurde abschließend gezeigt, daß sich die starre Konfrontation im Lichte neuerer Forschungen zur Computerwahrnehmung auflöst und sich neue Fragen stellen, die differenzierter als bisher zu untersuchen sind.

Literatur

Anderson, J. R. (1980). *Cognitive psychology and its implications*. San Francisco: Freeman.

Anderson, N. H. (1970). Averaging model applied to the size-weight illusion. *Perception & Psychophysics, 8*, 1–4.

Anderson, N. H. (1981). *Foundations of information integration theory*. New York: Academic Press.

Baird, J. C., & Wagner, M. (1982). The moon illusion: I. How high is the sky? *Journal of Experimental Psychology: General, 111*, 296–303.

Buffart, H., Leeuwenberg, E., & Restle, F. (1981). Coding theory of visual pattern completion. *Journal of Experimental Psychology: Human Perception and Performance, 7*, 241–274.

Buffart, H., Leeuwenberg, E., & Restle, F. (1983). Analysis of ambiguity in visual pattern completion. *Journal of Experimental Psychology: Human Perception and Performance, 9*, 980–1000.

Epstein, W. (Ed.) (1977). *Stability and constancy in visual perception*. New York: Wiley.

Epstein, W. (1980). Direct perception or mediated perception: A comparison of rival viewpoints. *The Behavioral and Brain Sciences, 8*, 384–385.

Fodor, J. A. (1983). *The modularity of mind*. Cambridge, MA: MIT Press.

Gibson, J. J. (1950). *The perception of the visual world*. Boston: Houghton Mifflin.

Gibson, J. J. (1966). *The senses considered as perceptual systems*. Boston: Houghton Mifflin.

Gibson, J. J. (1979). *The ecological approach to visual perception*. Boston: Houghton Mifflin.

Glass, A. L., Holyoak, K. J., & Santa, J. L. (1979). *Cognition*. Reading, MA: Addison-Wesley.

Gregory, R. L. (1970). *The intelligent eye*. London: Weidenfeld.

Gregory, R. L. (1974). Choosing a paradigm for perception. In E. C. Carterette & M. P. Friedman (Eds.), *Handbook of perception* (Vol. 1) (pp. 255–283). New York: Academic Press.

Guzman, A. (1969). Decomposition of the visual field into three-dimensional bodies. In A. Grasselli (Ed.), *Automatic interpretation and classification of images*. New York: Academic Press.

Hatfield, G., & Epstein, W. (1985). The status of the minimum principle in the theoretical analysis of visual perception. *Psychological Bulletin, 97*, 155–186.

Helmholtz, H. von (1866). *Handbuch der physiologischen Optik: 3. Die Lehre von den Gesichtswahrnehmungen*. Leipzig: Voss.

Hochberg, J. (1981). On cognition in perception: Perceptual coupling and unconscious inference. *Cognition, 10*, 127–134.

Hochberg, J., & McAlister, E. (1953). A quantitative approach to figural „goodness". *Journal of Experimental Psychology, 46*, 361–364.

Kanizsa, G. (1985). Seeing and thinking. *Acta Psychologica, 59*, 23–33.

Kaufman, L., & Rock, I. (1962). The moon illusion, I. *Science, 136*, 953–961.

Leeper, R. (1935). A study of a neglected portion in the field of learning – the development of sensory organization. *Journal of Genetic Psychology, 46*, 41–75.

Lindsay, P. H., & Norman, D. A. (1977). *Human information processing: An introduction to psychology* (2nd ed.). New York: Academic Press.

Massaro, D. W. (1975). *Experimental psychology and information processing*. Chicago: Rand McNally.

Massaro, D. W. (1979). Letter information and orthographic context in word perception. *Journal of Experimental Psychology: Human Perception and Performance, 5*, 595–609.

McArthur, D. J. (1982). Computer vision and perceptual psychology. *Psychological Bulletin, 92*, 283–309.

Penrose, L., & Penrose, R. (1958). Impossible objects: A special type of visual illusion. *British Journal of Psychology, 49*, 31–33.

Pollack, I., & Pickett, J. M. (1964). Intelligibility of excerpts from fluent speech: Auditory vs. structural context. *Journal of Verbal Learning and Verbal Behavior, 3*, 79–84.

Reed, C. F. (1984). Terrestrial passage theory of the moon illusion. *Journal of Experimental Psychology: General, 113*, 489–500.

Reicher, G. M. (1969). Perceptual recognition as a function of meaningfulness of stimulus material. *Journal of Experimental Psychology, 81*, 275–280.

Reisberg, D. (1983). General mental resources and perceptual judgments. *Journal of Experimental Psychology: Human Perception and Performance, 9*, 966–979.

Restle, F. (1970). Moon illusion explained on the basis of relative size. *Science, 167*, 1092–1096.

Rock, I. (1977). In defense of unconscious inference. In W. Epstein (Ed.), *Stability and constancy in visual perception* (pp. 321–373). New York: Wiley.

Rock, I. (1983). *The logic of perception*. Cambridge, MA: MIT Press.

Rock, I. (1985). Perception and knowledge. *Acta Psychologica, 59*, 3–22.

Rumelhart, D. E., & Siple, P. (1974). Process of recognizing tachistoscopically presented words. *Psychological Review, 81*, 99–118.

Thompson, M. C., & Massaro, D. W. (1973). The role of visual information and redundancy in reading. *Journal of Experimental Psychology, 98*, 49–54.

Tulving, E., Mandler, G., & Baumal, R. (1964). Interaction of two sources of information in tachistoscopic word recognition. *Canadian Journal of Psychology, 18*, 62–71.

Turvey, M. T. (1977). Contrasting orientations to the theory of visual information processing. *Psychological Review, 84*, 67–88.

Ullman, S. (1980). Against direct perception. *Behavioral & Brain Sciences, 3*, 373–381.

Warren, R. M. (1970). Perceptual restoration of missing speech sounds. *Science, 167*, 392–393.

Warren, R. M., & Warren, R. P. (1970). Auditory illusions and confusions. *Scientific American, 223*, 30–36.

Wheeler, D. D. (1970), Processes in word recognition. *Cognitive Psychology, 1*, 59–85.

Wilkening, F. (1981). Integrating velocity, time, and distance information: A developmental study. *Cognitive Psychology, 13*, 231–247.

Wilkening, F., & Lange, K. (im Druck). When is children's perception holistic? Goals and styles in processing multidimensional stimuli. In T. Globerson & T. Zelniker (Eds.), *Cognitive style and cognitive development.* Norwood, NJ: Ablex.

Wissen, Denken und Handeln

9 Begriffliches Denken

Hans Aebli

Ist es sinnvoll, innerhalb der kognitiven Prozesse ein „begriffliches Denken" abzugrenzen? Die Antwort kann nicht selbstverständlich „Ja" lauten. In den Humanwissenschaften gibt es viele Unterscheidungen, deren Sinn fraglich ist, und „Begriffliches Denken" findet man in den meisten Lehrbüchern der Psychologie weder als Kapitelüberschrift noch als Stichwort des Sachverzeichnisses. Gleicht dieser Begriff demjenigen der Kräuter, die die mittelalterliche Botanik von den Sträuchern und Bäumen unterschieden hat?

Wir werden in diesem Kapitel zeigen, daß es sinnvoll ist, von begrifflichem Denken zu sprechen, und daß ihm eine Gruppe von wohldefinierten psychologischen Erscheinungen entspricht. Allerdings: dieser Nachweis kann sich nicht darauf beschränken, entsprechende Forschungen, die schon unter diesem Titel publiziert sind, zusammenzufassen und zu gruppieren. Sowohl darüber, was Denken, als auch darüber, was ein Begriff sei, gibt es nicht nur viele unvereinbare Auffassungen; schlimmer ist die Tatsache, daß in vielen Publikationen überhaupt kein Versuch gemacht wird, diese Begriffe klar zu definieren. Eine Hauptaufgabe dieses Artikels ist es daher, ein theoretisches Gerüst zu schaffen, in dessen Rahmen wir vom „begrifflichen Denken" sprechen können. Wenn wir über diesen Rahmen verfügen, wird es auch möglich sein, einschlägige Forschungen zu situieren, sie in Beziehung zu setzen und ihre Bedeutung zu beurteilen.

Wenn wir im folgenden über begriffliches und nicht-begriffliches Denken sprechen, schweben uns Beispiele wie die folgenden vor:

- ein Hobbygärtner überlegt, wie er beim Pflanzen eines jungen Baumes verfahren soll,
- ein Kläger begründet in einem Zivilprozeß eine Klage auf Patentverletzung,
- ein Schüler versucht, die Entstehung des Taus zu erklären,
- ein Werbefachmann verfaßt einen Reklametext,
- ein Schüler findet einen geometrischen Beweis,
- eine Versuchsperson (Vp) soll aus den beiden folgenden Aussagen einen Schluß ziehen: „Einige Deutsche sind Bergsteiger. Alle Deutschen sind Europäer."

Anhand solcher und ähnlicher Beispiele werden wir unter anderem versuchen, die folgenden Fragen zu beantworten:

Was heißt Denken? Welche Arten des Denkens gibt es? Womit denken wir? Mit Begriffen? Womit sonst noch? Was leisten Begriffe beim Denken, und was leisten sie nicht? Wie vergegenwärtigen wir uns die Begriffsinhalte?

Vom Wesen des Denkens

Im ersten Hauptteil dieses Artikels fragen wir nach den allgemeinen Merkmalen des Denkens. Es soll hier noch offen bleiben, welche Rolle die Begriffe darin spielen, ja, ob sie überhaupt einen notwendigen Bestandteil des Denkens darstellen. Technisch ausgedrückt, betrachten wir die Denkvorgänge hier unter ,,strukturellen Gesichtspunkten".

Denken heißt, Beziehungen herstellen

Allen oben genannten Beispielen ist eines gemeinsam: Dem Denker sind gewisse Elemente gegeben, und er muß zwischen ihnen Beziehungen (Relationen) herstellen. Wir sagen: Er verknüpft die gegebenen Elemente oder Denkgegenstände. Indem der Gärtner den Baum ins Pflanzloch hält und die Erde einschüttet, stellt er eine Beziehung zwischen den Wurzeln und dem umgebenden Erdreich her, gedanklich oder real. Der Kläger versucht in seiner Klageschrift zu zeigen, daß die Nachahmung seiner Erfindung durch den Gegner unter den Begriff der Patentverletzung fällt. Die Entstehung des Taus zu erklären, bedeutet, sein Vorkommen zu bestimmten atmosphärischen Bedingungen in Beziehung zu setzen. Der Werbefachmann sucht Argumente, die den Wertvorstellungen des Adressaten entsprechen und die bei ihm eine Kaufhandlung auslösen. Der geometrische Beweis verknüpft den behaupteten Satz mit den Eigenschaften der gegebenen Figur, und die Vp versucht, eine Beziehung zwischen der Menge der deutschen Bergsteiger und der Menge der Europäer herzustellen. Einige Europäer sind offenbar Bergsteiger . . .

Wenn der Denker in Worten denkt (wir werden sehen, daß er auch in Bildern denken kann), so können die Beziehungen, die er herstellt, als Propositionen dargestellt werden (Lindsay & Norman, 1977^2/1981; Kintsch, 1977^2; Aebli, 1980/81, und viele andere Autoren):

P (a, b, . . .)

Dabei bezeichnet P (ursprünglich ,,das Prädikat") die Relation und a, b, . . . die verknüpften Elemente oder Denkgegenstände, also z. B.

INKONTAKT (wurzel, MIT: erdreich)
FALLVON (patentverletzung, nachahmung)
TEILVON (europäern, deutsche bergsteiger)

Diese Propositionen bezeichnen sowohl das Ergebnis der Beziehungsherstellung als auch diese selbst, denn das sogenannte ,,Prädikat" steht in Wirklichkeit ja für ein Schema mit Leerstellen, und man kann sagen, die Proposition zeige, wie die Gegebenheiten (die ,,Argumente" oder Elemente) im Prozeß des Denkens zueinander in Beziehung gesetzt werden.

Wenn nun diese Beziehungen denkend hergestellt werden, so sind die verknüpften Elemente offensichtlich Begriffe: ,,die Wurzel", ,,das Erdreich", ,,die Patentverletzung" usw. Aber auch ihre Verknüpfung, der Inhalt der Proposition also, kann sich wiederum zum Begriff objektivieren: „der Kontakt der Wurzel mit dem Erdreich", „die Nachahmung als Patentverletzung", „die deutsch-europäischen Bergsteiger". Ein Denken, das mit Begriffen operiert und wiederum Begriffe erzeugt, könnte einen klassischen Fall von „begrifflichem Denken" darstellen.

Wir haben aber auch ein Problem: Sind INKONTAKTMIT, FALLVON und TEILVON ihrerseits Begriffe? Unsere Antwort lautet: Diese Relationen kann man zwar begrifflich fassen, aber Begriffe im engen Sinn des Wortes sind sie nicht, wenn sie die oben genannten Denkakte erzeugen. Diese Behauptung können wir vorläufig mit der Beobachtung begründen, daß man eine Beziehung auch sehen kann, ohne dafür überhaupt ein Wort zu kennen (auch Tiere können es), daß man eine Beziehung erst erkennen muß, bevor man sie überhaupt sprachlich benennen kann und daß Versuchspersonen mit gewissen Aufgaben nach einer Anzahl Beispiele so sehr vertraut werden, daß sie sich die herzustellende Beziehung nicht mehr vorzusagen brauchen, sondern ohne jedes innere Sprechen und auch ohne jedes innere Bild zu einem gegebenen Wort (z. B. „Wagen: Teil davon?") eine Antwort geben können (Watt, 1905). Wir werden sagen, daß die Relation amodal, weder als innerlich gesprochenes Wort noch als Vorstellungsbild, wirksam sein kann. (Siehe dazu auch Bühler, 1907; Pylyshyn, 1973, 1984; Steiner, 1980)

An dieser Stelle stellt sich auch die Frage nach der entwicklungsmäßigen Herkunft der Relationen. Diese Frage ist hier nicht zentral. Wir deuten daher nur an, daß eine große Zahl von Psychologen heute mit Piaget (1947/1972[5]) annehmen, daß die Vorläufer der gedanklich hergestellten Relationen die Handlungen des Kindes sind. Es stellt die ersten Beziehungen zwischen den Gegenständen seines Denkens handelnd her. Diese Beziehungsherstellung drückt es in der Folge durch Verben sprachlich aus. Schließlich treten an die Stelle der konkreten Verben die abstrakten Relationsbezeichnungen. Seiler und Wannenmacher (1983–1985) haben dazu Anthologien mit Beiträgen von europäischen und amerikanischen Forschern vorgelegt.

Wir haben damit die erste der oben gestellten Fragen vorläufig beantwortet. Denken ist Beziehungsstiftung zwischen Elementen, die anschaulich oder sprachlich repräsentiert sein können. Das Ergebnis der Beziehungsstiftung kann seinerseits anschaulich oder sprachlich repräsentiert werden. Wir sehen voraus, daß begriffliches Denken mit sprachlich repräsentierten Elementen operiert und seine Ergebnisse wiederum substantivisch faßt.

Nun gibt es aber eine Art von Begriffen, die nicht durch die hier beschriebenen konstruktiven Akte der Beziehungsstiftung zustande kommen: die Objektbegriffe. Wir werden sehen, daß gerade sie immer wieder als typische Objekte des begrifflichen Denkens angesehen worden sind. Wir teilen diese Ansicht nicht. Trotzdem ist es nützlich, hier eine kurze Antwort auf die Frage zu geben, wie diese Objektbegriffe entstehen und welches ihr innerer Aufbau ist.

Merkmalverleihung durch Teilnahme an Handlungen und Operationen, die Bildung kumulativer Objektbegriffe

Indem ein Gegenstand an einer Handlung teilnimmt oder indem er zu einem anderen in eine bestimmte Beziehung gesetzt wird, erwirbt er im Bewußtsein des Handelnden oder des Betrachters ein Merkmal, das er vorher nicht besessen hat. Indem Sherpa Tensing 1953 mit Hillary den Mount Everest bestieg, wurde er zum ,,Erstbesteiger des Mount Everest". Wenn man eine Zahl durch eine andere teilt, wird sie dadurch zum ,,Dividend". Indem ich die oben genannten deutschen Bergsteiger als Teilmenge der Europäer sehe, erwerben sie in meinem Geiste das Merkmal der ,,europäischen Bergsteiger".

Diese Tatsachen eröffnen eine Möglichkeit, das Zustandekommen von Objektbegriffen im menschlichen Geiste zu erklären. Schon der englische Philosoph John Locke (1690) hatte festgestellt, daß unsere Objektbegriffe nichts anderes als Bündel von Eigenschaften oder Merkmalen darstellen. Piaget (1936/1969) hat diesen Begriff einen Schritt weitergetrieben und festgestellt, daß die Merkmale einem Gegenstand verliehen werden, wenn er (vom Kleinkind) bestimmten Handlungen unterworfen wird. Aebli (1951/1973[5], S. 66f., 1980) und Catherine Nelson (1974) haben daraus geschlossen, daß unsere Objektbegriffe das Ergebnis der Tatsache sind, daß der Gegenstand vielen praktischen (senso-motorischen) Handlungen, Wahrnehmungsakten und – später – abstrakten gedanklichen Operationen unterworfen wird. Mit jedem dieser Akte erhält er ein neues Merkmal. Je vielfältiger der Gebrauch und die wahrnehmungsmäßige und gedankliche Erkundung eines Gegenstandes sind, desto mehr Merkmale erhält er im Bewußtsein des Betrachters und Verwenders.

Auch die Linguisten und eine Gruppe von amerikanischen und europäischen Psychologen haben die Auffassung von Locke übernommen, zum Teil mit und zum Teil ohne Piagets genetische Deutung. So wurde die Bedeutung von Wörtern wie ,,Junggeselle" als Bündel der Eigenschaften ,,männlich", ,,erwachsen" und ,,unverheiratet" gedeutet (Katz, 1972), und in ähnlicher Weise hat man etwa den Inhalt des Begriffs ,,Vogel" aus den Merkmalen ,,gefiedert", ,,hat einen Schnabel", ,,fliegt", ,,legt Eier" usw. zusammengesetzt verstanden (zusammenfassend: Smith & Medin, 1981). Wir werden sehen, daß diese Vorstellung eine wichtige Rolle zu spielen begann, sobald man sich die Frage stellte, wie Menschen ein unbekanntes Objekt identifizieren und kategorisieren.

Analytisches versus beziehungsstiftendes Denken

Analytisches Denken operiert vorzugsweise auf den Merkmalbündeln, die man ,,Objektbegriffe" nennt. Es untersucht sozusagen ihren Inhalt. Dabei entdeckt der Denker gewisse Eigenschaften, die ihm ursprünglich nicht bewußt gewesen sind. Das nennen wir analytisches Denken. Es analysiert vorhandenes Wissen. Es ist kein kreatives Denken.

Beziehungsstiftendes, wir sagen auch: konstruktives Denken ist anders geartet. Es erzeugt neue Wissensstrukturen. Zum Teil kann man sie praktisch realisieren, dann sprechen wir von der Erfindung oder der Entwicklung eines neuen Produktes oder Verfahrens. Die meisten Problemlösungen sind beziehungsstiftender Natur. Dabei kann ein Begriff gebildet (nicht nur analysiert) werden. Auch das Verfassen und das Verstehen eines Textes ist eine konstruktive Leistung, wobei der Inhalt episodischen oder theoretischen Charakter haben kann.

Die große Vielfalt der beziehungsstiftenden Denkvorgänge wird transparent, wenn man sie unter sechs verschiedenen Gesichtspunkten ordnet. Diese sechs Dimensionen bilden den Raum des beziehungsstiftenden, konstruktiven Denkens.

Konstruktives versus rekonstruktives Denken

Als Franklin einen Drachen erfand, der an einem Draht statt an einer Schnur befestigt war und dazu diente, die statische Elektrizität in den Wolken nachzuweisen (Selz, 1922), gab es dazu kein Vorbild. Es war eine Konstruktion „in den freien geistigen Raum hinaus". Anders ist es, wenn wir unter eine Motorhaube blicken und zu verstehen suchen, was wir da sehen. Hier stellt sich die Aufgabe, die Gegebenheit gedanklich zu rekonstruieren. Anspruchslosere Rekonstruktionen nennen wir Beschreibungen, anspruchsvollere Interpretationen und Erklärungen. In diesen Fällen versuchen wir die Gegebenheit aus wenigen gesicherten Begriffen und Begriffsverbindungen (Regeln, Gesetzen) zu rekonstruieren. Das Ergebnis ist immer eine neue Darstellung (oder „Abbildung") der Gegebenheit, und zwar eine solche, die für uns einsichtiger und durchsichtiger als die erste Wahrnehmung der Sache ist. Die Gegebenheit kann auch ein Text sein. Indem wir ihn interpretieren, rekonstruieren wir ihn mit Hilfe von uns bekannten, transparenten und systematisch verknüpften Begriffen, die beispielsweise aus einer psychologischen Theorie entnommen sind. Wir entwerfen zum Beispiel eine psychoanalytische Interpretation des Hamlet oder eine marxistische Deutung von Piagets Werk. Zur Psychologie des Textverstehens verweisen wir auf Hörmann (1976), Flammer und Kintsch (1982), Mandl (1981) und Hoppe-Graff und Schöler (1981).

Wahre versus praktische Konstruktionen

Wer einen Beweis führt, sucht nachzuweisen, daß der behauptete Satz wahr ist. Zu diesem Zwecke konstruiert er eine logische Brücke zwischen einer Reihe von explizit formulierten oder bloß implizit für wahr gehaltenen Aussagen und der zu beweisenden Aussage. So entsteht eine Kette von Sätzen, die alle wahr sind, weil sie gemäß logischen Schlußregeln erzeugt werden. Man kann dabei jeden folgenden Satz auch als Transformation des vorangehenden verstehen, wobei die Schlußregel die Rolle eines Operators spielt (Dörner, 1974). Wir betrachten hier das Erzeugen der Kette wahrer Propositionen lieber als einen Konstruktions- denn als einen Transformationsvorgang. Das Wie und das Warum des Hervorgehens einer Aussage aus einer anderen wird so deutlicher. In unserem Zusammenhang ist jedoch vor allem wichtig, daß es gedankliche Konstruktionen gibt, bei denen jede folgende Aussage von der vorangehenden das Merkmal der Wahrheit erbt. Wenn es wahr ist, daß sechs Strecken a und a', b und b', c und c' paarweise gleich sind, dann ist es auch wahr, daß die Dreiecke abc und a'b'c', die aus den Strecken konstruiert werden, kongruent sind. Wenn es wahr ist, daß die Vorrichtung v am Gerät G' eine Kopie von v in G darstellt, so ist es wahr, daß die Herstellung und der Vertrieb von G' eine Patentverletzung darstellt.

Andere gedankliche Konstruktionen versuchen nicht vor allem wahr, sondern effizient zu sein. Wir nennen sie praktische Konstruktionen. Nach Piaget lernt das Kind zuerst praktische und erst später wahre Konstruktionen ausführen (Piaget, 1947/1972[5], 1974). Wer sich eine praktische Konstruktion ausdenkt, hat seinerseits eine Zielvorstellung. Sie entspricht dem zu beweisenden Satz im Falle der wahren Konstruktion. Auch der praktische Denker geht von einem Repertoire von Begriffen und Beziehungen aus. Sie betreffen jedoch kausale Zusammenhänge: was was bewirkt. Ausgehend von den Materialien und Prozessen, die ihm zur Verfügung stehen, versucht der praktische Konstrukteur das Zielobjekt oder den Zielvorgang zu realisieren. Auch dies erfordert in der Regel eine Kette von Konstruktionsschritten (Aebli, 1980, 1984).

Deduktive, auf die Gewinnung wahrer Aussagen zielende Konstruktionen sind in der Regel begrifflicher Natur. Praktische Konstruktionen brauchen es nicht zu sein. Wenn wir jedoch zu verstehen suchen, was wir praktisch konstruieren, und wenn der Ingenieur eine technologische Theorie der effizienten Konstruktion entwirft, so verdoppelt er die praktische mit einer begrifflichen Konstruktion.

Heuristisches versus algorithmisches Denken

Gewisse Konstruktionen vollziehen wir nach feststehenden Regeln, derart, daß jedes erzeugte Ergebnis die Auslösebedingung für den nächsten Schritt darstellt. Die Abfolge der Denkschritte nennen wir einen Algorithmus. Häufig sind jedoch die uns bekannten Konstruktionsregeln weniger scharf formuliert. Es fehlt die Angabe der exakten Auslösebedingungen für die einzelnen Schritte. Die Ketten, die sie bilden, sind daher lockerer angeordnet, und für den Außenstehenden ist der Verlauf des Denkvorgangs nur ein probabilistischer, kein deterministischer (Spada, 1976). Denkende Probehandlungen sind notwendig, das Finden (griechisch heuriskein) ist zum Teil Glückssache. Wir nennen die entsprechenden Regeln und das von ihnen geleitete Denken ein ,,heuristisches".

Planendes und ausführendes Denken

Insbesondere im Zusammenhang mit praktischen Arbeiten und Handlungen hat man Tendenz, nur die vorstellungsmäßige Planung als Denken zu bezeichnen. Das ist falsch. Eine Arbeit oder eine Handlung kann vorweg ausgeführt werden. Planung wird dann höchstens kleine vorstellungsmäßige Schritte über den aktuellen, wahrnehmbaren Stand der Dinge hinaus vollziehen. Die gedankliche Leistung braucht deswegen nicht geringer zu sein. So können wir sagen: Es gibt ein vorstellungsmäßiges, meistens in einem Zeichensystem erfolgendes Planen von praktischen Arbeiten und Handlungen, und es gibt ein Denken, das vom praktischen Tun nicht unterscheidbar ist. Es stellt nichts anderes als seine Steuerung dar. Die Gegenstände (»Elemente«) des Denkens brauchen in diesem Falle nicht zeichenmäßig repräsentiert zu sein: Der entstehende Gegenstand, die aktuell realisierten Zustände der Handlung können die Denkgegenstände darstellen. Sie sind „anschaulich", nicht begrifflich repräsentiert.

Aber auch ein Denken, das sich auf Zeichensysteme, z. B. auf geometrische, stützt, kann Phasen der Planung aufweisen, die der Ausführung vorangehen. In diesen Fällen erfolgt die Planung mit Hilfe von allgemeineren, globaleren Stellvertretern der einzelnen Größen, die Ausführung jedoch mit ihren spezifischen Werten. So zum Beispiel, wenn ich die Lösung einer Textrechnung plane: Ich führe die einzelnen Operationen noch nicht aus, sondern verwende anstelle der Zahlen sprachlich gefaßte Begriffe („Zuerst das Produkt aus der Anzahl Ziegen, mal ihr täglicher Milchertrag, dieser mal den Milchpreis, ergibt den Tagesverdienst" etc.). Wir erkennen schon jetzt die wichtige Rolle der Begriffe im planenden Denken.

Offenes versus geschlossenes Repertoire der Denkelemente und Relationen

Es gibt Denkaufgaben, bei denen das – gedankliche oder sachliche – Material, aus dem die Lösung konstruiert werden soll, wohl abgegrenzt vorliegt. So etwa in der berühmten Hut-Gestell-Aufgabe von Maier (1930): Das Zielobjekt muß aus zwei Latten und einer Schraubzwinge hergestellt werden. Bei Computersimulationen von Problemlösungen (z. B. Newell & Simon, 1972) müssen die Ausgangselemente dem Programm natürlich vollständig eingegeben werden. Nur so kann es eine Lösung konstruieren.

Andere Aufgaben umschreiben zwar das gesuchte Ergebnis. Sie lassen aber offen, mit welchen gedanklichen und/oder materiellen Mitteln es erreicht werden soll. Der Problemlöser schöpft aus seinem gesamten gedanklichen Repertoire, wobei das Problem häufig darin besteht, die geeigneten Lösungsideen abzurufen. Man hat sich gefragt, wie das geschehe. Die klassische Antwort spricht von Ähnlichkeitserregung oder Resonanz (Duncker, 1935).

Selbständiges versus angeleitetes Denken

Die Psychologen lieben die Idee des autonomen Menschen. Wenn sie Denkprozesse untersuchen, möchten sie den Menschen die gestellten Probleme nach Möglichkeit selbständig lösen lassen. Autonomes Denken und Lernen ist natürlich wichtig. Seine Erforschung hat einen reichen theoretischen Ertrag gezeitigt. Es wäre jedoch falsch, wenn man nicht auch die geleiteten Denkprozesse in die Betrachtung einbezöge. Viele Vorgänge ereignen sich kaum spontan, so zum Beispiel anspruchsvollere Begriffsbildungen. Der Mensch ist hier auf Hilfe angewiesen. Sie wird zum Teil systematisch, als Unterricht, veranstaltet. Es gibt aber auch ein Lernen von Begriffen „im Gebrauch". Es ist ein sozialer Gebrauch, und der Lernende erfährt dabei vielfältige, häufig jedoch bruchstückhafte Anregungen aus seiner sozio-kulturellen Umwelt (Aebli, 1983 b). Wichtige Vorgänge des begrifflichen Denkens spielen sich in dieser geleiteten Form ab.

Vom Wesen des Begriffs und des begrifflichen Denkens

Nachdem wir im ersten Hauptteil die notwendigen theoretischen Grundlagen gelegt haben, können wir nun mit einiger Hoffnung auf Erfolg die Grundfrage dieses Beitrages angehen: zu klären, was begriffliches und was nicht-begriffliches Denken sei. Was also unterscheidet die beiden Denkformen? Und: wo verläuft die Grenzlinie?

Begriffliches Denken ist durch verbale Objektivierungen, anschauliches und praktisches Denken durch perzeptive Objektivierungen gekennzeichnet

In den vorangehenden Abschnitten haben wir sechs Dimensionen des konstruktiven Denkens kennengelernt. Eines ist allen komplexeren Denkvorgängen gemeinsam: daß gedankliche Elemente laufend verknüpft und sodann in Verknüpfungen höherer Ordnung einbezogen werden. So entstehen Komplexionshierarchien (Dörner, 1974; Aebli, 1980/81; Osterloh, 1983). Das sind vielstufige Strukturen, deren Ausgangselemente aus dem vorhandenen Wissen des Denkers stammen. Ihre Verknüpfungen erzeugen jedoch laufend neue Elemente. Diese werden ihrerseits untereinander in Beziehung gesetzt. Man kann das am Packen eines Paketes, real oder in Gedanken, gut zeigen.

Der Gegenstand, z. B. ein Buch, wird in eine Schachtel gelegt, die Schachtel in ein Packpapier eingeschlagen, dieses verschnürt. Eine Klebeadresse wird beschriftet, befeuchtet und auf das geschnürte Paket geklebt. Darauf kommt eine Marke. Das fertige Paket wird der Post übergeben.

Der Leser mag sich fragen, worin das Denken beim Schnüren eines Paketes bestehe. Dieser Ablauf ist bei vielen Menschen in der Tat Routinesache. Wir denken jedoch daran, daß jedermann diesen Ablauf einmal erlernen mußte, und daß er in dieser Phase sicher Überlegung erfordert hat. Wir bedenken auch, daß ein debiles Kind Schwierigkeiten hat, die beschriebenen Handlungen richtig zu steuern. Mehr als das: das komplexe Handlungsschema kann auch zum Inhalt eines Begriffs werden. Es ist der Begriff des „Ein-Paket-zum-Versand-Fertigmachens". Ob also die Handlung in der Praxis an konkreten Objektgegebenheiten schrittweise aufgebaut oder ob sie in Gedanken konzipiert und am Ende in einem Begriff zusammengefaßt wird: im Verlauf des Aufbauprozesses müssen offensichtlich hintereinander Elemente gezogen und schrittweise zueinander in Beziehung gesetzt werden: das Buch, eine Schachtel, ein Packpapier . . . Ihre Verknüpfungen sind deutlich: Das Buch in die Schachtel. Das Papier um die Schachtel-mit-dem-Buch. Die Schnur ums Papier-mit-der-Schachtel-mit-dem-Buch-darin. Die Etikette aufs Papier . . ., die Marke auf die beschriftete Etikette . . . Es ist auch deutlich, daß die Aufbaustruktur nicht linear ist. Die Vorbereitung der Etikette (beschriften, benetzen) und die Beschaffung der Marke stellen Zweige am Hauptstrang der Handlung dar: Ihr Gesamtablauf hat die Struktur eines Baumes (Aebli, 1983 a, S. 188). Seine Blätter repräsentieren die Eingangsgegebenheiten, der Stamm das Endergebnis.

So baut sich ein Handlungsschema, so baut sich aber auch der entsprechende Begriff auf. Sein Inhalt ist relativ konkret, jedoch ist seine Komplexität unübersehbar. Abstrakte Begriffe, wie etwa derjenige der „Zeugenaussage" entstehen genau gleich. Wir vergegenwärtigen uns den Vorgang für den einfachen Fall einer Begriffsbildung unter Anleitung, im Gefolge einer verbalen Erklärung:

Wenn ein Unfall stattgefunden hat, muß der Richter versuchen, sich ein objektives Bild vom Hergang zu machen. Dazu braucht es Zeugenaussagen. Das geht so zu: Eine Person, die am Unfall nicht beteiligt ist, hat den Unfall beobachtet. Vor dem Richter beschreibt sie ihre Beobachtungen. Aus ihrer Beschreibung bildet der Richter sein Bild vom Hergang des Unfalls. Darauf basiert sein Urteil. Diese Beschreibung eines Unfalls vor dem Richter nennt man eine „Zeugenaussage".

Die ersten beiden Sätze antizipieren die Funktion der Zeugenaussage schematisch (Selz, 1922). Dann wird der Begriff schrittweise aufgebaut: Eine unbeteiligte Person beobachtet den Unfall. Sie beschreibt ihre Beobachtung (des Unfalls) vor dem Richter. Der Richter bildet sich ein Bild aufgrund der Beschreibung (der Beobachtung des Unfalls). Sein Urteil basiert auf diesem Bild (das auf der Beschreibung der Beobachtung des Unfalls beruht). Zum Schluß wird die gesamte aufgebaute Struktur mit dem Begriffsnamen der „Zeugenaussage" bezeichnet.

Nun sind wir soweit, sagen zu können, wie begriffliches Denken zustande kommt und was es kennzeichnet. Der springende Punkt ist der folgende: Beim Aufbau eines Handlungsschemas, wie auch eines Begriffsinhaltes, ist der Mensch darauf angewiesen, nach jedem Verknüpfungsschritt das Ergebnis so umzuformen, daß er damit weiterhandeln und weiterdenken kann. Im Falle des praktischen Handlungsaufbaus ist das einfach: Das Buch-in-der-Schachtel und das Buch-in-der-Schachtel-im-Papier usw. sind zwar zunehmend komplexe Objekte, sie können aber wie einfache Objekte weiterverarbeitet werden. Wenn ein derartiger Vorgang jedoch gedanklich aufgebaut wird, ist das nicht so leicht. Hier bieten sich dem Denker nun zwei grundsätzlich verschiedene Möglichkeiten an. Er kann sich das Ergebnis eines jeden Aufbauschrittes als ein Bild vergegenwärtigen (technisch: „perzeptiv repräsentieren"), oder er kann es mit einem Wortzeichen repräsentieren. Im ersten Fall denkt er *anschaulich*, im zweiten *begrifflich*. Im Falle der

Bildung des Begriffs der Zeugenaussage hat er keine andere Wahl: Er muß die Ergebnisse der einzelnen Verknüpfungen sprachlich repräsentieren. Die Begriffe der „Beobachtung", der „Beschreibung der Beobachtung", des „auf der Beschreibung der Beobachtung basierenden Bildes" und des „auf diesem Bild (d. h. also . . .) beruhenden Urteils" fassen jeweils alle vorangehenden Aufbauschritte zusammen. Diese sind im Begriffsnamen „objektiviert", genauso, wie die praktischen Teilhandlungen in der Wahrnehmung oder Vorstellung ihres konkreten Ergebnisses objektiviert sind. Dabei ist es durchaus möglich, daß eine konkret ausgeführte Handlung vom Handelnden laufend sprachlich begleitet wird, so daß jeder Aufbauschritt sowohl anschaulich als auch sprachlich-begrifflich repräsentiert ist. Im Unterricht wird man dies sogar bewußt anstreben, um den Begriff von der Handlung her zu stützen (Aebli, 1983[a]).

Damit sind wir in der Lage zu definieren, was begriffliches Denken ausmacht: Begriffliches Denken ist ein beziehungsstiftendes Denken, das jede der gestifteten Beziehungen in einem sprachlichen Ausdruck objektiviert und sie dergestalt zur weiteren Verarbeitung bereitstellt. Anschauliches Denken repräsentiert die Ergebnisse seiner Verknüpfungen anders: Es „sieht" sie (beziehungsweise stellt sie sich vor) in den konkreten Ergebnissen seiner verknüpfenden Tätigkeit. An der Stelle des sprachlichen Ausdrucks, insbesondere des zusammenfassenden Nomens, des Begriffnamens (man beachte die Etymologie!) steht hier die Wahrnehmung oder das Vorstellungsbild als Repräsentant des konstruktiven Aktes und als Gegenstand der nächstfolgenden Verknüpfung.

Diese Auffassung ist mit einer ganzen Anzahl *dualer Repräsentationstheorien* verwandt, über die Steiner (1980) zusammenfassend referiert. Neu ist hier die Aufweisung einer spezifischen Funktion der sprachlich-begrifflichen und/oder anschaulichen Repräsentation im Zuge des Handlungs- und Begriffsaufbaus.

Ein ungelöstes Problem stellt sich bezüglich der Repräsentation der Relationen, welche zwischen den Elementen hergestellt werden. Wenn sie einmal hergestellt sind, können die Relationen zweifellos begrifflich und/oder anschaulich repräsentiert werden. Wie ist es aber im Moment, da die Beziehung hergestellt wird? Wir haben die Vermutung geäußert, daß Beziehungen „in statu nascendi" noch nicht sprachlich oder anschaulich repräsentiert zu sein brauchen, also „amodal" wirksam sind. Dieses Problem hat eine lange Geschichte, die im Mittelalter mit der Nominalismusdiskussion einsetzt (Hoffmann, 1984), von der Würzburger Schule, insbesondere von Karl Bühler (1907) wieder aufgebracht worden ist und – in veränderter Form – heute wieder zwischen Kosslyn (1980) und Pylyshyn (1973, 1984) diskutiert wird, um nur zwei profilierte Exponenten zu nennen.

Wir haben das Problem der Repräsentation im Kontext des Handlungs- und Begriffsaufbaus eingeführt. Wir meinen, dies sei die einzig sinnvolle Art, von Repräsentation zu sprechen. Diese Betrachtungsweise gibt auch eine sinnvolle Unterscheidung zwischen begrifflichem und anschaulichem Denken. Begriffliches Denken ist in dieser Sicht immer sprachliches Denken, denn es ist entscheidend, daß das Substantiv, der Begriffsname, die Verknüpfung der Elemente vertritt. Ohne diese Namen können wir den Begriff nicht denken, es sei denn, wir steigen auf das anschauliche Medium um, was jedoch den Charakter des Denkens grundlegend verändert. Den Begriffsnamen muß der Denker innerlich sprechen und/oder hören bzw. lesen: Anders vermag er die Relation nicht zu objektivieren, und anders kann er sie nicht in einen neuen Zusammenhang einbauen.

Indessen eröffnet die sprachliche Repräsentation weitere wichtige Möglichkeiten für den Denker: Er kann über seine Denkinhalte mit anderen Menschen sprechen, und er kann lesend und hörend von den gedanklichen Konstruktionen seiner Mitmenschen und seiner Vorfahren lernen. Begriffe haben eine lange Geschichte, und sie sind in Theorien zu netzartigen und hierarchischen Strukturen verknüpft (zusammenfassend: Bower & Hilgard, 1981[5]/1984[3]; Kintsch, 1977[2]; Lindsay, Norman, 1977[2]/1981; Wimmer & Perner, 1979; Aebli, 1980/81). Das macht die wissenschaftlichen Begriffe leistungsfähig. Im Denken des intelligenten Menschen sind sie kohärent, widerspruchsfrei und beweglich (Piaget, 1947/1972[5]; Bruner, 1966/1971; Montada, 1970). Das Problem der Repräsentation kann über dasjenige der Objektivierung hinaus erweitert werden. Wir werden sehen, daß man sich im Gefolge der Arbeiten von Rosch die Frage gestellt hat, wie Begriffe selbst im menschlichen Geiste repräsentiert sind. In der Psychologie des Problemlösens hat man die Frage der Repräsentation sodann auf das Problem als ganzes ausgedehnt. Die geeignete Problemrepräsentation übt offensichtlich einen wichtigen Einfluß auf die Lösungswahrscheinlichkeit aus (Newell & Simon, 1972; Klix, 1971; Dörner, 1974, 1979[2], 1984).

Die Rolle des Begriffs im analytischen und im konstruktiven Denken

Im beziehungsstiftenden (konstruktiven) Denken faßt der Begriff eine vollzogene Verknüpfung zusammen und bringt sie in eine handliche Form. Allerdings: in der nächst höheren Verknüpfung ist seine Rolle eine passive. Die Verknüpfung wird durch die Relation, das Handlungs- oder Operationsschema, das wir in Großbuchstaben aufschreiben, besorgt. Hier denkt nicht der Begriff, hier wird *mit* dem Begriff gedacht. Die aktive, beziehungsstiftende Rolle liegt bei der Relation, beim Handlungsschema. Dabei stellt sich die wichtige Frage, welche Merkmale eines Begriffinhaltes in die neue Verknüpfung eingehen. Die analoge Frage stellt sich auch beim Handlungsaufbau: Welche Merkmale eines erreichten Zwischenergebnisses, eines Objektes oder einer Situation spielen im nächsten Handlungsschritt eine Rolle? Beim Aufkleben der Etikette ist das sehr deutlich: ob das Buch wirklich in der Schachtel ist, ob diese gut oder schlecht ins Papier eingeschlagen und verschnürt ist, hat beim Aufkleben der Etikette geringe Bedeutung. Wichtig ist nur das Vorhandensein einer ebenen Papierfläche von einer gewissen Größe, und eine Oberflächenbeschaffenheit, die das Aufkleben ermöglicht. Auch bei der Etikette spielt allein die Tatsache eine Rolle, daß sie gummiert und benetzt ist. Wir erkennen: unter den vielen Merkmalen eines Objektes kommt es bei jedem Handlungsschritt nur auf wenige an.

Genauso ist es bei einem Begriff, der in eine neue Verknüpfung eintritt. Damit diese gelingt, kommt es auf die wenigen Merkmale an, die von der Verknüpfung gefordert sind. (Technisch sagen wir: an den *slots*, den Leerstellen der Handlungsschemata und Operationen sind bestimmte Merkmale gefordert, die ein Argument erfüllen muß, wenn es hineinpassen soll.) Ein Bruch, den ich kürzen will, muß bestimmte Merkmale aufweisen. Im Begriff der Zeugenaussage ist es allein wichtig, daß diese exakt und glaubwürdig ist. Bei den Operationen, die wir nunmehr betrachten, ist das anders. Die Objektbegriffe, auf denen sie operieren, spielen darin eine andere Rolle.

Operationen auf kumulativen (Objekt-)Begriffen

Seit Anfang der 70er Jahre untersucht in den USA eine Reihe von Forschern die Objektbegriffe von Erwachsenen und Kindern. Diese Forschungen setzten gleichzeitig an der Berkeley- und an der Stanford-Universität ein. Die Promotoren waren dort Eleanor Rosch (1973) und hier Edward Smith (Rips, Shoben & Smith, 1973). Es geht um die gleichen Begriffe, mit denen sich die mittelalterliche Scholastik beschäftigt hat, Begriffe, wie ,,der Mensch" (alle Menschen sind sterblich . . .), ,,der Vogel", ,,der Apfel". Wir haben schon festgestellt, daß der Inhalt dieser Begriffe ein Merkmalbündel ist. Der Vogel hat im Bewußtsein der meisten Menschen die Merkmale (features): bewegt sich, gefiedert, fliegt, singt. Entsprechend hat man in der mittelalterlichen Scholastik dem Menschen die Merkmale ,,sterblich", ,,sprachfähig" zugeschrieben. Man erkennt den Unterschied zu den konstruktiven Begriffen. Zwischen den einzelnen Merkmalen des Bündels bestehen geringe Beziehungen. Die Merkmale sind akkumuliert, durch bloße Assoziation untereinander verbunden. Zwischen dem Singen und dem Fliegen des Vogels besteht kein Zusammenhang. Auf dem Inhalt und auf dem Umfang (d. h. der Menge der durch den Begriff bezeichneten Exemplare) dieser kumulativen Begriffe sind charakteristische Operationen möglich.

Verifikations-, Identifikations- und Kategorisierungsoperationen

Historisch gesehen, ist die erste der Operationen auf Merkmalbündeln die seit Aristoteles bekannte *Abstraktion*: An einem gegebenen Objektbegriff beobachtet man ein Merkmal, und man sieht von den übrigen ab. Nun bezeichnet man das Objekt allein gemäß dem so abstrahierten Merkmal. Bei einem Vogel zum Beispiel richtet man die Aufmerksamkeit allein auf sein knochiges Skelett. Entsprechend bezeichnet man ihn als ,,ein Wirbeltier". Über Abstraktion wird gegenwärtig kaum experimentiert. Zahlreiche Experimente fragen jedoch nach Produkten der Abstraktion, nach einzelnen Merkmalen: ,,Hat ein Vogel Knochen?" Oder – sachlich gleichwertig – die Frage nach dem Oberbegriff: ,,Der Vogel ist ein Wirbeltier. Ja/Nein?“ Aus den Reaktionszeiten werden verschiedene Schlüsse gezogen, auf die wir zurückkommen. Man nennt diese Fragen Verifikations-, Identifikations- und Kategorisierungsfragen. Sie fordern zur Prüfung der Wahrheit einer Aussage auf (Verifikation), fragen, ob der Gegenstand (als Wirbeltier) richtig identifiziert sei oder ob er durch diese Identifikation der richtigen Kategorie oder Klasse zugeteilt sei. In der letzteren Betrachtungsweise kommt allerdings schon ein neuer Gesichtspunkt ins Spiel, der über die bloße Beobachtung eines Merkmals hinausreicht. Es ist der Gesichtspunkt des Begriffsumfangs, der Extension: Wir fragen, ob die Vögel (*alle* Vögel) in der Kategorie (der Menge) der Wirbeltiere enthalten seien.

Die Induktion von Gesetzen und Regeln

Während in den vorangehenden Aufgaben ein Objekt bezeichnet wird, unter dessen Merkmalen die Vp ein gegebenes Merkmal oder eine Merkmalteilgruppe beachten muß, zielen die folgenden Operationen auf die Bestimmung regelhafter Verbindungen (Konjunktionen, in seltenen Fällen, die wir in der Folge vernachlässigen, die gegenseitige Exklusion, Disjunktion) zweier Merkmale. Dabei sind Untersuchungen über die Benützung derartiger Regeln (*rule utilization*, Bourne, 1966) selten, zahlreich jedoch die Untersuchungen über den Erwerb von Regeln. Allerdings sind diese Untersuchungen allesamt in den 70er Jahren außer Mode gekommen, und sie werden von den Forschern im Umkreis von Rosch und von Smith, die uns hier vor allem beschäftigen, nur mehr am Rande berührt. Der Zusammenhang mit den Abstraktions-, Identifikations- und Kategorisierungsaufgaben ist jedoch offensichtlich. Es geht in der Regel um ein sichtbares und ein unsichtbares Merkmal an einem Objekt. Das unsichtbare wird klar, wenn auch in vielen Versuchen völlig abstrakt, definiert, in der Regel einfach als ,,das Merkmal, an das der Vl denkt“. In realistischen Beispielen ist es etwa das Merkmal der Giftigkeit von Pilzen oder der gesellschaftlichen Stellung von Personen, die man auf einer Party kennenlernt (Bruner et al., 1956). Das sichtbare Merkmal, das mit dem unsichtbaren korreliert und daher zu seiner Voraussage dienen kann, ist eines von mehreren Merkmalen des Objektes. Die Vp muß herausfinden, welches es ist und, sofern es sich um eine Dimension mit mehreren Werten handelt (drei verschiedene Farben, drei Formen usw.), welche Werte mit dem ,,kriterialen Merkmal“ korrelieren. Die Vpn bilden dabei Hypothesen und entwickeln verschiedene Strategien (Bruner et al., 1956), mit dem Ziel, die eine, richtige Hypothese zu finden. Das Problem hat eine lange Geschichte, die wir andernorts kurz zusammengefaßt haben (Aebli, 1981, S. 175–191).

Diese Bestimmung eines korrelierenden Merkmalpaares unter den zahlreichen Eigenschaften eines Objektes nennt man seit Francis Bacon (1620) Induktion. Wir erkennen schon jetzt, daß die Identifikationsprobleme sozusagen unvollständige Induktionsprobleme sind. Wenn der Vl eine Vp fragt: ,,Hat der Vogel Knochen?“ so könnte diese zurückfragen: ,,Ist das denn wichtig?“, und ein Vl, der über seinen Versuch etwas tiefer nachgedacht hätte, würde dann vielleicht antworten: ,,Aber sicher, denn damit, daß der Vogel Knochen hat, hängt zusammen, daß er in seiner Nahrung bestimmte Mineralstoffe braucht." Induktives Denken prüft derartige Hypothesen.

Syllogismen

Auch Syllogismen (,,Alle Menschen sind sterblich. Sokrates ist ein Mensch. Was folgt daraus?" ,,Einige Deutsche sind Bergsteiger. Alle Deutschen sind Europäer. Was folgt daraus?") operieren auf Objektbegriffen, die sich aus assoziierten Merkmalen zusammensetzen, und ihre Verwandtschaft mit den eben beschriebenen Operationen ist groß. ,,Alle Menschen sind sterblich", kann man als ein allgemein gültiges Gesetz ansehen. ,,Sokrates ist ein Mensch" instantiiert die Regel. D. h.: Dieser Satz gibt einen Einzelfall zur Regel *(an instance)*. Die Regelanwendung liefert die Aussage, daß Sokrates sterblich ist.

Neu ist im Falle der Syllogismen, daß die Aussagen quantifiziert sind: ,,ein", ,,einige", ,,alle" sind Quantifikatoren, und die Schwierigkeit gewisser Syllogismen betrifft die richtige Quantifikation der erschlossenen Aussage. Wir können im Rahmen dieses Aufsatzes die Psychologie des syllogistischen Schließens nicht weiter behandeln und müssen dazu auf die grundlegende Arbeit von Johnson-Laird und Bara (1984) verweisen. Zum allgemeinen Problem der Psychologie des Schließens im Bereich der modernen Aussagenlogik und der Prädikatenlogik mit den Operatoren ,,nicht", ,,und", ,,oder", ,,wenn-dann", ,,genau dann-wenn" bzw. ihren Entsprechungen im natürlichen Denken (Gentzen, 1935) verweisen wir auf die wichtigen Beiträge von Braine (1978) und Rips (1983).

Die Experimente von Rosch und Smith

Unter den möglichen Operationen auf kumulativen Objektbegriffen verwenden die kalifornischen Begriffsforscher vor allem solche der ersten von uns unterschiedenen Gruppe. Die Fragen, die sie den Vpn stellen, nennen sie Kategorisierungsfragen. Smith und Medin (1981, S. 35) zählen fünf grundlegende Typen auf, die wir durch je ein Beispiel veranschaulichen:

1. ,,Die Tomate ist eine Frucht." (Messung der Reaktionszeit bis zur Antwort Ja oder Nein, oder Zählung der richtigen Antworten/Fehler zur Beurteilung der Antwortgenauigkeit)

2. ,,Ein wie typisches Beispiel für eine Frucht ist die Tomate?" (Rating der Typikalität auf einer Skala)

3. Fragen wie unter 1., jedoch mit Kindern, um festzustellen, welche Beispiele in welchem Alter richtig kategorisiert werden.

4. ,,Nenne möglichst viele Beispiele von Früchten!"

5. ,,Eine Tomate ist fast ein/e . . .?" (Apfel). ,,Ein Apfel ist fast ein/eine . . . (Tomate wird selten genannt.)

In Spearmans (1923) Begriffen handelt es sich bei allen diesen Beispielen um die Eduktion (bzw. die Beurteilung) von ISTEIN- oder von ISTEINBEISPIELVON-Relationen zwischen gegebenen Beispielen und Kategorien oder um die Eduktion eines Korrelates aufgrund der Vorgabe eines Beispiels/einer Kategorie und einer IST(fast)EIN- oder einer ISTEINBEISPIELVON-Relation.

Das Hauptergebnis dieser Forschungen ist der Nachweis von sehr robusten *(Proto-)Typikalitätseffekten.* Apfel, Buchfink, Tisch und Stuhl werden rascher, fehlerloser und früher als Angehörige der übergeordneten Kategorie (Früchte, Vögel, Möbelstücke) bezeichnet, und sie werden eher als Bezugsbegriffe verwendet (Frage 5) als untypische Exemplare wie Oliven, Pinguine und Ständerlampen (Rosch, 1973, 1978; Rosch & Mervis, 1975; Rips, Shoben & Smith, 1973; Smith, Shoben & Rips, 1974). Von den beiden Forschergruppen ist diejenige um Rosch in Berkeley experimentell die produktivere, diejenige um Smith in Stanford die systematisch-theoretischere.

Bezüglich der theoretischen Deutung ist allen diesen Forschern gemeinsam, daß sie die untersuchten Objektbegriffe als Merkmalbündel verstehen. Es sind feature-Theorien der Begriffsinhalte. Rosch sieht in den Prototypen die typischen Merkmale (die zentrale Tendenz) der Kategorie repräsentiert, Smith vertritt eine „probabilistische Merkmaltheorie", in der sich die Auffälligkeit *(salience)* und die Häufigkeit des Vorkommens eines jeden Merkmals *(probability of occurrence)* in einem Gewichtsindex niederschlägt. Ein typisches Exemplar weist viele Merkmale auf, die in der Kategorie auffällig sind und häufig vorkommen.

Die Typikalitätseffekte werden zum Teil in Begriffen der *fuzzy-set*-Theorie gedeutet. Die Kategorien stellen Mengen *(sets)* mit unscharfen *(fuzzy)* Rändern dar. Man kann von jedem Exemplar den Grad seiner Zugehörigkeit zur Menge in einem Wert zwischen 0 und 1 ausdrücken (Zadeh, 1965, 1982; Wahlster, 1977). Ein prototypisches Exemplar hat einen hohen Zugehörigkeitswert, ein untypisches einen niedrigen.

Das zentrale theoretische Problem dieser Forscher ist jedoch das, was sie die „Repräsentation" der Begriffe im menschlichen Geist nennen. Rosch hat hierzu entschiedene, Smith vorsichtigere, eklektischere Ansichten. Es geht *gegen die Definitionen.* (Das ist der Titel eines großen Aufsatzes von Fodor et al., 1980, der aus linguistischer Sicht ähnliche Auffassungen vertritt.) Rosch und Smith und Medin wenden sich gegen die Theorie, die vom Denker annimmt, daß er die Begriffsinhalte als eine Menge von Merkmalen in sich trägt, die bei jedem gegebenen Gegenstand zu entscheiden erlauben, ob er zur Kategorie gehöre oder nicht. In der oben genannten Merkmalinterpretation des Begriffs „Junggeselle" wäre zum Beispiel „unverheiratet" zwar eindeutig definiert, aber schon das Merkmal „erwachsen" hätte unschärfere Grenzen. Ist ein Neunzehnjähriger, unverheirateter Mann schon ein „Junggeselle"? Und bei der raschen Identifikation einer Person kann auch ihr Geschlecht unscharf bestimmt werden. Nach unseren Autoren ist es bei den Merkmalen, die die Tomate zur Frucht, das Huhn zum Vogel und die Stehlampe zum Möbelstück machen, ähnlich.

So gibt sich die Prototypentheorie als ein theoretisches Konzept, das die erwähnten experimentellen Befunde erklärt. Jones (1982) hat dazu eine Variante vorgeschlagen, die er eine *Stapel-(stack-)*Theorie nennt, und Medin und Schaffer (1978) haben ein Modell vorgeschlagen, das die Bedeutung eines Begriffs mindestens zum Teil durch mehrere Exemplare aus der betreffenden Kategorie darstellt, wobei sie sich unter anderem auf Experimente von Kahneman und Tversky (1973) beziehen. Darauf einzugehen, fehlt hier der Raum.

Die Prototypentheorie ist von Psychologen und von Philosophen zum Teil heftig angegriffen worden. Smith selber hat zusammen mit Osherson (Osherson & Smith, 1981, 1982; Smith & Osherson, 1984) auf die Schwierigkeit hingewiesen, mit einer *fuzzy-set-*Theorie der Prototypen die Bedeutung von zusammengesetzten Begriffen wie *pet-fish* (ein deutschsprachiges Beispiel wäre etwa ,,Zuchtstier") zu erklären. Weitere profilierte Kritiker sind Armstrong, Gleitman und Gleitman (1983) und Cohen und Murphy (1984). Armstrong hat experimentell nachgewiesen, daß erwachsene Vpn auch für hart definierte Begriffe wie ,,ungerade Zahl" und ,,ebene geometrische Figur" typischere und weniger typische Beispiele sehen: ,,3" ist für sie ,,typischer ungerade" als ,,447" und ein Quadrat eine typischere ebene geometrische Figur als eine Ellipse. Viele von seinen Vpn bezeichnen es jedoch zugleich als sinnlos, bei diesen Kategorien von ,,abgestufter Zugehörigkeit" zu sprechen. Osherson und Smith ziehen daraus den Schluß, daß die Menschen sehr wohl zugleich prototypische Vorstellungen und harte Definitionen von allgemeinen Begriffen kennen und verwenden können. Die prototypischen Vorstellungen dienen in dieser *dualen Theorie* der raschen Identifikation von Exemplaren, die Definition oder der begriffliche Kern (*conceptual core*, Miller & Johnson-Laird, 1976, S. 290) dient dem exakten, logischen Schließen und der Interpretation von zusammengesetzten Begriffen und von Sätzen.

Die Repräsentation und die Bedeutung der Begriffe in echten Denkprozessen

Der Verfasser dieses Artikels steht auf der Seite der Kritiker von Rosch und ihren Kollegen. Seine Kritik ist aber grundsätzlicher. Er wirft den kalifornischen Begriffsforschern vor, (1) keine echten Denkprozesse, (2) uninteressante Begriffe zu untersuchen und (3) einen unklaren und irreführenden Repräsentationsbegriff zu verwenden. Man bedenke, welche Fragen die Studenten von Berkeley und Stanford beantworten mußten: Ist ein Apfel eine Frucht? Ist Fischen ein Sport? Ist ein Eisenbahnwagen ein Fahrzeug? Die mittelalterlichen Logiker hätten an diesen Fragen allenfalls ihre Freude gehabt, denn man kann daran trefflich ,,distinctiones" üben. Aber echtes Denken ist das nicht. Die Vp muß ihr enzyklopädisches Wissen analysieren. Im besten Fall müssen Objektbegriffe des Alltagsdenkens verglichen werden, aber mit welchem Zweck? Es gibt keinen Zweck, keine Handlungsziele und keine Erkenntnisziele außer dem Vergleich oder der Nennung der Unter- oder Oberbegriffe. Genau dies hat man dem scholastischen Denken vorgeworfen.

Ein echter Denkvorgang bezieht sich auf eine Gegebenheit, er muß den Weg zu einem Ergebnis, einem Ziel, suchen. Das erfordert konstruktive Verknüpfungen. Begriffe haben auf diesem Wege die Funktion, die vollzogenen Schritte zu konsolidieren, die Verknüpfungen zu objektivieren. Das ist ihre nach rückwärts gewandte Funktion. In der anderen Richtung, wenn die nächste Verknüpfung vollzogen wird, leisten sie nichts. Sie *werden* verknüpft durch die nächste, ins Spiel gebrachte Relation oder Operation.

Hier stellt sich die wichtige Frage, welche Bedeutungselemente eines Begriffs durch die neue Relation oder Operation angesprochen werden. Die erste Antwort lautet: niemals die ganze Bedeutung. Wer einen Stein als Wurfgeschoß benützt, spricht mit seiner Handlung nur das Gewicht und die Form des Steines an, und wer einen Bruch kürzt, spricht mit dieser Operation nur das Merkmal an, daß Zähler und Nenner einen gemeinsamen Teiler haben. Im lebendigen Denken realisiert sich die Bedeutung eines Begriffes im Moment, in dem er verknüpft wird, und es ist die Eigenart der Verknüpfung, welche eine kleine Teilmenge von Bedeutungsmerkmalen im Begriff anspricht, sie aber zugleich bereichert, indem ihm die Teilnahme an einer Handlung oder Operation ein neues Merkmal verleiht. So wird der runde, 200 g schwere Stein zum geworfenen Stein, d. h. zum Wurfgeschoß, und der Bruch zum gekürzten Bruch (Aebli, 1981, S. 100 ff.). Die akkumulierten Merkmale in einem Objektbegriff sind in ihrer Summe nicht interessant, wenn der Begriff in einen echten Konstruktionsprozeß eintritt. Sie sind nur interessant, wenn das ganze Merkmalbündel ohne definierten Zweck betrachtet und analysiert werden soll. Das ist der Charakter der Problemsituationen unserer kalifornischen Begriffsforscher: daß kein Zweck für die geforderten Begriffsvergleiche definiert ist.

Schließlich die Frage der Repräsentation. Rosch und Smith sprechen davon, daß die Merkmale „den Begriff repräsentieren". Was soll das heißen? Was repräsentieren die Merkmale? Außer diesen gibt es im Begriff nur noch den Begriffsnamen. Repräsentieren die Merkmale also den Namen? Alles, was seit der Würzburger Schule bis hin zu den modernen Diskussionen über die Modalitäten der Repräsentation von Denkakten gesagt worden ist (Kosslyn, 1980; Pylyshyn, 1973, 1984; Paivio, 1978) widerspricht der Rosch-Smithschen Auffassung von Repräsentation. Wir plädieren für die umgekehrte Definition: der Begriffsname repräsentiert seine Bedeutung, nämlich die Verknüpfungen, die in der Komplexionshierarchie unter ihm liegen. Der Name kann auch den Begriffsumfang repräsentieren, wenn wir ihn extensional verarbeiten.

Wir haben auch gesehen, daß an die Stelle dieser sprachlichen Repräsentation eine anschauliche treten kann. Damit ist die Begriffstheorie im Einklang mit der modernen Repräsentationstheorie, von der die kalifornischen Begriffsforscher so überraschend wenig sagen. Darum sprechen wir nicht von der Repräsentation des Begriffs durch die Merkmale seiner Intension, sondern von der Repräsentation seiner Intension und/oder Extension, also seiner Bedeutung durch seinen Namen oder sein Wahrnehmungs- oder Vorstellungsbild. Das macht deutlich, was begriffliches Denken ist und wovon es sich unterscheidet: dem anschaulichen Denken.

Literatur

Aebli, H. (1951/1973⁵). *Didactique psychologique. Application à la didactique de la psychologie de Jean Piaget*. Neuchâtel: Delachaux et Niestlé. (Deutsch: *Psychologische Didaktik*. Stuttgart: Klett).

Aebli, H. (1980/1981). *Denken: Das Ordnen des Tuns*. Bd. I, Kognitive Aspekte der Handlungstheorie. Bd. II, Denkprozesse. Stuttgart: Klett-Cotta.

Aebli, H. (1983 a). *Zwölf Grundformen des Lehrens*. Stuttgart: Klett-Cotta.

Aebli, H. (1983 b). Cognitive development: Schemata, systems, and the structural puzzle. In Th. B. Seiler & W. Wannenmacher (Eds.), *Concept development and the development of word meaning* (pp. 54–66.) Berlin: Springer (Deutsch, ebenda: *Begriffs- und Wortbedeutungsentwicklung*).

Aebli, H. (1984). What is intentionality and who has intentions in a structuralist model of knowledge, action and thought. *Dialectica, 38*, 231–243.

Armstrong, S. L., Gleitman, L. R., & Gleitman, H. (1983). What some concepts might not be. *Cognition, 13*, 263–308.

Bacon, F. (1620), *Novum organum scientiarum*.

Bourne, L. E. (1966). *Human conceptual behavior*, Boston: Allyn & Bacon.

Bower, G. H., & Hilgard, E. R. (1981⁵/1984³). *Theories of learning*. Englewood Cliffs, N. J.: Prentice-Hall. (Deutsch: *Theorien des Lernens*. Stuttgart: Klett-Cotta).

Braine, M. D. S. (1978). On the relation between the natural logic of reasoning and standard logic. *Psychological Review, 85*, 1–21.

Bruner, J. S., Goodnow, J. J., & Austin, G. A. (1956). *A study of thinking*. New York: Wiley.

Bruner, J. S., Olver, R. S., & Greenfield, P. M. (1966/1971). *Studies in cognitive growth*. New York: Wiley. (Deutsch: *Studien zur kognitiven Entwicklung*. Stuttgart: Klett).

Cohen, B., & Murphy, G. L. (1984). Models of concepts. *Cognitive Science, 8*, 27–58.

Dörner, D. (1974). *Die kognitive Organisation beim Problemlösen*. Bern: Huber.

Dörner, D. (1979²). *Problemlösen als Informationsverarbeitung*. Stuttgart: Kohlhammer.

Dörner, D. (1984). Denken, Problemlösen und Intelligenz. *Psychologische Rundschau, 35*, 10–20.

Duncker, K. (1935). *Zur Psychologie des produktiven Denkens*. Berlin: Springer.

Flammer, A., & Kintsch, W. (1982). *Discourse processing*. Amsterdam: North-Holland.

Fodor, J. A., Garrett, M. F., Walker, E. C. T., & Parkes, C. H. (1980). Against definitions. *Cognition, 8*, 263–367.

Gentzen, G. (1935). Untersuchungen über das logische Schließen. *Mathematische Zeitschrift, 39*, 176–221.

Hörmann, H. (1976). *Meinen und Verstehen*. Frankfurt/M.: Suhrkamp.

Hoffmann, F. (1984). Nominalismus. In J. Ritter & K. Gründer (Hg.), *Historisches Wörterbuch der Philosophie*, Bd. 6 (S. 874–887). Basel: Schwabe.

Hoppe-Graff, S., Schöler, H., & Haas, W. (1981). Ein Modell zur Beschreibung und Vorhersage des Zusammenfassens einfacher Geschichten. In H. Mandl (Hg.), *Zur Psychologie der Textverarbeitung* (S. 168–200). München: Urban & Schwarzenberg.

Johnson-Laird, Ph. N., & Bara, G. B. (1984). Syllogistic inference. *Cognition, 1*, 1–62.

Jones, G. V. (1982). Stacks not fuzzy sets: An ordinal basis for prototype theory of concepts. *Cognition, 12*, 281–290.

Kahneman, D., & Tversky, A. (1973). On the psychology of prediction. *Psychological Review, 80*, 237–251.

Katz, J. J. (1972). *Semantic theory*. New York: Harper & Row.

Kintsch, W. (1977²). *Memory and cognition*. New York: Wiley.

Klix, F. (1971). *Information und Verhalten*. Bern: Huber.

Kosslyn, S. M. (1980). *Image and mind*. Cambridge, Mass.: Harvard University Press.

Lindsay, P. H., & Norman, D. A. (1977²/1981). *Human information processing*. New York:

Academic Press. (Deutsch: *Einführung in die Psychologie. Informationsaufnahme und -verarbeitung bei Menschen*. Heidelberg: Springer).
Locke, J. (1690). *An essay concerning human understanding*.
Mandl. H. (Hg.) (1981). *Zur Psychologie der Textverarbeitung*. München: Urban & Schwarzenberg.
Maier, N. R. F. (1930). Reasoning in humans. I. On direction. *Journal of Comparative Psychology, 10*, 115–143. (Deutsch: In C. F. Graumann (Hg.) (1965). *Denken* (S. 241–264). Köln: Kiepenheuer & Witsch).
Medin, D. L., & Schaffer, M. M. (1978). A context theory of classification learning. *Psychological Review, 85*, 207–238.
Miller, G. A., & Johnson-Laird, Ph. N. (1976). *Language and perception*, Cambridge, Mass.: Harvard University Press.
Montada, L. (1970). *Die Lernpsychologie Jean Piagets*. Stuttgart: Klett.
Newell, A., & Simon, H. A. (1972). *Human problem solving*. Englewood Cliffs, N. J.: Prentice-Hall.
Nelson, C. (1974). Concept, word, and sentence: Interrelationships in acquisition and development. *Psychological Review, 81*, 267–285.
Osherson, D. N., & Smith, E. E. (1981). On the adequacy of prototype theory as a theory of concepts. *Cognition, 9*, 35–58.
Osherson, D. N., & Smith, E. E. (1982). Gradedness and conceptual combination. *Cognition, 12*, 299–318.
Osterloh, M. (1983). *Handlungsspielräume und Informationsverarbeitung*. Bern: Huber.
Paivio, A. (1978). Visuelles Vorstellen und verbale symbolische Prozesse. In G. Steiner (Hg.), *Piaget und die Folgen*, Bd. VII, Die Psychologie des 20. Jahrhunderts (S. 810–835). Zürich: Kindler.
Piaget, J. (1936/1969). *La naissance de l'intelligence chez l'enfant*, Neuchâtel: Delachaux et Niestlé. (Deutsch: *Das Erwachen der Intelligenz beim Kinde*. Stuttgart: Klett).
Piaget, J. (1947/1972^5). *Psychologie de l'intelligence*. Paris: Alcan. (Deutsch: *Psychologie der Intelligenz*. Olten: Walter).
Piaget, J. (1974). *Réussir et comprendre*, Paris: Presses Universitaires de France.
Pylyshyn, Z. W. (1973). What the mind's eye tells the mind's brain: A critique of mental imagery. *Psychological Bulletin, 80*, 1–24.
Pylyshyn, Z. W. (1984). *Computation and cognition*. Cambridge, Mass.: MIT Press.
Rips, L. J. (1983). Cognitive processes in propositional reasoning. *Psychological Review, 90*, 38–71.
Rips, L. J., Shoben, E. J., & Smith, E. E. (1973). Semantic distance and the verification of semantic relations. *Journal of Verbal Learning and Verbal Behavior, 12*, 1–20.
Rosch, E. (1973). On the internal structure of perceptual and semantic categories. In T. E. Moore (Ed.), *Cognitive development and the acquisition of language* (pp. 111–144). New York: Academic Press.
Rosch, E. (1978). Principles of categorization. In E. Rosch & B. B. Lloyd (Eds.), *Cognition and categorization* (pp. 27–71). Hillsdale, N. J.: Erlbaum.
Rosch, E., & Mervis, C. B. (1975). Familiy resemblances: Studies in the internal structure of categories. *Cognitive Psychology, 7*, 573–605.
Seiler, Th. B., & Wannenmacher, W. (Hg.) (1983). *Concept development and the development of word meaning*. Berlin: Springer.
Seiler, Th. B., & Wannenmacher, W. (Hg.) (1985). *Begriffs- und Wortbedeutungsentwicklung*. Berlin: Springer.
Selz, O. (1922). *Zur Psychologie des produktiven Denkens und des Irrtums*. Bonn: Cohen.
Smith, E. E., & Medin, D. L. (1981). *Categories and concepts*. Cambridge, Mass.: Harvard University Press.
Smith, E. E., & Osherson, D. N. (1984). Conceptional combination with prototype concepts. *Cognitive Science, 8*, 337–361.

Smith, E. E., Shoben, E. J., & Rips, L. J. (1974). Structure and process in semantic memory: A featural model for semantic decisions. *Psychological Review, 81*, 214–241.

Spada, H. (1976). *Modelle des Denkens und Lernens*. Bern: Huber.

Spearman, C. (1923). *The nature of intelligence and the principles of cognition*. London.

Steiner, G. (1980). *Visuelle Vorstellungen beim Lösen von elementaren Problemen*. Stuttgart: Klett-Cotta.

Wahlster, W. (1977). *Die Repräsentation von vagem Wissen in natürlich-sprachlichen Systemen der künstlichen Intelligenz*. Bericht Nr. 38. Hamburg: Institut für Informatik der Universität.

Watt, H. J. (1905). Experimentelle Beiträge zu einer Theorie des Denkens. *Archiv für die gesamte Psychologie, 4*, 289–436.

Wimmer, H., & Perner, J. (1979). *Kognitionspsychologie*. Stuttgart: Kohlhammer.

Zadeh, L. A. (1965). Fuzzy sets. *Information and Control, 8*, 338–353.

Zadeh, L. A. (1982). A note on prototype theory and fuzzy sets. *Cognition, 12*, 291–297.

Nachtrag:

Bühler, K. (1907/8) Tatsachen und Probleme zu einer Psychologie der Denkvorgänge: I. Über Gedanken. *Archiv für die gesamte Psychologie, 9*, 297–305. II. Über Gedankenzusammenhänge. *ibid, 12*, 1–23. III. Über Gedankenerinnerungen. *ibid, 12*, 24–92.

10 Wissen und Problemlösen

Wiebke Putz-Osterloh

Zum Gegenstandsbereich

Wissen und Problemlösen können als einander ergänzende Determinanten für zielgerichtetes menschliches Verhalten betrachtet werden. So beschreibt schon Duncker (1935, S. 1) Probleme als Situationen, in denen ,,ein Lebewesen ein Ziel hat und nicht weiß, wie es dieses Ziel erreichen soll". Problemlösen dient also dazu, ein bestimmtes Ziel zu erreichen. Es wird notwendig, wenn das Wissen eines Individuums darüber, wie es ein Ziel erreichen kann, nicht ausreicht.

Definition von Problemen

Ein Problem liegt immer dann vor, wenn folgende drei Komponenten gegeben sind (s. Klix, 1971, S. 639f.; Dörner, 1976, S. 10f.):
1. ein Anfangszustand,
2. ein erwünschter, noch nicht erreichter Zielzustand,
3. eine Barriere, die die Transformation des Anfangs- in den Zielzustand verhindert.

Problemlösen muß demnach immer einen Suchprozeß nach Transformationen beinhalten, mit deren Hilfe die Barriere zwischen Anfangs- und Zielzustand überwunden werden kann. Ist eine solche Transformation ohne Suche unmittelbar aus dem Wissen einer Person abrufbar, so verliert die Situation ihren Problemcharakter (Krause, 1982, S. 22), man spricht dann von einer ,,Aufgabe" (Dörner, 1976, S. 10).

Probleme lassen sich demnach nicht unabhängig von den Individuen definieren, die sich mit ihnen auseinanderzusetzen haben. In Abhängigkeit vom Wissen ist zielgerichtetes Verhalten nach der o. g. Definition entweder als Problemlösen oder als Aufgabenbearbeiten zu bezeichnen.

Wird Problemlösen nun aber ausschließlich auf Wissensdefizite bezogen, stellt sich die Frage: Wie ist einem Individuum zielgerichtetes Verhalten möglich, wenn sein Wissen zur Bewältigung einer Situation nicht ausreicht? Es muß also neben direkt anwendbarem, bereichsspezifischem Wissen noch eine andere Art des Wissens geben, aufgrund dessen Problemlösen möglich wird. Denn *ohne* Wissen wäre ein Individuum in einer Situation auf ,,blindes Versuchs- und Irrtumsverhalten" angewiesen (s. Durkin, 1937). Diese zweite Wissensart wird allgemeines oder generalisierbares Wissen genannt. Wie Greeno (1980a) vorgeschlagen hat, erscheint es deshalb sinnvoll, nicht von einer Dichotomie ,,Problemlösen" vs. ,,Aufgabenbearbeiten" auszugehen, sondern von einem Kontinuum zwischen diesen beiden Polen, das durch den Einsatz von Wissen unterschiedlichen Allgemeinheitsgrades gekennzeichnet werden kann.

Klassifikation von Problemen

Trotz der angesprochenen personenabhängigen Beziehung zwischen Wissen und Problemlösen liegen zahlreiche Versuche vor, allgemeine Klassifikationssysteme für Probleme zu schaffen. Ziel ist es, die Anforderungen unterschiedlicher Probleme und davon abhängiges unterschiedliches Problemlöseverhalten zu ordnen. Eine solche personenunabhängige Klassifikation basiert auf der Annahme, daß Problemlöser die Instruktion, d. h. die Beschreibung einer Problemstellung, vollständig und interindividuell übereinstimmend verstehen – in gleicher Weise intern repräsentieren. Gleichzeitig muß vorausgesetzt werden, daß nur durch die Instruktion aktiviertes Wissen Grundlage der Problembearbeitung ist und die Problemlöser über vergleichbares Wissen verfügen. Dies vorausgesetzt, kann die folgende Einteilung vorgenommen werden:

Probleme werden danach unterschieden, ob die vorgegebenen Problemzustände und/oder Transformationen zu ihrer Veränderung „gut definiert" oder „schlecht definiert" sind (s. Krause, 1982; McCarthy, 1956). Diese zwei Einteilungsdimensionen führen zu vier „Problemtypen", denen sowohl Barrieretypen (s. Dörner, 1976) als auch unterschiedliche Anforderungen an das Wissen (s. Krause, 1982) zugeordnet werden können. Im folgenden zwei Beispiele für Probleme, deren Zustände und Transformationen übereinstimmend schlecht (Beispiel 1) bzw. gut (Beispiel 2) definiert sind.

Beispiel 1: Dunckers Bestrahlungsproblem (1935, S. 1)

„Gesucht ein Verfahren, um einen Menschen von einer inoperablen Magengeschwulst zu befreien mit Hilfe von Strahlen, die bei genügender Intensität organisches Gewebe zerstören – unter Vermeidung einer Mitzerstörung der umliegenden gesunden Körperpartien."

Bei diesem Problem sind mögliche Transformationen (Möglichkeiten, wie die Strahlenintensität verändert werden kann) ebensowenig vorgegeben, d. h. schlecht definiert, wie die Problemzustände (z. B. der Kontakt zwischen Strahlen und gesundem Gewebe). Sowohl Zustands- als auch Veränderungs- oder Strategiewissen müssen aus dem Gedächtnis aktiviert und bei der Problembearbeitung eingesetzt werden (s. Krause, 1982).

Beispiel 2: Turm von Hanoi (s. Klix, 1971, S. 705 f.)

Gegeben sind die Felder A, B und C. Auf dem Feld A liegen vier verschieden große Scheiben wie eine Pyramide übereinander. Als Ziel ist zu erreichen, daß die Scheiben wiederum als Pyramide auf C liegen. Erlaubte Transformationen (Züge) sind: Es darf immer nur eine, die oberste Scheibe bewegt werden; es darf immer nur eine kleinere auf eine größere Scheibe gelegt werden; eine Scheibe darf nicht mehr als einmal nacheinander bewegt werden.

Bei diesem Problem sind Anfangs- und Zielzustand sowie die Menge erlaubter Transformationen vorgegeben, sie sind gut definiert. Gesucht ist die optimale Transformationsfolge. Nur Strategiewissen ist zu aktivieren (s. Krause, 1982).

Klassifikation von Problemlösewissen

Ausgehend von den Problemkomponenten lassen sich zwei Wissensarten unterscheiden, mit deren Hilfe Informationen über ein Problem verarbeitet werden: (1) Kategorien für Problemzustände, um Anfangs- und anzustrebenden Zielzustand intern abbilden zu können. Dieses Wissen wird als Zustands-, Fakten- oder auch *deklaratives Wissen* bezeichnet (s. Anderson, 1983; Dörner, 1974; Newell & Simon, 1972 und Beitrag von Klix).

Die meisten Modelle für menschliches Problemlösen gehen davon aus, daß Zustandswissen in Form semantischer Netzwerke und/oder Schemata im Gedächtnis gespeichert sind.

(2) Ein Problemlöser muß über Transformationen verfügen, um Zustandsänderungen vornehmen zu können. Diese Art von Wissen wird als Veränderungs- oder *prozedurales Wissen* bezeichnet. Das Zustandswissen kann auch als Datenbasis verstanden werden, an dem das Veränderungswissen ansetzt, um neue Informationen zu generieren (s. Rumelhart, Lindsay & Norman, 1972 und Beitrag von Opwis). Das Veränderungswissen wird oft in Form von ,,Produktionen" abgebildet (s. Newell & Simon, 1972; Opwis, in diesem Band). Produktionen bestehen immer aus einer ,,Eingangsseite" (sie entspricht einem Problemzustand) und einem ,,Aktionsteil", dessen Ergebnis jeweils ein geänderter Problemzustand ist.

Verfügt ein Problemlöser über bereichsspezifisches, zum Ziele führendes Änderungswissen, so kann er für ein Problem direkt ein Lösungsverfahren aus dem Gedächtnis abrufen. Derartige Lösungsverfahren werden auch als ,,Algorithmen" bezeichnet. Sie sind eindeutig definiert und garantieren eine Lösung (zur Diskussion s. Osterloh, 1983).

Nach Dörner sind sowohl Zustands- als auch bereichsspezifisches, algorithmisiertes Änderungswissen in einer sog. epistemischen Struktur gespeichert (s. Dörner, in diesem Band). Von diesem Wissen ist generalisierbares, strategisches oder heuristisches Wissen (s. Greeno, 1976; Newell & Simon, 1972) zu unterscheiden. Während Dörner hierfür eine eigene Gedächtnisstruktur (1974) postuliert, umfaßt nach anderen Autoren (z. B. Anderson, 1982) prozedurales Wissen sowohl bereichsspezifisches als auch allgemeines Strategie- oder *heuristisches Wissen*. Heuristische Strategien werden als Lösungsverfahren definiert, die allgemein einsetzbar sind, aber keine Lösungsfindung garantieren (s. Kirsch, 1971).

Beispiele für heuristische Strategien sind: Ziel-Mittel-Analyse oder Planen (Newell, 1980). Mit Hilfe der Ziel-Mittel-Analyse werden die Unterschiede zwischen Anfangs- und Zielzustand aufgelistet und nur noch nach den Transformationen gesucht, die zu einer Reduktion dieser Unterschiede führen können. Mit Hilfe der Planungsmethode wird von einzelnen Merkmalen der Zustände und Veränderungsprozeduren abstrahiert und ein ,,allgemeiner" Plan für zielführende Veränderungen entworfen.

In der neueren Problemlöseforschung hat man lange fast ausschließlich gut definierte, sog. bedeutungsarme Probleme, wie den Turm von Hanoi, untersucht. Das bietet den Vorteil, daß die untersuchten Pbn nicht über interindividuell unterschiedliches bereichsspezifisches Wissen verfügen und ihr Problemlöseverhalten allein durch heuristische Strategien beschreibbar ist. Zudem lassen gut definierte Probleme Vergleiche zwischen objektiv definiertem Problem und dem subjektiven Problemraum zu.

Das Problemraumkonzept

Newell und Simon (1972) beschreiben Problemlösen als Suche in einem subjektiven Problemraum. Ein Problemraum wird als aktive Konstruktion des Problemlösers verstanden, der aus der Übersetzung vorgegebener Information in eine subjektive ,,Sprache", die durch Wissen definiert ist, entsteht. Ein Problemraum enthält immer die subjektive Abbildung der o. g. drei Komponenten von Problemen und ,,zusätzliches" Wissen eines Problemlösers, das an die Komponenten geknüpft ist. Den Turm von Hanoi z. B. repräsentiert ein Problemlöser im optimalen Fall so, daß er von ,,irrelevanten" Merkmalen, wie z. B. der Farbe der Scheiben, ,,absieht" und nur Größe und Ort der Scheiben repräsentiert, da nur diese Merkmale durch die erlaubten Transformationen veränderbar sind. Innerhalb dieses Problemraumes kann sich die Suche allein auf die Transformationen beschränken, die eine Überführung des Anfangs- in den Zielzustand ermöglichen.

Bei schlecht definierten Problemen müssen zusätzlich geeignete Zustandsbeschreibungen und/oder geeignete Transformationen gefunden werden.

Empirisch haben Kotovsky, Hayes und Simon (1983) die Wirkung unterschiedlicher Problemräume auf das Problemlöseverhalten durch sog. ,,problemisomorphe" (strukturidentische) Versionen des Turms von Hanoi untersucht, die in unterschiedlicher semantischer Einkleidung vorgegeben wurden: So war z. B. einmal die Anordnung aufeinanderstehender Akrobaten, das andere Mal die Lage von Kristallkugeln in den Händen außerirdischer Monster zielgerichtet zu verändern. Aus den Daten über das Problemlöseverhalten schließen die Autoren, daß aus der unterschiedlichen semantischen Einkleidung des Problems unterschiedliche Problemräume konstruiert wurden, die wiederum unterschiedliches Problemlöseverhalten bedingen. Sie fanden, daß aufgrund einer bedeutungsarmen Instruktion (s. Beispiel 2) Problemlöser am erfolgreichsten agieren konnten.

Bedeutungsame Instruktionen dürften jedoch nur für ,,gut definierte" Probleme der angemessene Ausgangspunkt für die Konstruktion eines ,,optimalen" Problemraumes sein. ,,Schlecht definierte" Probleme, wie das Bestrahlungsproblem von Duncker z. B., werden dann eher gelöst, wenn Problemlöser explizit aufgefordert werden, das Wissen aus einer Geschichte mit einer analogen Lösung zu benutzen. Eine solche Vorgeschichte schränkt die Menge möglicher Repräsentationen von Problemzuständen und Veränderungsprozeduren ein, so daß leichter eine Lösung gefunden werden kann (s. Gick & Holyoak, 1983).

Wissen über eigenes Problemlösen

Von allgemeinem und bereichsspezifischem Zustands- und Veränderungswissen wird das Wissen über das eigene Problemlöseverhalten und seinen Erfolg unterschieden. Dieses Wissen kann mit Hilfe *metakognitiver Mechanismen* oder *selbstreflexiver* Prozesse benutzt werden, um bewußt neue Lösungsstrategien zu konstruieren. Manche Autoren postulieren dafür eine übergeordnete Kontrollinstanz (z. B. Chaiklin, 1984; Chi, Glaser & Rees, 1982; Hayes-Roth & Hayes-Roth, 1979). Die Annahme eines übergeordneten ,,homunculus" wird jedoch überflüssig, wenn man postuliert, daß sowohl die heuristischen Strategien als auch das jeweilige Ergebnis ihres Einsatzes in denselben Strukturen im Gedächtnis gespeichert werden. Dann können heuristische Strategien sowohl zur Steuerung des Problemlöseverhaltens als auch zu ihrer eigenen Korrektur herangezogen werden (Dörner, 1976; Greeno, Riley & Gelman, 1984; Langley & Simon, 1981). Abgesehen von Trainingsexperimenten (s. Hesse, 1982; Reither, 1979) sind Selbstreflexionen selten Gegenstand von experimentellen Arbeiten zum Problemlösen geworden (s. auch Beitrag von Weinert & Waldmann). ,,Metakognitive" Äußerungen werden empirisch meist dann beobachtet, wenn Problemlöser während der Problembearbeitung auf unerwartete Schwierigkeiten stoßen (Schoenfeld, 1983; Simon & Simon, 1978). Aufgrund von Selbstreflexionen soll der Wechsel heuristischer Strategien möglich sein (Kluwe, 1979) ebenso wie systematische Veränderungen der Problemrepräsentation durch Einengung, Erweiterung oder einen Wechsel und eine Neudefinition von Zielen (s. Klix, 1984).

Dörner (1983) vermutet, daß die Fähigkeit zur Selbstreflexion eine wichtige Quelle für interindividuelle Unterschiede bei der Bewältigung neuartiger, sehr komplexer Anforderungen ist.

Voraussetzung für die erfolgreiche Korrektur heuristischer Strategien dürfte allerdings sein, daß ein Problemlöser über verschiedene heuristische Strategien verfügt und diese auch schon häufig sinnvoll eingesetzt hat. Das wiederum setzt voraus, daß ein Problemlöser in verschiedenen Problembereichen bereichsspezifische Verarbeitungsstrategien erworben hat, denn heuristische Strategien können nur aus der Abstraktion unterschiedlicher bereichsspezifischer Strategien entstanden sein.

Ein Wechsel der Problemrepräsentation ist möglich, wenn ein Problemlöser entweder über sehr umfangreiches bereichsspezifisches Wissen verfügt (s. Voss, Greene, Post & Penner, 1983; Stevens & Collins, 1980) oder aber über das Bilden von Analogien Wissen aus bekannten Bereichen auf einen neuen Bereich übertragen kann (Rumelhart & Norman, 1981). Diese Phänomene der Anwendung unterschiedlichen Wissens beim Problemlösen lassen sich nur bedingt bei bedeutungsarmen, sehr viel besser bei ,,semantisch reichen" Problemen untersuchen.

Problemlöseleistung und Wissen

Empirisch lassen sich Effekte unterschiedlichen Wissens auf das Problemlösen hauptsächlich mit drei Methoden untersuchen:
1. Das Wissen wird im Experiment manipuliert (s. Anzai & Simon, 1979; Dörner, 1974);
2. man wählt Personen mit unterschiedlichem Wissen aus (Experten, Anfänger oder Laien, s. u.);
3. man variiert die semantische Einkleidung eines Problems (z. B. Kotovsky, Hayes & Simon, 1983).

Die meisten Arbeiten zu diesem Thema basieren auf dem Vergleich von Personen mit unterschiedlicher Expertise in einem bestimmten Gebiet: z. B. Medizinische Diagnostik (Johnson, Duran, Hassebrock et al., 1981), Sozialwissenschaft (Voss et al., 1983), das Spiel Go (Reitman, 1976), Physik (Larkin, McDermott, Simon & Simon, 1980) oder Programmieren (Adelson, 1981; McKeithen, Reitman, Rueter & Hirtle, 1981).

Unterschiede in Wahrnehmung und Kategorisierung

Auf die Bedeutung interindividueller Unterschiede im bereichsspezifischen Faktenwissen haben schon Chase und Simon (1973) in ihrer Untersuchung von Schachspielern unterschiedlicher Fähigkeitsabstufungen hingewiesen. Sie konnten zeigen, daß sich hoch- von weniger befähigten Schachspielern nicht so sehr in ihren Lösungsstrategien unterscheiden, sondern vielmehr schon auf der ,,Eingangsseite" menschlicher Informationsverarbeitung, nämlich in der Wahrnehmung und Kategorisierung einer Schachkonfiguration. Hochbefähigte Schachspieler scheinen in ihrem Gedächtnis über umfangreiche Kategorien oder *chunks* zu verfügen, mit deren Hilfe sie eine Schachkonfiguration in kurzer Zeit kategorisieren und im Gedächtnis speichern, während Anfänger gezwungen sind, sich die Positionen einzelner Figuren einzuprägen. Daneben sollen die *chunks* der Experten hierarchisch miteinander verknüpft sein, während die Problemelemente der Laien in keiner systematischen Beziehung zueinander stehen.

Ähnliche Ergebnisse finden sich z. B. auch zwischen Programmierexperten und -anfängern: Bei der Aufgabe, Programmzeilen zu kategorisieren, verwenden Experten hierarchisch miteinander verknüpfte Kategorien, die nach prozeduraler Ähnlichkeit ausgerichtet sind. Anfänger dagegen verwenden Ähnlichkeitsbeziehungen, die sich auf syntaktische Kategorien beziehen (Adelson, 1981). Auch in anderen Fachgebieten, wie Physik (Chi, Feltovich & Glaser, 1981) oder Mathematik (Schoenfeld & Herrmann, 1982), wird aus unterschiedlichen Kategorisierungsleistungen von Experten, Laien und Fortgeschrittenen darauf geschlossen, daß Anfänger sich bei ihrer Problemrepräsentation an ,,Oberflächenmerkmalen" orientieren, während Experten sog. ,,Tiefenmerkmale" berücksichtigen, die an die verfügbaren Lösungsmethoden geknüpft sind.

Generell weisen die empirisch auffindbaren Kategorien von Laien große interindividuelle Varianz auf, die z. T. kaum aufklärbar ist (z. B. Chi et al., 1981), während die Problemkategorien der Experten weniger ,,irrelevante" Merkmale aufweisen, abstrakter sind und sich so interpretieren lassen, daß sie Problemmerkmale in ihrer funktionalen Bedeutung berücksichtigen. So können z. B. Programmierexperten, denen ein Programm zur Fehlersuche vorgelegt wird, nach einem längeren Zeitintervall Fragen nach konkreten Programmdetails schlechter beantworten, während sie auf Fragen nach der Funktion einzelner Programmteile ausführlicher Auskunft geben können als Anfänger (Adelson, 1984). Wie diese Ergebnisse zeigen, lassen sich Fakten- und Veränderungswissen nur theoretisch voneinander trennen. Denn Expertise in einem Problembereich wird immer in Interaktion zwischen beiden Wissensarten erworben: Deklarative Problemrepräsentationen von Experten müssen nicht mehr durch ,,allgemeine Interpretationsprozeduren" (s. Anderson, 1982) transformiert, sondern können direkt mit bereichsspezifischen Prozeduren zielgerichtet verarbeitet werden. D. h. verfügbare Prozeduren lenken die Informationsaufnahme, und die intern repräsentierte Information bestimmt, welche Verarbeitungsprozeduren angewendet werden können.

Empirisch läßt sich dabei nicht entscheiden, ob Experten Problemmerkmale bereits bei der ersten Aufnahme anders kategorisieren als Laien oder bei verschiedenen Transformationsschritten von Oberflächen- zu Tiefenmerkmalen nicht einfach schneller sind, bzw. nur deshalb mehr Transformationen an den Merkmalen vornehmen, weil sie im Gegensatz zu Laien über die für Tiefenmerkmale ,,passenden" Verarbeitungsprozeduren verfügen (s. Chi et al., 1981).

Fraglich ist die Validität der zitierten Arbeiten zur Untersuchung der für Problemlösen relevanten Gedächtnisstruktur von Experten und Laien: In diesen Untersuchungen werden die Pbn lediglich aufgefordert, Probleme zu kategorisieren, zu reproduzieren, nach Ähnlichkeit zu ordnen oder bestimmte Fragen zu beantworten. Es werden hier also Gedächtnisstrukturen mehr oder weniger unabhängig vom eigentlich interessierenden Problemlöseverhalten untersucht. Aus dem Konzept des ,,Problemraumes" (Newell, 1980) und auch aus anderen Modellen für menschliche Informationsverarbeitung (s. Andersons ACT*-Modell, 1983) läßt sich herleiten, daß zum *Lösen* eines Problems *nicht* dieselben Strukturen im Gedächtnis aktiviert werden wie in Situationen, in denen Probleme nur zu *beurteilen* oder *einzuprägen* sind (s. Gilmore & Green, 1984).

Zudem gelingt die Beschreibung der Gedächtnisstruktur von Experten immer mit größerer Übereinstimmung und Eindeutigkeit als die Beschreibung der Gedächtnisstruktur von Anfängern oder Laien. Somit läßt sich nur nachweisen, daß für optimale Leistungen von Experten problemadäquates, bereichspezifisches Wissen vorausgesetzt werden kann. Der Einfluß unzureichenden deklarativen Wissens auf die Determination unterschiedlichen, suboptimalen Problemlöseverhaltens bleibt dabei unaufgeklärt.

Das Verstehen eines Problems

Legt man verschiedenen Gruppen von Problemlösern ein strukturidentisches Problem in unterschiedlicher semantischer Einkleidung vor, so werden ,,Problemgeschichten" im Vergleich zu abstrakten Versionen immer dann besser gelöst, wenn Problemlöser aus ihrem Wissen einen ,,passenden" Problemraum konstruieren können (Hayes & Simon, 1974). Schlechter wird ein Problem dann gelöst, wenn die semantische Einkleidung beim Problemlöser irrelevantes Wissen aktiviert, das zu einer ,,unpassenden" Konstruktion des Problemraumes führt (Krause, 1982).

Wann ist aber nun ein Problemraum ,,passend"? Nach Greeno (1977, 1980a) ist ein Problem um so besser verstanden, in je höherem Maße die interne Repräsentation folgende drei Merkmale aufweist:

(1) Kohärenz: Sie bezieht sich auf das Verknüpfungsmuster der internen Problemrepräsentation. Je stärker die einzelnen Komponenten eines Problems untereinander verknüpft sind und sich gleichzeitig einheitlichen, globalen thematischen Konzepten (im Sinne von *chunks*) zuordnen lassen, desto leichter soll das Wissen mit Hilfe analogen Schließens auf neue Bereiche übertragen werden können.

(2) Korrespondenz: Hierunter ist die Übereinstimmung zwischen ,,objektiver" Problembeschreibung und subjektiver Repräsentation zu verstehen. Der subjektive Problemraum sollte im optimalen Fall alle relevanten (d. h. zur Zielerreichung notwendigen) Elemente und Veränderungsprozeduren beinhalten, und nur diese.

(3) Verknüpfung des problemspezifischen Wissens mit dem übrigen Wissen einer Person. Je mehr eine interne Problemrepräsentation mit dem allgemeinen konzeptuellen Wissen einer Person verknüpft ist, desto besser soll die Person neue Probleme ,,interpretieren", d. h. intern repräsentieren und bearbeiten können.

Empirische Arbeiten über interindividuell unterschiedliches Problemlöseverhalten aufgrund unterschiedlicher Repräsentationen, die nach diesen Kriterien bewertet worden sind, stehen noch aus.

Wird für semantisch eingekleidete Probleme ein Problemraum konstruiert, findet nach Hayes und Simon (1974) ein Vergleich mit vorhandenem Wissen statt. Fehlende Information wird über Inferenzen, die über das in semantischen Netzwerken repräsentierte Faktenwissen ablaufen, ergänzt.

Nach Simon und Hayes (1976) lassen sich interindividuelle Unterschiede in ,,Verstehensstilen" beobachten: in dem Ausmaß, in dem von der semantischen Einkleidung eines Problems abstrahiert wird; in dem Ausmaß der Aktivierung zusätzlichen semantischen Wissens aus dem Gedächtnis und in der Verwendung analogen Wissens. Wird eine Instruktion nur unvollständig analysiert und einem Problemschema zugeordnet, an das im Gedächtnis ein bestimmtes Lösungsverfahren geknüpft ist, dann ist die Gefahr einer unangemessenen Problemrepräsentation größer als nach einer vollständigen Analyse der Instruktion und deren Übersetzung in eine abstrakte interne Repräsentation (s. Hinsley, Hayes & Simon, 1977).

Bei einer solchen Übersetzung wird überprüft, wie weit sich die Merkmale der Problemzustände und die Transformationen integrieren lassen. Ist das nicht möglich, muß nach neuer Information gesucht werden, die neue Verstehensprozesse auslöst und korrigierte Problemräume ermöglicht. Hayes und Simon (1974) unterscheiden zwischen minimalen und erweiterten Problemräumen: Im minimalen Problemraum sind lediglich Problemzustände, Transformationen und Restriktionen (d. h. Regeln zur Anwendung und Durchführung der Transformationen) repräsentiert. Erweiterte Problemräume beinhalten darüber hinaus zusätzliches bereichspezifisches Wissen, wie Wissen über eine günstige Reihenfolge der Transformationen und anderes Wissen, das aus Inferenzen stammt.

Aufgrund ihres umfangreichen bereichsspezifischen Wissens brauchen Experten eine Problemstellung aus ihrem Bereich nur noch zu „verstehen", d. h. einen erweiterten Problemraum zu konstruieren, um dann direkt Algorithmen anwenden zu können (Greeno, 1977, 1980 a). Anfänger dagegen müssen aufgrund allgemeiner Merkmalsanalysen und mit Hilfe von Analogien Repräsentationen konstruieren, in denen zunächst nur mit heuristischen Strategien operiert werden kann, die jeweils „lokal" (bereichsspezifisch) zu spezifizieren und aufgrund von Rückmeldungen zu differenzieren und zu korrigieren sind.

Diese Analysen basieren auf Simulationsmodellen und empirischen Einzelfallanalysen. Vorhersagen interindividueller Unterschiede bei der Bewältigung schlecht definierter, semantisch reicher Probleme – über die Extreme optimaler vs. nicht optimaler Leistungen hinaus – sind aus der Diagnose oder der experimentellen Manipulation unterschiedlichen Wissens, bzw. unterschiedlicher Repräsentationen, bisher kaum versucht worden. Implausibel ist in den zitierten Arbeiten die Annahme, daß negative Rückmeldungen (z. B. darüber, daß Transformationen nicht anwendbar sind oder ein unerwartetes Nebenergebnis bringen) immer „rational" verarbeitet werden und zwangsläufig zu Korrekturen an der internen Repräsentation führen (s. auch Beitrag von Dörner).

Unterschiede in Strategien

Selbstverständlich unterscheiden sich Experten und Laien in ihrem beobachtbaren Problemlöseverhalten beträchtlich voneinander. Uneinheitlich sind die Interpretationen für diese Unterschiede: So betonen Simon und Simon (1978), daß sich die Lösungsstrategien von Experten und Laien beim Bearbeiten physikalischer Probleme prinzipiell nicht unterscheiden. Unterschiedlich soll lediglich das Ergebnis der „internen Suche nach Gleichungen" sein. Während den Experten aufgrund von Gedächtnisschemata unmittelbar Gleichungen „einfallen", müssen Laien erst zielgerichtet nach ihnen suchen. Demgegenüber betonen Larkin, McDermott, Simon und Simon (1980) – ebenfalls für das Bearbeiten physikalischer Probleme – Strategieunterschiede zwischen Experten und Laien: Experten arbeiten nach einer *Vorwärtsstrategie*, die ausschließlich am Anfangszustand und an anwendbaren Transformationen orientiert ist. Laien dagegen verfolgen aufgrund von Ziel-Mittel-Analysen und Teilzielbildungen eine *Rückwärtsstrategie*, die vom Ziel ausgeht. Auch beim Bearbeiten geometrischer Beweisprobleme arbeiten Experten scheinbar nach einer Vorwärts-, Anfänger nach einer Rückwärtsstrategie (Anderson, 1982). Diese Strategieunterschiede haben in der Literatur große Beachtung gefunden. Von einigen Autoren wird das Merkmal einer Vorwärtsstrategie inzwischen sogar als Kriterium für Expertise herangezogen (s. Sweller, Mawer & Ward, 1983).

Gegen eine derartige Interpretation empirisch gefundener Unterschiede ist einzuwenden, daß Daten des lauten Denkens von Experten und Laien direkt miteinander verglichen wurden. Geht man davon aus, daß Experten bei Problemen aus ihrem Fachgebiet Algorithmen anwenden, so folgt zum einen daraus, daß sie diese automatisierten Lösungsschritte nicht verbalisieren; zum anderen werden Lösungsalgorithmen nach dem Kriterium der optimalen Zielerreichung erworben und ihre Anwendung impliziert Zielorientierung. Demgegenüber wenden Laien heuristische Strategien an, die verbalisiert werden können (s. Anderson, 1982).

Aus diesen Überlegungen zum unterschiedlichen Entwicklungsstand automatisierter vs. bewußt kontrollierter Informationsverarbeitung durch Experten und Anfänger dürften Vergleiche anhand von Daten des lauten Denkens nur von eingeschränkter Aussagekraft sein. Schon die unterschiedliche Geschwindigkeit der Problembearbeitung (Experten sind schneller und finden doch die besseren Lösungen) durch Experten und Laien verdeutlicht dieses Faktum (s. z. B. Simon & Simon, 1978).

Zudem belegen Daten, daß Unterschiede zwischen Experten und Laien nicht probleminvariant sind: Während Anfänger bei der Bearbeitung des Turms von Hanoi eine Vorwärtsstrategie anwenden, läßt sich das Verhalten von ,,Experten" auf eine Rückwärtsstrategie zurückführen (s. Anzai & Simon, 1979; Sydow, 1970). Bei der Bearbeitung von Problemen der medizinischen Diagnostik lassen sich dagegen keinerlei Unterschiede im allgemeinen strategischen Vorgehen zwischen Experten und Laien finden (Johnson, Duran, Hassebrock et al., 1981).

Bei ,,schlecht definierten", z. B. sozialwissenschaftlichen Problemen läßt sich auch das Problemlöseverhalten von Experten durch unterschiedliche heuristische Strategien beschreiben (s. Voss et al., 1983).

Bereichsspezifisches Wissen muß also nicht immer zu hochübereinstimmendem, algorithmisiertem Lösungsverhalten führen. In Abhängigkeit z. B. von der Eindeutigkeit eines Ziels (»gut definiert«) kann bereichsspezifisches Wissen Grundlage sowohl für hochübereinstimmendes Lösungsverhalten als auch für den flexiblen Einsatz ganz unterschiedlicher heuristischer Strategien sein.

Negative Effekte von Wissen auf Problemlösen

Schon lange hat man sich in Untersuchungen zum logischen Denken mit Fehlern befaßt, die darauf zurückzuführen sind, daß sich logisch richtige Schlußfolgerungen und Inferenzen, wie sie sich aus der Struktur des deklarativen Wissens ergeben, widersprechen (s. Evans, Barston & Pollard, 1983; Griggs & Newstead, 1982). In diesen Fällen ist die Menge bereichsspezifischen Wissens hinderlich: Denn bei abstrakten Aussagen werden weniger Fehler gemacht als bei konkreten Aussagen, die mit dem Wissen interferieren.

Sind spezifische Verarbeitungsprozesse einmal automatisiert, so behindern sie die Verarbeitung von Informationen, die den automatisierten Bedingungen entgegengesetzt sind. In solchen Fällen sind Personen ohne jede Vorerfahrung Personen mit ,,automatisiertem Wissen" eindeutig überlegen (s. Shiffrin & Dumais, 1981 und den Beitrag von Mandl & Fischer). Doch nicht nur durch automatische Verarbeitung wird der flexible Einsatz unterschiedlicher Transformationen vermindert: Werden bei aufeinanderfolgenden Problemen bestimmte Transformationen wiederholt erfolgreich zur Zielerreichung eingesetzt, so fällt es Problemlösern schwer, bei einem leicht geänderten Problem andere als die erfolgreichen Transformationen zur Zielerreichung heranzuziehen (s. Greeno, Magone & Chaiklin, 1979; Luchins, 1942; Lüer, 1973). Dieses Übergewicht aktuellen, erfolgreich eingesetzten Wissens über altes oder wenig genutztes Wissen läßt sich sowohl motivational (s. Dörner, in diesem Band) als auch dadurch erklären, daß Erfolg und Häufigkeit der Anwendung den ,,Stärkewert" von Gedächtnisinhalten verändern, durch den wiederum die Abrufbarkeit determiniert ist (s. Anderson, 1983).

Auch systematische Fehler bei der Problembearbeitung lassen sich zum Teil darauf zurückführen, daß Problemlöser Wissen heranziehen, das ,,nicht zugelassen" ist. Eine mögliche theoretische Erklärung für die Konstruktion fehlerhafter Prozeduren ist, daß Problemlöser im Laufe der Problembearbeitung auf das ,,Unterproblem" stoßen, daß eine verfügbare, bereichsspezifische Transformation unvollständig ist und gegen bestimmte Restriktionen innerhalb des Problemraumes verstößt. Mit Hilfe heuristischer Strategien kann dieses ,,Unterproblem" gelöst werden, indem z. B. per Analogieschluß erfolgreiche Transformationen aus einem anderen Bereich übertragen werden (s. Brown & van Lehn, 1980).

Erwerb von Wissen beim Problemlösen

Ist ein Problem gelöst, so hat ein Problemlöser aufgrund von Suchprozessen immer eine Lücke im zunächst unvollständigen Problemraum geschlossen. Das Ergebnis dieses Suchprozesses wird im Gedächtnis gespeichert. Dabei müssen entsprechend den o. g. Wissensarten Veränderungen im Fakten- und Veränderungswissen postuliert werden. Über den vermutlich sehr langfristig verlaufenden Erwerb von heuristischen Strategien oder selbstreflexiver Steuerungsmechanismen ist in der Literatur nur wenig zu finden. Die meisten empirischen und theoretischen Arbeiten beschäftigen sich mit dem Erwerb deklarativen Fakten- und daran geknüpften bereichsspezifischen Änderungswissens (z. B. Anderson, Farrell & Sauers, 1984; Anzai & Simon, 1979). Veränderungen im deklarativen Wissen lassen sich mit den Begriffen „Generalisierung" vs. „Differenzierung" (Bildung von Abstraktionshierarchien) und Komplexionsbildung vs. Komplexionszerlegung (Teil-Ganzes-Beziehungen) beschreiben (s. Dörner, 1976). Doch werden Veränderungen in der deklarativen Struktur immer in der Richtung erworben, wie sie durch die Anwendbarkeitsbedingungen vorgegebener Transformationen und deren Effekte auf Problemzustände definiert sind. Sind diese spezifischen Anwendbarkeitsbedingungen noch nicht verfügbar, kann nur vorhandenes Wissen zur Kategorisierung von Problemzuständen herangezogen werden. So beschreibt Larkin (1981) eine „naive" Problemrepräsentation von Laien, die aus Einheiten des „Alltagswissens" zusammengesetzt ist, während Experten eine „physikalische" Repräsentation aufbauen, die an physikalischen Prinzipien orientiert ist. Vergleichbar schließen McKeithen, Reitman, Rueter und Hirtle (1981) aus unterschiedlichen Reproduktionsleistungen von ALGOL-Programmzeilen durch Experten und Laien darauf, daß Laien die Daten nach orthographischen Regeln geordnet repräsentieren, während Experten Programmzeilen nach ihrer funktionalen Bedeutung kategorisieren. Problemräume werden also mit zunehmender Erfahrung immer mehr in ihren relevanten Merkmalen repräsentiert; das sind alle diejenigen Merkmale oder Merkmalsrelationen, auf die zum Ziele führende Transformationen anwendbar sind (s. Klix, 1971).

Veränderungen im Transformationswissen werden ebenso auf Prozesse der Differenzierung und Generalisierung, daneben aber auch auf Komposition und Automatisierung zurückgeführt (s. Anderson, 1983).

Meist hat man Problemlösen in eng begrenzten Bereichen untersucht, die sich relativ gut von anderen Wissensbereichen isolieren lassen. Deshalb ist wenig über Interferenzen zwischen „passendem" vs. „unpassendem" alten und neu zu erwerbendem Wissen bekannt. Grundlage des Erwerbs neuen Veränderungswissens, wie er in der Problemlöseforschung untersucht wird, sind zum einen heuristische Strategien, die durch den Erwerb bereichsspezifischen Wissens modifiziert werden (s. Dörner, 1974; Lüer, 1973). Zum anderen werden die Prinzipien *learning by doing* und *learning by example* postuliert (s. Anderson, 1982; Larkin, McDermott, Simon & Simon, 1980). Ein wichtiges Prinzip zur Verbesserung des Problemlösens in einem Bereich ist die Bildung von Makrooperatoren (s. Dörner, 1974), die sich auch als Komposition aufeinanderfolgender Transformationen beschreiben läßt (Anderson, 1983). Analog zur Bildung von *chunks*, d. h. der Zusammenfügung einzelner Problemelemente zu größeren Einheiten, ist auch die Verknüpfung mehrerer Transformationen zu einer „Makrotransformation" in vielen Bereichen beobachtbar. Auf diese Weise kann ein Problemlöser größere Lücken bzw. Strecken im Problemraum zwischen aktuellem und Zielzustand durch die Anwendung einer einzigen Transformation schließen. Wie Greeno, Magone und Chaiklin (1979) zeigen, weisen Einstellungsbildung, Bildung von Makrooperatoren und Konstruktionsprozesse grundlegende Gemeinsamkeiten auf.

Wissen und intransparente semantisch reiche Probleme

Auf Dörner (s. Dörner & Reither, 1978) gehen Arbeiten zurück, in denen Problemlöser mit schlecht definierten, sog. intransparenten, semantisch reichen Problemen konfrontiert werden, für die sie bereichsspezifisches Faktenwissen aus unterschiedlichen Bereichen heranziehen und aufgrund von Rückmeldungen spezifizieren können. Es geht dabei um die zielgerichtete Steuerung computersimulierter Systeme, die unterschiedliche „Realitätsbereiche" simulieren, wie z. B. eine Schneiderwerkstatt, das Leben eines Nomadenstammes oder eine mitteleuropäische Kleinstadt. *Semantisch reich* sind diese Probleme, da sie Variablen und Variablenverknüpfungen repräsentieren, die – zumindest angenähert – auch in der Realität vorkommen und somit von den untersuchten Problemlösern aufgrund von Wissen vielfältig repräsentierbar sind. *Intransparent* sind die Probleme, da den Problemlösern nur unvollständige Daten über das System vorgelegt werden. Durch Fragen können sie jedoch zusätzliche Informationen über Problemzustände und zugelassene Maßnahmen zur Veränderung von Problemzuständen einholen. Ziel für die Problemlöser ist es, ein solches System durch geeignete Maßnahmen über mehrere simulierte Zeittakte hinweg im Hinblick auf ein allgemeines Ziel (z. B. „Den Einwohnern der Stadt soll es bessergehen") zu steuern.

Bei diesen Problemen muß also zum einen verfügbares Faktenwissen genutzt werden. Zum anderen sind mit Hilfe heuristischer Strategien u. a. Ziele zu konkretisieren, Daten einzuholen und zu analysieren, Hypothesen zu generieren und zu überprüfen und Entscheidungen zu treffen. Bei der empirischen Untersuchung des Problemlöseverhaltens tauchen eine Fülle methodischer Probleme auf: So lassen sich interindividuelle Unterschiede nicht eindeutig auf übereinstimmende, kontrollierbare Varianzquellen zurückführen. Dennoch machen Vergleiche zwischen erfolgreichen und erfolglosen Problemlösern deutlich, daß bedeutsame Unterschiede im Verhalten nicht nur auf unterschiedliches Wissen, sondern auf allgemeine Strategien, selbstreflexive Steuermechanismen und emotionale und motivationale Prozesse zurückführbar sind (s. Dörner, Kreuzig, Reither & Stäudel, 1983). Von diesen „nichtkognitiven" Determinanten dürfte nicht nur die Verarbeitung von Mißerfolgen während der Problembearbeitung abhängig sein, sondern z. B. auch das Ausmaß, in dem Problemlöser aktiv durch Fragen ihr Wissen über ein System überprüfen und korrigieren (s. Hesse, Spies & Lüer, 1983). Genauere Analysen der subjektiven Repräsentation dieser Probleme und ihre Beziehung zum Wissen eines Problemlösers auf der einen und seinem beobachtbaren Verhalten auf der anderen Seite stehen noch aus. Aus den zitierten Arbeiten wird aber deutlich, daß menschliches Problemlöseverhalten allein durch die Beschreibung von Wissensstrukturen nicht hinreichend erklärt werden kann (s. auch Bower & Cohen, 1982).

Die Veränderbarkeit von Problemlösen durch Training

Aus der Analyse der Fehler und Defizite beim Problemlösen lassen sich Vorschläge für gezielte Trainingsverfahren zur Verbesserung des Problemlöseverhaltens ableiten. Nach Dörner (1976) sind drei Formen unterschiedlicher Trainingsmethoden zu unterscheiden:

(1) Übungstraining: Hierunter fallen viele in der Schule verwendeten Lehrmethoden. Man legt dabei Personen verschiedene Probleme vor und läßt sie diese unter Rückmeldungsbedingungen bearbeiten. Oder man zeigt ihnen zunächst anhand von Beispielen, wie bestimmte Probleme gelöst werden, so daß sie sich bei ihrer eigenen Problembearbeitung daran orientieren können. Durch dieses *learning by doing* oder *learning by example* wird die subjektive Repräsentation für Probleme aus einem Bereich verbessert und angemessenes prozedurales Wissen wird erworben (s. z. B. Greeno, 1980 b). Da bereichsspezifisches Änderungswissen die Basis für die Entwicklung heuristischer Strategien ist, kann sich auch durch ein solches Training die allgemeine Problemlösefähigkeit verbessern (s. Karmiloff-Smith, 1979).

(2) Taktiktraining: Unter diese Rubrik lassen sich alle Trainingsverfahren subsumieren, mit denen bestimmte Teilprozesse geübt oder erworben werden sollen, die Bestandteile von umfassenderen Problemlöseprozessen sind. Hierunter fallen z. B. die Übung der differenzierten Wahrnehmung und Kategorisierung von Problemzuständen oder das Üben von Fragen (s. Kluwe, 1979).

(3) Strategietraining: Zu diesen Verfahren zählen alle Methoden, mit denen direkt der Ablauf der Problembearbeitung verändert werden soll. Das kann z. B. durch die Vorgabe einer vollständigen heuristischen Strategie (s. Putz-Osterloh, 1974) geschehen oder dadurch, daß Problemlösern die Verwendung unterschiedlicher, analoger Modelle nahegelegt wird (s. Stevens & Collins, 1980; Rumelhart & Norman, 1981).

Auch die Aufforderung zur Reflexion des eigenen Problemlöseverhaltens kann als Training zur selbstreflexiv gesteuerten Um- und Neuordnung von Strategien aufgefaßt werden (Hesse, 1982; Putz-Osterloh, 1983; Reither, 1979).

Diese Dreiteilung soll nicht einander ausschließende Verfahren ordnen. So lassen sich z. B. Taktik- und Strategietraining nur sinnvoll in Verknüpfung mit der Darbietung und Bearbeitung von Problemen durchführen – es wird also immer auch „geübt". Dennoch ist erstaunlich, daß bei erwachsenen Personen, die bereits über umfangreiches Fakten- und Veränderungswissen verfügen, durch relativ kurzfristige Strategietrainingsverfahren generalisierbare Leistungssteigerungen erzielbar sind. Derartige Veränderungen sind möglich, wenn das Wissen über Fakten, spezifische Transformationen und globale heuristische Strategien in sehr unterschiedlichen Problembereichen erworben worden ist und in neuartigen Situationen unter bewußter Kontrolle eingesetzt werden kann (s. Dörner, 1976; Kluwe, 1979).

Literatur

Adelson, B. (1984). When novices surpass experts: The difficulty of a task may increase with expertise. *Journal of Experimental Psychology: Learning, Memory, and Cognition, 10*, 483–495.

Adelson, B. (1981). Problem solving and the development of abstract categories in programming languages. *Memory and Cognition, 9*, 422–433.

Anderson, J. R. (1983). *The architecture of cognition*. Cambridge: Harvard University Press.

Anderson, J. R. (1982). Acquisition of cognitive skill. *Psychological Review, 89*, 369–406.

Anderson, J. R., Farrell, R., & Sauers, R. (1984). Learning to program in LISP. *Cognitive Science, 8*, 87–129.

Anzai, Y., & Simon, H. A. (1979). The theory of learning by doing. *Psychological Review, 86*, 124–140.

Bower, G. H., & Cohen, P. R. (1982). Emotional influences in memory and thinking. In M. S. Clark & S. T. Fiske (Eds.), *Affect and cognition* (pp. 291–332). Hillsdale, N. J.: Erlbaum.

Brown, J. S., & van Lehn, K. (1980). Repair theory: A generative theory of bugs in procedural skills. *Cognitive Science, 4*, 379–426.

Chaiklin, S. (1984). On the nature of verbal rules and their role in problem solving. *Cognitive Science, 8*, 131–155.

Chase, W. G., & Simon, H. A. (1973). The mind's eye in chess. In W. G. Chase (Ed.), *Visual information processing* (pp. 215–281). New York: Academic Press.

Chi, M. T. H., Feltovich, P., & Glaser, R. (1981). Categorization and representation of physics problems by experts and novices. *Cognitive Science, 5*, 121–152.

Chi, M. T. H., Glaser, R., & Rees, E. (1982). Expertise in problem solving. In R. J. Sternberg (Ed.), *Advances in the psychology of human intelligence* (pp. 7–75). Hillsdale, N. J.: Erlbaum.

Dörner, D. (1976). *Problemlösen und Informationsverarbeitung*, Stuttgart: Kohlhammer.

Dörner, D. (1974). *Die kognitive Organisation beim Problemlösen*. Bern: Huber.

Dörner, D., Kreuzig, H. W., Reither, F., & Stäudel, T. (1983). *Lohhausen. Vom Umgang mit Unbestimmtheit und Komplexität*. Bern: Huber.

Dörner, D., & Reither, F. (1978). Über das Problemlösen in sehr komplexen Realitätsbereichen. *Zeitschrift für experimentelle und angewandte Psychologie, 25*, 527–551.

Duncker, K. (1935). *Zur Psychologie des produktiven Denkens*. Berlin: Springer.

Durkin, H. E. (1937). Trial and error, gradual analysis, and sudden reorganization. *Arch. Psychology, 85*, 210.

Evans, J., Barston, J., & Pollard, P. (1983). On the conflict between logic and belief in syllogistic reasoning. *Memory and Cognition, 11*, 295–306.

Gick, M. L., & Holyoak, K. J. (1983). Schema induction and analogical transfer. *Cognitive Psychology, 15*, 1–38.

Gilmore, D. J., & Green, T. (1984). Comprehension and recall of miniature programs. *International Journal of Man-Machine Studies, 21*, 31–48.

Greeno, J. (1980 a). Trends in the theory of knowledge for problem solving. In D. Tuma & F. Reif (Eds.), *Problem solving and education: Issues in teaching and research* (pp. 9–23). Hillsdale, N. J.: Erlbaum.

Greeno, J. (1980 b). Some examples of cognitive task analysis with instructional implications. In R. E. Snow, P. A. Federico & W. E. Montague (Eds.), *Aptitude, learning, and instruction.* Vol. 2 (pp. 1–21). Hillsdale, N. J.: Erlbaum.

Greeno, J. (1977). Process of understanding in problem solving. In J. Castellan, D. Pisoni & G. R. Potts (Eds.), *Cognitive theory*. Vol II (pp. 43–83). Hillsdale, N. J.: Erlbaum.

Greeno, J. (1976). Indefinite goals in well-structured problems. *Psychological Review, 83*, 479–491.

Greeno, J., Magone, M., & Chaiklin, S. (1979). Theory of constructions and set in problem solving. *Memory and Cognition, 7*, 445–461.

Greeno, J., Riley, M., & Gelman, R. (1984). Conceptual competence and children's counting. *Cognitive Psychology, 16*, 94–143.

Griggs. R., & Newstead, S. (1982). The role of problem structure in a deductive reasoning task. *Journal of Experimental Psychology: Learning, Memory, and Cognition, 8*, 297–307.

Hayes, J., & Simon, H. A. (1974). Understanding written problem instructions. In L. W. Gregg (Ed.) *Knowledge and cognition* (pp. 167–200). Hillsdale. N. J.: Erlbaum.

Hayes-Roth, B., & Hayes-Roth, F. (1979) A cognitive model of planning. *Cognitive Science, 3*, 275–310.

Hesse, F. W. (1982). Training-induced changes in problem solving. *Zeitschrift für Psychologie, 190*, 405–423.

Hesse, F. W., Spies, K., & Lüer, G. (1983). Einfluß motivationaler Faktoren auf das Problemlöseverhalten im Umgang mit komplexen Problemen. *Zeitschrift für experimentelle und angewandte Psychologie, 30*, 400–424.

Hinsley, D., Hayes, J., & Simon, H. A. (1977). From words to equations: Meaning and representation in algebra word problems. In M. A. Just & P. A. Carpenter (Eds.), *Cognitive processes in comprehension* (pp. 89–105). Hillsdale, N. J.: Erlbaum.

Johnson, P., Duran, A., Hassebrock, F., Moller, J., Prietula, P., & Swanson, D. (1981). Expertise and error in diagnostic reasoning. *Cognitive Science, 5*, 235–283.

Karmiloff-Smith, A. (1979). Micro- and macrodevelopmental changes in language acquisition and other representational systems. *Cognitive Science, 3*, 91–118.

Kirsch, W. (1971). *Entscheidungsprozesse*. Bd II: *Informationsverarbeitungstheorie des Entscheidungsverhaltens*. Wiesbaden: Gabler.

Klix, F. (1984). Denken und Gedächtnis. Über Wechselwirkungen kognitiver Kompartements bei der Erzeugung geistiger Leistungen. *Zeitschrift für Psychologie, 192*, 213–244.

Klix, F. (1971). *Information und Verhalten*. Bern: Huber.

Kluwe, R. (1979). *Wissen und Denken*. Stuttgart: Kohlhammer.

Kotovsky, K., Hayes, J., & Simon, H. A. (1983). *Tower of Hanoi. Problem isomorphs and solution processes*. CMU Pittsburgh.

Krause, W. (1982). Problemlösen – Stand und Perspektiven. Teil I und II. *Zeitschrift für Psychologie, 190*, 17–36; 141–169.

Langley, P., & Simon, H. A. (1981). The central role of learning in cognition. In J. R. Anderson (Ed.), *Cognitive skills and their acquisiton* (pp. 363–379). Hillsdale, N. J.: Erlbaum.

Larkin, J. H. (1981). Enriching formal knowledge: A model for learning to solve textbook physics problems. In J. R. Anderson (Ed.) *Cognitive skills and their acquisition*, (pp. 311–334). Hillsdale, N. J.: Erlbaum.

Larkin, J. H., McDermott, J., Simon, D. P., & Simon, H. A. (1980). Models of competence in solving physics problems. *Cognitive Science, 4*, 317–345.

Luchins, A. S. (1942). Mechanization in problem solving. *Psychological Monographs, 54*, 6.

Lüer, G. (1973). *Gesetzmäßige Denkabläufe beim Problemlösen*. Weinheim: Beltz.

McCarthy, J. (1956). The inversion of functions defined by Turing machines. In D. E. Shannon & J. McCarthy (Eds.), Automata studies. *Annals of Mathematical Studies, 34*, 177–181.

McKeithen, K., Reitman, J., Rueter, H., & Hirtle, S. C. (1981). Knowledge organization and skill differences in computer programmers. *Cognitive Psychology, 13*, 307–325.

Newell, A. (1980). Reasoning, problem solving, and decision processes. The problem space as a fundamental category. In R. S. Nickerson (Ed.), *Attention and performance* (pp. 693–718). Hillsdale, N. J.: Erlbaum.

Newell, A., & Simon, H. A. (1972). *Human problem solving*. Englewood Cliffs, N. J.: Prentice-Hall.

Osterloh, M. (1983). *Handlungsspielräume und Informationsverarbeitung*. Bern: Huber.

Putz-Osterloh, W. (1983). Über Determinanten komplexer Problemlöseleistungen und Möglichkeiten zu ihrer Erfassung. *Sprache und Kognition, 2*, 100–116.

Putz-Osterloh, W. (1974). Über die Effektivität von Problemlösungstraining. *Zeitschrift für Psychologie, 182*, 253–276.

Reither, F. (1979). *Über die Selbstreflexion beim Problemlösen*. Unveröffentlichte Dissertation. Universität Gießen.

Reitman, J. (1976). Skilled perception in GO: Deducing memory structures from interresponse times. *Cognitive Psychology, 8*, 336–356.

Rumelhart, D. E., Lindsay, R., & Norman, D. A. (1972). A process model for long-term memory. In E. Tulving & W. Donaldson (Eds.), *Organization of memory* (pp. 197–246). New York: Academic Press.

Rumelhart, D. E., & Norman, D. A. (1981). Analogical reasoning. In J. R. Anderson (Ed.), *Cognitive skills and their acquisition* (pp. 335–359). Hillsdale, N. J.: Erlbaum.

Schoenfeld, A. H. (1983). Beyond the purely cognitive: Belief systems, social cognitions, and metacognitions as driving forces in intellectual performance. *Cognitive Science, 7*, 329–363.

Schoenfeld, A. H., & Herrmann, D. J. (1982). Problem perception and knowledge structure in expert and novice mathematical problem solvers. *Journal of Experimental Psychology: Learning, Memory, and Cognition, 8*, 484–494.

Shiffrin, R. M., & Dumais, S. T. (1981) The development of automatism. In J. R. Anderson (Ed.), *Cognitive skills and their acquisition* (pp. 112–140). Hillsdale, N. J.: Erlbaum.

Simon, H. A., & Hayes, J. R. (1976). Understanding complex task instruction. In D. Klahr (Ed.), *Cognition and instruction* (pp. 269–285). Hillsdale, N. J.: Erlbaum.

Simon, D. P., & Simon, H. A. (1978). Individual differences in solving physics problems. In R. Siegler (Ed.), *Children's thinking: What develops?* (pp. 325–348). Hillsdale, N. J.: Erlbaum.

Stevens, A. L., & Collins, A. (1980). Multiple conceptual models of a complex system. In R. E. Snow, P. A. Federico & W. E. Montague (Eds.), *Aptitude, learning, and instruction*. Vol II (pp. 177–197). Hillsdale, N. J.: Erlbaum.

Sweller, J., Mawer, R. F., & Ward, M. R. (1983). Development of expertise in mathematical problem solving. *Journal of Experimental Psychology: General, 112*, 639–661.

Sydow, H. (1970). Zur metrischen Erfassung von subjektiven Problemzuständen und zu deren Veränderung im Denkprozeß. *Zeitschrift für Psychologie, 177*, 145–198.

Voss, J. F., Greene, T. R., Post, T. A., & Penner, B. C. (1983). Problem solving skill in the Social Sciences. In G. H. Bower (Ed.), *The psychology of learning and motivation* (pp. 165–213). New York: Academic Press.

11 Wissen und Verhaltensregulation: Versuch einer Integration

Dietrich Dörner

Einleitung

Zweck dieses Aufsatzes ist es, den Gebrauch von Wissen bei der Verhaltensregulation darzustellen. Es geht also nicht darum aufzuzeigen, *daß* Wissen bei der Verhaltensregulation eine Rolle spielt – das wäre trivial –, sondern es geht darum aufzuzeigen, in welcher Form und zu welchem Zweck Wissen zur Verhaltensregulation verwendet wird. Die ziemlich reduzierten Darstellungen in vielen Lehrbüchern der Allgemeinen Psychologie geben darüber nur unvollkommen Auskunft. Die Unterscheidung der Gedächtnisinstanzen, ,,Langzeitgedächtnis", ,,Kurzzeitgedächtnis" und ,,Ultrakurzzeitgedächtnis" ist, wie man zeigen kann und wie man auch diesem Artikel entnehmen wird, recht unzureichend für die Erklärung der Regulationsfunktionen von Wissen.

Die Strukturbeschreibungen des Gedächtnisses als semantische Netzwerke und propositionale Systeme andererseits enthalten wenig Informationen darüber, wie Wissen unter den verschiedenen Umständen verwendet wird. Die Frage, wie man die Struktur des Langzeitgedächtnisses adäquat (formal) darstellen kann, hat in der zeitgenössischen Gedächtnistheorie absoluten Vorrang (s. Tergan, 1984 oder Rost, 1981). Ich werde in diesem Aufsatz den Strukturaspekt des Gedächtnisses fast vollkommen außer acht lassen und mich auf den *Gebrauch* des Wissens für die Verhaltensregulation konzentrieren. Hierfür gibt es wenige umfassende Ansätze. Allenfalls Klix (1984, S. 42 ff.) versucht eine Integration verschiedener Formen des Wissensgebrauchs in einem Modell der Informationsaufnahme und Handlungsplanung. Mir fehlt in diesem Artikel leider der Raum, dieses Modell zu diskutieren.

Will man allerdings etwas allgemeines über die Verwendung von Wissen bei der Verhaltensregulation sagen, so kommt man nicht umhin, die Regulation des Verhaltens insgesamt zu betrachten. Ich schildere auf S. 265 eine Hypothese über die Verhaltensregulation, in der die verschiedenen Informationsverarbeitungsprozesse und die beteiligten Wissensbestände in Übersicht auf grobem Auflösungsgrad vorgestellt werden. Die weiteren Abschnitte dienen dann der genaueren Schilderung der Einzelkomponenten.

Verhaltensregulation: ein allgemeines Schema

Abb. 11.1. enthält die Zentralhypothese über die Regulation des Verhaltens und die daran beteiligten Informationsprozesse und die Daten, die Produkte dieser Prozesse sind und als „Rohmaterial" in diese Produkte eingehen. Die Informationsverarbeitungsprozesse sind in den eckigen Einheiten mit den durchgezogenen Linien dargestellt, wohingegen die Datenstrukturen als gestrichelte Ovale gekennzeichnet sind.

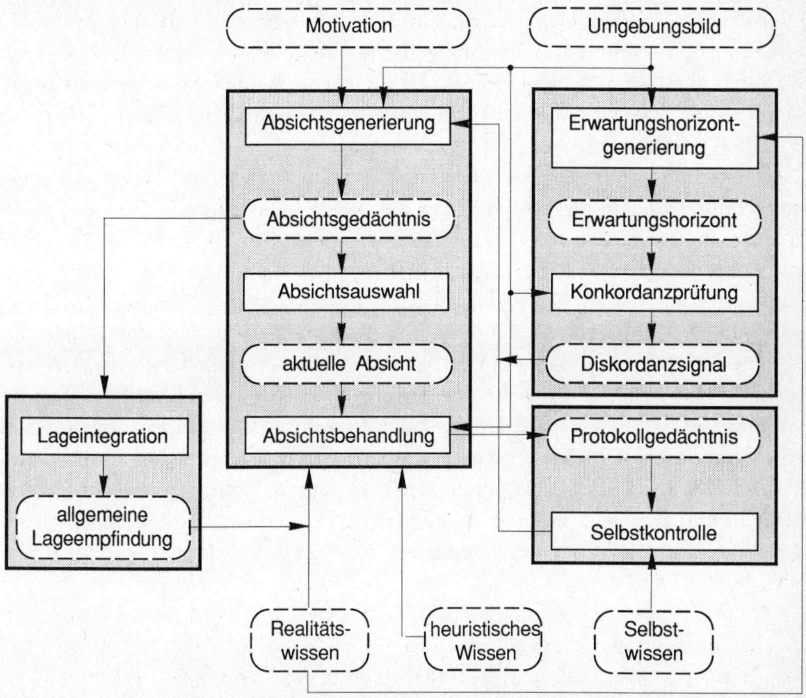

Abb. 11.1.: Ein allgemeines Schema der Verhaltensregulation. Beschreibung im Text.

Abb. 11.1. zeigt vier funktionale Einheiten, die man sich meines Erachtens als parallel zueinander arbeitende Informationsverarbeitungssysteme vorstellen muß, die Informationen verarbeiten und dabei Wissen gebrauchen und erzeugen. Diese Einheiten sollen nun hier im Überblick kurz geschildert werden; in den folgenden Abschnitten gehe ich dann genauer auf diese Einheiten ein. (Man sollte die Abb. 11.1. während der Lektüre also Schritt für Schritt analysieren. Sie ist nur im Zusammenhang mit dem Text der nachfolgenden Abschnitte verständlich.)

Der Hauptstrang ist die ,,Absichtsregulation". (Den Ausdruck ,,Absicht" verwende ich allgemeiner als er gewöhnlich verwendet wird. Siehe hierzu S. 264) Hier werden aus unspezifischen Motivationen, aus dem Wissen über die augenblickliche Umgebung (,,Umgebungsbild") und aus dem Wissen über die Realität und dem Wissen um die Möglichkeiten, sich darin zu bewegen (,,Realitätswissen"), eben die Verhaltenstendenzen, die ich hier ,,Absichten" nenne. Sie bilden ein ,,Absichtsgedächtnis". Aus dem Absichtsgedächtnis wird jeweils eine zur Bearbeitung ausgewählt; diese ist dann die aktuelle Absicht, die behandelt wird. Die anderen ,,ruhen" in der Zwischenzeit, können sich aber schnell aufdrängen und es kann unter bestimmten Bedingungen die eine Absicht die andere aus ihrer Rolle als augenblicklich handlungsleitende verdrängen. Die Absichtsbehandlung kann in verschiedener Weise erfolgen. Sie kann ,,vollautomatisch" erfolgen, wenn entsprechende Programme der sensumotorischen Regulation vorhanden sind. Oder sie kann heuristische Operationen erfordern, wenn es keine entsprechenden Programme gibt. Dies sind die beiden Ebenen der Absichtsbehandlung, auf die wir auf S. 270 genauer eingehen.

Die Behandlung einer Absicht geschieht nicht kontextfrei. Man prüft schon seine Kaufhausrechnung nicht wie gewohnt, wenn man (aufgrund anderer wichtiger und dringlicher Absichten) unter Zeitdruck steht. Ein ,,Wissen" um die ,,allgemeine Lage" modifiziert die Absichtsbehandlung. Diese ,,allgemeine Lageempfindung", wie sie in Abb. 11.1. genannt wird, modifiziert die Absichtsbehandlung. Sie ist das Ergebnis einer integrierenden Verarbeitung bestimmter Inhalte des Absichtsgedächtnisses. Dabei erfolgt die Integration bezüglich solcher Merkmale wie ,,Gewicht" und ,,Dringlichkeit" der einzelnen Absichten und bezüglich der Hoffnung auf Erfolg bei der Erledigung der Absicht. Diese ,,allgemeinen Lageberichte" haben beim Menschen die Form von *Emotionen*. ,,Ärger" z. B. mag – ,,kognitiv" ausgedrückt – bedeuten: ,,Ich will etwas Wichtiges und Dringliches erledigen und jetzt ist etwas dazwischen gekommen, was meine Fähigkeit (Kompetenz), es zu erreichen, deutlich reduziert. Ich werde es aber wahrscheinlich doch noch schaffen, nur muß ich mehr Zeit und Anstrengung aufwenden!" – Der ,,Ärger" indiziert hier das vergangene und das vermutete zukünftige Schicksal einer Absichtsbehandlung und ersetzt einen Rahmen für diese, in dem nun wahrscheinlich *schnelle* (u. U. kurzschlüssige) Reaktionen bevorzugt werden. Emotionen haben etwas zu tun mit der Kontrolle der Absichtserledigung – darauf sind wir andernorts ausführlich eingegangen (s. Dörner, Reither & Stäudel, 1983). Emotionen als Lageberichte und Rahmensetzungen für die Absichtsregulation können dazu führen, daß Absichten resignierend fallengelassen werden, daß mehr Anstrengung investiert wird, daß oberflächlicher gearbeitet wird.

Die hier nur kurz angedeutete Funktion von Emotionen für die Verhaltensregulation führt Scherer (z. B. 1982) genauer aus, der eine Funktion der Emotionen in der ,,Vorbereitung des Verhaltens" sieht; ich würde diese ,,Vorbereitung" als Setzung eines Rahmens für die Absichtsbehandlung interpretieren. Scherer bringt Emotionen u. a. in Verbindung mit der Evaluation der Neuheit, dem Befriedigungswert, der Relevanz und der Bewältigungsfähigkeit eines Reizes und nimmt entsprechende Prüfmechanismen an, deren Ausgang die Natur der jeweiligen emotionalen Lage determiniert. Eine Emotion ist – so betrachtet – *Information* oder hypothetisches Wissen um bestimmte Merkmale der Gesamtlage. Ich gehe darauf noch ein.

Außer dem Kontext der jeweils anderen Absichten spielt der *Umgebungskontext* eine Rolle. Es werden ständig ,,automatisch" Hypothesen über die nähere und fernere Zukunft gebildet. Das geschieht unbewußt; *daß* es aber geschieht, merkt man daran, daß man erschrickt, wenn etwas geschieht, was nicht mit dem Erwartungshorizont kompatibel ist. Solche Schreckreaktionen sind Indizien sowohl für die Bildung des Erwartungshorizonts als auch für die ständige ,,Konkordanzprüfung", ob das Bild der augenblicklichen Umgebung dem vorher gebildeten Erwartungshorizont entspricht oder nicht. Im Fall der Diskordanz kommt es zu einer ,,Absichtsgenerierung"; es folgt zumindest eine Orientierungsreaktion, u. U. eine längere Exploration desjenigen Teiles der Umgebung, der die Diskordanz zwischen Erwartungshorizont und Umgebung auslöste. – Auf Bildung und Verwendung des Erwartungshorizontes gehe ich auf S. 273 f. genauer ein.

Wenn man in einer Situation des Zeitdrucks, wenn viele wichtige Dinge erledigt werden müssen, in hektische Betriebsamkeit verfällt, mal dieses anfängt, mal jenes, nichts zu Ende bringt, leicht ablenkbar ist, so ist dies gemäß der Organisation der Informationsverarbeitungsinstanzen in Abb. 11.1. zurückzuführen auf den Einfluß der ,,Lageempfindung" auf die Absichtsbehandlung. So etwas aber merkt man (mitunter) und kann etwas dagegen tun. Wie merkt man das? Man muß hier wohl eine Struktur annehmen, die das *Protokoll* der eigenen Tätigkeit ständig einer Kontrolle unterzieht und auf defiziente Zustände hin prüft. Ein Oszillationszustand des rapiden Wechsels zwischen verschiedenen Absichten wäre ein solcher defizienter Zustand. Die Wahrnehmung eines solchen defizienten Zustandes kann selbst wieder eine Absicht generieren, nämlich eine Absicht zur Modifikation des eigenen Verhaltens. Solch eine Absicht wäre eine ,,Metaabsicht", die auf die Veränderung der eigenen Programme zur Verhaltensregulation abzielt. Aspekte der Selbstkontrolle betrachten wir näher auf S. 277.

Absichten und Absichtsregulation

Das Absichtsgedächtnis

Verhalten wird von Absichten, Wünschen, Motiven, Zielen, Vornahmen gelenkt. Das, was man wünscht, will, sich vorgenommen hat, steuert das Verhalten. Somit ist das Wissen um die eigenen Ziele und Motive ein wichtiges Ingredienz der Verhaltenssteuerung.

Ich glaube, daß es vernünftig ist, eine bestimmte Gedächtnisinstanz für dieses Wissen anzunehmen, die ich ,,Absichtsgedächtnis" nennen will. Dies Absichtsgedächtnis ist eine zeitweilige Koppelung von Komponenten des Langzeitgedächtnisses, dessen einzelne Elemente so aussehen könnten, wie es in Abb. 11.2. dargestellt ist. Ein Element des Absichtsgedächtnisses besteht aus neun Komponenten, nämlich dem Wissen über

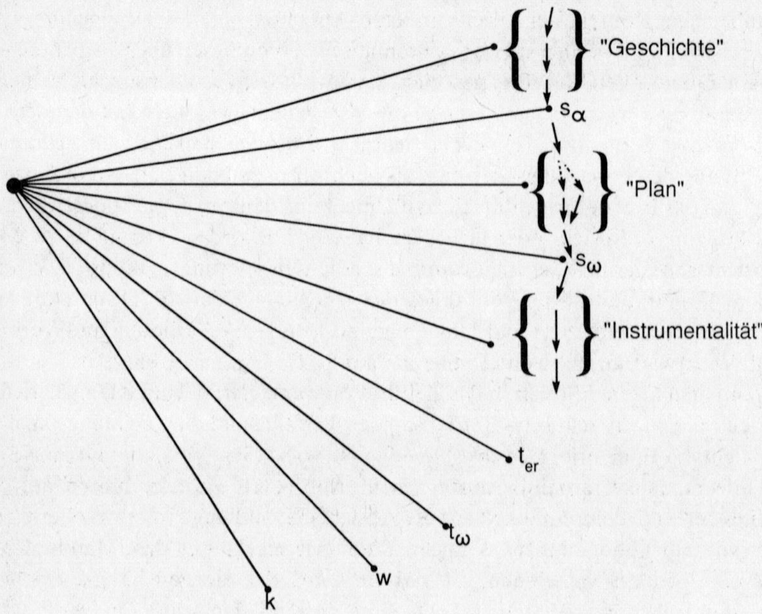

Abb. 11.2.: Element des Absichtsgedächtnisses. Beschreibung im Text.

- den angestrebten Zielzustand s_w,
- den derzeitigen Zustand der Behandlung der Absicht, also den derzeitigen Ausgangspunkt s_α,
- die ,,Geschichte" der Absicht (,,Was habe ich bislang gemacht, um dem Ziel näher zu kommen?"),
- den ,,Plan" (,,Was muß ich tun, um dem Ziel näher zu kommen?"),
- die ,,Instrumentalität" (,,Wozu mache ich das überhaupt? Warum strebe ich das Ziel an?"),
- den Termin t_w, als Zeitpunkt oder Zeitraum, bis zu dem die Angelegenheit erledigt sein muß,
- die Wichtigkeit w oder Relevanz der Absicht oder die Stärke und Bedeutsamkeit der dahinterstehenden Motivation,
- die geschätzte Zeit $_{ter}$, die ich noch brauche, um mit der Absicht fertigzuwerden,
- die Kompetenz k als Abschätzung des Ausmaßes, in welchem ich Erfolg durch mein Verhalten erwarten kann.

Im konkreten Fall können alle diese Komponenten eines Elementes des Absichtsgedächtnisses in großer Klarheit vorhanden sein. Es können aber auch einzelne Elemente fehlen oder nur unklar bekannt sein. Die Umgangssprache unterscheidet zwischen Wünschen, Vornahmen, Absichten, Zielsetzungen usw. Gewöhnlich wird man wohl von einem „Wunsch" sprechen, wenn keinerlei „Plan" zur Erreichung eines Zieles vorhanden ist und auch keine Kompetenz dafür existiert, einen solchen Plan zu erstellen (so ungefähr Heckhausen & Kuhl, 1984). Dann möchte man zwar einen bestimmten Zielzustand erreichen; es steht aber nicht in der eigenen Hand. Eine „Absicht" hingegen ist etwas Konkreteres. Hier weiß man genauer, was man erreichen will und wie man es anstellen kann.

Der Einfachheit halber wollen wir für alle diese verschiedenen Handlungstendenzen, die die Umgangssprache mit den oben genannten Begriffen beschreibt, den Begriff „Absicht" verwenden, weil uns ein entsprechend allgemeiner Begriff fehlt. Eine differenzierte „genetische" Kategorisierung der verschiedenen motivationalen Kategorien, bei der beschrieben wird, wie aus „Wünschen" „Absichten" werden, findet man bei Heckhausen und Kuhl (1984).

Absichten brauchen nicht unverbunden im Absichtsgedächtnis nebeneinander zu stehen. Vielmehr können sie Hierarchien bilden. Eine Absicht kann im Laufe ihrer Behandlung in Teilabsichten zerlegt werden („Um mein Referat fertigzustellen, muß ich noch das Klixsche Buch „Information und Verhalten" haben. Um dies zu bekommen, muß ich in die Universitätsbibliothek gehen . . .".). Das, was in Abb. 11.2. „Plan" genannt worden ist, kann sich im Laufe der Absichtsbehandlung in eine Kette von Unterabsichten zerlegen. Die Zusammensetzung von globalen Absichten aus Unter- und Teilabsichten wird in Volperts (1983) Modell der hierarchisch-sequentiellen Handlungsorganisation differenziert geschildert.

Woher kommen Absichten? Absichten sind, so wie in Abb. 11.2. geschildert, Verknüpfungen von Gedächtnisinhalten. Ihre Entstehung kann man sich folgendermaßen vorstellen: Zunächst ist eine *Motivation* da. Diese Motivation ist aufgrund vorausgegangener Lernprozesse gekoppelt mit spezifischen Befriedigungszuständen bzw. mit den Gedächtnisabbildern davon. Man weiß, wie Situationen aussehen, in denen man seinen Hunger befriedigen kann. Kühlschränke, Speisekammern, Würstchenbuden, Restaurants usw. sind die adäquaten Ingredienzien der entsprechenden Situationen.

Nun sind nicht nur eine Motivation und mit ihr gekoppelt eine Menge von Befriedigungssituationen vorhanden, sondern darüber hinaus auch noch ein „Umgebungsbild", ein Wissen um die Merkmale und Eigenarten der augenblicklichen Situation. Gibt es nun außerdem im Gedächtnis ein Wissen um eine Kette von Operationen, deren Aktivierung das Individuum von der augenblicklichen Situation zu einer der Zielsituationen bringen würde, so bekäme die entsprechende Situation ein hohes Gewicht und man hätte dann auch schon einen „Plan", nämlich eben die Kette von Operationen.

Mit den Gedächtnisabbildern der Operationen sind nun ihre Erfolgswahrscheinlichkeiten gespeichert. Man weiß ungefähr, wie groß die Erfolgswahrscheinlichkeit des Versuches ist, das eigene alte Auto zu starten. (Solch Wissen muß nicht bewußt sein; oft hat man einfach nur das „Gefühl", daß es vermutlich klappen wird oder auch nicht.)

Aus dem Wissen über die Erfolgswahrscheinlichkeiten der konkret notwendigen Operationen ergibt sich die *epistemische Kompetenz* des Individuums als Abschätzung der Fähigkeit, mit der Absicht aufgrund von absichtsspezifischem Wissen fertig werden zu können. Die zweite Quelle der Kompetenzeinschätzung eines Individuums ist die *heuristische Kompetenz* (s. Dörner et al., 1983, S. 413 ff.). Damit bezeichnen wir die Einschätzung eines Individuums über seine Fähigkeit, zunächst nicht bekannte Lösungswege (z. B. durch Nachdenken oder Ausprobieren) auffinden zu können.

Aus epistemischer und heuristischer Kompetenz setzt sich die jeweils konkrete Kompetenzeinschätzung für die Erledigung einer Absicht zusammen.

So etwa – hier in der notwendigen Kürze geschildert – kann man sich die Entstehung einer Absicht vorstellen. Das alles kann ganz ohne Bewußtsein vor sich gehen.

Absichtsbehandlung

Absichten steuern das Verhalten. Wie geschieht dies?

Zunächst einmal muß man davon ausgehen, daß zu einem bestimmten Zeitpunkt nicht nur eine Absicht vorhanden ist, sondern mehrere. Welcher geht man nach? Nun: der wichtigsten, dringlichsten, am meisten erfolgversprechenden. Man kann annehmen, daß unter den Absichten ständig eine Art von Verdrängungswettbewerb ausgetragen wird, wobei die nach den oben angegebenen Parametern stärkste siegt. Entsprechend lassen sich die Aussagen der verschiedenen Formen der ,,Erwartungs x Wert-Theorien" interpretieren, die die Stärke einer Handlungstendenz mit der Erfolgserwartung und der Bedeutsamkeit (Wichtigkeit, Stärke) des verfolgten Zieles in Verbindung setzen (s. Heckhausen, 1980, S. 216 ff.). Ich habe an anderer Stelle (s. Dörner, 1984) die Mechanismen der Absichtsauswahl dargestellt, so wie sie sich aus dem Konzept des Absichtsgedächtnisses, wie es auf S. 267 f. geschildert wurde, ergeben können.

Wenn eine Absicht ausgewählt wurde, so wird sie bearbeitet. Wie geschieht dies? Im einfachsten Fall durch ,,automatischen", unbewußten Abruf eines bereits gespeicherten Programmes. Viele Verrichtungen werden auf diese Weise vollzogen. Ich arbeite an einem Artikel. Plötzlich bekomme ich Hunger. Ich erhebe mich vom Schreibtisch, gehe in die Küche, öffne den Kühlschrank, belege eine Scheibe Brot mit Wurst und gehe zurück zum Schreibtisch. All das geschieht fast unbewußt; nebenbei dachte ich weiter an meinen Artikel. Dabei ist der Verhaltensablauf im einzelnen recht kompliziert, aber er ist hochgeübt und braucht anscheinend nur angestoßen zu werden, um dann ohne höhere Steuerungsprozesse abzulaufen. – Ich beabsichtigte, zum Einkaufen in die Stadt zu fahren. Während der Fahrt mit dem Auto dachte ich intensiv über ein Problem nach und fand mich schließlich nicht in der Innenstadt, sondern auf dem Weg stadtauswärts nach Hause. Dabei hatte ich eine Reihe von Kreuzungen mit Ampeln überquert und mich in einem relativ dichten Verkehrsstrom sicher bewegt. Das einmal in Gang gesetzte Verhaltensprogramm, welches mit dem Starten des Wagens auf dem Universitätsparkplatz begann, hatte nach Wegfall der höheren Steuerungen seinen ,,Normalverlauf" genommen und hatte mich auf den nicht intendierten Heimweg gebracht.

Diese Beispiele zeigen die Autonomie der Steuerung durch den hochautomatisierten Abruf von Wissen, welches in ein festes Programm eingebaut ist. Ist eine Absicht durch ein automatisches Programm erledigbar, so wird sie diesem Automatismus übergeben und läuft dann sozusagen ,,im Keller" ab, wobei der Ablauf nicht mehr bewußt zu werden braucht und daher im einzelnen oft nicht erinnerbar ist. In dem obenstehenden Einkaufsbeispiel wurde der Automatismus ,,Losfahren vom Uni-Parkplatz" in Gang gesetzt, der normalerweise der erste Teil des ,,Heimfahrtautomatismus" ist, welcher dann auch ablief, da die Unterbrechung durch höhere Steuerzentren unterblieb. Diese waren anderweitig okkupiert. (Zu einer Theorie solcher *slips of action* siehe Reason, 1984. Reason zeigt, daß die Neigung zu solchen Geistesabwesenheiten ein Persönlichkeitsmerkmal zu sein scheint; zusätzlich aber stark von der jeweiligen Belastung, z. B. durch Lebensprobleme, abhängt. Auch erzwungene Wartezeiten (z. B. Warten auf einen Besucher oder einen Telefonanruf) können umgebungsspezifische Automatismen aufrufen. Man ,,erwacht" im Badezimmer plötzlich beim Zähneputzen! Siehe auch Reason & Lucas, 1984.)

Das Wissen, welches solche Automatismen lenkt, kann man sich so vorstellen, wie in Abb. 11.3. dargestellt. Es gibt *sensorische* ,,Schablonen" oder ,,Schemata", die zur Identifikation von Sachverhalten, wie Verkehrsampeln, Bremslichtern, Fußgängern in gefährlicher Richtung, bestimmten Straßen- und Gebäudekonfigurationen, dienen. Diese sind mit bestimmten *motorischen* Schemata gekoppelt und lösen diese aus. Die motorischen Schemata haben ihrerseits ,,Erwartungskoppelungen" zu sensorischen Schemata. Ich ,,erwarte" ein bestimmtes sensorisches Ereignis, wenn ich auf die Bremse trete. (Dabei ist diese Erwartung meist keineswegs bewußt; daß sie aber vorhanden ist, merke ich an dem Schock, der ausgelöst wird, wenn die Verlangsamung des Wagens aufgrund des Bremsens nicht stattfindet.)

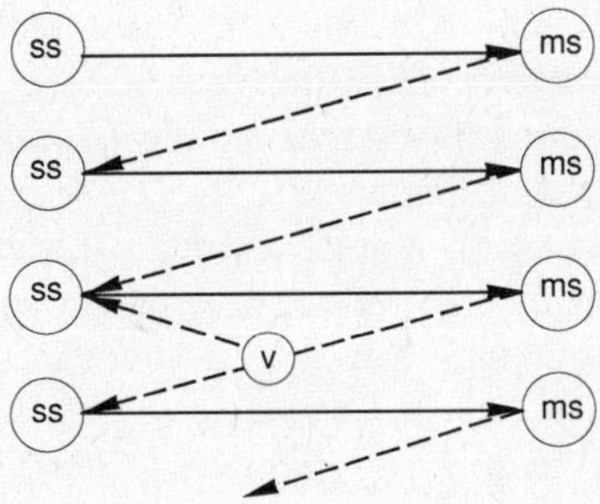

Abb. 11.3.: Koppelung sensorischer Schablonen und motorischer Schemata in einem ,,Automatismus". Beschreibung im Text.

Eine solche Struktur der Verknüpfung sensorischer und motorischer Schemata, wie sie in Abb. 11.3. dargestellt ist, kann fast beliebig kompliziert werden und auch Verzweigungen enthalten („Wenn hupen keinen Effekt auf Bewegungsrichtung des Fußgängers hat, dann bremsen und Richtungsänderung!") und Schleifen enthalten („Wenn Bremswirkung nicht hinreichend: weiter bremsen!"). (Siehe hierzu im einzelnen Schmidt, 1975; Munzert, 1984.)

Ich nehme an, daß für jede Absicht „automatisch" und ganz unbewußt eine Prüfung im Gedächtnis erfolgt, ob eine zielführende Kette von Aktionsschemata vorhanden ist. Ist dies nicht der Fall, so wird auf die „heuristische" Ebene umgeschaltet. Der Zweck der Arbeit auf der heuristischen Ebene besteht in der Konstruktion einer zielführenden Kette von Operationen oder – wie man auch sagen kann – in der Erstellung eines Verhaltensplanes. Dieser Verhaltensplan braucht nicht notwendigerweise von Anfang an völlig elaboriert zu sein. Vielmehr kann sich die Elaboriertheit erst nach mehreren Versuchen ergeben.

Heuristisches Vorgehen kann sehr verschieden aussehen. Die einfachste und phylogenetisch wohl älteste Form ist das Ausprobieren. Dies ist auch beim Menschen oft das erste und oft das letzte Mittel. Als erstes Mittel, d. h. vor allen anderen heuristischen Operationen, wird das Ausprobieren vor allem wohl dann verwendet, wenn ein Automatismus, also eine Kette von Aktionsschemata, versagt. – Eine Tür geht nicht auf, die sonst immer problemlos zu öffnen war. Dann rüttelt man erst einmal ein bißchen, zieht hier und da oder stößt dagegen. Erst wenn das nichts hilft, geht es ans Überlegen. Und schließlich kommt das Versuchs-Irrtums-Verhalten – meist dann stark emotionell geladen – als letztes Mittel vor, wenn alles Nachdenken nichts geholfen hat.

Dazwischen liegt dann das Nachdenken über mögliche Wege zum Ziel. Wir können an dieser Stelle natürlich keine langen Ausführungen über die „Mechanik" des Denkens machen. Auch bei der Gestaltung des Denkens wirken Wissensbestände mit, wie wir in Abb. 11.1. angedeutet haben. Es gibt ein *heuristisches* Wissen, welches dem Denkablauf Form und Richtung gibt.

Heuristisches Wissen betrifft zwei zentrale Probleme des heuristischen Vorgehens, nämlich die *Suchraumeinengung* und die *Suchraumerweiterung* oder *-modifikation*. Der Suchraum, in dem die möglichen Wege zum Ziel liegen können, ist im allgemeinen zu groß für ein systematisches Ausprobieren aller Möglichkeiten (man denke an die systematische Ermittlung des besten Zuges beim Schachspiel). Er muß eingeschränkt werden. Dafür gibt es viele verschiedene Mittel. Die „Mittel-Ziel-Analyse" (s. Newell & Simon, 1972) ist ein Beispiel dafür: man analysiert die *Unterschiede* zwischen Start- und Zielpunkt und wählt nur solche Umwandlungsoperationen aus, die eine Unterschiedsverminderung zur Folge haben können. Das ist eine sehr einfache Form der Suchraumeinengung. Es gibt viele andere, auf die wir hier nicht eingehen können.

Mechanismen der Suchraumeinengung machen Verfahren zur Suchraum*erweiterung* und *-modifikation* notwendig. Denn ein eingeengter Suchraum kann ein solcher sein, in welchem die Lösung eben gerade nicht liegt. Viele der Verfahren zur Erhöhung der „Kreativität" sind Verfahren, die der Suchraumerweiterung oder -modifikation dienen oder dienen könnten. Dazu gehört z. B. das Verfahren des *brain storming*. Es ist im Kern ein Verfahren, welches darauf abzielt, Einfälle zu einem Problem zu erzielen, die ,,jenseits des Üblichen" liegen, also den jeweils naheliegenden Suchraum sprengen. Beim *brain-storming* soll man sich – zunächst einmal – einfach alles einfallen lassen, was mit dem aktuellen Problem in Zusammenhang steht, ohne daß man die jeweiligen Einfälle einer kritischen Würdigung unterzieht.

Ein anderes Verfahren zur Suchraummodifikation ist die *Analogiebildung*. Wenn man den Bereich der chemischen Elemente mit dem Bereich der Karten eines Kartenspiels analogisiert, wie es Mendelejev (s. Sergejew, 1970) während der Entdeckung des Periodensystems der chemischen Elementarstoffe tat, so gewinnt man die Möglichkeiten der Ordnung der Karten eines Kartenspiels hinzu – und das bedeutet die Modifikation des Suchraumes.

Heuristisches Wissen kann fast unbewußt vorhanden sein. Wenn jemand sagt: ,,Moment, ich muß mir das 'mal alles aufschreiben!", so kann das indizieren, daß er ,,weiß", daß die schriftliche und damit sprachliche Fixierung einer Problemsituation der analytischen Durcharbeitung dienlich ist. Aber er braucht diesen nicht bewußt zu kennen. Er hat sich das eben so angewöhnt, weil er damit gute Erfahrungen gemacht hat.

Heuristisches Wissen setzt Wissen um den jeweiligen Sachverhaltsbereich, also Realitätswissen, natürlich voraus. Der Analogieschluß bezieht sich auf die Beziehungen zwischen verschiedenen Realitätsbereichen. Es arbeitet dieses ,,Realitätswissen" aber um. Die Form des Realitätswissens könnte eine Rolle spielen. Ob Wissen über einen bestimmten Realitätsbereich hauptsächlich sprachlich codiert oder in anschaulichen Vorstellungen als ,,analoges" Wissen vorliegt, kann wohl einen Unterschied machen, obwohl die verschiedenen Funktionen dieser beiden Codierungsformen noch kaum untersucht sind (Krause & Wysotzki, 1984; s. a. Dörner, 1984). Auf alle Fälle hat es Effekte, wenn man Vpn Probleme so stellt, daß sie sich etwas darunter vorstellen können (s. Mayer, 1979, S. 115 ff.; Hesse, 1984).

Als Nahtstelle zwischen heuristischen Verfahren und dem jeweiligen Sachverhaltswissen dient m. E. das Kurzzeitgedächtnis, welches als ,,Zeigergedächtnis" auf die jeweilig durch die heuristischen Operationen bearbeiteten Teile des Langzeitgedächtnisses zeigt und diese zur Verarbeitung bereithält (s. Dörner, 1979, S. 37).

Der Erwartungshorizont

Nur einer Sache zu einem Zeitpunkt nachzugehen, ist für einen Organismus gefährlich, weil dadurch Verhalten und Wahrnehmung auf einen bestimmten Teilbereich der ,,Welt" ausgerichtet werden und unter Umständen gefährliche oder relevante Entwicklungen in anderen Teilbereichen übersehen werden.

Damit dies nicht oder nur in vertretbarem Ausmaß der Fall ist, existiert eine Gedächtnisstruktur, die man als *Erwartungshorizont* in Abb. 11.1. findet. Dies ist eine Kontrollstruktur, die man sich – ähnlich wie das Absichtsgedächtnis – nicht als „fest verdrahtete“ Struktur vorstellen darf, sondern als ad hoc-Verknüpfung bestimmter Gedächtnisinhalte unter einer gemeinsamen Marke. Der Erwartungshorizont ändert sich auch ständig. Der Erwartungshorizont steht in enger Beziehung zum bildhaft-analogen Gedächtnis.

Man kann annehmen, daß das analoge Wissen zur schnellen Identifikation von Situationen dient. „Das ist mein Arbeitszimmer!“ – „Das ist die Kreuzung Luitpoltstr. – Siechenstr.!“ – „Das ist eine rote Ampel!“ – solche oft unbewußt bleibenden Globalidentifikationen der jeweiligen Umgebung dienen der Herstellung einer situationsadäquaten Reaktionsbereitschaft.

Außerdem wird aufgrund solcher Identifikationen der *Erwartungshorizont* oder zumindest ein Teil desselben gebildet. Wie sich eine auf „rot“ geschaltete Ampel in den nächsten Minuten verändert, das weiß man nach ihrer Wahrnehmung. (*Daß* man es weiß, kann man schnell daran erkennen, daß man ein wenig erschrecken würde, wenn die Ampel, statt von „rot“ zu „rot-gelb“ und zu „grün“ überzugehen, plötzlich blau blinken würde.) Eine solche Schreckreaktion signalisiert eine Diskordanz zwischen Erwartung und tatsächlich eingetretenem Ereignis.

Die Bildung eines Erwartungshorizontes aufgrund der Umgebungsidentifikation kann man sich einfach als raumzeitliche Assoziation vorstellen. Nach der Identifikation einer bestimmten Situation gehen alle die anderen Gedächtnisinhalte in den Erwartungshorizont ein, die mit der wahrgenommenen Situation räumlich und zeitlich – „vorwärts“ im Gedächtnis des Individuums assoziiert sind. Anschaulich kann man sich den so entstehenden Erwartungshorizont vorstellen wie den Lichtkegel einer Taschenlampe. In unmittelbarer Zukunft werden nur wenige Ereignisse erwartet und diese mit ziemlich großer Sicherheit. Dies entspricht dem geringen Umfang des Lichtkegels nahe bei der Lichtquelle und der hohen Leuchtdichte. Mit zunehmender Entfernung nimmt die Sicherheit der Erwartung ab (entsprechend der abnehmenden Leuchtdichte) und der „Möglichkeitsraum“ der Ereignisse nimmt zu (entsprechend der Vergrößerung des Durchmessers des Lichtkegels). Abb. 11.4. symbolisiert diese Beziehungen zwischen der zeitlichen Erstreckung des Erwartungshorizontes, der Erwartungssicherheit und der Größe des Möglichkeitsraumes.

Die Merkmale des Erwartungshorizontes determinieren das Verhalten. Je mehr *Unbestimmtheitsstellen* der Erwartungshorizont besitzt, desto öfter wird ein Individuum seine jeweiligen Aktivitäten unterbrechen, um zu „sichern“, d. h. um diejenigen Teile seiner Umgebung zu inspizieren, die eine hohe Extrapolationsunbestimmtheit aufweisen.

Der Zeitungsleser im Cafehaus wird mitunter die Zeitung sinken lassen, um den Bereich der Eingangstür zu mustern oder um andere Gäste zu inspizieren. Er wird nicht die Wand oder die Decke angucken, sondern eben die Punkte hoher Extrapolationsunbestimmtheit seiner Umgebung.

Die Unbestimmtheitsstellen im Erwartungshorizont bestimmen also sowohl

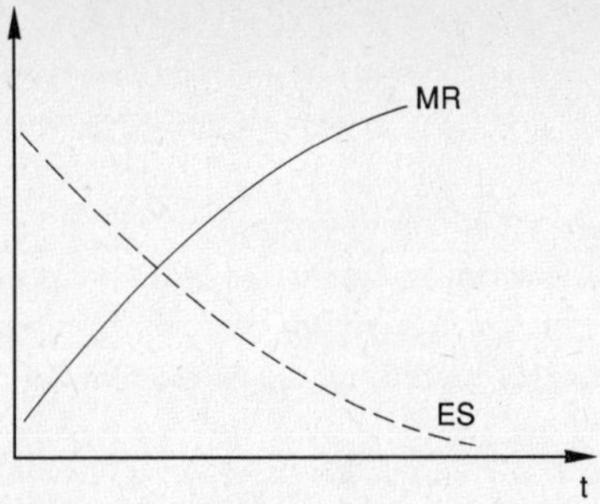

Abb. 11.4.: Der Erwartungshorizont als zeitlich gegliederter Möglichkeitsraum von Ereignissen mit Abnahme der Erwartungssicherheit (ES) und Zunahme der Größe des Möglichkeitsraumes (MR) der Ereignisse.

Ausmaß wie auch *Richtung* des *Sicherungsverhaltens*. Hohe Extrapolationsunbestimmtheit bedeutet ein hohes Ausmaß an Sicherungsverhalten.

Hohe Extrapolationsunbestimmtheit bedeutet aber auch hohe Unbestimmtheit insgesamt bzw. eine geringe allgemeine Kompetenz. Wenn man in hohem Maß nicht weiß, was geschehen kann, so wird man sich hilflos fühlen, und das hat auch wieder Konsequenzen für die Verhaltensregulation.

Eine hohe Unbestimmtheit wird Individuen eher dazu bringen, ,,ad hoc" zu handeln, also mehr geleitet von den Merkmalen der gerade gegebenen Situation als von übergreifenden und weitreichenden Zielen, mehr ,,lageorientiert" als ,,handlungsorientiert" (Kuhl, 1984). Man ,,wurstelt sich durch", repariert hier etwas, macht da etwas; wie es gerade kommt, und man ist leicht störbar und ablenkbar.

Emotionen als ,,allgemeine Lageberichte"

Es ist vernünftig und sinnvoll, die Erledigung einer Absicht nicht nur von deren Anforderungen allein abhängig zu machen, sondern von dem Kontext der anderen Absichten. Wir meinen, daß derlei Kontexteinflüsse in der Form der *emotionalen* Beeinflussung der Absichtsbehandlung beim Menschen vorprogrammiert sind. Viele Emotionen sind eine Art von integrierendem ,,Gesamtlagebericht" und setzen entsprechende *Rahmen* für die Absichtsbehandlung. Ganz ähnlich sehen von Cranach und Ochsenbein (1984) die Rolle von Emotionen als ,,Selbstüberwachungssystem".

Eine wichtige Komponente dieses Gesamtlageberichts ist ein allgemeines Kompetenzempfinden, dessen einer Pol das Gefühl vollständiger Hilflosigkeit und dessen anderer Pol hohe Selbstsicherheit wäre. Die aktuelle subjektive Kompetenz eines Individuums könnte z. B. der Summe der mit der *Wichtigkeit* der jeweiligen

Absichten multiplizierten Einzelkompetenzen entsprechen. Eine weniger wichtige Absicht, für die man sich sehr kompetent fühlt, hätte dann einen geringeren Einfluß auf die Gesamtkompetenz als eine wichtige, für die man sich sehr kompetent fühlt.

Die Gesamtkompetenz zu einem bestimmten Zeitpunkt ergäbe sich damit aus dem Wissen um die Bewältigungsmöglichkeit der einzelnen Absichten. Diese Konzeption stellt eine direkte Beziehung zwischen der *emotionalen Lage* eines Individuums, deren wichtiges Ingredienz die Kompetenz ist, und dem *Wissen* eines Individuums her.

Die Kompetenz eines Individuums als Ingredienz der emotionalen Gesamtlage kann die Absichtsbehandlung in folgender Weise ,,triggern":

1. Bei geringer Kompetenz findet eine Umstellung auf Situationsbewältigung, ,,ad hoc-Verhalten", Verhalten nach dem Reparaturdienstprinzip statt. Man richtet sein Verhalten nicht mehr auf Fernziele, sondern sieht zu, daß man sich irgendwie ,,durchwurstelt". Das Verhalten wird mehr ,,lageorientiert" als ,,handlungsorientiert" (Kuhl, 1984).

2. Bei geringer Kompetenz findet eine Umschaltung der Absichtsbehandlung auf einen gröberen *Auflösungsgrad* statt. Sachverhalte werden dichotom beurteilt; man operiert mit den Kategorien ,,schwarz-weiß", ,,gut-böse", ,,richtig-falsch", statt mit feineren Abstufungen. (Solche Umschaltungen auf einen gröberen Auflösungsgrad konnte Suedfeld (1978) für politische Führer in Krisensituationen wahrscheinlich machen und Reither (1985) experimentell erzeugen.)

Beide Effekte niedriger Kompetenz auf die Absichtsbehandlung sind in gewisser Weise sinnvoll. Sie sichern eine relativ *schnelle* Erledigung der *unmittelbar* anstehenden Probleme. Andererseits bergen sie natürlich große Gefahren. Ein entsprechendes Verhalten ist oft mit sehr unangenehmen Neben- und Fernwirkungen behaftet.

Ein weiteres Ingredienz der allgemeinen Lage ist die *Aktiviertheit* (um den emotionspsychologischen Terminus zu verwenden). Die Aktiviertheit könnte der Summe der Produkte von *Wichtigkeit* und *Dringlichkeit* der Absichten des Absichtsgedächtnisses entsprechen. Je höher diese Summe, desto höher die Aktiviertheit.

Die Aktiviertheit wirkt sich auf die Absichtsregulation einfach so aus, daß sie Ressourcen freisetzt. Die Prozesse der Absichtsbehandlung laufen sowohl grob somatisch (Muskeltonus, Atmung, Kreislaufregulation) als auch im Zentralnervensystem schneller ab und man kann daran denken, daß z. B. sowohl die Geschwindigkeit als auch das Ausmaß der Ausbreitung und der Inhibition von Erregungen im Zentralnervensystem durch eine generell hohe Wichtigkeit und Dringlichkeit der zu erledigenden Absichten gesteigert werden. Die körperlichen Bestandteile hoher Aktiviertheit werden vom Individuum auch wahrgenommen.

Daß die Kompetenz als ein Bestandteil der allgemeinen Lage mit dem Wissen (um die Formen der Bewältigung von Absichten) zusammenhängt, ist sinnfällig. Aber auch die Aktiviertheit hängt mit dem Wissen zusammen, nämlich über die Dringlichkeit. Wenn man nicht viel über die Bewältigung eines Problems weiß, so wird man generell die Zeit zu seiner Erledigung hoch einschätzen müssen (was nicht der Fall sein muß, wenn man fälschlicherweise meint, man verfüge über die Lösungsfähigkeiten). Geringe Kompetenz erzeugt also hohe Dringlichkeit und damit hohe Aktiviertheit.

Selbstkontrolle

Es werden nicht nur Absichten behandelt und Umgebungsbilder mit Erwartungshorizonten verglichen und Emotionen als ,,Gesamtlageberichte“ erstellt und modifiziert. Darüber hinaus *weiß* man von alledem teilweise etwas. Menschen haben die Fähigkeit zur Selbstreflexivität, wissen etwas über sich selbst und können sich selbst beeinflussen. Wie hat man sich das vorzustellen?

Entscheidend ist meines Erachtens, daß das Gesamtsystem ein mehr oder minder vollständiges *Protokoll* seiner Tätigkeiten anfertigt. Dies Protokoll wird bestimmte Zustände und Prozesse *nicht* enthalten, z. B. gewöhnlich nicht die Einzelheiten hochautomatisierter Verläufe. Darauf wurde bei der Absichtsbehandlung schon hingewiesen. Hochautomatisierte Verhaltensabläufe bleiben unbewußt und dies ist nach meiner Meinung gleichbedeutend damit, daß sie nicht ,,protokolliert“ werden.

Das Protokoll wird nun einer Kontrolle auf bestimmte allgemeine Merkmale unterzogen. Die Selbstkontrolle in der Abb. 11.1. besteht also einfach darin, daß eine ,,vorhanden“ – ,,nicht vorhanden“-Prüfung für bestimmte Ablaufmuster durchgeführt wird. Ein Beispiel dafür wäre die Analyse des Protokolls auf schnelle ,,Oszillationen“ der Absichtsbehandlung. Absichten werden nicht zu Ende gebracht und wechseln einander schnell ab; das wäre ein im Protokoll entdeckbares Muster.

Die Entdeckung solcher Muster kann zu Absichten führen, die eigentlich ,,Meta“-Absichten sind. ,,Betrachte diejenigen Merkmale des aktuellen Absichtsgedächtnisses, die zu der ,,Oszillation“ geführt haben und modifiziere sie so, daß die Oszillationen nicht mehr auftreten!“ – so könnte eine solche Metaabsicht lauten.

Sie könnte dazu führen, daß man entdeckt, daß die Oszillationen verknüpft sind mit niedriger Kompetenz hinsichtlich einer wichtigen Absicht und hoher Kompetenz hinsichtlich einer unwichtigen Absicht. Man flieht vor einem wichtigen aber schwierigen Referat in das Herumbasteln an dem alten Auto, dann drängt sich der Gedanke an das wichtige Referat wieder auf, man setzt sich wieder daran, verzagt vor den Schwierigkeiten, fängt an, die Wohnung zu säubern, ...

Was tun? Weiß man erst einmal, worin die Ursache liegt, so läßt sich auch Abhilfe finden. Wie erhöhe ich die Kompetenz für die Vorbereitung eines Referates? Gibt es da nicht Bücher? . . . .

Dies kurze Beispiel beleuchtet Ablauf und Funktion der Selbstkontrolle. Voraussetzung dafür ist, daß ,,Muster" (z. B. ,,Absichtsoszillation") für die Protokollanalyse existieren. Nur aufgrund solcher Muster können in einem Protokoll defiziente Abläufe entdeckt werden, die dann Ausgangspunkt für die Metaabsichten werden. (Für die ,,Metaabsichten" braucht man aber kein eigenes ,,Metaanalysesystem"; es reicht das normale System der Absichtsbehandlung.)

Literatur

v. Cranach, M., & Ochsenbein, G. (1984). *Selbstüberwachungssysteme und ihre Funktion in der menschlichen Informationsverarbeitung*. Forschungsberichte Psych. Inst. der Universität Bern 1984, 2.

Dörner, D. (1979). *Problemlösen als Informationsverarbeitung*. Stuttgart: Kohlhammer.

Dörner, D. (1984). The organization of action in time. In E. Frehland (Ed.), *Synergetics: From microscopic to macroscopic order*. Berlin: Springer.

Dörner, D. (1985). *Die Fähigkeit des Menschen zum Denken in komplexen Systemen: Determinanten der Vorausschau*. Schriftenreihe der Daimler-Benz AG.

Dörner, D., Reither, F., & Stäudel, T. (1983). Emotion und problemlösendes Denken. In H. Mandl & G. L. Huber (Hg.), *Emotion und Kognition* (S. 61–84). München: Urban & Schwarzenberg.

Frehland, E. (Ed.) (1984). *Synergetics: From microscopic to macroscopic order*. Berlin: Springer.

Heckhausen, H. (1980). *Motivation und Handeln*. Berlin: Springer.

Heckhausen, H., & Kuhl, J. (1984). From wishes to actions: The dead ends and short cuts on the long way to action. In Frese & Sabini (Eds.), *Goal-directed behavior* (pp. 134–159).

Hesse, F. W. (1984). ,,Laut-Denken-Analyse" semantischer Einflüsse beim Problemlösen. In G. Lüer et al., *Abschlußbericht über das Projekt Systemdenken*. Göttingen: Institut für Psychologie.

Klix, F. (Hg.) (1984). *Gedächtnis – Wissen – Wissensnutzung*. Berlin: Deutscher Verlag der Wissenschaften.

Krause, W., & Wysotzki, F. (1984). Computermodelle und psychologische Befunde der Wissensrepräsentation. In F. Klix (Hg), *Gedächtnis – Wissen – Wissensnutzung* (S. 108–136). Berlin: Deutscher Verlag der Wissenschaften.

Kuhl, J. (1984). Tatsächliche vs. phänomenale Hilflosigkeit. Metakognitive Vermittler von Leistungsdefiziten nach massiver Mißerfolgsinduktion. In F. E. Weinert & R. H. Kluwe (Hg.), *Metakognition, Motivation und Lernen* (S. 192–209). Stuttgart: Kohlhammer.

Lüer, G., et al. (1984). *Abschlußbericht über das Projekt Systemdenken*. Göttingen: Institut für Psychologie.

Mandl, H., & Huber, G. L. (Hg.) (1978). *Kognitive Komplexität*. Göttingen: Hogrefe.

Mandl, H., & Huber, G. L. (1983). *Emotion und Kognition*. München: Urban & Schwarzenberg.

Mayer, R. E. (1979). *Denken und Problemlösen*. Berlin: Springer.

Munzert, J. (1984). *Flexibilität des Handelns bei der sensumotorischen Regulation. IfHA-Berichte*. Nr. 6. Berlin: Technische Universität.

Newell, A., & Simon, H. A. (1972). *Human problem solving*. Englewood Cliffs, N. J.: Prentice Hall.

Parasuraman, R., Davies, R., & Beatty, J. (Eds.) (1984). *Varieties of attention*. New York: Academic Press.

Reason, J. T. (1984). Absend-mindedness and cognitive control. In R. Parasuraman, R., Davies, & J. Beatty (Eds.), *Varieties of attention*. New York: Academic Press.

Reason, J. T., & Lucas, D. (1984). Absent-mindedness in shops: Its incidence, correlates and consequences. *British Journal of Clinical Psychology, 23*, 121–131.

Reither, F. (1985). Wertorientierung in komplexen Entscheidungssituationen. *Sprache & Kognition, 4*, Heft 1.

Rost, J. (1981). *Gedächtnispsychologische Grundlagen naturwissenschaftlichen Wissens*. Weinheim: Beltz.

Scherer, K. R. (1982). Emotion as a process: Function, origin and regulation. *Social Science Information, 21*, 555–570.

Schmidt, R. A. (1975). A schema theory of discrete motor skill learning. *Psychological Review, 82*, 225–260.

Sergejew, J. (1970). Psychologische Hintergründe großer Entdeckungen. *Bild der Wissenschaft, 7*, 456–553.

Suedfeld, P. (1978). Integrative Komplexität als eine Variable historischer Forschung und internationaler Beziehungen. In H. Mandl & G. L. Huber (Hg.), *Kognitive Komplexität* (S. 51–64). Göttingen: Hogrefe.

Tergan, S.-O. (1986), *Modelle der Wissensrepräsentation als Grundlage qualitativer Wissensdiagnostik*. Opladen: Westdeutscher Verlag.

Volpert, W. (1983). Das Modell der hierarchisch-sequentiellen Handlungsorganisation. In W. Hacker, W. Volpert & M. v. Cranach (Hg.), *Kognitive und motivationale Aspekte der Handlung* (S. 38–58). Bern: Huber.

Wissen und Sprache

12 Textproduktion

Theo Herrmann und Siegfried Hoppe-Graff

Nach wie vor ist die Sprachproduktion ein vernachlässigtes Teilgebiet der Sprachpsychologie. Das gilt insbesondere für die Produktion von zusammenhängenden satzübergreifenden Äußerungen, also von *Texten oder Diskursen*. Zum Beispiel existiert unseres Wissens nicht ein einziges ausgearbeitetes Modell für den Gesamtprozeß der Textproduktion: Was vorliegt, sind einerseits Vorstellungen über *einzelne* Prozesse oder Prinzipien, andererseits allgemeine Sprachproduktionsmodelle, die primär nicht für Texte, sondern für *Sätze oder Wörter* formuliert und auf der Satz- und Wortebene angewendet und überprüft worden sind (vgl. Butterworth, 1980; Molitor, 1984).

Wenn wir bei diesem Forschungsstand dennoch ein Sprachproduktionsmodell (vgl. Herrmann, 1982, 1985; Hoppe-Graff et al., 1985) an den Anfang stellen, so hat das drei Gründe. Erstens nehmen wir an, daß es, als Rahmenmodell, prinzipiell auch die Produktion von Texten beschreiben kann. Zweitens gliedert es den Prozeß der Sprachproduktion in eine Abfolge von Produktionsstufen und ist so als *advance organizer* für die Einordnung der Einzelfragen und -befunde zur Textproduktion geeignet. Drittens läßt sich anhand des Modells der Bezug der Textproduktion zum Rahmenthema dieses Buches deutlich aufweisen: Wir möchten zeigen, daß und wie das *Wissen* in verschiedenen Formen und in mehrfacher Weise in den Prozeß der Sprachproduktion eingreift.

Wir werden in unserem Beitrag die Ausdrücke *Text und Diskurs* bzw. *Textproduktion und Diskursproduktion* synonym gebrauchen, denn in der Fachliteratur wird zwischen Text und Diskurs keine eindeutige Abgrenzung getroffen; allenfalls bezieht sich Diskurs eher auf den Vorgang des Äußerns; Text eher auf das Ergebnis der Äußerung und deren Merkmale. Texte können mündlich oder schriftlich produziert werden. Die kognitions- und sprachpsychologische Forschung hat sich vor allem mit der mündlichen („phonetischen") Sprachproduktion befaßt. Die wenigen Untersuchungen zum Schreiben von Texten legen es nahe, sowohl Übereinstimmungen in den Grundprinzipien als auch Besonderheiten, die mit der Eigenart des Schreibens zu tun haben, anzunehmen (Gregg & Steinberg, 1980; Rubin, 1980; Nystrand, 1982).

Ein begrifflicher Rahmen: Die drei Stufen der Textproduktion

Menschen, die Texte produzieren, wollen damit Ziele erreichen, sie erfüllen damit eine ihnen gesetzte oder selbstgewählte Aufgabe, und sie beachten bei ihrer Textproduktion immer auch den oder die Kommunikationspartner, den oder die Adressaten, für den/die der Text bestimmt ist. Weitere Gesichtspunkte der Situations- und Kontextabhängigkeit des Schreibens und Sprechens mögen hinzukommen; man denke beispielsweise an die ,,institutionelle Rahmung" des Sprechens, etwa an den Unterschied von Diskussionen in der Schule und auf dem Sportplatz. Die grundlegende *Ziel- und Partnerbezogenheit* ist ein in unserer Sicht entscheidender, aber bei der Erforschung der Textproduktion bisher nur unzureichend beachteter Gesichtspunkt, der bei der mündlichen Diskursproduktion in *Face-to-face*-Situationen vielleicht offensichtlicher ist als bei der Abfassung schriftlicher Texte.

Wenn zum Beispiel während eines Besuchs im Sozialamt der Klient dem ihm gegenübersitzenden Beamten etwas erzählt, so hat dies innerhalb des jeweiligen Sozialamtsgesprächs eine bestimmte kommunikative Funktion, und die Erzählung wird vom Sprecher auf die soziale Rolle ausgerichtet, die er selbst und der Beamte einnehmen. Eine solche Erzählung kann etwa der Selbstdarstellung oder der psychischen Entlastung oder aber auch der Unterhaltung und Belustigung des Partners dienen (Quasthoff, 1980). So wird die Erzählung – unabhängig vom erzählten Sachverhalt – unterschiedlich geplant und gestaltet. Bei der Abfassung schriftlicher Texte ist die Lage komplexer: Nicht jeder Text ist ausdrücklich (in erster Linie) an einen anderen gerichtet. Der Schreiber kann einen Text einfach ,,aus sich herausschreiben", er kann etwas zum Zwecke verbesserter intellektueller Problemdurchdringung zu Papier bringen, oder er kann bereits gewonnene Lösungsansätze für ein Problem aufschreiben, er kann sich Notizen für eine Rede machen oder Gedanken konservierend festhalten.

Hier erlebt der Produzent sich selbst und nicht einen anderen als Adressaten, und die Art der Textproduktion richtet sich nach den soeben genannten Handlungszielen. Oder aber der Schreiber will sein Wissen an bestimmte Leser weitergeben, und/oder er will bestimmte Leser bezüglich ihrer Einstellungen und Handlungen beeinflussen und lenken (s. Ludwig, 1980; vgl. auch Günther & Günther, 1983; Molitor, 1984). Auch die schriftliche Textverfertigung ist danach stets ziel- und adressatenbezogen; so schreiben wir selbst diesen Lehrbuchbeitrag anders als einen an Insider gerichteten Forschungsbericht über unsere Arbeiten zur Textproduktion.

Es kann also festgehalten werden, daß die mündliche und schriftliche Textproduktion immer auch ziel- und partnerbezogen ist. Allenfalls handelt es sich beim Adressaten um einen ,,abstrakten", ,,generalisierten" Partner (etwa um die Leserschaft eines Buches oder um die Zuhörerschaft einer Vorlesung). Die Art des Kommunikationsziels und des Partners bestimmen mit, wie die Textproduktion jeweils beschaffen ist. Dabei sind mindestens die drei folgenden *Stufen der Textproduktion* zu unterscheiden:

(1) Der Sprecher oder Schreiber kann ziel- und partnerbezogen unterschiedliche Aspekte oder Komponenten eines ihm bekannten oder von ihm erlebten Sachverhaltes zum Thema des Diskurses machen; er kann zum Beispiel den Sachverhalt unter unterschiedlichen Perspektiven verbalisieren (Anderson & Pichert, 1978). Erzählt jemand jemandem etwas über eine Party, an der er teilnahm, so mag er – ziel- und partnerbezogen – einmal die Bewirtung, ein andermal die Wohnungseinrichtung oder zum dritten einige während der Party vernommene Gerüchte über die Gastgeber zum Inhalt seines Berichts machen: Gekannte oder erlebte Sachverhalte werden ziel- und partnerbezogen fokussiert. Das ,,Worüber" des Texts, seine Thematik, nennen wir den *Fokus* bzw. die (fokussierte) ,,gedankliche" (informationale, kognitive, propositionale) *Basis der Textproduktion.* Der Fokus besteht aus strukturierter Fokusinformation. Man kann diese Informationsstruktur als ein Gefüge von Propositionen (Prädikat-Argument-Zusammenhängen) auffassen (vgl. auch Schlesinger, 1977; Sidner, 1983; Herrmann, 1985).

(2) Bei demselben Fokus, der sich auf denselben Sachverhalt bezieht, kann der Textproduzent – wiederum ziel- und partnerbezogen – Unterschiedliches verbalisieren, um die Fokusinformation an den Adressaten zu transferieren. Zur Fokusinformation eines Sprechers möge der erinnerte Tatbestand gehören, daß er einer ihm zugewandten Frau gegenüberstand, die ihr Kind an ihrer linken Hand hielt. Er kann dann verbalisieren, daß das Kind links von der Frau stand. Oder er äußert, daß das Kind auf der rechten Seite der Frau stand (vgl. Miller & Johnson-Laird, 1976; Ehrich, 1985). Oder man kann angesichts eines und desselben Tatbestands davon sprechen, Anna habe dem Otto das Fahrrad verkauft, oder Otto habe von Anna das Fahrrad gekauft (Gentner, 1975). Das seligierte ,,gedankliche Material" für die sprachliche Verschlüsselung (Enkodier-Input) ist hier jeweils bei gleicher Fokusinformation verschieden. Aus einer vorliegenden Fokusinformation können unterschiedliche Enkodier-Inputs seligiert werden (= *Input-Selektion*). Und die einzelnen Enkodier-Inputs können zudem in unterschiedlicher Reihenfolge seligiert werden. Man kann bei einer Wohnungsbeschreibung zuerst vom Eßzimmer und dann erst von der Küche sprechen – oder umgekehrt; man kann zuerst die Pointe erzählen und dann erst, wie es dazu kam, usf. Bei gleicher Fokusinformation kann also eine unterschiedliche *Input-Linearisierung* (Linearisierung der Enkodier-Inputs) stattfinden.

(3) Liegt ein und derselbe Enkodier-Input (als Element einer bestimmten Enkodier-Reihenfolge bzw. Linearisierung) vor, so kann dieser Input – wiederum ziel- und partnerbezogen – sprachlich unterschiedlich verschlüsselt werden. Man kann den Sachverhalt, daß Anna das Fahrrad verkaufte, in verschiedenen Sprachen, Subsprachen, Dialekten, Soziolekten (zum Beispiel ,,Anna verhökerte den Drahtesel") usf. verbalisieren, und man kann den Tatbestand auch mittels desselben Sprachkodes verschieden enkodieren: ,,Anna verkaufte das Fahrrad", vs. ,,Das Fahrrad wurde von Anna verkauft", vs. ,,Es war Anna, die das Fahrrad

verkaufte“ (usf.). Von der Fokussierung, der Input-Selektion und der Input-Linearisierung ist also die *verbale Enkodierung* zu unterscheiden.

Es sei schon hier darauf hingewiesen, daß auf den drei Stufen der Textproduktion – Fokussierung, Selektion/Linearisierung und Enkodierung – zeitlich parallele Prozesse ablaufen, und daß die Stufen funktional eng miteinander interagieren bzw. durch Rückkopplungsschleifen verbunden sind.

Die hier verwendete Stufeneinteilung (vgl. Herrmann, 1982, 1985) unterscheidet sich von einigen anderen Klassifizierungen. So verwendet auch Chafe (1977, 1979) ein dreistufiges Sprachproduktionsmodell, demzufolge der Sprachproduzent (1) zunächst auf der Basis seines Weltwissens eine „Semantische Struktur“ aus Propositionen bereitstellt. Will er diese gedankliche Konfiguration sprachlich mitteilen, so bringt er das Mitzuteilende in eine Reihenfolge (= Linearisierung). So entsteht (2) die „Oberflächenstruktur“ einer Äußerung. Schließlich wird diese „Oberflächenstruktur“ – beim Sprechen – in eine Reihenfolge von Lauten umgesetzt; es resultiert (3) die „Phonetische Struktur“. Bei Chafes Modell spielt die Bezogenheit des Sprechens bzw. Schreibens auf das jeweilige Kommunikationsziel und den Partner kaum eine Rolle. Dies gilt in abgeschwächtem Maße auch für die Sprachproduktionstheorie von Schlesinger (1977).

Schlesinger unterscheidet ebenfalls drei Produktionsstufen. Der Sprecher hat (1) eine (nonverbale) „Kognitive Struktur“ zur Verfügung; sie besteht aus allem demjenigen, was der Sprecher beachtet und worüber er sprechen will. Nach und nach entnimmt er der „Kognitiven Struktur“ (2) sogenannte „I-Markers“, die – in der Regel: satzweise – alle relevanten Informationen enthalten, die für die sprachliche Verschlüsselung in einer Einzelsprache erforderlich sind. „I-Markers“ bestehen sowohl aus gedanklich-kognitiven als auch aus einzelsprachlich-verbalen Informationselementen (Lexemen) und werden demzufolge „protoverbal“ genannt. Aus den „I-Markers“ entstehen endlich im Wege der Anwendung von einzelsprachenspezifischen „Realisationsregeln“ (3) „verbale Äußerungen“. Kommunikationsziel- und partnerbezogene Spezifizierungen dieser Äußerungen erfolgen erst bei der Anwendung der „Realisationsregeln“. Dies, neben anderen theoretischen Differenzen, unterscheidet Schlesingers Einteilung von der hier verwendeten Klassifikation. Wie dargestellt, ist bereits die Bildung des *Fokus* als erste Stufe der Sprachproduktion (siehe oben) dezidiert ziel- und partnerspezifisch.

Der für uns zentrale Punkt der Ziel- und Partnerbezogenheit der Diskursproduktion wird auch im Produktionsmodell für das *Schreiben* von expositorischen Texten von Hayes und Flower (1980) und im „Strategiemodell“ von van Dijk und Kintsch (1983) betont. Hayes und Flower, die dem Denkansatz und dem Vorgehen der Artificial Intelligence-Forschung nahestehen, leiten aus der Analyse vorliegender Schreibresultate (verbaler Protokolle) die Unterscheidung von drei globalen Stufen bei der planvollen Abfassung schriftlicher Texte ab. Textproduktion besteht danach aus (1) dem Planen, (2) dem Übersetzen (engl. *translating*) und (3) dem Überprüfen *(reviewing)*, wobei das Übersetzen etwa der Stufe der verbalen Enkodierung in unserem Modell entspricht und mit Überprüfen (bestehend aus den Subprozessen des Lesens und Editierens) ein unmittelbar an das Enkodieren anschließender Kontroll- und ggf. Korrekturprozeß gemeint ist. Innerhalb der Planungsphase unterscheiden Hayes und Flower die Subprozesse des Generierens, Organisierens und Zielsetzens. Die Funktion des Generierens ist das Abrufen von diskursrelevanten Informationen aus dem Langzeitgedächtnis – insofern unserer Fokussierung vergleichbar. Die Funktion des Organisierens ist es, daraus unter der Kontrolle eines übergeordneten Schreibplans das am besten geeignete ,,Material" und dessen Reihenfolge (Linearisierung) auszuwählen. Hayes und Flower gehen nun, abweichend von unserer Vorstellung, davon aus, daß beim ,,Generieren" nicht nur die ,,Gegenstände" von Äußerungen aktualisiert werden, sondern auch schon gleichzeitig und nicht deutlich getrennt davon die Kriterien, nach denen unter dem Aspekt der Ziel- und Hörerangemessenheit das ,,Enkodierergebnis" in der Überprüfungsphase zu beurteilen sein wird. Die Aufgabe des Zielsetzens ist es dann, diese Kriterien zu identifizieren und für das Überprüfen zu speichern.

Bei van Dijk und Kintsch (1983) wird die Ziel- und Partnerbezogenheit der Diskursproduktion im Begriff der *Produktionsstrategie* berücksichtigt. Produktionsstrategien – van Dijk und Kintsch unterscheiden unter anderem interaktive und pragmatische Strategien, semantische Strategien, Makrostrategien, propositionale Strategien und Formulierungsstrategien – sind dadurch ausgezeichnet, daß sie die Flexibilität des Sprechers, mit der er während des gesamten Produktionsprozesses seine spezifische Zielsetzung und die Besonderheiten der Sprechsituation und des Sprechpartners berücksichtigt, in den Mittelpunkt rücken. Auch wenn die Abfolge der Anwendung der Strategien im Produktionsprozeß bei van Dijk und Kintsch nicht genau festgelegt ist, so stimmt doch dieses Modell mit unserer Auffassung auch darin überein, daß das Produzieren von Diskursen nicht als strikt lineare Abarbeitung von ,,Strategiestufen" zu verstehen ist, sondern als ein komplexes System von Teilprozessen, das sowohl vielfältige Hierarchiebeziehungen als auch Rückkopplungen enthält.

Wissensaktualisierung und Fokussierung

(1) Wenn jemand in einer Kommunikationssituation Äußerungen produziert, so geschieht das auf der Grundlage von gespeicherten (deklarativen) Wissensbeständen, die sich auf die ,,Welt", die Wirklichkeit beziehen – so wie der Sprachproduzent die Wirklichkeit versteht (Chafe, 1977). Derart berichtet man über dasjenige, was man erlebt oder erfahren hat; man erzählt so, wie man über die Welt – selbst über eine fiktive Welt – zu denken gelernt hat; man beantwortet Fragen auf der Basis seines Wissens; man fragt sogar so, wie man die Dinge versteht (vgl. Flammer, 1981). Neben diese Art, beim Sprechen und Schreiben ,,Weltwissen" zu verwenden, tritt eine andere Art der Wissensnutzung: Wissen über das Funktionieren des menschlichen Zusammenlebens, über die Bewältigung von kommuni-

kativen Aufgaben und Problemen, über soziale Konventionen, über Eigentümlichkeiten von (Klassen von) Partnern und dergleichen bestimmen bereits mit, (a) ob man überhaupt in einer Kommunikationssituation Äußerungen produziert und (b) auf welche *Aspekte* oder *Komponenten* des zuerst genannten Weltwissens man sich dabei bezieht.

(2) Die jeweils ,,ersten" (vorgeordneten) Entscheidungen in einer Kommunikationssituation bestehen darin, ein Handlungsziel (oder entsprechende Unterziele) *überhaupt mittels produzierter Äußerungen* erreichen zu wollen (vgl. van Dijk & Kintsch, 1983, Kap. 8). Und diese *Ziel-Mittel-Verknüpfung* erfolgt auf der Basis von Wissen über soziale Zusammenhänge, Konventionen und Partnereigenschaften: Man fordert jemanden zu einer Handlung auf, weil man die aktuelle Situation erlerntermaßen so einschätzt, daß die Aufforderung an den Partner effektiver zu sein verspricht als etwas selbst zu tun (Herrmann, 1982); man erwidert einen Gruß, um eine soziale Konvention zu erfüllen; man weiß, daß man Fragen – im Regelfall – zu beantworten hat; man beginnt etwas zu erzählen, weil man gelernt hat, angesichts einer bestimmten sozialen Rollenkonstellation den Partner dadurch für sich einzunehmen (Quasthoff, 1980), usf. Desgleichen weiß man oft, unter welchen Bedingungen man Äußerungen unterläßt. Man spricht den Pfarrer nicht während des Gottesdienstes an, auch wenn man etwas auf dem Herzen hat; man verweigert jemandem den Gruß, weil man weiß, daß man ihn damit ärgern oder kränken kann, usf.

Kommunikationssituationen unterscheiden sich danach, ob man bei der Entscheidung, sich überhaupt zu äußern, auf gewissermaßen fertig vorliegende Wissensbestände zurückgreifen kann. Gehört eine Kommunikationssituation zu einer Klasse von häufig eintretenden, ,,routinisierten" Situationen (= Standardsituationen), so genügt es, diese singuläre Situation der betreffenden Situationsklasse zu subsumieren, um damit bereits entschieden zu haben, ob man sich äußert oder nicht. In anderen Fällen (= Nichtstandardsituationen) kann der Entschluß, etwas zu sagen (oder auch zu schreiben), das Ergebnis eines echten Problemlösungsprozesses sein; doch auch dieses Problemlösen geht nicht ohne die Nutzung von Wissen – sogenannter heuristischer Information – vor sich (Dörner, 1979; Herrmann et al., 1984; ,,heuristisch" bedeutet: ,,dem Auffinden dienlich").

(3) Soweit man in einer Kommunikationssituation überhaupt Äußerungen plant und manifestiert, stellt man Wissensbestände bereit, deren *Auswahl* ersichtlich zum einen davon abhängt, was man weiß, erlebt oder erfahren hat oder was man auf der Basis dieses Wissens schlußfolgern kann. Zum andern erfolgt diese Auswahl aber nach dem Handlungsziel und den Besonderheiten der Kommunikationssituation und insbesondere des Kommunikationspartners.

Nehmen wir an, daß jemand eine Party besuchte (Kognitionssituation), um sich richtig sattzuessen, und daß ihn die Wohnungseinrichtung des Gastgebers wenig interessierte. Wird er aber nun von einem Gesprächspartner gebeten, über die Wohnungseinrichtung zu berichten, und folgt er dieser Bitte in der Kommunikationssituation, so erzählt er über das kalte Büfett, das ihn seinerzeit dominant interessiert hatte, nur wenig oder nichts; vielmehr berichtet er primär über die

Wohnungseinrichtung. Vielleicht aktiviert er zu diesem Zweck auch „einrichtungsspezifisches“ Wissen, das er nicht während der Party, sondern anderweitig erworben hat. Die Information, die der Sprachproduzent kommunikations- und sprachzielbezogen bereitstellt und die sich nach allem von dem seinerzeit in der Kognitionssituation eingespeicherten Sachverhaltswissen beträchtlich unterscheiden kann, macht die wesentlichen Komponenten der *Fokusinformation* aus. Diese Fokusinformation, die in der Kommunikationssituation bereitgestellt wird, und das Sachverhaltswissen, das während der Kognitionssituation (vgl. Party) entstand, bilden informational eine Schnittmenge: Bestimmte Informationselemente des Sachverhaltswissens werden bei der Fokussierung nicht berücksichtigt; auch enthält der Fokus Informationselemente, die nicht zum Sachverhaltswissen aus der Kognitionssituation gehören (Herrmann, 1985).

Manche Elemente der Fokusinformation sind nicht das Resultat eines bloßen Abrufs von bereitliegendem Wissen aus dem Gedächtnis, sondern entstehen durch „mnestisches“ Rekonstruieren auf der Basis des noch abrufbaren Wissens (Spiro, 1977, 1980) und durch verschiedenartige Schlußfolgerungen (Omanson et al., 1978; Bransford, 1979; Schnotz, 1984; vgl. dazu auch Anderson & Pichert, 1978).

Wird auch nach allem dasjenige, *worüber* gesprochen bzw. *was* aufgeschrieben wird, primär durch die *Zielsetzung* bestimmt, die der Sprachproduzent in der Kommunikationssituation mit Hilfe der Textproduktion verfolgt, so ist doch das spezifische, seinerzeit während der Kognitionssituation gebildete Sachverhaltswissen für die Textproduktion nicht bedeutungslos. So sprechen einige Befunde dafür, daß dasjenige, worüber man berichtet, *genauer* bzw. *detailreicher* formuliert werden kann, wenn die während der Kognitionssituation eingenommene *Kognitionsperspektive* mit der aktuellen ziel- und partnerspezifischen Fokussierung *übereinstimmt* (Herrmann et al., 1985). Wer bereits auf der Party auf die Wohnungseinrichtung besonders geachtet hatte, kann seinem Kommunikationspartner über die Wohnungseinrichtung genauer und detailgetreuer berichten als derjenige, der die Party unter der Perspektive, delikate Speisen und Getränke zu sich zu nehmen, erlebte.

(4) Betrachten wir die Fokussierung an einem Beispiel (Herrmann, 1982): Jemand hat das situationsspezifische Ziel, daß ein bestimmtes, jetzt noch geschlossenes Fenster offen sein soll. Er hat gelernt, den Partner zum Öffnen des Fensters aufzufordern, falls – neben dem Vorliegen des Ziels – bestimmte Bedingungen erfüllt sind. Zu diesen Bedingungen gehört unter anderem, daß der Partner (auf entsprechende Aufforderung hin) zum Öffnen des Fensters *bereit* und daß er dazu *imstande* ist. Außerdem liegt eine soziale Konvention vor, derzufolge der Sprecher zum Auffordern des Partners *legitimiert* ist. (Nicht immer, wenn jemand will, daß das Fenster geöffnet ist, und wenn der Partner zum Öffnen bereit und in der Lage ist, bedeutet das schon, daß die Aufforderung einer geltenden Konvention entspricht; man denke an die Zugluftempfindlichkeit eines anwesenden Dritten.)

Dieses erlernte und aktivierbare „Aufforderungswissen“, konkret auf das Fensteröffnen bezogen, kann man als einen wesentlichen Teil der *Fokusinformation* des Auffordernden auffassen, wobei diese Fokusinformation die Informationsbasis für

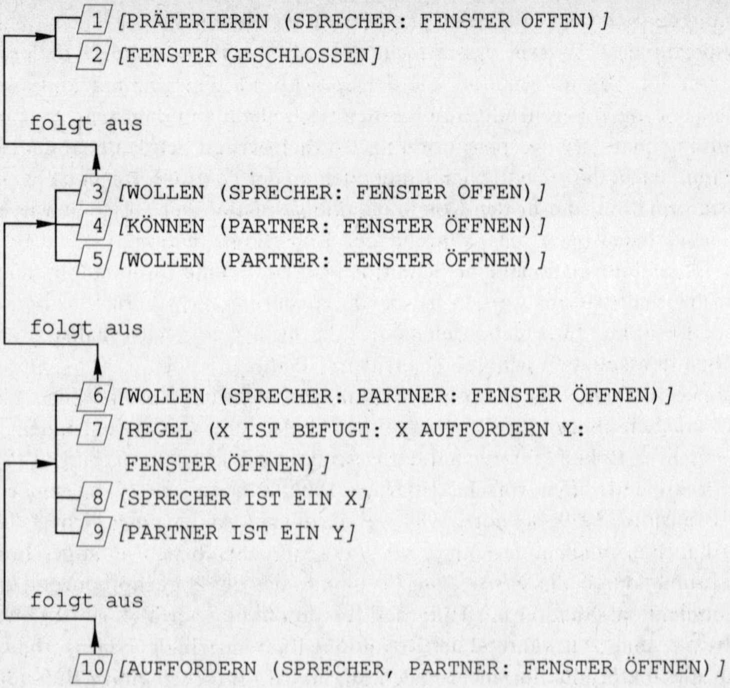

Abb. 12.1.: Fokusinformation als kognitive Basis für eine Aufforderung zum Fensteröffnen – vereinfachte Darstellung (Erläuterung siehe Text).

die zu produzierende Aufforderungsäußerung bildet. Man kann diese Fokusinformation wie in Abb. 12.1. als partielle Implikationsstruktur rekonstruieren.

Es handelt sich hierbei um einen schematisierten Wissensbestand oder um ein kognitives Schema (vgl. unter anderem Rumelhart & Ortony, 1977), der bzw. das situationsspezifisch konkretisiert wurde. Anders formuliert, besteht ein Aufforderungsschema partiell aus variablen Größen, die situationsgerecht mit konkreten Werten belegt – instantiiert – werden. Nach demselben Schema würde danach auch ein Kiosk-Verkäufer aufgefordert, den SPIEGEL zu verkaufen; oder der Mitbewohner einer Wohngemeinschaft würde aufgefordert, heute die Suppe zu kochen, usf. Stets handelt es sich um fokussierte Information, die einer Klasse von zu produzierenden Äußerungen (Aufforderungen) als kognitive Basis dient. Dieses Aufforderungsschema kann *in abstracto* wie in Abb. 12.2. rekonstruiert werden.

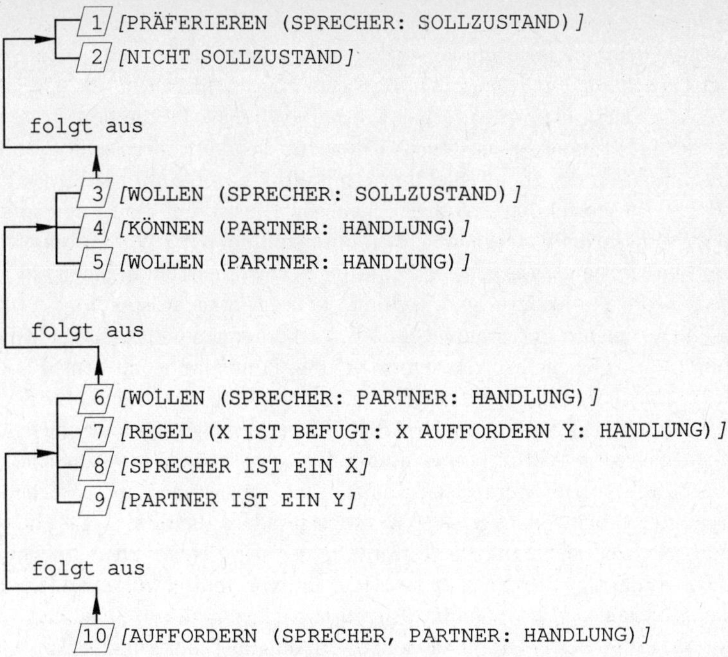

Abb. 12.2.: Abstrakte Rekonstruktion des Aufforderungsschemas – vereinfachte Darstellung (vgl. Herrmann, 1982, S. 124; Erläuterung siehe Text).

Selektion und Linearisierung

(1) Nicht alle Informationen, die der Sprecher oder Schreiber fokussiert, werden verbalisiert. Der Sprachproduzent seligiert Komponenten des Fokus und macht sie zum Input einzelsprachlicher Verschlüsselung bzw. Enkodierung (= *Input-Selektion*). Außerdem werden mehrere Fokuskomponenten häufig in einer bestimmten Reihenfolge seligiert und sprachlich enkodiert (= *Input-Linearisierung*).

(2) Niemand, der seinen Partner zum Öffnen des Fensters auffordert, verbalisiert die gesamte Fokus-Information, wie sie in Abb. 12.1. dargestellt ist. Statt dessen seligiert er *Teile* dieses Fokus und verbalisiert sie. Wenn jemand etwa die Komponente 9 aus Abb. 12.1. verbalisiert, so sagt er vielleicht: ,,Du bist verpflichtet, das Fenster zu öffnen.“ Verbalisiert er Komponente 6, so äußert er vielleicht: ,,Ich möchte, daß du das Fenster öffnest.“ Verbalisiert er Komponente 2, so mag er – sehr indirekt – sagen: ,,Das Fenster ist immer noch geschlossen.“ In jedem dieser Fälle seligiert der Sprecher eine unterschiedliche Komponente der Fokusinformation als Enkodier-Input.

Über die Bedingungen, durch deren Zusammenspiel determiniert wird, welche Fokuskomponenten zum Enkodier-Input werden und welche nicht, ist bis heute kaum etwas bekannt (siehe aber den Versuch von van Dijk & Kintsch, 1983, Kap. 8, erste Annahmen über entsprechende ,,propositionale Produktionsstrategien" aufzustellen). Herrmann et al. (1984) haben für das Auffordern einige Befunde zur Determination der Input-Selektion ermittelt: Es gibt Aufforderungssituationen (vgl. zum Beispiel den Zeitungsverkauf am Kiosk), bei denen der Sprecher mit hoher subjektiver Wahrscheinlichkeit unterstellt, daß der Partner ohne weiteres bereit und imstande ist, der Aufforderung nachzukommen, und daß der Sprecher selbst zum Auffordern hoch legitimiert ist (= Standardsituation; s. o.). In diesen Fällen seligiert man überwiegend Fokuskomponenten der Kategorien 4–6 (s. Abb. 12.2.). (Beispiel für Kategorie 4: ,,Sie können mir mal den SPIEGEL geben.") Sehr direkte Aufforderungen der Kategorien 7–10 (Beispiel für Kategorie 8: ,,Ich bin befugt, von Ihnen den SPIEGEL zu verlangen.") fehlen hier so gut wie ganz. In anderen Aufforderungssituationen ist die subjektive Wahrscheinlichkeit von partnerseitiger Bereitschaft, partnerseitigem Können und sprecherseitiger Legitimation bei weitem geringer (= Nichtstandardsituation; s. o.). Hier werden indirekte bzw. nichtexplizite Aufforderungen der Kategorien 1–3 bevorzugt, bei denen weder auf den Partner noch auf die von ihm gewünschte Handlung Bezug genommen wird (Beispiel für Kategorie 1: ,,Ich hätte gern, daß das Fenster offen ist."). Einen besonderen Fall stellt die Bedingungskonstellation dar, bei der eine hohe sprecherseitige Legitimation mit einer geringen partnerseitigen Bereitschaft einhergeht. In dieser Konstellation neigt man zu sehr direkten, expliziten und kaum mißzuverstehenden Aufforderungen der Kategorien 7–10 (Beispiel für Kategorie 7: ,,Man überläßt Behinderten seinen Sitzplatz.").

(3) Produzierte Texte (Diskurse) sind üblicherweise nicht das Resultat der Selektion und sprachlichen Verschlüsselung einer einzigen Fokuskomponente. Vielmehr werden mehrere oder viele Fokuskomponenten seligiert und zugleich in eine Reihenfolge gebracht (= linearisiert) (de Beaugrande, 1982). So mag ein Arzt das Handlungsziel haben, mit dem Auto zu einem Patienten zu fahren. Ist nun die Ausfahrt durch ein anderes Auto blockiert und der Fahrer dieses Wagens anwesend, so wird der Arzt häufig eine komplexe Aufforderung verwenden (vgl. Abb. 12.2.): Zuerst mag er vielleicht sein Handlungsziel nennen (Kategorie 3), dann mag er auf eine geltende Konvention verweisen (Kategorie 7), und schließlich mag er eine sehr direkte, imperativisch formulierte Aufforderung aussprechen (= Kategorie 10): ,,Ich will zu einem Patienten fahren. Man darf die Ausfahrt von Arztpraxen nicht blockieren. Also fahren Sie bitte Ihren Wagen weg!" – Ähnliche Sequenzen sind offensichtlich zielführend, wenn man jemanden um Hilfe bittet (vgl. Mikula, 1977).

Die Linearisierung von Fokusinformation kann in vielen Fällen so betrachtet werden, daß der Sprachproduzent über *schematische Linearisierungsprozeduren* verfügt. Man erlernt also nicht nur schematisiertes Wissen, *worüber* man kommunikationsziel- und partnerspezifisch spricht oder schreibt (s. o.: Fokus-Schemata beim Vorliegen von Standardsituationen), sondern man erwirbt auch prozedurale

Schemata, nach denen die *Sequenzierung* von Fokusinformation erfolgt. Die üblichste Linearisierungsprozedur erfolgt nach dem Prinzip, die Dinge in derjenigen Reihenfolge zu sagen oder zu schreiben, in der sie sich zutragen oder zugetragen haben (vgl. auch Flammer et al., 1985). So mag jemand über die erlebte Party derart erzählen, daß er mit seinem Eintreffen anfängt, chronologisch berichtet und mit seinem Weggang endet. Das Erzählen von Märchen und ähnlichen narrativen Diskursen ist in der Regel streng nach der Abfolge der zu erzählenden Ereignisse organisiert (vgl. Bühler, 1977[4]; Stein & Glenn, 1979; Black & Bower, 1980). Doch ist die intrinsische Zeitstruktur von Ereignisfolgen keineswegs der einzige Linearisierungsgesichtspunkt. Viele Sachverhalte, über die zu berichten ist, haben gar keine solche Zeitstruktur.

Das gilt zum Beispiel für die Beschreibung von Räumen bzw. Raumstrukturen. Auch Raumstrukturen werden nicht in zufälliger Weise verbalisiert. So gibt es ein von fast allen Menschen verwendetes Linearisierungsschema für die Beschreibung von Wohnungen, bei dessen Nutzung man – an der Wohnungstür beginnend – mit dem Partner einen virtuellen Rundgang durch die Wohnung macht (Linde & Labov, 1975; s. aber auch kritisch hierzu Nirmaier et al., 1984). Beschreibt man Raumstrukturen, so linearisiert man so, daß man selbst und der Partner beim Vorliegen räumlicher Verzweigungen bzw. Gabelungen möglichst wenig Information zwischenspeichern muß, um nach dem beschreibenden ,,Abarbeiten" eines ,,Zweiges" zum Verzweigungspunkt kognitiv zurückfinden zu können (Levelt, 1981, 1982).

Aber auch wenn der zu beschreibende Sachverhalt eine intrinsische Zeitstruktur besitzt, ist man nicht der Sklave dieser Struktur: So kann man zuerst über das turbulente Ende der Party berichten und erst dann erzählen, wie es dazu kam. Oder wenn man das Anfertigen eines Gerichts beschreibt, kann man ein Rezept-Schema verwenden. Die Anwendung dieses Linearisierungsschemas impliziert in der Regel, zuerst alle zu verwendenden Zutaten (mit Mengenangaben) zu verbalisieren und dann erst in einem Zuge die Zubereitung zu beschreiben (Herrmann et al., 1985). Bei einer Linearisierung zufolge der intrinsischen Struktur des Kochens würden demgegenüber Zutaten erst nach und nach genannt, so wie sie bei der Vorbereitung und Zubereitung der Speise sukzessiv ins Spiel kommen.

Nicht jede Linearisierung von Fokusinformation erfolgt nach strikten Linearisierungsschemata, wie sie bei der Wohnungsbeschreibung, bei der Angabe von Kochrezepten oder beim Märchenerzählen vorzuliegen pflegen. Ebenso wie die Fokussierung in Nichtstandardsituationen (s. o.) das Ergebnis von zum Teil komplizierten Problemlösungsvorgängen sein kann, so kann die Linearisierung aus der aufwendigen Ad-hoc-Planung von Reihenfolgen der Fokuskomponenten resultieren (vgl. auch Molitor, 1984). (Das weiß jeder, der Schwierigkeiten beim ,,Aufbau" einer wissenschaftlichen Arbeit durchzustehen hatte.) Soweit aber die Textproduktion anhand von etablierten kognitiven Schemata erfolgt, sind nach allem Schemata des Fokussierens (,,Was-Schemata") von Linearisierungsschemata (,,Wie-Schemata") theoretisch zu trennen.

Verbale Enkodierung

(1) Als Ergebnis der Fokussierungs-, Selektions- und Linearisierungsprozesse hat der Sprecher entschieden, worüber er sich äußern, was er davon und in welcher Reihenfolge er es in Worte fassen will. Diese Entscheidungen bilden auch den Ausgangspunkt (engl. *initial structure*) für die verbale Enkodierung. (Sprechplanung impliziert auf den verschiedenen Stufen Entscheidungen; mit dem Begriff der Entscheidung ist hier natürlich nicht gemeint, daß es sich um intentionale und bewußte Entscheidungen handeln muß.) In unserem Partybeispiel hat der Sprecher etwa entschieden, sich über die Wohnungseinrichtung und nicht über die Qualität des kalten Büfetts zu äußern, und er hat sich entschieden, die Einrichtung gemäß ihrer räumlichen Anordnung und unter der Maßgabe, den schlechten Geschmack des Wohnungsinhabers deutlich werden zu lassen, zu beschreiben. Es stellt sich nun die Frage: Wie wird dieser nichtsprachliche Enkodierinput in die beobachtbare mündliche oder schriftliche Äußerung übersetzt? Bei der verbalen Enkodierung wird häufig zwischen den Komponenten der *syntaktischen, lexikalischen* und *prosodischen Enkodierung* unterschieden (vgl. Satzbau; Wortwahl; Betonungs- und Tonhöhenverlauf). Diese sprachspezifischen Transformationsprozesse werden nochmals von der *artikulatorischen* (beim Sprechen) bzw. *schreibmotorischen* (beim Schreiben) *Realisierung* von Texten abgegrenzt, wobei der letztgenannte Prozeß auch häufig, bei einer groben Einteilung der Sprachproduktion, der vorausgehenden (gesamten) Planungsphase gegenübergestellt wird. Die Prinzipien und Prozesse der verbalen Enkodierung sind seit kurzer Zeit Gegenstand intensiver sprachpsychologischer Forschung (vgl. zum Beispiel Schlesinger, 1977; Givon, 1979; Herrmann, 1985), doch gilt wiederum, daß die Überlegungen und Untersuchungen fast ausschließlich auf die Satz- und Wortebene beschränkt waren.

(2) Enkodierungsprozesse betreffen zum Beispiel die Wahl der Intonation und der Wortstellung, die Pronominalisierung, die Verwendung emphatischer Partikeln (z. B. natürlich, ja, halt, ohnehin usf.) und die Verwendung von Soziolekten (für eine Übersicht der im Zusammenhang mit der Textproduktion besonders relevanten „Enkodierstrategien" s. van Dijk & Kintsch, 1983, S. 284). Liegt als propositional darstellbarer Enkodierinput (semantischer Input) in unserem Beispiel unter anderem der „gedankliche Inhalt" vor, daß im Regal ein völlig veralteter Plattenspieler und ein nagelneuer Fernsehapparat standen, so kann der Sprecher etwa äußern (Unterstreichungen kennzeichnen die Betonung):

(1) . . . „Im Regal standen ein uralter *Plattenspieler* und ein nagelneuer *Fernseher*" . . .

oder

(2) . . . „Ein uralter *Plattenspieler* und ein nagelneuer *Fernseher* standen im Regal . . .

oder

(3) . . . „Im Regal standen ein *uralter* Plattenspieler und ein *nagelneuer* Fernseher“ . . .

oder

(4) . . . „Im Regal standen ein uralter *Plattenspieler* und, natürlich, ein nagelneuer *Fernseher*“ . . .

oder

(5) . . . „Im Regal standen ein uraltes *Grammophon* und eine nagelneue *Glotze*“ . . .

An diesem Beispiel läßt sich ein Gesichtspunkt demonstrieren, den wir im nächsten Abschnitt in allgemeiner Form ausführen werden: Die Enkodierprozesse sind funktional abhängig von „vorgeordneten“ Erwägungen, die die Struktur des Fokus und die kommunikative Sprecher-Partner-Beziehung betreffen. Im Rahmen der Textproduktion signalisiert die *Wortstellung* nach Givon (1979) unter anderem: Topic-comment-Strukturen, Topic-Einführungen und -Veränderungen und Veränderungen der raumzeitlichen Gegebenheiten, in denen sich die Handlungen und Ereignisse abspielen, die etwa in einem erzählenden Text vorkommen. Von „Topic“ spricht man in diesem Zusammenhang, wenn man diejenige verbalisierte Information bezeichnen will, die beim Sprecher und beim Hörer über mehrere Textäußerungen hinweg im Mittelpunkt der Beachtung bleibt, die also dasjenige ist, worüber in den einzelnen Teiläußerungen jeweils etwas Verschiedenes (= *comments*) ausgesagt wird. *Betonungen* – vgl. (1) vs. (3) – werden im Rahmen von mündlichen Textäußerungen benutzt, um folgende Aspekte zum Ausdruck zu bringen: den Beginn und das Ende von Textepisoden (siehe zum Konzept der Textepisoden auch Black & Bower, 1979), Satz- und Nebensatzgrenzen und die Wichtigkeit von bestimmten Konzepten im Rahmen des Gesamttextes. *Emphatische Partikeln* haben die Funktion, gedankliche und die kommunikative Sprecher-Hörer-Beziehung betreffende Relationen zu vorausgehenden und nachfolgenden Sätzen, Propositionen oder sogar zum gesamten Diskurs herzustellen – vgl. (1) mit (4), wo „natürlich“ die Sprecherabsicht unterstreicht, den schlechten Geschmack des Wohnungsinhabers herauszuheben. Für die Wahl eines bestimmten *Sprachstiles* – vgl. (1) mit (5) – hat Herrmann (1976) im Zusammenhang mit der Objektbenennung gezeigt, daß dieses Merkmal ebenfalls vorausgesagt werden kann, wenn man die Kommunikationssituation kennt; unter anderem kovariiert die Sprachschichthöhe mit der sozialen Distanz von Sprecher und Kommunikationspartner: Die Wahrscheinlichkeit informeller und „intimer“ Äußerungen wächst mit dem Geringerwerden der sozialen Distanz, *falls* auch der Gesprächsgegenstand dem Sprecher und Partner emotional und kognitiv „nahesteht“.

(3) Die verbale Enkodierung ist die letzte Planungsstufe in unserem Sprachproduktionsmodell. Das impliziert einerseits, daß wir eine *funktionale Abhängigkeit* der Erstellung der sprachlichen Oberflächenstruktur von den „vorgeordneten“ Planungsprozessen der Fokussierung und der Selektion und Linearisierung annehmen. Welche Wortstellung im Satz gewählt wird, wo die Satzbetonung liegt und ob etwa emphatische Partikeln gebraucht werden, ist davon abhängig, welche Thematik der Sprecher in welcher Reihenfolge und mit welcher kommunikativen Absicht

zum Ausdruck bringen will (siehe zur Veranschaulichung das Beispiel im vorhergehenden Abschnitt). Das heißt: Der Sprecher greift *nicht* auf Syntax-, Lexikon- und Lautbildungssysteme zurück, die *autonom*, d. h. auch: unabhängig von allem Vorhergehenden, ablaufen. Die Enkodierung erfolgt ebenso ziel- und partnerbezogen wie die vorgängige Erstellung des Enkodier-Inputs und, so nehmen wir an, unter der Kontrolle der Fokussierungs- und Selektions-/Linearisierungsentscheidungen.

Die These der ,,funktionalen (Ko-)Determiniertheit" der verbalen Enkodierung steht nicht im Widerspruch zu der *Unterbestimmtheitsthese* (vgl. Herrmann, 1985, Kap. 7.6.), mit der behauptet wird, daß der beobachtbare, mündlich oder schriftlich geäußerte Text durch die Kenntnis der bloßen Beschaffenheit des Enkodier-Inputs unterbestimmt ist. Vielmehr ergänzen sich diese beiden Thesen: Aus der Kenntnis des Enkodier-Inputs allein kann man nicht vorhersagen oder erklären, in welchem Sprachkode (z. B. in welchem Sprachstil) die Äußerung vorliegen wird, und es läßt sich nicht einmal vorhersagen, welche Äußerung bei demselben Enkodier-Input *und* demselben Sprachkode vorliegen wird (vgl. den vorhergehenden Abschnitt). Vorhersagen sind aber möglich, *wenn* man die Ziele des Sprechers und/oder die Merkmale der Kommunikationssituation berücksichtigt. Und sie sind möglich, *weil* der Sprecher ziel- und partnerbezogen Diskurse produziert.

Wenn wir die verbale Enkodierung als *funktional* abhängig von den vorgeordneten Planungsprozessen charakterisiert haben, so soll damit nicht gesagt sein, daß wir uns den Prozeß der Sprachproduktion als eine strikt lineare Abfolge der Prozeßstufen in einem einfachen Sinne vorstellen, wonach zuerst entschieden würde, worüber sich der Sprecher äußern will, dann für den ganzen Text festgelegt wird, in welcher Reihenfolge er sich äußern will, und schließlich, welche sprachliche Oberflächenstruktur er verwendet. Auch die Produktion von Texten – und *gerade* die strategisch geplante Produktion kommunikativ angemessener und zugleich inhaltlich komplexer Texte – ist nur möglich, weil die Sprechplanung als ein *paralleler Prozeß* auf verschiedenen Stufen (Ebenen) vorzustellen ist, wobei die Ergebnisse der aktuellen Planungsprozesse der einen Ebene zugleich ,,Daten" für die Prozesse auf den anderen Stufen darstellen. Dabei gelten auch *Rückkopplungsbeziehungen* der Art, daß die Entscheidungen bei der Enkodierung als ,,Input" in den nächsten Linearisierungs-, Selektions- und Fokussierungsschritt einbezogen werden. Diese Vorstellungen weisen Ähnlichkeiten mit dem von Marslen-Wilson & Tyler (1980; Tyler & Marslen-Wilson, 1982) vertretenen *On-line interactive*-Ansatz des Sprachverstehens auf.

Literatur

Anderson, R. C., & Pichert, J. W. (1978). Recall of previously unrecallable information following a shift in perspective. *Journal of Verbal Learning and Verbal Behavior, 17*, 1–12.

Beaugrande, R. de (1982). Psychology and composition: Past, present, and future. In M. Nystrand (Ed.), *What writers know* (pp. 211–267). New York: Academic Press.

Black, J., & Bower, G. H. (1979). Episodes as chunks in narrative memory. *Journal of Verbal Learning and Verbal Behavior, 18*, 309–318.

Black, J., & Bower, G. H. (1980). Story understanding as problem solving. *Poetics, 9*, 223–250.

Bransford, J. D. (1979). *Human cognition*. Belmont, CA.: Wadsworth.

Bühler, Ch. (1977[4]). Das Märchen und die Phantasie des Kindes. In Ch. Bühler & J. Bilz (Hg.), *Das Märchen und die Phantasie des Kindes* (S. 23–94). Berlin: Springer.

Butterworth, B. (1980). Some constraints on models of language production. In B. Butterworth (Ed.), *Language production, Vol. 1: Speech and talk* (pp. 423–459). London: Academic Press.

Chafe, W. G. (1977). The recall and verbalization of past experience. In R. W. Cole (Ed.), *Current issues in linguistic theory* (pp. 215–246). Bloomington: Indiana University Press.

Chafe, W. G. (1979). The flow of thought and the flow of language. In T. Givon (Ed.), *Syntax and semantics. Vol. 12: Discourse and syntax* (pp. 159–181). New York: Academic Press.

van Dijk, T. A., & Kintsch, W. (1983). *Strategies of discourse comprehension*. New York: Academic Press.

Dörner, D. (1979[2]). *Problemlösen als Informationsverarbeitung*. Stuttgart: Kohlhammer.

Ehrich, V. (1985). *Zur Linguistik und Psycholinguistik der sekundären Raumdeixis*. In H. Schweizer (Hg.), Sprache und Raum (pp. 130–161). Stuttgart: Metzler.

Flammer, A. (1981). Towards a theory of question asking. *Psychological Research, 43*, 407–420.

Flammer, A., Grob, A., Jann, M., & Reisbeck, C. (1985). Mentale Repräsentation und selektive Wiedergabe. *Zeitschrift für experimentelle und angewandte Psychologie, 32*, 21–32.

Gentner, D. (1975). Evidence for the psychological reality of semantic components: The verbs of possession. In D. A. Norman & D. E. Rumelhart (Eds.), *Explorations in cognition* (pp. 211–246). San Francisco, CA.: Freeman.

Givon, T. (1979). *On understanding grammar*. New York: Academic Press.

Gregg, L. W., & Steinberg, E. R. (Eds.) (1980). *Cognitive processes in writing*. Hillsdale, N. J.: Erlbaum.

Günther, K. B., & Günther, H. (Hg.) (1983). *Schrift, Schreiben, Schriftlichkeit*. Tübingen: Niemeyer.

Hayes, J. R., & Flower, L. S. (1980). Identifying the organization of writing processes. In L. W. Gregg & E. R. Steinberg (Eds.), *Cognitive processes in writing* (pp. 3–30). Hillsdale, N. J.: Erlbaum.

Herrmann, Th. (1976). Zur situativen Determination der Sprachschichthöhe. *Zeitschrift für Sozialpsychologie, 7*, 355–371.

Herrmann, Th. (1982). *Sprechen und Situation*. Berlin: Springer.

Herrmann, Th. (1985). *Allgemeine Sprachpsychologie. Grundlagen und Probleme.* München: Urban & Schwarzenberg.

Herrmann, Th., Winterhoff-Spurk, P., Mangold, R., & Nirmaier, H. (1984). Auffordern und Informationsnutzung. *Sprache & Kognition, 3*, 41–53.

Herrmann, Th., Hoppe-Graff, S., Nirmaier, H., & Schöler, H. (1985). *Partnerbezogenes Berichten: Perspektive, Fokus und Linearisierung*. Heidelberg – Mannheim: Bericht Nr. 3 der Forschergruppe ‚Sprechen und Sprachverstehen im sozialen Kontext'.)

Levelt, W. J. M. (1981). The speaker's linearization problem. *Phil. Trans. Royal Society*, London, *B 259*, 305–315.

Levelt, W. J. M. (1982). Linearization in describing spatial networks. In S. Peters & E. Saarinen (Eds.), *Processes, beliefs, and questions* (pp. 199–220). Dordrecht: Reidel.

Linde, Ch., & Labov, W. (1975). Spatial networks as a site for the study of language and thought. *Language, 51*, 924–939.

Ludwig, O. (1980). Funktionen geschriebener Sprache und ihr Zusammenhang mit Funktionen der gesprochenen und inneren Sprache. *Zeitschrift für germanistische Linguistik, 8*, 74–92.

Marslen-Wilson, W., & Tyler, L. K. (1980). The temporal structure of spoken language understanding. *Cognition, 8*, 1–70.

Mikula, G. (1977). *Considerations of justice in allocation situations*. Graz: Bericht aus dem Institut für Psychologie der Universität Graz.

Miller, G. A., & Johnson-Laird, Ph. N. (1976). *Language and perception*. Cambridge: Cambridge University Press.

Molitor, S. (1984). *Kognitive Prozesse beim Schreiben*. Tübingen: Forschungsbericht Nr. 31 des Deutschen Instituts für Fernstudien.

Nirmaier, H., Hoppe-Graff, S., Schöler, H., & Moser, K. (1984). *Raumbeschreibungen in Abhängigkeit von unterschiedlichen Aufgabenkontexten*. Mannheim: Unveröffentlichtes Manuskript eines Vortrags auf der Tagung experimentell arbeitender Psychologen in Nürnberg.

Nystrand, M. (Ed.) (1982). *What writers know*. New York: Academic Press.

Omanson, R. C., Trabasso, T., & Warren, W. H. (1978). Goals, inferential comprehension and recall of stories by children. *Discourse Processes, 1*, 327–354.

Quasthoff, U. (1980). *Erzählen in Gesprächen*. Tübingen: Narr.

Rubin, A. (1980). A theoretical taxonomy of the differences between oral and written language. In R. J. Spiro, B. C. Bruce & W. F. Brewer (Eds.), *Theoretical issues in reading comprehension* (pp. 411–438). Hillsdale, N. J.: Erlbaum.

Rumelhart, D. E., & Ortony, A. (1977). The representation of knowledge in memory. In R. C. Anderson, R. J. Spiro & W. E. Montague (Eds.), *Schooling and the acquisition of knowledge* (pp. 99–135). Hillsdale, N. J.: Erlbaum.

Schlesinger, I. M. (1977). *Production and comprehension of utterances*. Hillsdale, N.J.: Erlbaum.

Schnotz, W. (1984). *Textaufbau und Kohärenzbildung*. Zum Einfluß der Sequenzierung von Lehrinhalten auf die Inferenztätigkeit beim Aufbau von Wissensstrukturen. Tübingen: Forschungsbericht Nr. 24 des Deutschen Instituts für Fernstudien.

Sidner, C. L. (1983). Focussing and discourse. *Discourse Processes, 6*, 107–133.

Spiro, R. J. (1977). Remembering information from text: The „state of schema" approach. In R. C. Anderson, R. J. Spiro & W. E. Montague (Eds.), *Schooling and the acquisition of knowledge* (pp. 137–166). Hillsdale, N. J.: Erlbaum.

Spiro, R. J. (1980). Constructive processes in prose comprehension and recall. In R. J. Spiro, B. C. Bruce & W. F. Brewer (Eds.), *Theoretical issues in reading comprehension* (pp. 245–278). Hillsdale, N. J.: Erlbaum.

Stein, N. L., & Glenn, C. G. (1979). An analysis of story comprehension in elementary school children. In R. O. Freedle (Ed.), *New directions in discourse processing*. Vol. 2. (pp. 53–120). Norwood, N. J.: Ablex.

Tyler, L. K., & Marslen-Wilson, W. (1982). The resolution of discourse anaphors: Some online studies. *Text, 2*, 263–291.

13 Textverstehen als Aufbau mentaler Modelle

Wolfgang Schnotz

Einleitung

Durch die Beschäftigung mit der kognitiven Verarbeitung längerer Texte sah sich die Forschung zum Sprachverstehen in den letzten Jahren zunehmend mit der Frage der mentalen Repräsentation komplexerer, sprachlich kommunizierter Inhalte konfrontiert. Standen in früheren psycholinguistischen Untersuchungen Oberflächenstrukturmerkmale von Sätzen und deren Auswirkungen auf die Verarbeitung im Vordergrund, geht es in neueren Untersuchungen zum Textverstehen eher um semantische Tiefenstrukturen und unterschiedliche Arten der mentalen Repräsentation von Texten.

Die bislang vorliegenden Theorieansätze zum Textverstehen unterscheiden sich voneinander unter repräsentationalem und unter prozeduralem Aspekt: Der repräsentationale Aspekt betrifft die Annahmen über die Struktur der mentalen Repräsentation; der prozedurale Aspekt betrifft die Annahmen über die mentalen Prozesse beim Aufbau und bei der Verwendung dieser Strukturen. Die traditionellen Auffassungen des Textverstehens kann man unter repräsentationalem Aspekt als elementaristisch bezeichnen: Wissensstrukturen bestehen demnach aus semantischen Einheiten, die miteinander zu einem kohärenten Ganzen verknüpft werden. Unter prozeduralem Aspekt kann man diese Auffassungen als additiv bezeichnen, da sie den Aufbau einer Wissensstruktur als ein bloßes Aneinanderfügen von einfachen semantischen Einheiten ansehen.

In den letzten Jahren wurde in der Kognitiven Psychologie, der Forschung zur Künstlichen Intelligenz und der Psycholinguistik eine neue Generation von Theorieansätzen entwickelt, die man als holistisch bezeichnen kann. Dabei wird davon ausgegangen, daß beim Textverstehen eine mentale Repräsentation gebildet wird, die von vornherein ganzheitlichen Charakter hat. Die Modellierung von Wissensstrukturen erfolgt dementsprechend mit ganzheitlichen Konstrukten wie Szenarien oder mentalen Modellen. Dieser Übergang von der additiv-elementaristischen zu einer holistischen Auffassung des Textverstehens weist gewisse Parallelen zum Übergang vom Assoziationismus zur Gestaltpsychologie auf.

Ziel des folgenden Beitrags ist es, diese Entwicklung in ihren wesentlichen Zügen darzustellen und die Gründe, die zu ihr geführt bzw. sie unterstützt haben, anhand empirischer Befunde zu verdeutlichen. Zunächst werden die Hauptmerkmale der traditionellen additiv-elementaristischen Auffassung skizziert und einige Probleme dargestellt, die die Angemessenheit dieser Auffassung grundsätzlich in Zweifel ziehen. Dann werden neuere holistische Ansätze dargestellt, die den genannten Problemen eher gerecht werden und in denen das Textverstehen als Aufbau von mentalen Modellen aufgefaßt wird. Dabei wird speziell auf die unterschiedlichen Repräsentationsannahmen dieser Ansätze im Vergleich zu bisherigen Auffassungen eingegangen. Im Anschluß daran werden integrative Ansätze dargestellt, in denen davon ausgegangen wird, daß beim Textverstehen grundsätzlich verschiedene Arten der mentalen Repräsentation einschließlich mentaler Modelle gebildet werden. Diese verschiedenen Arten der mentalen Repräsentation bilden verschiedene Verstehensebenen, die miteinander interagieren. Im folgenden wird dann auf die Konsequenzen allgemeiner Merkmale des Textaufbaus für die Bildung einer mentalen Repräsentation eingegangen. Abschließend werden vor dem Hintergrund dieser theoretischen Ansätze Möglichkeiten einer prozeduralen Sprachbetrachtung sowie Implikationen für die weitere Forschung zum Textverstehen aufgezeigt.

Additiv-elementaristische Auffassung des Textverstehens

Darstellung

Die bisher vorherrschende traditionelle Auffassung des Textverstehens geht davon aus, daß die beim Textverstehen gebildeten Wissensstrukturen aus semantischen Einheiten – sog. Propositionen – bestehen (vgl. Beaugrande, 1980; Crothers, 1972, 1979; Frederiksen, 1975, 1977; Graesser, 1981; Kintsch 1974; Meyer, 1975, 1981). Die propositionale Darstellung solcher Wissensstrukturen erfolgt in Anlehnung an die Prädikatenlogik: In einer Proposition stellt ein allgemeines Relationskonzept (das Prädikat) eine Verbindung zwischen spezifischeren Inhaltskonzepten (den Argumenten) her und konstituiert somit eine Sinneinheit. Beispielsweise stellt in der Proposition

(LIEBTEN, agent: GRIECHEN, objekt: KUNSTWERKE)

das Prädikat LIEBTEN eine Relation zwischen den Argumenten GRIECHEN (als Agent) und KUNSTWERKE (als Objekt) her. Die Proposition repräsentiert somit den Sachverhalt, daß die Griechen Kunstwerke liebten. Die Wissensstruktur, die durch den folgenden, aus Kintsch (1977) entnommenen „Griechen-Text" (1) vermittelt wird,

(1) Die Griechen liebten schöne Kunstwerke. Als die Römer die Griechen besiegten, ahmten sie die Griechen nach. Sie lernten so, schöne Kunstwerke zu schaffen.

läßt sich demnach etwas vereinfachend durch die folgende Propositionsliste (1P1) bis (1P8) darstellen (vgl. Turner & Greene, 1977):

(1P1) (LIEBTEN, GRIECHEN, KUNSTWERKE)
(1P2) (SCHÖN, KUNSTWERKE)
(1P3) (BESIEGTEN, RÖMER, GRIECHEN)
(1P4) (NACHAHMTEN, RÖMER, GRIECHEN)
(1P5) (ALS, 1P3, 1P4)
(1P6) (LERNTEN, RÖMER, 1P8)
(1P7) (KONSEQUENZ, 1P4, 1P6)
(1P8) (SCHAFFEN, RÖMER, 1P2)

Da die Propositionen eines Texts Sachverhalte bezeichnen, die untereinander zusammenhängen, bestehen auch zwischen den Propositionen entsprechende Zusammenhänge (van Dijk, 1980). So bestehen etwa im obigen Beispiel Kohärenzbeziehungen in Form von Koreferenz, indem verschiedene Propositionen gemeinsame Argumente besitzen (Kohärenzkriterium der Argumentüberlappung) oder manche Propositionen als Argumente anderer Propositionen fungieren (Kohärenzkriterium der Einbettung). Die obigen Propositionen lassen sich deshalb anhand dieser Kriterien zu folgendem Kohärenzgraphen verknüpfen:

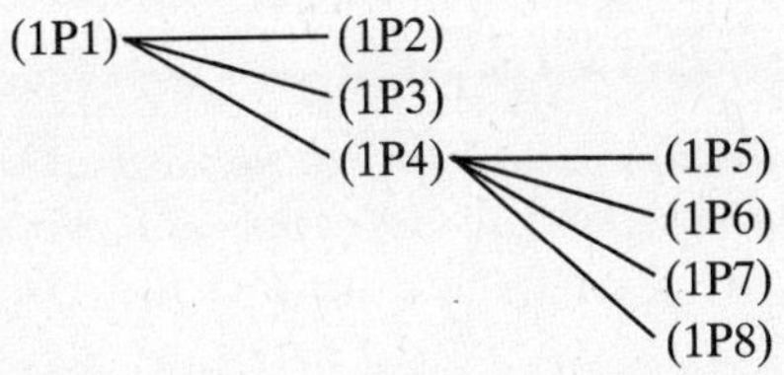

Ein sehr elaboriertes Modell der Textverarbeitung wurde im Rahmen dieser theoretischen Auffassung von Kintsch und van Dijk (1978) entwickelt. Wegen der begrenzten kognitiven Verarbeitungskapazität wird hier angenommen, daß der Text in mehreren Zyklen verarbeitet wird: Pro Zyklus wird eine bestimmte Anzahl von Sätzen bzw. Phrasen ins Arbeitsgedächtnis eingelesen und zu Propositionen verarbeitet. Damit die jeweils neuen Propositionen mit dem bisher Gelesenen verknüpft werden können, wird ein Kurzzeitspeicher von begrenzter Kapazität als ein Teil des Arbeitsgedächtnisses angenommen. Darin wird pro Verarbeitungszyklus jeweils eine bestimmte Anzahl der bisher verarbeiteten Propositionen aufbewahrt und zum nächsten Verarbeitungszyklus mitgetragen, wo diese als Anknüpfungspunkte für die Einordnung der neuen Propositionen zur Verfügung stehen.

Die Verarbeitung verläuft leicht und flüssig, wenn eine neue Proposition unmittelbar mit einer alten Proposition im Kurzzeitspeicher verknüpft werden kann. Sie verläuft weniger leicht und flüssig, wenn sich der betreffende Anknüpfungspunkt bereits im Langzeitgedächtnis befindet, weil die Suche danach einen zusätzlichen

Verarbeitungsaufwand bedeutet. Wenn es für eine neue Proposition weder im Kurzzeitspeicher noch im Langzeitgedächtnis eine direkte Anknüpfungsmöglichkeit gibt, so liegt eine sog. Kohärenzlücke vor. In diesem Fall muß der Leser eine Inferenz vollziehen, was die Verarbeitung weiter erschwert: Er muß unter Rückgriff auf sein Vorwissen zusätzliche Propositionen generieren, die die Kohärenzlücke überbrücken, so daß eine Verknüpfung der neuen Proposition mit dem bisher Gelesenen möglich ist (vgl. Clark, 1975).

Das Textverstehen wird hier also als ein relativ mechanistisches Aneinanderfügen von semantischen Elementen aufgefaßt: Wie bei einem Puzzle muß eine bestimmte vorgegebene Menge von Teilchen (hier: von semantischen Einheiten) so zusammengefügt werden, daß ein lückenloses Ganzes entsteht, wobei fehlende Teilchen vom Leser durch Inferenzen ergänzt werden können. Insofern kann man diese Auffassung des Textverstehens als elementaristisch bzw. als additiv-elementaristisch bezeichnen.

Probleme

Würde der Verstehensprozeß tatsächlich nach dem oben beschriebenen additiv-elementaristischen Grundprinzip ablaufen, so müßte eigentlich der folgende, aus Collins, Brown und Larkin (1980) entnommene ,,Popcorn-Text" (2) ebenso problemlos zu verarbeiten sein wie der obige ,,Griechen-Text":

(2) *Er legte an der Kasse 5,– $ hin. Sie wollte ihm 2,50 $ geben, aber er weigerte sich, sie zu nehmen. Deshalb kaufte sie ihm, als sie hineingingen, eine große Tüte Popcorn.*

Auch dieser Text läßt sich in Propositionen transformieren:

(2P1) (HINLEGEN, er, 5,– $)
(2P2) (ORT, 2P1, KASSE)
(2P3) (WOLLEN, SIE, 2P4)
(2P4) (GEBEN, SIE, ER, 2,50 $)
(2P5) (SICH WEIGERN, ER, 2P6)
(2P6) (NEHMEN, ER, 2,50 $)
(2P7) (KAUSALITÄT, 2P5, 2P8)
(2P8) (KAUFEN, SIE, POPCORNTÜTE, ER)
(2P9) (ZEIT: als, 2P10, 2P8)
(2P10) (KONJUNKTION: und, 2P11, 2P12)
(2P11) (HINEINGEHEN, ER)
(2P12) (HINEINGEHEN, SIE)
(2P13) (ATTRIBUT, POPCORNTÜTE, GROSS)

Da in dieser Liste ebenso wie beim obigen ,,Griechen-Text" (1) jede Textproposition unmittelbar mit einer anderen Proposition verknüpft werden kann, wäre hier keine einzige Inferenz erforderlich. Insofern müßte die Verarbeitung eigentlich ziemlich problemlos verlaufen und zu folgendem Kohärenzgraphen führen:

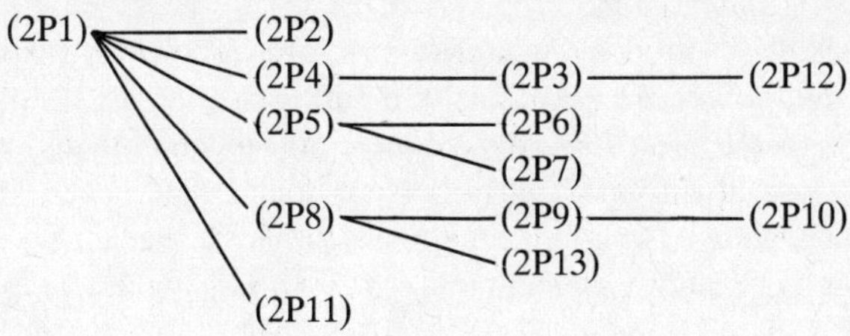

Tatsächlich bereitet dieser Text jedoch nach den Befunden von Collins, Brown und Larkin (1980) erhebliche Verstehensprobleme. Die meisten Leser stellen sich zunächst eine Situation an einer Kinokasse, Theaterkasse, einem Wettbüro oder dgl. vor und meinen zunächst mit ,,sie" sei die Kassiererin gemeint. Sie sind dann darüber erstaunt, daß ,,er" sich weigerte, die 2,50 $ (das vermutete Wechselgeld) anzunehmen. Völlig überrascht sind die meisten Leser, wenn sie hören, daß ,,sie hineingingen" (Wieso geht er mit der Kassiererin ins Kino hinein?) und merken schließlich, daß sie den ganzen bisherigen Text falsch interpretiert haben: ,,Sie" ist ,,seine" Begleiterin, die ihre Eintrittskarte zunächst selbst bezahlen wollte und sich dann bei ihm mit einer Tüte Popcorn revanchiert.

All diese Schwierigkeiten, die schließlich zu einer völligen Uminterpretation des Textes führen, treten bei einer additiv-elementaristischen Betrachtung des Verstehensprozesses überhaupt nicht in Erscheinung. Textverstehen beinhaltet offenbar mehr als ein sequentielles Abarbeiten von Propositionslisten. In die gleiche Richtung weisen auch Befunde von Sanford und Garrod (1981, 1983). Die Versuchspersonen erhielten z. B. einen der beiden folgenden Texte zum Lesen:

(3a) *Hans war auf dem Weg zur Schule. Er machte sich Sorgen wegen der Mathematikstunde.*
Er hatte Angst, er würde die Klasse nicht unter Kontrolle halten können.

(3b) *Der Lehrer war auf dem Weg zur Schule. Er machte sich Sorgen wegen der Mathematikstunde.*
Er hatte Angst, er würde die Klasse nicht unter Kontrolle halten können.

Wäre das Textverstehen nur ein Verknüpfen von Propositionen, so wäre hinsichtlich der Lesezeit für den jeweils letzten Satz der beiden Texte kein Unterschied zu erwarten, da in beiden Fällen die gleichen Koreferenzbeziehungen zu den vorangegangenen Sätzen gegeben sind. Tatsächlich benötigten die Versuchspersonen aber für das Lesen des letzten Satzes in (3a) signifikant mehr Zeit als in (3b). In (3a) bereitet der letzte Satz offenbar deshalb Schwierigkeiten, weil sich die meisten Leser zunächst eine Situation vorstellen, in der Hans die Rolle eines Schülers innehat. Da aber die Kontrolle einer Schulklasse nicht zur Schülerrolle gehört, läßt sich der letzte Satz im Hinblick auf diese Situation nicht mehr sinnvoll verarbeiten, so daß eine Uminterpretation des bisher Gelesenen vorgenommen werden muß. In (3b) tritt diese Schwierigkeit nicht auf, da der Leser hier von vornherein die richtige Vorstellung bilden kann.

Als Fazit ergibt sich, daß additiv-elementaristische Ansätze, die das Textverstehen als bloßes Abarbeiten von Propositionslisten auffassen, nur dem Verstehen von relativ einfachen Texten gerecht werden können. Sie modellieren den Verstehensprozeß allenfalls soweit zufriedenstellend, wie es keine inhaltlichen Mißverständnisse gibt, die eine völlige Uminterpretation des bisher Gelesenen erfordern.

Die Angemessenheit der additiv-elementaristischen Auffassung des Textverstehens erscheint auch noch aus anderen Gründen zweifelhaft. In dem Modell von Kintsch und van Dijk (1978) wird angenommen, daß der bisher gelesene Text immer im gleichen Umfang mental präsent ist: Die Anzahl der im Kurzzeitspeicher befindlichen Propositionen ist – unabhängig davon, welche Propositionen hierfür im einzelnen ausgewählt werden – im wesentlichen konstant. Lesgold, Roth und Curtis (1979) fanden allerdings, daß Leser bei einer thematisch kontinuierlichen Darstellung relativ viele Informationen aus den vorangegangenen Sätzen präsent halten und damit auch vage und indirekte anaphorische Referenzen vornehmen können, während sie nach einem thematischen Wechsel bzw. einer Kontextveränderung hierzu nur noch schwer in der Lage sind. Die Annahme einer konstanten Anzahl von Propositionen, die dem Leser im Verarbeitungsprozeß aktuell mental präsent sind, läßt sich mit einem solchen Befund nicht vereinbaren. Die mentale Verfügbarkeit des bisher Gelesenen scheint während des Verarbeitungsprozesses nicht konstant zu sein, sondern in Abhängigkeit von der thematischen Kontinuität der Darstellung zu variieren.

Ein weiterer Kritikpunkt betrifft die Rolle der Inferenzbildung (vgl. Rickheit & Strohner, 1985). Inferenzen haben dieser Auffassung zufolge die Funktion, vorhandene Kohärenzlücken innerhalb des Texts zu schließen. Der Umfang der Inferenzbildung bleibt demnach auf das zur Kohärenzbildung erforderliche Minimum beschränkt: Dem Modell von Kintsch und van Dijk (1978) zufolge genügt zur Verarbeitung einer neuen Proposition die Verknüpfung mit einer einzigen früheren Proposition. So lange also die jeweils neue Textproposition mit einer der früheren Propositionen direkt verknüpft werden kann, ist es nicht notwendig, Inferenzen zu vollziehen, so daß auch keine Inferenzen vollzogen werden. Eine multiple Verknüpfung einer neuen Proposition mit mehreren früheren Propositionen ist in diesem Modell nicht vorgesehen.

Tatsächlich bestehen aber – insbesondere bei Texten mit komplexen, vielfach vernetzten Inhalten – meist vielfältige Möglichkeiten, die jeweils neu aufgenommene Information mit dem bisher Gelesenen in Beziehung zu setzen, entsprechende Inferenzen zu vollziehen und so die mentale Repräsentation anzureichern. Diese Möglichkeiten zur Inferenzbildung werden vom Leser jeweils selektiv genutzt. Eine wesentliche Einflußgröße ist dabei die bereits genannte mentale Präsenz des bisher Gelesenen: Je mehr Informationen aktuell präsent sind, desto mehr implizite semantische Bezüge zu früheren Textinformationen werden gesehen und desto mehr Inferenzen werden vorgenommen. Schnotz (1985) konnte zeigen, daß der Umfang der Inferenzbildung vom Aufbau eines Texts beeinflußt wird: Je nachdem, wie häufig der Leser Themenwechsel nachvollziehen muß, ist das bisher Gelesene offenbar in größerem oder in geringerem Umfang mental verfügbar, und dementsprechend werden unterschiedlich viele Inferenzen gebildet. Außerdem werden die verschiedenen möglichen Inferenzen je nach Verarbeitungskontext mit höherer oder mit geringerer Wahrscheinlichkeit vollzogen.

Insgesamt kann man festhalten, daß das Textverstehen offenbar mehr beinhaltet als ein einfaches Verknüpfen von Propositionen. Die Unzulänglichkeit der additiv-elementaristischen Auffassung des Textverstehens zeigt sich vor allem dann, wenn es beim Leser zu Fehlinterpretationen kommt, die eine völlige Umstrukturierung der mentalen Repräsentation erforderlich machen. Auch scheint der bisher gelesene Text dem Leser nicht in Form einer konstanten Zahl einzelner Propositionen mental präsent zu sein, sondern in Form von ganzheitlichen mentalen Strukturen, deren Umfang in Abhängigkeit von der thematischen Kontinuität bzw. Diskontinuität der Darstellung variiert. Schließlich haben Inferenzen offenbar nicht nur die Funktion, vorhandene Kohärenzlücken im Text zu schließen, sondern die mentale Repräsentation insgesamt anzureichern bzw. zu elaborieren.

Holistische Auffassung des Textverstehens

Szenarien, Situationsmodelle und interne Textmodelle

Angesichts der oben skizzierten Probleme wurden in den letzten Jahren verschiedene Theorieansätze entwickelt, die sich von der traditionellen additiv-elementaristischen Auffassung des Textverstehens in wesentlichen Punkten unterscheiden. Zentrale Annahme dabei ist, daß Komplexität und Integriertheit der mentalen Repräsentation keine Eigenschaften sind, die allmählich durch Akkumulation semantischer Einheiten entstehen, sondern beim Textverstehen von Anbeginn an gegeben sind. Dies wurde bereits an den oben dargestellten Befunden deutlich: Sowohl bei dem Popcorn-Text (2) als auch dem Textpaar (3a) und (3b) machten sich die Versuchspersonen offenbar schon beim ersten Satz eine relativ elaborierte Vorstellung einer Situation, auf die der Satz zutreffen könnte. Der Leser konstruiert eine mentale Repräsentation, die von vornherein ganzheitlichen Charakter hat. Wegen ihrer Betonung dieses genuin ganzheitlichen Charakters der beim Textverstehen gebildeten mentalen Repräsentation kann man diese Theorieansätze als holistisch bezeichnen.

Nach Sanford und Garrod (1981) werden beim Textverstehen sog. Szenarien aktiviert. Dabei handelt es sich um ganzheitliche Repräsentationen von relativ komplexen Sachverhalten, ähnlich den sog. *frames* und *scripts* (Minsky, 1975,

1977; Schank & Abelson, 1977), die im Vorwissen gespeichert sind. Findet der Leser ein geeignetes Szenarium, so werden die Bestandteile des jeweils gelesenen Satzes auf die mentalen Entitäten in diesem Szenarium bezogen. Der Leser versucht dann, auch die weiteren Sätze auf dieses Szenarium zu beziehen und dieses entsprechend zu erweitern und zu spezifizieren. Das Textverstehen wird somit als ein Prozeß der Aktivierung und Elaboration von Szenarien aufgefaßt.

Durch die Aktivierung von Szenarien geht die mentale Repräsentation von vornherein über das hinaus, was explizit im Text dargeboten wird. Dies zeigen beispielsweise die Befunde folgender Untersuchung (Garrod & Sanford; 1983). Die Autoren legten unterschiedlichen Versuchspersonengruppen die beiden folgenden Textbeispiele (4a) und (4b) in verschiedenen Varianten vor:

(4a) Ein Geländelauf:
Harry fiel mehrere Male / Harry fiel mehrere Male in den Schnee.
Er haßte das Laufen im Winter.
Der Schnee war naß und kalt.

(4b) Ein Schikurs:
Harry fiel mehrere Male / Harry fiel mehrere Male in den Schnee.
Er hatte überhaupt keine Lust zum Schifahren.
Der Schnee war naß und kalt.

Eine Gruppe erhielt jeweils nach der Überschrift eine Version des ersten Satzes, in der der Zusatz ,,in den Schnee" enthalten war, während bei der Parallelgruppe dieser Zusatz fehlte. Wenn das Konzept ,,Schnee" zuvor noch nicht genannt worden war, benötigten die Versuchspersonen beim Textbeispiel (4a) für den letzten Satz eine signifikant längere Lesezeit, als wenn das Konzept ,,Schnee" bereits eingeführt worden war. Im Textbeispiel (4b) hingegen machte es keinen Unterschied, ob ,,Schnee" zuvor genannt worden war oder nicht: Der letzte Satz wurde in beiden Fällen praktisch gleich schnell gelesen.

Sanford und Garrod nehmen an, daß im Textbeispiel (4b) ein ,,Schikurs-Szenarium" aktiviert wird, zu dem auch das Vorhandensein von Schnee als typischer Bestandteil des Schifahrens gehört – unabhängig davon, ob ,,Schnee" zuvor explizit genannt worden ist oder nicht. Bereits beim Lesen eines einzelnen Satzes können also relativ komplexe mentale Repräsentationen gebildet werden, deren Bestandteile dem Leser unmittelbar mental verfügbar sind.

Auch van Dijk und Kintsch (1983) haben ihr früheres, oben beschriebenes Modell (Kintsch & van Dijk, 1978) entsprechend erweitert: Sie nehmen an, daß der Leser neben einer propositionalen Repräsentation – der Textbasis – auch ein sog. Situationsmodell bildet. Dabei handelt es sich um ein mentales Modell des im Text beschriebenen Sachverhalts, das durch Integration der Textinformation mit dem bereits vorhandenen Sachwissen des Lesers gebildet wird.

Ähnlich ist für Collins, Brown und Larkin (1980) das Textverstehen die Konstruktion eines internen Textmodells. Der Text dient dabei als Datenbasis. Durch das Lesen wird diese Datenbasis sukzessive erweitert. Am Anfang der Textverarbeitung kann deshalb zunächst nur ein partielles und noch wenig spezifiziertes Initial-Modell konstruiert werden. Mit fortschreitendem Verarbeitungsprozeß wird aufgrund der immer umfassenderen Datenbasis dieses Modell immer reichhaltiger, differenzierter und immer weiter spezifiziert.

Die mentale Modellkonstruktion hat dabei eine gewisse Eigendynamik: So lange die Verarbeitung eines Texts noch nicht abgeschlossen ist, enthält das im Aufbau befindliche interne Textmodell Leerstellen. Diese entsprechen den noch offenen Fragen des Lesers an den Text. Findet der Leser eine Antwort auf diese Fragen, so werden die betreffenden Leerstellen ausgefüllt. Dies kann mit Hilfe von Informationen aus den nachfolgenden Textabschnitten erfolgen oder aber durch Inferenzen, indem der Leser unter Rückgriff auf sein Vorwissen selbst entsprechende Informationen generiert (Rickheit & Strohner, 1985). Ein begonnener Konstruktionsprozeß eines internen Modells, der durch die bisherige Textinformation initiiert und angeleitet wurde, benötigt also parallel zum Fortschreiten dieses Aufbaus weitere Konstruktionshinweise durch entsprechende spezifische Informationen. Der Leser wartet nicht passiv auf das propositionale Angebot des Texts, sondern hat jeweils einen spezifischen Informationsbedarf und entsprechende Informationserwartungen.

Die Inferenztätigkeit wird hier damit verglichen, daß der Leser von dem gerade fokussierten Satz ausgehend jeweils Fragen an die bisher verarbeitete Datenbasis und an sein Vorwissen stellt – im Falle einer Geschichte beispielsweise mit *Wer...?, Wann...?, Wo...?, Warum...? oder Wie...?* fragt, um das gerade fokussierte Ereignis mit vorangegangenen Ereignissen in Beziehung zu setzen (Warren, Nicholas & Trabasso, 1979). Auch van Dijk und Kintsch (1983) nehmen in ihrem neueren Theorieansatz an, daß Inferenzen zum Aufbau eines internen Modells beitragen: Es werden nicht Propositionen innerhalb der Textbasis inferiert, sondern Bestandteile des sog. Situationsmodells. Inferenzen sind somit Antworten des Lesers auf von ihm selbst gestellte Fragen. Sie haben die Funktion, die mentale Repräsentation anzureichern und zu differenzieren. Die Inferenzbildung folgt den Anforderungen der mentalen Modellkonstruktion, nicht der Kohärenzstruktur des Texts.

Collins, Brown und Larkin sehen die Konstruktion des internen Modells als eine Art Problemlösen, bei dem durch bestimmte Teillösungen jeweils Bedingungen für andere Teillösungen gesetzt werden: Wie beim Lösen eines Kreuzworträtsels werden mit der Beantwortung einer Frage bzw. dem Ausfüllen der betreffenden Leerstelle zugleich Einschränkungen hinsichtlich der weiteren Antworten vorgenommen. Die Autoren beschreiben unter Bezugnahme auf diese Kreuzworträtsel-Analogie verschiedene Strategien, die bei der Modellkonstruktion angewandt werden können.

Außerdem wird in diesem Theorieansatz angenommen, daß der Leser das interne Modell während der Verarbeitung fortlaufend evaluiert, wobei verschiedene Tests vorgenommen werden: Das Modell wird auf seine Übereinstimmung mit dem Text überprüft. Es wird unter Bezugnahme auf das Vorwissen des Lesers hinsichtlich der Plausibilität seiner Annahmen und der daraus folgenden Konsequenzen getestet. Weiters wird das Modell auf seine interne Verbundenheit und auf seine Vollständigkeit hin überprüft. Lassen sich z. B. zu viele Fragen nicht beantworten oder lassen sich zu viele Textdaten oder Vorwissensinformationen nicht mit dem Modell in Übereinstimmung bringen, so kommt es – wie etwa in dem obigen ,,Popcorn-Text" (2) – zu einer Revision bzw. Umstrukturierung des Modells.

Hinter den Bezeichnungen ,,Szenarium", ,,Situationsmodell" und ,,internes Textmodell" verbirgt sich im wesentlichen die gleiche Grundannahme: Beim Textverstehen wird jeweils eine mentale Repräsentation gebildet, die von vornherein ganzheitlichen Charakter hat und im Laufe des Verarbeitungsprozesses zunehmend differenziert und elaboriert wird. Allerdings suggerieren die Termini ,,Szenarium" und ,,Situationsmodell" jeweils relativ konkrete Sachverhalte aus narrativen Texten. In expositorischen Texten können aber auch nicht unmittelbar sinnlich zugängliche Sachverhalte dargestellt und durch interne Modelle repräsentiert werden. Die Bezeichnung ,,internes Textmodell" erscheint ebenfalls nicht sehr treffend, weil es sich eigentlich nicht um ein Modell des Texts, sondern um ein Modell des im Text dargestellten Sachverhalts handelt. Insofern erscheint generell der Ausdruck ,,mentales Modell" für die Charakterisierung dieser Repräsentationen am geeignetsten.

Digitale Repräsentation durch Propositionen versus analoge Repräsentation durch mentale Modelle

Die oben dargestellten Befunde legen zwar nahe, daß beim Textverstehen eine von vornherein ganzheitliche mentale Repräsentation bzw. ein mentales Modell gebildet wird. Sie sagen jedoch noch nichts darüber aus, wie mentale Modelle den dargestellten Sachverhalt repräsentieren: ob es sich dabei nur um eine propositionale Repräsentation von höherer Komplexität oder um eine grundsätzlich andere Art der mentalen Repräsentation mit spezifischen Repräsentationseigenschaften handelt. Es stellt sich also die Frage, ob beim Aufbau eines mentalen Modells andere Abbildungsprinzipien zum Tragen kommen als beim Aufbau einer propositionalen Repräsentation bzw. ob beim Textverstehen ein einheitliches Prinzip oder ob unterschiedliche Abbildungsprinzipien eine Rolle spielen.

Johnson-Laird (1983) nimmt an, daß ein mentales Modell sowohl in seiner Struktur als auch in seiner Funktion von einer propositionalen Repräsentation grundsätzlich verschieden ist. Dieser Unterschied läßt sich am besten unter Bezugnahme auf die in der Kybernetik zum Steuern, Regeln und Rechnen verwendeten Prinzipien der Digitaltechnik und der Analogtechnik verdeutlichen. Bei der Digitaltechnik werden die darzustellenden Größen mittels einer Ziffernfolge bzw. einer Kombination von Zeichen aus einem endlichen Zeichenvorrat repräsentiert. Ein einfaches Beispiel ist die Anzeige der gefahrenen Kilometer in einem Kraftfahrzeug mittels einer meist fünfstelligen Dezimalanzeige, die zwischen 00 000 und 99 999 liegen kann. Eine solche Kilometeranzeige bildet ein digitales Signal. Die Codebasis ist k = 10, da 10 verschiedene Ziffern (0–9) zur Verfügung stehen, und die Zahl der Informationsparameter ist n = 5 entsprechend der fünf Dezimalstellen. Jede einzelne Kilometeranzeige ist ein geordneter Satz von Werten der einzelnen Informationsparameter, den man als Codewort bezeichnet. Der Signalvorrat eines digitalen Signals umfaßt k^n Codewörter – im obigen Beispiel also $10^5 = 100\,000$. Eine Differenzierung über den gegebenen Signalvorrat hinaus ist nicht möglich. Insofern handelt es sich hier um ein diskretes Signal. Bei der Digitaltechnik erfolgen Steuerung, Regelung und Berechnungen mittels solcher digitaler Signale. Ein Digitalrechner beispielsweise führt mit digital codierten Daten bzw. den entsprechenden Codewörtern arithmetische und logische Operationen durch, indem er neue Codewörter erzeugt, so daß die Ergebnisse selbst wieder digital repräsentiert sind. Ein einfaches Beispiel für einen mechanischen Digitalrechner ist der Abakus bzw. das Rechenbrett.

Ein völlig anderes Repräsentationsprinzip wird in der Analogtechnik verwendet. Die darzustellenden Größen werden hier mittels physikalischer Größen repräsentiert. Beispielsweise ist die Geschwindigkeitsanzeige mittels einer Tachometernadel in einem Kraftfahrzeug ein analoges Signal. Die Informationsparameter von analogen Signalen können – wie z. B. der Drehwinkel der Tachometernadel – beliebige Zwischenwerte annehmen. Grundsätzlich kommen beliebige physikalische Größen wie mechanische Drehungen bzw. Verschiebungen, elektrische Ströme und Spannungen, Drücke in Flüssigkeiten usw. zur analogen Repräsentation der darzustellenden Größen in Frage. Bei der Analogtechnik erfolgen Steuerung, Regelung und Berechnungen mittels solcher analoger Signale. Ein Analogrechner führt arithmetische Operationen mit Hilfe von stetigen physikalischen Größen aus. Das einfachste Beispiel eines mechanischen Analogrechners ist der Rechenschieber: Bei einer Multiplikation werden die Faktoren durch Wegstrekken dargestellt, die den Logarithmen dieser Faktoren entsprechen; die Multiplikation erfolgt durch Aneinanderfügen dieser Wegstrecken. In elektrischen Analogrechnern werden die darzustellenden Größen zunächst in analoge elektrische Größen (z. B. Spannungshöhen) verwandelt. Das eigentliche Rechnen erfolgt dann durch Zusammenschalten der Eingangswerte in einer aus Verstärkern, Potentiometern usw. aufgebauten Programmschaltung. Das Ergebnis ist wiederum eine elektrische Größe, die durch Messung ermittelt wird. Ein Analogrechner arbeitet somit aufgrund eines völlig anderen Repräsentationsprinzips als ein Digitalrechner, der diskrete Zahlen verarbeitet. Zwar können Daten des einen Repräsentationssystems technisch mit Hilfe von Analog-Digital- und Digital-Analog-Wandlern in Daten des anderen Systems transformiert werden. Die beiden Repräsentationsprinzipien bleiben gleichwohl grundlegend verschieden.

Das Prinzip der analogen Repräsentation basiert auf dem Vorhandensein von Analogien zwischen Gegenständen. Unter einer Analogie versteht man die Übereinstimmung zweier oder mehrerer Gegenstände hinsichtlich bestimmter Merkmale wie Struktur, Funktion usw. Bei einer Strukturanalogie – wie z. B. zwischen dem Bohrschen Atommodell und dem Sonnensystem – besteht Übereinstimmung zwischen der Struktur der Systeme, wobei von der konkreten stofflichen Realisierung dieser Systeme abstrahiert wird. Bei einer Funktionsanalogie – wie z. B. zwischen einem elektrischen Schwingkreis und einem mechanischen Pendel – besteht Übereinstimmung in der Funktion der Systeme, wobei von der konkreten stofflichen Realisierung und der Struktur abstrahiert wird. Eine Analogiebeziehung ist reflexiv, symmetrisch und transitiv.

Aufgrund solcher Analogiebeziehungen zwischen Gegenständen bzw. Systemen ist es möglich, Verhaltensanalysen bzw. Experimente in einem System durch solche im anderen System zu ersetzen und aufgrund der gewonnenen Informationen auf das erste System rückzuschließen. Ein solches Stellvertreter-System nennt man ein Analogmodell des repräsentierten Systems. So ist ein Analogrechner ein physikalisches System, das durch dieselben zu lösenden Gleichungen beschrieben wird wie der Gegenstand, für den Berechnungen vorgenommen werden sollen. Die Lösung der mathematischen Aufgabe geschieht durch entsprechende Manipulation dieses analogen physikalischen Systems, und das Ergebnis wird durch Messung bzw. durch Ablesen am Modell gewonnen. Das Gleichungssystem, das einen bestimmten Gegenstand beschreibt, wird häufig ebenfalls als Modell dieses Gegenstands bezeichnet. Es ist allerdings kein Modell im Sinne eines Analogmodells, denn es beschreibt nur die betreffenden Systeme. Modell ist hier vielmehr das stellvertretende physikalische System.

Vor diesem Hintergrund läßt sich nun der von Johnson-Laird angenommene Unterschied zwischen propositionalen Repräsentationen und mentalen Modellen deutlicher herausarbeiten: Eine propositionale Repräsentation besteht – wie oben beschrieben – aus diskreten Sinneinheiten, die ihrerseits wieder aus Konzepten aufgebaut sind. Durch die große Zahl von verfügbaren Konzepten und möglichen Verknüpfungen ist zwar der Signal- bzw. Zeichenvorrat ungeheuer groß. Dennoch basiert diese Repräsentation letztlich auf einer Kombination von internen Symbolen bzw. diskreten Informationseinheiten und ist insofern digital. Da diese internen Symbole entsprechend einer bestimmten Syntax zu bedeutungshaltigen komplexeren Strukturen zusammengefügt werden, kann man eine propositionale Repräsentation als eine innere mentale Sprache ansehen, die den gemeinten Sachverhalt *beschreibt*. Deshalb ist eine propositionale Repräsentation auch einerseits durch eine relative Nähe zur linguistischen Struktur des betreffenden Texts gekennzeichnet, was sich schon daraus ergibt, daß sich ein Text Phrase für Phrase in Propositionen transformieren läßt. Andrerseits wird der dargestellte Sachverhalt im Vergleich zu einem mentalen Modell durch Propositionen eher indirekt repräsentiert.

Bei einem mentalen Modell handelt es sich demgegenüber nach Johnson-Laird um eine ganzheitliche analoge Repräsentation des darzustellenden Sachverhalts. So wie man unter einem Modell (im Sinne eines Analogmodells) einen Gegenstand versteht, der auf der Grundlage einer Struktur-, Funktions- oder Verhaltensanalogie zu einem entsprechenden Original dazu dient, Aufgaben und Probleme stellvertretend an diesem Objekt statt direkt am Original zu lösen, ist ein mentales Modell eine Art „innerer Gegenstand", der auf der Grundlage einer entsprechenden Analogie dazu dient, Aufgaben und Probleme mental zu lösen. Auch hier gilt natürlich, daß die Analogie zwischen Modell und repräsentiertem Original nie in jeder Hinsicht, sondern immer nur unter bestimmtem Aspekt besteht: Bestimmte Eigenschaften des Modells entsprechen bestimmten Eigenschaften des realen Sachverhalts. Insofern ist auch die Frage nach der internen Struktur solcher mentaler Modelle, soweit sie über die jeweilige Abbildungsfunktion hinausgeht, nicht weiter relevant. Es kommt nur darauf an, daß zwischen Modell und Original unter einem bestimmten Aspekt eine Analogiebeziehung vorhanden ist.

Dieser Auffassung zufolge geschieht die Repräsentation durch ein mentales Modell im Gegensatz zu einer propositionalen Repräsentation also nicht digital mit Hilfe von internen Symbolen bzw. diskreten Sinneinheiten. Sie geschieht vielmehr aufgrund eines analogen Abbildungsprinzips und damit vergleichsweise direkt. Während eine propositionale Repräsentation durch eine relative Nähe zur linguistischen Struktur des Texts gekennzeichnet ist, besitzt ein mentales Modell somit eine größere Nähe zur Struktur des repräsentierten Sachverhalts.

Der Unterschied zwischen einer propositionalen Repräsentation und einem mentalen Modell läßt sich seinerseits anhand einer Analogie verdeutlichen. Die Beziehung zwischen beiden entspricht der Beziehung zwischen einer Beschreibung und dem beschriebenen Sachverhalt bzw. in diesem Fall einem Analogmodell dieses Sachverhalts: Eine Beschreibung schränkt den Bereich der Möglichkeiten ein, ohne das Gemeinte vollständig zu determinieren. Sie ist eine partielle Spezifikation des Gemeinten (vgl. Bobrow & Winograd, 1977). Ähnlich spezifiziert eine propositionale Repräsentation zwar das mentale Modell des im Text dargestellten Sachverhalts, ohne jedoch dieses bis ins einzelne festzulegen. Dieser Aspekt der Beziehung zwischen propositionalen Repräsentationen und mentalen Modellen ist auch vergleichbar mit der Beziehung zwischen Texten und Bildern. Bekanntlich kann ein Bild tausend Worte wert sein. Umgekehrt kann aber ein Text für eine unendliche Menge von Bildern stehen. Ähnlich kann der semantische Gehalt einer propositionalen Repräsentation durch eine Vielfalt von mentalen Modellen repräsentiert werden, die alle mit dieser propositionalen Repräsentation übereinstimmen.

Ein mentales Modell kann also zwar durch digitale Informationseinheiten bzw. Symbole (durch die Phrasen des Texts bzw. durch die entsprechenden Propositionen) beschrieben werden, ist jedoch selbst von anderer Qualität als eine Beschreibung mittels digitaler Einheiten. Die Repräsentation durch ein mentales Modell stellt daher auch immer eine Konkretisierung seiner Beschreibung dar und hat insofern auch einen gewissen Imaginationsgehalt, während eine propositionale Repräsentation im Vergleich dazu eher abstrakt ist.

Die Vertreter einer Theorie der mentalen Modelle gehen davon aus, daß diese Modelle nicht nur strukturelle topologische Gegebenheiten, sondern auch Prozeßabläufe repräsentieren können. Ein solcher Prozeß in einem beweglichen mentalen Modell kann dann sozusagen vor dem „geistigen Auge" ablaufen, so daß die Möglichkeit einer „mentalen Simulation" gegeben ist (vgl. Brown & Burton, 1975;

Brown, Burton & de Kleer, 1982; Funt, 1980). Das Ergebnis des Prozesses kann wiederum an dem internen Modell abgelesen werden. Johnson-Laird (1983) vertritt die Auffassung, daß selbst bei sog. logischen Denkaufgaben normalerweise gar keine logischen Schlußregeln angewandt werden, die von bestimmten Ausgangs-Propositionen (den Prämissen) zu einer neuen Proposition (der Conclusio) führen. Vielmehr konstruiert der Denkende ein mit den Prämissen kompatibles Modell und bestimmt die Conclusio durch Ablesen an diesem Modell. Eine kritische Prüfung dieser ,,Schlußfolgerung" besteht darin, daß das mentale Modell im Rahmen dessen, was aufgrund der Prämissen möglich ist, systematisch verändert wird. Trifft die Conclusio trotz dieser Veränderungen in allen Fällen zu, so wird sie als gültig angesehen. Kurz: Inferenzen sind dieser Auffassung zufolge ein Aspekt der Konstruktion, Manipulation und Überprüfung von mentalen Modellen. Garrod (1985) spricht in diesem Zusammenhang von ,,Pseudo-Inferenzen". Soviel zu den theoretischen Annahmen über eine Repräsentation durch analoge mentale Modelle.

Zur psychologischen Realität analoger mentaler Modelle

Was spricht nun dafür, daß es sich bei den mentalen Modellen tatsächlich um etwas anderes als eine etwas elaboriertere propositionale Repräsentation handelt, und was spricht insbesondere für ein analoges Repräsentationsprinzip? Auf den ersten Blick scheint die Beantwortung dieser Frage keine besonderen Probleme aufzuwerfen. Die obengenannten Szenarien, Situationsmodelle oder internen Textmodelle werden oft mit einer Vorstellung der im Text beschriebenen Situation verglichen, und Vorstellungen gelten als eine spezielle Art von mentalem Modell (Johnson-Laird, 1983). Die Versuchspersonen der obengenannten Untersuchungen berichten auch meist, daß sie sich eine entsprechende Vorstellung der Situation gemacht haben. Da Vorstellungen kontinuierlich variierende Gegebenheiten abbilden können und ein Ablesen von (perzeptuellen) Informationen ermöglichen, erscheinen sie als ein typisches Beispiel einer analogen, relativ direkten mentalen Repräsentation.

Zur Unterstützung dieser Auffassung lassen sich eine Reihe von empirischen Befunden anführen. In verschiedenen Untersuchungen wurde von den Versuchspersonen verlangt, einen Prozeß vor dem ,,geistigen Auge" ablaufen zu lassen. Diese Aufgabe entspricht einer internen Simulation mit Hilfe eines mentalen Modells. Dabei zeigte sich, daß die zum Vollzug einer ,,im Geiste" stattfindenden Bewegung erforderliche Zeit – beispielsweise die Drehung eines Objekts oder eine Bewegung in einer vorgestellten Landkarte – proportional der entsprechenden physischen Bewegung ist (Kosslyn, Ball & Reiser, 1978; Shepard & Cooper, 1982). Außerdem wird das mentale Durchsuchen vorgestellter räumlicher Gegebenheiten durch ein gleichzeitiges Durchsuchen einer real vorgegebenen Situation wesentlich stärker gestört als durch nicht-räumliche Interferenzaufgaben (Brooks, 1968). Auch besteht die Möglichkeit, in die vorgestellte Bewegung eines Objekts ein damit zu vergleichendes Objekt einzublenden, wobei das Vergleichsurteil um so schneller gelingt, je besser die Einblendung mit der vorausberechneten Lage des vorgestellten Objekts übereinstimmt (Metzler, 1973). Offenbar finden hier kognitive Prozesse statt, deren zeitlicher Aufwand dem einer räumlichen Bewegung entspricht, die gleichartige Anforderungen stellen und auch in ihrem Verlauf einer tatsächlichen Bewegung analog sind. Die Versuchspersonen berichten auch meist, eine entsprechende mentale Bewegung vollzogen zu haben.

Dennoch sind diese Befunde kein zwingender Beleg für die Existenz einer analogen Repräsentation. Erstens haben die Berichte der Versuchspersonen als introspektive Daten nur geringes argumentatives Gewicht. Zweitens läßt sich nicht nachweisen, daß diese mentalen Bewegungen tatsächlich stetiger Natur sind und nicht aus einer Folge von kleinen, diskreten Schritten bestehen. Drittens ist nicht auszuschließen, daß diese vorgestellten Bewegungen nur ein Epiphänomen eines zugrundeliegenden Prozesses von ganz anderer Natur sind. So sieht z. B. Pylyshyn (1973, 1981) Vorstellungen lediglich als subjektive Oberflächenerscheinungen einer propositionalen Wissensrepräsentation. Deshalb spricht er dem Vorstellungsbegriff einen eigenen psychologischen Erklärungswert ab. Ähnlich betont Kieras (1978), daß sich sowohl sprachliche als auch perzeptuelle Informationen in einem propositionalen Darstellungsformat repräsentieren lassen. Somit ist nicht auszuschließen, daß nicht nur sprachliche Aussagen, sondern auch Vorstellungen letztlich auf einer propositionalen Repräsentation basieren. Eine eher vermittelnde Position wird von Kosslyn (1980, 1981) vertreten: Vorstellungen sind hier temporäre Datenstrukturen, die in einem analogen Medium als Oberflächenrepräsentation konstruiert werden, wobei die Konstruktion auf einer propositionalen Tiefenrepräsentation – bestehend aus konzeptuellem Wissen über die vorgestellten Gegenstände und perzeptuellem Wissen über deren Aussehen – beruht.

Außer den genannten Untersuchungen über mentale Bewegungen lassen sich jedoch auch noch andere empirische Befunde anführen, die die Existenz einer analogen mentalen Repräsentation nahelegen. In den betreffenden Untersuchungen wurden mentale Vergleiche zwischen Objekten durchgeführt. Dabei zeigten sich ähnliche Phänomene wie beim Vergleich realer Objekte: Die benötigte Zeit ist jeweils um so größer, je ähnlicher die Objekte einander hinsichtlich des betreffenden Vergleichsmerkmals sind (Buckley & Gillman, 1974; Holyoak & Walker, 1976; Maki, Maki & Marsh, 1977; Moyer, 1973; Moyer & Landauer, 1967; Paivio, 1975; Potts, 1972, 1974, 1977; Woocher, Glass & Holyoak, 1978). Dies gilt nicht nur für wahrnehmbare Merkmale von Objekten, sondern auch für abstrakte Merkmale wie die Intelligenz oder Wildheit von Tieren oder die emotionale Befindlichkeit von vorgestellten Personen (Banks & Flora, 1977; Kerst & Howard, 1977; Riley, 1975, 1976).

Dieser semantische Distanzeffekt läßt sich durch die Annahme einer analogen mentalen Repräsentation erklären, in der die zu vergleichenden Objekte entsprechend ihrer Merkmalsausprägung auf einem Kontinuum lokalisiert sind. Die Versuchspersonen berichten auch meist, daß sie sich die Objekte in einer linearen Anordnung vorstellen. Eine solche lineare Anordnung wäre dann ein mentales

Modell der Beziehungen zwischen den Objekten, wobei das betreffende Kontinuum als eine „interne psychophysische Skala“ fungiert (vgl. Moyer, 1973). Eine Möglichkeit des Operierens mit diesem Modell wäre, beim Vergleich zweier Objekte (beispielsweise danach, welches von beiden kleiner ist) diese zunächst in der linearen Anordnung zu lokalisieren und dann zu prüfen, welches von beiden näher an dem betreffenden Eigenschaftspol (hier: „klein“) liegt (vgl. Trabasso & Riley, 1975). Mit steigender Ähnlichkeit der Objekte nimmt die Schwierigkeit des Vergleichs zu, da ihre Diskriminiertheit auf der internen Skala immer geringer wird.

Mit einer propositionalen bzw. symbolischen Repräsentation läßt sich nicht ohne weiteres erklären, weshalb derartige Vergleiche unterschiedlich schwer sind, denn beim Vergleich zweier Symbole besteht zunächst nur die Möglichkeit der Übereinstimmung oder der Nichtübereinstimmung. Aufgrund einer propositionalen Repräsentation gelangt man oft auch zu Vorhersagen, die den tatsächlichen empirischen Befunden genau entgegengesetzt sind. Das läßt sich anhand verschiedener Untersuchungen über das Verstehen von Größenbeziehungen demonstrieren (Bryant & Trabasso, 1971; Trabasso, Riley & Wilson, 1975). Den Versuchspersonen wurden Vergleichsaussagen über Objekte dargeboten wie z. B.

(5) Der gelbe Stock ist länger als der grüne Stock.
Der blaue Stock ist länger als der weiße Stock.
Der grüne Stock ist länger als der blaue Stock.
Der weiße Stock ist länger als der rote Stock.

anhand derer sich die Objekte in eine Rangreihe bringen ließen. Nachdem die Versuchspersonen diese Informationen gelernt hatten, mußten sie Fragen beantworten, die sich auf die impliziten transitiven Beziehungen richteten, wie z. B.

(5') Ist der gelbe Stock länger als der weiße Stock?

Würden die Versuchspersonen solche Informationen in Form von Propositionen speichern und bei der Beantwortung von Fragen logische Inferenzregeln (hier zur Transitivität von Größenbeziehungen) auf diese propositionale Repräsentation anwenden, so müßten die Vergleiche von Objekten, die in der Rangreihe weiter voneinander entfernt sind, mehr Schwierigkeiten bereiten und mehr Zeit in Anspruch nehmen, da hier die Transitivitätsregel häufiger angewandt werden müßte als beim Vergleich von Objekten, die in der Rangreihe näher beieinander liegen. Am leichtesten müßten die Vergleiche zwischen unmittelbar benachbarten Objekten sein, da die betreffenden Propositionen explizit vermittelt wurden und somit direkt abrufbar sind. Man könnte allerdings auch annehmen, daß die Versuchspersonen nicht nur die explizit dargebotenen Vergleichsaussagen in Form von Propositionen speichern, sondern bereits beim Lernen die übrigen Vergleichsaussagen inferieren und die propositionale Repräsentation entsprechend erweitern. In diesem Fall wäre zu erwarten, daß alle Fragen gleich gut beantwortet werden, da die entsprechenden Propositionen jeweils direkt abrufbar sind.

Die tatsächlichen Befunde bestätigen jedoch weder die eine noch die andere Vorhersage. Vielmehr gelingt die Beantwortung der Fragen bei den weiter auseinanderliegenden Objekten schneller und sicherer als bei den näher beieinanderliegenden Objekten. Am schlechtesten sind die Leistungen bei den Vergleichen, die explizit gelernt wurden. Dieser Befund spricht gegen eine propositionale Repräsentation der oben skizzierten Art. Er stützt eher die Annahme, daß Versuchspersonen aufgrund der einzelnen Aussagen ein mentales Modell in Form einer linearen Anordnung der Objekte konstruieren. Die möglichen Schlußfolgerungen sind dabei integraler Bestandteil des Modells und können an diesem abgelesen werden. Die Schwierigkeit von Vergleichen liegt hier in der Diskrimination der Objekte innerhalb des mentalen Modells.

Diese Interpretation der Untersuchungsergebnisse und der obengenannten semantischen Distanzeffekte erscheint zwar recht plausibel. Dennoch sind auch diese Befunde kein zwingender Beleg für die Existenz einer analogen mentalen Repräsentation. Annahmen zur Struktur einer mentalen Repräsentation lassen sich immer nur in Verbindung mit entsprechenden Prozeßannahmen überprüfen, und es scheint grundsätzlich die Möglichkeit zu bestehen, auch symbolische mentale Repräsentationen so zu konstruieren, daß sie in Verbindung mit geeigneten Prozeßannahmen praktisch dasselbe Verhalten vorhersagen wie eine entsprechende analoge Repräsentation (J. R. Anderson, 1978). Beispielsweise ließen sich semantische Distanzeffekte auch mit Hilfe eines Mustervergleichsprozesses *(pattern matching)* erklären, durch den Merkmalslisten – also symbolische Repräsentationen – miteinander verglichen werden, wobei dieser Mustervergleich je nach dem Grad der Übereinstimmung der Muster unterschiedlich aufwendig ist (vgl. Smith, Shoben & Rips, 1974). Ebenso läßt sich eine lineare Anordnung von Objekten nach einem bestimmten Merkmal (z. B. ,,Länge") auch in Form einer Hierarchie von Kategorien (z. B. ,,kurz"/,,lang") und Subkategorien (z. B. ,,sehr kurz"/,,mäßig kurz"/,,wenig kurz"/,,wenig lang"/,,mäßig lang"/,,sehr lang") und damit in einer symbolischen bzw. digitalen Repräsentation darstellen. Bei einer Vergleichsaufgabe könnten dann die betreffenden Objekte auf ihre Kategorienzugehörigkeit geprüft werden, wobei die Unterscheidung um so leichter fällt, je weniger Kategorien die Objekte in der Hierarchie gemeinsam haben (Trabasso & Riley, 1975).

Allerdings dürfte eine analoge Repräsentation für bestimmte kognitive Anforderungen eher funktional sein als eine digitale bzw. symbolische Repräsentation. Beispielsweise ermöglicht sie – wie im Falle einer linearen Anordnung von Objekten aufgrund bestimmter Merkmalsausprägungen – ein direktes Ablesen einer Vielzahl von Informationen über den betreffenden Sachverhalt. Beim Operieren mit einer solchen Repräsentation kann auch auf Wissen aus analogen Gegenstandsbereichen zurückgegriffen werden – beim Operieren mit linearen Anordnungen z. B. auf das vorhandene Wissen über Dimensionen. Eine analoge Repräsentation bietet auch noch andere Vorteile: Wie Johnson-Laird (1983) gezeigt hat und wie auch an dem obigen Beispiel (5) deutlich wurde, ermöglicht ein mentales Modell das Entdecken von Transitivitätsbeziehungen, ohne daß in die Modellkonstruktion irgendwelche Regeln oder Aussagen über Transivitität eingehen. Dadurch wird auch ein Problem umgangen, das im Rahmen einer propositionalen Repräsentation nur schwer mittels Inferenzregeln zu lösen wäre, nämlich daß manche semantische Relationen unter bestimmten Bedingungen transitiv sind und unter anderen Bedingungen nicht. Beispielsweise ist die Relation „ist rechts von" innerhalb einer linearen Anordnung transitiv. Wenn jedoch mehrere Personen an einem runden Tisch sitzen, ist diese Transitivität nur noch eingeschränkt gültig. Die Funktionalität analoger mentaler Modelle ist allerdings kein Beweis für deren psychologische Realität. Somit läßt sich die Frage, ob die beim Textverstehen gebildeten mentalen Modelle auf einem analogen oder einem symbolischen Repräsentationsprinzip beruhen, gegenwärtig nicht eindeutig beantworten.

Integrationsansätze

Ebenen des Textverstehens

Textverstehen kann der bisherigen Darstellung zufolge als ein Prozeß der Konstruktion, Elaboration, Evaluation und ggfs. Revision von mentalen Modellen angesehen werden, wobei im Augenblick dahingestellt bleiben muß, ob es sich bei diesen Modellen um eine analoge oder eine digitale bzw. symbolische Repräsentation handelt. Beim Textverstehen scheinen jedoch außer mentalen Modellen auch noch andere Arten der mentalen Repräsentation eine Rolle zu spielen, und es erscheint plausibel, anzunehmen, daß jeweils die Art der Repräsentation gewählt wird, die für die Realisierung der intendierten Funktionen am geeignetsten ist. Johnson-Laird (1983) nimmt an, daß im allgemeinen sowohl eine propositionale Repräsentation als auch ein mentales Modell konstruiert werden, wobei die propositionale Repräsentation die Grundlage für die Bildung eines mentalen Modells ist. Ihren verschiedenen Repräsentationseigenschaften entsprechend werden propositionalen Repräsentationen und mentalen Modellen unterschiedliche Funktionen zugeschrieben. Demnach ergänzen sich beide Repräsentationsarten wechselseitig: Der Aufbau einer propositionalen Repräsentation erfordert einen eher geringeren Verarbeitungsaufwand. Eine propositionale Repräsentation bewahrt viel von der linguistischen Struktur des gelesenen Texts. Dadurch ist sie – abgesehen von ihrer Funktion als Grundlage für den Aufbau eines mentalen Modells – besonders geeignet für ein genaues Erinnern und Wiedererkennen der Textinformation. Sie ist allerdings schwerer längerfristig zu behalten.

Ein mentales Modell hingegen benötigt einen größeren Verarbeitungsaufwand, wird dafür aber länger im Gedächtnis behalten als eine propositionale Repräsentation. Es beinhaltet nichts mehr von der linguistischen Struktur des gelesenen Texts. Durch seine größere Nähe zur Struktur des dargestellten Gegenstands ist es jedoch besonders geeignet, Inferenzen zu ziehen: Wie bereits oben gezeigt wurde, erlaubt ein mentales Modell die Entnahme von Informationen, die im Text implizit geblieben sind, ohne daß diese Informationen erst speziell generiert werden müssen. Sie sind vielmehr integraler Bestandteil des Modells selbst und können deshalb an ihm „abgelesen" werden. Mentale Modelle ermöglichen demnach die Beantwortung von Fragen, die auf das Verständnis des Gelesenen zielen und sind hilfreich zur Lösung von Aufgaben und Problemen, die eine Anwendung des Gelernten verlangen. Zusammenfassend kann man sagen, daß der Aufbau einer propositionalen Repräsentation einem eher oberflächlichen Verstehen, der Aufbau eines mentalen Modells hingegen einem tieferen Verstehen entspricht.

Van Dijk und Kintsch (1983) nehmen an, daß beim Textverstehen insgesamt dreierlei Arten bzw. Ebenen der mentalen Repräsentation unterschieden werden können. Diese Repräsentationsebenen können als Gedächtnisspuren unterschiedlicher Verarbeitungsprozesse gelten. Erstens bildet der Leser eine mentale Repräsentation der Textoberfläche; diese Repräsentation ist das Ergebnis der semantisch-syntaktischen Verarbeitung der Textsätze (vgl. Clark & Clark, 1977). Zweitens bildet er eine propositionale Repräsentation – die sog. Textbasis (vgl. Kintsch, 1974; Kintsch & van Dijk, 1978); diese Repräsentation ist das Ergebnis einer Verknüpfung der aufeinanderfolgenden Textsätze bzw. einer Kohärenzbildung auf der Ebene der semantischen Tiefenstruktur des Texts. Drittens konstruiert der Leser durch Integration der Textinformation mit seinem Vorwissen ein mentales Modell des im Text beschriebenen Sachverhalts. In Anlehnung an den *Levels-of-processing*-Ansatz aus der Gedächtnisforschung (Craik & Lockhart, 1972; Cermak & Craik, 1979) kann man demnach verschiedene Ebenen der mentalen Repräsentation und damit verschiedene Ebenen des Textverstehens unterscheiden. Diese Ebenen sind natürlich wechselseitig voneinander abhängig: Ähnlich wie beim Lösen von Kreuzworträtseln, wo mit bestimmten Festlegungen zugleich Einschränkungen hinsichtlich der weiteren Möglichkeiten vorgenommen werden, setzen Konstruktionsprozesse auf einer bestimmten mentalen Repräsentationsebene jeweils einschränkende Bedingungen für die Konstruktionsprozesse auf den anderen Ebenen. Insofern kann man von einer Interaktion der verschiedenen Repräsentationsebenen sprechen.

Zur psychologischen Realität der verschiedenen Repräsentationsebenen

Natürlich ist kritisch zu fragen, wieweit es sich bei einer solchen Annahme verschiedener Arten der mentalen Repräsentation um eine notwendige theoretische Unterscheidung handelt. Wie steht es also um die psychologische Realität dieser verschiedenen Repräsentationsebenen? Bislang besteht keine Einigkeit in der Beantwortung dieser Frage. Es gibt allerdings einige empirische Befunde, die die Unterscheidung der genannten Repräsentationsebenen beim Textverstehen gerechtfertigt erscheinen lassen.

Daß beim Textverstehen sowohl eine textnahe Repräsentation als auch ein gegenstandsnahes mentales Modell konstruiert werden können und diese Repräsentationen unterschiedliche Funktionen wahrnehmen, zeigen Befunde von Mani und Johnson-Laird (1982). Die Autoren gaben Versuchspersonen Beschreibungen von unterschiedlichen räumlichen Anordnungen wie z. B. (6a) und (6b):

(6a) Der Löffel liegt links vom Messer.
Der Teller liegt rechts vom Messer.
Die Gabel liegt vor dem Löffel.
Die Tasse steht vor dem Messer.

(6b) Der Löffel liegt links vom Messer.
Der Teller liegt rechts vom Löffel.
Die Gabel liegt vor dem Löffel.
Die Tasse steht vor dem Messer.

Während die Beschreibung (6a) die räumlichen Relationen zwischen den einzelnen Objekten eindeutig festlegt und der folgenden Anordnung entspricht,

Löffel	Messer	Teller
Gabel	Tasse	

ist die Beschreibung (6b) insofern mehrdeutig, als sie mit zwei deutlich verschiedenen Anordnungen übereinstimmt, und zwar:

Löffel	Messer	Teller
Gabel	Tasse	

Löffel	Teller	Messer
Gabel		Tasse

Nach jeder Beschreibung erhielten die Versuchspersonen das Bild irgendeiner räumlichen Anordnung der angegebenen Objekte. Gezeigt wurden sowohl Anordnungen, auf die die Beschreibung zutraf, als auch Anordnungen, auf die die Beschreibung nicht zutraf. Die Versuchspersonen mußten angeben, ob das Bild mit der Beschreibung übereinstimmt oder nicht. Die Autoren gingen davon aus, daß nur bei den eindeutigen Beschreibungen ein mentales Modell gebildet würde. Bei den mehrdeutigen Beschreibungen wäre dies nicht funktional, denn wenn zufällig das „falsche" mentale Modell gebildet wurde, würde man bei der Verifikation des anschließend gezeigten Bildes Nichtübereinstimmung feststellen, obwohl das gezeigte Bild tatsächlich mit der Beschreibung übereinstimmt.

Nach dem Lesen der Beschreibungen und der Bildverifikation wurde das Behalten der sprachlichen Beschreibungen geprüft. Die Versuchspersonen mußten verschiedene Beschreibungen in eine Rangreihe hinsichtlich ihrer Ähnlichkeit mit der ursprünglichen Beschreibung bringen: Neue, sachlich falsche Beschreibungen der räumlichen Anordnung; eine neue, aber sachlich richtige Beschreibung der räumlichen Anordnung (bezogen auf das obige Beispiel könnte diese die Aussage enthalten, daß die Gabel links von der Tasse liegt) und die ursprüngliche Beschreibung selbst. Dabei zeigte sich, daß die Versuchspersonen den semantischen Gehalt der eindeutigen Beschreibungen wesentlich besser behielten als den der mehrdeutigen Beschreibungen: Wenn zuvor ein eindeutiger Text gelesen worden war, wurden die anschließend dargebotene ursprüngliche und die neue, sachlich richtige Beschreibung den sachlich falschen Beschreibungen weit häufiger vorgezogen, als wenn zuvor ein mehrdeutiger Text gelesen worden war. Hingegen wurde die linguistische Struktur der mehrdeutigen Texte besser behalten als die der eindeutigen Texte: Bei den ersteren wurde die Originalbeschreibung signifikant häufiger der neuen, aber sachlich richtigen Beschreibung vorgezogen als bei den letzteren.

Die eindeutigen Beschreibungen wurden also besser hinsichtlich des dargestellten Inhalts erinnert als die mehrdeutigen Beschreibungen, während umgekehrt die mehrdeutigen Beschreibungen besser hinsichtlich ihrer linguistischen Struktur erinnert wurden als die eindeutigen Beschreibungen. Diese gegenläufigen Effekte weisen nach Mani und Johnson-Laird auf die Existenz zumindest zweier unterschiedlicher Arten der mentalen Repräsentation hin: Die Versuchspersonen konstruierten bei den eindeutigen Beschreibungen ein mentales Modell, verzichteten darauf jedoch bei den mehrdeutigen Beschreibungen zugunsten einer oberflächlicheren Repräsentation, nämlich einer Repräsentation der Beschreibung anstelle einer Repräsentation des beschriebenen Sachverhalts. Dabei muß dahingestellt bleiben, ob es sich hier um eine propositionale Repräsentation der Texte oder um eine Repräsentation ihrer unmittelbaren Oberflächenstruktur handelte.

Für eine Unterscheidung speziell zwischen propositionaler Textbasis und mentalem Modell sprechen Befunde von Perrig und Kintsch (1985). Die Autoren gaben ihren Versuchspersonen Texte vor, in denen ein und dieselbe fiktive Stadt auf unterschiedliche Weise beschrieben wurde: In einer Textvariante – dem „Karten-Text“ – erfolgte die Beschreibung in geographischen Termini im Sinne eines Stadtplans bzw. einer Landkarte. In der anderen Textvariante – dem „Routen-Text“ – erfolgte die Beschreibung im Sinne einer Fahrroute durch die Stadt. Es zeigte sich erstens, daß die Versuchspersonen bei beiden Textvarianten zu relativ guten Wiedergabeleistungen fähig waren und paraphrasierte Textsätze als sinngemäß richtig erkennen konnten, ohne eine auch nur einigermaßen richtige Vorstellung der räumlichen Gegebenheiten in der beschriebenen Stadt zu besitzen. Zweitens zeigte sich, daß der auf propositionaler Ebene kohärentere Routen-Text besser erinnert und auch häufiger in der ursprünglichen Reihenfolge wiedergegeben wurde als der weniger kohärente Karten-Text. Die Leser eines Texts können demnach eine kohärente propositionale Textbasis bilden, ohne ein adäquates mentales Modell zu konstruieren. Mit einer solchen propositionalen Repräsentation können sie den Text relativ gut erinnern, auch wenn sie ihn nicht voll verstanden haben. Daß die Versuchspersonen hier nicht auf eine Repräsentation der Textoberfläche, sondern auf eine propositionale Repräsentation Bezug nahmen, wird dadurch gestützt, daß sie auch Paraphrasen der ursprünglichen Textsätze als zuvor dargebotene Sätze „wiedererkannten“.

In einem zusätzlichen Experiment konnten Perrig und Kintsch diese Ergebnisse im wesentlichen replizieren. Sie fanden außerdem Hinweise darauf, daß je nach Art des Texts mentale Modelle mit verschiedenen Repräsentationseigenschaften gebildet werden: Die Versuchspersonen mit dem Karten-Text waren relativ gut in der Lage, einen entsprechenden Stadtplan zu zeichnen, während die Versuchspersonen mit dem Routen-Text häufig ganze Partien des Plans um 90 Grad verdreht zeichneten. Außerdem zeigten sich geschlechtsspezifische Unterschiede: Schlußfolgerungen wurden von den weiblichen Versuchspersonen besser und schneller verifiziert, wenn sie in ihrer Form mit dem zuvor gelesenen Text übereinstimmten: Geographische Inferenzen waren leichter als Routen-Inferenzen, wenn zuvor der Karten-Text gelesen worden war und umgekehrt. Die Autoren schließen daraus, daß bei den weiblichen Versuchspersonen durch den Karten-Text ein mentales Modell angeregt wird, das einem Stadtplan bzw. einer räumlichen Vorstellung entspricht und entsprechende Inferenzen erleichtert, während beim Routen-Text ein mentales Modell gebildet wird, das einer Folge von Fahranweisungen bzw. prozeduralen Instruktionen entspricht und deshalb prozedurale Inferenzen erleichtert. Die weiblichen Versuchspersonen bildeten also je nach Art des Texts qualitativ unterschiedliche mentale Modelle. Die männlichen Versuchspersonen hingegen zeigten eine allgemeine Tendenz, sich eine räumliche Vorstellung im Sinne einer ,,mentalen Karte" zu machen: Sie zeigten – unabhängig davon, welchen Text sie gelesen hatten – bei Karten-Inferenzen bessere Leistungen als bei Routen-Inferenzen.

Die Befunde von Perrig und Kintsch sprechen also zum einen für die Richtigkeit einer Trennung von propositionaler Textbasis und Situationsmodell bzw. mentalem Modell. Zum andern sprechen sie dafür, daß die Art des jeweiligen mentalen Modells von der Art des Texts abhängt. In anderen Untersuchungen finden sich auch noch Hinweise darauf, daß beim Textverstehen nicht nur eine propositionale Repräsentation und ein mentales Modell, sondern auch eine mentale Repräsentation der Textoberfläche gebildet wird. Befunde von Dellarosa (1984) und Fletcher (1984a; zit. nach Perrig & Kintsch, 1985) zeigen, daß es bei einem Wiedererkennenstest häufiger oder seltener zu Verwechslungen kommt – je nachdem, auf welchen der Repräsentationsebenen zwischen Originalsatz und Distraktor-Satz Unterschiede bestehen. Am häufigsten sind Verwechslungen, wenn auf Modellebene und auf Textbasis-Ebene Übereinstimmung besteht und nur die Oberflächenrepräsentationen verschieden sind. Weniger häufig sind Verwechslungen, wenn Oberflächenrepräsentation und Textbasis verschieden sind. Am seltensten kommt es zu Verwechslungen, wenn darüber hinaus noch die betreffenden mentalen Modelle verschieden sind. Die Ergebnisse sprechen also dafür, daß beim Textverstehen tatsächlich dreierlei Arten der mentalen Repräsentation unterschieden werden können.

Textaufbau und mentale Modellbildung

Topic-spezifische Teilmodelle

Textverstehen umfaßt demnach die Bildung einer mentalen Repräsentation der Textoberfläche, auf deren Grundlage die Bildung einer propositionalen Repräsentation stattfindet und schließlich die Konstruktion eines mentalen Modells auf der Basis dieser propositionalen Repräsentation. Wegen der begrenzten kognitiven Verarbeitungskapazität dürfte jedoch in einem bestimmten Moment während der Verarbeitung weder der gesamte bisher gelesene Text noch die gesamte Textbasis noch das gesamte bisher konstruierte mentale Modell aktuell präsent sein. Vielmehr ist anzunehmen, daß jeweils nur Teilmodelle zu dem jeweils behandelten Thema gebildet werden.

Wenn in einem Text ein Gegenstand (z. B. ein Objekt, eine Person, ein Sachverhalt, ein Vorgang etc.) sukzessiv beschrieben wird, so werden im allgemeinen, wenn dieser Gegenstand anschließend erneut genannt wird, die ihm zuvor zugeschriebenen Merkmale mitgemeint und vom Leser mitgedacht. Der Leser hat unmittelbaren Zugang zu dieser umfassenderen Information über den Gegenstand, sofern dieser dem aktuellen Thema entspricht (Sanford, Garrod & Henderson, 1980). Solange die Behandlung des betreffenden Themas andauert, wird das betreffende mentale Teilmodell von Satz zu Satz mitgetragen und sukzessive angereichert. Dieses gedankliche Mittragen komplexerer Informationsbestände entspricht dem, was Aebli (1981) und Chafe (1979) als „Sinnfluß“ bezeichnet haben (vgl. Pope & Singer, 1978).

Vor diesem Hintergrund lassen sich unmittelbare Bezüge zwischen psychologischer und linguistischer Analyse des Textverstehens herstellen. Im Rahmen einer linguistischen Analyse kann man bekanntlich in jedem Segment der Textoberfläche – sei es ein einzelner Satz, ein Textabschnitt oder ein ganzes Kapitel – zwei Informationsteile unterscheiden. Der eine Teil bezeichnet den jeweiligen Topic; er gibt an, worüber in dem betreffenden Textsegment etwas gesagt wird. Der andere Teil enthält den sog. Comment; er gibt an, was über diesen Topic gesagt wird (vgl. Grimes, 1975; Halliday, 1970; Reinhart, 1980). Wenn beim Textverstehen jeweils mentale Teilmodelle zu dem gerade behandelten Gegenstand bzw. dem aktuellen Topic konstruiert werden, so ist die Topic-Bezeichnung innerhalb des gerade verarbeiteten Textsegments demnach ein „Label“ für das aktuelle mentale Teilmodell. Der Comment beinhaltet demgegenüber die eigentlichen aktuellen Konstruktionshinweise für den weiteren Aufbau dieses mentalen Teilmodells.

Durch die Bildung von topic-spezifischen mentalen Teilmodellen, die von Satz zu Satz mitgetragen und sukzessive angereichert werden, bekommt die Bezeichnung des jeweiligen Topics innerhalb der Textoberfläche die Funktion eines Superzeichens: Äußerlich – d. h. auf der Ebene der Textoberfläche betrachtet – scheint lediglich ein und dasselbe linguistische Element im Text erneut vorzukommen. Im Hinblick auf den Verstehensprozeß aber handelt es sich um eine Zusammenfassung vorangegangener Informationen. Trotz gleicher Benennung ist das später Gemeinte nicht mehr mit dem früher Gemeinten identisch, da es inzwischen die Bestimmungen mit sich trägt, die es bei der Verarbeitung des bisherigen Texts aufgenommen hat. Die Topic-Bezeichnung repräsentiert jetzt eine ganze Teilstruktur des bisher Dargestellten als Einheit bzw. nimmt darauf als Ganzes Bezug. Sie nimmt in diesem Kontext somit die Funktion eines Superzeichens für den betreffenden Teil des bisherigen Texts wahr.

Ähnliche Überlegungen finden sich bereits bei Bühler (1934). Worte fungieren als kontextabhängige Zeichen und gewinnen ihre spezifische Bedeutungserfüllung und Bedeutungspräzision im jeweiligen (sprachlichen und nicht-sprachlichen) Umfeld: Sie erhalten durch den jeweiligen Kontext ,,Feldwerte". Diese Feldabhängigkeit der Bedeutung sprachlicher Symbole läßt sich darauf zurückführen, daß bei deren Interpretation jeweils auf eine entsprechende ganzheitliche mentale Repräsentation Bezug genommen wird.

Sequenzierungseffekte

Perrig und Kintsch (1985) nehmen an, daß der Kohärenzgrad eines Texts zwar wichtig für die Konstruktion der propositionalen Textbasis ist, für den Aufbau eines mentalen Modells jedoch keine Bedeutung mehr hat. Dem widersprechen allerdings kognitionspsychologische Überlegungen sowie empirische Befunde: Der Kohärenzgrad eines Texts ist unter anderem von der thematischen Kontinuität der Darstellung abhängig. Bei einem thematisch diskontinuierlichen Textaufbau, der durch viele Topic-Wechsel gekennzeichnet ist, werden dem Leser zwar die lokalen Kohärenzbeziehungen deutlich, die zwischen den unmittelbar aufeinanderfolgenden Sätzen bestehen, jedoch nicht ohne weiteres die übergreifenden semantischen Bezüge. Insofern ist der Kohärenzgrad hier geringer als bei einem thematisch kontinuierlichen Textaufbau, wo sich sowohl die lokalen als auch die globalen semantischen Bezüge herstellen lassen. Thematische Diskontinuität führt zu einem ungleichmäßigen Sinnfluß. Bei jedem Topic-Wechsel muß die Konstruktion des bisherigen mentalen Teilmodells unterbrochen und statt dessen an einem anderen Teilmodell weitergearbeitet werden. Handelt es sich um die Wiederaufnahme eines bereits früher eingeführten Topics, so muß das betreffende frühere Teilmodell reaktiviert werden. Die häufigen Unterbrechungen und Reaktivierungsprozesse lassen vermuten, daß die mentale Modellbildung bei einem thematisch diskontinuierlichen Textaufbau insgesamt erschwert ist. Diese Hypothese steht im Widerspruch zur Auffassung von Perrig und Kintsch.

Eine Untersuchung zu dieser Frage wurde von Schnotz (1987) durchgeführt. Den Versuchspersonen wurde ein und derselbe Inhalt einmal in thematisch kontinuierlicher und einmal in thematisch diskontinuierlicher Abfolge dargeboten. Beide Texte waren so aufgebaut, daß die Bildung einer kohärenten propositionalen Textbasis ohne Schwierigkeiten möglich war. Die Versuchspersonen erreichten beim kontinuierlichen Text jedoch nicht nur höhere Wiedergabeleistungen, sondern auch signifikant höhere Leistungen bei der Beurteilung von Schlußfolgerungen. Dieser Effekt war besonders dann deutlich, wenn es sich um komplexere Schlußfolgerungen handelte. Außerdem wurde deutlich, daß sich die Versuchspersonen beim diskontinuierlichen Text eher um ein gutes Behalten und beim kontinuierlichen Text eher um ein tiefes Verstehen bemühten. Schließlich zeigten die Ergebnisse, daß Leser auf einen thematisch diskontinuierlichen Text je nach Lernvoraussetzungen unterschiedlich reagieren: Leser mit höheren Lernvoraussetzungen sind offenbar in der Lage, die Mängel eines diskontinuierlichen Texts durch zusätzliche Lernanstrengungen zu kompensieren. Demgegenüber scheinen sich Leser mit niedrigeren Lernvoraussetzungen hier von vornherein ein niedrigeres Verstehensziel zu setzen. Sie verarbeiten einen solchen Text relativ rasch und oberflächlich.

Die Ergebnisse legen in Verbindung mit den anderen oben dargestellten Untersuchungen den Schluß nahe, daß bei einem diskontinuierlich aufgebauten Text die mentale Modellbildung erschwert ist. Die Leser konzentrieren sich hier zunächst auf die Bildung einer propositionalen Textbasis und versuchen, diese möglichst gut zu memorieren. Sie verfolgen somit zunächst eine Behaltensstrategie. Leser mit höheren Lernvoraussetzungen nehmen darüber hinaus auch den Aufbau eines mentalen Modells in Angriff, während Leser mit niedrigeren Lernvoraussetzungen hier eher von vornherein auf die mentale Modellbildung verzichten. Bei einem kontinuierlichen Text hingegen gelingt es nicht nur Lesern mit höheren, sondern auch Lesern mit niedrigeren Lernvoraussetzungen, ein mentales Modell des Textinhalts zu bilden. Auf die propositionale Repräsentation wird offenbar nur so viel Zeit und Energie verwendet, wie zum Aufbau des mentalen Modells erforderlich ist. Es wird insofern eher eine Verstehensstrategie verfolgt.

Mentale Modellbildung und prozedurale Semantik

Wenn man das Textverstehen als ein Konstruieren von mentalen Teilmodellen betrachtet, die während der Behandlung des betreffenden Topics gedanklich mitgetragen und weiter elaboriert werden, so erscheinen verschiedene Zusammenhänge zwischen Psychologie und Linguistik in neuem Licht. Anstatt Worte und Phrasen als Symbole für bestimmte, vorab per Konvention festgelegte Referenten aufzufassen, lassen sich diese sprachlichen Zeichen nun als Auslöser für bestimmte Prozeduren beim Aufbau von mentalen Modellen interpretieren. Diese Sichtweise entspricht der in der Linguistik (insbesondere in der Computerlinguistik) entwickelten prozeduralen Semantik (Longuet-Higgins, 1972; Woods, 1981).

Es wurde bereits darauf hingewiesen, daß sich die in einem Satz oder Textsegment enthaltene Bezeichnung des Topics als ein „Label" für das aktuelle mentale Teilmodell interpretieren läßt. Im Rahmen einer prozeduralen Sprachauffassung läßt sich dies noch weiter differenzieren, indem man die Topic-Information als eine kontextabhängige Suchanweisung interpretiert:

Ein Leser muß beim Textverstehen dem Autor folgen. D. h., wenn der Autor den Topic wechselt, so muß der Leser diesen Wechsel erkennen, den neuen Topic identifizieren und den Fokus seiner Aufmerksamkeit auf das entsprechende neue mentale Teilmodell richten. Der Leser steht vor dem Problem der Fokus-Nachführung (Sidner, 1983). Bei jedem Topic-Wechsel muß er innerhalb seines bereits vorhandenen Wissens nach einem geeigneten Referenten suchen, der mit der Topic-Bezeichnung in dem neuen Satz kompatibel ist. Der Leser erhält dabei zum einen eine partielle Beschreibung der betreffenden mentalen Entität, sozusagen einen ,,Steckbrief" des Referenten. Zum andern erhält er eine Angabe des Suchbereichs innerhalb der mentalen Repräsentation, wo dieser Referent zu finden ist.

Beispielsweise ist anzunehmen, daß durch pronominale und durch nominale Referenten jeweils unterschiedliche Suchparameter in den Prozeß der Fokus-Nachführung eingegeben werden. Nach Sanford und Garrod (1982) signalisiert die Verwendung eines Pronomens als Topic, daß es sich um einen Referenten innerhalb des aktuellen mentalen Teilmodells (des aktuellen Referenzbereichs) handelt, daß dieser Referent zuvor an der Textoberfläche explizit genannt worden ist und anhand von Anzahl und Geschlecht eindeutig identifizierbar ist. Demnach ist die Verwendung des Pronomens ,,Sie" bzw. ,,Es" in den folgenden Textbeispielen (7a), (7b) und (7c) akzeptabel:

(7a) Hans nahm seine Tasche. Sie war aus Leder.

(7b) Otto nahm das Flugzeug nach London. Es startete um 13 Uhr.

(7c) Der Vater hob sein Kind hoch und zeigte ihm die jungen Küken. Es war noch sehr klein.

Nicht akzeptabel ist die Verwendung des Pronomens ,,Sie" bzw. ,,Es" hingegen in den Textbeispielen (8a), (8b) und (8c):

*(8a) * Hans nahm seine Tasche. Dann verließ er das Haus und stieg in den Autobus. Sie war aus Leder.*

*(8b) * Otto flog nach London. Es startete um 13 Uhr.*

*(8c) * Der Vater hob sein Kind hoch und zeigte ihm das junge Küken. Es war noch sehr klein.*

In (8a) befindet sich der Referent durch den Themenwechsel bereits außerhalb des aktuellen Referenzbereichs. In (8b) ist der Referent zuvor nicht explizit genannt worden. In (8c) stimmen zwei potentielle Referenten hinsichtlich grammatischer Anzahl und Geschlecht mit dem Pronomen überein. Im Gegensatz zu einer pronominalen Referenz signalisiert die Verwendung einer nominalen Referenz, daß sich die gemeinte mentale Entität – wie im Textbeispiel (9a) – bereits außerhalb des aktuellen Referenzbereichs befindet oder daß sich der Referent – wie im Textbeispiel (9b) – zwar im aktuellen Referenzbereich befindet, jedoch noch nicht explizit genannt worden ist oder daß sich der Referent – wie im Textbeispiel (9c) – im aktuellen Referenzbereich befindet, eine pronominale Referenz jedoch zu wenig trennscharf wäre:

(9a) Hans nahm seine Tasche. Dann verließ er das Haus und stieg in den Autobus. Die Tasche war aus Leder.

(9b) Otto flog nach London. Das Flugzeug startete um 13 Uhr.

(9c) Der Vater hob sein Kind hoch und zeigte ihm das junge Küken. Das Kind war noch sehr klein.

Aus dieser prozeduralen Sichtweise ergeben sich auch praktische Konsequenzen für die Textgestaltung: Ein allgemeines Prinzip würde z. B. darin bestehen, die Topic-Bezeichnung als einen in der Textoberfläche enthaltenen Auslöser für einen mentalen Suchprozeß jeweils so zu gestalten, daß dem Leser der Prozeß der Fokus-Nachführung gelingt. Dabei gilt: Je größer der Suchbereich ist und/oder je mehr ähnliche mentale Entitäten er beinhaltet, desto ausführlicher muß die Beschreibung des Referenten sein, damit eine ausreichende Trennschärfe innerhalb dieses Suchbereichs gegeben ist.

Auch die Markierung eines Topics hat im Rahmen der Fokus-Nachführung Signalfunktion für den Leser. Nach Givón (1979, 1983a) gibt es bestimmte syntaktische Konstruktionen, durch die der Topic-Teil eines Satzes unterschiedlich stark akzentuiert wird. Beispielsweise ist der Topic in (10a) stark und der in (10b) schwach markiert:

(10a) Es war Hans, der zu spät kam.

(10b) Er kam zu spät.

Fletcher (1984b) konnte in einer Untersuchung zeigen, daß Autoren zur Verwendung unmarkierter linguistischer Formen neigen, wenn die thematische Kontinuität im Hinblick auf den vorangegangenen Satz hoch ist, und zur Verwendung von mehr oder weniger stark markierten Formen, wenn ein mehr oder weniger großer Topic-Wechsel stattgefunden hat. Dieser Zusammenhang konnte auch in einer Reihe sprachvergleichender Untersuchungen nachgewiesen werden (Bentivoglio, 1983; Fox, 1983; Gasser, 1983; Givón, 1983b, Hinds, 1983). Fletcher (1985) konnte zeigen, daß Leser bei der Textverarbeitung für diese Signale auch sensibel sind: Je schwächer der Topic eines neuen Satzes markiert ist, desto wahrscheinlicher ist es, daß der Leser diesen als übereinstimmend mit dem bisherigen Topic interpretiert. Je stärker der Topic des neuen Satzes markiert ist, desto eher vermutet der Leser, daß ein Topic-Wechsel stattgefunden hat.

Dieser prozeduralen Auffassung des Textverstehens zufolge sind also die Worte und Phrasen innerhalb der Textoberfläche weder „Träger“ von Bedeutungen, noch haben sie feststehende direkte Symbolbeziehungen zu bestimmten Referenten. Sie fungieren vielmehr als Auslöser für bestimmte mentale Such- und Konstruktionsprozesse beim Aufbau eines mentalen Modells.

Ausblick

Das Textverstehen als mentale Modellbildung zu betrachten, ist ein relativ neues theoretisches Konzept, dessen Bezüge zu anderen kognitionspsychologischen Konstrukten erst ansatzweise analysiert sind. So wäre z. B. zu überprüfen, wieweit mentale Modelle ein Äquivalent für die sog. semantischen Makrostrukturen darstellen und welche Rolle Textschemata bzw. Superstrukturen bei der mentalen Modellbildung spielen (vgl. van Dijk, 1980). Auch über die Rolle des Vorwissens bei der mentalen Modellbildung bestehen bislang nur relativ vage Vorstellungen. Von vielen Kognitionstheoretikern wird angenommen, daß das für Verstehensprozesse relevante Vorwissen in Form von kognitiven Schemata bzw. *scripts* oder *frames* organisiert ist (R. C. Anderson, 1978; Minsky, 1975, 1977; Rumelhart, 1980; Schank & Abelson, 1977; Spiro, 1980). Dabei handelt es sich um Organisationseinheiten unseres allgemeinen Weltwissens, die aufgrund von Erfahrungen gebildet wurden und in denen typische Zusammenhänge aus einem Realitätsbereich repräsentiert sind. Wenn mentale Modelle anhand von kognitiven Schemata und der darin enthaltenen Vorannahmen über den betreffenden Realitätsbereich konstruiert werden, so wäre zu erwarten, daß diese Modelle jeweils einer Art Prototyp der betreffenden Situation entsprechen bzw. den wahrscheinlichsten Sachverhalt repräsentieren. Hier fehlen jedoch bislang konzeptuelle und empirische Analysen.

Ungeachtet vieler offener Fragen hat das Konzept der mentalen Modelle eine wichtige heuristische Funktion, indem es dazu anregt, über bestimmte Phänomene unter einer neuen Perspektive nachzudenken. Ein Beispiel hierfür ist die oben skizzierte Möglichkeit einer prozeduralen Semantik. Hier ergeben sich auch Ansatzpunkte für eine multidisziplinäre Kooperation in der Forschung zum Textverstehen. So ist anzunehmen, daß die Psychologie – insbesondere die Wissenspsychologie – innerhalb der Linguistik die Entwicklung neuer Konzepte (wie z. B. die kognitive Linguistik und prozedurale Semantik) zu fördern vermag, während umgekehrt linguistische Analysen heuristische Hilfestellung für die psychologische Theoriebildung leisten können. Zum einen werden sprachliche Phänomene transparenter, wenn sie unter Bezugnahme auf einen kognitiven Prozessor analysiert werden, für den die betreffenden Sprachäußerungen produziert worden sind. Zum andern können strukturelle Gemeinsamkeiten der Sprachverwendung in verschiedenen Sprachen oder Kommunikationssituationen, wie sie durch vergleichende linguistische Analysen aufgedeckt werden, Hinweise auf kognitive Mechanismen liefern, die der Herausbildung dieser strukturellen Gemeinsamkeiten zugrunde gelegen haben. Auf diese Weise wird nicht nur ein tieferes Verständnis des Text- und Sprachverstehens erreicht. Es wird auch die Voraussetzung geschaffen für eine adäquate Gestaltung von Texten, indem Praktikern geholfen wird, den Gesetzmäßigkeiten des Aufbaus von Wissensstrukturen besser Rechnung zu tragen.

Literatur

Aebli, H. (1981). Denken: Das Ordnen des Tuns. Bd. II: Denkprozesse. Stuttgart: Klett-Cotta.

Anderson, J. R. (1978). Arguments concerning representations for mental imagery. Psychological Review, *85*, 249–277.

Anderson, R. C. (1978). Schema-directed processes in language and comprehension. In A. M. Lesgold, J. W. Pellegrino, S. D. Fokkema & R. Glaser (Eds.), Cognitive psychology and instruction (pp. 67–82). New York: Plenum Press.

Banks, W. P., & Flora, J. (1977). Semantic and perceptual processes in symbolic comparisons. J. of Exp. Psychology: Human Perception and Performance, *3*, 278–290. 278–290.

Beaugrande, de, R. (1980). Text, discourse, and process. Toward a multidisciplinary science of texts. Norwood, N. J.: Ablex.

Bentivoglio, P. (1983). Continuity and discontinuity in discourse: A study in spoken Latin-American Spanish. In T. Givón (Ed.), Topic continuity in discourse: A quantitative cross-language study (pp. 255–312). Amsterdam: Benjamins.

Bobrow, D. G., & Winograd, T. (1977). An overview of KRL, a knowledge representation language. Cognitive Science, *1*, 3–46.

Bransford, J. D., Barclay, J. R., & Franks, J. J. (1972). Sentence memory: A constructive versus interpretive approach. Cognitive Psychology, *3*, 193–209.

Brooks, L. R. (1968). Spatial and verbal components of the act of recall. Canadian Journal of Psychology, *22*, 349–368.

Brown, J. S., & Burton, R. R. (1975). Multiple representation of knowledge for tutorial reasoning. In D. G. Bobrow & A. M. Collins (Eds.), Representation and understanding: Studies in cognitive science (pp. 311–349). New York: Academic Press.

Brown, J. S., Burton, R. R., & de Kleer, J. (1982). Knowledge engineering and pedagogical techniques in SOPHIE I, II, and III. In D. Sleeman & J. S. Brown (Eds.), Intelligent tutoring systems (pp. 227–282). London: Academic Press.

Bryant, P. E., & Trabasso, T. (1971). Transitive inferences and memory in young children. Nature, *232*, 456–458.

Buckley, P. B., & Gillman, C. B. (1974). Comparisons of digits and dot patterns. Journal of Experimental Psychology, *103*, 1131–1136.

Bühler, K. (1934). Sprachtheorie. Jena: Fischer.

Cermak, L. S., & Craik, F. I. M. (Eds.) (1979). Levels of processing in human memory. Hillsdale, N.J.: Erlbaum.

Chafe, W. (1979). The flow of thought and the flow of language. In T. Givón (Ed.), Syntax and semantics, Vol. 12: Discourse and syntax (pp. 159–181). New York: Academic Press.

Clark, H. H. (1975) Bridging. In R. C. Schank & B. L. Nash-Webber (Eds.), Theoretical issues in natural language processing. Reprints of a conference at MIT.

Clark, H. H., & Clark, E. V. (1977). Psychology and language. New York: Harcourt Brace Jovanovich.

Collins, A., Brown, J. S., & Larkin, K. M. (1980). Inference in text understanding. In R. J. Spiro, B. C. Bruce & W. F. Brewer (Eds.), Theoretical issues in reading comprehension (pp. 385–407). Hillsdale, N.J.: Erlbaum.

Craik, F. I. M., & Lockhart, R. S. (1972). Levels of processing. A framework for memory research. Journal of Verbal Learning and Verbal Behavior, *11*, 671–684.

Crothers, E. J. (1972). Memory structure and the recall of discourse. In R. O. Freedle & J. B. Carroll (Eds.), Language comprehension and the acquisition of knowledge (pp. 247–283). Washington, D.C.: Winston & Sons.

Crothers, E. J. (1979). Paragraph structure inference. Norwood, N.J.: Ablex.

Dellarosa, D. (1983). The role of comprehension processes and analogical reasoning in the development of problem-solving expertise. Dissertation, University of Colorado.

Fletcher, C. R. (1984 a). Surface forms, textbases, and situation models: Recognition memory for three types of textual information. Unpublished manuscript, Univ. of Colorado.

Fletcher, C. R. (1984 b). Markedness and topic continuity in discourse processing. Journal of Verbal Learning and Verbal Behavior, *23*, 487–493.

Fletcher, C. R. (1985). The functional role of markedness in topic identification. Text, *5*, 23–37.

Fox, A. (1983). Topic continuity in biblical Hebrew narrative. In T. Givón (Ed.), Topic continuity in discourse: A quantitative cross-language study (pp. 215–254). Amsterdam: Benjamins.

Frederiksen, C. H. (1975). Representing logical and semantic structure of knowledge acquired from discourse. Cognitive Psychology, *7*, 371–457.

Frederiksen, C. H. (1977). Semantic processing units in understanding text. In R. O. Freedle (Ed.), Discourse production and comprehension (pp. 57–87). Norwood, N.J.: Ablex.

Funt, B. V. (1980). Problem solving with diagrammatic representations. Artificial Intelligence, *13*, 201–230.

Garrod, S. C., & Sanford, A. J. (1983). Topic dependent effects in language processing. In G. B. Flores d'Arcais & R. J. Jarvella (Eds.), The process of language understanding (pp. 271–296). Chichester: Wiley.

Garrod, S. C. (1985). Incremental pragmatic interpretation versus occasional inferencing during fluent reading. In G. Rickheit & H. Strohner (Eds.), Inferences in text processing (pp. 161–181). Amsterdam: North-Holland.

Gasser, M. (1983). Topic continuity in written Amharic narrative. In T. Givón (Ed.), Topic continuity in discourse: A quantitative cross-language study (pp. 95–140). Amsterdam: Benjamins.

Givón, T. (1979). On understanding grammar. New York: Academic Press.

Givón, T. (Ed.) (1983 a). Topic continuity in discourse: A quantitative cross-language study. Amsterdam: Benjamins.

Givón, T. (1983 b). Topic continuity and word-order pragmatics in Ute. In T. Givón (Ed.), Topic continuity in discourse: A quantitative cross-language study (pp. 141–214). Amsterdam: Benjamins.

Graesser, A. C. (1981). Prose comprehension beyond the word. New York: Springer.

Grimes, J. (1975). The thread of discourse. The Hague: Mouton.

Halliday, M. A. K. (1970). Language structure and language function. In J. Lyons (Ed.), New horizons in linguistics (pp. 140–165). Baltimore: Penguin.

Hinds, J. (1983). Topic continuity in Japanese. In T. Givón (Ed.), Topic continuity in discourse: A quantitative cross-language study (pp. 43–95). Amsterdam: Benjamins.

Holyoak, K. J., & Walker, J. H. (1976). Subjective magnitude information in semantic orderings. Journal of Verbal Learning and Verbal Behavior, *15*, 287–299.

Johnson-Laird, P. N. (1983). Mental models. Towards a cognitive science of language, inference, and consciousness. Cambridge: Cambridge University Press.

Kerst, S. M., & Howard, J. H. Jr. (1977). Mental comparisons for ordered information in abstract and concrete dimensions. Memory and Cognition, *5*, 227–234.

Kieras, D. (1978). Beyond pictures and words: Alternative information-processing models for imagery effects in verbal memory. Psychological Bulletin, *85*, 532–554.

Kintsch, W. (1974). The representation of meaning in memory. Hillsdale, N.J.: Erlbaum.

Kintsch, W. (1977).Reading comprehension as a function of text structure. In A. S. Reber & D. L. Scarborough (Eds.), Toward a psychology of reading (pp. 227–256). Hillsdale, N.J.: Erlbaum.

Kintsch, W., & van Dijk, T. A. (1978). Toward a model of text comprehension and production. Psychological Review, *85*, 363–394.

Kosslyn, S. M. (1980). Image and mind. Cambridge, Mass.: Harvard University Press.

Kosslyn, S. M. (1981). The medium and the message in mental imagery: a theory. Psychological Review, *88*, 46–66.

Kosslyn, S. M., Ball, T. M., & Reiser, B. J. (1978). Visual images preserve metric spatial information: Evidence from studies of image scanning. Journal of Experimental Psychology: Human Perception and Performance, *4*, 47–60.

Lesgold, A. M., Roth, S. F., & Curtis, M. E. (1979). Foregrounding effects in discourse comprehension. Journal of Verbal Learning and Verbal Behavior, *18*, 291–308.

Longuet-Higgins, H. C. (1972). The algorithmic description of natural language. Proceedings of the Royal Society of London, B, *182*, 255–276.

Maki, R. H., Maki, W. S., & Marsh, L. G. (1977). Processing locational and orientational information. Memory and Cognition, *5*, 602–612.

Mani, K., & Johnson-Laird, P. N. (1982). The mental representation of spatial descriptions. Memory and Cognition, *10*, 181–187.

Metzler, J. (1973). Cognitive analogues of the rotation of three-dimensional objects. Unpublished doctoral dissertation. Stanford University.

Meyer, B. J. F. (1975). The organization of prose and its effects on memory. Amsterdam: North-Holland.

Meyer, B. J. F. (1981). Prose analysis: Procedures, purposes, and problems. Paper presented as part of an Invited Symposium on Expository Text: Comprehension and Structure at the AERA Convention in Los Angeles.

Minsky, M. (1975). A framework for representing knowledge. In P. H. Winston (Ed.), The psychology of computer vision (pp. 211–277). New York: McGraw Hill.

Minsky, M. (1977). Frame-system theory. In P. N. Johnson-Laird & P. C. Wason (Eds.), Thinking. Readings in Cognitive Science (pp. 355–376). Cambridge: Cambridge University Press.

Moyer, R. S. (1973). Comparing objects in memory: Evidence suggesting an internal psychophysics. Perception and Psychophysics, *13*, 180–184.

Moyer, R. S., & Landauer, T. K. (1967). Time required for judgements of numerical inequality. Nature, *215*, 1519–1520.

Paivio, A. (1975). Perceptual comparisons through the mind's eye. Memory and Cognition, *3*, 635–647.

Perrig, W., & Kintsch, W. (1985). Propositional and situational representations of text. Journal of Memory and Language, *24*, 503–518.

Pope, K. S., & Singer, J. L. (Eds.) (1978). The stream of consciousness. Chichester: John Wiley & Sons.

Potts, G. R. (1972). Information-processing strategies used in the encoding of linear orderings. Journal of Verbal Learning and Verbal Behavior, *11*, 727–740.

Potts, G. R. (1974). Storing and retrieving information about ordered relationships. Journal of Experimental Pychology, *103*, 431–439.

Potts, G. R. (1977). Integrating new and old information. Journal of Verbal Learning and Verbal Behavior, *16*, 305–320.

Pylyshyn, Z. W. (1973). What the mind's eye tells the mind's brain: A critique of mental imagery. Psychological Bulletin, *80*, 1–24.

Pylyshyn, Z. W. (1981). The imagery debate: Analogue media versus tacit knowledge. Psychological Review, *88*, 16–45.

Reinhart, T. (1980). Conditions for text coherence. Poetics Today, *1*, 161–180.
Rickheit, G., & Strohner, H. (Eds.) (1985). Inferences in text processing. Amsterdam: North-Holland.
Riley, C. A. (1975). Representation and use of comparative information and inference making by young children. Unpublished doctoral dissertation. Princeton University.
Riley, C. A. (1976). The representation of comparative relations and the transitive inference task. Journal of Experimental Child Psychology, *22*, 1–22.
Rumelhart, D. E. (1980). Schemata: The Building Blocks of Cognition. In R. J. Spiro, B. C. Bruce, & W. F. Brewer (Eds.), Theoretical issues in reading comprehension. Hillsdale, N. J.: Erlbaum.
Sanford, A. J., & Garrod, S. C. (1981). Understanding written language: Exploration of comprehension beyond the sentence. New York: Wiley.
Sanford, A. J., & Garrod, S. C. (1982). Towards a processing account of reference. In A. Flammer & W. Kintsch (Eds.), Discourse processing (pp. 100–110). Amsterdam: North-Holland.
Sanford, A. J., Garrod, S. C., & Henderson, R. (1980). Topic shift as a variable in text cohesion: Experimental evidence from studies in reading time. Paper presented at the Meeting of the Experimental Psychology Society, Cambridge.
Schank, R. C., & Abelson, R. P. (1977). Scripts, plans, goals and understanding. An inquiry into human knowledge structures. Hillsdale, N.J.: Erlbaum.
Schnotz, W. (1985). Selectivity in drawing inferences. In G. Rickheit & H. Strohner (Eds.), Inferences in text processing (pp. 287–326). Amsterdam: North-Holland.
Schnotz, W. (1987). Mentale Kohärenzbildung beim Textverstehen: Einflüsse der Textsequenzierung auf die Verstehensstrategien und die subjektiven Verstehenskriterien. Tübingen: Deutsches Institut für Fernstudien, Forschungsbericht 42.
Shepard, R. N., & Cooper, L. A. (1982). Mental images and their transformations. Cambridge, Mass.: Bradford.
Sidner, C. L. (1983). Focusing and discourse. Discourse Processes, *6*, 107–130.
Smith, E. E., Shoben, E. J., & Rips, L. J. (1974). Structure and process in semantic memory: A featural model for semantic decisions. Psychological Review, *81*, 214–241.
Spiro, R. J. (1980). Constructive processes in prose comprehension. In R. J. Spiro, B. C. Bruce, & W. F. Brewer (Eds.), Theoretical issues in reading comprehension. Hillsdale, N. J.: Erlbaum.
Trabasso, T. (1977). The role of memory as a system in making transitive inferences. In R. V. Kail & J. W. Hagen (Eds.), Perspectives on the development of memory and cognition (pp. 333–366). Hillsdale, N.J.: Erlbaum.
Trabasso, T., & Riley, C. A. (1975). The construction and use of representations involving linear order. In R. L. Solso (Ed.), Information processing and cognition: The Loyola Symposium (pp. 381–410). Hillsdale, N.J.: Erlbaum.
Trabasso, T., Riley, C. A., & Wilson, E. G. (1975). The representation of linear order and spatial strategies in reasoning: A developmental study. In R. Falmagne (Ed.), Reasoning: Representation and process in children and adults. Hillsdale, N. J.: Erlbaum.
Turner, A., & Greene, E. (1977). Construction and use of a propositional text base. Technical Report No. 63. Inst. for the Study of Intellectual Behavior. Univ. of Colorado.
van Dijk, T. A. (1980). Macrostructures. Hillsdale, N.J.: Erlbaum.
van Dijk, T. A., & Kintsch, W. (1983). Strategies of discourse comprehension. New York: Academic Press.
Warren, H. W., Nicholas, D. W., & Trabasso, T. (1979). Event chains and inferences in understanding narratives. In R. O. Freedle (Ed.), New directions in discourse processing. Vol. II in the Series Advances in discourse processes (pp. 23–52). Norwood, N.J.: Ablex.
Woocher, F. D., Glass, A. L., & Holyoak, K. J. (1978). Positional discriminability in linear orderings. Memory and Cognition, *6*, 165–174.
Woods, W. A. (1981). Procedural semantics. In A. K. Joshi, I. Sag & B. L. Webber (Eds.), Elements of discourse understanding (pp. 300–334). Cambridge: Cambridge University Press.

Wissen im sozialen und kulturellen Kontext

14 Wissen und Kultur

Rolf Oerter

Die Rolle der Kultur für individuelles Wissen scheint unmittelbar evident. Da das Individuum das zur Lebensbewältigung notwendige Wissen nicht ererbt hat, muß die Kultur ihm dieses Wissen vermitteln und dafür Sorge tragen, daß es aufgrund des erworbenen Wissens adäquat handeln kann. Das in der Kultur entwickelte und durch sie vermittelte Wissen ist aber mehr: Es umfaßt die Realitätskonstruktion von Welt, die dem Individuum daher als selbstverständliche und als einzig möglich richtige Realität erscheint (Mehan & Wood, 1975; Garfinkel, 1967; Schütz, 1974). Im folgenden soll dieser Aspekt anhand von zwei Fragen beleuchtet werden: a) der Zusammenhang von Wissen und Handeln in verschiedenen Kulturen und b) die Beziehung zwischen Wissen und Denken in unterschiedlichen Kulturen. Neben der bei diesen Fragen herangezogenen Literatur sei auf die Sammelwerke von Triandis et al. (1980), Wagner und Stevenson (1982) sowie Warren (1980) verwiesen.

Kulturell geprägtes Wissen als Grundlage für Handeln

Wissen bei Fertigkeiten

Unter handlungstheoretischem Aspekt ist Wissen einerseits die geordnete Erfahrung bisher durchgeführter oder beobachteter Handlungen und der in der (kulturellen) Umwelt möglichen Handlungsweisen, andererseits bildet es die Basis für zukünftiges, neues Handeln. In jeder Kultur stehen zunächst als basale Wissensbestände „Techniken“ (*procedural skills*: Hatano, 1982) zur Verfügung. Die Wissenselemente bei solchen Techniken und Fertigkeiten sind oft nur gering, fehlen aber niemals gänzlich. Ein nicht alltägliches Beispiel für den Zusammenhang von Wissen und Handeln auf dieser Ebene ist das Rechnen mit dem Abacus. Der Abacus ist eine kleine Rechenmaschine, mit deren Hilfe durch Verschieben von Steinchen schnell und sicher arithmetische Operationen durchgeführt werden können. Die Experten (und hierzu zählen 10- bis 12jährige Kinder) können mit großer Geschwindigkeit und Ausdauer Rechnungen mit seiner Hilfe durchführen. Nach einiger Übung sind die Experten sogar dazu in der Lage, auf das mechanische Gerät zu verzichten und die Operationen, d. h. auch die motorisch durchgeführten

Bewegungen, in der Vorstellung vorzunehmen. Dies beschleunigt noch einmal den Rechenvorgang, ohne die Fehlerzahl zu vergrößern. Das Beispiel wurde gewählt, weil es meines Erachtens mehrere Sachverhalte gut demonstriert. Zunächst zeigt es die Verknüpfung eines materiellen Gegenstandes, eines Werkzeuges, mit Wissen. Die beim Rechnen mit dem Abacus notwendigen Wissenselemente sind recht spezifisch und nicht deckungsgleich mit unserem Wissen über die vier Grundrechnungsarten. Daher ist dieses spezifische Wissen auch kaum übertragbar (z. B. hilft es nicht beim schriftlichen Addieren und Subtrahieren; vgl. Hatano, 1982). Schließlich zeigt das Beispiel, daß äußerlich gleiche Resultate durch unterschiedliche Handlungsabläufe erzielt werden können und daß dies sogar für sehr formalisierte Vorgänge zutrifft. Selbst arithmetisches Wissen und rechnerische Fertigkeiten sind kulturell determiniert. Lave, Murtaugh und de la Rocha (1984) zeigen, daß Hausfrauen in Supermärkten anders rechnen, als sie es in der Schule gelernt haben. Scribner (1984a) belegt die Verschiedenheit von Alltagsrechnen und schulischem Rechnen am Beispiel von Arbeitern in einer Molkerei.

Träger müssen in Nachtarbeit die Ware, nämlich Flüssigkeitsbehälter, in der gewünschten Menge auf die Laderampe schleppen, wo sie von Lastautos übernommen und abtransportiert wird. Der Lieferauftrag wird jedoch aus Verrechnungsgründen in ,,Kästen" (analog zum Biertragl) plus/minus überzähliger oder fehlender Einheiten gegeben. Ein Kasten faßt beispielsweise 16 ,,Viertel" (quarts), ein anderer 4 Gallonen. Ein Auftrag von 18 ,,Vierteln" ist also verschlüsselt als 1 + 2, 10 ,,Viertel" werden ausgedrückt als 1–6. Scribner und ihre Mitarbeiter beobachteten, daß die Arbeiter die Liefereinheiten nicht immer mechanisch, also buchstabengetreu transportierten, sondern zusätzlich gedankliche Rechenarbeit einsetzten mit dem Ziel, den körperlichen Arbeitsaufwand möglichst gering zu halten. Für das Problem 1–6 (als 10 ,,Viertel"), das während der Schicht sechsmal auftrat, wurden verschiedene Lösungen je nach Situation realisiert. In zwei Fällen führten die Arbeiter den Auftrag buchstabengetreu durch, d. h. sie entfernten 6 ,,Viertel" von einem Kasten. In zwei weiteren Fällen nutzten die Arbeiter das Vorhandensein schon teilweise entleerter Kästen und entfernten 4 ,,Viertel" von einem Kasten mit 14 Einheiten bzw. 1 ,,Viertel" von einem Kasten mit 11 Einheiten. In den restlichen zwei Fällen formten sie das Subtraktions- in ein Additionsproblem um. Sie füllten einen Kasten mit 8 und einen mit 4 jeweils auf 10 auf. Da es sich um unterschiedliche Liefereinheiten (z. B. ,,Viertel" und Gallonen) handelte, hatten die Arbeiter zusätzliche Gedankenarbeit aufzuwenden, wenn sie die Lieferaufträge in unterschiedlicher Weise erledigten. Die Auswertung der gesamten Arbeitsgänge erbrachte, daß das Kriterium des geringsten körperlichen Aufwandes beim Transport in 83% der buchstabengetreuen Ausführungen und in 100% der transformierten Ausführungen zutraf.

Universelle Handlungsstruktur: Universelles Handlungswissen?

Die Psychologie schreibt gewöhnlich ihren Modellen über menschliches Handeln universelle Geltung zu. So nimmt man an, daß die Sequenz ‚Situation, Motiv, Handlungsziel, Handlungsfolge' eine generelle Gesetzmäßigkeit darstellt (Heckhausen, 1977). Die Attributionsforschung von Kelley (1972) sowie Weiner (1974) unterstellt ebenfalls, daß bestimmte Ursachenzuweisungen für menschliches Handeln generelle Gültigkeit haben. Das würde allerdings bedeuten, daß auch das Handlungswissen des Individuums in unterschiedlichen Kulturen und Subkulturen gleich strukturiert ist. Die Frage nach der universellen Geltung läßt sich von den Handlungen selbst her nicht beantworten, da äußerlich gleiche Handlungen und Handlungsabläufe eine unterschiedliche Struktur und ein unterschiedliches Handlungswissen zur Grundlage haben können. An drei Beispielen soll im folgenden gezeigt werden, daß das Handlungswissen in unterschiedlichen Kulturen recht verschieden sein kann. Das erste Beispiel (Trobriander) demonstriert dies an der Intentionalität des Handlungsbegriffes selbst. Das zweite Beispiel (Zapoteken) belegt kulturelle Unterschiede von Handlungswissen bei der Attribution. Das dritte Beispiel schließlich beschäftigt sich mit dem Intelligenzbegriff als Ursachendeutung für Handlung.

(1) Fehlende Intentionalität und Verknüpfung im Handlungswissen der Trobriander. Als Malinowski (1920, 1929, 1935) die Bewohner der Trobriand-Inseln, einer melanesischen Inselgruppe nordöstlich Neuguineas, untersuchte, hatte er große Schwierigkeiten, die Motive und Ziele von Handlungen herauszubekommen. Die Antworten auf seine Fragen erschienen konfus, widersprüchlich und inkonsistent. Ihre bevorzugte Antwort auf die Frage nach dem Grund oder dem Motiv einer Handlung war: „Es ist von altersher festgelegt." Sie hatten auch Schwierigkeiten, die Folgen von Handlungen darzustellen oder Handlungen aus ihren Folgen zu begründen. Lee (1968) meint aufgrund der Analyse des Materials von Malinowski, daß die Trobriander ihre Handlungen nicht als zeitliche Abfolge von Ursache – Wirkung verstehen, sondern eingebettet in eine Ordnung, die nur ein Nebeneinander kennt. In der Trobriandsprache gibt es nur die Gegenwart, und es existieren keine Bindewörter, die es erlauben würden, Handlungsbedingungen und Handlungsfolgen miteinander zu verknüpfen. Auch das Verständnis einer Kette von Abläufen, die kausal miteinander verbunden sind, scheint anders als bei uns zu sein, denn die Trobriander stellen z. B. das Wachstum einer Pflanze als Kette oder „Ordnung" voneinander unabhängiger Zustände dar. Hierzu noch einige Beispiele. Für die Trobriander ist Geschlechtsverkehr, obwohl notwendige Voraussetzung der Schwangerschaft, nicht die Ursache der Empfängnis. Fortpflanzung umfaßt vielmehr eine ganze Reihe von Handlungen, die sich in ein Handlungsmuster zusammenfügen. Eine davon ist der Geschlechtsverkehr, eine andere das Eintreten des Geistes eines Trobrianders in den Mutterleib. Es ist aber nicht so, daß die Trobriander das Mittel-Zweck-Denken nicht verstünden, sondern daß es in ihrem Wertsystem eher einen negativen Stellenwert hat. Dies zeigt

sich am Kular-Muster, bei dem es um den Austausch von Geschenken geht. Ein Mann macht seinem Kularpartner ein Geschenk. Dieser kann oder kann nicht mit einer Gegengabe antworten. Manchmal werden Männer angeklagt, ihren Kularpartnern Geschenke zu machen, um sie anzureizen, ihnen ein besonders schönes Kulargeschenk zurückzugeben. Tauschhandel aber ist verpönt und wurde als etwas Niedriges oder Minderwertiges angesehen. Das Handlungsmuster des Geschlechtsverkehrs beinhaltet ebenfalls, daß der männliche Partner dem weiblichen ein Geschenk gibt. Macht aber der Junge dem Mädchen ein Geschenk, um die Gunst des Mädchens zu gewinnen, wird er verachtet. Solche Beispiele zeigen, daß es nicht an dem Verständnis für Mittel-Zweck bzw. Handlungsziel-Handlungsfolge fehlt, sondern daß dieses Handlungswissen als Grundlage für Handeln abgelehnt wird.

Die Analyse dieser merkwürdigen Kultur führt nun über kurz oder lang zu einem Widerspruch: Einerseits sind die Handlungen der Trobriander sehr wohl aufeinander abgestimmt, und es gibt sinnvolle Handlungsketten, die Planung und Sequenzierung erkennen lassen. Andererseits stellen die Trobriander ihr Wissen über solches Handeln anders dar, nämlich eher als Muster von punktuellen Handlungen, von denen jede einzelne ihren eigenen Stellenwert hat, und keine als zielerreichende Handlung aus der ganzen Reihe hervortritt. Die in jeder Kultur offenkundig zum Überleben notwendige Handlungslogik, z. B. eine zeitlich richtig abgestimmte Handlungsfolge, muß sich im kulturellen Wissen nicht unbedingt als „lineare" Sequenz abbilden, sondern kann aufgrund der Wertüberzeugungen in einer Kultur eine andersartige Struktur haben. Dies ist besonders dann der Fall, wenn die Zeit und die in ihr sequentiell geordneten Ereignisse nicht ein zentrales Ordnungsprinzip darstellen. Dennoch existieren bei den Trobriandern komplizierte Rechts- und Besitzverhältnisse. So gibt es z. B. unter anderem zwei Bedingungen, um die Rechte eines Landes auf jemand anderen zu übertragen, d. h. ihn zum Besitzer des Landes zu machen (Hutchins, 1979). Die erste Bedingung besteht darin, daß die Person, die die Rechte des Landes vergeben will, zum Zeitpunkt des Transfers auch diese Rechte haben muß. Dies wird als *Tupwa* bezeichnet. Besitzt die betreffende Person die Rechte nicht, so heißt dies *Kasesila*. Die zweite Bedingung besteht darin, daß die Person, die das Recht auf den Grundbesitz erwerben will, schon zuvor mit dem Landbesitzer in Verbindung getreten sein und ihm Geschenke gemacht haben, also „Anlässe" herbeigeführt haben muß, die eine Landübereignung möglich machen. Solche Geschenke sind wieder ohne Anspruch und Garantie auf den Erwerb des Landes. Diese Bedingung wird *Pokala* genannt. Hat dann der Transfer stattgefunden, so besitzt der Empfänger die Rechte des Landes. Solche Bedingungen erscheinen, ganz wie bei uns, handlungslogisch geordnet und verlangen im Fall von Rechtsstreitigkeiten schlußfolgerndes Denken, das die Trobriander offenkundig auch besitzen, wie Hutchins (op. cit.) zeigen konnte. Aber auch wenn unsere Sprache es nahelegt, die Bedingungen des Besitztransfers in Antezedenz- und Konsequenzbedingungen aufzulisten, so zeigt gerade die Benennung der Bedingungen bei den Trobriandern, daß es sich hier um bestimmte Zustände handelt, und zwar solche, die nicht einfach auseinander hervorgehen oder voneinander abgeleitet werden. Befindet sich ein Besitzverhältnis im Zustand Tupwa, so kann es übereignet werden, befindet es sich im Zustand Kasesila, so ist dies nicht möglich.

(2) Attribution bei den Zapoteken. Ein zweites Beispiel zu diesem Themenkreis sei aus dem Bereich der Attributionstheorie gewählt. Heider (1958, deutsch 1977), der diesen Ansatz bekanntlich als erster verwendet hat, weist darauf hin, daß Menschen auf der Suche nach Erklärungen für Verhalten fortlaufende Prozesse auf stabile zugrundeliegende Ursachen zurückführen. Sie unterscheiden Person- und Umweltursachen. Uns interessiert zunächst nur die Ursachenzuweisung zur Person. Sie führt zur Zuschreibung von Persönlichkeitseigenschaften, die ein wesentliches Moment unseres Erklärungssystems von Verhalten im Alltag bilden. Selby (1974, 1975) belegt, daß dieses Erklärungssystem nicht generell für alle Kulturen zutrifft. Die Zapoteken in Mexiko beispielsweise erklären deviantes (kriminelles) Verhalten nicht durch Persönlichkeitseigenschaften. Konsistenz im Verhalten ist nach ihrer Meinung weder begründet in einer Konsistenz der Persönlichkeit, noch in der Zuweisung von Merkmalen durch andere. Vielmehr wird die Verhaltenskonsistenz von den spezifischen Rollen hergeleitet, die einer Person zu einer bestimmten Zeit zur Verfügung stehen. Wenn eine Person durch eine bestimmte soziale Situation rollenmäßig festgelegt ist, mag sie einen Mord begehen. Wenige Jahre später, nach der Verbüßung einer Gefängnisstrafe, kann die gleiche Person Mitglied des Gemeinderats zusammen mit Angehörigen des Ermordeten sein. Ist sie noch ein Mörder? Nicht nach Ansicht der Zapoteken, die sich weigern, sich an einen solchen Vorfall zu erinnern. Die Rehabilitierung erfolgt durch eine Neueinordnung der Person in die soziale Welt. Soziale Rollen fungieren als Leerstellen, als „Schlitze", und das Verhalten der Menschen füllt die Konturen der Leerstellen aus, die sie besetzt halten. Damit liegt die Alltagstheorie der Zapoteken näher bei einer soziologischen Rollentheorie als bei einer psychologischen Persönlichkeitstheorie oder Person-Situation-Interaktionstheorie. Wie sehr dieses unterschiedliche Hintergrundwissen das Handeln beeinflußt, hat das vorige Beispiel gezeigt.

(3) Zum Intelligenzbegriff in verschiedenen Kulturen. Als letztes Beispiel wollen wir uns mit dem Intelligenzbegriff in verschiedenen Kulturen befassen. Intelligenz und Fähigkeit als Erklärungskonzepte sind nicht nur in der Psychologie, sondern auch in Alltagstheorien von zentraler Bedeutung, erklären sie doch die Güte von Anpassungs- und Bewältigungsleistungen im menschlichen Leben. Die erste Frage ist natürlich, ob Kulturen, die Ursachen für Verhalten nicht in den Menschen hineinverlagern oder Ursachenzuweisungen überhaupt nicht vornehmen, Fähigkeitskonzepte besitzen. Diese Frage soll hier zunächst ausgeklammert werden. Wir wählen einige Arbeiten aus, die sich mit dem Intelligenzbegriff in anderen Kulturen befaßt haben.

Wober (1974) untersuchte den Intelligenzbegriff der Baganda in Uganda. In ihrer Sprache (Luganda) gibt es einen Begriff, der dem Intelligenzbegriff nahe kommt: Obugezi. Er ähnelt allerdings mehr unserem Begriff von Weisheit als dem der Intelligenz. Intelligenz in diesem Sinn wird als erworben, weniger als ererbt betrachtet. Ein Sprichwort in Uganda sagt: Intelligenz (Obugezi) ist wie Feuer; wenn es ausgeht, dann kannst du es von deinem Freund haben. Ein anderes Sprichwort sagt: Intelligenz wächst im Menschen, wenn er sie benutzt. Und schließlich: Der Weise ist der, den man unterrichtet hat. Wober verglich vier Gruppen in Uganda mit Hilfe des semantischen Differentials zum Begriff Obugezi, unter anderem auch eine Elitegruppe (bestehend hauptsächlich aus Lehrern) und Dorfbewohner. In Tab. 14.1. sind einige Ergebnisse der Untersuchung zusammengestellt. Es gibt eine Reihe von Unterschieden zwischen der Baganda-Elitegruppe und den Baganda-Dorfbewohnern (andere Unterschiede, etwa zu den Universitätsstudenten, liegen in ähnlicher Richtung). Die Urteilstendenzen zeigen, daß sich die Elitegruppe stärker in Richtung des westlichen Intelligenzbegriffs bewegt, während die Dorfbewohner wohl eher den traditionellen Begriff aufrechterhalten. Dieser wird, abweichend von unseren Konnotationen, stärker als unnachgiebig, heiß, langsam, bedächtig, aktiv, sorgfältig, freundlich und fest eingestuft. Die Assoziation ,,heiß" zeigt sich auch in dem obengenannten Sprichwort, während bei uns intellektuell gerne mit ,,kühl", ,,berechnend" in Verbindung gebracht wird. Am markantesten ist wohl die Kennzeichnung von Obugezi als ,,langsam, bedächtig". Während bei uns Intelligenzleistungen allemal mit Geschwindigkeit zu tun haben, ist dies offenkundig nicht der Fall im traditionellen Intelligenzbegriff der Baganda. Dieses Intelligenzverständnis wirkt sich natürlich beeinträchtigend auf die Bearbeitung westlicher Intelligenztests aus, da der Problemlöser, wenn er überhaupt einen Zugang zu dieser Art von Aufgaben hat, sie bedächtig angehen und etwaige Zeitgrenzen überschreiten wird[1].

Wober (1974), Serpell (1977) und andere Autoren heben hervor, daß in afrikanischen Kulturen Leistungen der Anpassung sowie Gehorsam und Kooperation wichtiger sind als in industriellen Ländern.

Kulturelles Wissen über Intelligenz bzw. über Anpassungsleistungen in der Umwelt ist immer auch normativ, d. h. das Individuum muß in seinem Verhalten vorgeschriebene Leistungen mehr oder minder gut zustande bringen. Das im Kind vorhandene ,,Intelligenzpotential" wird also durch die Kultur zu Kompetenzen geformt, die in ihr erwünscht und notwendig sind. Daher muß man annehmen, daß kulturelles und individuelles Wissen über Intelligenz auch diese selbst als Leistungsvoraussetzung im Individuum mit determiniert. Deshalb wendet man sich heute gegen Untersuchungen mit standardisierten Intelligenztests, die immer nur die Unterlegenheit der anderen Kulturen gegenüber der westlichen Zivilisation erfassen. Das Defizit-Modell wurde seit langem in Frage gestellt (Berry, 1974; Cole & Bruner, 1971; Irvine, 1969).

Serpell (1977) versucht, Intelligenzleistungen von Kindern in Sambia zu erfassen, wobei er sich auf die in den Dorfkulturen ursprünglich erforderlichen Aufgaben konzentriert. Er entwickelte mit seinen Mitarbeitern zwei Intelligenz-Maße.

---

[1] Die Ergebnisse müssen aber mit Vorbehalt gesehen werden, weil die traditionelle Gruppe zu extremen Urteilen neigte (s. Tab. 14.1).

Tab.14.1.: Semantisches Differential des Begriffes ‚Obugezi' in Uganda (nach Wober, 1974, S. 268)

Adjektive	Baganda Elite	Baganda Dorfbewohner	Adjektive
Brought by medicine	8:80	8.37	Comes on its own
Dangerous	7:85	8.42	Safe
Strong	2:30	1.71	Weak
Dishonourable	7:65	8.50	Honourable
Infectious	5:50	7.17	Not infectious
Happy	2.70	1.83	Sad
Modern	8.55	8.79	Traditional
Unnecessary	8.55	8.87	Necessary
Spiritual	3.60	1.21	Physical
Inherited	5.35	6.66	Acquired
Private	7.30	7.58	Public
Sane	3.50	3.17	Crazy
Rare	3.60	2.37	Common
Steady	3.15	1.96	Unsteady
Yielding	5.00	7.12	Obdurate
Cold	6.40	7.83	Hot
Hurried	5.45	7.79	Delayed
Active	4.55	2.00	Relaxed
Careful	3.75	1.13	Hasty
Unstable	6.70	8.58	Straightforward
Friendly	4.05	1.21	Unfriendly
Sick	6.10	8.33	Healthy
N (männl./weibl.)	20(12/8)	24(10/14)	
Mittleres Alter	36.6	35.9	

Anmerkung: Zur Vermeidung von Verfälschungen wurden die Begriffspaare unübersetzt belassen. Niedrige Werte liegen nahe an der linken Seite, hohe Werte nahe an der rechten Seite der Adjektivpaare.

Eines bezog sich auf die Einschätzung von Kindern durch Erwachsene, die die Schule nicht besucht hatten (A), das zweite auf Fertigkeiten und Leistungen, die die Kinder im Alltag des dörflichen Zusammenlebens unabhängig vom Schulbesuch vollbrachten (B). Die Tests, die zur Erfassung der Leistungen (B) dienten, sollten nur kognitive Operationen erfassen, die außerhalb der Schule verlangt und gefordert wurden. Es zeigte sich mit zunehmendem Alter eine Verbesserung der Testleistung, die unabhängig vom Schulbesuch definiert worden war (B). Dies ist insofern bemerkenswert, als in fast allen Tests, die man bisher im Kulturvergleich verwendet hat, der Schulbesuch die entscheidende Variable über alle Kulturen hinweg darstellt. Daher lohnt es sich, nicht nur den Intelligenzbegriff einer Kultur, sofern er überhaupt abgrenzbar ist, ausfindig zu machen, sondern auch nach Leistungen und Kompetenzen zu suchen, in denen Mitglieder einer anderen Kultur Mitgliedern in unserer Kultur überlegen sind. Diese Suche war bis jetzt nicht besonders erfolgreich, doch gibt es zumindest einige Beispiele.

So waren in einer Untersuchung von Gay und Cole (1967) analphabetische Kpelle gegenüber College-Studenten im nördlichen Zentral-Liberien bei der Einschätzung des Volumens von Reis überlegen. Sie hatten die Anzahl von Tassen voller Reis abzuschätzen, die in einer gefüllten Schüssel enthalten war. Die Überlegenheit der Kpelle-Bauern wuchs mit der Menge des abzuschätzenden Reises.

Ross und Millsom (1979) verglichen die Gedächtnisleistungen von ghanesischen und New Yorker Studenten beim Nacherzählen von Prosa. Die Probanden hatten jeweils eine Geschichte, die ihnen in *englisch* vorgelesen wurde, nachzuerzählen. Es handelte sich um eine Geschichte, die dem Kulturkreis der Ghanesen näher stand und um eine Geschichte aus dem angelsächsischen Kulturkreis. Es zeigte sich, daß die ghanesischen Studenten trotz der sicherlich vorhandenen Sprachbarriere in den kulturnahen Geschichten New Yorkern deutlich überlegen waren, während sie in der Geschichte, die neutral bzw. stärker dem westlichen Kulturkreis verbunden war, leicht unterlegen waren (letztere Geschichte wurde allerdings im Englisch des 17. Jahrhunderts erzählt!).

Irvine (1969) wählte einen ungewöhnlichen Weg, um die Intelligenzleistungen von Afrikanern mit denen von Angehörigen des westlichen Kulturkreises zu vergleichen. Er analysierte nämlich die Fehler in einer Reihe von Tests. Die Analyse der Falschantworten von 30 Tests erbringt bei Shona sprechenden afrikanischen Schülern des 12. Schuljahres acht Faktoren erster Ordnung, die relativ gut zu den normalen Intelligenzfaktoren korrespondieren. Die Reanalyse dieser Faktoren führt zu drei Faktoren zweiter Ordnung, die hauptsächlich durch schlußfolgerndes Denken *(reasoning)* charakterisiert werden können. Die erneute Reduktion erbringt einen Faktor dritter Ordnung, den Irvine als grundlegende primäre Art des Denkens kennzeichnet. Dieses Denken ist gewissermaßen verantwortlich für die Fehler, die in den Tests gemacht werden und verhindert die in unserem Sinn adäquate Bearbeitung der Items. So könnte man vermuten, daß die grundsätzlich andere Denkungsart der Afrikaner allen kognitiven Einzelleistungen vorgeordnet ist und diese beeinflußt.

Zusammenfassend läßt sich feststellen, daß kulturelles Wissen dem individuellen Handeln zugrunde liegt und dieses sehr stark bestimmt. Ein besseres Verständnis zwischen Wissen und Handeln kann erst erzielt werden, wenn kulturelles Hintergrundwissen in den einzelnen Kulturen systematisch und sorgfältig berücksichtigt wird. Dies gilt auch für unsere eigene Kultur, die ja in gleicher Weise unser Handeln und Denken mitbestimmt. Psychologische Theorienbildung berücksichtigt diesen Tatbestand meist zu wenig und geht in der Bildung ihrer Modelle und Theorien gewöhnlich ,,voraussetzungslos", damit aber auch naiv vor.

Gleiche Handlung – unterschiedliches Wissen

Der Zusammenhang zwischen Handeln und Wissen ist bekanntlich nicht als einfache Ursache-Wirkungs-Kette zu fassen. Abgesehen von all den Handlungen, bei denen bewußtes Wissen nur noch eine untergeordnete Rolle spielt (z. B. *habits, skills*), kann man von äußeren Handlungen nicht ohne weiteres auf dahinterliegende Wissensstrukturen schließen. Dies ist zugleich auch eine Kritik an manchen Meßmethoden zur Erfassung von Wissensstrukturen. Im folgenden soll an zwei Beispielen gezeigt werden, daß ein zweckbezogenes Handeln zur Lebensbewältigung im Alltag trotz seiner Effizienz auf anderen Wissensgrundlagen aufbaut, als es zunächst für den Außenstehenden den Anschein hat.

Gell (1977) beschreibt das Jagdverhalten der Umeda, Bewohner eines Dorfes im West-Sepik-Bezirk auf Neu Guinea. Die jungen Jäger ziehen in den Wald, wobei sie einen Netzsack mit sich tragen, der die notwendigen Utensilien enthält. Zu ihnen gehört auch ein poröses Rindenstück, in das präparierte Substanzen eingewickelt sind, die Duftstoffe enthalten. Der charakteristische Duft, von den Umeda Oktesap genannt, lockt die Wildschweine an, die das Hauptziel der Jäger bilden. Beobachtet man diese Jäger also und fragt sie, wie sie jagen, so wird man erfahren, daß sie die Schweine mit Hilfe von Oktesap anlocken und dann töten. Das dahinterliegende Wissen ist aber sehr viel komplizierter. Oktesap dient als Mittel der Magie und hat bei der Jagd zwei wichtige Funktionen: Es löst, während der Jäger auf seinem Netzsack schläft, den Jagdtraum aus, weiterhin dient es als Zauber, das Wildschwein anzulocken. Der Duftstoff wird also als Magie benutzt, nicht als direkter Auslöser von Verhalten. Der Jäger, der einen glücklichen Jagdtraum hat, steht nachts gleich auf und eilt mit seinem Sack, der Oktesap enthält, in den Wald, um das Wildschwein zu finden. Der Jagdtraum selbst ist nun keineswegs inhaltlich identisch mit dem Jagen des Wildes, denn dies würde ein böses Omen, nämlich Unheil für das Dorf bedeuten. Der glückliche Jagdtraum ist vielmehr der, daß der junge Mann mit einem Mädchen schläft. Obwohl die Symbolik von Beischlaf und Jagd einen gemeinsamen Ursprung zu haben scheint und in vielen Kulturen auftaucht, liegt auch hier bei den Umeda der Sachverhalt anders, denn der Jäger muß sich, um Jagdglück zu haben, von Frauen fernhalten. Solange er seinen Jagdberuf ausübt, sollte er also asketisch leben. Gerade dies natürlich erhöht die Wahrscheinlichkeit des Auftretens von sexuellen Träumen, so daß sich auch hierfür ein plausibler Zusammenhang ergibt. Wissen und Begründung der Zusammenhänge bei der Jagd sind, wie man sieht, bei den Umeda anders strukturiert als bei uns, gleichwohl ist das Handeln zweckvoll und erfolgreich.

Ein zweites, ganz anders geartetes Beispiel bezieht sich auf die Navigationskünste der Trukesen, Bewohnern der Südseeinsel Truk, die es fertigbringen, zu winzigen, mehr als 100 Meilen entfernten Inseln ohne Kompaß und andere Navigationsinstrumente zu segeln. Da der Zielpunkt erst wenige Meilen vor seinem Erreichen sichtbar wird, muß der Navigator alle Operationen „blind" ausführen. Gladwin (1964) analysiert diese Leistung im Detail und vergleicht sie mit den Navigationsleistungen in Europa. Der Trukese-Navigator muß eine Vielzahl von Bedingungen im Kopf haben und ihre Einflüsse zu jedem Zeitpunkt seines Kurses berechnen. So kann er am Wellenschlag und an der Windstärke Drift und Geschwindigkeit des Bootes kalkulieren, sich nachts an bestimmten Sternen orientieren, wobei er genau ihre Position im jeweiligen Monat des Jahres kennen muß, und kann sich selbst noch in dunklen Nächten mit bewölktem Himmel zurechtfinden. Besonders kompliziert, und für uns Europäer kaum verständlich, wird diese Navigationsleistung, wenn der Navigator gezwungen wird zu kreuzen, d. h. wenn er aufgrund der Windrichtung das Ziel nicht direkt ansteuern kann, sondern das eine Mal weit links vom Ziel, das andere Mal weit rechts vom Ziel steuern muß. Er ist dennoch in der Lage anzugeben, in welcher Richtung zum jeweiligen Zeitpunkt sein Ziel liegt. Damit sind wir auch schon beim prinzipiellen Unterschied zu der Navigation in Europa angelangt. Der Trukese-Navigator weiß zu jedem Zeitpunkt seines Kurses, wo sich das Ziel im Augenblick befindet, d. h. er verrechnet permanent alle Daten in seinem Kopf, um das unsichtbare Ziel nicht aus dem Auge zu verlieren. Dies erfordert eine gewaltige Gedächtnisleistung und impliziert ein sich ständig wandelndes Wissen um die jetzige Lage des Bootes in Relation zum Ziel. Vergleicht man demgegenüber unsere Art der Navigation, so ist sie durch einen durchgängigen Plan gekennzeichnet. Der Navigator muß auf einer Karte den Gesamtkurs festlegen und kann dann von Punkt zu Punkt auf der festgelegten Strecke gelangen. Er ist nicht in der Lage, ad hoc anzugeben, wo sein Endziel liegt. Dazu muß er jeweils erst die Karte befragen. Aber er ist natürlich in der Lage, seine jetzige Position genau zu bestimmen. Eben dies kann der Trukese-Navigator nicht. Er ist stets an dem Endziel, nämlich der Insel, orientiert, da es ihm nicht möglich ist, seine Position auf dem Meer unabhängig von diesem Endpunkt zu bestimmen. Gladwin kennzeichnet das Navigieren bei uns als deduktives Vorgehen: Ihm unterliegt ein zuvor festgelegter Plan, der dann schrittweise ausgeführt wird. Demgegenüber sei das Navigieren der Trukesen induktiv, weil es jeweils zu jedem beliebigen Zeitpunkt alle verfügbaren konkreten Daten verarbeitet und aus ihnen dann die Position des Zieles folgert. Daraus ergibt sich ein zweiter wichtiger Unterschied, nämlich die sprachliche Fixierung des Navigierens. Der europäische Navigator kann sein Vorgehen sprachlich beschreiben, da es ja einem Plan folgt und alle Bedingungen genau festgelegt sind. Der Trukese-Navigator kann eben dieses nicht, weil er eine riesige Anzahl von Einzeldaten gleichzeitig verrechnet, um zu seinen Schlußfolgerungen zu gelangen. Der Wissenshintergrund und die Verarbeitung des Wissens ist in beiden Arten der Navigation grundverschieden, obwohl in beide natürlich gleiche Wissenselemente eingehen, so etwa das Wissen um die Position der Sterne und um den Zusammenhang zwischen Windrichtung und Fahrtrichtung (insbesondere beim Kreuzen). Dem europäischen Segler steht sein Wissen als deklaratives Wissen, dem Trukese-Segler ,,nur" als prozedurales Wissen (im Sinne von Winograd, 1975) zur Verfügung. Damit läßt sich auch die von Anderson (1983) vertretene Behauptung in Frage stellen, daß gespeichertes Wissen als deklaratives Wissen zur Verfügung stehen muß, wenn es Handlung leiten soll. Die Analyse Gladwins zeigt deutlich, daß die Leistungen der Trukesen als hohe Intelligenzleistungen anzusehen sind, obwohl die Trukesen sicherlich in Intelligenztests westlicher Prägung niedrigere Leistungen erbringen würden.

Unser Navigationsbeispiel führt unmittelbar zur Frage des Zusammenhangs zwischen kulturellem Wissen und Denken. Sie soll uns im nächsten Abschnitt beschäftigen.

Kulturelles Wissen und logisches Denken

Logisches Denken in unterschiedlichen Kulturen

Kulturvergleich und die durch ihn aufgedeckten Unterschiede in Realitätskonstruktion und Weltanschauung haben immer wieder die Vermutung aufkommen lassen, daß logisches Denken in anderen Kulturen nicht existiert. Neuerdings wird gegen diese Ansicht heftig protestiert (Hutchins, 1979, 1983; Bloor, 1976/1984). Betrachtet man Logik als ein System, das Ereignisse konsistent aufeinander bezieht, so muß logisches Denken irgendeiner Form in jeder menschlichen Kultur existieren, weil sonst ein Überleben nicht gesichert ist. In jeder Kultur müssen beispielsweise Schlußfolgerungen nach Art eines Syllogismus gezogen werden: wenn a dann b; nun aber a, also b. Die Frage ist nur, ob solches logisches Denken verbal expliziert werden kann und bewußt erfolgt oder ob es stärker im Handlungsvollzug selbst steckt.

Hutchins (1979) versucht, schlußfolgerndes Denken bei den Trobriandern zu belegen. Wie früher ausgeführt (s. S. 335), hat man zunächst den Trobriandern jede Form des logischen Denkens abgesprochen (Lee, 1968), weil logische Konsistenz in der sprachlichen Darstellung schwer aufzufinden war. Hutchins beschreibt nun eine Gerichtsverhandlung über einen Besitzstreit, bei dem zwei Parteien behaupten, das gleiche Grundstück rechtmäßig erworben zu haben. Wie erinnerlich (s. S. 336) sind zum Transfer der Besitzrechte zwei (aber nicht alleinige) Bedingungen erforderlich: Tupwa (Besitzer muß das Recht über das fragliche Land besitzen) und Pokala (Käufer muß vorher Kontakte hergestellt und Geschenke „überreicht" haben).

Der eine Kläger erwarb das Grundstück auf diesem Wege von einer alten Frau, der zuvor schon eine dritte Partei ihr Interesse an dem Grund bekundet hatte (Pokala). Der erste Kläger war der Meinung, daß der Transfer der Rechte nicht erfolgt sei und für die alte Frau das Land Tupwa war. Der zweite Kläger erwarb das Land von der dritten Partei, von der er annahm, daß sie über die Rechte des Landes verfügte (Tupwa). Der Richter „entschied" nun folgendermaßen (wobei zu beachten ist, daß die Übersetzung Konjunktionen einführt, die es offenkundig in der Trobriander-Sprache nicht gibt):

Was diesen Garten betrifft: Also gut, wenn es Tupwa gewesen wäre – versteht ihr alle (ist alles klar). Ihr alle wißt, wie das ist mit Pokala und Tupwa. Aber dieser Garten war nicht Tupwa, er war schon Kasesila (für die alte Frau) und das ist der Grund dafür . . . Was ich gehört habe und meine richtige Meinung davon ist folgendes: Wenn es Tupwa gewesen wäre, würde sich niemand darum kümmern, X (der zweite Kläger) würde es heute nicht nehmen. Es würde deine Sache sein (gemeint ist des ersten Klägers). Aber weil bereits früher darüber entschieden wurde, gut, so sage ich, laßt es Kasesila sein.

Hutchins analysiert diesen Schiedsspruch und findet 12 Schlußfolgerungen. Sechs davon haben für uns geringe Plausibilität, aber sechs sind logisch streng deduktiv. In einer anderen Untersuchung (Hutchins, 1983) weist er schlußfolgerndes Denken auch bei einem Mythos der Trobriander nach.

Bloor (1984) befaßt sich mit der Logik der Zande, die von Evans-Pritchard (1936) erstmals ausführlich beschrieben wurde. Jedes menschliche Unglück geht nach Meinung der Zande auf Hexerei zurück. Hexer sind Menschen, deren Wille zu schaden und deren böse Kräfte Grund für das Unheil sind. Entlarvt werden Hexer durch das Orakel. Ihre bösen Eigenschaften und ihre Kraft geht zurück auf ein ererbtes körperliches Merkmal, das aus einer Substanz im Bauch besteht. Diese Hexer-Substanz kann durch Untersuchungen nach dem Tod entdeckt werden, und solche Untersuchungen finden manchmal statt, um die Anklage auf Hexerei zu stützen oder zu widerlegen. Da die Hexer-Substanz erblich ist, müßten alle Verwandten eines Hexers ebenfalls Hexer sein. Das liefe darauf hinaus, daß ein Zande-Clan, der aus einer Gruppe von miteinander verwandten Personen besteht, entweder nur aus Hexern besteht, nämlich dann, wenn einer der Mitglieder ein Hexer ist, oder überhaupt keinen Hexer enthält, nämlich dann, wenn ein Mitglied kein Hexer ist (Vererbung existiert nach Auffassung der Zande natürlich nicht nach Mendelschen Gesetzen, sondern immer bei biologischer Verwandtschaft). In der Praxis werden nur nahe väterliche Verwandte eines bekannten Hexers gleichfalls als Hexer bezeichnet, nicht aber der gesamte Clan. Die Zande ziehen also nicht die für uns selbstverständliche Schlußfolgerung. Sie können diese Schlußfolgerung allerdings auch nicht ziehen, weil es absurd wäre, einen ganzen Clan oder einen ganzen Stamm der Hexerei anzuklagen. Für sie entsteht aber auch nicht diese Notwendigkeit, da sie nur immer im konkreten Fall urteilen. Das Orakel wird nie herangezogen, um zu fragen, ob ein ganzer Clan aus Hexern besteht, sondern nur, um zu eruieren, ob eine bestimmte Person ein Hexer ist. Werden Schlußfolgerungen gezogen, so müssen sie sich den Tatsachen anpassen. Abb. 14.1. veranschaulicht die Logik dieses Sachverhalts und eine mögliche Schlußfolgerung.

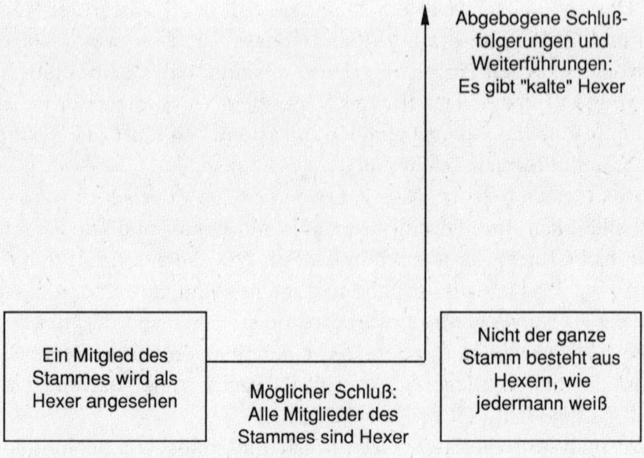

Abb. 14.1.: Logik der Zande (Bloor, 1984, S. 161)

Sie besteht darin, daß bei manchen Menschen die Hexer-Substanz „kalt" ist, also keine Wirkung hat (analog zu einem heterozygoten rezessiven Gen). Diese Schlußfolgerung ist logisch zulässig und entspricht in der Tat der Hypothesenbildung in der Genetik, die zur Entdeckung rezessiver Gene führte.

Die zwei gewählten Beispiele zeigen, daß logisches Denken durchaus auch in Kulturen anzutreffen ist, die zunächst dem Anschein nach unlogisch argumentieren. Dennoch scheint es einen prinzipiellen Unterschied zwischen dem Denken in westlichen Kulturen und dem Denken in traditionellen Kulturen (schriftlosen Kulturen) zu geben. Mitglieder solcher Kulturen sind nur selten imstande, Schlußfolgerungen generellerer Art zu ziehen, also von bestimmten konkreten Inhalten absehen zu können, und nur die Formulierung der getroffenen Aussagen (Prämissen) zu berücksichtigen. Scribner (1984b) berichtet über eine Untersuchung, in der den Kpelle in Westafrika folgender Syllogismus zur Beurteilung vorgelegt wurde:

Alle Menschen, die Häuser besitzen, bezahlen eine Haussteuer. Boima bezahlt keine Haussteuer.

Besitzt er ein Haus?

Analphabetische Erwachsene antworteten gewöhnlich, das könnten sie nicht sagen, weil sie Boima nicht kennen würden. Sie könnten nur über jemanden etwas aussagen, der ihnen bekannt sei. Auch die Schlußfolgerungen, die Hutchins (1979, 1983) bei den Trobriandern gefunden hat, sind immer eingebettet in konkrete Sachverhalte (Gerichtsverhandlung, erklärende Funktion eines Mythos). Warum aber kommen Personen, die in unserer Kultur aufwachsen, zu allgemeineren Schlußfolgerungen? Eine entscheidende Bedingung für diese Leistungsfähigkeit scheint die Schule zu sein.

Zum Einfluß der Schule auf die Struktur des Wissens und Denkens

Es gibt eine Reihe von empirischen Belegen für die Annahme, daß die Schule der entscheidende Faktor für die typische Wissens- und Denkstruktur ist, die man in der Psychologie gerne als universelle Struktur annimmt (Luria, 1976: Wygotsky, 1984; Cole & D'Andrade, 1982; Greenfield, 1984). Cole und D'Andrade (1982) berichten über ein Assoziationsexperiment bei den Mayas auf der Halbinsel Yukatán. Untersucht wurden u. a. Gruppen zu je zwanzig Personen: Mayas (Muttersprache ist maya, Schulsprache ist spanisch; Probanden: 8- bis 10jährige und Erwachsene), Mestizen (sprechen maya und spanisch, aber spanisch dominiert; Probanden: 8- bis 10jährige und Erwachsene), Ladinos (stammen von Europäern ab, sprechen kaum maya; untersucht wurden Schüler der High School). Die Probanden nannten zu 15 Stimulus-Wörtern jeweils fünf Assoziationen. Die Ladinos (High-School-Besucher) unterschieden sich von den restlichen Gruppen deutlich. Sie nannten Kategorien und semantisch verwandte Wörter. Alle übrigen Gruppen ähnelten sich in ihren Antworten insofern, als sie Merkmale und Kennzeichen des

Dinges (Reizwortes) benannten, so z. B. physikalische Merkmale von Aktionen, die man mit dem Gegenstand durchführen konnte. Generell läßt sich sagen, daß die Schule die Gruppierung von Gegenständen nach einer logisch-hierarchischen Ordnung fördert.

Weiterhin ist der Einfluß der Schule beim logischen Denken und Schlußfolgern nachweisbar. Formallogisches Denken (Piaget) ist ganz offenkundig korreliert mit dem Schulbesuch bzw. mit der Dauer des Schulbesuchs. Unabhängig von der Kultur, in der gemessen wird, zeigen Jugendliche und Erwachsene, die keine Schule besucht haben, das formallogische Denken nicht, während sich in allen untersuchten Kulturen der Anteil der Personen, die formallogisches Denken besitzen, erhöht, sobald der Einfluß schulischer Erziehung wirksam ist (Greenfield, 1976/1984; Ember, 1977; Goodnow, 1962; Peluffo, 1967). Piaget selbst (1970) hegte die Erwartung, daß das formallogische Denken in schriftlosen Kulturen nicht anzutreffen sei und argumentiert in ähnlicher Weise. Da die richtige Lösung von formalen Syllogismen offenbar eng mit dem Schulbesuch zusammenhängt, hat man dieser Form des Schließens besondere Aufmerksamkeit gewidmet. Nicht nur die Richtigkeit des Schlusses, sondern auch die Erklärung bzw. die Begründung ist dabei aufschlußreich. Scribner (1984b) und Tulviste (1979) unterscheiden zwischen ,,empirischen" und ,,theoretischen" Erklärungen. Theoretische Erklärungen beziehen sich auf die Prämissen und den Folgerungsprozeß. Als theoretische Begründung gilt im obigen Syllogismus-Beispiel: ,,Wenn du sagst, Boima zahlt keine Haussteuer, so kann er kein Haus besitzen." Empirische Begründungen halten sich an konkretes Wissen oder legen irgendwelche Fakten zugrunde. Beispiel: ,,Boima hat kein Geld, um seine Haussteuer zu bezahlen." Scribner (op. cit.) hat eine Reihe von kulturvergleichenden Untersuchungen nach den beiden Kriterien richtig/falsch und theoretisch/empirisch zusammengestellt. Tab. 14.2. bringt die Ergebnisse nach Richtig-Falsch-Antworten. Ein Prozentsatz von 50 entspricht Zufallslösungen. Deutlich höhere Prozentsätze zeigen an, daß die Richtig-Lösungen ansteigen. Wie man leicht erkennen kann, lösen Probanden ohne Schulbildung Syllogismen kaum über dem Zufallsniveau, während Probanden mit Schulbildung sehr viel häufiger Richtig-Lösungen produzieren.

In Tab. 14.3. sind die Prozentsätze der theoretischen Gründe für die gegebenen Antworten zusammengestellt. Man sieht, daß Probanden ohne Schulbildung relativ selten theoretische Erklärungen abgeben, während der Anteil der theoretischen Erklärungen bei Probanden mit Schulbildung sehr hoch liegt. Weiterhin findet Scribner, daß diejenigen, die theoretische Erklärungen abgeben, fast immer die richtige Schlußfolgerung präsentieren. Der Anteil theoretischer Begründungen für falsche Antworten liegt unter einem bzw. zwei Prozent.

Zu ähnlichen Ergebnissen kommt Tulviste (1979). Er untersuchte Kinder der Nganassans, dem in Eurasien am nördlichsten lebenden Volk (im Norden der Halbinsel Taimir). Die Eltern, die bislang noch kaum Schulbildung haben, bereiten ihre Kinder auf das traditionelle Leben vor, das mit Fischen und Rentierzüchtung zu tun hat. Mit sieben Jahren gehen die Kinder zur Schule. Tulviste verwendete u. a. folgenden Syllogismus:

Tab. 14.2.: Zusammenfassung der kulturvergleichenden Untersuchungen:
Prozentsatz der richtigen Antworten auf verbal-logische Probleme (Scribner, 1984, S. 315)

	ohne Schulbildung	mit Schulbildung
Cole/Gay/Glick/Sharp (Kpelle)		
Untersuchung 3	35	91 (Highschool)
Untersuchung 4	61	100 (Highschool)
Untersuchung 5	65	
	64* (10–14 Jahre)	82* (10–14 Jahre, 2.–3. Klasse)
		89* (10–14 Jahre), 4.–6. Klasse
Scribner (Kpelle)		
Untersuchung 1	63	83 (Junior Highschool)
Untersuchung 2	62	
Scribner (Vai)	52	
Cole/Scribner (Vai)	69	87 (alle Jahrgangsstufen)
Sharp/Cole (Yucatán)	45* (Maya, trad. Stadt)	73* (3. Klasse)
	62* (Maya, teilmod. Stadt)	76* (4. Klasse)
		55 (1.–2. Klasse)
		78 (4.–6 Klasse)
		97 (Sekundarstufe)
Scribner/Orasanu/Lazarov/Woodring (Vereinigte Staaten)		
Untersuchung 1		74 (2. Klasse)
		77 (5. Klasse)
Untersuchung2		72 (2. Klasse)
		74 (5. Klasse)

* Bedeutet Untersuchungen mit Alterskontrolle.

Saiba und Nakupte trinken immer Tee zusammen.
Saiba trinkt Tee um drei Uhr nachmittags.
Trinkt Nakupte Tee um drei Uhr nachmittags oder nicht?

Neben solchen alltagsbezogenen Syllogismen lautete der sogenannte schulbezogene Syllogismus z. B.:

Alle Edelmetalle sind rostfrei.
Molybdän ist ein Edelmetall.
Rostet Molybdän oder nicht?

Die Analyse der Erklärungen erbrachte, daß theoretische Erklärungen häufiger bei schulbezogenem Material gegeben wurden. Offenkundig sind die schulisch vermittelten Inhalte anders strukturiert und kodiert als das Alltagswissen. Damit

Tab. 14.3.: Prozentsätze der theoretischen Gründe für Problemantworten (Scribner, 1984, S. 320)

	ohne Schuldbildung	mit Schulbildung	
Scribner (Kpelle)	22.3	75.0	(College, Junior Highschool)
Scribner (Vai)	8.3	–	
Cole/Scribner (Vai)	29.5*	72.2*	(Erwachsene, alle Schulstufen)
Sharp/Cole (Yucatán)			
Maya, trad. Stadt	43.0	75.9	(erwachs. Mestizen, 1.–6. Klasse)
Maya, teilmod. Stadt	58.5	46.5	(2. Klasse)
		80.8	(4.–6. Klasse)
		97.4	(Sekundarstufe)
Scribner/Orasanu/Lazarov/Woodring (Vereinigte Staaten)			
Untersuchung 1		77.6	(2. Klasse)
		93.2	(5. Klasse)
Untersuchung 2		76.0	(2. Klasse)
		95.1	(5. Klasse)

* Repräsentatives Sample.

sind wir bei der Frage nach einer theoretischen Erklärung des frappanten Unterschiedes der Wirkung von Schulbildung und der Wirkung von Alltagswissen angelangt.

Cole und D'Andrade (1982) fassen den Stand der Diskussion zu dieser Frage wie folgt zusammen. Sie kennzeichnen zunächst Unterricht als eine besondere Form der „Tätigkeit", ein Begriff, der aus der sowjetischen Psychologie übernommen wurde. Schulen, so sagen sie, bilden einen Kontext, der aus anderen Tätigkeiten herausgelöst wurde, und in dem Erwachsene Kindern Fertigkeiten vermitteln, von denen angenommen wird, daß sie universelle Bedeutung für das Erwachsenen-Handeln in *anderen Kontexten* besitzen. Zwei Momente kommen bei der Vermittlung nun zusammen: Die Schule macht zunächst einmal mit einer großen Anzahl von Gegenständen bekannt (Wissensvermittlung). Da aber zugleich die Kulturtechniken des Lesens, Schreibens und Rechnens geübt werden, erfahren die Wissensinhalte (Gegenstände) eine andere Art der Darstellung. Sie werden sprachlich-symbolisch, fixiert durch Schriftzeichen, repräsentiert. Das erlaubt neue Formen der Inspektion, da nun Inhalte nicht nur in zeitlicher Sukzession geboten werden können, sondern gleichzeitig in Raum und Zeit fixiert präsent sind. Dies führt zu neuen Kriterien der Gruppierung und Systematisierung. Solche Kriterien sind wissenschaftliche Kriterien, und man kann sagen, daß unsere Schulen die wissenschaftliche Sichtweise und Ordnung von Welt vermitteln. Daher ist theoretisches Denken zwar nicht naturnotwendig mit der Schulbildung verknüpft – schließlich hat sich wissenschaftliches Denken außerhalb der Schule entwickelt

–, aber die Schulbildung garantiert bis zu einem gewissen Ausmaß die Etablierung des theoretischen Denkens. Natürlich hängt dies von der Dauer des Schulbesuches ab. Daher finden wir immer wieder Korrelationen zwischen der Dauer des Schulbesuches und dem Niveau des theoretischen Denkens (durchaus zu sehen im Sinne des formallogischen Denkens bei Piaget).

Die Rolle der Sprache kann bei diesem ganzen Vorgang nicht hoch genug bewertet werden. Inhalte werden in der Schule allemal über sprachliche Kommunikation vermittelt, und dies bedeutet, daß die sprachlich-symbolische Kodierung bei der Ordnung und Sortierung von Inhalten eine entscheidende Rolle spielt. Aus meiner Sicht erscheint es daher notwendig, Alltagswissen und Schulwissen (theoretisches Wissen) schärfer zu trennen. Die Scheidung in ein episodisches und semantisches Gedächtnis (Reese, 1976; Brown, 1975) kann daher vermutlich nicht als hinreichend gelten, da sie auch für das Alltagswissen in traditionellen Kulturen zutrifft. Ein Teil des Wissens ist dort als Handlungswissen verfügbar, also als Wissen über tägliche Verrichtungen und als Wissen über vergangene Ereignisse. Ein anderer Teil des Wissens ist aber semantischer Natur, da in traditionellen Kulturen Erzählungen, Mythen, Sprüche und dergleichen eine wichtige Rolle spielen. Die wissenschaftliche Ordnung des Schulwissens dagegen ist sowohl von der Strukturierung als auch von der Kodierung her von dieser Form des Wissens verschieden. Es gibt genug Hinweise, daß diese Trennung auch in unserer Kultur besteht. So sei an die bereits zitierten Untersuchungen von Lave, Murtaugh und de la Rocha (1984) und Scribner (1984b) erinnert. Selbst schulisch sehr stark präformierte Fertigkeiten, wie das Rechnen, nehmen im Alltag eine andere Form an. Ein Beispiel zur Nutzung des logischen Denkens im Alltag mag als Beleg für den angesprochenen Sachverhalt gelten.

Henle (1962) präsentierte seinen Versuchspersonen (Studenten ohne besondere Schulung in formaler Logik) Syllogismen zur Beurteilung, die in Alltagsgespräche eingekleidet waren. Ein Beispiel:

„Eine Gruppe von Frauen spricht über ihre Sorgen im Haushalt. Mrs. Shivers bricht das Eis, indem sie sagt: Ich bin so froh, daß wir über diese Probleme sprechen. Es ist so wichtig, über Dinge zu sprechen, mit denen wir uns in Gedanken beschäftigen. Wir verbringen so viel von unserer Zeit in der Küche, daß wir uns natürlich mit Haushaltsproblemen beschäftigen. Deshalb ist es wichtig, über sie zu sprechen. Dies ist ein klassischer, logisch stimmiger Syllogismus. Die Studenten hatten aber große Schwierigkeiten, die Logik der Aussage zu überprüfen. Henle fand einige typische Ursachen für diese Schwierigkeit. So nahm ein Großteil der Probanden seine eigentliche Aufgabe nicht wahr, die Aussage von Mrs. Shivers einfach hinzunehmen und nur deren Logik zu prüfen. Sie argumentierten etwa: „Dieser Schluß folgt nicht zwingend. Die Frauen müssen über Haushaltsprobleme sprechen, weil es wichtig ist, über ihre Probleme zu sprechen, nicht weil sie sich gedanklich mit dem Problem beschäftigen." Oder: „Nein, nur weil jemand so viel Zeit in der Küche verbringt, folgt daraus nicht notwendigerweise, daß er sich gedanklich mit Haushaltsproblemen beschäftigt." Auch bei Zustimmung umging man oft die logische Aufgabe: „Ja, dadurch, daß man über Haushaltsprobleme spricht, kann ein Problem gelöst oder durchgearbeitet werden ...".

Die Studenten versuchten also, ihre Aufgabe zu lösen, indem sie sich mit der Sache selbst beschäftigten. Sie lehnten vielfach die Prämissen ab und mußten natürlich dann auch die Schlußfolgerung als unrichtig deklarieren. (Übernommen aus Oerter, 1980, S. 198.) Somit ähnelt ihr Denken dem der von Tulviste untersuchten Probanden, die ebenfalls größere Schwierigkeiten hatten, Syllogismen aus dem Alltag richtig zu beurteilen. Damit schleicht sich natürlich auch ein Fehler in die oben zitierten Untersuchungen von Scribner ein (Tab. 14.2.). Da die den Probanden vorgelegten Syllogismen in Alltagssituationen eingekleidet waren, weicht ihr Verhalten möglicherweise gar nicht so sehr von unserer Beurteilung von Syllogismen im Alltagskontext ab.

Kulturelles Wissen und Realitätskonstruktion

Es ist das Verdienst von Piaget, nachgewiesen zu haben, daß das Individuum sein Wissen und seine Erkenntnis von der Realität weder passiv übernimmt, noch a priori besitzt und ,,von innen heraus" entwickelt. Vielmehr baut es seine Realität aktiv konstruierend auf. Lange zuvor hat Husserl durch seine Phänomenologie die philosophische Grundlage für dieses Denken gelegt (Husserl, 1928). Bewußtsein (als ,,Gedanke", ,,Phantasie" oder ,,Erinnerung") ist immer Bewußtsein von etwas, von einem Gegenstand. Gegenstände sind weder im Kopf noch in der Welt, sie konstituieren sich durch intentionale Akte des Bewußtseins. Nach der Interpretation von Husserl durch Mehan (1981) ist ein intentionaler Akt jede Handlung, durch welche eine Person einen Gegenstand erfährt, sei er physikalischer oder ideeller Natur.

Der soziale Konstruktivismus transformiert nun diese Idee auf die Ebene der sozialen Interaktion. Nicht nur das Individuum konstruiert Realität, sondern die Gesellschaft als Ganzes. Dabei wird die Argumentation auf den Kopf gestellt. Die Realität, in die das Individuum hineinwächst und die es nachkonstruiert, ist schon vorab eine sozial-kulturelle Realität, sie ist von den Mitgliedern der Gesellschaft konstruiert. Mehan und Wood (1975) unterscheiden acht Ebenen der Realitätskonstruktion, die sukzessive aufeinander aufbauen und von denen die jeweils höhere die niedrigere Ebene absichert. ,,Absichern" bedeutet in diesem Zusammenhang, daß die Realität nicht als von den Mitgliedern der Kultur konstruiert verstanden, sondern als wirklich existente Realität erfaßt wird. Die letzte Ebene dieser Realitätskonstruktion bildet nach Auffassung der Autoren die *paramount reality*. Sie ist die Realität, in die alle übrigen Konstruktionen eingebettet sind, also das, was Kant ,,das Ding an sich" genannt hat. Gewöhnlich sind sich die Mitglieder einer Gesellschaft ihrer Realität sehr gewiß. Der Kulturvergleich zeigt aber sehr eindrucksvoll, daß es unterschiedliche Realitätskonstruktionen gibt, und liefert Hinweise, wie Realität konstruiert und abgesichert wird.

Zur Belegung dieses Sachverhaltes sei wieder die Kultur der Trobriander angeführt. Hutchins (1983) befaßt sich mit dem Zusammenhang von Mythos und Erfahrung bei den Trobriandern. Sie glauben, daß die Geister der Toten sie hin und wieder heimsuchen und mit ihnen Kontakt aufnehmen. Dabei unterscheiden sie verschiedene Formen von toten Geistern, eine davon sind die Kosi. Die Kosi sind nur unmittelbar nach dem Tod in der Nachbarschaft des Dorfes gegenwärtig.

Sie besuchen dort einzelne Häuser und richten allerhand Unheil an. Sie rufen Namen, werfen Steine, beschädigen die Wände von Häusern und werfen Sachen herunter. Kosi sind unsichtbar, aber erscheinen neuerdings den Betroffenen in einer Art hypnotischen Schlafs, der aber nicht für einen solchen gehalten wird. Eine alte Frau erklärte Hutchins, warum die Kosi unsichtbar seien. Vor langer Zeit, so behauptet sie, hätte man die Geister im Dorf sitzen sehen bei ihren Verwandten, Betel kauend und freundlich plaudernd. Dann begann sie einen Mythos zu erzählen, der erklärt, warum dies heute anders sei. Baroweni, deren Mutter bereits verstorben war, ließ ihr durch eine sterbende Frau auftragen, sie möge doch kommen und ihr Nahrung bringen, weil sie schwanger sei (die Übermittlung von Nachrichten ins Totenreich über Sterbende ist nichts Ungewöhnliches). Der Geist der Mutter erfüllte den Wunsch unter großen Mühen, die in dem Mythos detailliert beschrieben werden. Baroweni bereitet ein Mahl und wirft die Suppe aus Versehen nach der Mutter. Der Geist der Mutter ist zornig und bestraft sie, indem er unsichtbar wird.

Hutchins versucht zu zeigen, wie Mythos und gegenwärtige Erfahrung ineinandergreifen. Der Mythos hat zunächst eine erklärende Funktion für die Gegenwart. Er wird weit in der Vergangenheit angesiedelt, weil er so nicht überprüfbar ist. Kein Lebender hat je einen Geist gesehen, sondern immer nur die Folgen seines Treibens verspürt. Der Mythos verarbeitet aber andererseits auch ein aktuelles Gegenwartsproblem, nämlich das Eltern-Kind-Verhältnis. Wie in vielen traditionellen Kulturen, ist es Pflicht der Eltern, für ihre Kinder zu sorgen, aber umgekehrt die Pflicht der Kinder, sich um ihre Eltern zu kümmern, wenn sie erwachsen sind. Der Mythos drückt, so Hutchins, Aggressionen der Kinder gegenüber den Eltern aus, denen man aber nur Liebe und Verehrung entgegenbringen darf. Die Strafe der Eltern besteht darin, daß sie als Kosi erscheinen und den Personen, die sie zu ihren Lebzeiten nicht genug geliebt haben oder sie abgelehnt haben, Schaden zufügen. Auch das Unsichtbarwerden der Kosi drückt die Strafe der Eltern gegenüber den Kindern aus. Diese Argumentation hat einiges für sich, da sie sich auf das Verhältnis von Verstorbenen zu anderen Mitgliedern des Dorfes übertragen läßt. Hutchins berichtet, daß im Jahre 1976 eine prominente und gefürchtete Persönlichkeit des Dorfes starb. Mehr als einen Monat lang trieb der Kosi des Verstorbenen in einer Reihe von Häusern sein Unwesen, keineswegs aber in allen Häusern. Der Zusammenhang zwischen der Rache des Gefürchteten und der Ablehnung der Betroffenen bzw. deren Erleichterung über seinen Tod war hier offenkundig.

Hutchins sucht vor allem nach einer Begründung für die geglaubte Realität des Mythos und findet sie im vorliegenden Zusammenhang in den Abwehrmechanismen, die bei den Trobriandern wie bei uns wirken sollen. Eltern sind verehrungswürdig und sollen vorbehaltlos geliebt werden. Negative Gefühle gegenüber den Eltern müssen daher verdrängt werden. Ihr Vorhandensein weckt Schuldgefühle. Der Mythos wirkt in dieser Situation als Schutz- und Ausgleichsmechanismus. Die Unsichtbarkeit der Kosi ist eine Kollektivstrafe, verursacht durch die schwangere Tochter Baroweni. Die Strafe der Kosi ist ebenfalls kollektiv und kann nicht auf ein einzelnes Fehlverhalten bezogen werden. Durch diese Form der Strafe befreit sich die junge Generation von den Schuldgefühlen gegenüber ihren Eltern. Die Beseitigung des Mythos, so meint Hutchins, würde die Trobriander in große emotionale und soziale Schwierigkeiten stürzen. Dies sei der Grund, weshalb sie die Realität der Kosi und des Mythos nicht aufgeben können. Ist nun das kulturelle Wissen der Trobriander irrational? Auf der Analyseebene, die Hutchins vorschlägt, durchaus nicht. Das Wissenssystem stützt die Stabilität der sozialen Interaktion.

Einige Schlußfolgerungen für die Wissenspsychologie

Aus dem bisher Gesagten folgt, daß sich kulturpsychologische Voraussetzungen für eine Wissenspsychologie ergeben.

Ein erster Aspekt bezieht sich auf den Zusammenhang zwischen kulturellem und individuellem Wissen. In psychologischer Sicht läßt sich der Aspekt der Realitätskonstruktion in einer Kultur auf dem Weg sozialer Interaktion durch den sozio-historischen Ansatz ergänzen (Elkonin, 1972; Leont'ev, 1977; Luria, 1976; Zaporozhets, 1980). Er läßt sich am besten durch die Worte Vygotskys (1978, S. 57) skizzieren:

„Jede Funktion in der kulturellen Entwicklung des Kindes erscheint zweimal oder auf zwei Ebenen. Zuerst erscheint sie auf der sozialen Ebene und dann auf der psychologischen Ebene. Zuerst erscheint sie zwischen den Menschen als eine interpsychologische Kategorie und danach im einzelnen Kind als eine intrapsychologische Kategorie. Dies gilt gleichermaßen für willentliche Aufmerksamkeit, logisches Gedächtnis, die Bildung von Begriffen und die Entwicklung des Willens."

Kulturelles Wissen und individuelles Wissen entsprechen einander also. Zwischen beiden besteht bezüglich ihrer Ordnung und Struktur Isomorphie (Oerter, 1982). Sie kann als Gleichgewichtsprinzip verstanden werden, das sowohl individuelles wie kulturelles Wissen reguliert. Bringt das Individuum auf dem Weg von Forschung, Entdeckung oder konkretem Handeln neues und anders strukturiertes Wissen in eine Kultur ein, so mag die Kultur ihren Wissensbestand erweitern oder verändern (Verbreitung des Autos, Übernahme des kopernikanischen Systems). Das Individuum seinerseits muß seine Wissensstruktur der in einer Kultur geltenden Ordnung des Wissens anpassen. Ist es dazu nicht bereit oder nicht in der Lage, so wird es von der Gesellschaft isoliert oder aus ihr ausgeschieden. Damit läßt sich annehmen, daß der Aufbau des Wissens von Gegenständen doppelt kulturell gesteuert ist: a) durch den Sozialisationsvorgang und b) durch die kulturelle Bestimmtheit der Objekte selbst.

Die kulturelle Bestimmtheit von Objekten verdient besondere Beachtung, da sie vom Psychologen gerne übersehen wird. Selbst Piaget betrachtet die Gegenstände, die das Individuum nachkonstruiert, als biologische oder physikalische Gegenstände und übersieht dabei, daß diese ihre Eigenart durch Gesellschaft und Kultur erst erhalten haben. Alle Objekte, die im Lebenskreis des Kindes auftauchen, ob ,,natürlich" oder von Menschenhand hergestellt, erhalten ihre Definition vorab durch die Kultur. Die Handlungsmöglichkeiten, die das Kind am Gegenstand erkennt, sind die Handlungsmöglichkeiten, die die Kultur vorgesehen bzw. in den Gegenstand gelegt hat. Soziale Interaktion sorgt dafür, daß das Kind relativ rasch und gezielt die Funktion der Gegenstände erkennt, d. h. das ,,richtige" Wissen über sie aufbaut. Die Bedeutung sozialer Interaktion auch für den Aufbau logischer Operationen, etwa bei der Erkenntnis physikalischer Zusammenhänge, wie sie Piaget untersucht hat, wird heute mehr und mehr hervorgehoben (Doise & Mugny, 1978; Doise, Mugny & Perret-Clermont, 1975).

Aus dem bisher Gesagten folgt eine wichtige Konsequenz: Die Analyse von Wissensstrukturen kann nicht losgelöst vom kulturellen Hintergrund erfolgen. Es ist nicht sehr sinnvoll, ohne Kulturanalyse universelle Modelle von Wissensstrukturen aufzubauen. Weiterhin ist zu berücksichtigen, in welcher Form kulturelles Wissen verfügbar ist. Die Art der Verfügbarkeit des Wissens hängt wiederum von der Kultur ab. So kann man zumindest unterscheiden zwischen verschiedenen Bewußtseins- bzw. Repräsentationsebenen und verschiedenen Abstraktionsebenen des Wissens. Wissen kann, auch wenn es sich um hohe Geschicklichkeiten handelt, nicht verfügbar sein. Dies ist beispielsweise der Fall bei den Trukesen, die ihr Navigationswissen permanent während der Handlung des Segelns einbringen, aber den Zusammenhang ihres Handelns nicht als Wissensstruktur präsent haben. Hier läßt sich die Unterscheidung von deklarativem und prozeduralem Wissen als Erklärungsansatz nutzen (Winograd, 1975; Anderson, 1983). Wissen kann weiterhin sehr stark emotional getönt sein oder sachlich-emotionsfrei kodiert werden. Die verschiedenen Abstraktionsgrade des Wissens sind dafür verantwortlich, ob es aus einem bestimmten Kontext herausgelöst und für andere Zwecke nutzbar gemacht werden kann. Wie wir zeigen konnten, besitzt schulisch erworbenes Wissen einen höheren Abstraktionsgrad und ist stärker kontextunabhängig.

Eine letzte Frage bezieht sich auf die Logik als Ordnungsprinzip. Die Frage, ob Logik in allen Kulturen eine Rolle spielt, kann nach heutigem Wissen bejaht werden. Verstehen wir Logik als Ordnungsprinzip, das in den Handlungen und Handlungskonsequenzen steckt, so muß dieses Prinzip in allen Kulturen vorfindbar sein, weil sie sonst nicht existenzfähig wären. Andererseits existiert Logik in Form bewußter verallgemeinerter Schlußfolgerungen nicht überall. Dieses Denken ist nicht nötig, wenn ,,Wahrheit" und Richtigkeit durch die kulturell vorgegebenen Sachverhalte (= kulturelles Wissen) erwiesen sind. Logisches Denken versagt (auch in unserer Kultur!), wenn es unverrückbaren ,,Tatsachen" widerspricht. Immer dann müssen Prämissen geändert oder Zusatzannahmen gemacht werden, oder aber der Prozeß des Folgerns selbst ist fehlerhaft. Das Wissen scheint nicht in allen Kulturen logisch geordnet zu sein, sondern nur in Kulturen bzw. Zivilisationen, die ,,Wissenschaft" betreiben und die Erkenntnisse der Wissenschaft via Schulbildung weitervermitteln.

Literatur

Anderson, J. R. (1983). *Cognitive psychology and its implications*. New York: Freeman.

Berry, J. W. (1974). Radical cultural relativism and the concept of intelligence. In J. W. Berry & P. R. Dasen (Eds.), *Culture and cognition* (pp. 225–230). London: Methuen.

Bloor, D. (1984). Die Logik der Zande und die westliche Wissenschaft. In T. Schöfthaler & C. Goldschmidt (Hg.), *Soziale Struktur und Vernunft* (S. 157–168). Frankfurt: Suhrkamp.

Brown, A. L. (1975). The development of memory: Knowing, knowing about knowing and knowing how to know. In H. W. Reese (Ed.), *Advances in child development and behavior* (Vol. 10). New York: Academic Press.

Cole, M., & D'Andrade, R. (1982). The influence of schooling on concept formation. Some preliminary conclusions. *The Quarterly Newsletter of the Laboratory of Comparative Human Cognition, 4*, 19–26.

Cole, M., & Bruner, J. S. (1971). Cultural differences and inferences about psychological processes. *American Psychologist 26*, 867–876.

Doise, W., & Mugny, G. (1978). Socio-cognitive conflict and structuration of individual and collective performances. *European Journal of Social Psychology, 8*, 181–192.

Doise, W., Mugny, G., & Perret-Clermont, A. N. (1975). Social interaction and the development of cognitive operations. *European Journal of Social Psychology, 5*, 367–383.

Elkonin, D. B. (1972). Toward the problem of stages in the mental development of the child. *Soviet Psychology, 10*, 225–251.

Ember, C. R. (1977). Cross-cultural cognitive studies. *Annual Review of Anthropology*, 6 (pp. 33–56). Deutsch: In T. Schöfthaler & D. Goldschmidt (Hg.), *Soziale Struktur und Vernunft* (S. 112–140). Frankfurt: Suhrkamp.

Evans-Pritchard, E. D. (1936). *Witchcraft, oracles and magic among the Azanda*. Oxford: Clarendon Press.

Garfinkel, H. (1967). *Studies in ethnomethodology*. New York: Prentice Hall.

Gay, J., & Cole, M. (1967). *The new mathematics and an old culture*. New York: Holt, Rinehart & Winston.

Gell, A. (1977). Magic, perfume, dream. In J. Lewis (Ed.), *Symbols and sentiments* (pp. 25–38). New York: Academic Press.

Gladwin, T. (1964). Culture and logical process. In W. H. Goodenough (Ed.), *Explorations in cultural anthropology: Essays in honor of George Peter Murdock* (pp. 167–177). New York: McGraw-Hill.

Goodnow, J. J. (1962). A test of milieu effects with some of Piaget's tasks 76. *Psychological Monographs*, whole No. 555.

Greenfield, P. M. (1984). Kulturvergleichende Forschung und Piagets Theorie: Paradox und Fortschritt. In T. Schöfthaler & D. Goldschmidt (Hg.), *Soziale Struktur und Vernunft* (S. 157–168). Frankfurt: Suhrkamp.

Hatano, G. (1982). Cognitive consequences of practice in culture specific procedural skills. *The Quarterly Newsletter of the Laboratory of Comparative Human Cognition, 4*, 15–18.

Heckhausen, H. (1977). Motivation: Kognitionspsychologische Aufspaltung eines summarischen Konstrukts. *Psychologische Rundschau, 28*, 175–189.

Heider, F. (1977). *Psychologie der interpersonalen Beziehungen*. (Übersetzung von Heider, 1958.) Stuttgart: Klett.

Henle, M. (1962). On the relation between logic and thinking. *Psychological Review, 69*, 366–378.

Husserl, E. (1928³). *Logische Untersuchungen*. Halle: Niemeyer.

Hutchins, E. (1979). Reasoning in Trobriand discourse. *Quarterly Newsletter of the Laboratory of Comparative Human Cognition, 1*, 13–17.

Hutchins, E. (1983). Myth and experience in the Trobriand islands. *The Quarterly Newsletter of the Laboratory of Comparative Human Cognition, 5*, 18–25.

Irvine, S. H. (1969). Contributions of ability and attainment testing in Africa to a general theory of intellect. *Journal of Biosocial Science*, Supplement No. 1, 91–102.

Kelley, H. H. (1972). *Attribution in social interaction*. New York: General Learning Press.

Lave, J., Murtaugh, M., & de la Rocha, O. (1984). The dialectic of arithmetic in grocery shopping. In B. Rogoff & J. Lave (Eds.), *Every day cognition. Its development in social context* (pp. 67–94). Cambridge, Mass:. Harvard University Press.

Lee, D. (1968). Codifications of reality: Lineal and non-lineal. In A. Dundes (Ed.), *Every man his way* (pp. 329–343). Englewood Cliffs: Prentice-Hall.

Leont'ev, A. N. (1977). *Tätigkeit, Bewußtsein, Persönlichkeit*. Stuttgart: Klett.

Luria, A. R. (1976). *Cognitive development. Its cultural and social foundations*. Cambridge, Mass.: Harvard University Press.

Malinowski, B. (1935). *Coral gardens and their magic*. New York.

Malinowski, B. (1929). *The sexual life of the savages*. New York.

Malinowski, B. (1920). Kula: The circulating exchange of valuables in the Archipelagoes of Eastern New Guinea. *Man, 51*, 97–105.

Mehan, H. (1981). Social constructivism in psychology and sociology. *The Quarterly Newsletter of the Laboratory of Comparative Human Cognition, 3*, 71–77.

Mehan H., & Wood, H. (1975). *The reality of ethnomethodology*. New York: Wiley & Sons.

Oerter, R. (1980^{6}). *Psychologie des Denkens*. Donauwörth: Auer.

Oerter, R. (1982). Interaktion als Individuum-Umwelt-Bezug. In E.-D. Lantermann (Hg.). *Wechselwirkungen. Psychologische Analysen der Mensch-Umwelt-Beziehungen* (S. 101–127). Göttingen: Hogrefe.

Peluffo, N. (1967). Culture and cognitive problems. *International Journal of Psychology*, (S. 187–198).

Piaget, J. (1970). L'évolution intellectuelle entre l'adolescence et l'âge adulte. Engl.: Intellectual evolution from adolescence to adulthood. In Human Development (1972) 15, 1–15. Deutsch in: T. Schöfthaler & D. Goldschmidt (Hg.) (1984), *Soziale Struktur und Vernunft* (S. 47–60). Frankfurt: Suhrkamp.

Reese, H. W. (1976). The development of memory: Life-span perspective. *Advances in Child Development and Behavior, 11*, 1989–212.

Ross, B. M., & Millsom, C. (1979). Repeated memory of oral prose in Ghana and New York. *International Journal of Psychology, 5*, 173–181.

Schütz, A. (1974). *Der sinnhafte Aufbau der sozialen Welt*. Frankfurt: Suhrkamp. (Erstausgabe Wien: Springer, 1932.)

Scribner, S. (1984 a). Product assembly: Optimizing strategies and their acquisition. *The Quarterly Newsletter of the Laboratory of Comparative Human Cognition, 6*, 11–19.

Scribner, S. (1984 b). Denkweisen und Sprechweisen. Neue Überlagerungen zu Kultur und Logik. In T. Schöfthaler & D. Goldschmidt (Hg.), *Soziale Struktur und Vernunft* (S. 311–388). Frankfurt: Suhrkamp.

Selby, H. (1974). *Zapotec Deviance*. Austin. University of Texas.

Selby, H. (1975). Semantics and causality in the study of deviance. In M. Sanches & C. Blount (Eds.). *Socio-cultural dimensions of language use* (pp. 11–24). New York: Academic Press.

Serpell, R. (1977). Strategies for investigating intelligence in its cultural context. *The Quarterly Newsletter of the Laboratory of Comparative Human Cognition, 4*, 12–14.

Triandis, H. C. et al. (Eds.) (1980). *Handbook of cross-cultural psychology* (Vol. 1–3). Boston: Allyn & Bacon.

Tulviste, P. (1979). On the origins of theoretic syllogistic reasoning in culture and the child. *The Quarterly Newsletter of the Laboratory of Comparative Human Cognition, 1*, 73–80.

Wagner, D. A., & Stevenson, H. W. (Eds.) (1982). *Cultural perspectives on child development*. San Francisco: Freeman.

Warren, N. (Ed.) (1980). *Studies in cross-cultural psychology* (Vol. 1 & 2). New York: Academic Press.

Weiner, B. (1974). *Achievement motivation and attribution theory*. Morristown, New York: General Learning Press.

Winograd, T. (1975). Frame representation and the declarative/procedural controversy. In D. G. Bobrow & A. M. Collins (Eds.), *Representation and understanding: Studies in cognitive science* (pp. 185–210). New York: Academic Press.

Wober, M. (1974). Towards an understanding of the Kiganda concept of intelligence. In J. W. Berry & P. R. Dasen (Eds.), *Culture and cognition: Readings in cross-cultural psychology* (pp. 261–280). London: Methuen.

Wygotsky, L. S. (1984). *Denken und Sprechen* (übersetzt von G. Sewekow). Stuttgart: Fischer.

Wygotsky, L. S. (1978). *Mind in society: The development of higher psychological processes*. (M. Cole, V. John-Steiner, S. Scribner & E. Souberman, Eds.). Cambridge, Mass.: Harvard University Press.

Zaporozhets, A. V. (1980). Thought and acitivity in children, *Soviet Psychology, 18*, 9–23.

Forschungsmethoden der Wissenspsychologie

15 Methoden der Psychologie zur Gewinnung von Daten über menschliches Wissen[1]

Rainer H. Kluwe

Einleitung

Die Bedeutung von Wissen im Sinne von mitteilbaren Kenntnissen über Sachverhalte und Vorgänge der Realität ist in den letzten Jahren vor allem in der kognitionspsychologischen *Problemlöseforschung* deutlich geworden. Lange dominierte die Analyse der Organisation von Prozessen der Informationsverarbeitung beim Problemlösen, also die Analyse von Strategien und von heuristischen Methoden. Es wird nun auch vermehrt die Frage nach dem, was ein Problemlöser weiß, was er an Wissen einbringt und welches neue Wissen er durch den Problemlöseprozeß erlangt, gestellt (vgl. z. B. Greeno, 1978, 1980; Simon, 1976). Vermutlich ist dies eine Folge der Untersuchung von kognitiven Aktivitäten bei realitätsnäheren Problemstellungen. Vor allem in den neuen Studien zum Umgang von Menschen mit komplexen, unbestimmten Sachverhalten und Situationen ist deutlich geworden, wie wichtig der Einbezug von Daten über das Wissen der Versuchspersonen für die Modellkonstruktion ist (vgl. Dörner et al., 1983).

Dies gilt auch für andere Bereiche der kognitionspsychologischen Forschung. Im Zusammenhang mit der Entwicklung psychologischer *Lern- und Gedächtnistheorien* finden Fragen des Aufbaus sowie der Veränderung von Wissensstrukturen zunehmend größere Beachtung (vgl. z. B. Rumelhart & Norman, 1978). Doch trotz der fortgeschrittenen Modellkonstruktion in diesem Bereich, z. B. in der Theorie semantischer Netzwerke (Anderson, 1976, 1983; Norman & Rumelhart, 1975), ist wenig untersucht worden, auf welchem Wege wir zu brauchbaren Daten über menschliches Wissen gelangen könnten.

Dies ist auch eine zentrale Frage in der psychologischen *Lehr-Lern-Forschung*, wo Methoden benötigt werden, um Merkmale der Wissensstrukturen von Lernenden zu bestimmen. Solche Daten sind sowohl für die Planung und Organisation als auch für die Evaluation von Lehr-Lern-Prozessen erforderlich. Sehr deutlich wird dies übrigens bei intelligenten, tutoriellen Lehrverfahren, die heuristische Methoden zur fortlaufenden Analyse des Wissensstandes des Lernenden benötigen (siehe hierzu Tergan, in diesem Band).

---

1 Die Arbeiten zu diesem Manuskript wurden im Rahmen des von der Deutschen Forschungsgemeinschaft geförderten Forschungsprojekts Kl 488/3–1 durchgeführt.
Für kritische Kommentare bei der Abfassung des Manuskripts danke ich Frau Dipl.-Psych. Hilde Haider.

Im folgenden werden einige der gegenwärtig eingesetzten Methoden zur Gewinnung von Daten über menschliches Wissen erörtert. Das Schwergewicht liegt dabei auf Methoden, die uns Aufschlüsse über die Kenntnisse eines Menschen über Fakten, Sachverhalte und Vorgänge der Realität liefern. In kognitionspsychologischen Modellen findet man für diesen Teil menschlichen Wissens in Anlehnung an Simulationsprogramme oft den Begriff Datenbasis. In der Gedächtnispsychologie wird in dem Zusammenhang von semantischem und episodischem Wissen gesprochen. Davon werden gespeicherte Prozesse zur Verarbeitung von Informationen unterschieden. (Für diese Unterscheidung zwischen sogenanntem deklarativen und prozeduralen Wissen vgl. Anderson, 1976; Oswald & Gadenne, 1984; Ryle, 1973; vgl. Kluwe, 1979, Wissensstruktur vs. Problemlösestruktur; vgl. Dörner, 1976, epistemische vs. heuristische Struktur; die letztere Unterscheidung entspricht nur ungefähr der von Ryle eingeführten Unterscheidung, weil die epistemische Struktur bei Dörner auch Operatorwissen enthält.)

Es wird angenommen, daß solches Wissen im Langzeitgedächtnis eines Menschen gespeichert ist. Methoden zur Gewinnung von Daten über Wissen setzen somit voraus, daß durch geeignete Maßnahmen jeweils spezifische Ausschnitte einer individuellen Wissensstruktur im Langzeitgedächtnis aktiviert werden. Es muß eine Situation vorliegen, die eine Aktivierung von Ausschnitten der Wissensstruktur und eine Verarbeitung dieser Informationen im Kurzzeitgedächtnis erforderlich macht. Erst dann ist es möglich, Merkmale des Wissens zu bestimmen. In den gegenwärtig dominierenden Netzwerkmodellen zur Abbildung dieser Wissenskomponente würde der Vorgang als Erregungsausbreitung in Segmenten eines semantischen Netzwerks aufgefaßt werden (vgl. hierzu Abb. 15.1.).

Erschwert wird die Datengewinnung über Wissen dadurch, daß Menschen nicht immer vorhandenes Wissen tatsächlich auch verbalisieren (vgl. z. B. Broadbent, 1977; Reber, 1976; vgl. auch die Unterscheidung von Greeno & Riley, 1984, zwischen implizitem und explizitem Verständnis). Dies macht es z. B. erforderlich, daß man versucht, vom Handeln eines Menschen auf sein verfügbares Wissen zu schließen (z. B. kann man aus dem sicheren Hantieren eines Kfz-Mechanikers darauf schließen, daß er weiß, wo bestimmte Teile eines Motors sitzen und wie diese zusammenwirken). Dies würde wiederum die Vorgabe gezielt konstruierter Aufgaben zur Bewältigung voraussetzen. Im Zusammenhang mit den Methoden des lauten Denkens sowie des Befragens werden wir auf die Problematik ausbleibender Verbalisierung zurückkommen.

Das Interesse an Daten über Wissen einer Person kann verschiedenen Aspekten gelten. Einer allgemeinen Einteilung folgend kann man z. B. zwischen Wissen über Sachverhalte und Wissen über Handlungen unterscheiden (vgl. Dörner, 1976; Kluwe, 1979). Je nach Untersuchungsabsicht kann der Forscher am *Vorwissen*, an der *Veränderung von Wissen* und an *erworbenem Wissen* einer Person interessiert sein. Eine Reihe von Arbeiten befassen sich neuerdings mit einer spezifischen Variante von Vorwissen, nämlich mit mentalen Modellen und mit deren Veränderungen (vgl. Gentner & Stevens, 1983; Norman, 1983). Man bezeichnet damit ein stabiles Gefüge von Wissen, das eine Person bezüglich eines ganz spezifischen

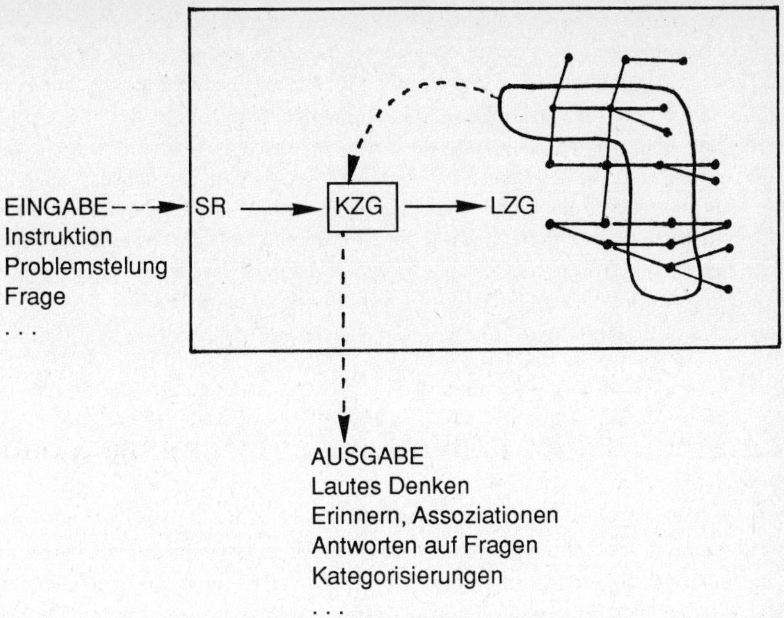

Abb. 15.1.: Veranschaulichung der hypothetischen Vorgänge bei der Erhebung von Daten über Wissen. Ausschnitte der Wissensstruktur im LZG werden durch die Instruktion aktiviert und im KZG verarbeitet. Es wird angenommen, daß die erhaltenen Daten, z. B. Verbalisierungen, Auskunft über Inhalt, Umfang und Merkmale gespeicherten Wissens geben. (SR = sensorische Register; KZG = Kurzzeitgedächtnis; LZG = Langzeitgedächtnis)

Realitätsausschnitts ausgebildet hat und auf diesen anwendet (z. B. ein mentales Modell für elektrischen Strom).

Die Beschreibung von Wissen kann unter Bezug auf zwei größere Merkmalsklassen erfolgen: *(1) Qualitätsmerkmale* des Wissens: inhaltliche Beschaffenheit, Richtigkeit (z. B. *misconceptions*; *bugs*), Umfang; *(2) Strukturmerkmale* des Wissens: Merkmale der Organisation von Wissen, Merkmale von Wissenseinheiten (Anzahl, Umfang, Inhalt; vgl. z. B. Schemata; *chunks*).

Die meisten der uns bekannten Verfahren zur Gewinnung von Daten über Wissen stützen sich auf Verbaldaten; es wird also darauf vertraut, daß eine Person in der Regel Wissen verbalisieren kann. Daneben gibt es die Möglichkeit, durch systematisch ausgewählte Aufgabenstellungen gezielt Verhalten auszulösen und dieses mit dem Ziel der Analyse von Wissensindikatoren zu beobachten (z. B. *failure detection* als Aufgabe). Eine besonders wichtige Alternative stellt hier die Analyse von Blickbewegungen dar (siehe Lüer, in diesem Band).

Im folgenden werden in vier Abschnitten Methoden erörtert, die zur Gewinnung von Daten über Wissen derzeit in der Psychologie, vor allem in der Kognitionspsychologie, eingesetzt werden. Es handelt sich dabei um allgemeine Verfahren, die in empirischen Untersuchungen Anwendung finden. Speziellere Verfahren zur individuellen Wissensdiagnostik werden im Kapitel von Tergan (in diesem Band) behandelt werden. Als erstes wird die *Methode des lauten Denkens* dargestellt werden. Es handelt sich dabei wohl um die verbreitetste Datenerhebungsmethode in der Kognitionspsychologie, die aber unter dem Aspekt der Wissensanalyse bislang eher wenig genutzt worden ist. Im dritten Abschnitt folgen dann Erörterungen zu verschiedenen *Formen des Befragens* von Versuchspersonen. Es sei bereits an dieser Stelle angemerkt, daß wir über die Vorgänge beim Verstehen und Beantworten von Fragen bislang eher wenig wissen (vgl. Graesser & Black, 1985). Im vierten Abschnitt wird die *Methode des Kategorisierens*, anschließend *die freie Reproduktion* als Datenerhebungsmethode beschrieben.

Die Methode des lauten Denkens (thinking aloud)

Bei der Methode des lauten Denkens wird eine Versuchsperson gebeten, *während* sie mit einem Sachverhalt umgeht oder eine Lösung für ein Problem sucht, laut auszusprechen, was sie gerade denkt *(thinking aloud, réflexion parlée)*. Die Methode wird eingesetzt, um im Verlauf eines Lern- oder Lösungsprozesses Daten über das von einer Person aktivierte Wissen und über dessen Veränderungen zu erhalten. Als Daten erhält man Verbalisierungen *(verbal statements)* der Versuchsperson, die einer weiteren Aufarbeitung bedürfen. Von solchen Daten ableitbare Aussagen können sich sowohl auf Qualitäts- als auch auf Strukturmerkmale von Wissen beziehen. Der *on-line* -Einsatz dieses Verfahrens macht Protokolle lauten Denkens zu einer reichhaltigen Datenquelle. Allenfalls Blickbewegungen zeigen eine größere Dichte von Daten. Durch die Instruktion soll das Ausmaß an Reflexion möglichst gering gehalten werden, weshalb das laute Denken von der introspektiven und retrospektiven Beschreibung eigener geistiger Vorgänge zu unterscheiden ist.

Es ist seit langem eine Standardmethode der Denkpsychologie, die bereits von Claparède (vgl. Claparède, 1932/1969) und von Watson (1921) diskutiert wurde. Im deutschsprachigen Raum sind wesentliche Untersuchungen von Merz (1969) sowie von Franzen und Merz (1976) zum Effekt des lauten Denkens vorgelegt worden. Im Zusammenhang mit Arbeiten zur Informationsverarbeitung beim Problemlösen ist die Methode des lauten Denkens von Duncker (1935/1966), Lüer (1973) sowie von Dörner (1974), Dörner et al. (1983) eingesetzt worden (für entsprechende amerikanische Ansätze vgl. Newell & Simon, 1972; hier finden sich auch Beispiele für Protokolle lauten Denkens). Greeno und Simon (im Druck) räumen den Aussagen von Versuchspersonen in Protokollen lauten Denkens den gleichen Status ein, den etwa Fehlerdaten haben: ,,Statements in protocols provide data to be explained by models that constitute hypotheses about the process, and thus protocol statements have the same status as other detailed observations, such as specific patterns of errors by individuals on sets of problems if presented sequentially, or eye fixations during processing of problem information" (S. 5).

Die derzeit umfassendste und theoretisch fundierteste Diskussion der Methode des lauten Denkens stammt von Ericsson und Simon (1984). Sie legen ihrer Erörterung der Vorgänge beim lauten Denken ein allgemeines Modell der Informationsverarbeitung zugrunde. Bezüglich des Gegenstandes von Verbalisierungen beim lauten Denken wird als zentrale Grundannahme formuliert, daß jene Inhalte verbalisiert werden, die sich gerade im Kurzzeitgedächtnis befinden. Dem allgemeinen Modell zufolge handelt es sich dabei um die Information, die gerade von einer Person beachtet wird und die für die weitere Verarbeitung ansteht. (Die gleiche Annahme liegt übrigens auch der Methode der Registrierung von Blickbewegungen zugrunde: es wird gerade visuell fixiert, was im Kurzzeitgedächtnis zur Verarbeitung ansteht.) Durch die Aufforderung zum lauten Denken wird also die gerade zur Verarbeitung anstehende Information in Form von Verbalaussagen externalisiert. Es handelt sich dabei um Information, die (a) über die sensorischen Kanäle in das Kurzzeitgedächtnis gelangt, und die (b) aus dem Langzeitgedächtnis zur Verarbeitung im Kurzzeitgedächtnis aufgerufen wird. Grundsätzlich stellen demnach Protokolle lauten Denkens auch eine Datenbasis für die Analyse des Wissens einer Person dar. Bevor wir darauf zurückkommen, sind noch einige Ausführungen über die Instruktion sowie über die Behandlung von Protokollen lauten Denkens erforderlich.

Die *Instruktion* der Versuchspersonen beim Einsatz dieser Methode ist nicht immer einheitlich. Ihr kommt deshalb eine wichtige Rolle zu, weil Reflexionen der Versuchspersonen und damit einhergehende, mögliche Effekte auf den Denkprozeß vermieden werden sollen. Die gängigste Anweisung an die Versuchspersonen ist jene im Sinne von Claparède, nämlich laut auszusprechen, was sie denken. Es gibt jedoch erhebliche Unterschiede bei den einzelnen Autoren: Lüer (1973) appelliert in der Instruktion an die Mitarbeit der Versuchspersonen; es wird ihnen gesagt, daß es weitgehend in der Hand der Versuchspersonen läge, wie gut sich die Methode des lauten Denkens für das Untersuchungsziel eignen würde. Ähnlich instruieren auch Dörner et al. (1983) die Versuchspersonen, möglichst viel laut zu denken. Sie würden damit helfen, wenn sie möglichst alles, was ihnen in den Sinn komme, laut aussprechen könnten. Larkin (1981) hingegen fordert lediglich auf, „talk as much as possible while solving the problem as you normally would". Sofern die Versuchspersonen länger als zehn Sekunden schweigen, wird interveniert: „Can you say what you are thinking" (Larkin, 1981, S. 324). Merz, der mit seiner früheren Arbeit (1969) oft als Beleg für den fördernden Nachweis des lauten Denkens auf die kognitive Leistung zitiert wird, gibt eine Instruktion, die durchaus Strategieelemente enthält: „Solange du eine Aufgabe bearbeitest, sollst du mir jeweils laut sagen, wie jede einzelne Figur aussieht und durch welche Veränderungen sie sich von der folgenden unterscheidet" (1969, S. 116). Einen Effekt des lauten Denkens auf den Denkprozeß selbst schließen Ericsson und Simon (1984) nur dann aus, wenn eine freie, nicht zu spezifischen Äußerungen anleitende Instruktion zum lauten Denken gegeben wird (vgl. auch Simon, 1979).

Für die weitere Bearbeitung werden die Protokolle lauten Denkens in Aussagen segmentiert. In der Regel sind dies die einzelnen Sätze der Versuchsperson. Ericsson und Simon (1984) beschreiben als einen Schritt davor noch die Reduktion des Vokabulars der Versuchsperson im Protokoll, z. B. durch Einsetzen von Synonymen. Das Vokabular eines Protokolls läßt sich dadurch erheblich verringern. Danach folgt als zentraler Schritt der Bearbeitung die Kodierung der Aussagen. Sie setzt ein Kodierungsschema voraus, d. h. eine Liste von Kategorien sowie von Kodierungsregeln, die eine Zuordnung von Aussagen aus dem Protokoll zu den Kategorien des Kodierungsschemas erlaubt. Beispiele hierfür finden sich bei Dörner (1974) sowie bei Lüer (1973; siehe auch Newell & Simon, 1972). Ein wesentliches Problem besteht darin, die Kodierung so objektiv wie möglich zu machen. In der Regel wird dies durch die Übereinstimmung zwischen verschiedenen, unabhängigen Kodierern festgestellt. Man kann davon ausgehen, daß die Kodierung um so schwieriger und um so unzuverlässiger ist, je mehr ein Kodierer gezwungen ist, von den Aussagen der Versuchsperson auf Prozesse oder Wissen der Versuchsperson zu *schließen*. Die Untersuchungsberichte zeigen, daß die Methode des lauten Denkens gerade in diesem Teil der Datengewinnung aufwendig ist. Es wird einhellig festgestellt (Simon, 1979; Dörner, 1974), daß die Kodierung von Protokollen lauten Denkens eine schwierige Arbeit sei. Inzwischen gibt es interaktive Programme, die diesen Arbeitsschritt hinsichtlich des Zeitaufwandes reduzieren und zugleich auch objektivieren (vgl. Ericsson & Simon, 1984). Allerdings zielen diese Programme auf eine Kodierung von Protokollen lauten Denkens unter dem Gesichtspunkt der prozeduralen Analyse von Problemlöseverläufen ab. Vermutlich muß je nach Untersuchungsabsicht, z. B. zur Analyse von Merkmalen aktivierten Wissens im Problemlöseprozeß, ein spezifisches Kodierungsschema entwickelt werden. Dieses wiederum setzt ein theoretisches Modell voraus: ,,. . . The preprocessed segments are encoded into the terminology of the theoretical model. This is often achieved by first determining coding categories, a priori, and then having human judges make the coding assessments“ (Ericsson & Simon, 1984, S. 5). Die Theorielosigkeit gerade dieses Schrittes in vielen Untersuchungen wird von Ericsson und Simon (1984) ausdrücklich kritisiert: ,,It is still the case that protocols are often collected and analyzed in the absence of a positive model defining what verbalizations would constitute evidence for each coding category“ (S. 309).

Die bisherige Verwendung der Methode des lauten Denkens diente vorwiegend dem Ziel, die Organisation der Informationsverarbeitung beim Lösen von Problemen zu analysieren. Bevorzugt beachtet wird also jene Komponente menschlichen Wissens, die wir eingangs als prozedurales Wissen bezeichnet haben. Obgleich im Grunde alle kognitiven Bemühungen die Nutzung gespeicherten Wissens aus dem Langzeitgedächtnis verlangen, hat dieser Aspekt eine geringere Rolle in der kognitionspsychologischen Analyse von intellektuellen Leistungen gespielt. Der Zugriff auf Wissen aus dem Langzeitgedächtnis erfolgt über die Verarbeitung von Hinweisreizen, die eine Person der vorgegebenen Problemsituation entnimmt. Es ist dabei zu beachten, daß sich Problemsituationen und Aufgabenstellungen erheblich dahingehend unterscheiden können, in welchem Umfang hypothetisch gespeichertes Wissen genutzt werden muß. Für die Erhebung von Daten über Wissen einer Versuchsperson heißt dies, (a) daß man spezifische Aufgabenstellungen benötigt, die eine Aktivierung der in Frage stehenden Wissensstrukturen verlangen; (b) daß man die mit einer Aufgabenstellung verbundenen Wissensanforderungen vorher analysiert und zu dem aus den Verbalaussagen erschließbaren Wissen einer Person in Beziehung setzt.

Bei der Analyse der Verbalaussagen in Protokollen lauten Denkens für die Wissensanalyse ist auf folgendes zu achten:

(a) Verbalisiertes Wissen in Protokollen lauten Denkens bei der Bearbeitung eines Problems muß nicht notwendig auch bei ähnlichen, anderen Problemen so formuliert werden (vgl. Ericsson & Simon, 1984, S. 311).

(b) Die Verbalisierungen der Versuchspersonen müssen nicht notwendig alle relevant sein; die Analyse des Protokolls des lauten Denkens müßte die Konsistenz zwischen verbalisierter Information und den Aufgabenanforderungen einbeziehen: „The kinds of analyses we have in mind involve placing side by side the task information that is presented and the raw verbalizations" (Ericsson & Simon, 1984, S. 174).

(c) Wissensinhalte werden in Protokollen lauten Denkens nicht sehr oft explizit formuliert. Es ist vielmehr häufig erforderlich, auf vorhandenes Wissen aus den Verbalaussagen zu schließen (vgl. z. B. Bainbridge, 1979).

Im folgenden werden beispielhaft vier Untersuchungen aus der neueren kognitionspsychologischen Forschung erörtert, in denen die Methode des lauten Denkens mit dem Ziel eingesetzt wird, Merkmale von Wissen zu analysieren. Es geht in den Beispielen (a) um die Bestimmung *organisatorischer Merkmale* von Wissen und (b) um Merkmale der *internen Repräsentation* von Problemsituationen. Mit letzterem ist das Bild gemeint, das sich eine Person von einer gerade gegebenen Situation oder von einem Sachverhalt verschafft. Das verfügbare Wissen einer Person in dem entsprechenden Realitätsbereich und die Organisation dieses Wissens sind die Grundlage der internen Repräsentation (vgl. Chi et al., 1981, S. 121 f.). Die oben erwähnten mentalen Modelle können dabei eine wesentliche Rolle spielen, z. B. bei der Aktivierung von Wissen bezüglich der an einer Situation beteiligten Sachverhalte (etwa das mentale Modell einer Person über den freien Fall bei der Bearbeitung von entsprechenden Physikproblemen).

(1) Eine der ersten und bekanntesten Untersuchungen zur Analyse von Merkmalen der Wissensstruktur des Problemlösers stammt von Larkin (1979) sowie von Larkin et al. (1980). Ausgangspunkt war eine Analyse der zur Lösung physikalischer Probleme anzuwendenden Prinzipien und Gesetzmäßigkeiten. Untersucht wurde das Problemlöseverhalten von wenig erfahrenen und sehr erfahrenen Problemlösern (*novice* vs. *expert*) mit dem Ziel, Aussagen über Merkmale der Wissensstruktur dieser Gruppen zu machen. Es wird angenommen, daß auf dieser Grundlage Unterschiede zwischen den Problemlöseprozessen von wenig erfahrenen und sehr erfahrenen Problemlösern erklärt werden können. Die von Larkin erhobenen Protokolle lauten Denkens lieferten deutliche Belege dafür, daß

Physikexperten bei der Bearbeitung physikalischer Probleme die anzuwendenden Regeln und Gesetze organisiert und in einer spezifischen Abfolge aufrufen und anwenden. Die Verbalisierungen der Physikexperten beim lauten Denken lieferten Hinweise dafür, daß sie (a) im Verlauf der Lösungssuche eine „qualitative Analyse" des Problems durchführen, und (b) daß ihr Wissen über die anzuwendenden physikalischen Regeln in spezifischer Weise durch *chunks* geordnet ist. Die „qualitative Analyse" der erfahrenen Problemlöser erfolgt offenkundig am Beginn der Lösungssuche und führt zur Konstruktion einer internen Repräsentation des gerade vorliegenden Problems. Sie entwickeln eine globale, aber kohärente Abbildung der Problemsituation, der beteiligten Sachverhalte und der jeweils relevanten Komponenten. Unerfahrene Problemlöser hingegen tun dies offenkundig nicht oder nur in sehr geringem Ausmaß. Hinsichtlich des zweiten Gesichtspunktes, der Organisation des von Experten gespeicherten physikalischen Wissens fand Larkin (1979) auf der Basis der Protokolle lauten Denkens, daß Experten ihr Wissen portionsweise, unterbrochen von Pausen, abrufen und auf das Problem anwenden. Wichtig ist, daß es sich dabei um physikalisch sinnvolle Wisseneinheiten handelt, die in systematischer Folge aktiviert werden. Solche von Pausen getrennte, größere Einheiten physikalischen Wissens in den Verbalprotokollen der erfahrenen Versuchspersonen bezeichnet Larkin (1979) als *chunks*; das sind durch Erfahrungen in einem Realitätsbereich gebildete, enge Verknüpfungen zwischen Wissenselementen zu größeren, neuen Wissenseinheiten (vgl. Miller, 1956; Simon, 1974). Die Analyse der Protokolle lauten Denkens in dieser Untersuchung führt also zu Aussagen über die *interne Repräsentation* von Problemen sowie über die Organisation von gespeichertem Wissen.

(2) In einer ausführlichen Folgeuntersuchung (Chi et al., 1981, 1982) zu Merkmalen der *internen Repräsentation* sowie der *Wissensorganisation* bei Experten und weniger erfahrenen Problemlösern im Bereich Physik konnten die Befunde von Larkin (1979; Larkin et al., 1980) nur teilweise bestätigt werden. Chi et al. (1981, 1982) forderten die Versuchspersonen auf, Mechanikprobleme zu bearbeiten und dabei laut zu denken. Zur Analyse der Organisation des Wissens im Langzeitgedächtnis unter dem Aspekt von *chunks* wurde ebenso wie bei Larkin (1979) verfahren. Parallel zum Verlauf des lauten Denkens bei der Lösungssuche wurde die Zeit registriert. So konnten die Zeitabstände erfaßt werden, in denen die Versuchspersonen quantitative, physikalische Beziehungen formulierten. Die Annahme war, daß von den Experten physikalische Gleichungen in bestimmter Reihenfolge sowie in Form von erkennbaren Gruppen formuliert werden würden. Innerhalb solcher Gruppen, die als *chunks* bezeichnet werden, müßten die entsprechenden Verbalaussagen durch kurze Pausen getrennt sein. Nach einer etwas längeren Pause sollte dann ein neuer Satz von Gleichungen verbalisiert werden usf. Bezüglich der unerfahrenen Problemlöser wird hingegen erwartet, daß sie weniger quantitative, physikalische Beziehungen formulieren würden. Darüber hinaus sollten diese gering verknüpft sein, d. h. die einzelnen, quantitativen Beziehungen werden eher separat, durch etwas längere Pausen voneinander getrennt, verbalisiert. Gruppierungen in Form größerer Wisseneinheiten in den Protokol-

len lauten Denkens sollten danach nicht identifizierbar sein. Chi et al. (1982) konnten diese Annahmen nicht bestätigen.

Bezüglich der von Larkin (1979) angenommenen „qualitativen Analyse", die zur Konstruktion einer *internen Repräsentation* bei Experten führen soll, wird von Chi et al. (1982) vermutet, daß diese in den ersten 30–40 Sekunden während der Lektüre des Problemtextes erfolgen sollte. Es werden zwei Ausschnitte von Protokollen lauten Denkens angegeben, aus denen die Verarbeitung der Verbalaussagen ersichtlich sein soll. Alle Verbalisierungen, die sich nicht auf Zeichnungen bzw. Gleichungen beziehen, werden als Indikatoren für eine qualitative Analyse des Problems durch den Problemlöser aufgefaßt. Hier wiederum werden spezifische Aussagen in den Protokollen lauten Denkens gesucht: „We focussed specifically on those qualitative analysis statements that seemed to generate knowledge not explicitly stated in the problem (i. e. inferences)" (1982, S. 35f.). Auch hier können Chi et al. die Befunde von Larkin (1979) nicht wiederholen: Unerfahrene Problemlöser richten ihre Bemühungen ebenfalls auf die Konstruktion einer adäquaten, internen Repräsentation des Problems.

Die Untersuchung liefert ein Beispiel dafür, daß das Protokoll lauten Denkens nicht immer komplett kodiert und analysiert werden muß, sondern partiell und gezielt auf der Grundlage bestimmter Annahmen geprüft werden kann. Allerdings bleibt unklar, warum z. B. die Zeichnungen der Versuchspersonen zur Darstellung des Problems nicht in die Analyse als Indikatoren für den Aufbau einer internen Repräsentation auf der Basis verfügbaren Wissens einbezogen werden. Die mitgelieferten Beispiele bei Chi et al. (1982) machen deutlich, daß die Kodierung der Protokolle lauten Denkens bezüglich solcher Kategorien nicht ohne eine vorherige Einweisung der Kodierer möglich sein dürfte.

(3) Ein Beispiel theoriegeleiteter, selektiver Analyse von Protokollen lauten Denkens unter dem Gesichtspunkt der *internen Repräsentation* eines Problems wird von Larkin (1983) geliefert. Es geht auch in dieser Untersuchung um die Bedingungen unterschiedlicher Problemlöseleistungen bei Experten und bei unerfahrenen Problemlösern im Bereich Physik. Ebenso, wie in den bereits geschilderten Untersuchungen (1) und (2) wird auch hier der internen Repräsentation des Problems eine zentrale Bedeutung beigemessen. Es wird angenommen, daß unerfahrene Problemlöser sogenannte „naive" Problemrepräsentationen ausbilden: „Such a representation is a runnable model of the real problem situation" (Larkin, 1983, S. 75). Experten hingegen konstruieren vermutlich zusätzlich eine „physikalische" Repräsentation der Problemsituation, die abstrakte Größen, wie z. B. Kräfte, enthält: „Thus the expert has a second mental model of a problem situation ..." (S. 75; offenkundig verwendet Larkin die Begriffe *internal representation, problem representation* und *mental model* synonym). Bemerkenswert am Vorgehen der Autorin ist, daß sie von theoretischen Überlegungen ausgehend eine Analyse von Protokollen lauten Denkens vornimmt, um zu Aussagen über die verschiedenen internen Repräsentationsformen von erfahrenen und unerfahrenen Problemlösern zu gelangen. Theoriegeleitet ist das Vorgehen deshalb, weil Larkin (1983) a priori hypothetische Wissenskonfigurationen bestimmt. Diese werden als

Gedächtnisschemata aufgefaßt, die bei Vorliegen physikalischer Probleme und Sachverhalte zu ganz bestimmten internen Repräsentationen führen. Damit ist auch eine Basis für Vorhersagen hinsichtlich der Ausbildung einer Problemrepräsentation bei den Versuchspersonen mit unterschiedlichem Erfahrungsumfang gegeben. Ist die durch das postulierte Schema vorgenommene Beschreibung der hypothetischen Wissensstruktur zutreffend, dann müßten die aus den Protokollen lauten Denkens ermittelbaren Aussagen bestimmte Inhalte zum Gegenstand haben. Tatsächlich kann Larkin auf diese Weise zeigen, daß erfahrene Problemlöser von bestimmten Schemata (z. B. *forces-schema* oder *work-energy-schema*) ausgehen, und so eine physikalische Repräsentation der Problemsituation entwickeln. Für unerfahrene Problemlöser kann auf diese Weise gezeigt werden, daß sie von einer naiven Repräsentation der Situation ausgehen (vgl. z. B. Larkin, 1983, S. 92).

(4) Eine der umfassendsten Analysen von Protokollen lauten Denkens nehmen Dörner et al. (1983) vor. Nicht nur prozedurale, sondern auch inhaltliche Aspekte gehen in die Kodierung der Protokolle ein. Unter anderem stellen diese auch die Datenbasis zur Untersuchung des Aufbaus und des Gebrauchs von Gedächtnisstrukturen dar. Im Zusammenhang mit der Bewältigung komplexer Sachverhalte, bei Dörner et al. (1983) ist es die Leitung der Geschicke der Bewohner von Lohausen, kommt dem Erwerb adäquaten Wissens über den Sachverhalt eine große Bedeutung zu. Allerdings wird in dieser Untersuchung nicht der Versuch unternommen, das Wissen zu identifizieren, das die Versuchspersonen über die Strukturen und Vorgänge in Lohausen erworben haben könnten. Es wird auch nicht deutlich, ob in den Protokollen lauten Denkens entsprechende Daten vorfindbar gewesen wären. Hingegen beziehen sich die Autoren auf Gedächtnistätigkeit, die aus den Verbalaussagen erschlossen werden kann (z. B. wird das Feststellen von Diskrepanzen zwischen erwarteter und erhaltener Information über Zustände von Lohausen als Indikator für den gezielten Aufruf von Informationen und deren Vergleich mit Ist-Zuständen aufgefaßt). Es wird ferner festgestellt, daß gute Versuchspersonen beim lauten Denken häufig wichtige Zustände wiederholen. Solche Wiederholungen werden von den Autoren als Indikator für den systematischen Aufbau einer Gedächtnisstruktur aufgefaßt. Es wäre interessant, dies auch inhaltlich zu prüfen (z. B. welche Informationen werden wiederholt; unterscheiden sich wiederholte Inhalte in ihrer späteren Reproduzierbarkeit von anderen Inhalten usw.).

Die geschilderten Beispiele zeigen, daß die Methode des lauten Denkens für vielfältige Untersuchungsabsichten im Rahmen der Wissensanalyse einsetzbar ist. Es ist offenkundig möglich, aus den Protokollen lauten Denkens über die verschiedensten Merkmale von Wissensstrukturen Daten zu gewinnen. Für notwendig halten wir allerdings ein hypothesengeleitetes Vorgehen bei der Verarbeitung von Protokollen lauten Denkens, wie es z. B. von Larkin (1983) gezeigt wird. Auf diese Weise kann die Gefahr der Beliebigkeit des Umgangs mit Verbalaussagen, etwa in Form willkürlicher post-hoc-Interpretationen erheblich reduziert werden.

Es liegen für den Umgang mit dieser Methode umfangreiche Erfahrungen vor, wie dies durch den Band von Ericsson und Simon (1984) eindrucksvoll belegt wird. Ein wesentliches Merkmal der Methode ist sicher die *on-line* -Datenerhebung. Dies ermöglicht grundsätzlich die Analyse von Lernprozessen im Sinne der Fortentwicklung von Wissensstrukturen. Es dürfen jedoch eine Reihe von Vorbehalten nicht außer acht gelassen werden, die auch von Kognitionspsychologen dieser Methode entgegengebracht werden. Sie betreffen die Reaktivität des Verfahrens (vgl. z. B. Dörner, 1981), die schwer erreichbare Objektivität und die nicht leicht prüfbare Zuverlässigkeit der kodierten Protokolle lauten Denkens (vgl. Ericsson und Simon, 1984). Schwerwiegend ist auch die Frage nach der Validität der Verbalisierungen. Versuchspersonen verbalisieren nicht alles Wissen, das sie bezüglich eines Sachverhaltes einsetzen, sie verbalisieren u. U. auch unnötiges Wissen (vgl. Norman, 1983). Bereits Duncker (1935/1966, S. 12) hat darauf verwiesen, daß auch das ,,gutwilligste" Protokoll lauten Denkens lückenhaft ist. Schärfer hat Bower (1978) seine Bedenken formuliert. Er stellt grundsätzlich in Frage, daß Protokolle lauten Denkens valide Berichte des kognitiven Geschehens sein sollen. Bower verweist in diesem Zusammenhang auf die Möglichkeit unbewußter kognitiver Vorgänge. In der Terminologie des Modells in Abb. 15.1. heißt dies, daß das Kurzzeitgedächtnis nicht beteiligt ist. Verbalisierungen beim lauten Denken würden folglich auch keine Hinweise auf unbewußt genutztes Wissen liefern können. Dies kann z. B. bei hochautomatisierten Vorgängen der Fall sein.

Befragen (probing)

In diesem Abschnitt werden verschiedene Methoden zur Gewinnung von Daten über Wissen erörtert, die als Befragen einer Person zusammengefaßt werden können. Meist erfolgt der Einsatz dieser Methoden *off-line*: (a) Befragen direkt *nach* konkreten Tätigkeiten oder Lernerfahrungen. Die Versuchspersonen können dabei in einem Prozeß vor dem Befragen spezifisches Wissen erworben haben, über dessen Qualität in einer nachfolgenden Datenerhebung Aufschluß gewonnen werden soll (z. B. nach Unterricht, nach Lernen durch Tun). (b) Befragen unabhängig von spezifischen Erfahrungen und Lernprozessen: Hier kommt es darauf an, bestimmte, bei der Versuchsperson vermutete Wissensinhalte und -strukturen aufzudecken (z. B. im Sinne von Vorwissen) und deren Merkmale zu bestimmen. Es bleibt unbekannt, wie die Person zu diesem Wissen gelangte.

Grundsätzlich schließt dies aber nicht die Möglichkeit aus, die Methode des Befragens auch *on-line* einzusetzen. Durch wiederholtes Befragen im Verlauf einer Tätigkeit, eines Lösungsprozesses oder einer Lösungssuche ist es möglich, auch Veränderungen von Wissensstrukturen zu untersuchen.

Befragungsmethoden reichen von der bloßen Formulierung einer Frage bis hin zur Verwendung zusätzlicher Materialien und Arrangements. Die Instruktion muß jedoch nicht immer die Form einer Frage haben. Sie kann ebensogut auch in einer

Aufforderung bestehen, die Wissensaktivierung verlangt (z. B. einen beobachteten Vorgang zu erklären, einen Fehler zu beheben, usw.). Ein wesentliches Merkmal ist die Spezifität der Instruktion. Es ist damit gemeint, in welchem Maße durch die Befragungsmethode das von der Versuchsperson zu aktivierende Wissen eingegrenzt wird. Die allgemeinste Form der Befragung verlangt von der Versuchsperson, alles zu sagen, was sie zu einem Sachverhalt erinnert, was sie dazu weiß, was ihr dazu einfällt. Spezifischere Formen der Befragung sind so angelegt, daß die Versuchsperson Informationen generiert, die für bestimmte Hypothesen der Untersuchung relevant sind. Mitunter werden hierbei auch Antwortalternativen vorgegeben. Schließlich ist nicht unwesentlich, ob die Befragung der Ermittlung von Informationen dient, die direkt im Langzeitgedächtnis gespeichert sind (Fakten, Erfahrungen) oder Informationen, die auf der Basis verfügbaren Wissens erst generiert werden müssen. Letzteres ist z. B. dann der Fall, wenn es um hypothetisch angenommene Situationen und Vorgänge geht, für die noch keine persönlichen Erfahrungen vorliegen können.

Für die spezifischeren Formen des Befragens sind zwei Punkte grundsätzlich beachtenswert: (a) Es kommt darauf an, daß die Versuchsperson die Frage versteht: ,,One common difficulty in probing for specific information . . . is to know that the questions conform to the internal representations the subjects are employing in their thought" (Ericsson & Simon, 1984, S. 21). Ist dieses nicht der Fall, dann ist die Beantwortung einer Frage kaum möglich. Die Versuchsperson gelangt u. U. zu einer Antwort aufgrund zusätzlicher, intermittierender Prozesse, die mit ihrem eigentlich erworbenen oder eingesetzten Wissen über den in Frage stehenden Sachverhalt wenig mehr zu tun hat. Ein Beispiel soll dies verdeutlichen: In einer Untersuchung zu Lernvorgängen beim Umgang mit komplexen Systemen wollten wir am Ende des Lernprozesses herausfinden, welches Wissen die Versuchspersonen über Zusammenhänge zwischen den Systemvariablen erworben haben könnten. Den Versuchspersonen wurden dazu auf einem Blatt in einem Viereck angeordnete kleine Quadrate vorgegeben, in welche die jeweiligen Variablennamen eingetragen werden sollten. Zusammenhänge zwischen den Variablen sollten durch Pfeile angezeigt werden. Jedoch gaben 11 der 15 Versuchspersonen an, daß sie dies nicht könnten, oder sie machten lediglich ein Fragezeichen. Unsere Vermutung geht dahin, daß diese Frage nach Variablenzusammenhängen nicht der internen Repräsentation des Systems durch die Versuchspersonen entspricht und deshalb auch nicht beantwortet werden kann. Diesen Zusammenhang zwischen Verstehen und Beantworten von Fragen muß man bei allen Formen des Befragens in Rechnung stellen. Im übrigen gibt es hierfür auch entsprechende Modellvorstellungen in der Kognitionspsychologie (vgl. Robertson et al., 1985). Um eine Frage zu verstehen, ist die Aktivation von Wissen erforderlich. Dieses Wissen ist aber zugleich nützlich für die Suche im Gedächtnis, um eine Antwort zu formulieren, bzw. um weiteres Wissen zu aktivieren.

Der zweite wichtige Punkt bei spezifischer Form des Befragens ist, daß Fragen nach bestimmten Informationen den Versuchspersonen nahelegen könnten, bestimmte Komponenten der Aufgabenstellung oder von Sachverhalten besonders zu beachten. Die Versuchsperson könnte meinen, die durch die Befragung angesprochenen Komponenten könnten im Sinne des Versuchsleiteranliegens wichtig sein. Dies ist vor allem von Bedeutung bei wiederholter Befragung, etwa um die Fortentwicklung des Wissens bei längerem Umgang mit einem Sachverhalt zu analysieren. Ein Beispiel für dieses Problem liefert u. E. eine Arbeit von Funke (1985): Die Versuchspersonen werden aufgefordert, besonders auf Zusammenhänge zwischen den Variablen eines komplexen Systems zu achten, weil später danach gefragt werden wird. Es ist jedoch keineswegs sicher, daß die Versuchspersonen dies auch ohne die Instruktion tun würden. In der Untersuchung wird der Effekt der Vernetztheit von Variablen mit dem Effekt der Zeitverzögerung auf die Güte des erworbenen Systemwissens verglichen. Dabei erweist sich die Vernetztheit als der bedeutsamere Effekt. Allerdings werden die Versuchspersonen in der Instruktion auf das Vorhandensein der Zeitverzögerung nicht in gleicher Weise wie etwa auf die Vernetztheit von Variablen aufmerksam gemacht. Es könnte deshalb vermutet werden, daß der erzielte Effekt auf die vorherige Instruktion zur Beachtung von Variablenzusammenhängen zurückzuführen ist.

Nachfolgend werden 7 Beispiele für verschiedene Formen des Befragens erörtert, die jeweils zur Analyse bestimmter Merkmale des Wissens eingesetzt werden.

(1) Die erste Methode, *Zustands-Eingriffs-Diagramm* (vgl. Bainbridge, 1979), hat im Bereich von Forschungen zu *human operations research* Anwendung gefunden und zielt darauf ab, Wissensstichproben von Personen zu erhalten, die vor allem technische Systeme zu steuern haben. Die Methode setzt voraus, daß die Variablen eines komplexen Systems bekannt sind. Die zu kontrollierenden Variablen werden mit verschiedenen Zuständen zusammen mit Änderungsraten in einer Tabelle vorgegeben. Von der Versuchsperson sind dann in die zugehörigen Zellen die entsprechenden Eingriffe bei den zu verändernden Variablen einzutragen. Die Güte der Versuchspersonenantworten ist hierbei leicht zu prüfen. Allerdings werden bei komplizierteren Systemen die Tabellen rasch unhandlich, vor allem, wenn Variablen-Interaktionen betrachtet werden (z. B. bei mehreren zu kontrollierenden und mehreren zu beeinflussenden Variablen). Die Reliabilität dieses Verfahrens ist offenkundig gering (Bainbridge, 1979, S. 419). Unklar ist, welches Wissen die Versuchspersonen aktivieren, um die Zelleintragungen vorzunehmen. Der Bezug der Antworten zu jenem Wissen, das die Versuchspersonen zur Systemsteuerung einsetzen, ist ungeklärt. Bainbridge weist auf das Kernproblem solcher Verfahren hin: Die Form der Fragestellungen entspricht vermutlich kaum der Wissensstruktur, die von einem geübten Systemkontrolleur ausgebildet wird. Sie kommt zu dem Schluß: „This technique cannot therefore be used to investigate an unknown control policy" (1979, S. 420).

(2) Weniger restriktiv im Format der Vorgabe sind *Fragen* zu einem Sachverhalt, die von einer Versuchsperson beantwortet werden sollen. Eine der interessantesten Arbeiten in diesem Zusammenhang stammt von Broadbent (1977; Broadbent & Aston, 1978). Die Versuchspersonen wurden *vor* und *nach* dem Umgang mit einem simulierten System der britischen Ökonomie gebeten, einfache Fragen über die Struktur des Systems zu beantworten. Sie bezogen sich in diesem

Fall auf Zusammenhänge zwischen Variablen des Systems: z. B. „Wenn alles andere gleichbleibt, führt dann eine Steigerung der Variablen X zu einer Steigerung, Verringerung oder keiner Veränderung der Variablen Y?“ Die Güte der Beantwortung dieser Fragen nahm trotz konkreter Erfahrungen im Umgang mit dem System nicht zu; ein Zusammenhang zwischen Antwortgüte und Güte des Systemumgangs bestand nicht. Die oben geschilderte Problematik des Verstehens und Beantwortens von Fragen wird an diesem Beispiel deutlich. Die Frage muß nicht nur verstanden werden, sie muß auch tatsächlich erworbenes, für den Umgang mit einem Sachverhalt relevantes Wissen betreffen. Broadbent und Aston (1978) berichten u. a., daß spezifische Fragen, in denen nicht nur einfache Zusammenhänge, sondern z. B. auch der Effekt der Zeitverzögerung erfragt werden sollte, von den Versuchspersonen offenkundig nicht verstanden wurden (1978, S. 1037). Bei der Bewertung des fehlenden Zusammenhangs zwischen Güte des ermittelten Wissens und Systemumgang darf nicht übersehen werden, daß keineswegs sicher ist, daß die Fragen nach Zusammenhängen zwischen Systemvariablen tatsächlich auch für die Steuerung des Systems relevantes Wissen betreffen. Auch Ericsson und Simon (1984) verweisen auf diesen Punkt (s. S. 21). Es ist bei solchen und ähnlichen Befunden nicht zulässig zu sagen, daß Systemwissen möglicherweise verfügbar, für die Verbalisierung aber nicht zugänglich sei: „... there is no evidence that the unreported knowledge was crucial for the cognitive processes involved in the respektive tasks, hence no reason for generating it or storing it in STM“ (Ericsson & Simon, 1984, S. 147).

(3) Handelte es sich bei den bisher erörterten Beispielen um spezifische Formen des Befragens, so geht es im folgenden um eine eher unspezifische Methode. In Anlehnung an das Konzept *teaching back* von Pask (1975) verwenden wir ein Verfahren, das von uns als *Beratung* bezeichnet wird (Kluwe et al., 1985). Pask (1975) setzt diese Methode ein, um die Güte erworbenen Wissens nach Lehr-Lern-Prozessen zu prüfen. Die Versuchspersonen haben in unseren Untersuchungen *nach* dem Umgang mit einem Sachverhalt, hier mit einem komplexen simulierten System, unerfahrenen Versuchspersonen Anweisungen, Hilfen, Ratschläge und Informationen zu geben, damit diese mit dem Sachverhalt selbständig umgehen können. Aus den Beratungssitzungen resultieren umfangreiche Verbalprotokolle, die auf der Basis eines Kodierungsschemas weiter verarbeitet werden. Das Kodierungsschema wurde in unserem Fall unter Bezug auf Annahmen über Komponenten steuerungsrelevanten Systemwissens entwickelt. In die Analyse gehen Häufigkeiten des Auftretens von Aussagen ein, die bestimmten Kategorien zuordenbar sind. Auf diese Weise konnten z. B. Unterschiede zwischen Versuchspersonen mit unterschiedlich viel Erfahrung identifiziert werden. Es liegt die Annahme zugrunde, daß die Versuchspersonen bei der Beratung einer naiven Versuchsperson das für den Systemumfang wesentliche Systemwissen aktivieren und auch verbalisieren können. Bezüglich der Inhalte des verbalisierten Wissens und der Merkmale des Systemumgangs wurde hohe Übereinstimmung gefunden. Die Unzulänglichkeiten des Verfahrens liegen darin, daß die Beratungsdialoge individuell sehr unterschiedlich ausfallen. Eine Möglichkeit, dies zu reduzieren, besteht darin,

informierte „naive" Versuchspersonen einzusetzen. Gegenwärtig setzen wir dies Verfahren in abgewandelter Form zu einer kumulierten Wissensanalyse *(on-line)* ein, um die Fortentwicklung von Wissensstrukturen zu untersuchen. Die lernende Versuchsperson gibt in bestimmten Abständen Systemwissen an eine unerfahrene Person weiter (sie hinterläßt die aus ihrer Sicht relevanten Informationen für den Umgang mit dem System im Computer). In der nächsten Sitzung, nach dazwischenliegendem Umgang mit dem System, wird der Versuchsperson der letzte Stand des von ihr eingegebenen Systemwissens zur Korrektur und Erweiterung vorgegeben. Auf diese Weise erhoffen wir uns Aufschlüsse über die Fortentwicklung des Systemwissens bei längerem Umgang mit komplexen Systemen.

(4) *Strukturierte Interviews* stellen eine weitere Möglichkeit dar, einen breiteren Einblick in die Wissensstruktur zu erhalten. Nach einem festen Plan werden der Versuchsperson Fragen zu einem Sachverhalt gestellt (vgl. Bainbridge, 1979, S. 422 f.). Dies setzt jedoch voraus, (a) daß der Interviewer den Sachverhalt selbst sehr genau kennt, und (b) daß die Fragen nach einem a priori formulierten Modell der hypothetisch angenommenen Wissensstruktur formuliert sein müßten. Die Analyse der erhaltenen Antworten würde ohne diese Voraussetzung sehr schwierig sein.

Hinsichtlich der Qualität der Daten ist folgendes anzumerken: Aus Untersuchungen anderer Autoren berichtet Bainbridge (1979), daß das in Interviews verbalisierte Wissen häufig auf der Ebene allgemeiner Regeln und Prinzipien formuliert wird. Die Verbalaussagen der Versuchspersonen abstrahieren vom Kontext der realen Tätigkeit, sie vermitteln ein Bild der logischen Folge und Regelhaftigkeit der auszuführenden Handlungen. Zum Interviewergebnis wird festgestellt: „(It) does not include the hesitancies, uncertaincies und retracings found in real behavior" (Bainbridge, 1979, S. 423). Eine Möglichkeit, dies zu präzisieren, wäre die Hinzuziehung von Beobachtungsdaten.

(5) Eine spezielle Form des *probing* ist die von Champagne et al. (1980) vorgeschlagene Methode der *DOE-Aufgaben: Demonstrate, Observe and Explain*. Die Autoren entwickelten diese Methode im Rahmen eines größeren Projekts zusammen mit anderen Verfahren, um das *Vorwissen* von Schülern bezüglich bestimmter, physikalischer Unterrichtsgegenstände zu analysieren. Das Verfahren ist im Grunde auch für die Analyse des in Lehr-Lern-Prozessen erworbenen Wissens einsetzbar. In dem Projekt von Champagne et al. (1980) kommt der Analyse des Vorwissens deshalb Bedeutung zu, weil darauf aufbauend die Vermittlung neuen Wissens adäquat organisiert werden soll.

Die Methode ist ein Beispiel für die oben genannte Möglichkeit, das Befragen zur Analyse des Wissens durch den Einsatz zusätzlicher Materialien und Arrangements zu ergänzen und zu präzisieren. Beim DOE-Verfahren werden Schüler mit einer experimentellen Anordnung konfrontiert *(demonstration)*; das Ergebnis eines konkreten physikalischen Vorgangs soll dann vorhergesagt werden *(prediction)*, die eigene Vorhersage soll begründet und erklärt werden *(explanation)*, der dann tatsächlich ablaufende Vorgang soll schließlich beschrieben werden *(description)*. Der letzte Schritt umfaßt vor allem auch die Klärung von Widersprüchen zwischen der Vorhersage des Lernenden und den beobachteten Ergebnissen. Die Autoren wenden das Verfahren in Gruppensitzungen an, d. h. die Schüler geben ihre Antworten schriftlich (z. B. Geschwindigkeit eines Objekts im freien Fall; freier Fall zweier Objekte ungleicher Masse).

Die Analyse der schriftlichen Protokolle erfolgt zunächst dahingehend, ob die Schüler bestimmte physikalische Prinzipien ihrer Vorhersage und ihren Erklärungen zugrunde gelegt haben (z. B. ob Schwerkraft zur Erklärung herangezogen wird). Schließlich werden die Verbalprotokolle der Schüler in formale und symbolische Propositionen „übersetzt". Dazu müssen Kodierungsregeln und Symbole (z. B. für physikalische Größen) festgelegt werden. Die Übereinstimmung zwischen den Kodierern soll bezüglich der Symbolkodierung bei 95 % und bezüglich der Propositionalen Kodierung bei ca. 70 % gelegen haben. Es wird zwischen Informationen unterschieden, die explizit in den protokollierten Aussagen enthalten sind, und solchen Informationen, auf die aus den Aussagen durch die Versuchsleiter geschlossen wird. Die kodierten Verbalprotokolle der Schüler werden verwendet, um Gruppen von Schülern bezüglich der Besonderheiten ihrer Erklärungen zu identifizieren und zu vergleichen. Zu diesem Zweck erfolgt die Analyse u. a. bezüglich der Anzahl von Versuchspersonen, die bestimmte physikalische Prinzipien in ihren Erklärungen verbalisieren bzw. erkennen lassen. Für jede Gruppe von Schülern findet man schließlich spezifische Aussagenkonfigurationen, die als Charakteristik von *pre-instructional knowledge structures* aufgefaßt werden. Grundsätzlich eröffnet diese Methode die Möglichkeit, den Stand des Vorwissens sowie mögliche Fehlannahmen aufzudecken. Dies könnte dann eine Grundlage für die Planung von Lehr-Lern-Prozessen sein. Entscheidend dürfte jedoch die Wahl der Aufgabenstellungen sein. Bemerkenswert ist die ausführliche Darstellung des Verfahrens bei Champagne et al. (1980).

(6) Wie das oben geschilderte Verfahren von Champagne et al. (1980) stammt auch der *tutorielle Dialog* als eine besondere Variante des Befragens aus dem Bereich der Lehr-Lern-Forschung. Ein hervorragendes Beispiel für modellgeleitete, tutorielle Dialoge liefern Stevens und Collins (1980) sowie Williams et al. (1983). Folgt man Handlungsanweisungen der Didaktik, dann verlangen solche Dialoge stets auch eine Analyse des Wissens des Lernenden. Williams et al. (1983) gingen dabei von hypothetischen, *mentalen Modellen* der Lernenden bezüglich bestimmter physikalischer Sachverhalte aus (z. B. eines Wärmeaustauschsystems). Auf der Basis der a priori entwickelten hypothetischen Modelle konnten dann systematisch Fragen der Form „Was geschieht, wenn . . .?" formuliert werden. Die Antworten der Versuchspersonen auf diese Fragen konnten dann auch leicht kategorisiert, d. h. bezüglich ihrer Entsprechung mit einem der Modelle der hypothetischen Wissensstrukturen beurteilt werden. Dies wiederum erlaubt die Identifikation des hypothetischen, mentalen Modells eines Lernenden bezüglich eines Sachverhalts und das Aufzeigen von Fehlannahmen dieser Person. Das Verfahren, das in Form eines Computerprogramms eingesetzt wird, leistet nicht nur die Modellidentifikation, sondern auch die Verbesserung des Modells *(debugging)* in Richtung auf ein angemesseneres mentales Modell. In ähnlicher Weise gehen Stevens

und Collins (1980) sowie Stevens et al. (1979) bei ihrer Analyse von Fehlannahmen von Lernenden über das Entstehen von Niederschlägen vor. Eine skriptähnliche Sequenz von Faktoren, die Niederschlag beeinflussen, ist Grundlage des Dialogs zwischen Lehrenden und Lernenden (Computer und Benutzer). Für verschieden fortgeschrittene mentale Modelle des physikalischen Sachverhalts lassen sich nun verschiedene Fragen und hypothetische Antworten formulieren.

Dieses Verfahren ist deshalb attraktiv, weil der Fragende (Lehrende; Lehrsystem) von verschieden elaborierten a priori-Modellen der Wissensstruktur ausgeht, darauf den Dialog aufbaut, das mentale Modell beim Lernenden identifiziert und letztlich verbessert. Es wird hier besonders deutlich, daß gezieltes Fragen und das Erarbeiten von Antworten selbst wiederum Wissen beim Fragenden voraussetzt. Das Verfahren des modellgeleiteten, tutoriellen Dialogs ist besonders für die Analyse von Merkmalen des Vorwissens und der darauf aufbauenden Beseitigung von Fehlannahmen geeignet. Mit der Forderung nach Einbezug des Vorwissens von Lernenden für die Gestaltung der Lernprozesse wird hier ernst gemacht.

(7) Als Beispiel für eine unspezifische Form des Befragens kann die Methode gelten, die in den Arbeiten von Chi (1985) und von Chi und Koeske (1983) verwendet wird. Das Verfahren besteht darin, eine Person zu bitten, *alles mitzuteilen*, was ihr zu einem Sachverhalt einfällt. Die Autoren wollen so Inhalt und Umfang des Wissens von Kindern in bestimmten Bereichen analysieren. Allerdings wird das Verfahren durch eine zusätzliche, spezifische Befragung ergänzt. Zunächst verlangt die Instruktion die Reproduktion von Wissen in einem bestimmten Realitätsbereich: Das Kind soll möglichst viele Saurier-Namen nennen; wenn das Kind längere Pausen einlegt, gibt der Versuchsleiter gezielte Hilfen. Chi und Koeske (1983) berichten, daß sie Kinder in sechs Sitzungen, verteilt auf zwei Wochen, im Bereich Saurier befragten. Der zweite, spezifischere Teil des Verfahrens wird als *clue game* bezeichnet. Er dient der Ermittlung von gespeicherten Merkmalen der benannten Sachverhalte, in diesem Fall Saurier. Dazu wurden vom Versuchsleiter Merkmalslisten genannt; das Kind sollte dann den Saurier benennen, der zu diesen Merkmalen paßte. Das Vorgehen wurde im Wechsel zwischen Versuchsleiter und Kind durchgeführt, d. h. auch das Kind nannte Merkmalskonfigurationen, zu denen der Versuchsleiter dann Saurier benennen mußte. Chi (1985) sowie Chi und Koeske (1983) übertrugen die aus beiden Befragungen ermittelten Begriffe und Merkmale in eine Netzwerkstruktur. Begriffe, die vom Kind aufeinanderfolgend genannt wurden, erhielten im Netzwerk eine direkte Verknüpfung. Wenn in den sechs Sitzungen Begriffe wiederholt nacheinander produziert wurden, sind entsprechend mehrfache Verknüpfungen zwischen diesen Begriffen eingetragen worden. Die Zuordnung der Merkmale zu den Begriffen im Netzwerk erfolgt auf der Basis des *clue game*. Kommt ein Merkmal mehreren Begriffen zu, dann wird es als gemeinsames Merkmal der bezeichneten Sachverhalte eingetragen. Chi und Koeske (1983) geben an, daß sie ihre Methode der Datenerhebung in loser Beziehung zur Gedächtnistheorie von Anderson (1976, 1983) sehen. Danach werden im Netzwerk nahe beieinander liegende Begriffe und Merkmale nacheinander aktiviert und genannt. Die Netzwerkstrukturen für

unterschiedlich gut bekannte Saurier-Gruppen werden schließlich verglichen. Kriterien sind dabei: durchschnittliche Anzahl von Merkmalsknoten, die mit jedem Sachverhalt verknüpft sind; durchschnittliche Anzahl der Verknüpfungen, die von jedem Knotenpunkt ausgehen; Stärke der Verknüpfungen; Anzahl der Subgruppen, die sich im semantischen Netzwerk identifizieren lassen. Ziel der Arbeit ist es, unterschiedlich gute Gedächtnisleistungen in einem Bereich (gut und weniger gut bekannte Saurier) auf Merkmale der zugrundeliegenden Netzwerkstruktur zurückzuführen.

Kategorisieren (sorting)

Verfahren, in denen Versuchspersonen gebeten werden, *Gruppierungen gezielt ausgewählten Reizmaterials* vorzunehmen, sind in Untersuchungen zu Merkmalen kognitiver Strukturen früh und oft eingesetzt worden. Es gibt zahlreiche Varianten solcher Verfahren: sie unterscheiden sich danach, ob ein Kategorisierungskriterium vorgegeben wird, ob die Kategorienzahl begrenzt ist, ob die Kategorien hierarchisch geordnet und benannt werden sollen, ob Mehrfachkategorisierungen erlaubt sind, ob Begriffe vorgegeben oder selbst gefunden werden, usw. Meist litten diese Verfahren jedoch darunter, daß mit dürftigem Reizmaterial, z. B. nicht weiter begründbaren Begriffslisten, anspruchsvolle, aber nur vage konzipierte Merkmale der Wissensstruktur erfaßt werden sollten. Ein Beispiel hierfür ist das Merkmal ,,kognitive Komplexität".

Heute erfolgt die Verwendung der Methode des Kategorisierens z. T. unter Bezug auf gedächtnistheoretische Vorstellungen und liefert in diesem Zusammenhang durchaus interessante Ergebnisse. Die zwei nachfolgenden Untersuchungsbeispiele unterscheiden sich vor allem hinsichtlich des Anspruchs, der mit dem Einsatz der Methode des Kategorisierens verknüpft ist:

(1) Noch am ehesten älteren Ansätzen vergleichbar ist das Vorgehen von Champagne et al. (1980; vgl. Champagne & Klopfer, 1981; Champagne et al., 1981; Champagne et al., 1984). Die Autoren verlangen von den Versuchspersonen die *Gruppierung von Begriffen*, die auf Kärtchen in individuellen Sitzungen vorgegeben werden. Das als CONSAT, d. h. *Concept Structuring Analysis Technique* bezeichnete Verfahren soll Aufschluß darüber geben, wie Schüler Begriffe eines spezifischen Lehrinhalts, z. B. Gesteine, ordnen und miteinander verknüpfen. Die Autoren verwenden dafür die Bezeichnung *structural knowledge*. Die Instruktion verlangt vom Schüler, die Begriffskärtchen so zu legen, daß deutlich wird, ,,wie er über die Wörter denkt". Nach erfolgter Kategorisierung wird er noch gebeten, seine Ordnung zu erklären. Die dabei genannten Beziehungen zwischen den Begriffen werden vom Versuchsleiter selbst als Pfeile mit ihren Bezeichnungen in das Kategorisierungsergebnis eingetragen. Die weitere Verarbeitung sieht ein Rating der Güte dieser Struktur vor: ,,. . . on the basis of the sophistication of

structures evident in the student's representation" (Champagne & Klopfer, 1981, S. 499). Es wird hierzu eine sechsstufige Rating-Skala vorgeschlagen, die zur Beurteilung der resultierenden Begriffsstruktur geeignet sein soll. Das Verfahren erinnert sehr an frühere Versuche, kognitive Strukturen hinsichtlich schwer zu fassender Merkmale wie Integration oder Komplexität zu beurteilen. Die Behauptung, das Sortierverfahren würde *structural representations of science knowledge* aufdecken, wird nicht weiter belegt. Es gibt in diesem Zusammenhang eine umfangreichere *multi-method-multi-trait*-Untersuchung (Champagne et al., 1984), in der verschiedene Sortierverfahren verglichen werden. Die aus der Korrelationsmatrix ableitbaren Indices für Reliabilität und Validität sind bescheiden. Das Kernproblem des Verfahrens ist aber die Art der Beziehung zwischen den in Gruppen angeordneten Begriffen und dem bei einer Versuchsperson vermuteten Wissen sowie dessen Anwendung.

(2) Neuere Arbeiten aus dem Bereich der psychologischen Problemlöseforschung sind gerade unter dem zuletzt genannten Gesichtspunkt interessant. Eine der ersten Arbeiten in diesem Bereich stammt von Hinsley, Hayes und Simon (1977). Sie gilt der Frage nach *Gedächtnisschemata*, die Problemlöseprozesse initiieren. Es werden verschiedene Varianten des Kategorisierens von schriftlich vorgegebenen Problemstellungen aus der Physik angewendet. Dahinter stehen gedächtnistheoretische Überlegungen der folgenden Art: Problemstellungen, die von der Versuchsperson in *einer* Kategorie zusammengefaßt werden, sind vermutlich mit einem Schema verknüpft, das für die Lösung von Problemen dieses Typs das erforderliche Wissen in allgemeiner Form umfaßt (z. B. für eine Kategorie von Energie-Erhaltungs-Problemen). Es wird weiter angenommen, daß bei schriftlich formulierten Problemen noch während des Lesens eine Kategorisierung und damit zusammenhängend die Aktivierung des entsprechenden Schemas für die Problemstellung erfolgt. Die Autoren lassen hierzu systematisch ausgewählte Physikprobleme aus Schulbüchern in Gruppen ordnen. Die Versuchspersonen sollen ihre Gruppierungen auch erklären. In einer Reihe von kleineren Experimenten kann gezeigt werden, daß Probleme sehr schnell kategorisiert werden und daß vermutlich schemaähnliche Wissensstrukturen aktiviert werden, die zur Lösung beitragen. Allerdings erfährt man über die Merkmale dieser Wissensstrukturen sowie über ihre Funktion aus den Untersuchungen nichts. Es wird lediglich festgestellt, daß Problemstellungen tatsächlich zu Klassen zusammengefaßt werden.

(3) Die von Hinsley et al. (1977) angewendete Methode des Kategorisierens von Problemen setzen auch Chi, Feltovich und Glaser (1981; Chi et al., 1982) ein, um so Merkmale der Wissensstrukturen von Experten und Novizen zu analysieren. Das Problem-Sorting ist in der Untersuchung eine Methode neben anderen, die Aufschluß über die Besonderheiten der Wissensstrukturen verschiedener Gruppen von Problemlösern geben soll. Ausgangspunkt für die Anwendung des Kategorisierungsverfahrens ist übrigens die Feststellung, daß Protokolle lauten Denkens nicht genug Informationen über Wissensstrukturen liefern (Chi et al., 1982). Das Kategorisieren von Problemen wird als eine Möglichkeit angesehen, noch mehr über die Wissensstrukturen der Problemlöser zu erfahren. Ähnlich wie

bei Hinsley et al. (1977) werden Problemkategorien als Index für damit verknüpftes Wissen aufgefaßt: ,,We refer to the knowledge associated with a category as a schema" (Chi et al., 1982, S. 41). Es wird angenommen, daß im Langzeitgedächtnis Problemklassen oder -typen gespeichert sind, die Problemstellungen aufgrund gemeinsamer Merkmale zusammenfassen. Mit diesen Klassen sind Problemschemata verknüpft, die Wissen zur Bewältigung von Problemen eines bestimmten Typs umfassen. Die Ausbildung der internen Repräsentation erfolgt auf dem Weg über die Identifikation des Problemtyps und die Aktivierung der zugehörigen Wissensstruktur. Auf diese Weise ist eine rasche Verknüpfung zwischen dem vorliegenden Problem und einem zugehörigen, internen Modell möglich.

Das *sorting*-Verfahren dient der Identifikation von *Problemtypen* und bildet in dieser Untersuchung lediglich eine Vorstufe zur weiteren Wissensanalyse. Die Versuchspersonen werden aufgefordert, Probleme zu sortieren (dazu werden Problemtexte auf Kärtchen vorgegeben). Als Kriterium für das Kategorisieren wird die Ähnlichkeit der Lösungen vorgegeben *(similarities of solution)*; die Probleme werden jedoch nicht von den Versuchspersonen bearbeitet. Nach dem Kategorisieren werden die Versuchspersonen gebeten, ihre Problemkategorien zu erläutern. Anders als bei Champagne et al. (1980) wird hier das Kategorisierungsergebnis nicht als Indikator für ,,strukturelle Repräsentation von Wissen" in einem bestimmten Realitätsbereich aufgefaßt, sondern als das, was es tatsächlich liefert: Zusammenfassung von Sachverhalten zu Klassen. Die Analyse der erhaltenen Kategorisierungen erfolgt bezüglich der Anzahl von Kategorien sowie bezüglich der Merkmale der in einer Kategorie zusammengefaßten Probleme. Auf der Basis dieser Daten werden dann Physikexperten und weniger erfahrene Problemlöser verglichen.

Um nun die Merkmale und Inhalte der vermuteten, schematischen Wissensstruktur zu analysieren, die mit den so identifizierten Problemtypen verknüpft ist, wird ein Verfahren angewendet, das die Autoren *elaboration* nennen: Dazu werden einer Versuchsperson die von ihr genannten Kategorienbegriffe (z. B. Energie-Erhaltung; schiefe Ebene) vorgegeben. ,,We presume that the category descriptions . . . represent labels they use to access a related unit of knowledge, i. e. a schema" (Chi et al., 1981, S. 135). Die Instruktion hierfür ist *unspezifisch*: Die Versuchsperson hat drei Minuten Zeit, alles das zu verbalisieren, was ihr zu Problemstellungen und deren Lösungen innerhalb einer spezifischen Kategorie einfällt. Es werden also zwei Methoden zur Gewinnung von Daten über Wissen miteinander verknüpft: das Kategorisierungsverfahren und eine unspezifische Form des Befragens. Das aus dem Befragen resultierende Verbalprotokoll enthält das hypothetische Wissen, das eine Person bezüglich einer Problemkategorie aktiviert. Die Behandlung der Verbalaussagen erfolgt auf zweifache Weise: (a) Es wird eine Übertragung der Aussagen in eine Netzwerk-Studie vorgenommen; (b) es wird eine Übertragung der Aussagen in ein Produktionssystem vorgenommen. Die Angaben der Autoren zur ,,Übersetzung" der Verbalaussagen in die verschiedenen Notationen sind jedoch wenig aufschlußreich. Bezüglich der Netzwerk-Struktur geben Chi et al. (1982) an: ,,. . . the nodes are simply key terms that are mentioned that are obvious physics concepts. The links are simply unlabled relations that join the concepts mentioned contiguously" (S. 55). Eine solche Form der Netzwerk-Struktur kann lediglich eine Annäherung an Strukturen sein, wie sie in elaborierten Modellen des Langzeitgedächtnisses vorgeschlagen werden (z. B. Anderson, 1983). Aus der nachfolgenden Behandlung der als Netzwerk-Struktur dargestellten Verbalaussagen wird jedoch nicht ersichtlich, warum die Netzwerk-Darstellung überhaupt erforderlich war. Die Analyse erfolgt vor allem auf der Ebene der von den Versuchspersonen genannten physikalischen Variablen. Die Schlußfolgerung, daß Experten und Novizen beide über das erforderliche physikalische Wissen verfügten, daß aber Experten überdies auch prozedurales Wissen verbalisieren würden, wäre im Grunde auch ohne die Übertragung der Verbalaussagen in die Netzwerk-Struktur möglich gewesen.

Die genannte zweite Variante, die Übersetzung der Verbalaussagen in Produktionssysteme, wird ebenfalls nicht weiter begründet. Sie wird als Alternative zur Netzwerk-Struktur von den Autoren angesehen. Es muß hier angemerkt werden, daß Netzwerk-Strukturen und Produktionsregeln in kognitionspsychologischen Modellen zur Abbildung unterschiedlicher Wissensformen dienen (deklaratives vs. prozedurales Wissen; vgl. Anderson, 1976, 1983). Es sind damit jeweils auch unterschiedliche theoretische Annahmen zur Speicherung und Funktion solcher Wissensformen verknüpft. Chi et al. (1982) teilen mit, daß die meisten Verbalaussagen der Versuchspersonen in die Form eines Produktionssystems gebracht werden konnten, d. h. in die Form von „Wenn-dann-Verknüpfungen". Als wesentlichster Unterschied zwischen den Experten und den weniger erfahrenen Problemlösern im Bereich Physik wird berichtet: Unerfahrene Problemlöser äußern allgemeines, prozedurales Wissen (z. B. *find mass of block*), d. h. allgemeine Regeln zur Suche nach einer Lösung. Hingegen verbalisieren Experten konkrete Lösungsschritte (z. B. *sum all the forces to zero*; *use* $F = MA$). Es muß auch hier gefragt werden, warum auf die theoretisch anspruchsvolle Notation von Produktionsregeln übergegangen wurde. Die gedächtnispsychologischen Implikationen dieses Vorgehens werden nicht dargelegt.

Bemerkenswert am Vorgehen von Chi et al. (1981, 1982) ist die Kombination zweier Methoden zur Gewinnung von Daten über Wissen. Die insgesamt interessanten und wichtigen Ergebnisse von Chi et al. (1981, 1982) zur Wissensstruktur von unterschiedlich versierten Problemlösern bei der Bearbeitung spezifischer Physikprobleme werden aber durch die nicht weiter begründete Verwendung des Schemabegriffes sowie von theoretisch anspruchsvollen Notationen der Kognitionspsychologie beeinträchtigt. Nützlich wäre z. B. gewesen, wenn man auf der Grundlage einer systematischen Aufgabenanalyse der physikalischen Problemstellungen hypothetische Modelle von Netzwerk-Strukturen und Produktionssystemen erarbeitet hätte. Die aus den Verbalprotokollen erhaltenen Daten hätte man dann auf diese Modelle beziehen können.

Freie Reproduktion (free recall)

In diesem Abschnitt geht es um die Methode der freien Wiedergabe *(free recall)* von gespeicherten Inhalten aus dem Langzeitgedächtnis nach vorheriger, expliziter Einprägung gezielt ausgewählter Materialien. Die Instruktion zum Einprägen und zur nachfolgenden Reproduktion erfolgt nicht, um die Merkfähigkeit oder ähnliche Gedächtnisleistungen zu prüfen, sondern um aus der Art der Reproduktion Schlüsse auf *Merkmale der Organisation* gespeicherten Wissens zu ziehen.

Der Auswahl des Reizmaterials kommt hierbei besondere Bedeutung zu. Es soll die Aktivierung spezifischer Ausschnitte des Wissens im Langzeitgedächtnis zu einem Realitätsbereich leisten (z. B. Schach, Programmieren). Die Wiedergabe des Reizmaterials soll Daten über die hypothetische Organisation des Wissens liefern, das eine Person bezüglich eines Realitätsbereichs gespeichert hat. Eine Möglichkeit, die Organisation von Wissen zu beschreiben, beruht auf der Annahme von *chunks*. Das Konzept wurde von Miller (1956) in die Gedächtnispsychologie eingeführt. Es sind damit Wissenseinheiten gemeint, die sich vermutlich als Folge vielfältiger Erfahrungen mit einem Sachverhalt ausbilden. Man kann sich darunter ,,Verdichtungen" von vorher separaten Wissenselementen vorstellen, die zu einem komplexeren Element, einer als *chunk* bezeichneten Einheit zusammengefaßt werden: ,,... chunks are closely knit units of a knowledge structure" (Chi et al., 1982, S. 9). In kognitionspsychologischen Modellen des menschlichen Informationsverarbeitungssystems eröffnet diese hypothetische Organisationsform von Wissen die Möglichkeit, in einem Kurzzeitgedächtnis mit begrenzter Kapazität sehr viel Informationen aufzunehmen. Zwar ist die Zahl der *chunks* im Kurzzeitgedächtnis begrenzt (vgl. Simon, 1974; vier bis fünf *chunks*), jedoch kann die in den *chunks* verdichtete Information sehr umfangreich sein. Man stellt sich vor, daß im Kurzzeitgedächtnis *chunks* als Symbole verarbeitet werden, die auf eine komplexere Wissensstruktur im Langzeitgedächtnis verweisen.

Die folgenden vier Untersuchungsbeispiele gelten der Bestimmung von Merkmalen der Wissensorganisation auf der Basis freier Reproduktionen. Alle vier Untersuchungen stützen sich dabei auf die Identifikation und die Analyse von *chunks*.

(1) Bekanntgeworden sind vor allem die Untersuchungen von Chase und Simon (1973) zum Vergleich der Wahrnehmung von Schachkonfigurationen durch Experten und durch weniger erfahrene Schachspieler. Die Versuchspersonen hatten sich u. a. vorgegebene Schachkonfigurationen einzuprägen und diese aus dem Gedächtnis auf einem anderen Schachbrett nachzustellen. Die Reihenfolge des Aufstellens von Figuren sowie die zeitlichen Verhältnisse (Zeitabstände beim Aufstellen zwischen den einzelnen Figuren) wurden als Kriterium zur Analyse von *chunks* verwendet. Die Zeitabstände zwischen dem Aufstellen von Figuren, die zu einem *chunk* gehören, sind sehr kurz (bis zu 2 Sekunden; *intra-chunk interval*). Zwischen dem Aufstellen von Figuren verschiedener *chunks* betragen die Zeitintervalle ca. 2–5 Sekunden *(inter-chunk interval)*. Auf diese Weise wurden die Merkmale der

chunk-Bildung (Anzahl, Größe, Inhalt von *chunks*) verschiedener Schachspielergruppen analysiert. Die Befunde zu Unterschieden zwischen Schachspielern unterschiedlicher Güte zeigen klare Ergebnisse hinsichtlich der Anzahl, des Inhalts und der Größe von *chunks*. Chase und Simon (1973) schließen aus ihren Ergebnissen, daß Schachmeister mehr Informationen aus vorgegebenen Schachkonfigurationen entnehmen können, weil sie im Langzeitgedächtnis größere Wissenseinheiten gebildet und gespeichert haben, die ein Wiedererkennen *(recognizing)* der spezifischen, als *chunks* bezeichneten Schachkonfigurationen ermöglichen (die gleiche Methode verwenden Kluwe et al., 1985, im Bereich komplexer Systeme, um Lerneffekte zu beschreiben).

Neuere Untersuchungen zeigen jedoch, daß die Bestimmung solcher organisatorischer Merkmale von Wissen auf der Basis von Zeitintervallen bei der Wiedergabe von Wissen nicht unproblematisch ist. Theoretische Überlegungen sprechen gegen die Verwendung von Zeitintervallen in der Weise, wie dies bei Chase und Simon (1973) geschehen ist. Davon handeln die folgenden Abschnitte (2) und (3).

(2) In Untersuchungen zu anderen Bereichen, wie Go, Programmieren, Elektronische Schaltungen wird nun auch stärker als bei Chase und Simon (1973) die Analyse von Merkmalen der Wissensstruktur betont. Reitman (1976) hat die oben geschilderte Methode zur Bestimmung von Organisationsmerkmalen gespeicherten Wissens am Go-Spiel wiederholt. Gegen das von Chase und Simon (1973) verwendete Verfahren zur Identifikation von *chunks* trägt sie Bedenken vor. Die Verwendung von Zeitintervallen in der geschilderten Form wird nicht der theoretischen Annahme gerecht, daß *chunks* hierarchisch eingebettet organisiert sein können. Zusätzliche, schriftliche Eintragungen von Go-Spielern auf dem Spielbrett zeigen, daß sich *chunks* überlappen. Die Bestimmung von Intra- und Inter-*chunk*-Intervallen in der einfachen Weise, wie dies bei Chase und Simon (1973) geschehen ist, kann damit nicht mehr beibehalten werden. Es erweist sich als notwendig, von einer a priori bestimmten *chunk*-Struktur auszugehen, um damit eine Grundlage für die Analyse der Zeitabstände im Reproduktionsprozeß zu erhalten. Eine Annäherung an dieses Vorgehen stellt die Untersuchung von Egan und Schwartz (1979) dar. Die Versuchspersonen, Techniker, wurden gebeten, in Plänen von Stromkreisen Einheiten zu identifizieren und diese einzuzeichnen. Es wurde dann die Reproduktion solcher Stromkreise aus dem Gedächtnis verlangt, wobei die Zeitintervalle beim Herstellen erfaßt wurden. Die Analyse der Zeitdaten erfolgte unter Bezug auf die von den Versuchspersonen vorgenommenen Eintragungen in den Stromkreis-Plänen. Auch hier war es möglich, technisch erfahrene und weniger erfahrene Versuchspersonen hinsichtlich der durch *chunks* angezeigten Organisation von Wissen über Stromkreise zu unterscheiden. Egan und Schwartz (1979) beziehen ihre Ergebnisse explizit auf die Organisation gespeicherten Wissens im Langzeitgedächtnis, nicht auf das Wiedererkennen visueller Muster in Stromkreis-Zeichnungen.

(3) In einem neuen Ansatz zur Bestimmung der Organisation von Wissen im Langzeitgedächtnis schlagen Reitman und Rueter (1980) zusätzlich zur Erhebung der Zeitabstände die Identifikation von Regelhaftigkeiten in der Reproduktion

des vorgegebenen Materials vor. Der Methode werden theoretische Überlegungen hinsichtlich der Prozesse bei freier Reproduktion als wesentlich vorangestellt. Unter anderem soll gelten, daß *chunks* als Einheiten reproduziert werden und daß *chunks* hierarchisch eingebettet sind. Der Reproduktionsprozeß, so wird angenommen, folgt der hierarchischen Ordnung, die als geordnete Baumstruktur aufgefaßt wird *(ordered tree)*. Ein wesentliches Prinzip ist dabei, daß stets alle Elemente eines *chunks* der hierarchischen Einbettung folgend wiedergegeben werden, bevor zu einem anderen *chunk* weitergegangen wird. Bei dieser Methode müssen die Versuchspersonen vorher gut gelernte Items (z. B. Begriffe einer Programmiersprache) wiederholt, mit verschiedenen Items beginnend, reproduzieren. Man erhält dann bezüglich des gleichen Materials mehrere Reproduktionslisten. Die in den verschiedenen Versionen der Wiedergabe genannten Item-Folgen einer Versuchsperson werden dann auf Regelhaftigkeiten hin untersucht, die zu einer individuellen *chunk*-Struktur ausgearbeitet werden. Dabei werden auch die Zeitintervalle bei der Wiedergabe einbezogen. Aufgrund der angenommenen hierarchischen Einbettung von *chunks* ergibt sich bei dieser Form der Analyse jedoch ein differenzierteres Bild der Zeitintervalle als etwa bei Chase und Simon (1973). Eins der wesentlichen Ergebnisse bei Reitman und Rueter (1980) ist, daß *chunks* vermutlich gerichtet sind. Danach erfolgt die Wiedergabe des *chunk*-Inhaltes von bestimmten Elementen ausgehend in fester Reihenfolge.

Die Autoren verwenden diese Methode u. a., um die Organisation des Vorwissens in einem Psychologie-Kurs (indiziert durch die Regelhaftigkeit bei der Wiedergabe von Schlüsselbegriffen) und seiner Veränderungen zu beschreiben. Die Grundlagen des Verfahrens werden in der Arbeit von Reitman und Rueter (1980) ausführlich beschrieben. Eine Anwendung dieser Methode zur Bestimmung von *chunks* stammt von McKeithen et al. (1983). Merkmale der Organisation der Wissensstrukturen von Programmierern mit unterschiedlich umfangreicher Erfahrung sollen auf diese Weise untersucht werden. Die Versuchspersonen werden instruiert, ALGOL-Begriffe zu lernen. Die Analyse der aus der freien Wiedergabe erhaltenen Begriffsfolgen erbringt für jede Versuchsperson regelhafte Sequenzen, die als hierarchisch eingebettete *chunk*-Struktur dargestellt werden können. Unter Einbezug inhaltlicher Gesichtspunkte zeigt sich, daß für Programmierexperten die Organisation der gespeicherten Information durch die Bedeutungsstruktur der ALGOL-Sprache bestimmt ist. Die Autoren bestimmen ferner den Grad der Organisation individueller Strukturen sowie Ähnlichkeiten zwischen individuellen Strukturen.

Die hier erörterten Methoden zur Gewinnung von Daten decken zwar einen großen Bereich der kognitionspsychologischen Forschung in diesem Gebiet ab, stellen aber nur eine von uns vorgenommene Auswahl dar. Es wurden z. B. die für intelligente, tutorielle Programme entwickelten heuristischen Methoden zur Wissensanalyse nicht erörtert. Ebenfalls nicht berücksichtigt haben wir die wichtigen Anforderungen an die verschiedenen Methoden unter entwicklungspsychologischen Gesichtspunkten. Die Erhebung von Wissensdaten bei Kindern wirft zusätzliche Schwierigkeiten auf und begrenzt die Einsatzmöglichkeiten einiger der hier geschilderten Verfahren. Hinsichtlich des Einsatzes der erörterten Methoden zur Gewinnung von Daten über Wissen muß angenommen werden, daß die Güte der gewonnenen Daten über menschliches Wissen in hohem Maße davon abhängig ist, wie gut die theoretischen Annahmen sind, die Methodenauswahl und Methodeneinsatz leiten.

Literatur

Anderson, J. R. (1976). *Language, memory, and thought.* Hillsdale, N. J.: Erlbaum.

Anderson, J. R. (1983). *The architecture of cognition.* Cambridge, Mass.: Harvard University Press.

Bainbridge, L. (1979). Verbal reports as evidence of the process operator's knowledge. *International Journal Man-Machine Studies, 11*, 411–436.

Bower, G. H. (1978). Representing knowledge development. In R. Siegler (Ed.), *Children's thinking: What develops?* (pp. 349–362). Hillsdale, N. J.: Erlbaum.

Broadbent, D. E. (1977). Levels, hierarchies, and the locus of control. *Quarterly Journal of Experimental Psychology, 29*, 181–201.

Broadbent, D. E., & Aston, B. (1978). Human control of a simulated economic system. *Ergonomics, 21*, 1035–1043.

Chase, W., & Simon, H. A. (1973). Perception in chess. *Cognitive Psychology, 4*, 55–81.

Champagne, A., Hoz, R., & Klopfer, L. (1984). *Construct validation of the cognitive structure of physics concepts.* Paper presented at the Annual Meeting of the American Educational Research Education, New Orleans.

Champagne, A., & Klopfer, L. (1981). Structuring process skills and the solution of verbal problems involving science concepts. *Science Education, 65*, 493–511.

Champagne, A., Klopfer, L., Desena, A., & Squires, D. (1981). Structural representations of student's knowledge before and after science instruction. *Journal Research in Science Teaching, 18*, 97–111.

Champagne, A., Klopfer, L., Solomon, C., & Cahn, A. (1980). *Interactions of student's knowledge with their comprehension and design of science experiments.* Learning Research and Development Center, University of Pittsburgh.

Chi, M.T. H. (1985). Interactive roles of knowledge and strategies in the development of organized sorting and recall. In S. Chipman, J. Segal & R. Glaser (Eds.), *Thinking and learning skills* (pp. 457–484). Hillsdale, N. J.: Erlbaum.

Chi, M. T. H., Feltovich, P., & Glaser, R. (1981). Categorization and representation of physics problems by experts and novices. *Cognitive Science, 5*, 121–152.

Chi, M. T. H., Glaser, R., & Rees, E. (1982). Expertise in problem solving. In R. Sternberg (Ed.), *Advances in the psychology of human intelligence* (Vol. 1) (pp. 67–76). Hillsdale, N. J.: Erlbaum.

Chi, M. T. H., & Koeske, R. D. (1983). Network representation of a child's dinosaur knowledge. *Developmental Psychology, 19*, 29–39.

Claparède, E. (1932). Die Entdeckung der Hypothese. In C. F. Graumann (Hg.) (1969), *Denken* (S. 109–115). Köln: Kiepenhauer & Witsch.

Dörner, D. (1974). *Die kognitive Organisation beim Problemlösen.* Bern: Huber.

Dörner, D. (1976). *Problemlösen als Informationsverarbeitung.* Stuttgart: Kohlhammer.

Dörner, D. (1981). Sprache und Denken. *Nova acta Leopoldina N. F., 54, 254*, 627–635.

Dörner, D., Kreuzig, H. W., Reither, F., & Stäudel, Th. (1983). *Lohausen.* Bern: Huber.

Duncker, K. (1966/1935). *Zur Psychologie des produktiven Denkens.* Berlin: Springer.

Egan, D., & Schwartz, B. (1979). Chunking in recall of symbolic drawings. *Memory & Cognition, 7*, 149–158.

Ericsson, K. A., & Simon, H. A. (1984). *Protocol analysis*. Cambridge, Mass.: MIT Press.

Franzen, U., & Merz, F. (1976). Einfluß des Verbalisierens auf die Leistung bei Intelligenzprüfungen: neue Untersuchungen. *Zeitschrift für Entwicklungspsychologie und Pädagogische Psychologie, 8*, 117–134.

Funke, J. (1985). *Steuerung dynamischer Systeme durch Aufbau und Anwendung subjektiver Kausalmodelle*.

Gentner, D., & Stevens, A. L. (Eds.) (1983). *Mental models*. Hillsdale, N. J.: Erlbaum.

Graesser, A. C., & Black, J. B. (Eds.) (1985). *The psychology of questions*. Hillsdale, N. J.: Erlbaum.

Greeno, J. (1978). A study of problem solving. In R. Glaser (Ed.), *Advances in instructional psychology* (Vol. 1) (pp. 13–75). Hillsdale, N. J.: Erlbaum.

Greeno, J. G. (1980). Some examples of cognitive task analysis with instructional implications. In R. E. Snow, P. A. Federico & W. E. Montague (Eds.), *Aptitude, learning, and instruction. Vol. 2: Cognitive process analyses of learning and problem solving* (pp. 1–21). Hillsdale, N. J.

Greeno, J., & Riley, M. (1984). Prozesse des Verstehens und ihre Entwicklung. In F. E. Weinert & R. H. Kluwe (Hg.), Metakognition, Motivation und Lernen (S. 252–274). Stuttgart: Kohlhammer.

Greeno, J., & Simon, H. A. (in press). Problem solving and reasoning. In R. C. Atkinson, R. Herrnstein, G. Lindzey & R. D. Luce (Eds.), *Steven's Handbook of Experimental Psychology* (revised edition). New York: Wiley.

Hinsley, D. A., Hayes, J. R., & Simon, H. A. (1977). From words to equations: Meaning and representation in algebra word problems. In M. A. Just & P. A. Carpenter (Eds.), *Cognitive processes in comprehension* (pp. 89–106). Hillsdale, N. J.: Erlbaum.

Kluwe, R. H. (1979). *Wissen und Denken*. Stuttgart: Kohlhammer.

Kluwe, R. H., Misiak, C., & Schmidle, R. (1985). Wissenserwerb beim Umgang mit einem umfangreichen System: Lernen als Ausbildung subjektiver Ordnungsstrukturen. In D. Albert (Hg.), *Bericht über den 34. Kongreß der Deutschen Gesellschaft für Psychologie in Wien 1984* (S. 255–257). Göttingen: Hogrefe.

Larkin, J. H. (1979). Processing information for effective problem solving. *Engineering Education, 70*, 285–288.

Larkin, J. H. (1981). Enriching formal knowledge: A model for learning to solve textbook physics problems. In J. Anderson (Ed.), *Cognitive skills and their acquisition* (pp. 311–334). Hillsdale, N. J.: Erlbaum.

Larkin, J. H. (1983). The role of representation in physics. In D. Gentner & A. L. Stevens (Eds.), *Mental models* (pp. 75–93). Hillsdale, N. J.: Erlbaum.

Larkin, J. H., McDermott, J., Simon, D. P., & Simon, H. A. (1980). Models of competence in solving physics problems. *Cognitive Science, 4*, 317–345.

Lüer, G. (1973). *Gesetzmäßige Denkabläufe beim Problemlösen*. Weinheim: Beltz.

McKeithen, K., Reitman, J., Rueter, H., & Hirtle, St. (1981) Knowledge organization and skill differences in computer programmers. *Cognitive Psychology, 13*, 307–325.

Merz, F. (1969). Der Einfluß des Verbalisierens auf die Leistung bei Intelligenzaufgaben. *Zeitschrift für experimentelle und angewandte Psychologie, 16*, 114–137.

Miller, G. A. (1956). The magical number seven plus or minus two: Some limits on our capacity for processing information. *Psychological Review, 63*, 81–97.

Newell, A., & Simon, H. A. (1972). *Human problem solving*. Englewood Cliffs: Prentice-Hall.

Norman, D. A. (1983). Some observations on mental models. In D. Gentner & A. L. Stevens (Eds.), *Mental models* (pp. 7–14). Hillsdale, N. J.: Erlbaum.

Norman, D. A., Gentner, D., & Stevens, A. (1976). Comments on learning schemata and memory representation. In D. Klahr (Ed.), *Cognition and instruction* (pp. 177–196). Hillsdale, N. J.: Erlbaum.

Norman, D., & Rumelhart, D. (Eds.) (1975). *Explorations in cognition*. San Francisco: Freeman.

Oswald, M., & Gadenne, V. (1984). Wissen, Können und künstliche Intelligenz - Eine Analyse der Konzeption des deklarativen und prozeduralen Wissens. *Sprache & Kognition, 3*, 173–184.

Pask, G. (1975). *Conversation, cognition and learning*. Amsterdam: Elsevier.

Reber, A. (1976). Implicit learning of a synthetic language: The role of instructional set. *Journal of Experimental Psychology: Human Learning and Memory, 2*, 88–94.

Reitman, J. (1976). Skilled perception in Go: Deducing memory structures from interresponse times. *Cognitive Psychology, 8*, 336-356.

Reitmann, J., & Rueter, H. (1980). Organization revealed by recall orders and confirmed by pauses. *Cognitive Psychology, 12*, 554–581.

Robertson, S., Black, J. B., & Lehnert, W. (1985). Misleading question as evidence for integrated question understanding and memory search. In A. C. Graesser & J. Black (Eds.), *The psychology of questions* (pp. 191–218). Hillsdale, N. J.: Erlbaum.

Rumelhart, D., & Norman, D. A. (1978). Accretion, tuning and restructuring: Three modes of learning. In J. W. Cotton & R. Klatzky (Eds.), *Semantic factors in cognition*. Hillsdale, N. J.: Erlbaum.

Ryle, G. (1973). *The concept of mind*. Harmondsworth: Penguin.

Simon, H. A. (1974). How big is a chunk? *Science, 83*, 482–488.

Simon, H. A. (1976). Identifying basic abilities underlying intelligent performance of complex tasks. In L. Resnick (Ed.), *The nature of intelligence* (pp. 65–98). Hillsdale, N. J.: Erlbaum.

Simon, H. A. (1979). Information processing models of cognition. *Annual Review Psychology, 30*, 363–396.

Stevens, A. L., Collins, A., & Goldin, S. E. (1979). Misconceptions in student's understanding. *International Journal Man-Machine Studies, 11*, 145–156.

Stevens, A. L., & Collins, A. (1980). Multiple conceptual models of a complex system. In R. W. Snow, P. A. Federico & W. E. Montague (Eds.), *Aptitude, learning and instruction* (Vol. 2) (pp. 177–198). Hillsdale, N. J.: Erlbaum.

Watson, J. B. (1921). Is thinking merely the action of language mechanisms? *The British Journal of Psychology, 11*, 87–104.

Williams, M., Hollan, J., & Stevens, A. L. (1983). Human reasoning about a simple physical system. In D. Gentner & A. L. Stevens (Eds.), *Mental models* (pp. 131–154). Hillsdale, N. J.: Erlbaum.

16 Kognitive Prozesse und Augenbewegungen

Gerd Lüer

Unter den Methoden der Datengewinnung über den Wissensaufbau und die Wissensverwendung nehmen Augenbewegungsmessungen einen wichtigen Platz ein. Im folgenden Kapitel wird der Versuch unternommen, in die Methoden der Erfassung von Augenbewegungen einzuführen und Validitätsüberlegungen für die gemessenen Daten anzustellen. Über die Weiterentwicklung der Meßmethodiken sowie über Erkenntnisfortschritte sowohl in Grundlagenfragen als auch in Anwendungsfeldern informieren Kongreßberichte der European Group for Eye Movement Research (Groner, Menz, Fisher & Monty, 1983; Gale & Johnson, 1984; O'Regan & Lévy-Schoen, 1987), Berichte über internationale Symposien zur Augenbewegungsforschung (z. B. Groner, McConkie & Menz, 1985) und einschlägige Lehrbücher sowie Monographien zu diesem Forschungsgegenstand (z. B. Yarbus, 1967; Ditchburn, 1973; Monty & Senders, 1976).

Verwendet man Daten aus Augenbewegungsmessungen als *Indikatoren* für kognitives Prozeßgeschehen, ist zunächst der Nachweis zu erbringen, daß solche Meßwerte überhaupt mit geistigen Prozessen zu tun haben. Im Unterschied zu Daten des lauten Denkens kann dieses nicht von vornherein behauptet werden, sondern nur durch Argumente begründet werden, die sich sowohl auf physiologische als auch auf psychologische Fakten stützen. Sie lassen sich z. B. aus folgenden Überlegungen beibringen: Menschliche Geistestätigkeit wird in der kognitiven Psychologie als ein System der Informationsverarbeitung beschrieben. Zieht man Augenbewegungsmessungen zur Untersuchung kognitiver Prozesse heran, stellen visuelle Reize den Input dar. Output sind die über das Blickverhalten aufgezeichneten Daten. Dazwischen wirken *neurophysiologische Prozesse* und *kognitive Steuerungsprogramme*. Ob Augenbewegungsmessungen überhaupt zur Untersuchung geistiger Prozesse geeignet sind, läßt sich aus der Prüfung folgender Punkte beantworten:

(1) Besteht zwischen Input und Output ein systematischer Zusammenhang? Variiert man dazu unterschiedliche Reizvorlagen einer Aufgabenart, die im übrigen dieselben kognitiven Anforderungen verlangen, sollte sich zeigen, daß die Augenbewegungsmessungen die experimentell induzierten Änderungen in den physikalischen Reizmerkmalen in systematischer Weise reflektieren.

(2) Läßt man die visuellen Reizvorlagen unverändert, induziert man jedoch durch unterschiedliche Instruktionen verschiedenartige kognitive Anforderungen, müßte im Falle der Einwirkung kognitiver Faktoren auf das Augenbewegungsverhalten erneut eine systematische Änderung in den Meßwerten der abhängigen Variable nachweisbar sein. Nun wäre man berechtigt, kognitive Anteile bei der Steuerung von Augenbewegungen anzunehmen.

Die Forschung über Augenbewegungen hat gezeigt, daß die formulierten Systematiken experimentell tatsächlich nachzuweisen sind. Wir wollen deshalb folgendermaßen vorgehen: In einem ersten Schritt wird an einem Beispiel demonstriert werden, wie Augenbewegungsmessungen zur Untersuchung kognitiver Prozesse beitragen. Im Anschluß daran werden die physiologischen Grundlagen der Augenbewegungsmessungen behandelt werden. Ohne sie ist ein Verständnis für die erfaßten Daten mit ihren Interpretationsmöglichkeiten und Restriktionen nicht möglich. Die Methoden der Messung sowie der Zusammenhang zwischen Augenbewegungen und kognitiven Prozessen werden abschließend besprochen.

Analyse eines Informationsverarbeitungsprozesses durch Augenbewegungsmessungen

Wie das laute Denken führt auch die Augenbewegungsmessung als *on-line*-Methode zu einem umfangreichen und zeitlich fein aufgelösten *Datenprotokoll.* Am Beispiel einer Untersuchung von Just und Carpenter (1985) soll gezeigt werden, wie ein *Modell für menschliche Informationsverarbeitung*, das als Produktionssystem formalisiert worden ist, mit registriertem Augenbewegungsverhalten empirisch geprüft werden konnte.

Als Reizmaterial dienten verschiedene Würfelaufgaben mit unterschiedlichen Anforderungen, wie sie in Raumvorstellungstests vorkommen und auch schon von Putz-Osterloh und Lüer (1979) untersucht wurden. Zwei zeichnerisch dargestellte Würfel mit jeweils drei sichtbaren Flächen und Symbolen darin werden dem Probanden vorgelegt. Er soll entscheiden, ob es sich dabei um identische Vorlagen handelt oder nicht. Dazu muß er sich einen Würfel, je nach Aufgabenanforderung, um ein, zwei oder drei Achsen gedreht vorstellen.

Dem *Lösungsprozeß* solcher Raumvorstellungsaufgaben liegt nach Just und Carpenter folgende Sequenz von Informationsverarbeitungsprozessen zugrunde:

(1) *Suchprozeß*. Gefunden werden müssen korrespondierende Buchstaben auf den zu vergleichenden Würfeln.
(2) *Transformation und Vergleich*. Ein Buchstabe wird durch Rotation in der Vorstellung in eine dem Ausgangswürfel vergleichbare Position gedreht und auf Übereinstimmung geprüft.
(3) *Bestätigungsphase* für die verbleibenden Symbole bzw. Buchstaben, die auf eine dem Ausgangswürfel entsprechende Stellung überprüft werden.

Die folgende Abbildung nach Just und Carpenter (1985) zeigt die registrierte Abfolge der Blicke im Lösungsprozeß (Zahlenfolge auf den Würfeln entspricht der beobachteten Blicksequenz, es handelt sich jedoch *nicht* um exakte Fixationsorte). Die darauf folgende Tab. 16.1. gibt eine Zusammenstellung der Daten einer individuellen Augenbewegungsmessung mit den Zuordnungen zu den angenommenen kognitiven Prozessen.

Die Abbildung und die Daten in Tab. 16.1. lassen folgendes deutlich erkennen: (1) Die angenommene Folge von Informationsverarbeitungsprozessen läßt sich aus den Blicksequenzen am Beispiel empirisch verifizieren. (2) Die Dauer jedes Schrittes ist zeitlich exakt bestimmbar. (3) Vergleiche zwischen den drei elementaren Prozessen sind hinsichtlich ihrer Länge und ihres Zeitverbrauchs möglich.

Durch Variation des Versuchsmaterials und der Anforderungen können – wie im Versuch von Just und Carpenter geschehen – Annahmen über Prozesse der Informationsverarbeitung bei der Raumwahrnehmung geprüft und vorhergesagt werden.

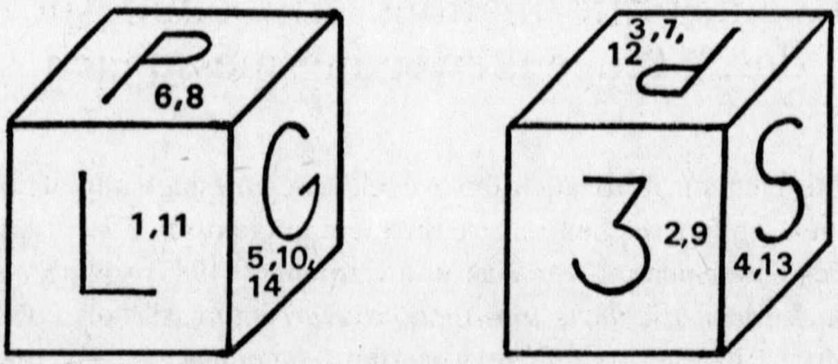

Abb. 16.1.: Blicksequenz beim Vergleich von zwei Würfeln. Die kleinen Zahlen auf den Würfelflächen geben die Blicksequenz auf den Würfelflächen an, stimmen jedoch nicht mit den exakten Fixationsorten überein (nach Just & Carpenter, 1985, S. 147).

Tab. 16.1.: Blicksequenzen und Blickdauern und deren Zuordnungen zu Prozessen der Informationsverarbeitung (nach Just & Carpenter, 1985)

Blick-Nr.	Würfel	Symbol	Dauer (msec)	Prozeß
1	linker	L	466	
2	rechter	3	201	
3	rechter	P	284	Suche (1384 msec)
4	rechter	S	200	
5	linker	G	233	
6	linker	P	300	Rotation und
7	rechter	P	450	Vergleich
8	linker	P	383	(1133 msec)
9	rechter	3	450	
10	linker	G	349	
11	linker	L	216	Bestätigung
12	rechter	P	617	(2632 msec)
13	rechter	S	267	
14	linker	G	733	

Die empirisch gefundenen Daten wurden in dem Prozeßmodell CAPS *(Collaborative Activation-Based System)* simuliert, das Produktionen als prozedurales Wissen enthält. Es besteht aus *Bedingungs-Aktions-Paaren* und gibt eine in kleine Schritte aufgelöste Vorgehensweise für die Lösungsfindung wieder. So wird beispielsweise in der ersten Produktion im Modell für den Fall der Antwort „gleich" zur Vorderseite des linken Würfels irgendeine dazu passende Seite des rechten Würfels gesucht:

Bedingung: Wenn es beim rechten Würfel auf irgendeiner Seite einen Buchstaben gibt, der dieselbe Bezeichnung hat wie jener, der auf dem linken Würfel auf der Vorderseite zu finden ist,
Aktion: dann wähle diesen Buchstaben (auf beiden Würfeln) als den jetzt zu beachtenden Buchstaben aus.

Diese Produktion ist dem vorher beschriebenen Suchprozeß zuzuordnen. Sie stellt eine eng herstellbare Korrespondenz zwischen meßbaren Augenbewegungsdaten und dem Bedingungs-Aktions-Paar her. Just und Carpenter (1985, S. 152f.) führen für den Fall der Gleich-Beurteilung zwischen zwei Würfeln 12 solcher Produktionen an. Dabei unterscheiden sie ein Modell, das ein hohes Niveau der räumlichen Vorstellung repräsentiert von einem Modell, das entsprechend niedrige Fähigkeiten simuliert. Obwohl die Resultate beider Modelle erwartungsgemäß recht verschieden ausfallen, unterscheiden sich die Produktionssysteme nur in vier Produktionen.

Die zitierte Untersuchung zeigt beispielhaft den Ertrag von Datenanalysen mit Augenbewegungsmeßwerten. Angenommene oder auch bewährte Modelle über Prozesse der menschlichen Informationsverarbeitung können aufgrund solcher Datenprotokolle geprüft und anschließend simuliert werden. Die zuvor beschriebene Untersuchung zeigt weiterhin, daß Augenbewegungsuntersuchungen ausschließlich hypothesengeleitet bzw. modellorientiert durchgeführt werden sollten.

Physiologische Grundlagen der Augenbewegungen und Methoden der Messung

Geht man davon aus, daß der *Vorgang des Erkennens* von Objekten und Eigenschaften der Umwelt mit der zeitlichen und räumlichen Auflösung optischer Reize eng verbunden ist, sind diese Leistungen des Auges zunächst zu untersuchen. Wir beschränken uns hier auf den Abbildungsvorgang auf der Retina und lassen andere Aspekte vereinfachend außer acht. Ein detaillierteres Studium dieser Sachverhalte empfiehlt sich in den schon genannten Lehrbüchern, in einschlägigen physiologischen Werken wie von Baumgartner et al. (1978) oder in Einführungen wie z. B. bei Wittling (1976) und Lindsay und Norman (1981).

Scharfes Sehen hängt primär von den *räumlichen Auflösungsleistungen der Augen* ab. Hierfür ist die Verteilung von Rezeptoren über die Netzhaut von Bedeutung. Es gibt zwei Rezeptorsysteme im menschlichen Auge. Sie unterscheiden sich nicht nur anatomisch, sondern auch funktionell voneinander. Die *Stäbchen* sind ca. 500mal lichtempfindlicher als *Zapfen*. Sie enthalten nicht, wie die Zapfen, die für das Farbensehen notwendigen fotochemischen Substanzen. Die ca. 6 Millionen Zapfen befinden sich gehäuft in der Mitte der Netzhaut. Hier liegt auch die Fovea centralis als kleine Einbuchtung. Dies ist diejenige Stelle, an der am schärfsten gesehen werden kann. Die Zapfendichte pro Quadratmillimeter beträgt hier ca. 150 000. Die ca. 120 Millionen Stäbchen verteilen sich dagegen im parafovealen Bereich besonders dicht.

Die beiden Rezeptorsysteme weisen spezifische Unterschiede in ihren neuronalen Verschaltungen auf. Während in den peripheren Arealen der Netzhaut durchschnittlich 130 Rezeptoren mit einer einzigen Ganglienzelle verschaltet sind, die die Information der Rezeptoren über den N.opticus zum Gehirn weiterleitet, gibt es im Bereich der Fovea centralis 1:1-Zuordnungen von Zapfen zu Ganglienzellen. Da nur die in den Ganglienzellen „gesammelten" und „aufsummierten" Informationen weiterverarbeitet werden können, kommt es durch die *Summation* in den peripheren Bereichen der Retina zu erheblichen Auflösungsverlusten des Netzhautbildes. Allein in der Fovea centralis liegen die Verhältnisse günstiger.

Die Effekte der beschriebenen physiologischen Gegebenheiten lassen sich in bezug auf das scharfe Sehen angeben. Der Bereich, in dem wir maximal scharf sehen, umfaßt nur ca. 1/10 000 des gesamten Gesichtsfeldes und nur ca. 1°, bezogen auf den Fixationsort. Schon bei gut 3° Abweichung vom Fixationspunkt vermindert sich die Sehschärfe um die Hälfte, bei 6,5° beträgt sie ungefähr nur noch 25 %. Daraus ergibt sich unter der Voraussetzung, daß der Erkennensprozeß vom scharfen Sehen und von hoher Auflösung abhängig ist, daß das Auge nach möglichst scharfen retinalen Abbildungen streben muß. Dieses Ziel wird durch Augenbewegungen erreicht, die ein visuelles Feld durchschnittlich 3- bis 5mal pro sec. auf ebenso viele unterschiedliche Fixationspunkte abtasten. Erst aus den pro Fixationsort retinal hergestellten Einzelabbildungen wird ein uns vollständig erscheinendes Gesamtbild erzeugt, das mit Sicherheit sehr unterschiedliche Informationsdichten enthält. Nehmen wir die Tatsache hinzu, daß Informationen von den Reizvorlagen oder aus einem visuellen Feld nur während der Fixationszeiten, nicht aber während der Ausführung der Bewegungen selber (diese sind weitgehend als „Dunkelphasen" zu beschreiben) aufgenommen werden können, ergeben sich sofort Fragen nach dem „Wie" der *Selektion von Fixationsorten* sowie nach dem „Wie" der *Steuerungsprogramme* für die hierzu notwendigen Augenbewegungen. Antworten auf beide Fragen sind eng mit Einwirkungen von kognitiven Prozessen auf das Augenbewegungsverhalten verknüpft.

Sakkadische Augenbewegungen

Eine präzise Erkennung einer größeren Reizvorlage ist nur durch *visuelles Abtasten* möglich. Die Augen müssen dazu einen größeren Bereich des Gesichtsfeldes durch fortwährende Bewegungen explorieren. Die Gesamtheit der hierbei vorkommenden Augenbewegungen läßt sich durch unterschiedliche Charakteristika und Funktionen beschreiben.

Die allgemeinste Einteilung unterscheidet *Mikrobewegungen* von *Makrobewegungen*. Während die ersteren vor allem der Aufrechterhaltung von Wahrnehmungseindrücken dienen, werden Makrobewegungen zur Exploration der zu erkennenden Reizumwelt eingesetzt. Beide Bewegungsarten sind zum Verständnis des visuellen Wahrnehmungsvorganges notwendig, jedoch ist bisher nur ein kleinerer Ausschnitt von ihnen in der kognitiven Psychologie in Untersuchungen einbezogen worden. Es handelt sich fast ausschließlich um Makrobewegungen und hierbei wiederum um *Sakkaden*. Gesichtspunkte für ihre Auswertung sind vor allem die Bestimmung der *Fixationsorte* als Ziele für Sakkaden sowie der *Fixationsdauern*.

Sakkaden sind schnelle, ruckhafte Bewegungen beider Augen. Richtung und Weite einer Sakkade werden vor ihrem Beginn festgelegt. Einmal gestartet, kann eine Sakkade nicht mehr geändert werden. Deshalb spricht man von einer *ballistischen Bewegung*. Sie dient der Exploration des Umfeldes sowie dem Aufsuchen neuer Reizobjekte. Fordert man Probanden auf, der Kontur einer vorgegebenen Reizvorlage mit den Augen kontinuierlich und möglichst exakt zu folgen, geschieht dieses durch Sakkaden, die als Blicksprünge deutlich erfaßbar sind (Yarbus, 1967).

Methoden der Erfassung von Augenbewegungen

Ein Augenbewegungslabor besteht in der Regel aus zwei Komponenten: der Meßapparatur und dem Datenregistrier- und Verarbeitungssystem. Beide Teile müssen aufeinander abgestimmt sein und in enger Funktionsverknüpfung miteinander arbeiten.

Üblicherweise unterscheidet man drei große Gruppen von Erfassungsmethoden für Augenbewegungen:

(1) Beobachtungsmethoden;
(2) elektrophysiologische Methoden;
(3) Reflexionsmethoden.

Wir beschränken uns hier auf einen Überblick bei der Beschreibung der drei Methodengruppen. Detailliertere Darstellungen findet man bei Young und Sheena (1975) sowie bei Lambert (1976).

Ad. 1: Beobachtungsmethoden

Ein Versuchsleiter bzw. ein oder mehrere Auswerter verfolgen direkt, über einen Film oder über ein Aufzeichnungsgerät die Augenstellungen eines Probanden und protokollieren Veränderungen. Über Anzahl und grobe Richtungen von Sakkaden lassen sich bei kürzeren Versuchsdauern relativ stabile Angaben machen. Feinere Auflösungen sind mit dieser Methode nicht möglich.

Ad. 2: Elektrophysiologische Methoden

Als Standardmethode gilt hier die *Elektrookulographie (EOG)*. Sie mißt über je zwei Elektroden, die in Augennähe anzubringen sind, elektrische Potentialdifferenzen, die zwischen der Cornea und der Retina bestehen. Diese Potentialdifferenzen variieren proportional zum Sinus der Abweichung der Augenstellung von der Sehachse. Aufgezeichnet werden Augenpositionen in getrennten Kurvenverläufen mittels je zweier Elektroden für horizontale und vertikale Abweichungen durch unterschiedliche Amplitudenausschläge sowie Bewegungs- und Fixationszeiten. Die Vorteile dieser Methode liegen vor allem im hohen Auflösungs- und Genauigkeitsgrad, mit dem Bewegungsänderungen und Zeitdauern erfaßt werden können. Aus diesem Grunde wird diese Methode in der Leseforschung bevorzugt eingesetzt (Heller, 1983). Nachteile bestehen vor allem in der Schwierigkeit von Zuordnungen der getrennten Kurvenverläufe bzw. Datenmengen zu Fixationsorten der Reizvorlagen bzw. des visuellen Feldes sowie in der Notwendigkeit der Ausschaltung von Kopfbewegungen, da auch Potentialdifferenzen bei fixiertem Blick aber bewegtem Kopf entstehen können.

Ad. 3: Reflexionsmethoden

zur Erfassung optischer Parameter des Auges. Wird ein Lichtstrahl durch verschiedene Medien mit unterschiedlichen Brechungsindizes geleitet, entstehen Reflexionen. Am menschlichen Auge unterscheidet man sog. *Purkinje-Bilder*, die aus Reflexionen der Vorderseite der Cornea, ihrer Rückseite sowie der Vorder- und Rückseite der Linse herrühren. Zusätzlich wird das auf die Retina fallende Licht reflektiert und als sog. Pupillenreflexion bezeichnet.

Die meisten Reflexionsmethoden nutzen die Corneal- und Pupillenreflexion aus und errechnen aus der relativen Position der *Cornealreflexion* zur Pupillenmitte auf trigonometrischem Wege die Augenposition. Dieses ist deshalb möglich, weil bei nicht allzu großen Blickwinkeln (nicht größer als ca. 30°) eine Veränderung der Augenposition mit einer entsprechenden Abweichung der Cornealreflexion einhergeht. Die Reflexionen werden heute vorwiegend durch unsichtbares Infrarotlicht hervorgerufen. Die dabei entstehenden Reflexionen werden mit entsprechend empfindlichen Videcons aufgenommen und im Videobild analysiert. Grenzen ergeben sich dabei z. B. durch die Videonorm: Pro sec können nur 50 Halbbilder analysiert werden. Das bedeutet, daß mit solchen auf Videobasis arbeitenden Systemen maximale Auflösungsgrade von 20 msec bei 50 Messungen pro sec zu erreichen sind. Ermittelt werden *x- und y-Koordinaten für Augenpositionen pro Meßzeitpunkt* sowie getrennt davon die *Pupillenweite*. Aus der Registrierung über einer Zeitachse lassen sich sowohl Zeiten für Sakkaden als auch Fixationsdauern ermitteln. Ebenso sind Sequenzen von Fixationen aus diesem Datenprotokoll exakt ableitbar.

Vorteile dieser Meßmethodik liegen in dem für den Probanden weitgehend unmerklichen Meßvorgang, während dem auch kleinere Kopfbewegungen zugelassen werden können. Als Nachteile sind vor allem die durch die Videonorm vorgegebenen Auflösungsbegrenzungen zu nennen. Dadurch wird die Augenbewegungsmessung mit diesen Geräten auf die Erfassung von Sakkaden (einzeln und in ihren Folgen) sowie auf die Ermittlung von Fixationen und ihre Dauern beschränkt.

Allerdings gibt es auch Systeme, die keinen Gebrauch von Videobildanalysen machen. Mit solchen Apparaturen lassen sich auch Mikrobewegungen der Augen zuverlässig registrieren.

Augenbewegungsmessung: Segmentierung der on-line-Daten

Aus den Darstellungen der vorangegangenen Abschnitte läßt sich bestimmen, wie Augenbewegungsmessungen zur Untersuchung kognitiver Prozesse sinnvollerweise verwandt werden. Zwei Vorausannahmen sind notwendig: (1) Ausgewählte Fixationsorte haben unmittelbar etwas mit der *Verteilung von Aufmerksamkeit* zu tun. Ein starker – wenn auch nicht alleiniger – Einfluß wird hier vor allem vom Kurzzeitgedächtnis und seinen momentanen Inhalten ausgehen. (2) Sakkaden werden auch durch *kognitive Prozesse* gesteuert.

Für die Untersuchung von Prozessen des Wissensaufbaus und der Wissensverwendung folgt daraus, daß Sakkaden, Sakkadensequenzen und Fixationsorte sowie Analysen von Verweildauern erfolgversprechende *Daten aus Augenbewegungsmessungen* darstellen können. Berücksichtigt man, daß das scharfe Sehen eines foveal abgebildeten Fixationspunktes bei Abweichung von ca. 3,5° um rund 50 % vermindert wird, folgt daraus, daß unterscheidbare Fixationsorte ungefähr 3° auseinanderliegen müssen. Schon bei diesem Abstand kann eine Augenbewegung nötig werden. Solche Rechnungen können jedoch nicht unabhängig von kognitiven Anforderungen und von der Informationshaltigkeit der zu erkennenden Punkte aufgemacht werden.

Anstelle von Fixationen werden häufig auch *Blicke* (englisch: *gazes*) erfaßt. Als Blick definiert man alle aufeinanderfolgenden Fixationen, die von einem festgelegten Fixationsort in einem Kreis mit einer vom Kreismittelpunkt festgelegten Peripherie liegen. Aufgrund der vorangegangenen Überlegungen kann es z. B. sinnvoll sein, die Kreisgröße vom Mittelpunkt ca. 1,5° groß zu wählen. In die so definierten Blicke sind allerdings auch Mikrosakkaden eingeschlossen, da ein punktförmiges Sehen ausgeschlossen ist. Blicke sind demnach Summen von Fixationen inklusive Mikrosakkaden in einem definierten Bereich. Blicke als Daten des Blickverhaltens werden daher vor allem bei klar unterscheidbaren und trennbaren Arealen der Reizvorlage sowie bei nicht sehr fein auflösenden (auf Videobildanalyse gestützten) Systemen verwendet. Sinnvoll zu definieren sind Blickorte eigentlich erst dann, wenn sie annähernd mit dem Bereich des scharfen Sehens, in dem also Reize sicher erkannt werden, kongruent sind. Es ist nicht immer ganz leicht, hierüber präzise Angaben zu machen.

Kognitive Prozesse und Augenbewegungen

Sakkaden werden von einem Fixationspunkt aus mit festgelegten Programmen gestartet. Ihre ballistische Bahn muß wegen ihrer Unveränderbarkeit sowie wegen ihrer Nichtunterbrechbarkeit nach dem Start zu einem antizipierten neuen Ort führen, der zudem auch außerhalb des Bereiches des scharfen Sehens liegt. Welche Komponenten beeinflussen dieses Programm?

Sowohl aus der Neurophysiologie (Creutzfeldt, 1982) als auch aus der Psychologie (Just & Carpenter, 1976; Krause, Fassl & Wysotzki, 1983) gibt es eine Reihe von Hinweisen dafür, daß kognitive Prozesse daran beteiligt sind.

Daß kognitive Prozesse Determinanten für Steuerungsprogramme der Augenbewegungen sind, läßt sich aus experimentellen Befunden und aus theoretischen Modellentwicklungen ableiten. Ein Beispiel für experimentell gefundene Belege ist die Arbeit von Zusne und Michels (1964), die das Fixationsverhalten von Probanden studierten. Sie sollten 42 Polygone unterschiedlicher Komplexität inspizieren. Es zeigte sich dabei eine visuelle Bevorzugung von Eckpunkten der Figuren gegenüber Seitenlinien und Innenflächen. Informationstheoretisch läßt sich zeigen, daß diese ausgewählten Fixationsorte für das benutzte Reizmaterial den höchsten *Informationsgehalt* haben und damit offensichtlich von hoher Bedeutung sind.

Yarbus (1967) führt eine Reihe von Augenbewegungsuntersuchungen an, bei denen ein Gesicht oder die Statue der Nofretete angesehen wurden. Augen, Nase und Mund zogen immer die weitaus größte Anzahl von Fixationen auf sich. Man kann annehmen, daß diese besonders *ausdruckshaltigen Merkmale* am ehesten Beurteilungen über Eigenschaften, Stimmungen und Gefühle der dargestellten Personen zulassen.

Anstelle von Zeichnungen oder Bildern können auch *Wort- bzw. Textvorlagen* gegeben werden, bei deren Encodierung Augenbewegungen gemessen werden können. So gaben Huber, Lüer und Lass (1988) aphasischen Patienten und Normalgesunden ungeordnete Satzkonstituenten (Nominalphrase, Auxiliarverb, Verbpartikel, Partizip) zusammen mit ebenso vielen Konstituenten als Distraktoren vor. Aus Blickhäufigkeiten und Blickdauern, die auf die Satzkonstituenten und Distraktoren entfielen, konnten Satzbildungsstrategien bei den Sprachgestörten ermittelt und mit denjenigen von Normalgesunden verglichen werden. Aphasiker versuchten die Satzbildung immer mit einem Aktor als Nominalphrase. War dieser jedoch Distraktor, führte das bei den aphasischen Patienten immer zu falschen Satzgebilden.

Auch bei Untersuchungen über das *Lösen komplexer Probleme* (Lüer, Lass, Schroiff & Ulrich, 1986) wurden Augenbewegungsmessungen durchgeführt, wenn die Pbn Informationen über den aktuellen Problemzustand optisch aufnahmen. In 24 Matrixfeldern erhielten sie Hinweise bzw. Rückmeldungen über den Zustand einer simulierten Kleinfabrik, die sie leiten und zum wirtschaftlichen Erfolg führen sollten. Nach erfolgten Eingriffen in das Netzwerk der Problemzustandsvariablen, zu denen die Pbn aufgefordert worden waren, wurden die dadurch erzielten Änderungen und Effekte wiederum schriftlich in der Matrix rückgemeldet. Während der gesamten Zeitdauer, in der die Matrix von den Pbn inspiziert wurde, wurden Augenbewegungsmessungen durchgeführt. Über fünf Zeitpunkte hinweg konnte an diesen Daten ein zunehmend geordneter Umgang mit den angebotenen Informationen festgestellt werden. Diese fortschreitende Systematisierung drückte sich z. B. in Gruppierungen der Matrixinhalte nach deren unterschiedlicher Bedeutung für die Problemlösung aus. *Formale Eigenschaften der Encodierung* wie zeilenweises Lesen schien sich eher in den Blickhäufigkeiten widerzuspiegeln. Aufgrund der Blickdauern konnten Bedeutungsunterscheidungen zwischen den Systemvariablen sowie Gewichtungen in der *Aufmerksamkeits*verteilung erfaßt werden.

Die berichteten Ergebnisse könnten zu der Überzeugung verleiten, daß allein bestimmte Eigenschaften von Reizen Blicke auf sich ziehen. Yarbus (1967) konnte jedoch auch zeigen, daß ein und dieselbe Reizvorlage unter verschiedenen *Instruktionsbedingungen* mit unterschiedlichen Anforderungen zu unterschiedlichem Blickverhalten führt. Die untersuchten Beobachter richteten ihre Augen keineswegs nur auf markante Punkte der Reizvorlage, sondern verteilten ihre Aufmerksamkeit auch auf jene Details, die für die Lösung der spezifischen Aufgabenstellung am besten geeignet waren. So wurde beispielsweise ein Bild, das eine Familienszene darstellt, visuell völlig unterschiedlich exploriert, wenn es nur einfach angesehen werden sollte, wenn die materiellen Verhältnisse der dargestellten Familie zu beurteilen waren oder wenn Aussagen über die Aktivitäten der abgebildeten Personen erwartet wurden.

Ein Modell für die Suche und für den *Selektionsvorgang im Informationsaufnahmeprozeß* haben Gale und Findlay (1983) vorgeschlagen. Sie knüpfen dabei an die Theorie des geistigen Auges von Hochberg (1968) an. Ausgangspunkt ist die Annahme, daß die Steuerung der menschlichen Augenbewegungen sowohl durch innere Schemata als auch durch äußere Merkmale des Informationsangebotes aus der wahrnehmbaren Umwelt geschieht. Erst aus der Wechselwirkung beider Einflußgrößen resultiert ein *Programm zur Steuerung von Augenbewegungen*. Erfaßt man über längere Zeitabschnitte Augenbewegungen, die z. B. in einer Erkennenssituation aufgenommen werden, müßte sich demnach der Abstimmungsprozeß zwischen vorhandenem Wissen und den aufzunehmenden Daten der Wahrnehmungsumwelt in den Augenbewegungsdaten widerspiegeln.

Der von den Autoren vorgeschlagene *Doppelwegprozeß der visuellen Reizerkennung* ähnelt den *bottom-up-* und *top-down-*Strategien von Norman und Rumelhart (1975). Aufgenommen werden zunächst nur einzelne Eigenschaften der Umwelt. Sie werden mit bestehendem Wissen verglichen. Lassen sich einige oder gar alle Eigenschaften der Wahrnehmungsumwelt als miteinander zusammenhängend erkennen und interpretieren, kann weiterhin auch konzeptuell gesteuert vorgegangen werden, d. h. aus diesen Konzepten können Erwartungen abgeleitet werden, die dann die Augenbewegungen steuernd beeinflussen. Nehmen Erwartungen Einfluß auf die Steuerungsprogramme, die in Erkennens- und Interpretationsprozessen wirksam werden, kann gleichzeitig angenommen werden, daß ausgewählte Fixationsorte für Blicke vom Individuum als bedeutsam „angesehen" werden. An diesen Orten werden offensichtlich Daten erwartet und mit Aufmerksamkeit belegt, die die aktuell im Kurzzeitgedächtnis verarbeiteten Informationen ergänzen – oder, im Falle der Prüfung – falsifizieren.

Paßt der erkannte Sachverhalt zu dem bisher aufrechterhaltenen Konzept, kann eine Vervollständigung durch Einbeziehung weiteren Wissens angestrebt werden. Widerspricht der gerade bearbeitete Sachverhalt dem im Kurzzeitgedächtnis vorhandenen Wissen, werden Revisionen in den Erwartungsstrukturen erforderlich.

Ein Programm zur Steuerung der Augenbewegungen erfordert mehr als nur ein ständiges Abtasten von Fixationsort zu Fixationsort, verbunden mit immer neuen Einzelprüfschritten. Zu berücksichtigen ist weiterhin, daß neben den foveal abgebildeten und scharf gesehenen Objekten der Umwelt auch Abbildungen auf der Netzhaut vorhanden sind, die außerhalb der Zone des scharfen Sehens liegen. Die dort abgebildeten Dinge sind zwar unscharf, weniger detailreich und mehr oder weniger „aufsummiert". Dennoch werden sie, wie im Modell angenommen wird, mit berücksichtigt. Man bezeichnet dieses als *extrafoveales Sehen*. Mackworth (1976) nennt den Gesamtabbildungsbereich auf der Netzhaut, aus dem überhaupt Daten für das Erkennen und die Weiterverarbeitung verwendet werden können, *useful field of view*. Wie groß der extrafoveale Bereich ist, ist nicht ganz leicht angebbar. Ist nämlich das foveal fixierte Objekt bedeutungsvoll für den Wahrnehmenden und trägt es viel Information, schrumpft die Größe des extrafoveal auswertbaren Bereiches zusammen. Trägt das in der Fovea abgebildete Objekt hingegen wenig wichtige Information, kann der visuell auswertbare Bereich sich ausweiten. Experimente von Ikeda und Takeuchi (1975) sowie von Williams (1982) haben die Abhängigkeit der Größe des *useful field of view* von der Menge der dargebotenen Information klar nachweisen können.

Bevor ein neuer Fixationsort angesehen wird, muß ein Programm für die notwendige Augenbewegung festgelegt werden. In diesem Programm muß ein Fixationsort als Ziel definiert sein. Daher muß die Zielfindung für den nächsten Fixationsort ein wesentlicher Bestandteil des Steuerungsprogrammes sein. *Zielfindungen* können auf viererlei Art und Weise zustande kommen: (1) Ein Ziel wird zufällig ausgewählt. Diese Möglichkeit scheidet schon aus Ökonomiegründen aus. Mit diesem Vorgehen wäre ein Erkennensprozeß sehr langwierig und würde nur zufällig zu einem Ergebnis führen. (2) Ziele für Fixationspunkte sind unnötig, weil feste Abtastprogramme vorhanden sind, nach denen visuelles Erkennen abläuft. Alle bisher vorliegenden Ergebnisse aus der Augenbewegungsforschung widersprechen dieser Vermutung. (3) Zielgerichtetes Abtasten wird erlernt. Tatsächlich lassen sich bei hoch automatisierten visuellen Erkennensvorgängen, wie beim Lesen, solche Vorgehensweisen beobachten. Diese Möglichkeit bleibt aber auf Reizvorlagen beschränkt, die dem Wahrnehmenden äußerst vertraut sind. (4) Ziele werden aus dem überblicksartig erkannten Bereich der extrafovealen Abbildung abgeleitet und mit aktuellen Erwartungen und Anforderungen, so wie sie im Kurzzeitspeicher vorhanden sind, in Übereinstimmung gebracht. Diese Möglichkeit wird von Gale und Findlay favorisiert. Sie wird eingesetzt, wenn neue, unbekannte optische Reizvorlagen zu explorieren sind.

Schließlich ist zu berücksichtigen, daß auch Eigenarten der Reizvorlagen das Blickverhalten beeinflussen. Werden z. B. die zu erkennenden Objekte in einem bestimmten Format angeordnet – z. B. in Zeilen und Spalten –, so werden wahrscheinlich diese Formateigenschaften extrafoveal überblicksartig erkannt und zur Zieldefinition für neue Fixationsorte mitverwandt. Die Effekte eines Einflusses des Datenformates neben Einflüssen von kognitiven Schemata auf das Blickverhalten konnten von Lüer, Lass, Schroiff und Ulrich (1986) bei einem längerdauernden Problemlöseprozeß in der Phase der *Informationsaufnahme* demonstriert werden. Solche Strategien sind vermutlich prozedural abgespeichert und werden aufgerufen, sobald eine zugehörige Formaterkennung geschehen ist.

Die vorangegangenen Überlegungen haben gezeigt, daß menschliches Blickverhalten von vorhandenem Wissen offensichtlich stark beeinflußt wird. Dieses Wissen enthält sowohl deklarative Anteile (z. B. Schemata über Sachverhalte) als auch prozedurale Komponenten (z. B. in den Steuerungsprogrammen vorhanden). Weiterhin ist es am *Aufbau neuen Wissens* mit Sicherheit über Erkennensprozesse stark beteiligt. Dieses Ergebnis läßt es sinnvoll erscheinen, Augenbewegungsanalysen in die Untersuchung von Wissensentstehungen und Wissensnutzungen mit einzubeziehen. Lückenlose Protokolle und hohe Auflösungsgrade auf der Datenebene ermöglichen Prüfungen, die zu elaborierten Konzepten der Wissenspsychologie führen können. Bei solchen Vorhaben ist jedoch darauf zu achten, daß die angestrebten Messungen über das Blickverhalten durch geeignetes experimentelles Vorgehen möglichst eng auf die zu untersuchenden kognitiven Prozesse zu beziehen sind und damit scharfe Modellprüfungen zulassen (vgl. Lüer, Hübner & Lass, 1985; Huber, Lüer & Lass, 1987). Gelingt es nicht, diesen Bezug begründet herzustellen, sollte man auf andere Datenquellen ausweichen.

Literatur

Baumgartner, G., Bornschein, H., Hanitzsch, R., Jung, R., Kornhuber, H. H., Rentschler, I., Schober, H., & Thoden, U. (1978). *Sehen. Sinnesphysiologie III.* In O. H. Gauer, K. Kramer & R. Jung (Hg.), *Physiologie des Menschen 13*. München, Wien, Baltimore: Urban & Schwarzenberg.

Creutzfeldt, O. (1982). Informationsübertragung und -verarbeitung im Nervensystem. In W. Hoppe, W. Lohmann, H. Markel & H. Ziegler (Hg.), *Biophysik* (S. 765–791). Heidelberg: Springer.

Ditchburn, R. W. (1973). *Eye movements and visual perception*. Oxford: Clarendon Press.

Gale, A. G., & Findlay, J. M. (1983). Eye movement patterns in viewing ambiguous figures. In R. Groner et al. (Eds.), *Eye movements and psychological functions: International views* (pp. 145–168). Hillsdale, London: Erlbaum.

Gale, A. G., & Johnson, F. (Eds.) (1984). *Theoretical and applied aspects of eye movement research*. Amsterdam: North Holland.

Groner, R., McConkie, G. W., & Menz, C. (Eds.) (1985). *Eye movements and human information processing*. Amsterdam: North Holland.

Groner, R., Menz, C., Fisher, D. F., & Monty, R. A. (Eds.) (1985). *Eye movements and psychological functions: International views*. Hillsdale, London: Erlbaum.

Heller, D. (1983). Problem of on-line processing of EOG-data in reading. In R. Groner et al. (Eds.), *Eye movements and psychological functions: International views* (pp. 43–52). Hillsdale, London: Erlbaum.

Hochberg, J. (1968). In the mind's eye. In R. N. Haber (Ed.), *Contemporary theory and research in visual perception* (pp. 309–331). New York: Holt, Rinehart & Winston.

Huber, W., Lüer, G., & Lass, U. (1988). Eye movement behavior in aphasia. In C. W. Johnston & F. J. Pirozzolo (Eds.), *Neuropsychology of eye movements*. Hillsdale, N. J.: Erlbaum (in press).

Ikeda M., & Takeuchi, T. (1975). Influence of foveal load on the functional visual field. *Perception and Psychophysics, 18*, 255–260.

Just, M. A., & Carpenter, P. A. (1976). Eye fixations and cognitive processes. *Cognitive Psychology, 8*, 441–480.

Just, M. A., & Carpenter, P. A. (1985). Cognitive coordinate systems: Accounts of mental rotation and individual differences in spatial ability. *Psychological Review, 92*, 137–172.

Krause, W., Fassl, J., & Wysotzki, F. (1983). Three-dimensional orderings, text representation, and eye fixation. In R. Groner et al. (Eds.), *Eye movements and psychological functions: International views* (pp. 275–286). Hillsdale, London: Erlbaum.

Lambert, R. H. (1976). Recent developments in high-speed date processing and unobtrusive monitoring of the eyes. In R. A. Monty & J. W. Senders (Eds.), *Eye movements and psychological processes* (pp. 167–172). Hillsdale: Erlbaum.

Lindsay, P. H., & Norman, D. A. (1981). Einführung in die Psychologie. Heidelberg: Springer.

Lüer, G., Hübner, R., & Lass, U. (1985). Sequences of eye-movements in a problem solving situation. In R. Groner, G. McConkie & C. Menz (Eds.), *Eye movements and human information processing*. Amsterdam: North Holland.

Lüer, G., Lass, U., Schroiff, H. W., & Ulrich, M. (1986). Changes in eye-movement behavior in a problem-solving situation. In F. Klix et al. (Eds.), *Human memory and cognitive capabilities* (pp. 941–950). Amsterdam: North Holland.

Mackworth, N. H. (1976). Stimulus density limits the useful field of views. In R. A. Monty & J. W. Senders (Eds.), *Eye movements and psychological processes* (pp. 307–321). Hillsdale: Erlbaum.

Monty, R. A., & Senders, J. W. (Eds.) (1976). *Eye movements and psychological processes*. Hillsdale: Erlbaum.

Norman, D. A., & Rumelhart, D. E. (1975). *Explorations in cognition*. San Francisco: Freeman.

O'Regan, J. K., & Lévy-Schoen, A. (Eds.) (1987). *Eye movements: From physiology to cognition*. Amsterdam: North Holland.

Putz-Osterloh, W., & Lüer, G. (1979). Wann produzieren Probanden räumliche Vorstellungen beim Lösen von Raumvorstellungsaufgaben? *Zeitschrift für Experimentelle und Angewandte Psychologie, 26*, 138–156.

Williams, L. J. (1982). Cognitive load and the functional field of view. *Human Factors, 24(6)*, 683–692.

Wittling, W. (1976). *Einführung in die Psychologie der Wahrnehmung*. Hamburg: Hoffmann & Campe.

Yarbus, A. L. (1967). *Eye movements and vision*. New York: Plenum Press.

Young, L. R., & Sheena, D. (1975). Survey of eye movement recording methods. *Behavioral Research Methods and Instrumentation, 7*, 397–429.

Zusne, L., & Michels, K. M. (1964). Nonrepresentational shapes and eye movements. *Perception and Motor Skills, 18*, 11–20.

17 Qualitative Wissensdiagnose – Methodologische Grundlagen

Sigmar-Olaf Tergan

Gegenstandsbereich und Zielsetzungen qualitativer Wissensdiagnose

Was weiß ein Proband über das physikalische Prinzip der Bewegungsüberlagerung? Hat er die Bedeutung eines Begriffs, einer Aussage, eines Textes verstanden? Welche Fehler macht er bei der Bewältigung bestimmter Textaufgaben? Auf welches Wissen über mathematische Begriffe und Operationen sind diese Fehler zurückzuführen? Verfügt der Proband über eine adäquate Wissensstruktur zur Bewältigung einer bestimmten kognitiven Anforderungssituation? Wie verändert sich diese Struktur im Verlauf von Wissenserwerbsprozessen? Welcher Unterschied besteht zwischen der individuellen Wissensstruktur des Probanden und der eines Experten?

Fragen dieser Art sind typische Fragen qualitativer Wissensdiagnose. Ziel der qualitativen Wissensdiagnose ist die Beschreibung und Bewertung qualitativer Aspekte individuellen Wissens über einen bestimmten Gegenstandsbereich. Gegenstand des diagnostischen Interesses sind sowohl Einzelaspekte individuellen Wissens als auch strukturelle Aspekte der individuellen Wissensorganisation. Die diagnostische Aussage gilt zum einen ,,Wissenslücken“ in einem bestimmten Wissensbereich sowie Fehlvorstellungen (sog. *misconceptions*) über die Bedeutung von Begriffen. Von Interesse sind ferner die Art der kognitiven Prozesse bei der Bewältigung spezifischer kognitiver Anforderungssituationen, insbesondere die Art der ,,Denkfehler“, die einer fehlerhaften Aufgabenlösung zugrunde liegen (Brown & Burton, 1978; Burton, 1982; vgl. auch Kötter, Struchholz, Niegemann & Auffenfeld, 1986).

Ein spezielles Interesse einer an modernen Wissenstheorien orientierten Wissensdiagnose gilt zum einen der Rückführung beobachtbaren Verhaltens und erzielter Verhaltensergebnisse auf Merkmale der individuellen gedächtnismäßigen Wissensrepräsentation, zum anderen der Beschreibung von Prozessen des Wissenserwerbs, des Aufbaus von Wissensrepräsentationen sowie der Veränderung individueller Wissenrepräsentationen im Verlauf kognitiver Informationsverarbeitung. Die Zielsetzungen der Wissensdiagnose sind dabei je nach Art der diagnostischen Fragestellung unterschiedlich.

Im Kontext von Untersuchungen zur gedächtnismäßigen Repräsentation individuellen Wissens kann das Ziel der Diagnose z. B. darin bestehen, einzelne Probanden unter dem Aspekt der gedächtnismäßigen Organisation ihres Wissens über einen Gegenstandsbereich zu beschreiben, um sie anschließend entsprechend bestimmten Repräsentationsmerkmalen verschiedenen Treatment-Gruppen zuzuweisen. In eher explorativen Untersuchungsansätzen kann die diagnostische Zielsetzung darin bestehen, die Art der Wissensrepräsentation von Probanden mit unterschiedlichem kognitivem Entwicklungsstand bzw. unterschiedlichem Ausmaß an Expertise zu beschreiben und miteinander zu vergleichen (vgl. Chi, Feltovich & Glaser, 1981; Riley, Greeno & Heller, 1983). Das diagnostische Interesse kann ferner darauf gerichtet sein, die gedächtnismäßige Repräsentation des Wissens eines Probanden über einen Gegenstandsbereich zu erfassen und mit einer hypothetisch angenommenen Wissensrepräsentation zu vergleichen. Dieser Fall ist beispielsweise dann gegeben, wenn im Rahmen einer empirischen Untersuchung Treatment-Effekte im Hinblick auf Veränderungen der individuellen Wissensrepräsentation betrachtet werden. Das hypothetische Modell der individuellen Wissensrepräsentation entspricht hier einer Hypothese, deren Gültigkeit empirisch untersucht wird.

Im Kontext von Untersuchungen zum Wissenserwerb und zum Problemlösen steht die qualitative Beschreibung von Prozessen des Aufbaus und der Veränderung von Wissensrepräsentationen, der Wissensanwendung sowie des Einflusses bestehender Repräsentationen auf Prozeß und Ergebnisse kognitiver Informationsverarbeitung im Vordergrund des Interesses.

Untersucht werden z. B. Fragen des Wissenserwerbs auf der Grundlage wissensgeleiteter Hypothesenbildungsprozesse (Spada & Reimann, 1986), Fragen der Wissensanwendung beim Problemlösen (vgl. Dörner; Putz-Osterloh, in diesem Band) sowie Prozesse der kognitiven Umstrukturierung bestehenden Wissens (u. a. Häußler, Mielke-Ehrens & Rost, 1982; Mandl & Ballstaedt 1986; Ballstaedt & Mandl, 1987).

Im lehr-/lernpsychologischen Kontext ergeben sich andere diagnostische Zielsetzungen. Das Ziel wissensdiagnostischer Tätigkeit kann hier beispielsweise darin bestehen, ergänzend zu einer Beschreibung und Bewertung individueller Leistungsdaten als Ergebnis schulischer Unterweisung, die Struktur der individuellen Wissensrepräsentation eines Schülers zu erfassen und mit einer Zielstruktur zu vergleichen, um Hinweise über Wissensdefizite zu erhalten und den Erfolg instruktionaler Maßnahmen überprüfen zu können. Das Prinzip des Vergleichs der Wissensrepräsentation eines bestimmten Lerners mit einer Zielstruktur liegt z. B. einer Reihe der derzeit bestehenden Intelligenten Tutoriellen Systeme zugrunde (vgl. Mandl & Hron, 1986). Derartige Systeme generieren auf der Grundlage des Lernerverhaltens ein fortlaufend aktualisiertes Modell des jeweiligen individuellen Lern- und Wissensstandes (Lernermodell). Das Lernermodell (die aktuelle Wissensrepräsentation des Lerners) wird mit einem systeminternen Kriteriumsmodell, z. B. dem Modell der Wissensrepräsentation eines Experten (Expertenmodell), verglichen. Je nach Art der Unterschiede zwischen Lernermodell und Kriteriumsmodell werden anschließend von einer tutoriellen Komponente „Entscheidungen" über die dem individuellen Lernstand angemessene Art der Instruktion getroffen und dem Lernenden geeignete Möglichkeiten zum Weiterlernen vorgeschlagen.

Ein gemeinsames Merkmal aller hier genannten wissensdiagnostischen Ansätze ist das Interesse an einer Beschreibung der wissensmäßigen Grundlagen beobachteten Verhaltens bei der Bewältigung konkreter kognitiver Anforderungssituationen. Wissen wird dabei akzentuierend entweder im Sinne eines dem Denken zugrundeliegenden verfügbaren individuellen Wissensbestandes oder als ein sich aufbauendes und sich veränderndes Wissen verstanden. Hypothesen und diagnostische Aussagen über das individuelle Wissen beziehen sich dabei auf eine qualitative Beschreibung vor allem struktureller Aspekte seiner gedächtnismäßigen Repräsentation. Für eine qualitative Wissensdiagnostik sind daher Theorien bedeutsam, die Aussagen über qualitativ-strukturelle Aspekte individueller Wissensrepräsentationen sowie Aussagen über Wissenserwerbs- und Veränderungsprozesse treffen sowie im Rahmen dieser Theorien entwickelte bzw. an diesen Theorien orientierte Modelle der Wissensrepräsentation, die eine theorieadäquate Beschreibung individuellen Wissens und seiner Veränderung erlauben (Tergan, 1986).

Im folgenden Abschnitt wird auf einige zentrale theoretische Grundlagen näher eingegangen.

Theoretische Grundlagen qualitativer Wissensdiagnose

Die kognitions- und wissenspsychologische Forschung hat sich in den vergangenen Jahren vor allem mit Fragen der gedächtnismäßigen Repräsentation von Wissen befaßt. Fragen des Wissenserwerbs, der Veränderung und auch der Wissensanwendung geraten erst in jüngster Zeit in den Mittelpunkt des Interesses (vgl. hierzu Spada & Mandl, in diesem Band).

Gedächtnismäßig repräsentiertes Wissen wird in bestehenden Wissenstheorien als organisiertes Wissen aufgefaßt: Wissen hat Struktur. Es wird davon ausgegangen, daß nicht nur das Vorhandensein von Wissen, sondern auch die Art der Wissensorganisation zentrale Voraussetzungen kognitiver Informationsverarbeitung darstellen. Wissen über Strukturen individuellen (Vor-)Wissens wird immer dann zu einer notwendigen Bedingung, wenn theoretische, empirisch-forschungsbezogene oder praktisch-pädagogische Fragestellungen zum Wissenserwerb und zur gedächtnismäßigen Repräsentation von Wissen beantwortet werden sollen.

Die bestehenden Repräsentationsmodelle unterscheiden sich hinsichtlich ihres Allgemeinheitsgrades, ihrer theoretischen Orientierung sowie hinsichtlich der Art des zugrundeliegenden Repräsentationsansatzes. Globale theoretische Modelle der Wissensrepräsentation haben häufig den Charakter konzeptueller Rahmenmodelle kognitiver Informationsverarbeitung (Tack, 1987). Sie dienen der Erklärung und Modellierung ,,wissensbasierter" kognitiver Leistungen (u. a. Norman &

Rumelhart, 1975; Anderson, 1983; vgl. Klix; Opwis; Steiner; Wender, in diesem Band). Spezifische kognitive Modelle der Wissensrepräsentation sind situationsbezogener. Sie dienen der Beschreibung und Modellierung eines bestimmten Wissens, das für die Bewältigung bestimmter Aufgaben benötigt wird. Globale Modelle erheben nicht unmittelbar den Anspruch, ein brauchbares System zur Abbildung von Wissen bereitzustellen. Bei spezifischen Modellen der Wissensrepräsentation spielt dieser Aspekt hingegen eine bedeutsame Rolle. Globalen Modellen der Wissensrepräsentation liegt häufig eine kognitive Theorie der Wissensrepräsentation zugrunde bzw. sie repräsentieren diese. Spezifische Modelle orientieren sich zwar an theoretischen Annahmen über die Wissensrepräsentation. Der Akzent liegt jedoch in der Regel auf der (formalen) Abbildbarkeit bestimmter Aspekte bereichsspezifischen Wissens. Erst dann, wenn den Modellen spezifische theoretische Annahmen über eine wissensbasierte Informationsverarbeitung unterlegt werden, ergeben sich auf der Grundlage dieser Modelle Möglichkeiten für eine Beschreibung und Erklärung kognitiver Leistungen bei der Bewältigung spezifischer kognitiver Anforderungssituationen.

Zur Abbildung von Wissen werden derzeit im Rahmen globaler und spezifischer Modelle eine Reihe unterschiedlicher Repräsentationssysteme verwendet, die sich in aller Regel am Paradigma der symbolischen Logik orientieren. Neuere Ansätze der Wissensrepräsentation im Rahmen sog. konnektionistischer (Parallelverarbeitungs-)Modelle, die auf einer Ereignislogik gründen und Wissen als aktives Muster elementarer Informationsverarbeitungseinheiten *(units)* beschreiben, haben in die wissenspsychologische Literatur noch kaum Eingang gefunden (vgl. McClelland & Rumelhart, 1985; Palm, in diesem Band). Die bestehenden („traditionellen") Modelle der Wissensrepräsentation unterscheiden sich u. a. darin, ob Wissen unter eher statischen oder dynamischen Aspekten betrachtet wird und welche Repräsentationsformen zur Abbildung von Wissen herangezogen werden. Propositionale Netzwerkansätze werden vorwiegend zur Abbildung sog. deklarativen Wissens (Wissen über Fakten, Begriffe, Sachverhalte und Ereignisse) verwendet. Eine Abbildung mittels Produktionen in Form von Produktionssystemen wird dann bevorzugt, wenn prozedurales Wissen im Vordergrund des Interesses steht. Im Zusammenhang mit dem Begriff „prozedurales Wissen" wird häufig zwischen bereichsspezifischem (algorithmisches Wissen) und bereichsunspezifischem prozeduralem Wissen (heuristisch-strategisches Wissen) unterschieden (vgl. Putz-Osterloh, in diesem Band). Analoge Formen der Wissensrepräsentation wie z. B. mentale Modelle werden verwendet, um eine dynamisch-holistische Abbildung relevanter struktureller und funktionaler Aspekte eines bestimmten Bezugssystems (z. B. eines Klingelsystems, eines elektrischen Stromkreises) zu ermöglichen und dem erfahrungsmäßigen und „imaginativen" Gehalt der repräsentierten Information gerecht zu werden (vgl. de Kleer & Brown, 1983; Steiner, in diesem Band).

Die den Modellen der Wissensrepräsentation zugrundeliegenden Repräsentationssysteme (z. B. propositionale Netzwerksysteme) sind dabei als Hülsen für die Abbildung von Wissen zu verstehen, die Syntax und spezielle semantische Aspekte der Abbildung bestimmen. Ein Anspruch auf theoretische Fundierung eines bestimmten formalen Abbildungssystems ist jeweils erst dann gegeben, wenn das Modell auf kognitions-/wissenstheoretischen Erkenntnissen gründet, vor deren Hintergrund kognitive Leistungen erklärbar werden und aus denen wissenspsychologisch relevante Hypothesen ableitbar sind, die empirisch überprüft werden können. Kognitionspsychologische Gültigkeit kommt einem Repräsentationssystem dann zu, wenn dieses in der Lage ist, relevante Aspekte der gedächtnismäßigen Repräsentation individuellen Wissens über einen bestimmten Gegenstandsbereich abzubilden. Hinweise auf die Gültigkeit des kognitiven Modells der Wissensrepräsentation sowie auf die Eignung des verwendeten Repräsentationssystems lassen sich z. B. im Rahmen empirischer Untersuchungen, gegebenenfalls unter Einbeziehung der Ergebnisse von Computersimulationen gewinnen (vgl. z. B. Mandl, Friedrich & Hron, in diesem Band).

Unter theoretischen und methodologischen Aspekten ist in diesem Zusammenhang die unterschiedliche Verwendung des Begriffs ,,Wissenrepräsentation" von Bedeutung. Im Kontext von Problemen der künstlichen Intelligenz wird der Begriff für Fragen der Modellierung von Wissen verwendet. Im Vordergrund steht der Aspekt der Abbildbarkeit von Wissen in einer sog. Wissensbasis und deren Implementierung auf dem Computer (s. Tack, 1987). In der wissenspsychologischen Theoriebildung und der empirischen Forschung wird unter dem Begriff ,,Wissensrepräsentation" die Abbildung von bestimmten Aspekten der realen und vorgestellten Welt im menschlichen Gedächtnis verstanden (vgl. hierzu Rumelhart & Norman, 1983; Norman, 1983). Im Fokus des Interesses steht dabei die Struktur jenes Wissens, die im Verlauf der Bewältigung einer bestimmten kognitiven Anforderungssituation gedächtnismäßig aktiv ist.

Wissenserwerbstheorien, Verstehenstheorien und Problemlösetheorien beschreiben, wie Wissen erworben wird, welche qualitativ-strukturellen Aspekte der individuellen gedächtnismäßigen Wissensrepräsentation für bestimmte kognitive Leistungen bedeutsam sind und welche Veränderungen der individuellen Wissensrepräsentation sich im Verlauf kognitiver Verarbeitungsprozesse ergeben. Die theoretischen Ansätze versuchen dabei jene kognitiven Prozesse zu beschreiben, die dem beobachtbaren Verhalten eines Individuums bei der Bewältigung konkreter Anforderungssituationen (z. B. das Verstehen eines Textes, das Lösen einer physikalischen Problemstellung) zugrunde liegen. Eine allgemeine theoretische Annahme besteht darin, daß ein Proband im Verlauf der Aufgabenbewältigung versucht, relevante Informationen aus der jeweiligen Anforderungssituation sowie individuell verfügbare Strukturen bereichsspezifischen Wissens (Faktenwissen, Begriffswissen, Sachverhaltswissen sowie Wissen, das kognitiven Fertigkeiten zugrunde liegt) konstruktiv aufeinander zu beziehen und in einer der Anforderungssituation adäquaten Weise gedächtnismäßig zu repräsentieren (vgl. Rumelhart & Norman, 1983; in diesem Band: Mandl, Friedrich & Hron; Putz-Osterloh; Schnotz. Dabei wird angenommen, daß in der so generierten aktuellen, anforderungsspezifischen Wissensrepräsentation Strukturen individuellen bereichsspezifischen Wissens zum Ausdruck kommen.

Eine wesentliche Rolle für die Art und Angemessenheit der aktuellen individuellen Wissensrepräsentation spielen dabei der kognitive Entwicklungsstand, der Grad der Expertise (Novize, Experte), die wahrgenommene Anforderungssituation, Zielsetzungen der Informationsverarbeitung sowie vorangegangene spezifische Lernerfahrungen (Chi, Feltovich & Glaser, 1981; Resnick & Ford, 1982; Chi, Glaser & Rees, 1982).

Die bestehenden wissensdiagnostischen Ansätze lassen sich je nach theoretischer Orientierung akzentuierend zwei Grundsätzen zuordnen, die im Kontext wissenspsychologischer Forschung eng aufeinander bezogen sind.

Diagnostische Ansätze, die sich an kognitiven Modellen der Wissensrepräsentation orientieren, betreffen die Erfassung des aktuellen individuellen „Wissensstandes" bezogen auf einen bestimmten Gegenstandsbereich. Wissensdiagnose im hier verstandenen Sinne ist primär Statusdiagnose: Diagnostiziert wird der individuelle Wissensstand zu einem bestimmten Zeitpunkt bzw. zu mehreren Zeitpunkten. „Statusdiagnostische" Ansätze haben häufig den Charakter von „Testverfahren". Beispiele für statusdiagnostische Ansätze qualitativer Wissensdiagnose, in denen ein theoretischer Bezug zu bestehenden Modellen der Wissensrepräsentation erkennbar wird, sind Ansätze wie die von Scheele & Groeben (1984), Mandl & Ballstaedt (1986), Ballstaedt & Mandl (1987), Maichle (1985). Diagnostische Ansätze, die sich an Theorien des Erwerbs und der Veränderung von Wissen orientieren, versuchen, individuelles Wissen im Kontext kognitiver Informationsverarbeitungsprozesse unter dynamischen Aspekten des Erwerbs und der Umstrukturierung bestehender Wissensstrukturen zu beschreiben. Prozeßdiagnostische Ansätze sind häufig integrativer Bestandteil empirischer psychologischer Untersuchungen zum Wissenserwerb sowie zum Problemlösen mit dem Ziel der explorativen Erkundung von Prozessen der Wissensveränderung und darauf bezogener kognitiver Strategien. Ein Beispiel für einen empirischen prozeßdiagnostischen Ansatz wird bei Spada, Reimann & Häußler (1983) beschrieben.

Die Unterscheidung in status- und prozeßdiagnostische Ansätze ist letztlich eine pragmatische Unterscheidung. So lassen sich z. B. bei einem Vergleich zweier oder mehrerer, zu verschiedenen Zeitpunkten erfaßten Wissensstati immer dann auch Aussagen über Prozesse des Wissenserwerbs treffen, wenn die beobachteten Veränderungen in der individuellen Wissensrepräsentation vor dem Hintergrund entsprechender prozeßtheoretischer Annahmen erklärbar sind. Andererseits sind auch bei prozeßdiagnostischen Ansätzen Aussagen über die individuelle Wissensrepräsentation möglich, sofern theoretische Annahmen darüber bestehen, auf welche wissensmäßigen Grundlagen das Verhalten eines Probanden bei der Bewältigung der gegebenen kognitiven Anforderungssituation zurückzuführen sind.

Die Mehrzahl der an bestehenden Wissenstheorien orientierten diagnostischen Ansätze wurde in Anlehnung an kognitive Modelle der Wissensrepräsentation entwickelt (vgl. Tergan, 1986). Die verwendeten Modelle sind in der Regel nur für die Abbildung spezifischer Aspekte individuellen Wissens geeignet, die bei der Bewältigung einer bestimmten Klasse kognitiver Anforderungssituationen bedeutsam werden (z. B. beim Verstehen von Texten, beim Lösen von Subtraktionsaufgaben). Für den Diagnostiker bieten diese Ansätze zwar einen groben Orientierungsrahmen, eine Methodologie theorieorientierter qualitativer Wissensdiagnose als Grundlage für die Entwicklung und Anwendung wissensdiagnostischer Verfahren ist bisher jedoch erst ansatzweise erkennbar. Ziel des vorliegenden Beitrags ist es, zentrale Aspekte der Entwicklung einer derartigen Methodologie zu erhellen. Vorgestellt werden Grundprinzipien eines an theoretischen Modellen der Wissenrepräsentation orientierten diagnostischen Ansatzes (Repräsentationsansatz qualitativer Wissensdiagnose). Im Vordergrund stehen Fragen der Statusdiagnose qualitativ-struktureller Aspekte der individuellen gedächtnismäßigen Repräsentation von Wissen auf der Grundlage einzelner („testähnlicher") diagnostischer Methoden.

Auf prozeßdiagnostische Ansätze im Kontext von Fragestellungen zum Wissenserwerb und zum Problemlösen wird im Rahmen dieses Beitrags nicht näher eingegangen. Die in diesem Bereich bestehenden diagnostischen Ansätze haben in der Regel empirisch-explorativen Charakter. Eine Übertragbarkeit der im folgenden dargestellten Prinzipien einer am Repräsentationsansatz orientierten Wissensdiagnose erscheint jedoch grundsätzlich auch für die Entwicklung prozeßdiagnostischer Ansätze möglich. Voraussetzung hierfür sind allerdings Modelle, die einen theoretischen Rahmen für die Abbildung und Interpretation von Wissenserwerbs-, Wissensveränderungs- und Problemlösungsprozessen bereitstellen. Die Entwicklung entsprechender theoretischer Modelle und empirischer Ansätze ist derzeit ein zentraler Gegenstand wissenspsychologisch orientierter Forschung (vgl. Spada & Reimann, 1986; Mandl & Hron, 1986; Mandl & Möbus, 1986; Mandl, Friedrich & Hron, in diesem Band).

Methodologische Aspekte des diagnostischen Vorgehens

Das Prinzip des diagnostischen Vorgehens im Rahmen eines Repräsentationsansatzes qualitativer Wissensdiagnose besteht darin, von individuellen Verhaltensdaten, unter Einbeziehung kognitions- und wissenstheoretischer Annahmen über das Zustandekommen bestimmter kognitiver Leistungen, auf Strukturen der individuellen Wissensrepräsentation zurückzuschließen und diese Strukturen in Begriffen eines theoretischen Modells der individuellen Wissensrepräsentation zu beschreiben und zu bewerten. Das methodische Vorgehen gründet dabei auf drei zentralen Annahmen:

(1) In den Verhaltensdaten eines Individuums (z. B. Antworten auf Wissensfragen, Lösungen einzelner physikalischer Problemstellungen) „spiegeln" sich relevante Aspekte der individuellen gedächtnismäßigen Repräsentation bereichsspezifischen Wissens wider.

(2) Individuelle Verhaltensdaten lassen sich vor dem Hintergrund eines theoretischen Modells der Wissensrepräsentation sowie theoretischer Annahmen über

den Einfluß qualitativ-struktureller Merkmale individuellen Wissens auf Prozeß und Ergebnis der Informationsverarbeitung als Ausdruck spezifischer Merkmale der individuellen Wissensrepräsentation interpretieren und in Begriffen eines entsprechenden Repräsentationssystems (z. B. im Sinne einer propositionalen Repräsentation in Netzwerkform) abbilden.

(3) Unter der Annahme der psychologischen Gültigkeit des theoretischen Modells der Wissensrepräsentation und des darauf bezogenen Repräsentationssystems kann die erhaltene Abbildung als Abbildung relevanter Aspekte der individuellen gedächtnismäßigen Wissensrepräsentation verstanden werden.

Die Frage der Eignung des verwendeten Repräsentationssystems zur Abbildung individuellen Wissens erweist sich für eine an Modellen der Wissensrepräsentation orientierten Wissensdiagnose von zentraler Bedeutung (vgl. hierzu die Darstellungen zur Bedeutung des Begriffs ,,Wissensrepräsentation").

Entsprechend den bestehenden Repräsentationssystemen kann Wissen unter verschiedener Perspektive betrachtet werden:

Je nachdem, ob individuelles Wissen z. B. unter eher deklarativer bzw. eher prozeduraler Perspektive beschrieben werden soll oder welches Repräsentationsformat aus psychologischer Sicht als angemessen erscheint, können für die Wissensrepräsentation unterschiedliche Repräsentationssysteme (z. B. propositionale Netzwerke, Produktionssysteme, Systeme mit analoger Wissensrepräsentation) geeignet sein. Für den Diagnostiker stellt sich damit die Frage nach der Angemessenheit eines Repräsentationssystems. Im Falle eines beabsichtigten Vergleichs der individuellen Wissensrepräsentation mit einer hypothetisch angenommenen Repräsentation als Ergebnis von Treatment-Effekten oder mit einer ,,idealen" Wissensrepräsentation, z. B. der eines Experten oder der eines erfolgreichen Problemlösers, oder mit einer Zielstruktur als Ergebnis schulischer Unterweisung ist eine Klärung der Frage der Angemessenheit eines Repräsentationssystems unter dem Aspekt des Repräsentationsformats sowie unter Gesichtspunkten der Abbildbarkeit von Wissen mit einem bestimmten Abbildungsformalismus (z. B. Propositionen, Produktionen) allein nicht mehr ausreichend. Bei qualitativen Strukturvergleichen kommt es zusätzlich darauf an, eine Vergleichsstruktur im Sinne eines theoretischen (hypothetischen) Modells der individuellen Repräsentation des in Frage stehenden bereichsspezifischen Wissens in Begriffen des gewählten Repräsentationssystems inhaltlich zu präzisieren.

Eine der ersten grundlegenden Fragen innerhalb des diagnostischen Prozesses lautet dementsprechend: Welches Repräsentationssystem erscheint aus psychologischer Sicht für eine Abbildung individuellen Wissens am geeignetsten und wie müßte das hypothetische Modell der individuellen Wissensrepräsentation (die erwartete Struktur, die Wissensstruktur des hypothetischen Experten, die angestrebte Zielstruktur) aussehen?

Die Beantwortung der Frage macht eine a-priori-Analyse der kognitiven Anforderungssituation (kognitive Aufgabenanalyse) mit dem Ziel der formalen und inhaltlichen Präzisierung eines adäquaten Beschreibungssystems und Bewertungsmaßstabs erforderlich. Der Bewertungsmaßstab betrifft dabei im Unterschied zur

Mehrzahl der traditionellen testtheoretisch orientierten diagnostischen Ansätze keine quantitativ definierte soziale oder sachliche Bezugsnorm auf der Ebene beobachtbaren Verhaltens, sondern eine unter qualitativ-strukturellen Aspekten präzisierte Bezugsnorm bezogen auf die mentale Repräsentation bereichsspezifischen Wissens.

Eine weitere Frage gilt der Auswahl und dem Einsatz wissensdiagnostischer Verfahren. Es ist zu fragen: Welche Methode eignet sich zur Erfassung relevanter Aspekte der für die gegebene Anforderungssituation als bedeutsam angenommenen individuellen Wissensrepräsentation? Die Frage bezieht sich auf die Sensibilität der verfügbaren Methoden zur Erhebung relevanter diagnostischer Daten und deren Bezug zu theoretischen Annahmen, die dem jeweiligen hypothetischen Modell der individuellen Wissensrepräsentation zugrunde liegen.

Zu fragen ist weiterhin: Wie kann aufgrund der erhobenen diagnostischen Daten auf die individuelle Wissensrepräsentation geschlossen werden? Bei dieser Frage handelt es sich um das Problem der Rekonstruktion der individuellen Wissensrepräsentation im Sinne einer kognitiv begründeten Interpretation der Verhaltensdaten und einer Abbildung der diagnostischen Daten vor dem Hintergrund des entwickelten hypothetischen Modells der individuellen Wissensrepräsentation.

Es geht ferner um die Beantwortung der Frage: Worin unterscheidet sich die aktuelle Wissensrepräsentation eines bestimmten Probanden gegenüber der im theoretischen Modell präzisierten hypothetischen Wissensrepräsentation und wie sind vorhandene Unterschiede zwischen individueller und hypothetischer Wissensrepräsentation zu bewerten? Als Voraussetzung für die Beantwortung dieser Frage sind die Kriterien zu präzisieren, die für den Vergleich von individueller und hypothetischer Wissensrepräsentation als bedeutsam erachtet werden.

Im Rahmen der Beantwortung der genannten Fragen lassen sich folgende miteinander eng verzahnte Diagnoseschritte unterscheiden:

(1) Kognitive Aufgabenanalyse
(2) Auswahl und Einsatz eines Diagnoseverfahrens
(3) Rekonstruktion der individuellen Wissensrepräsentation
(4) Beschreibung/Bewertung der individuellen Wissensrepräsentation

Kognitive Aufgabenanalyse

In einem ersten Schritt der Wissensdiagnose kommt es für den Diagnostiker darauf an, die kognitive Anforderungssituation zu analysieren, die sich für einen Probanden mit bestimmten Wissensvoraussetzungen bei der Bewältigung einer bestimmten Aufgabenstellung ergibt. Diese Analyse ist zentrale Voraussetzung und Kernstück qualitativer Wissensdiagnose. Nach Greeno (1976, 1980) sowie Resnick und Ford (1981) sind Überlegungen bezüglich der Anforderungssituation, die eine gegebene Aufgabenstellung für einen hypothetischen Probanden darstellt, konstitutiver Bestandteil einer sog. kognitiven Aufgabenanalyse. Ziel der kognitiven Aufgabenanalyse ist die Beschreibung und Präzisierung eines hypothetischen Modells der individuellen Wissensrepräsentation über die für die Aufgabenbewältigung als bedeutsam anzusehenden Wissenskomponenten als Grundlage für die spätere Abbildung, Beschreibung und Bewertung qualitativ-struktureller Aspekte individuellen Wissens.

Die Modellbildung orientiert sich dabei an der jeweiligen allgemeinen diagnostischen Zielsetzung. Besteht die Zielsetzung beispielsweise darin, die individuelle Wissensrepräsentation eines Probanden mit der eines Experten zu vergleichen, so ist in Anlehnung an geeignete theoretische Modelle der Wissensrepräsentation ein (spezifisches) hypothetisches Modell über die (vermutete) Wissensrepräsentation eines Experten zu entwickeln. Dieses Vorgehen liegt der Mehrzahl der bestehenden Intelligenten Tutoriellen Systeme zugrunde (vgl. Mandl & Hron, 1986). Der Vergleich der individuellen Wissensrepräsentation mit der eines Experten erscheint allerdings als problematisch, wenn z. B. davon auszugehen ist, daß der Proband (z. B. ein Novize) die jeweilige diagnostisch bedeutsame Aufgabenstellung auf der Grundlage seiner Alltagsvorstellungen zu lösen versucht (vgl. Larkin, 1985; Chi, Glaser & Rees, 1982). Im Kontext von Untersuchungen zur Wissensrepräsentation, zum Wissenserwerb oder zum Problemlösen erscheint daher häufig ein Modell angemessener, das sich enger am jeweiligen Wissensstand des diagnostizierten Probanden orientiert. Das hypothetische Modell der individuellen Wissensrepräsentation wäre im Lehr-Lernkontext in diesem Sinne als Zielstruktur des Wissenserwerbsprozesses zu beschreiben, die z. B. als Erweiterung oder Umorganisation der bis dahin bestehenden Repräsentation inhaltlich näher präzisiert werden müßte.

Ausgangspunkt der kognitiven Aufgabenanalyse ist jeweils die Sachstruktur des betreffenden Gegenstandsbereichs. Bei der rationalen Analyse der kognitiven Anforderungen zur Bewältigung der in Frage stehenden Anforderungssituation sind dabei jene Bedingungen einzubeziehen, die sich z. B. aus der Sequenz der Aufgabendarbietung oder aufgrund spezifischer Merkmale der Lehr-/Lernsituation ergeben. Die Darstellung und inhaltliche Präzisierung des vermuteten individuellen Wissens in einem hypothetischen Modell der Wissensrepräsentation erfolgt dabei unter Verwendung der Notationsform eines bestimmten Repräsentationssystems, von dem aufgrund der kognitiven Analysen angenommen werden kann, daß es sich zur Abbildung relevanter Aspekte des individuellen Wissens eignet. Je nachdem, ob nur einer Wissenskomponente, z. B. Sachwissen, vorrangige Bedeutung beigemessen wird, oder ob z. B. das Zusammenwirken individuellen Sachwissens und prozeduralen Wissens verdeutlicht werden soll, gelangen dabei unterschiedliche Repräsentationssysteme sowie multiple Formen der Abbildung individuellen Wissens zur Anwendung.

Inwieweit im Einzelfall eine inhaltliche Präzisierung eines hypothetischen Modells der individuellen Wissensrepräsentation geleistet werden kann bzw. soll, ist sowohl abhängig von der diagnostischen Zielsetzung als auch vom jeweiligen wissenstheoretischen Erkenntnisstand sowie vom fachspezifischen Wissensstand und von der Kompetenz des Diagnostikers.

Im Falle eines noch unzureichenden theoretischen Erkenntnisstandes oder dann, wenn ein Vergleich mit einer bestimmten hypothetischen Struktur nicht angestrebt wird, kann sich die Entwicklung des hypothetischen Modells zunächst auch auf allgemeine Hypothesen über die Wissensrepräsentation und über die Angemessenheit eines bestimmten Repräsentationssystems zur Abbildung individuellen Wissens beschränken, die im weiteren Verlauf des diagnostischen Prozesses oder z. B. mittels empirischer Untersuchungen zu präzisieren wären.

Welche Form der Wissensrepräsentation in einem gegebenen Fall als angemessen anzusehen ist und ob z. B. von der Annahme einer multiplen Wissensrepräsentation auszugehen ist, läßt sich mittels kognitiver Aufgabenanalyse kaum endgültig entscheiden. Das entwickelte Modell ist letztlich als ein Arbeitsmodell zu bewerten, über dessen Nützlichkeit und Gültigkeit sich erst im weiteren Verlauf des diagnostischen Prozesses nähere Aussagen treffen lassen.

Im Rahmen einer theorieorientierten qualitativen Wissensdiagnose hat das als Ergebnis einer kognitiven Aufgabenanalyse entwickelte hypothetische Modell der individuellen Wissensrepräsentation eine ähnliche Funktion wie eine entsprechende soziale bzw. kriteriumsorientierte Bezugsnorm bei traditionellen diagnostischen Vorgehensweisen. Es stellt ein Bezugssystem dar, auf dessen Grundlage individuelles Wissen abgebildet und bewertet werden kann. Im Unterschied zu den in psychologischen Untersuchungen vielfach verwendeten, auf quantitativen Parametern gründenden Bezugssystemen traditioneller diagnostischer Zugangsweisen stellt ein mittels kognitiver Analysen inhaltlich präzisiertes hypothetisches Modell der individuellen Wissensrepräsentation jedoch ein wissenstheoretisch begründetes qualitatives Bezugssystem dar, auf dessen Basis – in Verbindung mit kognitionstheoretischen Annahmen über die Informationsverarbeitung (z. B. in Verbindung mit einer Theorie des Problemlösens) – auch Erklärungen über die wissensmäßigen Grundlagen beobachteten Verhaltens sowie Verhaltensprognosen möglich sind bzw. sein sollten (vgl. Maichle, 1985).

Auswahl und Anwendung eines Diagnoseverfahrens

Nach beendeter kognitiver Aufgabenanalyse erfolgen im Rahmen des weiteren diagnostischen Prozesses Überlegungen bezüglich der Auswahl, Entwicklung und Anwendung geeigneter Verfahren zur Erfassung wissensdiagnostisch relevanter Verhaltensdaten. Die Überlegungen orientieren sich dabei an den übergreifenden Zielsetzungen des diagnostischen Vorgehens sowie an jenen theoretischen Annahmen, die im Kontext der kognitiven Aufgabenanalyse bezogen auf die hypothetische individuelle Wissensrepräsentation entwickelt wurden. Sofern nur beabsichtigt ist, zu bestimmten Zeitpunkten Statusbestimmungen im Sinne von Zustandsbeschreibungen jeweils bestehender Strukturen individuellen Wissens vorzunehmen, ist es in der Regel ausreichend, Wissensrepräsentationen im Sinne von „Momentaufnahmen" bereichsspezifischen Wissens abzubilden. Um Veränderungen individueller Wissensrepräsentationen, z. B. im Verlauf von Wissenserwerbs- oder

Problemlöseprozessen, differenzierter zu erfassen, sind einzelne „Momentaufnahmen" nicht mehr ausreichend. In diesem Fall müssen ergänzend Datenerhebungstechniken einbezogen werden, die eine Erfassung „prozeßnaher" Verhaltensdaten gestatten. Die Erhebung entsprechender Verlaufsdaten ist zum Beispiel im Rahmen einer den Prozeß des Wissenserwerbs begleitenden Diagnose notwendig. Wissensdiagnose mit dem Ziel der Planung und Entwicklung von Interventionsmaßnahmen zur Förderung von Prozessen des Aufbaus adäquater Wissensrepräsentationen hätte dabei in verstärktem Maße auf Datenerhebungstechniken zurückzugreifen, die eine *on-line*-Erfassung entsprechender (prozeßbezogener) diagnostisch relevanter Informationen ermöglichen, wie dies beispielsweise im Rahmen der computergestützten Wissensdiagnose bei tutoriellen Systemen, insbesondere Intelligenten Tutoriellen Systemen der Fall ist (vgl. Mandl & Hron, 1986). Bei der Entscheidung über den Einsatz eines Datenerhebungsverfahrens ist vorab zu klären, inwieweit dieses für die Erfassung bestimmter interessierender Wissenskomponenten (deklaratives und/oder prozedurales Wissen) „sensibel" ist. Zu berücksichtigen ist ferner, ob und inwieweit das in Betracht gezogene Verfahren methodologischen Implikationen der zuvor entwickelten theoretischen Annahmen zur Wissensrepräsentation entspricht. Ein hypothetisches Modell der individuellen Wissensrepräsentation, das von der Annahme der Bedeutsamkeit prozeduralen Wissens ausgeht, verlangt in diesem Sinne eine Anwendung von Verfahren, die Aufschluß über kognitive Prozesse (z. B. mathematische Operationen) geben können. Zur Datenerhebung bieten sich neben der oben bereits genannten *on-line*-Technik beispielsweise Techniken wie „Lautes Denken", Verhaltensbeobachtungen oder Interviewtechniken an. Unter der Annahme, daß für eine erfolgreiche Bewältigung der jeweils betrachteten kognitiven Anforderungssituation vor allem Wissen über die semantische Bedeutung von Begriffen entscheidend ist, sind demgegenüber Techniken zur Erfassung individuellen Sachwissens geeigneter. Häufig verwendete Datenerhebungstechniken in bestehenden diagnostischen Ansätzen sind z. B. Sortiertechniken, Wortassoziationstechniken, Textanalysetechniken, *mapping*-Techniken, Struktur-Lege-Techniken. Sofern innerhalb des hypothetischen Modells z. B. die Interaktion von deklarativen und prozeduralen Wissenskomponenten im Vordergrund steht, ist ggf. eine kombinierte Anwendung „unterschiedlich sensibler" Verfahren sinnvoll. Die Ergebnisse wären anschließend unter Berücksichtigung theoretischer Annahmen über das Zusammenwirken von deklarativen und prozeduralen Wissenskomponenten aufeinander zu beziehen.

Die vorangegangenen Darstellungen verdeutlichen, daß die Frage, ob sich eine bestimmte Technik zur Erhebung diagnostisch relevanter Informationen eignet, nicht allein aufgrund der Art der erfaßten bzw. erfaßbaren Daten beantwortet werden kann. Eine diagnostische Methode ist mehr als die verwendete Technik zur Datenerhebung. Diese Feststellung gilt in besonderem Maße für eine an kognitiven Modellen der Wissensrepräsentation orientierte Diagnostik. Die Entscheidung des Diagnostikers bezüglich der Methodenwahl gilt im Falle einer theorieorientierten Wissensdiagnose grundsätzlich immer auch der Frage der Angemessenheit eines diagnostischen Vorgehens im Hinblick auf die zugrundeliegenden theoretischen Annahmen über die Wissensrepräsentation. Die Art der verwendeten Datenerhebungstechnik ist letztlich von untergeordneter Bedeutung. Entscheidend ist allein die Abbildbarkeit der Daten in Begriffen des zugrunde gelegten Repräsentationssystems sowie (vor allem) deren Interpretierbarkeit vor dem Hintergrund entsprechender wissenstheoretischer Annahmen des jeweiligen Repräsentationsmodells.

Rekonstruktion der individuellen Wissensrepräsentation

Der Prozeß der Rekonstruktion der individuellen Wissensrepräsentation ist ein komplexer Interpretations- und Schlußfolgerungsprozeß. Im Rahmen des Repräsentationsansatzes werden diagnostisch relevante individuelle Verhaltensdaten vor dem Hintergrund entsprechender kognitions- und wissenspsychologischer Annahmen auf der Folie eines zugrundeliegenden Repräsentationssystems interpretiert und abgebildet. Zunächst müssen Verhaltensdaten danach analysiert werden, ob sie diagnostisch bedeutsam sind. Zu fragen ist beispielsweise, aus welchen Daten diagnostisch relevante Informationen über qualitativ-strukturelle Aspekte individuellen Sachwissens, aus welchen anderen Daten Informationen über prozedurales Wissen zu gewinnen sind und in welchen Daten Bezüge zwischen deklarativem und prozeduralem Wissen deutlich werden. Die für die Abbildung der ,,identifizierten" Wissenselemente zu wählende Notationsform hat dabei der Notation des zugrunde gelegten Repräsentationssystems zu entsprechen. Für eine Rekonstruktion der individuellen Wissensrepräsentation können sowohl Ergebnisdaten (z. B. Antworten, Aufgabenlösungen) als auch Verlaufsdaten individuellen Verhaltens (Daten aus Verhaltensprotokollen, Protokollen des ,,Lauten Denkens") herangezogen werden. In diesem Sinne können durchaus auch Ergebnisdaten von Wissenstests auf der Grundlage von Mehrfach-Auswahl *(multiple-choice)*-Aufgaben diagnostisch bedeutsam sein, sofern ein Rückbezug der Verhaltensdaten auf Merkmale der individuellen Wissensrepräsentation unter Einbeziehung entsprechender kognitions- und wissenstheoretischer Annahmen über die ,,Verursachung" bestimmter kognitiver Leistungen möglich ist (vgl. Maichle, 1985).

Das grundlegende theoretische Problem betrifft die Frage der Eignung des gewählten Repräsentationssystems zur Abbildung relevanter Aspekte individuellen Wissens. Psychologisch valide Beschreibungen der individuellen Wissensrepräsentation sind nur dann möglich, wenn das zugrunde gelegte Repräsentationssystem geeignet ist, psychologisch bedeutsame Aspekte der tatsächlichen individuellen Wissensrepräsentation abzubilden.

Bei den bisherigen theoretischen Repräsentationsmodellen ist die psychologische Gültigkeit mangels ausreichender empirischer Überprüfung der Modelle vielfach unklar. Beschreibungen der individuellen Wissensrepräsentation auf der Grundlage dieser Modelle sind daher grundsätzlich als Hypothesen zu verstehen, die einer empirischen Bestätigung bedürfen.

Beschreibung/Bewertung der individuellen Wissensrepräsentation

Zentrale diagnostische Aussage und vorläufiges Ziel wissensdiagnostischer Tätigkeit ist die Beschreibung und Bewertung der individuellen Wissensrepräsentation. Im Falle des Vergleichs der individuellen Repräsentation mit einer hypothetischen Struktur hat der Diagnostiker eine Aussage darüber zu treffen, ob die individuelle Wissensrepräsentation der als Bezugsnorm angenommenen hypothetischen Wissensrepräsentation entspricht. Er hat zunächst festzustellen, wo Abweichungen deutlich werden und worin diese Abweichungen bestehen. Hierzu muß die Struktur der individuellen Wissensrepräsentation mit der Struktur des als Bezugssystem verwendeten hypothetischen Modells verglichen werden. Beim Vergleich beider Wissensrepräsentationen sind dabei jene Parameter zu berücksichtigen, die aufgrund des jeweils zugrunde gelegten allgemeinen theoretischen Repräsentationssystems als konstitutive Beschreibungsmerkmale gelten können. Im Falle einer am Netzwerkansatz orientierten Darstellung der Wissensrepräsentation kommen als mögliche diagnostische Parameter beispielsweise die Anzahl der (Begriffs-)Knoten, die Art der Knoten, die Zahl der Relationen pro Knoten, die Distanz zwischen Knoten usw. in Betracht. Greeno (1977) nennt in diesem Zusammenhang drei allgemeine Kriterien, die für die Beurteilung der Angemessenheit von Wissensrepräsentationen herangezogen werden können. Die Elemente der individuellen Wissensstruktur sollten danach zum einen die Struktur des zugrundeliegenden Sachverhalts (Sachstruktur) in angemessener Weise widerspiegeln. Sie sollten ferner untereinander verbunden sein sowie darüber hinaus eine kohärente Organisation und eine gute Integration mit dem bereits vorhandenen Wissen aufweisen.

Ein zentraler Gesichtspunkt für die Bewertung einer bestimmten individuellen Wissensrepräsentation im Hinblick auf eine Zielstruktur ist die „Differenz" zwischen individueller Wissensrepräsentation und hypothetischem Modell der individuellen Wissensrepräsentation. Maßgeblich für die Bewertung ist dabei einmal die Bedeutung einer gegebenen Differenz als diagnostisches Datum für die Erklärung bzw. Prognose eines bestimmten Lösungsprozesses bzw. eines bestimmten Ergebnisses individueller Aufgabenbewältigung. In diesem Sinne ist es beispielsweise aufschlußreich, welche semantische Bedeutung einem bestimmten Begriff innerhalb des hypothetischen Modells, verglichen mit der Bedeutung innerhalb der individuellen Wissensrepräsentation, zukommt. Unter Einbeziehung theoretischer Annahmen über die Interaktion deklarativer und prozeduraler Wissenskomponenten bei der Bewältigung einer bestimmten Anforderungssituation (z. B. der Lösung einer physikalischen Aufgabenstellung) kann die Bedeutung der so ermittelten spezifischen Verständnisfehler *(misconceptions)* auch unter dem Aspekt ihrer Auswirkungen auf Prozeß und Ergebnis der Aufgabenbewältigung beschrieben werden. Maßgeblich ist ferner der Kontext der diagnostischen Fragestellung. Geht es beispielsweise um die Klärung der Frage, ob durch vorab erfolgte spezifische Instruktion über einen bestimmten Gegenstandsbereich auf seiten des Probanden eine bestimmte Veränderung in der individuellen Wissensrepräsentation in Richtung einer hypothetischen Zielstruktur erzielt werden kann, so geraten ganz bestimmte Parameter, z. B. die Kohärenz der Repräsentation und deren Veränderung in den Focus des Interesses, während andere Parameter in dem jeweils gegebenen Zusammenhang von eher untergeordneter Bedeutung sind. Lernfortschritte wären in diesem Sinne unter zweierlei Aspekten zu beschreiben: erstens unter dem strukturellen Aspekt der Annäherung der individuellen Wissensrepräsentation an die Zielstruktur (Statusdiagnose) und zweitens in bezug auf Veränderungen kognitiver Prozesse des Wissenserwerbs (Prozeßdiagnose). Eine Diagnose, die sowohl eine Beschreibung auf der Ebene der gedächtnismäßigen Repräsentation individuellen Wissens als auch eine Beschreibung von Prozessen des Wissenserwerbs intendiert, wäre dementsprechend im Sinne einer umfassenden kognitiven Diagnose zu konzipieren, in deren Rahmen Statusdiagnose und Prozeßdiagnose integrativ aufeinander zu beziehen sind.

Eine andere Beurteilungsperspektive individueller Wissensrepräsentationen ergibt sich dann, wenn nicht Angemessenheit und Übereinstimmung in bezug auf eine Kriteriumsstruktur, sondern „interne" Veränderungen der individuellen Wissensrepräsentation, z. B. im Hinblick auf einen bestimmten anfänglichen Wissensstand, von Interesse sind. Das Kriterium der Übereinstimmung der individuellen Wissensrepräsentation mit einer „externen" Bezugsnorm ist ferner dann unangemessen, wenn z. B. beim Problemlösen Aspekte wie Originalität und Kreativität individueller Problemlösungen im Vordergrund stehen. Welche Beurteilungsperspektive jeweils angemessen ist, ergibt sich aus dem jeweiligen diagnostischen Kontext.

Ein praktisches Beispiel qualitativer Wissensdiagnose

Im folgenden wird das diagnostische Vorgehen im Rahmen eines Repräsentationsansatzes qualitativer Wissensdiagnose am Beispiel der Anwendung der sog. Heidelberger Struktur-Lege-Technik (SLT) von Scheele & Groeben (1984) anhand einer empirischen Untersuchung von Mandl & Ballstaedt (1986) demonstriert.

Die Struktur-Lege-Technik wird von Scheele & Groeben (1984) zur Erfassung subjektiver Theorien eingesetzt. Mandl & Ballstaedt (1986) verwenden eine modifizierte Version der SLT für die Erfassung bereichsspezifischen Wissens im Rahmen verschiedener Untersuchungen zum Konzepterwerb beim Lernen mit Texten. Untersucht wird die individuelle Wissensrepräsentation von Novizen und Experten über das Konzept VULKAN vor und nach der Lektüre eines Textes zum Thema „Vulkanismus". Die von den Autoren realisierte Schrittfolge des diagnostischen Vorgehens entspricht dabei jener Schrittfolge, die auf S. 408 ff. dieses Beitrags als charakteristisch für einen an Modellen der Wissensrepräsentation orientierten qualitativen wissensdiagnostischen Ansatz herausgestellt wurde.

Schritt 1 der diagnostischen Tätigkeit (rationale Aufgabenanalyse) betrifft eine Analyse der kognitiven Anforderungssituation. Die Autoren analysieren hierzu die Bedeutung des Konzepts VULKAN unter dem Aspekt der für eine adäquate Wissensrepräsentation als bedeutsam anzusehenden semantischen Bezüge zu anderen Konzepten und Relationen. Als adäquate Repräsentationsform zur Abbildung individuellen Wissens wird eine Netzwerkrepräsentation angenommen. Da gemäß den Fragestellungen der o. g. Untersuchung kein Vergleich mit einer hypothetischen Struktur, sondern jeweils nur ein Vergleich der aktuellen individuellen Wissensrepräsentation eines Novizen und eines Experten vor und nach der Treatment-Anwendung vorgesehen ist, wird von den Autoren auf die inhaltliche Präzisierung eines entsprechenden hypothetischen Modells verzichtet (vgl. Schritt 4).

Schritt 2 gilt der Auswahl und Anwendung eines diagnostischen Verfahrens. Mandl & Ballstaedt wählen die Struktur-Lege-Technik, da ein zentrales Forschungsinteresse im Rahmen der empirischen Untersuchung der Erprobung der SLT gilt und von daher andere diagnostische Vorgehensweisen von vornherein nicht in Betracht gezogen werden. Im Rahmen der SLT besteht die Aufgabe des Probanden darin, zu einem bestimmten interessierenden Begriff, hier: dem Begriff VULKAN, der zuvor auf ein Kärtchen geschrieben wurde, unter Verwendung weiterer vom Diagnostiker vorbereiteter bzw. vom Probanden selber generierter sog. Konzept- und Relationskärtchen, eine Netzwerkstruktur zu legen, in der sich die individuell wahrgenommene Bedeutung des Konzepts adäquat widerspiegelt. Die Aufgabe des Diagnostikers besteht dabei darin, die Struktur-Lege-Versuche des Probanden in einer nicht-direktiven Weise zu verbalisieren und damit Veränderungen (z. B. Erweiterungen, Umstrukturierungen) der Struktur zu stimulieren, ohne den Struktur-Lege-Prozeß direkt zu beeinflussen. Die Struktur-Lege-Phase endet, wenn der Proband eine gelegte Struktur als angemessene Repräsentation seines Wissens akzeptiert. Die so erhaltene Strukturdarstellung wird vom Diagnostiker z. B. fotografisch oder mittels manuell-zeichnerischer Übertragung für weitere Auswertungen festgehalten.

Schritt 3 gilt der Rekonstruktion der individuellen Wissensrepräsentation. Im Falle der Anwendung der SLT wird die vom Probanden generierte Netzwerkstruktur vom Diagnostiker als Ausdruck (Externalisierung) der zugrundeliegenden Wissensrepräsentation des Probanden gewertet.

Schritt 4 betrifft die Bewertung der individuellen Wissensrepräsentation. Die Auswertung der SLT-Daten kann prinzipiell sowohl idiosynkratisch als auch im Sinne eines Vergleichs zweier Gruppen bzw. eines Vergleichs der individuellen Wissensrepräsentation mit einem externen Kriterium (z. B. einer Expertenstruktur) erfolgen. Mandl & Ballstaedt (1986) beschränken sich hier auf eine kasuistische Evaluation, bei der die resultierenden Strukturdarstellungen von Novizen und Experten nach internen Kriterien (z. B. Art und Anzahl der vorkommenden Konzepte und Relationen) sowie hinsichtlich struktureller Veränderungen als Ausdruck von Treatment-Effekten (hier: zusätzliche Instruktion zum Thema Vulkanismus) auf den Wissenserwerb beschrieben werden.

Abb. 17.1. veranschaulicht zwei Beispiele für die mittels SLT erhaltene Struktur

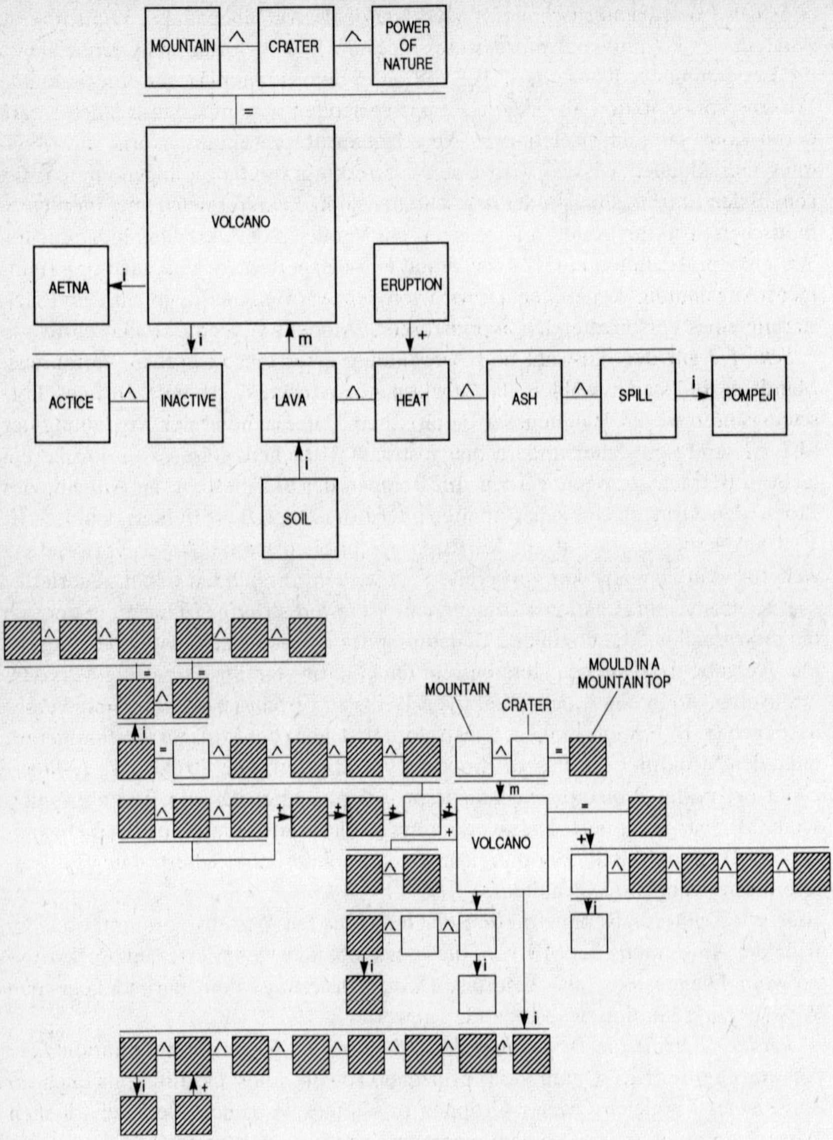

Abb. 17.1.: Wissensrepräsentation eines Novizen über das Konzept Vulkan (a) vor der Textlektüre, (b) nach der Textlektüre (nach Ballstaedt & Mandl, 1985)

Legende: Die Veränderungen in der Wissensrepräsentation betreffen sowohl die Gesamtstruktur als auch Art und Anzahl der Konzepte sowie Relationen zwischen den Konzepten. Entsprechende Veränderungen werden in Abb. (b) exemplarisch verdeutlicht.

der Wissensrepräsentation eines Novizen über das Konzept VULKAN vor und nach der Lektüre eines Textes über das Thema „Vulkanismus". Die Abbildungen verdeutlichen zum einen die formale Struktur des verwendeten Repräsentationssystems, zum anderen die Art der Veränderungen innerhalb der Strukturdarstellungen, die hier als Veränderungen der individuellen Wissensrepräsentation als Ergebnis von Instruktion gewertet werden. Die Kästchen repräsentieren die gelegten Konzeptkärtchen, die Verbindungslinien und Pfeile zwischen den Kästchen stellen verschiedene Relationsarten dar. Unterschieden werden (1) definierende (innerbegriffliche) Relationen, z. B. Gleichheitsrelation (=), Merkmalsrelation (m), (2) empirische (zwischenbegriffliche) Relationen, z. B. positive Abhängigkeit ($\xrightarrow{+}$), negative Abhängigkeit ($\xrightarrow{-}$) sowie (3) vermittelnde Relationen. Ein Fall einer vermittelnden Relation ist z. B. dann gegeben, wenn zwischen einem Konzept A und einem Konzept B eine Abhängigkeit besteht, die durch gleichzeitiges Vorliegen der Bedingung C noch verstärkt wird (A $\overset{+}{\dashv}$ B $\overset{+}{\vdash}$ C). Die schraffierten Kästchen stellen neu hinzugefügte Konzeptkärtchen dar bzw. Kärtchen mit solchen Konzepten, die innerhalb der veränderten Struktur eine veränderte Bedeutung erhalten haben.

Die Heidelberger Struktur-Lege-Technik erscheint insgesamt gesehen als gut geeignet, um relevante Aspekte deklarativen Wissens über einen Gegenstandsbereich zu erfassen. Verbesserungen hinsichtlich der Ökonomie der Datenerhebung und Datenanalyse könnten dabei durch Einbeziehung des Computers erzielt werden. Die Kritik an der von Scheele & Groeben (1984) vorgeschlagenen Vorgehensweise bezieht sich auf die von den Autoren verwendete Dialog-Konsens-Technik, auf den relativ lockeren theoretischen Bezug zu bestehenden Wissenstheorien sowie auf die Tatsache, daß von seiten der Autoren nur wenige allgemeine Angaben über Möglichkeiten der Analyse und Bewertung individuellen Wissens getroffen werden (vgl. Mandl & Ballstaedt, 1986).

Probleme, Perspektiven

Die Probleme, die sich bei Anwendung der Heidelberger Struktur-Lege-Technik für die Diagnose individuellen Wissens ergeben, spiegeln recht gut einige der Probleme wider, die derzeit noch typisch für die Mehrzahl der vorhandenen qualitativen wissensdiagnostischen Verfahren sind. Die Probleme verweisen auf die Notwendigkeit, Wissenstheorien und Methoden der Wissensdiagnose enger aufeinander zu beziehen. Ein wichtiger Schritt in diese Richtung stellt die Entwicklung einer an bestehenden Modellen der Wissensrepräsentation orientierten Methodologie qualitativer Wissensdiagnose dar.

Der vorliegende Beitrag hatte zum Ziel, die Grundzüge einer derartigen Methodologie zu erhellen.

Der Ansatz einer an Modellen der Wissensrepräsentation orientierten Wissensdiagnose bietet sich immer dann an, wenn der Diagnostiker in der Lage ist, aufgrund seiner Analyse der kognitiven Bedingungen einer gegebenen Anforderungssituation explizite Annahmen bezüglich der Art der (möglichen) individuellen Wissensrepräsentation zu entwickeln und darüber hinaus ein Repräsentationssystem verfügbar ist, das relevante Aspekte individuellen Wissens den theoretischen Annahmen entsprechend abzubilden gestattet. Er bietet sich ferner dann an, wenn spezifische Hypothesen über den Einfluß qualitativ-struktureller Merkmale individuellen Wissens auf die Informationsverarbeitung überprüft werden sollen, um Hinweise über die Gültigkeit zugrundeliegender wissenstheoretischer Annahmen zu erhalten.

Aufgrund des derzeit noch unbefriedigenden wissenstheoretischen Erkenntnisstandes sind die Voraussetzungen für die Formulierung adäquater Repräsentationsannahmen allerdings nicht immer gegeben. In diesen Fällen erscheint ein eher induktiv-explorativer Ansatz geeigneter, der dazu beitragen kann, entsprechende theoretische Annahmen über die Wissensrepräsentation zu entwickeln und zu Vorstellungen darüber zu gelangen, wie Wissen für die Bewältigung einzelner Aufgaben, für das Verstehen und das Lösen von Problemen sowie im Rahmen von Wissenserwerbsprozessen eingesetzt wird (vgl. Rost, 1980).

Unter dem Aspekt der wissensdiagnostischen Praxis stellen sich eine Reihe weiterer Probleme, die im Rahmen des vorliegenden Beitrags nur gestreift werden konnten, z. B.:

– theoretische Probleme der Wissensrepräsentation (z. B. Probleme der multiplen Wissensrepräsentation; vgl. Anderson, 1983), des Wissenserwerbs, der Veränderung und der Anwendung von Wissen (vgl. Mandl, Friedrich & Hron; Schnotz, in diesem Band)

– theoretische Probleme der Beziehung zwischen individueller Wissensrepräsentation und kognitiven Prozessen der Informationsverarbeitung und in diesem Zusammenhang

– Fragen der Integration status- und prozeßdiagnostischer methodischer Zugänge im Rahmen eines umfassenden Aufsatzes der kognitiven Diagnose sowie ferner prinzipielle Fragen wie z. B.

– Fragen der Rückführbarkeit von Ergebnissen kognitiver Informationsverarbeitung auf den individuellen Wissensbesitz (vgl. Rost, 1980) sowie Fragen der Verhaltensprognose auf der Grundlage von Hypothesen über die individuelle Wissensrepräsentation (vgl. Maichle, 1985).

Die genannten Fragen stehen in Zusammenhang mit dem allgemeinen Problem der Erklärung der kognitiven Bedingungen beobachteten Verhaltens. Unter Anwendungsgesichtspunkten werden weitere Probleme deutlich, z. B. spezielle methodische Probleme wie die Frage der Gütebestimmung qualitativer wissensdiagnostischer Verfahren oder der Standardisierung bestehender methodischer Ansätze. Eine einfache Übertragung traditioneller Methoden der Gütebestimmung diagnostischer Tests erscheint wenig sinnvoll, da diese üblicherweise auf quantitativen Parametern gründen und qualitativ-strukturelle Aspekte individuellen Wissens zu wenig berücksichtigen. Vergleichbare Kriterien zur Gütebestimmung qualitativer wissensdiagnostischer Verfahren sind jedoch noch kaum entwickelt. Die Güte der diagnostischen Aussagen hängt gegenwärtig noch maßgeblich von der Kompetenz des Diagnostikers ab, bestehende Wissenstheorien und methodische Ansätze der Wissensdiagnose in fruchtbarer Weise aufeinander zu beziehen (vgl. hierzu Messick, 1984).

Eine Möglichkeit der Validierung wissensdiagnostischer Aussagen besteht in der Überprüfung von Hypothesen über den Einfluß qualitativ-struktureller Merkmale der individuellen Wissensrepräsentation auf Prozeß und Ergebnis der Bewältigung bestimmter Aufgabenstellungen, z. B. im Rahmen einer empirischen Untersuchung oder mittels Computersimulation. Wie entsprechende Validierungsuntersuchungen zeigen, sind Ergebnisse kognitiver Informationsverarbeitung durch Merkmale der individuellen Wissensrepräsentation nur teilweise erklärbar (vgl. Rost, 1980; Chi, Glaser & Rees, 1982; Maichle, 1985). Derartige Untersuchungsergebnisse verweisen auf das grundsätzliche Problem einer deterministischen Ableitung von Strukturen individuellen Wissens auf der Grundlage von Verhaltensdaten (vgl. Spada & Reimann, 1985). Eine theorieorientierte Wissensdiagnose, wie sie dem Repräsentationsansatz qualitativer Wissensdiagnose zugrunde liegt, versucht das genannte Problem eines deterministischen Rückschlusses von Verhaltensdaten auf Merkmale der Wissensrepräsentation gering zu halten, indem explizit kognitiv begründete Modelle der Wissensrepräsentation als Grundlage für die Rekonstruktion (statt deterministisch Ableitung) der individuellen Wissensrepräsentation herangezogen werden. Das Problem bleibt jedoch letztlich bestehen, weil bisher differenzierte theoretische Ansätze fehlen, auf deren Grundlage wissensbasierte kognitive Verarbeitungsprozesse beschrieben werden können. Im Hinblick auf die Wissensdiagnose ergibt sich damit die Notwendigkeit, Theorien zu entwickeln und empirisch zu überprüfen, die das Zustandekommen bestimmter Verhaltensdaten in bestimmten kognitiven Anforderungssituationen erklären können. Inwieweit es in den kommenden Jahren zu einem Durchbruch bei der Weiterentwicklung bestehender methodischer Ansätze kommt, wird von Fortschritten bei der Lösung bestehender theoretischer und methodologischer Probleme abhängen, im besonderen davon, ob es gelingt, methodologisch-methodische Standards traditioneller, quantitativ orientierter Verfahren – soweit dies möglich und sinnvoll ist – auch auf die qualitative Wissensdiagnose zu übertragen.

Voraussetzung für die Weiterentwicklung qualitativer wissensdiagnostischer Methoden sind nicht zuletzt Fortschritte in der Theorieentwicklung. Da die Wissensdiagnose vor allem am Zustandekommen fehlerhaften Verhaltens interessiert ist, kommt es darauf an, Modelle und Theorien zu entwickeln, die den Erwerb fehlerhaften Wissens sowie Auswirkungen inadäquater Wissensrepräsentationen auf Ergebnisse kognitiver Informationsverarbeitung beschreiben und erklären können (Spada & Reimann, 1985). Wesentliche Impulse für die Weiterentwicklung wissensdiagnostischer Ansätze werden dabei von der Lösung entsprechender Probleme im Kontext der Entwicklung computergestützter Diagnosesysteme, im besonderen Intelligenter Tutorieller Systeme ausgehen (vgl. Mandl & Hron, 1986). Die existierenden computergestützten fehlerdiagnostischen Ansätze (z. B.

Burton, 1982), deren Diagnoseprinzip in der Beschreibung eines beobachteten fehlerhaften Ergebnisses anhand einer vollständigen Liste *(bug library)* aller möglichen (algorithmischen) Fehlertypen erfolgt, erscheint vor allem in komplexen Gegenstandsbereichen als unökonomisch und vor dem Hintergrund der theoretischen Grundlagen einer an qualitativ-strukturellen Aspekten individuellen Wissens interessierten Wissensdiagnose als wenig angemessen. Diagnostische Ansätze, die darin bestehen, ausgehend von einem ,,idealen" Lösungsweg (automatisch) fehlerhafte Lösungswege zu generieren und fehlerhafte Ergebnisse kognitiver Leistungen als Ergebnis der Anwendung inadäquater Prozeduren und Lösungsschritte zu beschreiben, bieten hier eine Reihe von Möglichkeiten zur Weiterentwicklung des traditionellen Konzepts der Fehlerdiagnose (vgl. Ohlsson & Langley, i. Vorb.). Die Ansätze bleiben jedoch bisher auf die Erfassung prozeduralen Wissens begrenzt.

Computergestützte Wissensdiagnose wurde bislang vor allem unter technologisch-computationalen Aspekten im Hinblick auf eine Computerimplementierung betrachtet. Fragen der psychologischen Theorie- und Modellbildung standen eher im Hintergrund des Interesses. Verschiedene Möglichkeiten, die sich durch Einbeziehung der modernen Computer-Technologie für eine theorieorientierte qualitative Wissensdiagnose ergeben, werden derzeit schwerpunktmäßig im Rahmen verschiedener wissenspsychologischer Forschungsprojekte untersucht (vgl. Mandl & Möbus, 1986).

Literatur

Anderson, J. R. (1983). *The architecture of cognition*. Cambridge, Mass.: Harvard University Press.

Ballstaedt, S.-P., & Mandl, H., (1985). *Diagnosis of knowledge structures in text learning*. Forschungsberichte, 37. Tübingen: Deutsches Institut für Fernstudien.

Ballstaedt, S.-P., & Mandl, H. (1987). Knowledge modification during reading. In J. P. Rossi & G. Denhière (Eds.), *Texts and text processing (Les textes et leur traitement)*.

Brown, J. S., & Burton, R. R. (1978). Diagnostic models for procedural bugs in basic mathematical skills. *Cognitive Science, 2*, 155–192.

Burton, R. R. (1982). Diagnosing bugs in a simple procedural skill. In D. Sleeman & J. S. Brown (Eds.), *Intelligent tutoring systems* (pp. 157–183). London: Academic Press.

Chi, M. T. H., Feltovich, P. J., & Glaser, R. (1981). Categorization and representation of physics problems by experts and novices. *Cognitive Science, 5*, 121–152.

Chi, M. T. H., Glaser, R., & Rees, E. (1982). Expertise in problem solving. In R. Sternberg (Ed.), *Advances in the psychology of human intelligence* (Vol. 1) (pp. 7–75). Hillsdale, N. J.: Erlbaum.

Greeno, J. G. (1976). Cognitive objectives of instruction: Theory of knowledge for solving problems and answering questions. In D. Klahr (Ed.), *Cognition and instruction* (pp. 123–159). Hillsdale, N. J.: Erlbaum.

Greeno, J. G. (1977). Process of understanding in problem solving. In J. Castellan, D. Pisoni & G. Potts (Eds.), *Cognitive theory* (Vol. II) (pp. 43–83). Hillsdale, N. J.: Erlbaum.

Greeno, J. G. (1980). Some examples of cognitive task analysis with instructional implications. In R. E. Snow, P. A. Frederico & W. E. Montague (Eds.). *Aptitude, learning and instruction* (Vol. 2) (pp. 1–21). Hillsdale, N. J.: Erlbaum.

Häußler, P., Mielke-Ehrens, L., & Rost, J. (1982). *Kognitive Umstrukturierung physikalischen Wissens*. IPN-Arbeitsberichte 49. Institut für die Pädagogik der Naturwissenschaften an der Universität Kiel.

de Kleer, J., & Brown, J. S. (1983). Assumptions and ambiguities in mechanistic mental models. In D. Gentner & A. L. Stevens (Eds.), *Mental models* (pp. 155–190). Hillsdale, N. J.: Erlbaum.

Kötter, L., Struchholz, H., Niegemann, H. M., & Auffenfeld, A. (1986). Fehleranalytische Verfahren bei pädagogischen Diagnosen – Ansätze, Probleme, Perspektiven. In H. Petillon, J. W. L. Wagner & B. Wolf (Hg.), *Schülergerechte Diagnose. Theoretische und empirische Beiträge zur Pädagogischen Diagnostik. Festschrift zum 60. Geburtstag von K. Ingenkamp* (S. 89–114). Weinheim: Beltz.

Larkin, J. H. (1985). Understanding, problem representation, and skill in physics. In S. F. Chipman, S. W. Segal, & R. Glaser, *Thinking and learning skills* (Vol. 2) (pp. 141–159). N. J.: Erlbaum.

McClelland, J. L., & Rumelhart, D. E. (1985). Distributed memory and the representation of general and specific information. *Journal of Experimental Psychology: General, 114*, 159–188.

Maichle, U. (1985). *Wissen, Verstehen und Problemlösen im Bereich der Physik*. Frankfurt: Lang.

Mandl, H., & Ballstaedt, St.-P. (1986). Assessment of concept-building in text comprehension. In F. Klix & H. Hagendorf (Eds.), *Human memory and cognitive capabilities. Mechanisms and performances* (pp. 861–870). Amsterdam: North-Holland.

Mandl, H., & Hron, A. (1986). Wissenserwerb mit Intelligenten Tutoriellen Systemen. *Unterrichtswissenschaft, 16*, 358–371.

Mandl, H., & Möbus, C. (1986). Modellierung und Diagnose von Wissen. In M. Amelang (Hg.), *Bericht über den 35. Kongreß der Deutschen Gesellschaft für Psychologie in Heidelberg 1986* (S. 192, 193). Göttingen: Hogrefe.

Messick, S. (1984). The psychology of educational measurement. *Journal of Educational Measurement, 21*, 215–237.

Norman, D. A., & Rumelhart, D. E. (Eds.), (1975). *Explorations in cognition*. San Francisco: Freeman (dt.: Strukturen des Wissens: Wege der Kognitionsforschung. Stuttgart: Klett-Cotta).

Norman, D. A. (1983). Some observations on mental models. In D. Gentner & A. L. Stevens (Eds.). *Mental models* (pp. 7–14). Hillsdale, N. J.: Erlbaum.

Ohlsson, S., & Langley, P. (i. Vorb.). Psychological evaluation of path hypotheses in cognitive diagnosis. In H. Mandl & A. Lesgold (Eds.), *Learning issues for Intelligent Tutoring Systems*. New York: Springer.

Resnick, L. B., & Ford, W. W. (1981). *The psychology of mathematics for instruction*. Hillsdale, N. J.: Erlbaum.

Riley, M. S., Greeno, J. G., & Heller, J. I. (1983). Development of children's problem-solving ability in arithmetic. In H. P. Guinsburg (Ed.), *The development of mathematical thinking* (pp. 153–195). New York: Academic Press.

Rost, J. (1980). *Gedächtnispsychologische Grundlagen naturwissenschaftlichen Wissens*. Dissertation. Institut für die Pädagogik der Naturwissenschaften an der Universität Kiel.

Rumelhart, D. E., & Norman, D. A. (1983). *Representation in memory*. University of California, San Diego.

Scheele, B., & Groeben, N. (1984). *Die Heidelberger Struktur-Lege-Technik (SLT). Eine Dialog-Konsens-Methode zur Erhebung Subjektiver Theorien mittlerer Reichweite*. Weinheim: Beltz.

Spada, H., Reimann, P., & Häußler, B. (1983). Hypothesenerarbeitung und Wissensaufbau beim Schüler. In L. Kötter & H. Mandl (Hg.), *Jahrbuch für empirische Erziehungswissenschaft* (S. 139–167). Düsseldorf: Schwann.

Spada, H., & Reimann, P. (1986). Hypothesis formation in knowledge acquisition: Preparing the ground for an Intelligent Tutoring System. In F. Klix & H. Hagendorf (Eds.), *Human memory and cognitive capabilities. Mechanisms and performances* (pp. 951–961). Amsterdam: North-Holland.

Tack, W. H. (1987). *Ziele und Methoden der Wissensrepräsentation*. Saarbrücken: Universität des Saarlandes. Fachrichtung Psychologie.

Tergan, S.-O. (1986). *Modelle der Wissensrepräsentation als Grundlage qualitativer Wissensdiagnostik*. Opladen: Westdeutscher Verlag.

18 Zur Modellierung kognitiver Prozesse mit daten- bzw. zielorientierten Regelsystemen

Claus Möbus

Einleitung

Mit diesem Beitrag wollen wir drei Ziele verfolgen.

(1) *Wissensrepräsentation mit Regelsystemen:* Wir wollen anhand ausgewählter Beispiele *Repräsentationsmöglichkeiten* für deklaratives und prozedurales Wissen demonstrieren. Die Beispiele stammen aus dem Bereich der Anwendung von Problemlösefertigkeiten („Turm von Hanoi") und der Gedächtnispsychologie („Semantisches Gedächtnis"). Das "Turm"-Problem eignet sich gut für eine einführende Betrachtung, weil zu seiner Lösung relativ wenig Wissen erforderlich ist und daher methodische Prinzipien klarer hervortreten können. Wir werden auf der Basis dieses Beispiels auch einige Bezüge zu dem Artikel von Opwis (in diesem Band) herstellen. Es werden sowohl Parallelen als auch Divergenzen in den Modellansätzen herausgearbeitet.

Den zweiten Bereich „Semantisches Gedächtnis" wählten wir, weil einerseits Klix und Wender in diesem Band dazu Beiträge geliefert haben und andererseits die Modellierung von semantischen Netzen mit formalen Modellen die Unzulänglichkeit verbaler Theorien deutlich belegt. Wir gehen in diesem Artikel von idealisiert vereinfachten informationsverarbeitenden Prozessen aus, um die Regelsysteme übersichtlich zu halten.

(2) *Darstellung vorwärts- bzw. rückwärtsverkettender Regelsysteme als Modelle für daten- bzw. zielgesteuerte Informationsverarbeitung:* Wir wollen einen kurzen Einblick in die zur Zeit diskutierten *Methoden* und *Werkzeuge* geben, die für eine kognitionspsychologische Modellierung im Sinne eines *computational models* (Pylyshyn, 1984) in Frage kommen. Hierzu zählen wir speziell die Regelmodelle („Produktionssysteme"), obwohl Schemaansätze in verschiedenartigem Gewand („Objektorientierte Systeme", *frames*) immer wieder in der Literatur auftauchen. Zur Implementation der Modelle sind verschiedene Softwarewerkzeuge (LISP, LOOPS, PROLOG, SMALLTALK etc.) entwickelt worden. Wir wollen uns hier auf die Regelsysteme und deren Realisierung in LISP und PROLOG beschränken. Der Schemaansatz kann deshalb ausgeklammert werden, weil es bisher an empirischen Belegen mangelt.

(3) *Realisierung von Regelsystemen mit den KI-Sprachen LISP und PROLOG:* Das dritte Ziel besteht darin, den Mangel an Lehrbuchmaterial auf diesem Gebiet etwas auszugleichen und dem Leser Anregung und Selbstvertrauen zu geben, sich

aktiv in die Modellierung mit *computational models* einzuschalten. Die technischen Möglichkeiten sind im Prinzip vorhanden. Jeder gängige Personalcomputer kann zu einem symbolverarbeitenden Informationssystem erweitert werden, wie es bis vor wenigen Jahren nur an den renommiertesten Forschungsinstitutionen (in den USA: Carnegie-Mellon University, MIT, Yale, Stanford, . . .; in Deutschland: Hamburg, Stuttgart) verfügbar war. Zu diesem Zweck haben wir einige Programmbeispiele beigefügt. Die Programme sind in den KI-Sprachen LISP und PROLOG geschrieben und auf handelsüblichen Personalcomputern lauffähig. Die verwendeten LISP- und PROLOG-Dialekte (TLC-LISP, micro PROLOG) sind zudem ausführlich in zwei Lehrbüchern dokumentiert (Stoyan & Görz, 1984; Clark & McCabe, 1984, Kap. 9).

Von mathematischen zu informationsverarbeitenden Modellen

1972 fand in Ann Arbor (USA) eine Konferenz mathematischer Psychologen und Statistiker statt, in der eine Bestandsaufnahme formaler Theorien und Modelle in der Psychologie erarbeitet wurde. Das Ergebnis der Konferenz wurde zwei Jahre später in einem zweibändigen Werk mit den Titeln ,,Learning, Memory and Thinking" und ,,Measurement, Psychophysics and Neural Information Processing" (Krantz, Atkinson, Luce & Suppes, 1974) veröffentlicht. Es ist interessant, wenn man fast 13 Jahre später die Inhalte dieser Konferenz Revue passieren läßt. Auf einige Arbeiten, speziell diejenigen, die sich unter dem Blickwinkel einer besonderen mathematischen Methode (z. B. Analyse von Kovarianzmatrizen, multidimensionale Skalierung, Theorie latenter Merkmale, aber auch MARKOV-Prozesse) mit psychologischen Phänomenen befaßt haben, trifft eine Warnung von Lüer (1981, S. 90) zu: »Der Mathematiker und Physiker Lichtenberg (1742–1799) äußerte einmal, daß es viele Phänomene zwischen Himmel und Erde gibt, für die es keine Theorie oder Erklärung in unseren Lehrbüchern gäbe. Ebenso gibt es viele Theorien und Erklärungen in Lehrbüchern, für die es keine Phänomene zwischen Himmel und Erde gibt. Vor der letztgenannten Gefahr sollten wir uns in der kognitiven Psychologie sehr nachhaltig schützen." Andere Arbeiten kann man aus heutiger Sicht als wegweisend nennen. Hierzu gehört speziell der Aufsatz von Simon und Newell über Denkprozesse. Die Autoren referierten in ihm ihre Theorie der menschlichen Informationsverarbeitung (Newell & Simon, 1972) und verglichen diese mit den zu der Zeit unangefochten vorherrschenden mathematisch stochastischen Parametermodellen (Greeno, 1974; Millward, 1974; Wickens, 1974) am Beispiel des Konzepterwerbs. Ihre Theorie und alle anderen *computational models* unterscheiden sich von mathematischen Theorien bzw. Modellen durch einen größeren Detailliertheitsgrad. Statt einer Metabeschreibung eines kognitiven Prozesses, der sich in Übergangs- und Zustandswahrscheinlichkeiten (z. B. bei MARKOV-Prozessen) niederschlägt, versucht man, den *Mechanismus* des informationsverarbeitenden Prozesses selbst zu modellieren. Dabei stützt man sich auf Einzelfalluntersuchungen, Interpretation introspektiver Daten (z. B. Verbalprotokolle; Ericsson & Simon, 1984), theoretisch auf Enkodierung und Repräsentation von Situationen sowie Reizen und methodisch auf formalisierte, auf dem Computer ablauffähige Regelsysteme („Produktionssysteme"). Sie beschränken sich auf die Informationsverarbeitung *symbolischer* Repräsentationen. Darunter versteht man die Verarbeitung von Informationspaketen (z. B. Zielen, Wörtern, Sätzen, Bildern) auf einer Ebene, die von der konkreten Realisierung im physiologischen neuronalen Substrat abstrahiert (Newell, 1980).

In letzter Zeit sind unter dem Stichwort „Parallelität der informationsverarbeitenden Prozesse" verstärkt Anstrengungen unternommen worden, Prozesse unterhalb der symbolischen Ebene mit einem größeren Auflösungsgrad zu modellieren (Hinton & Anderson, 1981; Rumelhart, McClelland & PDP Research Group, 1986; McClelland, Rumelhart & PDP Research Group, 1986). Beide Beschreibungsebenen und die darauf beruhenden Berechnungsmodelle stehen dabei nicht in einem Widerspruch, sondern sind abhängig von der jeweiligen Betrachtungsposition (Anderson & Hinton, 1981, S. 29 ff.) und dem Feinheitsgrad der Beschreibung.

Wir konzentrieren uns hier auf die symbolische Informationsverarbeitung. Damit einher geht die Entscheidung, ein „intentionales Vokabular" zu benutzen (Phylyshyn, 1984, S. 5). Dieses unterscheidet sich wesentlich von einer neurophysiologischen oder behavioralen Sprachebene durch solche Begriffe wie: Wahrnehmung, Wiedererkennung, Inferenz, Entscheidung, Deduktion, Wissen, Zielsetzung etc.

Ein formales Beschreibungsmittel soll die Regel sein. Mit Regeln können Momentaufnahmen des Wissens einer Person festgehalten werden, und man kann Lernprozesse mit Generalisations- und Diskriminationslernen modellieren (Anderson, Kline & Beasley, 1980) sowie die Prozeduralisierung von Wissen mittels Regelverkettung *(compilation)* nachbilden (Anderson, 1983a,b; Neves & Anderson, 1981). In letzter Zeit geht man in begründeten Fällen von rein deterministischen Regeln ab (Bandler & Kohout, 1985; Schmalhofer & Polson, 1986). Speziell bei „niederen" kognitiven Phänomenen und bei einem hohen Auflösungsgrad der Phänomenbeschreibung *(grain size)* scheinen stochastische Theorien angebracht, wie Card, Moran und Newell (1983, S. 180) an einer Hierarchie unterschiedlich differenzierender Modelle zum gleichen Realitätsausschnitt festgestellt haben.

Der Ursprung der Produktionssysteme: MARKOV-Algorithmen

Produktionssystemmodelle gehen auf die Logiker Post und Thue sowie auf den Mathematiker Markov zurück. Sie sind in ihrer allgemeinsten Form als Ersetzungssysteme (s. u.) bekannt (s. a. Bauer & Goos, 1984, Bd. II, Kap. 7). Mit ihrer Hilfe läßt sich der Begriff des Algorithmus präzisieren. Ihre praktische Bedeutung haben sie zuerst in Syntaxdefinitionen von natürlichen und künstlichen Sprachen erlangt. Der Linguist Chomsky definierte mit ihrer Hilfe eine Sprachhierarchie, die nach Mächtigkeit geordnet ist. Ein Ersetzungssystem besteht aus einem Vokabular von Zeichen, auf dem das System arbeitet, und einer Menge von Produktionen. Das Vokabular zerlegt sich in eine Menge von sogenannten Terminal- und Nichtterminalzeichen (= Hilfszeichen). Letztere dienen hauptsächlich der Kontrolle der Ersetzungen. Gibt es nun eine lineare Ordnung der Regeln und wird eine Ersetzung soweit wie möglich links in der Zeichenkette vorgenommen, hat man einen wichtigen Spezialfall vorliegen: den ,,MARKOV-Algorithmus" (nicht zu verwechseln mit den probabilistischen MARKOV-Ketten oder MARKOV-Prozessen der mathematischen Psychologie).

Einen derartigen MARKOV-Algorithmus stellen wir an einem Beispiel aus der statistischen Interventionsanalyse von Zeitreihenexperimenten (Möbus & Nagl, 1983; Möbus, Göricke & Kröh, 1983, 1985) vor. Bei der Interventionsanalyse wird eine Zeitreihe daraufhin untersucht, ob sie sich aus interventionsbedingten deterministischen sowie aus stochastischen Anteilen zusammensetzt: modelliert man das Vorhandensein und das Nichtvorhandensein einer Intervention mit einem Stepinput I(t) [keine Intervention: I(t) = 0; Intervention I(t) = 1], kann die Änderung der Intervention $\triangle I(t) = | I(t) - I(t-1) |$ ebenfalls einen Einfluß auf die beobachtbare Zeitreihe haben. Wie berechnet man nun den Pulsinput $\triangle I(t)$ mit Hilfe eines MARKOV-Algorithmus?

Die Zeitreihen des Stepinput I(t) und des Pulsinput $\triangle I(t)$ besitzen die Realisationen:

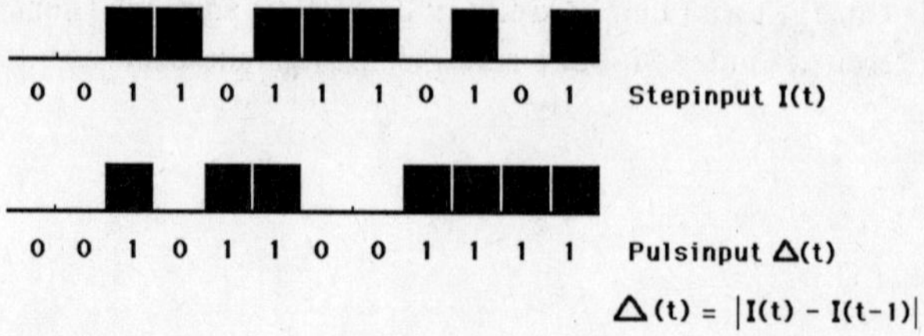

Abb. 18.1.: Zeitreihe I(t) mit deterministischen Realisationen und daraus durch Differenzenbildung abgeleitete Zeitreihe $\triangle(t)$

Das Vokabular der Terminalzeichen besteht also aus (0,1,.). Wie sich gleich zeigen wird, benötigen wir die Hilfszeichen ($, &) und sieben Produktionen nach dem Muster ⟨Bedingungszeichenkette⟩ ===⟩ ⟨Konsequenzzeichenkette⟩:

1. Startproduktion:		===⟩	$
2. Verschieben der Kontrolle	$0	===⟩	0$
3. Erste Eins nach Nullkette bleibt:	$1	===⟩	1&
4. Löschen aller weiteren Einsen:	&1	===⟩	0&
5. Umwandlung erster Null nach Einsen:	&0	===⟩	1$
6. Endproduktion (Löschen von $):	$	===⟩	.
7. Endproduktion (Löschen von &):	&	===⟩	.

Da bei MARKOV-Algorithmen mit dem Ersetzen von Zeichen in der Zeichenkette am weitesten links angesetzt wird, bedeutet die Anwendung der ersten Produktion ein Vorsetzen des Hilfszeichens $ vor die Ausgangszeichenkette. Danach können die weiteren Produktionen auf die Zeichenkette nach folgender Übersicht angewendet werden:

1. Produktion ist anwendbar auf:	0 0 1 1 0 1 1 1 0 1 0 1
2. Produktion ist anwendbar auf:	$0 0 1 1 0 1 1 1 0 1 0 1
2. Produktion ist anwendbar auf:	0$0 1 1 0 1 1 1 0 1 0 1
3. Produktion ist anwendbar auf:	0 0$1 1 0 1 1 1 0 1 0 1
4. Produktion ist anwendbar auf:	0 0 1&1 0 1 1 1 0 1 0 1
5. Produktion ist anwendbar auf:	0 0 1 0&0 1 1 1 0 1 0 1
3. Produktion ist anwendbar auf:	0 0 1 0 1$1 1 1 0 1 0 1
4. Produktion ist anwendbar auf:	0 0 1 0 1 1&1 1 0 1 0 1
4. Produktion ist anwendbar auf:	0 0 1 0 1 1 0&1 0 1 0 1
5. Produktion ist anwendbar auf:	0 0 1 0 1 1 0 0&0 1 0 1
3. Produktion ist anwendbar auf:	0 0 1 0 1 1 0 0 1$1 0 1
5. Produktion ist anwendbar auf:	0 0 1 0 1 1 0 0 1 1&0 1
3. Produktion ist anwendbar auf:	0 0 1 0 1 1 0 0 1 1 1$1
7. Produktion ist anwendbar auf:	0 0 1 0 1 1 0 0 1 1 1 1&
Der Pulsinput $\triangle I(t)$ ist:	0 0 1 0 1 1 0 0 1 1 1 1.

Damit wird deutlich, daß algorithmisches Wissen (so z. B. die Zeitreihe I(t) zu $\triangle I(t)$ zu differenzieren) durch Regelanwendung realisiert werden kann. Wie Opwis (in diesem Band) schon ausführt, wurden die MARKOV-Algorithmen mit Hilfe einer Neuinterpretation zu Grundformen der Modellierung kognitiver Prozesse („neoklassische" Produktionssysteme in der Terminologie von Anderson, 1983a). Die Zeichenkette, auf der der Algorithmus operiert, kann als Inhalt des Arbeitsgedächtnisses verstanden werden. Die Regeln stellen das prozedurale Wissen dar, das als im Langzeitgedächtnis abgespeichert gelten kann. Die sukzessive Anwendung der Regeln entspricht der Hypothese, daß bei höheren kognitiven Prozessen Parallelverarbeitung zugunsten sequentieller Verarbeitung zurücktritt.

Planen, Probieren, Vorwärts- und Rückwärtsverkettung von Regeln

Bevor wir konkrete Regelsysteme vorstellen, wollen wir einige Begriffe einführen.

Problemlösen kann als Weg bzw. Suche im Problem-Verhaltensgraphen vom Startknoten (Formulierung des Problems) zu einem oder mehreren Zielknoten (Lösungen des Problems) aufgefaßt werden. Diese Sicht wird z. B. von Newell (1980) und Card, Moran und Newell (1983, S. 361 ff.) explizit als *Problemraumhypothese* bezeichnet. Die Knoten des Graphen stellen die jeweiligen *Zustände* des Problemlöseprozesses dar. Die *Übergänge* zwischen den Knoten werden durch die Anwendung von Problemlöseoperatoren vollzogen. Dabei können auf eine bestimmte Problemsituation mehrere *Operatoren* anwendbar sein, so daß algorithmisches oder heuristisches Wissen über das Problem die Auswahl von Operatoren einschränkt. Dieses heuristische Wissen wollen wir als *Kontrollwissen* bezeichnen. Charakteristisch für Novizen ist geringes Kontrollwissen und ausführliche Suche („Probieren") im Problem-Verhaltensgraphen, die sich auch in Irrwegen dokumentiert. Bei zunehmender Prozeduralisierung des Lösungswissens baut sich immer mehr Kontrollwissen auf, so daß der Experte die nicht optimale Anwendung von Operatoren vermeidet.

Wie kann ein Problemlöser zu einem Satz von Operatoren kommen? Eine Möglichkeit, die aber von Novizen meist nicht gewählt wird, liegt im Aufbau einer *Zielhierarchie*. Darunter versteht man die Zerlegung des globalen Ziels in einfachere Subziele. Die Subziele werden dann wieder in weitere Unterziele zerlegt, bis man auf einfache Ziele stößt, denen man Operatoren zuordnen kann. Diese sorgen dann für Bewegungen im Problemlösungsprozeß. Den Aufbau derartiger Zielhierarchien haben Card, Moran und Newell (1983) zu einem halbformalen Beschreibungssystem namens GOMS (*G*oals, *O*perator, *M*ethods, *S*electionrules) ausgeweitet. Der systematische Aufbau einer Zielhierarchie garantiert dem Problemlöser, alle für die Lösung relevanten Operatoren bereitgestellt zu haben. Wir wollen einen derartigen Prozeß als *Planungsprozeß (top-down-Vorgehen)* bezeichnen. Kann der Problemlöser die vollständige Zielhierarchie nicht aufbauen, ist kein globales Kontrollwissen über die zur Lösung führende Operatorsequenz vorhanden. Der Problemlöser ist dann auf lokales Wissen angewiesen. Er reiht die Operatoren aneinander, ohne Garantie, die Lösung zu finden *(Probieren, bottom-up-Vorgehen)*.

Experten und Novizen unterscheiden sich, wenn man in unserer Terminologie bleibt, nicht nur durch den mehr oder minder vollständigen Aufbau einer Zielhierarchie, sondern auch im Feinheitsgrad ihrer Subziele. Beim Experten stoppt der Aufbau einer Zielhierarchie früher als beim Novizen. Die weitere Ausdifferenzierung von Subzielen erübrigt sich, weil der Experte durch früher erfolgte Prozeduralisierung und *chunk*-Bildung spezielle situationsangepaßte Operatoren zur Verfügung hat. Er hat „Wissen über Muster" aufgebaut und führt Teilprobleme auf bekannte Fälle zurück. Rosenbloom und Newell (1986) haben zur *chunk*-Bildung

Abb. 18.2.: Schematische Darstellung der Konzepte Planung, Zielhierarchie und Problemlösen als gerichtete Suche im Problem-Verhaltensgraphen

und Prozeduralisierung von Wissen ein detailliertes formales, symbolverarbeitendes Modell entwickelt, das auch empirische Vorhersagen ermöglicht. Den Zielen in der Hierarchie lassen sich nach dem GOMS-Modell Operatoren oder Mengen von Operatoren (= Methoden) zuordnen. Wir wollen hier als Operatoren Regeln wählen. Beispiele für die Ableitung von Regeln aus Zielhierarchien finden sich u. a. bei Polson und Kieras (1984, 1985), Kieras und Polson (1985) und Rosenbloom und Newell (1986).

Die Regeln oder auch Implikationen bestehen aus Bedingungen (Prämissen) und Konsequenzen (Konklusionen). Arbeitet das Regelsystem vorwärts, wird zunächst geprüft, ob Regelbedingungen auf Inhalte im Arbeitsgedächtnis passen. Aus dieser Menge wird dann entsprechend dem Stand des Kontrollwissens eine Regel ausgewählt und angewendet. Es ist auch möglich, daß die Auswahl und Anwendung der Regeln unter Vorbehalt erfolgt und bis zu einem bestimmten Punkt, der von der Begrenztheit des Arbeitsgedächtnisses abhängig ist, wieder rückgängig gemacht werden kann („Probieren"). Die Anwendung einer Regel entspricht dabei im Problem-Verhaltensgraphen einem Übergang von einem Knoten zum Nachbarknoten.

Vorwärtsarbeitende Systeme sind charakteristisch für die Modelle der Carnegie-Mellon-Schule (Newell, Simon, Anderson) (s. a. Opwis, in diesem Band).

Demgegenüber erweisen sich für bestimmte Problembereiche (so z. B. bei Anforderungsspezifikationen zur Lösung eines Problems beim sogenannten *brainstorming* oder bei der Beantwortung von Fragen durch Suchprozesse in semantischen Netzen) rückwärtsverkettende Regelsysteme als adäquatere Beschreibungsmittel. Hierbei geht man vom gelösten Problem und seiner Repräsentation im Problem-Verhaltensgraphen aus und fragt, welche Voraussetzungen hergestellt oder ausgesucht werden müssen, damit diese Endsituation erreicht werden kann.

Man überprüft jetzt die *rechten* Seiten der Produktionen. Alle Regeln, deren rechte Seiten (d. h. Konklusionen der Regeln) auf die lösungsnäheren Knoten (Nachfolgerknoten) passen, liefern uns mit ihren *linken* Seiten Merkmale für Knoten (Vorgängerknoten), die der Lösung ferner und evtl. einer Ausgangssituation näher stehen.

Die Integration des Vorwärts- und Rückwärtsschreitens bei der Entwicklung von kognitiven Fertigkeiten und ihre praktische Bedeutung für die Konzeption von Lehr- und Schulbüchern ist z. B. von Anderson (1983b) und ausführlich bei Dörner (1976, Kap. 3) dargestellt.

Regeln können sich ferner noch darin unterscheiden, ob in ihnen Ziele enthalten sind. Rein *datengesteuerte* Regelbündel (d. h. ohne Ziele in den Bedingungen) werden in der Theorie von Rosenbloom und Newell (1986) nur bei autonomen, parallel arbeitenden Enkodierungs- und Dekodierungsvorgängen eingesetzt. Sie belasten das Arbeitsgedächtnis in keiner Weise und stehen nach Anderson (1983a, S. 126 ff.) am Ende eines langen intensiven Lernprozesses, der im seriellen zielorientierten Vorgehen (mit Kurzzeitspeicherbelastung) seinen Ursprung hat. Alle anderen Prozesse werden mit zielgesteuerten Regeln modelliert.

Wir werden am Beispiel des ,,Turm von Hanoi" zunächst die Vorwärtsverkettung und dann bei Suchprozessen in semantischen Netzen Rückwärtsverkettungen vorstellen.

Repräsentation von Kontrollwissen in einem vorwärtsverkettenden Produktionssystem: Der Turm von Hanoi

Der ,,Turm"

Die Denksportaufgabe ,,Turm von Hanoi" erfreut sich bei Kognitionspsychologen, Informatikern und Mathematikern einer ungebrochenen Beliebtheit. Sie dient wegen ihrer einfachen, aber dennoch nicht-trivialen Struktur als ideales Vehikel, alternative Methoden und Lösungsansätze miteinander zu vergleichen (Bauer & Goos, 1982, S. 145 ff.; Bauer & Wössner, 1984, S. 306; Crowe, 1956; Gardner, 1982).

In der Psychologie wurde der ,,Turm" gerade wegen der eindeutigen Definiertheit des Problem-Verhaltensgraphen zur Analyse von Denk- und Lernprozessen herangezogen und spiegelt dabei die Wandlungen der Zielsetzung und Methodologie der Kognitionsforschung wider (Anderson, 1983a; Anzai & Simon, 1979; Gediga & Schöttke, 1985; Karat, 1982; Klahr, 1981; Klix, 1971; Piaget, 1976; Simon, 1975; Spada, 1973; Sydow, 1970). Es wurde soviel über den ,,Turm" publiziert, daß Karat selbstironisch warnte ,,after all, the study of Tower of Hanoi problems is not the goal of cognitive science" (Karat, 1982, S. 555).

Eine informelle Beschreibung des Turmproblems findet sich in Abb. 18.3.

Der Problem-Verhaltensgraph für ein 3-Scheibenproblem ist in Abb. 18.4 dargestellt.

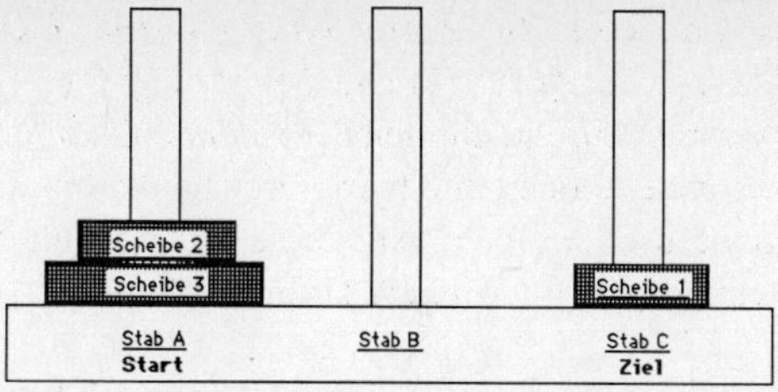

Informelle Beschreibung:
Drei Scheiben (Scheibe 1, 2 und 3) befinden sich auf einem Spielbrett. Die Numerierung der Scheiben ist nach Größe geordnet. In der Ausgangsposition des Problems befinden sich die Scheiben (zusammengefaßt zu einem sich nach oben verjüngenden Turm) beim Stab A. Die Aufgabe besteht darin, den Turm von Stab A zu Stab B zu schaffen. Dabei darf nur jeweils *eine* Scheibe zur Zeit bewegt werden. Außerdem darf niemals eine größere Scheibe auf einer kleineren zu liegen kommen. Daraus folgt, daß eine Scheibe nur dann bewegt werden kann, wenn sie oben auf dem Turm liegt.

Abb. 18.3.: Problemsituation beim ,,Turm von Hanoi", die zwischen Ausgangsproblem und Lösung liegt

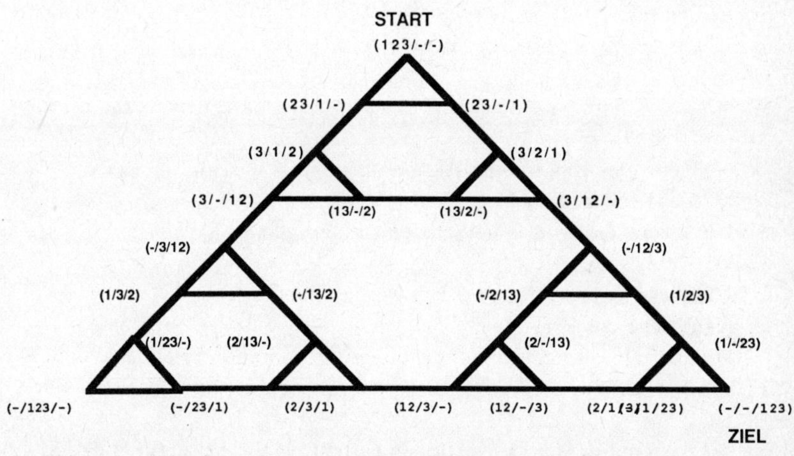

Jede Liste beschreibt einen Zustand des Problemlöseprozesses. So bedeutet (1/-23), daß sich die große Scheibe 3 und die mittlere Scheibe 2 am Zielstab C befinden. Die kleinste Scheibe 1 befindet sich noch noch beim Ausgangsstab A. Die Situation von Abb. 1 läßt sich demnach mit (23/-/1) beschreiben und kennzeichnet den ersten Zug in direkter Richtung zum Ziel.

Abb. 18.4.: Der Problem-Verhaltensgraph für ein 3-Scheibenproblem des ,,Turm von Hanoi"

Graphen für Probleme mit mehr als drei Scheiben geben Gediga und Schöttke (1985), Karat (1982) und Spada (1973) an. Der Problemraum besteht aus einer Menge von Wissenszuständen, die mit den Scheibenkonfigurationen übereinstimmen. Die Wissenszustände können durch erfolgreiche Anwendung von (Problemlöse-)Operatoren gewechselt werden. Auf diese Weise kann man sich vom ursprünglichen Problemzustand (= Aufgabe) zum Zielzustand (= Lösung) vorarbeiten.

Wir führen als Operatoren vier voneinander unabhängige Produktionen ein und erweitern das Konzept des Problemraums um eine Zielkomponente, die im Arbeitsspeicher abgelagert ist. Die Unabhängigkeit der Produktionen wird durch sehr spezifisches Kontrollwissen erreicht, das in den Bedingungen und Aktionen der Regeln niedergelegt ist. Dadurch kommt es nie zu einer Konfliktmenge, die zwei oder mehr Regeln enthält. Die Regeln lauten:

P 1: WENN alle Scheiben sich bei Stab C befinden,
DANN ist das Problem gelöst

P 2: WENN es kein gegenwärtiges Ziel gibt, eine Scheibe zu bewegen,
DANN nimm Dir als neues Ziel vor, die größte Scheibe, die sich nicht bei Stab C befindet, dorthin zu schaffen

P 3: WENN es ein Ziel gibt, eine Scheibe zu bewegen
UND
WENN die Scheibe auf den Turm gelegt werden darf, der im Ziel vermerkt ist,
DANN setze das Ziel in eine Aktion um
UND lösche das Ziel

P 4: WENN es ein Ziel gibt, eine Scheibe zu bewegen
UND
WENN diese Scheibe nicht bewegt werden kann,
DANN lösche das Ziel
UND nimm Dir als *neues* Ziel vor, die größte störende Scheibe zu dem Stab zu schaffen, der im *vorherigen* Ziel weder Ausgangs- noch Zielstab war.

Obwohl das System nur vier Produktionen enthält (vgl. a. Hasemer, 1984, S. 47), entspricht es in seiner Struktur einem Produktionssystem von Simon (1975), das mit sieben Produktionen die von Simon sogenannte *sophisticated perceptual strategy* verkörpert. Bei Simon wird zusätzlich noch ein Informationselement im Kurzzeitspeicher gehalten, das als *state* bezeichnet wird. Es signalisiert, ob ein Zug möglich ist. Wir haben hierauf verzichtet, weil dieses Element für unsere Zwecke überflüssig ist. In der dritten und vierten Produktion wird über Kontrollwissen jeweils die Möglichkeit eines Zuges festgestellt.

Die *sophisticated perceptual strategy* zeichnet sich gegenüber den anderen von Simon auf ihre kognitiven Implikationen hin untersuchten Strategien durch eine Reihe von Punkten aus, die sie für einen Problemlöser attraktiv machen. Sie erlaubt es u. a., beliebig komplexe Turmprobleme ohne größere Belastung des

Arbeitsspeichers zu lösen. Auch Fehler behindern nicht grundsätzlich die Fähigkeit, den Weg zur Lösung fortzusetzen. Das beschriebene Produktionssystem muß als Endprodukt einer Prozeduralisierung mit *chunks* höherer Ordnung (im Sinne von Roosenbloom & Newell, 1986) aufgefaßt werden. Wir werden, um dieses deutlicher zu machen, das formale Modell (s. Anhang 1) so formulieren, daß der *chunk* „zulässiger Zug" im Bedingungsteil von P3 im Sinne unseres Zielhierarchiekonzepts weiter spezifiziert wird. Dagegen wird der *chunk* „größte störende Scheibe" in P4 so belassen. In der Implementation wird daher die Auflösung dieses *chunks* nicht mit Regeln, sondern mit primitiven Operatoren unterhalb der Regelebene durchgeführt (s. Anhang 1).

Das Produktionssystem wirft Probleme auf, wenn es als Modell für kognitive Prozesse bei Personen gelten soll. Es beschreibt nur die *fehlerfreie* Informationsverarbeitung von Experten, und diese ist effizienter als das Problemlösen von Novizen. Karat hat daher ein Produktionssystem mit 10 Produktionen vorgeschlagen, das zwei stochastische Regelanwendungen enthält. Die Regeln gliedern sich in drei Gruppen: (a) Generiere Zugvorschläge, (b) bewerte Zugvorschläge und (c) führe zulässige Vorschläge aus.

Da wir hier jedoch einen *einfachen kleinen* in LISP geschriebenen Regelinterpreter mit Programmcode vorstellen wollen, haben wir uns auf unser kleines, deterministisches und effizientes Modell beschränkt. Für eine genaue Beschreibung der Produktionen, des Interpreters und des Codes sei auf Anhang 1 verwiesen.

Modellidentifikation und Modellüberprüfung

Da mathematisch statistische Parametermodelle und Produktionssysteme formale Modelle sind, übertragen sich auch auf die Regelmodelle Probleme, die bei den Parametermodellen hinreichend bekannt sind: Modellidentifikation, Parameterschätzung und Modellüberprüfung.

Das *Problem der Modellidentifikation* bezieht sich auf die Architektur des Systems. So wird hier die Zahl der Regeln und die Form der Bedingungen und Aktionen betrachtet. Regeln, in deren Aktionsteilen empirisch „sichtbare" Operatoren aufgerufen und nicht nur neue Ziele gesetzt werden, sind leichter zu identifizieren. Die Annahme von „nicht sichtbaren" Zielen im Arbeitsgedächtnis sollte daher einhergehen mit Annahmen über den Stand des prozeduralen Lernens (Anderson, 1983a, Kap. 6; Rosenbloom & Newell, 1986). Durch *chunk*-Bildung verschwinden Ziele zugunsten von expliziten autonomen Verknüpfungen zwischen Reiz- und Reaktionssymbolen. Eine Person könnte nach diesen Theorien keine Aussagen über Ziele verbalisieren, die in der durch den *chunk* ersetzten Zielhierarchie existierten.

Das *Problem der Parameterschätzung* wurde in diesem Artikel bisher noch nicht behandelt, weil wir keine stochastischen Regeln benutzt haben. Darunter verstehen wir Regeln, die entweder im Bedingungsteil Schwellenparameter oder im Aktionsteil Schalterparameter besitzen. Solche Regeln erlauben es, auf gleichartige Arbeitsspeicherkonfigurationen mit unterschiedlichen Übergängen im Problem-Verhaltensgraphen zu reagieren. Parameter wurden z. B. von Karat (1982) und Schmalhofer und Polson (1986) eingeführt, um nichtkonsistentes Verhalten von Personen zu beschreiben. In diesen Arbeiten werden aber zur Schätzung der Parameter keine Aussagen gemacht, die einer mathematisch statistischen Theorie genügen würden.

Zur *Modellüberprüfung* lassen sich eine Reihe von Aussagen machen, die empirisch getestet werden können. So können wir u. a. Vorhersagen treffen

a) über *Operatorsequenzen*, die Wege im Problem-Verhaltensgraphen beschreiben. Zum Matchen derartiger Sequenzen geben Card, Moran und Newell (1983, S. 190 f.) ein Verfahren an, das eventuell vorhandene Lücken sowohl in der vom Modell vorhergesagten wie auch in der empirisch beobachteten Operatorsequenz berücksichtigt. Allerdings darf man nicht aus einer Operatorsequenz direkt auf ein Modell schließen, solange nicht ausgeschlossen ist, daß alternative Regelmodelle dieselbe Sequenz erzeugen können.

b) über *Operator-Latenz-Zeiten*. Darunter versteht man die Zeit zwischen zwei beobachtbaren Reaktionen einer Person. Diese Zeitintervalle können gedeutet werden, wenn das Regelmodell unterschiedliche Intervalle vorhersagen kann (Karat, 1982).

c) über *Zustandsübergänge*. Das Konzept des Problem-Verhaltensgraphen birgt den Vorteil, zu jedem Zustand mit Hilfe des Modells den Nachfolgezustand vorhersagen zu können. Teilt man die Übergänge in z. B. drei Güteklassen (auf die Lösung führende, zu der Lösung nicht hinführende und falsche Züge), kann man die Modellvorhersagen mit einfachen nichtparametrischen Tests überprüfen.

d) über *Verbalisierungen*. Nach der *chunk*-Theorie von Rosenbloom und Newell ersetzen *chunks* als automatisierte Prozeduren Zielhierarchien. Es wird dann unwahrscheinlich, daß derartig ersetzte Ziele noch verbalisiert werden können. Weitere Überlegungen hierzu finden sich bei Ericsson und Simon (1984).

e) über die *Bearbeitungsdauer eines Problems*. Diese Zeit kann als Funktion der Zykluszahl von Regelanwendungen *(recognize-act-cycles)* angesehen werden (Polson & Kieras, 1985). Voraussetzung dabei ist natürlich, daß sich während der Bearbeitung die Regeln nicht durch Kompilierung (Anderson, 1983 a; Neves & Anderson, 1981) oder *chunk*-Bildung wesentlich verändern.

f) über *Transfereffekte*. Die Lernzeit für die Beherrschung neuer Aufgaben und Probleme ist abhängig von der Zahl der neu für diese Aufgabe zu lernenden spezifischen Produktionen (Polson & Kieras, 1985). Produktionen, die in der alten und neuen Aufgabe gemeinsam enthalten sind, brauchen nicht neu hinzugelernt werden *(common-rules*-Hypothese nach Polson, Muncher & Engelbeck, 1986).

Damit haben wir hier eine Reihe von Möglichkeiten genannt, die empirische Tragfähigkeit von Regelmodellen zu prüfen. Sie stehen damit in keiner Weise hinter den bekannten mathematisch-statistischen Parametermodellen zurück.

Deduktive Informationsverarbeitung mit zielorientierten, rückwärtsverkettenden Regelsystemen

In den beiden vorangegangenen Abschnitten haben wir uns mit vorwärtsverkettenden Regelsystemen befaßt. Ihrem Charakter nach waren sie stärker daten- als zielorientiert. Ziele wurden im Arbeitsspeicher eingeführt, wenn die externe Situation und ihre Repräsentation mittels Daten keine eindeutigen Hinweise auf den weiteren Verlauf der Aktionen zuließ.

In diesem Abschnitt wollen wir uns den zielorientierten Regelsystemen zuwenden. Wir erwarten dabei, daß sich mit ihnen bestimmte empirisch beobachtbare Phänomene besonders gut beschreiben und eventuell modellieren lassen. Wir hoffen, damit etwa die Beantwortung von Fragen mittels deduktiver Prozesse oder das Problemlösen mittels Aufbau von Unterzielhierarchien erfassen zu können. Wir wollen unsere Überlegungen am Problem der Fragebeantwortung entwickeln und stützen uns hier auf die Beispiele, die Klix (in diesem Band) bei der Diskussion semantischer Netze benutzt hat.

Zunächst werden einige grundlegende Begriffe und Konzepte am Beispiel der Ereignisbeschreibungen „Lehrsituation" und „Behandlungssituation" (Klix, in diesem Band, Abb. 2) eingeführt.

Das die beiden Situationen beschreibende rückwärtsverkettende Regelsystem ist in Tab. 18.1 abgebildet.

Wir bezeichnen das Regelsystem als *logisches Programm*. Das wird durch eine Reihe von Eigenschaften gerechtfertigt, auf die wir teilweise noch näher eingehen wollen.

Das Programm setzt sich zusammen aus 18 Faktoren, die die zwei Situationen „Lehren" und „Behandeln" beschreiben, und 6 Regeln, die die Umsetzung von quasi-natürlichsprachlichen Fragen in ihre propositionale Repräsentation bewirken. So können dem System u. a. folgende Fragen gestellt werden (die Antworten sind rechts daneben geschrieben):

„(WEM LEHREN _Antwort)?"	„_Antwort = Schüler"
„(WOMIT BEHANDELN _Antwort)?"	„_Antwort = nicht-schulmedizinisch"
	„_Antwort = Skalpell-Narkose"

Die zweite Frage initiiert im Gegensatz zur ersten gleich zwei Antworten.

Bevor wir auf die Semantik des Regelsystems und seinen Interpreter eingehen, wollen wir kurz die Syntax der hier vorgestellten Regelsysteme beschreiben. Wir verwenden dazu die schon aus dem Beitrag von Opwis (in diesem Band) bekannten Backus-Naur-Regeln (BNF-Syntaxregeln). Die Regeln werden folgendermaßen gelesen. Das in spitze Klammern ⟨⟩ links vom Ersetzungszeichen ::= geschriebene Symbol wird ersetzt durch die rechte Seite der Regel. Alternativen werden durch den senkrechten Oder-Strich | gekennzeichnet. Die anderen Sym-

Tab. 18.1.: Formalisierung der Ereignisbeschreibungen ,,Lehrsituation“ und ,,Behandlungssituation“

```
/* zu Klix, in diesem Band, Abb. 2.2., S. 26, "Ereignisgebundene
((LEHREN  Fin  Wissen))                          Begriffsbeziehungen"*/
((LEHREN  Fin  Können))
((LEHREN  Loc  Schule))
((LEHREN  Ht1  Lehrer))
((LEHREN  Ht2  Schüler))
((LEHREN  Obj  Fach))
((BEHANDELN  Fin  Diagnose-für-Eingriff))
((BEHANDELN  Fin  Operation))
((BEHANDELN  Loc  Klinik))
((BEHANDELN  Loc  Unfallklinik))
((BEHANDELN  Ht1  Arzt))
((BEHANDELN  Ht1  Chirurg))
((BEHANDELN  Ht2  Patient))
((BEHANDELN  Ht2  Unfallpatient))
((BEHANDELN  Obj  Krankheit))
((BEHANDELN  Obj  Beinbruch))
((BEHANDELN  Instr  nicht-schulmedizinisch))
((BEHANDELN  Instr  Skalpell-Narkose))
((WOZU  _Handlung  _Ziel)
        (_Handlung  Fin  _Ziel))
((WO     _Handlung  _Ort)
        (_Handlung  Loc  _Ort))
((WER   _Handlung  _Akteur)
        (_Handlung  Ht1  _Akteur))
((WEM   _Handlung  _Adressat)
        (_Handlung  Ht2  _Adressat))
((WAS   _Handlung  _Gegenstand)
        (_Handlung  Obj  _Gegenstand))
((WOMIT _Handlung  _Mittel)
        (_Handlung  Instr  _Mittel))
```

bole (wie z. B. die runden Klammern) sind terminal. Das bedeutet, daß sie ihrerseits nicht weiter ersetzt werden können.

Die Syntaxregeln lauten dann:

⟨Klausel⟩	::= ⟨Faktum⟩ | ⟨Regel⟩	
⟨Faktum⟩	::= (⟨Ziel⟩)	
⟨Regel⟩	::= (⟨Kopf⟩ ⟨Körper⟩)	
⟨Kopf⟩	::= ⟨Ziel⟩	
⟨Körper⟩	::= ⟨Ziel⟩ {⟨Ziel⟩}	{} bedeutet null oder mehrmalige Wiederholung
⟨Ziel⟩	::= (⟨Relationsname⟩ {⟨Argument⟩})	
⟨Argument⟩	::= ⟨Konstante⟩ | ⟨Variable⟩	
⟨Relationsname⟩	::= LEHREN | BEHANDELN | WOZU | WO | WER | WEM | WAS | WOMIT	
⟨Konstante⟩	::= Fin | Wissen | Können | ... | Skalpell-Narkose	
⟨Variable⟩	::= _Handlung | _Ziel | _Ort | _Akteur | _Adressat | _Gegenstand | _Mittel	
⟨Frage⟩	::= ⟨Ziel⟩?	

Wir fassen Fakten und Regeln unter dem Begriff Klausel zusammen. Ein Faktum ist eine Regel ohne einen Körper. Der Kopf der Regel steht für die Konsequenz (WENN-Komponente) und der Körper für eine Folge von Zielen (DANN-Komponente). Im Gegensatz zu den vorangegangenen Abschnitten werden die Regeln hier in umgekehrter Reihenfolge niedergeschrieben. Dadurch wird die rückwärts verkettende Arbeitsweise des die Regeln abarbeitenden Interpreters erleichtert.

Ein Ziel kann in einem Fakt, einer Regel, aber auch einer Frage vorkommen. Es setzt sich zusammen aus einem Relationsnamen und Null oder mehreren Argumenten, die hier Variable oder Konstante sein können. Unter einer Variablen verstehen wir ein abstraktes Objekt, das Konstante als Werte annehmen kann. Die Namen der Variablen sollen dabei auf zu erwartende Werte hinweisen. In unserem Beispiel kommen z. B. die Ziele (LEHREN Fin Wissen), (WEM _Handlung _Adressat) oder (_Handlung Obj _Gegenstand) vor.

Die Bedeutung des Regelsystems (oder des Programms) besteht in der Menge aller Folgerungen (d. h. Antworten), die sich aus ihm ableiten lassen.

Fakten stehen für die Behauptung, daß ein Ziel ohne jede Vorbedingung wahr ist. Fragen dagegen initiieren einen Antwort- oder Beweisprozeß, der zeigen soll, ob das in die Frage gekleidete Ziel wahr ist. Der Beantwortungsprozeß gliedert sich in eine Reihe von Spezialfällen, in denen die Antwort sofort gegeben werden kann und einen allgemeinen Fall, in dem Such-, Mustervergleichs- und Deduktionsprozesse in Gang gesetzt werden.

Ist z. B. das Ziel in der Frage mit dem Ziel in einem Faktum identisch, wird die Frage mit ,,Ja" beantwortet. Andere Spezialfälle ergeben sich durch die Berücksichtigung von Variablen. Eine Variable in einer Frage wird als existenzquantifiziert aufgefaßt. Der Frage äquivalent ist die Formulierung: ,,Gibt es ein ... so daß ... gilt?" Entspricht das Muster des Ziels einer derartigen Frage dem Ziel in einem Faktum und können Frage und Ziel im Faktum durch Ersetzung der Variablen durch Konstante einander gleich gemacht werden (geschrieben ⟨Variable⟩ / ⟨Konstante⟩), wird die Frage ebenfalls mit ,,Ja" beantwortet. Als zusätzliche Information erhält man noch eine Aussage darüber, welchen Wert die Variable angenommen hat. Wird eine Variable durch eine Konstante ersetzt, liegt eine Variablensubstitution vor. Es wird so eine Instantiierung der Variablen vorgenommen. Ziele ohne Variable wollen wir auch *Grund*ziele nennen. Sie kann man durch Instantiierung erhalten.

Ein dritter Spezialfall, der aber hier in unseren Regelsystemen nicht vorkommt, betrifft Variable in den Fakten. Diese sind allquantifiziert (,,Für alle ... gilt ...!"). Enthält eine Frage keine Variable (d. h. sie ist eine Grundfrage) und kann ein Ziel in einem Faktum durch Variableninstantiierung identisch mit dem Ziel in der Frage gemacht werden, wird die Frage mit ,,Ja" beantwortet.

Enthält das Programm Regeln, gestaltet sich die Beantwortung einer Frage aufwendiger. Für die weiteren Überlegungen wollen wir jetzt eine Kurznotation einführen. Ein Faktum ist eine Regel ohne Vorbedingung, und wir schreiben

$$A \leftarrow$$

Eine Regel wird geschrieben als

$A \leftarrow B_1, B_2, \ldots, B_i, \ldots, B_n$ mit $1 < n$

Das A steht für das Ziel des Kopfes (DANN-Komponente) und die B_i stehen für die Ziele im Körper (WENN-Komponente der Regel). Eine Frage schreiben wir dann als

$\leftarrow Q$

In dem Regelsystem „Ereignisbeschreibung" befinden sich sechs Regeln. Der Gültigkeitsbereich einer Variablen soll lokal auf die Regel beschränkt sein. Darüber hinaus sind die Variablen in den Regeln allquantifiziert. Die Regeln lassen zwei Lesarten zu. Die *prozedurale* Interpretation lautet z. B. für die erste Regel: „Um die Frage zu beantworten, welchem Ziel (wozu) eine Handlung dient, beantworte zuerst die Frage, ob es eine Relation zwischen Handlung, Ziel und dem Fin-Indikator in der Wissensbasis gibt." Die *deklarative* Interpretation lautet: „Für alle Handlungen und Ziele gilt: Wenn es eine Relation zwischen einer Handlung, einem Ziel und dem Fin-Indikator in der Wissensbasis gibt, dann dient die Handlung dem Ziel."

Diese Ausführungen mögen jetzt noch etwas gekünstelt klingen, da die Regeln in diesem Beispiel nur einem Wechsel der Sprachebenen (Primitivdeutsch vs. propositionalisiertes Wissen) dienen. Im nächsten Beispiel werden wir jedoch Regeln formulieren (Tab. 18.2), bei denen der Implikationscharakter stärker durchdringt.

Allgemein läuft die Beantwortung einer Frage unter Einschaltung von Regeln auf der Basis des verallgemeinerten modus-ponens-Schlusses ab. Eine Frage, die ein existentiell quantifiziertes Ziel Q beinhaltet und die nicht mit den o.a. Spezialfällen beantwortet werden kann, setzt einen Suchprozeß in Gang. Findet sich eine Regel

$A \leftarrow B_1, B_2, \ldots, B_i, \ldots, B_n$

so daß A und Q durch Variablensubstitutionen δ, θ identisch gemacht werden können, so daß

$A' = A\,\delta = Q\,\theta = Q'$ A' ist Instanz von A
Q' ist Instanz von Q

gilt, wird das alte Ziel der Frage Q durch die konjunktiv verknüpften Ziele

$B'_1, B'_2, \ldots, B'_i, \ldots, B'_n$ (mit $B'_i = B_i\theta$)

ersetzt. Die Frage Q kann mit „Ja" beantwortet werden, wenn die B'_i aus dem Programm ableitbar sind. Statt *einer* Frage Q sind jetzt die n-Teilfragen B'_i zu beantworten.

Wir wollen das an der Frage Q = (WEM LEHREN _Antwort)? erläutern. Zu Q paßt die Regel

((WEM _Handlung _Adressat)(_Handlung Ht2 _Adressat)),

wenn im Kopf der Regel die Variablensubstitutionen δ = {_Handlung / LEHREN, _Adressat / _Antwort} vorgenommen werden. Das alte Ziel Q wird jetzt ersetzt durch das instantiierte Ziel im Körper der Regel (LEHREN Ht2 _Antwort).

Zu diesem Ziel gibt es ein entsprechendes Faktum in der Wissensbasis, wenn die Variablensubstitution θ = {_Antwort / Schüler} vorgenommen wird. Die Frage kann daher mit „Ja“ und _Antwort = Schüler beantwortet werden.

Das zweite Beispiel bezieht sich auf eine *Abstraktionshierarchie*. Bei Klix (in diesem Band, Abb. 1). finden sich aus empirischen Daten abgeleitete Differenzen im Abstraktionsniveau zwischen merkmalsbestimmten Begriffsbeziehungen. Wir haben in Abb. 18.5. einen entsprechenden Abstraktionsbaum rekonstruiert.

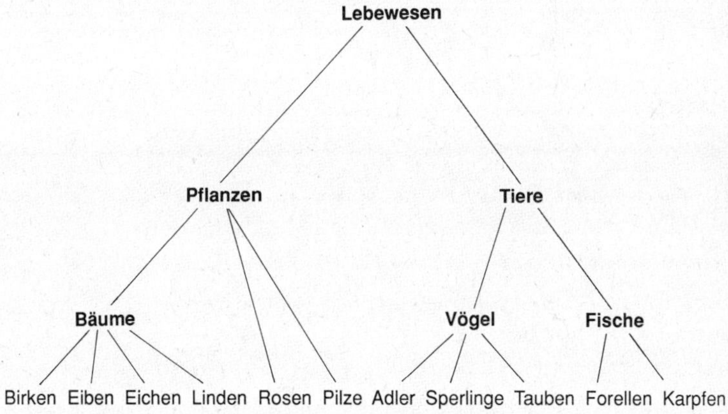

Abb. 18.5.: Aus merkmalsbestimmten Begriffsbeziehungen abgeleitete Abstraktionshierarchie (vgl. Klix, in diesem Band, Abb. 2.1., S. 25)

Das diese Abstraktionshierarchie generierende Regelsystem ist in Tab. 18.2. angegeben. Das System besteht aus 16 Fakten und 6 Regeln. Die MAXIMUM-Regel ist rein technischer Natur und dient nur zur Bestimmung eines Maximums. Wir haben bei den Fakten durch den Plural angedeutet, daß wir Klassen von Lebewesen und nicht Individuen betrachten. Auf die Frage (UNÄHNLICHKEIT Forellen Eichen _Antwort)? antwortet das System mit _Antwort = 3. Die gleiche Antwort kommt auf die Frage (UNÄHNLICHKEIT Adler Pilze _Antwort)? Wir können also die numerischen Einträge in Abb. 1 von Klix (in diesem Band) reproduzieren. Der hypothetische Mechanismus für die Generation von Unähnlich-

Tab. 18.2.: Formalisierung einer Abstraktionshierarchie und Generierung von Unähnlichkeitsurteilen

```
/* zu Klix, in diesem Band, Abb. 2.1., S. 25, "Merkmalsbestimmte
((SIND  Birken  Bäume))                          Begriffsbeziehungen"*/
((SIND  Eiben  Bäume))
((SIND  Eichen  Bäume))
((SIND  Linden  Bäume))
((SIND  Rosen  Pflanzen))
((SIND  Pilze  Pflanzen))
((SIND  Bäume  Pflanzen))
((SIND  Pflanzen  Lebewesen))
((SIND  Adler  Vögel))
((SIND  Sperlinge  Vögel))
((SIND  Tauben  Vögel))
((SIND  Forellen  Fische))
((SIND  Karpfen  Fische))
((SIND  Vögel  Tiere))
((SIND  Fische  Tiere))
((SIND  Tiere  Lebewesen))
((UNTERGEORDNET  _Unterbegriff  _Oberbegriff    1)
        (SIND  _Unterbegriff  _Oberbegriff))
((UNTERGEORDNET  _Unterbegriff  _Oberbegriff  _Stufen)
        (SIND  _Unterbegriff  _direkter-Oberbegriff)
        (UNTERGEORDNET  _direkter-Oberbegriff  _Oberbegriff  _Stufen-1)
        (+  1  _Stufen-1  _Stufen))
((UNÄHNLICHKEIT  _Begriff1  _Begriff2  _Stufen)
        (UNTERGEORDNET  _Begriff1  _Begriff2  _Stufen)/)
((UNÄHNLICHKEIT  _Begriff2  _Begriff1  _Stufen)
        (UNTERGEORDNET  _Begriff1  _Begriff2  _Stufen)/)
((UNÄHNLICHKEIT  _Begriff1  _Begriff2  _Stufen)
        (UNTERGEORDNET  _Begriff1  _Oberbegriff  _Stufen1)
        (UNTERGEORDNET  _Begriff2  _Oberbegriff  _Stufen2)
        (MAXIMUM  _Stufen1  _Stufen2  _Stufen)/)
/*---------------------- Primitive ------------------------------*/
((MAXIMUM  _Zahl1  _Zahl2  _maxZahl)
        (IF  (≥  _Zahl1  _Zahl2)
             ((EQ  _maxZahl  _Zahl1))
            ((EQ  _maxZahl  _Zahl2))))
```

keitsurteilen als Funktion von Beziehungen in der Abstraktionshierarchie ist transparent in den Regeln niedergelegt. Für die Bestimmung der Unähnlichkeitsgrade benötigen wir die Relation UNTERGEORDNET. Die Bedeutung dieser Relation findet sich in zwei Regeln. Die erste Regel besagt, daß zwischen zwei Begriffen eine UNTERGEORDNET-Relation mit Hierarchiestufendifferenz 1 besteht, vorausgesetzt, es findet sich ein Faktum (SIND _Unterbegriff _Oberbegriff) in der Datenbasis. Anderenfalls wird die zweite Regel herangezogen. Sie prüft, ob es eine UNTERGEORDNET-Relation zwischen zwei Begriffen mit einer zunächst noch unbekannten Stufendifferenz dieser Begriffe gibt. Gibt es einen direkten Oberbegriff zu dem Unterbegriff (wird geprüft mit (SIND _Unterbegriff _direkter–Oberbegriff)) und eine UNTERGEORDNET-Relation von diesem noch zu findenden direkten Oberbegriff zum ursprünglichen Oberbegriff mit Stufendifferenz _Stufen-1, wird die ursprünglich interessierende Stufendifferenz _Stufen durch Erhöhung von _Stufen-1 um 1 bestimmt.

Die Berechnung der Unähnlichkeit gliedert sich in drei Fälle. Dementsprechend haben wir auch drei Regeln formuliert, von denen nur jeweils eine zur vollständigen Anwendung kommt (gekennzeichnet durch das sogenannte Schnittsymbol / am Ende der drei Regeln). Die ersten beiden Regeln können wir verbal zusammenfassen zu: ,,Zwischen zwei Begriffen besteht eine numerisch quantifizierbare Unähnlichkeit, die sich aus der Stufendifferenz in der Abstraktionshierarchie herleiten läßt, wenn die beiden Begriffe in einer UNTERGEORDNET-Relation zueinander stehen.“ Damit sind Unähnlichkeitsurteile zwischen Birken–Bäume und Bäume–Pflanzen möglich. Allerdings wäre ein Unähnlichkeitsurteil zwischen Eichen–Linden oder Pilze–Adler noch nicht möglich. Dafür nehmen wir hypothetisch an, daß Unähnlichkeitsurteile noch nach einer dritten Regel durchgeführt werden. Stehen zwei Begriffe nicht in einer UNTERGEORDNET-Relation zueinander, wird geprüft, ob es in der Abstraktionshierarchie einen für beide Begriffe gemeinsamen Oberbegriff gibt. Es wird die Stufendifferenz beider Begriffe zu diesem Oberbegriff bestimmt. Das Unähnlichkeitsmaß ergibt sich dann durch das Maximum der beiden Stufendifferenzen.

Jetzt sind wir auch in der Lage, die *Funktionsweise des abstrakten Regelinterpreters* zu beschreiben. Dazu führen wir noch ein paar Begriffe ein. Eine Liste von Zielen, die zur Beantwortung anstehen, soll Resolvente heißen. Die Grundinstanz einer Regel $A <- B_1, \ldots, B_n$ ist eine Regel, in der alle Ziele durch die gleiche Variablensubstitution θ zu Grundzielen gemacht wurden: $A' <- B'_1, \ldots, B'_n$ mit $A' = A\,\theta$ und $B'_i = B_i\theta$.

Der abstrakte Regelinterpreter funktioniert nun folgendermaßen:

1. Initialisiere die Resolvente mit der Grundinstanz der Frage Q. Enthielt die Frage Q konjunktiv verknüpfte Teilfragen $A_1, \ldots, A_k$, enthält die Resolvente jetzt die Grundziele $A'_1, \ldots, A'_k$ mit $A'_i = A_i\theta$.
2. Solange die Resolvente nicht leer ist, mache folgendes:

2.1 Wähle ein Ziel A'_i aus der Resolvente $(1 \leq i \leq k)$
 und

2.2 Wähle eine Grundinstanz einer Klausel
 a) $A' <—$

oder

 b) $A' <— B'_1, \ldots, B'_n$ mit $(1 \leq n)$
 aus dem Regelsystem, so daß Ziel und Kopf gleich sind:
 $A'_i = A'$. Gibt es keine solche Klausel, verlasse die Schleife. Sonst

2.3 Verändere die Resolvente zu
 a) $A'_1, \ldots, A'_{i-1}, A'_{i+1}, \ldots, A'_n$

oder

 b) $A'_1, \ldots, A'_{i-1}, B'_1, \ldots, B'_n, A'_{i+1}, \ldots A'_n$

3. Ist die Resolvente leer, antworte mit ,,Ja“ und gebe die Variablensubstitution θ als zusätzliche Antwort. Im anderen Fall antworte mit ,,Nein“.

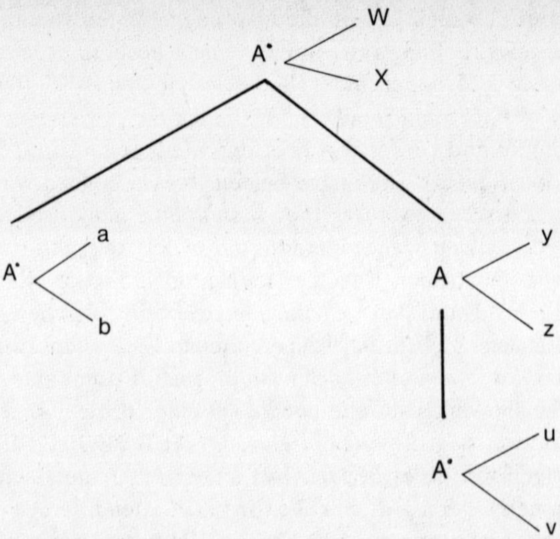

Frageschema: (Vergleiche <1. Konzept A> <2. Konzept A' > <Antwort>)

Beispiele: (Vergleiche (w x y z) (w x) _Antwort)
(Vergleiche (w x y z) (w x y z u v) _Antwort
(Vergleiche (w x y z) (w x a b) _Antwort
(Vergleiche (w x y z) (w x y z) _Antwort

Abb. 18.6.: Abstraktionshierarchie mit Standardkonzept A und alternativen Vergleichskonzepten A' (vgl. a. Klix, in diesem Band, Abb. 2.5., S. 33)

Das dritte Beispiel bezieht sich auf ein Regelsystem, das in der Lage ist, Unter- und Oberbegriffsrelationen sowie Nebenordnungen von Begriffen aus den Merkmalslisten der Attribute zu bestimmen. Das Regelsystem kann also Abstraktionshierarchien mit Merkmalsvererbung aufbauen. Wir haben das Beispiel von Klix (in diesem Band, Abb. 5) teilweise in Abb. 6 graphisch aufbereitet. Wir haben ein Standardkonzept A mit den Merkmalen (w x y z). Das Konzept oder der Begriff A wird mit dem Konzept A' verglichen. Umfaßt A' nur die Merkmale (w x), ist A' der Oberbegriff und A der Unterbegriff. Dabei erbt A von A' die beiden Begriffen gemeinsamen Merkmale (w x). Am Konzeptknoten A werden nur die konzeptspezifischen Merkmale (y z) angelagert.

Für den Vergleichsbegriff A' werden dann alle Möglichkeiten der Ober-, Neben- und Unterordnung zu A durchgespielt. Die Abstraktionshierarchie geht dabei von größtmöglicher Speicherökonomie bei der Ablegung von Merkmalen aus. Das Regelsystem, das die Frage (VERGLEICHE ⟨1.Konzept⟩ ⟨2.Konzept⟩ _Antwort)? mit der Ober-, Neben- oder Unterordnung der Konzepte beantwortet, findet sich in Tab. 18.3.

Tab. 18.3.: Regelsystem zur Prüfung zweier Konzepte auf Ober-, Neben- oder Unterordnung

```
/************** Abgleich von Attributmengen ******************/
/*1*/
((Vergleiche _Begriff1 _Begriff2 _Antwort)
    (Durchschnitt _Begriff1 _Begriff2 _Gemeinsamkeiten)
    (EQ _Gemeinsamkeiten ())
    (EQ _Antwort "keine Ordnung auf den Begriffen"))
/*2a*/
((Vergleiche _Begriff1 _Begriff2 _Antwort)
    (Differenz _Begriff1 _Begriff2 _Differenz12)
    (Differenz _Begriff2 _Begriff1 _Differenz21)
    (EQ _Differenz12 ())
    (EQ _Differenz21 ())
    (EQ _Antwort "identische Begriffe"))
/*2b*/
((Vergleiche _Begriff1 _Begriff2 _Antwort)
    (Differenz _Begriff2 _Begriff1 _Differenz21)
    (Differenz _Begriff1 _Begriff2 _Differenz12)
    (EQ _Differenz21 ())
    (EQ _Differenz12 ())
    (EQ _Antwort "identische Begriffe")/)
/*3a*/
((Vergleiche _Begriff1 _Begriff2 _Antwort)
    (Differenz _Begriff1 _Begriff2 _Differenz12)
    (EQ _Differenz12 ())
    (EQ _Antwort "Begriff1 ist Ober- u. Begriff2 ist Unterbegriff"))
/*3b*/
((Vergleiche _Begriff1 _Begriff2 _Antwort)
    (Differenz _Begriff2 _Begriff1 _Differenz21)
    (EQ _Differenz21 ())
    (EQ _Antwort "Begriff1 ist Unter- u. Begriff2 ist Oberbegriff"))
/*4a*/
((Vergleiche _Begriff1 _Begriff2 _Antwort)
    (Differenz _Begriff2 _Begriff1 _Differenz21)
    (EQ _Differenz21 ())
    (EQ _Antwort "Begriff1 ist Unter- u. Begriff2 ist Oberbegriff"))
/*4b*/
((Vergleiche _Begriff1 _Begriff2 _Antwort)
    (Differenz _Begriff1 _Begriff2 _Differenz12)
    (EQ _Differenz12 ())
    (EQ _Antwort "Begriff1 ist Ober- u. Begriff2 ist Unterbegriff"))
/*5*/
((Vergleiche _Begriff1 _Begriff2 _Antwort)
    (Durchschnitt _Begriff1 _Begriff2 _Gemeinsamkeiten)
    (NOT EQ _Gemeinsamkeiten ())
    (Differenz _Begriff2 _Begriff1 _Differenz21)
    (Differenz _Begriff1 _Begriff2 _Differenz12)
    (NOT EQ _Differenz21 ())
    (NOT EQ _Differenz12 ())
    (EQ _Antwort "Begriff1 und Begriff2 sind nebengeordnet")/)
/*************** primitive Relationen ************************/
((Durchschnitt () _Liste2 ()) /)
((Durchschnitt _Liste1 () ()) /)
((Durchschnitt (_first1 | _rest1) _Liste2 (_first1 | _rest1Liste2))
    (ON _first1 _Liste2)
    (Durchschnitt _rest1 _Liste2 _rest1Liste2) /)
((Durchschnitt (_first1 | _rest1) _Liste2 _rest1Liste2)
    (Durchschnitt _rest1 _Liste2 _rest1Liste2) /)
((Differenz () _Liste2 ()) /)
((Differenz _Liste1 () _Liste1 ))
((Differenz (_first1 | _rest1) _Liste2 (_first1 | _rest1-Liste2))
    (NOT ON _first1 _Liste2)
    (Differenz _rest1 _Liste2 _rest1-Liste2) /)

((Differenz (_first1 | _rest1) _Liste2 _rest1-Liste2)
    (Differenz _rest1 _Liste2 _rest1-Liste2) /)
```

Den Ablauf der Entscheidungsfindung haben wir in Abb. 18.7 dargestellt.

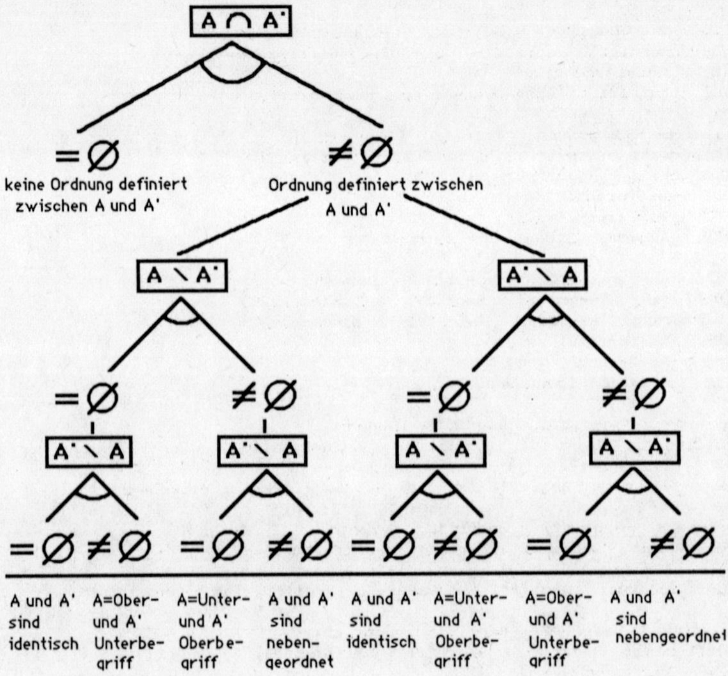

Abb. 18.7.: Entscheidungsbaum zur Prüfung auf Ober-Unter- oder Unter-Ober-Konzeptrelation oder auf Nebenordnung

Im Regelsystem von Tab. 18.3. sind einige neue Details aufgeführt, die der Verarbeitung von Merkmalslisten dienen. Wir wollen sie hier kurz erklären. Genaueres läßt sich z. B. bei Clark und McCabe (1984) nachlesen.

Die Relation ,,Durchschnitt" umfaßt vier Regeln, mit denen alle Sonderfälle bei der Bestimmung von gemeinsamen Merkmalen zweier Konzepte abgedeckt werden. Es kommt nur jeweils eine der vier Regeln erfolgreich zum Abschluß. Die ersten zwei Regeln sagen aus, daß der Durchschnitt einer nichtleeren Liste mit einer leeren Liste leer ist. In der dritten Regel wird von Listenmustern (_X | _Y) und dem Prädikat ON Gebrauch gemacht.

Lautet die Frage z. B. (Durchschnitt w x y z) (w x) _Antwort)?, finden die beiden ersten Regeln keine Anwendung, weil weder die erste noch die zweite Merkmalsliste leere Listen (nämlich =()) sind. Die Frage und der Kopf der 3. Regel können jedoch durch zwei Variablensubstitutionen δ und θ gleich gemacht werden:

δ = {_first1 / w, _rest1 / (x y z), _Liste2 / (w x)}
θ = {_Antwort / (w | _rest1Liste2}

Die ursprüngliche Resolvente wird dann ersetzt durch zwei Ziele: (ON w (w x)) und (Durchschnitt (x y z) _rest1Liste2). Wir haben das Ursprungsproblem auf ein einfaches (ON...) und ein vereinfachtes (Durchschnitt (x y z)...) zurückgeführt. Die vierte Regel brauchen wir, wenn das erste Listenelement der ersten Merkmalsliste nicht in der zweiten Liste enthalten ist. Dann wird einfach der Durchschnitt der um das erste Element verkürzten ersten Liste mit der zweiten Liste ermittelt.

In entsprechender Weise werden die konzeptspezifischen Merkmalslisten mit der Relation „Differenz“ berechnet. Diese beiden technischen Relationen werden in den Regeln 1–5 als Primitive benutzt. In diesen Regeln taucht noch die Relation EQ auf. Sie kann zur Prüfung auf Gleichheit von Konstanten verwendet werden. Enthalten die Argumente dagegen Variable, findet eine Variablensubstitution mit dem Ziel statt, beide Argumente identisch abzugleichen. Das wird beim letzten Ziel jeder Regel zur Generierung der Antwort benutzt.

Wir haben unsere Regelsysteme als logische Programme konzipiert und einen *abstrakten Interpreter* angegeben, der *die Rolle des Informationsverarbeiters* einnimmt. Dem Interpreter wurde dabei freigestellt, welche Ziele und welche Regel er auswählt. Ferner wurde über die konkrete Verfahrensweise bei den Variablensubstitutionen keine Angaben gemacht. Wir sind nur davon ausgegangen, daß der Interpreter eine „Ja“-Antwort findet, wenn sie sich prinzipiell finden läßt.

Für praktische Computersimulationen müssen diese Freiheiten jedoch eingeschränkt werden. Wir haben für konkrete Implementationen die Programmiersprache PROLOG gewählt (Clark & McCabe, 1984; Colmerauer, 1985; Cohen, 1985). Auf die Einschränkung von PROLOG hinsichtlich der Ziel- und Regelauswahl, wollen wir hier aber nur kurz eingehen und verweisen auf die Literatur.

Repräsentation von semantischen Netzen: Zu den Ansätzen von Quillian und Klix

Die Theorie semantischer Netze wurde mit einem Artikel von Quillian (1968) in dem für die Computermodellierung einflußreichen Buch „Semantic Information Processing“ von Minsky (1968) begründet. Quillian formuliert ein netzartiges nichthierarchisches Wissensrepräsentationsmodell. Ausschnitte des Netzes repräsentieren inhaltliche Konzepte und werden Scheiben *(planes)* genannt. Aebli (1981, Bd. II, S. 252) spricht hier auch von Rahmen. Für jede Scheibe gibt es einen *type*-Knoten, der die Rolle einer Wortmarke für das Konzept einnimmt. Die anderen Knoten in der Scheibe werden *token* genannt. Sie charakterisieren die übergeordneten *types*. Letztere definieren sich dann wechselseitig.

Wegweisend für spätere Theorie war außer der *type-token*-Unterscheidung, die u. a. von Norman und Rumelhart (1978) und Kintsch (1974) aufgegriffen wurde, die Einführung von sich ausbreitenden Aktivationshüllen oder -wellen (Quillian,

1968, S. 249). Darunter ist folgendes zu verstehen: Versucht eine Frage, zwei Konzepte miteinander zu verbinden („Ist ein *Zebra* ein *Pferd*?"), laufen von beiden Konzepten („Pferd" und „Zebra") Aktivierungswellen aus. Schneiden sich die Wellen unterhalb einer oberen Zeitschranke, wird die Frage mit „Ja" beantwortet. Dieses hier zum erstenmal vorgeschlagene Aktivierungskonzept ist auch heute noch zentraler Bestandteil vieler Modelle zum semantischen Gedächtnis (Pollack & Waltz, 1986).

Von der psychologischen Forschung wurde aber erst die zweite Theorie von Quillian, die er zusammen mit Collins (Collins & Quillian, 1969) veröffentlicht hat, aufgegriffen. Sie ist wesentlich einfacher gehalten als die erste Theorie und erlaubt es auch ohne Computersimulation, empirische Vorhersagen zu machen. Aebli (1981, Bd. II, S. 251) stuft sie als „mittelalterlich" bzw. „aristotelisch-scholastisch-empiristisch" ein. Wir finden das Grundkonzept jedoch flexibel und prinzipiell erweiterungsfähig.

Die Theorie von Collins und Quillian (1969) bezieht sich auf eine Abstraktionshierarchie oder Begriffspyramide (s. z. B. Abb. 18.8.)

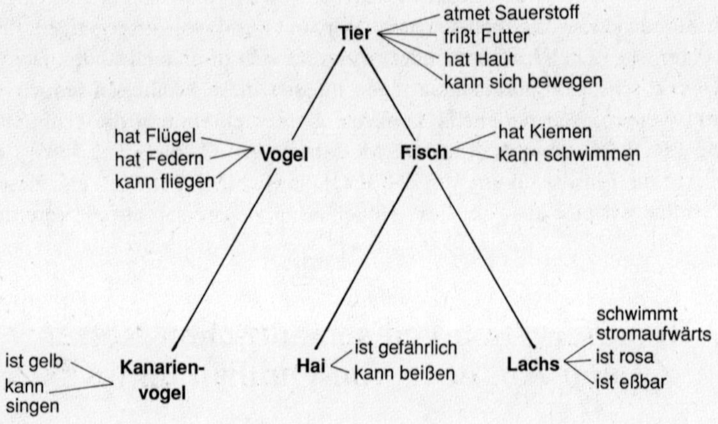

Abb. 18.8.: Abstraktionshierarchie mit Merkmalsvererbung nach Collins & Quillian (1969)

Es gilt die Annahme, daß sich Unter- bzw. Oberbegriffe als Knoten in einem Baum anordnen lassen. Eigenschaften werden an dem höchsten Knoten der Knotenmenge, für die sie Gültigkeit haben sollen, angelagert. Die Eigenschaften vererben sich auf die unteren Knoten und gelten damit für die entsprechenden Unterbegriffe. Bestimmend ist die Vorstellung *kognitiver Ökonomie* (Smith, 1978): Informationen werden nichtredundant abgespeichert und vererben sich im Bedarfsfall. Die Kanten des Baums werden durch die Relationen IST-EIN, KANN, HAT etc. gebildet. Die Zahl der Kanten, die bei einem Weg von einem Knoten zu einem anderen passiert werden müssen, bestimmen die *semantische Distanz* zweier Informationen. Die Reaktionszeit zur Beantwortung von Fragen der Art „Kanarienvögel können fliegen! Wahr oder falsch?“ soll wiederum von der semantischen Distanz abhängen. Demnach müßte die Reaktionszeit auf die ,,Kanarienvogelfrage“ kürzer sein als auf die nachstehende Frage ,,Haie atmen! Wahr oder falsch?“

Die verschiedenen Annahmen von Collins und Quillian wurden in den folgenden Jahren von einer Reihe von Autoren kritisiert. So ist Smith (1978) der Ansicht, daß der entscheidende Faktor für die Schnelligkeit der Fragebeantwortung nicht die Zahl der Kanten zwischen den Knoten, sondern die Relationsstärke ist. Die Relationsstärke läßt sich dabei mit neuronaler Bahnung interpretieren. Im Modell sollte also die Kantenbewertung und nicht die Kantenzahl die Schnelligkeit der Suchprozesse steuern.

Der zweite Punkt, an dem sich Kritik entzündete (Smith, 1978; Wender, Colonius & Schulze, 1980, S. 13), bezog sich auf die nicht explizierte Möglichkeit der ,,Rückrechnung“ von Unter-Oberbegriffsrelationen aus den Eigenschaften, die den Konzepten zugeordnet werden.

Widerspruch erregte auch die Annahme einer starren Merkmalsvererbung. Informationen, die an einem Knoten angelagert werden, bleiben dort fixiert und können nicht an mehrere Stellen des Baumes kopiert werden. Es gibt jedoch empirische Befunde (Rips, Shoben & Smith, 1973), daß die Häufigkeit der Abrufung bestimmter Informationen die Wahrscheinlichkeit deren direkter Abspeicherung erhöht. Seltener benötigte Fakten werden dagegen eher *deduziert*. Wir haben daher eine Dimension ,,Speicherung vs. Berechnung“ vorliegen.

Wir wollen in Ansätzen zeigen, daß die Regelmodelle flexibel genug sind, auf die geäußerten Einwände einzugehen. Die Berechnung von Unter- und Oberbegriffsinformation aus Merkmalseigenschaften haben wir schon im vorangegangenen Abschnitt vorgestellt. Auf die Relationsstärke und die Dichotomie ,,Speicherung vs. Berechnung“ gehen wir unten mit einem Beispiel ein. Dagegen haben wir aus Platzgründen darauf verzichtet, ein Regelmodell mit dynamischer Informationsverwaltung darzustellen.

Wir formalisieren die Begriffspyramide von Abb. 18.8. als Regelmodell mit *expliziter* Abspeicherung von Merkmalsinformationen (s. Tab. 18.4.).

Tab. 18.4.: Formalisierte Abstraktionshierarchie mit Merkmalsvererbung und *expliziter* Informationsabspeicherung

```
/********************** Abstraktionshierarchie ******************/
/*********** mit   e x p l i z i t e r  Informationsabspeicherung ********/
/**************** nach COLLINS & QUILLIAN (1969) **************/
((kann  Kanarienvogel  singen))
((kann  Hai  beißen))
((kann  Vogel  fliegen))
((kann Fisch  schwimmen))
((kann Tier  sich-bewegen))
((kann  Kanarienvogel  _etwas) (kann  Vogel  _etwas))
((kann  Hai  _etwas) (kann  Fisch  _etwas))
((kann  Lachs  _etwas) (kann  Fisch  _etwas))
((kann  Vogel  _etwas) (kann  Tier  _etwas))
((kann  Fisch  _etwas) (kann  Tier _etwas))
```

```
((ist  Kanarienvogel  gelb))
((ist  Hai  gefährlich))
((ist  Lachs  rosa))
((ist  Lachs eßbar))
((schwimmt  Lachs  stromaufwärts))
((hat  Vogel  Flügel))
((hat  Vogel  Federn))
((hat  Fisch  Flossen))
((hat  Fisch  Kiemen))
((hat  Tier  Haut))
((hat  Kanarienvogel  _etwas) (hat  Vogel  _etwas))
((hat  Hai  _etwas) (hat  Fisch  _etwas))
((hat  Lachs  _etwas) (hat  Fisch  _etwas))
((hat  Vogel  _etwas) (hat  Tier  _etwas))
((hat  Fisch  _etwas) (hat  Tier  _etwas))
((frißt  Tier  Futter))
((frißt  Kanarienvogel  _etwas) (frißt  Vogel  _etwas))
((frißt  Hai  _etwas) (frißt  Fisch  _etwas))
((frißt  Lachs  _etwas) (frißt  Fisch  _etwas))
((frißt  Vogel  _etwas) (frißt  Tier  _etwas))
((frißt  Fisch  _etwas) (frißt  Tier  _etwas))
((atmet  Tier  Sauerstoff))
((atmet  Kanarienvogel  _etwas) (atmet  Vogel  _etwas))
((atmet  Hai  _etwas) (atmet  Fisch  _etwas))
((atmet  Lachs  _etwas) (atmet  Fisch  _etwas))
((atmet  Vogel  _etwas)  (atmet  Tier  _etwas))
((atmet  Fisch  _etwas)  (atmet  Tier  _etwas))
```

Die Möglichkeit, Unter- bzw. Oberbegriffsinformation zu *deduzieren*, führt zu einem Regelmodell mit *impliziter* Abspeicherung (s. Tab. 18.5.).

Tab. 18.5.: Formalisierte Abstraktionshierarchie mit Merkmalsvererbung und *impliziter* Informationsabspeicherung

```
/********************* Abstraktionshierarchie ******************/
/*********** mit  i m p l i z i t e r  Informationsabspeicherung ********/
((kann  Kanarienvogel  singen))
((kann  Hai  beißen))
((kann  Vogel  fliegen))
((kann Fisch  schwimmen))
((kann Tier  sich-bewegen))
((kann  _wer  _etwas)
        (ist-Unterbegriff  _wer _Oberbegriff) (kann  _Oberbegriff  _etwas
((ist  Kanarienvogel  gelb))
((ist  Hai  gefährlich))
((ist  Lachs  rosa))
((ist  Lachs eßbar))
((ist-ein  Kanarienvogel  Vogel))
((ist-ein  Vogel  Tier))
((ist-ein  Hai  Fisch))
((ist-ein  Lachs  Fisch))
```

```
((ist-ein  Fisch  Tier))
((ist-Unterbegriff  _Unterbegriff  _Oberbegriff)
         (ist-ein  _Unterbegriff  _Oberbegriff))
((ist-Unterbegriff  _Unterbegriff  _indirekter-Oberbegriff)
         (ist-ein  _Unterbegriff  _direkter-Oberbegriff)
         (ist-Unterbegriff  _direkter-Oberbegriff  _indirekter-Oberbegriff))
((schwimmt  Lachs  stromaufwärts))
((hat  Vogel  Flügel))
((hat  Vogel  Federn))
((hat  Fisch  Flossen))
((hat  Fisch  Kiemen))
((hat  Tier  Haut))
((hat  _wer  _etwas)
             (ist-Unterbegriff  _wer  _Oberbegriff) (hat  _Oberbegriff  _etwas))
((frißt  Tier  Futter))
((frißt  _wer  _etwas)
             (ist-Unterbegriff  _wer  _Oberbegriff) (frißt  _Oberbegriff  _etwas))
((atmet  Tier  Sauerstoff))
((atmet  _wer  _etwas)
             (ist-Unterbegriff  _wer  _Oberbegriff)
             (atmet  _Oberbegriff  _etwas))
```

Die sechs Regeln ermöglichen Suchprozesse über das ganze Netz hinweg, so daß das Netz mit minimaler Kantenzahl auskommt: Speicherökonomie zu Lasten der Berechnungsökonomie.

Die Relations- oder Assoziationsstärke können wir einführen, indem wir Fakten und Regeln linear ordnen. Die vertikale Ordnung der Klauseln in den Tab. 18.4. und 18.5. soll dieser Ordnung entsprechen. Entsprechend muß der abstrakte Interpreter eine geänderte Verarbeitungsstrategie befolgen. Die Regelauswahl wird nicht länger nichtdeterministisch, sondern entsprechend der hier eingeführten Ordnung vorgenommen. Zuerst werden die Fakten entsprechend ihrer vertikalen Ordnung und damit nach ihrer Assoziationsstärke durchsucht. Erst danach werden Inferenzprozesse in Gang gesetzt. Denkbar sind auch Interpreter, die die Anordnung der Klauseln im Sinne von Verstärkung, Hemmung oder dem Refraktärprinzip *dynamisch* verändern.

Wir wollen jetzt mit der Frage ,,Wer kann was?“ einen Suchprozeß im Regelmodell mit impliziter Abspeicherung (Tab. 18.5) in Gang setzen. Die Frage wird in das Ziel (kann _wer _was)? umformuliert. Die entsprechenden Instantiierungen der Variablen _wer und _was lauten der Reihenfolge nach:

_wer = Kanarienvogel	Hai	Vogel	Fisch
_was = singen	beißen	fliegen	schwimmen
_wer = Tier	Kanarienvogel	Kanarienvogel	Vogel
_was = sich-bewegen	fliegen	sich-bewegen	sich-bewegen
_wer = Hai	Hai	Lachs	Lachs
_was = schwimmen	sich-bewegen	schwimmen	sich-bewegen
_wer = Fisch	Kanarienvogel	Hai	Lachs
_was = sich-bewegen	sich-bewegen	sich-bewegen	sich-bewegen

Die Instantiierungen können als aktive Musterabgleichung *(pattern matching)* verstanden werden. Sie tragen Informationen in die Regeln hinein und wieder hinaus. Entsprechende kognitionspsychologische Untersuchungen finden sich bei Anderson (1976, 1983a).

Zum Schluß wollen wir noch eine einfache *chronometrische Studie* zum Komplex der Unter- bzw. Oberbegriffserkennung vornehmen, die sich auf die Ausführungen von Klix zu diesem Thema (Klix, in diesem Band, Abb. 5) stützt. Das von uns konzipierte Regelsystem ist in Tab. 18.6. wiedergegeben.

Tab. 18.6.: Formalisierung der Prüfung auf Neben-, Über- oder Unterordnung eines Begriffs As

```
((IST-A-UNTERBEGRIFF-VON-As?  _A  _As  _Antwort  _Antwortzeit)
             (TICKS  _Anfangszeit)
/*0*/   (EINE-GEMEINSAMKEIT?  _A  _As)
             (IF
/*1*/        (EINE-SPEZIFISCHE-EIGENSCHAFT?   _A   _As)
                  ((IF
/*2*/               (ENTHALTEN?  _As  _A  )
                         ((EQ  _Antwort  "A ist As untergeordnet"))
                         ((EQ  _Antwort  "A ist As nebengeordnet"))))
                  ((EQ  _Antwort  "A ist As übergeordnet oder identisch")))
             (TICKS  _Endzeit)
             (-  _Endzeit  _Anfangszeit  _Antwortzeit) /)
((IST-A-OBERBEGRIFF-VON-As?  _A  _As  _Antwort  _Antwortzeit)
             (TICKS  _Anfangszeit)
/*0*/   (EINE-GEMEINSAMKEIT?  _A  _As)
             (IF
/*1*/          (KEINE-SPEZIFISCHE-EIGENSCHAFT?   _A   _As)
                   ((IF
/*2*/                (ENTHALTEN?    _A  _As)
                          ((EQ  _Antwort "A ist identisch mit As"))
                          ((EQ  _Antwort "A ist As übergeordnet"))))
                  ((EQ  _Antwort  "A ist As neben- oder untergeordnet")))
             (TICKS  _Endzeit)
             (-  _Endzeit  _Anfangszeit  _Antwortzeit) /)
((EINE-GEMEINSAMKEIT?  (_firstA | _restA )  _As )
             (ON  _firstA  _As)  /)
((EINE-GEMEINSAMKEIT?  (_firstA | _restA )  _As )
             (EINE-GEMEINSAMKEIT?  _restA  _As)  /)
((EINE-SPEZIFISCHE-EIGENSCHAFT?   (_firstA | _restA)    ()) /)
((EINE-SPEZIFISCHE-EIGENSCHAFT?   (_firstA | _restA)  _As)
             (NOT  ON  _firstA  _As)  /)
((EINE-SPEZIFISCHE-EIGENSCHAFT?   (_firstA | _restA)  _As)
             (EINE-SPEZIFISCHE-EIGENSCHAFT?   _restA   _As)  /)
((KEINE-SPEZIFISCHE-EIGENSCHAFT?  _A  _As)
            (NOT  EINE-SPEZIFISCHE-EIGENSCHAFT?  _A  _As))
((ENTHALTEN?     ()     _A))
((ENTHALTEN?    (_firstAs | _restAs)  _A)
             (ON  _firstAs  _A)
            (ENTHALTEN?  _restAs  _A))
```

Auch dieses Regelwerk ist wie alle anderen rückwärtsverkettenden Systeme in MacPROLOG geschrieben. Es taucht hier ein neues Sprachkonstrukt auf, das einer kurzen Erläuterung bedarf. Die Relation IF hat folgende Syntax:

⟨IF-Relation⟩ ::= (IF ⟨Bedingungsrelation⟩ ⟨Ja-Zweig⟩ ⟨Nein-Zweig⟩)
⟨Bedingungsrelation⟩ ::= ⟨Ziel⟩
⟨Ja-Zweig⟩ ::= ({⟨Ziel⟩}) {}bedeutet Null oder mehrmalige Wieder-
⟨Nein-Zweig⟩ ::= ({⟨Ziel⟩}) holung

Ist die Bedingungsrelation erfüllt, wird die Liste der Ziele des Ja-Zweigs anderenfalls die des Nein-Zweigs abgearbeitet.

Erläutern wir zunächst die *Unter*-Oberbegriffserkennung. Dazu nehmen wir an, daß der Referenzbegriff A die Merkmalsliste (w x y z) und der Vergleichsbegriff As die Liste (w x) aufweisen. Wir stellen dem Regelsystem die Frage (IST-A-UNTERBEGRIFF-VON-As? (w x y z) (w x) _Antwort _Antwortzeit). Das in der Frage enthaltene Ziel aktiviert die erste Regel in Tab. 18.6. Danach wird mit dem Ziel (TICKS _Anfangszeit) die Anfangszeit an die Variable _Anfangszeit gebunden. Als nächstes wird das Ziel (EINE-GEMEINSAMKEIT? _A _As) aktiviert. Die Markierung /*0*/ vor dem Ziel verweist auf die Numerierung des Prüfschritts im Text von Klix („O-ter Schritt"). Die Prüfung ergibt, daß eine Liste mit gemeinsamen Merkmalen vorliegt. Sie lautet (w x). Deshalb ist das Ziel erfüllt, und wir können uns dem nächsten Ziel (EINE-SPEZIFISCHE _EIGENSCHAFT? _A _As) zuwenden.

Es wird jetzt geprüft, ob A gegenüber As spezifische Merkmale besitzt. Das Ziel kann mit der für A spezifischen Eigenschaftsliste (y z) als erfüllt gelten.

Die Markierung /*1*/ weist ebenfalls wieder auf die Klixsche Prüfschrittnumerierung hin.

Hätte A gegenüber As keine spezifischen Eigenschaften aufgewiesen, wäre die Prüfung zu Ende und die Antwort wäre: „A ist As übergeordnet oder identisch."

In unserem Fall liegen jedoch spezifische Merkmale vor. Deshalb kann man jetzt zum Ziel (ENTHALTEN? _As _A) übergehen. Wir prüfen jetzt, ob der Merkmalssatz von As eine Untermenge von Merkmalssatz A ist. Wenn das den Tatsachen entspricht, lautet die Antwort: „A ist As untergeordnet". Anderenfalls stellt das Regelsystem fest: „A ist As nebengeordnet."

Anschließend werden mit den Zielen (TICKS _Endzeit) und (– _Endzeit _Anfangszeit _Antwortzeit) die Endzeit und die verbrauchte Rechenzeit bestimmt.

Die für die *Ober*-Unterbegriffserkennung entsprechende Prüfschrittfolge ist in der zweiten Regel mit dem Kopf (IST-A-OBERBEGRIFF-VON-As? _A _As _Antwort _Antwortzeit) niedergelegt. Auf die Prüfung gemeinsamer Merkmale folgt die Prüfung, ob A gegenüber As *keine* spezifische Eigenschaft besitzt. Ist das der Fall, ist A dem Begriff As übergeordnet oder mit ihm identisch. Diese beiden Fälle können noch unterschieden werden mit einer Prüfung (ENTHALTEN? _As _A). Bei Identität von As und A ist Ziel erfüllt, und die Antwort lautet: „A ist identisch mit As." Liegt dagegen eine spezifische Eigenschaft von A gegenüber

As vor, bleibt nur die Feststellung: „A ist As neben- oder untergeordnet." Wir haben nun für jeweils drei permutierte Merkmalslistenpaare die Entscheidungszeiten zusammengetragen (Tab. 18.7.).

Tab. 18.7.: Zeittakte zur Durchführung der Unter-Ober- sowie der Ober-Unterbegriffsbestimmung in Abhängigkeit von der Anordnung der Begriffe in einer Abstraktionshierarchie

Prüfung:	wahre Situation: a) As A	 b) A As	 c) A As	 d) A = As
Ist-A-Unterbegriff-Von-As?	11	12	12	12
Ist-A-Oberbegriff-Von-As?	8	22	8	20

a) Unterordnung von A
b) Unterordnung von As
c) Nebenordnung
d) Identität

Die Zahlen geben gemittelte und dann gerundete Zeittakte an, die zur Prüfung der jeweiligen Situation notwendig sind. Die Merkmalslisten entsprechen den in der Abb. 18.6. benutzten. Jede Prüfung wurde dreimal mit permutierten Listen repliziert.

Auffällig dabei und für die empirische Hypothesenbildung nützlich ist unsere Beobachtung, daß die Prüfung IST-A-OBERBEGRIFF-VON-As? in zwei Fällen erheblich länger dauert als die inverse Prüfung IST-A-UNTERBEGRIFF-VON-As? Der erste Fall liegt vor, wenn tatsächlich As übergeordnet ist. Aber auch bei identischen A und As dauert die IST-A-OBERBEGRIFF-VON-As?-Prüfung länger als die Berechnung des inversen Prädikats.

Die Prüfung IST-A-OBERBEGRIFF-VON-As dauert bei beiden Fällen im wesentlichen länger, weil wir zusätzlich die Prüfung (ENTHALTEN? _As _A) einschalten, um die Fälle „A ist identisch mit As" und „A ist As übergeordnet" auseinanderhalten können. Bei den anderen Tabellendifferenzen ergeben sich die Zeitunterschiede auch im wesentlichen durch die Einfügung oder den Fortfall der (ENTHALTEN? _As _A) Prüfung. Die Zeitunterschiede, die durch Permutation der Merkmalslisten entstanden, waren wesentlich geringer. Sie wurden daher nicht berücksichtigt.

Schlußbemerkungen

Wir haben ansatzweise gezeigt, wie Modellierungen mit Regelmodellen aussehen können. Dazu haben wir elementare deterministische Regelsysteme, die vorwärts- und rückwärtsverkettend ausgelegt waren, diskutiert. Es wurden Hinweise auf empirische Indikatoren gegeben, die aus den Modellen ableitbar sind. Als Implementationssprachen wurden LISP und PROLOG benutzt. Es zeigte sich, daß der Nutzen von Computermodellen vielfältig sein kann. Einmal wird die Theorien- und Hypothesenbildung verfeinert, da alle Prozeßkomponenten expliziert werden können. Zum anderen sind Prüfungen der Vollständigkeit und Widerspruchsfreiheit möglich, weil die Modelle *ablauffähig* sind. Damit kann das Modell in seinem dynamischen Verhalten genau studiert werden. Zum dritten sind aus den Modellen hinreichend viele empirische Indikatoren ableitbar, so daß die empirische Tragfähigkeit überprüfbar ist und der größere Detaillierungsgrad der Regelmodelle gegenüber den stochastischen Parametermodellen klassischer Art nicht zu einem Absicherungsmanko führt.

Leider haben wir in diesem Beitrag die stochastische Seite der Modelle nur rudimentär behandelt. Gänzlich unberücksichtigt ließen wir zudem die Verarbeitung widersprüchlicher und unscharfer Informationen. Uns sind zwar diese Lücken bewußt, andererseits standen diese Themen auch bei den von uns zitierten Theorien nicht im Mittelpunkt der Erörterungen.

Literatur

Aebli, H. (1980/81). *Denken: Das Ordnen des Tuns* (Bd. I/II). Stuttgart: Klett-Cotta.

Anderson, J. A., & Hinton, G. E. (1981). Models of information processing in the brain. In G. E. Hinton & J. A. Anderson (Eds.), *Parallel models of associative memory* (pp. 9–48). Hillsdale, N. J.: Erlbaum.

Anderson, J. R. (1976). *Thought and memory.* Hillsdale, N. J.: Erlbaum.

Anderson, J. R. (1980). *Cognitive psychology and its implications.* San Francisco: Freeman.

Anderson, J. R. (1983a). *The architecture of cognition.* Cambridge, Mass.: Harvard University Press.

Anderson, J. R. (1983b). Acquisition of proof skills in geometry. In R. S. Michalski, J. G. Carbonell & T. M. Mitchell (Eds.), *Machine learning: An artificial intelligence approach* (pp. 191–219). Palo Alto: Tioga.

Anderson, J. R., Kline, P. J., & Beasley, Ch.. M. (1980). Complex learning processes. In R. E. Snow, P. A. Federico & W. E. Montague (Eds.), *Aptitude, learning and instruction.* Hillsdale, N. J.: Erlbaum.

Anzai, Y., & Simon, H. A. (1979). The theory of learning by doing. *Psychological Review, 86*, 124–140.

Bandler, W., & Kohout, L. J. (1985). Probalistic versus fuzzy production rules in expert systems. *International Journal of Man-Machine Studies, 22*, 347–353.

Bauer, F. L., & Goos, G. (1984, 3. Auflage). *Informatik, Bd. I, Bd. II.* Berlin: Springer.

Bauer, F. L., & Wössner, H. (1984). Algorithmische Sprache und Programmentwicklung. Berlin: Springer.

Card, S. K., Moran, T. P., & Newell, A. (1983). *The psychology of human-computer interaction.* Hillsdale, N. J.: Erlbaum.

Clark, K. L., & McCabe, F. G. (1984). *Micro-PROLOG: Programming in logic.* Englewood Cliffs, N. J.: Prentice-Hall.

Cohen, J. (1985). Describing PROLOG by its interpretation and compilation. *Communications of the ACM, 28*, 1311–1324.

Collins, A. M., & Quillian, M. R. (1969). Retrieval time from semantic memory. *Journal of Verbal Learning and Verbal Behavior, 8*, 240–247.

Colmerauer, A. (1985). PROLOG in 10 figures. *Communications of the ACM, 28*, 1296–1310.

Crowe, D. W. (1956). The n-dimensional cube and tower of Hanoi. *American Mathematical Monthly, 63*, 29–30.

Doignon, J. P., & Falmagne, J. C. (1985). Spaces for the assessment of knowledge. *International Journal of Man-Machine Studies, 23*, 175–196.

Dörner, D. (1976). *Problemlösen als Informationsverarbeitung.* Stuttgart: Kohlhammer.

Ericsson, K. A., & Simon, H. A. (1984). *Protocol analysis: Verbal reports as data.* Cambridge, Mass.: MIT Press.

Forgy, C. L. (1982). Rete: A fast algorithm for the many pattern/many object pattern match problem. *Artificial Intelligence, 19*, 17–37.

Gardner, M. (1982, 5. Auflage). *Mathematische Rätsel und Probleme.* Braunschweig: Vieweg.

Gediga, G., & Schöttke, H. (1985). *Zur Schätzung der automatischen, lokalen und globalen Anteile der Informationsverarbeitung beim Problemlösen*, Arbeitsbericht 12. Universität Osnabrück: FB Psychologie.

Greeno, J. G. (1974). Representation of learning as discrete transition in a finite state space. In D. H. Krantz, R. C. Atkinson, R. D. Luce & P. Suppes (Eds.), *Contemporary developments in mathematical psychology, Vol. I: Learning, memory and thinking* (pp. 1–43). San Francisco: Freeman.

Hasemer, T. (1984). An introduction to LISP. In T. O'Shea & M. Eisenstadt (Eds.), *Artificial intelligence and applications* (pp. 22–62). New York: Harper & Row.

Hinton, G. E., & Anderson, J. A. (1981). *Parallel models of associative memory.* Hillsdale, N. J.: Erlbaum.

Karat, J. (1982). A model of problem solving with incomplete constraint knowledge. *Cognitive Psychology, 14*, 538–559.

Kieras, D. E., & Polson, P. G. (1985). An approach to the formal analysis of user complexity. *International Journal of Man-Machine Studies, 22*, 365–394.

Kintsch, W. (1974). *The representation of meaning in memory.* Hillsdale, N. J.: Erlbaum.

Klahr, D. (1981). Informationsverarbeitungsmodelle der Denkentwicklung. In R. H. Kluwe & H. Spada (Hg.), Studien zur Denkentwicklung (S. 231–289). Bern: Huber.

Klix, F. (1971). *Information und Verhalten.* Berlin: VEB Deutscher Verlag der Wissenschaften.

Krantz, D. H., Atkinson, R. C., Luce, R. D., & Suppes, P. (Eds.) (1974). *Contemporary developments in mathematical psychology, Vol. I: Learning, memory and thinking, Vol. II: Measurement, psychophysics and neural information processing.* San Francisco: Freeman.

Lüer, G. (1981). Bemerkungen zu mathematischen und psychometrischen Modellen der kognitiven Entwicklung aus der Sicht von Theorien der Informationsverarbeitung. In R. H. Kluwe & H. Spada (Hg.), *Studien zur Denkentwicklung* (S. 79–91). Bern: Huber.

McClelland, J. R., Rumelhart, D. E., & PDP Research Group (1986). *Parallel distributed processing II.* Cambridge, Mass.: MIT Press.

Millward, R. B., & Wickens, T. D. (1974). Concept-identification models. In D. H. Krantz, R. C. Atkinson, R. D. Luce & P. Suppes (Eds.), *Contemporary developments in mathema-*

tical psychology, Vol. I: Learning, memory & thinking (pp. 45–100). San Francisco: Freeman.

Minsky, M. (Ed.) (1968). *Semantic information processing.* Cambridge, Mass.: Massachusetts Institute of Technology Press.

Möbus, C., & Nagl, W. (1983). Messung, Analyse und Prognose von Veränderungen. In J. Bredenkamp & H. Feger (Hg.), *Bd. 5 der Serie: Forschungsmethoden der Psychologie in der Enzyklopädie der Psychologie* (S. 239–470). Göttingen: Hogrefe.

Möbus, C., Göricke, G., & Kröh, P. (1983). Statistical analysis of single-case experimental designs: Conditional equivalence of the general-linear model approach of Glass, Willson & Gottman with the intervention model of BOX & Tiao. *EDV in Medizin und Biologie/ EDP in Medicine and Biology,* 14, 98–108.

Möbus, C., Göricke, G., & Kröh, P. (1985). Nichtparametrische und parametrische Methoden der Einzelfallstatistik. In H. Appelt & B. Strauss (Hg.), *Ergebnisse einzelfallstatistischer Untersuchungen* (S. 170–188). Heidelberg: Springer.

Neves, O., & Anderson, J. R. (1981). Knowledge compilation: Mechanisms for the automatization of cognitive skills. In J. R. Anderson (Ed.), *Cognitive skills and their acquisition* (pp. 57–84). Hillsdale, N. J.: Erlbaum.

Newell, A. (1980). Reasoning, problem solving and decision processes: The problem space as a fundamental category. In R. S. Nickerson (Ed.), *Attention and performance VIII.* Hillsdale, N. J.: Erlbaum.

Newell, A. (1980). Physical symbol system. *Cognitive Science, 4*, 135–183.

Newell, A., & Simon, H. A. (1972). *Human problem solving.* Englewood Cliffs, N. J.: Prentice Hall.

Nilsson, N. J. (1971). *Problem solving methods in artificial intelligence.* New York: McGraw Hill.

Nilsson, N. J. (1980). *Principles of artificial intelligence.* Palo Alto, CA: Tioga.

Norman, D. A., & Rumelhart, D. E. (Hg.) (1978). *Strukturen des Wissens.* Stuttgart: Klett-Cotta.

Piaget, J. (1976). *The grasp of consciousness.* Cambridge, Mass.: Harvard University Press.

Polson, P. G., & Kieras, D. E. (1984). A formal description of users' knowledge of how to operate a device and user complexity. *Behavior Research Methods, Instruments & Computers, 16*, 249–255.

Polson, P. G., & Kieras, D. E. (1985). A quantitative model of the learning and performance of text editing knowledge. *CHI '85 Proceedings*, 207–212.

Polson, P. G., Muncher, E., & Engelbeck, G. (1986). A test of a common elements theory of transfer. *CHI '86 Proceedings*, 78–83.

Pollack, J., & Waltz, D. L. (1986). Interpretation of natural language: A potential application of parallelism. *Byte*, 189–198.

Pylyshyn, Z. W. (1984). *Computation and cognition.* Cambridge, Mass.: MIT Press.

Quillian, M. R. (1968). Semantic memory. In M. Minsky (Ed.), *Semantic information processing* (pp. 227–270). Cambridge, Mass.: MIT Press.

Rips, L. J., Shoben, E. J., & Smith, E. E. (1973). Semantic distance and the verification of semantic relations. *Journal of Verbal Leraning und Verbal Behavior, 12*, 1–20.

Rosenbloom, P. S., & Newell, A. (1986). The chunking of goal hierarchies. In R. S. Michalski, J. G. Carbonell & T. M. Mitchell (Eds.), *Machine learning* (Vol. II) (pp. 247–288). Los Altos, CA: Kaufmann.

Rumelhart, D. E., McClelland, J. L., & PDP Research Group (1986). *Parallel distributed processing I.* Cambridge, Mass.: MIT Press.

Schmalhofer, F., & Polson, P. G. (1986). A production system model for human problem solving. *Psychological Review, 48*, 113–122.

Simon, H. A. (1975). The functional equivalence of problem solving skills. *Cognitive Psychology, 7*, S. 268–288.

Simon, H. A., & Newell, A. (1974). Thinking processes. In D. H. Krantz, R. C. Atkinson,

R. D. Luce & P. Suppes (Eds.), *Contemporary developments in mathematical psychology, Vol. I: Learning memory and thinking* (pp. 101–144). San Francisco: Freeman.

Smith, E. E. (1978). Theories of semantic memory. In W. K. Estes (Ed.), *Handbook of learning and cognitive processes* (Vol. 6) (pp. 1–56). Hillsdale, N. J.: Erlbaum.

Spada, H. (1973). Die Analyse kognitiver Lerneffekte mit stichprobenunabhängigen Verfahren. In K. Frey & M. Lang (Hg.), *Kognitionspsychologie und naturwissenschaftlicher Unterricht* (S. 94–129). Bern: Huber.

Stoyan, H., & Görz, G. (1984). *LISP*. Berlin: Springer.

Sydow, H. (1970). Zur metrischen Erfassung von subjektiven Problemzuständen und zu deren Veränderung im Denkprozeß (II). *Zeitschrift für Psychologie, 178*, 1–50.

Wender, K. F., Colonius, H., & Schulze, H. H. (1980). *Modelle des menschlichen Gedächtnisses*. Stuttgart: Kohlhammer.

Anhang 1:

Der Turm von Hanoi als vorwärtsverkettendes Produktionssystem und ein Interpreter

Das von uns verwendete Produktionssystem stützt sich auf vier Produktionen, die gegenüber S. 432 weiter präzisiert werden. Es folgen noch einige Erläuterungen: das Ziel, von Stab A die Scheibe 1 nach Stab C zu schaffen, wird symbolisiert durch die Liste (1 A C). Diese bildet ein Element des Arbeitsspeichers. Für diesen intendierten Zug ist A der Ausgangsstab und C der Zielstab. Ein Turm ist eine geordnete Menge von Scheiben. So existieren in Abb. 18.3 zwei Türme. Der erste befindet sich bei Stab A und der zweite bei Stab C.

Die Produktionen lauten nun:

P1: WENN alle Scheiben sich bei Stab C befinden,
DANN ist das Problem gelöst und halte.

P2: WENN es kein gegenwärtiges Ziel gibt,
DANN nimm Dir als neues Ziel vor, die größte Scheibe, die sich nicht bei Stab C befindet, nach Stab C zu schaffen.

P3: WENN es ein Ziel gibt, eine Scheibe zu bewegen,
UND
WENN die Scheibe oben auf dem Turm liegt
UND
WENN entweder die Scheibe kleiner ist als die oberste Scheibe des Zielturms
ODER es gar keinen Zielturm gibt,
DANN setze das Ziel in eine Aktion um
UND lösche das Ziel.

P4: WENN es ein Ziel gibt, eine Scheibe zu bewegen,
UND
WENN diese Scheibe nicht bewegt werden kann,
DANN lösche das Ziel

UND nimm Dir als neues Ziel vor, die größte störende Scheibe zu dem Stab zu schaffen, der im vorherigen Ziel weder Ausgangs- noch Zielstab war.

Kommen wir nun zur Beschreibung unseres Produktionssystems. Lesern, die gewohnt sind, LISP-Code zu lesen, sei die vorherige Lektüre von Hasemer (1984) empfohlen. Wir haben einige für den Anfänger fortgeschrittene Konzepte, wie ,,nichtlokaler Ausgang" und Funktionen mit CATCH-THROW, Zufallsauswahl der Produktionen zur Demonstration ihrer Orthogonalität, ,,Produktionsgedächtnis als unendliche Datenstruktur" und speicherstrukturverändernde Funktionen (wie z. B. RPLACA und RPLACD) verwendet. Der Text des Interpreters findet sich weiter unten. Er wurde nicht auf Effizienz, sondern auf gute Lesbarkeit hin geschrieben. Die zugehörigen TLC-LISP-Funktionen, die nicht im Lehrbuch von Stoyan und Görz dokumentiert sind, finden sich im Anhang 2.

Der Interpreter weist gegenüber den von Opwis (in diesem Band) zitierten Systemen PRISM, OPS5 und GRAPES natürlich eine Reihe von Vereinfachungen auf. So haben wir keine Konfliktlösungsstrategie einprogrammiert. Die Produktionen erfordern dieses auch gar nicht. Der Mustervergleich wird auch sehr einfach gehandhabt (mit der LISP-Funktion EQUAL). Kompliziertestes *pattern matching* benötigen wir nicht, weil wir hier keinen allgemein anwendbaren Interpreter schreiben wollen. Ferner fehlt eine Kompilierung der Regeln in ein Netzwerk, wie es von Forgy (1982) vorgeschlagen wurde. Dieses ist zwar ein interessanter Aspekt, der aber an dieser Stelle für Modellierungen nicht weiter hilfreich ist.

Das Produktionssystem setzt sich aus einem Initialisierungsteil (Funktion ,,hanoi"), einem Interpreter (Funktion ,,productions") und untergeordneten Funktionen (wie ,,peg!" . . . ,,tower-above?") zusammen. Der Start erfolgt z. B. bei einem 4-Scheibenproblem mit dem Aufruf (hanoi '(1 2 3 4)), wenn die Regeln der Reihe nach abgearbeitet werden sollen. Bei Zufallsanwendung der Regeln wird dagegen das zusätzliche Argument ,,T" in den Aufruf gesetzt: ,,(hanoi '(1 2 3 4) T)". Wir gehen davon aus, daß der 4er-Turm von Stab A nach Stab C geschafft werden soll. Das Argument T wird an die globale Variante ***randomp*** angebunden. Fehlt das Argument, ist ***randomp*** gleich NIL. Dann wird der Arbeitsspeicher und der Produktionssystemspeicher initialisiert. Der Arbeitsspeicher besteht aus 4 symbolischen Einheiten. Die erste enthält das Ziel, die drei weiteren die Enkodierung der Scheibenanordnungen an den Stäben A, B, C. Die Speicher werden erst als leer (,,NIL") angenommen. Dann erfolgt mit (Peg! 'A tower) die Positionierung des Turms (1 2 3 4) auf Stab A. Danach werden die vier Produktionen mit (rule! ⟨Text der Produktion⟩) in das Produktionsgedächtnis aufgenommen. Die Regeln korrespondieren zu den o.a. umgangssprachlich formulierten Regeln. Wir kommen noch später darauf zurück.

Nach der ,,Instruktionsphase" wird mit dem Funktionsaufruf ,,(ring-of-productions)" die Liste der Produktionen an Anfang und Ende zu einem Ring verknüpft. Dadurch wird die Bestimmung der nächsten anzuwendenden Regel mittels der Funktion ,,nextrule!" sehr vereinfacht.

Anschließend wird mit dem Funktionsaufruf ,,(productions)" der Produktionsinterpreter aufgefordert, mit der Regelanwendung zu beginnen. Sollte die Endbedingung in Regel 1 erreicht sein (alle Scheiben befinden sich bei Stab C), wird die Meldung ,,the problem is solved!" geäußert und die Regelanwendung nichtlokal verlassen. Bevor zur Marke im Aufruf von ,,(CATCH ⟨Marke⟩ . . .)" gesprungen wird, werden noch die Aktionen ausgeführt, die hinter ,,(productions)" im Aufruf ,,(UNWIND-PROTECT ., . .)" stehen. Dann hält der Interpreter an. Die Regeln sind leicht zu lesen. Sie werden in das Produktionsgedächtnis mit der Funktion ,,(rule! ⟨text⟩)" eingesetzt. Der ⟨text⟩ setzt sich zusammen aus ⟨text⟩::= ((⟨Regelname⟩ ⟨IF-THEN-Ausdruck⟩). Der ⟨IF-THEN-Ausdruck⟩ läßt sich weiter ausdifferenzieren in ⟨IF-THEN-Ausdruck⟩::= (IF ⟨Bedingungsteil⟩ THEN ⟨Aktionsteil⟩). Die *erste Regel* stellt die Umsetzung der ersten natürlichsprachlichen Regel dar. Wir stützen uns dabei auf das Prädikat (reached-goal?). Das Prädikat prüft, ob Stab A und B leer sind. Wenn diese Bedingung erfüllt ist, liefert der Aufruf (reached-goal?) den Wert ,,wahr" (,,T" in LISP). Dann springen wir mit der Meldung ,,the problem is solved!" nichtlokal zur Marke ,,problem-solved" im Aufruf ,,(CATCH problem-solved . . .)", leeren die Speicher und halten an.

In *Regel 2* wird gefragt, ob die Funktion goal? uns ein leeres Ziel im Arbeitsspeicher liefert. Sollte das der Fall sein, wird mit ,,(goal! ⟨zu-bewegende-Scheibe⟩ ⟨ausgangsstab⟩ ⟨zielstab⟩)" ein neues Ziel gesetzt. Die zu bewegende Scheibe ist die größte Scheibe, die sich noch nicht beim Zielstab C befindet. Sie wird mit dem Funktionsaufruf ,,(max-disc? 'a 'b)" bestimmt. Dabei wird die Funktion ,,peg?" benutzt, die mit ,,(peg? ⟨stab⟩)" aufgerufen wird und uns die Scheibenanordnung dieses Stabes zurückgibt; ,,(peg? ⟨stab⟩)" enthält also ebenso wie zum Beispiel ,,(max disc? . . .)" eine perzeptive Komponente der Strategie.

Der Ausgangsstab wird dann mit ,,(which-peg-is? ⟨scheibe⟩)" bestimmt. Der Funktionswert gibt an, wo sich die größte Scheibe befindet, die nicht beim Ziel liegt. Zielstab für den Zug ist unverändert der Stab C.

Die *dritte Regel* arbeitet einen UND/ODER-Baum (Nilson, 1971, S. 87 ff.) von Bedingungen oder Zielen ab. Dabei kann der Aktionsteil der Produktion als Oberziel und der Bedingungsteil der Produktion als Subzielhierarchie angesehen werden, die allerdings in unserem vorwärtsarbeitenden System von unten her abgearbeitet wird, ohne daß das Oberziel vorher bekannt wäre.

Dabei stellt der ODER-Teilbaum (rechts unten) die Ausdifferenzierung der umgangssprachlichen Formulierung ,,wenn diese Scheibe nicht bewegt werden kann" dar. Der Aktionsteil der vierten Regel besteht aus einer Redefinition des Ziels. Es soll die ,,größte störende" Scheibe aus dem Weg geräumt werden. Sie soll zu einem Stab geschafft werden, der weder Ausgangs- noch Zielstab im gegenwärtigen Ziel ist. Der neue Zielstab wird mit der Funktion ,,newdestination" bestimmt. Die Angabe der größten störenden Scheibe mit der Funktion ,,most-annoying-disc?" setzt einen relativ komplizierten Suchprozeß voraus. Es müssen sowohl im Ziel wie im Ausgangsturm alle Scheiben bestimmt und das neue Ziel mit ,,(goal! . . .)" gesetzt werden.

Der Regelinterpreter ist in der Funktion ,,productions" enthalten und ist selbstdokumentierend. Die aktuelle Regel wird mit dem Aufruf ,,(rule?)" ermittelt. Mit den Funktionen ,,condition-of?" und ,,action-of?" erhalten wir den Bedingungs- und Aktionsteil einer Produktion. Die Funktion ,,try!!" wendet den Bedingungsteil auf die Inhalte des Arbeitsgedächtnisses an. Wir nehmen mit der Funktion ,,EVAL" die Hilfe des LISPinterpreters in Anspruch. Ist die Bedingung erfüllt, wird die Aktion mit der Funktion ,,do!!" ausgeführt. Dabei wird der Inhalt des Arbeitsgedächtnisses ausgegeben. Falls die globale Variable ***randomp*** auf T gesetzt wurde, wird die nächste Regel per Zufall bestimmt. Dazu wird die Funktion ,,nextrule!" aufgerufen.

Restliche Einzelheiten sind dem Programmtext zu entnehmen. Ein Ablauf des Produktionssystems mit Zufallsauswahl der Regeln findet sich im Anhang 3.

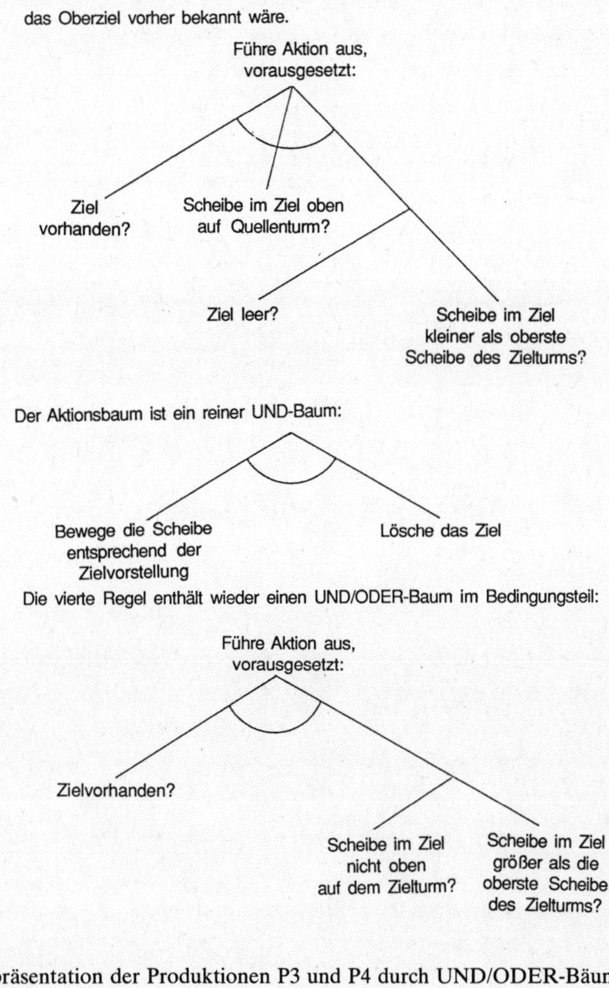

Abb.: Repräsentation der Produktionen P3 und P4 durch UND/ODER-Bäume

```
;-----------------------------------------------------------------------------
;                 the rule-interpreter is written in TLC-Lisp :
;                     The LISP Company
;                     430 Monterey Ave. #4
;                     Los Gatos, California 95030
;                     U S A
;
;-----------------------------------------------------------------------------
;
(DE hanoi (tower &opt (***randomp***    NIL) )          ; if true then random
                                                        ; selection of productions
   (LET ((***working-memory***     '( NIL               ; empty goal
                                      NIL               ; empty peg a
                                      NIL               ; empty peg b
                                      NIL               ; empty peg c
                                    )
        )
        (***production-memory***    NIL)                ; empty production memory
       )
       (peg!  'a  tower)
       ;---------------- rule 1 -------------------------------------------------
       (rule!  '("rule1"                             ; insert rule 1
                 (IF   (reached-goal?)
                  THEN (THROW problem-solved "the problem is solved !" )
                 )
                )
       )
       ;---------------- rule 2 -------------------------------------------------
       (rule!  '("rule2"                             ; insert rule 2
                 (IF   (empty? (goal?))
                  THEN (goal! (max-disc? 'a 'b)
                              (which-peg-is? (max-disc? 'a 'b))
                              'c
                        )
                 )
                )
       )
       ;---------------- rule 3 -------------------------------------------------
       (rule!  '("rule3"                             ; insert rule 3
                 (IF   (AND (NOT (empty? (goal?)))
                            (EQUAL (disc-in? (goal?))
                                   (top-of-peg? (source-of? (goal?)))
                            )
                            (OR (empty? (peg? (destination-of? (goal?))))
                                (LT  (disc-in? (goal?))
                                     (top-of-peg? (destination-of? (goal?)))
                                )
                            )
                       )
                  THEN (AND (move! (disc-in? (goal?))
                                   (source-of?(goal?))
                                   (destination-of? (goal?))
                            )
                            (goal! NIL NIL NIL)
                       )
                 )
                )
       )

(DE max-disc? (peg1 peg2)
   (maximum (APPEND (peg? peg1) (peg? peg2)))
)
(DE maximum (list)
   (DO ((index       1    (ADD1 index))                    ; initialization
        (max-element 1)
       )
       (((GT index (LENGTH list))  max-element))            ; exit test
       (SETQ max-element (MAX max-element (NTH list index))) ; body
   )
)
(DE which-peg-is? (disc)
   (COND ((MEMBER disc (peg? 'a))    'a)
         ((MEMBER disc (peg? 'b))    'b)
         ((MEMBER disc (peg? 'c))    'c)
         (t                "disc not found")
   )
```

```
)
(DE rule-name? ()
    (FIRST (FIRST ***production-memory***))
)
(DE source-of?(goal)
    (IF goal (SECOND goal) NIL)
)
(DE destination-of? (goal)
    (IF goal (THIRD goal)  NIL)
)
(DE disc-in? (goal)
    (IF goal (FIRST goal) NIL)
)
(DE top-of-peg? (peg)
    (IF (peg? peg) (FIRST (peg? peg)) 10000) ; if empty then size of bottom
)                                             ; is larger than any disc
(DE move! (disc source destination)
    (peg! source (COPY (REST (peg? source))))
    (peg! destination (COPY (CONS disc (peg? destination))))
)
(DE new-destination? (source destination)
    (FIRST (REMOVE source (REMOVE destination (LIST 'a 'b 'c))))
)
(DE most-annoying-disc? (disc source-peg destination-peg)
    (maximum (APPEND (tower-above? disc source-peg)
                     (tower-above? disc destination-peg)
             )
    )
)
(DE tower-above? (reference-disc  tower)
    (DO ( (index  1  (ADD1 index))
          (above NIL)
        )
        ( ( (empty? tower)                            above)
          ( (GT index (LENGTH tower))                 above)
          ( (LE reference-disc (NTH tower index))     above)
        )
        (SETQ above (CONS (NTH tower index) above))
    )
)
;-----------------------------------------------------------------------------

(DE peg? (peg)                    ; what tower is on peg?
    (COND((EQUAL peg  'a)  (SECOND ***working-memory***))
         ((EQUAL peg  'b)  (THIRD  ***working-memory***))
         ((EQUAL peg  'c)  (FOURTH ***working-memory***))
    )
)
(DE rule! (new-rule)              ; insert new rule in ***production-memory***
    (SETQ ***production-memory*** (APPEND ***production-memory***
                                          (LIST new-rule)
                                  )
    )
)
(DE ring-of-productions ()                  ; change list of productions to ring
    (SETQ   ***number-of-rules*** (LENGTH ***production-memory***))
    (RPLACD (nonempty-tail-of-production-memory) ***production-memory***)
)
(DE nonempty-tail-of-production-memory ()
    (DO ( (tail  ***production-memory***  (REST tail))
        )
        ( ((empty? (REST tail))      tail )
        )
    )
)
(DE reached-goal? ()
    (AND (empty? (peg? 'a))(empty? (peg? 'b)))
)
(DE try!! (condition)
    (prin2 (rule-name?)) (prin2 " is tried !") (TERPRI)
    (EVAL condition)
)
(DE do!! (action)
    (prin2 (rule-name?)) (prin2 " is fired !") (TERPRI)
    (EVAL action)
    (prin2 "***working-memory*** is: ")(print ***working-memory***)
```

```
)
(DE condition-of? (rule)
    (SECOND rule)
)
(DE action-of? (rule)
    (FOURTH rule)
)
(DE goal! (disc  source  destination)         ; insert new goal in working memory
    (LET ((new-goal (LIST disc source destination)))
          (COND ((OR (EQUAL (goal?) NIL) (EQUAL new-goal NIL))
                  (RPLACA  ***working-memory***  new-goal)
                 )
                 (T                    (RPLACB (goal?) new-goal))
          )
    )
)
(DE goal? ()                                ; what is current goal ?
    (FIRST ***working-memory***)
)
(DE empty? (goal-or-peg)
    (OR (EMPTY  goal-or-peg)
         (AND (EQUAL (FIRST  goal-or-peg) NIL)
              (EQUAL (SECOND goal-or-peg) NIL)
              (EQUAL (THIRD  goal-or-peg) NIL)
         )
    )
)
(DE rule? ()                                ; what is current rule ?
    (SECOND (FIRST ***production-memory***))
)
(DE next-rule! (&OPT (next 1))              ; prepare access to next rule !
    (FOR (index-of-rule  1  next)
          (SETQ ***production-memory*** (REST ***production-memory***))
    )
)
;---------------------- rule 4 ---------------------------------------
(rule!  '("rule4"                           ; insert rule 4
          (IF   (AND (NOT (empty? (goal?)))
                     (OR (NOT (EQUAL (disc-in? (goal?))
                                     (top-of-peg? (source-of? (goal?)))
                              )
                         )
                         (GT (disc-in? (goal?))
                             (top-of-peg? (destination-of? (goal?)))
                         )
                     )
                )
           THEN (goal! (most-annoying-disc?
                             (disc-in? (goal?))
                             (peg? (source-of? (goal?)))
                             (peg? (destination-of? (goal?)))
                       )
                       (which-peg-is? (most-annoying-disc?
                                           (disc-in? (goal?))
                                           (peg? (source-of? (goal?)))
                                           (peg? (destination-of?(goal?)))
                                      )
                       )
                       (new-destination? (source-of? (goal?))
                                         (destination-of? (goal?))
                       )
                )
          )
         )
)
;--------------------------------------------------------------------
(ring-of-productions)
(CATCH problem-solved
       (UNWIND-PROTECT (productions)
                       (goal!   NIL NIL NIL)  ; before leaving hanoi
                       (peg! 'a NIL)
                       (peg! 'b NIL)
                       (peg! 'c NIL)
                       (SETQ ***production-memory*** NIL)
       )
)
;--------------------------------------------------------------------
```

```
    )
)
;------------------------- interpreter for productions -------------------------
(DE productions ()                                    ; Interpreter for productions
    (IF (try!! (condition-of? (rule?)))     ; if condition meets
        (do!!  (action-of? (rule?)))                  ; action is fired
    )
    (IF ***randomp***                                 ; random selection of the
        (next-rule! (RN ***number-of-rules***))       ; next rule or
        (next-rule!)                                  ; deterministic selection
    )
    (productions)
)
;--------------------------- primitive base-functions ---------------------------
(DE peg! (peg new-tower)                                     ; change tower on peg !
    (COND ((OR (EQUAL (peg? peg) NIL) (EQUAL new-tower NIL))
            (SELECTQ peg (a (RPLACA (REST ***working-memory***) new-tower))
                         (b (RPLACA (REST (REST ***working-memory***))new-tower))
                         (c (RPLACA (REST (REST (REST ***working-memory***)))
                                    new-tower
                            )
                         )
            )
          )
          (T      (RPLACB (peg? peg) new-tower))
    )
)
```

Anhang 2

Dokumentation der für den Produktionssysteminterpreter benutzten LISP-Funktionen

Fast alle LISP-Funktionen lassen sich über die Register in Stoyan und Görz (1984, S. 327–345) in ihrer Bedeutung identifizieren. Zusätzlich geben wir noch Informationen bezüglich einiger weniger Funktionen. Die Reihenfolge bezieht sich auf ihr Vorkommen im LISP-Code.

. De s. a.: Stoyan und Görz, Kap. 7.3 bezüglich des Schlüsselworts ,,&opt".

. UNWIND-PROTECT hat die Syntax:
  (UNWIND-PROTECT ⟨form 1⟩ {⟨form 2⟩}) wobei {} Null oder mehrmalige Wiederholung bedeutet;
  und die Semantik:
  ,,UNWIND-PROTECT is a ,,super" catcher to guard against THROW's that might otherwise throw too far, too fast. ⟨Form 1⟩ is evaluated then {⟨form 2⟩} is evaluated. The value returned is the value of the last expression in {⟨form 2⟩}. This effect is equivalent to: (progn ⟨form 1⟩ {⟨Form 2⟩}). However, if during the evaluation of ⟨form 1⟩ we attempt to throw to a catch label outside the unwind-protect then {⟨form 2⟩} is guaranteed to be evaluated before the catch is completed." (TLC-Handbuch, 1984, Part III, Rev. 1.4, S. 30)

. RPLACB hat die Syntax:
(RPLACB ⟨sexpr 1⟩ ⟨sexpr 2⟩) und die Semantik:
„replaces the CAR-part of ⟨sexpr 1⟩ with the CAR-part of ⟨sexpr 2⟩ and the CDR-part of ⟨sexpr 1⟩ is replaced with the CDR-part of ⟨sexpr 2⟩. ⟨sexpr 1⟩ and ⟨sexpr 2⟩ must both the nonempty lists or dotted pairs." (TLC-Handbuch, 1984, III, S. 54)
. SECOND = CADR, THIRD = CADDR, FOURTH = CADDDR
. NTH hat Syntax:
(NTH ⟨list⟩ ⟨num⟩) und Semantik:
„NTH returns ⟨num⟩-th element of ⟨list⟩." (TLC-Handbuch, 1984, III, S. 49)

Anhang 3

Ein Ablaufprotokoll mit randomisierter Regelauswahl

```
>>> (load "a:hanoi")
tower-above?
>>> (hanoi '(1 2 3) t)
rule1  is tried !
rule1  is tried !
rule1  is tried !
rule1  is tried !
rule2  is tried !
rule2  is fired !
***working-memory*** is:  ((3 a c) (1 2 3) nil nil)
rule4  is tried !
rule4  is fired !
***working-memory*** is:  ((2 a b) (1 2 3) nil nil)
rule4  is tried !
rule4  is fired !
***working-memory*** is:  ((1 a c) (1 2 3) nil nil)
rule4  is tried !
rule1  is tried !
rule4  is tried !
rule2  is tried !
rule2  is tried !
rule2  is tried !
rule3  is tried !
rule3  is fired !
***working-memory*** is:  ((nil nil nil) (2 3) nil (1))
rule1  is tried !
rule2  is tried !
rule2  is fired !
***working-memory*** is:  ((3 a c) (2 3) nil (1))
rule1  is tried !
rule4  is tried !
rule4  is fired !
***working-memory*** is:  ((2 a b) (2 3) nil (1))
rule2  is tried !
rule2  is tried !
rule3  is tried !
rule3  is fired !
***working-memory*** is:  ((nil nil nil) (3) (2) (1))
rule2  is tried !
rule2  is fired !
```

```
***working-memory*** is:  ((3 a c) (3) (2) (1))
rule4  is tried !
rule4  is fired !
***working-memory*** is:  ((1 c b) (3) (2) (1))
rule1  is tried !
rule3  is tried !
rule3  is fired !
***working-memory*** is:  ((nil nil nil) (3) (1 2) nil)
rule4  is tried !
rule2  is tried !
rule2  is fired !
***working-memory*** is:  ((3 a c) (3) (1 2) nil)
rule3  is tried !
rule3  is fired !
***working-memory*** is:  ((nil nil nil) nil (1 2) (3))
rule1  is tried !
rule1  is tried !
rule2  is tried !
rule2  is fired !
***working-memory*** is:  ((2 b c) nil (1 2) (3))
rule1  is tried !
rule4  is tried !
rule4  is fired !
***working-memory*** is:  ((1 b a) nil (1 2) (3))
rule2  is tried !
rule2  is tried !
rule3  is tried !
rule3  is fired !
***working-memory*** is:  ((nil nil nil) (1) (2) (3))
rule2  is tried !
rule2  is fired !
***working-memory*** is:  ((2 b c) (1) (2) (3))
rule1  is tried !
rule4  is tried !
rule2  is tried !
rule2  is tried !
rule3  is tried !
rule3  is fired !
***working-memory*** is:  ((nil nil nil) (1) nil (2 3))
rule1  is tried !
rule1  is tried !
rule1  is tried !
rule2  is tried !
rule2  is fired !
***working-memory*** is:  ((1 a c) (1) nil (2 3))
rule1  is tried !
rule4  is tried !
rule3  is tried !
rule3  is fired !
***working-memory*** is:  ((nil nil nil) nil nil (1 2 3))
rule2  is tried !
rule2  is fired !
***working-memory*** is:  ((1 c c) nil nil (1 2 3))
rule4  is tried !
rule4  is tried !
rule4  is tried !
rule4  is tried !
rule1  is tried !
rule1  is fired !
"the problem is solved !"
```

Wissen aus der Sicht der Neurowissenschaften

19 Neurobiologische Grundlagen kognitiver Funktionen

Angela D. Friederici

Geist und Gehirn

Die Diskussion um den Sitz der menschlichen Seele nimmt ihren dokumentierten Anfang in der Antike. Während Hippokrates und Platon das Denken und die sonstigen geistigen Aktivitäten im Gehirn ansiedeln, sieht Aristoteles den Sitz dieser Aktivitäten im Herzen. Im 4. und 5. Jahrhundert n. Chr. lokalisierte dann Nemesius, Bischof von Emesa, verschiedene geistige Fähigkeiten in den drei anatomisch bekannten Gehirnkammern (Ventrikel): das Vorstellungsvermögen in der vorderen, die Vernunft in der mittleren und das Gedächtnis in der hinteren Gehirnkammer. Dieses erste Modell der Lokalisation unterschiedlicher Hirnfunktionen taucht bis ins 17. Jahrhundert hinein auf.

Anfang des 19. Jahrhunderts formuliert der Arzt und Anatom Franz Joseph Gall – ganz im Gegensatz zu der zeitgenössischen Auffassung von der Immaterialität der Seele – den Standpunkt, daß der Mensch über eine Anzahl von spezifischen Fähigkeiten verfüge, die angeboren und in einem fest umschriebenen Gehirngebiet angesiedelt seien. Er glaubte, daß diese geistigen Fähigkeiten als direktes Abbild in der Gehirnsubstanz wiederzufinden seien und besonders gut entwikkelte Fähigkeiten daher mit einer Zunahme der Gehirnmasse der entsprechenden Hirnregion einhergehe. Trotz ihrer Unzulänglichkeiten muß die Gallsche Lehre als erstes Modell einer Lokalisation der geistigen Fähigkeiten in der Gehirnsubstanz selbst angesehen werden.

Rund vierzig Jahre später gelingt es Paul Broca (1861), die wissenschaftliche Welt mittels anatomischen Beweismaterials von dem Zusammenhang zwischen geistiger Fähigkeit und Gehirnsubstanz zu überzeugen. Er legt den Fall eines Mannes dar, der bei vollem Besitz seiner geistigen Fähigkeiten unter einer extremen Sprachstörung litt, die, wie der postmortale anatomische Befund ergab, mit einer umschriebenen Läsion in der linken Hemisphäre einherging. Mit dieser Veröffentlichung ist der Nachweis eines Zusammenhangs zwischen mentaler Fähigkeit und Gehirn erstmals erbracht.

Die Erforschung dieses Zusammenhangs auf einer makroskopischen Ebene ist bis heute zentrales Thema der Neuropsychologie. Daneben aber haben sich die Wissenspsychologie, als die Wissenschaft von den mentalen Prozessen, und die Neurowissenschaften, als die von den neuronalen Grundlagen dieser Prozesse, zu eigenständigen Forschungsgebieten weiterentwickelt. Dieser Artikel versucht, den

Bezug zwischen beiden Gebieten vor dem Hintergrund des derzeitigen Forschungsstandes aufzuzeigen. Zunächst werden die neuronalen Strukturen und Prozesse, die Voraussetzung für jegliche mentale Aktivität sind, dargestellt. Sodann wird der Zusammenhang zwischen neuroanatomischer bzw. neurophysiologischer Grundlage und geistiger Fähigkeit anhand von drei Teilbereichen der Wissenspsychologie, als da sind visuelle Wahrnehmung, Sprache und Gedächtnis, verdeutlicht.

Neuronale Basis: zerebrale Mikrostruktur

Neben der lange diskutierten Frage nach der makroskopischen Beziehung zwischen kognitiven Fähigkeiten und Gehirn, tritt seit Mitte des 19. Jahrhunderts die Frage nach der mikroskopischen Relation mehr und mehr in den Vordergrund. Obwohl die Neurowissenschaften heute weit davon entfernt sind, ein vollständiges Bild der neurologischen Korrelate kognitiver Prozesse zu entwerfen, so vermögen sie doch, die neuronalen Grundlagen weitgehend zu skizzieren.

Das zentrale Nervensystem, wovon das Gehirn nur einen Teil darstellt, ist für die Verarbeitung von sensorischer und motorischer Information verantwortlich. Den übergeordneten und steuernden Part in diesem informationsverarbeitenden System spielt das Gehirn. Mit seinen rund 30 Milliarden Neuronen – das bedeutet ungefähr 146 000 Neuronen pro Quadratmillimeter – besitzt es eine Verarbeitungskapazität, die die größerer Computer übersteigt (Changeux, 1984).

Das Neuron, das je nach Lokalisation und Funktion in verschiedenen Formen und Größen vorkommt, besitzt generell folgende Struktur: jedes Neuron ist charakterisiert durch den Zellkörper, das *Soma*, in der Größe von 5 bis 100 Mikrometern. Zusätzlich zeichnet sich die Nervenzelle durch zwei unterschiedliche Arten von Fortsätzen aus: durch meist zahlreich vorhandene und verzweigte *Dendriten* und das jeweils nur einmal vorhandene, relativ lange *Axon*. Das Axon bildet einen vorgegebenen Kommunikationsweg von einem Neuron zum anderen. Das Axon eines Neurons richtet sich auf die Dendriten anderer Neurone aus. Allerdings stehen die am Ende verzweigten Axonfortsätze nicht in direktem Kontakt mit den Dendriten anderer Zellen, also Nervenendigung und Ziel, sondern sind vielmehr durch einen Spalt von einigen Dutzend Nanometern, der *Synapse*, voneinander getrennt (Gray, 1959).

Jede Soma/Dendritenstruktur hat durchschnittlich 1000 Synapsen-Verbindungen *von* anderen Neuronen. Jedes Axon unterhält ungefähr 1000 Synapsen-Verbindungen *zu* anderen Neuronen. Im ausgereiften Gehirn sind diese synaptischen Verbindungen weitgehend fixiert. Die Kommunikation zwischen Neuronen über den Synapsenspalt hinweg geschieht normalerweise auf neurochemischer Basis. Sogenannte *Neurotransmitter*, das sind in den Nervenzellen produzierte Substanzen, sorgen für die Übertragung des Nervensignales an der Synapse. Bei dem

Übertragungsvorgang wird auf der präsynaptischen Seite an den Axonenden ein Neurotransmitter, zum Beispiel das Acetylcholin, freigesetzt. Mit der durch einen Nervenimpuls hervorgerufenen Ausschüttung des Acetylcholins am Axonende ist eine Umwandlung eines elektrischen Signals in ein chemisches Signal erfolgt. Die lokale und vorübergehende Konzentrationssteigerung des Acetylcholins sorgt dafür, daß das Signal den synaptischen Spalt schnell überwindet. Jenseits des Spaltes wirkt das freigesetzte Acetylcholin auf die postsynaptische Membran des Rezeptordendriten. Dies führt zu einer Änderung des elektrischen Potentials an der Membran des Rezeptordendriten, was bei Erreichen eines jeweilig notwendigen Schwellenwertes die Auslösung eines Nervenimpulses zur Folge hat. Das bedeutet: das chemische Signal wird hier in ein elektrisches Signal rückverwandelt.

Die dargestellte Sequenz der Signalübertragung von einem Neuron zum anderen bildet die Grundlage aller informationsverarbeitenden Prozesse. Auf diesen einfachen neuronalen Vorgang müssen letztlich alle „höheren" geistigen Aktivitäten zurückzuführen sein. Zwischen diesem Wissen über die mikroskopische Ebene und dem vorhandenen Wissen über die Bedeutung bestimmter Hirnareale und deren Verbindungen auf der makrostrukturellen Ebene klafft eine Lücke, die – falls es gelänge, sie zu schließen – die Basis für das Verständnis komplexer kognitiver Operationen liefern könnte.

Entwicklung der Gehirnstruktur

Einsichten in den Aufbau und die Funktion der Gehirnstruktur erhofft man sich auch von der Beobachtung des sich entwickelnden Nervensystems. Lange bevor der Mensch zur Welt kommt, ist die Höchstzahl der Neuronen im Kortex erreicht. Bereits während der sechsten Schwangerschaftswoche werden die Grundlagen für die Teilung des Gehirns in zwei Hemisphären gelegt. Während der rasch fortschreitenden Entwicklung bilden sich Nervenzellen und sammeln sich in einer sogenannten „Kortexplatte", aus der später die Großhirnrinde entsteht (Sidman, 1970; Rakič & Goldman-Rakič, 1982). Nach und nach bilden sich die verschiedenen Schichten (I–V) des Kortex heraus, wobei Schicht I die innerste Schicht bildet. Interessanterweise entwickeln sich die Schichten sozusagen von innen nach außen, so daß die Neuronen der äußersten Schicht V, die zuletzt ausgebildet wird, eine Wanderung durch alle anderen Schichten unternehmen müssen, bevor sie an ihren Bestimmungsort gelangen (Rakič, 1974).

Während dieser Zeit der Zellwanderung sterben bereits viele Nervenzellen ab, die ihren Bestimmungsort nicht erreicht haben: denn nur an ihrem Bestimmungsort, an dem sie sich mit anderen Nervenzellen zusammenschließen, ist ihr Überleben gesichert. Es wird heute angenommen, daß der Zusammenschluß verschiedener Zellen zu ganzen Zellstrukturen aufgrund von bestimmten Erkennungsmolekülen (Ylycoproteinen) zustande kommt. Alle diese Vorgänge spielen sich *vor* der

Geburt ab. Schon jetzt bilden sich auch Axone und Dendriten aus, deren Verzweigung allerdings in den ersten Wochen *nach* der Geburt rapide zunimmt. Die überwiegende Zahl der Synapsen in der Großhirnrinde entsteht also nach der Geburt. In dieser Tatsache liegt die Voraussetzung für eine mögliche Einflußnahme der physikalischen und sozialen Umwelt auf die Ausprägung des Gehirns.

So sind bestimmte Fähigkeiten, wie zum Beispiel das Hören und das Sehen, zwar einerseits neurologisch prädeterminiert, andererseits jedoch vermag die Umwelt in bestimmten Entwicklungsphasen Einfluß auf die neuronale Entwicklung zu nehmen. Im Anschluß an Wiesel und Hubel (1965) konnte Singer (1984) anhand von Tierexperimenten zeigen, daß sich bei Katzen im visuellen Kortex bereits vorhandene Dendritenstrukturen zurückbildeten, wenn während der für die Entwicklung dieser Strukturen sensiblen Phase, d. h. während der ersten drei Lebensmonate, jegliche visuelle Stimulierung ausblieb. Wurden den Tieren die während dieser Phase getragenen Augenklappen entfernt, so besaßen sie trotz physiologisch intakter Sehorgane nicht die volle Sehfähigkeit: der entsprechende Teil der Großhirnrinde hatte sich nicht entsprechend ausgebildet.

Ähnliche Bedingungen für die Ausformung neuronaler Strukturen sind auch beim Menschen anzunehmen. Wenn Kinder während der gesamten, für die Ausbildung des visuellen Kortex wichtigen Phase unter einem totalen Katarakt (Trübung der Linse seit der Geburt = Cataracta congenita) leiden, treten auch hier irreversible Beeinträchtigungen auf. Diese Kinder können während späterer Lebensphasen auch dann die volle Sehfähigkeit nicht erlangen, wenn die Augen durch operativen Eingriff voll funktionstüchtig sind. Werden sie allerdings noch während der ersten Lebensmonate operiert, so bleiben meist keine Funktionsstörungen zurück (Vaegan & Taylor, 1979). Es ist anzunehmen, daß im Falle totaler Stimulationsdeprivation während der sensiblen Phase auch der menschliche Kortex jene irreversiblen neuronalen Veränderungen aufweist, die die Tierexperimente nahelegen.

Als weiteres Beispiel ließen sich Fälle totaler sprachlicher Deprivation anführen (Curtiss, Fromkin, Krashen, Rigler & Rigler, 1974). Es ist bekannt, daß sich die Fähigkeit, Sprache zu erwerben, massiv zurückbildet, sofern während der für die Entwicklung dieser Fähigkeit wichtigen Phase die sprachliche Stimulierung ausbleibt. Zwar konnte in dem von Curtiss berichteten Fall auch nach der Pubertät ein gewisses Maß an sprachlichen Fähigkeiten erworben werden, doch blieben komplexe syntaktische Strukturen unerlernbar.

Diese und andere Berichte scheinen darauf hinzuweisen, daß bestimmte geistige Fähigkeiten zwar neuronal vorprogrammiert sind, daß jedoch zu deren Ausformung spezifische Umweltreize notwendig sind. Erst in der Interaktion mit diesen – so darf spekuliert werden – etablieren sich die entsprechenden neuronalen Vernetzungen. Während unser Wissen darüber, wie dies im einzelnen geschieht, noch recht lückenhaft ist, so kann doch bezüglich der Makrostruktur des Gehirns ein etwas vollständigeres Bild entworfen werden.

Verhalten und Gehirn: zerebrale Makrostruktur

Über die funktionale Organisation des Gehirns läßt sich folgendes festhalten: Die tieferliegenden Teile des Gehirns sind entwicklungsgeschichtlich primitiver als die höherliegenden Teile. Die tieferliegenden Teile sind für elementare Funktionen zuständig: der Hirnstamm (Medulla) kontrolliert z. B. Atmung, Herzschlag und Verdauung, das Kleinhirn (Cerebellum) spielt eine bedeutende Rolle bei der motorischen Koordination, der Thalamus verarbeitet vornehmlich motorische und sensorische Informationen aus tieferen Gebieten des Kortex und macht sie anderen Regionen verfügbar, der Hypothalamus ist für die Regulation von elementaren Bedürfnissen (Hunger, Durst, Sexualität) zuständig. Derjenige Teil, der die meisten Nervenzellen beinhaltet, ist jedoch die Großhirnrinde, der zerebrale Kortex oder – da entwicklungsgeschichtlich jünger – auch Neokortex genannt. Dieser Teil des Gehirns ist beim Menschen im Gegensatz zu anderen Lebewesen besonders ausgeprägt, hier haben die spezifisch menschlichen Fähigkeiten ihre neuronale Repräsentation.

Der Kortex besteht aus zwei Hirnhälften, einer rechten und einer linken Hemisphäre, wobei die rechte vornehmlich den motorischen und sensorischen Funktionen der linken Körperhälfte zugeordnet ist und die linke Hemisphäre in umgekehrter Weise für die rechte Körperhälfte zuständig ist. So kontrolliert die rechte Hemisphäre beispielsweise die Bewegungen der linken Hand. Das Ohr hat zwar jeweils zwei Verbindungsbahnen, eine zur linken und eine zur rechten Hemisphäre, jedoch ist jeweils diejenige, die zur gegenüberliegenden Hemisphäre führt, dominant. Die sensorischen visuellen Informationen, die in das rechte Gesichtsfeld eines Auges gelangen, werden zur Verarbeitung an die linke Hemisphäre weitergegeben. Normalerweise stehen die beiden Hemisphären in permanenter Kommunikation. Informationen, die in der einen Hemisphäre primär verarbeitet werden, werden der anderen Hemisphäre zur Verfügung gestellt. Das Gehirn hat sich aber durch seine Zweiteilung nicht einfach dupliziert, sondern eine jede Hemisphäre spezialisiert sich im Laufe der ontogenetischen Entwicklung gemäß ihrer jeweiligen genetischen Festlegung. Aufschlüsse darüber, auf welche Weise sich rechte und linke Hemisphäre die Arbeit geteilt haben, liefern eine Vielzahl von Einzelergebnissen der pathologischen Neuropsychologie: Patienten mit unilateralen Hirnläsionen werden auf ihre spezifischen Funktionsstörungen hin untersucht, und der Ausfall bestimmter Fähigkeiten wird mit der spezifischen Läsion in Verbindung gebracht.

Verschiedene experimentell-psychologische Verfahren, wie dichotisches Hören

---

[1] In neuerer Zeit liefern zusätzlich neurophysiologische Methoden ereigniskorrelierte Potentiale, (EEG = Elektroenzephalogramm) sowie andere Darstellungsmethoden (PET = Positronen-Emissions-Tomographie, CT = Computer Tomographie, NMR = Nuklear-Magnetische-Resonanz) Einsichten in das normale und das pathologische Funktionieren des Gehirns (Kertesz, 1983).

oder tachistoskopisches Sehen, machen es möglich, die funktionale Lateralität auch bei gesunden Personen zu untersuchen (Kimura, 1964).[1] Diese Untersuchungsmethoden machen sich den Umstand zunutze, daß auditive Informationen, die nur in ein Ohr gelangen und visuelle Informationen, die nur in ein Gesichtsfeld gelangen, jeweils nur von einer Hemisphäre *primär* verarbeitet werden. Allerdings sind die Möglichkeiten dieser Methoden auf gewisse Parameter der Darbietungszeit der sensorischen Informationen und der geforderten Reaktionen der Versuchspersonen beschränkt, da die beiden Hemisphären durch einen Nervenstrang, das Corpus Callosum, miteinander verbunden sind und auf diese Weise Informationen miteinander austauschen. Sperry (1975) und andere (Gazzaniga & Sperry, 1967; Zaidel, 1973) studierten die Hemisphärenspezialisierung und die interhemisphärische Kommunikation an Patienten, denen aus medizinisch-therapeutischen Gründen durch einen chirurgischen Eingriff das Corpus Callosum weitgehend durchtrennt wurde, so daß die Kommunikation zwischen den Hirnhälften nicht mehr möglich war. Neuropsychologische Studien hatten gezeigt, daß Sprachausfälle bei Rechtshändern meist mit Läsionen in der linken Hemisphäre einhergehen (Broca, 1861; Wernicke, 1874 und viele andere).

Bezüglich der Hemisphärenspezialisierung läßt sich heute folgendes feststellen: Die linke Hemisphäre arbeitet vornehmlich analytisch. Entgegen der traditionellen Annahme, nur die linke Hemisphäre sei für Sprachverarbeitung zuständig, ergaben Untersuchungen an Patienten mit durchtrenntem Corpus Callosum, daß auch die rechte Hemisphäre einzelne Wörter verarbeiten kann, sofern diese visuell und nicht auditorisch dargeboten werden. Allerdings wurde bei diesen Untersuchungen ebenfalls deutlich, daß allein die linke Hemisphäre über die Fähigkeit, syntaktische Strukturen zu verarbeiten, verfügt (Hillyard & Gazzaniga, 1971). Ergänzend wurde später gezeigt, daß die linke Hemisphäre der rechten nicht nur überlegen war, wenn es darum ging, sprachliches Material zu verarbeiten, sondern auch dann, wenn es galt, nicht-sprachliches Material zu verarbeiten, das hierarchisch oder sequentiell geordnet war (Tomlinson-Keasey & Kelly, 1979). Die These von der analytisch arbeitenden Hemisphäre hatte ihre Bestätigung gefunden. Der rechten Hemisphäre wurde dagegen die Fähigkeit zur Verarbeitung von visuell-räumlicher sowie taktil-räumlicher Information zugeschrieben. Untersuchungen an Patienten mit einseitiger Hirnschädigung (De Renzi, Faghoni & Scotti, 1971) ergaben, daß Läsionen in der rechten Hemisphäre Störungen der räumlichen Orientierungsfähigkeit zur Folge hatten. Ebenso zeigte sich, daß diese Hirnhälfte ebenso für die räumliche Orientierung in der taktilen Modalität relevant ist (Carmon & Benton, 1969). Die Dominanz der rechten Hemisphäre für die räumliche Orientierungsleistung wurde auch bei Gesunden nachgewiesen (Benton, Levin & Varney, 1973; Hartje, Kerschensteiner & Sturm, 1975). Untersuchungen an *split-brain*-Patienten bestätigten den Vorrang der rechten Hirnhälfte für taktil-räumliche Orientierungsleistungen (Zaidel & Sperry, 1973).

Die Lokalisationen für sprachliche Leistungen und Orientierungsfähigkeit sind jedoch enger umschrieben als die oben dargestellte einfache Zuordnung dieser Fähigkeiten zur linken bzw. rechten Hemisphäre. Gemäß der Aufteilung der kortikalen Regionen einer Hemisphäre in jeweils vier Lappen: Frontallappen, Parietallappen, Okzipitallappen und Temporallappen lassen sich genauere Zuordnungen zwischen bestimmten Fähigkeiten und umschriebenen Regionen machen. So erweist sich zum Beispiel der rückwärtige Teil des rechten Parietallappens für die räumliche Orientierung von besonderer Bedeutung. Für die sprachlichen Fähigkeiten der Artikulation und des Sprechens gelten bestimmte Regionen des linken Frontallappens als relevant. Störungen dieser Funktionen (Broca-Aphasie) gehen insbesondere mit prärolandischen Läsionen, d. h. mit Läsionen im vorderen Anteil der linken Hemisphäre – genauer am Fuß der dritten Stirnwindung – einher. Der auditorische Kortex, der vor allem für das Sprachverstehen bedeutsam ist, wird dagegen im rückwärtigen Anteil des Temporallappens unter Einbeziehung der ersten Temporalwindung lokalisiert.

Solche Lokalisationen bestimmter Funktionen sind auch für die kognitive Psychologie nicht unerheblich, da nämlich zumindest bis heute nur einigen geistigen Fähigkeiten eine genauere Lokalisation zugewiesen werden konnte. Zu diesen Fähigkeiten gehören vor allem die visuelle Informationsverarbeitung sowie die Sprachverarbeitung. Anderen Fähigkeiten der Wissensrepräsentation und des Wissensabrufes – wie zum Beispiel dem Gedächtnis – können bislang keine umschriebenne Hirnregionen zugeordnet werden (Hartje & Sturm, 1982; Markowitsch, 1984). Fodor (1983) wurde durch diese Tatsache zu der theoretischen Annahme veranlaßt, daß lediglich bestimmte mentale Systeme, und zwar die, die hereinkommende Information in einer bereichsspezifischen, datengetriebenen Weise automatisch und unreflektiert *(informationally encapsulated)* verarbeiten, ein festgeschriebenes neurologisches Korrelat haben. Andere kognitive Fähigkeiten – wie z. B. das Problemlösen – werden einem zentralen Verarbeitungssystem ohne feste Neuroarchitektur zugewiesen. Dieses zentrale System verwertet die Informationen, die von den bereichsspezifischen Inputsystemen geliefert werden, unter Hinzuziehung von Informationen anderer Wissensbereiche. Ob und wie diese zentralen, hoch interaktiven Prozesse auf die stark vernetzte neuronale Struktur abzubilden sind, ist bis heute ungeklärt. Markowitsch (1985) schlägt vor, daß die Mechanismen der Wissensspeicherung und des Wissenserwerbs (Gedächtnis) als interindividuell unterschiedlich betrachtet werden müssen. Fodor (1983) stellt gar generell die Existenz einer festen Form-Funktions-Relation für zentrale Verarbeitungsprozesse in Frage. Für die kognitive Theoriebildung interessant bleibt die Differenzierung zwischen solchen geistigen Fähigkeiten, die eine festgelegte Neuroarchitektur erkennen lassen und solchen, für die dies bislang nicht der Fall ist. Im folgenden sollen exemplarisch drei Bereiche der menschlichen Informationsverarbeitung und deren mögliche neuroanatomische bzw. neurophysiologische Verankerung dargestellt werden: visuelle Wahrnehmung, Sprache und Gedächtnis.

Visuelle Wahrnehmung

Ein Bereich der Informationsverarbeitung, für den die neuronale Unterdeterminiertheit nicht gilt, ist der der visuellen Wahrnehmung. Hier sind vor allem die Mechanismen der unteren oder primären Verarbeitungsebenen bekannt. Im Gegensatz zu höheren kognitiven Leistungen können die primären Verarbeitungsmechanismen auf der neuronalen Ebene, d. h. an der einzelnen Zelle im Kortex des Tieres, experimentell exploriert werden.

Hubel und Wiesel (1962) untersuchten den visuellen Kortex der Katze. Sie fanden heraus, daß die Nervenzellen des visuellen Kortex in einer sehr spezifischen Weise auf visuelle Inputinformationen reagieren. Fest umschriebene rezeptive Felder von länglicher Gestalt sind jeweils in zwei (oder mehr) Gebiete geteilt, wobei die Zellen im einen Bereich positiv und im anderen (oder in den anderen) negativ reagieren. Auf diese Weise können Ecken, z. B. Zellen (a) und (b) oder Streifen, z. B. Zellen (c) und (d) erkannt werden (siehe Abb. 19.1.) Diese Detektorfelder sind für jeweils unterschiedliche Positionen, Orientierungen und Breiten der wahrgenommenen visuellen Muster spezifisch.

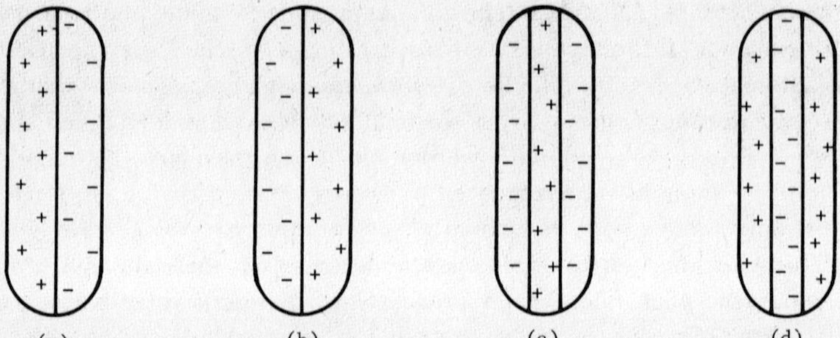

Abb. 19.1.: Schematische Darstellung der rezeptiven Felder im visuellen Kortex der Katze. Beschreibung der Funktionsweise siehe Text.

Marr (1980) hat auf der Basis dieser Erkenntnisse im Rahmen der künstlichen Intelligenz ein Modell der visuellen Wahrnehmung von Objekten entwickelt. Marr (1980) konnte in einer Computersimulation zeigen, wie aufgrund der Analyse der verschieden orientierten Ecken- und Breiten-Detektoren auf einer unteren Verarbeitungsebene ein erstes primitives Abbild *(raw primal sketch)* von Objekten erstellt werden kann. Es scheint nicht unplausibel, daß auch die natürliche visuelle Informationsverarbeitung im menschlichen System auf ähnliche Weise arbeitet. Auf einer höheren Verarbeitungsebene werden dann die von der unteren Verarbeitungsebene gelieferten Informationen integriert und interpretiert. Die durch die Detektoren bereitgestellten Informationen werden dabei auf bereits vorhandene Objektrepräsentationen abgebildet. Ein Objekt gilt dann als erkannt, wenn genügend Merkmale des wahrgenommenen visuellen Musters mit denen der mentalen Darstellung übereinstimmen (Neisser, 1967; Sutherland, 1968). Aufgrund dieser Annahmen sollten Objekte unabhängig von ihrer Orientierung im Raum erkannt werden. Untersuchungen von Corballis, Nagourney, Shetzer und Stefanatos (1978) sprechen in der Tat für eine orientierungsunabhängige Objektwahrnehmung.

Rock (1973) hatte angenommen, daß Objekte meistens im Hinblick auf einen extrinsischen Referenzrahmen (Schwerkraft) beschrieben und erkannt werden. Marr (1980) schlägt dagegen vor, daß Objekte in bezug auf einen intrinsischen Referenzrahmen (Hauptachse des Objektes) erkannt werden. Während diejenigen Eigenschaften eines Objektes, die sich auf den jeweiligen extrinsischen Referenzrahmen beziehen, als ‚globale Aspekte' bezeichnet werden können, können diejenigen Eigenschaften, die sich auf intrinsische Merkmale beziehen, als ‚lokale Aspekte' charakterisiert werden. Humphreys und Riddoch (1984) untersuchten neuropsychologisch, welche dieser Eigenschaften für die Objekterkennung benutzt werden. Von fünf rechtshemisphärisch geschädigten Patienten zeigten vier eine selektive Störung der Objektwahrnehmung, wenn das Objekt nicht in seiner Hauptachse abgebildet war, und zwar selbst dann, wenn die unterscheidenden Merkmale deutlich erkennbar waren. Umgekehrt waren sie in der Lage, Objekte wiederzuerkennen, wenn unterscheidende Merkmale nicht deutlich erkennbar waren, solange die Objekte in ihrer Hauptachse abgebildet waren. Das komplementäre Verhaltensbild zeigte der fünfte Patient: Waren die unterscheidenden Merkmale nicht deutlich erkennbar, so hatte dieser Patient große Schwierigkeiten bei der Objekterkennung, wogegen eine Veränderung der Abbildungsachse keinen Einfluß auf seine Erkennungsleistung hatte.

Diese doppelte Dissoziation weist darauf hin, daß Objektkonstanz durch zwei funktional voneinander unabhängige Mechanismen erreicht werden kann, einmal durch die strukturelle Beschreibung eines Objektes relativ zum intrinsischen Referenzrahmen (Marr, 1980) oder aber durch die Verarbeitung von lokalen, unterscheidenden Merkmalen (Sutherland, 1968), und daß diese unterschiedlichen Mechanismen darüber hinaus ihr spezifisches neurologisches Korrelat haben. Jene Patienten mit selektiver Störung der Objekterkennung bei Hauptachsenverschiebung zeigten deutlich nachweisbare Schädigungen in der rechten Hemisphäre. Der Fall, der durch eine Störung der Objekterkennung beim Fehlen unterscheidender Merkmale charakterisiert war, zeigte in einer computertomographischen Darstellung keine dramatischen neurologischen Veränderungen. Die neuropsychologischen Symptome dieses Patienten sind allerdings vergleichbar mit denen, die sonst als Folge von kleinen bilateralen Infarkten der parietal-okzipitalen Regionen auftreten.

Die dargestellte Arbeit mag als Beispiel dafür dienen, inwieweit sich neuropsychologische Forschung, künstliche Intelligenz und psychologische Modellbildung befruchten können. Das Wissen über die Beziehung zwischen Verhalten und neuronaler Informationsverarbeitung auf der unteren Verarbeitungsebene mag auch für die Theoriebildung über höhere Verarbeitungsprozesse von direkter Relevanz sein. Es ist allerdings auch denkbar, daß sich die verschiedenen Verarbeitungsebenen neuronal verschieden manifestieren. Elementare Prozesse der Inputsysteme mögen dem Gehirn sozusagen als Hardware mitgegeben sein, wogegen für höhere zentrale Verarbeitungsprozesse erst während der Entwicklung ein Software-Programm erstellt werden muß, das sich später hochautomatisiert eventuell so verhält, als sei es Teil der Hardware.

Sprache

Die Sprachfähigkeit kann als spezifisches biologisches Attribut des Menschen angesehen werden (Gleitman, 1981). Lange Zeit war man auf der Suche nach dem neurologischen Korrelat dieser Fähigkeit. Zwar hatte man schon Mitte des 19. Jahrhunderts den Zusammenhang zwischen Sprache und der linken Hemisphäre an neuropsychologischen Daten festmachen können, doch fehlte bis vor kurzem der Beweis, daß die funktional so verschiedenen Hirnhälften sich auch neuroanatomisch unterscheiden. Erst Ende der sechziger Jahre konnte gezeigt werden, daß das Planum Temporale in der sprachdominanten Hemisphäre größer ist als in der nicht-dominanten (Geschwind & Levitsky, 1968; Witelson & Pallie, 1973), und daß die beiden Hirnhälften darüber hinaus auch auf neuromorphologischer Ebene verschieden sind (Galaburda, Lemay, Kemper & Geschwind, 1978).

Die funktionale Organisation der Sprache im Gehirn wurde in den vergangenen Jahren von der Neurolinguistik untersucht. Sie ist dabei nicht primär topologisch-lokalisatorisch vorgegangen, sondern sie hat vielmehr nach funktional selektiven Störungen der sprachlichen Fähigkeiten gesucht. Geleitet durch Modelle der normalen Sprachverarbeitung hoffte man, sprachliche Ausfälle zu finden, die die Struktur des Sprachverarbeitungssystems widerspiegeln. Das Sprachverarbeitungssystem selbst wird meist als ein Gebilde von unterschiedlichen, bereichsspezifischen Komponenten definiert, die je nach Ansatz entweder autonom arbeiten (Forster, 1979), oder aber hochgradig miteinander interagieren (McClelland & Rumelhart, 1981). Ein dritter Ansatz nimmt an, daß diese unterschiedlichen Verarbeitungskomponenten primär autonom arbeiten, das heißt, daß die Informationsverarbeitung auf einer unteren Prozeßebene zumindest anfänglich unabhängig von Informationen aus anderen Bereichen ist, und daß diese verschiedenen Informationen erst später (Marslen-Wilson, 1984) ihren Einfluß ausüben können. Auf der Basis von Modellen normalen Sprachverarbeitens wurde die klinische Klassifikation der Aphasie, die traditionell in modalitätsspezifischer Weise Produktionsstörungen mit Läsionen in der Broca-Region und Verstehensstörungen mit Schädigungen in der Wernicke-Region erklärte (z. B. Weisenburg & McBride, 1935) und somit ihr Erklärungswert für den Zusammenhang zwischen Sprache und Gehirn in Frage gestellt.

Sprachproduktion wie Sprachverstehen setzen – so die Modellvorstellung – die Verarbeitung von Informationen aus drei verschiedenen Bereichen bzw. die Aktivierung dieser Wissensquellen voraus: Semantik, Syntax und Phonologie. Alle diese Bereiche können durch Hirnläsionen zum Teil selektiv gestört sein. Untersuchungen zu phonologischen Störungen haben gezeigt, daß diese im Rahmen einer phonologischen Theorie (Jakobson, Fant & Halle, 1952) erklärt werden können. Blumstein (1973) analysierte die phonologischen Abweichungen bei Broca- und Wernicke-Patienten und fand, daß beide Patientengruppen die Laute nicht willkürlich, sondern in systematischer Weise vereinfachen: merkmaltragende, das sind z. B. stimmhafte Laute werden durch merkmallose, das sind stimmlose Laute ersetzt. Das bedeutet, daß der phonemische Abbau bestimmten Gesetzen folgt, die innerhalb von phonologischen Theorien beschreibbar sind.

Im semantisch-lexikalischen Bereich können aphasische Wortfindungsstörungen Aufschlüsse über die Mechanismen der Repräsentation und des Abrufs von lexikalischen Einheiten geben. Von den zahlreichen Untersuchungen auf diesem Gebiet (Goodglass & Baker, 1976; Kelter, 1977; Stachowiak, 1979) sollen nur zwei exemplarisch dargestellt werden. Zurif, Caramazza, Meyerson und Galvin (1974) gingen von der Hypothese aus, daß die bei Patienten mit posterioren Läsionen der linken Hemisphäre (Wernicke und amnestische Aphasie) zu beobachtenden Wortfindungsstörungen auf eine Störung der *Repräsentation* der zugrundeliegenden Struktur des Lexikons und nicht etwa des *Zugriffs* zum Lexikon zurückzuführen sei.

In Anlehnung an Untersuchungen bei Normalsprechern war man davon ausgegangen, daß die semantische Information lexikalischer Einheiten als internalisierte Datenstruktur in Form von semantischen Merkmalen repräsentiert ist. Diese Merkmale eines Wortes (z. B. Junggeselle) lassen sich entweder durch einzelne Wörter (z. B. + männlich) oder Aussagen (z. B. – der verheiratet ist) darstellen. In der Untersuchung zur Struktur des Lexikons bei Aphasie wählte man Wörter, die nach verschiedenen semantischen Beziehungen geordnet werden konnten, als Stimulusitems aus. Das zentrale Merkmal, nach dem unterschieden werden konnte, war: +/– menschlich. Bei einer Beurteilungsaufgabe, die nach den hierarchischen Beziehungen zwischen den Testitems fragte, stellte sich heraus, daß Patienten mit posteriorer Läsion nicht deutlich zwischen Menschen- und Tierbegriffen zu unterscheiden wußten, während Patienten mit anteriorer Läsion dazu durchaus in der Lage waren. Diese Daten wurden als Unterstützung für die Annahme einer gestörten Repräsentation lexikalischer Items gewertet.

Aus anderen Arbeiten geht im Gegensatz dazu hervor, daß die Ursache für Wortfindungsstörungen nicht generell auf der Ebene der Repräsentation anzusiedeln ist, sondern ihren Ursprung auch im Zugriffs- oder Abrufmechanismus haben kann. Die Arbeit von Milberg und Blumstein (1981) gibt erste Anhaltspunkte, unter welchen Bedingungen die semantische Information von Wörtern Patienten mit posterioren Läsionen zur Verfügung steht. In ihren Untersuchungen verwenden sie das sogenannte *semantic priming*-Paradigma. Broca- und Wernicke-Aphasiker sowie eine Kontrollgruppe von Normalsprechern wurden in einer lexikalischen Entscheidungsaufgabe *(lexical decision task)* getestet. Hierbei werden der Versuchsperson eine Reihe von Wörtern und Nicht-Wörtern – das sind Items, die nicht zum lexikalischen Inventar der jeweiligen Testsprache gehören – präsentiert. Aufgabe der Versuchsperson ist es zu entscheiden, ob das präsentierte Item zum lexikalischen Inventar der Testsprache gehört oder nicht. Gemäß des *semantic priming*-Paradigmas wurden vor dem jeweiligen Testwort einmal Wörter präsentiert, die in enger semantischer Beziehung zu dem Testwort standen oder aber überhaupt keine Beziehung zu diesem aufwiesen. Es zeigte sich, daß Broca-Patienten, aber auch überraschenderweise Wernicke-Patienten, einen *semantic-priming*-Effekt demonstrieren, der dem von Normalsprechern sehr ähnlich war. Die Autoren schließen aus diesem Ergebnis, daß Wernicke-Patienten sehr wohl über eine intakte zugrundeliegende semantische Struktur des Lexikons verfügen, der Zugriff zur semantischen Information aber nur auf diese automatische Weise und nicht bewußt möglich ist. Solche bewußten semantischen Prozesse allerdings scheinen jedoch Voraussetzung für eine Weiterverarbeitung der semantischen Information zu sein, d. h. für deren Integration auf einer höheren kognitiven Ebene, auf der die Interpretation von Äußerungen stattfindet.

Die nächst komplexere Verarbeitungsebene, die dem Abruf, d. h. der Aktivierung oder dem Erkennen einzelner semantisch-lexikalischer Einheiten folgt, ist die der syntaktischen Verarbeitung. Störungen dieser Prozesse fallen besonders bei der Sprachproduktion auf, denn die Bildung eines grammatisch korrekten Satzes setzt den Zugriff auf syntaktisches Wissen voraus, wohingegen das Verstehen eines Satzes häufig unter Hinzuziehung von Kontextwissen oder allgemeinem Weltwissen geschieht. Das erklärt, warum der Agrammatismus – eine Sprachstörung, die mit einer Läsion in der Broca-Region einhergeht – traditionellerweise als eine Störung der *Sprachproduktion* beschrieben wurde. Ausgehend von einem Modell, das für Sprachproduktions- und Sprachverstehensprozesse gemeinsame Wissensquellen – wie Syntax und Lexikon – annimmt, fanden Zurif, Caramazza und Meyerson (1972) jedoch, daß agrammatischer Sprachoutput mit Störungen des metalinguistischen syntaktischen Wissens und der syntaktischen Verstehensleistungen einhergeht (Caramazza & Zurif, 1976). Bradley, Garrett und Zurif (1980) argumentierten, daß dieses agrammatische Verhalten auf eine Störung des Zugriffs auf jene sprachlichen Elemente zurückzuführen sei, die die syntaktischen Informationen tragen: das sind die Funktionswörter (Artikel, Konjunktionen, Präpositionen usw.) und die gebundenen Morpheme (Flektionssuffixe) einer jeweiligen Sprache. Es zeigte sich, daß bei agrammatisch sprechenden Broca-Patienten dann ein dramatischer Abfall in den Verstehensleistungen manifest wird, wenn das Satzverständnis allein auf der korrekten syntaktischen Analyse des Satzes oder der in ihm enthaltenen Wörter beruht (Caramazza & Zurif, 1976; Friederici, Schönle & Garrett, 1982). Die funktionale Unabhängigkeit von semantisch-lexikalischen und syntaktischen Prozessen konnte durch selektive Störungen der Verarbeitung von semantisch-lexikalischen Elementen (Inhaltswörtern) und syntaktischen Elementen (Funktionswörtern) neuropsychologisch vielfach belegt werden (z. B. Stockert & Bader, 1976; Caramazza & Zurif, 1976). Neuere Untersuchungen zeigen jedoch, daß die zu beobachtende Dissoziation der Verarbeitungsvorgänge nicht mit verschiedenen Wortklassen (Inhaltswort versus Funktionswort) gekoppelt ist, sondern daß diese vielmehr Funktion der zu verarbeitenden Information ist (Friederici, 1985). Mit dem unterschiedlichen Sprachverhalten gingen meist auch unterschiedliche Läsionen einher: Störungen der semantisch-lexikalischen Informationsverarbeitung wurden mit posterioren Läsionen, Störungen in der syntaktischen Informationsverarbeitung mit anterioren Läsionen der linken Hemisphäre in Verbindung gebracht. Die verschiedenen funktionalen Bereiche schienen ihre neurologische Verankerung gefunden zu haben (Berndt, Caramazza & Zurif, 1983). Diese Festlegung wird aufgrund der zu beobachtenden interpersonalen Variationen der Beziehung zwischen umschriebener Läsion und Sprachverhalten neuerdings wieder in Zweifel gezogen (Caramazza, 1986).

Für eine gewisse neuronale Fixierung von sprachlichen Prozessen kann ein zusätzlicher Befund angeführt werden. Bellugi (1983) konnte zeigen, daß selektive Ausfälle von semantisch-lexikalischen Verarbeitungsprozessen mit posterioren Läsionen und Störungen von syntaktischen Prozessen mit anterioren Läsionen selbst dann verknüpft sind, wenn der Patient eine Zeichensprache verwendet und in dieser Sprachmodalität erzogen wurde. Dieses Ergebnis gibt berechtigten Anlaß zu der Annahme, daß bestimmte kortikale Gebiete für die Verarbeitung sprachlicher Information vorgesehen sind – und zwar unabhängig von der Modalität der sprachlichen Informationen. Werden diese kortikalen Gebiete während der entsprechenden Entwicklungsphase adäquat stimuliert, so bilden sich die notwendigen neuronalen Strukturen auch dann aus, wenn dem Verarbeitungssystem sprachlicher Input in Form von nicht-lautlichen Zeichen angeboten wird.

Gedächtnis

Im Gegensatz zu den Störungen der sprachlichen Leistungen scheinen die Störungen der Gedächtnisleistungen in ihren verschiedenen klinischen Bildern weitaus heterogener. In Anlehnung an die in der Gedächtnispsychologie klassische Unterscheidung zwischen Langzeit- und Kurzzeitgedächtnis (Atkinson & Shiffrin, 1977) hatte man versucht, bei den Gedächtnisstörungen, d. h. den sogenannten Amnesien, eine entsprechende Dissoziation der Gedächtnisleistungen zu finden. Gemäß psychologischer Theorien wird das Kurzzeitgedächtnis als eine Art Zwischenspeicher mit begrenzter Aufnahmekapazität angesehen. Informationen verweilen hier nur für kurze Zeit, bevor sie in das Langzeitgedächtnis überführt werden. Das Langzeitgedächtnis ist dagegen von unbegrenzter Aufnahmekapazität. Als Beleg für die neuropsychologische Realität eines Kurzzeitgedächtnisses haben Lynch und Yarnell (1973) Fälle von Footballspielern angeführt, die unmittelbar nach dem Erwachen aus einer kurzen Bewußtlosigkeit eine korrekte Schilderung des Unfallhergangs geben konnten, sich jedoch ein paar Minuten später auf Befragen hin nicht mehr an diese Ereignisse erinnern konnten. Es wurde allerdings zu Recht darauf hingewiesen, daß diese Beobachtungen nicht zwingend zu der Annahme zweier getrennter Gedächtnisformen wie Langzeit- und Kurzzeitgedächtnis führen. Das traumatische Ereignis stört möglicherweise nicht sofort, sondern erst allmählich, z. B. durch Ödembildung, die für den späteren Abruf notwendige Konsolidierung im Langzeitgedächtnis. Eine Störung vornehmlich des Langzeitgedächtnisses manifestiert sich im sogenannten Korsakow-Syndrom, das oft als Folge von chronischem Alkoholismus und damit verbundener Fehlernährung auftritt. Diese Patienten sind trotz meist unbeeinträchtigter Intelligenz nicht in der Lage, neue Informationen für eine längere Zeit zu speichern und/oder abzurufen. Inwieweit diese Form der Störung des Langzeitgedächtnisses mit einer Störung im Kurzzeitgedächtnis einhergeht oder davon unabhängig ist, läßt sich aufgrund der vorliegenden Fallbeschreibung nicht eindeutig ausmachen (Baddeley & Warrington, 1970; Butters & Cermak, 1975; Warrington & Taylor, 1973; Cermak, 1982; Johnson, 1985).

Eine andere Unterscheidung von Gedächtnisformen hat Tulving (1972) mit der Dichotomie zwischen episodischem und semantischem Gedächtnis eingeführt. Diese Dichotomie hat man ebenfalls durch selektive Störungen des episodischen beziehungsweise semantischen Gedächtnisses neuropsychologisch zu belegen versucht (Kinsbourne & Wood, 1975). Zola-Morgan, Cohen und Squire (1983) haben jedoch gezeigt, daß diese Unterscheidung innerhalb der Gedächtnisstörungen dann hinfällig wird, wenn zeitliche Faktoren berücksichtigt werden. Das episodische Gedächtnis, das laut Hypothese bei bestimmten Amnesien selektiv gestört sein soll, erweist sich dann als relativ intakt, wenn das abzurufende Wissen zu einem weiter zurückliegenden Zeitpunkt erworben wurde. Sie schlagen daher die Unterscheidung zwischen deklarativem und prozeduralem Wissen und deren Repräsentationen im Gehirn vor (Cohen & Squire, 1980). Der Unsicherheit bezüglich einer adäquaten funktionalen Unterscheidung zwischen möglichen Gedächtnisformen auf der psychologischen und neuropsychologischen Ebene stehen zumindest ebenso große Uneindeutigkeiten hinsichtlich deren möglicher neuronaler Korrelate gegenüber.

Einige Autoren gehen dennoch zunächst von dem theoretischen Konstrukt der Unterscheidung zwischen Langzeit- und Kurzzeitgedächtnis aus. Dieser Unterscheidung werden auf neurophysiologischer Ebene verschiedene Mechanismen zugeordnet (Lynch & Baudry, 1984). Es wird angenommen, daß die Prozesse des Kurzzeitgedächtnisses im wesentlichen auf bioelektrischen Änderungen beruhen, während den Prozessen des Langzeitgedächtnisses eher biochemische Änderungen zugrunde liegen. Als Korrelat für die Bildung des Langzeitgedächtnisses werden heute sowohl synaptische Änderungen als auch die Neubildung von Synapsen angesehen (Greenough, 1984; Lynch & Baudry, 1984). Lynch und Baudry weisen den Vorderhirnstrukturen aufgrund ihrer Untersuchungen eine entscheidende Rolle bei der Engrammbildung und -abspeicherung zu. Die klinische Neuropsychologie berichtet über Gedächtnisstörungen allerdings sowohl nach massiven Schädigungen des zerebralen Kortex wie nach Läsionen verschiedener Regionen des Limbischen Systems oder auch umgrenzten Läsionen im Neokortex (Milner, 1959, 1974; Wells, 1978). Während letztere Befunde für eine gebietsspezifische Manifestierung von Gedächtnisprozessen sprechen, deuten die Amnesien durch globale Schädigungen des Kortex eher auf eine weitvernetzte Struktur der Informationsspeicherung im Gehirn, wobei vor allem den mannigfaltigen intrakortikalen neuronalen Verbindungswegen eine besondere Rolle in der Informationsdistribution zukommt (Markowitsch, 1985).

Fragen wir nach dem Zusammenhang von bestimmten Gedächtnisstörungen und deren Lokalisation, so ist auffällig, daß hier eine 1:1-Zuordnung nicht möglich ist. Schädigungen einer bestimmten Hirnstruktur führen einmal zu schweren Amnesien, ein anderes Mal nur zu vorübergehenden oder gar keinen Störungen. Obwohl von einem gewissen systematischen Zusammenhang zwischen funktionaler Struktur des Gedächtnisses und dessen zerebraler Organisation ausgegangen werden kann, ist es bis heute nicht gelungen, diese Relation aufzuweisen.

Die von Lynch und Baudry (1984) auf der neurophysiologischen Ebene definierte Unterscheidung zwischen bioelektrischen und biochemischen Prozessen mag sich zwar als Erklärung für eine Unterscheidung zwischen Langzeit- und Kurzzeitgedächtnis unfruchtbar erweisen. Es wäre jedoch möglich, daß diese neurophysiologische Unterscheidung eine andere Teilung mentaler Fähigkeiten widerspiegelt: die Unterscheidung zwischen Abruf und Repräsentation von Wissen. Die Repräsentation von Wissen würde dieser These nach vornehmlich auf langfristigen biochemischen Änderungen beruhen, der Abruf eher auf bioelektrischen Prozessen.

Ausblick

Im Gegensatz zu der Beziehung zwischen Gehirn und anderen kognitiven Fähigkeiten fällt auf, daß gerade eine der komplexesten Funktionen des Gehirns, nämlich die Speicherung und der Abruf von integrierter Information, neuroanatomisch nur schwer festzumachen ist, räumlich-visuelle, aber auch sprachliche Fähigkeiten lassen sich weitaus verbindlicher lokalisieren. Es ist nicht unplausibel anzunehmen, daß diese Funktionen dem Menschen vorprogrammiert und neuronal verankert mitgegeben sind. Ein Argument, das in bezug auf die räumlich-visuellen Fähigkeiten im allgemeinen eher ohne Widerspruch aufgenommen wird als in bezug auf sprachliche Fähigkeiten. Chomsky (1981) hat allerdings überzeugende Argumente für ein genetisch determiniertes Spracherwerbsprogramm vorgebracht. Dieses Programm enthält bestimmte vorgegebene Parameter (linguistische Universalien), die je nach Sprachkontakt gefüllt werden. Er erklärt so die erstaunliche Fähigkeit des Menschen, in relativ kurzer Zeit jede Sprache zu erlernen: die mitgegebenen Parameter erleichtern das Erkennen sprachlicher Strukturen. In der berühmten Debatte mit Piaget (Piattelli-Palmarini, 1980) wurde die Spezifität sprachlicher Erwerbsprozesse eingehend diskutiert. Neben Befunden, daß die sprachliche Entwicklung von Kindern mit genereller kognitiver Retardierung einen ähnlichen (wenn auch verlangsamten) Verlauf nimmt, wie die von normalen Kindern (Gleitman, 1981), mögen auch die neuropsychologischen Ergebnisse für eine fest neuronale, wenn nicht gar genetische Verankerung dieser Fähigkeit sprechen.

Ob Gedächtnisprozesse in einer ähnlichen Weise neuronal fest verankert sind, kann bei dem jetzigen Stand der Forschung nicht entschieden werden. Daß eine solche Beziehung bislang nicht festgemacht werden konnte, mag mehrere Gründe haben. Entweder sind komplexe Prozesse zentraler Verarbeitungssysteme generell ohne feste Neuroarchitektur (Fodor, 1983), oder aber die Komplexität dieser Prozesse geht mit einer ausgeprägten individuellen Varianz einher, die teilweise genetisch oder auch ontogenetisch bedingt sein kann (Markowitsch, 1985). Es ist auch möglich, daß eine zufriedenstellende Beschreibung der Gedächtnisprozesse und ihrer neuronalen Korrelate noch nicht vorliegt, da es an Gedächtnismodellen fehlt, die über eine psychologisch adäquate Struktur verfügen. Es ist nicht auszuschließen, daß trotz der beobachteten interindividuellen Unterschiede in der Lokalisation sehr wohl eine interindividuelle Übereinstimmung in den neuronalen Funktionsweisen bestimmter Gedächtnisprozesse gefunden wird, die mit psychologisch adäquaten Dissoziationen neuer theoretischer Konstrukte einhergeht. Die Neurowissenschaften – vor allem die Neurophysiologie und Neurochemie – haben gerade erst begonnen, die der Informationsverarbeitung zugrundeliegenden neuronalen Prozesse zu explorieren. Ihre rasche Entwicklung wird den kognitiven Psychologen bald zum Dialog fordern.

Literatur

Atkinson, R. C., & Shiffrin, R. M. (1977). Human memory: A proposed system and its control processes. In G. H. Bower, *Human memory* (pp. 8–113). New York: Academic Press.

Baddeley, A. D., & Warrington, E. K. (1970). Amnesia and the distinction between long and short term memory. *Journal of Verbal Learning and Verbal Behavior, 9*, 176–189.

Bellugi, U. (1983). Language structure and language breakdown in American Sign Language. In M. Studdert-Kennedy (Ed.), *Psychobiology of language* (pp. 152–176). Cambridge, Mass.: MIT Press.

Benton, A. L., Levin, H. S., & Varnay, N. R. (1973). Tactile perception of direction in normal subjects. *Neurology (Minneap.), 23*, 1248–1250.

Berndt, R. S., Caramazza, A., & Zurif, E. (1983). Language functions: Syntax and semantics. In S. J. Segalowitz (Ed.), *Language functions and brain organization* (pp. 5–28). New York: Academic Press.

Blumstein, S. E. (1973). *A phonological investigation of aphasic speech*. The Hague: Mouton.

Bradley, D. C., Garrett, M. F., & Zurif, E. B. (1980). Syntactic deficits in Broca's aphasia. In D. Caplan (Ed.), *Biological studies of mental processes* (pp. 269–286). Cambridge, Mass.: MIT Press.

Broca, P. (1861). Remarques sur le siège de la faculté du langage articulé, suivies d'une observation d'aphémie (perte de la parole). *Bulletins de la Société Anatomique de Paris, 6*, 330–357.

Butters, N., & Cermak, L. S. (1975). Some analyses of amnesic syndromes in brain-demaged patients. In R. L. Isaacson & K. H. Pribram, *The Hippocampus. Vol. II: Neurophysiology and Behavior* (pp. 377–407). New York: Plenum Press.

Caramazza, A. (1986). On drawing inferences about the structure of normal cognitive systems from the analysis of patterns of impaired performance: The case for single-patient studies. *Brain & Cognition 5*, 41–66.

Caramazza, A., & Zurif, E. B. (1976). Dissociation of algorithmic and heuristic process in language comprehension: Evidence from aphasia. *Brain and Language, 3*, 572–582.

Carmon, A., & Benton, A. L. (1969). Tactile perception of direction and number in patients with unilateral cerebral disease. *Neurology (Minneap.), 19*, 525–532.

Cermak, L. S. (1982). The long and short of it in amnesia. In L. S. Cermak (Ed.), *Human memory and amnesia* (pp. 43–59). Hillsdale, N. J.: Erlbaum.

Changeux, J.-P. (1984). *Der neuronale Mensch*. Reinbek bei Hamburg: Rowohlt.

Chomsky, N. (1981). Lectures on government and binding. The Pisa Lectures. Dordrecht: Foris Publications.

Cohen, N. J., & Squire, L. R. (1980). Preserved learning and retention of pattern-analyzing skill in amnesia: Dissociation of knowing how and knowing that. *Science, 210*, 207–210.

Corballis, M. C., Nagourney, B., Shetzer, L. I., & Stefanatos, G. (1978). Mental rotation under head tilt: Factors influencing the location of the subjective frame of reference. *Perception & Psychophysics, 24*, 263–272.

Curtiss, S., Fromkin, V., Krashen, S., Rigler, D., & Rigler, M. (1974). The linguistic development of Genie. *Language, 50*, 528–555.

De Renzi, E., Faghoni, P., & Scotti. G. (1971). Judgment of spatial orientation in patients with focal brain demage. *Journal of Neurology, Neurosurgery and Psychiatry, 34*, 489–495.

Fodor, J. A. (1983). *The modularity of mind*. Cambridge, Mass.: MIT Press.

Forster, K. I. (1979). Levels of processing and the structure of the language processor. In W. E. Cooper & E. C. T. Walker (Eds.), *Sentence processing: Psycholinguistic studies presented to Merrill Garrett* (pp. 27–86). Hillsdale, N. J.: Erlbaum.

Friederici, A. D. (1985). Levels of processing and vocabulary types: Evidence from on-line comprehension in normals and agrammatics. *Cognition, 19*, 133–166.

Friederici, A. D., Schönle, P. W., & Garrett, M. F. (1982). Syntactically versus semantically based computation: Processing of prepositions in agrammatism. *Cortex, 18*, 525–534.

Galaburda, A. M., Lemay, M., Kemper, L., & Geschwind, N. (1978). Right-left asymmetrics in the brain. *Science, 199*, 852–856.

Gazzaniga, M. S., & Sperry, R. W. (1967). Language after section of the cerebral commisures. *Brain, 90*, 131–148.

Geschwind, N. & Levitsky, W. (1968). Human brain: Left-right asymmetries in temporal speech region. *Science, 161*, 186–187.

Gleitman, L. R. (1981). Biological predispositions to learn language. In P. Marler & H. S. Terrace (Eds.), *The biology of learning* (pp. 553–584). Berlin: Springer.

Goodglass, H., Baker, E. (1976). Semantic field, naming and auditory comprehension in aphasia. *Brain and Language, 3*, 359–374.

Gray, E. (1959). Axosomatic and axodendritic synapses of the cerebral cortex: An electron microscopy study. *Journal of Anatomy, 93*, 420–433.

Greenough, W. T. (1984). Structural correlates of information storage in the mammalian brain: A review and a hypothesis. *Trends in Neuroscience, 7*, 229–233.

Hartje, W., Kerschensteiner, M., & Sturm, W. (1975). Konstruktive Apraxie und räumliche Orientierungsstörung. *Akten der Neurologie, 2*, 179–187.

Hartje, W., & Sturm, W. (1982). Amnesie. In K. Poeck (Ed.), *Klinische Neuropsychologie* (pp. 135–150). Stuttgart: Thieme.

Hillyard, S. (1981). In electrophysiological approaches to human cognitive processing. *Neuroscience Research Program Bulletin, 20*, 240–246.

Hillyard, S., & Gazzaniga, M. S. (1971). Language and speech capacity of the right hemisphere. *Neuropsychologia, 9*, 273–280.

Hubel, D. H., & Wiesel, T. N. (1977). Functional architecture of macaque monkey visual cortex. Ferrier Lecture. Proceedings of the Royal Society (London), B, *198*, 1–59.

Humphreys, G. W., & Riddoch, M. J. (1984). Routes to object constancy: Implications from neurological impairments of object constancy. *Quarterly Journal of Experimental Psychology, 36*A, 385–415.

Jakobson, R., Fant, C. G. M., & Halle, M. (1952). *Preliminaries to speech analysis. The distinctive features and their correlates*. Cambridge, Mass.: MIT Press.

Johnson, M. K. (1985). The origin of memories. In P. C. Kendall (Ed.), *Advances in cognitive-behavioral research and therapy (Vol. 4)* (pp. 1–27). New York/London, Academic Press.

Kelter, S. (1977). Störungen im lexikalischen-semantischen Bereich bei Aphasikern. Unveröffentlichte Dissertation, Universität Konstanz.

Kertesz, A. (1983). *Localization in neuropsychology*. New York: Academic Press.

Kimura, D. (1964). Left-right differences in the perception of melodies. *Quarterly Journal of Experimental Psychology, 16*, 355–358.

Kinsbourne, M., & Wood, F. (1975). Short-term memory processes and the amnesic syndrome. In D. Deutsch & J. A. Deutsch (Eds.), *Short-term memory* (pp. 258–291). New York: Academic Press.

Lynch, G. S., & Yarnell, P. R. (1973). Retrograde amnesia: Delayed forgetting after concussion. *American Journal of Psychology, 86*, 643–645.

Lynch, G. S., & Baudry, M. (1984). The biochemistry of memory: A new and specific hypothesis. *Science*, 224, 1057–1063.

Markowitsch, H. J. (1984). Can amnesia be caused by damage of a single brain structure? *Cortex, 20*, 27–45.

Markowitsch, H. J. (1985). Gedächtnis und Gehirn. *Psychologische Rundschau, 36*, 201–216.

Marr, D. (1980). Visual information processing: The structure and creation of visual representations. *Philosophical Transactions of the Royal Society (London), B, 290*, 199–218.

Marslen-Wilson, W. (1984). Function and processes in spoken word recognition – A tutorial review. In H. Bouma & D. G. Bouwhuis (Eds.), *Attention and performance X. Control of language processes* (pp. 125–150). London: Erlbaum.

McClelland, J., & Rumelhart, D. (1981). An interactive activation model of perception. Part 1. *Psychological Review, 88*, 375–407.

Milberg, W., & Blumstein, S. E. (1981). Lexical decision and aphasia: Evidence from semantic processing. *Brain and Language, 14*, 371–385.

Milner, B. (1959). The memory defect in bilateral hippocrampal lesions. *Psychiatric Association: Psychiatric Research Reports, 11*, 43–58.

Milner, B. (1974). Hemispheric specialization scope and limits. In F. O. Schmitt & F. G. Worden (Eds.), *The Neurosciences Third Study Programm* (pp. 75–88). Cambridge, Mass.: MIT Press.

Neisser, U. (1967). *Cognitive psychology*. New York: Appleton-Century-Crofts.

Piattelli-Palmarini, M. (1980). *Language and learning. The debate between Jean Piaget and Noam Chomsky*. London: Routledge & Kegan.

Rakič, P. (1974). Neurons in rhesus monkey visual cortex: Systematic relation between time of origin and eventual disposition. *Science, 183*, 425–427.

Rakič, P., & Goldman-Rakič, P. (1982). Development and modifiability of the cerebral cortex. *Neuroscience Research Program Bulletin, 20(4)*, 429–611.

Rock, I. (1973). *Orientation and form*. New York: Academic Press.

Sidman, R. (1970). Cell proliferation, migration and interaction in the developing mammalian central nervous system. In F. Schmitt (Ed.), *The Neuroscience: Second study program* (pp. 100–107). New York: Rockefeller University Press.

Singer, W. (1984). Learning to see. Mechanisms in experience – dependent development. In P. Marler & H. S. Terrace (Eds.), *The biology of learning* (pp. 461–477). Berlin: Springer.

Sperry, R. W. (1975). Lateral specialization in the Surgically separated hemispheres. In B. Milner (Ed.), *Hemispheric specialization and interaction* (pp. 5–19). Cambridge, Mass.: MIT Press.

Stachowiak, F. J. (1979). *Zur semantischen Struktur des subjektiven Lexikons*, München: Fink.

Stockert, R. T., & Bader, L. (1976). Some relations of grammar and lexicon in aphasia. *Cortex, 12*, 49–59.

Sutherland, N. W. (1968). Outlines of a theory of visual pattern recognition in animals and man. *Proceedings of the Royal Society (London), B, 171*, 297–317.

Tomlinson-Keasey, C., & Kelly, R. R. (1979). A task analysis of hemispheric functioning. *Neuropsychologia, 17*, 345–351.

Tulving, E. (1972). Episodic and semantic memory. In E. Tulving & W. Donaldson (Eds.), *Organisation of memory* (pp. 381–403). New York: Academic Press.

Vaegan, D. & Taylor, A. M. (1979). Critical period deprivation, amblyopia in children. *Transactions of the Ophthalmological Societies of the United Kingdom, 99*, 432.

Warrington, E. K., & Taylor, A. M. (1973). Immediate memory for faces: Long- or short-term memory. *The Quarterly Journal of Experimental Psychology, 25*, 316–322.

Weisenburg, T., & McBride, K. (1935). *A clinical and psychological study*. New York: The Commonwealth Fund. Reprint 1964. New York: Hafner.

Wells, C. E. (1978). *Dementia*. Philadelphia, Pa.: F. A. Davis.

Wernicke, C. (1874). *Der aphasische Symptomenkomplex*. Breslau: Cohn & Weigert.

Wiesel, T. N., & Hubel, H. D. (1965). Comparison of the effects of unilateral and bilateral eye closure on cortical unit response in kittens. *Journal of Neurophysiology, 28*, 1029.

Witelson, S. F., & Pallie, W. (1973). Left hemisphere specialization for language in the newborn: Neuroanatomical evidence of asymmetry. *Brain, 96*, 641–646.

Zaidel, E. (1973). Linguistic competence and related functions in the right hemisphere of man following cerebral commissurotomy and hemispherectomy. Doctoral Dissertation, California, Institute of Technology, Dissertation. Abstracts International, 34, 2350B.

Zaidel, D., & Sperry, R. W. (1973). Performance on the Raven's coloured progressive matrices test by subjects with cerebral commisurotomy. *Cortex, 9*, 34–39.

Zola-Morgan, S., Cohen, N. J., & Squire, L. R. (1983). Recall of remote episodic memory in amnesia. *Neuropsychologia, 21*, 487–500.

Zurif, E. B., Caramazza, A., & Meyerson, R. (1972). Grammatical judgements of agrammatic aphasics. *Neuropsychologia, 10*, 405–417.

Zurif, E. B., Caramazza, A., Meyerson, R., & Galvin, J. (1974). Semantic feature representation for normal and aphasic language. *Brain and Language, 1*, 167–187.

20 Modellvorstellungen auf der Basis neuronaler Netzwerke

Günther Palm

Einleitung: Verschiedene Ebenen der Wissensdarstellung

Die Neurowissenschaften untersuchen die Frage, wie die vielen Neurone in den Gehirnen verschiedener Tiere zu einer sinnvollen Steuerung des Verhaltens zusammenwirken. In der heutigen Wissenspsychologie steht das Problem der Wissensrepräsentation oder Wissensdarstellung im Vordergrund. In einem funktionierenden Organismus ist natürlich Wissen über seine Umwelt vorhanden. Wie ist es aber dargestellt? Die Antwort auf diese Frage hängt ganz von der Ebene ab, auf der man sich dieses Wissen oder diese Information dargestellt denkt.

In der Computerwissenschaft, wo ein wichtiges Problem gerade die schrittweise Explikation des Wissens ist, das in funktionierende Programme ,,eingebaut" oder ,,einprogrammiert" wurde, hat sich die Vorstellung entwickelt, daß es zwischen den Extremen ,,explizit" und ,,implizit" ein breites Spektrum möglicher Explikationsgrade der Wissensdarstellung gibt. Betrachten wir ein arbeitendes Programm, und zwar ein relativ komplexes, etwa aus dem Bereich der ,,künstlichen Intelligenz" (vgl. Beitrag von Dirlich, Freksa & Furbach), so ist auf der Hardware-Ebene das Wissen natürlich vorhanden, aber extrem implizit. Auf der Ebene des Programms in Maschinensprache ist das Wissen zwar schon sprachlich formuliert, aber immer noch sehr implizit in den einzelnen Anweisungen, die dem Rechner gegeben werden. Erst auf der Ebene höherer Programmiersprachen ist die Darstellung bereits einigermaßen explizit; vollständig explizit wird sie erst unter Zuhilfenahme von zusätzlichen Kommentaren, mnemotechnisch günstigen Namensgebungen und graphischen Übersichtsdarstellungen des Programms.

Diese Vorstellung läßt sich nicht ohne weiteres auf das Gehirn übertragen, denn in der materiellen Substanz des Gehirns haben wir nur die ,,Hardware" vor uns, die ,,Software" gibt es nicht, jedenfalls ist sie uns nicht zugänglich. Wir können natürlich Vermutungen darüber anstellen, welche ,,Programme" wohl in Gehirnen ablaufen, d. h. wir können eine künstliche Begriffsstruktur schaffen, mit der sich beobachtetes Verhalten einigermaßen beschreiben läßt, und die womöglich Bezug nimmt auf die im Gehirn vorhandene ,,Hardware". In gewisser Weise erscheint es uns sogar ganz natürlich und alltäglich, solche Begriffe auf das Funktionieren des menschlichen Gehirns anzuwenden. Nur der Bezug zur chemisch-physikalischen Feinstruktur des Gehirns wird gewöhnlich nicht hergestellt. Die oben angedeutete

Analogie zu den Computern macht das verständlich. Schließlich sind Vorstellungen und Begriffsbildungen aus der Wissenspsychologie bestenfalls mit Programmen einer sehr hohen Programmiersprache, eher aber mit umgangssprachlichen Programmbeschreibungen oder diagrammatischen Übersichtsdarstellungen vergleichbar, und es ist schon bei den Computern klar, wie wenig die Beschreibungsebene hoher Programmiersprachen im Einzelfall mit den Vorgängen und Bausteinen auf der Hardware-Ebene zu tun haben kann.

Aus diesen Gründen muß das Unterfangen, Beziehungen zwischen Wissenspsychologie und Neurophysiologie herzustellen, zunächst äußerst schwierig, wenn nicht gar utopisch wirken. Es wäre sicher naiv, das neuronale Netzwerk (vgl. Abb. 20.1b.), das im wesentlichen die ,,Hardware"-Struktur des Gehirns bildet, direkt zum Beispiel mit einem *semantischen Netzwerk* (siehe Beitrag von Wender, in diesem Band) zu identifizieren (Neurone als Knoten des semantischen Netzwerks

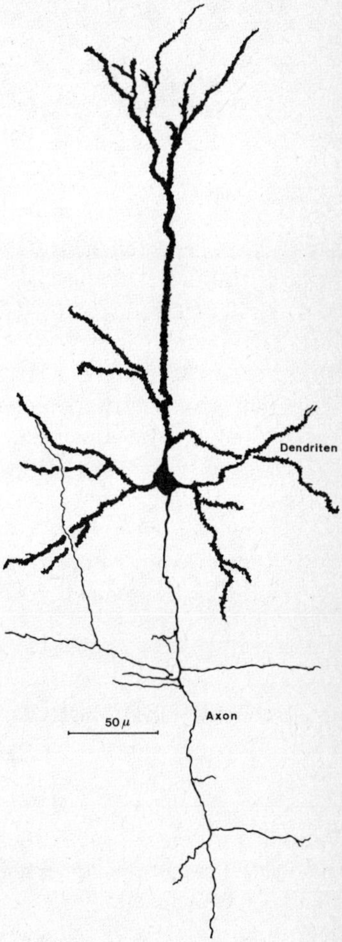

Abb. 20.1a.: Ein Neuron (= Nervenzelle), der Grundbaustein neuronaler Netzwerke. Man muß sich sowohl die dendritischen als auch die axonalen Verzweigungen mit Tausenden von Synapsen (= Verbindungsstellen oder Signalübertragungsstellen zwischen Neuronen) übersät denken. In den Dendriten werden die Signale gesammelt, die das Neuron von anderen Neuronen über die Synapsen erhält. Daraus wird ein Ausgangssignal erzeugt, das dann über das Axon an andere Neurone weitergegeben wird. Diese Neurone sind mit ihren Verzweigungen so eng ineinander verfilzt, daß etwa 10^5 auf einen Kubikmillimeter kommen. Abb. 1b gibt einen Eindruck von der Dichte dieses Filzes.

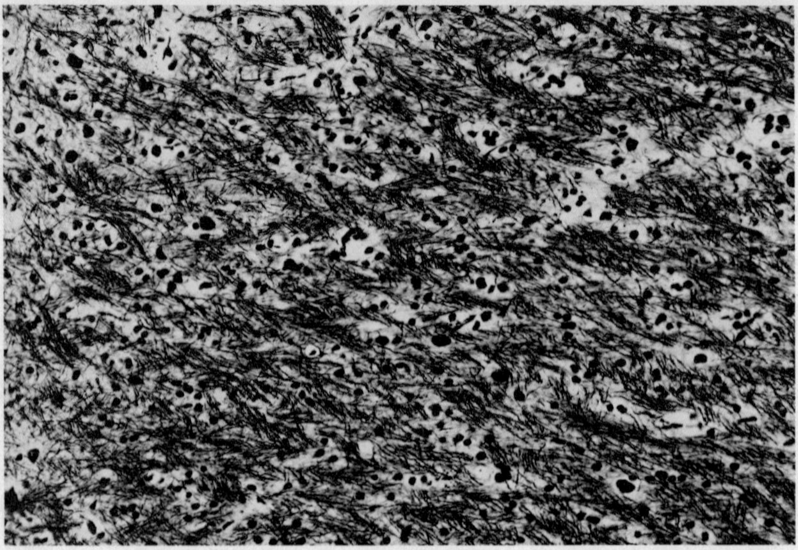

Abb. 20.1b.: Ein Ausschnitt aus einem neuronalen Netzwerk bzw. Filz. Silberfärbung des Mäusegehirns. Ungefähre Ausmaße: Höhe 300 Mikrometer, Breite 500 Mikrometer, Dicke 10 Mikrometer.

und synaptische Verbindung als Netzwerkverbindungen). Eine solche naive Vorstellung wird unter Neurophysiologen schon seit einigen Jahren als das Dogma vom ,,Großmutterneuron" (d. h. dem Neuron, das den ,,Knoten", bzw. das Konzept ,,Großmutter" darstellt) belächelt. Trotzdem möchte ich hier versuchen, eine Brücke zu schlagen von der Wissensdarstellung in semantischen Netzwerken bis hin zu den Nervennetzwerkmodellen, die in der theoretischen Neurobiologie diskutiert werden (etwa Anderson, 1972; Nass & Cooper, 1975; von der Malsburg, 1973; Amari, 1977, 1983; Willwacher, 1976, 1982; an der Heiden, 1980; Hinton & Anderson, 1981; Shaw et al., 1982; Bienenstock et al., 1982; Ballard et al., 1983; Hopfield, 1984; Hopfield & Tank, 1985; Lansner, 1985; Krone et al., 1986). Dieser Ansatz wird darauf hinauslaufen, Programme der künstlichen Intelligenz mit Hilfe neuronaler Hardware zu realisieren.

Von semantischen Netzwerken zu assoziativen Datenspeichern

Versuchen wir einmal auf der Seite der Computerprogramme von der allerhöchsten Darstellungsebene der semantischen Netzwerke und ähnlicher Strukturen auf die Ebene tatsächlicher Programme und auf eher hardwarebezogene Ebenen hinunterzusteigen, so zeigt sich, daß das Wissen, das ja letztlich irgendwie als Datensatz gespeichert werden muß, praktisch immer in relationaler Form vorliegt (beziehungsweise dargestellt werden kann). Auf der tieferen Organisationsebene hat man es also immer mit dem Problem der *Organisation relationaler Datenspeicher* zu tun (vgl. etwa Kohonen, 1980; Wilson, 1980 oder Apers, 1983). Unter einer zu speichernden Relation hat man sich dabei eine Menge von n-Tupeln $(x_1, \ldots, x_n)$, d. h. Folgen der Länge n vorzustellen, wobei die Eintragungen oder Komponenten x_i gewöhnlich Zeichenreihen (aus einem Alphabet A) sind. Zum Beispiel kann man die Eintragung „KLEINER PETER MICHAEL" im Arbeitsspeicher eines Produktionssystems (s. Beitrag von Opwis, in diesem Band) als Tripel (x_1, x_2, x_3) betrachten, wobei x_1 = KLEINER, x_2 = PETER und x_3 = MICHAEL ist.

Das Organisationsproblem besteht jetzt darin, eine große Menge solcher n-Tupel so abzuspeichern, daß ohne langes Suchen zu einer für die i-te Stelle vorgegebenen Komponente x_i diejenigen Tupel $(x_1, \ldots x_n)$ gefunden werden, die x_i enthalten. Etwas allgemeiner formuliert sollte man auch zu irgendwelchen Teilstücken $(x_{is}, \ldots x_{ik})$ diejenigen Tupel $(y_1, \ldots y_n)$ finden können, die sie enthalten, für die also $y_{i1} = x_{i1}$, $y_{i2} = x_{i2}$, ... und schließlich $y_{ik} = x_{ik}$ ist. In dem obigen Beispiel könnte man etwa alle Tripel (x_1, x_2, x_3) suchen, für die x_1 = KLEINER und x_3 = MICHAEL ist. Dieses Organisationsproblem kann man als das Problem der schnellen *Mustervervollständigung* für eine zu speichernde Menge M von „Mustern", d. h. n-Tupeln $(x_1, \ldots, x_n)$ bezeichnen.

Selbst bei geschickter Organisation des Datenspeichers können die hierbei auftretenden Suchprobleme äußerst zeitaufwendig sein, wenn man die Suche seriell durchführt. Daher gibt es heute Ansätze zur Parallelisierung der Suche, die aber die insgesamt zur Speicherungsorganisation benötigte Hardware deutlich verteuern. Eine relativ einfache parallele Lösung des Problems der Mustervervollständigung bietet ein *Assoziativspeicher*, in dem nicht die Muster selbst, sondern ihre Korrelationen untereinander gespeichert werden. Der Aufbau eines solchen assoziativen Speichers basiert auf dem einfachen Prinzip der Lernmatrix (Steinbuch, 1961) und ist anderweitig bereits ausführlich beschrieben worden (z. B. Kohonen, 1977; Palm, 1980, 1984a).

Wir denken uns die Elemente x_i der n-Tupel als 0,1-Folgen kodiert. Man kann ja bekanntlich jede endliche Menge von Symbolen in 0,1-Folgen genügend großer Länge umkodieren. Das ganze n-Tupel $(x_1, \ldots x_n)$ wird dann eine 0,1-Folge der Länge $l > n$. Diese 0,1-Folge wird jetzt z. B. in Form von elektrischen Spannungen an die l senkrechten Drähte der Abb. 20.2. angelegt. Diese Belegung der Drähte mit Spannungen wollen wir ein *Aktivitätsmuster* nennen. Dieses Aktivitätsmuster A in den senkrechten Drähten erzeugt etwas später über die Rückkopplungsschleife in Abb. 20.2. ein entsprechendes Muster A in den waagerechten Drähten. Liegt zu dieser Zeit ein Muster B an den senkrechten Drähten (es kann natürlich auch B = A sein), so sollen zwischen den senkrechten und den waagerechten Drähten Verbindungen entstehen, und zwar nach folgender Regel: Es erhöht sich die Verbindungsstärke (Leitfähigkeit) derjenigen Verbindungsstellen, die zwei aktive (mit 1 belegte) Drähte verbinden: die Verbindungsstärke der übrigen Verbindungen bleibt unverändert (oder wird sogar leicht erniedrigt). Die Matrix der

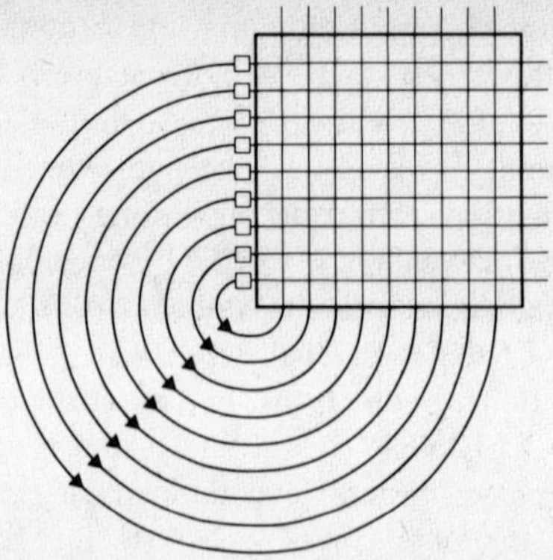

Abb. 20.2.: Lernmatrix mit Schwellenelementen □ und Rückkopplung.

Verbindungsstärken wollen wir eine *assoziative Matrix* und die ganze Schaltung ein *assoziatives Netzwerk* nennen.

Liegt nun an dem assoziativen Netzwerk für einige Zeit in der gerade besprochenen Weise ein Aktivitätsmuster A an, so wird das entsprechende Muster von starken Verbindungen in der assoziativen Matrix erzeugt (vgl. Abb. 20.3 a, b.); wir wollen sagen, das Muster A wird in die Matrix eingespeichert.

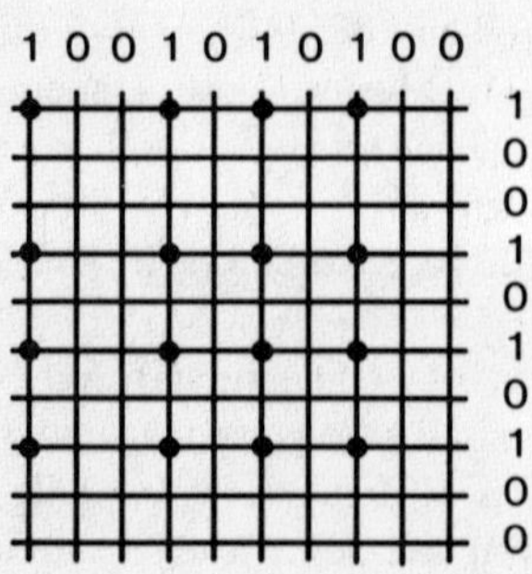

Abb. 20.3a.: Muster von verstärkten Verbindungen (dicke Kreuzungspunkte) in der Matrix nach Einspeicherung eines Musters.

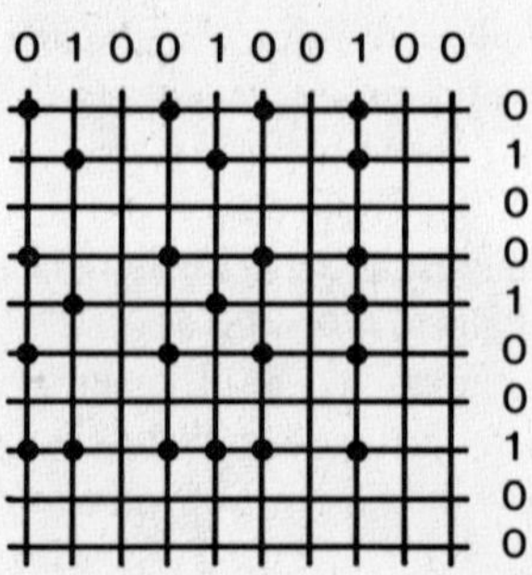

Abb. 20.3b.: Dasselbe nach Einspeicherung eines weiteren Musters.

Schickt man in das so veränderte Netzwerk jetzt kurzzeitig ein neues Aktivitätsmuster B, legt man also jetzt B an die senkrechten Drähte an, so wird die Aktivität, die B nach einem Durchlauf über die waagerechten Drähte und die Verbindungen wieder in den senkrechten Drähten erzeugt, um so größer sein, je mehr der aktiven Drähte von B auch zu A gehören. In den senkrechten Drähten soll nämlich zu der Eingangsaktivität, die direkt von oben angelegt wird, die gesamte Aktivität addiert werden, die über die Verbindungen in der Matrix von den waagerechten Drähten kommt. Wenn nun in B überhaupt solche Drähte aktiv sind, die auch zum Muster A gehören, wird in den senkrechten Drähten über die Verbindungen in der Matrix wieder das gesamte Muster A entstehen (z. B. wird in Abb. 20.3 b. durch irgendeinen waagerechten Draht, der zu A gehört, wieder das ganze Muster A in den senkrechten Drähten erregt). Wir können dies auch so formulieren: nach der Einspeicherung von A führt die Eingabe des Musters B, welches ,,einen Teil von A enthält" (nämlich die Drähte, die auch in A aktiv waren), bzw. ,,eine Ähnlichkeit zu A hat" (nämlich wieder die Übereinstimmung in der Aktivität bestimmter Drähte) zur Aktivierung, bzw. zur Vervollständigung des eingespeicherten Musters A.

Dieser Effekt wird natürlich viel interessanter, wenn mehr als ein Muster in die assoziative Matrix eingespeichert wurde. Dann müßte bei Eingabe eines Muster B nach einem Durchlauf eine Art Überlagerung sämtlicher eingespeicherter Muster A_i entstehen, die eine Ähnlichkeit zu B haben. In diesem Fall kann man versuchen, durch *Schwellendetektion* dasjenige eingespeicherte Muster herauszufinden, das B am ähnlichsten ist. Das bedeutet folgendes: Die Aktivität wird nach einem Durchlauf nach Eingabe von B in denjenigen Drähten am größten sein, die zu dem eingespeicherten Muster A_j gehören, das B am ähnlichsten ist (vgl. Abb. 20.4 a, b.). Also könnte man von den senkrechten Drähten nur diejenigen berücksichtigen, deren Aktivität über einem Schwellenwert θ liegt. Dabei muß man die Schwelle θ gerade so hoch ansetzen, daß gerade so viele Drähte übrigbleiben, wie sie üblicherweise zu einem eingespeicherten Muster gehören. Wählt man die Schwelle θ zu hoch, wird die Aktivität in zu wenig Drähten überschwellig sein, wählt man sie zu niedrig, in zu vielen. In Abb. 20.4 a, b. könnte man zum Beispiel $\theta = 1{,}5$ wählen, um das jeweils zu B ähnlichste gespeicherte Muster zu finden.

Man sieht also, daß sich ein solches assoziatives Netzwerk gut für die Speicherung von Relationen (in den Verbindungen des Netzwerks) und für ihren Abruf durch Mustervervollständigung eignet. Es gibt natürlich auch noch andere Ver-

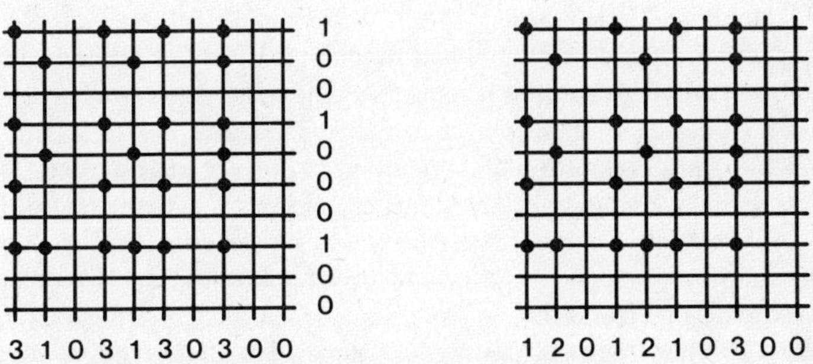

Abb. 20.4.: Aktivität in den senkrechten Drähten nach einem Durchlauf nach Eingabe eines Musters B in die Matrix von Abb. 20.3b.

wendungsmöglichkeiten (siehe Palm, 1982 a). Allerdings müßte man nun die Frage untersuchen, wie viele solche eingespeicherten Muster A_i sich bei Eingabe eines jeweils ähnlichen Musters durch Schwellendetektion auseinanderhalten lassen. Nähere mathematische Untersuchungen (vgl. Palm, 1980, 1986; Palm & Bonhoeffer, 1984) zeigen, daß es so viele sind, daß ein solches assoziatives Netzwerk als eine ökonomische Methode zur Informationsspeicherung angesehen werden kann.

Von assoziativen Speichern zu neuronalen Netzwerken

Zum hardwaremäßigen Aufbau eines solchen Speichers braucht man Elemente, die viele Eingangserregungen gewichten und aufsummieren, und dann die Gesamterregungssumme mit einem vorgegebenen (und möglichst in Grenzen regulierbaren) Schwellenwert vergleichen. Diese Anforderungen entsprechen in der Tat in etwa einer groben Beschreibung der Informationsverarbeitungsmöglichkeiten eines einzelnen Neurons (vgl. Abb. 20.1 b. sowie MacGregor & Lewis, 1977). Daher ließe sich ein solcher Assoziativspeicher auf sehr ökonomische Weise in einem neuronalen Netzwerk realisieren. Die Untersuchung der Informationsverarbeitungsmöglichkeiten solcher neuronalen Netzwerke aus mehr oder weniger elaboriert modellierten Neuronen ist seit den bahnbrechenden Arbeiten von McCulloch und Pitts (1943) und Hodgkin und Huxley (1939, 1952) wohl das wichtigste Forschungsgebiet der theoretischen Neurobiologie. Man sehe sich etwa die Sammelwerke von Szentagothai und Arbib (1974), Hinton und Anderson (1981), Rose und Dobson (1985) oder Palm und Aertsen (1986) an.

Stellen wir uns jetzt ein Netzwerk aus einfachen Schwellenneuronen vor (Abb. 20.5.), das dem assoziativen Netzwerk der Abb. 20.2. entspricht, und in dem die Übertragungsfähigkeit der Synapsen sich aus den bisher eingespeicherten Mustern ergibt (wie etwa in den Simulationen von Fukushima, 1975; Amari, 1977; Willwacher, 1983; Hopfield, 1984; Lansner, 1985). Wenn nun die Schwelle der Neurone richtig liegt, so wird der Erregungsablauf in dem neuronalen Netzwerk sich von einer beliebigen Anfangserregung B immer zu einem der eingespeicherten Erregungsmuster A_i bewegen, ganz wie oben besprochen. Die Anfangserregung B müßte dabei durch Inputfasern in dem neuronalen Netz erzeugt werden.

In einer solchen Realisation wäre ein gespeichertes n-Tupel oder Muster $(x_1, \ldots, x_n)$ dargestellt durch ein neuronales Erregungsmuster, und die Vervollständigung eines Teils von $(x_1, \ldots, x_n)$ zu dem ganzen Muster $(x_1, \ldots, x_n)$ entspräche einer Vervollständigung des entsprechenden neuronalen Erregungsmusters (ausgehend von einer teilweisen Erregung) durch den Erregungsfluß über die synaptischen Verbindungen in dem gegebenen neuronalen Netzwerk. Diese synaptischen Verbindungen, beziehungsweise ihre Stärke oder Gewichtung, wären

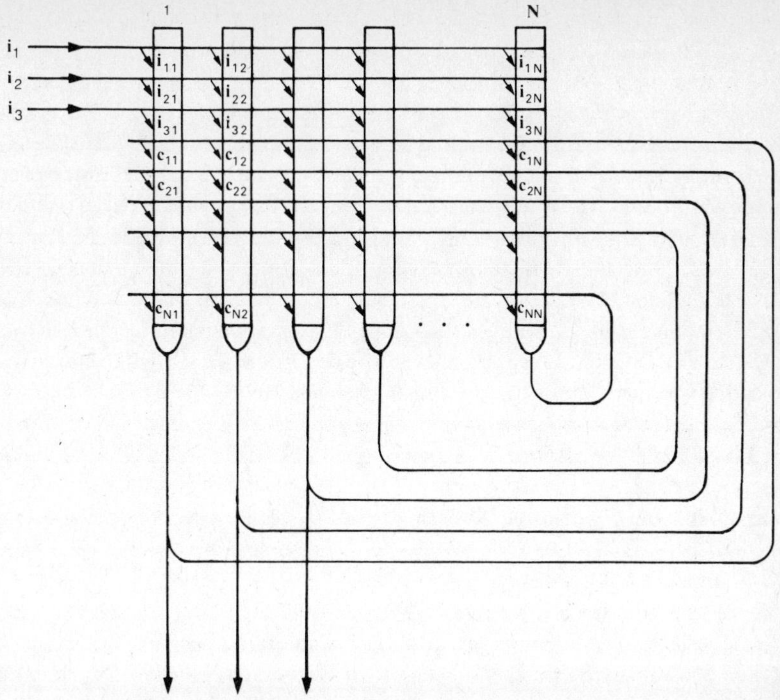

Abb. 20.5.: Schematisches Modell eines neuronalen Netzwerks. Die Neurone sind durchnumeriert von 1 bis N. Entsprechend sind die synaptischen Verbindungsstärken c_{ij} (von Neuron i zu Neuron j) aller denkbaren Verbindungen durchnumeriert. Die senkrechten Balken symbolisieren die Dendriten der Neurone, die Rückkopplungslinien die Axone. Zusätzlich sind einige Input-Fasern (Axone von Sinneszellen) i_1,i_2,i_3 eingezeichnet, über die Eingangserregungen in das Netzwerk gebracht werden können. Außerdem sind Output-Fasern (Abzweigungen von den Axonen) eingezeichnet.
In realen Gehirnrinden von Säugetieren ist die Anzahl der Input- und Outputfasern höchstens 1% der Anzahl der internen Rückkopplungen.

dann der eigentliche Niederschlag der gespeicherten Information; sie müßten sich also bei jedem Speichervorgang leicht verändern. Die Möglichkeit, Information durch Veränderung synaptischer Verbindungen und durch den Zusammenschluß von einzelnen Neuronen zu Neuronenverbänden im Gehirn zu speichern, wurde in vielen Simulationen von neuronalen Netzwerken untersucht (vgl. Appendix 2 in Palm, 1982). Überhaupt hat sich in der neuronalen Modellierung von Lernvorgängen die Idee des Lernens durch variable Verbindungen weitgehend durchgesetzt.

Dieses relativ konkrete Bild eines neuronalen Netzwerkes mit variablen Verbindungen als Assoziativspeicher für Relationen ähnelt wieder etwas mehr den wissenspsychologischen Vorstellungen von einer Erregungsausbreitung in semantischen Netzwerken (wie etwa bei Quilian, 1967, 1968; Collins & Quillian, 1969;

Norman & Rumelhart, 1975; Rumelhart & McClelland, 1982), insbesondere, wenn man sich eine rhythmische Steuerung des Schwellenwertes der beteiligten Neurone und damit ein rhythmisches Auf und Ab der Gesamterregung in dem neuronalen Netzwerk vorstellt, die also zwischen Vervollständigung von Teilmustern zu größeren Gesamtmustern und Einschränkung der Erregung der Gesamtmuster auf Teile abwechselt. Bei einem solchen Auf und Ab der Gesamterregung kann die neuronale Aktivität sozusagen von einem Muster zum anderen wandern (vgl. Braitenberg, 1978; Palm, 1982 a und Willwacher, 1976, 1982). Nur ist bei dieser Vorstellung die Beziehung zwischen den Knoten in einem semantischen Netzwerk und den Neuronen nicht so einfach; einem Knoten würde wohl noch am ehesten ein einigermaßen stabiles neuronales Erregungsmuster entsprechen. Solche stabilen neuronalen Erregungsmuster, die den gelernten Aktivitätsmustern im assoziativen Netzwerk entsprechen, nennt man mit Hebb (1949) ,,Neuronale Assemblies". Diese Assemblies sollten als die eigentlichen Elemente einer neuronalen ,,Darstellung" angesehen werden (Hebb, 1949, 1957; Palm, 1981 b, 1982 a; Shaw et al., 1982).

Wie aber kann eine solche *Schwellenregelung*, also eine richtige Einstellung sowie Veränderung des Schwellenwertes der Neurone in einem realen neuronalen Netzwerk zustande kommen?

Hierzu sind verschiedene neuronale Mechanismen denkbar, die sich besonders hinsichtlich ihrer Veränderungsgeschwindigkeit unterscheiden.

1) Die physiologische Erregungsschwelle des einzelnen Neurons stellt man sich nicht als direkt regulierbar vor. Allerdings gibt es bei den meisten Neuronen Ermüdungserscheinungen, wenn sie eine Zeitlang mit hoher Intensität gefeuert haben. Diese könnte man durch eine sehr langsame Anhebung des Schwellenwertes während anhaltender Aktivierung modellieren.

2) Für die Realisation eines assoziativen Netzwerkes, so wie ich es bisher dargestellt habe, benötigt man nur Neurone mit erregenden Synapsen. Es gibt aber auch Neurone, deren Synapsen die Erregung der nachgeschalteten Neurone hemmen. Wenn man sich vorstellt, daß zwischen den erregenden Neuronen des Netzwerkes einigermaßen gleichmäßig solche hemmenden Neurone eingestreut sind, deren Synapsen nicht veränderbar sind, und die das durchschnittliche Aktivitätsniveau in ihrer Umgebung mit umgekehrtem Vorzeichen an die erregenden Neurone des Netzwerkes weitergeben, so können diese sehr gut zu einer Stabilisierung des Gesamterregungsniveaus beitragen. Es läßt sich zeigen, daß in zufällig verschalteten Netzwerken aus erregenden und hemmenden Neuronen stabile Zustände auf mittleren Erregungsniveaus existieren (Anninos et al., 1970; Griffith, 1971; Amari, 1974; Dammasch & Wagner, 1984). Diese stabilisierende Funktion der hemmenden Interneurone könnte man auch als eine relativ schnelle Schwellensteuerung modellieren, dergestalt, daß eine Erhöhung der Gesamterregung automatisch zu einer Schwellenerhöhung führt und umgekehrt.

3) Durch einen diffusen erregenden oder hemmenden Eingang, der etwa gleichmäßig auf alle Neurone des assoziativen Netzwerks verteilt ist, und dessen Niveau steuerbar ist, könnte man so etwas wie eine externe Schwellenkontrolle realisie-

ren. Diese wäre in ihrer Geschwindigkeit wohl zwischen den Mechanismen (1) und (2) anzuordnen. In Anbetracht der beiden anderen Mechanismen kann man auf diese externe Steuerung vielleicht sogar ganz verzichten; auf jeden Fall ist hier nicht an komplexe Steuerungsprogramme gedacht, z. B. könnten die folgenden Programme schon völlig ausreichen: (3a) Halten der Schwelle auf einem festen Niveau (hier sollten vielleicht zwei oder drei feste Niveaus möglich sein); (3b) rhythmisches Variieren der Schwelle zwischen den Niveaus.

Stellen wir uns jetzt einmal an einem einfachen Beispiel vor, wie diese drei Mechanismen zusammenwirken können. Wir nehmen an, daß die Schwelle der Neurone sich einfach aus der Summe der Werte dieser drei Mechanismen ergibt. Wir haben also ein assoziatives Netzwerk, und es sei unter anderem das Muster A, bestehend aus den Neuronen 1 bis 10, und das Muster A' aus den Neuronen 6 bis 15 gespeichert (Abb. 20.6.).

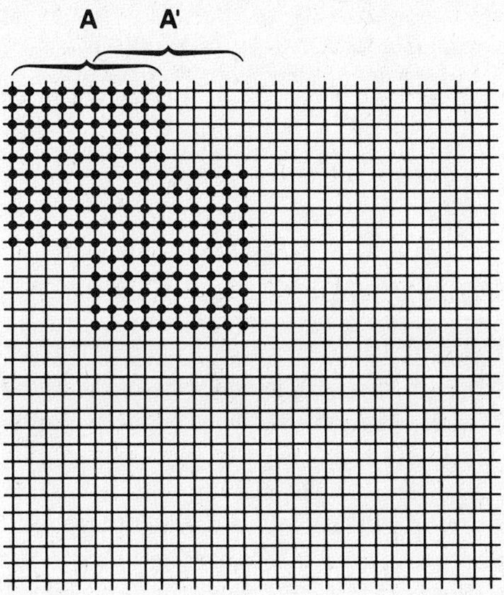

Abb. 20.6.: Ein größeres Netzwerk, in dem in einer Ecke die Muster A und A' eingespeichert sind (wie in Abb. 20.3b.)

Wir beginnen mit einem Anfangsmuster B (z. B. Neurone Nr. 3 bis 11) in den senkrechten Drähten, das in Wirklichkeit durch eine entsprechende Eingangserregung in den Inputfasern zum Netzwerk entstanden sein könnte, und mit einer (Gesamt-)Schwelle von 7. Wir wollen uns jetzt in Abb. 20.6. wieder die Rückkopplungen von Abb. 20.2. dazudenken, und uns den Erregungsablauf vorstellen.

Das Muster B erregt nach einem Durchlauf über die waagerechten Drähte die Neurone 1 bis 5 über jeweils 8 starke Verbindungen, ist also dort überschwellig. Die Zahl 8 kommt dadurch zustande, daß man in Abb. 20.6. in jedem der senkrechten Drähte 1 bis 5 die Anzahl der dick gemalten Kreuzungspunkte (d. h. der „starken“ Verbindungen) zählt, die auf den waagerechten Drähten 3 bis 11 (entsprechend dem Muster B) liegen. In den Neuronen 6 bis 10 erregt das Muster B 9 starke Verbindungen, ist also auch überschwellig; und in den Neuronen 11 bis 15 erregt es nur 6 starke Verbindungen, ist also unterschwellig (bei der Schwelle 7). Nach einem Durchlauf stellt sich tatsächlich das Muster A ein, welches dem Muster B am ähnlichsten ist.

Dadurch steigt die Gesamtaktivität von 9 auf 10 und die Schwelle durch Mechanismus (2) von 7 auf 7,5. Ich nehme hier an, daß der inhibitorische Mechanismus (2) die Schwelle immer gerade um halb soviel verändert, wie sich die Gesamtaktivität ändert. Jetzt bleibt das Muster A stabil stehen, denn die Neurone 1 bis 10 erhalten durch A jeweils 10 starke Eingänge, die Neurone 11 bis 15 aber nur 5, bleiben also unterschwellig.

Die Situation kann man jetzt nur ändern, indem man einen neuen Input von außen in das Netzwerk schickt, oder durch eine externe Schwellenänderung (Mechanismus 3). Dabei passiert erst bei einer Schwelle über 10 oder bei einer unter 6 etwas. Bei einer Schwelle über 10 bricht die gesamte Erregung zusammen. Bei der Schwelle 5 werden im nächsten Schritt die Neurone 11 bis 15 zusätzlich erregt; es entsteht das Muster AvA'. Durch den inhibitorischen Mechanismus (2) steigt nun die Schwelle von 7,5 auf 10. Im nächsten Schritt erregt das Muster AvA' der Neurone 1 bis 15 die Neurone 1 bis 5 über 10 starke Verbindungen, die Neurone 6 bis 10 über 15 starke Verbindungen, und die Neurone 11 bis 15 wieder über 10. Die Neurone 10 bis 15 sind sicher überschwellig, aber bei den übrigen ist es fraglich. In diesem Fall könnte der Ermüdungsmechanismus (1) eine Rolle spielen und dafür sorgen, daß die Neurone 1 bis 5 unterschwellig, die Neurone 11 bis 15 überschwellig sind. So wandert die Erregung nun zum Muster A', das Gesamterregungsniveau geht zurück auf 10 und die Schwelle auf 7,5 (durch den inhibitorischen Mechanismus 2). Jetzt bleibt das Muster A' stabil bis zur nächsten stärkeren Änderung der Schwelle oder des Inputs.

Die Gehirnrinde als assoziativer Speicher: Hebb-Synapsen und Assemblies

Am Ende möchte ich noch kurz auf die neuroanatomischen und elektrophysiologischen Voraussetzungen eingehen, die für die Interpretation eines neuronalen Netzwerks als Assoziativspeicher notwendig sind, also auf die neuronale ,,Hardware"-Ebene. Bei einem laufenden Computerprogramm, das mit einer Wissensrepräsentation arbeitet, wird im allgemeinen der überwiegende Teil der Computer-Hardware zur Speicherung dieses Wissens benötigt; nur ein kleiner Teil der Hardware wird zur Ausführung der Algorithmen gebraucht, die mit diesen Daten arbeiten. Die Organisation eines solchen Speichers als Assoziativspeicher sollte ein relativ uniformes Grundverschaltungsmuster nach sich ziehen (übrigens sind auch die heute sonst üblichen Computerspeicher ausgesprochen uniform gebaut).

Wir suchen also ein großes, zusammenhängendes, relativ uniform aufgebautes neuronales Netzwerk. Dieses Netzwerk sollte eine starke interne Rückkopplung besitzen, zum Beispiel in dem Sinne, daß man von jedem Neuron des Netzwerkes über möglichst wenig Zwischenschritte über existierende Verbindungen jedes andere erreichen kann. Nach dem heutigen anatomischen Wissensstand erfüllt die Großhirnrinde als neuronales Netzwerk gerade diese Forderungen (siehe z. B. Le Vay, 1973; Shepherd, 1974; Jones & Peters, 1984). Wir nehmen an, daß das Netzwerk sämtlicher Neurone der Hirnrinde, oder vielleicht einer passenden Teilmenge (etwa des Hippocampus – eine oft genannte Hypothese), die Funktion eines assoziativen Speichers erfüllt.

Die stärkste physiologische Voraussetzung, die diese Hypothese impliziert, ist heute noch sehr umstritten. Es ist die Vermutung, daß die meisten Synapsen in diesem Netzwerk durch Lernen veränderbar sind. Diese Vermutung sowie eine relativ genaue Formulierung des Veränderungsgesetzes geht ebenfalls auf Hebb (1949) zurück. Man spricht deshalb auch von Hebb-Synapsen. Hebb (1957) formulierte das Veränderungsgesetz etwa so: Wenn das Axon eines Neurons x zur Aktivierung eines Neurons y beiträgt, dann findet irgendeine Veränderung statt, die bewirkt, daß x in Zukunft y stärker erregt. In letzter Zeit hat man sich wieder stärker mit der genauen Formulierung der Hebbschen Synapsenplastizitätsregel (Palm, 1982) sowie mit ihrem experimentellen Nachweis beschäftigt. Es gibt heute deutliche Hinweise dafür, daß sich die neuronalen Verbindungen in Abhängigkeit von der Erfahrung des Tieres verändern (z. B. Bennett et al., 1964; Valverde, 1971; Garey, 1974; Rosenzweig & Bennett, 1976, Le Vay et al., 1980; Greenough, 1984) und auch die biochemischen Mechanismen für solche synaptischen Veränderungen wurden bereits untersucht (z. B. Klein & Kandel, 1978; Huttner & Greengard, 1979; Kandel & Schwartz, 1982; Kretz et al., 1982; Walters & Byrne, 1983; Lynch & Baudry, 1984). Der Nachweis, daß diese Veränderungen einer Hebbschen Regel folgen, ist bedeutend schwieriger und wahrscheinlich nur mit neurophysiologischen Methoden möglich. Trotzdem gibt es auch hierfür schon einige experimentelle Hinweise (etwa Levy & Steward, 1979, 1983; Baranyi & Feher, 1981 a, b, c, d; Rauschecker & Singer, 1979, 1981; Desmond & Levy, 1983; Walters & Byrne, 1983).

Nimmt man diese Hinweise ernst, so kann man sich vorstellen, daß viele Synapsen in der Großhirnrinde Hebb-Synapsen sind. Durch die Veränderung dieser Synapsen beim Lernen könnten sich dann neuronale Assemblies bilden, also stabile Aktivitätsmuster, die sich selbst vervollständigen, und diese Assemblies könnten die Grundelemente einer neuronalen Darstellung der Außenwelt sein.

Literatur

Amari, S.-I. (1974). A method of statistical neurodynamics. *Kybernetik, 14*, 201–215.

Amari, S.-I. (1977). Neural theory of association and concept-formation. *Biological Cybernetics, 26*, 175.

Amari, S.-I. (1983). Field-theory of self-organizing neural nets. *IEFE Transactions SMC, 13*, 741–748.

Anderson, J. A. (1972). A simple neural network generating an interactive memory. *Mathematical Bioscience, 14*, 197.

Anderson, J. A. (1973). A theory for the recognition of items from short memorized lists. *Psychological Review, 80*, 417.

An der Heiden, U. (1980). *Analysis of neural networks*. Berlin: Springer.

Anninos, P. A., Beek, B., Csermely, T. J., Harth, E. M., & Pertile, G. (1970). Dynamics of neural structures. *Journal of Theoretical Biology, 26*, 121–148.

Apers, H. (1983). *Query processing and data allocation in distributed database systems*. Amsterdam: Mathematical Centrum.

Ballard, D. H., Hinton, G. E., & Sejnowski, T. J. (1983). Parallel visual computation. *Nature, 306*, 21.

Baranyi, A., & Feher, O. (1981a). Intracellular studies on cortical plasticity: Conditioning effect of antidormic activation on test-EPSPs. *Experimental Brain Research, 41*, 124–134.

Baranyi, A., & Feher, O. (1981b). Selective facilitation of synapses in the neocortex by heterosynaptic facilitation. *Brain Research, 212*, 164–168.

Baranyi, A., & Feher, O. (1981c). Synaptic facilitation requires paired activation of convergent pathways in the neocortex. *Nature, 290*, 413–415.

Baranyi, A., & Feher, O. (1981d). Long-term facilitation of excitatory synaptic transmission in single motor cortical neurons of the cat produced by repetitive pairing of synaptic potentials and action potentials following intracellular stimulation. *Neuroscience Letters, 23*, 303–308.

Bennett, E. L., Diamond, M. C., Krech, D., & Rosenzweig, M. R. (1964). Chemical and anatomical plasticity of brain. *Science, 146*, 610.

Bienenstock, E. L., Cooper, L. N., & Munro, P. W. (1982). Theory for the development of neuron selectivity: Orientation specificity and binocular interaction in visual cortex. *Journal of Neuroscience*, 32–48.

Braitenberg, V. (1978). Cell assemblies in the cerebral cortex. In R. Heim & G. Palm (Eds.), *Theoretical approaches to complex systems* (pp. 171–188). Berlin: Springer.

Collins, A. M., & Quillian, M. R. (1969). Retrieval time from semantic memory. *Verbal Learning and Verbal Behavior, 8*, 240–247.

Dammasch, I. E., & Wagner, G. P. (1984). On the properties of randomly connected McCulloch-Pitts networks: Differences between input-constant and input-variant networks. *Cybernetics and Systems, 15*, 91–117.

Desmond, N. L., & Levy, W. B. (1983). Synaptic correlates of associative potentiation/depression: An ultrastructural study in the hippocampus. *Brain Research, 265*, 21–30.

Fukushima, K. (1975). Cognitron: A self-organizing multilayered neural network. *Biological Cybernetics, 20*, 121.

Garey, L. J. (1974). Ultrastructural changes in kitten cortex after environmental modification. *Brain Research, 66*, 165–172.

Greenough, W. T. (1984). Structural correlates of information storage in the mammalian brain: A review and a hypothesis. *TINS, 7*, 229–233.

Griffith, J. S. (1971). *Mathematical neurobiology*, London: Academic Press.

Hebb, D. O. (1949). *The organization of behavior*. New York: John Wiley.

Hebb, D. O. (1957). *Textbook of psychology*. Philadelphia: Saunders.

Hinton, G. E., & Anderson, J. A. (Eds.) (1981). *Parallel models of associative memory*. Hillsdale: Erlbaum.

Hodgkin, A. L., & Huxley, A. F. (1952). A quantitative description of membrance current and its application to conduction and excitation in nerve. *Journal of Physiology, 177*, 500–544.

Hodgkin, A. L., & Huxley, A. F. (1939). Action potentials recorded from inside a nerve fibre. *Nature, 144*, 710.

Hopfield, J. J. (1984). Neurons with graded response have collective computational properties like those of two-state neurons. Proceedings of the National Academy of Science, USA 81, 3088–3092.

Hopfield, J. J., & Tank, D. W. (1985). „Neural" computation of decisions in optimization problems. *Biological Cybernetics, 52*, 141–152.

Huttner, W. B., & Greengard, P. (1979). Multiple phosphorylation sites in protein I and their differential regulation by cyclic AMP and calcium. Proceedings of the National Academy of Science, USA 76, 5402–5406.

Jones, E. G., & Peters, A. (Eds.) (1984). *Cerebral cortex* (Vol. 1). Cellular components of the cerebral cortex. New York: Plenum.

Jones, E. G., & Peters, A. (Eds.) (1984). *Cerebral cortex* (Vol. 2). Functional properties of cortical cell. New York: Plenum.

Kandel, E. R., & Schwartz, J. H. (1982). Molecular biology of learning: Modulation of transmitter release. *Science, 218*, 433–443.

Klein, M., & Kandel, E. R. (1978). Presynaptic modulation of voltagedependent CA^{2+} current: Mechanism for behavioral sensitization in Aplysia californica. Proceedings of the National Academy of Science, USA 75, 3512–3516.

Kohonen, R. (1977). *Associative memory*. Berlin: Springer.

Kohonen, R. (1980). *Content addressable memories*. Berlin: Springer.

Kretz, R., Shapiro, E., & Kandel, E. R. (1982). Post-tetanic potentiation at an identified synapse in Aplysia is correlated with a CA^{2+}-activated K^{+} current in the presynaptic neuron: Evidence for Ca^{2+} accumulation. Proceedings of the National Academy of Science, USA 79, 5430–5434.

Krone, G., Mallot, H., Palm, G., & Schütz, A. (1986). Spatiotemporal receptive fields: A dynamical model derived from cortical architectonics. Proceedings of the Royal Society, London B226, 412–444.

Lansner, A., & Ekelberg, O. (1985). Reliability and speed of recall in an associative network. IEEE Trans. *PAMI, 7*, 490–498.

Le Vay, S. (1973). Synaptic patterns in the visual cortex of the cat and monkey. Electron microscopy of golgi preparations. *Journal of Comparative Neurology, 150*, 53.

Le Vay, S., Wiesel, T. N., & Hubel, D. H. (1980). The development of ocular dominance columns in normal and visually deprived monkeys. *Journal of Comparative Neurology, 191*, 1–51.

Levy, W. B., & Steward, O. (1979). Synapses as associative memory elements in the hippocampal formation. *Brain Research, 175*, 233–245.

Levy, W. B., & Steward, O. (1983). Temporal contiguity requirements for long-term associative potentiation/depression in the hippocampus. *Neuroscience, 8*, 791–797.

Lynch, G. S., & Baudry, M. (1984). The biochemistry of memory: A new and specific hypothesis. *Science, 224*, 1057–1063.

McClelland, J. L., & Rumelhart, D. E. (1982). An interactive activation model of context effects in letter perception: Part 1. An account of basic findings. *Psychological Review, 88*, 375–407.

McCulloch, W. S., & Pitts, W. (1943). A logical calculus of the ideas immanent in nervous activity. *Bulletin of Mathematical Biophysics, 5*, 115.

MacGregor, R. J., & Lewis, E. R. (1977). *Neural modelling*. New York: Plenum.

Nass, M. M., & Cooper, L. N. (1975). A theory for the development of feature detecting cells in visual cortex. *Biological Cybernetics, 19*, 1.

Norman, D. A., & Rumelhart, D. E. (1975). Explorations in cognition. San Francisco: Freeman.

Palm, G. (1980). On associative memory. *Biological Cybernetics, 36*, 19–32.

Palm, G. (1981a). On the storage capacity of an associative memory with randomly distributed storage elements. *Biological Cybernetics, 39*, 125–127.

Palm, G. (1981b). Towards a theory of cell assemblies. *Biological Cybernetics, 39*, 181–194.

Palm, G. (1982a). *Neural assemblies. An alternative approach to artificial intelligence. Studies of Brain Function 7*. Berlin: Springer.

Palm, G. (1982b). Rules for synaptic changes and their relevance for the storage of information in the brain. In R. Trappl (Ed.), *Cybernetics and systems research* (pp. 277–280). Amsterdam: North-Holland.

Palm, G. (1984a). Local synaptic modification can lead to organized connectivity patterns in associative memory. In E. Frehland (Ed.), *Synergetics: From microscopic to macroscopic order* (pp. 229–242). Berlin: Springer.

Palm, G., & Bonhoeffer, F. (1984b). Parallel processing for associative and neuronal networks. *Biological Cybernetics, 51*, 201–204.

Palm, G. (1986). Associative networks and cell assemblies. In G. Palm & A. Aertsen (Eds.), *Brain theory* (pp. 211–228). Berlin: Springer.

Palm, G., & Aertsen, A. (Eds.) (1986). *Brain theory*. Berlin: Springer.

Quilian, M. R. (1967). Word concepts: A theory and simulation of some basic semantic capabilities. *Behavioral Science, 12*, 410–430.

Quillian, M. R. (1968). Semantic memory. In M. Minsky (Ed.), *Semantic information processing* (pp. 227–270). Cambridge, Mass.: MIT Press.

Rauschecker, J. R., & Singer, W. (1979). Changes in the circuitry of the kitten's visual cortex are gated by postsynaptic activity. *Nature (London), 280*, 58.

Rauschecker, J. R., & Singer, W. (1981). The effects of early visual experience on the cat's visual cortex and their possible explanation by Hebb synapses. *Journal of Physiology, 310*, 215.

Rose, D., & Dobson, V. G. (Eds.) (1985). *Models of the visual cortex*. New York: John Wiley.

Rosenzweig, M. R., & Bennett, E. L. (Eds.) (1976). *Neural mechanisms of learning and memory*. Cambridge, Mass.: MIT Press.

Shaw, G. L., Harth, E. M., & Scheibel, A. B. (1982). Cooperativity in brain function: Assemblies of approximately 30 neurons. *Experimental Neurology, 77*, 324–325.

Steinbuch, K. (1961). Die Lernmatrix. *Kybernetik, 1*, 36–45.

Sheperd, G. M. (1974). *The synaptic organisation of the brain*. New York: Oxford University Press.

Szentagothai, J., & Arbib, M. A. (1974). Conceptual models of neural organization. *Neuroscience Research Project Bulletin, 12*, (3).

Valverde, F. (1971). Rate and extent of recovery from dark rearing in the visual cortex of the mouse. *Brain Research, 33*, 1–19.

Von der Malsburg, D. (1973). Self-organization of orientation sensitive cells in the striate cortex. *Kybernetik, 14*, 85.

Walters, E. T., & Byrne, J. H. (1983). Associative conditioning of single sensory neurons suggests a cellular mechanism for learning. *Science, 219*, 405.

Willwacher, G. (1976). Fähigkeiten eines assoziativen Speichersystems im Vergleich zu Gehirnfunktionen. *Biological Cybernetics, 24*, 181.

Willwacher, G. (1982). Storage of a temporal pattern sequence in a network. *Biological Cybernetics, 43*, 115–126.

Wilson, K. V. (1980). *From associations to structure*. Amsterdam: North-Holland.

Wissen aus der Sicht der künstlichen Intelligenz

21 Wissensrepräsentation in künstlichen symbolverarbeitenden Systemen

Ulrich Furbach, Christian Freksa und Gerhard Dirlich

Einführung und Überblick

Warum interessieren sich Psychologen für Wissensrepräsentation?

Es gibt mindestens vier Bereiche, in denen sich Psychologen im Rahmen der Wissenspsychologie für Wissensrepräsentation in künstlichen symbolverarbeitenden Systemen, das heißt Computern, interessieren können:

(1) Modellierung menschlicher Informationsverarbeitung, speziell kognitiver Prozesse: Zu allen neueren Weiterentwicklungen psychologischer Theorien für Kognition und Wissensverarbeitung sind Modellierungen auf dem Computer durchgeführt worden (z. B. McClelland & Rumelhart, 1986). Die so gewonnenen dynamischen Systeme *(working models)* werden heute von Verfechtern der starken KI-These *(strong AI)* im Sinne von Searle (1980) als eine Alternative zur statischen Form der Aufschreibung von Theorien und Hypothesen angesehen. Searles These besagt, daß Computer nicht nur als Werkzeuge für das Studium mentaler Prozesse angesehen werden können, sondern daß in ihnen mentale Prozesse ablaufen, wenn sie entsprechend programmiert sind.

(2) Künstliche Intelligenz (KI): Computer mit wissensbasierten Systemen zum Problemlösen dringen in zunehmendem Maße in verschiedene Tätigkeitsbereiche ein, die bisher Menschen vorbehalten waren. Die Erkundung der Möglichkeiten und Grenzen für den Einsatz der neuen Technologie (z. B. Barr, Cohen & Feigenbaum, 1982) ist ein Betätigungsfeld für Psychologen.

(3) Mensch-Computer-Kooperation in interaktiven Systemen: KI kann sowohl in autonomen Systemen als auch in interaktiven Mensch-Computer-Systemen zur Anwendung kommen. Die Entwicklung von Systemen mit einer komplexen Funktions- und Arbeitsteilung zwischen Mensch und Computer ist gegenwärtig von großem Interesse. In derartigen Systemen gleicht die Rolle des Computers immer weniger der klassischen Werkzeugfunktion und nähert sich der eines kooperativen, dialogfähigen, intelligenten Assistenten – oder vielleicht auch Chefs – an (Dirlich et al., 1986).

(4) Wissensrepräsentation bei der Entwicklung wissensbasierter Systeme als produktiver kognitiver Prozeß: „The processes required to represent problems initially and to improve given representations are still poorly understood“ (Nils-

son, 1980). Die Untersuchung der mentalen Prozesse, die bei der Entwicklung von Computerprogrammen im allgemeinen und von wissensbasierten Systemen im speziellen durchgeführt werden, ist eine Aufgabe für die Psychologie.

Fragen über Wissensrepräsentation

In allen vier erwähnten Bereichen ist die Problematik der Wissensrepräsentation zentral. Es stellen sich folgende Fragen:

– Welche Bereiche menschlichen Wissens kann man in künstlichen symbolverarbeitenden Systemen (KSS) repräsentieren?

– Wie geht man bei der Repräsentation von Wissen für die Verwendung in KSS vor?

– Wie wird in KSS repräsentiertes Wissen verarbeitet?

Wissensrepräsentation als konstruktiver kognitiver Prozeß

Bei der Beschreibung wissensbasierter Systeme aus der Perspektive der KI stehen die Medien (Programmiersprachen), die Werkzeuge *(tools)*, die Techniken (z. B. *top-down* oder *bottom-up*) und die speziellen KI-Methoden (z. B. heuristische Suchverfahren), derer sich der Programmierer bedient, im Zentrum der Betrachtung. Wie jedoch der konstruktive und teilweise kreative Prozeß der Systementwicklung im einzelnen abläuft, welche Teilaufgaben in bezug auf die symbolische Repräsentation menschlichen Wissens dabei zu bewältigen sind und wie man ihn wissenschaftlich beschreiben könnte, ist bisher wenig erforscht. Nilsson (1980) schreibt dazu: „It seems that desirable shifts in a problem representation depend on experience gained in attempts to solve it in a given representation". Das heißt, Wissensrepräsentation bei der Entwicklung von Programmsystemen ist nach wie vor eine Art Kunst und nur teilweise eine theoriegeleitete Tätigkeit.

Wissensrepräsentation als konstruktiver kognitiver Prozeß ist ein Leitmotiv für dieses Kapitel. Nach dieser kurzen Einführung in die Thematik betrachten wir im zweiten Teil ein kleines wissensbasiertes System, das der KI-Literatur entnommen ist. Wir nehmen eine Perspektive ein, die mit der eines Anatomen vergleichbar ist: Wir öffnen das System und zerlegen es in seine Bestandteile. Dabei lernen wir Formen der Wissensrepräsentation in KSS (die logische Struktur) und die Struktur wissensbasierter Systeme (Wissensbasis, Inferenzmechanismus, Steuerungsstruktur) kennen. Das Leitmotto hierbei ist: *Von der Symbolverarbeitung zur Wissensverarbeitung*; wir identifizieren das System als Repräsentation von Wissen über einen bestimmten Ausschnitt der Realität.

Im dritten Teil untersuchen wir an einem Beispiel aus dem Bereich der Büroautomatisierung, wie Wissensrepräsentationssysteme konstruiert werden können. Hier verfolgen wir den Prozeß der Entwicklung eines wissensbasierten Systems in seinen ersten Stadien. Ausgehend von Alltagswissen konstruieren wir *initiale Re-*

präsentationen. Hierbei erfahren wir etwas über weitere Formen der Wissensrepräsentation, über wichtige Entwurfskriterien für den Aufbau umfangreicher Systeme und vor allem über typische Aufgaben und Probleme, die dem „Wissensingenieur“ *(knowledge engineer)* bei seiner Tätigkeit begegnen. Wir werfen sozusagen einen Blick in die Werkstatt des Wissensingenieurs und beobachten ihn bei seiner Tätigkeit. Der Hauptunterschied zwischen klassischen Formen der Wissensrepräsentation (Schrift, Graphik) und Wissensrepräsentation in KSS liegt in den Möglichkeiten zur automatischen Verarbeitung des repräsentierten Wissens. Wir heben diesen Aspekt in den Beispielen dadurch hervor, daß wir Tests für die Verarbeitbarkeit des repräsentierten Wissens diskutieren. In beiden Fällen handelt es sich darum, mit Hilfe des gespeicherten Wissens automatisch ein Programm zu generieren. Dieses Programm soll abgearbeitet werden und dabei bestimmte Aufgaben lösen, die sonst ein Mensch unter Zuhilfenahme seines Wissens hätte lösen müssen.

Im vierten Teil entwickeln wir Gedanken zu einer Theorie der Wissensrepräsentation. Hierzu geben wir die Komponenten eines Repräsentationssystems an und beschreiben ihre Beziehungen zueinander. Anhand des Konzeptes eines Repräsentationssystems können wir dann Eigenschaften von Repräsentationen untersuchen. Diese Eigenschaften können zur Konstruktion geeigneter Repräsentationssysteme für spezifische Anwendungen dienen. Schließlich geben wir noch einen Überblick über weitere Aspekte der Wissensrepräsentation, die gegenwärtig in der KI-Forschung eine Rolle spielen.

Ein Symbolverarbeitungssystem, das Wissen repräsentiert

In diesem Abschnitt wollen wir an einem kleinen Beispiel untersuchen, wie eine symbolische Struktur in einem Computer der Repräsentation von Wissen dienen kann.

Eine symbolische Repräsentationsform von Wissen ist zum Beispiel die schriftliche Darstellung eines Sachverhaltes in deutscher Sprache. Eine solche Repräsentationsform läßt sich unmittelbar auf Computer übertragen, indem man Zeichenfolgen abspeichert. Diese Darstellungsform eignet sich zur Manipulation von Textstücken, wie uns durch Textverarbeitungssysteme vertraut ist. Hinsichtlich des Zugriffs und der Interpretation von gespeichertem Wissen sind jedoch andere Repräsentationsformen von Vorteil. Eine solche Repräsentationsform ist zum Beispiel die Sprache der Prädikatenlogik. Die Logik ist einer der am besten untersuchten Formalismen zur Repräsentation von Wissen und stellt darüber hinaus auch Regeln zur Verfügung, die es gestatten, gespeichertes Wissen zu verarbeiten (Bibel, 1985).

Zumindest der erste Aspekt – die Sprache der Logik als Repräsentationsform von Wissen – hat in der Informatik von Anfang an Anwendung gefunden. Die Sprache der Prädikatenlogik 1. Stufe eignet sich nämlich besonders gut, die Wirkung von Computerprogrammen zu beschreiben oder, bei einer anderen Sichtweise, Spezifikationen für die Programmentwicklung anzugeben.

Der zweite Aspekt – die Möglichkeit der automatischen Verarbeitung von in logischer Form repräsentiertem Wissen – ist erst in den letzten Jahren, nicht zuletzt durch das Aufkommen der Sprache PROLOG (Clocksin & Mellish, 1981) verfolgt worden. Dabei benutzt man den Inferenzmechanismus eines Logikkalküls als Grundlage von Verarbeitungsprozessen für gespeichertes Wissen.

Die Aufgabe eines Wissensingenieurs, Wissen durch Symbolverarbeitungssysteme zu repräsentieren, ähnelt in manchen Aspekten der Aufgabe eines Handwerkers: Es gibt Material (Symbole), woraus mit Hilfe von Werkzeugen (z. B. einem Editor), gelenkt durch Kenntnisse (u. a. von Programmiersprachen und speziellen Verarbeitungsmethoden) und durch Erfahrung (mit Programmiertechniken), ein Produkt (das Programm) hergestellt wird.

Die Grobstruktur der Wissensrepräsentationsaufgabe ist in Abb. 21.1. dargestellt. Ein charakteristisches Merkmal für Aufgabenbereiche, in denen zur Zeit an wissensbasierten Systemen gearbeitet wird (z. B. Expertensysteme, wissensbasierte Interaktionskomponenten), ist die Notwendigkeit, im künstlichen System sowohl einen definierten Ausschnitt der Realität mit seinen Objekten und den sie verbindenden Strukturen, als auch menschliches Wissen darüber repräsentieren zu müssen. Wir werden dies an den im folgenden diskutierten Beispielen aufzeigen.

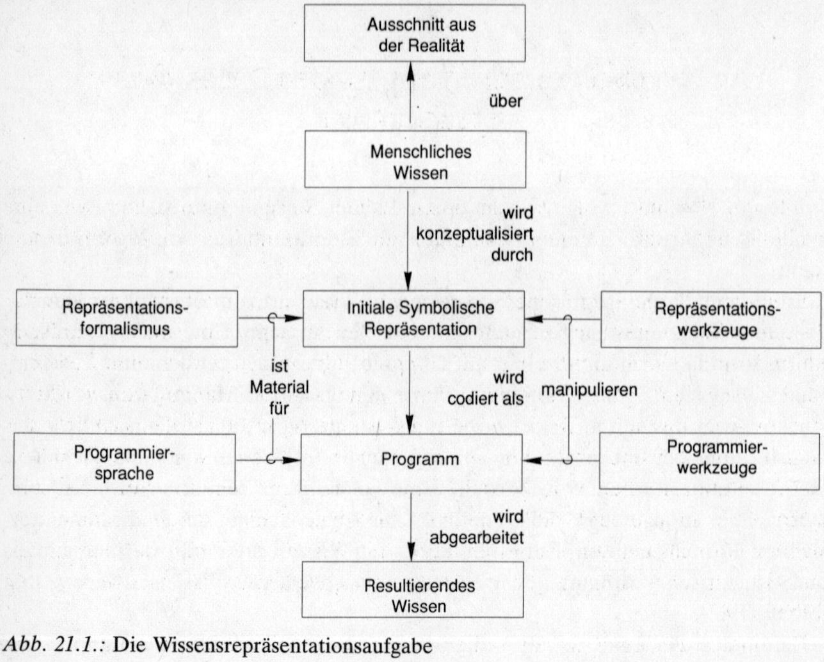

Abb. 21.1.: Die Wissensrepräsentationsaufgabe

Ein wichtiger Arbeitsschritt ist die Entwicklung einer symbolischen Repräsentation des vorgegebenen Realitätsausschnitts und des zugehörigen Wissenskomplexes. Der Wissensingenieur muß sich hier auf einen Repräsentationsformalismus festlegen. Das heißt, er muß eine Gesamtheit von Symbolen, syntaktische Regeln, nach denen die Symbole zu Objekten zusammengesetzt werden und semantische Regeln, nach denen die Symbole interpretiert werden, wählen. Dann kann er daran gehen, eine symbolische Repräsentation aufzubauen. Dieser Vorgang ist im allgemeinen sehr komplex, er erfordert in vielen Fällen Kreativität. Bisher ist unser wissenschaftliches Verständnis dieses Prozesses sehr beschränkt.

Die Komplexität der Aufgabe wird an dem folgenden Beispiel deutlich werden: Wir beschreiben zunächst einen Realitätsausschnitt und einen Wissenskomplex darüber, dem wir dann eine symbolische Welt gegenüberstellen. Dann erläutern wir, wie diese sich als Repräsentation von Weltausschnitt und Wissenskomplex betrachten läßt. Wir zeigen also nur eine Art Abbildung zwischen Realität und Wissen auf der einen und Symbolen auf der anderen Seite. Die Existenz einer solchen Beziehung ist eine notwendige Bedingung, um zusammengesetzte symbolische Objekte als Repräsentation von Wissen behandeln zu können. Wir zeigen nicht, auf welche Weise die symbolische Repräsentation in diesem Fall zustande gekommen ist.

Unser Beispiel kommt aus dem Bereich der Robotik. KI-Roboter sind künstlich-intelligente Systeme, die, einmal in Gang gesetzt, ihre vorgegebene Aufgabe ohne menschliche Steuereingriffe in Angriff nehmen und lösen. Wir betrachten einen solchen autonomen Roboter, der die Aufgabe hat, in einem Lager Kisten in bestimmten Anordnungen für die Auslieferung zu stapeln. Der Roboter ist mit einem Greifarm ausgestattet. Er hat gewisse Kenntnisse über den momentanen Zustand des Kistenlagers; die jeweilige Aufgabenstellung ergibt sich aus einer Beschreibung des Zielzustandes, das heißt der gewünschten Anordnung der Kisten, die der Roboter durch seinen Greifarm herstellen soll.

Um diese Aufgabe zielgerichtet zu lösen, verfügt der Roboter über eine „Planungskomponente", die einen effizienten Lösungsweg ermitteln soll. Die Anzahl der erforderlichen Aktionen soll dabei möglichst gering gehalten werden. Die Planungskomponente soll mögliche Aktionen des Greifarmes simulieren und durch diese Art des „Probehandelns" eine für die Erreichung des Zielzustandes geeignete Aktionenfolge für den Greifarm bestimmen.

Die vorgegebenen Parameter (Daten) für einen solchen Planungsprozeß sind die Beschreibung des Ausgangszustandes und des Zielzustandes des Kistenlagers. Das Ergebnis des Planungsprozesses soll dann ein Programm für die Steuerung des Greifarms zum Erreichen des Zielzustandes sein.

Im folgenden untersuchen wir die Planungskomponente des Roboters. In der Wissensbasis des Systems können wir einen Teil des Wissens als Beschreibung des Anfangszustandes des Arbeitsbereichs des Roboters identifizieren. Wie diese Zustandsbeschreibung erzeugt worden ist, ob beispielsweise mittels eines visuellen Systems zur Szenenanalyse oder durch Interaktion des Roboters mit einem Menschen, wollen wir hier nicht untersuchen. Wir gehen davon aus, daß dieses Wissen bereits symbolisch in der Sprache der Prädikatenlogik repräsentiert und ein Teil der Wissensbasis ist.

Die folgenden sieben Formeln beschreiben den Anfangszustand:

ON (A, D, So)
ON (B, E, So)
ON (C, F, So)
CLEAR (A, So) (1)
CLEAR (B, So)
CLEAR (C, So)
CLEAR (G, So)

Innerhalb der symbolischen Welt der Planungskomponente sind *ON, CLEAR, A, B, C, . . ., So* beliebig gewählte Symbole. *ON* und *CLEAR* bezeichnen Beziehungen, die zwischen den in Klammern aufgeführten Symbolen bestehen.

Prädikatenlogische Formeln können zur Beschreibung von Weltausschnitten herangezogen werden. Dazu muß zwischen Weltausschnitt und Formel eine Zuordnung (Korrespondenz) hergestellt werden, durch die festgelegt wird, welche Objekte des Weltausschnitts und welche Relationen zwischen Objekten des Weltausschnitts den Konstantensymbolen *A, B, . . . G* bzw. den Relationssymbolen *ON* und *CLEAR* zugeordnet werden sollen. Wir wollen nun eine mögliche Zuordnung betrachten, die im Zusammenhang des bisher Gesagten überraschend wirken mag.

Bei dem Weltausschnitt handele es sich um Autos. Einzelteile eines Autos werden den Konstantensymbolen zugeordnet, das Relationssymbol *ON* besage, daß das an erster Stelle in der Klammer genannte Autoteil ein Bestandteil des an zweiter Stelle genannten Teils ist (z. B. Kolben ist Bestandteil von Motor). Das Symbol *So* kennzeichne den Autotyp. *CLEAR* besage, daß das an erster Stelle in der Klammer genannte Teil nicht aus Einzelteilen besteht.

Es ist wichtig, daß prädikatenlogische Formeln nicht nur zur Beschreibung *eines bestimmten* Weltausschnitts benutzt werden können, sondern verschiedene Zuordnungen zu unterschiedlichen Weltausschnitten möglich sind. So können die oben aufgeführten Formeln eben auch zur Beschreibung des Szenarios für unseren Roboter aufgefaßt werden. Dabei nehmen wir allerdings schon eine Abstraktion des Weltausschnittes vor, indem wir nicht von Kisten in einem Lager, sondern von Blöcken auf diskreten Positionen ausgehen. Wir werden also nur bestimmte Aspekte der Roboterumgebung repräsentieren.

Abb. 21.2. zeigt eine Konstellation von Blöcken auf vorgegebenen Positionen, die durch unsere Wissensbasis repräsentiert wird. Dazu werden nicht nur Blöcke und Positionen als Objekte eingeführt, sondern auch Zustände, welche eine momentane Konstellation von Blöcken auf ihren Positionen kennzeichnen. Wir können dann *ON (A, D, So)* deuten als „im Zustand *So* befindet sich Block *A* auf Position *D*“, und *CLEAR (A, So)* als „die Oberfläche von Block *A* ist frei“. Mit dieser Betrachtungsweise lassen sich also die obigen Formeln als Beschreibung des in Abb. 21.2. dargestellten Zustandes benutzen.

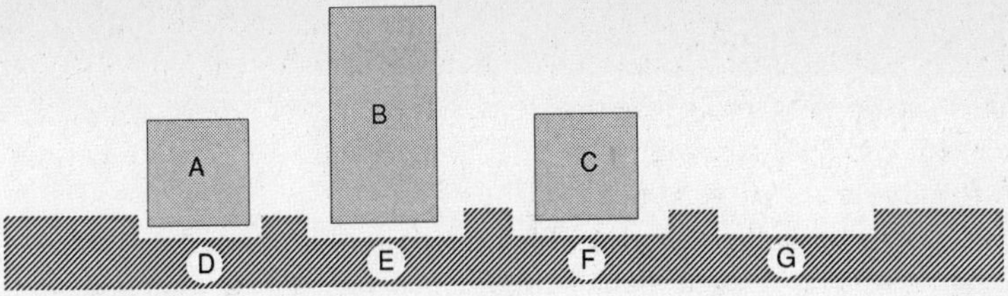

Abb. 21.2.: Konstellation von Blöcken *(A, B, C)* auf diskreten Positionen *(D, E, F, G)* im Zustand *So*

Fassen wir das bisher Gesagte noch einmal zusammen: Ein Beobachter, der wie wir von außen auf den Weltausschnitt und die Planungskomponente des Roboters blickt, weiß, daß

(1) in einem Weltausschnitt (Kistenlager) Objekte zu unterscheiden sind und zwischen diesen räumliche Relationen bestehen,

(2) in der Wissensbasis der Planungskomponente prädikatenlogische Formeln vorhanden sind, die die Existenz bestimmter (abstrakter) Relationen zwischen (abstrakten) Konstantensymbolen repräsentieren,

(3) zwischen Weltausschnitt und Wissensbasis eine Zuordnung besteht, die festlegt, wie Objekte und Relationen in der Realität Konstantensymbolen und Relationssymbolen in der Wissensbasis zugeordnet sind.

Im Gegensatz hierzu kann ein Beobachter, der sich innerhalb der Planungskomponente befindet und nicht über diese hinausschauen kann, nur wissen, daß die Sachverhalte (2) bestehen, nicht aber (1) und (3). Er weiß also insbesondere nichts von der Existenz von Kisten und von räumlichen Beziehungen zwischen ihnen. In der Rolle dieses Beobachters befindet sich ein künstliches wissensbasiertes System.

Unser einfaches Beispiel macht darüber hinaus deutlich, daß wir nur Wissen über bestimmte Aspekte der realen Welt repräsentieren, während Wissen über andere Aspekte, zum Beispiel die Höhe oder das Gewicht der Kisten, nicht in der Wissensbasis unseres Roboters enthalten sind.

Wenn der Zustand *So* nun als Anfangszustand eines Planungsvorganges im Roboter benutzt werden soll, muß der Roboter in seiner Wissensbasis über Objekte verfügen, welche die Aktionsmöglichkeiten seines Greifarms symbolisieren. Um auf diesen Teil der Planungskomponente eingehen zu können, verwenden wir im folgenden weitere Konzepte aus der Logik.

Eine Variable ist ein Symbol, welches (wenn nicht anders spezifiziert) durch ein beliebig wählbares Objekt *instantiiert* werden kann. Wir verwenden kleine Buchstaben für Variablen und große für Konstanten. Zusammen mit Funktionssymbolen können nun aus Konstanten und Variablen sogenannte Terme gebildet werden: Wenn *trans* ein Funktionssymbol ist und *x, y* und *z* Variablen sind, ist *trans (x, y, z)* ein solcher Term. Terme können nun in der symbolischen Welt des künstlichen Systems automatisch interpretiert werden. Dabei werden dem Funktionssymbol des Terms eine Funktion und den Variablen symbolische Objekte zugeordnet. Durch eine Ausführung der Funktion durch das KSS kann ein neues Objekt erzeugt werden. So kann beispielsweise der Term *trans (x, y, z)* den Sachverhalt bezeichnen, daß die Anwendung der Funktion *trans* auf die Objekte *x, y* und *z* ein neues Resultat *trans (x, y, z)* liefert.

Vom Beobachter außerhalb des KSS kann *trans* als Aktion des Roboter-Greifarmes interpretiert werden: wenn *y* und *z* beliebige Positionen sind und *x* ein beliebiger Block ist, kann *trans (x, y, z)* bedeuten: ,,Transportiere den Block *x* von der Position *y* auf die Position *z*“. Eine solche Aktion beschreibt, wie ein bestimmter Zustand der Blockwelt in einen anderen Zustand überführt wird.

Den Term *do (a, s)* wollen wir als den Zustand betrachten, der eintritt, wenn im Zustand *s* die Aktion *a* durchgeführt wird. In der folgenden Formel (2) werden Terme verwendet, um Wissen über die Voraussetzungen und die Wirkungen einer Aktion des Roboterarmes zu repräsentieren:

$$\begin{aligned}&(CLEAR\ (x, s) \wedge CLEAR\ (z, s) \wedge ON\ (x, y, s) \wedge DIFF\ (x, z))\\ &\quad\Longrightarrow [\ CLEAR\ (x, do\ (trans\ (x, y, z), s))\\ &\qquad \wedge\ CLEAR\ (y, do\ (trans\ (x, y, z), s))\\ &\qquad \wedge\ ON\ (x, z, do\ (trans\ (x, y, z), s))\ ]\end{aligned} \tag{2}$$

Für die Ausführbarkeit einer Aktion sind bestimmte Vorbedingungen erforderlich, die in der ersten Zeile der Formel durch das Konjunktionszeichen *(∧)* verknüpft dargestellt sind. Sie bilden die Prämisse einer Implikation (Symbol ⟹): Im Zustand *s* sind Block *x* und Position *z* frei, *x* befindet sich auf Position *y* und *x* ist von *z* verschieden *(DIFF (x, z))*. Wenn diese Bedingungen erfüllt sind, kann der Roboter die Aktion *trans (x, y, z)* ausführen und den Zustand *s* in den Zustand *do (trans (x, y, z), s)* überführen. Nach dem Implikationssymbol ist der neu eingetretene Zustand durch die Nachbedingungen (Zeilen 2 bis 4) beschrieben: Block *x* ist frei, ebenso Position *y*, und Block *x* befindet sich nun auf Position *z*.

Hier wird ein für die Planungskomponente wichtiger Punkt deutlich: Die Zustände der Blockwelt werden grundsätzlich relativ zum Ausgangszustand beschrieben. Als Beschreibungsmittel stehen Elementaraktionen des Greifarms zur Verfügung, so daß sich Zustände durch einen Ausgangszustand und eine Folge von Elementaraktionen beschreiben lassen, zum Beispiel

do (trans (C, F, A), do (trans (B, E, A), So)).

Mit anderen Worten, die Repräsentation eines Zustands erfolgt hier durch ein Programm, dessen Abarbeitung den Zustand herbeiführt; die Zustände sind *prozedural* repräsentiert.

Formel (2) ist jedoch nur ein Teil des für die Planungskomponente erforderlichen Wissens über die Aktionen des Greifarms. Dort wird nämlich nur ausgedrückt, daß bestimmte Relationen von einer Aktion betroffen sind. Darüber hinaus muß das System aber auch wissen, daß sämtliche anderen Relationen nicht davon betroffen sind, zum Beispiel mittels der Formel

$$\begin{aligned}&(ON\,(u, v, s) \wedge DIFF\,(u, x))\\ &\Longrightarrow \quad ON\,(u, v, do\,(trans\,(x, y, z), s)).\end{aligned} \tag{3}$$

Formel (3) besagt, daß alle Blöcke u, die sich im Zustand s auf einer Position v befinden und nicht bewegt werden, auf ihrer Position v bleiben. Solche Formeln benötigen wir für jede Relation, die nicht durch eine Aktion betroffen ist; sie werden als *frame*-Bedingungen bezeichnet.

Die Notwendigkeit der *frame*-Bedingungen in KSS macht deutlich, wie sich menschliches Wissen von Wissen in KSS unterscheidet. Die Aktivität zahlreicher Konstanzmechanismen beim menschlichen Wahrnehmen und Denken befähigt uns, eine raumzeitliche Identität von Objekten zu erleben. Dies gehört zu den unmittelbarsten Erfahrungen des Menschen. Im Gegensatz dazu weiß ein KSS gar nichts darüber, wenn nicht entsprechende *frame*-Bedingungen explizit in das System eingespeichert worden sind.

Nachdem wir nun in der Wissensbasis des Roboters eine Beschreibung des Ausgangszustandes und die Repräsentation von Wissen über seine Aktionsfähigkeit identifiziert haben, erwarten wir schließlich noch eine Beschreibung des Zielzustandes. Dies könnte zum Beispiel die Formel

$$\exists s\ ON\,(A, B, s) \tag{4}$$

sein. Hier wird ein Existenzquantor ($\exists$) benutzt, um einen angestrebten Zustand zu beschreiben, nämlich, daß A sich auf B befinde. Die Aufgabe des Planungssystems sei, eine konstruktive Beschreibung des Zielzustandes (4) aus den Ausgangsbedingungen (1) – (3) zu erzeugen. In der Sprechweise der Logik bedeutet dies, daß ein Beweis der Formel (4) aus den Annahmen (1) – (3) gefunden werden soll. Zur Lösung dieser Aufgabe verfügt der Roboter neben der Wissensbasis über einen Inferenzmechanismus, der es ihm ermöglicht, Wissen zu verarbeiten.

In unserem Fall nehmen wir als Inferenzmechanismus einen *Resolutions-Theorem-Beweiser* an. Die einzelnen Verarbeitungsschritte eines solchen Beweisers können wir hier nicht im einzelnen diskutieren, vielmehr untersuchen wir nur einen einzigen Schritt beim Lösen der durch Formel (4) gegebenen Aufgabe.

Der Beweiser geht von der Formel $\exists s\ ON\,(A, B, s)$ aus und durchsucht die Wissensbasis nach einer Formel, die in einer direkten syntaktischen Beziehung dazu steht. Die Prämisse der Formel (2) erfüllt diese Bedingung, sofern die Variablen x und z durch die Konstanten A bzw. B ersetzt werden. Das Ergebnis dieser Ableitung ist die Formel

$$CLEAR\,(A, s) \wedge CLEAR\,(B, s) \wedge ON\,(x, y, s) \wedge DIFF\,(A, B) \tag{5}$$

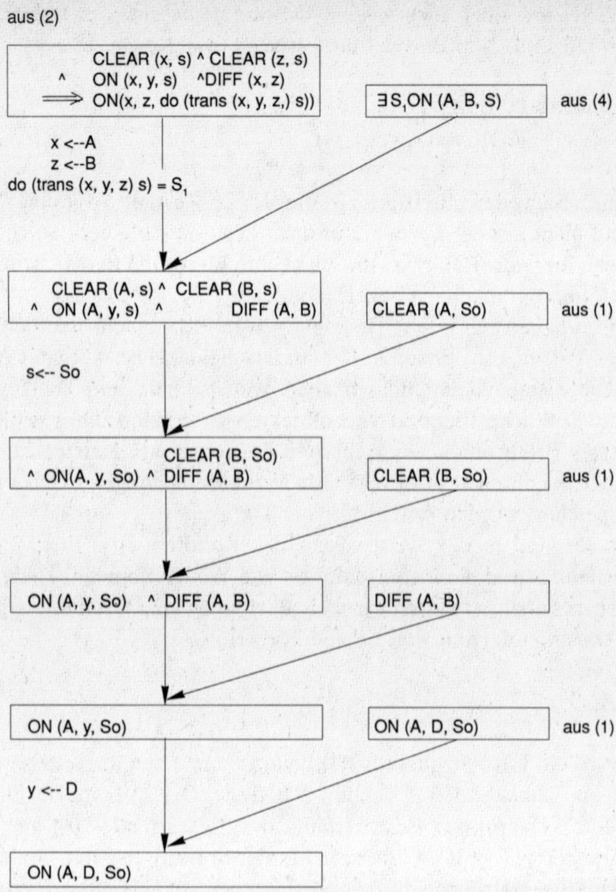

Abb. 21.3.: Ableitung zur Lösung der Aufgabe ∃ S_1 *ON (A, B, S_1)* durch geeignete Substitution (⟨––) der Variablen mit Konstanten aus der Wissensbasis.

Vom Standpunkt des Problemlösens läßt sich dieser Ableitungsschritt dahingehend erläutern, daß das ursprüngliche Ziel *ON (A, B, s)* erreicht ist, wenn die Teilaufgaben der Formel (5) gelöst sind.

In Abb. 21.3. ist der gesamte Ableitungsvorgang für die Lösung der Aufgabe ∃ s *ON (A, B, s)* skizziert. Als Lösung, also als Programm für den Roboter, ergibt sich der Zustand *s = do (trans (A, D, B), So)*. Der erste Schritt im Ableitungsbaum ist die oben diskutierte Ableitung von Formel (5) aus der Beschreibung des Zielzustandes. Dazu wird die Formel (2), welche Wissen über die Aktion des Greifarmes repräsentiert, benutzt. Der Theorem-Beweiser hätte aber statt Formel (2) auch die Formel (3) wählen können; das Ergebnis des ersten Schrittes wäre dann

$$ON\,(A, B, s) \wedge DIFF\,(A, x) \quad (6)$$

Das Ziel *ON (A, B, s)* wäre ersetzt durch die beiden neuen Teilziele in (6). Das zweite Teilziel, nämlich einen zu *A* verschiedenen Block zu finden, könnte jetzt in einem weiteren Schritt gelöst werden, und wir hätten das ursprüngliche Ziel wieder erreicht, allerdings über einen kleinen Umweg.

Dieser Umweg kann vermieden werden, wenn die Tatsache ausgenutzt wird, daß die Formeln verschiedenartiges Wissen repräsentieren: Formel (2) repräsentiert Wissen über die Aktion des Greifarmes und darüber, was für Veränderungen durch diese Aktion hervorgerufen werden; Formel (3) hingegen enthält Wissen darüber, was durch eine Aktion *nicht* verändert wird. Daher sollte (2) als Kandidat für eine „Probehandlung" vorgezogen werden.

Der Inferenzmechanismus in solchen Beweissystemen muß jedoch aus Gründen der Vollständigkeit und der Konsistenz so allgemein gehalten sein, daß er solche problemspezifischen Eigenschaften nicht berücksichtigen kann. Man strebt daher an, die Steuerung des Inferenzmechanismus getrennt als unabhängigen Systemteil zu halten. Dieser Steuerteil kann nun Strategien enthalten, die es ermöglichen, Pfade durch komplexe Suchräume zu finden, er kann aber auch problemspezifisches Steuerwissen enthalten.

Konstruktion einer symbolischen Repräsentation

Im vorausgegangenen Roboterbeispiel haben wir gezeigt, daß und wie sich gegebene symbolische Strukturen als Repräsentation eines Weltausschnitts und eines Wissenskomplexes über diesem Weltausschnitt betrachten lassen. Wir werden nun die Repräsentationsproblematik in umgekehrter Richtung angehen: Wir gehen aus von Wissen über bestimmte Ausschnitte der Realität und suchen symbolische Repräsentationen dafür.

Bei dem Versuch, Wissen in einer computergerechten Form zu repräsentieren, stößt man gewöhnlich auf Schwierigkeiten. Es gibt im wesentlichen zwei Gründe, weswegen Wissensrepräsentation eine in vielen Fällen technisch komplizierte, aufwendige und oft auch Kreativität erfordernde Aufgabe ist. Erstens müssen Menschen in vielen Problemlösungssituationen nicht auf explizite Repräsentationen ihres Wissens zurückgreifen; daher ist ihre Fertigkeit in der expliziten Wissensrepräsentation für manche Wissensbereiche gar nicht oder nur wenig ausgebildet (z. B. bei handwerklichen Fertigkeiten). Der andere Grund liegt in der Forderung, Wissen in einer im Computer darstell- und verarbeitbaren Form zu repräsentieren. Dies schränkt die möglichen Repräsentationsformen drastisch ein. Oft werden Zwischenrepräsentationen erforderlich, weil die Erstellung einer Repräsentation in computergerechter Form in einem einzigen Arbeitsschritt zu schwierig ist.

Im folgenden demonstrieren wir einige Aspekte dieser Problematik der Wissensrepräsentation an einem Beispiel aus dem Bereich der Büroautomatisierung.

Die zu repräsentierenden Sachverhalte und Wissenskomplexe sind allgemein bekannt und erfordern kein Spezialwissen über Bürovorgänge. In dem Beispiel geht es um ein System, das unter anderem über die Fähigkeit verfügen soll, Termine zu planen. Wir wollen diese Aufgabe nun im Detail betrachten.

Es soll eine Konferenz mit den Teilnehmern A, B und C in München arrangiert werden. Der Tag für die Konferenz ist noch offen. Das System soll die Aufgabe zugewiesen bekommen, einen Termin für die Konferenz festzulegen. Es hat Zugriff zu den individuellen Terminkalendern von A, B und C und findet dort folgende Einträge (Abb. 21.4.):

Kalender von	A	B	C
Montag	Zürich	Paris	Nürnberg
Dienstag			
Mittwoch	Berlin	Hamburg	Mailand
Donnerstag			
Freitag	Wien	Genf	Pisa

Abb. 21.4.: Terminkalendereinträge bei den Konferenzteilnehmern

Das System erkennt, daß Dienstag und Donnerstag mögliche Termine sind, da alle drei Teilnehmer an diesen Tagen noch keine Einträge in ihren Kalendern haben. In dieser Situation ergibt sich die Folgeaufgabe, eine Entscheidung zwischen den beiden möglichen Terminen zu treffen.

Hier läßt sich bereits eine typische Schwierigkeit bei der Wissensrepräsentation erkennen: Wäre nur ein möglicher Termin gefunden worden, so hätten die bisher angedeuteten Systemfunktionen zur Lösung ausgereicht. Nun aber ergibt sich die Notwendigkeit, weiteres Wissen in Form geeigneter Prozeduren und Daten bereitzustellen, damit auch das Folgeproblem gelöst werden kann. Dies ist typisch auch für andere Problemsituationen; die Menge des erforderlichen Wissens kann dabei unter Umständen groß und der damit verbundene Repräsentationsaufwand sehr hoch werden.

Wir werden nun mögliche Varianten des Systems aus einer Perspektive diskutieren, die für die initiale Phase einer Systementwicklung typisch ist. Die Systemvarianten unterscheiden sich nicht so sehr darin, welches Wissen jeweils verwertet wird, sondern vor allem in bezug auf die Frage, wer das erforderliche Wissen bereitstellt, repräsentiert und verarbeitet.

Variante a: Das System ermittelt die beiden möglichen Konferenztermine und teilt sie dem Benutzer mit. Dieser errechnet nun für beide Termine die zu erwartenden Kosten – insbesondere für die An- und Abreise der Teilnehmer – und fällt eine Entscheidung, indem er den Termin wählt, der die geringsten Kosten verursacht.

Variante b: Das System enthält ein Programm, das die Kosten unter Verwendung geeigneter Daten errechnet, eine Entscheidung trifft und diese dem Benutzer mitteilt.

Variante c: Das System ist wissensbasiert. Es verfügt über eine Wissensbasis, in der Wissen über ,,Konferenz", ,,Kosten" und anderes repräsentiert ist, einen Inferenzmechanismus und eine Steuerungskomponente. Wenn die hier betrachtete Situation mit mehreren möglichen Terminen eintritt, findet das System in seiner Wissensbasis den Hinweis, es solle den Termin mit den geringsten zu erwartenden Kosten ermitteln. Das System beginnt nun, durch Zugriff auf geeignete Wissensstrukturen in seiner Wissensbasis ein Programm zu generieren, welches die vorliegende Aufgabe lösen kann.

Bei jeder der drei Varianten ist das gleiche Grundschema für den Lösungsweg erkennbar: Die Aufgabe, den mit minimalem Kostenaufwand verbundenen Termin zu ermitteln, läßt sich im Prinzip durch eine Sequenz folgender vier Unteraufgaben konkretisieren:

1. Aktivierung des erforderlichen Wissens,
2. Repräsentation des Wissens in einer für die weiteren Lösungsschritte geeigneten Form,
3. Herleitung eines Verfahrens zur Ermittlung des minimalen Kostenaufwandes aus dem repräsentierten Wissen,
4. Abarbeitung des Verfahrens, wodurch sich die gesuchte Aufgabenlösung ergibt.

Die Gesamtlösung der Aufgabe ergibt sich durch Abarbeitung dieser Sequenz von Unteraufgaben. In Abb. 21.5. vergleichen wir nun die drei Varianten in bezug auf die Zuweisung der einzelnen Unteraufgaben an Personen und Computersysteme:

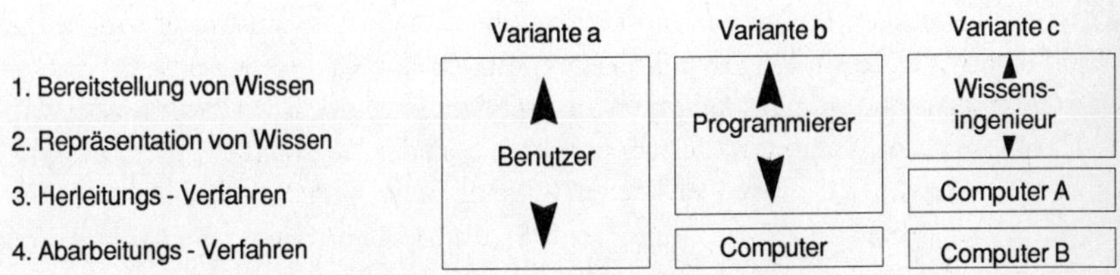

Abb. 21.5.: Drei Varianten zur Verteilung von Teilaufgaben zwischen Mensch und Computer

In Variante a werden die vier Unteraufgaben von derselben Person, dem Benutzer, quasi gleichzeitig durchgeführt. Dabei ist es nicht erforderlich, die einzelnen Unteraufgaben und ihre Ergebnisse explizit zu machen: Weder die initiale Repräsentation des Wissens (2.), noch die Prozedur (3.) werden im allgemeinen explizit aufgeschrieben, sondern der Benutzer wird die Aufgabe seinem Wissen und seinen Denk- und Arbeitsgewohnheiten folgend (mehr oder weniger systematisch) angehen.

Im Gegensatz hierzu liegt der Variante b eine Funktionsteilung zwischen Mensch und Computer zugrunde: Die Unteraufgaben 1 bis 3 führt der Programmierer durch; er muß seine Arbeit mit einem expliziten Ergebnis abschließen, das in symbolischer Form repräsentiert ist. Dieses Ergebnis ist das Computerprogramm zur Ermittlung der minimalen Kosten. Der Computer übernimmt dieses Programm und arbeitet es ab (4.), wobei er auf entsprechende Daten zugreifen kann.

In Variante c schließlich liegt eine komplexere Funktionsteilung vor: Der Wissensingenieur baut die initiale symbolische Repräsentation des Wissens auf, die ein Computer A (= wissensbasiertes System) übernimmt und in der Rolle eines „Super-Compilers" (= Übersetzer) daraus ein Programm generiert. Ein Computer B arbeitet dann dieses Programm ab.

Mit steigender Komplexität der Funktionsteilung steigt die Anzahl von Schnittstellen zwischen einander zuarbeitenden Teilsystemen. Jede Schnittstelle erfordert eine Repräsentation, die dann von dem einen Teilsystem an das andere weitergereicht werden muß. Offensichtlich steigt der Repräsentationsaufwand mit wachsender Zahl von Schnittstellen an. Daraus ergibt sich ein wichtiger Hinweis zum Kosten-Nutzen-Verhältnis bei der Wissensrepräsentation: Ein funktionsteiliger Ansatz wie bei Variante c ist nur dann sinnvoll, wenn das repräsentierte Wissen in einem möglichst großen Spektrum von Fragestellungen verwertet werden kann.

Wir wollen nun, dem Konzept der Variante c folgend, einige Elemente des Terminplanungssystems konstruieren. Dieses System soll also ein Programm zur Entscheidung für einen der beiden möglichen Konferenztermine im Hinblick auf minimale Kosten für die Konferenz automatisch generieren. Zunächst ist eine Wissensbasis aufzubauen, in der unter anderem Wissen über „Konferenz", „Kosten", „Terminkalender" und „Reise" repräsentiert ist. Beim Aufbau einer Wissensbasis ist im allgemeinen nicht jede mögliche Problemstellung in bezug auf die spätere Wissensverwertung bekannt. Wir wollen daher das konkrete Problem der Minimierung der Konferenzkosten für den Augenblick vergessen und die Wissensbasis möglichst unabhängig davon aufbauen. Später werden wir dann wieder auf das Problem zurückkommen, das wir als einen Test der Möglichkeiten zur automatischen Verwertung des repräsentierten Wissens betrachten können.

Die Wissensbasis unseres Systems muß Strukturen enthalten, die Wissen über zeitliche Vorgänge, speziell über die zeitliche Abfolge von Tätigkeiten oder „Aktivitäten" von Personen repräsentieren. Wir werden uns hier nicht mit den Schwierigkeiten einer inhaltlichen Definition des Begriffs *Aktivität* auseinandersetzen; wir wollen für unsere Zwecke nur einen Teilaspekt repräsentieren, nämlich die Tatsache, daß eine Aktivität einer Person einem Termin und einem Ort zugeordnet ist und in vielen Fällen einer bestimmten Klasse von Tätigkeiten zugeordnet werden kann. Ein Beispiel solch einer Aktivität ist *Peter spielt am Sonntag in*

Garmisch Roulette. Graphisch können wir dies in Form einer *frame*-Struktur (Minsky, 1975) folgendermaßen darstellen (Abb. 21.6.):

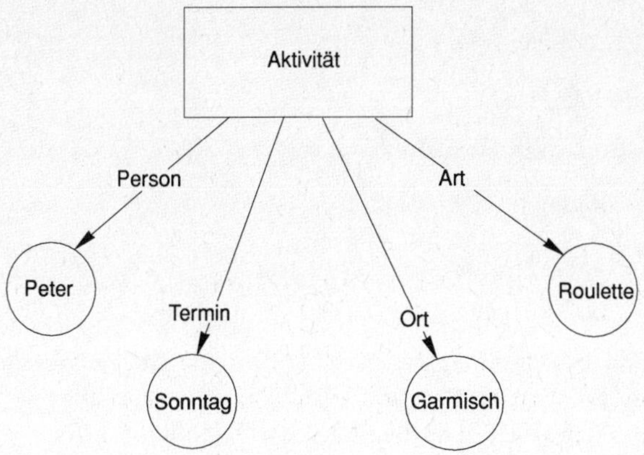

Abb. 21.6.: Teilaspekte einer Aktivität als Framestruktur dargestellt

Die Gültigkeit dieser Repräsentation für das eben ausgesprochene Wissen über *Aktivität* ist evident. Die Repräsentation läßt sich ohne Schwierigkeiten in computergeeignete Repräsentationen umwandeln. Eine prädikatenlogische Darstellung wie im Roboter-Beispiel ist:

$$\begin{aligned} & \text{Person (Aktivität, Peter)} \\ \wedge\ & \text{Termin (Aktivität, Sonntag)} \\ \wedge\ & \text{Ort (Aktivität, Garmisch)} \\ \wedge\ & \text{Art (Aktivität, Roulette)} \end{aligned} \qquad (7)$$

Hier entstehen aus *einem* Objekt der graphischen Darstellung *vier* eigenständige Objekte in der prädikatenlogischen Darstellung, die nur durch Konjunktionszeichen miteinander verbunden sind. Im Unterschied zur prädikatenlogischen Darstellung bietet die Programmiersprache LISP die Möglichkeit, strukturierte Objekte zu bilden, deren Aufbau eng mit der Struktur graphischer Darstellungen korrespondiert und die gleichzeitig im Sinne der Prädikatenlogik aufgefaßt werden können:

```
(SETQ Aktivität ((Person Peter)
                 (Termin Sonntag)
                 (Ort Garmisch)
                 (Art Roulette)))
```
(8)

Ein entscheidender Vorteil von strukturierten Objekten zeigt sich, wenn Wissen automatisch verarbeitet werden soll. Nehmen wir an, es soll festgestellt werden, was Peters Aktivität am Sonntag ist: in einer entsprechend der Repräsentationsform (7) aufgebauten Wissensbasis muß zunächst nach Formeln des Typs

Person (?, Peter)

gesucht werden. Ist dann die Menge

Person (x, Peter)

gefunden, so kann nach Formeln der Art

Termin (x, Sonntag)

gesucht werden. Das ergibt

Art (x, ?)

In zwei über die gesamte möglicherweise sehr umfangreiche Wissensbasis gehenden Suchprozessen wird das Ergebnis gefunden. Anders bei einer Wissensbasis mit Objekten der Form (8): Wir suchen nach Objekten der Form

((Person Peter) (Termin Sonntag) (Ort ?) (Art ?))

und finden die Antwort in einem Suchschritt.

Wir können nun *frame*-Strukturen als Repräsentationsform verwenden, um die zu Beginn dieses Abschnitts erwähnten Termine der Personen A, B und C als Einträge *(filler)* für die Rubriken *(slots)* des Typs Ort von *frame*-Strukturen für *Aktivität* zu repräsentieren.

Wir wollen nun Wissen über das Konzept *Reise* repräsentieren, indem wir wiederum eine *frame*-Struktur benutzen (Abb. 21.7.):

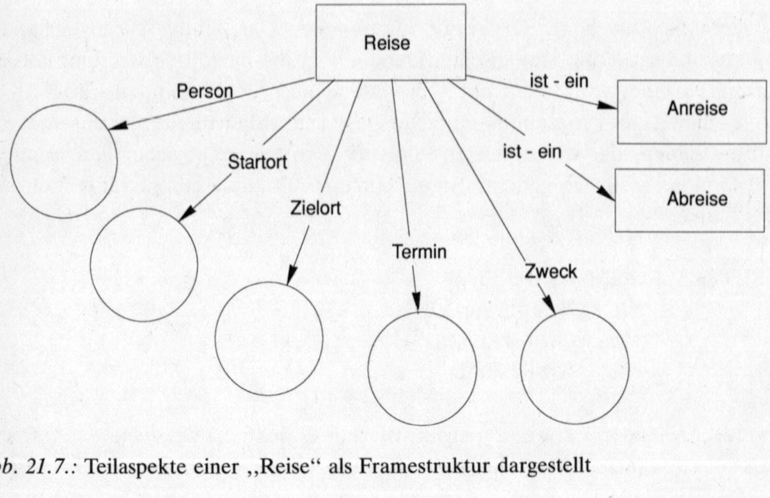

Abb. 21.7.: Teilaspekte einer „Reise“ als Framestruktur dargestellt

Die *frame*-Struktur für *Reise* mit ihren 5 *slots* ist hier Teil eines semantischen Netzwerks (Woods, 1975), das Anreise und Abreise als spezielle Arten von Reisen beschreibt. *Anreise* und *Abreise* haben daher dieselben *slots* wie *Reise* und können daher auf die allgemeine Struktur von *Reise* Bezug nehmen. Auf diese Weise ,,erben" sie die Attribute von *Reise*.

Wir brauchen nun noch eine Repräsentation des Wissens, daß aufeinanderfolgende Aktivitäten, die an verschiedenen Orten stattfinden, eine Reise erforderlich machen:

Wenn (Ort (Aktivität (Termin t-1)) verschieden von
Ort (Aktivität (Termin t)))

dann (Setze: Startort (Anreise (Aktivität (Termin t)))
= Ort (Aktivität (Termin t-1)) (9)

Setze: Zielort (Anreise (Aktivität (Termin t)))
= Ort (Aktivität (Termin t)))

Hier haben wir die Form einer *Produktionsregel* (c.f. Newell & Simon, 1972) als Repräsentationsform gewählt.

Wir konstruieren nun eine symbolische Repräsentation für das Konzept ,,Kosten". Wir folgen hierfür der Definition des dtv-Lexikons (1968), wonach ,,Kosten die Gesamtheit der Werte ist, die für die Beschaffung und Herstellung eines wirtschaftlichen Gutes aufgewendet werden . . ." und ,,Kosten gliedern sich in . . . Einzelkosten, die sich unmittelbar auf das einzelne Werkstück berechnen lassen". Wir repräsentieren den für uns hier relevanten Aspekt dieses Wissens durch

(ist-definiert Kosten Summe (Einzelkosten)) (10)

als symbolisches Objekt, das in die Wissensbasis aufgenommen wird.

Der Begriff ,,Konferenz" wird im dtv-Lexikon an erster Stelle durch den Begriff ,,Sitzung" erklärt, der selbst wiederum nicht erläutert wird. Hier müssen wir also unser eigenes Konzept festlegen, indem wir ,,Konferenz" gemäß Abb. 21.8. definieren.

Diese Struktur bedarf einiger Erläuterungen: ,,Konferenz" hat einen Aspekt als objektiver Sachverhalt, hier symbolisiert durch die *ist-ein*-Relation zu ,,Vorgang" und die *hat-Struktur-als-Vorgang*- Relation zu dem Netz der Teilvorgänge einer typischen Konferenz dargestellt. Daneben hat ,,Konferenz" für einen Konferenzteilnehmer aber auch einen subjektiven Aspekt als Aktivität des Teilnehmers, die sich als Sequenz von Aktivitäten aufbaut (*hat-Struktur-als-Aktivität*- Relation).

Die beiden bisher definierten symbolischen Objekte für ,,Kosten" und ,,Konferenz" haben keine Teilstrukturen gemeinsam, daher ist es bei diesem Zustand der Wissensbasis nicht möglich, die beiden Strukturen durch ein automatisches Verfahren zu kombinieren, so daß zum Beispiel Wissen über ,,Kosten (Konferenz)" entsteht. Wir wollen daher hier noch ein weiteres Objekt konstruieren, das eine Verbindung der beiden Objekte ermöglicht.

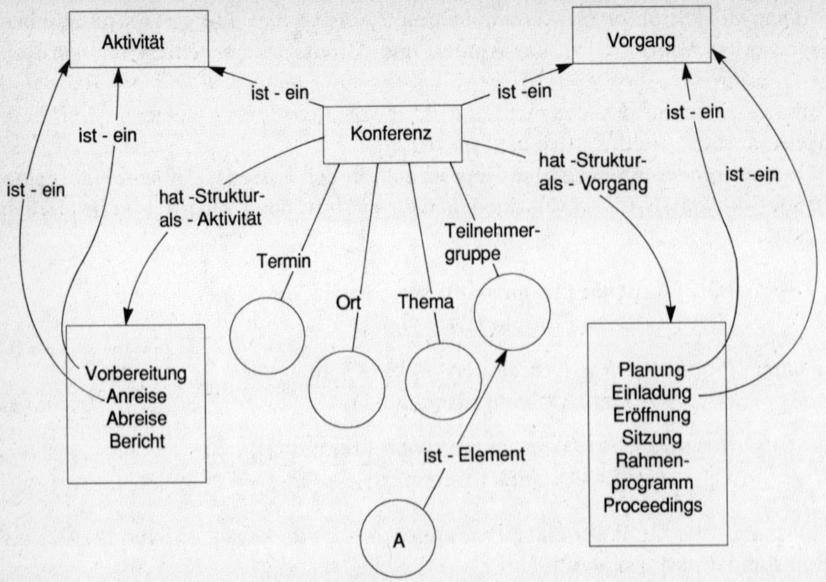

Abb. 21.8.: Teildefinition des Begriffs ,,Konferenz“

Wir kommen an dieser Stelle auf die Aufgabe zurück, die von Variante c unseres Systems als Test für die Verarbeitbarkeit des repräsentierten Wissens gelöst werden soll: Die automatische Erzeugung eines Programms zur Errechnung der Konferenzkosten. Eine Unteraufgabe, die dabei gelöst werden muß, ergibt sich folgendermaßen:

Einer der Posten, die bei den Gesamtkosten zu berücksichtigen sind, sind die Kosten für die Reise zu und vom Konferenzort. Um ein semantisch korrektes Programm hierfür aufzubauen, muß die Wissensbasis Strukturen aufweisen, die eine solche Aufstellung ermöglichen. Es ist an dieser Stelle nicht möglich, eine solche Wissensbasis mit einem Inferenzmechanismus in der gleichen Ausführlichkeit zu beschreiben wie im vorangegangenen Roboterbeispiel. Wir können hier nur andeuten, wie ein solcher Inferenzprozeß ablaufen könnte.

Das System steht vor der Aufgabe, *Kosten (A, Anreise)* zu berechnen.

1. Das System ermittelt: *Kosten (A, Anreise)* kann errechnet werden als *Reisekosten (Startort, Zielort)*, wobei wir annehmen, daß eine entsprechende Tabelle mit den Reisekosten verfügbar sei. Es bleibt das Problem, *Startort* und *Zielort* der Anreise zu ermitteln.
2. Das System leitet ab, daß *Zielort = Konferenzort* und daß *Startort = Ort, an dem sich A am Vortag aufgehalten hat* ist. Die entsprechenden Orte können aus dem Terminkalender entnommen werden.

Die Kosten für die Abreise können in analoger Weise berechnet werden. Aufenthaltskosten wurden in diesem Beispiel nicht berücksichtigt.

Wir wollen hier die skizzenhafte Diskussion des Terminplanungsbeispiels abschließen. Sie sollte verdeutlichen, daß Wissensrepräsentation in computergerechter Form ein schwieriger, arbeitsintensiver und nicht vollständig im voraus planbarer Prozeß ist. Auf zwei Tatsachen sei noch besonders hingewiesen, die beim Repräsentieren von Wissen zu beachten sind.

Im allgemeinen ist es möglich, in einem Repräsentationsformalismus uneinheitliche oder gar widersprüchliche Informationen darzustellen. Dadurch kann es vorkommen, daß ein Inferenzsystem gleichlautende Fragen verschieden beantwortet. Diese Schwierigkeit kann man auf unterschiedliche Weise umgehen: Man kann (in einem gewissen Rahmen) vermeiden, daß widersprüchliche Informationen vorhanden sind, indem man neue Informationen mit vorhandenen vergleicht und nicht zuläßt, daß Widersprüche innerhalb desselben Kontexts auftreten. Alternativ kann man aber auch akzeptieren, daß eine Wissensbasis nicht widerspruchsfrei zu sein braucht; dies muß dann jedoch bei der Interpretation von Inferenzen berücksichtigt werden.

Prinzipiell kann man feststellen, daß Möglichkeiten und Schwierigkeiten bei der Wissensrepräsentation nicht von der zu bearbeitenden Aufgabe allein, sondern ebenso von der Repräsentationsform und ihrer Semantik abhängen. Auf diesen Punkt gehen wir im folgenden noch näher ein.

Elemente einer Theorie der Wissensrepräsentation

An Hand eines Beispielsystems – des kistenstapelnden Roboters – konnten wir demonstrieren, daß eine gegebene symbolische Struktur auf verschiedene Weise gedeutet werden kann. Den Inhalt des Roboterspeichers, zusammen mit einer Interpretation, d. h. bestimmten Verfahren zu seiner Verarbeitung, haben wir als „Wissen“ bezeichnet. Für die Repräsentation von Wissen halten wir also fest, daß sowohl Daten als auch eine Interpretationsvorschrift (Verarbeitung) festgelegt werden müssen. Wir setzen gleich: *Wissen = Daten + Interpretation* und verwenden im folgenden für ein solches Paar auch den Begriff des „Wissenskomplexes“ *(body of knowledge)*. Der Begriff *Wissenskomplex* soll hervorheben, daß der Inhalt der Wissensbasis (die Daten) per se bedeutungslos ist und nur im Kontext einer Interpretationsstruktur genutzt werden kann.

Wir haben ferner einen Ausschnitt der realen Welt betrachtet, und zwar aus dem Bereich der Bürovorgänge. Es wurden verschiedene Möglichkeiten diskutiert, Wissen über diesen Bereich so zu repräsentieren, daß es im Computer verarbeitet werden kann. Dabei wurde deutlich, daß beim Entwurf von künstlichen Systemen zwischen verschiedenen Möglichkeiten der Wissensrepräsentation abgewogen werden muß.

Um für den Entwurfsvorgang Kriterien und Eigenschaften von verschiedenen Formen der Wissensrepräsentation nutzen zu können, benötigen wir eine Argumentationsebene, auf der wir verschiedene Formen der Wissensrepräsentation beurteilen können. Wir verwenden dazu den Begriff eines *Repräsentationssystems* und entwickeln daraus Ansätze zu einer Theorie der Wissensrepräsentation (Furbach et al., 1985). Im folgenden führen wir Wissensrepräsentationssysteme als Paare von korrespondierenden Wissenskomplexen – einer repräsentierten und einer repräsentierenden Welt – ein.

Um die Korrespondenz zweier solcher Wissenskomplexe herzustellen, muß festgelegt sein, welche *Aspekte* der repräsentierten Welt durch welche Aspekte der repräsentierenden Welt dargestellt werden sollen. Zur Konkretisierung des Begriffs ,,Aspekte einer Welt" benutzen wir eine informationstheoretische Sichtweise von Relationen. Dabei gehen wir davon aus, daß eine Relation zwischen Objekten operational durch einen definierenden Prozeß bestimmt ist. So stellt erst der Betrachter zweier Kisten die Existenz der Relation *ist höher als* zwischen den Kisten fest, indem er ihre Höhen miteinander vergleicht.

Am Beispiel unseres Roboters bedeutet dies, daß der Roboter selbst den *relationsdefinierenden* Prozeß ausführt: er findet zwei Blöcke *A* und *B*, untersucht ihre Lage und stellt die Gültigkeit der Relation *ON (A, B, So)* fest. Auch das Auffinden beziehungsweise Erkennen eines Blockes erfolgt durch einen Prozeß, nämlich einen *objektdefinierenden* Prozeß.

Diese objekt- und relationsdefinierenden Prozesse haben wir explizit in unser Konzept eines Repräsentationssystems aufgenommen, indem wir sowohl der repräsentierten als auch der repräsentierenden Welt jeweils eine sogenannte *Referenzwelt* hinzufügen. Diese Referenzwelten fassen wir als Interpretierer der ihnen zugeordneten Welt auf. Ein Paar, bestehend aus Welt und zugeordneter Referenzwelt, ist also genau das, was wir zu Beginn des Abschnitts als *Wissenskomplex* bezeichnet haben.

Ein Repräsentationssystem besteht nun aus fünf Komponenten:

1. einer repräsentierten Welt W_1,
2. ihrer zugeordneten Referenzwelt R_1,
3. einer repräsentierenden Welt W_2,
4. ihrer zugeordneten Referenzwelt R_2,
5. und einer Abbildung *C*, welche die Korrespondenz zwischen dem repräsentierten Wissenskomplex (W_1, R_1) und dem repräsentierenden Wissenskomplex (W_2, R_2) festlegt.

In Abb. 21.9. ist ein Repräsentationssystem angegeben, welches als Grundlage für den Entwurf der Planungskomponente unseres Roboters dienen könnte.

In diesem Beispiel besteht der repräsentierte Wissenskomplex aus der Welt W_1 von Blöcken und einer Referenzwelt R_1, die einem menschlichen Betrachter entspricht. Es handelt sich in diesem Fall um Objekte der realen Welt und es ist nicht möglich, die Referenzwelt, also die objekt- und relationsdefinierenden Prozesse, explizit anzugeben. Der Grund hierfür ist, daß sie ,,im Kopf" des Betrachters liegt und einer direkten Beobachtung unzugänglich ist. Wir können zum Beispiel nicht genau festlegen, wann ein Block als solcher aufgefaßt wird, wir können nur das

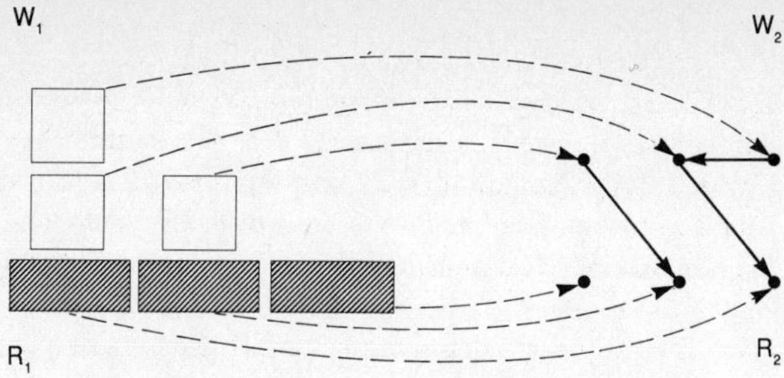

ist - Objekt (Block) ---------> ist - Objekt (Punkt)

ist - Objekt (Position) ---------> ist - Objekt (Pfeil)

ON (Objekt $_1$, Objekt $_2$) ---------> Pfeil - Kette - verbunden (Punkt, (Pfeile), Punkt)

CLEAR (Objekt) ---------> nicht - Ziel - von - Pfeil (Objekt)

Abb. 21.9.: Repräsentationssystem bestehend aus den Wissenskomplexen (W_1, R_1) und (W_2, R_2) sowie einer Abbildung C (gekennzeichnet durch gestrichelte Pfeile).

Konzept *ist-Objekt (Block)* benennen, das der Betrachter über diese Relationen in der Welt hat.

Der zweite Wissenskomplex *(W_2, R_2)* jedoch könnte vollständig in einem Computerspeicher definiert werden. In der Referenzwelt müßten dann explizit die Prozesse, also zum Beispiel Programme, welche die Relationen definieren, enthalten sein. Die Korrespondenzabbildung C zwischen den beiden Wissenskomplexen ist in Abb. 21.9. durch gestrichelte Pfeile wiedergegeben.

Auf der Grundlage des Begriffsgerüstes über Repräsentationssysteme können nun Eigenschaften von Systemen eingeführt und erörtert werden. Eine ausführliche Behandlung dieses Punktes ist zu finden in Freksa et al. (1985); an dieser Stelle wollen wir uns auf eine besonders wichtige Unterscheidung von Repräsentationsformen beschränken, nämlich auf die *extrinsische* bzw. *intrinsische* Repräsentation von Eigenschaften von Relationen.

Die strukturdefinierende Relation *ON* im Wissenskomplex *(W_1, R_1)* aus Abb. 21.9. ist eine Relation, die zwischen Kisten oder zwischen Kisten und Positionen bestehen kann. Sie ist eine transitive Relation, das heißt aus *ON (A, B)* und *ON (B, C)* folgt, daß auch *ON (A, C)* gilt. Wir können daher vermuten, daß die korrespondierende Relation *Pfeil-Kette-verbunden* im Wissenskomplex *(W_2, R_2)* ebenfalls die Transitivitätseigenschaft besitzt. Dies ist in der Tat der Fall. Eine solche Form der Repräsentation von Eigenschaften von Relationen nennen wir *intrinsisch* und drücken damit aus, daß eine bestimmte Eigenschaft einer Relation, wie zum Beispiel die Transitivität, eine inhärente Eigenschaft der repräsentierten als auch der repräsentierenden Relation ist.

Die Relation *ON* hat eine weitere Eigenschaft, nämlich die Asymmetrie. Wenn *ON (A, B)* gilt, ist es unmöglich, daß gleichzeitig auch *ON (B, A)* gilt – die Asymmetrie-Eigenschaft ist der korrespondierenden Relation *Pfeil-Kette-verbunden* jedoch nicht inhärent. Die Eigenschaft muß in W_2 dadurch herbeigeführt werden, daß asymmetrische Pfeilketten nicht dargestellt werden. Wir nennen eine solche Form der Repräsentation *extrinsisch* und drücken damit aus, daß eine bestimmte Eigenschaft einer Relation durch flankierende Maßnahmen bewirkt werden muß.

Dieses einfache Beispiel macht deutlich, daß zwei Eigenschaften ein- und derselben Relation ganz verschiedenartig repräsentiert werden können. Die Art der gewählten Repräsentation hat nun aber wesentlichen Einfluß auf das gesamte Systemverhalten; so läßt sich zum Beispiel zeigen, daß bei extrinsischen Repräsentationen von Eigenschaften zur Laufzeit des Systems ein gewisser Aufwand in die Überprüfung von Konsistenz-Bedingungen gesteckt werden muß. Ein ausführliches Beispiel hierzu aus dem Bereich der Büroautomatisierung findet man in Furbach et al. (1985).

Zusammenfassend wollen wir folgende Hauptziele für die Entwicklung einer Theorie der Wissensrepräsentation nennen:

1. Beschreibung von Beziehungen zwischen Wissenskomplexen zur Charakterisierung der Repräsentationseigenschaften;
2. sich daraus ergebende Auswahlkriterien für Repräsentationsformen;
3. einheitliche Beschreibung von Repräsentationsformalismen zur Ermöglichung eines Vergleichs ihrer Eigenschaften.

Weitere Aspekte der Wissensrepräsentation

Wir haben anhand zweier Beispiele eine Einführung in den Problembereich der Wissensrepräsentation gegeben. Ferner haben wir einen Ansatz vorgestellt, mit dessen Hilfe wir diesen Problembereich formalisieren; wir haben also versucht, Wissen über Wissensstrukturen formal darzustellen, das heißt, eine bestimmte Art von *Metawissen* zu repräsentieren.

Metawissen gewinnt bei der Entwicklung künstlich-intelligenter Systeme auch innerhalb dieser Systeme zunehmend an Bedeutung (Davis & Buchanan, 1977). Stellt man nämlich in wissensbasierten Systemen neben dem Wissen über den jeweiligen Weltausschnitt auch Wissen über dieses Weltwissen dar, so kann man weiteres Wissen daraus ableiten. Zum Beispiel: *Da ich wüßte, wenn Präsident Reagan abgetreten wäre und ich dies aber nicht weiß, so kann ich davon ausgehen, daß er nicht abgetreten ist*. Selbstreferenz, also Wissen, das sich auf sich selbst bezieht, führt zu interessanten Fragen, die Hofstadter (1979) in seinem Buch „Gödel, Escher, Bach“ ausführlich behandelt.

Unsere Beispiele zeigen einen weiteren Aspekt der Wissensrepräsentation, der bei der Entwicklung von KI-Systemen eine wichtige Rolle spielt: die Repräsentation und Verarbeitung *unvollständigen Wissens*. In kleinen Spielproblemen ist es möglich, das Wissen über bestimmte Aspekte der modellierten Welt vollständig aufzuschreiben. In diesem Fall kann man sich darauf beschränken, ,,wahre" Aussagen über den entsprechenden Weltausschnitt zu repräsentieren; alles, was nicht als wahr repräsentiert ist oder abgeleitet werden kann, kann dann als unwahr (d. h. falsch) in diesem Weltausschnitt angesehen werden.

Wenn es um die Darstellung von Ausschnitten der realen Welt geht und nicht um wohldefinierte Spielwelten, so kann man davon ausgehen, daß Weltausschnitte nicht vollständig beschreibbar sind. In diesem Fall muß man neben ,,wahren" und ,,unwahren" Aussagen zumindest auch noch ,,unbeurteilbare" Aussagen berücksichtigen.

Außer mit unvollständigem Wissen haben wir es bei der Beschreibung der realen Welt oft mit *unscharfem* oder *unbestimmtem* Wissen zu tun. Dies bedeutet, daß wir einem Objekt Attribute zuordnen können, deren Gültigkeitsbereich jedoch nicht scharf abgegrenzt bzw. nicht genau bekannt ist. Zum Beispiel möchten wir ausdrücken können, daß eine Person groß ist, wobei wir *groß* als ein Attribut ansehen, welches bei bestimmten Körpermaßen mehr zutrifft als bei anderen, welches also nicht einfach bei bestimmten Größen ,,wahr" ist und bei anderen Größen ,,unwahr". Zadehs (1965) Theorie der unscharfen Mengen *(Fuzzy Set Theory)* hat viele Untersuchungen über Repräsentationsformen für unscharfes und unbestimmtes Wissen ausgelöst.

Wie wir gesehen haben, hängt von der gewählten Repräsentationsform, also der Datenstruktur und dem dazugehörigen Interpretierer ab, was für Inferenzen aufgrund des Wissens möglich sind. Lassen wir zum Beispiel die Darstellung unvollständigen Wissens zu, so können wir Prozesse definieren, welche das ,,Schließen mangels besseren Wissens" *(default reasoning)* zulassen. Im menschlichen Denken ist diese Form des Schließens geläufig; will ich zum Beispiel die Frage beantworten, ob ein bestimmtes Tier fliegen kann, das ich bisher nicht kannte, so liegt es nahe, eine positive Antwort zu vermuten, wenn ich weiß, daß dieses Tier ein Vogel ist und daß Vögel üblicherweise fliegen können.

Auch die Bedeutung anderer Formen menschlichen Schließens *(commonsense reasoning)* wird in der KI zunehmend höher eingeschätzt. Tiere und Menschen können komplexe sensumotorische Leistungen vollbringen, obwohl bei den zentralnervösen Steuerprozessen das Vorhandensein analytischen Wissens als solches nicht vorausgesetzt werden kann. Aus Erfahrungen mit der physikalischen Umwelt können offensichtlich Tiere und Menschen Weltbilder aufbauen, aufgrund derer sie die meisten Umgangsprobleme hinreichend gut lösen können.

Eine wichtige Fähigkeit, die für die hohe Flexibilität menschlicher Argumentation verantwortlich ist, ist das ,,ungefähre Schließen" *(approximate reasoning)*. Es ermöglicht, Fakten und Regeln zu verwenden, welche nur ,,ungefähr zutreffen"; dennoch sind die abgeleiteten Schlußfolgerungen oft von großem Nutzen.

Schließlich sei noch ,,analoges Schließen" erwähnt, welches erlaubt, Lücken in einem Wissensbereich durch Kenntnis in einem anderen Wissensbereich zu überbrücken und auf diese Weise plausible Folgerungen abzuleiten. Bei der Modellierung dieser Schlußformen ist Metawissen von Nutzen. Ansätze zur Repräsentation von Wissen, die solche Schlußformen zulassen, gibt es sowohl innerhalb als auch außerhalb des klassischen Logikansatzes.

Literaturverzeichnis

Barr, A., Cohen, P. R., & Feigenbaum, E. A. (Eds.) (1982). *The handbook of artificial intelligence*. Stanford, CA: HeurisTech Press.

Bibel, W. (1985). Inferenzmethoden. In C. Habel (Hg.), *Künstliche Intelligenz Frühjahrsschule Dassel/Solling März 1984* (S. 1–47). Berlin: Springer.

Clocksin, W., & Mellish, C. (1981). *Programming in Prolog*. Berlin: Springer.

Davis, R., & Buchanan, B. G. (1977). *Meta-level knowledge: Overview and applications*. IJCAI-77 Proceedings. Pittsburgh, PA: Carnegie-Mellon University.

Dirlich, G., Freksa, C., Schwatlo, U., & Wimmer, K. (Hg.) (1986). *Kognitive Aspekte der Mensch-Computer-Interaktion*. Berlin: Springer.

dtv-Lexikon (1968). München: Deutscher Taschenbuch Verlag.

Freksa, C., Furbach, U., & Dirlich, G. (1985). Cognition and representation. In J. Laubsch (Ed.), *GWAI-84 Proceedings* (pp. 119–144). Berlin: Springer.

Furbach, U., Dirlich, G., & Freksa, C. (1985). Towards a theory of knowledge representation systems. In W. Bibel & B. Petkoff (Eds.), *Artificial intelligence methodology, systems, applications* (pp. 77–84). Amsterdam: North-Holland.

Hofstadter, D. R. (1979). *Gödel, Escher, Bach: An eternal golden braid*. New York, NY: Basic Books.

Minsky, M. (1975). A framework for representing knowledge. In P. H. Winston (Ed.), *The psychology of computer vision* (pp. 211–277). New York: McGraw-Hill.

McClelland, J. L., & Rumelhart, D. E. (Eds.) (1986). *Parallel distributed processing: Explorations in the microstructure of cognition*. Cambridge, MA: Bradford Books.

Newell, A., & Simon, H. A. (1972). *Human problem solving*. Englewood Cliffs, NJ: Prentice-Hall.

Nilsson, N. J. (1980). *Principles of artificial intelligence*. Palo Alto, CA: Tioga.

Searle, J. R. (1980). Minds, brains, and programs. *The Behavioral and Brain Sciences, 3*, 417–457. Cambridge University Press.

Woods, W. A. (1975). What's in a link: Foundations for semantic networks. In D. G. Bobrow & A. M. Collins (Eds.). *Representation and understanding: Studies in cognitive science* (pp. 35–82). New York, NY: Academic Press.

Zadeh, L. A. (1965). Fuzzy sets. *Information and Control, 8*, 338–353.

Angewandte Wissenspsychologie

22 Wissensvermittlung mit Medien

Ludwig J. Issing

Medien unterschiedlichster Art werden in unterrichtlichen Situationen seit der Antike verwendet, um die Wirksamkeit bzw. den Erfolg der Lehrtätigkeit des Lehrers und der Lernbemühungen der Schüler zu fördern (Döring, 1973). Als Geburtsstunde der Mediendidaktik kann das Jahr 1658 genannt werden, in dem J. A. Comenius das Buch ,,Orbis sensualium pictus" veröffentlicht hat. Es ist das erste systematisch bebilderte Lehrbuch für den Sprach- und Sachunterricht; nach diesem Lehrbuch soll übrigens noch Goethe gelernt haben. Heute sind die Medien wesentlicher Bestandteil jeder Unterrichtstheorie und Didaktik. Lehr- und Lernmedien werden in allen Bereichen des Bildungswesens, vom Kindergarten bis zur Universität, mit z. T. erheblichem Kostenaufwand eingesetzt, weil man sich von ihnen eine unterstützende Wirkung bei der Wissensvermittlung und beim Wissenserwerb verspricht. Im Hinblick auf die Effekte neuer Medientechnologien, vor allem im Hinblick auf den Computer, ist die bildungspolitische Diskussion allerdings kontrovers; während man dem Computer einerseits eine hohe Bedeutung für die Entwicklung kognitiver Fähigkeiten und für die Wissensvermittlung zuerkennt, wird andererseits vor negativen Auswirkungen der Arbeit mit Computern auf das Lern- und Denkverhalten gewarnt. Haben die Medien tatsächlich die ihnen zugeschriebene Lernwirkung? Wie ist die Wirkung der Medien auf das Lernen psychologisch zu erklären? Läßt sich durch gezielten Einsatz der Medien der Lernerfolg bei der Wissensvermittlung erhöhen? Kann die Wissenspsychologie für die Unterrichtstechnologie und Mediendidaktik gesicherte Erkenntnisse über das Lernen mit Medien bereitstellen?

Medien – bisher Gegenstand der Unterrichtstechnologie und Mediendidaktik

Ausgehend von der behavioristischen Lernpsychologie B. F. Skinners (1954/1960) und der Methode des Programmierten Lernens wurden die Medien in den frühen 60er Jahren zum Gegenstand der *instructional technology*. Diese ,,Unterrichtstechnologie" verstand Unterricht als technologische Aufgabe, operational definierte Lernziele (Bloom et al., 1956/1972) durch zweckrationale Bereitstellung geeigneter Lernbedingungen möglichst effektiv zu erreichen. Dies versuchte die Unterrichtstechnologie zu realisieren durch die Nutzung systemtheoretischer Verfahren (*systems approach* – Banathy, 1968; Schmidbauer, 1971), d. h. durch systematische Planung, Entwicklung, Steuerung, Evaluierung und Revision von Lehr- und Lernprozessen (Peters, 1976; Lehnert, 1976) und durch die Übertragung („Objektivierung") von Lehrerfunktionen auf Medien. Dieser Umstand, daß Lehreraktivitäten wie Motivieren, Beschreiben, Erklären, Zeigen, Korrigieren, Bestätigen usw. auf Medien übertragen, d. h. objektiviert werden, wurde als „technologische Wendung in der Didaktik" bezeichnet (Flechsig, 1972/1976). Am konsequentesten wurden die Prinzipien der Unterrichtstechnologie von der Kybernetischen Pädagogik (Frank & Meder, 1971) vertreten. „Zweifel am Monopol des zweckrationalen Unterrichtskonzepts" (Rumpf, 1971) und Kritik an der eingeschränkten unterrichtlichen Brauchbarkeit der damaligen Lernprogramme führten Mitte der 70er Jahre in den deutschsprachigen Ländern zu einer kritisch-emanzipatorischen Richtung in der Mediendidaktik bzw. Medienpädagogik (Krauth, 1976), die sich stärker der Kommunikationstheorie zuwandte als der Psychologie.

In der unterrichtstechnologischen Diskussion wurde der Definition des Medienbegriffs und der Stellung der Medien im didaktischen Zusammenhang besondere Aufmerksamkeit gewidmet. Grundlegend hierfür ist das Konzept der von Heimann (1962) begründeten Berliner Schule der Didaktik. Die Medien werden als entscheidende Faktoren im Unterrichtsprozeß erkannt, die mit den übrigen Hauptfaktoren (Intentionen, Themen und Methoden) in einem Interaktionszusammenhang stehen (siehe Abb. 22.1.).

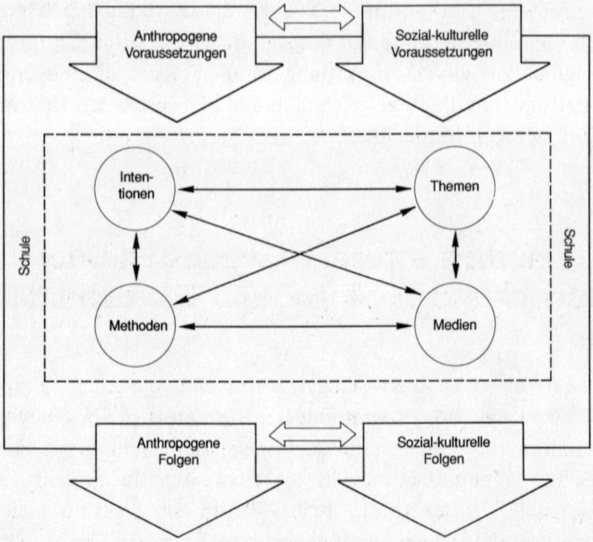

Abb. 22.1.: Medien im didaktischen Modell von Heimann und Schulz (nach Schnitzer, 1977).

Der Begriff „Medien“ wird bei einzelnen Autoren unterschiedlich gefaßt; die Mehrzahl schließt sich der Definition von Dohmen (1975, S. 40) an: „Medien sind Träger/Vermittler von Informationen in didaktischen Funktionszusammenhängen.“ Dohmen unterscheidet zwischen „personalen Medien“ (Lehrer, Tutor) und „nichtpersonalen Medien“. Letztere sind einerseits objekthafte Gegenstände, wie z. B. eine Pflanze, an der im Biologieunterricht Erkenntnisse gewonnen werden, andererseits technische Produkte, wie z. B. ein Buch, ein Modell, ein Tonfilm. Diese letzte Kategorie ist hauptsächlich gemeint, wenn von Medien im Rahmen der Wissensvermittlung gesprochen wird. Ein Apparat oder ein Gerät (Hardware) allein ist also im engeren Sinne noch kein didaktisches Medium, sondern wird erst zu einem solchen durch die Übertragung oder Speicherung von didaktischen Funktionen wie Motivierung, Informationsvermittlung, Übung, Anwendung, Lernkontrolle, Rückmeldung: D. h. erst die Kombination von Hardware und Courseware ergibt ein didaktisches Medium.

Untersuchungen zur Lerneffektivität von Medien

Um eine Entscheidungsbasis für die Entwicklung von Medien und deren Verwendung in Lehr-Lernprozessen zu erhalten, sind vor allem seit den 50er Jahren weit über tausend Experimente und Forschungsarbeiten zur Lerneffektivität von Medien, von Medienvariablen und von Medienprojekten durchgeführt worden. Diese Medien-Untersuchungen lassen sich zu drei großen Gruppen zusammenfassen: Vergleichs-Untersuchungen, Einzel-Variablen-Untersuchungen und Evaluations-Untersuchungen.

Vergleichs-Untersuchungen

Zunächst erschien es bildungspolitisch sinnvoll und notwendig, die Lernwirksamkeit jedes Mediums im Vergleich mit dem herkömmlichen, sog. konventionellen Unterricht unter Beweis zu stellen. Zu diesem Zweck wurden Vergleichs-Untersuchungen nach dem Vor-Nachtest-Design durchgeführt. Mit derselben Untersuchungsmethode wurden auch einzelne Medien wie Programmiertes Lehrbuch, Unterrichtsfilm, Schulfernsehen, Dia-Vortrag miteinander verglichen. Erwähnt sei hier nur die bereits als klassisch geltende Untersuchung von Düker & Tausch (1957), in der die Wirkung verschiedener Veranschaulichungsmedien im Unterricht (realer Gegenstand, Modell des Gegenstandes und Bild des Gegenstandes) bezüglich ihrer Wirkung auf das Behalten verbal dargebotener Informationen miteinander verglichen wurde. Aus derartigen singulären Vergleichs-Untersuchungen wurde dann häufig versucht, allgemeingültige Aussagen über die Effektivität einzelner Mediengattungen im allgemeinen abzuleiten.

Die Mehrzahl der Vergleichs-Untersuchungen erbrachte nichtsignifikante Unterschiede zwischen den verglichenen Medien, welche zu einem erheblichen Teil auf methodische Mängel zurückzuführen sind. Weiterhin führten die Untersuchungen zu dem banalen Ergebnis, daß auch beim Unterricht mit Medien gelernt wird – manchmal mehr, manchmal weniger als im Unterricht ohne Medien.

Heute wird von Medien-Vergleichs-Untersuchungen abgeraten, weil die Einhaltung experimentell gleicher Versuchsbedingungen, z. B. bezüglich Lehrstoffmenge, Darbietungszeit, Schwierigkeitsgrad, kaum möglich ist, wenn die zu vergleichenden Medien in ihren Präsentationsmöglichkeiten voll realisiert werden sollen.

Einzel-Variablen-Untersuchungen

Es ist daher sinnvoller, einzelne Medienvariablen experimentell zu untersuchen mit dem Ziel, optimale Gestaltungs- und Darbietungsformen für Medien oder Mediengruppen zu entwickeln. Bisherige Einzel-Variablen-Untersuchungen haben sich schwerpunktmäßig mit Variablen der audiovisuellen Gestaltung und mit Variablen lernpsychologisch-didaktischer Art befaßt. Zur audiovisuellen Gestaltung wurden beispielsweise folgende Aspekte untersucht: Benutzung einer oder mehrerer Sinnesmodalitäten (speziell auditive und visuelle Darbietung), Verwendung von Farbe, Benutzung spezieller Gestaltungstechniken wie Trick, Bewegtgrafik, Trickblende, Hinweispfeile, Realitätsgrad von Veranschaulichungen. Hinsichtlich lernpsychologisch-didaktischer Variablen wurden Aspekte untersucht wie Verwendung von Zwischentiteln, Zwischenschaltung von Fragen und Aufgaben, Bereitstellung sofortiger Rückmeldung, Einplanung von Denkpausen, Kontrolle der Darbietungsdauer, Berücksichtigung der Einstellung zum Lehrstoff, Vertrautheit mit dem Medium usw. Eine Übersicht über Einzel-Variablen-Untersuchungen liegt für den Programmierten Unterricht (Issing, 1967) und für das Schulfernsehen (Issing, 1974) vor, eine allgemeine Übersicht über die Unterrichtsmedienforschung geben Dallmann und Preibusch (1972).

Evaluierungs-Untersuchungen

Die Evaluierung, d. h. Bewertung von Medien soll Entscheidungsgrundlagen über die Eignung von Medien für künftige Verwendungssituationen liefern. Es wurden zwei Arten von Evaluierungsverfahren entwickelt: die Entwicklungsevaluierung *(formative evaluation)* und die Produktevaluierung *(summative evaluation)*. Während bei der Entwicklungsevaluierung die Medien bereits auf allen Stufen der Planung und Entwicklung begleitend erprobt und verbessert werden, erfolgt bei der Produktevaluierung die Überprüfung der Medien erst nach Abschluß der Produktionsarbeiten am fertigen Produkt. Für beide Arten der Evaluierung gibt es eine Reihe von Prüfverfahren (Issing, 1976).

Es konnte nachgewiesen werden, daß die Entwicklungsevaluierung zu Medienoptimierungen führt, die signifikant bessere Lernergebnisse hervorrufen als die jeweilige Versuchsversion. Die Produktevaluierung erbringt dagegen relativ globale Ergebnisse, die nur selten für eine nachträgliche Produktverbesserung genutzt werden können. Die Entwicklungsevaluierung hat Eingang gefunden in systematische Verfahren zur Planung, Entwicklung, Erprobung und Revision von Medien, wie z. B. in den *systems approach* (Briggs et al., 1967; Briggs, 1970). Doch leider ist in der Praxis die Anwendung jeglicher Form von Evaluierung bei der Entwicklung von Medien heute immer noch eher die Ausnahme als die Regel.

Obwohl sich die didaktische Medienforschung beinahe aller verfügbaren Untersuchungsverfahren, -techniken und -instrumente der Pädagogik, Psychologie und Soziologie bedient hat (Tulodziecki, 1981), muß zusammenfassend dennoch festgestellt werden, daß die Untersuchungen relativ wenige generalisierbare Erkenntnisse über die Wirksamkeit einzelner Medien und Medienvariablen zur Erreichung definierter Lernziele erbracht haben.

Ansätze zu einer Medientheorie

Die Untersuchungen zur Lehreffektivität von Medien entbehrten einer grundlegenden Medientheorie. Dieser Mangel war ein wesentlicher Grund für ihre unbefriedigenden Ergebnisse. Die Hauptfrage der Mediendidaktik: ,,Welches Medium ist für welche Lernziele am besten geeignet?" war noch nicht beantwortet. Zur Untersuchung dieser Hauptfrage mußten neue theoretische Konzepte entwickelt werden.

Medientaxonomien

Nach dem Vorbild der Entwicklung von Lernziel-Hierarchien bzw. Lernzieltaxonomien (Bloom, 1956/1972) wurden eine Reihe von Versuchen unternommen, die Medien nach einem oder mehreren Merkmalen zu klassifizieren und sie didaktischen Funktionen zuzuordnen. Man erhoffte sich von solchen Medientaxonomien Entscheidungshilfen bei der Medienwahl und eine neue theoretische Fundierung.

So wurde eine Reihe von Medientaxonomien mit unterschiedlichen Merkmalskategorien entwickelt, die auf dem allgemeinen pädagogischen Wissen über direkte und indirekte bzw. medienvermittelte Erfahrungsprozesse aufbauten. Ausgangspunkt war der von Dale (1969) entwickelte ,,Erfahrungskegel". Dale ordnete die Medien nach dem Grad der Erlebnisnähe, d. h. des Einbezugs der Sinneserfahrung, bzw. nach dem Abstraktionsgrad der Umweltreize. Dieser Einteilung entsprechen die von Bruner (1971) unterschiedenen Erfahrungsstufen – nämlich enaktives Wissen durch Handeln, ikonisches Wissen durch wahrgenommene oder vorgestellte Bilder und symbolisches Wissen durch Sprache.

Als eine der ersten Medientaxonomien gilt die von Gagné (1965) erstellte Medien-Bewertungstabelle, in der er eine Auswahl von Medien bezüglich ihrer Eignung zur Übernahme von Lehrfunktionen bewertete (siehe Abb. 22.2.).

Funktion der Lernsituation	(Medien)	Objektive	Bilder	Demonstrationen	Stummfilme	Lehrer	Texte	Tonfilm/Fernsehlehreinheit	Lehrmaschine
Reizdarbietung	Reize bieten	+	+	+	+	(±)	(±)	+	+
	Modell der erwarteten Leistung bieten	(±)	(±)	(±)	(±)	+	+	+	+
Kommunikation während des Lenprozesses	Aufmerksamkeit lenken	–	–	–	(±)	+	+	+	+
	schon Gelerntes mobilisieren	–	–	–	(±)	+	+	+	+
	Lernhilfe geben	(±)	(±)	(±)	(±)	+	+	+	+
	Übertragung des Gelernten auf neue Situationen veranlassen	(±)	(±)	(±)	(±)	+	+	+	+
Rückmeldung									
	Lernergebnisse überprüfen	–	–	–	–	+	+	+	+
	Rückmeldung vermitteln	(±)	–	(±)	(±)	+	+	+	+

+ = ja
– = nein
(±) = begrenzt

Abb. 22.2.: Gagnés Bewertungstabelle für Medien zur Übernahme unterrichtlicher Funktionen (nach Eigler, 1971).

Tosti und Ball (1969/1976) haben in ihren Klassifikationen die Medien den Stimulus-Dimensionen zugeordnet. Sie unterscheiden die Präsentationsform (real, bildlich, symbolisch, verbal), Darbietungsdauer (flüchtig, dauerhaft) und die Reaktionsmöglichkeit (implizit, selektiv, mündlich, konstruierend, motorisch).

Es wurde noch eine Reihe weiterer Medientaxonomien entwickelt, die sich jedoch allesamt theoretisch wie praktisch als unbefriedigend erwiesen haben. Die Klassifizierungen waren sowohl hinsichtlich der Medien als auch hinsichtlich der Lehrfunktionen und Lernziele zu allgemein, um eine psychologisch-didaktische Rahmentheorie für die Medienverwendung abzugeben. Sie konzentrierten sich auf die didaktischen Funktionen, ließen aber die Lernprozesse außer acht.

Auch für die Medienpraxis waren die Medientaxonomien letztlich unbrauchbar, weil sie außerdidaktische Faktoren wie Kosten, Organisation, Zeitaufwand etc. nicht entsprechend ihrem tatsächlichen Einfluß einbezogen.

Der Aptitude-Treatment-Interaction-Ansatz (ATI)

Der Aptitude-Treatment-Interaction-Ansatz geht von der Annahme aus, daß das Lernen im allgemeinen und Lerneffekte im besonderen das Ergebnis von Wechselwirkungen zwischen unterrichtlichen Maßnahmen *(treatments)*, einschließlich der Verwendung von Medien, und individuellen Merkmalen *(aptitudes/traits)* des einzelnen Lerners sind (Cronbach, 1975; Schwarzer & Steinhagen, 1975).

Bei den Eigenschaften des Lernenden können aufgabenübergreifende und aufgabenspezifische Merkmale unterschieden werden. Aufgabenübergreifende Eigenschaften sind Persönlichkeitseigenschaften. Im Zusammenhang mit Medien sind Eigenschaftskomplexe im Bereich der Wahrnehmung besonders relevant, wie z. B. Bevorzugung einer Sinnesmodalität (visuell, akustisch, motorisch) oder Vorlieben für Symbolarten (verbal gegenüber bildlich). Im Bereich der Kognition lassen sich Unterscheidungen treffen nach dem persönlichen kognitiven Stil (z. B. ganzheitlich gegenüber detailspezifisch, *scanning* gegenüber *focussing*, Feldabhängigkeit gegenüber Feldunabhängigkeit usw.). Im Bereich der Emotion kann z. B. unterschieden werden nach Introversion/Extraversion, nach Leistungsmotivationsarten oder auch Angstniveaus.

Aufgabenspezifische Lerneigenschaften beziehen sich auf die Vorkenntnisse und Fähigkeiten, die bei einer bestimmten Lernaufgabe gefordert sind.

Auf der *treatment*-Seite hat der ATI-Ansatz versucht, nicht mehr die Medien in ihrer ganzen Komplexität zu untersuchen, sondern einzelne Medienvariablen zu Merkmalen des Lernenden in Beziehung zu setzen. Deshalb läßt sich die Medienfrage im ATI-Ansatz so formulieren: Welche Medienvariablen sind für welche Eigenschaften der Lerner zur Bearbeitung welcher Lernaufgaben relevant?

Einen Überblick über die medienrelevante ATI-Forschung haben Snow und Salomon (1975) gegeben. Aus heutiger Sicht muß man allerdings feststellen, daß in den ATI-Forschungsarbeiten die Auswahl der jeweiligen Variablengruppen sehr zufällig erfolgt ist, da keine ausreichende Theorie über den möglichen Zusammenhang der beiden Variablengruppen zur Verfügung stand. Die ATI-Forschung hat daher – zumindest was den Medienaspekt betrifft – nur wenig Erkenntnisse gebracht, die eine gewisse Allgemeingültigkeit beanspruchen können, wie z. B. folgendes Ergebnis, daß hochstrukturiertes Lernmaterial bei ängstlichen Schülern zu besseren Lernergebnissen führt, während weniger strukturiertes Lernmaterial für nichtängstliche Schüler vorteilhafter ist. Die ATI-Forschung hat jedoch dazu geführt, daß einerseits die Medien bezüglich ihrer lernrelevanten Eigenschaften differenzierter gesehen wurden, und daß andererseits die individuellen Unterschiede beim Lernen mit Medien Aufmerksamkeit fanden. In den USA beispielsweise wurden umfangreiche computergestützte Lernsysteme entwickelt, bei denen die Lern- und Medienbausteine dem einzelnen Schüler aufgrund einer fortwährenden intensiven Lerndiagnose zugeordnet werden (Issing, 1975). Eine andere Möglichkeit der Passung von Lerner- und Medienvariablen wurde in der Ermöglichung einer weitgehenden Selbststeuerung des Lerners durch freie Wahl der Lernziele, Lernsituationen und Lernmedien gesehen (Heidt, 1978; Issing & Hannemann, 1982). Aber abgesehen vom reinen Selbststudium müssen auch für selbstgesteuertes Lernen Medien geplant, produziert, bereitgestellt und empfohlen werden, so daß das ,,Medienproblem" nicht entfällt.

Der Supplantationsansatz

Die Medientaxonomien und die ATI-Forschung haben sich mit den didaktischen bzw. medialen Stimuli sowie mit den psychischen Voraussetzungen der Lernenden befaßt. Dies entspricht der von Gagné (1973) getroffenen Kennzeichnung von externen und internen Bedingungen des menschlichen Lernens. Die Lernprozesse selbst, d. h. die internen Verarbeitungsprozesse, die sich beim Lernenden während des Lernvorgangs abspielen, blieben unbeachtet (Weinert et al., 1975). Genau hier setzt das Konzept von Salomon (1970) an: Lernen wird um so erfolgreicher, je genauer der Unterricht den vom Lerner zu leistenden internen Lernvorgängen entspricht. Oder auf das Medienproblem bezogen: Die Lernwirkung von Medien ist um so größer, je besser sie dem Lernenden helfen, diejenigen geistigen Operationen auszuführen, die von der Lernaufgabe gefordert sind. Salomon bezeichnet diesen Prozeß als Supplantation bzw. als externe Simulation interner Prozesse: ,,Supplantation ist die Funktion, die durch eine explizite Präsentation dessen erreicht wird, was üblicherweise der Lernende selbst intern zur Erreichung eines Lernziels tun muß" (S. 47).

Salomon (1979) unterscheidet mehrere Stufen der Supplantation:

– Die Modellierung: Durch das Medium wird der Prozeß der Lösung einer Aufgabe oder eine mentale Operation so dargeboten, daß sie der Lernende direkt mitverfolgen und anschließend imitieren kann. Z. B. kann ein Film in einem kontinuierlichen Kameraschwenk eine Landschaft aus der Augenhöhe bis zur Vogelperspektive abfahren und durch langsame Bildüberblendung zu einer Reliefkarte, zu einer topographischen Karte und schließlich zu einer Landkarte hinführen und auf diese Weise die für das Kartenverständnis notwendigen Vorstellungsprozesse simulieren.

– Die Abkürzung: Hier wird durch das Medium nur der Ausgangszustand und das durch die Lernaufgabe geforderte Endresultat gezeigt; den angestoßenen Lösungsprozeß muß der Lernende selbständig vollziehen.

– Die Aktivierung: Durch das Medium wird nur die Aufgabenstellung bzw. die Ausgangslage gezeigt und der Anstoß zur Bearbeitung gegeben; der Lernende muß den Lösungsweg, die Mittel und den Endzustand selbst finden.

Zur Unterstützung seines theoretischen Ansatzes hat Salomon eine Reihe interessanter Untersuchungen durchgeführt (1976 und 1979). So hat er z. B. in Anlehnung an die Perspektivenaufgabe von Piaget (das Kind soll sagen, wie ein Landschaftsmotiv von der gegenüberliegenden Seite aus aussieht) Testsituationen aufgebaut, in denen ein Kind angeben sollte, wie einzelne Gegenstände, z. B. ein Schuh, eine Tasse, von der gegenüberliegenden Seite aus aussehen. Die Präsentation der Gegenstände wurde jeweils in unterschiedlicher medialer Codierung dargeboten: für die Stufe der Modellierung wurde ein Film gezeigt, in dem die Kamera langsam um den Gegenstand herumfuhr, bis sie auf der gegenüberliegenden Seite angekommen war. Bei der Stufe der Abkürzung wurde ein Dia von der Anfangssituation und ein Dia von der Schlußsituation aus diesem Film gezeigt. Die Stufe der Aktivierung wurde lediglich durch ein Dia mit der Aufgabenstellung repräsentiert. Bei dieser Untersuchung, die Salomon mit Kindern des zweiten Schuljahres durchführte, erhielt er folgende Ergebnisse:

Die Modellierung half besonders Kindern, die in einem Vortest schwache Leistungen in der Perspektivitätsaufgabe erbracht hatten; die Abkürzung half den Kindern mit guten Eingangswerten – jedoch war der Wirkungsgrad hier relativ gering; die Stufe der Aktivierung half den Kindern mit sehr guten Eingangsergebnissen – hier lag der Effekt deutlich höher als bei der Abkürzung.

Auch aufgrund einer Reihe anderer Untersuchungen kommt Salomon (1974, 1976, 1979) zu dem Schluß, daß die Stufe der Modellierung immer zu Beginn des Erwerbs einer bestimmten Fähigkeit angewandt werden sollte; später, wenn die Fähigkeit allmählich vorhanden ist, sollte über die Stufe der Abkürzung zur Stufe der Aktivierung hingeführt werden. Denn es hat sich herausgestellt, daß Modellierung sogar zu einem geringeren Lernerfolg führt als die Aktivierung, wenn die betreffende Fähigkeit bei den Lernenden bereits vorhanden ist. Im letzteren Fall kann nämlich die äußere Darbietung leicht zu Interferenzen mit bereits vorhandenen internen Vorstellungsbildern führen.

Die Codierungstechniken, die beim Fernsehen heute zur Verfügung stehen (Zoom, Schnitt, Trick usw.), verleiten die Produzenten zur häufigen Anwendung der Modellierung, d. h. etwas schwierigere Probleme werden mit allen möglichen Tricks anschaulich in ihrem Zusammenhang, in ihrer Entwicklung, präsentiert. Dies führt zwar zu einem angenehmen Nachvollziehen und Aufnehmen der Information; dem Zuschauer werden aber keine weiteren geistigen Verarbeitungsprozesse, z. B. der Umcodierung, abverlangt, mit dem Ergebnis, daß das Wahrgenommene nur wenig in das vorhandene Wissen integriert wird. Daraus ergibt sich, daß im Bildungsbereich unterschiedliche Medien mit unterschiedlichen Codierungsformen zum Einsatz kommen sollten – jeweils in Anlehnung an die gestellte Lernaufgabe, um beim Lernenden möglichst unterschiedliche interne Verarbeitungsprozesse in Gang zu setzen.

Aber welche Medienmerkmale bzw. Medienattribute sind überhaupt für die Supplantation interner Prozesse relevant? Salomon hat die Medien im Hinblick auf die Relevanz ihrer Attribute analysiert. Dabei konnte er fünf Merkmalsgruppen unterscheiden:

- Merkmale der Ökonomie und Organisation der Medien, z. B. Kosten, Produktionsmechanismen, Distributionsformen;
- Merkmale der Technologie, z. B. Druck, Mechanik, Fotografie, Elektronik;
- Merkmale des Inhalts, z. B. politische Ereignisse, Sportereignisse, Unterhaltung, Freizeitbeschäftigungen, Berufswissen, Forschungsberichte, Schulwissen;
- Merkmale des sozialen Kontexts, z. B. heterogenes Massenpublikum, Groß-

gruppe, Kleingruppe, Partnerbezug, Einzelperson; Mediennutzung in Institutionen, Mediennutzung zu Hause;
- Merkmale des Symbol-Systems bzw. Codierungs-Systems, z. B. Bildsprache, Filmsprache, Programmiersprache.

Bei dieser Zusammenstellung von Medienattributen wird deutlich, daß im Hinblick auf die Unterstützung interner Verarbeitungsprozesse das vom jeweiligen Medium verwendete Symbol-System das entscheidende Merkmal ist. Dies gilt, obwohl das Symbol-System sehr eng mit der Technologie des jeweiligen Mediums zusammenhängt und sich mit einer Veränderung der Technologie auch die Symbol-Sprache verändert. Z. B. hat die Filmsprache durch die Anwendung im Fernsehen eine wesentliche Veränderung erfahren. Die Symbol-Systeme der Medien eignen sich in unterschiedlicher Weise für die Präsentation verschiedener Informationen. Eine Wegbeschreibung wird man einem verbal durchschnittlich geübten Autofahrer sicherlich besser mittels einer Landkarte als nur mittels des verbalen Codierungs-Systems erklären können; ein im verbalen Verständnis geübter, aber im Kartenlesen völlig ungeübter Mitmensch wird aus einer verbalen Wegbeschreibung sicher größeren Nutzen ziehen. Manche Inhalte können von einem Codierungs-System in ein anderes transponiert werden, wie z. B. die Transponierung einer Erzählung in ein Spiel oder die Transponierung einer Novelle in einen Fernsehfilm. Jedoch ergeben sich dabei infolge der Eigenheiten des jeweiligen Symbol-Systems starke Veränderungen.

Die verschiedenen Symbol-Systeme und sogar die Codierungselemente und Syntax-Regeln innerhalb eines Symbol-Systems erfordern zu ihrer Decodierung, d. h. zum Verstehen, unterschiedliche geistige Fähigkeiten, wie z. B. das Lesen eines Schaltplans, eines Bauplans, oder das Lesen einer Opernpartitur oder einer chemischen Formel. Die Bedeutung der Codes muß erlernt werden – systematisch in der Schule oder unsystematisch beiläufig im täglichen Leben, wie z. B. das Lesen von Fahrplänen. Symbol-Systeme haben eine unterschiedliche Nähe zu den geistigen Operationen, die für die Bewältigung einer Lernaufgabe notwendig sind. Einige können die mentalen Operationen, die zur Lösung einer Lernaufgabe erforderlich sind, quasi simulieren, d. h. unmittelbar einsehbar machen; andere machen das Zwischenschalten aktiver Übersetzungsarbeit, d. h. Umcodieren oder Transformieren, erforderlich.

Salomon hat das Symbol-System des Mediums Film bzw. Fernsehen intensiv untersucht, weil sich dieses seiner Ansicht nach in besonderer Weise für die Supplantation eignet (Salomon & Snow, 1976; Salomon & Cohen, 1977). Von einem medienkritischen Ansatzpunkt ausgehend hat Wember (1976) die Fernsehsprache im Hinblick auf ihre Vermittlungsmöglichkeiten für abstrakte Nachrichteninhalte analysiert und praktisch erprobt. Er konnte nachweisen, daß die Verwendung einfacher, abstrakter Darstellungsmittel zu besserer Informationsaufnahme von Fakten und Zusammenhängen führt als die in der Fernsehberichterstattung übliche Bilderflut.

Wie läßt sich nun das Supplantations-Konzept für Unterrichtsmedien realisieren? Heidt (1976, S. 178 ff.) empfiehlt folgende Schritte:

– Beschreibung des intendierten Lernprozesses in Kategorien der notwendigen intellektuellen Fähigkeiten anhand der konkreten Lernaufgabe; dadurch ergibt sich die *Art* des zu supplantierenden Lernprozesses.

– Feststellung des individuellen Ausprägungsgrads, d. h. der Verfügbarkeit der entsprechenden Fähigkeiten; dadurch ergibt sich das *Ausmaß* der Supplantation.

– Festlegung der von den Medien zu leistenden *funktionalen* Präsentations-Merkmale (z. B. Transformation, Vergleich, Elaboration).

– Ermittlung der erforderlichen *strukturellen* Medien-Merkmale (z. B. gestalterische Techniken).

– Festlegung der konkreten *technischen Realisierung* in einem Medium oder in einer Medienkombination (siehe Abb. 22.3.).

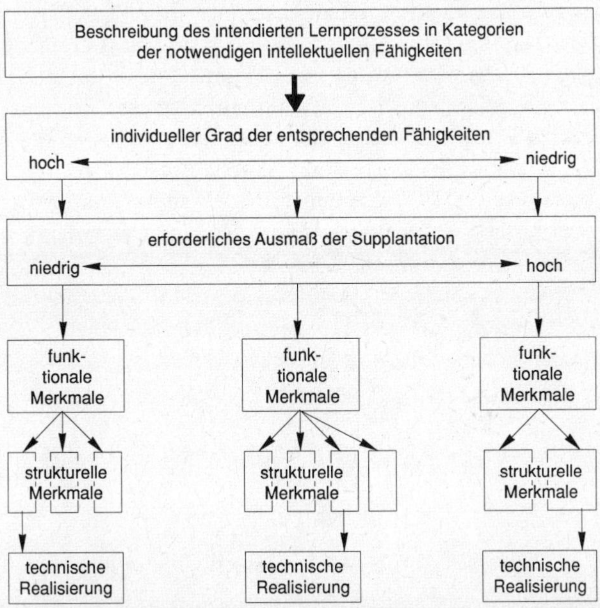

Abb. 22.3.: Schritte zur Realisierung des Supplantations-Konzepts (nach Heidt, 1976).

Heidt bezieht sich bei der Bestimmung der für eine Lernaufgabe erforderlichen intellektuellen Fähigkeiten auf das *structure-of-intellect*-Modell von Guilford (1967) und umgeht damit eine Auseinandersetzung mit den „vom Lernenden zu leistenden internen Verarbeitungsprozessen". Gerade die Beschreibung dieser Prozesse dürfte, bezogen auf eine konkrete Lernsituation, erhebliche Schwierigkeiten bei der Realisierung des Supplantations-Konzepts bereiten.

Salomon (1979) vertritt noch eine weitere interessante These: Die Symbol-Systeme der Medien beeinflussen nicht nur die aktuellen geistigen Verarbeitungsprozesse, sondern durch wiederholten oder andauernden Umgang mit einem Symbol-System übt dieses auf die internen Repräsentationsprozesse auch einen permanent prägenden Einfluß aus; d. h. die Codierungsformen der Medien prägen die Denkmuster, Vorstellungsbilder und Problemlösungsschemata dauerhaft. Salomon kann diese ,,Kultivierungsthese" *(skill cultivation)* auf die zuerst von Whorf (1963) ausgearbeitete Theorie stützen, die besagt, daß das Kommunikationssystem einer Gesellschaft – die Sprache – das Denken der Individuen dieser Gesellschaft nachhaltig beeinflußt. Auch Berlyne (1965), Wygotsky (1964) sowie Olson und Bruner (1974) vertreten die Hypothese, daß der regelmäßige Umgang mit äußeren medialen Codierungs-Systemen von früher Kindheit an durch Internalisierung zu inneren Repräsentations-Systemen führt oder diese zumindest stark beeinflußt. Manchmal können wir an uns selbst beobachten, wie der häufige Umgang mit speziellen Codierungsformen, z. B. mit Flußdiagrammen, Modellen, Inserts, Tabellen, Grafiken bestimmter Art, unsere Vorstellungsmuster und unser Denken auch in ganz entlegenen Inhaltsbereichen prägt.

Die Kultivierungsthese von Salomon läßt sich auch in Beziehung setzen zur Bildung kognitiver Schemata, wie dies von Piaget (1947) und von Neisser (1979) vertreten wird. Allerdings sprechen beide Autoren weniger von Internalisierung als einem direkten Verinnerlichen, sondern eher von Interiorisierung (Strittmatter & Seel, 1984) im Sinne der Assimilation/Akkomodation, d. h. der Veränderung vorhandener Schemata durch Begegnung mit der Wahrnehmungswelt (siehe Abb. 22.4.). Auf diese Weise können vorhandene Schemata auch durch Medien verstärkt, geschwächt oder umgewandelt werden.

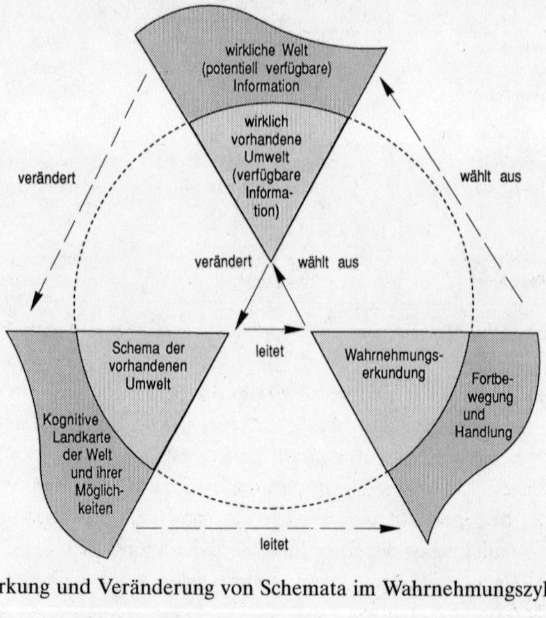

Abb. 22.4.: Wirkung und Veränderung von Schemata im Wahrnehmungszyklus (nach Neisser, 1979).

Die Kultivierungsthese führt zu der auch medienpädagogisch relevanten Frage, welchen Einfluß der immer intensivere Umgang mit Bildschirmmedien wie Fernsehen, Video und Computerspielen auf die Repräsentationsformen der heranwachsenden Generation haben wird. Neuere Untersuchungen zeigen, daß unter bestimmten Bedingungen, z. B. bei längerfristigem Umgang mit einem Medium oder bei intensiver Zuwendung, eine Übertragung von mediensprachlichen Verhaltensmustern auf völlig andere Bereiche erfolgen kann (Salomon, 1984).

Wissenspsychologie und Mediendidaktik

Die Psychologie hat die Entwicklung der Unterrichtstechnologie und Mediendidaktik stark beeinflußt; besonders deutlich war dieser Einfluß zu erkennen beim Programmierten Lernen, bei den Untersuchungen zur Lerneffektivität von Medien und Medienvariablen sowie bei den Versuchen zur Entwicklung einer Medientheorie. Gegenwärtig erfährt die Mediendidaktik eine Neuaktivierung infolge neuer Medientechnologien, wie Kabelfernsehen, Bildschirmtext und Computer, die sich auch dem Bildungswesen zur Optimierung von Informations- und Instruktionsprozessen anbieten (Gagné, 1987). Es ist zu hoffen, daß aufgrund der Erfahrungen und Erkenntnisse, die während des ersten Booms der Unterrichtstechnologie Ende der 60er Jahre gewonnen wurden, die Fehler jener Zeit nicht wiederholt werden. Eine wesentliche Bedingung dafür ist eine Medientheorie als Orientierungsrahmen für Forschungsarbeiten, Medienprojekte und Investitionsprogramme. Die Weiterentwicklung bisheriger medientheoretischer Konzepte, vor allem des Supplantationsansatzes, ist ohne engen Bezug zur Psychologie, speziell zur Kognitions- und Wissenspsychologie, undenkbar (Weidenmann, 1986); im Entstehen ist daher die Medienpsychologie (Kagelmann & Wenninger, 1982; Issing, 1985), in der künftig die psychologisch relevanten Aspekte der Medienentwicklung und Mediennutzung konzentrierter bearbeitet werden sollen.

In den letzten Jahren sind mehrere Arbeiten erschienen, in denen der Versuch unternommen wurde, Ergebnisse der Psychologie, die außerhalb des Mediensektors gewonnen worden sind, auf medienvermitteltes Lernen zu übertragen. So haben 1978 Fleming und Levie die medienrelevanten Erkenntnisse der Allgemeinen Psychologie zusammengestellt, und als Wahrnehmungsregeln einerseits, und Gestaltungsregeln andererseits zu formulieren versucht. Sturm und Jörg (1980) haben mit interessanten empirischen Studien begonnen, die Übertragbarkeit der Entwicklungspsychologie Piagets auf medienvermitteltes Lernen, vor allem im Hörfunk und Fernsehen, zu überprüfen. Exemplarisch kann hier auch die Untersuchung von Acker und Timens (1981) angeführt werden, die das Erfassen der Mengenkonstanz bei Fernsehdarbietungen und in realer Situation verglichen haben. Dabei zeigte sich, daß Kinder bis zur 6. Grundschulklasse durch die Bildtechniken beim Fernsehen, v. a. durch die Zoom-Technik, der Wahrnehmungstäuschung erliegen und meinen, ein Gegenstand werde größer, obwohl sie bei Versuchen in der Realität bereits die Mengenkonstanz erfassen können.

Aus der Kognitionspsychologie sind zur Zeit zwei Themenbereiche für die Mediendidaktik besonders relevant: die Bildverarbeitung bzw. Bildrepräsentation und das Lernen mit dem Computer.

Beispiel: Bildverarbeitung und Bildrepräsentation

Die Mehrzahl der Lehr- und Lernmedien – vor allem die neueren Medientechniken – sind Bildmedien oder sogar Bildschirmmedien. Gesicherte Kenntnisse über die Funktionen von Bildern in Lernprozessen und über ihre Lerneffektivität sind daher wesentliche Desiderata für eine erfolgreiche Mediendidaktik. Zwar zählt die Forderung nach Veranschaulichung zu den ältesten Prinzipien der Pädagogik, aber noch immer sind die psychologischen Erkenntnisse über die kognitive Wirkung bildlicher Darstellungsformen lückenhaft (Spoehr & Lehmkuhle, 1982; Issing & Hannemann, 1983). Als relativ gesichert kann die gedächtnismäßige Überlegenheit bildhafter Informationen gegenüber verbalen Informationen gelten (Wippich, 1984), aber die Erklärungskonzepte hierfür, vor allem hinsichtlich der Repräsentation und Verarbeitung visueller und verbaler Reize, sind noch nicht einheitlich (Paivio, 1977; Pylyshyn, 1973; Kosslyn, 1980; Ballstaedt, Molitor & Mandl, 1987; siehe hierzu auch die Beiträge von Steiner sowie von Furbach, Freksa & Dirlich). Wie auch immer die Kontroverse zwischen ,,dualer“ und monistisch ,,propositionaler“ Codierung entschieden wird (siehe Beitrag von Steiner in diesem Buch), scheint heute bereits festzustehen, daß visuelle Vorstellungen nicht etwa Epiphänomene unseres Denkens sind, sondern daß sie Werkzeug- oder Mediatorfunktionen im Denken, Behalten und bei der Wissensrepräsentation übernehmen können.

Die individuelle Fähigkeit zur Speicherung und zur internen Erzeugung von Vorstellungsbildern ist sehr unterschiedlich; sie ist aber in den frühen Phasen des Informationsverarbeitungsprozesses besonders nützlich (Norman & Rumelhart, 1978; Norman, 1982). Vor allem für die Frage der Bildgestaltung und Bildverwendung in Instruktionsprozessen sind in den letzten Jahren eine Reihe von Untersuchungen durchgeführt worden. Es hat sich als sinnvoll erwiesen, zwischen Abbildungen, logischen Bildern und Analogie-Bildern zu unterscheiden (Issing, 1983), denen perzeptuale, assimilative und analoge kognitive Prozesse zugeordnet werden können (Winn, 1982). Die Frage nach dem didaktisch geeigneten Realismus- bzw. Abstraktionsgrad von Bildern wurde von Dwyer (1978) in über 30 Einzelstudien untersucht. Für den Bild-Text-Bezug hat Bock (1983) die ,,semantische“ und ,,funktionale Diskrepanz“ sowie die seriale Position von Bildern und Texten als entscheidend beschrieben. Levin (1983) hat Strategien für die lernfördernde Verwendung von Illustrationen beim schulischen Lernen herausgearbeitet. Als Untersuchungsverfahren für die Bildwahrnehmung und Bildverarbeitung wird in zunehmendem Maße die Blickbewegungsregistrierung herangezogen (Issing et al., 1985), die in diesem Buch von Lüer dargestellt ist. Einen Überblick über die Psychologie des Lernens mit Bildern geben Willows & Houghton (1987) und Houghton & Willows (1987).

Beispiel: Lernen mit dem Computer

Durch den breiten Markt für Heim- und Personal-Computer und die dadurch gesunkenen Anschaffungskosten ist der Personal-Computer auch im Bildungsbereich zu einem Lernmedium geworden. Computerunterstützter Unterricht (CUU) ist bereits früher – nämlich vor beinahe 20 Jahren – in den Schulbereich eingeführt worden. CUU gibt es als Übungsprogramme, als tutorielle Lernprogramme, als *computer-managed-instruction* sowie als Computer-Simulation und Computerspiel. Eyferth hat bereits 1975 den CUU untersucht und damals mit Ausnahme der operanten Konditionierungstheorie keine theoretisch-psychologischen Grundlagen feststellen können. Der tutorielle CUU als Informationsvermittlung konnte sich in den siebziger Jahren nicht durchsetzen, weil keine handlichen und preiswerten Computer auf dem Markt waren, und weil er von den Lehrkräften nicht akzeptiert wurde. Nur der CUU als Problemlösen, bei dem der Computer dem Schüler als Denkwerkzeug dient (Klix, 1971; Landa, 1969), konnte sich in größerem Umfang behaupten. Heute ist der ,,Schul-Computer" in der bildungspolitischen Diskussion als Lernmedium erneut umstritten (z. B. Weizenbaum, 1978). Seine Befürworter (z. B. Papert, 1982; Haefner et al., 1987) beziehen sich auf die Vorzüge des Computers zur Entwicklung des logischen und algorithmischen Denkens. Die direkte Vermittlung von Informationen – also inhaltsorientiertes Lernen am Computer – wird nur als Ergänzung zum lehrergeleiteten Unterricht, für Zwecke der Nachhilfe, der Spezialisierung und für den Bereich der Erwachsenenbildung empfohlen (Issing, 1980; Venezky, 1983). Dennoch ist ein breites kommerzielles Angebot an CUU-Programmen für viele Informationsbereiche zu erwarten, die zu einer Konkurrenz für die Lernangebote des Schulsystems werden können (Haefner, 1982). Gegenwärtig weist allerdings noch die Mehrzahl der auf dem Software-Markt erhältlichen Programme eine einfache didaktische Struktur auf und erlaubt vielfach nur Multiple-Choice-Antworten.

Eine Überprüfung der Computer-Lernprogramme für den Apple-II-Computer, die in den USA für den Bereich des schulischen Lernens angeboten werden, ergab, daß 90 Prozent dieser Programme als didaktisch unzureichend zurückgewiesen werden mußten (Thiessen, 1985).

Als Weiterentwicklung des CUU wird heute an der Realisierung von Intelligentem Computerunterstützten Unterricht (ICUU) gearbeitet. Im Anschluß an die ,,kognitive Wende" in der Psychologie und an Entwicklungen in der Computertechnologie gab vor allem der stark expandierende Bereich der Künstlichen-Intelligenz-Forschung Impulse für die Konstruktion flexibler und adaptiver Lernprogramme. Dabei wird das Ziel verfolgt, durch Erforschung idealer Lernumgebungen Gestaltungsprinzipien für den Aufbau neuer interaktiver Lernprogramme,

d. h. Intelligenter Tutorieller Systeme, zu entwerfen. Diese Intelligenten CUU-Systeme (ICUU) unterscheiden sich von früheren CUU-Systemen wesentlich durch höhere Adaptivität und Flexibilität der Lerner-System-Dialoge, indem sie nicht nur vorgefertigte Dialog-Elemente anbieten, sondern die Dialogformen jeweils lerner- und situationsadäquat neu generieren.

Ähnlich wie ein menschlicher Tutor, der gezielt auf die individuellen Lernbedürfnisse eines Studenten eingeht, soll der Computer-Tutor das Lerngeschehen am Bildschirm flexibel gestalten (Fischer, 1985; Mandl & Hron, 1986). Um die Interaktion von Lerner und System optimal zu gestalten, werden folgende Module eines Intelligenten Tutoriellen Systems unterschieden (vgl. Fischer, 1985; Spada & Opwis, 1985; Fischer & Mandl, 1985):

– Das Expertenmodul umfaßt das Fachwissen von Experten, bestehend aus Fakten und Regeln eines bestimmten inhaltlichen Bereichs.

– Das Lernermodul stellt eine dynamische Repräsentation des jeweiligen Wissens- und Könnensstandes des Lernenden dar. Dieses Modul wird durch eine Diagnosekomponente aufgebaut, die das Verhalten des Lernenden beobachtet und daraus das jeweils vorhandene Wissen folgert.

– Das Tutorielle Modul richtet sich auf die Gestaltung des tutoriellen Dialogs und den Ablauf des Instruktionsgeschehens. Es steht in enger Verbindung mit dem Lernermodul und den tutoriellen Zielen und bestimmt, welche tutoriellen Aktivitäten in Frage kommen, z. B. Hinweise bei Schwierigkeiten des Lernenden, Ratschläge und Hilfestellungen, Darbietung weiteren Lehrstoffs, Übergang zu neuen Themenbereichen, Vorgabe von Prüfungsaufgaben zur Absicherung des Lernermoduls, usw. Sie sorgt für den angemessenen Schwierigkeitsgrad der Dialoge und der Aufgaben, um eine kontinuierliche Motivierung des Lernens zu sichern (Malone, 1981).

– Das Konversationsmodul regelt die Kommunikation zwischen System und Lerner. Einer der Schwerpunkte gegenwärtiger Forschung liegt auf der Entwicklung benutzerfreundlicher, natursprachlicher Dialog-Schnittstellen (Fischer & Mandl, 1985).

Eine Reihe unterschiedlicher Prototypen intelligenter tutorieller Systeme, die sich derzeit im Entwicklungsstadium befinden, dürften jedoch erst in einigen Jahren auf dem Markt verfügbar und im Bildungsbereich einsetzbar sein.

Einer dieser Prototypen ist der von Anderson und Mitarbeitern entwickelte LISP-Tutor, mit dessen Hilfe Studenten im Einzelunterricht die Programmiersprache LISP erlernen können (Anderson, Farrell & Sauers, 1982).

Eine andere Konzeption eines Intelligenten Tutoriellen Systems läßt sich mit dem Konzept „Mikrowelt“ kennzeichnen. Innerhalb dieser Systeme soll dem Benutzer selbständiges Forschen und Entdecken innerhalb eines umgrenzten Fachgebiets ermöglicht werden. Der Anspruch, dem Lernenden eine aktive Beteiligung durch Fragenstellen, Hypothesenbilden und selbständiges Problemlösen zu ermöglichen, stellt dabei hohe Anforderungen an die Konstrukteure derartiger Dialog-Systeme.

Bei der Entwicklung von ICUU-Systemen dient das Lehrverhalten eines qualifizierten, sensiblen und flexiblen menschlichen Tutors als Modell für das Computerprogramm, wobei dem Lernenden auch jeweils adäquate Veranschaulichungen und Lernhilfen zur Verfügung gestellt werden (Issing & Hannemann, 1982). Untersuchungen zeigen, daß die Lernenden in solchen offenen Lernsituationen erst mit zunehmender Sachkompetenz die verfügbaren Lernhilfen und Veranschaulichungen flexibel und adäquat zu nutzen verstehen. Neuerdings wird durch die Kopplung des Computers mit einem Videocassettenrecorder oder mit einem Bildplattenspieler interaktives audiovisuelles Lernen – ,,Computerunterstütztes interaktives Video (CUIV)" – realisiert (Mandl et al., 1985; Issing & Haack, 1987); doch sind die Programmier- und Produktionskosten derartiger Programme sehr hoch, so daß gegenwärtig vor allem große Wirtschaftsunternehmen dieses Verfahren zu Ausbildungs- und Werbezwecken einsetzen. Die Entwicklungsperspektive für den ICUU liegt im computervermittelten Sokratischen Dialog, d. h. im adaptiven Lehr-/Lerndialog, in natürlicher Sprache, den der Computer-Experte Suppes (1984) vorsichtig für das Jahr 2020 prognostiziert.

In der Zwischenzeit werden Telekommunikations-Systeme entstehen, die von jeder Wohnung aus den weltweiten Zugriff auf große Datenbanken und den schnellen Austausch von Telesoftware gestatten (Atkinson, 1978); dabei wird die Text-Information durch Bilder in Foto-Qualität ergänzt werden. Das Bildschirmtext-System ist als technischer Vorläufer für derartige integrierte breitbandige Verbundnetze anzusehen (Issing, 1987). Informationsabruf in Bild und Ton sowie tutorieller Unterricht werden dann von jedem Heimterminal jederzeit möglich sein.

Das klingt futuristisch in Anbetracht der heutigen Praxis der Medienverwendung in der Schule, die – von Ausnahmen abgesehen – als unterentwickelt bezeichnet werden muß. Hier sind offensichtlich finanzielle und organisatorische Gesichtspunkte, wie die Bereitstellung einer Mindestausstattung mit den wichtigsten Medien, die zeitliche Verfügbarkeit der Medien, die Reservierung eines technisch geeigneten Raumes und die technische Bedienung der Geräte, zur Zeit noch ebenso große Probleme für die Verwendung von Medien in der Schule wie deren didaktische Qualität (Issing, Jesorsky & Saalfrank, 1984). Außerdem zeigt der Schulalltag, daß die Medienverwendung noch keine Garantie für guten Unterricht bietet. Vielmehr kann ein guter Didaktiker auch mit einem ,,schlechten" Medium exzellenten Unterricht gestalten, und ein mediendidaktisch nicht ausgebildeter Lehrer kann auch mit den besten Medien scheitern.

Die Kognitions- und Medienpsychologie wird bei der Entwicklung computerunterstützter Lehr-Lern-Systeme und Programme auch unterrichtspraktische Aspekte zu berücksichtigen haben, wenn ein Scheitern in der Praxis vermieden werden soll, wie dies beim alten CUU der Fall war.

Die hier behandelte ,,Wissensvermittlung mit Medien" ist nur ein Aspekt der Medienpsychologie, deren Gegenstandsbereich ,,Mensch und Medien" in einem umfassenderen ökopsychologischen Interaktionsgefüge zu sehen ist (Charlton & Neumann, 1986; Grewe-Partsch & Groebel, 1987; Greenfield, 1987; Groebel & Winterhoff-Spurk, in Vorb.).

Zusammenfassung und Schlußfolgerung

Wissensvermittlung ist ohne Medien im weitesten Sinne – personale Medien einbezogen – nicht möglich; auch beim selbständigen Wissenserwerb ist die Verfügbarkeit geeigneter Medien ein wesentlicher Faktor für erfolgreiches Lernen. Die Geschichte der Unterrichtstechnologie und Mediendidaktik zeigt, daß für eine lerneffektive Entwicklung und Verwendung von Medien eine Medientheorie erforderlich ist, welche neben den didaktischen Funktionen vor allem die kognitionspsychologischen Funktionen von Medien einbezieht. Die Aptitude-Treatment-Interaction-Forschung und das Supplantationskonzept haben sich als geeignete Ansätze für die Entwicklung einer Medientheorie erwiesen. Medien dürfen nicht als globale Einheiten (z. B. das Fernsehen, der Computer) betrachtet werden, sondern sie sind hinsichtlich ihrer für das Lernen entscheidenden Eigenschaften – nämlich hinsichtlich ihrer Symbol-Systeme bzw. Zeichen-Charakteristika – zu differenzieren; denn durch diese äußeren Codierungsformen wirken die Medien auf die intern vom Lernenden zu leistenden kognitiven Verarbeitungsprozesse ein. Medienvermitteltes Lernen ist um so effektiver, je besser es gelingt, die für den jeweiligen Lernprozeß kritischen kognitiven Operationen, in einer für den jeweiligen Lerner adäquaten Form, extern im Medien-Symbol-System zu veranschaulichen. Medien-Symbol-Systeme sind strukturell für die äußere Veranschaulichung verschiedener kognitiver Prozesse unterschiedlich gut geeignet, obwohl einzelne kognitive Operationen durch verschiedene Symbol-Systeme supplantierbar sind. Es kann im Einzelfall auch sinnvoll sein, mehrere Medien-Symbol-Systeme zu einem Medienverbund zu kombinieren. Die entscheidenden Variablen für medial vermitteltes Lernen sind also nicht die Medien an sich, sondern die strukturellen Eigenschaften ihrer Symbol-Systeme zur Präsentation bzw. zur Supplantation kognitiver Operationen (Clark, 1983; Clark & Salomon, 1984). Die Analyse der Medien bezüglich dieser Eigenschaften ist eine vordringliche Aufgabe (Pintrich et al. 1986). Medien mit ihren Symbol-Systemen dürfen nicht als belanglose Transportmittel oder Verpackungshüllen für Informationen betrachtet werden, da sie nicht nur aktuell, sondern auch dauerhaft prägend auf die Struktur interner Repräsentationen und kognitiver Operationen der Rezipienten einwirken. Die Aufgabe bei der Medienwahl, beim Mediendesign und bei der Medienverwendung besteht darin, möglichst hohe Übereinstimmung zwischen dem medialen Symbol-System und den vom Lerner zu leistenden Verarbeitungsprozessen herzustellen. Dabei ist das Ausmaß der explizit im Medium zu leistenden Supplantation abhängig vom kognitiven Entwicklungsstand des jeweiligen Lerners, z. B. vom Neuigkeitsgrad, den die betreffende Aufgabe für den Lerner hat. Für den Anfänger ist die Art der medialen Präsentation entscheidender als für den Experten, der bereits über Repräsentationen für den Lerngegenstand verfügt. Weniger untersucht als das erforderliche *Ausmaß* der Supplantation ist die didaktisch geeignete *Art* der Veranschaulichung der kognitiven Prozesse unter Berücksichtigung instruktioneller Strategien. Wie die Geschichte der Mediendidaktik gezeigt hat, kann sie diese Aufgabe nicht ohne Unterstützung durch die Psychologie leisten. Sie ist angewiesen auf neue Erkenntnisse, vor allem aus der Wahrnehmungs- und Kognitions- bzw. Wissenspsychologie, die sich gerade die Erforschung der Struktur des Wissens und der Entwicklung kognitiver Fertigkeiten zum Ziel gesetzt hat (Glaser & Takanishi, 1986). Dies ist ein wesentlicher Arbeitsbereich der z. Zt. entstehenden Medienpsychologie.

Literatur

Acker, S. R., & Timens, R. K. (1981). Children's perception of changes in size of televised images. *Human Communication Research, 4*, 340–346.

Anderson, J. R., Farrell, R., & Sauers, R. (1982). Learning to plan in LISP. *ONR Technical Report ONR-82-2*, Carnegie-Mellon University.

Atkinson, R. C. (1978). Futures: Where will computer-assisted instruction (CAI) be in 1990? *Educational Technology, 4*, 60.

Ballstaedt, S.-P., Molitor, S., & Mandl, H. (1988). *Wissen aus Text und Bild.* In J. Groebel & P. Winterhoff-Spurk (Hg.), Empirische Medienpsychologie. München: Psychologie Verlags Union (in Vorb.).

Banathy, B. H. (1968). *Instructional systems.* Palo Alto, Ca.: Fearon.

Berlyne, D. E. (1965). *Structure and direction in thinking.* New York: Wiley.

Bloom, B. S., et al. (1972). *Taxonomien von Lernzielen im kognitiven Bereich.* Weinheim: Beltz (Original erschien 1956).

Bock, M. (1983). Zur Repräsentation bildlicher und sprachlicher Informationen im Langzeitgedächtnis – Strukturen und Prozesse. In L. J. Issing & J. Hannemann (Hg.), *Lernen mit Bildern* (S. 61–94). München: Institut für Film und Bild.

Briggs, L. J. (1970). *Handbook of procedures for the design of instruction.* Pittsburgh: American Institutes for Research.

Briggs, L. J., et al. (1967). *Instructional media – A procedure for the design of multi-media instruction, a critical review of research and suggestions for the future research.* Pittsburgh: American Institutes for Research.

Bruner, J. S. (1971). *Studien zur kognitiven Entwicklung.* Stuttgart: Klett.

Charlton, M., & Neumann, K. (1986). *Medienkonsum und Lebensbewältigung in der Familie.* München: Psychologie Verlags Union.

Clark, R. E. (1983). Reconsidering research on learning from media. *Review of Educational Research, 4*, 455–459.

Clark, R. E., & Salomon, G. (1986). *Media in teaching.* In: M. C. Wittrock (Hg.) 3rd Handbook of Research on Teaching (S. 464–478). New York: Macmillan.

Comenius, J. A. (1960). *Große Didaktik (Orbis sensualium pictus).* (A. Flitner, Übers. u. Hg.). Düsseldorf/München: Oldenbourg (Original erschien 1658).

Cronbach, L. J. (1975). Wie kann Unterricht an individuelle Unterschiede angepaßt werden? In R. Schwarzer & K. Steinhagen (Hg.), *Adaptiver Unterricht* (S. 42–58). München: Kösel.

Dale, E. (1969). *Audiovisual methods in teaching.* New York: Holt, Rinehart & Winston.

Dallmann, G., & Preibusch, W. (1972). Unterrichtsmedien. In K. Ingenkamp & E. Parey (Hg.), *Handbuch der Unterrichtsforschung*, Teil II (S. 1532–1799). Weinheim: Beltz.

Döring, K. W. (1973). *Lehr- und Lernmittel: Medien des Unterrichts.* Weinheim: Beltz.

Dohmen, G. (1975). Medienwahl und Medienforschung im didaktischen Problemzusammenhang. In K. Boeckmann & U. Lehnert (Hg.), *Fortschritte und Ergebnisse der Bildungstechnologie, Bd. 3* (S. 35–69). Hannover: Schroedel.

Düker, H., & Tausch, R. (1957). Über die Wirkung der Veranschaulichung von Unterrichts-

stoffen auf das Behalten. *Zeitschrift für experimentelle und angewandte Psychologie, 4*, 384–400.
Dwyer, P. M. (1978). *Strategies for improving visual learning*. State College, Pa.: Learning Services.
Eigler, G. (1971). *Auf dem Weg zu einer audiovisuellen Schule*. München: Ehrenwirth.
Eyferth, K. (1975). Psychologische Aspekte des CUU. In K. Boeckmann & U. Lehnert (Hg.), *Fortschritte und Ergebnisse der Bildungstechnologie, Bd. 3* (S. 107–118). Hannover: Schroedel.
Fischer, P. M. (1985). Wissenserwerb mit interaktiven Feedbacksystemen. In H. Mandl & P. M. Fischer (Hg.), *Lernen im Dialog mit dem Computer* (S. 68–82). München: Urban & Schwarzenberg.
Fischer, P. M., & Mandl, H. (1985). Intelligente Tutorielle Systeme. *Fernstudium aktuell, 3/4*, 2–3.
Flechsig, K. H. (1972/1976). Die technologische Wendung in der Didaktik. In L. J. Issing & H. Knigge-Illner (Hg.), *Unterrichtstechnologie und Mediendidaktik* (S. 15–38). Weinheim: Beltz.
Fleming, M., & Levie, H. (1978). *Instructional message design-principles from the behavioral sciences*. Englewood Cliffs, N.J.: Educational Technology Publ.
Frank, H. (1967). Objektivierbarkeit der Didaktik. *Programmiertes Lernen und programmierter Unterricht, 1*, 1–5.
Frank, H., & Meder, B. S. (1971). *Einführung in die kybernetische Pädagogik* (W 4108). München: Deutscher Taschenbuch-Verlag.
Gagné, R. M. (1965). *The conditions of learning*. New York: Holt, Rinehart & Winston.
Gagné, R. M. (1973). *Die Bedingungen des menschlichen Lernens*. Hannover: Schroedel.
Gagné, R. M. (Hg.). (1987). *Instructional technology: foundations*. Hillsdale, N. J.: Erlbaum.
Glaser, R. & Takahashi, R. (1986). Creating a knowledge base for Education: Psychology's contribution and prospects. *American Psychologist,* 10, 1025–1028.
Greenfield, P. M. (1987). *Kinder und neue Medien*. München: Psychologie Verlags Union.
Grewe-Partsch, M., & Groebel, J. (Hg.) (1987): *Mensch und Medien*. München: Saur.
Groebel, J., & Winterhoff-Spurk, P. (Hg.) (1988). *Empirische Medienpsychologie*. München: Psychologie Verlags Union.
Guilford, J. P. (1967). *The nature of human intelligence*. New York: McGraw Hill.
Haefner, K. (1982). *Die neue Bildungskrise. – Herausforderung der Informationstechnik an Bildung und Ausbildung*. Basel: Birkhäuser.
Haefner, K. (1984). *Mensch und Computer im Jahre 2000*. Basel: Birkhäuser.
Haefner, K., et. al. (1987). *Denkzeuge*. Basel: Birkhäuser.
Heidt, E. U. (1976). *Medien und Lernprozesse*. Weinheim: Beltz.
Heidt, E. U. (1978). Individualisierung, Medien und selbstgesteuertes Lernen. In H. Neber, A. Wagner & W. Einsiedler (Hg.), *Selbstgesteuertes Lernen* (S. 214–241). Weinheim: Beltz.
Heidt, E. U., & Schwittmann, D. (1976). Medientaxonomien: ein kritischer Überblick. In L. J. Issing & H. Knigge-Illner (Hg.), *Unterrichtstechnologie und Mediendidaktik* (S. 123–140). Weinheim: Beltz.
Heimann, P. (1962). Didaktik als Theorie und Lehre. *Deutsche Schule, 54* 407–427.
Houghton, H. A., & Willows, D. M. (Eds.). (1987). *The Psychology of Illustration*. Vol. 2. Instructional Issues. New York: Springer.
Issing, L. J. (1967). Forschung und Forschungsergebnisse im Bereich des Programmierten Unterrichts – eine bibliographische Übersicht. In L. J. Issing (Hg.), *Der Programmierte Unterricht in den USA heute* (S. 99–135). Weinheim: Beltz.
Issing, L. J. (1974). *Forschungsübersicht im Bereich des Schulfernsehens*. Paderborn: Gesellschaft für Programmierte Instruktion.
Issing, L. J. (1975). *Individualisierung des Unterrichts mit modernen Lernmitteln*. Freie Universität Berlin.

Issing, L. J. (1976). Evaluierung von Unterrichtsmedien. In L. J. Issing & H. Knigge-Illner (Hg.), *Unterrichtstechnologie und Mediendidaktik* (S. 141–150). Weinheim/Basel: Beltz.

Issing. L. J. (1980). Selbständiges Lernen am Heimterminal. *Neue Unterrichtspraxis, 8*, 483–490.

Issing, L. J. (1983). Bilder als didaktische Medien. In L. J. Issing & J. Hannemann (Hg.), *Lernen mit Bildern* (S. 9–39). München: Institut für Film und Bild.

Issing. L. J. (1985). *Bildschirmtext macht Schule*. Berlin: VDE-Verlag.

Issing, L. J. (1987). *Bildschirmtext im Hochschulbereich* München: R. Fischer.

Issing, L. J., & Hannemann, J. (1982). Selbstgesteuertes Lernen als Informationssuche. *Unterrichtswissenschaft, 2*, 140–153.

Issing, L. J., & Hannemann, J. (1983). *Lernen mit Bildern*. AV Forschung 25. München: Institut für Film und Bild in Wissenschaft und Unterricht.

Issing, L. J., Jesorsky, M., & Saalfrank, Chr. (1984). Audiovisuelle Medien in der Schule. *Schulmanagement, 6*, 47–49.

Issing, L. J., et al. (Hg.) (1985). *Blickbewegungsforschung und Bildverarbeitung*. Berlin: Freie Universität Berlin.

Issing, L. J., Haack, J., & Bock, M. (1985). Medienpsychologie. In D. Albert (Hg.), *Bericht über den 34. Kongreß der Deutschen Gesellschaft für Psychologie* (S. 865–866).

Issing, L. J. et al. (Hg.). (1986). *Blickbewegung und Bildverarbeitung*. Frankfurt/M.: P. Lang.

Issing, L. J., & Haack, J. (1987). Lernen mit interaktivem Video. *Schulpraxis,* 5, 54–56 und 6, 64–66.

Kagelmann, H. J., & Wenninger, G. (1982). *Medienpsychologie*. München: Urban & Schwarzenberg.

Klix, F. (1971). *Information und Verhalten*. Berlin: VEB Verlag der Wissenschaft.

Kosslyn, S. M. (1980). *Image and mind*. Cambridge: Harvard University Press.

Krauth, G. (1976). Kritisch-emanzipatorische Mediendidaktik und Medienpädagogik – Zielsetzungen und Medienpraxis. In L. J. Issing & H. Knigge-Illner (Hg.), *Unterrichtstechnologie und Mediendidaktik* (S. 281–298). Weinheim: Beltz.

Landa, L. N. (1969). *Algorithmisierung im Unterricht*. Berlin: Volk und Wissen.

Lehnert, U. (1976). Erkenntnisse und Ergebnisse nach einem Jahrzehnt bildungstechnologischer Forschungs- und Entwicklungsarbeit. In W. Arlt & L. J. Issing (Hg.), *Ergebnisse und Probleme der Bildungstechnologie* (S. 6–20). Berlin: Freie Universität Berlin.

Levin, J. R. (1983). Pictorial strategies for school learning: Practical illustrations. In M. Pressley & J. R. Levin (Eds.), *Cognitive strategy research* (pp. 214–237). Berlin: Springer.

Malone, T. W. (1981). Toward a theory of intrinsically motivating instruction. *Cognitive Science, 4*, 333–369.

Mandl, H., Fischer, P. M., Frey, H.-D., & Jeuck, J. (1985). Wissensvermittlung durch ein computerunterstütztes Rückmeldesystem. In H. Mandl & P. M. Fischer (Hg.), *Lernen im Dialog mit dem Computer* (S. 179–190). München: Urban & Schwarzenberg.

Mandl, H., & Hron, A. (1986). Wissenserwerb mit Intelligenten Tutoriellen Systemen. *Unterrichtswissenschaft, 14*, 358–371.

Neisser, U. (1979). *Kognition und Wirklichkeit*. Stuttgart: Klett-Cotta.

Norman, D. A. (1982). *Learning and memory*. San Francisco: Freeman.

Norman, D. A., & Rumelhart, D. E. (1978). *Strukturen des Wissens*. Stuttgart: Klett-Cotta.

Olson, D. R., & Bruner, J. S. (1974). Learning through experience and learning through media. In D. R. Olson (Ed.), *Media and symbols: The forms of expression, communication, and education* (pp. 125–150). San Francisco: University Press.

Paivio, A. (1977). Images, propositions, and knowledge. In J. M. Nicholas (Ed.), *Images, perception, and knowledge* (pp. 47–72). Dordrecht: Reidel.

Papert, S. (1982). *Kinder, Computer und Neues Lernen*. Basel: Birkhäuser.

Peters, O. (1976). Was leistet das Konzept der Unterrichtstechnologie? – Eine notwendige

Begriffs- und Aufgabenbestimmung. In L. J. Issing & H. Knigge-Illner (Hg.), *Unterrichtstechnologie und Mediendidaktik* (S. 39–52). Weinheim: Beltz.
Piaget, J. (1947). *Le jugement et le raisonnement chez l'enfant*. Neuchâtel: Delachaux & Niestlé.
Pintrich, P. R. et al. (1986). Instructional psychology. Am. Rev. Psychol., 37, 611–651.
Pylyshyn, Z. W. (1973). What the mind's eye tells the mind's brain: A critique of mental imagery. *Psychological Bulletin, 80*, 1–24.
Rumpf, H. (1971). Zweifel am Monopol des zweckrationalen Unterrichtskonzepts. *Neue Sammlung, 5*, 26f.
Salomon, G. (1970). What does it do to Johnny? *Viewpoints. Bulletin of the School of Education, Indiana University, 5*, 33–62.
Salomon, G. (1974). Internalisation of filmic schematic operations in interaction with learners' aptitudes. *Journal of Educational Psychology, 66*, 499–511.
Salomon, G. (1976). Können wir kognitive Fähigkeiten durch visuelle Medien beeinflussen? Eine Hypothese und erste Befunde. In H. Dichanz & G. Kolb (Hg.), *Quellentexte zur Unterrichtstechnologie II* (S. 44–67). Stuttgart: Klett.
Salomon, G. (1979). *Interaction of media, cognition, and learning*. San Francisco: Jossey-Bass.
Salomon, G. (1984). Media's effects on children's thinking patterns. *Educational Media International, 4*, 2–7.
Salomon, G. & Cohen, A. A. (1977). Television formats, mastery of mental skills, and the acquisition of knowledge. *Journal of Educational Psychology, 69*, 612–619.
Salomon, G., & Snow, R. E. (1976). Die Bestimmung von Film-Attributen für die psychologische und pädagogische Forschung. In H. Dichanz & G. Kolb (Hg.), *Quellentexte zur Unterrichtstechnologie II* (S. 68–88). Stuttgart: Klett.
Schmidbauer, M. (1971). *Educational technology-study on the application of system approach to instructional multi-media-systems*. Strasbourg: Council of Europe.
Schnitzer, A. (1977). *Medien im Unterricht*. München: Ehrenwirth.
Schwarzer, R., & Steinhagen, K. (Hg.) (1975). *Adaptiver Unterricht*. München: Kösel.
Skinner, B. F. (1954/1960). The science of learning and the art of teaching. In A. A. Lumsdaine & R. Glaser (Eds.), *Teaching machines and programmed learning*. Washington: N.G.A.
Snow, R. E., & Salomon, G. (1975). Lerner-Merkmale und Unterrichtsmedien. In H. Dichanz & G. Kolb (Hg.), *Quellentexte zur Unterrichtstechnologie II* (S. 122–139). Stuttgart: Klett.
Spada, H., & Opwis, K. (1985). Intelligente tutorielle Systeme aus psychologischer Sicht. In H. Mandl & P. M. Fischer (Hg.), *Lernen im Dialog mit dem Computer* (S. 13–23). München: Urban & Schwarzenberg.
Spoehr, K. T., & Lehmkuhle, S. W. (1982). *Visual information processing*. San Francisco: Freeman.
Strittmatter, P., & Seel, N. M. (1984). Externe und interne Medien: Konzepte aus der Medienforschung. *Zeitschrift für Unterrichtswissenschaft, 1*, 217.
Sturm, H., & Jörg, S. (1980). *Informationsverarbeitung durch Kinder*. München: Saur.
Suppes, P. (1984). Observations about the application of artificial intelligence research to education. In D. F. Walker & R. D. Hess (Eds.), *Instructional software* (pp. 298–308). Belmont, Ca.: Wadsworth Publ. Comp.
Thiessen, J. (1985). Clearinghouse for computer software. *Educational Media International, 1*, 25–26.
Tosti, D. T., & Ball, J. R. (1969/1976). Ein verhaltensorientierter Ansatz der Unterrichtsplanung und Medienwahl. In H. Dichanz & G. Kolb (Hg.), *Quellentexte zur Unterrichtstechnologie II* (S. 214–241). Stuttgart: Klett.
Tulodziecki, G. (1981). *Einführung in die Medienforschung*. Köln: Verlagsgesellschaft.
Venezky, R. L. (1983). Evaluating computer-assisted instruction on its own terms. In A. Ch.

Wilkinson (Ed.), *Classroom computers and cognitive science* (pp. 31–49). New York: Academic Press.

Weidenmann, B. (1986). Psychologie des Lernens mit Medien. In B.Weidenmann et al. (Hg.), *Pädagogische Psychologie* (S. 493–554). München: Psychologie Verlags Union.

Weinert, F. E., et al. (1975). *Funk-Kolleg: Pädagogische Psychologie, Bd. 2*. Frankfurt: Fischer Taschenbuch.

Weizenbaum, J. (1978). *Die Macht der Computer und die Ohnmacht der Vernunft*. Frankfurt: Suhrkamp.

Wember, B. (1976). *Wie informiert das Fernsehen?* München: List.

Whorf, B. L. (1963). *Sprache, Denken, Wirklichkeit*. Reinbek: Rowohlt.

Willows, D. M., & Houghton, H. A. (Eds.) (1987) The Psychology of Illustration. Vol. 1. Basic Research. New York: Springer.

Winn, W. (1982). Visualization in learning and instruction: A cognitive approach. *Educational Communication and Technology Journal, 1*, 3–25.

Wippich, W. (1984). *Lehrbuch der angewandten Gedächtnispsychologie*. Stuttgart: Kohlhammer.

Wygotsky, L. S. (1964). *Denken und Sprechen*. Berlin: Akademie-Verlag.

23 Intelligenter computerunterstützter Unterricht*

Alan Lesgold

Was ist intelligenter computerunterstützter Unterricht?

Bereits bevor Computer in der Ausbildung eingesetzt wurden, gab es Lehrgeräte für Unterrichtszwecke. Sie basierten auf dem Programmierten Unterricht (Skinner, 1968), der aus dem behavioristischen Ansatz hervorgegangen war. Das typische Lehrgerät enthielt eine Papierrolle mit verschiedenen Schaubildern, die in einem Fenster dargeboten wurden. Der Lerner drückte entsprechend seiner Antwort einen von mehreren Knöpfen und eine Lochung im Papier steuerte in Abhängigkeit vom gedrückten Knopf, welche Schautafel als nächste gezeigt wurde. Mit dem Aufkommen der Computer ging diese Technik auf das neue Unterrichtsmedium über. Damit wurde die Möglichkeit zu vielfältiger Kombination von Unterrichtseinheiten gewonnen: So war es erheblich leichter, Programmabschnitte mit Hilfe des Computers zu kombinieren, als eine Papierrolle zu zerschneiden und neu zusammenzusetzen. Jedoch ging auch etwas verloren: Schreibmaschinentypen auf dem Bildschirm hatten eben nicht dieselbe graphische Qualität wie die oftmals kunstvoll angefertigten Schautafeln in den alten Lehrgeräten.

Bei der Entwicklung von computerunterstütztem Lehrmaterial wurde versucht, den Programmierten Unterricht mit dem Computer so gut wie die Papierrollenversion der alten Lehrgeräte zu machen. Insgesamt sind die damaligen Bemühungen zur Entwicklung computerunterstützter Lehrprogramme als wenig erfolgreich einzuschätzen. John Kemeny kritisierte 1972 den computerunterstützten Unterricht als ,,einen sehr teueren Ersatz für ein Buch" (Kemeny, 1972, S. 74). Diese Kritik galt auch noch 10 Jahre später. Obwohl größere Systeme, wie das PLATO-System der Control Data Corporation, weit über die anfänglichen Methoden hinausgegangen sind und beträchtliche Möglichkeiten der Lehrstoffdarbietung und der Analyse von Lernerantworten bieten, beruht ein großer Teil des gegenwärtigen computerunterstützten Unterrichts immer noch auf relativ starren Programmschemata: Es wird ein Lehrinhalt dargeboten, darauf folgt eine Reaktion des Lerners, diese wird analysiert, und anhand der Analyse wird der nächste Programmabschnitt ausgewählt. Alles, was solche Systeme können, ist als feste algorithmische Spezifizierung vorprogrammiert.

* übersetzt von Aemilian Hron

Ein anderer Ansatz besteht darin, Spiel- oder Simulationsprogramme für Ausbildungszwecke zu gestalten. Es gibt viele solcher Lehrprogramme, aber auch sie sind im allgemeinen sehr rigide. Weil ihre Funktionen vollständig vorprogrammiert sind, können sie sich nur soweit individuellen Unterschieden anpassen, wie diese bei der Programmerstellung antizipiert wurden.

Vor mehr als 10 Jahren wurde damit begonnen, das Konzept der Künstlichen Intelligenz für computerunterstützten Unterricht nutzbar zu machen (Carbonell, 1970), um eine flexiblere Anpassung des Lehrprogramms an den Lernprozeß zu erreichen. Die fortgeschrittensten Arbeiten konzentrieren sich zur Zeit auf die Entwicklung „intelligenter" computerunterstützter Systeme. Am eingehendsten untersucht wurden dabei bisher die Möglichkeiten der Diagnose des Lernerwissens in verschiedenen Lernabschnitten (Self, 1974). Tatsächlich sind Prinzipien der Künstlichen Intelligenz auch in anderen Teilbereichen dieser Systeme anwendbar: bei der Modellierung der Wissensbasis des Lerners und des Experten sowie der Umsetzung pädagogischer Prinzipien in tutorielle Aktivitäten.

Zu jedem dieser Teilbereiche bestehen komplexe psychologische Ansätze zur Wissensrepräsentation und Informationsverarbeitung, die mit neuesten Entwicklungen im Bereich der Künstlichen Intelligenz-Forschung einhergehen. Übersichtsartikel zur Anwendung Künstlicher Intelligenz im Bildungswesen wurden von Clancey (1984), Barr und Clancey (1982) und Brown (1977) verfaßt. Diese drei Artikel sind trotz unterschiedlicher Perspektiven empfehlenswert, da sie umfassender als die hier vorgelegte Zusammenfassung sind. Festzustellen ist, daß Fortschritte im Intelligenten Computerunterstützten Unterricht (ICUU) sowohl von weiteren Entwicklungen der Kognitionspsychologie, der Methoden zur Analyse von Aufgabenanforderungen, der psychologischen Instruktionsforschung als auch von Fortschritten auf dem Gebiet der Künstlichen Intelligenz-Forschung abhängen (Mandl & Lesgold, i. Dr.).

Komponenten eines Intelligenten Tutoriellen Systems

Es gibt verschiedene Strukturen für den Aufbau Intelligenter Tutorieller Systeme, und es ist bisher nicht klar, ob eine von ihnen für alle diese Systeme gleichermaßen geeignet ist. Jedoch scheinen einige Systemkomponenten für alle intelligenten computerunterstützten Lehrsysteme bedeutsam zu sein. Sie sind in Abb. 23.1. dargestellt. Von unten nach oben finden sich (a) die sog. Lernumgebung, bei der es im wesentlichen um die Interaktion zwischen Lerner und Lehrsystem geht; (b) verschiedene Module als Experten- und Lernermodelle, die Daten über die Lehr-/Lerninteraktion erhalten oder diese steuern; (c) die Komponente zur sukzessiven Bestimmung des Lehrangebots, die die Lernleistungen (Lernermodell) mit einem idealen bzw. Expertenmodell vergleicht, Abweichungen erkennt und die Lehrin-

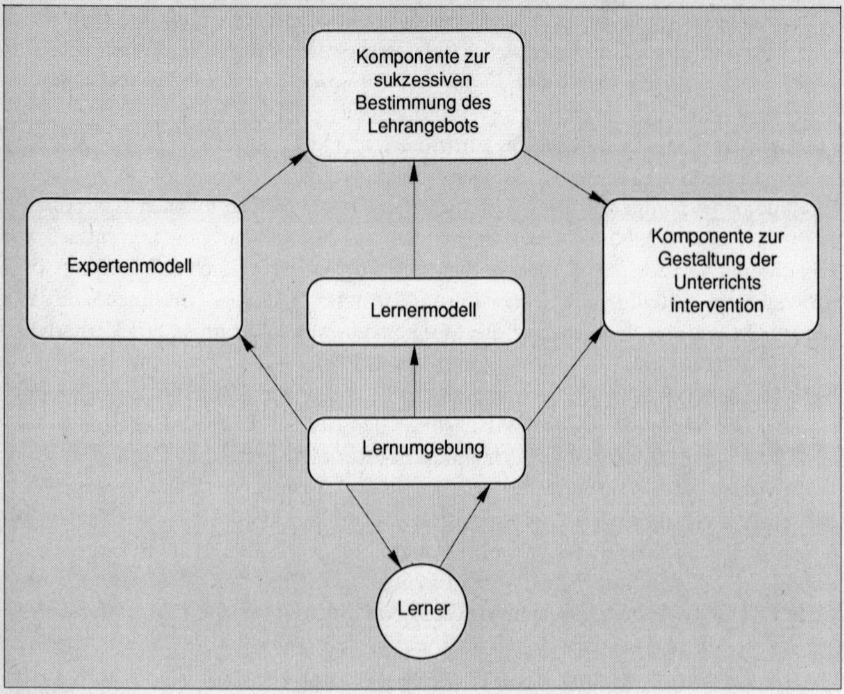

Abb. 23.1.: Komponenten eines Intelligenten Tutoriellen Systems

halte bestimmt, auf die sich (d) die Komponente zur Gestaltung der Unterrichtsintervention richten sollte. Wie weiter unten erläutert wird, kann jedes dieser Module intelligent sein.

Die in Abb. 23.1. dargestellten Komponenten brauchen nicht in Form von selbständigen Unterprogrammen realisiert zu sein. In der Entwicklung befindet sich eine Systemarchitektur, bei der die grundlegenden Einheiten Objekte im Sinne von SMALLTALK (Kay & Goldberg, 1977) sind, die miteinander kommunizieren. Diese Objekte repräsentieren die Zielsetzungen oder Inhalte eines Curriculums. Jedes Objekt entspricht einem bestimmten Unterrichtsabschnitt oder curricularen Teilziel und enthält die in Abb. 23.1. dargestellten Komponenten in der für den Lehrinhalt jeweils spezifischen Ausprägung (Bonar & Lesgold, 1985).

Die Lernumgebung

Zentral für ein Intelligentes Tutorielles System ist die Interaktion zwischen Lerner und Lehr-/Lernsystem, wobei der Lerner entweder direkt unterwiesen oder im Zuge selbständiger Lernaktivitäten eher allgemein angeleitet wird. Die entsprechenden Eigenschaften des Lehr-/Lernsystems werden insgesamt als Lernumgebung bezeichnet. Selbstverständlich existieren computerunterstützte Lehrsysteme, die den Lerner lediglich in Vortragsform unterweisen. Die interessantesten Entwicklungen laufen jedoch darauf hinaus, Computer zur Simulation von Problemen, z. B. in technischen Systemen, einzusetzen und dem Lerner zu ermöglichen, Wissen in entdeckender Weise zu erwerben. Ebenso werden Möglichkeiten zum Erwerb von Wissen und Fertigkeiten in spielähnlichen Lernumgebungen angestrebt.

Simulationen

Viele Lernaufgaben sind dadurch erschwert, daß die Darstellung von Lehrinhalten in einem Lehrbuch oder einem Vortrag oftmals nur in sehr abstrakter Form erfolgen kann. Maßnahmen der Veranschaulichung abstrakter Lehrinhalte erscheinen daher für das Lernen hilfreich und wichtig. Im Zuge einer Entwicklung, in der technische Geräte, z. B. für den Physikunterricht, immer komplexer geworden sind und das Schuldbudget für die Ausstattung von Labors sowie der Nachwuchs an ausgebildeten Lehrern der Naturwissenschaften ständig zurückgegangen ist, sind in der Schule Lehrervortrag und Auswendiglernen immer mehr in den Vordergrund getreten. Der Computer bietet die Möglichkeit, dieser Entwicklung entgegenzusteuern. Komplexe technische Geräte können leicht auf dem Computerbildschirm simuliert werden. Dabei können sogar Sichtweisen gewählt werden, die es real gar nicht gibt, z. B. wie eine Maschine funktionieren würde, wenn die Reibung gleich Null wäre.

Bei der Entwicklung von Simulationssystemen sind verschiedene Prinzipien zu beachten, die auf ein ,,intelligentes" Systemverhalten abzielen. Ein wichtiges Prinzip besteht darin, daß die Lernumgebung ,,reaktiv" sein sollte (Brown, 1977). D. h. die Art, in der das System auf die Eingriffe des Lerners reagiert, sollte diesen sowohl zu weiteren Explorationen anregen als auch ihn anschließend im Rahmen dieser Explorationen anleiten. Systeme mit entsprechenden tutoriellen Regeln ermöglichen eine Reaktivität, die sich auch nicht vollständig voraussehbaren Lerneraktivitäten anpassen kann.

Ein weiteres wichtiges Prinzip besteht darin, daß das Simulationssystem verständlich ist. Es muß in der Lage sein, sich selbst zu erklären, d. h. z. B. Erklärungen für von ihm berechnete Ergebnisse oder für bestimmte Systemabläufe zu geben. Verschiedene Expertensysteme besitzen diese Eigenschaft, und die in diesem Rahmen entwickelten Ansätze können auch für Unterrichtssimulationen verwendet werden. Clancey (1979, 1984) hat gezeigt, daß die Wissensbasis, die ein Expertensystem steuert, nicht notwendigerweise so organisiert ist, daß Erklärungen zum Systemverhalten abgegeben werden können. Z. B. war MYCIN, ein Expertensystem zur Diagnose von Infektionskrankheiten, als ein rückwärts inferierendes System organisiert: Es ging von der diagnostischen Zielsetzung aus und inferierte über bestimmte Unterziele bis hin zu den Ausgangsbedingungen, d. h. den angegebenen Krankheitssymptomen. Wenn der Lerner aber im Anschluß an die Diagnose eine Begründung dafür gewünscht hätte, dann wäre für eine angemessene Erklärung ein Vorwärtsinferieren, von den Ursachen ausgehend bis hin zu den Krankheitssymptomen, erforderlich gewesen. Tatsächlich mußte Clancey die Wissensbasis von MYCIN beträchtlich umorganisieren, um das System für Unterrichtszwecke nutzbar zu machen.

Insgesamt gesehen sind Simulationsprogramme für Unterrichtszwecke aber nach anderen Prinzipien aufzubauen als Expertensysteme. So gibt es zum Beispiel einige sehr schöne Programme zur Analyse elektronischer Schaltungen, die für Ingenieure anwendbar sind, für Ausbildungszwecke jedoch keine Eignung besitzen: Sie lösen die technischen Probleme mit Hilfe von in Gleichung gefaßten quantitativen Größen, während die Vermittlung der in ihnen enthaltenen Prinzipien an den Lerner nur auf einem qualitativen Wissen beruhen kann. Gegenwärtig wird intensiv an Ansätzen zur Repräsentation qualitativen Wissens über komplexe Systeme gearbeitet (Kuipers, 1984; de Kleer, 1984; de Kleer & Brown, 1984; Forbus, 1984; Williams, 1984). Diese Arbeiten werden wahrscheinlich einen starken Einfluß auf die Entwicklung intelligenter Simulationssysteme haben. Zum Beispiel wird in einem dieser Ansätze (de Kleer & Brown, 1984) ein technisches System als die Summe der Bedingungen gefaßt, die zu seinen einzelnen Systemkomponenten und der Art ihrer Verknüpfung bestehen. Die Bedingungen stellen qualitative Größen dar, deren Relationen in entsprechenden Gleichungen gefaßt sind. Das Zusammenwirken der Systemkomponenten impliziert, daß ihren Bedingungen gleichzeitig entsprochen wird.

Die Qualität einer Simulationsumgebung hängt zum großen Teil davon ab, wie die anderen Komponenten des Lehrprogramms arbeiten. Betrachtet sei z. B. eine Simulationsumgebung, bei der die Aufgabe des Lerners darin besteht, den Fehler in einem elektronischen Gerät, beispielsweise einem Stromversorgungsteil, zu finden (Brown, Burton & de Kleer, 1982). Die Simulation muß nicht nur Anfragen zum Stand der Meßinstrumente und anderer Tests richtig beantworten, sondern sie muß darüber hinaus mit einer tutoriellen Komponente verbunden sein, die den Lerner anleitet oder berät. Andernfalls ergeht es dem Lerner wie jemandem, der ohne Übung einen Fehler in einer elektronischen Schaltung finden soll und dabei auf sich allein gestellt ist. Die Darstellung eines Systems im Sinne qualitativ erfaßter Bedingungen der verschiedenen Systemkomponenten ermöglicht es, Systemaktivität und -reaktion zu erklären, vorausgesetzt, daß in Verbindung mit diesen Bedingungen entsprechendes Wissen implementiert ist.

Entdeckendes Lernen

Ein wichtiges Bemühen bei der Entwicklung von Simulationssystemen richtet sich auf die Schaffung von Lernumgebungen, die ein entdeckendes Lernen ermöglichen. Diese Lernumgebungen werden als Mikrowelten bezeichnet. Der Lerner soll sowohl durch den eigenständigen Aufbau einer Simulation als auch durch Beobachtung ihres Ablaufs und der Ergebnisse selbständig Wissen erwerben. Solche Systeme werden bisher im wesentlichen durch Programmiersprachen realisiert, mit denen der Lerner Simulationen selbst erstellen kann.

Die bekannteste dieser Programmiersprachen ist vermutlich LOGO, die eine von Klammerausdrücken freie Version von LISP mit einer Reihe von Befehlen kombiniert, mit denen ein Zeiger-Symbol, z. B. ein imaginärer Federhalter, auf dem Bildschirm bewegt werden kann (Befehle sind z. B. vorwärts, wenden, aufwärts und abwärts). LOGO wird häufig für die Unterrichtung von Programmierkonzepten wie Rekursion, Interaktion, Planung usw. angewendet. Es existiert mindestens ein tutorielles System, das in der Lage ist, die vom Lerner erstellten Programme zu kritisieren und Ratschläge für ihre Verbesserung zu geben (Miller, 1982).

LOGO wurde auch als Grundlage eines umfangreichen Curriculums für Geometrie verwendet (Abelson & diSessa, 1981). Dieser Ansatz basiert auf der Annahme einer ,,prozeduralen Geometrie", bei der die Theoreme durch Prozeduren abgebildet werden, mit denen das Zeiger-Symbol oder die LOGO-Schildkröte im Raum bewegt werden können. Dadurch erscheint eine natürliche Erklärung von Konzepten im Bereich der High-School-Geometrie möglich. Der Ansatz ist bis hin zur speziellen Relativitätstheorie erweitert worden, was allerdings die graphischen Darstellungsmöglichkeiten von LOGO etwas überforderte. Ein anderer Ansatz zur Unterrichtung in Geometrie durch ein tutorielles System wurde von John Anderson (1984) entwickelt. Es erlaubt dem Lerner, in interaktiver Form Beweise zu programmieren, die auf dem Bildschirm als Pfade zwischen Prämissen und Schlußfolgerungen dargeboten werden, wobei die Pfade den Aussagen eines Beweises entsprechen.

Ein Problem bei der Entwicklung von Mikrowelten für Programmieren lernen liegt in der Schwierigkeit von Lernern, bestimmte Vorgänge oder Abläufe von Ereignissen als formale Programme auszudrücken. Vor kurzem hat Jeffrey Bonar (1983) ein tutorielles System für die Unterrichtung in Programmieren entwickelt, das es dem Lerner erlaubt, für sein Programm zuerst einen Plan in natürlicher Sprache zu entwickeln, und ihn anschließend darin anleitet, diesen Plan Schritt für Schritt in ein formales Programm zu überführen. Die Planung in natürlicher Sprache wird mittels eines Menü-Systems bewerkstelligt. Die Wahlmöglichkeiten im Menü wurden aufgrund umfangreicher Analysen von verbalen Beschreibungen entwickelt, die programmierende Lerner zu verschiedenen Programmabläufen gegeben hatten. Die Intelligenz in diesem Lehrprogramm bezieht sich auf implementiertes Wissen dazu, wie eine allgemeine Auswahl aus dem Haupt-Menü weiterverfolgt werden soll, welche (möglicherweise verschiedenen) formalen Planungskomponenten der Lerner in Erwägung zieht, wenn er eine bestimmte Auswahl trifft sowie weiteres diagnostisches und tutorielles Wissen.

Grundsätzlich kann der Lerner in einer Lernumgebung, die ein entdeckendes Lernen ermöglichen soll, einen bestimmten Ablauf programmieren und dann die Simulation dieses Prozesses beobachten. Der Prozeß kann natürlich auf ganz unterschiedliche Weise festgelegt werden. Zusätzlich zu bereits dargestellten prozedural orientierten Vorgehensweisen existieren solch wichtige Alternativen wie deklarative Programmierung (wie in PROLOG) und objektorientierte Programmierung (wie in SMALLTALK).

Im vorhergehenden Abschnitt wurde die Repräsentation der Bedingungen von Systemkomponenten als qualitative Größen für die Entwicklung von Simulationsprogrammen angesprochen. Es ist anzunehmen, daß dieser Ansatz nicht nur für die Systementwicklung Vorteile erbringt, sondern ebenso für den Lerner von Nutzen sein kann. In dieser Hinsicht existiert wenigstens ein System (Borning, 1979), bei dem der Lerner die Bedingungen für verschiedene Systemkomponenten angeben und spezifizieren kann, wie diese Komponenten miteinander verknüpft sind. Anschließend kann das System im Sinne der Spezifikationen des Lerners simuliert werden. Der Lerner hat dadurch die Möglichkeit, sich qualitative Kenntnisse über ein Wissensgebiet anzueignen (de Kleer & Brown, 1984; Forbus, 1984).

Ein grundsätzliches Problem bei Lernumgebungen, die entdeckendes Lernen ermöglichen, besteht darin, daß der Lerner im Zuge seiner selbständigen Lernaktivitäten häufig die spezifischen Experimente verfehlt, aus denen er etwas lernen könnte. Aus diesem Grund ist es wichtig, solche Lernumgebungen mit einer intelligenten Komponente auszustatten, die das Verhalten des Lerners abschätzen und ggf. lehrreiche Aktivitäten vorschlagen kann. Solche Systeme müssen in der Lage sein, ein Modell des jeweiligen Kenntnisstands des Lerners aufzubauen, um auf dieser Grundlage die weiteren Lernaktivitäten fördern zu können.

Spiele

Spiele können zur Motivation bei langwierigen Übungen eingesetzt werden, die für die Automatisierung und Verfeinerung grundlegender mentaler Operationen erforderlich sind. Eines der ersten Beispiele für intelligente Spielumgebungen ist WEST (Burton & Brown, 1982). WEST soll in erster Linie Übungen zum Erwerb von arithmetischen Fertigkeiten einschließlich der Bildung und Bewertung arithmetischer Ausdrücke ermöglichen. Vorgegeben wird eine Spielumgebung, die etwa einem „Mensch-ärgere-Dich-nicht"-Spiel mit eingebauten Hindernissen entspricht, mit der Ausnahme, daß die Anzahl der Felder, um die vorgerückt wird, nicht durch Würfeln, sondern durch arithmetische Berechnungen bestimmt wird. Auf dem Bildschirm erscheinen drei runde Scheiben mit Ziffern. Auf jeder dieser Scheiben dreht sich ein Zeiger, der zufällig bei einer der Ziffern anhält. Dem Lerner werden also drei Zahlen vorgegeben, die er in einer arithmetischen Formel kombinieren muß, um seinen nächsten Zug zu bestimmen.

Andere neuere Spielumgebungen richten sich auf die Einübung von Planungs-

und strategischem Verhalten, dem schnellen Erinnern von Zahlen usw. Der wichtigste Anwendungsbereich von Spielumgebungen besteht darin, Übungen zu ermöglichen, die dem Lerner Spaß machen. Spiele können auch als Lernumgebungen für entdeckendes Lernen oder für die Ausbildung metakognitiver Fertigkeiten eingesetzt werden. Um in einem guten Spiel erfolgreich abzuschneiden, bedarf es der Planung und Durchführung von relativ komplexen Strategien. In dem Ausmaß, in dem diese Strategien bei der Systemerstellung genau spezifiziert werden können (durch Produktionssysteme oder andere algorithmische Notationssysteme), kann ein intelligentes System erstellt werden, das auch den Aspekt der Strategieanwendung im Spiel vermittelt. Tatsächlich ermöglicht WEST sowohl den Erwerb von Spielstrategien als auch arithmetischen Fertigkeiten.

Das Expertenmodell

Der Schlüssel für die tutorielle Leistung einer Lernumgebung besteht darin, daß das Ziel der tutoriellen Aktivitäten bekannt ist und festgestellt werden kann, wo der Lerner im Verhältnis zu diesem Ziel steht. Allgemein besteht das Ziel darin, dem Lerner ein hohes Maß an Expertise zu vermitteln. Deshalb enthält ein intelligentes computerunterstütztes Lehrsystem in der Regel ein Expertenmodell, das darüber Auskunft geben kann, was ein Experte in der vom Lerner zu bearbeitenden Problemsituation getan hätte.

Bei einigen Lernumgebungen ist das Expertenmodell sehr unkompliziert. Zum Beispiel erzeugt das Expertensystem von WEST (Burton & Brown, 1982) einfach jeden arithmetischen Ausdruck, der für eine gegebene Reihe angezeigter Zahlen möglich ist. Anschließend werden diese Alternativen nach dem Ausmaß ihrer Spielwirkungen in eine Rangreihe gebracht. Zum Beispiel könnte das System berechnen, wie weit der Lerner dem Computer voraus wäre, wenn er einen bestimmten arithmetischen Ausdruck verwenden würde. Der im Hinblick auf dieses Kriterium als am besten anzusehende arithmetische Ausdruck entspräche der Leistung des Experten.

Allerdings würde ein menschlicher Experte niemals auf diese Weise vorgehen. Menschen wenden gegenüber Problemen, bei denen die Kombinationsmöglichkeiten von Problemzuständen explosionsartig zunehmen, eher Heuristiken an, die die Anzahl in Betracht zu ziehender Lösungswege stark einschränken. Entsprechende Eigenschaften sollte auch ein Intelligentes Tutorielles System aufweisen. Menschliches Denken und Problemlösen ist äußerst flexibel und konnte in den anfänglich entwickelten Expertensystemen kaum erfaßt werden (Pople, 1982). Ein Expertenmodell muß aber, um wirklich effizient zu sein, wesentliche Aspekte des menschlichen Denkens einfangen und darüber hinaus sein Verhalten erklären können (Clancey, 1982); es muß ein „verständlicher Experte" (Goldstein, 1977) sein. Da das Verhalten von Menschen in Problemsituationen das Ergebnis von Denkaktivitäten ist, die umfangreiche Planungsprozesse einschließen, muß das Expertenmodell sowohl den Planungsprozeß als auch die erzielte Leistung simulieren können (Goldstein, 1982; Genesereth, 1979, 1982).

Das Lernermodell

Wenn ein Expertenmodell vorhanden ist, dann ist es möglich, das Verhalten bzw. den Fortschritt des Lerners abzuschätzen, indem festgestellt wird, welche Aspekte des Verhaltens eines Experten beim Lerner fehlen. Das Ergebnis ist ein *overlay*-Modell (Carr & Goldstein, 1977) in Form einer einfachen Prüfliste, aus der hervorgeht, welche prozeduralen Komponenten des Expertenmodells beim Lerner nachgewiesen wurden. Wenn z. B. das Expertenmodell als Produktionssystem realisiert ist, dann entspricht das Lernermodell einer Teilmenge dieser Produktionsregeln. Dabei ist aber der Tatsache Rechnung zu tragen, daß die Produktionsregeln des Experten im allgemeinen spezialisierter als die des Lerners sind.

Bei der Erstellung eines Lernermodells bestehen verschiedene Probleme. Es hat sich gezeigt, daß Lerner manchmal über fehlerhafte Prozeduren, sog. *mal-rules* (Sleeman, 1982) verfügen. Zum Beispiel liegt eine solche fehlerhafte Prozedur beim Rechnen vor, wenn ein Lerner bei der Addition das Übertragen des Werts der Zehnerstelle in bestimmten Additionsaufgaben regelmäßig unterläßt. Außerdem ist festgestellt worden, daß Lerner bei einer Problembearbeitung nicht einfach aufgeben, wenn sie keine dem Problem angemessenen Lösungsprozeduren besitzen. Vielmehr finden sie eher eine in ihren Augen einleuchtende, aber falsche Lösung, indem sie ad hoc bestimmte Prozeduren abwandeln oder kombinieren; Brown und VanLehn (1980) sprechen in diesem Zusammenhang von einer ,,Reparatur".

Diese Tatsachen erschweren die Erstellung eines Lernermodells. Dennoch sind in Intelligenten Tutoriellen Systemen Möglichkeiten zur Modellierung des Lerners realisiert worden. Zum Beispiel modelliert WEST (Burton & Brown, 1982) den Lerner in der bereits erörterten Weise. Im Bereich der Subtraktionsfertigkeiten hat Burton (1982) eine Möglichkeit entwickelt, die Leistungen des Lerners bei einer Reihe von Substraktionsproblemen zu analysieren und Lücken in seinem Wissen aufzudecken. Ein anderer Ansatz zur Modellierung des Lernerverhaltens besteht darin, direkt das Leistungsergebnis des Lerners zu analysieren, statt den zu diesem Ergebnis führenden Prozeß zu modellieren. Ein von Sleeman und Hendley (1982) entwickeltes System zur Analyse der Erklärungen von Lernern für komplexe Phänomene orientiert sich an diesem Ansatz.

Ein anderes Problem besteht darin, daß kein einzelnes Kriterium für die Entscheidung existiert, ob ein Lerner eine bestimmte Teilfertigkeit beherrscht oder eine Tatsache weiß. Festgestellt wurde zum Beispiel bei der Analyse der Fehler von Studenten, die LISP lernten, daß 60% der Fehler in Situationen auftraten, in denen eine Teilfertigkeit zwar erfolgreich angewandt werden, aber nicht mit anderen Teilfertigkeiten zuverlässig zu einer umfassenderen Prozedur integriert werden konnte (Anderson, 1984). So kann ein Lerner beim Programmieren lernen z. B. durchaus in der Lage sein, eine Prozedur zu schreiben, die die Elemente einer Liste nacheinander abarbeitet. Im Zusammenhang mit einer Problemlösung, die diese Teilfertigkeit erfordert, ist es aber möglich, daß der Lerner sie nicht verläßlich ausführen kann. Daher braucht das Unvermögen, bestimmte Kenntnisse bei

Bedarf anzuwenden, nicht zu bedeuten, daß das entsprechende Wissen fehlt. Ebenso sagt die erfolgreiche Ausführung einer Teilfertigkeit in einem isolierten Kontext nichts darüber aus, ob diese auch in komplexen Situationen angewendet werden kann. Deshalb ist es entscheidend, daß ein System zur Modellierung des Lernerverhaltens das Wissen des Lerners so repräsentiert, daß der Wissensveränderung und der unterschiedlichen Verfügbarkeit von Wissen auf verschiedenen Stufen des Lernens entsprochen und die Situationsspezifität von Fertigkeiten berücksichtigt wird. Entsprechende Systeme befinden sich derzeit in der Entwicklung. Eine wichtige Rolle spielt dabei das Bemühen der gegenwärtigen Kognitionsforschung, die Art der mentalen Modelle zu erfassen, die sowohl Experten als auch Anfänger bei schwierigen intellektuellen Aufgaben anwenden. Hierzu gibt die kürzlich erschienene Veröffentlichung von Gentner und Stevens (1983) eine gute Einführung.

Komponente zur sukzessiven Bestimmung des Lehrangebots

Wenn ein Lernermodell erstellt worden ist, besteht der nächste Schritt darin, auf dieser Grundlage das weitere Lehrangebot zu bestimmen. Das System muß also jeweils neu entscheiden, welches Lehrangebot am geeignetsten ist (Burton & Brown, 1982), um anschließend eine entsprechende Unterrichtsintervention einzuleiten. In einem System wie WEST (Burton & Brown, 1982) wird dies bewerkstelligt, indem sog. *issue recognizers* (a) die letzte Reaktion des Lerners untersuchen, (b) seine gesamte Reaktionsgeschichte erfassen und (c) die möglichen Züge des Expertenmodells berücksichtigen, die besser sind als die des Lerners. Aus dieser Analyse resultiert eine interne Auflistung von geeignet erscheinenden weiteren Lehrangeboten, aus denen mit Hilfe verschiedener Regeln das günstigste Angebot bestimmt wird. Wenn das System z. B. die Unterweisung in Klammerausdrücken (wegen der falschen Anwendung von Klammern) als vordringlich ansieht, dann hat die anschließende Unterrichtsintervention dafür den richtigen Zeitpunkt zu berücksichtigen. Der Lerner wird nämlich höchstwahrscheinlich keine Ratschläge zur Anwendung arithmetischer Klammerausdrücke aufnehmen, wenn ihm daraus in der gegenwärtigen Spielsituation keine wesentlichen Vorteile ersichtlich sind. Für die Unterrichtsintervention erscheint es auch angebracht, das Spiel des Lerners nicht ständig zu unterbrechen, um Rat und Hilfestellung zu geben.

Ein alternativer Ansatz zur Bestimmung der jeweils darzubietenden Lehrinhalte in einem tutoriellen System besteht darin, sich an einem Lehrplan zu orientieren, in dem die Abfolge der einzelnen Themen festgelegt ist (Goldstein, 1979). In diesem Ansatz wird die Reihenfolge der spezifischen Unterrichtsinterventionen durch ein Netz curricularer Teilziele bestimmt. Der zu vermittelnde Lehrinhalt wird für die Unterrichtung als geeignet angesehen, wenn die entsprechenden Lernvoraussetzungen bereits erarbeitet wurden. Bei einem solchen System ist es sehr wichtig, daß die Lehrinhalte auch eine unter lernpsychologischen Aspekten vertretbare Abfolge besitzen und aufeinander aufbauen, weil der Lerner sonst für bestimmte Lehrstoffdarbietungen nicht aufnahmebereit ist.

Komponente zur Gestaltung der Unterrichtsintervention

Wenn ein Lehrangebot bestimmt worden ist, muß eine angemessene Unterrichtsintervention ausgewählt oder konstruiert werden. Sie kann ganz unterschiedliche Formen annehmen, die von der Art der implementierten Lernumgebung abhängen (s. S. 555). Wenn z. B. die Lernumgebung ein Spiel mit WEST (Burton & Brown, 1982) ist, dann kann die Unterrichtsintervention die Form der Unterweisung und Übung haben. In diesem Fall unterbricht das Programm das Spiel und bietet Rückschläge an, die zu einem besseren Spielverhalten führen und dem Lerner Wissen in dem betreffenden Inhaltsbereich vermitteln sollen. Daneben haben drei andere Formen von Unterrichtsinterventionen Beachtung gefunden: die Auswahl von Problemen gemäß dem Lernfortschritt; die Unterstützung des Lerners bei der Problemlösung durch Erklärungen zur Vorgehensweise; der Sokratische Dialog.

Die Auswahl von Problemen gemäß dem Lernfortschritt kann beträchtliche Intelligenz verlangen. In der älteren Version des computerunterstützten Unterrichts führte eine falsche Problemlösung des Lerners dazu, daß das Lehrprogramm einer vorgegebenen Verzweigung zu einem entsprechend leichteren Problem folgte. Im Gegensatz dazu besitzen Intelligente Tutorielle Systeme verschiedene Möglichkeiten, um die Entscheidung über die anzustrebende Lernaktivität auf den jeweiligen Lerner abzustimmen. Zum Beispiel könnte der Lerner ein bestimmtes Vorgehen, das zur Lösung eines Problemaspekts erforderlich ist und ihm Schwierigkeiten bereitet, erst kurz vorher bei einem anderen Problem erfolgreich angewendet haben. In diesem Fall kann das tutorielle System mit dem Lerner den früheren Lösungsversuch besprechen, ihn veranlassen, sich die Lösung genau anzusehen oder das frühere Problem noch einmal zu bearbeiten. Anderson (1984) hat diesen Ansatz bei seinen LISP- und Geometrie-Tutoren verwendet. Es ist auch möglich, eine intelligente Problemauswahl zu treffen, die sowohl auf dem Lernermodell als auch der curricularen Zielstruktur basiert. Jeffrey Bonar und ich haben Ansätze dieser Art in unserem Labor entwickelt. Ein Beispiel für eine entsprechende Realisierung in einem tutoriellen System zeigt Cosic (1985).

Ein anderer Ansatz zur Gestaltung der Unterrichtsintervention wurde in Erweiterung eines computerunterstützten Expertensystems zur medizinischen Diagnose entwickelt (Clancey, 1982). Hier werden die Unterrichtsinterventionen sehr viel stärker vom Lerner gesteuert. Beispielsweise kann der Lerner das System um eine Erklärung dazu bitten, aus welchen Gründen es eine bestimmte Diagnose gestellt hat. Die Abstimmung auf den aktuellen Wissensstand des Lerners erfordert eine intelligente Einschätzung dessen, was der Lerner bereits weiß und welche Aspekte einer vollständigen Erklärung noch ausgeführt werden müssen. In einigen Labors wird z. Zt. untersucht, wie erfahrene menschliche Ausbilder ihre Erklärungen und Lehrinteraktionen an das vorhandene Wissen des Lerners anpassen. Z. B. analysieren Forscher der Universität von Pittsburgh und der Carnegie-Mellon-Universität die Interaktion zwischen dem klinischen Lehrpersonal und den Medizinstudenten oder Assistenzärzten bei Visiten. Es zeigt sich, daß der Ausbilder in manchen Fällen eine Diagnose stellt, in anderen Fällen aber den Studenten dazu veranlaßt. Manchmal gibt der Ausbilder eine Erklärung für seine Diagnose, und manchmal überläßt er das dem Studenten. Diese Vorgehensweise scheint bestimmten Prinzipien zu folgen, und es wird nun daran gearbeitet, diese Prinzipien aus den auf Tonband aufgezeichneten Visiten zu erschließen.

Ein tutorielles System kann mit dem Lerner auch einen Sokratischen Dialog führen, wobei der Dialog sowohl dazu verwendet wird herauszufinden, was der Lerner bereits weiß, als auch ihm Gelegenheit geben soll, neues Wissen zu erwerben (Carbonell, 1970). Collins und Stevens (1982) haben eine Anzahl von Regeln spezifiziert, auf deren Grundlage solche Sokratischen Dialoge geführt werden können. Die Regeln wurden entwickelt, indem untersucht wurde, wie gute Ausbilder solche Dialoge führen.

Wie bei den vorausgegangenen Beispielen für Unterrichtsinterventionen ist auch in diesem Fall das computerunterstützte Unterrichtssystem entwickelt worden, indem untersucht wurde, wie sich menschliche Experten verhalten. Dabei sind die hinter diesem Verhalten stehenden Prinzipien in Regeln gefaßt worden, die ein intelligentes Computersystem steuern sollen. Eine Schwierigkeit bei diesem Vorgehen ergibt sich daraus, daß manche der erfaßten Unterrichtsprinzipien kaum in unser bisheriges Wissen über Lernprozesse einzuordnen sind. Jedoch wird auch umgekehrt vorgegangen, indem die Unterrichtsprinzipien direkt aus einer Lerntheorie abgeleitet werden, auch wenn dies bis ins letzte Detail häufig mit erheblichen Schwierigkeiten verbunden ist (Anderson, 1984).

Folgerungen für die Psychologie

Die vorausgehenden Ausführungen machen deutlich, daß die Entwicklung Intelligenter Tutorieller Systeme alle die grundlegenden Fragen der Psychologie aufwirft, die sich auf den Zusammenhang von Lehren und Lernen beziehen. Dabei werden gegenwärtige Defizite und Schwächen psychologischer Theorien um so stärker ersichtlich, als bei diesen Lehr-/Lernsystemen jeder einzelne Schritt und jede Aktivität des Lernenden wie auch des Systems im voraus berücksichtigt werden muß und nichts der Intuition eines Lehrers überlassen bleiben kann. Ich bin der Ansicht, daß ein Fortschritt in den folgenden drei Bereichen der Psychologie besonders wichtig für die zukünftige Entwicklung intelligenter computerunterstützter Lehrsysteme ist: Im Bereich der Analyse mentaler Modelle, die Lernende in verschiedenen Phasen des Lernprozesses in bezug auf den jeweiligen Lerngegenstand besitzen; der theoretischen Entwicklungen in bezug auf effektivere diagnostische Ansätze und der Erforschung metakognitiver Fertigkeiten. Jeder dieser drei Bereiche soll im folgenden kurz diskutiert werden.

Mentale Modelle: Im Rahmen der Erforschung mentaler Modelle des Lernenden und seiner Fähigkeit zur Modellbildung ist größere Klarheit erforderlich. Wir beginnen zu verstehen, welcher Art die mentalen Modelle von Novizen sind und wie sich diese von mentalen Modellen unterscheiden, die Experten besitzen. Die bisherigen Untersuchungen haben sich allerdings stark auf den statischen Aspekt bezogen. Menschen, insbesondere Experten, die Probleme bearbeiten, *konstruieren* mentale Modelle der Problemsituation. Wir müssen verstehen lernen, wie die Fähigkeiten zum Aufbau mentaler Modelle erworben werden und welche Schwierigkeiten ihr Erwerb bereitet.

Ein besonders interessanter Fall ist die Unterrichtung von Fertigkeiten zur Eingrenzung von Fehlern in technischen Systemen. So besitzt z. B. ein Elektroingenieur, der eine bestimmte Störung in einem Fernsehgerät zu lokalisieren versucht, ein mentales Modell des untersuchten Systems, auf dessen Grundlage er die einzelnen Prüfvorgänge plant. Der Fehler in dem elektronischen System kann darauf zurückgehen, daß bestimmte Systemteile Signale fehlerhaft übertragen. In diesem Fall wird der Elektroingenieur das System vor seinem geistigen Auge schrittweise durchgehen und zu bestimmen versuchen, welches Teil den verzerrten Signalfluß verursacht haben könnte. Wie können solche Fähigkeiten unterrichtet werden? Was sind ihre Grundlagen? Diese Art von Fragen stellen sich besonders bei den Bemühungen, ein Verstehen von Lehr- und Lernprozessen im Computer zu implementieren.

Diagnose: Ein zweiter Problembereich von zentraler Bedeutung für die Entwicklung Intelligenter Tutorieller Systeme ist die Diagnose. Der frühe computerunterstützte Unterricht traf diagnostische Entscheidungen mit einem sehr geringen Auflösungsgrad und war extrem rigide. Systeme wie WEST und BUGGY führen bereits vollständige Diagnosen des Wissens des Lernenden vor jeder Unterrichtsentscheidung durch. Mit zunehmender Komplexität des zu vermittelnden Inhaltsbereichs erwächst daraus jedoch ein zu hoher Rechenaufwand. Daher liegt es nahe, nach Wegen zu suchen, die Diagnose innerhalb eines curricularen Kontexts anzusiedeln und danach zu fragen, welche diagnostischen Möglichkeiten aussichtsreich sind, wenn sich ein Lernender in einem bestimmten Abschnitt des Curriculums befindet (vgl. für eine Darstellung von Methoden der individuellen Wissensdiagnostik, Tergan, 1986).

Jedoch machen es solche kontextspezifischen diagnostischen Ansätze erforderlich, den Lehrstoff in geeigneter Weise aufzugliedern. Um eine kontextbezogene Diagnose zu realisieren, benötigen wir eine Lerntheorie, auf deren Grundlage ein Curriculum über den zu vermittelnden Wissensbereich anhand einer Analyse der Aufgabenanforderungen hergeleitet werden kann. Voraussetzung dafür ist, daß die ein Curriculum konstituierenden Relationen grundlegend geklärt werden.

Ein Curriculum besteht im wesentlichen aus einem Gitter, dessen Knotenpunkte Unterrichtseinheiten sind. Diese sind durch Bindeglieder verbunden, die die jeweiligen Lernvoraussetzungen verkörpern. Wenn also Unterrichtseinheit 1 der Unterrichtseinheit 2 vorausgeht, dann ist erstere als Lernvoraussetzung von Unterrichtseinheit 2 anzusehen. Diese Vorrangrelation ist nur sinnvoll, wenn mit Hilfe einer Theorie bestimmt werden kann, wieviel neuer Lehrstoff – neben dem bereits vermittelten – für die neue Unterrichtseinheit angebracht ist. Erforderlich

ist also die Theorie, die die einzelnen Schritte im Wissenserwerbsprozeß spezifiziert. Mit einer solchen Theorie erscheint eine Diagnose möglich, die spezifisch für die jeweils unterrichtete Unterrichtseinheit ist. Die diagnostischen Entscheidungen, die nun statt aller nur möglichen Lernermodelle für den betreffenden Inhaltsbereich zu treffen sind, untergliedern sich in drei Typen:
- Der Lernende macht gute Fortschritte in einer Unterrichtseinheit.
- Der Lernende muß die unmittelbar vorausgehende Unterrichtseinheit noch einmal durchgehen.
- Der Lernende zeigt ein inkonsistentes Verhaltensmuster im Hinblick auf das Curriculum bzw. den Lernpfad, der normalerweise zum Erwerb des Inhaltswissens führt.

Im ersten Fall kann das Programm in der Lehrstoffdarbietung fortfahren; im dritten Fall könnte es einen menschlichen Tutor zu Hilfe rufen oder versuchen, ein ganz neues Modell des Lernenden zu erarbeiten. Im zweiten Fall ist eine Wiederholung erforderlich. Die Art der Wiederholung wirft aber interessante psychologische Fragen auf. Jede Unterrichtseinheit behandelt ein eng verbundenes Wissen eines bestimmten Inhaltsbereichs. Seine zentralen Wissensinhalte werden im Unterricht vermittelt. Wenn – wie bei der Wiederholung – das Inhaltswissen jedoch dafür eingesetzt wird, um das darauf aufbauende Lernen zu unterstützen, dann kann es sein, daß die zentralen Wissensinhalte in der ursprünglichen Form nicht mehr entscheidend sind, sondern eher die Verbindung dieser Inhalte mit dem neuen, zu unterrichtenden Wissen. Im Rahmen einer Unterrichtstheorie sind Arbeiten erforderlich, die diesen Aspekt klären und uns zeigen, wie eine Wiederholung zu gestalten ist, d. h. welche Wissensinhalte noch einmal aufgegriffen werden müssen und welche spezifischen Modifikationen dabei für den Lernenden hilfreich sind.

Metakognition: Wie jede andere Form von Instruktion sind Intelligente Tutorielle Systeme nicht für alle Lernenden in gleicher Weise geeignet. Im Hinblick auf die Tatsache, daß die Analyse metakognitiver Fertigkeiten beim Lernen und Problemlösen für die Psychologie allgemein von Bedeutung ist, soll abschließend angemerkt werden, daß das Lernen mit computerunterstützten Lehrprogrammen bestimmte Lernfertigkeiten erfordert, die für andere Formen des Lernens weniger entscheidend sind. Zum Beispiel sind in computerunterstützten Lernumgebungen zum entdeckenden Lernen Fertigkeiten der Selbststeuerung erforderlich, die beim Frontalunterricht oder Vortrag nicht benötigt werden. Es erscheint angebracht, computerunterstützte Lehr-/Lernsysteme als eine Alternative anzusehen, die im Hinblick auf bestimmte Lernvoraussetzungen und Vorkenntnisse der Lernenden beurteilt werden sollte, nicht jedoch als ein neues Unterrichtsmedium, das von vornherein jedem Lernenden Verbesserungen garantiert. Wiederum zeigt sich, daß theoretische Arbeiten mit umfangreichen experimentellen Anwendungen erforderlich sind, um die Entwicklung gerade auch im angewandten Bereich computerunterstützten Lehrens und Lernens voranzubringen.

Literatur

Abelson, H., & diSessa, A. (1981). *Turtle geometry: The computer as a medium for exploring mathematics*. Cambridge, MA: MIT Press.

Anderson, J. R. (1984). *Cognitive principles in the design of computer tutors*. Pittsburgh, PA: Carnegie-Mellon University, Advanced Computer Tutoring Project.

Barr, A., & Clancey, W. J. (1982). Applications-oriented AI research: Education. In Barr, A., & Feigenbaum, E. A. (Eds.), *Handbook of Artificial Intelligence (Vol. 2)* (pp. 223–294). Los Altos, CA: William Kaufmann, Inc.

Bonar, J. G. (1983). *Bridge: An intelligent programming tutor/assistant*. Unpublished manuscript.. Learning Research and Development Center, University of Pittsburgh.

Bonar, J. G., & Lesgold, A. M. (1985). *Work in progress on intelligent tutors*. Unpublished manuscript. Learning Research and Development Center, University of Pittsburgh.

Borning, A. (1979). *THINGLAB: A constraint simulation laboratory (Report CS-79-746)*. Stanford, CA: Stanford University, Computer Science Department. (Doctoral Dissertation).

Brown, J. S. (1977). Uses of artificial intelligence and advanced computer technology in education. In R. J. Seidel & Rubin, M. (Eds.), *Computers and communications: Implications for education* (pp. 253–281). New York: Academic Press.

Brown, J. S., & VanLehn, K. (1980). Repair theory: A generative theory of bugs in procedural skills. *Cognitive Science, 2*, 379–426.

Brown, J. S., Burton, R. R., & de Kleer, J. (1982). Pedagogical, natural language and knowledge engineering techniques in SOPHIE I, II, and III. In D. Sleeman & J. S. Brown (Eds.), *Intelligent tutoring systems* (pp. 227–282). New York: Academic Press.

Burton, R. R. (1982). Diagnosing bugs in a simple procedural skill. In D. Sleeman & J. S. Brown (Eds.), *Intelligent tutoring systems* (pp. 157–183). New York: Academic Press.

Burton, R. R., & Brown, J. S. (1982). An investigation of computer coaching for informal learning activities. In D. Sleeman & J. S. Brown (Eds.), *Intelligent tutoring systems* (pp. 79–98). New York: Academic Press. (The original game on which WEST is based was programmed at the University of Illinois on PLATO by Bonnie Seiler).

Carbonell, J. R. (1979). AI in CAI: An artificial intelligence approach to computeraided instruction. IEEE Transactions on man-machine systems, *International Journal of Man-Machine Studies, 11*, 190–202.

Carr, B., & Goldstein, I. (1977). *Overlays: A theory of modeling for computer-aided instruction (AI Memo 406)*. Cambridge, MA: Massachusetts Institute of Technology, AI Laboratory.

Clancey, W. J. (1979). *Transfer of rule-based expertise through a tutorial dialogue (Report STAN-CS-769)*. Stanford, CA: Stanford University, Computer Science Department.

Clancey, W. J. (1982). Tutoring rules for guiding a case method dialogue. In D. Sleeman & J. S. Brown (Eds.), *Intelligent tutoring systems* (pp. 201–225). New York: Academic Press.

Clancey, W. J. (1984). Methodology for building an intelligent tutoring system. In W. Kintsch, J. R. Miller, & Polson, P. G. (Eds.), *Methods and tactics in cognitive science* (pp. 51–83). Hillsdale, NJ: Erlbaum.

Collins, A., & Stevens, A. L. (1982). Goals and strategies of interactive teachers. In Glaser, R. (Ed.), *Advances in instructional psychology (Vol. 2)* (pp. 65–119). Hillsdale, NJ: Academic Press.

Cosic, C. L. (1985). *Enhanced learning-by-discovery*. Unpublished master's thesis, School of Library and Information Science, University of Pittsburgh, Pittsburgh, PA.

de Kleer, J. (1984). How circuits work. *Artificial Intelligence, 24*, 205–280.

de Kleer, J., & Brown, J. S. (1984). A qualitative physics based on confluences. *Artificial Intelligence, 24*, 7–84.

Forbus, K. D. (1984). Qualitative process theory. *Artificial Intelligence, 24*, 85–168.
Genesereth, M. R. (1979). The role of plans in automated consultation systems. In *Proceedings of the Sixth Biennial Conference*. International Joint Conference on Artificial Intelligence.
Genesereth, M. R. (1982). The role of plans in intelligent teaching systems. In D. Sleeman & J. S. Brown (Eds.), *Intelligent tutoring systems* (pp. 137–155). New York: Academic Press.
Gentner, D., & Stevens, A. L. (1983). *Mental models*. Hillsdale, NJ: Erlbaum.
Goldstein, I. P. (1977). *The computer as coach: An athletic paradigm for intellectual education (Al Memo 389)*. Cambridge, MA: Massachusetts Institute of Technology, Al Laboratory.
Goldstein, I. P. (1979). The genetic epistemology of rule systems. *International Journal of Man-Machine Studies, 11*, 51–77.
Goldstein, I. P. (1982). The genetic graph: A representation for the evolution of procedural knowledge. In D. Sleeman & J. S. Brown (Eds.), *Intelligent tutoring systems* (pp. 51–77). New York: Academic Press.
Kay, A., & Goldberg, A. (1977). Personal dynamic media. *Computer, 10*, 31–41.
Kemeny, J. G. (1972). *Man and the computer*. New York: Scribner's.
Kuipers, B. (1984). Commonsense reasoning about causallty: Deriving behavior from structure. *Artificial Intelligence, 24*, 169–204.
Mandl, H., & Lesgold, A. (Eds.) (in press). Learning issues for intelligent tutoring systems. New York: Springer.
Miller, M. L. (1982). A structured planning and debugging environment for elementary programming. In D. Sleeman & J. S. Brown (Eds.), *Intelligent tutoring systems* (pp. 119–135). New York: Academic Press.
Pople, H. E. (1982). Heuristic methods for imposing structure on ill-structured problems: The structuring of medical diagnostics. In P. Szolovits (Ed.), *Artificial intelligence in medicine*. Boulder, CO: Westwood Press.
Self, J. A. (1974). Student models in computer-aided instruction. *International Journal of Man-Machine Studies, 6*, 261–276.
Skinner, B. F. (1968). *The technology of teaching*. New York: Appleton-Century-Crofts.
Sleeman, D. (1982). Assessing aspects of competence in basic algebra. In D. Sleeman & J. S. Brown (Eds.), *Intelligent tutoring systems* (pp. 185–199). New York: Academic Press.
Sleeman, D., & Hendley, R. J. (1982). ACE: A system which analyses complex explanations. In D. Sleeman & J. S. Brown (Eds.), *Intelligent tutoring systems* (pp. 99–118). New York: Academic Press.
Tergan, S.-O. (1986). *Modelle der Wissensrepräsentation als Grundlage qualitativer Wissensdiagnostik*. Opladen: Westdeutscher Verlag.
Williams, B. C. (1984). Qualitative analysis of MOS circuIts. *Artificial Intelligence, 24*, 281–346.

Sachverzeichnis

Personenverzeichnis

Angaben zu den Autoren

Aebli, Hans, geb. 1923, Prof. Dr. phil. h. c., Studium der Psychologie, Philosophie und Pädagogik an den Universitäten von Genf (Dr. phil.) und Minnesota (M. A.); habil. Universität Zürich; Professor der Pädagogischen Psychologie an der Universität Bern; Arbeits- und Interessenschwerpunkte: Entwicklungstheorie, kognitive Psychologie, Pädagogische Psychologie, Didaktik. Veröffentlichungen: Didactique psychologique 1951, Grundformen des Lehrens 1963, Über die geistige Entwicklung des Kindes 1963, Über den Egozentrismus des Kindes 1969, Denken: das Ordnen des Tuns 1980/81, Zwölf Grundformen des Lehrens 1983, Grundlagen des Lehrens 1987. Adresse: Abteilung Pädagogische Psychologie, Universität Bern, Waldheimstraße 6, CH-3012 Bern.

Dirlich, Gerhard, geb. 1939, Dipl.-Math., Dr. phil., Abteilung für Biostatistik am Max-Planck-Institut für Psychiatrie; Arbeitsschwerpunkte: Methodologische Beratung von medizinischen, psychologischen und biologischen Forschungsprojekten, Entwicklung von benutzerorientierten Computersystemen zur Unterstützung von Beratungsaufgaben und statistischen Analysen, Repräsentation von Wissen im Gedächtnis und in künstlichen Systemen. Adresse: Max-Planck-Institut für Psychiatrie, Kraepelinstr. 2, 8000 München 40.

Dörner, Dietrich, geb. 1938, Studium der Psychologie an der Universität Kiel. Promotion und Habilitation an derselben Universität. Professor für Allgemeine Psychologie und Methodenlehre an der Universität Bamberg, Lehrstuhl Psychologie II. Arbeitsschwerpunkte: Theoretische Psychologie; die Psychologie des Denkens, Planens und Entscheidens. Adresse: Lehrstuhl Psychologie II der Universität Bamberg, Heumarkt 2, 8600 Bamberg.

Freksa, Christian, geb. 1950, Studium in Computer Science (Schwerpunkt: Artificial Intelligence) an der University of California, Berkeley (M. S. und Ph. D.). Wiss. Mitarbeiter am Lehrstuhl für Theoretische Informatik an der TU München. Arbeitsschwerpunkte: Wissensrepräsentationstheorie; Akquisition und Repräsentation von unscharfem, unpräzisem, unvollständigem und widersprüchlichem Wissen; interdisziplinäre Kognitionsforschung. Adresse: Institut für Informatik, TU München, Arcisstr. 21, 8000 München 2.

Friederici, Angela D., geb. 1952, PD Dr. phil., Dipl.-Psych., Studium der Geschichte, Romanistik und Sprachwissenschaft, Promotion 1976, Zweitstudium Psychologie, Diplom 1980, Habilitation 1986, Privatdozent für Allgemeine Psychologie an der Universität Giessen und Mitarbeiter am Max-Planck-Institut für Psycholinguistik in Nijmegen. Arbeitsschwerpunkte: Neuropsychologie der Sprache, Prozesse des Sprachverstehens, Wahrnehmung. Wichtige Veröffentlichungen: Neuropsychologie der Sprache (1984), Kognitive Prozesse des Sprachverstehens (1987). Adresse: Max-Planck-Institut für Psycholinguistik, Wundtlaan 1, NL-6525 XD Nijmegen.

Friedrich, Helmut Felix, geb. 1944, Studium der Psychologie, Dipl.-Psychologe, Wissenschaftlicher Angestellter am Hauptbereich Forschung des Deutschen Instituts für Fernstudien an der Universität Tübingen. Arbeitsschwerpunkte: Pädagogische Diagnostik, Lern- und Lesestrategien, Erwachsenenlernen. Adresse: Deutsches Institut für Fernstudien an der Universität Tübingen, Hauptbereich Forschung, Bei der Fruchtschranne 6, 7400 Tübingen.

Furbach, Ulrich, geb. 1948, Dipl.-Inform., Dr. rer. nat., Wissenschaftlicher Mitarbeiter an der Universität der Bundeswehr München; Arbeitsschwerpunkte: Künstliche Intelligenz, Wissensrepräsentation, Programmiersprachen. Adresse: Universität der Bundeswehr München, Fakultät für Informatik, Werner-Heisenberg-Weg 39, 8014 Neubiberg.

Herrmann, Theo, geb. 1929, Dipl.-Psych., Dr. phil., Professor für Psychologie an der Universität Mannheim; Arbeitsschwerpunkte: Sprachpsychologie, Kognitionspsychologie, Wissenschaftstheorie der Humanwissenschaften. Wichtige Veröffentlichungen: Psychologie der Objektbenennung (1976 mit W. Deutsch); Psychologie als Problem (1979); Speech and Situation (1983); Allgemeine Sprachpsychologie (1985). Adresse: Lehrstuhl Psychologie III der Universität Mannheim, Schloß EO. 6800 Mannheim.

Hoppe-Graff, Siegfried, geb. 1949, Diplom-Psychologe, Dr. phil., Wissenschaftlicher Angestellter am Psychologischen Institut der Universität Heidelberg. Arbeitsschwerpunkte: Kognitive Entwicklung mit besonderem Interesse an der Theorie Piagets, Methoden der Entwicklungspsychologie, Sprachentwicklung, Sprachproduktion. Wichtige Veröffentlichungen: Entwicklungssequenzen (1977 mit Seiler und Schmid-Schönbein), Bedingungsanalysen zur Genese der Klasseninklusion (1982). Adresse: Psychologisches Institut der Universität Heidelberg, Hauptstr. 47–51, 6900 Heidelberg.

Hron, Aemilian, geb. 1945, Studium der Volkswirtschaftslehre und Psychologie; Dipl.-Psych., Dipl.-Volksw., Wissenschaftlicher Angestellter am Deutschen Institut für Fernstudien an der Universität Tübingen; Arbeitsschwerpunkte: Kognitionspsychologie, Problemlöseforschung, Entwicklung Intelligenter Tutorieller Systeme. Adresse: Deutsches Institut für Fernstudien an der Universität Tübingen, Hauptbereich Forschung, Bei der Fruchtschranne 6, 7400 Tübingen.

Issing, Ludwig J., geb. 1940, Dipl.-Psych., Dr. phil., Professor für Psychologie und Erziehungswissenschaft mit den Hauptarbeitsgebieten Medienpsychologie und Medienpädagogik am FB Erziehungs- und Unterrichtswissenschaften sowie am ZI 7 der Freien Universität Berlin. Arbeitsschwerpunkte: Bildwahrnehmung und Bildverarbeitung sowie Nutzungsmöglichkeiten der neuen Informations- und Kommunikationstechniken für Bildungszwecke. Wichtige Veröffentlichungen: Der Programmierte Unterricht in den USA heute (1967), Unterrichtstechnologie und Mediendidaktik (1976 mit Knigge-Illner), Bildschirmtext macht Schule (1985), Blickbewegungsforschung und Bildverarbeitung (1985), Bildschirmtext im Hochschulbereich (1987), Medienpädagogik im Informationszeitalter (1987). Adresse: Freie Universität Berlin, Institut für Psychologie, FB 12, AB Medienforschung, Malteserstr. 74–100, 1000 Berlin 46.

Klix, Friedhart, geb. 1927, Prof. Dr. Dr. h. c., Studium der Psychologie, der Physiologie und Nebenfachstudien in Mathematik. Professor für Allgemeine Psychologie an der Sektion Psychologie der Humboldt-Universität zu Berlin. Wichtige Veröffentlichungen (u. a.): Information und Verhalten (1971–1980), Erwachendes Denken (1980–1986), Psychologische Beiträge zur Analyse kognitiver Prozesse (1976) und Gedächtnis, Wissen, Wissensnutzung (1984) als Herausgeber. Adresse: Sektion Psychologie der Humboldt-Universität zu Berlin, Oranienburger Str. 18, DDR-1020 Berlin.

Kluwe, Rainer H., geb. 1942, Dipl.-Psych., Dr. phil. habil., Professor für Allgemeine Psychologie, Universität der Bundeswehr Hamburg. Arbeitsschwerpunkte: Lernprozesse, Menschliche Systemsteuerung, Kontrolle eigenen Denkens. Wichtige Veröffentlichungen: Wissen und Denken (1979), Metakognition (1981), Beweglichkeit des Denkens (1983), Mechanisms of control and regulation in problem solving (1985 mit Friedrichsen). Adresse: Institut für Kognitionsforschung, Universität der Bundeswehr Hamburg, Postfach 700822, 2000 Hamburg 70.

Lesgold, Alan Michael, geb. 1945, Studium: B. A. Psychology, Michigan State University, 1967; A. M. Psychology, Stanford University, 1968; Ph. D., Psychology, Stanford University, 1971. Gegenwärtige Arbeitsstelle: University of Pittsburgh, Professor of Psychology;

Co-Director, Graduate Program in Intelligent Systems Studies; Associate Director, Learning Research and Development Center (LRDC). Interessengebiete: Cognitive Psychology, psychology of technical training, applications of artificial intelligence to psychology. Wichtige Veröffentlichungen: Lesgold, A. M., Pellegrino, J. W., Fokkema, S. D., & Glaser, R. (Eds.). Cognitive psychology and instruction. Lesgold, A. M., & Perfetti, C. A. (Eds.). Interactive processes in reading (1981). Lesgold, A. M., Information technologies and basic learning (im Druck). Adresse: Learning Research and Development Center, University of Pittsburgh, Pittsburg, Pennsylvania 15260, USA.

Lüer, Gerd, geb. 1938, Dr. rer. nat., Professor für Psychologie an der Georg-August-Universität Göttingen, Leitung der Abteilung für Allgemeine Psychologie und Methodenlehre am dortigen Institut für Psychologie. Arbeitsschwerpunkte: Denk- und Problemlösepsychologie; Gedächtnispsychologie; Blickbewegungsforschung. Veröffentlichungen: Gesetzmäßige Denkabläufe beim Problemlösen, 1973; Allgemeine Experimentelle Psychologie, 1987 (Hrsg.); zahlreiche Handbuchbeiträge über kognitive Psychologie und Originalveröffentlichungen. Adresse: Institut für Psychologie der Georg-August-Universität, Goßlerstr. 14, 3400 Göttingen.

Mandl, Heinz, geb. 1937, Lehrerstudium (1. und 2. Examen), Dipl.-Psych., Dr. phil., Professor für Pädagogische Psychologie und Erziehungswissenschaft an der Universität Tübingen und Leiter des Arbeitsbereichs Lernforschung am Deutschen Institut für Fernstudien. Arbeitsschwerpunkte: Lern- und Wissenspsychologie, Pädagogische Psychologie, Medienforschung, Intelligente Lernsysteme. Wichtige Veröffentlichungen: Kognitive Entwicklungsverläufe von Grundschülern (1975); Einschulungsdiagnostik (1977, mit Krapp); Kognitive Komplexität (1978, Hrsg. mit Huber); Schülerbeurteilung in der Grundschule (1980, mit Hanke und Lohmöller); Texte verstehen – Texte gestalten (1981, mit Ballstaedt, Tergan und Schnotz); Zur Psychologie der Textverarbeitung (1981); Verbale Daten – Erhebung und Auswertung (1982, Hrsg. mit Huber); Emotion und Kognition (1983, Hrsg. mit Huber); Emotionspsychologie (1983, Hrsg. mit Euler); Kognitive Prozesse und Unterricht (1983, Hrsg. mit Kötter); Learning and comprehension of text (1984, Hrsg. mit Stein und Trabasso); Pädagogische Psychologie als Grundlage pädagogischen Handelns (1984, Hrsg. mit Huber und Krapp); Lernen im Dialog mit dem Computer (1985, Hrsg. mit Fischer); Learning Issues for Intelligent Tutoring Systems (1988, Hrsg. mit Lesgold). Geschäftsführender Herausgeber der „Zeitschrift für Entwicklungspsychologie und Pädagogische Psychologie" (seit 1981). Adresse: Deutsches Institut für Fernstudien an der Universität Tübingen, Hauptbereich Forschung, Bei der Fruchtschranne 6, 7400 Tübingen.

Möbus, Claus, geb. 1946, Dipl.-Psych. (1970) an der Universität Heidelberg, Dr. phil. habil. (1978) in Psychologie an der Universität Heidelberg, Professor für Psychologie mit Schwerpunkt Methodenlehre (1978–1979) an der FU Berlin, seit 1979 Professor für Angewandte Informatik an der Universität Oldenburg. Arbeitsschwerpunkte: Quantitative Methodenlehre, Kognitionsforschung, Symbolische Informationsverarbeitung, Tutorsysteme, Mensch-Maschine-Dialog; wichtige Veröffentlichungen: Möbus & Schneider, Strukturmodelle für Längsschnittdaten und Zeitreihen: Lisrel, Pfad- und Varianzanalyse. Adresse: FB Informatik, Universität, 2900 Oldenburg.

Oerter, Rolf, geb. 1931, Dipl.-Psych., Dr. phil., 1. und 2. Lehramtsprüfung, Studium der Psychologie, Philosophie und Musikwissenschaft. Professor für Psychologie an der Universität München. Arbeitsschwerpunkte: Entwicklung im Jugend- und frühen Erwachsenenalter, Analyse von Spielverhalten. Wichtige Veröffentlichungen: Die Entwicklung von Werthaltungen während der Reifezeit (1966); Moderne Entwicklungspsychologie (1967[1], 1984[20]); Struktur und Wandlung von Werthaltungen (1970); Kognitive Sozialisation und subjektive

Struktur (1977 mit Dreher, E. & Dreher, M.); Entwicklung als lebenslanger Prozeß (1978 als Herausgeber); Ökologie und Entwicklung. Mensch–Umwelt–Modelle (1979 mit Walter, H. als Hrsg.); Entwicklungspsychologie (1982 mit Montada, L., 2. Auflage 1987); Lebensbewältigung im Jugendalter (1985 als Herausgeber). Adresse: Universität München, Leopoldstr. 13, 8000 München 40.

Opwis, Klaus, geb. 1957, Studium der Psychologie und Mathematik (Dipl.-Psych., Dr. phil.); Hochschulassistent am Psychologischen Institut der Universität Freiburg; Arbeitsschwerpunkte: Symbolische Informationsverarbeitung (Repräsentation und Anwendung von Wissen), System- und Modelltheorie, Statistische Verfahren (Strukturgleichungssysteme). Adresse: Psychologisches Institut der Universität Freiburg, Niemensstr. 10, 7800 Freiburg.

Palm, Günther, geb. 1949, Studium der Mathematik (Privat-Dozent, Dr.). Wissenschaftlicher Mitarbeiter am Max-Planck-Institut für biologische Kybernetik in Tübingen. Arbeitsschwerpunkte: Neuronale Netze, Assoziative Informationsspeicher, Nichtlineare Systeme, Informationstheorie. Wichtige Veröffentlichungen: Neural Assemblies (1982), Brain Theory (mit Ad. Aertsen, 1986). Adresse: Max-Planck-Institut für biologische Kybernetik, Spemannstr. 38, 7400 Tübingen.

Putz-Osterloh, Wiebke, geb. 1946, Dipl.-Psych., Dr. phil., apl. Professorin für Psychologie. Forschungsstelle, Lehrstuhl Psychologie II, Universität Bamberg; Arbeitsschwerpunkte: Denkpsychologische Analysen von Intelligenztests, Interindividuelle Unterschiede beim Problemlösen, Trainingsverfahren, Wissen und Komplexe, Problemlösen. Wichtige Veröffentlichungen: Problemlöseprozesse und Intelligenztestleistung (1981). Adresse: Institut für Psychologie der RWTH Aachen, Jägerstr. 17–19, 5100 Aachen.

Schnotz, Wolfgang, geb. 1946, Dipl.-Psych., Dipl.-Päd., Dr. phil., Studium der Psychologie, Soziologie und Erziehungswissenschaft, Wissenschaftlicher Angestellter im Arbeitsbereich Lernforschung des Deutschen Instituts für Fernstudien an der Universität Tübingen. Arbeitsschwerpunkte: Aufbau von Wissensstrukturen, Kohärenzbildung beim Textverstehen, Sequenzierung von Instruktionen, Lerndiagnostik. Wichtige Veröffentlichungen: Lerndiagnose als Handlungsanalyse (1979); Texte verstehen – Texte gestalten (1981 mit Ballstaedt, Mandl, Tergan). Adresse: Deutsches Institut für Fernstudien an der Universität Tübingen; Arbeitsbereich Lernforschung, Bei der Fruchtschranne 6, 7400 Tübingen.

Spada, Hans, geb. 1944, Dr. phil. 1969 Wien, habil. 1976 Wien, o. Professor am Psychologischen Institut der Universität Freiburg. Arbeitsschwerpunkte: Psychologie des Wissens, Denkens und Lernens, Umweltpsychologie, kognitive Entwicklungspsychologie, Testtheorie. Wichtige Buchveröffentlichungen: Modelle des Denkens und Lernens (1976), Developmental Models of Thinking (1980, mit Kluwe). Adresse: Abteilung für Allgemeine Psychologie, Psychologisches Institut der Universität, Niemensstr. 10, 7800 Freiburg.

Steiner, Gerhard, geb. 1937, Studium der Psychologie, Philosophie und Pädagogik, Dr. phil., o. Professor für Psychologie und Direktor des Instituts für Psychologie der Universität Basel. Arbeitsschwerpunkte: Grundlagenforschung in den Bereichen Gedächtnis und visuelles Vorstellen, Anwendungen der kognitiven und der Entwicklungspsychologie im pädagogischen Feld von Elternhaus, Schule und Betrieb. Mathematik als Denkerziehung (1973); Die Psychologie des 20. Jahrhunderts, Band 7: Piaget und die Folgen (1978); Visuelles Vorstellen beim Lösen von elementaren Problemen (1980); Exemplarische Lernpsychologie (1987, im Druck). Adresse: Institut für Psychologie der Universität Basel, Bernoullistr. 14, CH-4056 Basel.

Tergan, Sigmar-Olaf, geb. 1944, Dipl.-Psych., Dr. rer. soc., Wissenschaftlicher Mitarbeiter am Deutschen Institut für Fernstudien an der Universität Tübingen; Arbeitsbereich Lernforschung; Forschungsschwerpunkte: Wissenserwerb mit Text und Bild; Diagnose und Förderung des Wissenserwerbs. Wichtige Veröffentlichungen: Textverständlichkeit und Lernerfolg im angeleiteten Selbststudium (1983), Modelle der Wissensrepräsentation als Grundlage qualitativer Wissensdiagnostik (1986). Adresse: Deutsches Institut für Fernstudien an der Universität Tübingen, Bei der Fruchtschranne 6, 7400 Tübingen.

Waldmann, Michael R., geb. 1953, Studium der Germanistik, Sozialkunde, Philosophie und Psychologie (Dipl.-Psych.). Wissenschaftlicher Mitarbeiter am Psychologischen Institut der Universität Frankfurt. Arbeitsschwerpunkte: Kognitionspsychologie, kognitive Entwicklung. Wichtige Veröffentlichungen: Das Denken Hochbegabter (1987). Adresse: Institut für Psychologie, Universität Frankfurt/Main. Kettenhofweg 128, 6000 Frankfurt 11.

Weinert, Franz Emanuel, geb. 1930, Ausbildung zum Lehrer an Grund- und Hauptschulen (1. und 2. Staatsexamen); Studium der Psychologie (Dipl.-Psych., Dr. phil.); Direktor am Max-Planck-Institut für psychologische Forschung und Honorarprofessor für Psychologie an der Ludwig-Maximilian-Universität in München und an der Ruprecht-Karls-Universität in Heidelberg. Arbeitsschwerpunkte: Entwicklungspsychologie, insbesondere kognitive Entwicklung und pädagogische Psychologie, insbesondere Einfluß des Unterrichts auf die kognitive und motivationale Entwicklung. Veröffentlichungen: Pädagogische Psychologie (1969); Lernen im System der Schule (1973); Metakognition, Motivation und Lernen (1983); Memory development: Universal changes and individual differences (1987). Adresse: Max-Planck-Institut für psychologische Forschung, Leopoldstr. 24, 8000 München 40.

Wender, Karl F., geb. 1939, Dipl.-Psych., Dr. phil., Professor für Psychologie an der Universität Trier. Arbeitsschwerpunkte: Gedächtnispsychologie, Psycholinguistik, Künstliche Intelligenz (Tutorielle Systeme). Adresse: Universität Trier, Fachbereich I – Psychologie, Postfach 3825, 5500 Trier.

Wilkening, Friedrich, geb. 1946, Dipl.-Psych., Dr. rer. nat., Professor für Psychologie an der Universität Frankfurt. Arbeitsschwerpunkte: Kognitive Entwicklung, Wahrnehmung und Wahrnehmungsentwicklung. Adresse: Institut für Psychologie, Johann-Wolfgang-Goethe-Universität, Georg-Voigt-Str. 8, 6000 Frankfurt.